BASTEI
LÜBBE

PAULA VOLSKY

DAS GROSSE RENNEN

Roman

Ins Deutsche übertragen
von Susanne Tschirner

BASTEI LÜBBE

BASTEI LÜBBE TASCHENBUCH
Band 20 446

1. Auflage: September 2002

Vollständige Taschenbuchausgabe

Bastei Lübbe Taschenbücher
ist ein Imprint der
Verlagsgruppe Lübbe

Titel der amerikanischen Originalausgabe:
The Grand Ellipse

Dieses Werk wurde vermittelt durch die Literarische Agentur
Thomas Schlück GmbH, 30827 Garbsen

Lektorat: Dr. Lutz Steinhoff/Stefan Bauer
Titelillustration: Daniel Merrian
Umschlaggestaltung: QuadroGrafik, Bensberg
Satz: Heinrich Fanslau, Communication/EDV, Düsseldorf
Druck und Verarbeitung:
Brodard & Taupin, La Flèche, Frankreich
Printed in France
ISBN 3-404-20446-8

Sie finden uns im Internet unter
http://www.luebbe.de

Der Preis dieses Bandes versteht sich einschließlich
der gesetzlichen Mehrwertsteuer.

Prolog

Sie ist unvergleichlich, sie ist exquisit, sie ist göttlich«, verkündete der König der Nieder-Hetz. »Nehmen Sie noch einen Speckkräcker, mein Freund, und dann erzähle ich Ihnen von ihr.«

»Sire, die Vorbereitungen sind abgeschlossen«, erwiderte der Adept, der sich ›Nevenskoi‹ zu nennen beliebte. Sein Aussehen war dunkel und fremdländisch, sein Akzent exotisch gefärbt. »Ich bin soweit, mit der Demonstration zu beginnen.«

»Nie bin ich einem so herrlichen Geschöpf begegnet«, gestand der König. »Ihr Lächeln – ein tropischer Sonnenaufgang. Ihr Gang – das Fließen eines Gebirgsbachs. Ihre Stimme – eine himmlische Serenade.«

»Wenn Ihre Majestät geruhen, die Grube-der-Elemente zu beobachten, werden Sie den Höhepunkt der –«

»Der Schwung ihrer Lippen – eine Inspiration für jeden Architekten. Die Beschaffenheit ihrer Haut – Fleisch gewordenes Mondlicht. Die Wölbung ihrer Brüste – mir fehlen die Worte.«

»Die jahrelangen arkanen Experimente«, fuhr Nevenskoi beharrlich fort, »haben zu guter Letzt Früchte getragen, Sire. Eine Entdeckung von beträchtlicher Tragweite –«

»Interessiert mich jetzt nicht. Es gibt wichtigere Dinge. Kommen Sie, Mann, wo bleibt Ihr Herz, wo bleibt Ihre Phantasie? Nehmen Sie einen Chiliöl-Aal und versuchen Sie sich wie ein Mensch zu benehmen.«

»Wie Ihre Majestät wünschen.« Gehorsam nahm sich der Adept, der sich ›Nevenskoi‹ nannte, ein Häppchen von der riesigen Platte, die den halben Arbeitstisch einnahm, schluckte und fühlte, wie seine Frustration nachließ. Erstaunlich, diese aufmunternde Wirkung, die Nahrung stets auf ihn ausübte, insbesondere teure Nahrung, raffiniert zubereitet und kunstvoll dargeboten. Und die Kost im Wasserhexenpalast reichte von exzellent bis grandios. Die Chiliöl-Aale beispielsweise – feucht-fleischig, zuerst mild auf der nichts Böses ahnenden Zunge, entfachten sie bald eine infernalische Hitze. Außergewöhnlich. Die in Öl ausgebratenen Speckkräcker – kross und geschmacksintensiv unter einem herrlich duftigen Teig. Die Kaviar-Millefeuilles, mit Schnittlauch getüpfelt, abwechselnd mit Schichten von Sauerrahm. Die eingelegten Kiebitzeier. Die kleinen Knoblauchküchlein in knusprigen Kartoffelstiftnestern. Die Safran-Schiffchen, schwarz vor Trüffeln. Köstlich. Kein Zweifel, König Miltzin IX. verstand seine Küchenchefs auszuwählen – vielleicht zu gut, sinnierte Nevenskoi, ein Mann in mittleren Jahren, im Bewusstsein seines stetig zunehmenden Körperumfangs, welcher dem Bild, das seine Stellung und sein Beruf ihn aufrechtzuerhalten nötigten, so abträglich war.

Körperlos. Die weite schwarze Robe eines traditionellen Gelehrten verdeckte hässliche Fettwülste, genauso wie die dicke schwarze Perücke seinen kahl werdenden Schädel verbarg. So wie der schwarz gefärbte Schnurr- und Knebelbart seine Hängebacken kaschierte. So wie der aufgesetzte fremdländische Akzent die leiernde Aussprache eines hetzischen Kaufmannssohns übertünchte und die schnöde Wahrheit über den stinkgewöhnlichen Nitz Neeper vertuschte. Nitz der Niemand, Nitz die Null, Nitz das Nichts.

Schluss mit Nitz.

Von eigenen Gnaden hatte er sich in ›Nevenskoi‹ verwandelt. Ein Sohn des Nordlands Rhazaulle, Spross eines noblen Hauses, Mystiker, Medium, begnadeter Nekromant. Ein begabter Kopf. Kurzum eine bemerkenswerte Persönlichkeit, jemand, dessen Fähigkeiten die Aufmerksamkeit des Königs der Nieder-Hetz auf sich gezogen hatten.

Miltzin IX. – von respektlosen Personen mit dem Spitznamen ›Meisen-Miltzin‹ bedacht – war großzügig zu seinen menschlichen Schoßhündchen. Zu großzügig nach Ansicht vieler, aber der König setzte sich abgeklärt über solch kleingeistige Krittelei hinweg. Da Miltzin in der Lage war, wahre Begabung zu erkennen, hatte er Nitz Neeper alias Nevenskoi in seinen Wasserhexenpalast geholt; hatte ihn luxuriös beköstigt und untergebracht, königlich entlohnt, ihm Hofämter zugeschanzt, ihm jedweden Beweis seiner Gunst gewährt und, das war das Wichtigste, ihm den größten und bestausgestatteten unterirdischen Arbeitsraum eingerichtet, von dem jeder angehende Adept nur träumen konnte. Alles, was Seine Majestät dafür verlangte, war hin und wieder eine kleine Neuheit.

Diese Überlegungen veranlassten Nevenskoi, seinen sprunghaften Monarchen mit einem freundlicheren Blick zu betrachten. Meisen-Miltzin schwärmte noch immer.

»... der Bogen ihrer Augenbrauen ... der Schwung ihres Ohrläppchens ... schwanengleicher Hals ... runde, weiße Schulter ... winzige, hilflose, bezaubernde Hände, wie die eines Kindes ... anbetungswürdig, unwiderstehlich ... magisch ...«

Die Höflichkeit verlangte nicht minder als die Klugheit eine Antwort.

»Die glückliche Landsfrau verfügt in der Tat über vielfältige Vorzüge, von denen die Wertschätzung durch Ihre Majestät nicht die geringste ist«, versuchte Nevenskoi es mit seinem unechten rhazaullischen Akzent.

Meisen-Miltzin hielt mitten in seiner Lobeshymne inne, und seine Augen – blass, rund und hervorquellend wie die eines Insekts – weiteten sich.

»Wer?«, fragte der König.

»Die Ehrenwerte Landsfrau liNeuflein, Sire. Die

glückliche Empfängerin von Ihrer Majestät Anerkennung. Die –«

»Oh«, sagte Miltzin. »Die. Ich bitte Sie, Mann, glauben Sie wirklich, liNeufleins Frau sei eines solchen Lobpreises würdig? Sie haben zu viel Zeit damit verbracht, sich lebendig in diesem Arbeitsraum zu vergraben; das hat Ihr Urteilsvermögen getrübt.«

»Majestät, berichtigen Sie mich, wenn ich irre, aber ist es nicht erst einen Monat her, dass Sie die Schönheit der verehrungswürdigen Landsfrau rühmten? Haben Sie sich damals nicht als ›der hilflose Sklave ihrer makellosen Herrlichkeit‹ bezeichnet?«

»Möglich; ich erinnere mich nicht mehr daran. Sie ist nicht übel, nehme ich an, auf eine übertriebene Weise. Aber sie ist nicht mehr jung, ich vermute, sie färbt sich das Haar. Darüber hinaus entstellt ein hässliches Muttermal ihre linke Hüfte. Oder war es die rechte? Egal. Wie können solch überreife Reize sich mit der Lieblichkeit der Verehrten gnädigen Frau liGrozorf vergleichen?«

»Gnädige Frau liGrozorf?«

»Eine Rose, mein Freund, auf der noch der Morgentau liegt. Nicht älter als achtzehn Lenze und ganz neu bei Hofe. Unschuldig, rein, unglaublich unverdorben. Ich gestehe, ich bin unrettbar verloren. Nie habe ich solch tiefe Gefühle empfunden –«

Miltzin schwadronierte wieder.

Erneut unterdrückte Nevenskoi einen Anflug von Ärger, eine leichte Übung für einen Höfling, die er bereits vor Jahren gemeistert hatte. Während er einen Ausdruck bewundernder Ermutigung aufsetzte, konzentrierte er sich darauf, Interesse für die jüngste Leidenschaft des Königs vorzutäuschen. Und während er zuhörte, tröstete er sich mit Speckkräckern, Foie gras, in Öl eingelegten Oliven und gebratenen Ganzel-Wölkchen, die er von der Servierplatte pickte. Im Augenblick rumorten seine Eingeweide warnend, was er jedoch ignorierte, brüstete er sich doch gern mit seiner stoischen Unempfindlichkeit gegen die Einschüchterungsversuche der Verdauung.

Eine leichte Veränderung im Rhythmus des nur halb wahrgenommenen Monologs rief das erfahrene Ohr des Adepten auf den Plan. Die hervorstehenden Augen seines Herrn hatten etwas von ihrem erregten Glanz verloren, und seine ausufernden Gesten begannen zu erlahmen. Das Thema näherte sich seinem erschöpften Ende. Miltzin IX. legte augenblicklich eine Pause ein, da ihm die Superlative ausgingen.

Nevenskoi ergriff die Gelegenheit beim Schopfe. »Der König wünscht Ablenkung von seinen vielen Sorgen. Gestehen Sie Seiner Majestät Diener das Privileg zu, ihn zu zerstreuen.«

»Häh? Oh, ja, Sie waren darauf erpicht, mir irgendetwas zu zeigen, nicht wahr? Was war es gleich?«

»Das Feuer, Ihre Majestät.« Nitz Neeper alias Nevenskoi holte tief Luft. Als er wieder zu sprechen begann, war sein fremdländischer Akzent zwar noch so falsch wie eh und je, seine Worte jedoch waren echt, denn an seinem Talent oder seinem Ehrgeiz war nichts Gekünsteltes. »Das Wunder des Fühlenden Feuers.«

»Fühlendes Feuer. Schön. Ein netter Name«, gab Meisen-Miltzin zu. Er zögerte, da er offensichtlich die Notwendigkeit weiterer Fragen erwog, und verlangte schließlich zu wissen: »Eine Art Waffe, ja?«

»Gewiss, Sire, das ist eine seiner vielfältigen Anwendungsmöglichkeiten.«

»Ich sehe keine Notwendigkeit für neue und fortschrittlichere Methoden der Zerstörung«, entgegnete der König spontan. »Wir befinden uns nicht im Krieg. Alle anderen ja, aber wir nicht. Ich nehme an, es ist teuer?«

»Es gäbe gewisse unvermeidliche Ausgaben, die aber angesichts der Vorzüge kaum ins Gewicht fallen dürften. Ihre Majestät, meine Entdeckung ist gewiss –«

»Genial, ohne Zweifel, aber Sie müssen verstehen,

dass die Zeiten sich geändert haben. Ich habe mich an Geist und Seele weiterentwickelt, bin über die Notwendigkeit schnöder Waffen hinaus. Bitte schmollen Sie nicht. Ich hatte gehofft, Sie würden sich über meine spirituellen Fortschritte freuen.«

»Das tue ich«, antwortete Nevenskoi eifrig. »Das tue ich wirklich, von ganzem Herzen. Und dennoch sehe ich mich in aller Bescheidenheit zu der Feststellung gezwungen, dass meine Entdeckung, die auf ein neues Element in der Welt hinausläuft, als ein wunderbarer Weg betrachtet werden könnte, der sich der Menschheit eröffnet – eine neue Hilfsquelle, eine neue Richtung, ein unbekanntes Terrain, das sich der Erforschung –«

»Ach, geraten Sie nicht in Verzückung, Nevenskoi«, riet ihm der König. »Sie sind ein bisschen zu überzeugt von sich selbst, nicht wahr?«

»Majestät, ich wollte nicht anmaßend sein.«

»Wahrscheinlich nicht, aber ich muss Sie darüber aufklären, dass dieser so genannte ›wunderbare Weg‹ von Ihnen in Wirklichkeit eine Sackgasse ist.«

»Sire?«

»Nun, nun, jetzt spielen Sie nicht den Beleidigten. Ihr brillanten Adepten seid temperamentvoll und selten dazu imstande, die Wahrheit zu ertragen. Aber dieses Mal müssen Sie sie sich anhören. Der Schlüssel zur Zukunft liegt nicht in der Erforschung von Feuer, Explosivstoffen, atmosphärischen Bränden oder einer ähnlichen gewöhnlichen Feuereffusion.«

»Gewiss, Sire.« Furcht zuckte schmerzhaft durch Nevenskois Kopf. Er spürte, dass das Interesse seines Zuhörers erlahmte, und mit dieser Ebbe gingen Ruhm und Ehre, Liquidität und Sicherheit dahin. Seine Eingeweide begannen sich zu verkrampfen.

»Der Schlüssel«, fuhr Miltzin fort, völlig blind für die Not seines Gegenübers, »liegt in der Vereinigung von Magie und Wissenschaft. Es ist diese große Verschmelzung, die die Welt der Zukunft formen und beherrschen wird. Und die Nation, die diese beiden Zwillingskräfte erfolgreich begreifen wird – die Nation, die imstande sein wird, das neue Wissen im Bereich des Transportwesens und der Kommunikation zur praktischen Anwendung zu bringen –, wird sich in den kommenden Jahren sicherlich als die führende erweisen.«

Nicht ein einziges Wort über das Fühlende Feuer. Die Speckkräcker lagen wie Steine in Nevenskois Magen. Die Schärfe der Chiliöl-Aale tobte durch seine Adern. Seine Eingeweide ballten sich zusammen, und der Schweiß sammelte sich auf seiner Stirn, doch es gelang ihm zu entgegnen: »Ihre Majestät malen eine herrliche Zukunft. Fürs Erste jedoch –«

»Die Mechanik des Transports muss gemeistert werden«, fuhr der König rücksichtslos fort. »Das ist der erste Schritt auf dem Weg. Meine Pflicht als Monarch ist es, Führung und Ermutigung zu gewährleisten. Deshalb – und Sie sind der Erste, der es erfährt, mein Lieber – plane ich eine außerordentliche Veranstaltung, die dazu geeignet sein wird, die Aufmerksamkeit der Welt auf Themen von eminenter Bedeutung zu lenken.«

»Bewundernswert, Sire. Doch Sie sprechen von außerordentlichen Veranstaltungen, und ich bitte um Verzeihung, wenn ich Ihre Majestät daran erinnere, dass –«

»Es wird ein Rennen sein«, verkündete Miltzin. »Das größte aller Zeiten, offen für alle, und der Parcours wird eine gewaltige ovalartige Runde beschreiben, die ich eigenhändig entworfen habe. Ich kann Ihnen kaum die Freude schildern, die ich bei dieser Aufgabe empfunden habe. Nevenskoi, es wird prachtvoll werden! Die Rennteilnehmer werden durch viele Länder reisen, übers Meer, durch Gebirge und Wald und weiteres gefährliches Gelände, bis nach Aveshq und wieder zurück. Es gibt keine Schwierigkeit, der sie nicht begegnen werden. Ha! Aber es wird umwerfend werden! Und aus diesem Grund habe ich mich entschlossen, diesen von mir geplanten Parcours die Große Ellipse zu nennen. Na? Was halten Sie davon?«

»Sehr schön, Sire.«

»Das will ich meinen. Ich habe in Betracht gezogen, es das ›Große Oval‹ zu nennen, fand aber dann, dass diese Bezeichnung nicht sehr zündend wirkt.«

»Ich beglückwünsche Ihre Majestät zu Ihrer weisen Entscheidung.« Nevenskoi spannte alle Kräfte an, um den wachsenden Tumult in seinen Eingeweiden zu ignorieren. »Zweifellos wird dieses geplante Rennen manch edlem und nützlichem Zweck dienen.«

»Die Mechanik des Transports in Prinzip und Anwendung. Kommunikation, magisch und prosaisch. Fortschritt!«

»Ähnlich nützlich ist meines Erachtens eine Entdeckung, die ich neulich –«

»Oh, ja, ich entsinne mich.« Miltzin kehrte widerwillig in die Gegenwart zurück. »Irgend so ein Feuerzauber, oder? Nun, ich weiß wirklich nicht, ob ich Zeit für solche Dinge erübrigen kann, wenn Themen von weit größerer Tragweite – oh, schon gut, Nevenskoi. Ich kann Sie nicht schmollen sehen. Ich werde mir Ihr kleines Feuerwerk ansehen. Versuchen Sie es kurz zu machen.«

»Wie Sie wünschen, Sire.« Er hatte eigentlich eine Rede vorbereitet, verkniff sie sich aber vorerst, denn die Grashüpferaugen von Meisen-Miltzin wanderten schon wieder umher. Nevenskoi begab sich zu der Grube-der-Elemente in der Mitte des Raums, wo die vorbereiteten Materialien bereits versammelt waren. Er verschwendete keine Zeit mit den theatralischen Gebärden und Deklamationen, die unwissende Zuschauer von einem Zauberadepten erwarteten. Vielmehr gebrauchte er seinen Verstand, schließlich hatte er sein Leben lang nichts anderes getan, als ihn zu benutzen. Er blieb ganz still stehen, die Augen geschlossen. Seine kaum merklichen Gesten und sein beinahe unhörbares Gemurmel waren das Mindeste, was er benötigte, um die Konzentration seines Verstands zu ermöglichen. Die Kohlen, die in seiner Magengrube vor sich hin glommen, existierten nicht mehr. Eine Zeit lang verlor er das Bewusstein für seine unmittelbare Umgebung, denn seine Gedanken zogen auf Pfaden dahin, die niemand außer den wenigen auserwählten Zauberadepten kannte, und es strebte einer anderen Ebene entgegen, einem völlig fremden Platz, den man weder begreifen noch beherrschen konnte, der ihm aber dennoch vertraut war.

Er hatte es. Da war es. Die mentale Explosion ließ die arkane Macht durch ihn hindurchschießen. Nitz Neeper, bekannt als Nevenskoi, öffnete seine Augen und richtete diese Kraft auf die Grube-der-Elemente, wo aus den versammelten Präparaten neidgrün brennende Flammen schlugen.

Hitze, Licht, Emotion und schlichtes Bewusstsein strahlten von dem Feuer aus.

Hungrig. Hungrig. HUNGRIG!

Das elementare Drängen brannte in Nevenskois Hirn. Die unschuldige Gier und das wilde Verlangen seiner Schöpfung verschmolzen mit seinen eigenen Gedanken, erhitzten sie, färbten sie und überwältigten sie um ein Haar.

Futter! Freiheit! Sofort! SOFORT!

Die psychischen Forderungen hämmerten auf ihn ein, aber Nevenskoi hielt unbeirrt die Stellung, und im Nu erkannte das Feuer seine Herrschaft an.

Bittebittebittebittebitte!

Bald, erwiderte er wortlos. *Wenn du lieb bist.*

Gibmirgibmirgibmir!

Ruhig. Warte. Nevenskoi wandte sich an seinen König, der mit stummer Duldermiene dort saß, und erklärte: »Sire, das Feuer verfügt über Bewusstsein.«

»Und über eine entschieden grüne Farbe«, antwortete Meisen-Miltzin. »Noch nie habe ich grüne Flammen gesehen. Das ist recht pittoresk. Sind wir schon fertig?«

»Nein. Bleiben Sie sitzen und passen Sie auf«, instruierte Nevenskoi den König und sah, wie dessen Brauen sich angesichts seines autoritären Tonfalls hoben. Indem er seine Gedanken nach innen lenkte, um das wilde, brennende Bewusstsein zu erreichen, das gegen das Seine prallte, erteilte er Befehle, die nur für sein Publikum laut ausgesprochen wurden.

»Löse dich von deiner gegenwärtigen Brennquelle –«

NEIN! NEIN!

»– umrunde dieses Zimmer, verzehre aber nichts, und kehre dann zurück!«

Auf der Stelle sprang eine wirbelnde Masse aus grünen Flammen aus der Grube-der-Elemente, kreiste in atemberaubender Schnelligkeit durch den Arbeitsraum und eilte sodann zu der Grube und dem Haufen chemisch präparierter Reisigbündel zurück.

Nevenskoi unterdrückte die natürliche Aufwallung von Zufriedenheit, die seine Konzentration hätte durchbrechen können. Seine Augen suchten den König.

Meisen-Miltzin saß stocksteif aufgerichtet in seinem Sessel. Seine Duldermiene hatte einem Ausdruck unverhohlenen Staunens Platz gemacht.

Ausgezeichnet. Wieder wandte Nevenskoi sich an die Flammen. »Nähre dich und stehe aufrecht.«

Eine brennende Säule schoss hoch über ihren Köpfen zur Decke empor.

Miltzin IX. stieß ein erschrockenes Quieken aus.

»Nun klinge ab«, befahl Nevenskoi. »Lass deinen Brennstoff los –«

Nein! Nein! Hungrig! Nein!

»– löse dich vorübergehend von ihm und sinke zu einem winzigkleinen Funken zusammen –«

Neinneinbitteneinneinbitteneinnein bitte –

Komm, mein Schatz, mein Schöner, lockte er schweigend, *ich werde dich belohnen.*

Versprochen?

Bei meiner Hoffnung auf Ruhm. Solche Zugeständnisse

waren unnötig, denn er war unangefochten der Herr; dennoch konnte Nevenskoi nicht widerstehen.

Sofort fiel die große grüne Säule in sich zusammen und schrumpfte zu einem winzigen Funken, den man gerade noch sehen konnte.

»Oh«, hauchte Miltzin IX.

Danke, mein Lieber, du wirst es nicht bereuen, sagte Nevenskoi wortlos. Laut befahl er: »Nimm deine ursprüngliche Gestalt wieder an, teile dich in zwei gleiche Teile und tanze eine Linniana.«

Die grünen Flammen gehorchten. Die Flammen wirbelten umher, und der König gaffte mit offenem Mund.

»Und nun«, flüsterte Nevenskoi, »komm zu mir. Komm zu mir, mein Süßer. Verzehre nichts, aber lass uns einander nah sein – lass uns verschmelzen.«

Die Flammen umarmten ihn und hüllten ihn ein. Er stand im Herzen einer tosenden Lohe. Das Feuer war um ihn und in ihm, füllte seine Nase und seinen Mund aus, stürzte hinunter in seine Lunge, verletzte ihn jedoch nicht, würde es nie tun, denn der Geist des Feuers schwang in derselben Melodie wie sein eigener, und er konnte die zornige Liebe spüren, den Hunger und die Gier, die ihn eins mit seiner Schöpfung werden ließen. Sein Herz hämmerte, und eine wilde Freude stieg in ihm auf, eine Begierde, zu verzehren und zu verschlingen –

Durch den zuckenden Vorhang grüner Flammen hindurch konnte er sehen, wie Miltzin aus seinem Sessel aufstand, mit den Armen furchtelte und seinen Mund aufriss und wieder schloss; offenbar rief er etwas, aber die Worte waren bedeutungslos. Die mit Pomade eingefetteten Locken des Königs und sein ergrauender Walrossschnäuzer würden prächtig brennen. Die Metallborte, die auf der pseudo-militärischen Tunika des Königs glitzerte, würde schmilzen und herunterlaufen, ein wahrer Fluss aus Gold ... Und wenn er den König gefressen hätte, blieben noch die Regale mit den

Zauberutensilien, die Möbel und die Vorhänge. Köstlich.

Nevenskois Arme, in Flammen gehüllt, erhoben sich ohne sein Zutun. Er tat einen Schritt auf Miltzin IX. zu und zwang sich mit Mühe zum Innehalten.

Nein. Er nahm seinen ganzen Willen zusammen, und seine menschliche Natur gewann wieder die Oberhand.

»Genug«, wisperte er widerwillig, und das Feuer kitzelte über seine sich bewegenden Lippen. »Zurück zu deinem Brennstoff, und erfrische dich, wie du willst.«

Eine letzte schmerzlose Feuerumarmung, dann stürzten die grünen Flammen brüllend zu der Grubeder-Elemente zurück. Die körperliche Trennung verminderte die Intensität der geistigen Verbindung, sodass Nevenskoi erleichtert und schmerzhaft beraubt zugleich zurückblieb.

Wunderschön, bemerkte er schweigend. *Vollkommen.*

Aus der Grube erhielt er die knisternde zufriedene Antwort.

EssenEssenEssenEssenEssenEssenEssen.

Jetzt war alles in Ordnung. Er konnte es sich erlauben, zu entspannen, sich von dem Triumph durchströmen zu lassen, ohne es zu zeigen. Ein großer Adept bewahrte seine Unergründlichkeit in allen Lebenslagen. Nevenskoi setzte eine professionelle Miene auf und verbeugte sich tief.

»Nevenskoi! Sind Sie noch *am Leben*?«, fragte der König.

»Wie es Ihrer Majestät gefällt.«

»Ich werde diesen Arzt von meiner Frau zu Ihnen schicken. Sie schwört auf den Burschen –«

»Sire, Ihr Diener ist unversehrt.«

»Wie das? Ich konnte die Hitze durch den halben Raum spüren! Oder war alles ein Trick? Eine multisensorische Illusion im alten Vonahr-Stil, ja? Ha, sehr gut, sehr klug!«

»Keine Illusion, vielmehr eine Realität, die sich leicht bewahrheiten lässt. Wenn ich mich recht erinnere, hat Ihre Majestät des Öfteren ein profundes Missfallen an der langhaarigen Lieblingskatze Ihrer Majestät geäußert. Ihre Majestät muss nur Befehl geben, die Katze der Fühlenden Flamme zu überantworten, mit einem Ergebnis, das die Wahrhaftigkeit meiner Vorführung endgültig bestätigen wird.«

»Verlockend, aber unmöglich. Ihre Majestät ist vernarrt in dieses schnurrende Ungeziefer, dessen Einäscherung hässliche Konsequenzen nach sich ziehen würde. Wie dem auch sei, mein lieber Knabe, ich glaube Ihnen. Dann muss ich wohl annehmen, dass die Fühlende Flamme wach ist, ein Bewusstsein besitzt und Ihrem Willen unterworfen ist? Sie befehlen, und die Flammen – gehorchen einfach?«

Eine solch beschränkte, unzulässige Vereinfachung erforderte keine Antwort. Nevenskoi gestattete sich ein finsteres Lächeln.

»Sie sind ein begabter Bursche, darin besteht kein Zweifel«, anerkannte Miltzin. »Ich beglückwünsche Sie, mein Freund! Ich gestehe, ich war ziemlich überrascht, ziemlich aufgewühlt; und wie Sie wissen, lasse ich mich nicht so leicht hinreißen! Dennoch, trotz der Lebhaftigkeit Ihrer Demonstration muss ich feststellen, dass meine Ausgangsfrage unbeantwortet bleibt. Was ist der praktische Nutzen Ihrer Entdeckung?«

»Ihre Anwendungsmöglichkeiten sind mannigfaltig, Sire«, behauptete Nevenskoi. »Stadtsanierung. Die Rodung von Wäldern. Verbesserter häuslicher Komfort und Effizienz –«

»Gewöhnliches Feuer erfüllt diese Zwecke recht gut und ist vermutlich billiger.«

»Der Einsatz der Fühlenden Flamme zur Erhitzung eines Boilers«, beharrte Nevenskoi, »ermutigt die Entwicklung einer fühlenden Dampfmaschine –«

»Zu weit hergeholt.«

»Fühlender Beleuchtung –«

»Überflüssig.«

»Dann wäre da noch die nationale Verteidigung –«

»Schon wieder Waffen. Barbarisch. Sie kennen meine Überzeugung. Es ist genau das, was ich befürchtet habe. Ihre Fühlende Flamme, im ersten Augenblick eine faszinierende Kuriosität, ist dazu angetan, unwillentlich eine Katastrophe heraufzubeschwören.«

»Die Zukunft hüllt sich in Schatten«, orakelte Nevenskoi, der einfach nicht zulassen wollte, dass der Widerstand seines Gesprächspartners sich verfestigte. »Es mag gut möglich sein, dass die vereinten Kräfte vieler außerordentlicher Geister das Schicksal des Fühlenden Feuers gestalten müssen. Aus diesem Grund beschwöre ich Sie, Sire, Ihre königlichen Vettern in der ganzen Welt über die Entdeckung zu unterrichten, die im Sonnenlicht der Schirmherrschaft Ihrer Majestät gehegt und zur Reife gebracht wurde. Die Menschheit muss ihr Urteil darüber fällen –«

»Das ist eine törichte Idee, Nevenskoi«, unterbrach ihn Meisen-Miltzin. »Sie haben nicht die geringste Ahnung, was Sie da vorschlagen, denn ihr zurückgezogen lebenden Adepten wisst nicht das Geringste von der Welt. Legen Sie eine Pause ein und denken Sie nach, Mann! Verbreiten Sie Ihre Errungenschaft im Ausland, und was kommt dabei unweigerlich heraus? Chaos. Durcheinander. Unheil. Binnen kürzester Frist würden wir uns von Höflingen, Diplomaten, offiziellen und inoffiziellen Gesandten belagert sehen, die unsere Hauptstadt bevölkern, Briefsendungen aus dem Ausland würde unser Postwesen zum Erliegen bringen, Bittsteller würden auf unserer Schwelle kampieren und fremde Spione die Gänge unseres Palastes verpesten. Tag und Nacht würden sie über uns herfallen, Nevenskoi! Sie würden dieses dressierte Feuer für ihre eigenen Zwecke haben wollen, und Sie können sich vorstellen, was *das* bedeuten würde. Diese Grewzier zum Beispiel –

diese Stärke-durch-Reinheit-, Esst-euer-Fleisch-roh-, Erobert-die-Welt-Fanatiker-, Sie können sich ausmalen, wie die sich aufführen würden! Ihr Imperior, mein Vetter Ogron, stammt aus dem allerschlimmsten Zweig der Familie, und glauben Sie mir, er würde über die volle Distanz gehen! Er würde mich *verfolgen*. Und diese vonahrischen Fatzken würden mich beschwatzen, und die Strellianer wären da mit ihren Predigten, und diese sonderbaren rhazaullischen Landsleute von Ihnen würden mir fässerweise diesen tödlichen Vouvrak schicken, in den sie unverständlicherweise so vernarrt sind, zusammen mit Seezobelmänteln und verhüllten Drohungen. Ich sag's Ihnen, mit unserem Frieden wär es vorbei!«

»Es ist unvermeidlich«, gab Nevenskoi vorsichtig zu, »dass das Wunder des Fühlenden Feuers den Neid und die Begierde des Auslands wecken wird – insbesondere jetzt, in Zeiten eines so ausufernden Konflikts –«

»Oh, es steht fest, dass die Welt verrückt geworden ist, Nevenskoi, ziemlich verrückt! Obwohl meinen Cousin Ogron die Hauptschuld trifft; er hat damit angefangen. Er war schon immer ein übler Schläger, schon als Kind. Und raffgierig. Wenn man ein neues Spielzeug hatte, schnappte Ogron es einem vor der Nase weg. Keinerlei Skrupel, dieser Mensch. Tand, Kinkerlitzchen, ganz gleich – Ogron raffte alles an sich. Sehen Sie sich ihn nur an – erwachsen, Imperior von Grewzland, und raffgierig wie eh. Schnappt sich Szar. Schnappt sich Nidroon. Schnappt sich die Mittel-Herzogtümer mit Stumpf und Stiel. Schnappt sich Dalyon. Er ist derjenige, der diesen widerwärtigen internationalen Tumult heraufbeschworen hat, und gegenwärtig findet man kein friedliches Fleckchen Erde von hier bis ans Ende der Welt!«

»Dürfte ich anmerken«, versuchte es Nevenskoi erneut, »dass der Besitz eines so nützlichen Gebrauchsgegenstandes wie des Fühlenden Feuers in so kritischen Zeiten Ihre Majestät in eine höchst beneidenswerte Lage versetzt? Bedenken Sie nur den Effekt des intelligenten Feuers, wenn es gegen eine feindliche Armee oder Stadt eingesetzt würde! Es gäbe einen verzweifelten Kampf um dieses neue Wissen. Um offen zu sprechen, Ihre Majestät, Sie könnten jeden Preis verlangen. Seine Majestät, zu Recht Vater der Nation geheißen, könnten nun –«

»Die nieder-hetzische Wirtschaft«, stellte der König klar, »hat stets in einer Atmosphäre vollkommener Neutralität floriert.«

»Sire, ich schlage ja nur vor –«

»Ihr Vorschlag, dass wir uns, wenn auch nur indirekt, in fremde Händel einmischen sollen, ist unangemessen«, schnarrte Meisen-Miltzin. »Sie sind ein Fremder unter uns und werden nur geduldet. Vergessen Sie das nicht, und strapazieren Sie unsere Geduld nicht zu sehr!«

Nevenskoi fuhr zusammen. Die milde und sonnige Miene des hetzischen Königs war von einem Augenblick auf den anderen gefroren. Seine Augen waren ausdruckslos geworden, und seine Stimme war so kalt wie ein rhazaullisches Grab. Das Herz des Adepten begann wie wild zu pochen, während sein Magen erneute Warnsignale von sich gab.

Beruhige ihn. Entschuldige dich, drängte ihn der Geist des ehemaligen Nitz Neeper. *Setz dich durch. Herrsche,* beharrte die Intelligenz des Zauberers Nevenskoi.

Leichter gesagt als getan. Wie es aussah, gab es zumindest einen Punkt, in den der königliche Wille sich verbissen hatte und von dem er nicht lassen wollte.

»Wir nehmen eine neutrale Position ein«, verkündete der König der Nieder-Hetz. »Das haben wir immer getan, und so wird es auch in alle Zukunft bleiben. Das ist die Entscheidung, auf die wir seit Generationen vertraut haben. Maßen Sie, ein Ausländer, sich an, das Urteil unserer Väter in Frage zu stellen?«

»Ich vertraue voll und ganz auf die Weisheit meines

Königs«, antwortete Nevenskoi pflichtschuldig. »Ich würde ihm nur raten, in Erwägung zu ziehen –«

»Es gibt nichts in Erwägung zu ziehen. Die Neutralität der Nieder-Hetz bleibt unantastbar. Sollen die unwissenden Nationen dieser Welt sich wie die Tiger zerfleischen, wenn es ihnen gefällt. Ihre Torheit kümmert und betrifft uns nicht. Wir bevorzugen weder den einen noch den anderen Krieger, und keiner von ihnen wird den Vorteil des Fühlenden Feuers erhalten. Sie werden keine Kenntnis von seiner Existenz erhalten. Das ist meine unumstößliche Entscheidung, und ich dulde keinen Widerspruch. Haben Sie mich verstanden, Nevenskoi?«

»Vollkommen, Sire.«

»Sehr gut.« Besänftigt taute der König auf. »Schauen Sie nicht so düster drein, alter Knabe. Seien Sie versichert, dass Sie all die Anerkennung haben werden, die eine solch lobenswerte Arbeit verdient. Vielleicht könnten Sie eine Vorführung arrangieren, bei der der ganze Hof zusehen kann. Wie unterhaltsam das sein wird! Dieser Trick am Ende, wenn Sie von Kopf bis Fuß in grünes Feuer eingehüllt dort stehen, ist absolut umwerfend! Und jetzt, wo ich darüber nachdenke, wird Ihre Pyrotechnik die perfekte Begleitung zu meiner öffentlichen Ankündigung des bevorstehenden Rennens abgeben, das ich die ›Große Ellipse‹ getauft habe. Glauben Sie, die unvergleichliche gnädige Frau liGrozorf wird diesen Namen billigen? Ich gestehe, mein Freund, die Aussicht schlägt mich völlig in den Bann.«

Nevenskoi brachte ein schwaches Lächeln zustande. Das Lächeln blieb wie festgeschraubt in seinem Gesicht, trotz des Ärgers und der Enttäuschung, die in ihm schwärten, und trotz des immer stärker werdenden dyspeptischen Elends, das seinen Magen peinigte. Der König bemerkte nichts, aber jemand anders war aufmerksamer.

Schmerz. Ärger. Sorge, knisterte die strahlende Stimme aus der Grube-der-Elemente. *Waswaswaswaswaswas?*

Kein Grund zur Sorge, mein Süßer, beschwichtigte Nevenskoi seine Schöpfung stumm.

Schmerz. Traurig. Verrückt. Schmerz. Waswaswaswaswaswas?

Dieser Mann, der uns besucht hat, will deine Herrlichkeit vor den Augen der Menschheit verstecken. Er ist von Ängsten zerfressen und würde daher dein Licht ersticken. Seine Kleingeisterei und sein Undank kränken mich.

Ihn essen? EssenEssenEssen?

Die flammende Beharrlichkeit bedrängte ihn, und Nevenskoi fühlte schon, wie er nachzugeben begann. Meisen-Miltzin verschlingen. Gute Idee. Den Burschen in einem gewaltigen befriedigenden Bissen verschlucken und dann weiterspringen zu diesen leckeren papierenen Notizbüchern und Akten …

ESSENESSENESSENESSEN!

In Nevenskois Kopf schrillten die Alarmglocken. Irgendetwas stimmte hier nicht. Er verlor die Kontrolle. Die akute Verstopfung hatte seine Konzentration böse geschwächt, hatte seinen Fokus zerstört und seine Autorität untergraben. Er nahm sich ein paar Momente, um sich wieder zu fassen, und als er sich seiner Dominanz wieder sicher war, sprach er inwendig:

Nein, Liebling, denn der König ist nicht böse, sondern nur kleingeistig. Er ist unser Wohltäter und darf nicht leichtfertig gegessen werden. Aber sein Wille wird gebrochen werden. Ich habe seinen Plan bereits hintertrieben.

Wie? Wie?

Ich habe Kontakt mit meinen Zaubererkollegen in jedem Land aufgenommen. Ich habe ihnen mit Hilfe magischer Mittel, die König Miltzins beschränkten Verstand übersteigen, eine Nachricht geschickt.

Was? Was?

Unwichtig. Für dich, mein Schöner, genügt es zu wissen, dass wir der Hilfe des Königs nicht bedürfen. Soll er uns nur ignorieren, es ist unwichtig, denn nun erfahren die Gelehrten und Adepten in der ganzen Welt – die Männer mit wahrer Macht – von deiner Geburt. Die Weisen werden deine Tugenden, deine Stärke, deinen Glanz und dein Strahlen kennen lernen. Die Nachricht verbreitet sich mit Windeseile. Niemand kann sie jetzt noch aufhalten.

Jetzt sind wir wieder glücklich. Die grünen Flammen tanzten.

»Worüber lächeln Sie, Nevenskoi?«, verlangte Meisen-Miltzin zu wissen.

»Ich freue mich an der Zufriedenheit meines Monarchen.«

»Guter Bursche; das höre ich gerne! Nehmen Sie noch ein Glas Champagner!«

»Wie Ihre Majestät wünschen, jetzt und immerdar.«

Erstes Kapitel

Und so kommt es, dass die Bhomiri-Insulaner, nachdem sie sich gezwungenermaßen der westlichen Herrschaft unterworfen hatten, scheinbar den westlichen Moralkodex angenommen haben. Sie haben ihre herkömmlichen kannibalistischen Praktiken aufgegeben, die Polygamie geächtet und Menschenopfer unter Strafe gestellt, jedenfalls machen sie uns das glauben. Nachforschungen haben indes die Unwahrheit dieser angeblichen Läuterung enthüllt. Unter der dünnstmöglichen Tünche dessen, was wir Vonahrier unter Zivilisation verstehen, besteht die alte Kultur weiter. Es handelt sich um eine Kultur, die wir trotz ihrer verstörenden Aspekte nur schwer verdammen oder verachten können, denn es sind solche Quellen, die uns von der Vergangenheit der Menschheit und damit letztlich von uns selbst künden.« Luzelle Devaire beendete ihre Vorlesung.

Es herrschte Schweigen, und sie versteifte sich. Sie hätte diese kannibalistischen Bhomiri-Feste nicht in solchen Einzelheiten schildern sollen. Sie hatte ihre Zuhörer schockiert, und das war ein Fehler gewesen.

Dann brach das Publikum in Beifall aus, und Luzelle entspannte sich. Ihr Instinkt hatte sie nicht getrogen; sie *war* gut in ihrer Arbeit. Manchmal bekam sie Bedenken, aber die augenblickliche Reaktion zerstreute alle Zweifel.

Beinahe alle.

Ihre Blicke wanderten über die Ränge der Begeisterten, um auf zwei Gesichtern im Hintergrund zu verweilen, die weder zufrieden waren noch das Gesagte zu billigen schienen.

Dort saß ihr Vater, erzürnt, grollend, beleidigt; und neben ihm ihre Mutter, die pflichtschuldig ähnliche Gefühle zur Schau trug.

Warum waren sie ausgerechnet heute gekommen?

Du hast sie eingeladen. Du hast sie dazu aufgefordert zu kommen.

Aber nicht heute!

Aus dem Publikum hagelten Fragen auf sie ein. Sie beantwortete sie fast automatisch, während ihre wahre Aufmerksamkeit bei ihren Eltern war. Sie waren beide sichtlich ungeduldig. Vielleicht würden sie das Warten irgendwann leid sein und gehen.

Zuviel des Glücks.

Die Fragen versiegten allmählich. Die Zuhörer verließen den Vorlesungssaal. Selbst der junge Möchtegern-Galan aus der ersten Reihe, der mit den glitzernden Zähnen und dem Kneifer, gab schließlich auf und zog sich zurück. Aber Meister Udonse Devaire und seine Gattin Gilinne blieben.

Die Frage, wie ihr Vortrag ihnen gefallen hatte, erübrigte sich. Ihre geschürzten Münder sprachen Bände.

Der letzte Zuhörer verschwand, und Luzelle fand sich allein mit ihren Eltern im Vorlesungssaal wieder. Sie saßen noch immer regungslos in der inzwischen leeren hintersten Bank. Keine Chance so zu tun, als sähe sie sie nicht. Tief Luft holend, stieg sie vom Podium hinunter und ging widerstrebend durch den mit einem Teppich ausgelegten Gang auf sie zu.

»Vater. Mutter. Wie nett von Ihnen zu kommen. Ich bin ja so froh«, log Luzelle. Sie setzte ein angemessen dankbares Lächeln auf.

Weder ihre Worte noch die Gesichtsverrenkung erzielten den gewünschten Effekt.

»Wir sind gekommen«, beschied Udonse Devaire seine Tochter, »weil wir gerecht sein wollten. Ich strebte Unvoreingenommenheit an, und aus diesem Grunde habe ich im Zweifelsfalle erst einmal zu deinen Gunsten entschieden.«

»Der Richter hat sich wie stets große Mühe gegeben, alle Umstände abzuwägen«, erklärte Gilinne.

Der Richter, so nannte sie ihn immer. Grimmig, aber irgendwie auch verständlich, denn Udonse Devaire, Richter am Sherreenischen Hohen Gerichtshof, schien von Natur aus dazu bestimmt zu sein, Erhabenheit auszustrahlen. Mit seiner hohen Stirn, seiner Adlernase, seinen kalten Augen, seinem ergrauenden, eckig gestutzten Bart und dem betont majestätischen Gebaren erweckte Udonse Ehrfurcht bei Verbrechern und Familienmitgliedern gleichermaßen – insbesondere bei Frauen. Kein Wunder, dass seine Frau, seine Schwestern, seine Mutter und die verschiedensten Geliebten in geradezu religiöser Verehrung von ihm nur als ›Seine Ehren‹ sprachen. Luzelle selbst hatte es getan, in früheren Jahren.

»Ich habe zugehört, ich habe abgewogen, ich bin zu einem Urteil gelangt«, tat der Richter kund.

Schuldig. Sie hatte gedacht, er könnte es sich vielleicht noch einmal überlegen, wenn er sich einmal angehört hatte, was sie zu sagen hatte, aber sie hätte es besser wissen müssen. Natürlich hatte sie nicht damit rechnen können, dass er sich den heutigen Tag dafür aussuchen würde. Polygame bhomirische Kannibalen. Kaum ein Thema, das sich für den Richter empfahl.

»Es war abstoßend und hat meine schlimmsten Befürchtungen übertroffen«, erklärte Udonse. »Ich muss gestehen, ich war entsetzt.«

»Wirklich, Tochter, ich möchte nicht unfreundlich sein, aber es war widerwärtig«, beklagte sich Gilinne. »Wie konntest du nur?«

»Deine Vorlesung – falls man einen solch ekligen Erguss von Schmutz und Gräuelmärchen durch eine solche Bezeichnung adeln darf – hat einen bestürzenden Mangel an gutem Geschmack, Anstand und vor allem jenem allgemeinen Feingefühl erkennen lassen, das man weiblich nennen darf«, deklamierte Udonse. »Deine Schilderung barbarischer Untaten lotete die Abgründe der grässlichsten Sensationshascherei aus und enthüllte eine solche Grobheit von Geist und Charakter, die ich nie bei einem weiblichen Wesen, das den Familiennamen Devaire trägt, anzutreffen erwartet hätte. Dein Blut ist gut, und du hast eine anständige Erziehung genossen. Mich kann man also nicht für deine mentalen und moralischen Defizite zur Verantwortung ziehen.«

»Wie kann es unmoralisch sein, die bloße Wahrheit wiederzugeben, Sir?«, fragte Luzelle und merkte, wie ihre Lippen sich zu einem Lächeln verzogen, das, wie sie sehr wohl wusste, ihn rasend machen würde. Sie hatte sich vorgenommen, der Versuchung zu widerstehen, hatte sich eingeredet, sie sei zu alt für pubertären Trotz und Provokationen, doch ihr Gesicht nahm das gewohnte Mienenspiel gleichsam ohne ihr Zutun wieder auf.

»Es gibt«, rief Gilinne Devaire ihrer Tochter in Erinnerung, »einen so eklatanten Mangel an Geschmack, dass er echte Abscheu in einem Zuhörer erregt. Das ist es, was der Richter dir begreiflich zu machen versucht. Verstehst du das, meine Liebe?«

»Das sollte sie«, merkte der Richter an, »in ihrem Alter.«

Sie verstand nur zu gut. Luzelle fühlte, wie ihr Blut und ihr Atem sich beschleunigten. Lächerlich. Sie hatte sich geschworen, nie wieder zuzulassen, dass die Worte ihres Vaters sie innerlich zum Kochen brachten. Aber jetzt klopfte ihr Herz, und ihr Puls raste, als wäre sie wieder sechzehn Jahre alt und elenderweise der väterlichen Tyrannei ausgeliefert.

Nur, dass sie es nicht mehr war. Sie war erwachsen und frei. Zeit, sich dementsprechend zu benehmen.

»Vater und Mutter, es tut mir Leid, wenn ich Sie

gekränkt habe«, versuchte sie es, während sie ihre Miene sorgfältig von jeglicher Regung mit Ausnahme der höflicher Sorge reinigte. »Ein andermal hätte es Ihnen vielleicht besser gefallen – »

»Es wird kein anderes Mal geben«, ließ Seine Ehren sie wissen. »Ich habe mir das widerliche Zeug lange genug angehört und bin nun bereit, das Urteil zu verkünden.«

»Ich bin untröstlich, Sir«, entgegnete Luzelle. Ihre Augenbrauen und ihr Kinn fuhren in die Höhe, und wieder einmal sah sie sich genötigt, sich zu rechtfertigen, zu beschwichtigen. »Es tut mir Leid, aber ich kann jetzt nicht mit Ihnen sprechen. Ich habe eine Verabredung, die ich einhalten muss.«

»So spricht man nicht mit dem Richter«, tadelte Gilinne Devaire ihre Tochter. »Du darfst nicht unehrerbietig werden, Kind.«

»Das wollte ich auch nicht«, gab Luzelle zurück, »aber die Wahrheit ist – und es tut mir Leid –, aber die Wahrheit ist, dass Ihr Besuch sehr ungelegen kommt. Sehen Sie, dies hier wird alles erklären.« Sie musste nichts erklären, aber alte Gewohnheiten sind zählebig, und so griff sie in ihre Tasche, um einen Brief hervorzuholen und ihn ihrem Vater hinzuhalten. Er nahm ihn entgegen, als erweise er ihr damit eine besondere Gunst, und überflog die Botschaft mit gerunzelter Stirn. Die letzten Worte schienen seine Leichtgläubigkeit so sehr zu strapazieren, dass er sich nicht enthalten konnte, sie laut vorzulesen:

»*... und daher sind wir, sollten Sie willens sein, das Wagnis einzugehen, bereit, eine vollständige Kostenübernahme anzubieten und für alle gerechtfertigten Ausgaben zu bürgen – einschließlich persönlichen Transports jeder notwendigen Art und Bezeichnung, sowohl vorhersehbar als auch unerwartet; gleichzeitige Gepäcktransportkosten; Unterkunft und Verpflegung nach gewöhnlichen und vernünftigen Maßstäben während der gesamten Dauer des Rennens; sämtliche vertretbaren*

Auslagen für Nebenausgaben und Notfälle, die Ihnen unterwegs zustoßen.

Wir freuen uns auf ein Treffen mit Ihnen nach dem Ende Ihrer nächsten lehrplanmäßigen Vorlesung im Universitätsdom eine Woche nach dem Datum dieses Briefs. Zu diesem Zeitpunkt erwarten wir eine Antwort und hoffen auf eine Zusage, die sich für alle betroffenen Parteien als vorteilhaft erweisen dürfte …«

»Was ist denn das für eine neue Verrücktheit?« Kurzfristig sah es so aus, als würde Udonse das anstößige Dokument zerreißen, doch er zog es vor, es ihr unversehrt zurückzureichen.

»Das ist das Angebot einer Schirmherrschaft von Regierungsseite.«

»Schirmherrschaft. So nennst du das also! Bist du unaufrichtig oder einfach nur leichtgläubig?«

»Bitte beachten Sie den Briefkopf, Sir«, erwiderte Luzelle standhaft. »Außenministerium –«

»Ich erkenne das Staatswappen, das leicht entwendet oder gefälscht werden kann. Du bist doch nicht etwa so einfältig, dieses Angebot unbesehen anzunehmen?«

»Es hat mein Interesse geweckt, und das sollte es wohl auch. Wer das Rennen des hetzischen Königs gewinnt, erhält einen ungeheuren Preis – eine legitime hetzische Peerschaft, mit der der Besitz irgendeines alten Herrenhauses oder irgendeiner alten Burg oder so etwas irgendwo in der Nieder-Hetz einhergeht – und ich wüsste wirklich gerne –«

»Das ist kein legales Angebot. Mehr musst du nicht wissen.«

»Wie können Sie sich so sicher sein?«

»Der Richter weiß es am besten, Liebes«, warf Gilinne ein. »Vertrau deinem Vater.«

Und das aus deinem Munde! Er hat dich ein Dutzend Mal und mehr betrogen mit seinen kleinen Näherinnen und Ladenmädchen. Und irgendwo unter all dieser Loyalität und Ehrfurcht als seine Gemahlin musst du es wissen. Luzelle presste die Lippen zusammen und hielt ihre Worte zurück.

»Diese Sendbotschaft weist kaum den Tonfall einer offiziellen Verlautbarung auf«, konstatierte Seine Ehren. »Dein Briefpartner, dieser selbst ernannte Bevollmächtigte Unterminister – vo Rouvignac, so hieß er doch?«

Luzelle nickte.

»Die Verbindung dieses Burschen zu jenem berühmten und alten Haus ist überaus fragwürdig. Wie dem auch sei, dir wird nicht entgangen sein, dass der Schreiber zwar ein Treffen erbittet, es jedoch versäumt, Ort und Stunde genauer zu bestimmen. Wenn er das ist, was er zu sein behauptet, warum hat er dich dann nicht in den Republikanischen Komplex bestellt? Das Außenministerium befindet sich ganz in der Nähe, und seine Büroräume bieten viel Platz. Warum triffst du ihn nicht dort?«

»Stunde und Ort sind so gewählt, dass sie in meinen Lehrplan passen. Der Bevollmächtigte Unterminister vo Rouvignac bestellt mich nicht ein, sondern achtet darauf, wann es mir passt«, erwiderte Luzelle, entschlossen, sich ihre eigenen Befürchtungen nicht anmerken zu lassen.

»Strapaziere meine Geduld nicht mit kindischen Absurditäten. Hast du dich zu irgendeinem Zeitpunkt wegen finanzieller Unterstützung an das Ministerium gewandt? Hast du die erforderlichen Formulare ausgefüllt, die richtigen Beglaubigungen und Referenzen vorgelegt, zusammen mit einer schriftlichen Erklärung, wie du die Regierungsgelder zu nutzen gedenkst?«

»Nein, ich habe um nichts gebeten.«

»Zumindest hast du das Ministerium über deinen Wunsch in Kenntnis gesetzt, an diesem unsinnigen Rennen teilzunehmen, dieser internationalen Schnitzeljagd, dieser –«

»Großen Ellipse«, half Luzelle. »Nein, Sir. Ich habe

keinen solchen Wunsch und keine solche Absicht geäußert.«

»Und dennoch, trotz all der zweifellos eifrigen und qualifizierten männlichen Bewerber bist mittels unbekannter Hilfe ausgerechnet du auf irgendeine mysteriöse Weise auserwählt worden, die Nation von Vonahr bei dieser Eselei zu vertreten, vermutlich noch auf Kosten des Steuerzahlers. Sag mir, meine Tochter – hältst du das für wahrscheinlich?«

Luzelle schwieg. Ihr Vater sprach lediglich ihre eigenen uneingestandenen Zweifel aus.

»Es ist unwahrscheinlich bis zum Grade der Unmöglichkeit«, belehrte der Richter seine Zuhörer. »Ich sage es dir noch einmal, diese Einladung, die du erhalten hast, ist eine List, und eine plumpe noch dazu.«

»Und das Ziel dieser List, Sir?«

»Kann selbst dem beschränktesten Verstand nur schlecht entgehen. Gewiss wirst du dich nicht darüber wundern, dass die Welt deine Tüchtigkeit braucht. Die Schamlosigkeit und Freizügigkeit des Lebens, das du führst, laden nachgerade zu unsittlichen Angeboten ein.«

Luzelle fühlte die Farbe des Zorns auf ihren Wangen brennen. Unter Aufbietung ihrer ganzen Kraft gelang es ihr, die Stimme nicht zu heben. »Das Leben, das ich führe, ist untadelig und nützlich.«

»Die Nützlichkeit von pornographischen Vorlesungen in der Öffentlichkeit ist bestensfalls begrenzt.« Seiner Ehren Nasenflügel bebten vor Abscheu. »Ich bedaure die Unfeinheit des Ausdrucks, den zu benutzen dein Betragen mich zwingt.«

»Das ist lächerlich, beleidigend und vollkommen unwahr! An meinen Vorlesungen ist nichts pornographisch. Es handelt sich um genaue Wiedergaben fremdländischer Sitten und Gebräuche, an denen niemand Anstoß nimmt außer den hoffnungslos Engstirnigen, wie die Reaktion des Publikums heute Nachmittag klar bewiesen hat!« Sie konnte hören, wie ihre Stimme lauter wurde, sah sich jedoch außerstande, sie zu kontrollieren.

»Ich dulde keine Impertinenz, Tochter. Du wirst mich mit dem geziemenden Respekt ansprechen!«

»Dann greifen Sie meine Arbeit nicht ungerechtfertigt an und ziehen Sie meinen Ruf nicht mit falschen Anschuldigungen in den Schmutz!«

»Deine Arbeit? Was muss eine alte Jungfer aus guter Familie außerhalb des Hauses ihres Vaters arbeiten? Bist du völlig blind für die Schande, die du deinen Eltern bereitest, oder ist es dir schlicht gleichgültig? Was deinen Ruf angeht, ich würde ihn liebend gern für unbefleckt halten, doch deine Handlungsweise zwingt mich, das Gegenteil anzunehmen. Welches unverheiratete weibliche Wesen, das man zu Recht eine Dame nennt, erregt die Aufmerksamkeit großer Menschenmengen? Nimmt eine finanzielle Entlohnung im Austausch für einen solchen Dienst entgegen? Lebt entgegen aller althergebrachten Konventionen allein und reist um die Welt wie irgendeine gewöhnliche Abenteurerin? Wo bleibt dein Anstand, dein Pflichtgefühl? Bist du auch nur entfernt in der Lage, diese Ideen zu begreifen? Du wagst es, Überraschung zu heucheln, wenn solche Libertins wie dieser so genannte Bevollmächtigte Unterminister dich als ihre natürliche Beute betrachten – eine Annahme, die zweifellos durch die ungehörige Freizügigkeit deines Verhaltens und die Vulgarität deiner Erscheinung bestärkt wird?«

Zu ihrer Bestürzung spürte Luzelle, wie ihr brennende Tränen in die Augen stiegen; sie wäre lieber gestorben, als ihn diese Tränen sehen zu lassen. Sie hatte gedacht, dass ihr Vater schon vor langer Zeit die Macht verloren hätte, sie zum Weinen zu bringen.

Ihre Kehle schnürte sich zusammen. Vorübergehend verschlugen ihr Schmerz und Wut, völlig untypisch für sie, die Sprache.

Überraschenderweise kam ihr ihre Mutter zu Hilfe.

»O komm – das ist sicher ein bisschen hart«, protestierte Gilinne schüchtern. »Luzelles Erscheinung kann man wirklich nicht vulgär nennen. Sie ist recht bescheiden und sittsam gekleidet.«

Seine Ehren besann sich.

»Vielleicht ist es nicht ihre Kleidung, mit der offensichtlich etwas nicht stimmt«, räumte er am Ende ein. »Aber sie hat so etwas an sich, ihr Betragen, ihr allgemeines Auftreten, das irgendwie dazu verführt, an Unbesonnenheit zu denken. Ein dicker und lose umgeschlungener Schal könnte da möglicherweise Abhilfe schaffen, oder auch ein voluminöser Mantel –«

»Ihre Figur ist wohl proportioniert«, äußerte Gilinne milde. »In dieser Hinsicht ist unsere Tochter gesegnet.«

»Sie braucht nicht mit ihrem Glück zu protzen. Dann ist da noch das zu beanstandende Aussehen ihres Haars – viel zu üppig, offensichtlich gelockt –«

»Die Locken sind Naturkrause. Ich erinnere mich noch, als sie ein Baby war und –«

»Übertrieben und unschicklich gefärbt.«

»Man nennt den Farbton rotblond, glaube ich, und die Schuld liegt allein bei mir, mein Gemahl, denn meine eigene Mutter besaß Locken von solch rötlichem Gold.«

»Das Gesicht ledrig wie das eines Arbeiters.«

»Gebräunt von der Sonne der Bhomiri-Inseln, doch die Farbe wird verblassen. Vielleicht könnten nächtliche Milchumschläge ihre Haut –«

»Ihr Gesichtsausdruck ist unerfreulich – ihm geht die Unschuld ab. Ich glaube, der Fehler liegt in ihrer Lippenform, die viel zu voll ist, um fein zu wirken, und zu einem dauernden Schmollen erstarrt zu sein scheint.«

»Ihr Gerechtigkeitssinn, Sir, wird schwerlich zulassen, dass Sie Ihrer Tochter die Schuld für die Form ihres Mundes geben«, wand Gilinne respektvoll ein.

»Ich halte sie nicht für schuldig.« Der Richter bedachte seine Gemahlin mit einem durchdringenden Blick, als verdächtige er sie verkappter Frivolität. »Doch die Richtigkeit meines Urteils erweist sich nur zu deutlich durch die traurige Realität ihrer derzeitigen Situation. Sie hat sich durch ihren Starrsinn und ihre Unvorsichtigkeit in den Augen der Welt beschmutzt, und das Ergebnis ist nur allzu offensichtlich. Sie hat mutwillig ihre beste Chance vertan, und nun bekommt sie keine weitere mehr.«

»Aber sie ist doch erst fünfundzwanzig«, beschwor ihn Gilinne, »und immer noch so hübsch. Vielleicht muss man noch nicht alle Hoffnung fahren lassen? Ich habe aus verlässlicher Quelle erfahren, dass Meister Girays v'Alisante in die Stadt zurückgekehrt ist –«

Der Name schoss durch Luzelles Nervenbahnen wie ein elektrischer Schlag und hob endlich ihre Lähmung auf.

»Und die Frauen verfolgen ihn scharenweise, aber er hat sich noch nicht wieder gebunden. Ich bin überzeugt, dass eine Erklärung unserer Tochter, mit der sie ihre aufrichtige Reue kundtut, Meister v'Alisante dazu bewegen könnte, sie zurückzunehmen –«

»Das reicht«, unterbrach sie Luzelle. Die aufgestaute Wut und Demütigung machten sich schließlich Luft. »Es gibt ein paar Dinge, die ich Ihnen beiden sagen möchte, also hören Sie mir bitte zu. Zuerst würde ich gerne feststellen, dass ich nicht die geringste Absicht hege, mit Meister Girays v'Alisante Kontakt aufzunehmen. Ich habe keine Lust, mit ihm zu reden, geschweige denn, ihn um Verzeihung zu bitten. Meister v'Alisante und ich sind uns völlig fremd. Sollte er es wagen, bei mir vorzusprechen, werde ich nicht anwesend sein.«

»Oh, aber meine Liebe – », versuchte es Gilinne noch einmal.

»Zweitens«, fuhr Luzelle fort, »so sehr ich die Unzulänglichkeiten meines Gesichts und meiner Figur, meines Betragens, meiner Kleidung, meiner Haarfarbe, meines Intellekts und Charakters bedaure, muss ich Ihnen mitteilen, dass ich mich hinreichend mit ihnen abgefunden habe und in absehbarer Zukunft keine größeren Veränderungen sehe. Ich hoffe, Sie sind nicht über Gebühr enttäuscht.«

»Ich habe dir jegliche Frechheit verboten«, erinnerte Udonse seine Tochter.

»Ich will mich bemühen, daran zu denken, Sir. Und dennoch, mit allem Respekt, beabsichtige ich, gewisse Bemerkungen, die Sie bezüglich meiner Arbeit gemacht haben, nicht unwidersprochen hinzunehmen –«

»Was das anbetrifft, so bin ich bereit, meine Entscheidung zu verkünden. Du sollst wissen, dass diese Torheit, was eigene Beschäftigung und eigenen Verdienst angeht, zu Ende ist, und zwar mit dem heutigen Tage. Ich war nachlässig, indem ich gestattet habe, dass ein schlecht geplantes und fehlgeleitetes Experiment viel zu lange weitergeführt wurde, aber nun berichtige ich meinen Irrtum. Von nun an wirst du dich den normalen Maßstäben geziemenden Verhaltens anpassen. Du wirst in aller Stille unter dem Dach deines Vaters leben und dich meiner väterlichen Autorität unterwerfen. Es wird keine weiteren Auftritte auf öffentlichen Bühnen mehr geben und ganz gewiss keine dieser scheußlichen Vorlesungen. Solltest du eine Beschäftigung wünschen, wirst du dich mit Wohltätigkeitsarbeit befassen, ohne indes eine monetäre Entschädigung für deine Mühen anzunehmen. Schreiben magst du weiterhin, unter einem männlichen Pseudonym, aber es wird kein Manuskript an einen Verleger gehen, ohne dass ich es vorher im Hinblick auf Angemessenheit des Themas und Normalität des Inhalts durchgesehen habe. Deine seltenen Ausflüge aus den Mauern der Stadt Sherreen heraus werden sich auf die Häuser jener Verwandten beschränken, die noch willens sind, dich zu empfangen, doch du wirst die Grenzen von Vonahr nicht überschreiten – deine Tage des zügellosen Vagabundentums sind vorüber. Nun, Tochter – ich hoffe, ich habe mich klar genug ausgedrückt?«

»Vollkommen, Sir.« Luzelle holte tief Luft. Als sie fortfuhr, gelang es ihr, ihre Stimme gleichmäßig und ihre Miene ruhig zu halten. »Und ich habe vor, mich Ihrem Beispiel anzuschließen. Lassen Sie es mich Ihnen unmissverständlich klar machen, dass ich es vorziehe, mich nicht wieder Ihrer Autorität zu unterwerfen, weder jetzt noch in Zukunft. Ich werde weiterhin für mich arbeiten und leben, ich werde reisen, wie Notwendigkeit und Neigung es mir eingeben, ich werde Vorlesungen halten und schreiben, wie es mir gefällt, und ich werde selbstverständlich eine gerechte Bezahlung für meine Arbeit verlangen. Zweifellos wird meine Entscheidung Ihnen missfallen, was bedauerlich, aber nicht zu ändern ist.«

Es folgte ein langer Augenblick tödlichen Schweigens, das zuletzt von Gilinne Devaires entsetztem Flüstern gebrochen wurde: »O Luzelle – wie kannst du so mit *dem Richter* sprechen?«

»Unterziehen Sie sich nicht der Mühe, sie an ihre Pflicht zu erinnern, gnädige Frau – das ist vergebene Liebesmüh«, wies Udonse sie an. »Sie ist von Natur aus abartig, undankbar und aufmüpfig. Sie brauchen ihr nur in die Augen zu blicken, um das Vergnügen zu sehen, das es ihr bereitet, ihrem Vater zu trotzen.«

Damit hast du völlig Recht, dachte Luzelle.

»Doch ich glaube nicht, dass deine Zufriedenheit sich als sehr langlebig erweisen wird«, beschied der Richter seine auf moralische Abwege geratene Tochter. »Deine Weigerung, mir töchterlichen Gehorsam zu erweisen, befreit mich von jeglicher väterlichen Verantwortung. Bis zu dem Zeitpunkt, an dem du in mein Haus zurückkehren wirst, sind alle Bande zwischen deinen Eltern und dir zerschnitten.« Seine Frau warf ihm einen betroffenen, flehenden Blick zu, den er übersah. »Nicht länger ein Mitglied meiner Familie, darfst du keine Hilfe von mir erwarten, keine Anerkennung und keine Unterstützung. Solltest du Opfer einer Verletzung oder einer Krankheit werden, komm nicht zu mir gerannt, damit ich deinen Arzt bezahle. Du wirst nichts von mir erhalten, keinen einzigen Kupfer-Biquin.«

»Ich will nichts von Ihnen haben!«, schleuderte Luzelle ihm entgegen, und ihr Temperament ging mit ihr durch, als ob sie noch siebzehn wäre. »Ich brauche nichts, was Sie mir geben könnten.«

»Da täuschst du dich gewaltig.« Der Richter sprach mit seiner üblichen Selbstbeherrschung, doch die eiskalte Klarheit seines Tonfalls verriet die Tiefe seines Zorns. »Vermutlich bildest du dir ein, dass die Gelder, die deine verblichene Tante mütterlicherseits dir hinterlassen hat, dir lebenslange Sicherheit und Luxus verschaffen werden.«

Und Freiheit, fügte Luzelle insgeheim hinzu.

»Dem wäre möglicherweise auch so, hättest du die Umsicht besessen, dein Erbe klug zu verwalten. Aber du hast enorme Summen auf deinen unnützen, sinnlosen internationalen Spritztouren verplempert und verplemperst sie immer weiter. Bei deiner Verschwendungssucht muss dein Kapital bald aufgebraucht sein. Und wenn das geschieht, wirst du wieder nach Hause gekrochen kommen und meine Verzeihung und Unterstützung erflehen. Willst du uns beiden diese Peinlichkeit nicht lieber ersparen?«

Luzelles Herzschlag erklomm ungeahnte Höhen. Wieder einmal hatte ihr Vater seine verdammte Fähigkeit unter Beweis gestellt, ihre schlimmsten geheimen Ängste zu artikulieren, aber es würde nichts bringen, ihn wissen zu lassen, dass er ins Schwarze getroffen hatte. Sie setzte eine gleichgültige Miene auf und entgegnete: »Die Exkursionen in ferne Länder sind eine Notwendigkeit, denn sie beschaffen mir das Material, das ich in meinen Büchern, Artikeln und Vorlesungen verwende, mit denen ich meinen Lebensunterhalt bestreite.«

»Ich soll also glauben, dass dein solcherart erzieltes Einkommen nicht nur die Reisekosten, sondern auch deine fixen Ausgaben abdeckt? Unterkunft, Nahrung, Brennmaterial, Kleidung und alles andere?«

Luzelle konnte spüren, wie ihr ganzes Gesicht in Flammen stand. Die fest zusammengepressten Lippen ihres Vaters vermittelten abgrundtiefe Verachtung. Sie hasste seine steinerne Maske, konnte sich aber nicht dazu überwinden, sie anzulügen.

»Die Bilanz weist noch keine Gewinne aus«, gab sie zu. »Aber meine Redehonorare sind im Steigen begriffen, meine Bücherverkäufe ziehen beständig an, und es besteht begründete Hoffnung, dass mein Einkommen bald, vielleicht innerhalb der nächsten sechs Monate« – *mehr Zeit habe ich auch nicht mehr, bevor mir das Geld ausgeht* – »mit meinen Ausgaben gleichziehen oder diese sogar übersteigen –«

»Du vergeudest dein Erbe, das zu bewahren du eindeutig nicht imstande bist, für ein vergebliches, törichtes Unternehmen«, ließ Udonse sie wissen. »Du bist kein kleines Mädchen mehr; es ist an der Zeit für dich, die Realitäten von begrenzten Fähigkeiten und geringfügiger Begabung zu akzeptieren, welche deine Anstrengungen unweigerlich zum Scheitern verurteilen werden. Bankrott und vor der Vertreibung aus deiner derzeitigen Unterkunft stehend, wirst du dir selbst – wenn schon keinem anderen – deine Niederlage eingestehen müssen. Was dann? Wirst du dann einer einträglicheren Profession nachgehen und in Wahrheit das werden, wofür so viele andere dich bereits halten?«

»Schon möglich!«, schoss Luzelle zurück, und ein innerer Dämon verführte sie dazu hinzuzufügen: »Die Alternative, die Sie vorschlagen, ist einem Leben unter Ihrem Dach vorzuziehen, Vater!«

Gilinne Devaire begann zu weinen. Stumme Tränen rannen ihr über die Wangen.

Luzelle bekam Gewissensbisse. »Mutter, es tut mir Leid«, begann sie. »Ich wollte Ihnen nie Kummer bereiten –«

»Du hast uns beiden von deiner Geburt an nichts als Kummer bereitet«, erklärte der Richter. »Und nun fügst du dem die Schande hinzu.«

Gilinne schüttelte schwach den Kopf, wagte es jedoch nicht, ihm zu widersprechen.

»Mutter, bitte weinen Sie nicht. Es war dumm von mir, die Beherrschung zu verlieren, und –«

»Lass sie in Ruhe«, befahl Seine Ehren. »Hast du nicht schon genug angerichtet? Du wirst deine Bemerkungen an mich richten.«

»Es gibt viele Bemerkungen, die ich gerne an Sie richten würde, aber sie werden warten müssen.« Luzelle rang schwer um Fassung. »Wie ich bereits erwähnte, habe ich eine Verabredung, die nicht einzuhalten ich mir nicht leisten kann. Sir, gnädige Frau, ich wünsche Ihnen einen schönen Tag.« Und mit einem kurzen, brüsken Knicks drehte sie sich um und rauschte zum Ausgang.

»Einen Moment«, befahl der Richter.

Automatisch blieb sie stehen und hätte sich für diesen gedankenlosen Gehorsam ohrfeigen können.

»Da du es vorziehst, dich von deiner Familie loszusagen, muss ich dich auffordern, den Familiennamen abzulegen, auf den du keinen rechtmäßigen Anspruch mehr besitzst«, wies Udonse sie an. »Du wirst verstehen, dass ich nicht zulassen kann, dass der Name Devaire mit öffentlicher Schande und Skandalen beschmutzt wird.«

Untragbar. Luzelles Selbstbeherrschung zerbrach einen unbedachten Augenblick lang.

»Der Name Devaire«, verkündete sie, »wird auf den Titelseiten der Zeitungen in aller Welt prangen, wenn ich die Große Ellipse gewinne.« Mit hoch gerecktem Kopf wandte sie sich ab und schritt aus dem Hörsaal. Hätte er ihr befohlen stehen zu bleiben, wäre sie dieses Mal gewappnet gewesen, aber er gönnte ihr diese Befriedigung nicht.

Sie trat in das Foyer hinaus, das leer war bis auf eine stille Gestalt, die in einem der plüschgepolsterten, dünnbeinigen Stühle an der Wand Platz genommen hatte. Es war ein Mann, in diskretes Schwarz gekleidet, unauffällig und leicht zu übersehen. Sein Kopf mit den grauen Strähnen war über ein Buch gebeugt, doch er sah auf, als sie durch die Tür kam, und Luzelle erhaschte einen flüchtigen Blick auf eine lange Nase, ein Gelehrtengesicht mit dem blässlichen Teint des Stubenhockers und einen Lichtreflex, der auf seiner Drahtgestellbrille tanzte. Sogleich steckte er das Buch in eine Manteltasche und erhob sich. Da sah sie, dass er mittelgroß, schmalschultrig und dürr war. Er glich einem alternden Akademiker, der in seiner augenblicklichen Umgebung zu Hause war. Er näherte sich ihr, und ihr kam der Gedanke, ob er wohl etwas oder alles von dem üblen Streit zwischen ihr und dem Richter mitangehört hatte.

»Miss Devaire.« Er verneigte sich. »Gestatten Sie mir, meiner Bewunderung für eine gleichermaßen eloquente wie informative und fesselnde Vorlesung Ausdruck zu verleihen.«

»Sie sind sehr großzügig, Sir.« Ihre Wangen glühten noch, und ihr Herz hämmerte. Fiel es ihm auf? Sein Gesicht war so undurchdringlich wie nichtssagend. »Bevollmächtigter Unterminister vo Rouvignac, nehme ich an?«

»So ist es. Ich gehe davon aus, Sie haben meinen Brief erhalten und gelesen.«

Sie nickte.

»Können wir uns über den Inhalt unterhalten?«

»Ja, aber nicht hier.« Jede Sekunde konnten ihre

Eltern aus dem Hörsaal kommen, und sie wollte ihnen nicht noch einmal begegnen. »Eine Minute, bitte.«

Bevor er antworten konnte, huschte sie in die Garderobe, fand ihren pelzbesetzten Mantel und Hut, zog sie hastig an und blieb dann kurz vor dem Spiegel neben der Tür stehen, um ihr Aussehen zu überprüfen.

Schlimm, wie üblich. »... *die Vulgarität deiner Erscheinung*...« Die Worte ihres Vaters hallten in ihrem Kopf nach. Natürlich hatte er Recht. Ihre Zornesröte war noch immer viel zu deutlich sichtbar, denn auch heute war es ihr, trotz ihres fortgeschrittenen Alters, nicht gelungen, ihr widerspenstiges Temperament zu zügeln. Ihre Lippen waren zu rot, als hätte sie sich geschminkt, und viel zu auffällig. Ihre großen Augen von hellem, reinem Aquamarinblau, noch immer vor Erregung funkelnd, leuchteten wie Kutschlaternen aus ihrem sonnengebräunten Gesicht heraus. Die Dichte ihrer langen Wimpern und der Bogen ihrer starken Augenbrauen, ein paar Schattierungen dunkler als ihr Haar, unterstrichen den anrüchig wirkenden Kontrast. Der allgemeine Eindruck war trotz der konservativen dunkelblauen Kleidung zweifelhaft ... *schreiend*. Wieder konnte sie ihres Vaters Stimme hören.

Sie wollte seine Stimme nicht hören oder daran denken, was er über sie zu sagen hatte. Sie wollte aus dem Gebäude herauskommen. Sie stürzte aus der Garderobe, und da stand der Bevollmächtigte Unterminister vo Rouvignac und musterte sie mit fragend hochgezogener Augenbraue.

»Fertig«, teilte sie ihm mit und hastete auf den Eingang zu. Sie wusste, ohne sich umzusehen, dass er ihr folgte.

Sie trat auf den Universitätsplatz hinaus, wo die graue Steinarchitektur der uralten Vorlesungshallen in das Grau des verhangenen Himmels überging. Ein feiner Regen, kaum mehr als ein Nebel, nieselte herab und kühlte Luzelles erhitztes Gesicht. Während sie gierig die eisige Luft einsog, ließ sie den Blick über den Platz schweifen. Voller Studenten, wie immer während der Semesterzeit: unrasierte Jugendliche, die ihre Kappen und langen Wollschals aus hiesigen sherreenischen Federbüschen zur Schau trugen. Geschäftig, vital. Wenige Meter entfernt reckte sich der alte Nirienne-Glockenturm gen Himmel, anfänglich als Königsturm bekannt, ein Name, der ihm als Folge der großen Revolution des letzten Jahrhunderts abhanden gekommen war. Gleichermaßen verloren – die berühmten Zehn Monarchen, die einst in einem Bogen vor dem Eingang gestanden hatten. Jene lebensgroßen Effigien von Vonahrs größten Königen waren schon lange verschwunden, vor mehr als fünfundsechzig Jahren von einem wütenden Mob zu Marmorstaub zerschlagen. Der Platz, den sie einst eingenommen hatten, gehörte nun einer schwunglosen Bronzestatue von Shorvi Nirienne, dem Vater der Republik, dessen Schriften den revolutionären Eifer beflügelt hatten, welcher die Monarchie zu Fall gebracht hatte.

Der letzte Erbkönig von Vonahr war durch die Hände seiner Untertanen gestorben, und die früher als Hohe Adelskaste einen drastischen Aderlass hatte hinnehmen müssen. Die einstmals Hohen, die das Glück hatten, die Revolution zu überleben, hatten sich aller alten Privilegien, Adelstitel und sämtlichen Reichtums und Familienbesitzes beraubt gesehen – aller Dinge mit Ausnahme ihres unzerstörbaren Hochmuts. Die heitere Anmaßung angeborener Überlegenheit hatte die Zeiten überdauert, unberührt von jedwedem Angriff der Vernunft oder der Wirklichkeit. Seltsamerweise schien die heutige Welt voll von Dummköpfen zu sein, die bereit waren, ihnen eben jene Ehrerbietung zu zollen, zu der so viele Abkömmlinge liquidierter Seigneurs sich berechtigt fühlten.

Luzelle Devaire zählte nicht zu jenen Dummköpfen. Sie warf ihrem Begleiter einen flüchtigen Seitenblick zu. Bevollmächtigter Unterminister vo Rouvignac, dessen Name ihn als einen einstmals-Hohen auswies, strahlte nichts von der traditionellen Arroganz seiner Klasse aus. Sein Aussehen war professoral und anspruchslos. *Ganz anders als Meister Girays v'Alisante.*

Der *Marquis* v'Alisante, wie er sich einst genannt hätte, wäre da nicht die unbedeutende Kleinigkeit der vonahrischen Revolution gewesen, die seinen Großvater Leben und Titel gekostet hatte. Ganz der Möchtegern-Grandseigneur. Anmaßend, von seiner eigenen Wichtigkeit durchdrungen, unerträglich dumm. Wieder in der Stadt. *Die Frauen laufen ihm scharenweise hinterher...*

Sollten sie, um so besser. Sie hatte wichtigere Dinge zu bedenken.

»Ich kenne ein gutes Café in der Apfelmostgasse«, unterbrach vo Rouvignacs Stimme ihre Gedanken. »Möchten Sie gern eine Tasse Tee trinken? Oder würden Sie lieber spazieren gehen?«

»Das Außenministerium ist nicht weit entfernt«, konterte sie brüsk. »Das wäre doch der geeignete Ort, um ein gewöhnliches Geschäftsgespräch zu führen?«

»Die Angelegenheit, um die es geht, ist alles andere als gewöhnlich.« Rouvignac blinzelte nie. »Und wird am besten diskret behandelt.«

»Warum?«, verlangte Luzelle zu wissen und unterdrückte alle sichtbaren Anzeichen von Unbehagen. Das Gespräch lief in eine Richtung, die die schlimmsten Vorahnungen ihres Vaters zu bestätigen schien.

»Weil, Miss Devaire, sollten Sie sich entschließen, das Angebot der Schirmherrschaft anzunehmen, es im ureigensten Interesse aller Beteiligten wäre, dass Ihre Beziehung zum Ministerium im Großen und Ganzen unbekannt bliebe. Das dient Ihrem als auch unserem Schutz.«

»Schutz wovor?«

»Feindlicher Aufmerksamkeit.«

»Daran bin ich gewöhnt. Danke für die Warnung, aber sie kommt ein bisschen spät. In Ihrem Brief haben Sie vergessen zu erwähnen, dass die Angelegenheit vertraulich behandelt werden soll, und so habe ich ihn bereits meinem Vater gezeigt, womit ich erhebliche feindliche Aufmerksamkeit auf mich gezogen habe.«

»Das ist nicht ganz das, was ich gemeint habe.« Vo Rouvignac lächelte ein wenig. »Richter Udonse Devaire hat sein Leben lang seine unverbrüchliche Verbundenheit mit den vonahrischen Interessen bewiesen. Seine Loyalität steht außer Frage. Ich habe nicht von den Mitgliedern Ihrer Familie gesprochen, sondern –«

»Oh, doch, das haben Sie«, unterbrach ihn Luzelle. »Woher wissen Sie über die Haltung und Handlungsweise meines Vaters Bescheid?«

»Es wird Sie sicher nicht wundern zu erfahren, dass Ihr familiärer Hintergrund überprüft worden ist.«

»Überprüft – ich? Wie können Sie es wagen?«

»Ich versichere Ihnen, eine rein routinemäßige Sicherheitsvorkehrung –«

»Eine beleidigende Verletzung der Privatsphäre!«

»Eine Frau wie Sie, Miss Devaire, die so sehr im Blickpunkt der Öffentlichkeit steht, darf kaum erwarten, sich der Anonymität einer gewöhnlichen Person zu erfreuen.«

Gewöhnlich? Ehrbar, meinte er das? Egal, entschied Luzelle. Sie wurde auch mit diesem letzten Kritiker fertig. Sie reckte ihr Kinn in die Höhe und atmete einmal tief durch.

»Bitte verstehen Sie«, kam vo Rouvignac ihr zuvor, »dass ich nicht respektlos sein möchte. Sie werden die Notwendigkeit unserer Vorkehrungen einsehen, wenn Sie erst einmal mit der heiklen Situation vertraut sein werden, mit der wir uns nun konfrontiert sehen.«

»Sie bieten mir an, meine Teilnahme am Großen Ellipsen-Rennen des hetzischen Königs zu finanzieren. Was kann daran besonders heikel sein?«

»Oberflächlich betrachtet nichts, und das ist auch gut so. Haben Sie sich eigentlich nie gefragt, warum ausgerechnet das Außenministerium sich in dieser Angelegenheit engagieren möchte?«

»Das Prestige Vonahrs«, gab Luzelle spontan zurück. »Die Große Ellipse zieht internationale Aufmerksamkeit auf sich. Die Zeitungen und Sportpostillen berichten schon seit Wochen von nichts anderem mehr. Die Spekulation blüht, und ich habe von enormen Summen gelesen, die auf den Ausgang gesetzt wurden. Der Sieger, wer immer es sein mag, wird großen Ruhm für sein oder ihr Land ernten.« *Und ein wertvolles Landgut für sich selbst.*

»Wohl wahr. Dennoch erfordert die Schirmherrschaft über einen gut ausgerüsteten Teilnehmer eine beträchtliche Investition, und das Unternehmen selbst könnte als leichtfertig bezeichnet werden. Hohe Kosten für eine solch zweifelhafte Notwendigkeit sind besonders im Augenblick, in einer Zeit der nationalen Krise, schwer zu rechtfertigen.«

»Die nationale Krise scheint meiner Aufmerksamkeit entgangen zu sein, Bevollmächtigter Unterminister.«

»Verständlich. Verhältnismäßig wenige unserer Landsleute sind sich darüber im Klaren, dass eine Invasion unmittelbar bevorsteht. In naher Zukunft – vermutlich ist es nur eine Frage von Wochen – wird Vonahr von den Streitkräften des grewzischen Imperiums angegriffen werden. Vorerst ist es am besten, wenn die Drohung größtenteils unbemerkt bleibt.«

Luzelle starrte ihn an.

»Die Information, die ich mitzuteilen im Begriff stehe, ist eine höchst sensible«, fuhr vo Rouvignac fort. »Ich glaube allerdings, dass Sie imstande sind, mit ihr umzugehen. Aber kommen Sie, lassen Sie uns irgendwo hineingehen. Jetzt geht der Regen richtig los.«

Die dicken Tropfen platschten inzwischen reichlich vom Himmel. Studenten rannten, um sich unterzustellen. Den Kopf gegen den Ansturm geneigt, nahm Luzelle den Arm, den ihr Begleiter ihr bot, und gemeinsam hasteten sie über den Universitätsplatz und in die Apfelmostgasse hinein, wo die vorkragenden Obergeschosse der altertümlichen Häuser Schutz boten. In Kürze erreichten sie ein kleines, aber sehr apart gestrichenes Café, betraten es und mussten feststellen, dass es gedrängt voll von regennassen Flüchtlingen war. Vo Rouvignac schaffte es, den letzten freien Tisch zu ergattern, neben der Küchentür. Nachdem sie Platz genommen hatten, bestellten sie Zitronentee. Ein paar Augenblicke lang sagte keiner von beiden etwas.

Die dampfenden Becher kamen. Luzelle nippte an ihrem Tee und setzte den Becher wieder ab. Dann schaute sie vo Rouvignac in die Augen und gab ihm schließlich eine Antwort; typischerweise mit einer Frage.

»Woher wissen Sie, dass die Grewzier eine Invasion planen?«

»Die voneinander unabhängigen Berichte mehrerer Agenten bestätigen es«, ließ er sie wissen. »Doch auch ohne sie, wäre die Situation an sich klar genug für die, die ein Auge für solche Dinge haben.«

»Jeder Zeitungsleser weiß, dass der Imperior Ogron expansionslüstern ist. Er hat verschiedene Gebiete annektiert oder erobert, auf die Grewzland bestenfalls theoretische Ansprüche besaß –«

»Meistenteils völlig falsche Rechtstitel.«

»– gewisse ausländische Verbündete der vertriebenen Regierungen haben aktiven Widerstand geleistet, den der Imperior niedergeschlagen hat –«

»Indem er unter dem durchsichtigsten Vorwand angegriffen hat.«

»–aber die grewzischen Aktivitäten waren hauptsächlich nach Osten gerichtet. Nun ja, neuerdings auch in Richtung Süden. Ich habe nichts gelesen oder gehört, was die Vermutung nahelegt, der Imperior hätte die Absicht, seine Aufmerksamkeit nach Westen, auf Vonahr, auszudehnen. Mit ziemlicher Sicherheit besitzt Grewzland keinen auch nur halbwegs vertretbaren Anspruch auf vonahrische Erde und kann auch nichts anderes behaupten. Wir haben nicht versucht, uns in grewzische Angelegenheiten zu mischen, haben weder Drohungen noch Provokationen ausgestoßen. Zudem verfügt das Imperium inzwischen über ein so weitläufiges Gebiet, dass es kaum wahrscheinlich sein dürfte, dass Ogron eine Eroberung Vonahrs als notwendig oder auch nur wünschenswert erachtet–«

»Miss Devaire, Sie sind ein intelligenter junger Mensch und recht gut informiert, aber mehr als nur ein bisschen naiv«, äußerte vo Rouvignac in so freundlichem Ton, dass seine Worte ihren Stachel verloren. »Sie argumentieren aufgrund der Annahme, dass die grewzische Politik das Produkt eines rationalen, wohlmeinenden, mehr oder weniger zivilisierten Intellekts ist. In Wirklichkeit könnte nichts weiter von der Wahrheit entfernt sein. Die grewzische Politik wird vom Willen Imperior Ogrons III. diktiert. Der Imperior, ein ruhmsüchtiger Mystiker, der sich selbst für eine späte Inkarnation des *Gorzlaars* aus der grewzischen Legende hält, ist der natürliche Abkömmling einer Kultur, die seit alters her Mut, kriegerische Tapferkeit und fanatischen Patriotismus preist. Der Gorzlaar ist, wie Sie sich sicher erinnern, ein legendärer Krieger-König-Gott, dazu bestimmt, die gesamte zivilisierte Welt zu erobern und so das grewzische Volk zu seinem rühmlichen kollektiven Schicksal zu führen. Der Imperior hat sich diesem Projekt mit viel Elan verschrieben und wird ganz gewiss nicht aufhören, bevor er entweder sein Ziel erreicht hat oder gewaltsam aufgehalten wird.«

Sie glaubte ihm. Etwas in seiner nüchternen, professionellen Gewissheit überzeugte sie, sodass sie nichts mehr abzustreiten versuchte, sondern stattdessen fragte: »Wenn das stimmt, warum es dann geheim halten? Sollte unser Volk nicht gewarnt werden?«

»Das würde den grewzischen Angriff nur beschleunigt herbeiführen.«

»Aber Vonahr muss sich rüsten, und zwar schnell. Die Armee muss mobilisiert werden, die Grenzstädte müssen ihre Verteidigungen verstärken, die Munitionsfabriken ihre Produktion erhöhen, die Flotte ihre Schiffe modernisieren –«

»Vergebliche Mühe«, schnitt vo Rouvignac ihr ruhig das Wort ab. »Vorhin erwähnten Sie die Zeitungen und Gazetten. Wenn Sie sie lesen, wissen Sie, dass Imperior Ogron eine halbe Dekade oder mehr damit zugebracht hat, sein Land auf den Krieg vorzubereiten. Und – Ehre, wem Ehre gebührt – er hat ausgezeichnete Arbeit geleistet. Grewzland verfügt nun über die größte, bestausgerüstete und bestausgebildete Armee der Welt; eine unübertreffliche Flotte; die modernsten und effektivsten Fabriken und Eisenbahnverbindungen; gewaltige Rohstoffvorkommen – die eigenen und diejenigen auf einer wachsenden Liste unterworfener Nationen; eine tüchtige und begeisterte Arbeiterschaft; und dank der ungeheuren Kriegsanstrengungen eine blühende Wirtschaft. Während der Imperior sich solcherart beschäftigt hat, haben die Vonahrier im Grunde nur ... herumgetrödelt. Die Nachlässigkeit von Jahren kann nicht binnen Wochen wettgemacht werden. Ich versichere Ihnen, wir sind außerstande, die bevorstehende Invasion abzuwehren.«

»Aber wir sind nicht allein.« Luzelles Gedanken rasten auf der Suche nach einer Lösung umher. »Die Stadt-Staaten und die westlichen Republikanischen Enklaven müssen doch die grewzische Bedrohung erkennen. Kyrendt, Travorn, Ferille – es läge doch im

Interesse aller, ein Defensivbündnis mit Vonahr einzugehen.«

»Kein übler Gedanke, abgesehen von der betrüblichen Tatsache, dass der Zustand der angesprochenen Nationen sich kaum von dem unsrigen unterscheidet. Sie können nur wenig Hilfe bieten.«

»Worauf wollen Sie hinaus?«, fragte Luzelle. »Dass Vonahr kurz davor steht, im Schlund des grewzischen Imperiums zu verschwinden, und wir nichts dagegen unternehmen können?«

»Das würde zumindest die völlige Zerstörung abwenden.«

»Was für ein feiges, defätistisches Gewäsch ist das, und auch noch von einem vonahrischen Beamten? Haben Sie überhaupt die geringste *Vorstellung*, wie diese grewzischen Schweine ihre eroberten Gebiete behandeln?«

»Ich fürchte, ja, eine ziemlich genaue sogar. Bitte beruhigen Sie sich, Miss Devaire. Ich bewundere Ihre Beherztheit, muss Sie aber bitten, sich zu mäßigen, bis Sie alles vernommen haben, was ich Ihnen zu berichten habe. Ich befürworte in der derzeitigen Situation keine Kapitulation. Es gibt noch eine andere Möglichkeit, über die nachzudenken sich lohnen würde. Es handelt sich um eine neue und potenziell verheerende Waffe – ähm – arkanen Ursprungs.«

»Sie überraschen mich. Ich hätte nicht gedacht, dass irgendjemand in der heutigen Regierung den Glauben an die Wirksamkeit arkaner Phänomene eingestehen würde. Eine Welt mit den Segnungen von Gasbeleuchtung, Dampfmaschinen und sanitären Installationen hat keinen Bedarf an Zauberei und Aberglauben – das hat man mir jedenfalls stets gesagt.« Das hatte sie in der Tat mehr als einmal gehört, von keinem Geringeren als Meister Girays v'Alisante höchstselbst. Und ihre Gegenargumente hatte er mit jener unerträglich blasierten Arroganz, die ihm eigen war, abgetan. Sie wünschte nur, er wäre jetzt hier, um zu entdecken, wie falsch er damit gelegen hatte.

»Den alten Disziplinen mangelt es keineswegs an Sympathisanten oder Anhängern«, merkte vo Rouvignac an. »Noch heute gibt es jede Menge Fürsten und Präsidenten, die Rat bei Gelehrten der Zauberkunst suchen. Einer dieser Herrscher ist Miltzin IX., der König der Nieder-Hetz. Miltzin, ein Sammler menschlicher Unikate, hält seine schützende Hand über eine Reihe so genannter Magieadepten. Die auf diese Weise begünstigte Gruppe umfasst mehrere bekannte Schwindler und Hochstapler, aber zumindest von *einem* Mitglied wird allgemein angenommen, dass es eine echte Begabung hohen Ranges besitzt. Dieser Mann – der sich selbst ›Nevenskoi‹ nennt und, was nicht zu verifizieren ist, von rhazaullischer Abstammung zu sein behauptet –, hat all seine Zauberkollegen in der zivilisierten Welt wissen lassen, dass es ihm gelungen ist, eine neue Form von Feuer zu entzünden, eine mit rudimentärer Empfindungsfähigkeit begabte Flamme, die dem menschlichen Willen unterworfen ist.«

»Das *Feuer* soll ein Bewusstsein besitzen?«, fragte Luzelle. Ihr Begleiter nickte, und sie meinte nur: »Unsinn!«

»Das könnte man denken, aber der Bericht hat sich tatsächlich bestätigt. Zu viele zuverlässige Informanten haben Augenzeugenberichte über bemerkenswerte Demonstrationen in König Miltzins Wasserhexenpalast geliefert, um noch an Nevenskois Enthüllung zweifeln zu können. Der rhazaullische Adept hat fraglos all das erreicht, was er behauptet. Das Fühlende Feuer existiert. Es ist fähig zu selbstständigem Vor- und Zurückweichen, zu Ausdehnung, Schrumpfung, unersättlichem Fraß oder Selbstbescheidung, all das auf Befehl seines menschlichen Meisters. Die potenzielle militärische Bedeutung einer solchen Erfindung ist zum augenblicklichen Zeitpunkt unschätzbar, insbesondere für diejenigen von uns, die keine Neigung verspüren, eine Vorliebe für grewzische Pansenpasteten und Imperiorstein-Bier zu entwickeln.«

»Schwer zu glauben, zumal so viele davon überzeugt sind, dass die alten Künste tot sind«, murmelte Luzelle. »Sie sind sich sicher, dass es kein Irrtum und keine Trickserei waren?«

»Völlig sicher.«

»Wie schön für König Miltzin. Ich vermute, es wird fieberhaft geboten?«

»Keineswegs. Der König will nichts davon wissen. Entschlossen, die traditionelle hetzische Neutralität zu wahren, hat Miltzin erklärt, er wolle das Geheimnis auf keinen Fall teilen, mit niemandem und um keinen Preis. Er hat bereits die verschiedensten Angebote abgelehnt und der Beredsamkeit der überzeugendsten Botschafter der Welt widerstanden, unsere eigenen eingeschlossen. Seine Majestät lässt keine Anzeichen für ein Nachgeben erkennen, doch vielleicht hat das ständige Drängen begonnen, die königlichen Nerven zu zermürben. Letzte Woche wurden alle bekannten ausländischen Vertreter aus der Nieder-Hetz ausgewiesen. Ersuchen um Unterredungen mit dem König werden routinemäßig abgelehnt. Der diplomatische Briefverkehr wird von Miltzins Privatsekretären geprüft, und keine Bitte mit Bezug auf das Fühlende Feuer darf dem König unter die Augen kommen.«

»Ist Seine Majestät mit einem besonderen Humor gesegnet, oder ist er einfach schwachsinnig?«

»Er ist zweifellos ein Exzentriker.«

»Gibt es keine Möglichkeit, diese Exzentrizität zu umgehen? Die Nieder-Hetz dürfte kaum als Großmacht gelten. Was hindert Vonahr daran, ein paar Regimenter gegen die Stadt Toltz zu schicken, diesen Nevenskoi zu ergreifen, sich seiner Aufzeichnungen und Arkana zu bemächtigen und ohne große Umstände nach Sherreen zu überführen? Und warum schlagen wir nicht als Erste zu, bevor die Grewzier auf dieselbe Idee kommen? Meinen Sie nicht, dass jede Sekunde Verzögerung –«

»Langsam, Miss Devaire. Können Sie sich vorstellen, dass Sie die Erste sind, die so etwas vorschlägt? Der Plan ist kühn, aber nicht praktikabel. Sehen Sie, Miltzin IX. hält seinen zahmen Zauberer in einem geheimen Arbeitsraum irgendwo in den Tiefen seines Wasserhexenpalastes versteckt. Die Lage des Arbeitsraums ist nur einigen wenigen bekannt. Darüber hinaus ist der Wasserhexenpalast selbst – errichtet auf einem kleinen Eiland inmitten der trügerischen Sümpfe außerhalb von Toltz – nur mittels dreier aufeinander folgender Zugbrücken zugänglich. Dieser Standort und diese Anlage, die offenbar Miltzins Sinn für das Schrullige befriedigt, stellen in der Tat einen superben Schutz dar. Ein Angriff auf den Palast wäre eine langwierige Angelegenheit, in deren Verlauf Nevenskoi und sein Wissen zweifellos verschwinden würden, vielleicht für immer.«

»Ich verstehe.«

»Wirklich?«

»Nicht alles.« Luzelle musterte ihren Gesprächspartner. »Wieso erzählen Sie mir all das, Bevollmächtigter Unterminister? Ich gehe davon aus, dass es auf irgendeine Weise mit der Großen Ellipse und dem Angebot des Ministeriums, meine Reisekosten zu übernehmen, zusammenhängt, aber ich sehe nicht, wie.«

»Erinnern Sie sich an den Preis, der dem Sieger des Rennens winkt?«

»Eine hetzische Peerswürde, glaube ich, zusammen mit irgendeinem Haus oder einer Burg.« Dessen Verkauf sie finanziell über Wasser halten und somit ihre Unabhängigkeit, ihre Freiheit und ihren Stolz retten würde.

»Und noch eine zweite Sache – eine Privataudienz bei Miltzin IX. Eine seltene, beinahe einzigartige Gelegenheit für einen ausländischen Gesandten, Gehör beim König zu erhalten.«

»Das ist es also?«, fragte Luzelle ungläubig. »Diese ganze komplizierte, kostspielige Strategie, den Teilnehmer an der Großen Ellipse zu finanzieren, all das in der schwachen Hoffnung, dass Ihr Kandidat nicht nur entgegen aller Wahrscheinlichkeit das Rennen gewinnt, sondern es auch irgendwie schafft, den König der Nieder-Hetz zum Verkauf eines Geheimnisses zu überreden, von dem zu trennen er sich bislang hartnäckig geweigert hat?«

»Das Geheimnis zu verkaufen oder zumindest – vielleicht unabsichtlich – den Aufenthaltsort von Meister Nevenskoi zu verraten.«

»Ziemlich weit hergeholt, finden Sie nicht?«

»Besser als nichts, Miss Devaire.«

»Mein Gott, ihr Burschen müsst so meschugge sein wie Meisen-Miltzin selbst!«

»Ich ziehe es vor, das anders zu sehen. In der Tat haben die Angelegenheiten in Toltz in letzter Zeit Anzeichen für eine Veränderung erkennen lassen. Wir haben es aus verlässlicher Quelle, dass Miltzins jüngster Spleen – eine Erforschung der kommunikativen Eigenschaften des kommenden Grizhni-Kometen – die arg geplünderte hetzische Staatskasse schwer belastet. Der Bau des neuen Phönixfeuerpalasts in Jüschl stellt eine weitere große Belastung dar. Die Trockenheit des letzten Sommers, die sich so verheerend auf die hetzische Lorbeer-Ernte ausgewirkt hat, tut ihr Übriges. Kurzum, es besteht Grund zu der Hoffnung, dass ein großzügiges Bargeldangebot zu diesem Zeitpunkt, angemessen präsentiert, Seine Majestät empfänglich machen würde.«

»Angemessen präsentiert?«

»Dargeboten auf eine Art und Weise, die optimal darauf angelegt ist, an das Herz des Königs wie auch an seinen Verstand zu appellieren.«

»Ruft das nicht geradezu nach dem Talent eines erfahrenen Diplomaten?«, fragte sie vorsichtig nach. »Verzeihen Sie mir meine Begriffsstutzigkeit, aber ich verstehe nicht, weshalb Sie zu mir gekommen sind. Nicht, dass ich das Kompliment nicht zu schätzen wüsste, aber ließen sich keine besser qualifizierten Kandidaten finden?«

»Ihre Qualifikationen sind außergewöhnlich und passen vorzüglich zu der Aufgabe, um die es geht.« Er musterte sie leidenschaftslos. »Erstens: Ihr öffentlicher Ruf als abenteuerliche, mutige Reisende rechtfertigt Ihre Teilnahme an dem Rennen. Zweitens: Ihr Geschlecht kaschiert Ihre Mission, denn die Feinde Vonahrs würden nicht so schnell darauf kommen, dass das offizielle Vertrauen auf einer Frau ruht. Und drittens und letztens: Ihre persönlichen Attribute dürften Seine Majestät sehr wahrscheinlich zu Ihren Gunsten beeinflussen.«

»Persönliche Attribute? Wie darf ich das verstehen?« Sie war sich nicht sicher, ob sie es verstehen *wollte*.

»Um offen zu sprechen, Miss Devaire, Sie sind eine Frau von ungewöhnlicher, verblüffender Schönheit, und die Empfänglichkeit des Königs für das schöne Geschlecht ist hinreichend dokumentiert. Zudem sind Sie bekannt als eine Dame von nicht unbeträchtlicher Weltklugheit, von Erfahrung und Raffinement, durchaus imstande, sollten Sie sich dazu entschließen, Ihre vielfältigen Talente im Dienst Ihres Landes bestmöglich zu nutzen. Von daher besteht begründete Hoffnung, dass der Liebreiz der Botschafterin König Miltzins Reaktion auf unser Angebot positiv beeinflussen wird.«

Er hatte sich elegant ausgedrückt, was er jedoch meinte, war klar und alles andere als schmeichelhaft. Luzelle trank nachdenklich einen Schluck Tee und zog kurzfristig in Erwägung, dem Bevollmächtigten Unterminister den Inhalt ihres Bechers ins Gesicht zu schütten. Sie unterdrückte die Regung; schließlich wollte vo Rouvignac sie nicht beleidigen. Wenn er sie zusammen mit dem Rest der Welt für eine Frau von fragwürdigem Ruf hielt, war das ganz allein ihre eigene Schuld.

»Die Vorgehensweise des Ministeriums ist ungewöhnlich.« Sie ließ sich nichts anmerken. »Wirklich, Ihre Methode setzt mich in Erstaunen. Bevollmächtigter Unterminister, haben Sie und Ihre Mitarbeiter nie die Möglichkeit eines öffentlichen Skandals in Betracht gezogen, sollte dieses Treffen ans Licht kommen?«

»Ich glaube nicht, dass es ans Licht kommen wird.« Was sich vielleicht wie eine Drohung anhören sollte, klang aus vo Rouvignacs Mund nur onkelhaft. »Sollte ich mich jedoch irren, werden jeglicher Skandal und jeglicher Ärger, die daraus erwachsen, ganz allein auf meine Kappe gehen, denn der Außenminister wird jegliche Kenntnis der Angelegenheit leugnen. Falls nötig, bin ich bereit, die vollen persönlichen Konsequenzen zu ziehen.«

»Ich verstehe.« Nur zu gut. Jetzt war es ganz klar, warum man sie nicht eingeladen hatte, den Fuß in den heiligen Bezirk des Republikanischen Komplexes zu setzen.

Dies war der rechte Zeitpunkt für eine empörte Weigerung, für das Aufblitzen gekränkter Tugend, aber Luzelle hielt ihren Mund, denn die Alternative sah düster aus. Ihr blieben noch ungefähr sechs Monate bis zu ihrem endgültigen finanziellen Ruin, worauf die äußerst demütigende Rückkehr ins Haus ihres Vaters anstehen würde. War sie einmal in dieser wohl geordneten Vorhölle verschwunden, war es gut möglich, dass sie nie mehr daraus auftauchte. Sollte sie andererseits auf Kosten des Ministeriums an der Großen Ellipse teilnehmen, würde ihre Teilnahme bestimmt öffentliche Aufmerksamkeit erregen, wodurch der Absatz ihrer Bücher in die Höhe schnellen und ihr Marktwert als

Rednerin sich steigern würde. Und sollte sie das Rennen tatsächlich gewinnen, dann waren ihr Ruhm, Vermögen und Unabhängigkeit bis ans Ende ihres Lebens sicher.

Was dann? Wirst du dir dann eine einträglichere Profession suchen und in Wahrheit das werden, wofür so viele dich bereits halten?

Das werde ich, teilte sie ihrem Vater insgeheim mit, *wenn es die einzige Möglichkeit ist, in dieser Welt frei zu leben. Ich lasse nicht zu, dass irgendjemand oder irgendetwas mich aufhält. Was immer dazu erforderlich ist –*

»Ich werde es machen«, schloss sie laut.

»Miss Devaire?« Der Bevollmächtigte Unterminister wirkte überrascht.

»Ich nehme Ihr Angebot der Schirmherrschaft an. Ich werde die Große Ellipse laufen. Und täuschen Sie sich nicht, ich werde gewinnen. Ich werde alle Mittel einsetzen, die ich einsetzen muss, ich werde es tun.« Ihr Gesprächspartner starrte sie an, und so fügte Luzelle noch hinzu: »Alles.«

Zweites Kapitel

Genau eine Woche später brach sie in die Nieder-Hetz auf. Die Reise von Sherreen in die hetzische Hauptstadt Toltz dauerte mit der Eisenbahn drei Tage und zwei Nächte, aber Luzelle machte es sich bequem. Das Bargeld, mit dem das Außenministerium sie so großzügig versehen hatte, verschaffte ihr das weichste, mit Lavendel parfümierte Schlafwagenbett, das teuerste Essen im Speisewagen und die diensteifrigsten Schaffner, Kellner und Gepäckträger. Es war in der Tat ein großer Unterschied zu ihren sonstigen, recht bescheidenen Reisegepflogenheiten.

Das ungewohnte Schauspiel einer allein reisenden jungen Frau erregte unvermeidlich Aufmerksamkeit, doch die Schwadronen gut bezahlter Lakaien boten wirkungsvollen Schutz, und niemand belästigte sie.

Die Gleise zwischen zwei so bedeutenden Städten wie Sherreen und Toltz befanden sich in gutem Zustand, und die Reise nach Nordosten verlief glatt und ohne größere Rüttelei, durch Meilen fruchtbaren vonahrischen Ackerlands und das sanft hügelige Gebiet der ländlichen VoGrance-Provinz, dann die Berge hinunter und über die Grenze in die Nieder-Hetz, deren politische Neutralität sich sogleich offenbarte.

Schnaufend kam der Zug auf der Lolkstok-Station zum Stehen, und die hiesigen Zollbeamten stapften durch die Waggons und verlangten Pässe und Zollerklärungen zu sehen. Luzelle unterschrieb die erforderlichen Dokumente, ließ ihr bescheidenes Gepäck durchsuchen, erhielt den obligatorischen Stempel in ihren Pass und richtete ihre Aufmerksamkeit dann durch das Fenster auf den Bahnsteig, wo sie, zum ersten Mal in ihrem Leben, uniformierte grewzische Soldaten erblickte.

Sie sahen gar nicht so schlimm aus – viele waren in der Tat ausgesprochen gut aussehend, mit dieser typisch grewzischen Langgliedrigkeit und diesen typisch grewzischen, wie gemeißelten geraden Nasen. Vielleicht zu Unrecht so übel beleumundet. Die Berichte von Grausamkeiten, die sich gegen die hilflose, unterworfene Bevölkerung richteten, waren möglicherweise übertrieben.

Würden diese sauber gekleideten Burschen nicht einfach prachtvoll aussehen, wenn sie im Triumph durch die Straßen von Sherreen paradieren würden? Eine Sache von Wochen, hatte der Bevollmächtigte Unterminister ihr gesagt.

Der Zug verließ die Lolkstok-Station und fuhr nordwärts durch manche halb aus Holz erbaute mittelalterliche Stadt mit unwahrscheinlich steilen Dächern, über unmöglich idyllische Blumenwiesen, um schließlich im pastellfarbenen Schimmer einer Frühlingsdämmerung Toltz zu erreichen.

Luzelle stieg aus. Ein Träger wirbelte ihr Gepäck in die Bahnhofshalle und verschwand, um wenig später mit einem Droschkenfahrer im Schlepptau wieder aufzutauchen. Geld wechselte den Besitzer, und ihr Koffer schien in das wartende Gefährt zu fliegen, das niedriger, breiter und schwerer war als ein sherreenischer Fiaker und von einem entsprechend stämmigen hetzischen Braunen gezogen wurde. Luzelle stieg ein, und die Tür schloss sich: Der Kutscher stieg auf, die Peitsche knallte, und die Droschke ratterte davon.

Sie ließ sich in den dick gepolsterten Sitz sinken, der tiefer und weicher war als erwartet. Anders als ihre Landsleute zogen die Nieder-Hetzier Bequemlichkeit der Eleganz vor. Sie hatte vor, es zu genießen, solange sie es noch konnte, denn die Begleitumstände würden sich, hatte das Rennen erst einmal begonnen, bald ändern. *Morgen.* Der Gedanke beschleunigte ihren Puls. Nur noch ein paar Stunden!

Sie schaute aus dem Fenster. Die Gasbeleuchtung glomm aus der sich vertiefenden Dämmerung und ließ die hellen Fronten der Stadtpaläste, Denkmäler und zeremoniellen Bogengänge, die im schamlos schmuckverliebten Stil des vorigen Jahrhunderts mit Schnörkeln und allerlei Zierat protzten, wärmer als in Wirklichkeit erscheinen. Sherreen, Flugeln, Lis Folaze – praktisch jede Stadt prunkte mit architektonischen Extravaganzen, aber nirgendwo sonst in der ganzen Welt erklomm die Zierfreudigkeit solch übertriebene Höhen wie in der Nieder-Hetz. Das am üppigsten verzierte Gebäude – der berühmte Turm des Strebens, ein Traum aus weißem Marmor, von oben bis unten mit Reliefschnitzereien von wahnsinniger Komplexität bedeckt – war modern; ein Zeugnis des architektonischen Ehrgeizes des gegenwärtigen Königs, Miltzins IX., dessen Herz sie rühren musste.

Die Droschke hielt vor dem neuen Königskopfhotel, ein protziges Gebäude, das kürzlich den Gasthof zum Königskopf ersetzt hatte, der jahrhundertelang an dieser Stelle gestanden hatte. Viele beklagten den Abriss des historischen Gasthofs, aber das neue Hotel war unleugbar ein Wunder an Luxus und Komfort, mit jeder erdenklichen modernen Annehmlichkeit ausgestattet, von Gasbeleuchtung in den meisten Zimmern bis hin zu einem erstaunlichen, mit einer Dampfmaschine angetriebenen Aufzug. In einigen übertrieben komfortablen Suiten gab es sogar private Bäder.

Die Droschke fuhr ab. Ein anderer Gepäckträger schaffte ihre Tasche in eine ungeheuer volle Empfangshalle. Nachdem sie ihren Platz in der Schlange vor der Rezeption eingenommen hatte, sah sie sich um. War es hier immer so voll? Und falls nein, was war der Grund für diesen abendlichen Menschenauflauf?

Das Rennen, du Dummkopf.

Natürlich. Der Beginn der Großen Ellipse (*morgen!*) erregte internationale Aufmerksamkeit. Es wurde wie wild gewettet; der Erwerb oder Verlust von Vermögen hing vom Ausgang des Rennens ab. Sportler jedweder Couleur waren in Toltz zusammengeströmt, um die Rennteilnehmer zu verabschieden.

Das Königskopfhotel konnte sie nicht alle aufnehmen. Möchtegern-Gäste wurden zu Dutzenden abgewiesen. Theoretisch hatte das Außenministerium für sie reserviert, aber im Falle eines Missverständnisses...

Zentimeter um Zentimeter rückte die Schlange vorwärts. Luzelle stand dem Portier gegenüber und nannte ihren Namen. Kein Missverständnis. Miss Devaire wurde erwartet, und ihr Zimmer stand bereit. Miss Devaire wurde über die Maßen höflich im Königskopfhotel willkommen geheißen. Er war ein überaus gut ausgebildeter, diskreter Empfangschef, der nicht den leisesten Anflug jener impertinenten Neugier an den Tag legte, die ihr im Laufe ihrer Reisen schon so oft begegnet war.

Er händigte ihr den Schlüssel aus, und sie folgte ihrer Reisetasche durch die Empfangshalle zu jenem unglaublich brandneuen Aufzug – der erste, den sie sah –, der sie zu ihrer Freude mühelos vom Erdgeschoss bis hoch in den dritten Stock trug. Nachdem sie den Aufzug nur widerwillig verlassen hatte, schritt sie über einen mit hochflorigen Teppichen ausgelegten Gang zu ihrem Zimmer – nicht eine dieser Wundersuiten mit eigenem Bad, aber geräumig und wirklich sehr komfortabel. Sie gab dem Pagen ein großzügiges Trinkgeld, und der Junge wäre fast vor ihr auf die Knie gesunken. Wohlstand war ja so angenehm!

Wieder allein, ließ sie ihre Blicke durch das Zimmer wandern. Glänzende, schwere Walnusstäfelung, auf hetzische Art üppig geschnitzt. Auf zwei Wänden hohe Fenster mit großen Glasscheiben, offenbar von moderner Machart. Ein dicker bordeauxroter Teppich, farblich abgestimmt auf die dunkelroten Brokatvorhänge und die Tagesdecke. Dunkelrote Handtücher auf dem Regal über dem Waschtisch, ein unbenutztes Seifenstück, ein großzügig dimensioniertes Wasserbecken und ein Krug. Messingspucknapf, auf Hochglanz poliert und dankenswerterweise leer. Hübsch, teuer, unpersönlich.

Luzelle konsultierte ihre Taschenuhr und ihren Magen, die ihr beide mitteilten, dass es fürs Abendessen noch ein wenig früh war. Sie öffnete ihre Tasche und wühlte sich durch ihren Inhalt, um eine Aktenmappe aus Karton voller Dokumente hervorzuholen, das Produkt anonymen bürokratischen Eifers. Die Papiere enthielten einen Satz Karten, die den Gesamtverlauf der Großen Ellipse detailgetreu darstellten; eine hübsche Sammlung von Fahrkarten und Gutscheinen; einen Routenvorschlag; Listen von Hotels und Gasthöfen; eine Hand voll Eisenbahn-, Postkutschen- und Dampfbootfahrplänen sowie ein internationales Verzeichnis kommerzieller Transportunternehmen, welche Flussschiffe, Mietställe, Flöße, Barkassen, die Großen Wurmwerke, Gleiter, Chasmistrios, Baggerprahme, Rammbohlen, Schlitten, Hundeschlitten, Baumschwinger und mehr umfassten.

Ihre eigenen Erfahrungen beim Reisen hatten sie gelehrt, mit der Unvermeidlichkeit des Unerwarteten zu rechnen. Trotzdem musste dieser Haufen detaillierter Informationen zu etwas gut sein. Ohne Zweifel würde sie irgendwann froh sein, ihn dabeizuhaben.

Und vielleicht früher als erwartet. Denn der Rennparcours der Großen Ellipse, der anfangs die modernen, relativ zivilisierten westlichen Nationen durchquerte, erstreckte sich weit nach Osten, verlief durch die abgelegenen Gebirgsregionen des größtenteils ungezähmten Bizaqh und Zuleekistan, durch die wilden Wälder von Oorex, ja selbst bis ins exotische Aveshq. In den bevorstehenden Wochen mochten diese vom Ministerium bereitgestellten steifen kleinen Listen oder Landkarten sehr wohl den Unterschied zwischen Sieg und Niederlage ausmachen.

Das Läutwerk einer großen Standuhr irgendwo in der Nähe zeigte die Stunde an. Zeit, sich zum Dinner umzuziehen. Die Wahl fiel nicht schwer, denn sie hatte lediglich ein auch nur entfernt angemessenes Kleid eingepackt – ein sehr schlichtes, langärmliges Teil aus schwarzem Seidenköper, knitterfrei, unempfindlich gegen Flecken und ohne Korsettstäbchen und Volants, die nur wertvollen Platz in ihrer Reisetasche weggenommen hätten. Sie zog es an, knöpfte es zu und begutachtete das Ergebnis in dem Spiegel über dem Waschtisch.

Gesetzt, fast so gesetzt, wie der Richter selbst es hätte wünschen können, auch wenn der auffällige Glanz ihrer rotgoldenen Locken nie seine Billigung finden würde. Der schmucklose tiefe Rundausschnitt ihres Gewands schrie geradezu nach Schmuck. Sie kehrte noch einmal zu ihrer Reisetasche zurück und entnahm ihr die einzige kleine Eitelkeit, die das Gewicht ihres Gepäcks erhöhen durfte – eine Kette und dazu passende Ohrringe aus Silber, mit Aquamarinen in der Farbe ihrer Augen besetzt; schöne Stücke, aber nicht wertvoll genug, um die Aufmerksamkeit von Dieben auf sich zu ziehen. Sie legte sie an, und das Bild im Spiegel erwachte zu glitzerndem Leben. Seine Ehren wäre nicht erfreut gewesen.

Sie begab sich nach unten in das schummrig beleuchtete Hotelrestaurant, wo ein untadelig gleichmütiger Oberkellner sie allein und an keinen schlechten Tisch platzierte. Kein zweifelndes oder misstrauisches Zögern, keine hoch gezogenen Augenbrauen, kein Verstecken der Dame ohne Begleitung hinter Palmenkübeln.

Ein Ober nahm ihre Bestellung auf, zog sich zurück und ließ sie allein. In früheren Jahren hatte sie sich nie ohne ein Buch in der Hand in ein öffentliches Restaurant, einen Gasthof, ein Café oder eine Garküche getraut; irgendein zufällig ausgewähltes Bändchen, in dem sie ihre Nase und ihre schreckliche Schüchternheit vergraben konnte. Heute, abgehärtet gegen die Neugier von Fremden, konnte sie es sich leisten, ihre Blicke ungehindert durch den Raum schweifen zu lassen.

Das Restaurant war gut besetzt wie das Hotel selbst. Die Kunden wirkten solvent, ja einige von ihnen waren offenbar wohlhabend, den gut geschnittenen Jacketts, extravaganten Kleidern und dem protzigen Schmuck nach zu urteilen. Eine Ansammlung von bunt karierten Mänteln, diamantenen Stecknadeln und Herrenringen am kleinen Finger verriet die Anwesenheit von Berufssportlern und Glücksspielern. Ihre Begleiterinnen hatten einen Hang zu hoch aufgetürmten gelben Haaren und tief ausgeschnittenen Seidenkleidern. Es gab ein paar Männer in Uniform mit Offiziersabzeichen und ein paar andere in exotischen Gewandungen, die östliche Prinzchen auf der Jagd nach Vergnügungen oder schlicht reiche Exzentriker sein mochten. Die Unterhaltungen waren lebhaft, aber gedämpft, die Stimmen höflich leise. Aus diesem Grund waren die beiden, die sich dieser Mäßigung verweigerten, nicht zu übersehen.

Eine raue Lachsalve schallte durch das Restaurant. Luzelle drehte sich um und meinte, sie würde doppelt sehen. Ein paar Tische weiter saßen zwei junge Männer, vielleicht achtzehn oder neunzehn Jahre alt. Sie waren teuer und völlig identisch gekleidet, von ihren mauvefarbenen Röcken mit breiten Revers über ihre perlgrauen Seidenkrawatten bis zu ihren frischen Veilchensträußen, die sie im Knopfloch trugen. Sie glichen sich wie ein Ei dem anderen in jeder Einzelheit ihrer hübschen jugendlichen Gestalt und Gesichtsform. Zwillinge, und offenbar reiche. Vier Flaschen Champagner standen geöffnet vor ihnen, der beste vonahrische Champagner, Belle de Sevagne, das berühmte sechseckige Goldetikett, das man auf den ersten Blick erkannte. Zweihundertfünfzig Neu-Rekkoes pro Flasche, und diese Jungen kippten ihn weg wie billiges Bier. Eine Platte mit teuren Felsklebern in Blaubuttersauce stand auf dem Tisch. Die Zwillinge flitschten sich gegenseitig Schalentierstücke mit ihren Gabeln an den Kopf, und jeder Treffer gab Anlass zu diesem dröhnenden Gelächter.

Idioten.

Luzelles Abendessen wurde serviert. Eine Weile widmete sie sich ganz ihrer Consommé Dhreve Lisseldt, ihren Rehmedaillons, ihrem Rote-Beete-und-Lorbeer-Salat, dem gedünsteten Goldpfeifer und den hetzischen Knuspis. Aber der Frohsinn am Tisch der Zwillinge ebbte nicht ab, und sie wunderte sich, wer die aufgeräumten Schwachköpfe wohl sein mochten, warum sie ohne Kinderfrau reisen durften und ob sie zufällig zwei ihrer Mitreisenden wären. Im Restaurant mochten durchaus einige Rennkonkurrenten anwesend sein. Es bestand keine Möglichkeit, sie vom Aussehen her zu identifizieren, und ihr Blick wanderte weiter, um Sekunden später auf einem Tisch in der Ecke zu verweilen.

Dort saßen zwei Männer, der eine ungefähr in ihrem Alter, der andere schätzungsweise ein Vierteljahrhundert älter. Der Ältere von beiden besaß ein sehr interessantes Äußeres mit kantigem Kinn, doch sie bemerkte es kaum, denn der Jüngere war der vielleicht bestaussehende Mann, dem sie je begegnet war. Er hatte ein hageres, freundliches, klar geschnittenes Gesicht mit wunderschön gebildeten Zügen; große, intelligente helle Augen, deren Farbe man im Moment nicht beurteilen konnte; und Haare von jenem strahlenden Goldton, den Frauen oft durch Färben zu erzielen versuchten, der sich indes durch künstliche Mittel nie ganz erreichen ließ. Aber das wirklich Bemerkenswerte an diesem Gesicht, dachte Luzelle, war nicht seine schöne Perfektion, so außergewöhnlich diese auch war, sondern die Individualität seines Ausdrucks. Etwas in seinen Augen, im Schwung des Mundes, der ganzen Haltung vermittelte irgendwie einen Eindruck von – ja, von was? Reinheit? Angeborenem Anstand? Natürlicher Güte?

Eine ganze Menge, was sie da in ein paar wohlgeformte Knochen und einen Kopf mit blonden Haaren hineinlas. Vermutlich war er ein eitler, verdorbener, geckenhafter Frauenheld, Branntwein, Würfelspielen und seinem eigenen Spiegelbild verfallen. Sie registrierte, dass er eine Militäruniform trug. Die Nationalität konnte sie nicht bestimmen, aber ihr Aussehen brachte leise Glocken in ihrer Erinnerung zum Klingen. Dieses schöne Gesicht, erkannte sie, gehörte keinem Unbekannten. Sie hatte es bestimmt nie in natura gesehen, aber irgendwo, vor langer Zeit, hatte sie ein Bild davon betrachtet. *Zeitung? Gazette?*

Er musste ihren bohrenden Blick gespürt haben, denn er wandte den Kopf und schaute sie unverwandt an. Luzelle spürte, wie ihr die Schamesröte ins Gesicht stieg. Ertappt, unzweifelhaft beim Starren ertappt. Nun, dieser Mann war es zweifelsfrei gewohnt, von Frauen angestarrt zu werden. Wahrscheinlich bildete er sich ein, sie würde jetzt wegen ihm in Verzückung geraten, denn gut aussehende Männer waren furchtbar eitel –

Er warf ihr über den Raum hinweg ein leichtes Lächeln zu, so als teilten sie einen kleinen Witz, und es war ein so gewinnender Ausdruck, so ganz ohne Affektiertheit oder Anmaßung, dass ihr Unbehagen sich auf der Stelle legte und sie zurücklächelte. Sie hielt seinen Blick ein oder zwei Augenblicke lang, bevor sie den wortlosen Kontakt abbrach.

Es kostete sie erhebliche Selbstüberwindung, aber

sie schaute nicht mehr in seine Richtung, bis er und sein Begleiter ihre Rechnung beglichen und sich von ihren Plätzen erhoben. Da riskierte sie einen letzten verstohlenen Blick und sah, dass er herrlich groß und breitschultrig war, mit dem schlanken, kraftvoll gebauten Körper eines Athleten. Und sie sah noch etwas. Der Fremde trug die eng anliegende graue Uniform und die Rangabzeichen eines grewzischen Oberkommandanten. Er war ein Diener des Imperiums, was bedeutete, dass er ein Schwein in menschlicher Gestalt war. Soviel zu all den lachhaften Gedanken von wegen schönen Gesichtern, die einen schönen Charakter widerspiegeln.

Der blonde Offizier und sein älterer Begleiter – ein Zivilist in makelloser Abendgarderobe, wie sie am Rande registrierte – verließen das Restaurant. Die übrigen Gäste einschließlich der lauten Zwillinge verblassten zur Bedeutungslosigkeit. Luzelle nippte an einem Frollbeerenlikör und dachte nach. Sie ärgerte sich über sich selbst. Ihr Herz hatte so rasch zu schlagen begonnen wie das eines Schulmädchens, als dieses blendend aussehende grewzische Schwein sie angelächelt hatte. In ihrem Alter sollte sie mehr Verstand besitzen.

Sie trank ihren Likör aus, bezahlte die Rechnung und ging in die Empfangshalle hinaus, wo sie eine Zeitung kaufte. Eine Zeit lang unterhielt sie sich damit, in dem wundervollen Aufzug hoch und wieder runter zu fahren. Als der Reiz der Neuheit zu verfliegen begann, begab sie sich zu ihrem Zimmer, um sich dort mit dem *Toltzischenstadtsprechervon* niederzulassen. So hätte zumindest die wörtliche Übersetzung des Firmenschilds ins Vonahrische gelautet. Sie konnte Hetzisch mehr oder weniger flüssig lesen. Es gab Nachrichten über die Große Ellipse, Nachrichten über König Miltzins Aktivitäten, Nachrichten über ein durch und durch ungesetzliches Duell in irgendeinem Park und vor allem Nachrichten über den grewzischen Kriegszug. Der Imperior Ogron hatte, wie es schien, seinen begehrlichen Blick auf das kleine, im Grunde schutzlose Fürstentum Haereste geworfen, das eine gemeinsame Grenze mit Vonahr hatte. In diesem Augenblick rückten die imperiorischen Truppen auf ihr jüngstes Ziel zu, das ohne Zweifel kampflos fallen würde. *Und dann?*

Luzelle warf die Zeitung stirnrunzelnd weg. Sie zog sich aus, wusch sich, zog ein Nachthemd an, stieg ins Bett und befasste sich eine Weile mit ihren Landkarten, Listen und Fahrplänen, die sich als verlässliche Einschlafhilfe erwiesen. Als ihr die Lider zuzufallen begannen, löschte sie das Licht, schlief jedoch nicht sofort ein, da ihr Verstand noch zu wach war, ganz erfüllt von der Vorfreude auf den Wettbewerb, den sie gewinnen *würde*, das Rennen, das bald beginnen würde –

Morgen.

Sie hatte einem der Zimmermädchen ein Trinkgeld dafür gegeben, am nächsten Morgen um sieben Uhr an ihre Tür zu klopfen, doch mit Anbruch der Dämmerung erwachte sie von selbst. Viel zu früh, aber sie hatte keine Chance, noch einmal einzuschlafen. Luzelle stand auf, wusch sich, zog ihr praktisches graugrünes Reisekleid an, drehte ihre widerspenstigen Locken ein, steckte sie fest und packte ihre Reisetasche neu.

Immer noch zu früh.

Sie begab sich nach unten in die nahezu verlassene Empfangshalle, beglich ihre Rechnung an der Rezeption und ging dann zum Restaurant, das gerade erst seine Pforten für den Tagesservice öffnete. Dort blieb sie die nächste Stunde sitzen, während sie Tasse um Tasse Milchkaffee trank, die anderen Gäste begutachtete und gelegentlich ihre Uhr zu Rate zog. Sie wusste, sie sollte sich eigentlich ein solides hetzisches Frühstück bestellen, doch ihr Magen flatterte bei dem bloßen Gedanken.

Draußen ging die Sonne auf. Drinnen rückten die wie versteinerten Zeiger der Uhr ein paar Grade vor und befreiten sie endlich. Sie trug ihr Gepäck eigenhändig auf die Straße, wo der Türsteher eine Droschke für sie rief. Sie stieg ein, gab ihr Fahrziel an, und das Gefährt setzte sich in Bewegung und fuhr die berühmte Toltzcutter-Straße entlang.

Die Fensterauslagen in den weltberühmten Geschäften, die den Boulevard säumten, hätten unter normalen Umständen ihre Aufmerksamkeit gefesselt, aber heute gönnte sie ihnen kaum einen Blick. Genauso wenig machte sie sich die Mühe, mehr als einen flüchtigen Blick auf die alten Monumente der Stadt zu werfen, an denen sie vorbeikam. Gerade fuhr die Droschke in den Irstreister-Platz ein, benannt nach dem ersten gewählten Bürgermeister von Toltz, und an dessen Ostseite erhob sich das pompöse Rathaus, ihr Ziel. Dort wartete eine festtäglich gestimmte Menge, die den gesamten freien Platz vor dem Rathaus füllte. Zuschauer, die den Start der Rennteilnehmer verfolgen wollten, entschied sie, und das war eigentlich merkwürdig, denn es würde nicht viel zu sehen geben – nur eine Gruppe von Wettbewerbern, von denen jeder zum Verkehrsmittel seiner oder ihrer Wahl hasten und damit durch die Straßen der Stadt fahren würde, wobei die meisten wohl dem Bahnhof zustreben würden. Doch das Ereignis hatte die Phantasie der Öffentlichkeit beflügelt.

Der Fahrer hielt vor dem Rathaus, so nahe am Gebäude, wie der Menschenauflauf es gestattete. Auf eine spontane Eingebung hin wies Luzelle ihn an, sie um die Ecke zu einem Nebeneingang zu bringen und dort mit ihrem Gepäck zu warten. Dann entlohnte sie ihn großzügig, um sich seiner Willfährigkeit zu vergewissern. Sie ging hinein, fragte einen Putzmann mit krummem Rücken nach dem Weg und begab sich durch verschlungene Korridore zum Büro des Registrators, wo sie ihre ausgefüllten Bewerbungsunterlagen einreichte und im Gegenzug ein Teilnahme-Zertifikat erhielt, zusammen mit einem erhabenen Stempel in ihrem Pass; Stunde, Datum und Ort – *Toltzrathaus, Nieder-Hetzia.* Ein zweiter Stempel, aufgedrückt zu einem unbestimmten Termin in der Zukunft, würde den Beweis dafür liefern, dass sie die Große Ellipse zu Ende gebracht hatte.

Als sie zum Foyer weiterging, dem offiziellen Startpunkt des Rennens, fand sie den großen Saal voller Besucher vor. Sie schaute sich ratlos um, bevor sie sah, dass die brodelnde Menge sich um einen scharlachroten Baldachin mit Goldfransen scharte. Er war am Fuße der prachtvollen Marmortreppe errichtet worden, auf der König Miltzin IX. selbst in Kürze erscheinen sollte. Unter diesem Baldachin hatten sich, so war sie von dem Registrator instruiert worden, die Teilnehmer der Großen Ellipse einzufinden. Sie bahnte sich mühsam ihren Weg durch die Menge dorthin, doch noch bevor sie nahe genug herangekommen war, um einen Blick auf die dort Versammelten zu erhaschen, schien die Menge sich um sie herum zu verdichten. Sie hörte ihren Namen, gefolgt von einer Salve von Fragen, die in Vonahrisch, Hetzisch und mehreren anderen Sprachen, die sie nicht kannte, auf sie einprasselten.

Luzelle hielt verwirrt inne. Die Fragen – die, die sie überhaupt verstand – ergaben wenig Sinn. »*Wie sehen Sie den Wettbewerb, Miss Devaire?*« »*Luzelle, glauben Sie, dass eine Frau eine reelle Chance auf den Sieg hat?*« »Ca'lorphi gi nava re'flonvisse ghia, Mees D'va'r?« »*Miss Devaire, haben Sie einen Prognostikator konsultiert?*«

Prognostikator?

Sie hatten sie umzingelt. Sie konnte sich nicht mehr bewegen, und der Lärm war entsetzlich. Sie konnte kaum einen Gedanken fassen, geschweige denn antworten. Einige Schritte entfernt stand ein Fremder mit einem Zeichenblock, der ihr Konterfei skizzierte, und dann begriff sie. Journalisten, Dutzende davon, die Berichte für ihre verschiedenen Zeitungen schrieben. Sie erhofften sich zweifelsfrei irgendeine Art von skandalöser oder doch zumindest kontroverser Bemerkung, aber sie hatte keine Lust, ihnen diesen Gefallen zu tun.

»Lassen Sie mich bitte durch«, bat sie höflich. Niemand rührte sich.

»Was halten Sie für das größte Hindernis, das Ihnen auf der Route begegnen wird?« »Foru, Luzelle-ri, sakaito ubi Grand Ellipse-jho, chokuni okyoshin?« *»Miss Devaire, wie schätzen Sie den–« »Sagen Sie uns, Miss Devaire–«* Ihr drehte sich der Kopf.

»Bitte lassen Sie mich durch«, wiederholte sie, aber es funktionierte immer noch nicht. Sie bedrängten sie wie Hyänen, so nah, dass irgendjemandes Leichenhausatem tatsächlich ihr Haar bewegte. Sie wurde wütend und bekam ein bisschen Angst.

»Mees D'va'r–«

Sie saß in der Falle. Sie widerstand dem spontanen Impuls, jemanden zu treten oder zu schlagen.

»Miss Devaire–«

»Muss ihren Platz unter den anderen Teilnehmern einnehmen«, fiel eine unverkennbar vonahrische Stimme ein, die ihr nicht vertraut war. »Meine Herren, wenn Sie bitte zurücktreten wollen ...«

Sie drehte sich nach dem Urprung dieser Stimme um und traute ihren Augen nicht, als sie in ein Gesicht hochsah, das keinesfalls dort sein durfte, ein Gesicht, das sie schon vor Jahren aus ihren Augen und ihrem Leben verbannt hatte. In der Erregung hatte ihre Phantasie ihr einen Streich gespielt, denn das konnte doch nicht –

»Girays?« Ihre Stimme glich einem idiotischen Quieken, das sie verlegen gemacht hätte, hätte nicht ihr Erstaunen alle anderen Gefühle in ihr ausgeblendet. »Träume ich?«

»Von mir? Ich fühle mich geehrt, Miss Devaire«, erwiderte Girays v'Alisante.

»Also ein Albtraum«, entgegnete Luzelle sogleich.

»Aha, hier bekommen wir wieder eine Kostprobe von jener freundlichen Wesensart und jenen ausgezeichneten Manieren, an die ich mich noch so gut erinnere. Sie haben sich nicht im Geringsten verändert, Luzelle.«

»Sie schon«, gab sie gehässig zurück. »Sie sehen älter aus.« Das stimmte in gewisser Weise. Sein Gesicht – ein wenig zu lang, ein wenig zu eckig, ein wenig zu intellektuell – mit seinen tief liegenden dunklen Augen, denen nichts entging, und seinen Zügen sympathischer Ermattung war einen Hauch müder, als sie es in Erinnerung hatte. Sein Haar von der Farbe unverfälschten Kaffees war dicht und untadelig wie stets, aber an seinen Schläfen glitzerten ein paar silberne Strähnen. Na ja, er war schließlich zehn Jahre älter als sie. Sei es, wie es sei, er hatte kein Gramm Fett zugelegt – seine Gestalt besaß noch immer die elegante Geschmeidigkeit eines Tänzers. *Mager,* sagte sie sich. *Irrelevant.*

»Geben Sie den Weg frei, meine Herren«, befahl Girays, und jene, fast übertriebene Oberklassen-Sprechweise, die er an sich hatte, erwirkte sofortigen Respekt. Was er aufgrund seiner einstmals Hohen Kaste als sein Geburtsrecht erachtete.

Eine Gasse tat sich auf. Girays bot ihr seinen Arm, und Luzelle nahm ihn widerwillig. Sie wollte seine Hilfe nicht annehmen oder sich ihm in irgendeiner Weise verpflichten. Sollte sie sich jedoch weigern, würde sie es vielleicht nie bis zum Start der Großen Ellipse schaffen, geschweige denn bis zur Ziellinie. Die Journalisten quasselten noch immer, aber in erträglichem Abstand. Girays führte sie nach vorn, und seine beunruhigende Gegenwart verleitete sie dazu, etwas zu sagen, ganz gleich, was.

»Was in aller Welt tun Sie hier?«, fragte sie. »Wollen

Sie die Rennteilnehmer starten sehen? Haben Sie eine Wette platziert?«

»Ich bin ein Teilnehmer wie Sie«, eröffnete er ihr. Ihre Augenbrauen wölbten sich, und er fügte hinzu: »Ich meine es ernst.«

»Und Belfaireau?«, fragte sie, noch immer skeptisch, denn Revolution hin, Revolution her, das *Château* der Vorfahren blieb in den Händen der v'Alisante-Familie, und sein gegenwärtiger Besitzer pflegte das Anwesen mit all der Hingabe eines Seigneurs, der zu sein er sich einbildete. Girays v'Alisante ließ sich nicht oft und nicht leicht für einen so langen Zeitraum, wie die Große Ellipse ihn darstellte, von seinem geliebten Belfaireau weglocken.

»Wohl behütet in den Händen meines tüchtigen Glimont«, teilte er ihr mit.

Glimont? Der Kämmerer seines Haushalts, erinnerte sie sich, und ihre Verwunderung nahm zu, was sie zu der Frage verleitete: »Aber warum?«

»Eine Grille«, entgegnete er zu ihrer Enttäuschung. »Das Rennen verspricht beträchtliche Neuheiten.«

»Seit wann haben Sie je –«

»Sehen Sie, das sind sämtliche angemeldeten Rennteilnehmer«, schnitt er ihr das Wort ab. »Wünschen Sie Ihre Rivalen zu inspizieren?«

Das wünschte sie in der Tat.

Unter dem scharlachroten Baldachin umschloss eine kleine Absperrung aus Samtseilen die Wettbewerbsteilnehmer der Großen Ellipse. Es waren nicht mehr als ein Dutzend, sie und Girays eingeschlossen – weniger als sie angesichts des Prestiges der Veranstaltung und der Großartigkeit des Preises erwartet hatte; aber auch wieder verständlich, denn wie viele Personen verfügten wirklich über die Zeit, die Unabhängigkeit und die finanziellen Mittel, die König Miltzins Rennen verlangte?

Die Gesichter vor ihr wiesen interessante Unterschiede hinsichtlich Alter, Typus und Ausdruck auf. Sie erspähte nur eine einzige weitere Frau – eine mehr, als sie erwartet hatte. Nicht unbedingt zu ihrem Erstaunen und ihrer Freude erkannte sie die jugendlichen Zwillinge aus dem Königskopfrestaurant wieder. An diesem Morgen hatten sich die Burschen identisch mit sportlich karierten Jacketts und dazu passenden Hosen sowie roten Rosen im Knopfloch ausstaffiert. Keiner von beiden schien unter den Champagnerexzessen der vorangegangenen Nacht zu leiden. Hinter den Zwillingen wartete der unvergessliche blonde Oberkommandant von gestern Abend, dessen Riesengestalt sie um einen halben Kopf überragte.

Sie hätte nicht stehen bleiben sollen, um sich ihre Konkurrenten anzusehen, denn die Journalisten umzingelten sie aufs Neue. Einer zerrte tatsächlich an ihrem Ärmel. Als Girays das bemerkte, lotste er sie zu einem Durchlass in den Samtseilen, wo ein Adjutant die Unterschrift des Registrators auf ihrer Teilnahmeberechtigung überprüfte, bevor er sie in die geheiligte Absperrung ließ, wo sie vor der Aufdringlichkeit der Schreiberlinge sicher war. Von ihrem erhöhten Standpunkt aus konnte sie erkennen, dass weitere Samtseile einen menschenleeren Gang mitten durch das Foyer schufen, der unmittelbar zu der Eingangstür zum Irstreiter-Platz hin verlief.

»Einige dieser Leute sind mir bekannt«, ließ Girays v'Alisante beiläufig fallen. »Diese beiden Zwillinge da drüben – Stesian und Trefian Festinette aus Travorn. Achtzehn Jahre alt und hungrig nach Abenteuern. Pervers reich. Haben kürzlich gemeinsam ein gewaltiges Kupferminen-Vermögen geerbt, das sie so schnell und brutal wie möglich auszugeben versuchen. Das Festinette-Vermögen ist allerdings so ungemein groß, dass die Jungs es sogar bei der augenblicklichen Verschwendungsrate nicht schaffen werden, sich für die nächsten Jahre an den Bettelstab zu bringen.«

Luzelle schaute ihn erstaunt an. Seine Kenntnisse überraschten sie nicht, denn autodidaktische Wissensanhäufung vor jedem größeren Unternehmen war typisch für diesen Mann. Aber sie verstand nicht, warum er die Früchte seiner Recherche mit ihr teilte. Sie hatten sich nicht gerade in Freundschaft getrennt. Gewisse abscheuliche Worte hallten noch in ihrer Erinnerung nach:

»... Kindische, unreife, starrköpfige, schnell beleidigte, jähzornige, intolerante, scharfzüngige neunzehnjährige XANTHIPPE ...«

Sie war ihm die Antwort nicht schuldig geblieben:

»... Arroganter, hochfahrender, engstirniger, begrenzter, überheblicher, blasierter, angeberischer alter TÖLPEL!«

Nein, keine glückliche Trennung, und hinterher keine Versöhnung, denn sie hatte sich nie gestattet –

Warum sollte er nun so freigiebig mit seinen Informationen umgehen? Um anzugeben? Um seine unfehlbare Überlegenheit zu demonstrieren? Wahrscheinlich.

»Da drüben.« Girays zeigte mit dem Finger auf einen Konkurrenten.

Ihr Blick folgte ihm zu einer vierschrötigen, gut rasierten Persönlichkeit von auffälliger Erhabenheit. Das kantige Gesicht und der breite Torso hätten überallhin gehören können, doch die locker fließenden Gewänder, die Schuhe mit den hohen Absätzen und die Masse an Perlenschmuck charakterisierten den Besitzer als einen Bürger von Lanthi Ume.

»Porb Jil Liskjil«, verkündete Girays mit gedämpfter Stimme. »Wohlhabender Kaufmann auf dem Weg nach oben. So hoch gestiegen, wie ein Bürgerlicher das irgend hoffen darf, und nun auf das zusätzliche Sozialprestige erpicht, das ein so publikumswirksamer Sieg ihm verschaffen würde.«

»Na, dann wird es ein anderer publikumswirksamer Sieg sein müssen.«

»Dort.« Girays änderte den Winkel und richtete den Blick auf einen kleinen, schlanken, perfekt gekleideten Gentleman, vielleicht fünfunddreißig Jahre alt, aber noch jungenhaft. »Mesq'r Zavune, ein aennorvischer Spekulant. Erweckt den Eindruck, als säße er auf Fortunas Rad ganz obenauf, dem ist jedoch nicht so. Finanziell momentan pleite. Sollte er die Große Ellipse gewinnen, hat er sein Vermögen wieder sicher. Ansonsten heißt es Schuldgefängnis für ihn.«

»Gefängnis?«, wunderte sich Luzelle. Der gut gekleidete Mesq'r Zavune wirkte nicht wie ein Kandidat für Kerkerverliese. »Könnte er nicht einfach seine Sachen zusammenpacken und –«

»Da drüben.« Girays erklärender Finger ruckte ein Stückchen weiter. »Diese Frau –«

»Die mit dem struppigen Haar und dem gelben Überbiss?«

»Sehen Sie eine andere Frau?«

»Sie sind noch genauso reizbar wie früher.«

»Diese Frau ist besonders interessant«, nahm Girays den Faden seiner Erzählung wieder auf. »Ihr Name lautet Szett Urrazole, und sie ist eine szarische Erfinderin.«

»Wirklich? Was hat sie denn erfunden?«

»Irgendein neues Transportmittel, das sie ›*Gorashiu qu'Osk Zenayushka*‹ nennt.«

»Sagen Sie das noch einmal langsam.«

»Übersetzt heißt es ›Wunder einer sich selbst antreibenden Kutsche‹.«

»Und ist diese Bezeichnung gerechtfertigt?«

»Das werden wir bald sehen. Madame Urrazole beabsichtigt die Fähigkeiten ihrer Erfindung dadurch zu demonstrieren, dass sie die Große Ellipse in ihr gewinnt.«

»Nein, das wird sie nicht. Weil, wie Sie wissen sollten, *ich* die Große Ellipse gewinnen werde.«

»Welch unerschütterliches Selbstvertrauen. Bewundernswert.«

»Hören Sie auf, so amüsiert dreinzuschauen. Sie glauben nicht, dass ich dazu in der Lage bin? Warten Sie's ab!«

»Warten ist das Letzte, was ich vorhabe. Denken Sie daran, dass ich selbst teilnehme und Niederlagen nicht besonders schätze.«

»Wer tut das schon! Diesmal jedoch wird Ihre Eitelkeit es ertragen müssen.«

»Miss Devaire, diese Worte werden Sie noch zurücknehmen!«

»M. v'Alisante, Sie werden kaum der Mann sein, der sie mir anreicht. Aber kommen Sie, wir wollen zu unserem unterbrochenen Gespräch zurückkehren. Ich möchte Ihnen nicht die Freude nehmen, mit Ihrem Wissen zu protzen, also sagen Sie mir bitte – wer ist dieser Mann dort?« Sie zeigte diskret in eine bestimmte Richtung.

»Der Riese mit den Muskeln und dem schwarzen Bart? Bav Tchornoi. Einer der größten Eiskönig-Champions, die Rhazaulle jemals hervorgebracht hat. In seinen besten Tagen nahezu unbesiegbar. Aber das fortgeschrittene Alter und sich häufende Verletzungen haben ihn schließlich aus dem Spiel geworfen. Tchornoi hat sich vor zehn Jahren vom Sport zurückgezogen. Vielleicht ist er auf der Suche nach seinem verlorenen Ruhm nach Toltz gekommen.«

»Und was ist mit diesem hellhaarigen grewzischen Offizier dort hinten?«

»Oh, das ist eine weitere überaus interessante Person. Das ist kein anderer als Oberkommandant Karsler Stornzof höchstselbst, wie er leibt und lebt.«

»Wirklich?« Luzelle gingen die Augen auf. Bloßer Ruhm erregte für gewöhnlich weder ihre Ehrfurcht noch ihre Bewunderung, aber diesmal sah sie sich beeindruckt, denn Karsler Stornzof war solch ein Held, so erfahren in der Kriegskunst, so tapfer und allen Berichten zufolge auch ehrenhaft, dass selbst seine Feinde sein Lob sangen. Was seine Landsleute anbetraf, so brachten sie ihm eine nahezu göttliche Verehrung entgegen. Ihre Verehrung wurde noch durch den Strom von Zeitungsberichten und Flugschriften vergrößert, die unablässig die Heldentaten von Grewzlands goldenem Sohn priesen. Jetzt wusste sie, warum sein Gesicht ihr gestern Abend so bekannt vorgekommen war. Zeichnungen von ihm hatte sie mehr als einmal in den Publikumszeitschriften gesehen, denn sogar die vonahrische Presse huldigte gelegentlich dem Oberkommandanten Karsler Stornzof. »Was macht er hier? Ich meine, er ist Offizier der Armee des Imperiums, und es gibt jede Menge Krieg. Sollte er nicht an der haerestischen Front kämpfen oder so etwas?«

»Ich vermute, Ogron hat diesen Stornzof-Burschen persönlich autorisiert – will sagen, angewiesen –, am Rennen teilzunehmen, wobei es um so etwas wie Ruhm für das große Grewzland oder etwas Ähnliches gehen dürfte. Wahrscheinlich gedenkt der Imperior von der gewaltigen Beliebtheit seines Matinée-Idol-Botschafters zu profitieren.«

»Ja, er sieht ziemlich gut aus, nicht?«, bemerkte sie unschuldig.

»Vielleicht, wenn Sie eine Vorliebe für klassische Statuen haben.«

»Entdecke ich da einen Hauch von Antipathie?«

»Nein. Ich kenne den Burschen nicht. Ich mag Grewzier nicht, das ist alles.«

»In diesem Fall –«

Das Scheppern einer Blasmusikkapelle erstickte ihre Worte. Luzelle wirbelte herum, um die Musiker zu betrachten, deren Anwesenheit ihr bislang entgangen war. Sie waren am Fuße der Treppe gruppiert und stürzten sich nun in die ersten Takte der hetzischen Nationalhymne. Die Menge im Foyer verstummte. Massen ehrfürchtiger Hände pressten sich auf patriotische Hetzier-Herzen. Ausländische Hände sanken höflich herab. Die Hymne endete, und alle Augenpaare richteten sich auf das Zentrum der Treppe, wo König Miltzin IX., flankiert von seinen Adjutanten, stand.

Luzelle musterte den König mit mehr als akademischem Interesse. Miltzin IX. hatte nichts sonderlich Abstoßendes an sich. Seine Miene war jovial-freundlich, sein grau werdender Walrossschnäuzer säuberlich frisiert, und seine zahllosen Orden und Abzeichen reihten sich ordentlich auf seiner Brust. Mit seinen hervorquellenden Augen, dachte sie, ähnelte er einem riesigen Grashüpfer. Zufrieden mit dem Vergleich, amüsierte sie sich im Geiste damit, sein Gesicht grün anzumalen und ihm imaginäre Fühler an seinen pomadisierten Kopf zu heften.

Miltzin begann zu sprechen. Seine Stimme klang schrill vor Begeisterung, seine Gesten waren verwirrend überschwänglich.

»Meine lieben Freunde, dieser Morgen sieht den Beginn eines Wettbewerbs, der mehr ist als ein Sportereignis, weit mehr als eine Jagd nach persönlichem Ruhm oder sogar nationaler Ehre –«

Da hatte er Recht. Fühlendes Feuer und Sicherheit für Vonahr, Unabhängigkeit und Freiheit für Luzelle Devaire – das waren die Trophäen, die es zu erringen galt, und sie waren jeden Preis wert, jeden Preis, aber vermutlich war es nicht das, was Meisen-Miltzin im Sinn hatte. Worauf wollte er hinaus? Erst in diesem Moment ging Luzelle auf, dass der König der Nieder-Hetz in perfektem Vonahrisch sprach, was nicht verwunderlich war. Seine Zuhörerschaft war polyglott, und inmitten einer Vielzahl verschiedenster Sprachen war Vonahrisch die Sprache der Diplomatie, die Sprache, die jeder zivilisierte Mensch verstand. *Obwohl der Ober tl'ghtiz des Bhomiri-D'tal-Stamms mit dieser Behauptung nicht einverstanden sein dürfte.*

Miltzin IX. plapperte weiter. Der Schlüssel für die Zukunft, vertraute er ihnen an, lag in der Vereinigung von Magie und Wissenschaft, die sich gegenwärtig auf weltlich-praktische Begriffe von Transport und Kommunikation konzentrierte. Glaubte er wirklich, dass irgendein Mensch sich dafür interessierte?

Die Rede des Königs, mit optimistischen Albernheiten befrachtet, blubberte weiter und weiter. Luzelle sah sich verstohlen um und fragte sich, wie viele der anderen ihre Ungeduld teilen mochten. Die Gesichter in ihrer Nachbarschaft gaben nichts preis. Girays v'Alisante neben ihr lauschte mit einer wohleinstudierten Miene respektvollen Interesses, die jeden, der ihn nicht kannte, überzeugt hätte. Ein paar Fuß weiter wartete der rhazaullische Riese Bav Tchornoi, still und ausdruckslos wie ein Monolith. Die Festinette-Zwillinge tuschelten, zogen Grimassen und giggelten. Als einer von ihnen ihren Blick auf sich ruhen spürte, feixte er und warf ihr eine Kusshand zu. *Schwachköpfe.* Ihr Blick kehrte zu Meisen-Miltzin zurück, dessen verbale Ergüsse endlich versiegten.

»... hinausgehen, meine Freunde, und die Welt in Erstaunen versetzen!«, schloss der König, und Luzelle fühlte, wie ihr Atem sich beschleunigte und ihr Magen sich zusammenzuziehen begann. Ein Adjutant hielt ihm ein scharlachfarbenes Kissen hin, auf dem eine reich ornamentierte Pistole lag. Miltzin ergriff die Waffe und hielt sie hoch über seinen Kopf. »Unter den Augen der Stadt Toltz beginnt die Große Ellipse.«

Er feuerte, vermutlich eine Platzpatrone, und der Schuss knallte laut. Gleichzeitig wurden die Samtseile entfernt, und die im Foyer versammelte Menge schien zu explodieren. Ein gewaltiges Geschrei erhob sich, ein Brüllen der Erregung, das das Echo der Pistole übertönte, und eine Menschenlawine wogte vorwärts und riss die schwachen Barrieren ein, die den Mittelgang abtrennten. Als die Rennteilnehmer zum Ausgang stürzten, löste sich die fragile Gasse auf. Einen Moment später war die Tür völlig verstopft, denn Teilnehmer,

Journalisten, Glücksspieler und gewöhnliche Zuschauer rangen heftig und vergeblich darum, ins Freie zu gelangen.

Luzelle blieb kurz stehen und sah sich um. Girays v'Alisante konnte sie nicht mehr sehen; er war in dem brodelnden Menschenauflauf untergegangen. Glücklicherweise war sie selbst nicht gezwungen, es ihm gleich zu tun. Sie pries sich glücklich für ihre Eingebung, die Droschke am Seitenausgang auf sich warten zu lassen, und verließ das Foyer durch einen Hinterausgang. Sie suchte sich ihren schnellen Rückweg durch die relativ leeren und ungehindert passierbaren Korridore, durch die sie gekommen war. Manch ein Müßiggänger aus der Eingangshalle starrte sie mit unverhohlener Neugier an, als sie vorbeihastete, aber niemand behinderte sie. Kurz darauf trat sie in den morgendlichen Sonnenschein hinaus und musste entdecken, dass sie nicht die einzige Rennteilnehmerin war, die das Gedränge im Foyer umgangen hatte.

Ihre eigene Droschke wartete an genau der Stelle, wo sie sie verlassen hatte, und sie segnete insgeheim den Kutscher. Hinter seinem Gefährt wartete ein zweites von etwas größeren Ausmaßen und unvergleichlich größerer Eleganz, gezogen von zwei einander gleichenden, auf Schnelligkeit gezüchteten Rappen. Sie erhaschte einen flüchtigen Blick auf ein ausgeprägtes Profil am Fenster. Es kam ihr entfernt bekannt vor, aber sie dachte nicht weiter darüber nach, denn ihre Aufmerksamkeit wurde sogleich von einer dritten Kutsche in Anspruch genommen, ein Transportmittel, wie sie es nie zuvor gesehen hatte.

Der neumodische Apparat war lang, niedrig, von silbriger Farbe und mit acht glänzenden Rädern versehen. Sein hinteres Ende lief in ein kompliziertes Gewirr aus Röhren, Spiralen, Drähten, Schläuchen, Flanschen, Zahnrädern, Ventilatoren und Glaskolben aus, während das Vorderteil sich zu einer nichts sagenden konischen Schnauze verjüngte. Etwas, das wie ein metallenes Dreiecksegel aussah, erhob sich hoch über dem Dach.

Kein Pferdegeschirr. War das Ding eine Art Boot? *Mit Rädern*? Eine schienenlose Lokomotive? Noch während sie das Gefährt begaffte, kam eine hagere Gestalt in schnellem Stechschritt an ihr vorbei, ging schnurstracks auf das geheimnisvolle Vehikel zu und stieg ein. Luzelle erblickte flüchtig schäbige, schmutzige, locker sitzende Gewänder, struppiges graues Haar und ein grimmig vorgerecktes Kinn, das sie sofort erkannte; Szett Urrazole, die szarische Erfinderin des so genannten ›Wunders einer sich selbst antreibenden Kutsche‹.

Die Tür fiel knallend zu. Sekunden später erwachte das Gefährt mit ohrenbetäubendem Krach zum Leben. Luzelle zuckte zusammen und hielt sich die Ohren zu. Fußgänger kreischten auf und rannten in Deckung, Pferde gingen durch und bäumten sich auf. Flammen schossen aus den rückwärtigen Öffnungen, und die Wunder-Kutsche sauste inmitten eines Flammenstoßes und einer Rauchwolke mit unvorstellbarer Geschwindigkeit von dannen. Luzelle schaute der szarischen Blitz-Kutsche hinterher und fragte sich, ob das Rennen bereits verloren sei.

Eine weitere Gestalt hastete an ihr vorbei. Mit blondem, in der Morgensonne schimmerndem Haar schoss Oberkommandant Karsler Stornzof auf die zweite Kutsche mit ihren prachtvollen Rappen und dem wartenden Passagier zu, den Luzelle nun als den zweiten Herrn erkannte, den sie beim Abendessen mit dem grewzischen Helden im Königskopfhotel beobachtet hatte. Oberkommandant Stornzof sah sie im Vorübergehen von der Seite an. Blaue Augen, sehr blau. Sie wünschte, sie hätte einen besseren Blick auf ihn erhaschen können. Keine Zeit, um sich darüber den Kopf zu zerbrechen. Luzelle lief zu ihrer Kutsche.

»Zum Bahnhof!«, befahl sie dem Fahrer in Vonahrisch, um sich dann in Hetzisch zu verbessern: »Toltzzentraldepoteisenbahnlinien!«

Die Stornzof-Kutsche war abgefahren. Das Rennen lief noch keine fünf Minuten, und sie war schon ins Hintertreffen geraten.

»So schnell wie möglich!«, rief sie, um dann ihre eigene Torheit zu erkennen. Sie besaß ja bereits einen Platz im südwärts fahrenden *Ilavianischen Pfeifer*, der Toltz laut Fahrplan erst in eineinviertel Stunden verlassen würde. Hals und Kopf zu riskieren, um die Droschkenfahrt um fünf Minuten abzukürzen, war absurd.

Der Kutscher nahm sie unterdessen beim Wort, und die Droschke ratterte in alarmierender Geschwindigkeit davon. Bevor sie mehr als zwei Kutschenlängen zurückgelegt hatte, würzte eine Reihe kurzer, scharfer Knallgeräusche wie eine Explosion von Feuerwerkskörpern die Morgenluft. Das Pferd schnaubte und scheute, während der Fahrer fluchte und seine Peitsche gebrauchte.

Luzelle streckte den Kopf aus dem Fenster und machte ihren Hals so lang, dass sie um die Ecke des Gebäudes schauen konnte. Sie erblickte gewaltige Wolken dichten schwarzen Rauchs, die sich über dem Irstreister-Platz zusammenballten, und vernahm die erstickten Schreie der in Panik ausbrechenden Menge. Unter ihren Augen krachte eine Reihe scharfer Schüsse, und die Rauchwolken verdunkelten sich. Hustende, rußverschmierte Bürger taumelten herbei, im Schlepptau schwarze Rauchtentakel.

»Ist jemand verletzt worden?«, rief Luzelle, erhielt aber keine Antwort, denn die Kutsche trug sie mit Höchstgeschwindigkeit weg, wie sie es befohlen hatte.

Girays. Dort hinten inmitten dieses qualmenden Chaos, womöglich verletzt? Wahrscheinlich nicht. M. v'Alisante, diese überlegene Persönlichkeit, war durchaus imstande, auf sich selbst aufzupassen. Zudem schien der Rauchbombenangriff auf dem Irstreister-

Platz eher darauf angelegt zu sein, Verwirrung zu stiften als wirklichen Schaden anzurichten. Und außerdem, was scherte sie v'Alisantes Sicherheit? Nicht mehr als ihn ihre. Sollte er sich seine rauchgefüllte Lunge aushusten, das geschah ihm recht.

Sie würde sich nicht gestatten, an ihn zu denken; es gab andere Dinge zu überlegen. Die Explosionen, der Qualm, der daraus entstehende Tumult. Sie konnte es nicht genau wissen, aber eins war sicher. Der Aufruhr auf dem Irstreister-Platz hatte die Mehrheit der Teilnehmer der Großen Ellipse aufgehalten und nützte jedem Teilnehmer, der das Rathaus durch einen Seiteneingang verlassen hatte.

Drittes Kapitel

Sie erreichte den Bahnhof mehr als rechtzeitig. Der *Ilavianische Pfeifer* fuhr fahrplanmäßig ab. Luzelle übergab ihren Fahrschein dem Schaffner und ließ sich seufzend in ihren Sitz zurücksinken. Jetzt gab es nichts zu tun, außer die pittoreske hetzische Szenerie an sich vorbeirollen zu lassen. Sorgen um Girays konnte sie sich nicht leisten.

Es war überraschend – fast erschreckend – gewesen, ihn in Toltz zu treffen, und ihre Nerven waren noch angespannt. Aber es war unwahrscheinlich, dass es noch einmal dazu kam. Zusammen mit dem Rest der Teilnehmer der Großen Ellipse, die auf dem Irstreister-Platz aufgehalten worden waren, hatte er den *Ilavianischen Pfeifer* verpasst. Er würde mindestens ein paar Stunden auf den nächsten Zug in Richtung Südosten warten müssen; und zu dem Zeitpunkt, wenn er einsteigen würde, hätte er die besten Verbindungen schon verpasst, die ihn zur ilavianischen Küste bringen würden. Es war höchst unwahrscheinlich, dass sie ihn vor Ende des Rennens wiedersehen würde, weil sie einen bequemen Vorsprung hatte und ihm keine Chance blieb, sie einzuholen.

Entschlossen schlug sie die Zeitung auf, die sie im Bahnhof erstanden hatte, und eine Weile gelang es ihr sogar, sich damit abzulenken. Natürlich fand sie keine Erwähnung der Rauchbomben vor dem Rathaus – diese Neuigkeit würde erst mit der nächsten Ausgabe in die Schlagzeilen geraten. Trotzdem war ein Großteil der Titelseite der Großen Ellipse gewidmet, und auch ihren eigenen Namen sah sie mehr als einmal gedruckt. Eine Menge Kriegsnachrichten. Die blitzartige Eroberung Haerestes durch Grewzland war beinahe abgeschlossen. Viele Seiten widmeten sich lokalen, für einen Ausländer uninteressanten Ereignissen, aber Luzelle zwang sich, sie alle zu lesen, indem sie sich fleißig durch die verworrene hetzische Syntax pflügte, und vertrieb sich auf diese Weise die Zeit.

Der *Ilavianische Pfeifer* tuckerte nach Südosten, wobei er in jeder Stadt Station machte. Die Zeit verstrich langsam bis zum Spätnachmittag, als in Ploysto eine Gruppe Dörfler in ihrem gnadenlos gestärkten Sonntagsstaat in Luzelles Waggon stiegen und die Plätze ihr gegenüber auf der anderen Seite des Gangs einnahmen. Ihre Unterhaltung erregte sofort ihre Aufmerksamkeit, denn sie sprachen über ein außergewöhnliches Ereignis, das in all den Jahren der Stadtgeschichte nicht seinesgleichen gefunden hatte. Vor Stunden war ein ausländisches Vehikel mitten durch den Stadtkern von Ploysto gekommen, ein Vehikel, das mit furchterregender Geschwindigkeit dahergebraust war. Das Gefährt, unbeschreiblich bizarr und von einer Frau von ähnlich exzentrischem Aussehen gelenkt, schien in der Art einer Lokomotive seine eigene Fortbewegungsenergie zu produzieren, war jedoch keine Lokomotive – es ließ sich mit nichts in der Welt vergleichen, was eines Menschen Auge je erblickt hatte. Schwarzen Rauch und dämonisches Feuer rülpsend, war das Ding mitten am Morgen über den Marktpatz gedonnert, zum Entsetzen der örtlichen Hühnerschaft. Die Frau hatte hart das Steuer herumgerissen, um einen Zusammenstoß mit dem Marktbrunnen zu verhindern. Sie hätte um ein Haar die kranke Großmutter Deederkint umgefahren, die draußen ein bisschen Luft schnappen wollte, und war in einer Wolke höllischen Dampfs davongestürmt. Man hätte die hässliche Erscheinung für eine Art von Traum oder Sinnestäuschung halten können, hätten nicht zahllose Zeugen ihre Realität bestätigt.

Die ländlichen Dialekte waren nicht immer leicht zu

verstehen, aber Luzelle pickte genügend auf, um zu erkennen, dass Szett Urrazole und ihre ›Wunder einer sich selbst antreibenden Kutsche‹ ihren Vorsprung mit jeder Stunde vergrößerten. Vielleicht würde die Wunder-Kutsche ja zu irgendeinem zukünftigen Zeitpunkt des Rennens eine Panne haben oder, besser noch, einen Frontalzusammenstoß mit einem Baum.

Andernfalls hätte sie jetzt schon gewonnen.

Ihre Finger trommelten ungeduldig. Bewusst hielt sie sie still. Kein Grund zum Grübeln.

Luzelle wandte ihre Aufmerksamkeit erneut der hetzischen Zeitung zu, der vorbeiziehenden Landschaft, den Passagieren, die bei jeder Haltestelle zu- und ausstiegen. Die Stunden verstrichen, die Sonne ging unter, und die Landschaft verschwand. Um acht Uhr abends suchte sie den Speisewagen auf, der gut ausgestattet und gut gefüllt war. Im Augenblick des Eintretens fiel ihr Blick auf Oberkommandant Karsler Stornzof, der seinem silberhaarigen Gefährten mit dem kantigen Kinn gegenübersaß. Stornzof erblickte sie im selben Moment. Ihre Blicke trafen sich, und einen sehr langen Augenblick lang sah sie sich außerstande, die Augen abzuwenden.

Idiotisch. Sie machte sich noch zum Narren. Sie konnte sich gut vorstellen, was der Richter dazu sagen würde. Nachdem sie den Blick von ihm losgerissen hatte, nahm sie absichtlich so Platz, dass sie dem Stornzof-Tisch den Rücken zuwandte, was sie vor der Versuchung, Stornzof weiter anzustarren, bewahrte. Das dachte sie wenigstens, bis sie zufällig entdeckte, wie spiegelglatt ihr Suppenlöffel glänzte, dessen konvexe Kelle den größten Teil des Speisewagens reflektierte und ihr ein winziges, fernes Abbild von einem blonden Männerkopf lieferte.

Sie bestellte, und das prompte Eintreffen der Suppe beraubte sie ihres Spiegels. Bevor sie zu Ende gegessen hatte, verließen Stornzof und sein Begleiter den Speisewagen. Bald darauf ging Luzelle wieder zu ihrem Platz und zog sich nicht lange danach in ihre Koje in einem der Schlafwagen zurück.

Sie schlief tief und fest und erwachte früh. Gegen acht Uhr am Morgen erreichte der *Ilavianische Pfeifer* die berousseanische Grenze und blieb dort schnaufend stehen, während die Zollbeamten an Bord kamen, um die Pässe zu kontrollieren. Luzelles Dokumente erhielten den richtigen Stempel. Die Kontrolleure beendeten ihre Arbeit und stiegen wieder aus, und der Zug überquerte die Grenze von der Nieder-Hetz in das winzige Herzogtum von Berousse.

Luzelle begutachtete den Zollstempel mit Genugtuung. Ein sichtbares Zeichen ihres Vorankommens, dem noch viele weitere folgen würden. Eine Abfolge dieser Stempel würde ihre Fortschritte auf dem Parcours der Großen Ellipse bezeugen. Ihre Genugtuung starb einen schnellen Tod, als der Zug in den Bahnhof der berousseanischen Hauptstadt Huizigar einfuhr, wo ein fünfundvierzigminütiger Aufenthalt ihr Zeit gab, eine Zeitung, Bücher, einen Puzzleblock und Zitronenbonbons im Bahnhofsgebäude zu kaufen. Die Zeitung war in Hetzisch gedruckt, der Amtssprache des Herzogtums, und die Titelseite verkündete die unerhörte Durchfahrt der exzentrischen szarischen Erfinderin und Teilnehmerin an der Großen Ellipse, Szett Urrazole, in ihrem ›Wunder einer sich selbst antreibenden Kutsche‹ am vergangenen Abend durch Huizigar.

Luzelle warf die Zeitung mit einem finsteren Blick beiseite.

Um die Mittagessenszeit vertiefte sich ihre Unzufriedenheit, als sie sich schlingernd zum Speisewagen vorbewegte und dort keinen goldenen Schimmer von Oberkommandant Stornzof erhaschte. Sie war entweder zu früh oder zu spät dran. Sie aß langsam, trödelte über zahllosen Tassen Tee, aber er tauchte nicht auf. Zu guter Letzt gab sie ihre Wacht auf und begab sich, erhitzt vom Ärger über ihre eigene Torheit, an ihren Platz zurück.

Das kleine Berousse lag nach wenigen Stunden hinter ihnen, und der *Ilavianische Pfeifer* überquerte die Grenze nach Dinsifise, dem ersten der Mittel-Herzogtümer. Ein weiterer Stempel in ihrem Pass, diesmal mit dem kreisförmigen Endlosen Feuer des grewzischen Imperiums geschmückt, denn dies war das Erste der Territorien entlang der Großen Ellipse, das grewzischer Herrschaft unterstand. Eine besonders eingehende Überprüfung ihrer Reisedokumente und eine aufreizend gründliche Durchsuchung ihrer Besitztümer sagten ihr, dass ein vonahrischer Pass innerhalb der Grenzen des Imperiums Misstrauen erregte, aber niemand hielt sie auf.

Der Zug sauste durch die Mühlenstädte von Dinsifise gen Südosten, und das Endlose Feuer-Emblem sprang ihr überall ins Auge – von Bahnsteigen, Lagerhäusern entlang der Gleise, Eisenbahnüberführungen und den Kappen der grewzischen Soldaten, die man nun mit wachsender Häufigkeit zu Gesicht bekam. Hier auf unterworfenem Gebiet wurde das Gebaren der Grewzier zunehmend herrisch, aber Luzelle bemerkte die Veränderung kaum, bis der *Ilavianische Pfeifer* eine halbe Stunde in der Stadt Glozh Station machte und sie den Fehler beging, den Zug zu verlassen.

Nachdem sie ans Ende des Bahnsteigs geschlendert war, blieb sie stehen und nahm einen tiefen Zug von der mit Rauch und Asche verpesteten Frühlingsluft. Von ihrem augenblicklichen Standpunkt aus konnte man nur wenig sehen – nur ein nichts sagendes Bahnhofsgebäude, Hügel mit flachen Gipfeln und schäbige Holzhäuser und Ladenfassaden –, denn Glozh war weder interessant noch pittoresk. Vor ihr jedoch erstreckten die Gleise sich in die Ferne und bogen in südöstlicher Richtung durch die Berge nach Ilavia ab, mit seiner an das Meer des Schweigens grenzenden Küstenlinie, seiner großen Hafenstadt Ila, seinen Handelsfrachtschiffen und Passagierbooten, von denen eines sie weiter auf der Großen Ellipse zu der großen Insel Dalyon bringen würde.

Dank den Subalternen im Außenministerium war ihre Passage auf dem Dampfboot *Beharrlichkeit* bereits gebucht. Die *Beharrlichkeit* sollte laut Fahrplan am frühen Morgen des folgenden Tags von Ila auslaufen, und ihr Zeitplan schien untadelig zu sein. Wenn nichts Außergewöhnliches passierte, sollte der *Ilavianische Pfeifer* gegen Mitternacht in der Hafenstadt einrollen. Ihr Zimmer im Schiffbruch-Gasthof war reserviert, und sie würde noch genügend Zeit für ein paar Stunden Schlaf haben. Alles lief gut – oder würde wirklich gut laufen, wenn da nicht diese gewisse verdammt begabte szarische Erfinderin wäre.

Sie schaute angestrengt in Richtung Südosten, als könne sie durch pure Willenskraft die ›Wunder Selbst-Antreibende Kutsche‹ überholen, die der Küste entgegenraste. Aber Szett Urrazole blieb unsichtbar und unergründlich.

Luzelles Gedanken wurden vom Knirschen der Bahnsteigplanken hinter ihr unterbrochen, dem Aufflackern eines Schattens, einer störenden Stimme.

»Du kommst mit uns.«

Die Worte wurden in Grewzisch gesprochen, einer Sprache, die sie nur unzulänglich beherrschte. Überrascht drehte sie sich um und sah sich zwei Soldaten gegenüber, gewöhnlichen Wehrpflichtigen in der grauen Uniform des Imperiums. Einer von ihnen – klein, mager, dunkelhaarig und mit einem blassen Rattengesicht – war unmöglich einzuordnen. Der andere – groß, bullig, blond, ausdruckslos – war ein typischer Grewzier.

Ihre Begriffsstutzigkeit musste ihr anzusehen gewesen sein, denn der Große wiederholte deutlich: »Du kommst mit uns.«

»Wir werden einen kleinen Spaziergang machen«, fügte die weiße Ratte hinzu. Seine ausholende Geste umfasste das schattige Gebüsch hinter dem Bahnhofsgebäude.

Luzelles Augenbrauen fuhren in die Höhe. Im Verlauf ihrer einsamen Reisen waren ihr des Öfteren solch allzu gastfreundliche junge Militärs begegnet, und sie wusste, wie man mit ihnen umspringen musste.

»Nein. Ich kann nicht, danke«, entgegnete sie mit fester Stimme in schlechtem Grewzisch. »Ich gehe jetzt zum Zug zurück.« Sie machte einen Schritt auf den *Ilavianischen Pfeifer* zu und blieb stehen, als sich eine dicke Pranke um ihren Arm schloss.

»Komm!«, befahl der Große, und ihr fiel auf, was für einen ungewöhnlich dünnen Mund er hatte, nicht viel mehr als ein winziger lippenloser Schlitz, der sich fast in der weißhäutigen Wildnis seines Gesichts verlor.

»Ihre Hand – abnehmen!«, rief sie aus, und ihr schlechtes Grewzisch wurde noch schlechter. Fremde Männer maßten sich nur selten an, sie zu berühren, und wenn doch, erforderte das ein harsches Vorgehen. »Nicht machen Hand, sonst Problem! Ich jetzt zurück zu Zug!« Ihr zorniger Blick und die Schärfe ihres Tons hätten ihre Einstellung klar machen sollen, aber die grewzischen Soldaten blieben bemerkenswert begriffsstutzig.

»Halt's Maul, Hündin«, knurrte der Kleine sie an. Sie beherrschte die Sprache gerade so gut, dass sie die von ihm benutzten Gossenausdrücke kannte, und ihre Augen weiteten sich vor Staunen. »Setz deine Füße in Bewegung.«

»Gehen Sie weg! Ich rufe Bahnhofsvorsteher!«, drohte sie. Beide Soldaten brachen in schallendes Gelächter aus, und der erste Anflug von Furcht durchzuckte sie. Es war immer noch taghell, der Zug stand nur ein paar Meter entfernt, und der Bahnsteig war voller Menschen. Hier konnte ihr nichts zustoßen.

»Los jetzt.«

Jeder von ihnen schnappte sich einen ihrer Arme, und gemeinsam zerrten sie sie über den Bahnsteig. Ihre Absichten waren nur allzu deutlich. Unglaublich! Waren sie schwachsinnig oder verrückt? Glaubten sie wirklich, dass sie damit durchkommen würden?

Während sie ihre Lunge mit Frühlingsluft und Aschebröckchen füllte, schrie sie gellend nach dem Bahnhofsvorsteher. Der Schrei war schrill und laut, und sie erwartete, dass ihre Häscher reagieren würden, aber sie blieben völlig ungerührt. Ihre Blicke jagten über den Bahnsteig, huschten von Gesicht zu Gesicht, und immer, wenn ihr Blick auf jemanden fiel, schaute er weg. Da wurde ihr klar, dass diese Menschen, Ortsansässige und Reisende gleichermaßen, allesamt von den grewzischen Soldaten eingeschüchtert waren. Sie mochten sie bedauern, aber sie würden es nicht wagen, ihr zu Hilfe zu kommen. In diesem Augenblick durchfuhr sie ein richtiger Schrecken, auch wenn die Ungläubigkeit blieb. Sie befand sich in Dinsifise, einem zivilisierten Herzogtum. Sie lebten in modernen Zeiten. Darüber hinaus war sie keine Untertanin des Imperiums, keine Bürgerin einer eroberten Nation.

»Ich bin Vonahrierin!«, rief Luzelle aus. »Verstehen Sie? Vonahrierin!«

»Vonahrische Frauen – Huren.« Die weiße Ratte nickte zustimmend.

Sie versuchte ihn zu treten, aber ihre langen Röcke vereitelten den Versuch. Eine scharfe Drehbewegung vermochte ihr Handgelenk nicht zu befreien. Sie stemmte sich nach hinten, konnte aber ihren schnellen Marsch über die Plattform nicht aufhalten. Dutzende von Augen folgten ihr und sahen ihr Sträuben, aber niemand schritt ein.

Unfassbar! Das beharrliche Gefühl traumartiger Unwirklichkeit schien ihren Verstand zu lähmen, aber ihr Instinkt riet ihr, sich zu verstellen. Sie stieß einen

Seufzer aus und ließ sich erschlaffen. Ihre Knie knickten ein, und ihr Körper sackte in sich zusammen, aufrecht gehalten nur von der Kraft ihrer Häscher.

Sie ließen sich nicht täuschen.

»Hoch mit dir«, kommandierte der lippenlose Schläger. »Sofort.«

»Du willst es also hier?«, erkundigte sich die weiße Ratte.

»Von hinten«, entschied sein Kumpan.

Wenn sie hier lebend herauskam, würde sie nie wieder ohne geladene Pistole reisen. Inzwischen schleppten sie ungeachtet ihrer gespielten Ohnmacht ihren schlaffen Körper auf die Treppe zu. Sie hob den Kopf, drehte ihn rasch zur Seite und schlug ihre Zähne tief in die grewzische Hand, die ihren rechten Arm festhielt. Die weiße Ratte quiekte, und der Griff lockerte sich. Während Luzelle aufsprang, riss sie einen Arm los, wirbelte nach links und richtete einen wilden Hieb gegen das Gesicht des lippenlosen Schlägers. Der schlecht gezielte Schlag streifte seine Wange, und er fluchte leise, als er die Faust ballte, um zurückzuschlagen.

»*Halt!*« Das Kommando, in Grewzisch gesprochen, war ruhig, und sogleich wirksam.

Zu Luzelles Überraschung wurden ihre beiden Angreifer steif bis zur Bewegungslosigkeit. Sie schaute über die Schulter zurück und erblickte Oberkommandant Stornzof, der dort neben seinem üblichen Begleiter stand.

»Lassen Sie sie los«, ordnete Stornzof an.

Der Schläger gehorchte auf der Stelle, und Luzelle machte einen Schritt von ihnen weg. Sie zitterte, ihr Herz hämmerte.

»Sie beide sind eine Schande für die Uniform, die Sie tragen«, bemerkte Stornzof in gleichmäßigem Tonfall.

»Aber Oberkommandant«, versuchte es die weiße Ratte, »wir haben doch nur –«

»Haben Sie Erlaubnis zu sprechen?«

»Nein, Oberkommandant.«

»Dann schweigen Sie. Ihre Disziplin ist so schlecht, wie Ihre Instinkte tierisch sind. Sie sind unwürdig, sich Soldaten des Imperiums zu nennen.« Er erhob seine Stimme nicht, aber seinen Untergebenen wurde es zusehends mulmig. »Namen!«

Die beiden Schuldigen gehorchten widerwillig.

»Melden Sie sich bei Ihrem Sergeanten. Erstellen Sie einen Bericht über diesen Vorfall und erbitten Sie angemessene Bestrafung. Wegtreten.«

Die beiden grauen Gestalten salutierten und zogen sich zurück. Oberkommandant Stornzof wandte sich in Vonahrisch an Luzelle: »Sind Sie unverletzt, Miss Devaire?«

Er kannte ihren Namen. Ein winziges Rinnsal von Freude prickelte in ihrem Kopf.

»Ja, nur –« *Fast zu Tode geängstigt,* dachte sie und schloss: »Vielleicht ein bisschen zittrig.«

»Kein Wunder. Sie haben eine unerhörte Demütigung erlitten.« Sein Vonahrisch war perfekt, wenn auch über die Maßen formell und mit einem leichten grewzischen Akzent gefärbt, der von seinen Lippen irgendwie angenehm klang. »Benötigen Sie die Hilfe eines Arztes?«

»Nein, keinesfalls, danke. Und *wirklich* danke, Oberkommandant Stornzof. Ich weiß kaum, was ich sagen soll. Wenn Sie nicht gewesen wären ... Ich möchte mir das eigentlich gar nicht vorstellen.«

»Es ist eine Schande. Ich bitte um Vergebung für die Taten meiner Landsmänner.« Sein Begleiter schoss ihm einen eisigen Blick zu, den Stornzof nicht zu bemerken schien. »Manche dieser Truppenkontingente stehen schon so lange im Feld, dass sie vergessen haben, dass sie zivilisierte Menschen sind.«

Wenn sie es überhaupt je gewusst haben. »Es ist mein Glück, dass Sie zur Stelle waren, um sie daran zu erinnern. Obwohl ich weiß, dass dieser letzte Befehl von Ihnen wohl als Formalität betrachtet werden muss.«

»Formalität?«

»Nun, diese beiden werden doch nicht wirklich zu ihrem Sergeanten laufen und um Bestrafung bitten, oder? Sie werden nicht hier sein, um ihren Gehorsam zu überprüfen. Kann man nicht davon ausgehen, dass ihnen die Angelegenheit schnell entfallen wird?«

»Miss Devaire.« Karsler Stornzof lächelte leicht. »Ein direkter Befehl eines vorgesetzten Offiziers entfällt einem grewzischen Soldaten nicht. Eine solche Insubordination in Kriegszeiten ist ein schweres Vergehen –«

»Das mit dem Tode bestraft wird.« Stornzofs Begleiter ergriff zum ersten Mal das Wort. Seine Stimme war tief, der gutturale grewzische Akzent viel schroffer ausgeprägt als bei Stornzof. »Sie werden selbstverständlich erschossen.«

Sie verdienen es, dachte Luzelle tapfer, konnte jedoch ein geheimes Schaudern nicht unterdrücken. *Wer ist diese wandelnde Eisstatue?*

»Miss Devaire, gestatten Sie, dass ich Ihnen den Großlandsmann Torvid Stornzof vorstelle«, sagte der Oberkommandant. »Mein Verwandter und Reisegefährte.«

»Großlandsmann.« Luzelle legte einen Knicks hin. Der Titel sagte ihr, dass der Verwandte des Oberkommandanten zum höchsten Rang des grewzischen Adels gehörte. Ein solcher Status zusammen mit seinem Alter wies Torvid Stornzof als das Haupt des gesamten ausgedehnten Hauses aus. Hier stand einer der größten Grewzier, mit an Sicherheit grenzender Wahrscheinlichkeit ein Verwandter und Intimus des Imperiors, und er wurde seiner Rolle gerecht mit seinem strengen Gebaren und stellaren Gewand, seinem silbrigen Haar und den finsteren schwarzen Augenbrauen, seinem hochmütig ausdruckslosen Gesicht und seinem stahlgefassten Monokel, das bei einem weniger energischen

Auftreten weichlich gewirkt hätte, dem Großlandsmann jedoch nur eine zusätzliche Eispanzerung zu verleihen schien.

Torvid nahm die Vorstellung nur mit einem denkbar knappen Kopfnicken entgegen.

»Sie nehmen am Wettbewerb der Großen Ellipse teil, Sir?«, probierte es Luzelle.

Seine Augenbrauen wölbten sich sofort, als staune er über ihre Frechheit, ihm eine Frage zu stellen. Einen Moment lang schien er darüber nachzudenken, ob eine Antwort nötig sei, dann ließ er sich schließlich zu einer Erwiderung herab: »Nein. Ich amüsiere mich lediglich.« Während er sich von ihr abwandte, drängte er seinen Verwandten: »Komm, wir haben genug Zeit vertrödelt.«

Die eisige Arroganz dieses Burschen stellte die harmlose Unverfrorenheit der vonahrischen einstmals Hohen in den Schatten, sinnierte Luzelle. Sein Benehmen war beleidigend, und seine Manieren waren abscheulich. Sie entwickelte einen augenblicklichen Widerwillen gegen ihn.

»Miss Devaire, gestatten Sie, dass wir Sie in den Zug zurückbegleiten?«, fragte Karsler Stornzof.

»Mit Vergnügen, Oberkommandant.« Es bestand kaum die Wahrscheinlichkeit, dass es zu weiteren Unannehmlichkeiten kommen würde, trotzdem war sie nicht abgeneigt, sein Angebot anzunehnen. Außerdem war der Ausdruck verächtlicher Ungeduld, der Großlandsmann Torvids kantiges Gesicht erstarren ließ, ein Schauspiel, das sie sich nicht entgehen lassen wollte.

Sie brachten sie zurück zum *Ilavianischen Pfeifer*, und sie stieg ein. Zurück an ihrem Platz presste sie die Nase gegen das Glas und schaute den Stornzof-Verwandten nach, wie sie über den Bahnsteig zu einem Waggon am Ende des Zuges gingen, wo sie sie aus dem Blick verlor. Mit einem nachdenklichen Stirnrunzeln wandte Luzelle sich vom Fenster ab. Der Oberkommandant entsprach gewiss nicht dem Stereotyp eines grewzischen Offiziers von heute. In Wahrheit schien etwas an ihm in einem schnöden Bahnhof wie diesem ganz und gar fehl am Platze zu sein, fast als wäre er ein Produkt einer früheren Zeit, das unpassenderweise in der modernen Welt abgesetzt worden und in ihr nicht ganz zu Hause war.

Was für ein Unfug. Nur weil dieser berühmte grewzische Oberkommandant wie die Verkörperung des ritterlichen Helden aussah und diese Rolle bis zur Perfektion gespielt hatte, bestand kein Grund zuzulassen, dass ihre Phantasie mit ihr durchging. Dennoch, er besaß etwas Einzigartiges, und es war nicht einfach eine Sache seines guten Aussehens. Vielleicht hatte es etwas mit dieser höflichen, behutsamen, antiquierten Redeweise zu tun, die er bevorzugte. Oder es war der undefinierbar abwesende Ausdruck in jenen blauen Augen, den blausten, die sie je gesehen hatte. Und ein gespaltenes Kinn hatte er auch.

Der Zug erwachte hustend wieder zum Leben und fuhr aus dem öden, gefährlichen Glozh ab. Sie zog einen der neuen Romane aus ihrer Reisetasche und stieg in *Die Gruft des Roten Ungeheuers* hinab, deren mannigfaltige Wunder mit Sicherheit dazu angetan waren, ihre Gedanken von hübschen feindlichen Offizieren abzulenken.

Vielleicht würde er heute Abend wieder im Speisewagen sein.

Aber der Abend entsprach nur schwerlich ihren Erwartungen.

Die Stunden verstrichen, die Sonne ging unter, die Lampen in den Abteilen wurden entzündet, die Welt draußen vor den Fenstern verschwand, und der *Ilavianische Pfeifer* erkrankte. Luzelle tauchte aus der *Gruft des Roten Ungeheuers* auf, um festzustellen, dass der Zug schnaufte, ruckelte und langsamer wurde. Zweimal verlor der *Pfeifer* Schubkraft, kroch nur noch dahin und erholte sich wieder. Beim dritten Anfall gab es keine Erholung mehr. Das Hämmern der Maschine erstarb, und im Leerlauf kam der Zug zum Stillstand.

Ein Gemurmel erfüllte den Waggon. Luzelle legte ihr Buch beiseite und spähte aus dem Fenster. Nichts zu sehen außer der undurchdringlichen Schwärze. Eine Grenze war bestimmt nicht überquert worden, und sie befanden sich noch immer im grewzisch beherrschten Dinsifise. Sie runzelte die Stirn. Welcher Art die Schwierigkeit auch sein mochte – mechanisches Versagen, zerstörte Schienen oder eine verirrte Kuh auf den Gleisen –, sie sollte besser rasch beseitigt werden. Sie zählte darauf, den Schiffbruch-Gasthof rechtzeitig zu erreichen, um sich mehrere Stunden erholsamen Schlafs zu gönnen, bevor sie am Morgen die *Beharrlichkeit* bekam.

Eine Stunde verging. Der Zug stand bewegungslos da. Luzelle begab sich in den Speisewagen, wo sie allerdings nichts von Karsler Stornzof sah. Sie aß, kehrte an ihren Platz zurück und vertiefte sich erneut in die *Gruft des Roten Ungeheuers*. Eine zweite müßige Stunde verstrich.

Als der Schaffner gegen halb elf in dem Waggon erschien, wurde der Mann mit Fragen bombardiert, auf die er mit einem vagen Bericht von einer »technischen Unregelmäßigkeit« antwortete, die man augenblicklich »im Begriff stehe zu korrgieren«. Als er zu weiteren Erklärungen gedrängt wurde, flüchtete er und ließ sich nicht wieder blicken.

Zwei weitere Stunden krochen dahin. Es war weit nach Mitternacht, etwa die Zeit, zu der der *Pfeifer* eigentlich unter Puffen und Schnaufen in den Bahnhof von Ila hätte einfahren sollen. Statt dessen stand er leblos in der Dunkelheit, irgendwo kurz vor der Grenze. Luzelles Finger trommelten. Wenn es nur Tag wäre – wenn sie nur in der Nähe einer Stadt, eines Dorfs, ja auch nur eines Bauernhofs liegen geblieben wären –, hätte sie eine Kutsche, einen Karren, ein Maultier, irgendetwas mit Rädern oder Beinen mieten können, das in der Lage gewesen wäre, sie zur Küste zu tragen. Nachts jedoch saß sie in der Falle, und es war sinnlos, sich darüber den Kopf zu zerbrechen. Sinnlos, sich Sorgen über Girays v'Alisante und die anderen zu machen, die stetig zu ihr aufschlossen. Sinnlos, an Szett Urrazole zu denken, die weiter und weiter davonzog. Sie griff wieder zu ihrem Buch, las denselben Abschnitt viermal und schleuderte es verärgert beiseite.

Ihre Gelenke waren steif. Sie hatte es satt herumzusitzen, hatte den kränkelnden *Ilavianischen Pfeifer* satt. Sie stand auf und ging mehrmals im Gang auf und ab, begab sich in den überfüllten Speisewagen, trank dort eine Tasse Tee und bemitleidete sich zusammen mit aufsässigen Mitreisenden. Immer noch keine Spur von Karsler Stornzof. Ihre Enttäuschung stieg, und sie wurde sich bewusst, dass sie nach ihm Ausschau gehalten hatte. Lächerlich. Sie ging auf ihren Platz zurück.

Es war spät, und sie war müde, aber im Schlafwagen war keine Koje für sie reserviert, da sie zu dieser Zeit eigentlich bequem im Schiffbruch-Gasthof in Ila hätte schlummern sollen. Und keine Schlafkoje sei mehr frei, informierte sie der Schaffner. Pech für sie; denn müde oder nicht, im Sitzen würde sie nie und nimmer einschlafen können.

Die Lider wurden ihr schwer, und sie schlief auf der Stelle ein.

Das klappernde Vibrieren der Maschine weckte sie. Luzelle öffnete ihre Augen dem morgendlichen Licht, das durch die Fenster ins Abteil fiel. Stunden waren vergangen, die Nacht war vorbei, und irgendwann während dieser für sie verlorenen Zeitspanne hatte der nicht näher spezifizierte Schaden des *Ilavianischen Pfeifers* sich selbst behoben. Ein scharfer Pfiff durchschnitt die Luft, und der Zug nahm seine unterbrochene Fahrt wieder auf. Luzelle gähnte und sah auf ihre Uhr. Ihre Schläfrigkeit war im Nu verschwunden. Sieben Uhr.

Vor einer halben Stunde war die *Beharrlichkeit* ohne sie nach Dalyon ausgelaufen. Ihre Augenbrauen zogen sich zusammen. In Ila angelangt, musste sie sich eine alternative Überfahrt besorgen, und die Verzögerung würde sicher ihren Konkurrenten zugute kommen.

Der *Ilavianische Pfeifer* setzte seine Fahrt ohne weiteren Zwischenfall bis zur Grenze fort, wo er für die üblichen Kontrollen anhielt. Luzelles Pass erhielt seinen Stempel, wobei sie von dem Zöllner erfuhr, dass ein zweiter Zug in Richtung Süden, der pünktlich war, direkt hinter ihrem eigenen wartete.

Sie konnte sich gut vorstellen, wer darin saß.

Der *Pfeifer* erreichte Ila gegen Mittag, mit ungefähr zwölf Stunden Verspätung. Luzelle verließ den Zug erleichtert, hastete über den Bahnsteig in das Bahnhofsgebäude und auf der anderen Seite wieder hinaus, ohne einen Blick für ihre Umgebung zu haben. Sie schnappte sich eine Miskin-gezogene Kutsche, warf ihr Gepäck hinein und wies den Fahrer an, sie zum Hafen zu bringen. Der Mann starrte sie verständnislos an, und ihr wurde klar, dass er kein Vonahrisch sprach. Sie versuchte es ohne Erfolg mit Hetzisch und dann mit gebrochenem Grewzisch, was ein Ergebnis zeitigte. Er nickte, sie stieg ein, und ab ging es in sturem Miskin-Tempo.

Sinnlos, ihn zur Eile anzutreiben – das Tier mit dem wolligen Kopf und dem doppelten Schwanz, das er lenkte, ließ sich nichts sagen. Und weiter trotteten sie durch die Straßen von Ila, und Luzelle schaute durch das offene Fenster auf alte, von Wasser und Salzgischt zu einem aparten Grauton verwitterte Holzarchitekturen. Das Pflaster der engen Straßen spiegelte den stumpfen, gleichbleibenden Ton der Gebäude wider, und die kühle, feuchte Luft kündete von Fisch, Tang, Salzwasser und fortgesetzter menschlicher Besiedlung. Die Möwen kreisten und kreischten über ihren Köpfen, aber Luzelle hörte sie kaum.

Beeilung. Beeilung. Beeilung.

Weder Kutscher noch Miskin taten ihr den Gefallen. Zur Linken erhob sich der Schiffbruch-Gasthof mit Fachwerkbalken, alt von Jahren und Teer. Dahinter – ein weiches Federbett, saubere Laken, heißes Wasser und Seife ...

Heute nicht.

Weiter ging es in demselben aufreizenden Trott durch die nach Meer riechenden Straßen und hinunter zu den Docks, wo moderne Dampfschiffe neben almodischen Seglern vertäut lagen. Die Kais waren vollgepropft mit den Buden der Fahrscheinverkäufer und den Schuppen der Frachtmakler. Na, wenn wenigstens einige von ihnen Vonahrisch sprachen ...

Luzelle stieg aus, entlohnte den Fahrer und wandte ihre Aufmerksamkeit den Fahrscheinverkäufern zu, von denen sie drei in rascher Reihenfolge probierte. Alle sprachen Vonahrisch, und alle warteten mit derselben Information auf. Der nächste Passagierdampfer nach Dalyon würde Ila nicht vor morgen früh verlassen.

Bei den Frachtmaklern hatte sie mehr Glück. Der große Dampfer *Karavise* sollte in nur einer Stunde zum Stadtstaat Lanthi Ume auslaufen.

»Passagierplätze?«, erkundigte sich Luzelle.

»Ein paar. Nicht gerade das, was man luxuriös nennen würde, es ist ein Frachtschiff. Auch nicht gerade privat. Vier Kojen pro Kajüte. Und keine andere Frau an Bord.« Der Makler konnte ein Lächeln nicht unterdrücken. »Vielleicht warten Sie lieber auf die *Keldhaam Gnuxia.* Passagierdampfer, angenehme Quartiere, guter Küchenchef. Legt morgen früh nach Gard Lammis ab. Also, sehen Sie die Bude da drüben mit der blauen Schrift darauf? Gehen Sie einfach dort rüber und sagen Sie dem Agenten, dass Sie eine nette, saubere Erste-Klasse-Suite an Bord der *Keldhaam* –«

»Nein, ich möchte das erste Schiff, das in See sticht.«

»Überlegen Sie sich's besser noch mal, kleine Lady.

Ist ja nicht so, als wär'n Sie so was wie die Letzte. Und die konnte sich wenigstens in diesen neumodischen Apparat einschließen, den sie dabei hatte, anstandshalber.«

»Sie? Neumodischer Apparat?«

»Kreuzte hier gestern bei Anbruch der Morgendämmerung auf, gerade rechtzeitig, um die *Rhelischer Söldner* zu kriegen. Die perfekte Schreckschraube von einer Frau – Nordländerin, wette ich –, die diese ausländische Brandgefahr von einer Kutsche fuhr. Wollte, dass die Kutsche nach Dalyon verschifft wird, also machte es wirklich Sinn, dass sie ein Frachtschiff brauchte. Wohingegen Sie –«

»Wohingegen ich nicht bereit bin zu warten.« Luzelle wurde bewusst, dass sie mit den Zehen trommelte. Das Gefühl, dass die Zeit drängte, wurde übermächtig. Szett Urrazole war gestern Morgen hier durchgekommen und musste inzwischen bereits den halben Weg nach Lanthi Ume zurückgelegt haben. *Ich wünschte, ich könnte dieses ›Wunder einer sich selbst antreibenden Kutsche‹ von ihr zu Kleinholz verarbeiten. Ich schwöre, ich würde es tun, wenn ich's könnte.* »Kann ich eine Kajüte für mich allein haben?«

»Zum Preis von vier Kojen.«

»Einverstanden.« Warum nicht? Das Außenministerium bezahlte es schließlich. Geld wechselte den Besitzer, der Schiffsmakler überreichte ihr ein lächerliches Fahrscheinquartett, und Luzelle ging an Bord der *Karavise*, ein sauberes und grausam zweckmäßiges Schiff. Einer von der Crew begleitete sie unter Deck zu ihrer Kajüte, die sich als fensterlos, niedrig und gerade groß genug für zwei schmale Stahlrahmengestelle mit je zwei übereinander liegenden Kojen erwies, die ihr nun für die Dauer der Überfahrt alle vier gehörten. Wenn sie Lust dazu verspürte, konnte sie die nächsten beiden Nächte von Bett zu Bett wechseln, um sicherzustellen, dass das Ministerium auch etwas für sein Geld bekam.

Das tiefe Tuten der Schiffssirene und das heisere Keuchen der Maschine riefen sie in die Gegenwart zurück. Die *Karavise* stampfte kurz vor dem Ablegen. Luzelle ließ den Blick durch den Raum wandern. Schon begann sie ein Gefühl der Enge zu verspüren. Der Raum war viel zu winzig für einen Passagier, geschweige denn für vier. Sie schob ihre Reisetasche unter eines der Betten und begab sich zurück an Deck, wobei sie bei Schritt und Tritt fremde Blicke auf sich ruhen spürte. Natürlich würden die Seeleute gucken, aber die Burschen waren zurückhaltend – *zumindest zurückhaltender als diese grewzischen Soldaten in Glozh* –, und außerdem konnte sie ihre Kajütentür von innen verriegeln.

Die Meeresbrise war erfrischend steif, und ihre Stimmung hob sich wieder. Ein paar Minuten lang schlenderte sie an Deck auf und ab, stellte sich dann an die Reling und schaute auf den Pier hinunter. Die Landungsbrücke war noch nicht wieder eingezogen worden, und ein paar Passagiere kamen im letzten Moment an Bord. Sie musterte sie, und ihr stockte der Atem, denn sie erspähte zwei jugendlich schlanke Gestalten, die man unmöglich verwechseln konnte, identisch gekleidet in cremefarbene Gehröcke und rehfarbene Hosen. Die Festinette-Zwillinge, die sich spielerisch die Ellbögen in die Rippen stießen, während sie sich dem Dampfer näherten, gefolgt von Trägern mit Bergen an Gepäck. Und hinter den Zwillingen ein turmhoher schwarzbärtiger Mann, der seinen Koffer selbst trug: Bav Tchornoi, der ehemalige Eiskönige-Champion.

Drei ihrer Konkurrenten; und zweifellos waren andere bereits an Bord. Luzelle stieß bedächtig den Atem aus, hin und her gerissen zwischen Enttäuschung und einer merkwürdigen Erregung. Sie hatte gedacht, sie hätte Girays und die meisten der anderen in Toltz hinter sich gelassen, aber die große Verspätung des

Ilavianischen Pfeifers hatte alles umgeworfen, und das Rennen war wieder offen.

Die Gangway verschwand, die Schiffssirene ertönte, und die *Karavise* legte ab. Eine Weile blieb Luzelle noch stehen und schaute zu, wie die Hafenanlagen immer kleiner wurden, das graublaue Seewasser unter dem Schiffsrumpf dahinrauschte und die lärmenden Möwen das Schiff begleiteten, bis der Anblick seinen Reiz verlor und sie ihren Spaziergang an Deck wieder aufnahm. Bald begegnete sie Bav Tchornoi, der ihr mit einem Ausdruck wachsamer Höflichkeit zunickte, als sie auf ihn zukam. Sie erwiderte das Nicken, blieb jedoch nicht stehen, um ein paar Worte zu wechseln, denn sein Äußeres wirkte abweisend und mürrisch; sein Gesicht unter seinem schwarzen Bartgestrüpp war gerötet, und mit einer seiner Pranken umklammerte er eine silberne Feldflasche. Im Vorbeigehen schnappte sie den Geruch von Hochprozentigem auf und registrierte insgeheim: *Vouvrak.*

Sie schlenderte weiter zum Bug. Ihre Blicke suchten das Deck ab und fielen zu guter Letzt auf das Objekt ihrer unbewussten Suche – eine hagere, aufrechte Gestalt mit schwarzem Haar und lässiger Pose.

Luzelle blieb stehen. Girays v'Alisante stand an der Reling und blickte hinaus auf das Meer des Schweigens, ohne von ihrer Anwesenheit zu wissen. Er war dem Rauchattentat auf dem Irstreister-Platz offenbar unverletzt entkommen. Der Woge der Erleichterung, die sie angesichts dieser Tatsache durchflutete, folgte unverzüglich ein starkes Gefühl der Verlegenheit. Sie hatte ihm nichts Angenehmes zu sagen und keine Lust, sich zu streiten, was wenig Spielraum für ein Gespräch ließ. Am besten zog sie sich in aller Stille zurück, ohne dass er sie bemerkte.

In diesem Augenblick drehte Girays sich um und sah sie. Das Lächeln, das seine für gewöhnlich matte Miene so belebte, funkelte auf, und er bemerkte: »Ah, ich habe mich schon gefragt, ob ich Sie hier antreffen würde.«

Zu spät für einen Rückzug, und ihre Unsicherheit sollte er auf keinen Fall sehen. Luzelle reckte das Kinn empor und ging auf ihn zu.

»Es tut mir Leid, das Kompliment nicht erwidern zu können«, versetzte sie. »Noch vermag ich Ihr Interesse für meinen Aufenthaltsort nachzuvollziehen.«

»Dann haben die Jahre Ihren Verstand wirklich vernebelt. Schade«, äußerte er in diesem mit Goldschnitt versehenen Mir-gehört-die-Welt-Ton. »Das Rauchattentat zu Beginn des Rennens hat Ihnen einen gehörigen Vorsprung verschafft, den ich allerdings gleich für vorübergehender Natur hielt. Aber ich habe Sie schneller als ich ursprünglich glaubte eingeholt, wodurch ich mir das gleichzeitige Vergnügen des Erfolgs und Ihrer Gesellschaft verschafft habe.«

»Genießen Sie beides, solange Sie noch Gelegenheit dazu haben«, riet ihm Luzelle. Er war unerträglich wie immer, doch noch vor Ende des Rennens würde er den bitteren Staub der Niederlage schmecken. »Denn keins von beiden dürfte die Zeitspanne dieser Überfahrt überdauern.«

»Sie irren, Miss Devaire. Ich bete Sie an und setze großes Vertrauen in Ihre Fähigkeit, noch ein wenig länger mit mir Schritt zu halten.«

»Ich habe immer gedacht, Sie verfügten über die Gabe der Ironie, doch nun muss ich erkennen, dass Ihr Sinn für Humor ans Absurde grenzt. Vielleicht ist das das Ergebnis fortgeschrittenen Alters.«

»Wunderliche kleine Luzelle, Sie sind immer noch so unterhaltsam!«

»Wenn ich doch nur dasselbe von Ihnen sagen könnte! Dann könnten wir uns die Langeweile der Reise vertreiben. Aber wie es nun einmal ist...« Ihre Stimme verebbte betrübt. Mühsam zügelte sie ihr Temperament. »Trotz der Verheerungen des Alters verfügen Sie indes noch über die Fähigkeit, meine Neugier zu befriedigen.«

»Dafür lebe ich, aber wie könnte ich es wagen, eine Frage anzuschneiden, auf die Miss Devaire nicht bereits eine Antwort besitzt?«

»Die direkte Beobachtung hat ihre Vorzüge. Berichten Sie mir, was auf dem Irstreister-Platz vorgefallen ist.«

»Ach so.« Girays' Lächeln verblasste. »Mehrere kleine Explosionen, gefolgt von einer gewaltigen Rauchentwicklung. Niemand verletzt, verstümmelt oder von herumfliegenden Teilen getroffen, soweit ich weiß. Indes ungeheure Verwirrung, Furcht, Tumult und blinder Aktivismus. Ich selbst musste mich taumelnd und blind vortastend vom Platz entfernen, fand den Weg hinaus jedoch unversehrt. Viele andere, die der Rauch halb blind machte und fast ersticken ließ, hatten nicht so viel Glück.«

»Was ist mit ihnen passiert?« Sie war sich nicht sicher, ob sie das wirklich wissen wollte.

»Krankenhaus in Toltz, glaube ich. Ich habe gehört, dass einer der Teilnehmer der Großen Ellipse – liZendorf, dieser hetzische Pferdezüchter – reiseuntauglich wurde. Aber immerhin keine Todesfälle.«

»Was ist explodiert?«

»Hätten Sie gerne ein Rezept? Sie sollten besser fragen, wer die Explosionen gelegt hat.«

»Nun?«

»Nur ein paar wenige haben von der Ablenkung profitiert, und Sie gehören dazu!«

»Sie denken doch nicht, dass ich –«

»Gewiss nicht. Aber da sind noch diese Grewzier, und wir alle wissen, wie sie sind. Dieser angeberische künstliche Held von ihnen –«

»Stornzof?«

»Der Halbgott.«

»Ich kann nicht glauben, dass er dafür verantwortlich ist.«

»Nein?« Girays' dunkle Brauen wölbten sich. »Sie scheinen sicher zu sein. So gut kennen sie also diesen Grewzier?«

»Ich kenne ihn überhaupt nicht, aber–«

»Aber?«

»Seit wir Toltz verlassen haben, habe ich ein bisschen von Stornzof zu Gesicht bekommen, und dort in Glozh hat er mir einen Riesengefallen getan.«

»Und der wäre?«

»Hat mir aus einer sehr heiklen Situation geholfen.«

»Heikel? Was meinen Sie damit? Geht es Ihnen gut? Was ist geschehen?«

»Es blieb ohne Konsequenzen. Aber dieser Karsler Stornzof war mehr als anständig, er war wundervoll–«

»*Wundervoll*, tatsächlich?«

»Und ich bin nicht bereit, ohne zwingenden Beweis das Schlimmste von ihm anzunehmen, ganz gleich, welcher Nationalität er ist.«

»Nun, möglicherweise sehen weibliche Augen, die von all diesem Ruhm und dem goldenen grewzischen Glanz geblendet sind, nicht mehr ganz so klar.«

»Behandeln Sie mich nicht so gönnerhaft, Girays v'Alisante. Sie haben noch nicht einmal mit Karsler Stornzof gesprochen. Sie wissen gar nichts über ihn!«

»Ach, aber Sie. Ich weiß, dass er *wundervoll* ist und dass er in Ihnen eine leidenschaftliche Verteidigerin gefunden hat. Ich wüsste gerne, ob dieser galante Oberkommandant von seinem Glück weiß?«

»Er ist zufällig wirklich galant. Glauben Sie es oder lassen Sie es bleiben, es gibt noch Galanterie in dieser Welt, und Ehre und eine gewisse Ritterlichkeit–«

»Gewiss, und diese unbestreitbaren Vorzüge konzentrieren sich innerhalb der Grenzen von Grewzland.«

»Ich hätte es mir denken können, dass *M. le Marquis* spotten würde. Das kann er am besten.«

»Ganz im Gegenteil. Ich schätze Ihre Klugheit und Ihr Urteilsvermögen. Beide habe ich stets bewundert.«

»Wie ich stets Ihre Bescheidenheit, Ihre liberale Weltanschauung und Ihre fortschrittlich demokratischen Ansichten bewundert habe«, gab sie mit dem freundlichsten Lächeln zurück.

»Das weicht ein wenig von meinen Erinnerungen ab. Ich meine mich an Ihre häufige Kritik an meiner abscheulichen Arroganz, meinem unaussprechlichen Konservativismus und meiner ärgerlichen Anmaßung als einstmals Hoher zu entsinnen.«

»Ach, in jenen längst verflossenen Tagen war ich noch von kindlicher Intoleranz. So unerwachsen, so äußerst unreif, wie Sie mir stets mit viel Mühe in Erinnerung gerufen haben, immer und immer und immer wieder.«

»Weniger unreif vielleicht als freizügig und voller Verachtung für hohle, altmodische Konventionen, ein viel zu freier Geist, um die ätzenden Einschränkungen einer gewöhnlichen, langweiligen Ehe zu ertragen.«

»Es waren ganz eindeutig Sie, die mir außerstande erschienen, sie zu ertragen, denn es geschah auf einen solchen Vorwand hin, dass Sie die Verlobung aufzulösen beschlossen.«

»Was blieb denn nach Ihrer Flucht aus Sherreen noch groß aufzulösen? Sie waren diejenige, die mich verlassen hat, eine Wahrheit, die Sie kaum leugnen können. Die Trennung war allein Ihre Entscheidung.«

»Das ist weder korrekt noch vernünftig.« Ein Ausdruck übertriebener Duldsamkeit überdeckte ihre wachsende Empörung. Er war noch immer so abgrundtief ungerecht, so unflexibel, so völlig unwillig, ihren Standpunkt zu verstehen! »Es gab keine ›Flucht‹, wie Sie es so melodramatisch nennen. Die Trennung war kurzfristig und eigentlich nur vorübergehend –«

»Mehrere Monate, wenn ich nicht irre.«

»Sechs Monate. Sechs mickerige, unbedeutende kleine Monate, das war alles, und sie wären im Flug vergangen. Sie hätten warten können. In Anbetracht all Ihrer Schwüre und Erklärungen hätte man meinen sollen, das wäre nicht zu viel verlangt gewesen. Aber es *war* zu viel, und M. le Marquis' oft beschworene Zuneigung erwies sich als zu schwach, um dieser ungeheuren Herausforderung standzuhalten. So viel zur Beständigkeit.«

»Das ist eine Quelle nicht enden wollender Faszination für mich, diese Fähigkeit von Ihnen, die Vergangenheit so zu verdrehen und zu entstellen, dass man sie nicht mehr wiedererkennt, und das, ohne Ihr Getue einer beleidigten Unschuld auch nur einen Moment lang aufzugeben. Doch zuweilen denke ich, dass Sie wirklich an Ihr selbst errichtetes Phantasiegebilde glauben, und deshalb unterziehe ich mich jetzt noch einmal der Mühe, Ihre falschen Vorstellungen zu korrigieren. Hier also die Fakten: Ungefähr vierzehn Tage vor dem festgesetzten Hochzeitstermin haben Sie – nachdem Sie neunzehn geworden waren und die Verfügungsgewalt über Ihre Erbschaft erlangt hatten – plötzlich Ihre Absicht verkündet, zum Lakhtikhil-Eisschelf zu reisen und dort für unbestimte Zeit zu blei –«

»Für sechs Monate!«

»Vergeblich flehte ich Sie an, es sich noch einmal zu überlegen –«

»Anflehen? Sie haben bestimmt!«

»Oder Ihre Exkursion auch nur eine Weile zu verschieben –«

»Ich konnte nichts verschieben. Es war bereits Herbst. Noch ein paar Wochen, und die Straße von Kubringi wäre zugefroren und ich hätte L'mai nicht mehr erreichen können, und die ganze Forschungsreise hätte ein ganzes Jahr verschoben werden müssen.«

»Wäre das eine solche Tragödie gewesen?«

»Ja, das wäre es! Wäre ich in jenem Jahr nicht zum

Schelf gefahren, in dem Jahr, in dem die eingefrorenen Hügel entdeckt wurden, dann wäre mir jemand zuvorgekommen. Vermutlich Fluss Ziffi, dieser Bandit. Hätte ich meinen Reisebericht nicht vor seinem veröffentlicht, hätte es keine Vortragstätigkeit an der Republikanischen Akademie gegeben. Und wenn ich diese Stelle nicht gehabt hätte, dann wäre ich nie –«

»Die Person geworden, die Sie heute sind. Ja, ich verstehe. Sie haben das bekommen, was Sie am meisten gewollt haben. Sie hätten meine Gemahlin und die Herrin von Belfaireau werden können, aber was ist das schon im Vergleich zu persönlichem Ruhm?«

»O bitte, verschonen Sie mich mit Ihren Vorwürfen und Ihrer Selbstgerechtigkeit. Ich hätte Ihre Frau und gleichzeitig ich selbst sein können. Sie haben mich vor die Wahl gestellt. Wenn Ihnen meine Entscheidung nicht passt, sind Sie der einzige, den Sie dafür verantwortlich machen sollten!«

»Meine Frau und Sie selbst? Ich frage mich, was Sie damit meinen mögen? War das Ihre Vorstellung von einer Ehe? Ich sollte monatelang allein in Belfaireau sitzen und auf die Stippvisiten meiner Frau Gemahlin warten?«

»Es wären nur ein paar Monate gewesen! Dann wäre ich zurück gewesen, und wir hätten heiraten können. Falls Ihnen jemals etwas an mir gelegen hätte – ich meine an mir als Individuum und nicht als zukünftiger Burgherrin Ihres prachtvollen Besitzes –, dann hätten Sie meine Bemühungen unterstützt, hätten mir diese Monate gewährt, und danach hätten wir glücklich sein können –«

»Bis zum nächsten Mal. Wie lange hätte es gedauert, bis Sie sich wieder genötigt gesehen hätten, sich auf Reisen zu begeben, monate- oder jahrelang?«

»Na, und wenn schon? Männer sind die ganze Zeit weg, und ihre Frauen müssen zu Hause warten. Warum sollte es andersherum nicht auch gehen? Ein Kapitän beispielsweise ist Monate am Stück fort, und er erwartet von seiner Frau, dass sie geduldig auf ihn wartet –«

»Und vielleicht tut sie das gerne, aber ich nicht! Ich bin altmodisch, wie Sie vielleicht bemerkt haben dürften, und ich hänge der überkommenen Überzeugung an, dass für eine Frau die Gesellschaft ihres Gatten die liebste ist!«

»Bedeutet das, dass sie an ihm kleben muss wie eine Klette?«

»Das bedeutet, dass ihre Heirat ihren persönlichen Ehrgeiz und ihre Eitelkeit überflüssig macht.«

»Eitelkeit!«

»Aber Ihre Prioritäten lauten anders und haben immer anders gelautet«, schloss Girays leidenschaftslos.

»Gut.« Luzelle holte Luft und schaffte es, ein herablassendes kleines Lächeln aufzusetzen. »Ich sehe, dass Sie noch immer so engstirnig, nörglerisch und vorurteilsbeladen sind wie eh und je. Die Erkenntnis, dass manche Dinge sich eben nie ändern, ist äußerst beruhigend.«

»Und ich dachte immer, Sie wären immun gegen den Reiz der Tradition.«

»Das Eingeständnis eines Irrtums, und das von des Marquis eigenen Lippen! Es geschehen noch Zeichen und Wunder. M. v'Alisante, ich danke Ihnen für die moralische Lehrstunde, doch ich habe so viel von Ihrer Weisheit gekostet, wie mein armer Kopf auf einmal vertragen kann, und muss mich nun zurückziehen, um in Muße über die neu gewonnenen geistigen Schätze nachzusinnen.« Ohne ihm Gelegenheit zum Antworten zu geben, drehte Luzelle sich um und ließ ihn stehen. Ihr Gesicht brannte, und ihr Blut war auf dem Siedepunkt. Er hatte sein übliches unerträglich überlegenes Getue abgezogen, aber sie hatte das letzte Wort gehabt. Und beim nächsten Mal würde sie es wieder haben.

Was für ein nächstes Mal?

Sobald die *Karavise* angelegt hatte, würde sie Girays und die anderen weit hinter sich lassen. Sie würde ihn nicht wiedersehen, es würde kein nächstes Mal geben.

Der Gedanke war seltsam ernüchternd. Plötzlich ließ die frische salzige Brise, die über das Deck fegte, sie bis ins Mark frieren.

Sie ging unter Deck, wieder in ihre fensterlose Kajüte, wo sie die Lampe entzündete und mit einem zweiten gekauften Roman begann, *Der Schatten des Ghuls.*

Der Ghul war nicht schlecht, und sie befasste sich stundenlang mit ihm, bis die Schiffsglocke läutete und sie zurück in die Realität und zum Abendessen rief. Sie begab sich nach achtern zur Mannschaftsmesse, die beengt, gedrängt voll und ziemlich übelriechend war. Die Passagiere an Bord der *Karavise* hatten einen Tisch für sich, und sie sah mit einem Blick, dass das Schiff mit Teilnehmern der Großen Ellipse verseucht war. Da waren die Festinette-Bürschchen, exquisit gekleidet in überaus passenden marineblauen Jacketts mit pseudomaritimen Goldlitzen. Da war Bav Tchornoi, dessen Gesicht finsterer und röter war denn je. Girays v'Alisante mit der typischen Nonchalance eines einstmals Hohen. Mesqu'r Zavune, der schuldengeplagte aennorvische Spekulant. Porb Jil Liskjil, der reiche lanthianische Kaufmann mit funkelnder Perlenpracht. Ein paar andere Gesichter, die sie vom Toltzer Rathaus her kannte. Und dort saß Oberkommandant Karsler Stornzof neben seinem unaussprechlich aristokratischen Verwandten, dem Großlandsmann Torvid.

Es überraschte sie nicht, Karsler an Bord der *Karavise* anzutreffen, und dennoch beschleunigte sich ihr Puls. Ihre Blicke begegneten sich, und ihre Wangen wurden warm. Sie fühlte sich wie eine dumme Gans und sah auch ohne Zweifel so aus. Girays beobachtete sie, aber ihr Gesichtsausdruck musste ihn beunruhigt haben, denn seine dunklen Augen wandten sich von ihr ab, um sich auf das Gesicht des Oberkommandanten zu richten.

Die Männer erhoben sich kurz, als sie zu ihnen stieß. *Gesellschaftliche Gepflogenheiten*, dachte sie. *Wie lange wird das noch halten?* Girays hatte höfliche Umgangsformen mit der Muttermilch aufgesogen, aber die Mehrzahl der Rennteilnehmer dürfte wohl kaum über die Kinderstube des Marquis verfügen.

Es gab ein kurzes Hin und Her von Vorstellungen, und sie schnappte die Namen von zwei bislang unbekannten Konkurrenten auf. Founne Hay-Frinl war ein hoch gewachsenes, ausgemergeltes kyrendtisches Blaublut mit abstehenden Ohren; er stotterte. Dr. Phineska, ein strellianischer Arzt, erfreute sich einer vollen Bassstimme und verbindlicher Umgangsformen.

Nachdem sie zwischen Mesqu'r Zavune und Porb Jil Liskjil Platz genommen hatte, legte sie sich Brotfladen, Salzrindfleisch, in Öl ausgebackene Goldknollen, gekochte Kartoffeln und gesüßtes Pflaumenmus vor; dieselbe Kost erhielt auch die Mannschaft – einfach und langweilig, aber anständig und in ausreichenden Mengen. Zum Essen gab es gutes Bier und schlechten Kaffee; sie nahm sich sparsam von dem Bier. Die durch ihre Ankunft unterbrochene Unterhaltung wurde wieder aufgenommen. Es war schon seltsam, wie eine polyglotte Gruppe von gleichermaßen misstrauischen Rivalen ein Gespräch in gebrochenem Vonahrisch führte.

Die Festinette-Zwillinge allerdings waren, wie sie sofort bemerkte, überhaupt nicht misstrauisch. Und zurückhaltend schon gar nicht. Mit von Bier und Fröhlichkeit geröteten Gesichtern überschütteten Stesian und Trefian den Tisch mit Geschichten über ihre eigenen munteren Eskapaden – ihre genialen Streiche, ihre legendären Trinkgelage, ihre kecken nächtlichen Streifzüge. Da war diese gigantische Sache mit den drei Töchtern des Stallknechts. Da war das die Lachmuskeln strapazierende Konzert der verrückten Katzen. Da war die unsterbliche zweiwöchige Brandysause. Da war die skandalträchtige Episode mit den gestohlenen Unterröcken der Schönen Baronesse. Da war …

»… Und so«, beschloss Stesian Festinette eine solche Erzählung, »erfuhr Seine Gnaden nie, wie die dreibeinige Kuh auf das Dach seines Palasts kam. Er fragte noch wochenlang danach: ›Glauben Sie, dass sie vom Himmel gefallen ist?‹ Und dann ließ er das Deckenfenster zunageln, um das kostbare Buntglas gegen herabfallende Kühe zu schützen!«

Die Zwillinge brüllten vor Lachen, und ihre Zuhörer lächelten höflich mit Ausnahme von Großlandsmann Torvid Stornzof, der aus eisiger Taubheit eine Kunst gemacht zu haben schien.

»Mein Bruder und ich sind verrückt, richtig schön verrückt, wie Sie sehen!«, erklärte Trefian. »Es gibt nichts, was wir uns nicht trauen würden, wir sind absolut unverbesserlich! Wirklich, uns beide sollte man ins Irrenhaus einsperren!«

»Wir sind nicht mehr zu retten«, pflichtete Stesian ihm bei. »Wir können nicht anders, wir sind so verrückt auf die Welt gekommen.«

»Wer außer zwei Wahnsinnigen wäre jemals auf die Idee gekommen, das Büro des Rektors mit Eau de Cologne zu fluten?«, fragte Trefian. »Gallonen von Kölnisch –«

»Fässerweise!«

»*Verführung in Jasmin*, nicht wahr?«

»Der Raum stand unter *Wasser!«*

»Und danach *wusste* jeder, dass wir völlig plemplem sind!«

»Manchmal versetzen wir uns selbst in Staunen.« Stesian wandte sich seinem Zwillingsbruder zu. »Erinnerst du dich noch daran, wie wir uns diese falschen Bärte besorgt hatten und den Dämonischen Steuereintreiber gegeben haben, der an zwei Orten gleichzeitig sein Unwesen trieb?«

»Diese Dörfler sind in *Panik* geraten!«

»Sie reden wahrscheinlich immer noch von nichts anderem!«

Beide Brüder giggelten haltlos.

Luzelle ließ ihren Blick in die Runde schweifen. Mehrere ihrer Mitspeisenden teilten ganz offensichtlich ihre Meinung über die Sperrfeuer-Konversation der Festinettes. Girays war in ein leises Gespräch mit Bav Tchornoi vertieft, der seine eigene silberne Feldflasche mit zu Tisch gebracht hatte. Großlandsmann Torvid, der den redseligen Zwillingen unmissverständlich den Rücken zuwandte, plauderte in Grewzisch mit seinem berühmten Stornzof-Verwandten. Sie erlaubte sich, den Blick einen kurzen Augenblick lang auf Karslers Gesicht verweilen zu lassen, um ihre Aufmerksamkeit dann Mesqu'r Zavune zu ihrer Linken zuzuwenden.

Sie wechselten mühsam ein paar Höflichkeiten. Sein Vonahrisch war dürftig, ihr Aennorvisch nicht existent. Trotz dieser Verständigungsschwierigkeiten gewann sie einen vorteilhaften Eindruck von dem ausländischen Spekulanten. Er sprach leise, höflich und war offenbar liebenswert. Binnen weniger Minuten hatte sie in Erfahrung gebracht, dass er eine Ehefrau und zwei Kinder in Aennorve zurückgelassen hatte, dass er ihnen jeden Tag Briefe schrieb und dass er grässliches Heimweh hatte und sich nach einem raschen Ende des Rennens sehnte.

Armer Bursche, dachte Luzelle eingedenk der finanziellen Katastrophe, die seine Teilnahme bewirkt hatte. Er sollte eigentlich daheim sein.

Sie mochte Mesqu'r Zavune, war jedoch erleichtert, als die sprachlich mühsame Unterhaltung endete. Als sie sich ihrem rechten Tischnachbarn zuwandte, fand sie schnell heraus, dass der lanthianische Kaufmann Porb Jil Liskjil perfekt Vonahrisch sprach und willens war, diese Tatsache unter Beweis zu stellen. Nur zu sehr.

Auf seine gnadenlos kommunikative Art war er fast genauso unerträglich wie die Festinette-Zwillinge. Offensichtlich kannte er jeden, den man in seiner Heimatstadt Lanthi Ume kennen musste. Seine engsten Freunde gingen in die Hunderte oder Tausende, und er schien entschlossen, sie alle aufzuzählen.

»... Lord Har Fennahar, Lord und Lady Rion Vassarion, Lord Ress Drenneress, mehrere andere Höflinge, und alle sind wir in der Parnis-Lagune, um uns die Regatta anzusehen, auf dem Herzoglichen Floß versammelt und in Erwartung Seiner Gnaden Ankunft, als irgend so ein Tolpatsch von Diener – ich glaube, es war einer von Fennahars – über Bord fällt. Er klatscht mit einer gewaltigen Fontäne aufs Wasser und durchnässt Lady Vassarions Gewand, also kreischt Ihre Ladyschaft natürlich auf: ›O du ungeschickter Tölpel, du setzt keinen Fuß mehr auf dieses Floß, ich verbiete dir, es zu versuchen!' Und als der Esel ihren Befehl missachtet und die Hände auf das Floß legt, um sich aus dem Wasser zu hieven, zieht Ihre Ladyschaft den Schuh aus, drischt ihn dem tropfnassen Narren auf den Kopf und vereitelt so seine Anstrengungen – Sie haben noch nie etwas Komischeres gesehen!«

Die Geschichte holperte ihrem Ende entgegen. Weitere Geschichten folgten, weitere Namen und Titel. Versuchte er sie mit diesem ganzen Zeug zu beeindrucken, und falls ja, warum sollte er sich die Mühe machen? Luzelle erlaubte ihren Gedanken und Augen, auf Streifzug zu gehen. Girays unterhielt sich mit Dr. Phineska. Die Festinette-Zwillinge krakeelten weiter. Großlandsmann Torvid beanspruchte noch immer allein die Aufmerksamkeit von Karsler Stornzof. Das Essen war öde. In der Messe war es stickig. Bav Tchornoi betrank sich bis zur Besinnungslosigkeit. *Der Schatten des Ghuls* konnte noch immer gut ausgehen. Die Große Ellipse würde höchstwahrscheinlich nicht so gut ausgehen, es sei denn, irgendjemand unternahm etwas, um

Szett Urrazoles ›Wunder einer sich selbst antreibenden Kutsche‹ aufzuhalten.

»... Eine kognitive Großtat, würdig der Erwählten aus alten ...«

Porb Jil Liskjils durchdringende Stimme rief sie in die Gegenwart zurück.

»... Aber die konzentrierte Kraft der Kognition hat das altehrwürdige Adelshaus von Wate Basef schon immer unterschieden von ...«

Das Haus von was? Wessen Namen ließ er jetzt gerade fallen?

»Kognition?«, echote Luzelle.

»Das ist unsere traditionelle lanthianische Form der Magie«, eröffnete ihr Jil Liskjil. Ein Anflug patriotischer Röte ließ sein kantiges Gesicht dunkler werden, was den weißen Schimmer der Perlen in seinen Ohrgehängen hervorhob. »In längst vergangenen Jahren, als der Stadtstaat von Lanthi Ume noch etwas galt in der Welt, wurde die militärische Schlagkraft der regierenden Herzöge durch die Kognition bei Hofe lebender Gelehrter verstärkt, deren Magie alle Feinde vernichtete. Es heißt, die Gaben dieser Männer hätten sogar den Bau der ursprünglichen lanthianischen und umischen Inselstädte erleichtert. Die Macht, das ureigene Wesen der Wirklichkeit zu verstehen – eine Macht, die gewöhnliche Menschen Zauberei nennen –, war bestimmten lanthianischen Geistern angeboren, und ihre Ausbildung führte zu erstaunlichen Ergebnissen. Sie haben vielleicht schon von den Erwählten von Lanthi Ume gehört, Miss Devaire?«

»Oh, ich denke, ja.« Luzelle runzelte die Stirn und durchforstete ihr Gedächtnis. »Irgend so eine uralte Geheimgesellschaft. Ein Mythos, nicht wahr?«

»Nichts weniger als das, meine liebe gnädige Frau. Eine überaus reale, überaus exklusive Organisation, die einstmals über ungeheuren politischen Einfluss verfügte. Nur die besten Gelehrten wurden Mitglied, berufen zu werden war eine begehrte Ehre. Selbst heute gibt es die Erwählten noch, obwohl ihre derzeitige Funktion größtenteils symbolischer Natur ist. Die Ausübung der Kognition hat in moderner Zeit stark nachgelassen, und die Magie unserer Tage kann es mit der Kognition von einst nicht aufnehmen. Dennoch existiert sie und dient auch in ihrer eingeschränkten Form dazu, die Unachtsamen – ähm – aus der Fassung zu bringen.« Jil Liskjils Blick wanderte für Sekundenbruchteile zu dem Stornzof-Verwandten hinüber, bevor er wieder zurückglitt.

Luzelle nickte diskret. »Der Lureis-Blitz?«.

Er neigte den Kopf, und ihre Augenbrauen fuhren in die Höhe. Alle Zeitungen außerhalb des grewzischen Imperiums berichteten über den Widerstand der eroberten Lanthi Umer gegen ihre derzeitigen grewzischen Oberherren. Der historisch unabhängige Stadtstaat hatte sich der fremden Besatzung nur widerstrebend unterworfen, und eine Reihe von Bürgern unterwarf sich überhaupt nicht. Die Taten des einheimischen Widerstands waren zahlreich, bunt und lobenswert. Die kühnen Sabotageakte, die nicht ganz so spontanen Tumulte, die aufwieglerischen Pamphlete, die tödlichen nächtlichen Überfälle auf grewzische Büros, Waffenlager und Lagerhäuser – diese Ereignisse gingen um die Welt und wurden allseits gepriesen. Nur einige wenige der sensationslüsternsten Gazetten allerdings wagten es, Behauptungen bezüglich einer arkanen Komponente in der lanthianischen Widerstandsbewegung aufzustellen.

Solche plebejischen Zeitschriften und ihr weit hergeholter Inhalt wurden von den Gebildeten verachtet, aber manche der gefeierten Geschehnisse schienen eine magische Erklärung geradezu herauszufordern. Eine solche Episode aus jüngster Zeit war ein unglaublich langes und intensives Sperrfeuer von Blitzschlägen, das mittags aus einem blauen Himmel niedergezuckt war und eine grewzische Ordensverleihungszeremonie verhindert hatte, die auf einer vor Anker liegenden Barkasse auf Lanthi Umes berühmtem Lureis-Kanal stattfand. Es hatte keine offiziellen Anschuldigungen gegeben, aber –

»Die Kognition verleiht ihren Meistern manchmal die Fähigkeit, atmosphärische Störungen herbeizurufen«, informierte Jil Liskjil sie mit gedämpfter Stimme. »Diese Gabe bereichert oft diejenigen von edelstem Blut, die ältesten lanthianischen Adelshäuser, und von daher darf man davon ausgehen, dass die unbekannten Widerstandshelden unserer Stadt zu meinen engsten Freunden und Verbündeten zählen …«

»Lassen Sie uns beten, dass sie fürs Erste unbekannt bleiben«, versetzte Luzelle mit so leiser Stimme, dass nur ihr unmittelbarer Nachbar es hören konnte, begleitet von einem warnenden Blick über den Tisch hinweg, wo ein Lichtreflex auf einem Monokel eine gefährliche Verlagerung von Großlandsmann Torvid Stornzofs Aufmerksamkeit verriet. Porb Jil Liskjil, der nichts dadurch zu gewinnen hatte, vor einem grewzischen Publikum mit seiner intimen Freundschaft mit den Helden des lanthianischen Widerstands zu prahlen, verstummte sofort, während Luzelle mit gleichmäßiger Stimme hörbar fortfuhr: »Sie haben Recht, Meister Jil Liskjil – die sich selbst antreibende Kutsche dieser szarischen Frau wird in Lanthi Ume sicher eine Sensation hervorrufen. Ist sie schon an Land gegangen, was denken Sie?«

Sie hatte eine allgemeine Besorgnis artikuliert, und alle Augen wandten sich ihr zu.

»Szett Urrazole segelte an Bord des *Rhelischen Söldners,* der Lanthi Ume laut Fahrplan morgen früh um Viertel nach sieben erreichen soll«, verkündete Girays v'Alisante, wie üblich hervorragend informiert.

»Wir – wir – werden … es schwer – haben, sie einzueinzuholen«, äußerte Founne Hay-Frinl, dem die Anstrengung des Sprechens die Röte ins Gesicht trieb.

»Das merkwürdige Gefährt gibt der Urrazole-Frau einen unfairen Vorteil«, beschwerte sich Bav Tchornoi. »Meiner Meinung nach bricht sie die Regeln. Sie sollte disqualifiziert werden, ja. Zumindest sollte diese Kutsche nicht am Rennen teilnehmen.«

»Nicht Regeln bricht sie«, widersprach ihm Mesqu'r Zavune in seinem jämmerlichen Vonahrisch. »Was Regeln? Große Ellipse fahren irgendwie, gut sein.«

»Unfair«, beharrte Bav Tchornoi, und seine schwarzen Brauen senkten sich furchterregend. »Kein anderer besitzt ein solches Fahrzeug. Es ist wie Magie, ganz genau so. Das ist nicht fair, das ist unsportlich, die Magie dieser Frau.«

»Madame Urrazoles Transportmittel ist ungewöhnlich«, merkte Karsler Stornzof an. »Kann meiner Ansicht nach jedoch nicht als magisch bezeichnet werden.«

»In der Tat. Sind Sie ein Fachmann auf dem Gebiet arkaner Phänomene, Oberkommandant?«, erkundigte sich Girays v'Alisante eine Spur zu höflich.

»Wohl kaum«, entgegnete Karsler ohne Groll. »Doch in meiner Kindheit lernte ich die typischen Konzentrationen kontrollierter Energie erkennen, die jene Störungen der Normalität bewirken, welche landläufig und fälschlich als widernatürlich bezeichnet werden. Eine solche Ausbildung ist Bestandteil einer gewissen traditionellen Form der grewzischen Erziehung, und ich beherrsche den Kunstgriff bis heute. Ich habe drüben in Toltz aus der Nähe einen Blick auf Madame Urrazoles Kutsche werden können und keine typisch ›magischen‹ Kraftemanationen bemerkt. Ihr Transportmittel ist bemerkenswert, aber völlig profan.«

»Ich verstehe.« Girays neigte das Haupt mit einem leichten Stirnrunzeln.

Das hat gesessen, M. le Marquis. Luzelle lächelte insgeheim. *Sie versuchen, ihn dumm dastehen zu lassen, doch es gelingt Ihnen nur, Ihre eigene üble Natur zu entlarven.*

»Ich halte die szarische Frau für unbedeutend.« Zum ersten Mal ließ Großlandsmann Torvid sich dazu herab, zu seinen Tischgenossen zu sprechen. »Ihr sonderbares Vehikel läuft auf ebenen Straßen sehr gut, aber wie wird es sich auf Gebirgspfaden, in der Wüste, in Sumpf, Moor und Wald verhalten? Dort muss die Mechanik versagen und ihre Erfinderin ihre Niederlage eingestehen. Diese dumme selbst-antreibende Kutsche besitzt vielleicht die Fähigkeit, unbedarfte Geister zu verblüffen, sie ist aber nichts von bleibendem Wert. Nichts als eine unbedeutende Neuheit.«

Großlandsmann Torvid zog sich baldmöglichst aus der Messe zurück, denn das Essen war scheußlich und das Gewäsch der Fremden noch schlimmer. Und er hatte eine Aufgabe zu erfüllen.

Er begab sich an Deck, wo die Nachtluft kalt und beißend war und die Sterne mit hartem Glanz schienen, weit entfernt und rein. Er zog eine schwarze Zigarette aus einem Platinumetui, steckte sie an, stand kurze Zeit dort und besah sich den Himmel. Kurz darauf, die Augen noch immer auf die Sterne gerichtet, griff er in die Brusttasche seines Gehrocks, um ein mit Löchern versehenes Rohr hervorzuholen. Während er abwesend den Deckel abdrehte, schüttelte er den nervösen Insassen in seine Handfläche und ließ erst jetzt seinen Blick sinken.

Der kleine Nachtflitzer, den er festhielt, zitterte vor Ungeduld, endlich losfliegen zu dürfen. Die Kapsel, die eine in winzigen Buchstaben gedruckte Botschaft enthielt, war fest an der Rückenpeitsche des kleinen Wesens befestigt, und die Nacht war aller Voraussicht nach klar. Der Großlandsmann öffnete seine Hand, und der Nachtflitzer flog fort wie eine Hoffnung, die sich in Luft auflöst.

Der Hall von Schritten auf dem Deck warnte Torvid. Er wandte sich um und sah sich einer hoch gewachsenen Gestalt gegenüber, fremd und vertraut bis ins Mark zugleich.

»Ich störe, Großlandsmann«, sagte Karsler Stornzof.

»Nicht im Geringsten. Ich rauche nur.« Eine lässige Qualmwolke begleitete die Behauptung.

»Was war das, das da soeben aus Ihren Händen wegflog? Ich sah –«

»Nichts. Eine optische Täuschung.« Torvid blies einen perfekten Rauchring.

Eine Pause trat ein, dann sagte Karsler korrekt: »Wie Sie wünschen, Großlandsmann.«

Vielleicht glaubte der jüngere Stornzof ihm wirklich. Oder er akzeptierte nur einfach die höhere Autorität des legitimen Oberhaupts des Hauses, was so gut war wie Glauben. Wie dem auch sei, Karsler stellte keine unmittelbare Bedrohung dar.

Bedrohung. Wie eigenartig, einen solchen Begriff im Zusammenhang mit einem Mitglied der Stornzof-Familie zu denken, einem hoch geehrten Mitglied dazu. Karsler Stornzof war ein Held und bot als solcher einen beträchtlichen Vorteil.

»Ich überlasse Sie Ihrem Zeitvertreib, Großlandsmann«, verabschiedete sich Karsler untadelig und wandte sich zum Gehen.

»Halt«, befahl Torvid, und der andere blieb augenblicklich stehen. »Einen Moment noch, Neffe. Ein Wort des Rats, wenn ich darf.« Er wartete eine Antwort gar nicht erst ab, sondern fuhr fort: »Ich hatte nicht mit der Notwendigkeit gerechnet, dich zu belehren, aber dieses Mal fühle ich mich bemüßigt festzustellen, dass eine gewisse – wie soll ich sagen – Gutmütigkeit deinerseits dich dazu verleitet, einen Fauxpax zu begehen.«

»Und welcher Art sollte dieser Fauxpas sein?«

»Du hast dich so weit vergessen, deinen Konkurrenten zu helfen, zum offensichtlichen Schaden der Stornzof-Interessen. Du bietest ihnen Hilfe an, du verbreitest persönliche Informationen, du untergräbst deine eigene Position.«

»Sie spielen auf den Vorfall in Glozh an.«

»Das war in der Tat dein erster Fehler. Wärst du bei dieser Gelegenheit nicht eingeschritten, wäre einer der Rennteilnehmer mit an Sicherheit grenzender Wahrscheinlichkeit ein für alle Mal aus dem Wettbewerb eliminiert worden.«

»Sie können doch nicht erwarten, dass ich tatenlos mitansehe, wie eine Frau belästigt wird?«

»Ihr Wohlergehen hat dich nicht zu kümmern. Ich vertraue darauf, dass du nicht ungebührlich sentimental wirst, wenn es um die nicht existente Tugend einer dahergelaufenen kleinen vonahrischen Schauspielerin geht.«

»Miss Devaire ist keine Schauspielerin. Ich glaube, sie ist Schriftstellerin und hält Vorlesungen.«

»Sie verdient ihren Lebensunterhalt auf einer öffentlichen Bühne, oder? Aber das ist belanglos. Was mich besorgt stimmt, ist die Qualität deines Urteilsvermögens. Du hast es unklugerweise vorgezogen, einen Vorfall zu verhindern, der dir genützt hätte. Du hast deine Torheit auf die Spitze getrieben, indem du dich bei dieser Ausländerin für die Taten deiner grewzischen Landsleute entschuldigt – ja, wahrhaftig entschuldigt – hast. Wir beugen nicht das Haupt vor Minderwertigen und Ausländern, Neffe. Verstehst du mich?«

»Ich verstehe Sie, aber ich stimme Ihnen nicht zu«, versetzte Karsler. »Die Dame wurde gröblich beleidigt, die Tiere, die sie angegriffen haben, verdienten das Kriegsgericht, und eine Entschuldigung war mehr als geboten.«

»Dame? Ha! Ich beginne zu verstehen. Diese vonahrische Frau hat dir den Kopf verdreht, ja?«

»Überhaupt nicht. Sie ist sehr schön, aber –«

»Sie hat eine gute Figur, das will ich dir zugestehen«, räumte Torvid beiläufig ein. »Aber sie ist durch und durch eine Bourgeoise, die ihre kleinen Flirts ohne Geschick und Stil betreibt. Sie sucht ständig deinen Blick, ihre Vorstellung ist nur zu durchsichtig.«

»Sie sind schwer zufrieden zu stellen, Großlandsmann.«

»Meine Maßstäbe sind streng.«

»Miss Devaire kommt mir direkt, spontan und ganz und gar ungekünstelt vor. Und ich bin es gewohnt, Menschen zu beurteilen.«

»Männer vielleicht. Aber von Frauen hast du keine Ahnung.«

»Auf dem Promontorium gab es keine«, räumte Karsler ein.

»Richtig. Und da kommst du auf einen weiteren Schnitzer von dir zu sprechen, den zu erwähnen die Pflicht mich zwingt. Es ist keine halbe Stunde her, dass du von deiner früheren Ausbildung gesprochen und diese schwachsinnige ausländische Zuhörerschaft von deiner Fähigkeit in Kenntnis gesetzt hast, arkane Energie zu erspüren. Was für eine Torheit war denn das? Die Erziehung, die du im Promontorium erhalten hast – die bloße Existenz dieser Klause –, das sind Privatangelegenheiten, die ausschließlich für grewzische Ohren bestimmt sind. Die Eluzidation, von Zeit und Tradition geadelt, ist kein Thema für ein Tischgespräch mit Fremden und Feinden. Das war schlimmer als Dummheit – es grenzte an den Verrat einer geheiligten Wahrheit.«

Karsler Stornzof versteifte sich verärgert, blieb aber übertrieben förmlich, als er entgegnete: »Mit allem Respekt, aber ich muss widersprechen, Großlandsmann. Ich habe nichts über die Eluzidation preisgegeben, sondern nur flüchtig über meine frühe Erziehung gesprochen. Ich erwähnte meine Fähigkeit, arkane Aktivitäten zu erspüren, aber das ist eine Angelegenheit, die nur mich etwas angeht, und kein Geheimnis. Über meine eigenen Angelegenheiten rede ich so, wie ich es für richtig halte, und das mit reinem Gewissen.«

»Pah, du versuchst diese Frau zu beeindrucken. Amüsier dich mit ihr, wenn du willst, aber begeh nicht die Sottise, ihr Geheimnisse in ihr vonahrisches Ohr zu flüstern.« Gereizt schnippte Torvid seine Zigarette über die Reling. »Nun hör mir zu, ich spreche als Haupt des Hauses. Du bist Offizier des grewzischen Imperiums und ein Stornzof. Du kennst deine Pflichten. Du bist ein erprobter Soldat und wirst sicher die Gefahr erkennen, die daraus entsteht, wenn du dem Feind Informationen verrätst. Halte deine Zunge im Zaum, gib diesen Narren nichts, und die Schlacht wird dich als Sieger sehen.«

»Aber es ist keine Schlacht«, hielt Karsler mit einem kaum merklichen Hauch von Ironie dagegen. »Wie Sie richtig bemerkt haben, Sir, bin ich Soldat und von daher imstande, zwischen einem Krieg und einem Sportereignis zu unterscheiden.«

»Der Unterschied, den du bemühst, ist marginal. Ein Sportereignis – ein Wettbewerb welcher Art auch immer – ist ganz einfach Krieg in kleinem Maßstab«, stellte Torvid fest. »Die Schlachten an der rhazaullischen Front, ein Schachspiel, die Große Ellipse – all das sind nur Variationen desselben Themas, wobei sich die Leitprinzipien nicht ändern. Sieg um jeden Preis, mit allen verfügbaren Mitteln. Das heißt es, ein Stornzof zu sein und ein Diener des Imperiors. Das ist dein Erbe, Neffe – das liegt im Blut der Stornzofs. Deine Jahre im Promontorium waren vergeudet, wenn sie dich das nicht gelehrt haben.«

»Meine Jahre im Promontorium haben mich viel gelehrt«, antwortete Karsler unverbindlich. »Sir, ich habe Ihrer Rede gelauscht, und Sie haben sich unmissverständlich ausgedrückt.«

»Nun? Und?«

»Und vorausgesetzt, Sie wünschen mir nichts mehr zu sagen, würde ich gern die Gelegenheit ergreifen, Ihnen einen guten Abend zu wünschen. Mit allem gebotenen Respekt, Großlandsmann.« Und während er seinen Kopf genau in dem Winkel neigte, den die Familientradition vorschrieb, zog Karsler Stornzof sich zurück.

Torvid widerstand der Versuchung, seinen Neffen zurückzurufen, denn es machte keinen Sinn, ein Gespräch fortzusetzen, das sich zu einem lästigen Streit zu entwickeln drohte. Er nahm sich eine neue Zigarette aus seinem Etui, zündete sie an und schaute ausdruckslos über das Meer, während er hin und wieder einen Rauchring in die Richtung blies, in die der Nachtflitzer verschwunden war.

Der Nachtflitzer flog wie ein Pfeil nach Südosten über das Meer des Schweigens. Geleitet von Mond und Sternen, von seinem Gespür für Naturkräfte oder von unbekannten inneren Impulsen, sauste das Geschöpf durch die Dunkelheit. Die Stunden vergingen. Der Mond gestand seine Niederlage ein und verschwand. Die Sterne zogen über den Himmel, aber die Geschwindigkeit des Boten ließ nie nach.

Die in Schatten getauchte Welt drehte sich unsichtbar um ihre Achse, die schwarze Luft verblich langsam zu Holzkohle, zu Schiefer, zu Stahl, und tief unten löste sich die solide Landmasse des großen Inselkontinents von Dalyon von der sie umgebenden See. Der Nachtflitzer legte noch einmal zu, die Luft wurde heller, die Küstenlinie Dalyons deutlicher. Bald darauf kam ein kleines Archipel in Sicht, das im Kielwasser der Hauptlandmasse lag wie ein nachträglicher Einfall. Der Nachtflitzer flog hinunter, und das Archipel löste sich in neun voneinander getrennte Inseln auf, die im Kreis um einen großen zentralen Hafen lagerten. Alle Inseln waren dicht an dicht mit menschlicher Architektur herausgeputzt.

Noch tiefer, und die kleinen Lichter, die an Türen und Fenstern glühten, funkelten durch die diesige

Atmosphäre hoch, während die dunklen Risse, die um die erleuchteten Gebäude verliefen, wie Sprünge in altem Lack aussahen.

Die Welt drehte sich weiter, und nun färbte sich der Himmel über dem Horizont im Osten rosa, und die Farbe vertiefte sich und pumpte pastellfarbenes Leben in die Morgennebel, die Land und Wasser verhüllten.

Noch tiefer, und die einzelnen Kuppeln und Türme ließen sich unterscheiden. Das Glühen am Horizont wurde noch intensiver, und die Sonne kletterte über den Rand der erwachenden Welt, um die Stadt in ihre Herrlichkeit zu tauchen. Das Morgenlicht glitzerte silbrig auf dem Wasser der Hauptkanäle, mit zahllosen kleinen Booten gesprenkelt, die an den vielen privaten und öffentlichen Anlegestellen vertäut lagen. Die Sonne ließ messerscharfe Reflexe von den mit bunten Dachpfannen gedeckten Türmen und Dächern der berühmten Paläste aufblitzen, funkelte auf dem goldenen Kristall auf, das die Brücken aus grünem Marmor schmückte, überflutete die kleinen Gassen und Marktplätze mit morgendlichem Glanz. Lanthi Ume erwachte und begann zu atmen.

Sein Instinkt riet dem Nachtflitzer, den Tag zu scheuen. Glücklicherweise lagen sein Ziel und seine Zuflucht ganz in der Nähe. Hinaus über die wohlhabenden Stadtviertel mit schimmernden Palästen und Monumenten schoss der Bote, weiter in die uralten Tiefen der Stadt. In niedrigem Flug streifte er über krumme Straßen, die zu stinkendem Leben erwachten, schoss hautnah über brüchige Holzbrücken dahin, die sich über stehende Kanäle, angefüllt mit Abfall und baufälligen Hausbooten, schwangen.

Direkt zu dem heruntergekommensten und verrufensten dieser Hausboote sauste der Nachtflitzer, durch das offene Fenster in die Kabine, wo zwei kräftige, dunkel gekleidete Besitzer einen Fischeintopf aßen, der über einem winzigen Alkoholofen erhitzt wurde.

Beide Männer blickten auf, und einer von ihnen rief begeistert in Grewzisch aus: »Klein Hilfi, endlich ist er zurück! Komm zu Papa!«

Er hielt ihm sein Handgelenk hin, und Klein Hilfi landete unverzüglich. Papa streichelte das geflügelte Geschöpf kurz, um dann ganz vorsichtig die an der Rückenpeitsche befestigte Kapsel zu lösen. Nachdem er Klein Hilfi behutsam abgesetzt hatte, öffnete er die Kapsel, holte die Botschaft heraus, faltete sie auseinander und überflog sie rasch. Als er damit fertig war, schob er den Papierfetzen über den Tisch seinem Kumpan zu, der sie ebenfalls las.

Die beiden Männer wechselten Blicke, und Papa bemerkte: »Viertel nach sieben.«

Um acht Uhr stampfte das große Frachtschiff *Rhelischer Söldner* mit nur fünfundvierzig Minuten Verspätung in den lanthianischen Hafen – eine außergewöhnlich schnelle Überfahrt. Es kam zu einer geringen Verzögerung, als die grewzischen Zollbeamten an Bord kamen, um die erforderlichen Dokumente zu überprüfen, aber die Papiere der *Söldner* waren in Ordnung, die offizielle Anlandeerlaubnis rasch erteilt. Das Löschen der Ladung begann.

Das Schiff hatte nur einen einzigen Passagier an Bord, eine Frau von szarischer Nationalität. Sie wurde sogleich ins Zollbüro begleitet, wo ihr Pass, ihre verschiedenen Reiseunterlagen und ihre spärlichen persönlichen Besitztümer sorgfältig untersucht wurden. Solcherart beschäftigt, konnte die Szarierin nicht den Transport ihrer Frachtladung aus dem Laderaum des Schiffs ins Dock überwachen.

Wenige Arbeiter oder Müßiggänger auf den Kaianlagen nahmen Notiz von dem großen, in Persenning eingeschlagenen Bündel, das aus den Tiefen des *Rhelischen Söldners* hervorkam. Das Bündel war von außergewöhnlicher Größe und unregelmäßiger Form und erregte dennoch inmitten des Chaos aus Kisten, Fässern und riesigen Ballen keine Aufmerksamkeit.

Beinahe keine Aufmerksamkeit.

Zwei unauffällig dunkel gekleidete männliche Gestalten, die sich seit ungefähr sieben Uhr im Schatten herumgedrückt hatten, hatten das Löschen der Ladung des Dampfers von Beginn an verfolgt. Als das überdimensionale, sonderbar geformte Bündel in Sicht kam, getragen von sechs ächzenden Schauermännern, reckten die Beobachter aufmerksam den Kopf.

Die Schauermänner setzten ihre Last ab und zogen sich zurück. Während sein Kumpan Wache hielt, näherte sich der Mann, der sich selbst Papa nannte, forsch, aber ohne verdächtige Eile. Als er sein Ziel erreicht hatte, hielt er kurz inne, um seine Umgebung abzusuchen. Auf den Kais herrschte rege Geschäftigkeit, aber niemand schien in seine Richtung zu schauen. Nachdem er einen Zipfel der Persenning angehoben und einen Teil der niedrigen Metallkonstruktion freigelegt hatte, beugte er sich hinein, deponierte ein Päckchen unter dem Fahrersitz, zog den Kopf wieder heraus und ließ die Segeltuchabdeckung wieder herunterfallen. Erneut ließ er den Blick umherwandern, entdeckte nichts Beunruhigendes und gesellte sich in aller Ruhe wieder zu seinem Kameraden. Gemeinsam verließen die beiden Männer den Ort und tauchten geschwind in den dicht bevölkerten Tiefen der Stadt unter.

Als Szett Urrazoles Pass den nötigen Stempel erhalten hatte – ein geprägtes lanthianisches Bürgersiegel, umschlossen vom Kreis des Endlosen Feuers des grewzischen Imperiums –, begab sich die szarische Erfinderin vom Zollamt auf die Suche nach ihrem Gefährt. Nach Vorzeigen ihres unterschriebenen und gestempelten Frachtscheins beim Superkargo wurde ihr die Erlaubnis erteilt, ihr Eigentum wieder an sich zu nehmen.

Urrazole streifte die Persenning ab und enthüllte das ›Wunder einer sich selbst antreibenden Kutsche‹, dessen silberner Körper in der Morgensonne funkelte. Und nun wurden die Müßiggänger, die sich für das unregelmäßige, nichts sagende Segeltuchbündel nicht interessiert hatten, vom Schauspiel des fremdartigen Transportmittels und seiner gleichermaßen ungewöhnlichen Erfinderin angezogen. Eine kleine Menschenmenge scharte sich um sie, um zu gaffen, als Urrazole einstieg, das metallische Segel hisste, einige Flanschen adjustierte und sich dann auf dem Fahrersitz niederließ. Erwartungsvoll schauten sie zu, wie sie sich mit unsichtbaren Kontrollmechanismen beschäftigte, und ihre Geduld blieb nicht unbelohnt.

Sekunden später erwachte das Vehikel mit einem ohrenbetäubenden Brüllen zum Leben und flog dann in einem noch ohrenbetäubenderen Feuerstoß in die Luft. Flammen schlugen hoch, Rauchwolken quollen empor, während Metallteile, Glas und Holz, vermischt mit Körperteilen, in alle Richtungen flogen. Die Explosion zerstörte das ›Wunder einer sich selbst antreibenden Kutsche‹ völlig, riss ein gewaltiges Loch in den Kai und tötete Szett Urrazole auf der Stelle, zusammen mit etwa zwanzig unglücklichen Zuschauern.

Viertes Kapitel

Die *Karavise* lief um die Mitte des nächsten Morgens im Hafen ein. Luzelle befand sich an Deck zusammen mit ihren Ko-Ellipsoiden, wie die Rennteilnehmer sich zu nennen angewöhnt hatten. Alle brannten vor Neugier, den ersten Blick auf das legendäre Lanthi Ume zu werfen.

Und da lag es unmittelbar voraus und reckte sich aus dem Meer wie eine prachtvolle, alternde Hure von einer Königin, die sich aus ihrem Bad erhebt. Da waren die schamlos phantastischen Türme und juwelenfarbenen Kuppeln, die glitzernden Brücken und Bogengänge, die verzierten Kampanile, die Märchenpaläste krönten, die zahllosen Boote und Barken, der ganze Überfluss, die farbenprächtige Herrlichkeit, die so schwer zu rechtfertigen war und der zu widerstehen so vollkommen unmöglich war.

Luzelle sah sich satt und sog tief die Luft der milden, feuchten Brise ein, die durch den Hafen wehte, spürte, wie ihre Geister sich regten. Sie wusste wieder einmal, warum sie es so liebte zu reisen, allen Unbequemlichkeiten und Unannehmlichkeiten zum Trotz.

Ein Schatten fiel über sie, und als sie sich umdrehte, fand sie Girays an ihrer Seite stehen. Er studierte die Stadt, die dunklen Augen angefüllt mit einem Vergnügen, das bei allem Grau an seinen Schläfen ganz das eines Jünglings war, und sie erinnerte sich mit einem schmerzhaften Stich, warum genau sie sich darauf gefreut hatte, das Leben mit ihm zu verbringen. Ihre Hand wollte ihn berühren, und sie unterdrückte die spontane Regung nur mit Mühe.

Fast als lese er ihre Gedanken, wandte er sich ihr zu

und schaute sie an, aber sie schlug sofort den Blick nieder, aus Furcht, was er darin entdecken mochte. So ging es allerdings auch nicht, und so zwang sie sich, seinen Blick unverwandt zu erwidern und ihn mit überzeugend gespielter Gleichgültigkeit zu fragen: »Nun, was halten Sie davon?«

»Wunderbarer Anblick«, antwortete er lächelnd. »Die Laune eines Träumers, gefangen in Kristall.«

Das wurde ja immer schlimmer. Sie hatte irgendeinen überheblichen Sarkasmus eines ehemals Hohen von ihm erwartet, aber sein Gesichtsausdruck spiegelte jene echte Wärme wider, die sie im Alter von neunzehn hatte dahinschmelzen lassen – und die jetzt, sechs Jahre später, noch dieselbe Wirkung zu haben schien.

Denk an den ewigen Streit, rief sie sich zur Räson. *Denk an all die abscheulichen Dinge, die er gesagt hat!*

»Und umso schöner, als Sie hier sind, um den Anblick mit mir zu teilen«, fügte Girays hinzu, so beiläufig, als scherze er.

Wir hätten eine ganze Welt voller wunderbarer Anblicke teilen können, dachte sie schmerzlich und ärgerte sich sogleich über sich selbst, weil er sich natürlich nur über sie lustig machte, sie nur dazu zu verleiten suchte, einen Narren aus sich zu machen. Den Gefallen würde sie ihm nicht tun! Eine unpassende Bemerkung drängte sich ihr auf die Lippen, erstarb aber unausgesprochen, weil dieser Blick in seinen Augen sie völlig durcheinander brachte.

»Ein schöner Anblick, allein oder in Gesellschaft«, gab sie zurück und nahm Zuflucht zu gelassener Würde. »Aber ich kann ihn nicht länger teilen, denn ich muss mein Gepäck holen. Das Schiff legt bald an.«

Die *Karavise* machte am Pier fest, und die Passagiere gingen von Bord. Den Koffer in der Hand strebte Luzelle zum Zollgebäude. Im Vorbeigehen fiel ihr auf, dass ein breiter Streifen der Pieranlage abgesperrt war und von steinernen grewzischen Soldaten bewacht wurde. Hinter der Absperrung gähnte ein eindrucksvoller Krater mit zerklüfteten und frisch verkohlten Rändern.

Sie wollte stehen bleiben und Dutzende von Fragen stellen, zwang sich aber zum Weitergehen. *Keine Zeit.*

Das Zollamt war im typisch lanthianischen Stil aufwändig verziert, mit Malereien in drei verschiedenen Farben und einem Dach aus glänzenden grünen Dachpfannen. Luzelle trat ein und nahm ihren Platz am Ende der Schlange ein, in der bereits einige Ko-Ellipsoiden standen. Von Girays noch keine Spur. Auch von Karsler nicht. Die Festinette-Zwillinge waren zugegen und laut wie immer. Die Schlange bewegte sich langsam auf den niedrigen Empfangsschalter auf der rückwärtigen Raumseite zu. Schließlich war sie an der Reihe und präsentierte ihren Pass und ihr Gepäck einem gelangweilten Beamten, der dort saß. Er gönnte ihrer Reisetasche kaum einen Blick, stempelte ihren Pass und winkte sie mit einer Daumenbewegung weiter.

Erledigt. Ein weiterer Stempel in ihrem Pass – ein mit dem Endlosen Feuer des Imperiums verschandeltes Emblem, aber trotzdem ein wichtiger Meilenstein. Wie dem auch sei, der nächste Anlaufhafen entlang der Großen Ellipse lag im Land von Aennorve, in das die Grewzier nicht vorzurücken wagten. Noch nicht.

Nächste Aufgabe – eine Überfahrt nach Aeshno buchen, der großen Hafenstadt am Südwestende von Aennorve. Das Außenministerium hatte eine Kabine für sie an Bord des lanthianischen Passagierdampfers *Neun Inseln* reserviert, aber das Schiff hatte gestern Nachmittag abgelegt. Keine große Sache – sie musste nur den Fahrscheinverkäufer der Insellinie am Pier aufsuchen, der ihr Ticket gewiss umtauschen würde. Oder noch besser, sie würde die anderen Verkaufsbüros abklappern, um sich den nächsten nach Osten fahrenden Dampfer, egal welcher Art, herauszusuchen.

Ihr Gehirn arbeitete auf Hochtouren, als sie aus der

Zollkontrolle eilte, ins Sonnenlicht hinaustrat und verdutzt stehen blieb, denn der Pier hatte sich binnen Minuten völlig verändert. Der weite Platz war nun mit einer dicht gedrängten, unruhigen Menschenmenge gefüllt, die sich um das große Loch scharte, das sie eingangs bemerkt hatte. Die Menge war bunt gemischt, enthielt Alte und Junge, Männer und Frauen, Reiche und Arme, bekleidet mit den Trachten der verschiedensten Nationen. Trotz der sichtbaren Unterschiede schien ein gemeinsames Gefühl nervenaufreibender, feindseliger Spannung die Gruppe zu einen. Die unmittelbare Ursache dieser Missstimmung war offensichtlich – das Gebiet wimmelte von grewzischen Soldaten –, aber die tiefere Ursache blieb im Dunkeln.

Luzelle stellte sich auf Zehenspitzen und reckte sich, um über Hunderte von Köpfen hinwegsehen zu können. Vergeblich. Eine Art von unterdrücktem Aufruhr um das Loch im Pier, ein vibrierendes Unbehagen, das die Menge beseelte, ein einschüchterndes Aufgebot grewzischer Truppen – das war alles, was sie ausmachen konnte.

»Was ist hier los?«, fragte sie ihre nächste Nachbarin, eine gut gekleidete Frau fortgeschrittenen Alters, vielleicht die Gattin eines Kapitäns. Sie benutzte gedankenlos ihre eigene Sprache und erntete einen leicht verdutzten Blick. Kurzfristig dachte sie, die andere würde sie nicht verstehen, aber dann erhielt sie ihre Antwort in einigermaßen fließendem, wenn auch stark lanthianisch gefärbtem Vonahrisch.

»Sie ertränken Cezineen.«

»Was ist Cezineen?«

»Seine Präeminenz Perif Neen Cezineen, der Meister der Erwählten. Die Grewzier, sie ertränken ihn.«

»Was, Sie meinen, das ist eine Hinrichtung? In aller Öffentlichkeit? *Jetzt?*«

Die andere nickte.

»Für welches Verbrechen?«

»Verbrechen?« Die Lanthianerin schürzte die Lippen, um zu verhindern, dass ihr eine Indiskretion entschlüpfte. Sie gewann die Schlacht und antwortete umsichtig: »Die Grewzier, sie geben die Schuld an der Explosion gestern Morgen dem Widerstand. Sie wissen nicht, wer die Bombe hochgehen ließ, aber sie wissen, dass die Gelehrten der Erwählten den Widerstand unterstützen. Also tun die Grewzier, was sie tun können, und ertränken Seine Präeminenz Cezineen hier am Ort des Verbrechens, als eine Warnung an alle und auch als Vergeltung.«

»Eine Bombe des lanthianischen Widerstands hat das große Loch in den Pier gerissen?«

»Das behaupten die Grewzier. Aber–« Die lanthianische Frau schaute sich vorsichtig um, senkte dann ihre Stimme und fuhr fort: »Ich sage es Ihnen, und ich sage es allen und jedem, dass das dem Widerstand nicht ähnlich sieht. Diese lanthianischen Patrioten – verstehen Sie mich recht, ich wollte sagen, diese *Verbrecher*–, diese Leute führen keinen Krieg gegen ihre Landsleute. Diese Explosion, die den Pier beschädigt und die szarische Rennteilnehmerin in ihrer sonderbaren Kutsche getötet hat – dieselbe Bombe hat auch brave Lanthianer getötet. Die Männer des Widerstands sinken nicht so tief.«

»Szett Urrazole? Getötet? Wollen Sie damit sagen, dass Szett Urrazole gestern *getötet* und ihr Vehikel zerstört wurde?«

»Ja, und viele andere auch, viele Lanthianer. Ich glaube nicht, dass der Widerstand so etwas tut. Aber die Grewzier, sie müssen das Verbrechen aufklären und den Schuldigen bestrafen, denn sie sind die Herren, allwissend, allmächtig, Sie verstehen. Also ertränken sie jetzt Ihre Präeminenz Cezineen, und sicherlich werden wir alle großen Nutzen aus der Lektion ziehen.«

»Wenn der lanthianische Widerstand sie nicht getötet hat, wer dann?«

»Was macht das schon für einen Unterschied? Ich

kann es nicht für das Werk von Lanthianern halten. Vielleicht stecken die Konkurrenten dieser Urrazole-Frau dahinter. Eine Frau sollte keine Rennen fahren. Dieses Geschöpf aus dem Norden ist selber schuld, sie hat sich für so großartig gehalten, und jetzt hat sie sich ihr Schicksal selbst zuzuschreiben, aber jetzt müssen die Lanthianer für ihre Tollheit büßen. Ich sage nur, sie hätte zu Hause bleiben sollen, dann wären unschuldige Leben gerettet worden, aber was bedeutet das schon für so eine große Frau?«

»Aber sind Sie völlig sicher, dass Szett Urrazole tot ist?« Die Frage beantwortete sich offensichtlich von selbst, und Luzelle fuhr fort: »Was ist mit Seiner Präeminenz Neen Cezineen? Haben die Grewzier irgendwelche stichhaltigen Beweise gegen ihn?«

»Sie verstehen mich nicht«, versetzte die Lanthianerin eine Spur ungehalten. »Die Grewzier brauchen keine Beweise. Ihnen ist es gleichgültig, ob Präeminenz Cezineen in die Sache verwickelt ist oder nicht. Das ist – wie sagen Sie gleich – gewichtlos? Belanglos. Die Grewzier wollen nur, dass alle wissen, ein Verbrechen gegen das Imperium bringt stets Vergeltung über die Lanthianer. Das ist die Lektion, die sie uns erteilen.«

»Aber der Meister der Erwählten von Lanthi Ume – das ist eine ziemlich bedeutende Persönlichkeit, ein Mann mit einer gewissen Macht. Fürchten die Grewzier sich nicht vor der Kognition dieses Gelehrten?«

»Schauen Sie nur zu«, riet ihr die andere, »und dann werden Sie sehen, wie sehr sie ihn fürchten.«

Leichter gesagt als getan. Die Menge stand dicht gedrängt, sie konnte überhaupt nichts sehen. Außerdem fand sie kein Gefallen an einer öffentlichen Hinrichtung. Von all den abstoßenden, barbarischen Anachronismen – so typisch grewzisch ...

In ein paar Wochen könnten sich Szenen wie diese in Vonahr wiederholen.

Luzelle machte sich zu den Fahrscheinagenturen

auf, die sich am unteren Ende des Piers konzentrierten, doch die nervöse Spannung der Menge vereitelte ihre Bemühungen. Mehrere zunehmend unhöfliche Versuche, sich ihren Weg zu erzwingen, scheiterten, ein paar Vergeltungsstöße mit dem Ellbogen brachten sie vom Weg ab, und kurz darauf fand sie sich derangiert und keuchend in einer Einbuchtung einer Mauer aus aufgestapelten Kisten wieder. Der Ausweg war verstellt, es sei denn ...

Ihre Blicke wanderten nach oben. Die große Pyramide aus Kisten diente als provisorische Tribüne und trug Dutzende von Zuschauern. Der Haufen sah so aus, als könne man ihn leicht erklimmen. Die Reisetasche in der Hand begann sie hinaufzuklettern, indem sie behende von Kiste zu Kiste kraxelte, auch wenn sie dadurch den Fremden Ausblicke auf ihre Unterröcke und Strümpfe bot. Als sie die vierte Kistenschicht erklommen hatte, genoss sie einen unverstellten Blick auf ihre Umgebung. Sie hatte eigentlich nicht verweilen wollen, blieb jedoch gedankenverloren stehen, wider Willen von dem Schauspiel fasziniert, das sich am zerklüfteten Rand des frischen Lochs im Pier abspielte.

Die Grewzier hatten die unmittelbare Umgebung um das Loch herum geräumt, indem sie die Menge von den zerklüfteten Rändern weggedrängt hatten, und nun war das Areal frei, mit Ausnahme der grau uniformierten Militärs und eines einsamen Gefangenen, vermutlich der zum Tode verurteilten Präeminenz Neen Cezineen. Sie wusste nicht, woher er gekommen oder wann er eingetroffen war, aber die Woge schockierter Sympathie, die sie beim Anblick des älteren, silberhaarigen, von schweren Ketten verdeckten Mannes überkam, verbannte alle solche Überlegungen aus ihren Gedanken. Trotz der Fesseln war Präeminenz Cezineen eine beeindruckende Gestalt, hoch gewachsen und mit noch immer geradem Rücken, gehüllt in die traditionelle schwarze Robe der lanthianischen Gelehrten. Seine Handgelenke waren straff auf seinen Rücken gebunden, und ein schwerer Knebel hinderte ihn am Sprechen. Die oberhalb des Knebels sichtbaren Gesichtszüge waren geschwollen und blau.

Die Menge grollte, und die grewzischen Soldaten versteiften sich sichtlich.

Sie schlagen diesen alten Mann, diese grewzischen Schweine. Mussten sie ihn auch noch knebeln? Was denken sie, was er sagen könnte? Dann fiel ihr ein Informationsfetzen ein, den sie sich aus einem uralten Text herausgepickt hatte: Die magische Kognition von Lanthi Umes Gelehrten war verbaler Natur, hing vom gesprochenen Wort ab. Der Knebel unterdrückte Präeminenz Cezineens arkane Kräfte, sollte er denn welche besitzen.

Der ranghöchste grewzische Offizier, graue Uniform mit den Abzeichen eines Unterkommandanten zweiter Klasse, las in stockendem Lanthianisch mit lauter Stimme den Hinrichtungsbefehl vor. Die Menge war unnatürlich aufmerksam, und Luzelle sagte sich, dass sie besser hier verschwinden sollte, musste jedoch feststellen, dass sie wie gelähmt war, außerstande, die Augen von dem Gesicht des verurteilten Gelehrten loszureißen. Auf eine solche Entfernung war es nahezu unmöglich, Cezineens Gesichtsausdruck zu lesen, aber der alte Mann hielt seinen Kopf hoch aufgerichtet.

Der Unterkommandant kam zum Ende. Ohne weitere Umstände traten zwei seiner Untergebenen vor, ergriffen den Gefangenen und warfen ihn grob in das Loch im Pier. Präeminenz Perif Neen Cezineen schlug mit einem Platschen aufs Wasser auf, was inmitten des tödlichen Schweigens gut hörbar war, und das Gewicht seiner Ketten zog ihn sofort nach unten.

Sein Todeskampf, wenn es denn einen gab, blieb im Verborgenen. Der strahlende morgendliche Sonnenschein tanzte auf dem stillen, unbewegten Wasser. Es sah aus, als sei überhaupt nichts geschehen.

Eine solch beiläufige, professionelle Effizienz schien die zuschauenden Lanthianer zu reizen, und ein Gemurmel bitterer Empörung erhob sich. Das Gemurmel steigerte sich zu einem Knurren, feindselige Agitation peitschte die Menge auf, und irgendjemand schleuderte eine unbekümmerte Beleidigung hervor:

»*Grewzische Eitergeschwüre!*«

Ein fliegender Stein unterstrich seine Haltung. Das Geschoss verfehlte den Unterkommandanten zweiter Klasse um ein Haar. Die Grewzier schlossen auf der Stelle die Reihen, legten die Gewehre an und zielten. Lautstärke und Intensität des Volkszorns stiegen an. Steine flogen, zusammen mit leeren Flaschen und stinkenden Abfallstücken, die man vom Pier aufhob. Der Unterkommandant sagte etwas, und seine Männer feuerten mitten in die Menge.

Luzelle spürte, wie die Luft sang. Ihr nächster Nachbar – ein ärmlich gekleideter Jüngling mit rosigem Gesicht, nicht älter als dreizehn oder vierzehn Jahre –, schrie auf, griff sich an die Brust und fiel von seinem Platz herunter; sein schlaffer Körper fiel die aufgestapelten Kisten hinunter, um mit einem abschließenden dumpfen Knall auf dem Pier unten aufzuschlagen. Vier oder fünf andere in ihrer unmittelbaren Umgebung gellten oder stöhnten genauso auf, griffen sich an den Körper und stürzten zu Boden.

Fassungslos sah sie an sich selbst herunter und suchte ihr Kleid nach sich ausbreitenden roten Flecken ab. Nichts. Sie war unverletzt geblieben. Aber wie lange noch? Die grewzischen Soldaten, berüchtigt für ihre Unduldsamkeit gegenüber fremdem Unmut, luden bereits nach. Die Menge um sie herum brodelte; die eine Hälfte schrie nach Blut, die andere wollte verzweifelt von dem Pier fliehen. Sie selbst gehörte zu Letzteren.

Aber wohin sollte sie sich wenden? Ihr Verstand schien langsam wie eine Schnecke zu arbeiten.

Fahrscheinbuden. Passage nach Aennorve buchen. Das war ihre ursprüngliche Absicht gewesen.

Nur, wie kam sie dahin?

Der Pier wimmelte vor heulenden, kreischenden Menschen: durch dieses Knäuel konnte sie sich nie und nimmer einen Weg erzwingen. Zudem waren die Lanthianer – zumindest einige von ihnen – inzwischen völlig übergeschnappt und provozierten, anstatt sich klug zurückzuziehen, solange ihnen das noch möglich war, die grewzischen Truppen absichtlich, indem sie sie mit Unrat und Abfällen bewarfen, Verwünschungen brüllten und wütend ihre hilflosen Fäuste in die Luft reckten.

Der grewzische Unterkommandant erhob seine Stimme, seine Soldaten feuerten, und neue Schreie ertönten. Luzelle kletterte von ihrem Ausguck herunter und tauchte in der Menge unter, wie Präeminenz Neen Cezineen in den Wellen untergetaucht war. Zwar bot sie jetzt, nachdem sie ihre hohe Warte verlassen hatte, ein weniger leicht zu treffendes Ziel, fand sich jedoch zwischen unzähligen Körpern eingekeilt, unfähig, sich zu bewegen, unfähig, etwas zu sehen, nahezu unfähig, zu atmen. Die anonyme Masse quetschte sie von allen Seiten ein, jemandes Ellbogen bohrte sich in ihre Seite, und der Lärm der panischen Stimmen war unerträglich.

Sie hörte das Krachen von Gewehrschüssen und dann etwas wie eine Pfeife oder eine Sirene, gefolgt von einer weiteren Salve. Ein paar unendliche Augenblicke lang gab es nur noch Irrsinn, Druck und Krach. Schließlich, als Luzelle schon ernsthaft zu ersticken meinte, bewegte sich die Menge um sie herum ein wenig. Der Druck ließ ein bisschen nach, sie spürte Bewegung um sich herum, und dann bewegte auch sie sich. Eine Menschenwoge trug sie mit sich fort, und selbst wenn sie es versucht hätte, sie hätte sich nicht dagegen stemmen können. Sie hatte keine Ahnung, wohin sie trieb; sie hatte jegliche Orientierung verloren, und der tosende Tumult ließ auch nicht nur ein bisschen nach.

Die Strömung beschleunigte sich, die dicht gedrängte Menge löste sich auf, und sie konnte wieder atmen – und sogar etwas sehen. Überall auf dem Pier lagen hingestreckte Lanthianer; verwundet oder tot. Genaueres konnte sie nicht erkennen, denn die Menge riss sie unwiderstehlich mit. Gewehrfeuer knallte, die Panik schlug hohe Wogen, und der Mob ballte sich zusammen. Ein heftiger Stoß von hinten ließ Luzelle gegen ihren nächsten Nachbarn prallen, der sie seinerseits mit Gewalt wegstieß. Sie taumelte, konnte sich aber auf den Beinen halten. Sollte sie jetzt stürzen, würde sie nicht wieder aufstehen.

Der Rückzug beschleunigte sich. Sie warf einen flüchtigen Blick über ihre Schulter und sah eine grau uniformierte Schwadron auf dem Pier Aufstellung nehmen und stetig vorrücken, um den Mob von dem Hinrichtungsort zu vertreiben. Diejenigen Bürger, die unklugerweise Widerstand zu leisten vesuchten, wurden zu Dutzenden erschossen oder auf Bajonette gespießt. Diejenigen, die das Unglück hatten zu stolpern, wurden einfach niedergetrampelt.

Mörder. Barbaren. Selbst inmitten dieses Chaos wagte sie es nicht, die Worte lauter als flüsternd auszusprechen. Wie einfach es war, Furcht zu lernen, aber welch erfahrene Lehrmeister hatte sie auch!

Die Menge strömte über den Pier, vorwärts getrieben von den Kugeln, die dicht über den Köpfen hinwegpfiffen, und von den abgehackten Kommandos der grewzischen Hirten. Zur Rechten tat sich eine Gasse zwischen zwei Lagerhäusern auf, und ein Teil der menschlichen Woge flutete in die Öffnung.

Sie rannte in eine namenlose kleine Straße. Der Weg verbreiterte sich, teilte sich und mündete nach einer Biegung auf einen kleinen Marktplatz, querte andere Straßen, verlief durch einen öffentlichen Park, verengte sich und nahm schließlich eine neue Gestalt als Treidelpfad entlang eines der zahllosen Kanäle an. An jeder Kreuzung teilte sich die fliehende Menge und dünnte aus, bis es zuletzt gar keine Menge mehr gab, keine Panik und keinen durch die Straßen brodelnden Terror. Sie fand sich entlang des Wassers durch eine wundersam stille Welt schlendern.

Luzelle blieb stehen. Ein paar Schritte weiter spendete eine Ansammlung blühender Bäume einer leeren öffentlichen Bank Schatten. Sie ging zu der Bank und ließ sich darauf sinken, und jetzt erst wurde ihr bewusst, dass sie mit eisernem Griff ihre Reisetasche mit Pass, Kleidung und Geld umklammert hielt. Während des Aufruhrs hatte sich offenbar irgendeine unbemerkte Ecke ihres Gehirns einen Sinn fürs Praktische bewahrt. Sie stellte die Reisetasche neben sich auf die Bank. Ihre Hände zitterten. Ihr Herz raste, und ihre Lunge brannte, aber sie konnte kaum Luft holen, denn die Stahlstäbe ihres Korsetts zwängten sie erbarmungslos ein. Lächerlich, dass Frauen sich einer solchen Tortur unterwerfen sollten, lächerlich und untragbar. Sie würde sich jedenfalls dagegen auflehnen, hätte es schon vor Jahren tun sollen! Nur war jetzt nicht der passende Moment, eine Revolution in der Mode zu planen, nicht jetzt, wo ihr ganz schummrig im Kopf war, ihr Blick verschwamm und sie sich am Rande einer Ohnmacht wähnte. Absurd, sie wurde nie ohnmächtig, sie war nicht der Typ dafür, und dennoch wirkte die Welt um sie herum seltsam neblig und fern. Vielleicht war es keine schlechte Idee, die Augen für ein oder zwei Minuten zu schließen.

Den Ellbogen auf die Armlehne der Bank gestützt, legte sie den Kopf auf ihre Hand, ließ zu, dass ihre Lider sich schlossen, und sog in tiefen Zügen die Frühlingsluft ein. Bald ließ das Schwindelgefühl nach, doch die geschlossenen Augen erwiesen sich als Fehler, denn die Bilder, die ihr durch den Kopf rasten, wurden wieder deutlicher. Sie sah den alten Mann im Hafenwasser versinken, sah die grauen Soldaten in die Menge feuern, hörte die grewzischen Gewehre sprechen, hörte die Schmerzens- und Entsetzensschreie, sah die Toten und Verwundeten zu Boden fallen, roch das Blut und die Angst.

Auf ihrem Gesicht sammelte sich Feuchtigkeit, kalter Schweiß und heiße Tränen. Ihre Schultern bebten. Sie konnte im nächsten Augenblick zusammenbrechen, noch einen Schwächeanfall konnte sie sich nicht erlauben, und so nahm sie Zuflucht zum Zorn.

Diese Grewzier – der schmutzigste Abschaum der ganzen Welt, schuldig der unsäglichsten Grausamkeiten, neben denen die unschuldigen Brutalitäten der Bhomiri-Insulaner zur Bedeutungslosigkeit verblassten. Grausam, mörderisch, gnadenlos, unerbittlich – das Übelste der Menschheit. Heute hatte sie sie hassen gelernt.

»Miss Devaire? Ist Ihnen nicht wohl?«

Die Worte wurden in Vonahrisch gesprochen. Die Stimme klang besorgt, fremdländisch und vertraut. Sie hob den Blick und blinzelte, vorübergehend durch das Sonnenlicht geblendet, das durch ihre Tränen gebrochen wurde, um die unscharfen Umrisse einer hoch gewachsenen, golden bekrönten Gestalt wahrzunehmen. Während sie sich mit dem Handrücken durch die Augen fuhr, murmelte sie ungläubig: »Karsler?«

Sein Gesichtsausdruck veränderte sich leicht, und sie fragte sich, ob ihr freizügiger Gebrauch seines Vornamens ihn überraschte oder kränkte. Der Richter hätte solch ein unziemliches Verhalten sicherlich missbilligt, aber es war ihr einfach herausgerutscht, und nun konnte sie sich nicht dafür entschuldigen, ohne alles noch schlimmer zu machen.

Vielleicht befremdete ihn ihre Anmaßung aber auch nicht, denn sein besorgter Blick vertiefte sich, und seine Frage wurde zu einer Feststellung. »Ihnen ist nicht wohl. Erlauben Sie mir, Ihnen zu helfen.«

»Nein. Danke«, wehrte sie ab, hin und her gerissen zwischen Dankbarkeit für seine Freundlichkeit und Ärger beim Anblick seiner grauen Uniform. »Mir geht es gut, wirklich.«

»Das glaube ich nicht.« Er musterte sie eingehend. »Sie werden sich bald erholen, aber fürs Erste sollten Sie nicht allein bleiben.«

Darauf hatte sie nichts zu erwidern. Außerdem wollte sie tatsächlich nicht allein sein, am Rande einer Ohnmacht auf einer Parkbank in einer fremden Stadt. Auf der anderen Seite fand sie wenig Geschmack an der Gesellschaft eines grewzischen Offiziers, obwohl sie sich geneigt sah, in seinem Fall eine Ausnahme zu machen. Aber alle Skrupel waren ohnehin akademischer Natur, denn er hegte eindeutig nicht die Absicht, sie zu verlassen.

»Haben Sie Riechsalz in Ihrer Reisetasche?«, erkundigte sich Karsler.

»Nein. Ich dachte nicht, es je nötig zu haben. Für gewöhnlich bin ich nicht so wacklig auf den Beinen.«

»Wacklig? Mein Vonahrisch ist unvollkommen, aber ich glaube, ich verstehe Sie. Heute jedoch sind Sie ›wacklig‹, und gewiss nicht ohne Grund.« Er beäugte sie sehr eindringlich, als wolle er hinter ihre Stirn schauen. »Gerade als der Großlandsmann und ich gingen, brach auf dem Pier ein Aufruhr los. Gerieten Sie in diese Unruhe? Wurden Sie vielleicht grob behandelt und erschreckt?«

»Ja.« Sie hob den Kopf und begegnete unumwunden seinem Blick. »Ihre Landsleute waren da und ertränkten gerade einen älteren Bürger.«

»Einen überführten Saboteur, wie ich gehört habe. Solche Terroristen morden unterschiedslos, und ihre Beseitigung rettet, so hart sich das anhören mag, am Ende Menschenleben.«

»Möglich. Aber viele der dort Anwesenden hielten dieses besondere Opfer für unschuldig. Als sie zu protestieren begannen, feuerten die Soldaten in die Menge.«

»Wenn ich es recht verstehe, wurden meine Landsleute von einem bewaffneten Mob angegriffen. Angesichts dieser Umstände waren sie gezwungen, sich zu verteidigen. Ich beabsichtige weder nicht, die Bedeutung dieser Angelegenheit herunterzuspielen noch ihre tragische Natur zu leugnen. Aber es steht fest, dass die Truppen keine Wahl hatten.«

»Die Lanthianer waren mit Kieselsteinen und Abfall bewaffnet, mit sonst nichts.«

»Es wird berichtet, dass viele Feuerwaffen bei sich trugen.«

»Berichtet?«

»Die Neuigkeit verbreitete sich binnen Minuten in der Stadt.«

»Aber Sie waren nicht vor Ort, um es mit eigenen Augen zu sehen?«

»Nein. Ich habe es nicht mit eigenen Augen gesehen.«

»Wie konnte das geschehen, Oberkommandant?«

»Vor einer Minute kannten Sie noch meinen Namen.«

Sie musste ein Lächeln unterdrücken. Was für eine Sorte von Frau würde zu einem solchen Zeitpunkt auch nur daran denken, zu lächeln? Zweifellos hätte der Richter es ihr sagen können. Ohne auf seine Bemerkung einzugehen, fuhr sie fort: »Ich begreife nicht, wie Sie so schnell fortkommen konnten. Ich weiß, ich war eine der Ersten von der *Karavise,* die das Zollgebäude erreichten, und Sie habe ich dort nicht gesehen, und dennoch sagten Sie, Sie wären vor mir dort durchgekommen und wollten gerade den Pier verlassen, als –«

»Nein«, widersprach er ihr ruhig, aber ein Anflug

von Befangenheit trübte seinen Blick. »Ich war nicht gezwungen, die Zollformalitäten zu durchlaufen. In Anbetracht unserer Nationalität, des Titels des Großlandsmanns und meines eigenen Auftrags wurde in unserem Fall auf die Prozedur verzichtet.«

»Ich verstehe.« Sie wandte den Blick ab. *Unfair.*

»Unfair.« Er nickte. »Ja, es ist ziemlich unfair, und dennoch bin ich der Meinung, dass die Ungerechtigkeiten der politischen Wechselfälle sich noch vor Ende des Rennens ausgleichen werden.«

»Können Sie immer so gut Gedanken lesen?«

»Ich kann keine Gedanken lesen. Ich kann nur manchmal ganz gut raten.«

»Besser als ganz gut. Wie stellen Sie das an?«

»Da Sie mich gefragt haben, ob ich immer so gut Gedanken lesen kann, darf ich Sie wohl fragen, ob Sie immer so inquisitorisch sind?«

»Ich fürchte, ja.«

»Das freut mich zu hören. Es erfüllt meine Hoffnungen im Einklang mit meinen Erwartungen.«

Erzählen Sie mir von Ihren Hoffnungen, Ihren Erwartungen. Sie unterdrückte die Erwiderung, die ihr auf der Zunge lag. Schließlich war er ein Grewzier.

»Ich kann mir all dies nicht erklären«, äußerte sie.

»All –?«

»Dies. Eine solche Begegnung, mitten in einer großen Stadt, durch puren Zufall. Das ist unwahrscheinlich.«

»Sie sind unzufrieden darüber?«

»Ich wundere mich nur.«

»Die Verwunderung scheint Ihnen nicht abträglich zu sein. Ihr Gesicht hat wieder Farbe bekommen. Ihre Augen sind klar und strahlend, sehr strahlend in der Tat, wie Nachtbaken. Sie sehen ganz wunderbar lebendig aus.«

»Tue ich das?«, fragte sie, absurderweise erfreut, bevor sie sich wieder zur Ordnung rief. »Aber weshalb sind Sie hier, Oberkommandant – Karsler? Soll ich diese Begegnung als puren Zufall abtun?«

»Nein«, entgegnete er zu ihrer Überraschung. »Zufall wäre nicht ganz das richtige Wort. Ich wurde aus Gründen, die ich nur schwer definieren kann, zu diesem Ort gezogen, zu diesem Zeitpunkt. Manchmal geschieht es einfach so – das heißt, da ist diese Anziehungskraft, dieses Gefühl einer namenlosen Notwendigkeit, das mich hinzieht, wohin es will, wann es will. Der Zweck eines solchen Rufs ist selten offensichtlich, aber wenn er erfolgt, dann darf man ihn nicht leugnen.«

»Wie außergewöhnlich«, erwiderte sie unverbindlich und blieb einen Moment lang schweigend sitzen, während sie zu entscheiden versuchte, ob sie ihm glauben wollte oder nicht. Seine Bemerkung grenzte ans Phantastische, aber andererseits hatte er keinen Grund zu lügen, es sei denn, er wollte einfach eine leichtgläubige Frau beeindrucken.

»Ja, ich stimme Ihnen zu – es klingt tatsächlich wie eine eitle Behauptung«, räumte Karsler ein.

Luzelle versuchte ein schuldbewusstes Zusammenzucken zu unterdrücken, die verräterische Farbe in ihren Wangen konnte sie jedoch nicht unterdrücken. Er benötigte keine Telepathie, um ihre Reaktion einzuschätzen – sie wusste aus leidvoller lebenslanger Erfahrung, dass man in ihrem Gesicht lesen konnte wie in einem Buch. Sie zwang sich, ihn anzuschauen, und sah, dass er lächelte – ein heiteres Lächeln, das nichts von Spott oder Überheblichkeit an sich hatte, ganz anders als das Grinsen, zu dem sich die Lippen des einstmals-Hohen Meister Girays v'Alisante zu kräuseln pflegten.

»Ich würde mir nicht anmaßen, es einfach so abzutun«, ließ sie ihn wissen und stellte fest, dass sie es ernst meinte. »Wie immer es dazu gekommen ist, ich bin froh, dass ich Sie getroffen habe. Doch nun darf ich ihre Geduld und Großzügigkeit nicht länger beanspruchen, denn ich habe mich vollständig erholt.«

»Das glaube ich auch, oder doch beinahe. Ich hoffe, ich bin nicht zu vermessen, wenn ich Sie frage, was Sie als Nächstes zu tun gedenken?«

»Tun?« Sie runzelte verblüfft die Stirn. »Wieso, darüber habe ich noch gar nicht nachgedacht. Zurück zum Hafen gehen, nehme ich an. Ich muss eine Dampferpassage nach Aeshno kaufen, und dann –«

»Es ist noch zu gefährlich, zum Pier zurückzukehren. Höchstwahrscheinlich sind ohnehin sämtliche Zivilisten aus dem Areal verbannt worden. Auf jeden Fall werden alle Geschäfte dort einschließlich der Fahrscheinagenturen gewiss die nächsten Stunden über geschlossen bleiben, wenn nicht länger.«

»Nun, dann wird es einen anderen Ort geben, wo ich meine Passage buchen kann. Vielleicht durch eins der besseren Hotels –«

»Das glaube ich nicht. Ich habe mich bereits im Prendivet-Hotel erkundigt, ohne Erfolg. Dürfte ich einen Vorschlag unterbreiten?«

»Selbstverständlich.«

»Ich habe den Großlandsmann im Restaurant des Prendivet zurückgelassen. Gehen Sie mit mir zum Mittagessen dorthin. Die Nahrungsaufnahme wird Ihnen gut tun, denke ich. Danach haben die Pieragenturen möglicherweise wieder geöffnet. Falls nicht, können Sie sich Ihren nächten Zug in Muße und bequemer Umgebung überlegen. Sie verlieren durch die Verzögerung nichts, denn alle anderen Teilnehmer der Großen Ellipse in Lanthi Ume haben unter denselben Unannehmlichkeiten zu leiden.«

Wie wahr. Alle saßen im selben Boot – oder besser, nicht im Boot. Das war ein gewisser Trost. Und ein Mittagessen mit Karsler Stornzof – auch keine unangenehme Aussicht, obwohl er Grewzier war. Aber er war nicht wie die anderen, sagte sie sich entschlossen. Karsler war anders.

»Ist es weit von hier zum Prendivet-Hotel?«, erkundigte sich Luzelle.

»Ganz und gar nicht. Ein Mietboot könnte uns in zehn Minuten hinbringen. Oder vielleicht würden Sie einen Spaziergang vorziehen?«

»Ja, lassen Sie uns zu Fuß gehen. Das ist immer die beste Art, eine unbekannte Stadt zu erkunden. Man saugt sie gleichsam durch die Fußsohlen auf.«

»Ich werde Sie beim Wort nehmen. Ich muss gestehen, ich habe wenig Erfahrung darin, zum Vergnügen zu reisen.«

»Oh, dann finden Sie so etwas frivol?«

»Ich finde solche Dinge – erstaunlich.«

»Sie klingen wie ein Besucher von einem fremden Stern.«

»Das ist keine schlechte Beschreibung.«

»Wie meinen Sie das?«

»Ach, das ist ein ernstes Thema, das wir uns besser für einen anderen Tag aufsparen. Heute lassen Sie uns die Stadt und ihre Sehenswürdigkeiten genießen, lassen Sie sie uns – durch unsere Fußsohlen aufsaugen.«

Kurzzeitig dachte sie, er würde ihr seinen Arm anbieten, doch dann rief sie sich in Erinnerung, dass die Situation in gesellschaftlicher Hinsicht bestenfalls halbwegs akzeptabel war. Sie brachen gemeinsam auf, und die Stadt um sie herum lag prächtig im Sonnenschein, trotz der auffälligen Anwesenheit fremder Truppen. Ihre Unterhaltung war harmlos – denn aufgrund eines unausgesprochenen Einverständnisses vermieden sie potenziell gefährliche Themen –, aber angenehm, locker und für Luzelle vollkommen neu. Im Verlauf ihrer Reisen hatte sie eine Reihe berühmter Männer kennen gelernt, aber keinen, der sich der Macht seines eigenen Ruhms und seiner Ausstrahlung so wenig bewusst war wie Karsler Stornzof. Er schien sich nicht als Held zu sehen, nicht als eine Berühmtheit, ja als nichts anderes als einen gewöhnlichen Offizier des grewzischen Imperiums. Schwer zu glauben, und doch konnte sie nichts Aufgesetztes an seinem bescheidenen Gebaren entdecken. Ebenso wenig schien er sich der zahllosen weiblichen Blicke bewusst zu sein, die ihm folgten, während er den Pfad entlangging.

Und seine Wirkung auf Luzelle Devaire?

Diesen Kopf verdreht kein Mann so leicht, versicherte sie sich. *Und außerdem habe ich ein Rennen zu gewinnen.*

Sie gelangten an eine Kreuzung, und er führte sie nach links, entlang eines schmalen, mit seltsam altmodischen kleinen Läden und Buden gesäumten Wegs. Ohne ihr Zutun blieben ihre Füße vor einem von ihnen stehen, und ihr Bewusstsein brauchte einen Augenblick, um zu verstehen, warum.

Es war nur ein gewöhnliches Pfandhaus, eng und schäbig, nicht von zahllosen anderen vergleichbarer Art zu unterscheiden, die jede größere Stadt verseuchen. Ganz gewiss war es nichts Auffälliges, was man in der Auslage sah. Nur die übliche traurige und verstaubte Ansammlung von Schätzen, die andere Leute verloren hatten; jede Menge Schmuck, Uhren, Silber, Porzellan, Kristall, Musikinstrumente, teure Rasierbestecke mit Monogramm, Nippes, ausgefallene Spucknäpfe und Reitgerten, verzierte Zeremonialschwerter und Dolche, ein Paar große Dienstpistolen …

Es waren die Pistolen, erkannte sie, die sie zum Stehenbeiben veranlasst hatten. Plötzlich war sie wieder im Bahnhof von Glozh, und die beiden grewzischen Soldaten zerrten sie über den Bahnsteig. Sie konnte wieder ihre Stimmen hören und ihre Hände auf ihrem Körper spüren, sie konnte ihre eigene wütende Furcht schmecken, und sie erinnerte sich an ihr Gelöbnis, nie mehr ohne geladene Pistole zu reisen. Nun war es an der Zeit, dieses Versprechen einzulösen.

»Sie wünschen einzutreten?«, fragte Karsler.

»Ja.« Sie drehte sich zu ihm um, blickte zu ihm hoch

und zwang sich hinzuzufügen: »Ich habe vor, eine Waffe zu meinem eigenen Schutz zu erstehen.«

Jetzt würde sie seine Missbilligung oder, schlimmer noch, seine Herablassung ertragen müssen. Zweifellos würde er ihr mitteilen, dass der Besitz einer tödlichen Waffe nur ihre eigene Gefährdung vergrößern würde. Sie würde nicht wissen, wie man richtig mit einer Schusswaffe umging, und wenn sie es zufällig irgendwann lernen würde, dann würde das Wissen im kritischen Moment hysterisch aus ihrem Hirn flüchten. Am Ende würde sie nur sich selbst oder einen Unbeteiligten erschießen. Oder irgendein männlicher Angreifer, wesentlich stärker, schneller und entschlossener als sie, würde ihr die Waffe einfach wegnehmen, sie ihr aus der Hand schlagen, bevor sie den Abzug betätigen konnte, und was hätte sie dann gewonnen? Sie hatte die ganze gönnerhafte Tirade schon mehr als einmal gehört und verspürte keinerlei Neigung, sie sich noch einmal anzuhören.

Karsler überraschte sie.

»Das ist eine vernünftige Überlegung«, äußerte er fast betrübt. »In einer Welt wie dieser müssen Sie imstande sein, sich zu verteidigen. Ich vermag die Notwendigkeit nicht zu leugnen. Verstehen Sie viel von Handfeuerwaffen?«

»Nicht besonders«, gab sie zu. »Aber ich glaube, dass diese beiden da im Schaufenster recht nützlich aussehen.«

»Die Revolver – ja, in der Tat sehr nützlich. Aber ein wenig groß und schwer für Ihre Zwecke vielleicht. Würden Sie nicht eine Waffe bevorzugen, die Sie leicht und unauffällig mit sich führen könnten – in einer Manteltasche oder womöglich in Ihrem Ridikül?«

»Das wäre genau das, was ich brauche.«

»Dann lassen Sie uns schauen, was das Geschäft anzubieten hat.«

Sie traten ein und fanden im muffigen Dämmerlicht

des Innenraums die weißhaarige Besitzerin, eine Frau mit einem zerfurchten und schrumpeligen Gesicht wie ein getrockneter Apfel. Es waren keine anderen Kunden zu sehen, und man konnte sich leicht vorstellen, dass bestimmt seit zehn Jahren kein Kunde mehr seinen Fuß in das Geschäft gesetzt hatte.

Luzelle sagte, was sie suchte. Nach einem kurzen erstaunten Blick holte die Pfandleiherin ein Auslagebrett mit Handfeuerwaffen hervor und stellte es vor sie hin.

Sie begutachtete die Kollektion mit gewichtig-kompetenter Miene, die ihre völlige Unbedarftheit kaschieren sollte. Nach welchen Kriterien sollte sie ihre Wahl treffen? Sie schossen alle Kugeln ab, oder?

»Diese hier sieht ... handlich aus«, entschied sie, angezogen von der kleinsten und dekorativsten der Waffen. Sie war winzig genug, um in ihre Handfläche zu passen, sehr leicht und mit einem Perlmuttgriff, der mit Golddraht verziert war. Unübersehbar eine Frauenwaffe.

»Sie könnten Sie leicht tragen«, stimmte Karsler ihr zu, »aber Sie würden feststellen, dass sie lediglich auf kürzeste Distanz wirksam ist und dann auch nur, wenn Sie die Zielperson an einer lebenswichtigen Stelle treffen. Ansonsten – ein Flohbiss.«

»Ich verstehe.« Luzelle legte das hübsche Spielzeug auf das Tablett und wählte eine andere, ein interessantes sechsläufiges Stück mit durchstoßenem Kolben. »Die hier sieht ziemlich gut aus.«

»Vielleicht, in mancher Hinsicht. Aber diese Machart ist im Ernstfall sehr unhandlich, sie ist extrem mündungslastig, und Sie würden nur sehr schwer damit zielen können.«

»Oh. Mündungslastig. Ja, dann.« Sie legte sie zurück.

»Wenn Sie mir eine Empfehlung gestatten würden –«

»Bitte!«

»Die Khrennisov FK6.« Ihren verständnislosen Blick bemerkend, deutete er auf eins der Ausstellungsstücke. »Diese dort. Eine exzellente Waffe auf kurze Entfernung, entworfen für die Selbstverteidigung. Kompakt, klein genug, um sie in Ihrer Tasche tragen zu können, schießt sie genau und mit großer Kraft. Die Khrennisov sollte Ihren Zwecken exzellent dienen.«

»Meinen Sie?« Sie nahm die Taschenpistole vom Tablett. Klein, aber bestimmt lag sie in ihrer Hand. Luzelle fühlte sich mutig mit ihr. Sie kam zu dem Entschluss, dass sie ihr gefiel. »Dann nehme ich sie.«

»Sie werden Ihre Entscheidung nicht bereuen.«

Sie zahlte den von der Pfandleiherin geforderten Preis, ohne zu feilschen. In Anerkennung dieser Tatsache legte die alte Frau eine halbvolle Schachtel Munition mit dazu, vermutlich von dem früheren Besitzer der Khrennisov beigesteuert.

»Ich werde mit dem Schießtraining anfangen, sobald ich einen Platz finde, wo niemand etwas gegen herumfliegende Kugeln hat«, versprach Luzelle.

»Es wird sich schneller, als Sie glauben, ganz natürlich für Sie anfühlen«, eröffnete ihr Karsler.

Erneut meinte sie einen Anflug von Traurigkeit oder Bedauern in seiner Stimme zu entdecken, aber keine Missbilligung. *Wie sehr er sich von Girays unterscheidet! Girays hätte mich deswegen zu Tode genervt und dabei vorgeschützt, er täte es nur aus Sorge um mein Wohlergehen. Es ist angenehm, wie eine vernünftige Erwachsene behandelt zu werden.*

Sie traten ins Sonnenlicht hinaus, wo die düstere Stimmung des Geschäfts rasch verflog, trotz des Gewichts des neuen kompakten, kleinen in Papier eingewickelten Päckchens, das sie ihrem Begleiter nicht für sie zu tragen gestattete. Weiter gingen sie durch die schmale Straße, bis der Durchblick vor ihnen sich weitete und sie vor einem Wunder an Palästen stand –

hoch, glitzernd und anmaßend, jeder für sich wunderbar individuell.

Noch nie in ihrem ganzen Leben hatte sie etwas gesehen, was der Kompliziertheit der schillernden Filigranschnörkel gleichkam, die die violetten Türme des Stadtpalasts unmittelbar vor ihr mit einer Kappe bekleideten. Ein anderer, noch imposanter als der erste, prunkte mit vier schlanken blauen Türmen, deren Spitzen von silbernen Sternenhaufen umkreist wurden. Ein anderer, unvorstellbar groß, war vom Sockel bis zum Dach mit leuchtenden Marmormosaiken verkleidet. Dann war da das eigentümliche Konglomerat aus senkrechten Zylindern, eingehüllt in gehämmertes Kupfer, das jadefarben korrodiert war. Und der ehrgeizige Tagtraum, der sich auf der vollen Länge unterhalb ineinander gestellter Kuppeln ausbreitete; jede Kuppel war durchlöchert und geschlitzt, sodass die komplexen darunterliegenden Farbschichten durchschimmerten. Und das vergoldete Ungetüm, das sich über nicht weniger als vier Kais hinzog. Und die weiße Riesin, gewandet in marmornes Gitterwerk von der Luftigkeit versteinerter Eisblumen. Und der – aber nein, sie konnte nicht mehr in sich aufnehmen, sie waren zu zahlreich, zu einzigartig, und der Tanz des Sonnenlichts auf dem silbrigen Wasser des Kanals lenkte zu sehr ab.

Sie stieß einen Seufzer der Bewunderung aus. Karsler Stornzof wandte sich ihr zu und lächelte.

»Der Lureis-Kanal«, sagte er.

Das Zentrum der Stadt, das Herz von Lanthi Ume, berühmt in aller Welt. Sie hatte viele Farbdrucke und Gemälde dieser Szenerie gesehen, aber keiner wurde ihr gerecht. Eine Weile blieben sie stehen, um in den Wundern zu schwelgen, dann nahmen sie den an dem großen Kanal entlangführenden Gehweg, der als Prendivet-Promenade bekannt war. Und jetzt sprang ihr die unangenehme Vielzahl grau uniformierter Gestalten ins Auge, die in der Nähe umherzogen, sie ließ allerdings nicht zu, dass die bedrückende grewzische Präsenz ihren Genuss schmälerte. Resolut verbannte sie die immer wieder auftauchenden Schreckensbilder dieses Morgens aus ihren Gedanken.

Viel zu bald kamen sie zum Prendivet-Hotel – groß und modern, aber in stilistischer Harmonie mit den benachbarten Stadtpalästen auf dem Grund errichtet, den einst ein Palast namens Vallage-Haus eingenommen hatte. Dem Vernehmen nach eins der Wunder der Stadt, war das Vallage-Haus in ferner Vergangenheit abgerissen oder niedergebrannt oder sonstwie zerstört worden, aber aus irgendeinem Grund wollte es die Legende, dass das prachtvolle alte Gebäude, das im Land Strell den äußersten Zipfel des Kaps des Trostes krönte und ebenfalls als Vallage-Haus bekannt war, eine exakte Kopie des lanthianischen Originals sei.

Sie betraten das Hotel, durchquerten die Empfangshalle und durchschritten einen hohen gewölbten Durchgang in das Restaurant, wo ein beflissener Oberkellner sie umgehend platzierte. Luzelle schaute sich unbehaglich um. Das Ambiente war recht aufwändig, gut beleuchtet und gut eingerichtet, aber beunruhigend grau durch die Uniformen der grewzischen Offiziere. Nie hatte sie so viele hochrangige Feinde in einem Raum versammelt gesehen, und sie hoffte, sie würde den Anblick kein zweites Mal ertragen müssen. Und dennoch war sie hier und aß mit einem von ihnen zu Mittag.

Sie studierte die Speisekarte. Raffinierte, delikate lanthianische Fischgerichte, durchsetzt mit solch blutig roten grewzischen Leib- und Magenspeisen wie Innereien-Blutwurst, in Fett ausgebackene Hammelfleischstücke und Zuchthirsch-Pastete.

»Dieses Etablissement scheint sehr beliebt zu sein bei Ihren Landsleuten«, merkte sie ohne rechte Begeisterung an.

»Das ist nahezu unvermeidlich«, antwortete er. »Das Prendivet-Hotel steht direkt neben dem Beffel-Haus genannten Palast, in dem meine Landsleute ihr Hauptquartier aufgeschlagen haben. Sie finden dieses Restaurant günstig gelegen, um ihre Mahlzeiten einzunehmen.«

»Überaus günstig«, wiederholte sie trocken, senkte jedoch unter seinem geradlinigen Blick die Augen. Irgendwie fühlte sie sich verunsichert, als sei ihre versteckte Kritik fehl am Platze oder sogar ungerecht gewesen.

Der Ober erschien. Luzelle bestellte Muscheln im Sud, während Karsler ein Omelette nahm, und da fiel ihr ein, dass sie an Bord der *Karavise* mehrere Male in seiner Gegenwart zu Abend gegessen, ihn aber nie Fleisch anrühren gesehen hatte. Sie schenkte dem Gedanken aber keine große Aufmerksamkeit, denn die wurde fast augenblicklich vom Nachbartisch in Anspruch genommen, an dem eine vertraute Gestalt in perfekt geschnittenem Anzug inmitten einer Versammlung ranghoher grewzischer Offiziere saß.

»Ist das nicht ein *General*, der Ihrem Onkel dort am Tisch gegenübersitzt?«, wollte sie wissen.

Karslers Blick folgte ihrem unauffällig erhobenen Finger. »General Uhrnuss«, bestätigte er. »Obergeneral Brugloist neben ihm. Dann sitzt da noch der Oberkommandant Hahltronz. Die anderen kenne ich nicht vom Sehen.«

»Brugloist – er befehligt die gesamte grewzische Streitmacht in diesem Teil der Welt, nicht wahr?«

»Die Südöstlichen Expeditionsstreitkräfte, ja.«

»Ihr Onkel und der Obergeneral scheinen auf freundschaftlichem Fuße zu verkehren.«

»Ich glaube, Sie haben eine Reihe von Semestern zusammen in Leistlurl gewohnt«, eröffnete er ihr, wobei er den Namen der ältesten und unverrückbar exklusivsten unter den großen Universitäten Grewzlands erwähnte.

»Sie scheinen sich sehr angeregt über das eine oder

andere Thema zu unterhalten. Ich frage mich, was es wohl sein könnte?«

Sie musste sich nicht lange fragen.

Das Essen wurde serviert, das Gespräch nahm eine andere Richtung, und bald erzählte sie ihm zu ihrer eigenen Überraschung von dem Richter, den hässlichen Auseinandersetzungen und ihrem letztendlichen Auszug aus dem Haus ihres Vaters. Sie verriet nichts von der geplatzten Verlobung mit einem Ko-Ellipsoiden, nichts von ihrer finanziellen Bedrängnis oder von ihren Abmachungen mit dem Ministerium, und dennoch plapperte ihre Stimme munter weiter und setzte Erinnerungen frei, von denen sie nie gedacht hätte, dass sie sie mit einem Fremden, geschweige denn mit einem Grewzier teilen würde. Sie konnte sich ihre eigene Redseligkeit kaum erklären, nahm aber an, dass Karslers Gabe, mit klugem Interesse, aber ohne aufdringliche Fragen zuzuhören, zu vertraulichen Mitteilungen einlud. Es war erstaunlich leicht, ihm etwas zu erzählen, wobei ihr auffiel, dass er nur sehr wenig von sich selbst und seiner Vergangenheit preisgab. Sie gab ihm jede Menge Gelegenheiten, ließ mehrere Gesprächspausen entstehen, bei denen andere Männer gern eingesprungen wären, aber er wahrte seine höfliche Zurückhaltung, und schließlich begann sie sich ernsthaft zu überlegen, mit welchen Mitteln sie seinen Geist sanft und schmerzlos wenigstens einen Spaltbreit öffnen könnte.

Aber sie bekam nicht die Chance dazu, denn just in diesem Moment erhob sich Großlandsmann Torvid Stornzof von seinem Platz und kam an ihren Tisch herüber, wo er mit vor der Brust gekreuzten Armen und funkelndem Monokel stehen blieb.

Karsler erhob sich pflichtschuldig und äußerte in Vonahrisch: »Sie erweisen mir Ehre, Großlandsmann. Möchten Sie sich zu uns gesellen?«

Lehn ab, Eisstatue, drängte Luzelle ihn stumm. *Geh weg.*

»Neuigkeiten, Neffe«, verkündete Torvid in Grewzisch, die Einladung und Luzelles Anwesenheit gleichermaßen übersehend. »Ich habe mit Obergeneral Brugloist zu Mittag gespeist. Seine Reaktion auf die freche Empörung von heute Morgen ist von lobenswerter Entschlossenheit. Der Obergeneral hat mich davon in Kenntnis gesetzt, dass der Hafen von Lanthi Ume bis auf Weiteres geschlossen wird. Für den Augenblick darf kein Schiff anlegen oder auslaufen. Solch feste Haltung spricht die richtige Sprache.«

»Der gesamte Seehandel eingestellt?«, fragte Karsler in Vonahrisch. »Die lanthianische Wirtschaft lebt von diesem Geschäft, nicht wahr?«

»Ich bin nicht in der inneren Ordnung der verschiedenen von uns unterworfenen Länder bewandert.«

»Die Stadt ist auch hinsichtlich ihrer täglichen Nahrungsmittel und Vorräte fast vollständig auf Importe angewiesen.«

»Und?«

»Die Hafenblockade versetzt Lanthi Ume in einen Belagerungszustand, mit vorhersehbaren Resultaten.«

»Der lokale Widerstand hätte diese Möglichkeit vor seinem kleinen Experiment in Sachen Frechheit bedenken sollen.«

»Die Mehrheit der Bürger, die nichts mit der Angelegenheit zu tun hat, wird in Kürze hungern müssen.«

»Dann werden sie einsehen, dass ihr eigenes Wohlergehen eine Distanzierung vom Widerstand verlangt, und alle Betroffenen werden Nutzen aus dieser Lektion ziehen.«

»Wahrscheinlich sollen Sie Ihnen auch noch für die Belehrung danken«, murmelte Luzelle, aber der Großlandsmann schien sie nicht zu hören. Karsler indes hörte sie. In seinen Augen sah sie ihre eigene Stimme.

»Und wenn sie sich nicht vom Widerstand distanzieren?«, fragte Karsler. »Was dann?«

»Das kann ich nicht sagen.« Torvid zuckte die Schultern. »Keiner von uns wird hier sein, um es zu verfolgen.«

»Sie meinen das Rennen? Gewiss können wir über Land zu einem anderen Hafenort gelangen, von dem wir uns nach Dalyon einschiffen können, aber der Zeitaufwand für ein solches Unternehmen wäre beträchtlich, und wir müssen uns wohl mit der Verzögerung abfinden –«

»Es wird keine Verzögerung geben«, stellte Torvid fest. »Nicht für uns beide. Wir sind Grewzier, und wir können uns auf die Loyalität und Unterstützung unserer Landsleute verlassen.«

»Loyalität steht hier und jetzt wohl nicht zur Debatte.«

»Deine falschen Ansichten ändern die Realität nicht. Ich werde die Tatsachen klar feststellen: Der Hafen ist geschlossen worden. Fürs Erste wird es kein autorisiertes Ein- und Auslaufen geben. Das lanthianische Handelsschiff *Inspiration* hingegen hat die persönliche Genehmigung des Obergenerals erhalten und wird in ungefähr einer Stunde nach Aennorve ablegen. Wir beiden werden auf ihr segeln, die einzigen an Bord zugelassenen Passagiere.«

Unfair! Trotz aller sprachlichen Beschränkungen verstand Luzelle Torvids Ausführungen gut genug, um das Schlimmste zu befürchten.

»Haben Sie das arrangiert, Großlandsmann?«, wollte Karsler wissen.

»Segelerlaubnis für die *Inspiration* mit uns beiden an Bord, ja. Das Schließen des Hafens kann ich mir allerdings nicht zugute halten. Ich habe die Situation nicht herbeigeführt, sondern lediglich ihre Möglichkeiten erkannt.«

»Ich verstehe.« Karsler musterte seinen Onkel. »Ich

frage mich, ob es sportlich ist, einen solch gewaltigen unverdienten Vorteil auszunutzen.«

»Pah, musst du dein eigenes Glück bejammern? Wenn der Feind sich in der Schlacht vor dir zurückzieht, würdest du dann zögern, ihn deine Überlegenheit spüren zu lassen und nachzusetzen? Und stell meine Geduld nicht mit künstlich konstruierten Unterschieden zwischen einer Schlacht und einem Rennen auf die Probe, für solche Dummheiten haben wir jetzt keine Zeit. Zahl deine Rechnung und lass uns zum Pier gehen. Oder besser noch, erlaube es mir.« Und mit diesen Worten zückte der Großlandsmann seine Brieftasche und holte einige Geldscheine heraus, die er lässig auf den Tisch fallen ließ. Dabei traf sein Blick auf Luzelle. Er tat so, als erkenne er sie erst jetzt wieder und wechselte zu guter Letzt in ihre Sprache über. »Aha, die kleine Reisende, die Draufgängerin in Röcken. Miss Dulaire, nicht wahr? Denaire? Contraire? Sie müssen entschuldigen, aber ich kann mir diese vonahrischen Namen einfach nicht merken.«

»Oh, das tut mir aber Leid für Sie«, entgegnete Luzelle mitfühlend. »Dennoch halte ich es für möglich, dass man mittels stetiger Übung das Handikap eines angeborenen schwachen oder schlechten Gedächtnisses überwinden kann.«

Torvids Miene gefror.

Sie war sich sicher, Kaslers Lippen beben zu sehen, aber das Lächeln war in Sekundenbruchteilen wieder verschwunden. Seine Miene war wieder vollkommen ernst, als er sich ihr zuwandte und mit der ihm eigenen Förmlichkeit bemerkte: »Ich bedauere, dass unser Mittagessen vorzeitig enden muss, und hoffe, Sie werden mir meine Unhöflichkeit vergeben, Sie so abrupt zu verlassen.«

»Unter den gegebenen Umständen ist es keine Unhöflichkeit«, entgegnete sie. »Ich danke Ihnen für all Ihre Hilfe und Freundlichkeit und ebenso für Ihre angenehme Gesellschaft.«

»Ich hoffe, wir können an einem anderen Tag mit mehr Muße noch einmal zu Mittag speisen. Bis dahin vergessen Sie nicht, mit der Khrennisov zu üben.«

Der Großlandsmann schoss seinem Neffen einen durchdringenden Blick zu.

»Ich werde üben, das verspreche ich«, gelobte Luzelle. »Wenn wir uns das nächste Mal begegnen, schieße ich ein Loch mitten durch ein Zwei-Biquin-Stück.«

»Vielleicht in Toltz nach Beendigung des Rennens«, schlug Torvid Stornzof vor. »Gewiss nicht vorher.«

»Oh, darauf würde ich nicht bauen, Großlandsmann«, versetzte Luzelle. »Jemand, dessen Meinung ich respektiere, glaubt, dass die Ungerechtigkeiten der politischen Wechselfälle sich bis zum Ende des Rennens ausgeglichen haben werden.«

Diesmal unternahm Karsler keinen Versuch, sein Lächeln zu unterdrücken, und das Strahlen in seinen blauen Augen ließ ihr Blut schneller fließen. Sie suchte nach etwas, was sie noch sagen konnte, etwas, das sich der Erinnerung etwas länger einprägen würde, doch ihr Einfallsreichtum ließ sie im Stich.

»Gute Reise«, wünschte sie ihm schließlich schlicht, begleitet von einem Lächeln.

»Danke. Also bis zum nächsten Mal, Miss Devaire.«

»Luzelle.«

»Luzelle. Gute Reise.«

Der Oberkommandant verbeugte sich tief, während der Großlandsmann sein Haupt kaum merklich neigte. Beide drehten sich um und verließen das Restaurant.

Luzelle saß da und sah ihnen nach, den Blick auf Karsler Stornzofs Gestalt gerichtet, bis sie durch den hohen Durchgang verschwand. *Fort.* Sie fühlte sich außergewöhnlich allein und im Stich gelassen, was komisch war, da sie es gewohnt war, allein zu reisen und die fehlende Gesellschaft ihr für gewöhnlich nichts ausmachte. Jetzt jedoch machte es ihr etwas aus; sie fühlte sich einsam und unerklärlicherweise bedrückt.

Andererseits war daran nichts Unerklärliches, rief sie sich in Erinnerung. Hatte sie vergessen, dass sie gerade die schlimmste aller möglichen Nachrichten erhalten hatte? Die Grewzier, ausgerechnet die *Grewzier* waren im Begriff, die Führung in der Großen Ellipse zu übernehmen! Dieser letzte abscheuliche Handstreich verschaffte Karsler Stornzof und seinem unliebenswürdigen Verwandten einen so großen Vorsprung vor dem Hauptfeld, dass sie wohl nie wieder eingeholt werden würden. Sie selbst und ihre benachteiligten Ko-Ellipsoiden mochten die dalyonische Küste entlang zu irgendeinem freien Hafen reisen, nach Hurba oder vielleicht nach Gard Lammis, und von dort nach Aennorve übersetzen, aber der Rückstand war katastrophal.

Sie konnte Zeit, Geld und Energie sparen, wenn sie hier und jetzt ihre Niederlage eingestand. Sie konnte nach Sherreen zurückkehren. Ins Haus des Richters.

Noch nicht. Noch nicht.

... die Ungerechtigkeiten der politischen Wechselfälle mögen sich noch ausgleichen ...

Sie sollten sich ausgleichen, und zwar bald. Falls nötig, würde sie selbst für den Ausgleich sorgen.

Aber wie?

Fünftes Kapitel

Schauen Sie, Nevenskoi, ich habe ein Geschenk für Ihren kleinen grünen Freund mitgebracht«, verkündete König Miltzin IX. Er wandte sich zu der Grube-der-Elemente, wo die fühlenden Flammen bescheiden knisterten, und warf ein kleines Papierbündel hinein. »Da, Meister – ähm – Feuer. Laben und freuen Sie sich dran!«

EssenEssenEssenEssenEssen?, fragte die heiße grüne Stimme aus der Grube.

Genieß es, erlaubte Nevenskoi ihr stumm, und der papierene Brennstoff verschwand in einem hellen Augenblick. Laut fügte er hinzu: »Ihre Majestät sind zu gütig, zu großzügig. Mein Fühlendes Feuer übermittelt seine Dankbarkeit.«

»Unser Feuer wäre vielleicht nicht mehr ganz so dankbar, wenn es wüsste, was es da gerade verzehrt hat.« Meisen-Miltzin unterdrückte ein Kichern. »Dieser Haufen Schund, dessen wir uns soeben entledigt haben, enthielt nicht weniger als zwei Dutzend Ersuchen um Privataudienzen von verschiedenen Botschaftern und Diplomaten. Haben Sie so etwas schon mal gehört? Habe ich es nicht vorausgesehen, dass ich verfolgt werden würde? Und genau so ist es gekommen. Sie sind wie Schmeißfliegen, diese Ausländer. Überall summen sie herum, und ich bin das köstliche Aas des Tages. Sie wollen unseren strahlenden Meister Feuer haben, und sie schrecken vor nichts zurück, um es zu bekommen – durch mich, wie ich es erwartet hatte. Aber sehen Sie, sie werden keinen Erfolg damit haben. Die Nieder-Hetz bleibt strikt neutral, jetzt und allezeit. Nicht wahr, Nevenskoi?«

»Wie Ihre Majestät wünschen.« Nevenskoi nickte ausdruckslos.

»Ich werde mit keinem von ihnen sprechen. Ich werde mich nicht in diesen schmutzigen Trubel fremder Kämpfe hineinziehen lassen. Sie haben sich ihre Probleme selbst zuzuschreiben und dürfen von mir keine Hilfe erwarten. Ich ignoriere sowohl schleimige Bitten als auch verhüllte Drohungen. Die Beschwerden, Argumente und Klagen sind Futter für Meister Feuer, sonst nichts. Habe ich mich klar ausgedrückt?«

»Vollkommen, Ihre Majestät.« *Er unterdrückt die grandioseste Entdeckung des Zeitalters.* Nevenskoi verneigte sich ehrerbietig, um die Enttäuschung, die in seinen Augen glomm, besser zu verbergen. Wie immer brachte ihn die unbekümmerte Unzugänglichkeit seines Lehnsherrn zur Raserei. Und wie immer verbarg er alle äußeren Anzeichen seiner Unruhe. Die inneren Anzeichen jedoch ließen sich nicht unterdrücken. Sein Magen vollführte den Zappeltanz eines Fischs am Haken, seine Gedärme verdrehten sich und drohten zu platzen. Das nur allzu vertraute Zwicken durchfuhr ihn wie ein Messer, aber er weigerte sich ihm nachzugeben. Er hörte das Rumoren des inneren Donners und betete, dass der König es nicht mitbekommen hatte. Große Zauberer waren über Verdauungsbeschwerden erhaben.

»Nun, unsere flammende Schönheit wird wohl noch manches herzhafte Mahl halten, wenn diese aufdringlichen Ausländer so weitermachen – aber wirklich, Nevenskoi«, unterbrach sich der König selbst, »das ist peinlich. Unser Feuer hat Verstand, also muss es auch einen Namen haben, ansonsten machen wir uns einer groben Unhöflichkeit schuldig. Jetzt weiß ich es, wir nennen es ›Einzigartig‹, weil es mit Sicherheit nicht Seinesgleichen hat – und weil es so artig ist. Haben Sie die amüsante Doppelbedeutung verstanden? Oder, warten Sie, wie wär's mit – ›Brandneu‹?«

»In der Tat, Sire.« Nevenskoi zuckte zusammen. »Aber ein so bemerkenswert … geistreicher … Titel ist vielleicht zu hoch für meine Schöpfung. Ich habe einen anderen Vorschlag, schlichter, aber dennoch das Produkt der reichen Phantasie Ihrer Majestät. Sie haben die fühlenden Flammen einfach als ›Meister Feuer‹ angesprochen, und der Titel erscheint mir angemessen. Belassen wir es doch bei Meisterfeuer.«

»Meisterfeuer.« Miltzin ließ sich den Namen auf der Zunge zergehen. »Meisterfeuer. Schlicht, direkt, anschaulich. Exzellent. Das gefällt mir.«

Nevenskoi wusste nicht, ob er dasselbe sagen konnte. *Meister*feuer? Wie war es mit Meisterinfeuer? Er hatte keine Ahnung bezüglich des Geschlechts, wenn es überhaupt so etwas hatte, logisch betrachtet. Eine Frage, die sich indes leicht beantworten ließ.

Gefällt er dir, Liebling?, fragte er stimmlos. *Passt es, ist es gut?*

Gutgutgut!

Wärme erzeugende Zufriedenheit tanzte durch Nevenskois Gedanken. *Meisterfeuer. Akzeptabel. Willkommen. Ein Name, eine Identität. Gutgutgut –*

»Gut«, sagte er.

»Nun, wie ich bereits sagte«, fuhr Meisen-Miltzin fort, »Meisterfeuer wird wohl in den kommenden Tagen noch so manche herzhafte Mahlzeit genießen, denn nun haben Ihre Landsleute mit dem Bombardement begonnen.«

»Meine Landsleute, Sire?« Abgelenkt von den Empfindungen seiner Schöpfung, hatte Nevenskoi den Gesprächsfaden verloren.

»Ihre Volksgenossen, das rhazaullische Volk, Mann!«

»Bombardement, Majestät?«

»Eine erbarmungslose Attacke, ziemlich erbarmungslos. Nicht, dass ich tatsächlich eins dieser melancholischen Sendschreiben *gelesen* hätte, Gott bewahre – ich denke, ich habe mich zu diesem Punkt bereits eindeutig geäußert –, aber ich erkenne diese sonderbare rhazaullische Schrift, wenn ich sie vor Augen habe, und in jüngster Zeit werde ich körbeweise davon überschüttet. Alles in allem ist das wohl nicht erstaunlich. Ich vermute, Sie sind besorgt.«

»Dem ist so, Majestät«, pflichtete Nevenskoi ihm bei, während sein Verstand nur unter Mühen arbeitete. Es war nicht leicht, seine Gedanken von der Umarmung des Meisterfeuers zu lösen, aber die Notwendigkeit zwang ihn dazu. Er stellte fest, dass er ein wenig konfus, ein wenig desorientiert war, wusste jedoch, dass alles in Ordnung kommen würde, wenn er seine Fähigkeiten wieder unter Kontrolle hatte. Was schwatzte Meisen-Miltzin da?

»Vetter Ogrons Vorrücken im Norden«, sinnierte Miltzin. »Natürlich vorhersehbar. Sozusagen unvermeidlich. Aber wer hätte vorauszusagen gewagt, dass es jetzt geschieht?«

Der Vetter des Königs, Ogron – das musste Ogron III. sein, Imperior von Grewzland – rückte im Norden vor durch das Territorium von Rhazaulle vermutlich. Die grewzischen Streitkräfte rückten nordwärts gegen Rialsq vor, die Hauptstadt von Rhazaulle. Die Eingeborenen, die sich ihnen in den Weg stellten, wurden abgeschlachtet, und Meisen-Miltzin erwartete nicht zu Unrecht, dass sein angeblicher rhazaullischer Zauberer ›Nevenskoi‹ ein bisschen wohldosierten Kummer an den Tag legte.

Nitz Neeper alias Nevenskoi konnte ihm den Gefallen tun und *würde* ihm auch bald den Gefallen tun, wenn nicht –

Groß! Groß! Lass mich groß sein!, loderte die Flamme aus der Grube-der-Elemente.

Das ist nicht der richtige Zeitpunkt dafür, widersprach Nevenskoi.

Groß! Jetzt! Groß! Bittebittebittebittebitte –

»Später. Geduld«, sagte er laut.

»Was war das, Nevenskoi?«, fragte der König.

»Die Mächte des Schicksals müssen sich erst noch vereinigen, um Rhazaulle zu Hilfe zu eilen, Sire. Doch der Zeitpunkt wird kommen. Rettung erhellt die Zukunft.«

»Die nahe oder die ferne Zukunft?«

»Später. Geduld.«

»Na ja, das klingt ja ermutigend. Aber was ist mit der Gegenwart? Sie haben sich zwar hier in Ihrem Arbeitsraum vergraben, aber sicher haben Sie doch von den grewzischen Gräueltaten gehört? Zweifellos ängstigen Sie sich um Ihre Familie und Ihre Freunde, dort in – wie hieß es gleich? Sie haben es mir einmal gesagt, aber ich kann mich einfach nicht an den Namen Ihres Heimatdorfs erinnern.«

Nevenskoi erstarrte. Heimatdorf? Vor Jahren hatte er sich eine halbwegs plausible Biographie zusammengestoppelt, hatte die trockenen Daten mit farbenprächtigen Einzelheiten ausgeschmückt. Er hatte einen pittoresk primitiven ländlichen Geburtsort erfunden, aber wie hatte er das Kaff noch gleich genannt? Für gewöhnlich erinnerte er sich an solche Details, aber just in diesem Augenblick, in dem er abgelenkt war und so überraschend gefragt wurde –

Vergeblich bemühte er seine Erinnerung, und seine Handflächen wurden feucht.

Probleme? Sorge? Schlecht?, erkundigte sich Meisterfeuer.

Ich muss nachdenken, was ich dem König sagen soll.

Ess ihn auf! Keine Sorgen mehr. EssenEssenEssenEssen Essen!

Nein!

»Chtarnavaikul, nicht wahr?«, erinnerte sich Miltzin. »Habe ich es richtig betont?«

»Völlig richtig, Sire.«

Groß! Groß! Will groß sein!

Nicht jetzt!

»Diese rhazaullischen Namen müssen von wahren Zungenverdrehern erfunden worden sein«, beklagte sich der König.

»Ach, Majestät, mir erscheinen sie so natürlich wie das Atmen«, erwiderte Nitz Neeper.

»Ich möchte Ihre Muttersprache nicht herabsetzen, mein Freund. Zweifellos besitzt sie ihre ganze eigene raue Schönheit. Lassen Sie mich ein wenig davon hören und dann urteilen. Sagen Sie etwas in Rhazaullisch zu mir. Irgendetwas, was Ihnen gerade einfällt.«

Nevenskoi unterdrückte ein Zucken. Er sprach kein einziges Wort Rhazaullisch. Schon vor Jahren hatte er sich vorgenommen, sich wenigstens ein paar Sätze der Sprache beizubringen, nur für alle Fälle, aber er hatte nie Zeit dafür gefunden, und jetzt war es zu spät. Entsetzen schoss durch seine Nervenbahnen, und wie immer führte die negative Emotion zu einer Katastrophe in seinen Gedärmen. Seine Innereien verkrampften sich, und der Schmerz war heftig.

AUTSCH! Wehtun!, bemerkte Meisterfeuer.

»Nur ein paar Worte«, bedrängte ihn der König.

Es half nichts. Nevenskoi holte einmal tief Luft.

»D'ostchenska ghoga ne voskvho.« Die erfundenen Silben kamen ihm flüssig über die Lippen. »Aluskvaya troiin König Miltzin shvenskul ne Rhazaullevnyitchelska.«

»Ha, ich habe ja meinen eigenen Namen herausgehört!«, rief der König aus, unterhalten und offensichtlich ahnungslos.

»In der Tat, Majestät.« Geschafft. Nevenskois Schrecken lockerte seinen Griff um seine Eingeweide. »Ich habe gerade gesagt: ›Die Furcht eines demütigen Ausgebürgerten zugunsten seiner gefährdeten rhazaullischen Landsleute findet Trost in der Weisheit König Miltzins.‹«

»Sehr hübsch gesagt, Nevenskoi. Sehr ergreifend und sehr wahr. Trost sollen Sie haben, Trost verdienen

Sie. Ich werde persönlich bei Cousin Ogron intervenieren. Ich werde ihn bitten, mir zuliebe seinen Nördlichen Expeditionsstreitkräften zu befehlen, Ihr Heimatdorf Chtarnavaikul zu verschonen. Heitert das Ihre Stimmung auf? Ich muss dafür sorgen, dass mein Nevenskoi geistig und seelisch gesund bleibt! Also, wo genau liegt denn dieses Chtarnavaikul? Irgendwo am Xana-Fluss, nehme ich an?«

»Nicht ganz, Sire.«

»Gebirge? Flachland? In der Nähe irgendeiner größeren Stadt? Kommen Sie, Mann, helfen Sie mir!«

»Tatsache ist, Majestät – die Wahrheit ist ...«, Nevenskoi presste unbewusst eine klamme Handfläche auf seinen rebellischen Magen. Seine Gedanken überschlugen sich. Eine Lüge, die sich möglichst nah an die Wahrheit hielt, war immer die Beste. »Um die Wahrheit zu sagen, es gibt kein Chtarnavaikul. Das Dorf kann nicht verschont werden, weil es nicht existiert.«

»Häh?«

»Die Natur selbst hat die Zerstörungswut der grewzischen Invasoren vorweggenommen«, gestand Nevenskoi mit betrübter Miene. »Vor zwanzig Jahren geschah es, während der Frühlingsschmelze, dass ein Erdbeben – kein seltenes Vorkommnis in diesem Teil der Welt –, eine Schlammlawine von unvergleichlicher Stärke auslöste. Die gewaltige Mure, die von den umgebenden Bergen ins Tal strömte, überflutete das Dorf meiner Väter, machte es dem Erdboden gleich und zerstörte es vollständig. Als es vorbei war, schien Chtarnavaikul zur Gänze verschlungen zu sein. Die Überlebenden verließen mit gebrochenen Herzen und Seelen den Ort der Katastrophe, und nun ist es, als hätte es Chtarnavaikul nie gegeben. Selbst der Name ist in Vergessenheit geraten.« Langsam tauchte Nevenskoi wieder aus den Nebeln der Zeit auf.

»Auf mein Wort, das ist aber eine traurige Geschichte.« König Miltzin schüttelte seinen Lockenkopf. »Es tut mir ja so Leid, mein Freund, ehrlich.« Er dachte kurz nach, und dann kam ihm ein fröhlicherer Gedanke. »Aber Sie haben Überlebende erwähnt. Sicher waren doch auch einige Freunde und Verwandte darunter?«

Er hatte eine Familie. Ein paar Neeper-Sprößlinge, viele Cousins, Onkel, Tanten, einen Haufen Neffen und Nichten, die alle um die niederhetzische Stadt Flenkutz herum wohnten. Seit fünfzehn Jahren oder mehr hatte er mit keinem von ihnen mehr Kontakt gehabt. Ohne Zweifel hielten sie den albernen kleinen Nitz längst für tot, und er verspürte nicht die geringste Neigung, ihnen die Augen zu öffnen.

»Wir werden sie retten«, entschied Meisen-Miltzin. »Wir schaffen sie aus dem Weg der vorrückenden grewzischen Armee und bringen sie nach Toltz zurück, wo Sie sich Tag und Nacht an ihrer Gesellschaft erfreuen können. Wie wär's damit, Nevenskoi?«

Der innere Aufruhr setzte von neuem ein, was seiner Stimme jene Gequältheit verlieh, die sowohl dramaturgisch angemessen als auch vollkommen echt war: »Tot, Sire. Hingerafft von Pestilenz, Hunger oder Unglück. So viele tot!«

»Was, *alle?*«

»Leider, Sire, Ihr Diener steht völlig allein in dieser Welt.«

»Na, das ist ja bemerkenswert. Wirklich fast unglaublich.«

Miltzin glaubte ihm nicht. Eine eiserne Faust krallte sich um seine Eingeweide und schraubte sie zusammen. Nevenskoi entfuhr ein Keuchen. Er faltete sich zusammen, und seine Hände schlossen sich um die Armlehnen seines Stuhls. Eine leere Schale stand vor ihm auf dem Tisch. Vor nicht ganz einer Stunde war sie bis zum Rand mit Chiliöl-Aalen und würzigen Teufelsschwimmern gefüllt gewesen. Er hätte auf beide verzichten sollen.

»Was ist mit Ihnen? Kommen Sie, Mann, was ist los?«, fragte der König.

»Nichts, Sire. Eine vorübergehende Schwäche«, gelang es dem geplagten Gelehrten durch zusammengebissene Zähne hervorzustoßen. »Die Erinnerung an die verlorenen Lieben ergreift mich noch immer stark.«

»Nun – ähm – ja. Ihr Ausländer seid emotional, nicht wahr? Kommen Sie, womit kann ich Sie aufmuntern? Ich weiß. Wir werden ein paar von diesen Überlebenden aus Chtarnavaikul finden, und auch wenn sie nicht von Ihrem Blut sind, werden sie –«

Ein stechender Schmerz von außergewöhnlicher Heftigkeit schoss durch Nevenskois Körpermitte, und er konnte ein ersticktes Stöhnen nicht um alles in der Welt zurückhalten.

Autsch!, knisterte und flackerte Meisterfeuer in mitleidiger Unruhe. *Was? Was?*

Nichts, mein Schöner, antwortete Nevenskoi stumm. *Törichte menschliche Sorgen, nichts, worüber du dir Gedanken machen müsstest.*

Ich kann helfen, denn ich bin stark, ich bin mutig, ich bin groß, groß, GROSS! Und mit diesen Worten erhob sich Meisterfeuer.

Eine sich drehende Säule grünen Feuers schwang sich aus der Grube-der-Elemente empor und loderte mächtig bis zur Decke empor. Das Knistern der kleinen Flamme vertiefte sich zum Schnurren eines großen Raubtiers, durchscheinender grüner Rauch wallte auf, während tentakelartige Auswüchse, die von der Feuersäule abzweigten, sich versuchsweise in alle Richtungen schlängelten.

»Was tut unser Freund da?« Meisen-Miltzins Augen weiteten sich in kindlichem Staunen.

Genau. *Was tust du da?* Nevenskoi schickte seine Gedanken aus einem mit Erschrecken und Verwirrung erfüllten Geist zu dem Feuer.

Ich bin groß, ich bin stark, ich bin grün, ich bin grandios, ich bin MEISTERFEUER, ich bin groß, größer, der GRÖSSTE –

Nein. Nimm wieder deine vorige Gestalt an.

NeinNeinNeinNeinNeinNeinNein –!

Ich erlaube dir nicht, größer zu werden.

Groß! Stark! Hungrig! Essen! Ich bin groß, ich bin wundervoll, ich bin schön und reizend, ich bin der Gewinner, ich bin überall, ich bin MEISTERFEUER!

Nevenskoi fühlte die wilde Kraft in sich, und sie war herrlich, triumphierend, unstillbar. Er war gewaltig, er war wundervoll, er war Meister und Zerstörer, Kaiser und hungriger Gott, hungrig, und es war gutgutgut, und er war prachtvoll GROSS –

Aber da war Schmerz in seinem Inneren, ein Schmerz, der an Lust grenzte, und der Schmerz schwächte seinen Willen, verankerte jedoch sein Bewusstsein in der Realität.

Nein. Er konnte den Widerspruch kaum artikulieren, selbst in der Zufluchtsstätte seines eigenen Geistes nicht. Die Anstrengung, die es ihn kostete, diese mentale Silbe hervorzubringen, war unmäßig groß. Und offenbar vergeblich, denn Meisterfeuer ignorierte sie.

Ich werde es richten, ich werde dieses nasse Fleisch-Zeug essen, das Schlechtheit macht. Er ist weg, EssenEssenEssen, er ist weg, gut, essen.

»Großartiger Anblick«, sagte Seine Majestät bewundernd. »Unser kluger grüner Freund wirkt so beseelt, so mit Begeisterung erfüllt.«

Die Kontrolle war ihm entglitten, mit potenziell verheerenden Auswirkungen, aber die Furcht, die ihn durchdrang, bündelte irgendwie Nevenskois Verstand und Stärke und überlagerte die körperliche Pein. Er war der Meister, er würde sich durchsetzen. Er musste. Er holte tief Luft, beruhigte seinen Atem und setzte wortlos seine konzentrierte Kraft ein.

Leg dich nieder. Nimm deine ursprüngliche Gestalt wieder an.

Er rechnete mit sofortigem Gehorsam, aber Meisterfeuer widersetzte sich ihm noch immer.

Groß! Bittebittebittebittebittebitte!

Klein. Sofort. Gehorche.

Kein Spaß.

Trotzige Funken versprühend, senkte die große Flamme sich grollend ab, schrumpfte und fiel in sich zusammen, gab Tentakel und strahlende Bänder auf, Höhe und wirbelnde Breite, bis es sich wieder in dem Gefängnis der Grube-der-Elemente zusammenkauerte und für alle Welt wie ein verstimmtes grünes Herdfeuer aussah.

Ein andermal, mein Schatz, wirst du dich wieder zu deiner ganzen Pracht erheben, gelobte Nevenskoi.

Das Versprechen schien die gewünschte Wirkung zu zeigen, denn die Stimme aus der Grube nahm wieder ihren gewohnten zufriedenen Tonfall an.

EssenEssenEssenEssenEssenEssen.

Der Gelehrte stieß einen tiefen Seufzer der Erleichterung aus. Sein Geschöpf und seine inneren Organe übten sich für den Augenblick wieder in Gehorsam. Er würde dafür sorgen, dass das so blieb.

»Nun, worum ging es denn bei der kleinen Aufwallung?«, wollte der König wissen.

»Ein einfacher Überschwang entflammbarer Begeisterung, Sire«, erläuterte Nevenskoi. »Ohne Zweifel durch die Ehre der Anwesenheit Ihrer Majestät hervorgerufen.« Entschlossen, die Initiative zu ergreifen, bevor Meisen-Miltzins kapriziöse Phantasie wieder auf unerwünschten Pfaden zu streunen begann, fügte er beiläufig hinzu: »Wenn ich darf, würde ich mich gerne nach den neusten Nachrichten über die Teilnehmer der Großen Ellipse erkundigen.«

»Und ob Sie dürfen, mein lieber Freund! Ha, das ist vielleicht eine Überraschung!« Miltzins Augen begannen zu funkeln. »Was meinen Sie, wer von ihnen die ganze Meute anführt? Hätten Sie Ihr Geld nicht auf diesen grewzischen Kriegshelden gesetzt? Falls ja, hätten Sie den letzten Kupferling verloren! Ob Sie's glauben oder nicht, eine Frau ist die Spitzenreiterin. Allen Berichten zufolge hat diese szarische Xanthippe mit ihrer ausgefallenen Kutsche einen so großen Vorsprung, dass die Chancen, sie einzuholen, gleich null sind. Sehen Sie, das kann die Beherrschung der Technologie leisten! Natürlich«, überlegte er, »hinken die Zeitungsartikel den tatsächlichen Ereignissen immer mehrere Tage hinterher. Und in der Zwischenzeit kann wohl niemand sagen, was passiert ist, oder?«

TUETWAS. TUETWAS. Aber was? An Obergeneral Brugloists Tisch hinüberhüpfen, auf die Knie fallen und ihn um Hilfe anflehen? Zum Steinerweichen weinen? Würde es funktionieren, oder würde man sie schlicht aus dem Restaurant schmeißen?

Schnell, bevor er weggeht!

Noch während sie sich ermahnte, sah Luzelle Obergeneral Brugloist von seinem Stuhl aufstehen. Seine Untergebenen erhoben sich ebenfalls, und schon bewegten sich alle in raschem Schritt auf den Ausgang zu.

Sie sprang auf und hastete ihnen hinterher, hatte aber erst wenige Schritte zurückgelegt, als eine drängende lanthianische Stimme sie aufhielt.

»Gnädige Frau – würden Sie bitte – Gnädige Frau!«

Sie wandte sich widerstrebend um und sah einen Kellner, der ihre Reisetasche in der Hand hielt.

»Ich glaube, gnädige Frau haben etwas vergessen –«

»Oh. Danke!« Nachdem sie ein paar Münzen aus dem Vorrat an lanthianischem Geld hervorgekramt hatte, mit dem das Außenministerium sie versorgt hatte, gab sie dem Kellner ein Trinkgeld, nahm ihre Tasche und eilte dem sich entfernenden Obergeneral hinterher.

Brugloist und seine Offiziere hatten das Restaurant

bereits verlassen. Als Luzelle die Empfangshalle betrat, sah sie, wie ihre Beute das Hotel durch die Vordertür verließ. Sie lief hinter ihm her, geradewegs auf die blitzsauberen Prendivet-Liegeplätze hinaus, und beobachtete, wie der Obergeneral das schlanke kleine Boot bestieg, das seine Würde benötigte, um die zwei Minuten Fußweg zurück in das grewzische Hauptquartier zurückzulegen.

»Obergeneral!«, rief Luzelle ihm hinterher. »Obergeneral Brugloist! Bitte, Sir, gewähren Sie mir nur eine Minute Ihrer Zeit!«

Er hatte sie gewiss gehört, denn sie näherte sich dem Boot in hastigem Laufschritt. Lange bevor sie es erreichte, fingen zwei grau uniformierte Soldaten sie ab. Sie tauchten gleichsam aus dem Nichts auf, um ihr den Weg abzuschneiden.

»Zurück«, befahl der eine von ihnen in Grewzisch.

»Ich muss sprechen mit Obergeneral Brugloist«, bat sie sie in fehlerhaftem Ton.

»Nicht gestattet.«

»Aber ich muss –«

»Er wird kein Interesse haben. Vielleicht versuchen Sie ihr Glück besser in der Gasse hinter dem Hotel.«

»Bitte, Sie verstehen nicht –«

»Doch, ich verstehe, Zuckertittchen. Denkst du, du bist die Erste? Jetzt lauf schon weg, bevor du dir Ärger einhandelst. Verschwinde!«

Ein kräftiger Schubs begleitete den Befehl, und Luzelle spürte, wie die fremde Hand sich einen schändlichen Augenblick lang um ihre Brust schloss. Sie unterdrückte den Impuls, dem Grewzier ins Gesicht zu schlagen. Sinnlos, nutzlos. Es würde alles nur noch schlimmer machen. Obergeneral Brugloist war bereits abgefahren, sie hatte ihre Chance vertan.

»Stinken alle grewzischen Idioten wie Ziegenböcke, oder sind das nur Sie?«, fragte sie den Mann, der sie belästigt hatte, und machte sich davon, bevor er Zeit hatte, eine Antwort zu formulieren.

Hätte das nicht sagen sollen, wird ihn nur wütend machen, wenn er zufällig Vonahrisch versteht. Was soll's. Widerwärtiger Abschaum.

Sie schaute sich um. Hinter ihr das Prendivet-Hotel. Vor ihr das atemberaubende Panorama des Lureis-Kanals, aber sie war nicht in der rechten Stimmung, um den Anblick zu goutieren.

Und jetzt?

Bahnhof? Leihställe? Zug oder Kutsche? Was würde sie am besten die dalyonische Küste entlang zu irgendeinem Hafen bringen, der noch nicht unter dem grewzischen Würgegriff ächzte?

Höchstwahrscheinlich die Eisenbahn. Und wie kam man zum Bahnhof? Mittels Dombulis, einer der berühmten lanthianischen Wasserdroschken, die Tag und Nacht verfügbar waren.

Und auch der heutige Tag machte da keine Ausnahme. Zu Dutzenden waren sie dort draußen, kreuzten wie hoffnungsvolle Haie auf dem Lureis auf und ab. Sie näherte sich dem Droschkenstand am Rand des Anlegestegs. Im Gehen rammte sie irgendein gesichtsloser Bauer und packte sie, wie um die Beleidigung noch zu verschlimmern, am Ellbogen, als sie stolperte. Zornig zog sie ihren Arm zurück, spürte, wie seine Berührung an ihrem Arm zu ihrem Handgelenk und dann zu ihrer Hand herunterglitt, die er fest drückte. Etwas Fremdes kitzelte ihre Handfläche. Sie riss sich los und drehte sich um, bereit, eine verbale Sturzflut auf ihn niedergehen zu lassen, aber es war zu spät, der ungehobelte Kerl war schon verschwunden.

Luzelle runzelte die Stirn, dann zuckte sie mit der Schulter. Da erst wurde ihr bewusst, dass ihre geballte Faust einen Papierfetzen umklammert hielt, den der unbekannte Grobian ihr vermutlich zugesteckt hatte. Was mochte es sein, eine Art von Werbung? Sie wollte das Ding schon wegwerfen, als ihr Blick auf den Schwung der dunkelblauen Schrift fiel. Sie hielt inne. Die Botschaft, wie immer sie lauten mochte, war nicht gedruckt, sondern handgeschrieben. Ihr Interesse war geweckt, und sie faltete das Papierchen auseinander und las:

Schnellste Transportmöglichkeit nach Aennorve.
Mauranyza-Kuppel, oberster Stock, drei Uhr.

Was um alles in der Welt...? Sie las es noch zweimal, ohne dass ihr ein Licht aufging. Kein Gruß, keine Unterschrift. Aber die Botschaft bezog sich auf ihr dringendstes Bedürfnis und war ihr im wahrsten Sinne des Wortes in die Hand gefallen. Sie musste für sie bestimmt sein, aber sie hatte keine Ahnung, wer sie geschickt hatte oder warum oder was sie tatsächlich bedeutete. Genauso wenig wusste sie, was sie damit anfangen sollte.

Der mysteriösen Einladung Folge leisten? Höchstwahrscheinlich eine Verschwendung kostbarer Zeit. Vielleicht sogar gefährlich; wer weiß, worauf sie sich da einließ. Auf der anderen Seite – ›schnellste Transportmöglichkeit‹ bot die Notiz an, wenn es denn tatsächlich ein Angebot war. Sie hatte ja die Khrennisov, um sich zu verteidigen, falls sie in Schwierigkeiten geraten sollte. Nicht, dass sie wusste, wie man sie benutzte, aber das würde gewiss niemand merken. Und zu guter Letzt war da noch ihre ganz persönliche Neugier. Wenn sie der Sache jetzt nicht nachging, würde sie sich vermutlich den Rest ihres Lebens darüber den Kopf zerbrechen.

Eine Uhr an einem nahen Turm schlug die zweite Stunde, und das gab für sie den Ausschlag. Es war bereits zu spät, um es per Kutsche vor Sonnenuntergang bis zur Nachbarstadt Hurba zu schaffen. Wenn sie jetzt aufbrach, würde sie die Nacht in irgendeinem Gasthof an der Straße verbringen. Der Zug konnte – aber musste nicht – eine bessere Methode sein. Im Wesentlichen von ihrem phantastischen Hafen abhängig, gewöhnt an Wasserverbindungen, verfügte die Stadt Lanthi Ume vermutlich bestenfalls über einen mittelprächtigen Zugbetrieb. Denn selbst in ihren schlimmsten Albträumen hätten die Lanthianer sich nicht vorstellen können, dass ihnen der Zugang zum Meer verwehrt werden könnte.

Sie hatte also nichts zu verlieren, wenn sie eine oder zwei Stunden lang auf die rätselhafte Botschaft setzen würde. Sie würde im Gegenteil etwas verpassen, wenn sie es versäumte, der Botschaft nachzugehen. Wirklich, es war sozusagen ihre Pflicht.

Sie nahm sich einen Moment Zeit, um die Papierhülle von der Pistole zu entfernen, die in ihrer Manteltasche lag, um dann an den Droschkenstand zu treten und zu winken. Ein zerbrechliches schwarzes Dombulis mit hoch gezogenem Bug war augenblicklich zur Stelle. Sie lehnte die Hilfe des livrierten Hoteladjutanten ab und stieg ein. Der Dombul-Mann schoss ihr einen fragenden Blick zu, und sie wies ihn ohne Zögern an: »Mauranyza-Kuppel.«

Sie traf etwa eine halbe Stunde zu früh ein und hatte so Muße, das Äußere des Gebäudes zu studieren. Sehr alt, erkannte sie auf den ersten Blick und fragte sich, wie lange die Mauranyza-Kuppel wohl schon dort stand und auf ihr eigenes Spiegelbild in den Kanälen um sie herum schaute. Jahrhunderte wohl. Und was für ein Spiegelbild das war, mit diesen gerundeten Wänden aus schwerem roten Glas und dieser schier endlosen Wendeltreppe, die sich in die innere Krümmung schmiegte. Eine Weile stand sie da und betrachtete es, aber das stumme Gebäude verriet ihr nichts.

Sie kaufte sich eine Tüte Ganzelwölkchen von einem Verkäufer und brachte die nächsten Minuten damit zu, sie zu essen. Dann hörte sie Glockenschläge übers Wasser schallen und wusste, dass es Zeit war hineinzugehen. Sie berührte noch einmal ihre Tasche, um sich der Gegenwart der geladenen Khrennisov zu vergewissern, straffte die Schultern und betrat den Mauranyza-Dom.

Sie stand in einem totenstillen, leeren Foyer, das vermutlich einmal beeindruckend gewesen war, nun jedoch nur noch düster wirkte. Zu ihrer Rechten schwang sich die große Freitreppe entlang der gekrümmten Glaswand nach oben. Zu ihrer Linken gab es zwei Türen, eine davon angelehnt. Sie ging durch die offene Tür und schaute in einen großen baufälligen Raum, in dem sich zur Zeit niemand aufhielt. Ein trauriger Ort.

Sie zauderte. Sie merkte, dass sie sich ein wenig unbehaglich fühlte, sogar ein bisschen furchtsam. Es war noch immer Zeit für einen Rückzug, aber sie zog ihn nicht ernsthaft in Erwägung. Während sie die Hand noch einmal auf ihre Tasche legte, begann sie die Stufen hinaufzusteigen.

Die Nachmittagssonne schien gedämpft durch das schwere rote Glas des Doms und tauchte die Treppe in ein seltsames Licht. Luzelle schaute durch die Wand und sah Lanthi Ume zu ihren Füßen ausgebreitet, ihre Paläste unnatürlich blutfarben, ihre Kanäle offenbar randvoll mit Wein.

Es war ein langer Weg bis nach oben. Sie atmete schwer, als sie es bis zum obersten Stockwerk und der gesuchten Tür geschafft hatte. Sie klopfte, die Tür öffnete sich unverzüglich, und ihr gingen die Augen auf.

Sie hatte keine bestimmten Erwartungen gehegt, war jedoch überrascht, sich einem ergrauten, krausbärtigen Mann in einer langen, weiten Robe gegenüberzusehen, die an der Schulter mit dem Wappen des doppelköpfigen Drachen verziert war. Erst vor wenigen Stunden hatte sie genau so eine Robe mit genau demselben Emblem gesehen, und sie hatte die Gestalt der unglücklichen Präeminenz Perif Neef

Cezineen umhüllt. Der Mann vor ihr musste ein weiterer lanthianischer Gelehrter der Erwählten sein.

»Miss Devaire. Willkommen«, begrüßte er sie in gutem Vonahrisch. »Bitte treten Sie ein.«

Sie zögerte kurz, und trat dann vorsichtig ein und fand sich in einem riesenhaften Raum von der Form einer umgedrehten roten Schüssel wieder. Große Scheiben farblosen Glases, die in Wände und Decke eingelassen waren, ließen natürliches Licht hereinfallen. In der Mitte stand ein sehr großer, von vielen Stühlen umgebener runder Tisch, von denen einige besetzt waren. Die vertrauten Gesichter sprangen sie geradezu an. Girays v'Alisante, dessen Miene undeutbar war. Bav Tchornoi. Die Festinette-Zwillinge, die ungewöhnlich zahm wirkten. Mesqu'r Zavune. Es gab noch mehrere andere, die sie nicht kannte – zwei weitere schwarz gewandete Gelehrte und zwei jüngere Männer in gewöhnlicher Straßenkleidung. Ihre Beklommenheit wich.

»Wer sind Sie?«, fragte sie den krausbärtigen Gelehrten. »Und warum haben Sie mich hergebeten?«

»Bitte nehmen Sie Platz, und dann will ich Ihnen erzählen, was ich kann.«

Sie bedachte ihn mit einem gleichmütigen Blick, um seiner Bitte dann zu entsprechen, und entschied sich für den leeren Stuhl neben Zavune.

Krausbart nahm gleichfalls Platz und erklärte: »Sitte und Höflichkeit fordern jetzt gegenseitige Vorstellungen, aber die Umstände sind ungewöhnlich, und so können wir auf die normalen Konventionen verzichten.«

Was in aller Welt redet er da?, wunderte sich Luzelle.

»Es ist am besten«, fuhr der Gelehrte fort, »dass ihr Reisenden unsere Namen nicht erfahrt. Für Sie mag es genügen zu wissen und zu glauben, dass wir Lanthianer sind, dass wir uns der grewzischen Präsenz in unserer Stadt widersetzen und dass wir alles in unserer Macht

Stehende tun, um die Wiederherstellung der lanthianischen Autonomie zu befördern.«

Sie waren Mitglieder des Widerstands, erkannte Luzelle; dem Kriegsgericht und der sofortigen Hinrichtung geweiht, sollten sie in grewzische Hände fallen. Und ihre Verbündeten und Komplizen gleich mit, ungeachtet ihrer Staatsangehörigkeit. Sie setzten ihr Leben aufs Spiel, indem sie Rennteilnehmer zu diesem Treffen einluden, aber was konnten sie sich dadurch zu gewinnen erhoffen?

»Sie fragen sich sicher nach unseren Beweggründen, Sie hierher zu bringen«, fuhr Krausbart fort. »Ich will darauf antworten, dass unsere Absichten einfach und direkt sind – wir wollen die grewzischen Eroberer beunruhigen, in Misskredit bringen und ganz allgemein stören. In diesem speziellen Fall treffen unsere Ziele mit den Ihren zusammen. Heute Morgen wurde Lanthi Umes Hafen durch Order von Obergeneral Brugloist geschlossen. Der Obergeneral hat indessen die Abfahrt des einzigen grewzischen Wettbewerbsteilnehmers an der Großen Ellipse auf einem Dampfer genehmigt – eine Konzession, die kein anderes Ziel hat, als den grewzischen Sieg zu gewährleisten. Es ist unser Entschluss, dass die Grewzier den Missbrauch lanthianischer Freiheiten nicht zu solch selbstsüchtigen Zielen nutzen sollen. Deshalb haben wir Sie Teilnehmer heute hier versammelt, um Ihnen unsere Hilfe anzubieten.«

»Wie können Sie uns helfen?«, verlangte Bav Tchornoi zu wissen, dessen Augen und Stimme ungewohnt klar waren.

»Ja«, fiel Stesian Festinette ein. »Ihr Burschen seid furchtbar nett, und wir wissen Ihren guten Willen zu schätzen, aber –«

»Was können Sie tatsächlich tun?«, schloss sein Zwillingsbruder.

»Sie planen doch nicht, die *Inspiration* zu versenken

oder etwas Ähnliches?«, fragte Luzelle. »Ich meine, da sind unschuldige Menschen an Bord –« *Karsler.*

»Und es gibt einige ziemlich auffällige Ausnahmen«, bemerkte Girays ruhig. »Porb Jil Liskjil. Founne Hay-Frinl. Dr. Phineska. Sie haben Lanthi Ume an Bord der *Karavise* mit uns anderen zusammen erreicht, aber ich kann sie hier heute Nachmittag nicht entdecken. Jil Liskjil ist der einzige Lanthianer unter uns Rennteilnehmern und als solcher Ihrer Fürsorge offensichtlich würdig. Falls Sie die sind, die Sie zu sein behaupten, warum haben Sie dann Ihren eigenen Landsmann nicht eingeladen?«

»Weil wir weder ihn noch die anderen, die Sie gerade erwähnten, finden konnten«, antwortete einer der namenlosen Lanthianer in gewöhnlicher Straßenkleidung in schwerfälligem Vonahrisch. »Wir haben das Menschenmögliche getan, sie zu suchen, aber sie sind unauffindbar.«

»Es ist mehr als wahrscheinlich, dass Meister Jil Liskjil, der in seiner Heimatstadt über vielfältige Verbindungen verfügen dürfte, sich selbst um seine Angelegenheiten gekümmert hat«, schlug ein bislang schweigender Gelehrter vor.

»Ich verstehe.« Girays wölbte skeptisch die Augenbraue.

»Sie haben uns Ihre Hilfe angeboten, meine Herren, und wir danken Ihnen dafür.« Luzelle versuchte es mit Diplomatie. »In der Botschaft, die ich erhielt, war von der schnellsten Transportmöglichkeit die Rede. Würden Sie uns das bitte näher erläutern?«

»Gerne, Miss Devaire.« Krausbart nahm wieder seine Rolle als Wortführer an. »Die Hafenblockade verhindert, dass Sie Lanthi Ume auf dem Seeweg verlassen können. Sie sind also gezwungen, sich von einem anderen Hafen nach Aennorve einzuschiffen, und der nächste ist Hurba, eine gute Zweitagereise nördlich von hier über Land.«

»Zwei Tage!«, wiederholte Luzelle bestürzt. Sie dachte an die *Inspiration*, die bereits in See gestochen war und unter Volldampf nach Aeshno fuhr. »So lange?«

»Die Straßenverbindungen zu dieser Jahreszeit sind schlecht«, kam die entmutigende Antwort. »Was die Eisenbahn angeht, ihre Verbindungen sind unzuverlässig. Zwei Tage über Land nach Hurba wäre eine gute Zeit.«

»Dann sind wir erledigt«, sagte Trefian Festinette schulterzuckend ohne sichtliche Betroffenheit. »Seien wir gute Sportsleute. Warum kehren wir nicht alle in eins dieser vorzüglichen hiesigen Restaurants ein und trösten uns mit vonahrischem Champagner?«

»Geh und trink dieses Sprudelwasser für Welpen, kleiner Junge«, riet ihm Bav Tchornoi. »Ich für mein Teil gebe nicht auf.«

»Ich werde gehen auch«, erklärte Mesq'r Zavune.

»Können Sie uns eine Alternative empfehlen?«, wollte Girays von ihrem Gastgeber erfahren.

»Das können wir«, ließ Krausbart ihn wissen. »Eine ziemlich gute – für diejenigen unter Ihnen, die bereit sind, Gebrauch von ihr zu machen.«

»Sie klingen, als wären Sie der Meinung, dass wir nicht dazu bereit sein könnten«, gab Luzelle auf gut Glück zurück.

»Möglicherweise nicht. Hören Sie mich an, und dann urteilen Sie«, schlug der Gelehrte vor. »Sie sind alle Fremde, aber vermutlich kennen Sie das doppelköpfige Drachensymbol, das Sie heute hier sehen, und wissen in etwa, worum es sich handelt. Sie werden wissen, dass meine Kollegen und ich einer sehr alten lanthianischen Organisation angehören, die sich der Erforschung rätselhafter Phänomene verschrieben hat. Eins dieser Phänomene umfasst die rasche und präzise Verbringung großer Gegenstände von einem Punkt im Raum zu einem anderen. Der Raum, in dem wir heute versammelt sind, hat, solange der Mauranyza-

Dom steht, immer dem einen oder anderen Mitglied der Erwählten gehört. Der Beweis unserer dauerhaften Präsenz hier ist sowohl greifbar als auch relevant.«

Worauf in aller Welt will er hinaus?, wunderte sich Luzelle zum wiederholten Male.

»Kommen Sie mit, und ich will es Ihnen zeigen«, beantwortete Krausbart die unausgesprochene Frage. »Kommen Sie mit mir.« Er erhob sich von seinem Stuhl und ging auf die gegenüberliegende Seite des Raums zu, wo ein zerschlissener, beinahe farbloser runder Läufer von antiker Machart freudlos einen Teil des Bodens verdeckte. Seine Zuhörer folgten ihm und beobachteten gespannt, wie der Gelehrte den Läufer zur Seite trat und eine sechseckige Platte aus schwarzem Glas enthüllte. Unter der polierten Oberfläche glitzerten Tausende goldener Flecken wie eine Galaxie von Sternen, die sich durch einen Trick der Konstruktion in unendliche Fernen zu erstrecken schien.

»Sie sehen hier ein uraltes Glas der Übertragung, das wir als *Ophelu* bezeichnen«, erläuterte ihr Gastgeber. »Ursprung und Geschichte dieser Vorrichtung brauchen Sie nicht zu interessieren – an dieser Stelle genügt es für Sie zu wissen, dass die Erwählten sein Geheimnis seit Generationen bewahrt haben. Durch Anwendung der Disziplin, die wir Lanthianer ›Kognition‹ nennen, kann der Ophelu dazu gebracht werden, einen negativzeitlichen Frachttransport zu initiieren.«

»Negativ-zeitlich?«, fragte Girays fasziniert.

»Das Objekt der Übertragung«, eröffnete ihm Krausbart, »erreicht sein Ziel einen kurzen Augenblick, bevor es abgeschickt wird. Die Verschiebung ist so minimal und unmerklich, dass man sie als unwesentlich bezeichnen könnte, ist aber nichtsdestotrotz von Interesse.«

»Woher wissen Sie, dass eine solche Verschiebung erfolgt? Wie und unter welchen Umständen haben Sie ihre Dauer gemessen?«, bohrte Girays nach. »Was betrachten Sie als unwesentlich? Was ist die Ursache dieser Anomalie? Sollen wir annehmen, dass während ihrer Dauer das Objekt der Übertragung gleichzeitig an zwei verschiedenen Orten existiert? Und wo ich gerade dabei bin, hat die Art des Objekts – organisch oder unorganisch, tot oder lebendig, Insekt oder Mensch etcetera – irgendeine Auswirkung auf den Ausgang, und falls ja –«

»Können Sie wenigstens einmal damit aufhören, so *aufdringlich* zu sein?«, zischte Luzelle.

»Ich bin nicht aufdringlich. Können Sie wenigstens einmal *nachdenken* –«

»Ihre Fragen könnten beantwortet werden, Meister v'Alisante«, unterbrach ihn der Gelehrte, »jedoch nur unter erheblichem Zeitaufwand, den wir uns hier nicht leisten können. Wären Sie damit einverstanden, das Verhör zu verschieben?«

Girays neigte den Kopf.

»Sie sagen, dies bringt nach Hurba uns bevor gehen?«, fragte Mesq'r Zavune.

»Stell dir vor – einen einzigen strahlenden Moment lang – vier von uns!« Stesian Festinette stieß seinem Bruder ausgelassen den Ellbogen in die Seite.

»Das schlägt den Dämonischen Steuereintreiber um Längen, Tref, ich schwör's!«

»Nicht direkt nach Hurba, Sir«, beantwortete Krausbart Zavunes Frage. »Die andere Hälfte dieses Ophelus befindet sich in einer Burg ein gutes Stück außerhalb der Stadtgrenzen von Lanthi Ume. Sind sie einmal dort, wird einer unserer Leute Sie durch die Gravula-Ödnis zu einem zweiten Glas bringen, das Sie sodann in die Höhlen von Nazara Sin transportieren wird, deren Bewohner – von alters her Freunde der Erwählten – Sie nach Hurba schicken werden.«

»Klingt kompliziert«, bemerkte Luzelle. »Sind Sie sicher, dass es nicht schneller für uns wäre, einfach –«

»Falls alles glatt geht, sollte Ihre gesamte Gruppe ihr

Ziel heute Abend bei Sonnenuntergang erreichen.«

»Falls?«, wiederholte Trefian.

»Es steht doch nicht zu befürchten, dass wir im Inneren einer Kuh wieder auftauchen oder so etwas, nicht?«, sorgte sich Stesian.

»Die Risiken kümmern mich nicht«, verkündete Bav Tchornoi. »Ich frage nur – dieses Ding hier, dieses Glas – es funktioniert?«

»Es funktioniert«, versicherte ihm Krausbart.

»Dann werde ich es auch benutzen«, erklärte Tchornoi. »Die anderen mögen tun, was sie wollen, aber ich werde gehen.«

»Ich auch«, sagte Zavune.

»Nehmen Sie mich auch mit«, bat Luzelle. Ihnen blieb in der Tat keine Wahl. Aus dem Augenwinkel sah sie, dass Girays ihr einen Blick voller unterdrückter Gefühle zuwarf, aber sie ignorierte ihn. Er sollte mittlerweile wissen, dass sie keine Person war, die unkonventionelle Reisemethoden scheute. Sollte er doch zurückbleiben, wenn er es für so gefährlich hielt.

»Ich werde gehen«, schloss Girays sich ohne rechte Begeisterung an.

Die Festinettes wechselten einen Blick und nickten synchron mit dem Kopf.

»Ausgezeichnet.« Krausbart nickte. »Je größer der ungenehmigte Exodus, desto stärker ist auch der Affront gegen die Grewzier. Doch der Ophelu kann Sie nicht alle gleichzeitig tragen. Ihre Sechsergruppe muss sich in zwei Teams aufteilen.«

»Ich gehe als Erster«, erklärte Tchornoi mit herausforderndem Funkeln in den Augen, was indes völlig überflüssig war, denn niemand machte ihm diese Ehre streitig. »Wer noch mitkommt, kümmert mich nicht, aber ich gehe als Erster. Wann schicken Sie mich los?«

»Sofort.«

»Gut. Was muss ich tun?«

»Auf die Glasplatte treten.«

Tchornoi tat wie geheißen. Lächelnd, als brächen sie zu einer vergnüglichen Spritztour auf, gesellten die Festinette-Zwillinge sich zu ihm. Als alle drei auf dem Ophelu standen, brachte einer von Krausbarts Kollegen einen kleinen Krug mit einem kristallinen weißen Stoff darin herbei, von dem er kleine Häufchen auf die Scheitelpunkte des Hexagons legte.

»Was ist das?« Tchornoi blinzelte misstrauisch. Er erhielt keine Antwort.

Krausbart neigte das Haupt und begann zu sprechen. Als die rhythmischen Silben über seine Lippen kamen, entzündeten sich die sechs Pulverhäufchen. Flammen schlugen empor und hüllten den Ophelu ein. Geisterhafter Dampf stieg auf. Der Gelehrte sprach weiter, und der Dampf verdichtete sich, verblasste und wirbelte in verrückten Spiralen umher.

Kognition. Das ist das Wahre! Die Lippen staunend geöffnet, verfolgte Luzelle das Schauspiel.

Tchornoi und die Festinettes waren jetzt nicht mehr zu sehen, verschluckt von den Nebelschnörkeln; ihre Schreie, sollte es welche geben, wurden vom Tosen des kognitiven Wirbelsturms erstickt. Luzelle presste sich die Hände auf die Ohren und mühte sich, die weiße Blindheit zu durchdringen. Sie konnte nichts sehen, nichts Verständliches hören, spürte aber den psychischen Ansturm gewaltiger Kräfte.

Und dann war es vorbei, der weiße Wirbelsturm legte sich schlagartig, die aufwallende fremdartige Energie hatte sich erschöpft. Die wilden Nebel verzogen sich binnen kürzester Frist und enthüllten einen schimmernden und leeren Ophelu. Tchornoi und die Festinettes waren fort.

Niemand rührte sich, niemand sagte ein Wort.

»Sie sind in Sicherheit«, brach Krausbart schließlich das lastende Schweigen. Noch immer kam keine Reaktion von den betäubten Ellipsoiden, und so fügte er hinzu: »Sie stehen unter dem Dach der Burg Io Wesha einige Meilen außerhalb der Stadtgrenzen. Kommen Sie, ist Ihnen schwindlig? Sicher haben Sie etwas Ähnliches erwartet.« Wieder keine Antwort, und zu guter Letzt fragte er: »Sind Sie drei noch immer willens, ihnen zu folgen?«

Wortlos trat Mesq'r Zavune auf die sechseckige Platte. Schweigend gesellten Luzelle und Girays sich zu ihm. Sie wünschte, Girays hätte ihre Hand gehalten, aber sie wäre lieber gestorben, als es ihn wissen zu lassen. Sie warf einen verstohlenen Blick auf sein Profil, bemerkte das grimmig vorgeschobene Kinn und fragte sich, ob das das Letzte wäre, was sie zu Gesicht bekommen würde – ob sie beide auf der Schwelle zu einer unheimlichen Vernichtung standen.

Was, wenn wir einfach verschwinden? Für immer? Ihr Mund war trocken, leider, denn es gab eine Menge Dinge, die sie ihm noch gerne gesagt hätte, erkannte sie verspätet, und vielleicht war dies ihre letzte Gelegenheit.

Zu spät.

Eine der schwarz gekleideten Gestalten häufte bereits wieder die Kegel aus kristallinem Pulver auf die Scheitelpunkte des Hexagons. Krausbart neigte seinen Kopf und erhob von neuem die Stimme. Er sang rhythmische Silben, die sie nicht richtig unterscheiden konnte, aber sie wusste ohnehin instinktiv, dass sie sie nie verstehen würde.

Die Häufchen entzündeten sich, und die weißen Nebelschwaden wirbelten wieder auf. Ohne nachzudenken, ergriff Luzelle Girays' Arm und spürte eher, als dass sie es sah, wie sein Blick sich ihr zuwandte. Ihr eigener Blick ruhte auf Krausbart, der fast völlig von dem Nebel verdeckt wurde, aber immer noch unverständlich hörbar war. Und nun begann sie noch einen anderen Laut zu hören, irgendeinen nur allzu profanen Krach auf dem Treppenabsatz draußen vor der schüsselförmigen Kammer – stechende Schritte, Stimmengebrüll, ein herrisches Fäustetrommeln an der Tür.

Die Tür gab nach, und eine Schwadron grewzischer Soldaten stürmte den Raum, Revolver in der Hand. Die Lanthianer wichen zurück, nur einer von ihnen, keiner der Erwählten, machte einen verzweifelten Ausfall in Richtung Ausgang. Drei oder vier Revolver sprachen gleichzeitig, und der Flüchtling brach auf der Stelle zusammen. Eine Reihe von Schüssen schlug weit entfernt vom Ziel ein und beschädigte das Glas des Mauranyza-Doms mit einem komplizierten Netzwerk neuer Risse.

All das nahm Luzelle nur verschwommen durch den sich verdichtenden Nebel wahr. Sie sah einen der schwarz gewandeten Gelehrten auf eine Art und Weise gestikulieren, die die Soldaten als bedrohlich oder störend empfanden, denn sie schossen ihn unverzüglich nieder. Und sie sah, dass Krausbart, völlig versunken in seine kognitive Aufgabe, die grewzische Präsenz gar nicht zu bemerken schien. Sein Singsang strömte weiter gleichmäßig dahin, ohne dass das Krachen des Mündungsfeuers auch nur seinen Rhythmus durcheinander gebracht hätte.

»Kognizanz Oerlo Farni von den Erwählten«, herrschte der grewzische Sergeant, der Befehlshaber der Schwadron, den beschäftigten Krausbart an, »ich verhafte Sie und Ihre Gesinnungsgenossen als Staatsfeinde des grewzischen Imperiums.«

Krausbart oder Kognizanz Oerlo Farni schien taub zu sein. Seine Stimme floss dahin, und die Dampfwirbel um den Ophelu wurden immer solider und flinker. Ein fernes Winseln arkaner Winde geisterte durch die Nebelschwaden.

»Hände über den Kopf und oben halten«, befahl der Sergeant. »Drehen Sie sich langsam zu mir um!«

Farni sprach weiter. Das unheimliche Winseln kam

näher, und die weißen Nebel konzentrierten sich trichterförmig über dem Glassechseck.

»Mund halten! Umdrehen! Sofort!« Der Sergeant legte seine Waffe an.

Wenn Oerlo Farni den Befehl gehört hatte, dann ignorierte er ihn. Die Silben sprudelten weiter, das Winseln des Windes steigerte sich zu einem Heulen, und der Sergeant feuerte.

Luzelle hörte den Schuss unter der Deckenkuppel hallen und nahm verschwommen wahr, dass der Körper des bärtigen Opfers zu Boden stürzte, doch der Nebel verhüllte die Szene. Die Schwaden zitterten und ballten sich zusammen, verblassten ganz kurz bis zum Rande der Unsichtbarkeit, und in diesem Moment erblickte sie den Gelehrten, ausgestreckt in einer Blutlache. Ihre entsetzten Augen begegneten denen des grewzischen Sergeanten.

»Ihr drei –«, setzte er an.

Seine Worte gingen in dem erneuten Aufbrausen des kognitiven Sturms unter. Oerlo Farni lebte noch, Geist und Wille waren noch unversehrt für einen letzten Akt.

Der Raum und all das, was in ihm war, schien zu beben, und dann fühlte Luzelle, wie sie gepackt und kopfüber in ein wildes weißes Chaos geschleudert wurde.

Sechstes Kapitel

Hilflos taumelte sie umher, als sei sie in einer sich brechenden Welle gefangen; erdrückt und ohnmächtig. Ihre von dem grellen Weiß geblendeten Augen schlossen sich, und ihr Angstschrei verlor sich im Tosen des übernatürlichen Sturms. Dann war es vorbei, und sie wurde unsanft an einem anderen Ort abgesetzt.

Luzelle schlug die Augen auf. Sie stand auf einer sechseckigen Platte aus schwarzem Glas, die in den Boden einer stillen steinernen Kammer eingelassen war. Eine milde, frische Brise, die durch das offene Fenster hereinwehte, trug den Geruch offenen Geländes herbei. Noch immer umklammerte sie mit der einen Hand ihre Reisetasche und mit der anderen Girays v'Alisantes Arm. Sie ließ ihn sofort los. Neben ihr stand Mesq'r Zavune, ein wenig verdattert, aber aufrecht und offenbar so selbstsicher wie immer.

Die steinerne Kammer war voller Menschen. Bav Tchornoi war da mit den Festinette-Zwillingen, alle scheinbar wohlbehalten und gesund. Neben ihnen standen zwei Fremde, eine Junge und eine mittleren Alters, beide in die schwarzen Roben mit dem doppelköpfigen Drachenemblem gehüllt. Beide wirkten besorgt, ja erschrocken.

»Etwas ist geschehen«, stellte die Ältere ohne Vorrede und ohne zu zweifeln fest. »Was war es?«

Als die drei auf dem Ophelu zögerten, fügte die jüngere, fast noch kindlich aussehende Gelehrte hinzu: »Die Übertragung wurde mitten im Vorgang unterbrochen und scheiterte fast. Eine solch ernste Störung deutet auf Schwierigkeiten hin, vielleicht ein Unfall oder eine plötzliche Erkrankung.«

»Wurde Kognizanz – wurde unser Amtsbruder im Mauranyza-Dom verletzt oder auf andere Weise abgelenkt?«, fragte die erste Sprecherin.

»Von den Grewziern erschossen, im selben Moment, in dem er uns transportierte«, teilte Girays ihnen mit. »Und er war nicht der Einzige. Es tut mir Leid.«

Der Schock zeichnete sich auf den Gesichtern der beiden Frauen ab, aber keine gab ihren Empfindungen nach, und die Ältere verlangte einfach: »Erklären Sie das.«

Girays entsprach ihrer Bitte und beschrieb mit klaren und nüchternen Worten die Ankunft der grewzischen Soldaten, die Schüsse und ihre Konsequenzen. Luzelle hörte ihm überrascht zu, denn er war nicht nur zuverlässig und sachlich, was sie erwartet hätte, sondern auch diplomatisch. Der Girays, den sie vor ein paar Jahren gekannt hatte, hätte ihnen vermutlich genau gesagt, wo ihre Amtsbrüder im Mauranyza-Dom strategische Fehler begangen hatten und was genau in Zukunft unternommen werden musste, um eine Wiederholung des Desasters zu vermeiden. Aber vielleicht hätte er das selbst damals nicht getan, und schal schmeckende Entrüstung trübte ihr Gedächtnis.

»...zwei Ihrer Freunde gerieten lebend in grewzische Gefangenschaft«, schloss Girays, »was, wie ich fürchte, Sie beide, Kognizanzen, sowie weitere Mitglieder Ihrer Organisation gefährden könnte.«

»Die Gefangenen werden nichts verraten«, stellte die Ältere fest. Er wollte Einwände erheben, doch sie wischte sie mit einer Handbewegung beiseite. »Das geht Sie nichts an. Sie haben uns informiert, mehr können Sie nicht tun. Und wir von den Erwählten besitzen weitreichende Möglichkeiten, uns zu verteidigen.«

Scheint bei Kognizanz Oerlo Farni nicht so gut funktioniert zu haben. Und bei Präeminenz Cezineen auch nicht, dachte Luzelle, sprach es jedoch nicht aus. Ganz kurz fing sie Girays' Blick auf und spürte, dass ihm derselbe Gedanke durch den Kopf ging. Manchmal war das so mit ihm, sie wusste es einfach.

»Dann schicken Sie uns auf den Weg, und wir schmeißen den grewzischen Esel für Sie aus der Großen Ellipse«, versprach Bav Tchornoi. »Wir lassen dieses verdammte Gekröse wie Scheiße aussehen.«

Tchornoi mochte der gewisse gesellschaftliche Schliff abgehen, sinnierte Luzelle, aber er besaß ein richtiges Talent dafür, die Dinge beim Namen zu nennen.

Ihre Gastgeberinnen schienen dem zuzustimmen.

»Kommen Sie mit!«, wies die Ältere der beiden sie an. »Alles ist vorbereitet, um Sie im Eiltempo von hier wegzubringen.«

Alles? Was kam jetzt – ein weiterer weißer Wirbelwind? Aber Luzelle verkniff sich eine Bemerkung und ging folgsam hinter den schwarz gewandeten Frauen her, die die Ellipsoiden aus der Ophelu-Kammer führten, die Treppe hinunter und durch die große Halle, von der sie aus der Burg hinaus in die gleißende Nachmittagssonne traten. Im Hof stand eine ansehnliche, stabile Kutsche, vor die vier kräftig wirkende Pferde gespannt waren. Die Kutscherin wartete auf dem Kutschbock. Das Transportmittel war beinahe enttäuschend profan.

»Werden wir nicht mit diesem absolut umwerfenden magischen Hin-und-weg-Dingsbums weiterreisen, das uns hergebracht hat?«, wollte Stesian Festinette wissen.

»Scheint mir schneller zu sein«, pflichtete Trefian ihm bei.

»Die beiden getrennten Hälften des Glases, die Sie hierher gebracht haben, sind in der Lage, Fracht zwischen dem Mauranyza-Dom und der Burg von Io Wesha hin und her zu transportieren, sonst nichts«, ließ die ältere Gelehrte ihn wissen.

»*Fracht?*«, sagte Stesian naserümpfend.

»Burg von Io Wesha«, wiederholte Luzelle. »Ich kann mir nicht helfen, aber ich mache mir Sorgen um die Risiken, die Sie um unseretwillen eingehen. Wissen die Grewzier –«

»Die Grewzier wissen, dass dieses Gebäude seit seiner Erbauung vor über sieben Jahrhunderten von Mitgliedern meiner Familie bewohnt wurde oder in ihrem Besitz war«, eröffnete ihr die andere. »Sie wissen ebenfalls über die traditionellen Verbindungen meiner Familie zu den Erwählten von Lanthi Ume Bescheid, aber das ist auch schon alles, was sie wissen, und das genügt nicht, um ihnen viel zu nützen.«

»Aber es ist ja nicht so, dass sie sich groß um Beweise scheren würden –«

»Was die Risiken betrifft, die wir eingehen«, schnitt die Gelehrte ihr das Wort ab, »so seien Sie versichert, dass diese nicht auf Ihr Konto gehen.« Sie wandte sich an die Festinettes, deren hübsche brünette Köpfe in exakt demselben Winkel zu Seite gelegt waren. »Und Sie, Gentlemen, nur Mut – Ihre Beschränkung auf die Kutsche wird nur von kurzer Dauer sein. Die Vorrichtung, die Sie hierher gebracht hat, ist nicht die einzige, die sich in diesem Land findet.«

»Oh, hervorragend.« Trefian ging ein Licht auf. »Sie meinen, dass wir zu –«

»Ich meine, dass es Zeit für Sie ist aufzubrechen.« Ein Fingerschnippen drängte die Ellipsoiden zu der wartenden Kutsche.

Wer ist der Fahrer?, fragte sich Luzelle. *Kann man ihm vertrauen? Ich hasse es, auf Leute angewiesen zu sein, die ich nicht kenne, und irgendwie scheint das in letzter Zeit ständig so zu sein!*

Sie stieg in die Kutsche, die anderen fünf folgten ihr nach; vorsichtig quetschten sie sich in den beengten Raum. Luzelle fand sich zwischen dem Fenster und Bav Tchornoi eingekeilt, der seine mächtigen Schenkel unverschämt breit ausstellte, so dass sie gezwungen war, sich gegen das Fenster zu pressen, um einen Körperkontakt zu vermeiden. Sie erwog den Gedanken, es anzusprechen und ihn zu bitten, sich aus ihrem Sitzraum zurückzuziehen, fand jedoch, dass sie nicht den Nerv dazu hatte.

Nur ein paar Stunden, redete sie sich ein. *Nur eine kleine Weile, die du mit diesem riesigen, haarigen, stinkenden, groben, ruppigen rhazaullischen Trunkenbold hinter dich bringen musst, und dann ist es vorbei –*

Warum hatte Girays nicht den Anstand besessen, sich neben sie zu setzen?

Woher hätte er wissen sollen, dass ich es gern gehabt hätte?

Sie warf einen verstohlenen Blick zu Girays hinüber. Er hatte seinen Kopf aus dem offenen Fenster gesteckt und bemühte sich hoffnungsvoll um einen letzten Wortwechsel mit den verschlossenen Gelehrten.

»Kognizanzen, wenn ich eine letzte Gunst von Ihnen erbitten dürfte, könnten Sie uns wohl sagen, wo wir –«

»Dort werden Führer sein«, beschied ihn die Ältere der beiden Frauen. »Sie sind Bundesgenossen. Versuchen Sie, sich nicht vor ihnen zu fürchten.«

»Warum sollten wir –«

Das Knallen der Kutscherpeitsche schnitt seine Frage ab. Die Kutsche fuhr mit einem Ruck an, und Girays zog seinen Kopf ins Innere. Kurz darauf fuhr das Gefährt unter dem großen gewölbten Torbogen der Burg von Io Wesha hindurch und erklomm einen steilen Berg, wo frische Brisen den Duft wilden Bettlergolds zu ihnen trugen und die Passagiere meilenweit in alle Richtungen blicken konnten. Zu ihren Füßen erstreckte sich eine weite Fläche sanft hügeligen, unkultivierten Geländes. Nicht allzu weit gen Süden erhob sich Lanthi Ume, deren Kuppeln und Türme in der Sonne glänzten, und hinter der Stadt das tiefblaue Schimmern des Meeres. Die nordwärts führende Straße verlief in Serpentinen den Berg hinunter, um den Fuß der großen granitenen Erhebung herum, und führte dann über eine weite, windgepeitschte Ödnis auf eine im Dunst verschwimmende ferne Gebirgslandschaft zu.

Die Peitsche der Kutscherin pfiff, und die Kutsche donnerte den Berg hinab.

Die Zeit verstrich langsam. Man unterhielt sich kaum in der Kutsche, und dafür wenigstens war Luzelle dankbar; keine Festinette-Angebereien zu ertragen, weder Zavunes abgehackte Syntax noch das Tchornoische Gegrolle. Der Rhazauller beschäftigte sich vielmehr eine Weile ziemlich selbstvergessen mit seiner Feldflasche, bevor er eindöste, und bald erschütterten Vouvrak-geschwängerte Schnarcher das kleine Abteil. Girays las irgendetwas, sie konnte nicht sehen, was. Sie selbst ergriff die Gelegenheit, den *Schatten des Ghuls* zu Ende zu lesen.

Nach ungefähr zwei Stunden Fahrt, was, wie Luzelle schätzte, die Hälfte der Strecke sein musste, hielt die Kutsche an einem kleinen Flüsschen an, das sich durch knubblige, mit hohen Gräsern bewachsene kleine Hügel schlängelte. Das Gras beugte sich und raschelte in dem unaufhörlichen Wind. Während die Pferde tranken und sich ausruhten, stiegen Fahrgäste und Kutscherin aus und zerstreuten sich in alle Richtungen, um sich in die Büsche zu schlagen. Wenige Minuten später kehrte die Gruppe zu der Kutsche zurück, in der Bav Tchornoi noch immer schnarchend auf seinem Platz zusammengesackt hing. Man fuhr wieder los, doch der Rhazauller schlug die Augen für den Rest der Fahrt nicht mehr auf.

Luzelle starrte aus dem Fenster auf die kahle, von unablässigem Wind platt gefegte Landschaft und fragte sich nach dem Schicksal dieses leeren, von niemandem beanspruchten Gebiets, das sich vermutlich nicht für die Landwirtschaft eignete und augenscheinlich auch keiner Ansiedlung für wert befunden wurde, trotz der offensichtlichen Überbevökerung innerhalb der Stadtgrenzen von Lanthi Ume. Doch das konnte kaum für das Fehlen jeglicher menschlicher Behausung verantwortlich gemacht werden. Die Menschen fürchteten diesen Landstrich, hatten ihn stets gefürchtet. Die Gravula-Ödnis – dunkel entsann sie sich des Namens aus alten Erdkundestunden – galt als verflucht. Alle möglichen seltsamen alten lanthianischen Gruselgeschichten und Legenden verknüpften sich mit diesem Gebiet. Rachsüchtige, unsterbliche Zauberer spukten auf der Jagd nach Opfern herum. Ert, die zerstörerische Gottheit, suchte den Landstrich heim. Weiße Dämonen – die Lanthianer von einst hatten auf Weiße Dämonen mit Augen voll süßem Tod und Stimmen von andersweltlicher Schönheit gestanden. Sie hatte bei den Übersetzungen dieser haarsträubenden lanthianischen Märchen gekichert. Na ja, diese Gravula sah nicht besonders gefährlich, nur ein bisschen abweisend aus.

Ihr Blick erhob sich zum Himmel, wo der Stand der Sonne sie zwang, ihre Augenbrauen zusammenzuziehen. *Wenn alles glatt geht, sollte Ihre ganze Gruppe ihr Ziel heute Abend bei Sonnenuntergang erreichen,* hatte Oerlo Farni ihnen versprochen. Aber es war keineswegs alles glatt gegangen, und bis zur Stadt Hurba war es noch ein weites Stück nach Norden. Bei der augenblicklichen Geschwindigkeit würden sie frühestens in sechsunddreißig Stunden dort eintreffen. Natürlich, dachte sie, hatte der arme Farni von einem zweiten Glas gesprochen.

Inmitten dieser Ödnis? Einfach so unter offenem Himmel? Kaum denkbar.

Die Zeit verging. Die Sonne sank dem Horizont entgegen. Die Kutsche holperte weiter, Bav Tchornoi schnarchte weiter, und die Gravula-Ödnis zog sich weiter dahin. Schließlich, als sich die Schatten auf ehrgeizige Länge gedehnt hatten, das Tageslicht sein Leben in

Minuten zählte und Luzelle sich schon zu fragen begann, ob ihre unermüdliche Kutscherin auch im Dunkeln weiterfahren wollte, begann sich in naher Ferne eine Landmarke abzuzeichnen – ein Anblick wie der Lureis-Kanal, bekannt durch zahllose künstlerische Darstellungen und, ebenso wie der Lureis, so einzigartig und überraschend, dass kein Bild es auch nur annähernd hätte wiedergeben können.

Unmittelbar vor ihnen, von der niedrig stehenden Sonne in ein warmes Licht getaucht, reckte sich eine Ansammlung von gewaltigen Steinblöcken in geheimnisvoller Symmetrie gen Himmel. Die meisten von ihnen hatten gigantische graue Prismenformen, die unmöglich natürlichen Ursprungs sein konnten. Das waren die berühmten Granitweisen, deren Entstehung unerklärt war, älter, als die menschliche Vorstellungskraft zurückreichte; es hieß, sie bezeichneten einen Eingang in die Unterwelt. Hingerissen sah Luzelle die Weisen in der gleichmäßigen Geschwindigkeit des Pferdetrabs näher rücken. Sie waren größer, als sie gedacht hatte, trotz der akkuraten Abmessungen, die in Dutzenden von Nachschlagewerken angegeben wurden – größer und viel wundersamer.

Wer hatte sie errichtet, wann und warum?

Fast ohne nachzudenken, wandte sie sich an Girays, und er schaute im selben Moment zu ihr herüber. Ihre Blicke trafen sich in vollkommenem Einvernehmen, und einen kurzen Augenblick lang war sie lächerlich glücklich.

Die Granitweisen kamen näher. Die Welt verfinsterte sich, als der Schatten des größten Monolithen – der riesige Stein, der als ›der Meister‹ bekannt war – über die Kutsche fiel. Luzelle blinzelte in dem jäh einsetzenden kühlen Dämmerlicht. Das Gefährt hielt an, und die Kutscherin stieg von ihrem Bock.

Die stumme Aufforderung war deutlich, und die Fahrgäste stiegen aus. Der scharfe Wind zauste Luzelles gelöste Locken, und sie schauderte ein wenig. Die Weisen ragten bedrohlich in den Himmel, ihre uralte Größe ein wortloser Kommentar zur menschlichen Bedeutungslosigkeit und Vergänglichkeit. Der Meister war der Einschüchterndste von allen, und aus irgendeinem Grund kniete sich die Kutscherin vor ihn hin und kratzte am Unkraut an seinen Füßen herum.

Die Kutscherin machte etwas mit ihren Händen, und dann folgte ein tiefes Rumpeln, als eine bislang unsichtbare Tür in der Flanke des Meisters aufschwang und ein kammergroßes inneres Gelass sehen ließ. Die letzten Sonnenstrahlen, die schräg in den winzigen Raum fielen, schlugen rötliche Funken aus dem schwarzen Glasboden.

Der zweite Ophelu, genau wie Oerlo Farni es versprochen hatte, an diesem Ort jedoch eine so unerwartete Erscheinung, dass Luzelle einen leisen Ausruf der Überraschung nicht unterdrücken konnte.

»Drei von Ihnen da rein!«, erhob die Kutscherin zum ersten Mal seit Beginn der Fahrt ihre Stimme.

Bav Tchornoi drängte sich bereits zum Eingang vor, als glaube er sich durch göttliche Ermächtigung zum ewigen Vortritt berechtigt, aber diesmal hatte sie nicht vor, ihm das durchgehen zu lassen. Ohne sich Zeit zum Nachdenken zu nehmen, schlüpfte Luzelle vor ihm durch den Spalt.

Dann war Tchornoi neben ihr in dem Gelass, nah, viel zu nah mit einer unerträglichen Alkoholfahne. Sie hoffte, Girays würde der Dritte sein, aber Mesq'r Zavune schlüpfte vor ihm hindurch.

Das Zimmerchen war winzig, und die Steinwände engten sie auf drei Seiten ein. Die vierte Seite war offen, aber trotzdem zerrte das Gefühl unermesslicher Steinmassen an ihren Nerven.

Werd jetzt bloß nicht nervös!

Die Kutscherin murmelte etwas Unverständliches. Diesmal gab es kein kristallines Pulver um den Ophelu.

Keine scheinbar spontane Zündung, keine wallenden Rauchwolken, und Luzelle fragte sich, ob die lanthianische Kognition ohne die pyrotechnischen Vorkehrungen noch funktionieren würde. Sie stand noch zweifelnd da, als sie zum zweiten Mal in den wilden weißen Wind gerissen, durch ein wirbelndes Eisuniversum katapultiert, umhergeschleudert und durchgerüttelt und Momente später an einem anderen Ort abgesetzt wurde.

Einem sehr anderen Ort.

Sie schwankte ein wenig, blieb aber auf den Beinen und hielt nach Luft schnappend den Atem an. Bav Tchornoi neben ihr knurrte scharf. Sie ließ den Blick umherwandern und spürte, wie ihr die Farbe aus dem Gesicht wich. Sie stand auf einer sechseckigen Glasplatte, einer von vielen identischen Platten, die in den Boden einer kleinen Kammer eingelassen waren. Der Raum war unregelmäßig geformt, mit einer gewölbten Steindecke, von der schlanke Stalaktiten in zerbrechlichen Bündeln herabhingen. *Eine Höhle?* In unregelmäßigen Abständen entlang der Wände platzierte Kohlebecken heizten die feuchte Luft zu einer fast unangenehmen Temperatur auf. Der Raum war fensterlos und doch gut beleuchtet, denn Boden, Decke und Steinwände schimmerten in einem sanften farblosen Licht, offenbar eine natürliche Eigenschaft des gewachsenen Steins. Aber Luzelle nahm das alles nur am Rande wahr, war doch der Raum nicht leer, sodass sich ihre erstaunte Aufmerksamkeit auf seine Bewohner richtete.

Es waren mindestens ein Dutzend –, schlanke, dünne Gestalten von unbestimmbarem Geschlecht, Menschen ähnlich, aber dennoch in vielen auf den ersten Blick sichtbaren Zügen von ihnen abweichend, denn die haarlosen Körper vor ihr waren unbekleidet. Ihre Hände, stellte sie fest, liefen in lange, knochenlose, tentakelähnliche Finger aus. Ihre Augen waren enorm – schwach glänzend und von dreifachen Muskelwülsten eingefasst, die sich in den ansonsten unbeweglichen Gesichtern ständig zusammenzogen und zuckten. Das Erschreckendste an ihnen war unterdessen ihr Fleisch – weiß, glatt und in einer unendlich variablen Leuchtkraft glühend.

Die Wesen – sie konnte sie nicht als Tiere einstufen, dazu waren sie zu menschenähnlich, und in diesen verstörenden Augen funkelte Empfindungsfähigkeit – starrten sie unbeweglich an, als seien die Menschen auf dem Ophelu ein fremdartiges und wundersames Spektakel. Einer von ihnen begann mit melodiös flötenden Tönen zu sprechen, ein anderer antwortete ihm. Ihre Sprache war eine Art Musik, unsagbar fremdartig und schön.

Luzelle zitterte. *Es werden Führer dort sein,* hatte die Gelehrte auf der Burg Io Wesha ihnen mit auf den Weg gegeben. *Sie sind Bundesgenossen. Versuchen Sie, sich nicht vor ihnen zu fürchten.*

Versuchen.

Eines der leuchtenden Wesen näherte sich ihnen, gleitende Bewegungen, leicht und geräuschlos wie Rauch. Seine rechte Hand hob sich, knochenlose Finger wellten sich, und instinktiv schrak sie zurück, bis der schimmernde Stein ihrem Zurückweichen ein Ende setzte. Tchornoi und Zavune taten es ihr nach.

Sekunden später wirbelte der zweite kognitive Sturm durch den Raum, setzte Girays und die Festinette-Zwillinge auf dem Glas ab und legte sich. Die Neuankömmlinge blinzelten und nahmen ihre Umgebung in Augenschein. Unter anderen Umständen hätten ihre völlig verdutzten Mienen vielleicht komisch gewirkt. Girays fasste sich als Erster. Sein dunkler Blick schweifte durch die Kammer, streifte Luzelle, verweilte einen Herzschlag lang auf ihr und wanderte weiter.

Die Kammer füllte sich. Die weißen Wesen – *Höhlenmenschen? Ureinwohner?* – strömten schweigend zu zweit oder dritt herein. Ein Heer fahl glühender Augen wie Laternen, verhüllt in leuchtendem Nebel, überraschte und lähmte die menschlichen Eindringlinge. Luzelle schauderte. Der Druck fragender, auf sie gerichteter Empfindung war fast körperlich greifbar. Diese glühenden Augen, stellte sie sich vor, spähten direkt in ihren Kopf, um ihre verborgensten Gedanken zu lesen, ein höchst beunruhigendes Gefühl. Fast spürte sie, wie ein fremdes Bewusstsein tastend in das ihre eindrang. Die Phantasievorstellung kehrte zurück, als die fremden, flötengleichen Stimmen sich wieder zu ihrer unheimlich schönen Harmonie emporschwangen – Gespräche? – und die eigenartige Melodie sich an allen Schutzwällen vorbeistahl und ihr Tränen des Kummers und der Sehnsucht in die Augen trieb.

Wer sind sie? Bundesgenossen, hatte die Gelehrte auf der Burg Io Wesha versprochen, aber das erklärte nichts. Sie fand die Antwort in ihrem eigenen Gedächtnis, und dann ergaben die lächerlichen lanthianischen Fabeln, über die sie gekichert hatte, auf einmal einen Sinn. Weiße Dämonen. All jene Legenden, abergläubischen Geschichten und mythischen Berichte über die Weißen Dämonen der Höhlen, die in ihrem Bau unter den Hügeln von Nazara Sin hausten. Sie hätte es wissen müssen – ihre Erfahrung mit den verschiedensten Kulturen der Welt hätte sie lehren sollen, dass solche Legenden oft einen wahren Kern enthielten.

Die Weißen Dämonen der Höhlen, erinnerte sie sich, ernährten sich angeblich von unvorsichtigen Reisenden.

Legenden, aus Unwissenheit und Furcht entstanden. Vermutlich.

Die Kammer war inzwischen voll von ihnen, und die wechselhafte Leuchtkraft ihres Fleischs füllte den begrenzten Raum aus. Sie bedrohten sie nicht unmittelbar, aber es waren so viele von ihnen, und ihre Aufmerksamkeit war auf so beunruhigende Weise auf sie konzentriert, und alle starrten sie, starrten die Reisenden mit diesen riesigen, unheimlichen Augen an.

Ihr Herzschlag beschleunigte sich, Furcht erfüllte ihre Gedanken, und ihre Hand glitt wie von selbst in ihre Tasche und schloss sich um die geladene Pistole.

Lass bloß die Hände davon. Schlimmste Reaktion, wirklich gedankenlos. Sie erstarrte.

Nicht alle ihre Reisegefährten teilten ihre Auffassung.

»Sie sehen schwach, aber nicht dumm aus«, stellte Bav Tchornoi fest. »Wir schnappen uns eins, und das dient uns dann als lebender Schild. Dann zwingen wir es, uns den Weg hier raus zu zeigen.«

Eine kurze, verblüffte Pause trat ein, und dann widersprach Girays: »Seien Sie nicht so ein Esel, Tchornoi!«

»Ja, er hat Recht, ich meine, ist Ihr Vorschlag nicht ein bisschen extrem?«, stimmte Trefian mit ein.

»Wir schlagen als Erste zu, wir reißen die Initiative an uns«, beharrte der Rhauzauller.

Eines der weißen Wesen trat vor und löste sich aus der strahlenden Menge. Eine zweisträngige Kette aus farbigen Steinen hing um seinen Hals, und eine große braune Fledermaus hockte auf seiner Schulter. Vielleicht bezeichneten diese Attribute seinen Rang, aber woher sollte man das wissen? Die hoch gewachsene Gestalt näherte sich der menschlichen Gruppe.

Das Wesen blieb stehen und trillerte unverständliche Laute.

»Das da«, erklärte Bav Tchornoi. »Ich wette, ihr Anführer. Das schnappen wir uns.«

»Sie werden sich ruhig verhalten und gar nichts tun«, wies Girays ihn an.

»Wir warten erst mal ab«, pflichtete Mesq'r Zavune ihm bei.

Das weiße Wesen machte mit seinen langen, knochenlosen Fingern schlängelnde Bewegungen in ihre Richtung. Die dreifachen Muskelringe um seine großen Augen kräuselten sich. Eine Art von Verständigung war eindeutig beabsichtigt, die Botschaft indes nicht zu entziffern.

»Ich brauche Ihren Segen nicht, Winzlinge«, ließ Tchornoi seine Kritiker wissen. »Und Ihre Hilfe brauche ich auch nicht.«

Als habe das Wesen seine Absicht verstanden, wich es zurück und zog sich zwischen scheinbar identische in den Boden eingelassene Glasplatten zurück, bis es vor einem polierten Hexagon stehen blieb, das in der Raummitte vor sich hin glomm. Dort drehte es sich wieder zu den Besuchern um, neigte den Kopf und flötete eine klagende Melodie.

»Es ruft uns«, sagte Zavune.

»Sie sollen uns weiterbringen«, gab Girays zu bedenken.

»Ich lasse nicht zu, dass diese schleimigen, übergroßen *Glühwürmer* mich mit magischen Mitteln irgendwohin bringen, nein«, erklärte Bav Tchornoi. »Ich verlasse diese unterirdische Falle auf meinen eigenen Beinen, und diese Kreatur da – die wird mir den Weg nach draußen zeigen, oder ich zerpflücke ihr den dürren Körper mit meinen eigenen Händen.« Seine Hände, groß und kraftvoll, schienen imstande zu sein, diese Tat zu vollbringen. Er machte einen entschlossenen Schritt auf den regungslosen Führer zu.

»Stehen bleiben, Sie verdammter Narr!« Girays stellte sich dem Rhazauller in den Weg.

Ein fast beiläufiger Armausleger des einstigen Eiskönige-Champions fegte den kleineren, leichteren Vonahrier beiseite. Tchornoi schritt weiter vorwärts. Der Weiße Dämon, wenn er denn ein solcher war, beobachtete ihn ungerührt.

Die einzigen Dämonen hier nennen sich Menschen.

Luzelle zog fast unbewusst ihre Pistole aus der Tasche. Sie senkte den Blick und sah sie in ihrer Hand liegen, zielte ruhig auf Bav Tchornois breite Mitte und hörte ihre eigene Stimme in ruhigem Befehlston sagen: »Bleiben Sie stehen, Meister Tchornoi. Sie werden nicht die Hand gegen diese Menschen erheben.«

»Menschen? Ha! Das soll wohl ein Witz sein, ja?« Er wirbelte zu ihr herum. »Sie sind eine blinde, dumme Frau. Stecken Sie das Spielzeug da weg, bevor ich ärgerlich werde!«

»Das ist kein Spielzeug, seien Sie versichert.« Luzelles Tonfall blieb trügerisch selbstsicher. Im Augenwinkel bemerkte sie, dass die Leuchtkraft des Fleischs der Höhlenbewohner in schneller, unregelmäßiger Folge ab- und zunahm, was von Bedeutung sein mochte oder auch nicht. Die Neugier schoss durch ihre Gedanken wie ein Meteor. Kannten sie das Wesen einer Waffe? Sie hörte die Musik der fremdartigen Stimmen, viele Stimmen, aber die Botschaft blieb unverständlich. Die Reaktionen ihrer Reisegefährten auf der anderen Seite waren klar. Verblüffung stand in allen Gesichtern geschrieben.

»Haben Sie den Verstand verloren?«, fragte Girays. »Wo haben Sie das Ding her?«

Sie ignorierte seine Frage und wandte sich stattdessen an Tchornoi. »Diese *Menschen* versuchen sehr großzügig, uns zu helfen« – insgeheim hoffte sie, dass sie damit auch Recht hatte – »vermutlich aus Achtung vor den lanthianischen Erwählten. Sie werden diese Freundlichkeit nicht missbrauchen, Meister Tchornoi. Sollten Sie Gewalt anwenden, werde ich ihnen durchs Knie schießen, und dann können wir ja sehen, wie Sie rennen.«

»Das tun Sie nie.« Tchornois Lippe verzog sich verächtlich.

»Probieren Sie's aus. Ich bin eine tödliche Schützin und mit dem Gebrauch von Feuerwaffen vertraut.«

Hat diese Pistole eine Art Sicherungsvorrichtung oder so etwas?, fragte sich Luzelle. *Und falls ja, ist sie jetzt an- oder ausgestellt? Ich hätte Karsler fragen sollen, solange ich dazu noch Gelegenheit hatte.* Sie sah Tchornoi mit festem Blick in die Augen.

Einige Sekunden sah er sie wütend an, murmelte dann ein paar ausgesuchte rhazaullische Flüche vor sich hin, bevor er wieder zum Vonahrischen wechselte. »Ha, Sie predigen Gewaltlosigkeit, während Sie mit einer Waffe herumfuchteln wie ein betrunkener Soldat. Sie gehören ins Irrenhaus. Es ist unter meiner Würde, mich mit einer Geisteskranken zu streiten, deshalb tue ich Ihnen fürs Erste den Gefallen.«

»Kluge Entscheidung.« Luzelle gab sich Mühe, sich nicht die geringste Spur von Erleichterung anmerken zu lassen. »Dann tun Sie mir den Gefallen und treten Sie auf diese Glasplatte da, wo Sie still stehen und sich ruhig verhalten werden.«

Tchornois wütendes Funkeln verstärkte sich, aber er gehorchte ohne Widerrede. Die Festinette-Zwillinge gesellten sich zu ihm auf die polierte Platte, und das hoch gewachsene Wesen mit der Steinkette und der braunen Fledermaus auf der Schulter begann eine melodische, sich stets wiederholende Inkantation. Bald darauf erwachte der kognitive Wirbelwind kreischend zum Leben, erfüllte den Raum mit seinem Tosen, verschwand und ließ den Ophelu leer zurück.

Die Khrennisov verschwand in Luzelles Tasche. Sie besaß sie erst seit wenigen Stunden, und schon hatte sie damit einen Unbewaffneten bedroht. Die Folgerungen waren bestürzend.

Hohe, flötende Arpeggios bewegten sich durch die leuchtenden Reihen der Zuschauer, und sie fragte sich, ob der Laut Staunen oder Erregung ausdrückte oder irgendeine andere Gemütsbewegung, die völlig jenseits ihres Erfahrungsbereichs lag. Aber es war nicht die rechte Zeit, die Frage zu überdenken, denn nun war sie an der Reihe, für eine weitere unmögliche Übertragung auf die Glasplatte zu treten – wohin, das wusste sie nicht. Dann stand Girays neben ihr, Mesq'r Zavune kam hinzu, und diesmal konnte sie verhindern, dass sie irgendjemandes Arm ergriff.

Das hoch gewachsene Wesen hatte bereits seine Anrufung wiederaufgenommen, und der Singsang-Rhythmus stockte nicht ein einziges Mal, aber der leuchtende Blick wanderte kurz zu Luzelles Gesicht, und einen atemlosen Moment lang schaute sie aus einer Entfernung von wenigen Zentimetern geradewegs in die Augen des Weißen Dämons. Sie konnte die Intelligenz dort erkennen sowie eine Eigenschaft, die sie nur unzureichend als ›Seele‹ bezeichnen konnte – und, sie hätte darauf gewettet, irgendeine Form von Botschaft, die nur für sie allein bestimmt war – eine lebenswichtige Botschaft, die sich für immer ihrem Verständnis entzog.

Der Augenblick ging vorüber, und die gesamte Szenerie – steinerne Kammer, Stalaktiten an der Decke, sechseckige Glasplatte unter ihren Füßen, leuchtende Wesen, fremdartige Augen und alles andere – verschwand in einem Wirbel schneeweißen Windes. Weniger verängstigt diesmal, ließ Luzelle sich ein wenig entspannter in die Gewalt des Sturms fallen und stellte fest, dass sie mit dem Wind reiste, beinahe auf ihm ritt, was eine wesentlich sanftere Übertragung zur Folge hatte.

Sie wurde an einem neuen unbekannten Ort abgesetzt, und die Atmosphäre beruhigte sich. Sie entdeckte, dass sie gemeinsam mit Girays und Zavune auf einer in den Boden eines sechseckigen Gelasses oder kleinen Raums eingelassenen Glasplatte stand, dessen Wände aus feuchten, alten Ziegelsteinen bestanden. *Was in aller Welt – ?* Senkrechte Schlitze, die die Mauern unmittelbar unterhalb der Decke durchbrachen, ließen schmale Streifen rötlichen Lichts einfallen, in dem sie eine alte Eisenleiter wahrnahm, die an eine Wand geschraubt war. Die Leiter führte zu einer Art Falltür in der Holzdecke; die sechseckigen Umrisse waren nur gerade eben in dem rötlichen Zwielicht zu sehen. Vermutlich waren Bav Tchornoi und die Zwillinge bereits durch die Deckenluke verschwunden, denn es gab keine Spur von ihnen.

Gut, dass sie die los waren!

Mit der Reisetasche in der Hand kraxelte Luzelle die Leiter hoch. Als sie oben ankam, drückte sie gegen die Falltür, stieß jedoch auf unvermuteten Widerstand. Sie verstärkte den Druck, ohne Erfolg, und das nur allzu vertraute Gefühl einer bösen Vorahnung begann in ihrer Magengrube zu zwicken.

»Verschlossen«, eröffnete sie ihren Gefährten.

»Unmöglich. Die anderen sind ja rausgekommen. Lassen Sie es mich versuchen!«, bat Girays.

Sie stieg also wieder herunter, und er nahm ihren Platz ein. Seine Versuche, die Falltür aufzustemmen, waren ebenso erfolglos wie die ihren, und nach ein paar angestrengten Versuchen rief er nach unten: »Zavune, helfen Sie mir!«

Der Aennorvianer, passenderweise von nur bescheidener Größe, kletterte die Leiter hoch und quetschte sich auf Girays' Sprosse. Zusammen drückten die beiden Männer gegen die Falltür über ihren Köpfen, spürten, dass sie Fortschritte machten, verdoppelten ihre Anstrengungen und wurden belohnt durch das Knarren alter Holzbohlen, die vom Weggleiten einer großen Last oben zeugten, vom Knirschen und Krachen eines schweren, umfallenden Gegenstands und schließlich vom Quietschen nachgebender Scharniere, als die Falltür aufging.

Rotes Licht strömte durch die Öffnung herein, zusammen mit einem nach Fisch riechenden Schwall frischer Luft. Girays und Zavune streckten ihre Köpfe hinaus und schauten sich um.

»Was ist da draußen? Wo sind wir?«, fragte Luzelle.

»Garten«, berichtete Girays.

»Was meinen Sie damit, Garten? *Was* für ein Garten, *wo* liegt dieser Garten, *wessen* Garten ist das?«

»Verwilderter, von Mauern umschlossener Lustgarten, irgendwo in Meernähe, genaue Namensbezeichnung augenblicklich nicht lieferbar«, antwortete Girays, hastete die Leiter wieder herunter und schnappte sich seinen Koffer.

Zavune tat es ihm gleich, und Luzelle ergriff die Gelegenheit, nach oben zu eilen und aus dem modrig riechenden kleinen Sechseckraum herauszukommen. Ihre Schuhe klapperten über alte Holzdielen. Frische Luft küsste ihre Lunge, während die rote Lichtpracht ihre Augen bestrafte. Sie blinzelte und kniff die Augen gegen die gleißende Helligkeit zusammen, und die Okularattacke schrumpfte zu einer geringfügigeren Unannehmlichkeit.

Ein sechseckiges Dach erhob sich über ihrem Kopf. Geschnitzte Säulen stützten das Dach, geschnitzte Geländer verbanden die Säulen untereinander. Ungestutztes Grünzeug war allerorten auf dem Vormarsch.

Aber was ist das?

Ein Aussichtspavillon, erkannte sie. Mit Zwiebelkuppel, verschnörkelt und filigran. Ein hübsches kleines Beruhigungsmittel für die Sinne, inmitten einer lieblichen Umgebung platziert. Nicht der schlechteste Ort, um ein magisches Transportmittel zu verstecken.

Wer hat es versteckt, wann und warum?

Sie würde es nie erfahren. Ihr Blick begab sich auf Wanderschaft. Nicht weit weg, auf dem höchsten Punkt des Gartens, erhob sich ein finsteres Haus – hoch, still und augenscheinlich unbewohnt. Es sah aus, als wäre es schon vor mehr als einem Jahrhundert verlassen worden. Just die Sorte Haus, die sensiblere Leute in Brand steckten.

Eine vereinzelte Brise trug Fisch- und Salzgeruch herbei.

Aber wo sind wir?

Girays und Zavune kletterten aus dem Verlies heraus.

»Was es getan?«, fragte Zavune.

»Es getan?« Einen Moment lang schaute Luzelle ihn verständnislos an, bevor ihr ein Licht aufging. Sie unten eingesperrt, das meinte er, denn es war kein Zufall gewesen. Ihre Blicke schweiften umher und verweilten auf einer Marmornymphe, die rosig zwischen der Angel der offenen Falltür und dem Boden des Aussichtspavillons lag. Die auf Hochglanz polierte Schöne musste mindestens das Gewicht zweier erwachsener Männer aufweisen.

Die anderen folgten ihrem Blick.

»Tchornoi und die Festinettes.« Girays strahlte die Verachtung eines einstmals Hohen aus. »Es waren mindestens zwei Männer nötig, um diese Statue auf die Falltür zu stellen, und ich glaube nicht, dass die Zwillinge allein es geschafft hätten. Betrügerisches Pack, alle zusammen.«

»Mörder. Wir verhungern unterhalb«, äußerte Zavune düster.

»Oh, ich glaube nicht, dass sie uns wirklich töten wollten, nicht mehr, als ich vorhatte, Bav Tchornoi zu erschießen.« Luzelle spürte, dass sie selbst nicht ganz überzeugt von dem war, was sie sagte. »Wahrscheinlich wollten sie uns nur ein bisschen aufhalten.«

»Wird ihnen auch nicht viel helfen«, bemerkte Girays. »Sehen Sie, die Sonne geht schon unter. Heute Nacht wird niemand mehr die Große Ellipse weiterlaufen.«

Eine kühle Brise fuhr durch den vernachlässigten Garten. Luzelle blickte zu dem verlassenen, verfallenden Landhaus mit seinen verbretterten Fenstern und seinem trostlosen Flair. Sie schauderte ein bisschen.

»Lassen Sie uns sehen, dass wir hier wegkommen«, schlug sie vor. »Lassen Sie uns wenigstens herausfinden, wo wir sind.«

Die drei gingen über einen kiesbestreuten Weg zu einer Tür in der hohen Gartenmauer. Sie hing angelehnt in ihren rostigen Angeln; vermutlich war sie in allerjüngster Vergangenheit benutzt worden. Sie traten hindurch und versetzten sich in einer verwirrenden Sekunde von der vergessenen Ländlichkeit des stillen Gartens in die lärmende Geschäftigkeit einer Stadtstraße.

Luzelle blieb still stehen und versuchte, alles in sich aufzunehmen. Überall erhoben sich mehrstöckige Gebäude aus honigfarbenem Stein. Von Pferden gezogene Kutschen, Karren und hübsche Droschken füllten den breiten, urbanen Boulevard, und Menschen waren da, Hunderte von Menschen überall. Der abrupte Wechsel war beinah so erschreckend wie die Übertragung durch den Ophelu.

»Schauen Sie! Schauen Sie da!« Mesq'r Zavune deutete auf einen Punkt vor ihnen. »Rakstriphes Siegessäule dort voraus. Sehr berühmt. Wir sind in Hurba.«

»Bei Sonnenuntergang, wie versprochen«, sagte Girays.

»Hübsch. Hafen«, drängte Luzelle. »Ticketagenturen. Überfahrt nach Aeshno. *Kommen* Sie, meine Herren, lassen Sie uns eine Droschke anhalten, und dann nichts wie los!«

»Hui!«, lächelte Zavune.

»Ich hätte es nicht besser ausdrücken können«, stimmte Girays ihm amüsiert zu.

»Worüber feixen Sie?«, verlangte Luzelle von ihm zu erfahren.

»Ich feixe nicht. Ich feixe nie.«

»Doch. In diesem Moment und sonst auch!«

»Sollten Sie Anzeichen einer diskreten Heiterkeit an mir entdeckt haben, so stellen sie eine natürliche Reaktion auf Ihre – wie soll ich es ausdrücken – erfrischend ungestüme Begeisterung dar.«

»Girays, Sie wissen, ich kann es überhaupt nicht leiden, wenn Sie –«

»Denn sehen Sie«, fuhr er in demselben aufreizenden Tonfall fort, »in Ihrem Übereifer haben Sie es verabsäumt, die späte Stunde und ihre Auswirkungen auf unsere Reisechancen in Betracht zu ziehen. Zu diesem Zeitpunkt haben die Fahrscheinagenturen bereits geschlossen. Vor morgen früh besteht keine Möglichkeit, eine handelsübliche Passage aus Dalyon zu buchen.«

»Erst einmal kleben wir fest«, ließ sich Zavune vernehmen.

»Es sei denn, Sie hätten zufällig Zugriff auf eine Privatyacht«, schlug Girays hilfreich vor, »oder auf einen verlässlichen Nachtflug-Ballon oder vielleicht irgendeine, neumodische Unterwassergefährt-Apparatur oder einen zahmen Leviathan oder –«

»Ihr Problem«, versetzte Luzelle stirnrunzelnd, »ist, dass Sie es immer übertreiben.«

»Der Herold-Gasthof, nicht weit von hier«, teilte Mesq'r Zavune ihnen mit. »Sehr ausgezeichnet sauber. Gutes Essen.«

Essen. Luzelles Magen rumorte als Antwort darauf. Sie stellte fest, dass sie lächelte.

Sie nahmen eine Droschke zum Herold-Gasthof, einem älteren, aber tadellosen Etablissement mit schwarzem Fachwerk und Dachgiebeln, wo es eine Menge freier Zimmer zu saftigen städtischen Preisen gab.

Luzelle verzehrte ein gutes Abendessen aus verlorenen Weineiern à la Hurba im altmodischen Speisesaal des Gasthofs in Gesellschaft von Girays und Mesq'r Zavune. Letzterer freute sich, wie sie herausfand, beinahe fieberhaft auf das bald bevorstehende Wiedersehen mit seiner Frau und seinen Kindern in seiner Heimat Aennorve. Die Unterhaltung berührte die Große Ellipse nur am Rande, und eine Weile war es möglich, sich zu entspannen und der Illusion hinzugeben, dass sie alle drei einfache Tafelgenossen und keine Konkurrenten waren.

Das Mahl endete, und die Kameradschaftlichkeit

begann sich zu verflüchtigen. Luzelle fragte sich bereits, ob sie morgen früh irgendeine Möglichkeit finden könne, sie auf dem Weg zum Hafen zu schlagen. Zu ihrer Überraschung bestand Girays darauf, sie zu ihrem Zimmer zu begleiten. Sie argwöhnte, dass er eine Art Gespräch unter vier Augen mit ihr führen wollte, und fand sich bestätigt.

Sie standen in dem leeren Hotelkorridor vor ihrem Zimmer, und Girays wandte sich ihr zu. Sein kantiges Gesicht hatte jede Spur der für ihn tyischen Ironie und Mattigkeit verloren. Sein Anblick ließ ihr einen merkwürdigen kleinen Schauer – Zittern? Erregung? – über den Rücken laufen, und sie fragte: »Nun?«

»Diese Waffe«, sagte Girays.

»Eine Khrennisov FK6 Taschenpistole.«

»Das habe ich bemerkt.«

»Eine gute Selbstverteidigungswaffe.«

»In geübten Händen. Woher stammt sie?«

»Eine Pfandleihe in Lanthi Ume.« Sie hielt inne, um dann mit einer köstlichen Schadenfreude, die zu verbergen sie sich alle Mühe gab, hinzuzufügen: »Karsler Stornzof hat sie mir aussuchen geholfen.«

»Wie überaus liebenswürdig von ihm.«

»Ja, das fand ich auch.«

»Unglücklicherweise scheint der galante Grewzier ein kleines, aber möglicherweise wichtiges Detail übersehen zu haben. In seinem Eifer, einer Dame zu Diensten zu sein, ist es ihm gelungen, jemandem eine tödliche Waffe in die Hand zu geben, der – verzeihen Sie, falls ich mich irren sollte – nicht die leiseste Ahnung hat, wie man sie bedient.«

»Oh?« Sie dachte kurz daran, es zu leugnen, erkannte jedoch die Sinnlosigkeit eines solchen Versuchs. »War es so offensichtlich, dass ich nicht zu schießen verstehe?«

»Für mich ja, weil ich Ihren Gesichtsausdruck kenne; ich kenne Ihre Augen.«

»Bav Tchornoi nicht, und er war derjenige, den ich überzeugen musste. Es hat ja auch funktioniert.«

»Ja, aber sagen Sie mir – was hätten Sie getan, wenn Tchornoi Ihren Bluff durchschaut hätte? Hätten Sie wirklich geschossen? Wussten Sie es eigentlich selbst?«

»Na ja, es ist ja anders gelaufen.« Sogar für sie klang das nach einer lahmen Ausrede.

Girays unterdrückte einen Fluch. »Diesen unverantwortlichen Narren von einem Oberkommandanten sollte man mit der Pferdepeitsche verprügeln. Versucht er, Eindruck bei Ihnen zu schinden, oder versucht er, Sie umzubringen, oder beides?«

»Geben Sie Karsler nicht die Schuld –«

»*Karsler?*«

»Es war nicht seine Idee. Wir gingen zusammen durch die Stadt –«

»Ach ja?«

»Wir haben uns zufällig getroffen, er glaubt allerdings, dass es nicht ganz zufällig war.«

»*Ist* das möglich?«

»Ich war ein bisschen unpässlich, und er hat mir geholfen. Er war wirklich wundervoll –«

»*Wundervoll,* schon wieder!«

»Wie dem auch sei, wir kamen an einer Pfandleihe vorbei, und ich sagte ihm, ich wolle eine Waffe kaufen. Er hat es nicht vorgeschlagen, er hatte dabei nichts zu sagen. Es war wirklich egal, ob er bei mir war oder nicht, ich wäre ohnehin reingegangen und hätte irgendeine Art von Handfeuerwaffe gekauft. Da er jedoch da *war,* hat er mich beraten, damit ich mir eine gute aussuche. Das ist alles.«

»Vielleicht nicht ganz. Er hat Sie ermutigt, nehme ich an.«

»So schwer das für Sie auch zu glauben sein mag, Girays – es war meine eigene Entscheidung.«

»Und dann wäscht er seine Hände in Unschuld und

macht sich aus dem Staub, ohne Sie im Gebrauch der Waffe zu unterweisen.«

»Er hatte keine Wahl und keine Zeit. Schließlich nehmen wir an einem Rennen teil. Er hat mir gesagt, ich solle üben.«

»Na dann, das spricht ihn ja von allem frei! Wollen Sie eigentlich alles verteidigen, was er tut?«

»Das ist lächerlich. Ich bin nicht verpflichtet, irgendetwas oder irgendjemanden zu verteidigen. Warum sollte ich?«

»Ja, warum wohl? Warum sollten Sie auch nur einen Gedanken an etwas verschwenden, das über ihre Entschlossenheit hinausgeht, zu bekommen, was Sie wollen, und das um jeden Preis? Nur dass Sie jetzt, wo Sie sich diese verdammte Waffe unter den Nagel gerissen haben und der goldige Grewzier, der Sie dazu angestachelt hat, sich nicht blicken lässt, vielleicht nicht zu stolz sind, sich von mir zeigen zu lassen, wie man sie benutzt?«

»Wie bitte?« Einen kurzen Moment lang war sie sich nicht ganz sicher, ob sie ihn richtig verstanden hatte.

»Wir werden vermutlich dasselbe Schiff nach Aennorve nehmen. Wir werden einige Tage haben, ich kann Ihnen zeigen, wie man diese Khrennisov benutzt. Falls Sie dies wünschen.«

»Oh.« Sie holte einmal tief Luft. Er hatte sie völlig auf dem falschen Fuß erwischt, und sie wusste nicht, wie sie reagieren sollte. Nach kurzem Zögern gestand sie: »Damit hatte ich nicht gerechnet. Ich war sicher, Sie würden es für einen gefährlichen Fehler halten, dass ich eine Waffe trage.«

»Das tue ich auch. Aber ich kann mir einen noch weit gefährlicheren Fehler vorstellen – dass Sie eine Waffe tragen, die Sie nicht zu bedienen verstehen. Erlauben Sie, dass ich es Ihnen zeige?«

»Ja.« Die Zustimmung fiel ihr leicht, aber das nächste Wort kostete sie gewaltige Anstrengung. »Danke.«

»Dann auf morgen.« Er war viel zu gut erzogen, um sich so etwas wie Triumph anmerken zu lassen.

»Girays?«

»Ja?«

»Was um alles auf der Welt hat Sie dazu bewogen, an diesem Rennen teilzunehmen?«

»Lassen Sie uns darüber sprechen, wenn wir mehr Zeit haben, an Bord des Schiffs. Dafür sind lange Seereisen gut, wissen Sie – Zeit.«

»Zeit und Unterhaltungen dürften alles sein, wozu diese gut ist. Wir sind so weit zurückgefallen, dass wir ein Wunder oder Magie bauchen, um die Stornzof-Verwandten wieder einzuholen.«

Siebtes Kapitel

Die Sonne stand hoch am Himmel, als die *Inspiration* aus Lanthi Ume auslief, angefeuert von den Salutschüssen der grewzischen Patrouillenboote. Stundenlang dampfte sie in Höchstgeschwindigkeit ostwärts durch die Juwelenweite, deren blaue Wasser die Farbe und die Sanftheit des wolkenlosen Himmels widerspiegelten. Die Luft war herrlich, die Szenerie nach den Maßstäben einer Seereise ungewöhnlich abwechslungsreich, fädelte das Schiff sich doch zwischen unzähligen steil aufragenden, farbenprächtig bewachsenen Inseln hindurch, der die Juwelenweite ihren Namen verdankte.

Karsler Stornzof stand an Deck und sah zu, wie Eiland um Eiland vorbeizog, manche so nah, dass er keinen Fernstecher benötigte, um die dicht gedrängten, weiß verputzten Häuser zu unterscheiden, die die in scharfen Stufen ansteigenden Hänge hinaufkletterten. Die graugrünen Bemubitbäume mit ihren knorrigen weißen Stämmen waren ebenfalls gut auszumachen, zusammen mit Terrassengärten, von deren Mauern üppige Kaskaden der purpurroten Khilliverigia herunterhingen, auch unter dem Namen ›Vorwand der Jugend‹ bekannt, die in diesem sonnenverwöhnten Klima bereits in Blüte standen.

Nicht alle Inseln waren bewohnt oder auch nur mit Pflanzenwuchs bedeckt. Viele reckten ihr nacktes Vulkangestein in den Himmel. Andere unbewohnte Eilande beherbergten Kolonien von hellflügligen Steilflughebern, deren irisierendes Federkleid teure Hüte auf der ganzen Welt schmückte.

Die Stunden und Inseln zogen unter der Sonne

dahin, die Erinnerungen an den Krieg verblassten, und frühere Erinnerungen stiegen an die Oberfläche von Karsler Stornzofs Gedanken; Erinnerungen an kältere Meere, kargere Landschaften, stumpfere graue Himmel und andere Zeiten, bessere Zeiten, in denen Prinzipien und Disziplin den Intellekt gestützt hatten – das zumindest hatte er einmal gedacht.

Aber er war ein einfältiger Mensch gewesen, begann ihm aufzugehen. Er war so leichtgläubig gewesen, so unwissend, was die Realität betraf, so unvorbereitet. Er hatte die Wahrheit des Promontoriums für die Wahrheit der ganzen Welt gehalten, und er war ein armer Narr gewesen.

Er selbst hatte das eine Zeit lang nicht gesehen, und der größte Teil der übrigen Welt schien es noch immer nicht zu sehen. Im Gegenteil, der größte Teil der Welt schien ihn mit überschwänglicher Bewunderung zu betrachten, ein Phänomen, dass er selbst kaum verstand. Die unter seinem Kommando stehenden Truppen hatten ein paar protzige Siege errungen, deren Dramatik und Bedeutung von der populären Presse über Gebühr aufgebauscht worden waren. Wie viele Leser hatten je die ernüchternde Realität von gut gedrillten, gut ausgerüsteten grewzischen Streitkräften gegen einen benachteiligten Gegner bedacht?

Sein bester Lehrer auf dem Promontorium, der Eluzidierte Llakhlulz, hätte darauf etwas zu erwidern gewusst. Aber andererseits, was wusste E. Llakhlulz schon von der Welt außerhalb des Promontoriums?

Zeit, Salzwasser und Inseln trieben dahin. Karsler Stornzof schaute über Land und Meer und erinnerte sich, bis ein leiser Duft nach kostspieligem Tabak in seine Atemluft eindrang. Er wandte sich um und sah sich dem Großlandsmann Torvid gegenüber, und ein Anflug von so etwas wie Verärgerung versengte seine Gedanken, bevor er sich seiner Pflicht entsann.

»Du träumst, Neffe«, sprach Torvid ihn amüsiert an.

Das Sonnenlicht wurde grell von seinem münzenhellen Silberhaar und seinem Monokel reflektiert.

»Es gibt nicht viel anderes, was man hier an Deck tun könnte, Großlandsmann.« Karsler bemühte sich verlegen, den leichten Ton des anderen zu teffen.

»Ach, du sagst es. Und was könnte das Objekt und die Quelle deiner Träume sein? Der Sieg, möchte man hoffen.«

»Das ist der Zweck des Rennens.«

»Manchmal fürchte ich, du vergisst das. Es gibt andere Träume, die feurige junge Geister erfüllen können.«

»Oder sogar feurige alte Geister.«

»O Neffe, du machst mir Hoffnungen! Solltest du womöglich doch nicht der Tugendbold sein, für den ich dich gehalten habe? Ist es möglich, Promontorium hin, Promontorium her, dass du doch ein echter Stornzof bist?«

Karsler unterdrückte eine bissige Antwort. Der Zorn, der ihn durchdrang, war unerheblich und kontraproduktiv, wie E. Llakhlulz es so meisterlich zu erklären verstanden hatte. Er hätte den Sarkasmus des Großlandsmanns mit gleicher Münze heimzahlen können, aber er beschränkte sich darauf, sanft nachzufragen: »Sie sind ein qualifizierter Kenner der Zucht?«

»So gut wie jeder«, erwiderte Torvid leichthin. »Gut genug, um die Reaktion eines gesunden Stornzof-Männchens auf ein Weibchen in Hitze zu beurteilen. Nimm meine Beobachtung nicht falsch auf, Neffe. Das kleine vonahrische Ding bringt es sehr gut fertig, dass man sie nicht übersieht, und es ist nur natürlich, dass deine Drüsen den Drang verspüren.«

»Sie sprechen von Miss Devaire?«

»Bravo.«

»Sie nehmen sehr oft unseren Familiennamen in den Mund, Großlandsmann. Ist es Ihrer Meinung nach typisch für einen Stornzof, achtbare Frauen zu diffamieren?«

»Aha? Ich scheine mich geirrt zu haben. Du bist tatsächlich ein Tugendbold reinsten Wassers.«

»Da dem nun einmal so ist, werde ich Sie von dem Ärgernis meiner Anwesenheit befreien.«

»Und auch noch ein beleidigter Tugendbold. Bleib, wo du bist. Ich wollte deinen hoch entwickelten Sinn für Anstand nicht kränken. Ganz im Gegenteil, ich beglückwünsche dich zu deinem Geschmack und ziehe damit einen Vorwurf von früher zurück. Die hübsche Devaire ist weniger bourgeois-langweilig, als ich ursprünglich gedacht hatte. Sie verfügt über eine gewisse Begabung zur Impertinenz, die nicht unamüsant ist. Ich wage vorherzusagen, dass es vergnüglich sein könnte, sie kirre zu machen.«

»Meine Frage war rein akademischer Natur, Großlandsmann.« Diesmal bemühte Karsler sich nicht, seinen Widerwillen zu verbergen. »Wie Sie bereits bemerkt haben sollten, ist es höchst unwahrscheinlich, dass wir Miss Devaire oder einem anderen Teilnehmer der Großen Ellipse vor Ende des Rennens wiederbegegnen. Ihre Einflussnahme bei Obergeneral Brugloist hat den Wettbewerb erfolgreich verstümmelt.«

»Ja, aber ich kann mich nicht entsinnen, dafür ein Wort des Dankes gehört zu haben.«

»Ihre Tüchtigkeit verdient zweifellos Anerkennung. Nichtsdestoweniger kann ich mir die Frage nicht versagen, ob ein ehrliches Rennen, fair gelaufen, nicht einen weit befriedigenderen Sieg ergeben hätte.«

»Du bist vielleicht zu sehr Connoisseur, Neffe. Sieg ist Sieg und immer süß, insbesondere im Licht der einzigen Alternative. Darüber hinaus sind deine feinen Unterschiede in ihrer Anwendung widersprüchlich. Du hast dich nie über Unfairness und Ungleichbehandlung beklagt, als dieses sonderbare Gefährt dieser Szarierin uns in Grund und Boden gefahren hat.«

»In diesem Fall entstand der Vorteil völlig legitim aus Szett Urrazoles eigenen Begabungen und deren Realisierung. Und ihr anfänglicher Vorsprung hätte sich im Verlaufe des Rennens gut nivellieren können. Dank des mörderischen Eifers des lanthianischen Widerstands werden wir es nun nie erfahren.«

»Verzweifelte Kerle.« Torvid schnippte ein gefährlich langes Ascheröllchen von der Spitze seiner Zigarette.

»Das glaube ich auch, und deshalb wundert mich das Ausbleiben von unmittelbar gegen uns gerichteten feindseligen Aktionen. Ich bin der einzige grewzische Rennteilnehmer. Obergeneral Brugloist hat zu meinen Gunsten interveniert und mir damit fast den Sieg gesichert; ein Machtmissbrauch – sagen wir, eine Demonstration der grewzischen Einigkeit –, an dem konkurrierende Nationen zutiefst Anstoß nehmen dürften.«

»Wenn Burgloists Hilfestellung dir moralisch so verwerflich erscheint, hättest du dich ihrer nicht bedienen dürfen«, bemerkte Torvid trocken. »Die *Inspiration* hätte ohne dich segeln können und sollen, was also schert dich der Flecken auf deinem makellos guten Gewissen?«

»Da die ganze Sache von einem Obergeneral des Imperiums veranlasst wurde, konnte ich mir den Luxus der Wahl kaum leisten.«

»Nun denn, dann gib dich mit dem Glück zufrieden, das das Schicksal dir zugestanden hat, und hör mit deinem endlosen Geklage auf. Du jammerst wie ein Mädchen, das ihre Jungfräulichkeitskarte gespielt und damit keinen Erfolg gehabt hat. Es beginnt seinen Reiz zu verlieren.«

»Dann werde ich Sie jetzt allein lassen.«

»Bleib, wo du bist, wir sind noch nicht fertig. Du hast, wenn ich mich nicht irre, von der Möglichkeit feindseliger Aktionen oder Vergeltungsakte gesprochen. Was hast du damit gemeint? Dieses Schiff und seine Mannschaft sind lanthianisch. Hältst du es für möglich, dass jemand von der Crew oder den Offizieren –«

Ein Entsetzensschrei aus vielen Kehlen stieg von unten herauf und unterbrach die Frage des Großlandsmanns. Die Schreie wiederholten sich und nahmen an Lautstärke und Intensität zu. Augenblicke später stürzten drei rußverschmierte, von Panik ergriffene Seemänner durch die offene Luke an Deck und klammerten sich in Kauerstellung an die Reling.

»Was ist da los?«, herrschte Torvid in Grewzisch den ihm am nächsten stehenden Seemann an. Er erhielt keine Antwort, und so packte er ihn mit einer kräftigen Faust am Kragen. »Erkläre!«

»Er ist Lanthianer, er versteht Sie nicht«, äußerte Karsler ruhig. »Und könnte vermutlich auch sonst nicht antworten.«

Zwei weitere Mannschaftsmitglieder zwängten sich schreiend durch die Luke.

»Sind diese Leute verrückt oder nur Idioten?« Angewidert ließ Torvid den Mann los. Der befreite Matrose, aschfahl unter seiner Sonnenbräune, wich zurück.

»Weder noch, wenn ich mich nicht täusche. Sie kennen die Art meiner Ausbildung, Großlandsmann, und während der letzten Stunde habe ich irgendeinen Widerhall arkaner Energie gespürt, der unsere Atmosphäre durchdrang.«

»Und du hast es nicht für nötig erachtet, das zu erwähnen?«

»Ich war mir nicht sicher. Innerhalb der letzten Minuten hat sich die Empfindung allerdings stark intensiviert, und jetzt kann es keinen Zweifel geben, dass –«

Irgendjemand unter Deck schoss mit einem Gewehr. Dreimal in rascher Folge knallte es, daraufhin erscholl ein Schrei aus voller Kehle.

»Was immer dieser lanthianische Unfug bedeuten mag, ich werde ihn abstellen.« Während er einen Revolver aus einem Schulterholster zog, der perfekt unter seinem Gehrock versteckt gewesen war, machte Torvid sich auf den Weg zur Luke.

»Versuchen Sie es lieber nicht«, riet ihm Karsler. »Die Kraft, die im Augenblick auf diesem Schiff am Werk ist, ist unempfindlich gegen profane Waffen. Halten Sie sich von dort fern.«

Torvid besann sich kurz, um dann seine Waffe in das Holster zurückzustecken. »Fürs Erste werde ich mich von deiner Erfahrung in diesen Dingen leiten lassen. Doch du solltest wissen, dass meine Geduld begrenzt ist.«

»Ich fürchte, du wirst bald entdecken, dass das hier keine Frage von Geduld ist.«

»Deine bewusste Unverständlichkeit ist–« Torvid stockte, als sich ein Tentakel aus mitternachtsschwarzem Nebel aus der Luke in das helle Tageslicht schlängelte, wo er innehielt und ein wenig hin und her wogte, als koste er den ungewohnten Sonnenschein. »Was ist das für ein Ding?«

Ein paar Matrosen und ein junger Offizier an Deck erspähten den schwarzen Nebel, schlugen Alarm und liefen zum Heck. Die schwarze Ranke zog sich still zurück.

»Aha, es flieht. Nichts, was uns Sorgen bereiten müsste.« Torvid Stornzof tat die Erscheinung mit einem Schulterzucken ab.

»Sie urteilen vorschnell. Warten Sie«, wies Karsler ihn an, und sein befehlsgewohnter Tonfall zog ihm einen unwirschen Blick seines Onkels zu.

»Warten, während diese lanthianischen Schwachköpfe zulassen, dass das Schiff an Fahrt verliert oder gar stehen bleibt? Warten, während die Feuer in den Kesseln ausgehen, weil diese idiotischen Heizer ihre Posten verlassen haben? Wohl kaum!« Erneut näherte Torvid sich der Luke.

»Halt!« Karsler redete wie mit einem ihm unterstellten Soldaten, und der Tonfall ließ den anderen mitten im Schritt erstarren. »Sie haben nicht die leiseste Ahnung, womit Sie es zu tun haben.«

»Ach? Ich habe es scheinbar mit einem Stornzof zu tun, der vergisst, dass er mit dem Haupt seiner Familie spricht.« Torvid wandte sich zu seinem Neffen um. »Erlaube mir, dein Gedächtnis aufzufrischen. In Anbetracht der Erregung, die dein Urteilsvermögen getrübt hat, werde ich allerdings so langmütig sein, mir deine Erklärung anzuhören. Womit also haben wir es zu tun?«

»Mit einer ziemlich mächtigen arkanen Manifestation«, entgegnete Karsler völlig leidenschaftslos. »Das Produkt, wie ich glaube, der traditionellen lanthianischen Kognition. Die Erwählten von Lanthi Ume unterstützen und fördern den lokalen Widerstand. In diesem Fall darf man davon ausgehen, dass die zauberische Hilfe zur Erschaffung eines kognitiven Schattens geführt hat, der irgendwo an Bord der *Inspiration* verborgen war und sich erst auf See aktivieren sollte. Zieht man alle Umstände in Betracht, kann ich nicht sagen, dass ich sehr überrascht wäre.«

»Sollen wir uns vor Schatten fürchten?« Torvids wegwerfende Handbewegung vertrieb unsichtbare Mücken. »Dieser schüchterne Dampffetzen hat sich kurz ans Tageslicht gewagt, hat den Mut verloren und ist geflohen. Mir will scheinen, als fürchte uns dieser Ausfluss wankelmütiger lanthianischer Geister.«

»Darauf würde ich mich nicht verlassen«, riet ihm Karsler. »Und tun Sie die Kognition nicht voreilig ab. Sie verfügt noch immer über Macht, und solch eine zauberische Heimsuchung ist häufig von gefährlicher Bösartigkeit.«

»Siehst ja so aus, als hätten diese kleinen lanthianischen Jahrmarktzauberer dich ganz schön kirre gemacht. Glücklicherweise bin ich –«

»Schauen Sie. Da oben.« Karsler deutete in die Luft.

Torvids Blick folgte Karslers Finger zum Schornstein der *Inspiration*, dessen graues Federkleid aus Dampf rasch die Gestalt wechselte. Unter den Blicken der

Stornzof-Verwandten begannen dichte Schnüre aus schwarzer Unwirklichkeit aus den Tiefen des Schiffs emporzukriechen. Einer nach dem anderen schossen die dunklen Tentakel aus dem Schornstein, stiegen kurz nach oben, um sich dann zu biegen und aufs Deck herabzusenken.

Binnen Sekunden schwebten Dutzende von ihnen wie ein Zeltdach über ihren Köpfen, schirmten das Sonnenlicht ab und schufen eine unheimliche künstliche Dämmerung. Eines senkte sich nur eine Handbreit von den Stornzofs entfernt aufs Deck; seine gewichtlose Berührung bildete Blasen auf dem gestrichenen Deck.

Torvid betrachtete den nächsten sich windenden Strang mit Interesse. Furchtlos streckte er eine Hand aus.

»Berühren Sie das nicht«, riet ihm Karsler. »Es wird vermutlich Verbrennungen verursachen.«

»Ach? Bemerkenswert. Mal sehen.« Torvid zog die Spitze seines Zeigefingers ohne Eile durch den Schatten, zog die Hand dann zurück und verfolgte mit offensichtlichem Vergnügen, wie die Haut sich rötete und sich ein Ausschlag aus kleinen Bläschen bildete. »Du hast Recht, Neffe. Ich hätte nie geglaubt, dass diese lanthianischen Schafe so was drauf haben. Das ist eine wirkliche Neuheit!«

»Das war noch nicht alles. Sehen Sie!«

Durch die Lücken in dem schattenhaften Kognitionsnetz, das die *Inspiration* einhüllte, war zu sehen, dass der Schornstein des Schiffs weiterhin unnatürliche Schwärze ausstieß, doch erneut änderte sich die Art der Emission: schlangenförmige Tentakel machten einer größeren, dichteren Mitternachtsdecke Platz, die anschwoll, während sie himmelwärts stieg, und sich beim Anschwellen verdunkelte.

Schließlich war der Schatten in seiner kugelförmigen Gesamtheit heraus und hing über dem Schornstein, und da erst zeichneten sich die Umrisse der zentralen Masse klar ab. Die wabernde Projektion von so etwas wie einem gebogenen Schnabel stach in den Himmel, und über diesem Schnabel, einen Hauch heller als die Schwärze drumherum, wölbte sich die riesenhafte Leere zweier toter Augen.

»Ich gestehe, ich bin überrascht«, räumte Torvid ein. »Erkläre mir das Wesen dieses einfallsreichen Schauspiels, Neffe.«

»Vom Wesen her kognitiv, mittelmäßig mächtig, potenziell tödlich.« Karslers Blick löste sich nicht von dem leeren Gesicht, das drohend über ihren Köpfen schwebte. »Begehen Sie keinen Fehler – der Mensch, der in diesem ätzenden Schatten badet oder die nebelartige Substanz einatmet, dürfte nicht überleben.«

»Interessant. Und das Äußere, was mich irgendwie an einen zu groß geratenen Kopffüßler gemahnt – das ist rein bildhaft, vermute ich? Der Schatten verfügt nicht über so etwas wie Leben?«

»Er lebt nicht, und er besitzt auch kein richtiges Bewusstsein«, erläuterte Karsler. »Und doch nimmt er wahr, und seine Reaktion auf seine Wahrnehmungen wird von der Absicht seines Schöpfers bestimmt.«

»Und diese Absicht?«

»Die Weiterfahrt dieses Schiffs nach Osten, nach Aennorve zu verhindern. Vielleicht nicht mehr. Der Schatten ist vom Ursprung her lanthianisch, und die *Inspiration* ist mit Lanthianern bemannt. Wenn dieser Besucher nicht auf Widerstand trifft, wird er vermutlich keinen Schaden anrichten, obwohl er die Macht zu töten besitzt.«

»Ich verstehe. Nun, du bist angeblich der Experte. Was schlägst du vor?«

»Dass wir warten.«

»Warten. Verstehe. Nun, das ist wahre grewzische Tapferkeit, die du da an den Tag legst! Sollen wir vielleicht das Schiff aufgeben, uns in die Rettungsboote begeben und die nächste Insel ansteuern, uns dort am Strand aalen und warten, bis wir von dem nächsten ostwärts fahrenden Schiff gerettet werden? Ist das deine Gefechtsstrategie, Neffe?«

»Nein, das ist sie nicht, und Sie würden nichts dergleichen vorschlagen, wären Sie auch nur ansatzweise auf diesem Gebiet bewandert«, versetzte Karsler gleichmütig. Er sah, wie die Lippen des anderen schmal wurden, und fuhr, ohne eine Antwort abzuwarten, fort: »Der Gegenwart seines Schöpfers und dessen lebenserhaltendem Willen beraubt, ist die Existenzdauer des Schattens begrenzt. Schon bald – innerhalb von ein paar Stunden mehr oder weniger, abhängig von den Fähigkeiten des Gelehrten, der ihn beschworen hat – wird die kognitive Kraft nachlassen, und der Schatten wird sich auflösen.«

»Ein paar Stunden müßig und ohnmächtig herumsitzen?«, fragte Torvid.

»Wir können es uns leisten. Außer mit Hilfe von Wundern und Magie werden meine Rennkonkurrenten nicht damit rechnen können, vor übermorgen Nachmittag aus Dalyon fortzukommen. Diese lanthianische Geste ist belanglos.«

»Dann missverstehst du das Ganze. Passives Sichergehen in das Schicksal ist nicht grewzisch. Noch weniger das Dulden von Konspiration und unverhohlenem Trotz. Je eher die von uns unterworfenen Völker das lernen, desto besser für alle Betroffenen.«

»Welche Arznei bevorzugen Sie, Großlandsmann?«

»Kognitive Sabotage oder nicht, dieses Schiff fährt nach Aennorve weiter. Das ist die schlichte Feststellung einer Tatsache.«

»Tatsachen eignen sich nicht immer für schlichte Feststellungen.«

»Verschone mich mit deinen Promontorium-Weisheiten, dafür ist jetzt nicht der Zeitpunkt. Sieh nur zu, ich werde es dir demonstrieren.«

Das in Dunkelheit getauchte Deck um sie herum war in Aufruhr. Erregte Seeleute rannten umher auf der Suche nach einer Fluchtmöglichkeit, wurden jedoch stets von sich schlängelnden Ausläufern des kognitiven Schattens zurückgedrängt. Torvid Stornzof streckte auf gut Glück den Arm aus, und sein beachtlich kraftvoller Griff schloss sich um einen vorbeikommenden Arm, dessen Ärmel die Litze und die Rangabzeichen eines Offiziers trug.

»Nennen Sie Namen und Rang«, befahl ihm Torvid in Vonahrisch, und diese Sprache wurde von dem Gefangenen verstanden.

»Heek Ranzo, Maat auf der *Inspiration.*« Ein erfolgloser Versuch, sich loszureißen, begleitete die Antwort.

»Dieses Schiff ist vom Kurs abgekommen und steht fast still«, stellte Torvid fest. »Die Leistung der Mannschaft ist unzureichend.«

»Sind Sie verrückt? Wir geben das Schiff auf. Lassen Sie mich los!« Auch eine weitere abrupte Drehbewegung konnte den festgehaltenen Arm nicht befreien.

»Ich glaube, Sie sind falsch informiert«, beschied ihn Torvid, und eine Drehung seines kräftigen Handgelenks entrang seinem Opfer ein erschrecktes schmerzhaftes Zischen. »Ich bin ein Großlandsmann von Grewzland, und Sie werden mich gebührend mit ›Armipotenz‹ ansprechen. Haben Sie das verstanden, kleiner Lanthianer?«

»Sie grewzischer Narr, lassen Sie mich los!« Ranzo knurrte und schnappte nach Luft, als sein Häscher ihm in aller Ruhe mit dem Handrücken ins Gesicht schlug.

»Haben Sie verstanden, kleiner Lanthianer?«, wiederholte Torvid ohne sichtlichen Groll.

»Ja, Armipotenz.«

»Ausgezeichnet, Maat Ranzo. Hier sind Ihre Befehle. Sie werden nach vorn gehen, das Steuer übernehmen und dieses Schiff in Höchstgeschwindigkeit nach Osten lenken.«

»Dazu habe ich nicht die Befehlsgewalt, Armipotenz. Würden Sie mich jetzt bitte –«

»Ich übernehme die Verantwortung«, versicherte ihm Torvid. »Sie werden die Befehle jetzt ausführen.«

»Das ist unmöglich, Ihre – Armipotenz«, erinnerte sich Ranzo. Mit seiner freien Hand deutete er auf eine sich in windende Schattententakel gehüllte Treppe. »Sehen Sie, der Weg auf die Brücke ist blockiert, und –«

»Das sehe ich«, stimmte Torvid ihm heiter zu. »Und trotzdem setze ich mein vollstes Vertrauen in Ihre Entschlossenheit und Kompetenz. Der Maat Ranzo ist gewiss nicht der Mann, der sich von geringfügigen Hindernissen abhalten lässt.« Er ließ den Arm des anderen los. »Vorwärts jetzt, und übernehmen Sie das Ruder.«

»Lecken Sie mich am Arsch, Armipotenz«, erwiderte Ranzo und wandte sich zum Gehen.

»Einen Moment noch«, sagte Torvid und zog seinen Revolver.

Ranzo blieb auf der Stelle stehen. Er musterte die Waffe, und Ungläubigkeit breitete sich über seine Züge aus.

»Vorwärts, ans Ruder«, befahl Torvid ihm ruhig.

»Genug, Großlandsmann«, mischte Karsler sich ein. »Dies ist eine nutzlose Ausübung von Tyrannei. Diese Männer können nicht darauf hoffen, einem kognitiven –«

»Schweig! Du vergisst deine soldatische und familiäre Pflicht«, tadelte Torvid seinen Neffen, ohne seinen Blick vom Gesicht des lanthianischen Matrosen zu wenden.

Widerstreitende Wertvorstellungen fochten einen unsichtbaren Kampf aus. Karsler sagte nichts.

»Jetzt, Maat Ranzo, vorwärts.« Torvid zielte lässig auf den Bauch des Lanthianers. »Ich werde den Befehl nicht wiederholen.«

Einen kurzen Moment lang huschten Ranzos verzweifelte Blicke zwischen Revolver und Schattenleiter hin und her, während er die bekannte Wirkung von Kugeln gegen die unbekannte Macht der anonymen Kognition abwog, bevor er sich dazu entschloss, die Leiter in Angriff zu nehmen.

»Leck mich am Arsch«, murmelte der Maat fast unhörbar und ging auf die Leiter zu.

Er stellte scine Füße auf die Sprossen und kletterte zur Brücke hoch, und einen Moment lang sah cs so aus, als könne er sein Ziel erreichen. Ein Nebeltentakel schlang sich versuchsweise um sein Bein, aber der Wollstoff seiner Hose schien ihn vor Verbrennungen zu schützen, und Ranzo schüttelte den Tentakel ab. Der behende Aufstieg wurde fortgesetzt, aber die Bewegung musste die geheimen Verteidigungsmechanismen des Schattens aktiviert haben, denn eine dunkle Masse waberte aus dem Nichts hervor und fiel über den unglücklichen Offizier her. Sofort war Ranzo umhüllt, von Kopf bis Fuß von sich windender kognitiver Schwärze verschluckt. Seine wollene Uniform gab unverzüglich nach, und dann tat sein Fleisch es ihr gleich. Die weißen Flecken, die gelegentlich zwischen zuckenden schwarzen Tentakeln sichtbar wurden, begannen sich rasch zu röten, und dann setzten die Schreie ein, aber sie dauerten nicht lange. Durch das tiefe Luftholen, das seine Schreie erforderten, sog Ranzo den Schatten tief in seine Lunge ein, und mit einemmal stürzte er kopfüber von der Leiter. Er schlug hart aufs Deck auf und blieb still liegen, woraufhin der kognitive Ausläufer das Interesse verlor, sich von ihm löste und zurückglitt.

Torvid Stornzof beäugte die Leiche verärgert und schnippte seine Zigarette weg. Einen Moment überlegte er, dann schloss er: »Irgendeine Art von Körperschutz. Schwere Stoffbinden vielleicht. Wir werden einen dieser Lanthianer in Segeltuch oder Leinen einwickeln, die Stoffschichten nass machen und ihn auf die Brücke schicken. Wenn sich das als vergeblich erweist, werden wir das Experiment mit Schutzbinden aus Seilen oder starken Schnüren wiederholen –«

»Ihre Experimente sind vorerst beendet«, stellte Karsler ausdruckslos fest. »Sehen Sie sich um.«

Der ältere Stornzof gehorchte. Das schattenhafte Kognitionsnetz, das die *Inspiration* umhüllte, gestattete einen recht klaren Blick, und es war leicht zu sehen, dass das Schiff, ob durch Zufall oder mit Absicht, in eine kleine Bucht getrieben war; sie schmiegte sich in die Küstenlinie einer steil aufragenden Insel, einer von Hunderten solcher Inseln, die die endlose blaue Fläche der Juwelenweite sprenkelten. In dem Schattennetz hatte sich eine Lücke aufgetan, ein offenkundig einladender Ausgang, und die Crew nutzte die Gelegenheit mit Begeisterung. Der Anker war gesetzt, und die Männer spurteten zu den zur Verfügung stehenden Rettungsbooten.

»Lanthianischer Abschaum.« Torvids Hand suchte automatisch seinen Revolver. »Wir werden sie aufhalten.«

»Wir täten besser daran, uns ihnen anzuschließen«, widersprach ihm Karsler. »Kommen Sie, Großlandsmann, stecken Sie das weg, es ist nutzlos gegen Kognition. Akzeptieren Sie, dass die *Inspiration* uns fürs Erste nicht mehr zur Verfügung steht und wir nichts dagegen unternehmen können. Trösten Sie sich mit dem Gedanken, dass die Verzögerung vorübergehender Natur ist.«

»Die Verzögerung ist inakzeptabel. Ich werde das Schiff eigenhändig steuern, wenn alle anderen sich davor fürchten.«

Als habe er die letzten Worte verstanden, schickte der große Kognitionsschatten zwei Mitternachtsschlangen über das Deck, direkt auf Torvid Stornzof zu. Der Großlandsmann sah ihnen entgegen und behauptete die Stellung. Körperhaltung und Gesichtsausdruck ließen nichts als kalte Verachtung erkennen.

»Kommen Sie, Großlandsmann«, wiederholte Karsler. »Ins Rettungsboot. Das ist im Augenblick der beste Weg. Ich beschwöre Sie, kommen Sie!«

»Nun gut, wenn du so verängstigt bist.« Torvid ließ sich überreden. »Diesmal will ich dir noch den Gefallen tun.«

Ohne weitere Diskussion begaben die Stornzofs sich zum nächsten Rettungsboot, dessen Insassen sie widerstrebend hineinließen. Das kleine Gefährt legte ab und hielt auf den Inselstrand zu.

Karsler sah sich nach dem belagerten Schiff um. Die *Inspiration* war vom Bug bis zum Heck von kognitiven Schlangen umwunden, die alle von der riesigen Verdickung in Art eines Kopfes ausgingen, der sich über dem höchsten der Schornsteine erhob. Unter seinem Blick wandte der Kopf sich langsam um, und ungeheuer große tote Augen richteten sich auf die drei fliehenden Rettungsboote. Vielleicht erstreckten sich die arkanen Wahrnehmungen über die Grenzen des Schiffs hinaus, vielleicht nicht. Wie dem auch sei, der Schatten versuchte sie nicht zu verfolgen.

Minuten später landeten die Boote am Strand. Mannschaft und Passagiere stiegen auf einen schmalen, steinigen Strand, der sich an die Füße hoher Felsformationen schmiegte. Eine Zeit lang drückten sie sich müßig am Wasserrand herum und beobachteten das vom Schatten verschlungene Schiff mit bösen Vorahnungen einer letzten Katastrophe – eine Explosion oder möglicherweise die stille Auflösung –, aber nichts geschah, und zu guter Letzt verlor der bizarre, aber unveränderte Anblick an Interesse.

Der Strand war kahl und unwirtlich. Der Kapitän gab Befehle und teilte die Crew in mehrere Spähtrupps auf, die er einzeln losschickte. Die Matrosen brachen auf. Die Stornzofs standen allein am Wellenrand.

»Wünschen Sie auf Erkundung zu gehen, Großlandsmann?«, fragte Karsler.

»Nicht nötig.« Torvid nahm eine schwarze Zigarette aus seinem Platinumetui und steckte sie an. »Wir stehen auf Felsgestein. Es gibt nichts zu sehen. Seien Sie auf jeden Fall versichert, dass wir hier nicht lange auf der Stelle treten werden. Geh nur auf Erkundung, wenn du möchtest, Neffe. Amüsier dich, so gut du kannst.«

»Das werde ich, Großlandsmann.« Karsler neigte sein Haupt im korrekten Winkel und folgte den verschwundenen Matrosen. Zurück blieb sein geschniegelter Onkel, eine elegante Gestalt, die auf diesem nackten Strand völlig fehl am Platze war, eine Zigarette in der Hand, den nachdenklichen Adlerblick unverwandt auf die schwarz verhüllte *Inspiration* gerichtet.

Karsler drehte ihm den Rücken zu und verabschiedete sich mit einem leichten, aber unmissverständlichen Gefühl der Erleichterung. Er hatte weder mit seiner eigenen Freude an der Einsamkeit gerechnet noch bis zu diesem Augenblick in vollem Ausmaß erkannt, wie sehr die aalglatte, eiserne Gegenwart seines Onkels ihn bedrückte. Jetzt konnte er zum ersten Mal seit Tagen wieder frei atmen. Er sog die reine Seeluft bis in die feinsten Verästelungen seiner Lunge ein, und seine Stimmung hob sich trotz der widrigen Umstände, die ihn auf diese Insel verschlagen hatten.

Oder vielleicht gerade wegen ihnen.

Er erreichte den abgeflachten Gipfel eines hohen Steilabbruchs, wo er innehielt, um seine Umgebung zu überblicken. Der Großlandsmann hatte Recht gehabt, es gab wenig zu sehen. Das – vermutlich namenlose – Eiland war klein und nahezu vegetationslos. Nichts als eine nackte Steinausbuchtung, die sich aus dem Meer reckte, Heimat für eine Kolonie schlampiger Seevögel, die unter viel Gekrächze in den Felsen nisteten. Nichts Essbares, kein frisches Wasser. Nicht viel Platz, kein Schutz. Von seinem augenblicklichen Standpunkt aus konnte er leicht die verschiedenen Matrosentrupps, die ameisengleich über die Felsen wuselten, sowie die Schaufensterpuppen-Gestalt seines Onkels erspähen, die einsam am Strand stand. Ein ödes kleines, sonnendurchglühtes Gefängnis, trostlos und in den Augen der Matrosen, die sich auf einen längeren Aufenthalt einrichteten, vermutlich furchteinflößend.

Karsler Stornzof wurde klar, dass er den Ort trotzdem mochte. Ein kurzes Nachdenken förderte einen möglichen Grund dafür zutage. Dieses namenlose kleine Felsnest im Meer erinnerte ihn an einen anderen Ort, ein anderes Leben. Dort waren das Wasser drumherum und der Himmel ewig grau, und hier waren beide strahlend blau. Dort zeigte die Sonne nur ganz selten ihr Gesicht, hier schien sie unablässig. Und dennoch gemahnten die kahlen Umrisse dieses Inselchens an die granitene Großartigkeit des Promontoriums, und beide hatten die extreme Isolation gemeinsam, die radikale Trennung von der Welt und ihren hektischen Sorgen.

An diesem abweisenden Ort fühlte er sich zu Hause. Er verstand ihn und umgekehrt, aber er konnte nicht lange bleiben. Das Rennen rief, und nach dem Rennen die endlosen Kriege. Einst hatte er seinen Weggang aus dem Promontorium als vorübergehend eingestuft, aber die Schlachten wüteten weiter, er wurde gebraucht, und eine Rückkehr wurde immer unwahrscheinlicher. In letzter Zeit hatte er zu argwöhnen begonnen, dass er nie wieder die einsame Ruhe dieses jugendlichen, weit entfernten Hafens erfahren würde. Doch heute fing er ein Echo davon auf.

Er wusste nicht, wie lange er auf dem sonnendurchglühten Sims saß, die Gedanken in der Vergangenheit verloren, die Augen blind für die blaue Unendlichkeit von Meer und Himmel. Er schlief nicht, aber dennoch trat das Bewusstein zurück, und als ihn schließlich sein Pflichtgefühl zurückrief, hatten die Farben sich verändert, die Schatten waren länger geworden, und die ermattete Sonne hing eine Handbreit über dem Horizont. Seine wieder erwachten Augen schossen zu der *Inspiration* hinüber, die in der Bucht zu seinen Füßen vor Anker lag. Schattententakel hatten das Schiff in ihrem Würgegriff. Eine Wolke von Schwärze wölbte sich über dem Schornstein. Riesige leblose Augen trafen seinen Blick und nahmen ihn auf, gaben aber nichts zurück.

Stunden waren vergangen, und dennoch lag die *Inspiration* weiterhin dort, auf magische Weise zum Stillstand verurteilt, ein stummes Zeugnis des Könnens eines unbekannten patriotischen Gelehrten. Der steinerne Strand unten war mit menschlichen Gestalten gesprenkelt. Die lanthianischen Seeleute waren von ihrer unergiebigen Erkundung zurückgekehrt und hatten sich am Wasser wieder zusammengefunden. Jetzt saßen sie in kleinen Grüppchen herum, spielten Karten, würfelten oder starrten einfach nur auf die Juwelenweite hinaus. Eine steife Gestalt hielt sich auffällig abseits. Selbst auf diese Entfernung fiel es nicht schwer, Großlandsmann Torvid auszumachen.

Zeit zur Rückkehr. Widerstrebend verließ Karsler Stornzof seinen Ausguck und nahm den Abstieg in Angriff, um seinem Onkel am Strand Gesellschaft zu leisten. Die Sonne ging unter, und lange rote Strahlen wurden auf sonderbare Weise von dem dichten kognitiven Schatten verschluckt, der drohend über der *Inspiration* schwebte. Die vom Meer einfallende Brise frischte auf und würde noch kälter werden, wenn die Dämmerung der Dunkelheit wich, und dagegen gab es kaum Abhilfe. Die Insel wies keinerlei Brennstoffe auf, die man zu einem Feuer hätte aufschichten können, nicht mehr als eine Hand voll trockenen Tang.

Die drei Rettungsboote enthielten verschließbare Kisten mit Nahrungsmitteln und Wasserkanister, genug, um sie mehrere Tage, wenn auch nicht eben komfortabel, am Leben zu halten. Keine Kerzen, keine

Laternen oder Decken. Der Kapitän ließ die Vorräte sparsam und gerecht verteilen. Karsler Stornzof bekam wie alle anderen ein paar Schluck schalen Wassers aus einer gemeinschaftlichen Schöpfkelle, eine Portion Schiffszwieback und einen ledrigen Streifen Trockenfleisch. Das Fleisch bot er seinem nächsten Nachbarn an, einem überraschten Matrosen, und den Schiffszwieback verzehrte er, ohne zu probieren.

Die letzten Farbreste verblichen am Himmel, die Dämmerung vertiefte sich, die Sterne gingen auf, und der Mond ließ sein halb abgewandtes Gesicht sehen. In der Tasche von irgendjemandem fand sich ein Kerzenstummel, dessen Licht die Fortsetzung des Kartenspielens und Würfelns noch eine kleine Weile ermöglichte. Niemand war mit ganzem Herzen bei der Sache. Stimmung und Stimmen waren gleich gedrückt. Kurze Zeit später flackerte die Kerze noch einmal auf und erlosch. Die Unterhaltung tat es ihr nach, und die Matrosen betteten sich düster zu einem feuchten, sandigen Schlummer.

Karsler ging allein am Strand entlang, bis er zu einem verhältnismäßig trockenen und steinlosen Sandstreifen am Fuße eines Felsens kam, und dort streckte er sich aus. Eine Zeit lang lag er wach und sah zu, wie das Mondlicht mit dem Wasser der Bucht spielte. Die Luft war kalt und sein Magen so gut wie leer, aber es machte ihm nicht das Geringste aus, denn die Stille und Heiterkeit dieses Fleckchens Erde entschädigten ihn reichlich für die kleinen Unbequemlichkeiten. Seine Gedanken waren voll von Erinnerungen, von denen keine einzige mit dem Scharlachrot des Krieges besudelt war. Er hätte gern noch stundenlang so dagelegen, aber die Augenlider wurden ihm schwer, der Mond löschte sich aus, und seine Erinnerungen glitten in Träume über.

Er erwachte mit der Dämmerung unter einem in auffälligen Farben glühenden Himmel. Einige Augenblicke blieb er noch liegen und schaute zu den rosig angehauchten Wolken hinauf, dann forderte die Realität ihren Tribut. Er setzte sich auf, und sein Blick glitt forschend zu der *Inspiration* hinüber.

Das Schiff schaukelte leicht an seinem unsichtbaren Anker. Von dem zauberischen Schatten war keine Spur übrig geblieben. Irgendwann im Verlauf der Nacht, als Mannschaft und Passagiere schliefen, hatte sich die Kognition des namenlosen lanthianischen Gelehrten erschöpft. Die Gefahr war vorüber, das Hindernis aufgehoben, der Weg nach Osten wieder frei.

Er hätte sich wohl freuen sollen, dachte Karsler. Er stand ohne rechte Begeisterung auf und gesellte sich zu seinen Schicksalsgenossen, die in einem Halbkreis da saßen und ihre kargen Rationen Zwieback und Wasser verzehrten.

Torvid Stornzof zog es vor, Abstand zu halten. Er stand abseits, sein unverändertes Gebaren unberührt von der Salzluft, die Kleidung auf beinahe unmögliche Weise unzerknittert, das Monokel fest ins Auge gekniffen. Nichts an ihm verriet, dass er eine Nacht ausgestreckt auf einem felsigen Strand verbracht hatte.

Aber vielleicht hatte er auch gar nicht geschlafen, vielleicht hatte er die Nacht durchwacht und die Stunden der Dunkelheit über aufrecht stehend zugebracht. Vielleicht hatte er Zigarette um Zigarette geraucht, war auf und ab gegangen und hatte die ganze Nacht über Pläne gewälzt. Das, sinnierte Karsler, wäre typisch für den Großlandsmann gewesen, der den lanthianischen Seeleuten soeben seinen Willen kund tat.

»Die kognitive Unannehmlichkeit hat das Schiff freigegeben. Wir werden jetzt auf die *Inspiration* zurückkehren«, beschied Torvid seine Zuhörer in Vonahrisch. Eine sprechende Geste verdeutlichte die Angelegenheit für die sprachlich Minderbemittelten. »Bemannen Sie die Boote!«

Sie konnten ihn kaum missverstanden haben, noch konnten sie Zweifel an der Befehlsgewalt eines grewzischen Edelmanns hegen. Trotzdem rührte sich keiner, keiner sagte etwas. Sie saßen nur still da und starrten ihn an.

»Bemannen Sie die Boote!«, wiederholte Torvid langsam und deutlich, als halte er seine Zuhörer für schwerhörig oder begriffsstutzig.

Immer noch keine Reaktion. Die senkrechte Falte zwischen den schwarzen Augenbrauen des Großlandsmanns vertiefte sich, und er fragte: »Seid ihr Kerls blöde oder feige oder beides?«

»Weder noch, Sir.« Der Kapitän des Schiffs sprach respektvoll mit einem Grewzier, wie die Klugheit es gebot, vermochte indes nicht jede Spur von Gereiztheit daraus zu tilgen. »Die Männer sind besorgt, und ich teile ihre Vorbehalte.«

»Vorbehalte? Diese Mannschaft, diese gewöhnlichen Matrosen hegen – Vorbehalte?«

»Das tun sie, und völlig zu Recht«, gab der Kapitän mit steinerner Miene zurück. »Die Kognitionsschatten scheinen verschwunden zu sein, aber wer vermag zu sagen, ob sie nicht noch unter Deck lauern? Diese Sendboten der Gelehrten halten nicht ewig. Noch ein paar Stunden, und wir können sicher sein, dass er fort ist.«

»Ich gewähre Ihnen diese Stunden aber nicht, Kapitän«, erwiderte Torvid. »Unser Zeitplan erlaubt keine weitere Verzögerung. Eine Konzession an Ihre schwachen lanthianischen Herzen will ich jedoch machen. Du –« Er griff sich auf gut Glück einen Matrosen heraus. »Nimm eins der Boote, rudere zur *Inspiration* hinaus, inspiziere sie eingehend, und wenn du dich vergewissert hast, dass keine Gefahr besteht, gib uns ein Zeichen, an Bord zu kommen. Hast du mich verstanden?«

Die Frage war entscheidend, denn der lanthianische

Matrose ließ durch nichts erkennen, dass er ihn verstanden hatte. Er saß da mit leerem Gesicht, und Torvid wurde ungeduldig. Er wandte sich an den Kapitän und befahl: »Instruieren Sie dieses Tier!«

Der Kapitän sprach Lanthianisch, und der Seemann antwortete in derselben Sprache. Ein himmelwärts gerichteter Blick und ein entschiedenes Kopfschütteln begleiteten seine Antwort.

»Matrose Zweiter Klasse Wisfa weigert sich«, übersetzte der Kapitän.

»Bestehen Sie darauf!«, wies Torvid ihn an.

»Matrose Zweiter Klasse Wisfa drückt den Wunsch aus, bis Mittag warten zu dürfen, bevor er sich der *Inspiration* nähert.«

»Informieren Sie Matrose Zweiter Klasse Wisfa, dass seine Bitte abgelehnt wird.« Torvid zog zum zweiten Mal binnen vierundzwanzig Stunden seinen Revolver und zielte auf den Bauch des Lanthianers.

Matrose Zweiter Klasse Wisfa versteifte sich, und seine Augen traten hervor, aber er rührte sich nicht.

»Geh!«, befahl Torvid. Sein Opfer blieb regungslos sitzen, und er feuerte.

Der lanthianische Matrose stöhnte und kippte im Todeskampf vornüber. Ein zweiter Schuss traf ihn zwischen die Augen, so dass er mit dem Rücken auf den Felsen aufschlug und dort zuckend starb. Ein scharfes kollektives Luftholen begleitete den Mord. Ein paar unterdrückte Verwünschungen brachen sich Bahn. Einer der Seemänner sprang auf, sah sich dem tödlich ruhigen Lauf von Torvid Stornzofs Revolver gegenüber und setzte sich wieder hin.

»Großlandsmann.« Karsler verbarg sorgfältig jede äußerlichen Anzeichen seines Widerwillens. »Ich gebe mit allem Respekt zu bedenken, dass dieses strenge Vorgehen unnötig ist, und selbst–«

»Meinung zur Kenntnis genommen«, schnitt Torvid ihm das Wort ab. »Wir werden die Sache an einem anderen Tag bereden, wenn das Thema dich amüsiert.« Dann wandte er sich wieder an den Kapitän und ordnete an: »Befehlen Sie Ihre Männer in die Boote.«

»Diesen Befehl werde ich heute Mittag erteilen«, entgegnete der Lanthianer.

»Vielleicht haben Sie mich nicht verstanden.« Torvid richtete seinen Revolver auf das Herz des anderen.

Der Kapitän verschränkte seine Arme vor der Brust. Er sah dem Großlandsmann in die Augen und gestattete sich ein leises verächtliches Lächeln.

Karslers Lippen wollte sich ein Protest entringen, aber er schaffte es, ihn zurückzuhalten. Widerspruch würde seinen Onkel nur anstacheln. Zudem schuldete er nach allen uralten Gesetzen der grewzischen Überlieferung dem Oberhaupt der Familie Ehrerbietung, Gehorsam und absolute Loyalität. Darüber hinaus bestand die klare Notwendigkeit, Fremden und Feinden eine einige Stornzof-Front zu zeigen. Sein Kinn straffte sich, und er sagte nichts.

»Ihr lanthianischen Matrosen.« Torvids kraftvolle Stimme setzte sich mühelos gegen das Tosen der Brandung und das Geschrei der Seevögel durch. »In die Boote. Wir kehren jetzt auf die *Inspiration* zurück. Wenn ihr nicht gehorcht, erschieße ich euren Kapitän.« Sein Blick huschte zu seiner Geisel zurück, um jeden Widerspruch zu ersticken, aber der Kapitän schwieg.

Ein unbehagliches Gemurmel lief durch die lanthianische Mannschaft. Offensichtlich war ihr Kommandant ein beliebter Mann.

Nur ein Lanthianer wagte zu bitten: »Erlaubnis, Wisfa zu begraben.«

»Abgelehnt«, entgegnete Torvid.

Erneut gelang es Karsler nur mit Mühe, Schweigen zu bewahren.

Das grollende lanthianische Murmeln wurde finsterer, aber die Gefahr für den Kapitän ließ sich nicht leugnen. Nach einem kurzen Moment des Zögerns bemannten die Seeleute die drei Boote und schoben sie ins Wasser.

Die Fahrt auf die *Inspiration* zurück war kurz und schweigsam. An Bord angelangt, schickte Torvid einige Männer los, um die Situation unter Deck zu prüfen. Minuten später kehrten die Männer zurück, um zu berichten, dass das Schiff frei von kognitiven Besuchern sei.

»Dann lichtet den Anker«, befahl Torvid unbeirrbar. »Nehmt Kurs auf Aeshno.«

Die *Inspiration* dampfte ostwärts.

Da der Großlandsmann darauf bestand, richteten die Stornzofs sich in der Kapitänskajüte ein. In den folgenden Tagen und Nächten, im Bewusstein der erbitterten Abneigung, die ihnen von allen Seiten entgegenschlug, gewöhnten sie sich daran, abwechselnd zu schlafen, sodass einer von ihnen stets neben der Tür Wache hielt. Sie nahmen ihre Mahlzeiten meist in der Kajüte ein und begaben sich nur selten und dann nur in Gesellschaft des anderen an Deck. Eine solche erzwungene Nähe war kaum dazu geeignet, die familiären Bande zu verstärken, hatte aber möglicherweise den gewünschten Effekt auf die feindselige Crew, denn es kam zu keinen weiteren Zwischenfällen.

Die zahllosen Inseln der Juwelenweite glitten vorbei.

Gegen Mittag des sechsten Tages, als die aennorvische Küste am Horizont auftauchte, standen die Stornzofs an Deck, um sie sich anzusehen.

»Laut unserem Zeitplan hast du vierundzwanzig Stunden Verspätung.« Torvids Tonfall klang entfernt nach einer Anklage.

»Das ist keine Katastrophe«, entgegnete Karsler kurz angebunden.

»Stimmt, dank meines Eingreifens. Du hast Glück,

dass ich hier bin, um deine Interessen wahrzunehmen. Unsre kleine Spritztour hat mir gezeigt, dass du dich nicht immer von deinem Verstand leiten lässt, Neffe. Du bist Soldat und ein Stornzof, und trotzdem kommst du mir manchmal so töricht wie ein Weib vor. Den Unannehmlichkeiten für uns wären keine Grenzen gesetzt, wenn ich dein kindisches, zartbesaitetes Verhalten dulden würde.«

Achtes Kapitel

R*AUS! JETZT! BITTEBITTEBITTE!*
Das stumme Flehen loderte durch Nevenskois Geist. Meisterfeuer drängte immer stärker.

Bald, erwiderte der Adept wortlos.

Jetztjetztjetzt!

Geduld, Liebes. Nur noch wenige Momente, und du wirst eine ganz neue Erfahrung genießen. Wir verlassen den Arbeitsraum.

Arbeitsraum?

Den Ort, den du kennst. Den Ort, der durch die vier Steinwände umschlossen wird. Wir sind im Begriff aufzubrechen.

Es gibt mehr Orte?

Viel mehr. Es gibt Korridore, Treppen, viele große Räume, und jenseits davon liegt eine Welt in all ihrer Weite.

Ist sie groß? Groß? Groß?

Ungeheuer.

Gibt es da Nahrung?

Mehr, als du verzehren könntest, selbst wenn du so groß würdest, dass deine Zungen an den Sternen lecken.

Nahrung! Raum! Groß! Ich werde die Welt essen, die ganze weite Welt! Ich werde die Sterne essen, denn ich bin gewaltig, ich bin schön, ich bin erstklassig, ich bin heiß, ich bin MEISTERFEUER! Gehen wir, und essen wir alles auf!

»Essen«, sinnierte Nevenskoi laut. »Alles. Alles.«

EssenEssenEssenEssenEssenEssenEssen –

Unklug. Der Adept rief sich mühsam in die Wirklichkeit zurück und zwang sich zu antworten: *Nein, mein Schöner muss seine Begeisterung dämpfen. Heute gehen wir nur bis ins Studierzimmer des Königs.*

König? Schlechtfleisch?

Unser Wohltäter, unser königlicher Gönner. Derjenige, der uns hier von Zeit zu Zeit besucht –

Schlechtfleisch.

Er hat uns zu sich befohlen.

Wieso?

Er ist der König. Seine Beweggründe stellt man nicht in Frage. Für dich genügt es zu wissen, dass Seine Majestät Miltzin die Gesellschaft von Meisterfeuer und Nevenskoi wünscht.

Nitz.

Was? Was war das?

Nitz. Neeper. NitzNeeperNitzNeeperNitzNeeper –

Woher hast du diesen Namen?

Aus dir.

Nun, dann behalt ihn für dich, mein Süßer.

Wieso?

Das ist eine lange Geschichte, mit der ich meinen Meisterfeuer nicht langweilen möchte. Es gibt bessere Dinge, über die man nachdenken kann. In diesem Moment verlässt Meisterfeuer den Arbeitsraum zum ersten Mal. So. Nevenskoi schloss die Tür hinter sich. *Geschafft. Wir sind draußen.*

Lass mich sehen! Lass mich sehen!

Noch nicht.

Will sehen! Lass mich raus!

Bald, ich versprech's dir. Jetzt ruh dich geduldig an Nevenskois Herz aus. Hinter dieser schrulligen Gefühlsduselei verbarg sich eine Tatsache. In der Brusttasche der voluminösen Robe des Adepten steckte ein winziger geschrumpfter Funke, der im Augenblick Meisterfeuer war. Dem Befehl seines Meisters gehorchend, verzehrte die Flamme nichts. Nevenskoi registrierte keinen Schmerz, ja nicht einmal eine Empfindung unangenehmer Hitze auf seiner Haut. Trotz der physischen Verkleinerung seines Geschöpfs bestand die geistige Verbindung weiter.

Wo sind wir? Wo?

Gehen tief unter der Erde durch einen Gang. Die Wände sind aus schlichtem grauen Stein wie die Wände in meinem

Arbeitsraum, und der Boden besteht auch aus Stein, ohne Teppiche. Die Decke ist niedrig, mit einem Tonnengewölbe, und in regelmäßigen Abständen hängen eiserne Laternen, die brennende Kerzen enthalten.

Da sind Flammen? Wie Meisterfeuer? Will sie sehen, will sie treffen, will tanzen, tanzen, TANZEN!

Sie sind nicht wie du. Sie sind unbeseelt, unwissend und haben kein Bewusstsein.

Können sie tanzen?

Ich nehme es an.

Will sie treffen!

Jetzt nicht. Wir sind auf dem Weg, um –

Schlechtfleisch.

Seine Majestät.

EssenEssenEssenEssenEssen –

Benimm dich. Jetzt steigen wir eine Treppe hinauf, die geheime Treppe, die nur wenige Begünstigte kennen. Auf diese Weise kommen wir unbemerkt nach oben, und die Lage meines Arbeitsraums bleibt geheim. Auf diese Weise steigen wir –

Mit beträchtlicher Anstrengung. Nevenskois Lunge rasselte, sein Herz hämmerte, und er hatte Seitenstiche. Lange bevor er den oberen Treppenabsatz erreicht hatte, musste er eine Pause einlegen. Er setzte sich auf eine der Stufen und ruhte sich aus, während seine Brust sich krampfhaft hob und senkte und sein Gesicht schweißbedeckt war. Kein Zweifel, er war übergewichtig und in schlechter Verfassung. Er verbrachte zu viel Zeit in seinem Arbeitsraum, er musste mal rauskommen und sich körperlich betätigen. Des Weiteren musste er den Verzehr von Speckkräckern, in Öl gebratenen Ganzels und Knuspis reduzieren oder sogar ganz einstellen. Wenn sie nur nicht so teuflisch gut wären! Der bloße Gedanke führte dazu, dass sein Magen sich zusammenzog.

EssenEssenEssenEssenEssen. Hungrig! EssenEssenEssen –

Genau.

Wo sind wir.

Immer noch auf der Treppe, aber nicht mehr lange. Nevenskoi rappelte sich auf und nahm den Aufstieg von neuem in Anriff. Bald erreichte er den Ausgang, den er gesucht hatte, trat aus dem versteckten Treppenhaus und befand sich in einem Vorratskämmerchen, das in die dunkle Ecke eines vergessenen Arbeitsraums gequetscht war.

Der Arbeitsraum öffnete sich auf einen breiten Gang im dritten Stock, und jetzt nahm die Umgebung ein erkennbar palastartiges Aussehen an.

Auf Hochglanz polierter Marmor unter meinen Füßen, erzählte Nevenskoi wortlos. *Wie rosig gemasertes Eis. Hohe Fenster vom Boden bis zur Decke, die auf einen Wassergarten schauen. Riesige Spiegel in den verspieltesten Goldrahmen, die du je gesehen hast, und vor jedem Spiegel die weiße Marmorstatue einer zweiköpfigen, vierbrüstigen Frau. Seine Majestät liebt die Vielzahl.*

Lass mich sehen! Lass mich raus!

Bald, ich versprech's dir. Jetzt steigen wir drei vergoldete Stufen hinauf und kommen unter einem gewölbten Torweg hindurch, der mit geschnitzten Bildern von Haien, Walen, Rochen, Kraken, Seeschlangen und weiteren Wasserbewohnern versehen –

Schlechtwasser.

Und jetzt erreichen wir endlich den Eingang zu den Privatgemächern Seiner Majestät. Hier stehen zwei bewaffnete Gardisten Wache, aber sie lassen uns ohne Zögern ein, denn sie wissen, dass Seine Majestät Nevenskoi zu sich befohlen hat.

NitzNeeperNitzNeeperNitzNeeperNitzNeeperNitzNeeper.

Bitte tu das nicht. Wir treten durch die Tür in das Vorzimmer des Königs, das ganz mit blauem Damast ausgeschlagen ist. Die Diener in ihren blau-silbernen Livreen verneigen sich tief vor dem Günstling Seiner Majestät, dem berühmten, begabten und edlen rhazaullischen Magier. Sie achten, ja sie fürchten Nevenskoi –

NitzNitzNitzNitzNitzNitz.

Und nun geleiten sie uns durch das Studierzimmer Seiner Majestät, zu dem nur einige Auserwählte Zutritt haben. Liebes, wir sind angekommen. Ich wünschte beinahe, all diese

Neepers drüben in Flenkutz könnten sehen, dass der kleine Nitz lebt und auf freundschaftlichem Fuße mit gekrönten Häuptern verkehrt. Ach, könnten sie mich jetzt nur sehen!

Will sehen! Will sehen!

Bald. Denk an deine Anweisungen. Denk –

Gedacht!

Nevenskoi griff sich prüfend an die schwarze Perücke, die makellos saß, fuhr sich mit Kennermiene über seinen schwarzen Schnurrbart, der tadellos gebürstet war, straffte seine Schultern und schritt in das Studierzimmer des Königs.

König Miltzin IX., in einen aufwändig gemusterten, für die Tageszeit völlig unangemessenen Brokatmorgenrock gewandet, saß an einem Schreibtisch, auf dem ein sehr großes, wundervoll ausgeführtes Modell stand, das Miniaturgebäude von ausgefallener Bauart enthielt; sie säumten kleine Boulevards, die sternförmig von einem zentralen Platz ausgingen. Seine Majestät war nicht allein. Neben dem Schreibtisch stand ein kräftig gebauter, fremdländisch aussehender Herr mit breitem Gesicht, das von einem grau werdenden Bart gerahmt wurde. Es war der kantige Schnitt des Barts und der Koteletten, entschied Nevenskoi, der den Fremden als Ausländer auswies. Das und die strotzende Fülle seines Schnurrbarts im Verein mit den Seezobelrevers an seinem Gehrock, die mit dem hetzischen Geschmack unvereinbar waren.

Beide Männer wandten sich Nevenskoi zu, als er den Raum betrat.

»Ah, da sind Sie ja endlich, mein lieber Freund«, bemerkte der König.

»Sire.« Nevenskoi verneigte sich tief.

»Kommen Sie hierher, mein Freund, Sie müssen sich das anschauen, es ist recht bemerkenswert. Sehen Sie sich das an!« Meisen-Miltzins Geste umfasste das Modell der Metropole. »Haben Sie je so etwas gesehen? Ist es nicht prachtvoll?«

»Sehr nett, Sire«, antwortete Nevenskoi unbestimmt.

»Sehr nett? Das ist alles, was Ihnen dazu einfällt? Pah, Sie sind so lau wie der Tee von gestern. Nevenskoi, benutzen Sie Ihre Augen! Sehen Sie denn nicht, was das *ist?*«

»Das ist ein exzellentes Modell, Majestät, eine Miniaturausgabe einer schönen Stadt, zweifellos einer ganz einzigartigen Stadt –«

»Das ist nicht einfach eine Stadt.« Miltzin zügelte seine Ungeduld. »Es ist *die* Stadt, Nevenskoi – die Stadt der Zukunft! Sehen Sie nur hin. Sie blicken auf die Umrisse dessen, was kommen wird! Die Architektur, die fortschrittlichen Formen, die Anlage der Straßen, die unbeschreiblich wissenschaftlichen Methoden der Abfallbeseitigung, der geniale Gebrauch der Wasserkraft, der Dampfkraft, die nekromantische Ausbeutung der Geisterkraft, Gasbeleuchtung, die rationale Nutzung der Vertexvibrationen – alles ist vollkommen, ganz vollkommen, und ganz umwerfend modern! In meinem ganzen Leben habe ich noch nie so etwas Modernes gesehen! Es ist alles *hier*, Nevenskoi. Die Antwort, die Wahrheit, hier vor unseren Augen!«

»Die Antwort, Majestät? Worauf?«, wagte Nevenskoi zu fragen.

»Was aus uns und der Welt werden soll. Wo soll es mit uns hingehen, wo sollen wir leben, was werden wir tun? Kleine, unbedeutende Fragen wie diese, mein Freund! Und jetzt sind sie beantwortet, unser Weg liegt klar vor uns, die kommende Wirklichkeit liegt dort vor uns auf meinem Schreibtisch. Lassen Sie es sich gesagt sein, wir sind privilegiert! Ich kann es kaum erwarten zu beginnen!«

»Beginnen, Sire?«

»Zu bauen, Mann, zu bauen! Ich habe bereits einen Baugrund ausgewählt – der reizendste Sumpf, den Sie sich vorstellen können, nicht weit von Gilksborg – und ich bin bereit, willens und platze vor Eifer! Wenn ich an die Zukunft und ihre Wunder denke – wenn ich über die ideale Welt nachsinne, die die Menschheit erwartet, die universalen Wohltaten, die ich der Welt erweisen werde – ich gestehe, Nevenskoi, eine solche Freude durchströmt mein Herz, dass ich weinen könnte! Ha, es wird kolossal werden! Sehen Sie sich nur die außergewöhnlichen Details an, die mein Modell hier schmücken. Nun«, rief Miltzin sich in Erinnerung, »um bei der Wahrheit zu bleiben, es ist zurzeit Zelkivs Modell.« Das Nicken des Königs erinnerte an die Existenz des schweigenden Ausländers.

»Überarbeitet, um mehrere Originalentwürfe, die Ihrer Majestät gehören, aufzunehmen, und hierdurch entscheidend verbessert«, äußerte der Fremde dankbar.

»Das ist gewiss wahr. Es steckt ein guter Teil von *mir* darin.« Der König nickte. »Nichtsdestoweniger zwingt mich die Bescheidenheit zuzugeben, dass Zelkiv hier der Meisterarchitekt ist. Er ist ein ausgefuchster Bursche, unser Zelkiv. Ganz wie Sie, Nevenskoi. Mehr noch, er ist Ihr rhazaullischer Landsmann, und nun ist wirklich höchste Zeit, dass ich Sie einander vorstelle. Edler Landhalter Frem Zelkiv, darf ich Sie mit meinem guten Freund bekannt machen, dem begabten und unterhaltsamen Nevenskoi. Zweifellos werden Sie zwei Nordland-Landsmänner viel zu besprechen haben.«

Die Vorstellung des Königs beseitigte elegant den Rangunterschied zwischen dem adligen Landhalter und dem titellosen Adepten. Zelkiv streckte herzlich seine Hand aus. Ein Schwall schnell gesprochenes Rhazaullisch sprudelte über seine Lippen.

Nevenskoi wurde es eiskalt, und sein Mund fühlte sich an wie eine Wüste.

Schlechtheit?, erkundigte sich Meisterfeuer.

Extreme Schlechtheit. Ich verstehe seine Sprache nicht, für mich klingt es wie Geschnatter.

Geschnatter schlecht?

Geschnatter sehr schlecht, so schlecht, dass ich – Nevenskois Gedanken überschlugen sich, und dann stieg eine neue Idee an die Oberfläche. Er gab sich Mühe, seinen Gesichtsausdruck in die Gewalt zu bekommen, bevor er laut in seinem akzentbefrachteten Hetzisch antwortete: »So sehr die Musik meiner Muttersprache auch mein Ohr erquickt, so kann ich doch nicht vergessen, dass Seine Majestät Miltzin unser Rhazaullisch als so etwas wie nördliches Geschnatter betrachtet. Seine Majestät ist unendlich gütig, dennoch möchte ich seine Langmut nicht selbstsüchtig in Anspruch nehmen und muss mich deshalb so gut ich kann auf meine beschränkten Fähigkeiten in des Königs eigener Sprache verlassen.«

»Ha! Was für eine nette Artigkeit! Gut gesprochen, Nevenskoi!«, rief der König aus.

Der Edle Landhalter Frem Zelkiv errötete ein wenig aufgrund des darin enthaltenen Tadels, und seine Haltung gegenüber Nevenskoi kühlte merklich ab, aber er machte gute Miene zum bösen Spiel und räumte ein: »Patriotische Empfindungen haben mich vorübergehend meine guten Manieren vergessen lassen, Sire. Zum Glück für mich steht mir ein Landsmann gegenüber, der, nicht durch übermäßige Gefühlswärme belastet, meinen Irrtum berichtigen konnte.«

Nevenskoi murmelte das geziemende Dementi.

»Wir werden an einem anderen Tag Vouvrak trinken und von Rhazaulle sprechen, mein Landsmann«, versprach Zelkiv frostig. »Wir werden Tausende von Erinnerungen an unsere Heimat austauschen.«

Heimat. Soll ich dir von dem Zimmerchen über dem Laden meines Vaters in Flenkutz erzählen? Laut entgegnete Nevenskoi wahrheitsgemäß: »Die Heimat hat einen sicheren Schrein in jedem rhazaullischen Herzen, Landhalter.«

»Aha, meine beiden Lieblingsgenies aus dem Norden ergötzen sich an der Gesellschaft des jeweils anderen, ganz wie ich es erwartet hatte«, missverstand Miltzin die Situation fröhlich. »Aber ich habe Sie nicht hergebeten, meine Herren, um in Erinnerungen zu schwelgen. Dieser Vouvrak, den ihr Rhazauller unerklärlicherweise so liebt, muss warten, denn es wartet Arbeit auf uns. Sie sind hier, um gegenseitig Zeuge der Wunder Ihrer jeweiligen Begabungen und deren Realisierung zu werden. Zelkiv, Sie müssen die Grundzüge unseres wunderbaren Modells unserem Nevenskoi hier näher bringen – er wird Ihre Arbeit sicher zu schätzen wissen. Los, Mann, zeigen Sie's ihm!«

Die nächste halbe Stunde über stand Nevenskoi in andächtigem Schweigen versunken da, während der Edle Landhalter Frem Zelkiv die verschiedenen futuristischen Besonderheiten seiner Miniaturstadt demonstrierte. Es gab Aquädukte und Brunnen mit echtem fließenden Wasser, winzige leuchtende Gaslaternen, bewegliche mechanische Treppen, die verschiedene Ebenen miteinander verbanden, glasumschlossene luftige Laufgänge, zu erreichen durch moderne, dampfkraftbetriebene Aufzüge, trickreich versteckte Schütten, die in unterirdische Abfallbehälter-Einheiten mündeten, ein außerordentliches Vibrationssystem mit beweglichen Teilen, Miniaturkessel, die echten Dampf produzierten, funktionierende Windfänge, ein ausgeklügeltes System von Signalleuchten, die imstande waren, Botschaften klar und deutlich vom einen Ende der Stadt zum anderen zu übermitteln, ein unter einer isoliert stehenden Silberkuppel geschütztes Eishaus und vieles mehr, samt und sonders bemerkenswert, wie der König es versprochen hatte.

Die Vorführung endete, und Nevenskoi trug die nötige Bewunderung zur Schau, in diesem Fall nicht einmal geheuchelt. Seine Zuhörer sonnten sich kurz in seinem Lob, und dann entschied Meisen-Miltzin: »Jetzt sind Sie an der Reihe, Nevenskoi. Kommen Sie, setzen Sie uns in Erstaunen, Mann!« Sein Tonfall wurde verschwörerisch. »Sic haben unseren grünen Freund mitgebracht, hä?«

Der Adept neigte den Kopf.

»Ha, ausgezeichnet! Dann lassen Sie ihn sofort frei – wecken Sie unser Wunder, unterhalten Sie uns!«

Unterhalten! Dies ist mein summum opus, du Schrumpfhirn, dies ist mein Leben! Nevenskoi verbarg seine Empörung hinter einem ehrerbietigen Lächeln. Seine stumme Stimme wandte sich nach innen, als er fragte: *Liebling, hörst du mich?*

Höre dich!, antwortete Meisterfeuer.

Dann komm hervor, mein Schöner, um die Welt mit deinem Glanz zu blenden.

Ein dünner, schlangengleicher Tentakel aus grüner Flamme glitt aus Nevenskois Brusttasche. Dem aufmerksam zuschauenden Edlen Landhalter Zelkiv entfuhr ein hörbares Keuchen.

»Sehen Sie? Hab ich's Ihnen nicht gesagt?«, jubelte Meisen-Miltzin. »Aber das ist noch gar nichts! Warten Sie nur, bis Sie sehen, was Meisterfeuer alles kann.«

Umarme mich, bestimmte Nevenskoi tonlos, und die feurige Schlange streckte sich aus, dehnte sich, bis sie sich wieder und wieder um den Körper ihres Meisters wand, bis der Adept umschlungen von endlosen Windungen lebendiger, aber nichts verzehrender Flammen dort stand.

Hülle mich ein.

Die grünen Tentakel schwollen an und vereinigten sich, loderten empor und tosten, umhüllten Nevenskoi mit einer wirbelnden Flammensäule.

Das Gesicht des Edlen Landhalters Zelkiv war eine Studie in Ungläubigkeit. Angesichts seiner Miene ließ König Miltzin ein zufriedenes Kichern hören.

Groß!, erklärte Meisterfeuer. *Ich bin GROSS, ich bin gewaltig, ich bin großartig, ich bin wundervoll –*

Wie wahr, mein Süßer.

Ich bin großartig, ich bin herrlich, ich bin lecker und köstlich –

Du bist all das und mehr, aber jetzt musst du wieder

schrumpfen. Fall zusammen, mein Schöner, verkleinere dich, bis du nur noch ein winziger Funken bist –

NEINNeinNeinNeinNeinNeinNein!

Nur für eine kleine Weile, und dann, das verspreche ich dir, wirst du höher emporlodern, als du es je getan hast.

Versprochen?

Vertrau mir.

Gutgutgut!

Die gewaltige wirbelnde Säule schwand und zog sich zu einer einzigen Knolle aus grünem Feuer zusammen, die harmlos auf der ausgestreckten Handfläche seines Meisters brannte.

Aufgeregtes Rhazaullisch sprudelte aus dem Edlen Landhalter Zelkiv hervor, und Nevenskoi nahm Zuflucht zu professioneller Zerstreutheit. Taub für die vermutlichen Fragen seines Landsmanns, konzentrierte er seinen Verstand auf das rudimentäre Bewusstsein seiner Schöpfung und übermittelte ihr telepathisch stumme Anweisungen.

Sogleich sprang der empfindungsfähige Funken aus der Hand seines Meisters ins Zentrum von Frem Zelkivs Metropolenmodell. Eine Sekunde später verschwand Meisterfeuer durch eine der Schütten, die in das unterirdische Labyrinth von Versorgungsgängen führte.

»Was tut es da? Was tut es da?«, rief Zelkiv aufs Höchste beunruhigt.

Wie als Antwort auf seine Frage tauchte Meisterfeuer wieder auf. Sein geteiltes Ich stob plötzlich aus den oberen Fenstern von einem halben Dutzend hoher Gebäude hervor, die in den Außenbezirken der Stadt standen.

»Rufen Sie es zurück!«, schrie Zelkiv.

»Nur Mut, mein Freund«, riet Miltzin IX. ihm nachsichtig. »Es ist alles in Ordnung. Mein Nevenskoi und unser Meisterfeuer wissen, was sie tun. Sie werden schon sehen!«

Grüne Flammen schlugen aus den Turmfenstern, rannen Wände aus dünnem Holz hinunter, das so gestaltet war, dass es Mauerwerk ähnelte, ohne auch nur so etwas wie Blasen auf der bemalten Oberfläche entstehen zu lassen. Die Flammen sanken auf die Straßenebene hinab, sausten durch Miniaturboulevards, huschten von Straße zu Straße, trafen sich auf den Plätzen und verzweigten sich von da erneut, bis jede Arterie und jede Vene der Modellstadt lichterloh brannte.

Meisterfeuer zerstörte nichts. Frem Zelkivs Erschrecken machte Staunen Platz, während Miltzin IX. selbstgefällig lächelte, als hielte er sich selbst für den Erfinder dieses Wunders.

Nevenskoi konnte solch ungetrübten Optimismus nicht teilen. Seine mentale Verbindung mit Meisterfeuer bestand weiter, und die Botschaften, die durch sein Gehirn blitzten, gaben Anlass zu Besorgnis.

Andere! Hier! Wie ich! Andere!

Erklär das, verlangte Nevenskoi.

Andere! Kleine, die Gas essen. Wir treffen uns, wir tanzen, tanzen, TANZEN!

Die kleinen Brenner unter den winzigen Kesseln. Die Gasleuchten. Feuer. Sollten sich solch profane Flammen mit Meisterfeuer vermischen, konnte niemand mehr sagen, was daraus entstehen würde.

Kein Tanz. Vermische dich nicht mit Minderwertigen, vermindere nie die Reinheit deiner Substanz.

TanzenTanzenTanzen!

Ich verbiete es dir.

Zu spät. Unter Nevenskois Blicken veränderten sich die grünen Flammenströme, die durch die Straßen von Zelkivs Modellstadt loderten, Farbe und Aussehen. Die hölzernen Mauern der Gebäude begannen dunkler zu werden. Die Farbe fing an, Blasen zu werfen.

»Nein.« Nevenskoi redete laut. »Hör auf. Verkleinere dich, nimm ab–« Da er auf kein Verständnis stieß, verstärkte er seine Anstrengungen. *Schrumpfe. Sofort. Gehorche.*

NeinNeinNeinNeinNeinNein!

Gehorche!

Nein! Ich bleib groß! Du hast es versprochen!

Später –

JetztJetztJetztJetztJetztJetzt! Und mit diesen Worten schlugen die feurigen Rinnsale, die die winzigen Boulevards ausfüllten, über das Modell hinaus, rasten über die Oberfläche von König Miltzins Schreibtisch, stürzten sich auf allen Seiten in brennenden Kaskaden hinab, erreichten den Boden und schossen in alle Richtungen davon.

Komm zurück! Nimm deine ursprüngliche Größe und Gestalt wieder an! Sofort! Er erhielt keine Antwort, und es gab nicht das geringste Anzeichen, dass Meisterfeuer den Befehl zur Kenntnis genommen oder verstanden hatte. Der Schreck zerrte an Nevenskois Eingeweiden. Ein außergewöhnlicher Schmerz durchzuckte ihn, und er biss die Zähne zusammen.

»Na, das ist ja was ganz Neues!«, lächelte Meisen-Miltzin. »Nevenskoi, mein lieber Freund, Ihr Erfindungsreichtum kennt wirklich keine Grenzen. Was für eine clevere Heldentat wird unser Meisterfeuer diesmal vollführen, hä?«

Ich habe keine Ahnung! Nevenskoi holte einmal tief Luft, sammelte seine geistigen Kräfte und zwang dem Wesen seinen Willen auf. *Gehorche.*

Er erhielt eine Antwort in Form wortlosen Jubels. Brüllend fegte Meisterfeuer über den Boden, die Wände hoch und über die Decke. Grünes Feuer bedeckte alles. Die Tür und beide Fenster waren von Flammen verhüllt. Der Raum blieb unversehrt, seine menschlichen Bewohner unversengt – Meisterfeuer verzehrte noch nichts –, doch seine wilde Erregung wuchs, und seine Selbstbeherrschung ließ sich vermutlich nur noch in Sekunden zählen.

»Oh, phänomenal.« Miltzin IX. schickte seinen erfreuten Blick über das Inferno um sie herum. »Nevenskoi, Sie haben sich selbst übertroffen!«

Nevenskoi hörte ihn kaum. Jede zauberische Fähigkeit aufs Äußerste angespannt, schickte er seinen Verstand auf die Suche durch die feurige Ewigkeit, und schließlich fing er ein Echo der Gedanken seiner Schöpfung auf.

Groß! Tanzen! Groß!

Liebes. Hör mir zu. Der Adept bemühte jedes einzelne Willensatom. *Hör mir zu.*

Hör dich! Ich bin überall, ich bin alles, ich bin MEISTERFEUER! Tanzen! Groß! Essen! Essen! ESSEN!

NEIN.

DOCH! Essen!

Verkleinere dich. Herunter, herunter, nicht höher als der Saum meiner Robe, nicht breiter als meine Fingerspitze. Er hatte eine fast perfekte Konzentration erreicht, und dennoch widersetzte Meisterfeuer sich ihm noch, und ein hässlicher Augenblick der Ungewissheit verstrich, bevor der Wille der Flamme sich beugte.

Meisterfeuer gab schlagartig und vollständig nach. Grüne Flammen flossen die Wände hinunter wie Wasser, zogen sich zusammen und schrumpften binnen Sekunden zu einem daumengroßen Funken.

Nevenskois Gesicht war mit kaltem Schweiß bedeckt, und sein Magen brodelte. Es war der Kontakt mit den profanen Gasflammen in Frem Zelkivs Modellstadt gewesen, entschied er. Diese Vermischung hatte Meisterfeuer verunreinigt, sein Bewusstsein abstumpfen lassen und beinahe eine Katastrophe heraufbeschworen. Es würde nie wieder vorkommen. Er hob das grüne Flämmchen vom Boden auf und steckte Meisterfeuer wieder in seine Brusttasche, von wo ihm knisternde telepathische Enttäuschung entgegenschlug.

»Ha! Formidabel, mein Freund! Noch so eine vergnügliche Demonstration!« Blind gegenüber dem Beinahe-Unglück klopfte Miltzin IX. dem Adepten herzhaft auf den Rücken. Dann wandte er sich seinem rhazaullischen Gast zu und fragte: »Na, Zelkiv, hab ich's Ihnen nicht gesagt?«

»Majestät, das haben Sie.« Der Edle Landhalter fuhr staunend mit dem Finger über eine Kante seiner Modellstadt, die leicht angesengt, ansonsten jedoch unversehrt war. »Ich muss gestehen, ich bin überwältigt.«

»Ein Bekehrter«, triumphierte Miltzin.

»In der Tat, Sire. Mein Landsmann«, Zelkiv wandte sich an Nevenskoi, »ich entbiete Ihnen meine Glückwünsche und meine Bewunderung.«

Der Adept verneigte sich bescheiden.

»Sagen Sie mir«, bohrte Zelkiv nach, »könnte dieses wundersame Feuer von Ihnen, das innerhalb dieser vier Wände so artig nach Ihrer Pfeife tanzt, auch in der Welt da draußen Ihren Willen tun?«

»Zweifellos«, eröffnete ihm Nevenskoi.

»Es dehnt sich aus und nimmt ab, verzehrt oder hält sich zurück, ganz wie Sie es befehlen?«

»Ausnahmslos.«

»Sie schicken es dorthin, wo immer Sie es hinschicken wollen?«

»Mühelos.«

»Dann, Sir, entsprechen die Berichte der Wahrheit, und Sie sind der Meister der größten Waffe, die die Welt je gesehen hat.«

»Seine Majestät Miltzin ist der Meister von allem in der Wasserhexe«, murmelte Nevenskoi demütig.

»Gewiss. Sire«, begann Zelkiv, »Sie wissen, dass Sie das Schicksal der gesamten Welt in Ihren Händen halten. Mein Vaterland Rhazaulle befindet sich in tödlicher Gefahr. Die grewzischen Eroberer zerstören unser Land, unsere Städte und unser Leben. Ihr Vorrücken ist erbarmungslos, unsere Niederlage so gut wie sicher, es sei denn, Ihre Majestät erweist sich als der Urheber unserer Rettung. Sire, ich flehe Sie untertänigst um Hilfe an. Es kann kein Zufall sein, dass der Schöpfer von Meisterfeuer ein Rhazauller ist. Schicken Sie meinen Landsmann

Nevenskoi mit dieser Entdeckung nach Hause zurück, erlauben Sie ihm, seine bemerkenswerten Fähigkeiten im Dienste seines Vaterlands einzusetzen.«

»Mir will scheinen«, gab Miltzin mit einem gewissen Widerwillen zurück, »dass Sie meinen Meisterfeuer als eine fortschrittliche, aber im Wesentlichen konventionelle Waffe betrachten.«

»Das Phänomen ist alles andere als konventionell, Majestät. Es ist in der Tat so bemerkenswert, dass ich –«

»Sie sprechen davon, meinen Meisterfeuer gegen die grewzische Armee loszulassen. Sie sprechen von Krieg und Zerstörung. Sie sollen wissen, dass diese Entdeckung – diese Wonne, dieser Segen für die Menschheit – nie und nimmer zu solchen Zwecken missbraucht werden wird. Der bloße Vorschlag beleidigt mich. Wir werden nicht mehr darüber reden.«

Die Miene und der Tonfall des Königs waren so kalt wie eine arktische Mitternacht, aber der Edle Landhalter ließ sich nicht beirren. »Sire, Sie sprechen von dieser Entdeckung als einem Segen für die Menschheit, und als solcher mag er sich auch erweisen, wie Ihre Majestät es wünschen. Die grewzischen Bestien drohen die ganze Welt zu versklaven, und wenn Meisterfeuer ihren Raubzügen ein Ende bereiten würde, würde das gewiss der gesamten Menschheit einen unschätzbaren Dienst erweisen.«

»Krieg führen, um der Menschheit einen Dienst zu erweisen? Pah, Ihre Logik ist parteiisch. Sie haben unsere Wünsche nicht begriffen, Landhalter, und strapazieren unsere Geduld über Gebühr. Die Diskussion ist beendet. Sie dürfen sich zurückziehen.«

Zelkiv weigerte sich erstaunlicherweise, entlassen zu werden. Mit dem Mut der Verzweiflung beharrte er: »Ihre Majestät muss mich anhören. Sire, sie *sollten* mich anhören. Seit Monaten schon quälen Gerüchte über eine außerordentliche arkane Waffe, mit deren Hilfe wir das Kriegsglück wenden könnten, meinen Herrscher und seine Minister. Wenige unter uns haben solchen Geschichten Glauben geschenkt, aber die Natur unseres Treuegelöbnisses vepflichtet uns, allen Möglichkeiten nachzugehen, und so hat mein Herr mich schließlich in die Nieder-Hetz gesandt. Die Demonstration heute Nachmittag hat die Wahrheit dieser Gerüchte bestätigt. Die Waffe existiert. Sie erfüllt all das, was wir gehört haben, und mehr. Dieses Meisterfeuer, entdeckt von einem Rhazauller, wird Rhazaulle retten. Ich werde –«

»Schweigen Sie.« Miltzin IX. verschränkte die Arme vor der Brust. »Wenn ich mich recht entsinne, führte Ihr Empfehlungsschreiben Sie als einen Privatmann ein – einen Meisterarchitekten, Baumeister und Stadtplaner, der hier weilt, um die hetzischen Baumethoden zu studieren.«

»Das bin ich auch, Sire. Trotzdem fungiere ich auch als inoffizieller Gesandter meines Monarchen –«

»Ihnen wäre keine Audienz gewährt worden, wäre das bekannt gewesen.« Der König schien fast verblüfft zu sein über das Ausmaß an Perfidität seines Besuchers.

»Ermächtigt, im Namen des rhazaullischen Ulors zu sprechen und zu handeln«, fuhr Zelkiv fort. »Mit der Vollmacht versehen, uns den zeitlich begrenzten Gebrauch des Fühlenden Feuers zu sichern, zu den Konditionen, die Ihrer Majestät annehmbar und angemessen erscheinen –«

»Genug. Ich will nichts mehr davon hören. Ihre Angebote sind inakzeptabel, und Ihr Verhalten ist ungehörig. Sie haben meine Gastfreundschaft missbraucht, Landhalter, und ich muss Sie bitten, mein Haus unverzüglich zu verlassen.«

»Ihre Majestät, im Namen der Gerechtigkeit, ich bitte nur um eine Viertelstunde, um meinen Fall vorzutragen.«

»Ihr Fall ist verloren, Ihre Zeit ist abgelaufen, und meine Geduld ist erschöpft. Gehen Sie«, ordnete der König an.

»Nevenskoi, Sie sind mein Landsmann. Stehen Sie mir bei«, versuchte es Zelkiv. Sein Hetzisch wechselte in ein leidenschaftliches Rhazaullisch.

Nevenskois Maske höflichen Bedauerns verbarg sein Unverständnis. Inzwischen betätigte Miltzin IX. einen Klingelzug, um zwei livrierte Adjutanten zu rufen, die den edlen Landhalter aus dem Studierzimmer führten. Das eindringliche Rhazaullisch verstummte.

»Nun.« Meisen-Miltzin strahlte rechtschaffene Empörung aus. »Was für überraschende Misstöne. Was hat der Bursche gerade zu Ihnen gesagt, als er in seinen nördlichen Dialekt verfiel?«

»Gerade eben? Oh – er bestürmte mich, mit ihm nach Rhazaulle zurückzukehren, Sire«, improvisierte Nevenskoi. »Er hat mir eine hohe Belohnung vom Ulor für den Gebrauch von Meisterfeuer versprochen.«

»Hat er das wirklich? Unter meinen Augen, also wirklich! Das ist unverschämt!«

»Aber wirkungslos, Majestät. Sie werden bemerkt haben, dass ich ihn keiner Antwort gewürdigt habe.«

»Recht so. Braver Bursche! Ich beabsichtige trotzdem, diesen Landsmann von Ihnen ausweisen zu lassen. Versuchen Sie mich nicht davon abzubringen!«

»Das würde ich mir nicht anmaßen, Sire.«

»Er hat Glück, dass ich ihn nicht verprügeln lasse. Was für eine Dreistigkeit von diesem Nordländer! Diese Heuchelei, diese Hinterlist! Er hat sich unter Vorspiegelung falscher Tatsachen bei mir eingeschlichen. Er hat mir einen ganzen Teller voller Lügen aufgetischt, um ehrlich zu sein, und das kann ich ihm nie verzeihen. Wenn es eins gibt, was ich an den Menschen meines Umfelds nicht leiden kann – und ich bin sicher, Sie sind mit mir einer Meinung, Nevenskoi –, wenn es eins gibt, was ich absolut nicht dulden kann, dann ist das Unaufrichtigkeit!«

»Beeilen Sie sich lieber«, riet Girays v'Alisante Luzelle.

»Ich versuche zu zielen.« Luzelle linste mit einem zugekniffenen Auge über den Lauf der Khrennisov FK6. Sie hielt die Pistole hoch, fest mit beiden Händen umschlossen, wie Girays es ihr gezeigt hatte.

»Strengen Sie sich mehr an. Sie haben nicht viel Zeit.«

»Ich weiß. Lenken Sie mich nicht ab, Sie machen mich nur nervös.«

»Ich möchte Sie nicht nervös machen, aber jetzt ist jede Sekunde –«

»Ich weiß!« Luzelle biss die Zähne zusammen, zielte sorgsam, hielt den Atem an und –

Die *Rückkehrer*, ein Schaufelraddampfer mit Schonertakelung, stampfte, und die als Ziel aufgestellte leere Flasche kippte von ihrem unsicheren Thron auf der Deckreling und fiel ins blaue Wasser der Juwelenweite.

Schon wieder war sie zu langsam gewesen. Jetzt würde er ihr einen Vortrag halten, würde dafür sorgen, dass sie sich kindisch und dumm vorkam –

Aber er tat es nicht.

»Versuchen Sie es noch mal.« Nachdem Girays eine weitere leere Flasche aus seinem scheinbar unerschöpflichen Vorrat gezaubert hatte, balancierte er das neue Ziel auf der Reling aus. »Angesichts der widrigen Umstände machen Sie gute Fortschritte.«

Lob von M. le Marquis? Höchst ungewöhnlich. Sie warf ihm einen erstaunten Blick zu, um sich dann wieder auf ihre Aufgabe zu konzentrieren. Sie zielte rasch, betätigte den Abzug, und der Schuss ging über das Wasser los. Einen Moment später ruckte die *Rückkehrer*, und die unberührte Flasche kippte über Bord.

»Hölle und Verdammnis.« Luzelle runzelte die Stirn. »Ich scheine kein großes Talent dazu zu haben.«

»Schwer zu beurteilen an einem Ort wie diesem«, gab Girays zu bedenken. »Auf alle Fälle zählt eine angeborene Begabung weniger als Hartnäckigkeit. Arbeiten Sie hart an sich, und Sie werden bestimmt Fortschritte machen.«

»Glauben Sie das wirklich?«

»Das Wesentliche haben Sie gemeistert. Jetzt ist es nur eine Frage der Übung. Aber auf festem Grund übt sich eben besser.«

»Ich werde so lange üben, bis ich es beherrsche.«

»Und wenn Sie es beherrschen – üben Sie noch ein bisschen weiter.«

»Ich verspreche es. Girays –« Sie zögerte. »Ich möchte Ihnen für all Ihre Hilfe danken. Sie haben mich stundenlang unterwiesen und ermutigt, obwohl sie das Unterfangen als solches nicht billigen. Das ist absolut hochherzig.«

»Lob von Miss Devaire? Höchst ungewöhnlich. Doch Sie kennen meine Gründe bereits. Ich hoffe nur, Sie werden nie Gebrauch von Ihrer neuen Anschaffung machen müssen.«

»Ich habe sie bereits gebraucht, und ich spreche nicht von der Auseinandersetzung mit Bav Tchornoi.« Als Antwort auf seinen fragenden Blick setzte sie hinzu: »Ich habe Ihnen nie erzählt, warum ich mir überhaupt eine Waffe zulegen wollte.«

»Sie sind nicht verpflichtet, sich mir zu erklären. Das haben Sie in ausreichendem Maße klar gestellt.«

»Aber ich möchte es Ihnen erzählen.« Präzise beschrieb sie den Vorfall in Glozh – die grewzischen Soldaten auf dem Bahnsteig, ihre Hände auf ihr am hellichten Tag, die Gleichgültigkeit der vielen Zeugen. Für gewöhnlich widerstrebte es ihr, Schwächen zuzugeben, aber nun bekannte sie sich zu dem Entsetzen, der Wut und dem albtraumhaften Gefühl von Ohnmacht, die sie an diesem Tag erfüllt hatten, und sah, wie Girays' Gesichtsausdruck sich beim Zuhören veränderte.

»Und deshalb besteht kein Zweifel daran, was geschehen wäre, wenn Karsler Stornzof nicht eingeschritten wäre«, fasste Luzelle abschließend zusammen. »Ich konnte nichts tun, um mich zu schützen, zu fliehen oder mich wirkungsvoll zu wehren – überhaupt nichts. Es war das entsetzlichste Gefühl, das man sich vorstellen kann, und ich habe mir geschworen, es nie mehr so weit kommen zu lassen. Ich brauchte eine Waffe zur Selbstverteidigung, und eine Schusswaffe erschien mir als die beste Lösung. Können Sie das verstehen, ja?«

»Vor sechs Jahren hätte ich geantwortet, dass eine schöne Frau sich kaum mit Selbstverteidigung abgeben müsse, da es ihr nie an ergebenen Beschützern fehlen würde, und Sie wären in rechtschaffenen Zorn geraten. Aber auf der anderen Seite hätte sich diese Frage vor sechs Jahren auch gar nicht gestellt, weil Sie sich nicht dazu herabgelassen hätten, sich zu rechtfertigen. Warum tun Sie es jetzt?«

»Ich nehme an, ich wollte, dass Sie wissen und glauben, dass es nicht irgendeine eitle Laune von mir war.«

»Ich schmeichle mir nicht mit der irrigen Annahme, dass Sie großen Wert auf meine Überzeugungen oder Ansichten legen.«

»Weil ich mich nicht blind nach ihnen richte?«

»Weil Sie sie beharrlich ignorieren.«

»Was für eine absurde Übertreibung. Was war mit der Zeit, als ich mit dem Gedanken spielte, Aktien von Dr. Hoonachios Universaler Allheilmittel AG zu kaufen? Sie haben es geschafft, mir das auszureden.«

»Nur, weil Sie wollten, dass irgendjemand Ihnen das ausredete. Was war mit Stubi-Grosslingers Bargeld-Pyramide? Die konnte ich Ihnen nicht ausreden, mit dem bekannten Resultat.«

»Das war vor fast sieben Jahren! Ich war noch ein Kind.«

»Das war nur eine von vielen Episoden. Was ist mit der Exkursion zu den v'Availleur-Fällen? Ich habe Sie angefleht, nicht zu gehen, Sie haben meine Warnungen in den Wind geschlagen und sind fast dabei umgekommen.«

»Nun, was haben Sie erwartet, wenn Sie mich so hochfahrend behandeln? Sie haben mit mir geredet, als wäre ich ein ungezogenes Kind. Hätten Sie mich wie eine intelligente erwachsene Frau –«

»Gerade haben Sie mir erzählt, Sie wären damals noch ein Kind gewesen. Oder sollte ich Sie da falsch verstanden haben?«

»Ich habe damit gemeint, dass ich unerfahren war – nicht blöde!«

»Niemand hat je im Traum daran gedacht, Sie blöde zu nennen.« Ohne ihre Antwort abzuwarten, fuhr er fort: »Ich habe weder den Rätselhaften Koffer noch die Vabeque-Operation, noch das Grüne Komitee vergessen, und das sind nur ein paar Beispiele. Jedesmal, wenn ich Einwände erhob, hat Sie das nur in Ihrer Entschlossenheit bestärkt. Beizeiten schien es, als bereite es Ihnen richtig Freude, Ihre völlige Missachtung meines Urteils zu demonstrieren.«

Nein, nur meine völlige Missachtung deines autoritären Gehabes. Davon hatte ich zu Hause bei Seiner Ehren genug, und ich war nicht bereit, das auch noch von dir hinzunehmen. Aber er hatte die Dinge ganz anders gesehen, gestand sie ihm insgeheim zu. Sechs Jahre später vermochte sie einzusehen, dass er sie nur zu beschützen versucht hatte, auf seine klassische Art eines einstmals Hohen. Seine patriarchalische Überheblichkeit mochte ihren Trotz herausgefordert haben, aber seine Absichten waren bestimmt gut gewesen. Jetzt war sie voll und ganz erwachsen und konnte sich ein wenig Duldsamkeit leisten. Während sie eine giftige Bemerkung herunterschluckte, antwortete sie mit ungewohnter Sanftmut: »Nun, das ist lange her und nicht wert, dass wir uns nun darüber streiten. Besonders da das Gespräch damit begann, dass ich Ihnen zu danken versuchte.«

»So ist es. Lassen Sie uns den Streit also begraben – er ist jetzt völlig bedeutungslos.«

Sie nickte und lächelte, als sei sie zufrieden, musste jedoch feststellen, dass seine Äußerung sie seltsam traurig stimmte.

»Soll ich noch eine Zielscheibe aufstellen?«, erkundigte er sich.

»Nicht hier – die Sonne blendet mich. Lassen Sie uns auf die andere Seite gehen.«

Er hob den Sack mit den Flaschen auf, sie steckte ihre Pistole in die Tasche, und gemeinsam überquerten sie das Deck. Ihre Unterhaltung blieb bemüht unverfänglich, und als sie innehielten, um über die Reling auf das Wasser zu schauen, wurden Worte ohnehin vorübergehend überflüssig. Die *Rückkehrer* fuhr dicht am Azurenen Turm vorbei, einer der berühmtesten der zahlreichen Inseln in diesem Gebiet. Senkrecht erhoben sich die gepriesenen Goldglimmerklippen aus dem Wasser, Schicht um Schicht glitzernden Gesteins, das ehrgeizig gen Himmel strebte. Die Goldglimmerklippen beherbergten eine üppige Vegetation aus blauem Seeschleim, den man Falsches Himmelsgewölbe nannte und der seinerseits große Kolonien des Blauen Aennorvermis ernährte, des saphirblauen Wurms der Juwelenweite. Die Würmer waren in voller Stärke herausgekommen, wahrscheinlich Millionen von ihnen, die sich an dem Schleim labten. Ihre Körper hüllten das Eiland vom Meersaum bis zum Gipfel in ein feuchtes, blau schimmerndes Kleid.

Luzelle schaute gebannt hin, fasziniert trotz ihres Ekels. In dem endlosen Gewimmel der Aennorvermis lag etwas beinahe Unwiderstehliches. Auf seine Art war es ziemlich schön. Sie konnte den Blick nicht losreißen und wollte es auch gar nicht. Bald darauf ließen ihre Augen sie im Stich, und die rollende blaue See und das wimmelnde blaue Inselchen schienen eins zu werden.

Girays' Stimme brach den Bann.

»Es heißt, Menschen sind über Bord gesprungen und zu diesem Riesenhaufen von Ködern hinübergeschwommen«, erzählte er.

Erschrocken drehte sie sich zu ihm um und sah, dass er sie auf diese unerträglich amüsierte Weise anblickte. Ihre Wangen brannten. Wortlos wandte sie sich von der Reling ab, und er fasste neben ihr Tritt. Bald stießen sie auf Bav Tchornoi, der sich in einem Deckstuhl lümmelte und seine Feldflasche an die Brust drückte.

»Aha.« Tchornoi sah sie finster an. »Hier ist die *tödliche Schützin*, die so erfahren ist im Umgang mit Feuerwaffen, wie sie geprahlt hat; sie übt täglich, kann aber keine Scheunenwand auf fünf Schritte treffen.«

Luzelle reckte ihr Kinn in die Höhe und schwebte wortlos an ihm vorbei.

»Ich kann es nicht erwarten, von diesem Schiff herunterzukommen und diesen rhazaullischen Trunkenbold nicht mehr sehen zu müssen«, beklagte sie sich kurze Zeit später mit gesenkter Stimme. »Jedesmal, wenn er mich sieht, wirft er mir böse Blicke zu. Er sieht aus, als würde er mich gern in Stücke reißen.«

»Das würde er wohl«, stimmte Girays ihr zu. »Können Sie es ihm verübeln? Denken Sie daran, Sie haben ihn mit einer Waffe bedroht.«

»Er hatte es verdient.«

»Vielleicht sieht Meister Tchornoi die Sache in einem etwas anderen Licht.«

»Nun, hätten Sie keine Gewalt angewendet, um ihn an jenem Tag aufzuhalten, wenn Sie bewaffnet gewesen wären?«

»Woher wissen Sie, dass ich es nicht war – nicht bin?«

»Oh, das sind Sie nicht. Das wäre nicht Ihr Stil.«

»Immer noch so sicher, dass Sie meinen Stil kennen, nach all den Jahren?«

»Das klingt wie eine Herausforderung.«

»Hätten Sie das gerne?«

»Ich sehe mich jeder Herausforderung gewachsen, die Sie für mich bereithalten könnten, M. v'Alisante.«

»Was für ein Selbstvertrauen! Aber wagen Sie auch, die Probe aufs Exempel zu machen? Sie sind sich so sicher, dass Sie in mir wie in einem Buch lesen können. Außer Frage, Ihrer Schätzung nach, dass ein so konservativer, gesetzter, durch und durch vorhersehbarer Mensch wie ich auch nur im Traum daran denken würde, eine versteckte Waffe zu tragen. Absolut unmöglich. Nun, würden Sie gern darauf wetten?«

»Eine Wette! Ich habe meine Meinung bereits kundgetan, also würden Sie mir keine Wette anbieten, wenn Sie nicht genau wüssten, dass Sie sie gewinnen würden. Sie müssen also offensichtlich eine Waffe besitzen. Aber vielleicht haben sie auch keine und wollen mich durch Ihr Manöver nur zu der Annahme verleiten, sie hätten eine. Sie wissen, ich würde nie denken, dass die offensichtliche Antwort die richtige sein könnte, und auf diese Weise könnten Sie mich dazu verleiten, das Falsche zu glauben. Es sei denn, Sie hätten vorhergesehen, dass ich davon ausgehen würde, dass Sie mich hinters Licht führen wollen, und –«

»Vertrackt, nicht wahr? Also sind Sie sich meiner doch nicht ganz so sicher, wie sie gedacht haben?«

»Pah, ich werde nicht zulassen, dass ich mir das Hirn damit zermartere. Sie bluffen, Girays.«

»Tue ich das?«

»Ja, das tun Sie, aber Sie sind ziemlich leicht zu durchschauen.«

»Dann verlangen Sie, mein Blatt zu sehen! Wetten Sie mit mir.«

»Schön! Wie viel?«

»Machen wir es spannend. Zehntausend Neu-Rekkoes –«

»*Was?*«

»Oder wahlweise eine ehrliche Antwort auf eine Frage meiner Wahl.«

»Was für eine Frage?«

»Was immer ich fragen möchte. Sie zögern? Angst?

»Nicht im Geringsten. Aber was ist mit M. le Marquis? Sollte ich gewinnen, wird es keine lumpigen Fragen geben – ich werde die zehntausend Neu-Rekkoes nehmen, vorzugsweise in kleinen Scheinen. Bereit zu zahlen?«

»Wenn die Forderung berechtigt ist.«

»Sehr wohl. Die Wette gilt. Ich sage, Sie sind unbewaffnet. Falls ich mich irre, beweisen Sie es jetzt.«

Sogleich griff er in seine Manteltasche und holte eine Pistole hervor, die fast nicht von ihrer zu unterscheiden war.

»Oh. Na ja.« Also hatte er sie doch übertölpelt. Ihr Gesicht lief puterrot an. Sie fühlte sich wie die letzte Närrin, schaffte es aber noch, sich mit bemüht sorgloser Miene zu erkundigen: »Khrennisov?«

»Modell FK29. Ein bisschen schwerer als Ihre FK6, etwas größere Reichweite.« Girays steckte die Waffe in seine Tasche zurück.

»Hmmm. Ja. Gut. Sie haben also gewonnen. Und ich fürchte, ich habe die Zehntausend nicht.« Trotz ihres durchaus echten Verdrusses war sie nicht völlig unzufrieden mit der Entwicklung. Hätte er verloren, hätte Girays v'Alisante seine Wettschuld mühelos begleichen können, aber sie hätte keinen Geschmack daran gefunden, ihn einer so großen Summe zu berauben. Aus Gründen, die sie sich selbst nur schwer erklären konnte, hätte sie sich ziemlich schäbig gefühlt. Jetzt würde kein Geld den Besitzer wechseln, sie musste nur irgendeine kleine Frage beantworten, und ihr wurde mit einem leichten Flattern im Magen bewusst, dass sie nicht die geringste Ahnung hatte, was er fragen würde. Genauso wenig, wie sie nicht die geringste Ahnung gehabt hatte, dass ein so zivilisiertes, hochgradig kopfgesteuertes Individuum, das sie so gut zu kennen meinte, tatsächlich eine Waffe tragen würde. Hatte er sich in den letzten Jahren so sehr verändert, oder hatte sie ihn nie richtig gekannt?

»Dann schulden Sie mir also eine wahrheitsgemäße Antwort.«

»Worauf genau?«

»Hier ist also die Frage.« Er blieb stehen und nötigte sie, es ihm gleich zu tun. Er wandte sich ihr zu, sah ihr in die Augen und fragte: »Warum haben Sie sich nie die Mühe gemacht, meinen Brief vor sechs Jahren zu beantworten?« Sie schwieg, und er fügte hinzu: »Sie erinnern sich noch an den Brief?«

Widerwillig nickte sie. Sie erinnerte sich nur zu gut an den Brief. Das fragliche Schreiben lag noch immer in dem Geheimfach auf der Rückseite ihres Schmuckkästchens daheim in Sherreen. Das schwere Briefpapier war vom häufigen Anfassen ganz weich und zerknittert.

»Mein Bote hat mir versichert, dass er den Umschlag in Ihre Hände gelegt hat, am Abend vor Ihrer Abfahrt zum Lakhtikhil-Eisschelf. Und dennoch sind Sie ohne ein Wort der Erwiderung gefahren. Ich habe es nie verstanden.«

»Es ist leichter zu verstehen, wenn ich Ihnen erzähle, dass ich am nächsten Morgen gefahren bin, ohne Ihren Brief zu lesen.«

»Ich verstehe. Sie wünschten keinen weiteren Kontakt.«

»Das war es nicht, nicht ganz. Es war mehr...« Sie stockte, zwang sich aber dann zum Weiterreden. Schließlich hatte sie Aufrichtigkeit gelobt. »Ich habe Ihren Brief an jenem Abend, als ich ihn erhielt, nicht geöffnet, weil ich fürchtete, etwas darin zu lesen, das mich dazu bewegen könnte, meine Pläne zu ändern – meine Expedition zu verschieben oder gar ganz zu streichen. Ich wollte nicht das Risiko eingehen, dass das passierte, und deshalb habe ich mir nicht erlaubt reinzusehen. Das war schwer. Ich erinnere mich noch daran, wie mir die Finger gejuckt haben, den Umschlag aufzureißen. Aber ich habe mich dazu gezwungen, ihn auf den Boden meines Koffers zu legen, dann habe ich meine Besitztümer darüber gehäuft, den Koffer zugeklappt und verschlossen. Und ich habe diesen Koffer nicht geöffnet, bis ich sicher auf See war und ohnehin nicht mehr umkehren konnte.«

»Dann haben Sie ihn gelesen?«

»Dann habe ich ihn gelesen.«

»Und sich noch immer nicht die Mühe gemacht, ihn zu beantworten.«

»Ich konnte nicht darauf antworten. Ich hätte es sollen, ich wollte es, aber ich konnte nicht die richtigen Worte finden. Ich habe es versucht, wissen Sie.«

»Nein, das wusste ich nicht.«

»Viele Male, aber es hat immer damit geendet, dass ich das Papier in kleine Fetzen gerissen habe. Ich konnte nicht sagen, was ich sagen wollte, wahrscheinlich, weil ich selbst nicht so genau wusste, was das war – ich war zu aufgewühlt, zu verwirrt und zu jung.« Fast zu ihrer eigenen Überraschung hörte sie sich sagen: »Es tut mir Leid.«

Er nickte. Sein dunkles Gesicht gab nichts preis. Nach einer Weile nahm er das Schlendern wieder auf, und sie hielt Schritt mit ihm. Das Schweigen dehnte sich aus, bis er zu guter Letzt beiläufig fragte: »Als Sie meinen Brief lasen, hat sein Inhalt da Ihre Befürchtungen bestätigt?«

»Befürchtungen?«

»Stand irgendetwas darin, das Sie dazu hätte bewegen können, Ihre Pläne zu ändern?«

»Ich denke, Ihr Sieg gibt Ihnen nur Anrecht auf eine Frage. Jetzt ist die Reihe an Ihnen, zu antworten.«

»An mir? Wie das? Ich erinnere mich nicht an eine solche Verpflichtung.«

»Es besteht auch keine Verpflichtung.« Sie lächelte, erleichtert, dass die Stimmung sich löste. »Betrachten Sie es als Gunst eines einstmals Hohen.«

»Solche Affektiertheiten sind aus der Mode gekommen, wie Sie mir so oft in Erinnerung gerufen haben. Wie lautet die Frage?«

»Warum haben Sie den Entschluss gefasst, an der Großen Ellipse teilzunehmen? An Bord des Schiffs, damals in Hurba, haben Sie mir versprochen, es mir zu erzählen.«

»Ich entsinne mich, vorgeschlagen zu haben, dass wir uns unterhalten. Das Thema der Unterhaltung wurde nicht näher spezifiziert.«

»Das ist so schlüpfrig wie diese blauen Würmer dort. Ihrer Lordschaft nicht würdig, würde ich meinen.«

»Noch eine Illusion, die zerstört wird!«

»Ach kommen Sie, Girays, spucken Sie's schon aus!«

»Nun, wenn Sie mich so lieb bitten –«

Eine bekannte, prachtvoll gewandete, mit Perlen behangene Gestalt kreuzte ihren Weg. Eine bekannte Stimme drang an ihr Ohr.

»Aha – die beiden vonahrischen Rennteilnehmer, dick befreundet. Muss ich mir Sorgen machen?«, fragte ein plump jovialer Porb Jil Liskjil.

»Müssen wir das nicht alle?«, antwortete Luzelle im gleichen Tonfall und verbarg ihre Enttäuschung. Sie hatte sich nun schon seit Tagen bemüht, Girays eine Erklärung zu entlocken, doch er hatte sie wiederholt abblitzen lassen. Immer wieder hatte er ihre Fragen abgewehrt, so geschickt, dass seine Ausflüchte ganz zufällig erschienen waren. Heute war es ihr gelungen, ihn an den Rand einer Enthüllung zu drängen, nur um erneut zurückgeworfen zu werden, diesmal von der extrem unzeitigen Störung durch den lanthianischen Kaufmann.

»Ich glaube, wir sind für die Dauer dieser Überfahrt alle relativ sicher voreinander«, beruhigte sie Girays. Seine Lippenstellung verriet seine Belustigung. »Besonders aufgrund der glücklichen Abwesenheit des grewzischen Elements. Wo wir gerade davon sprechen, Meister Jil Liskjil, ich brenne darauf zu erfahren, wie

Sie unsere Innereien-genährten Freunde ausgetrickst haben. Ich nehme an, die Hafenblockade konnte Sie nicht aufhalten.«

»In der Tat, das konnte sie nicht, Sir.« Sichtlicher Stolz schwellte Porb Jil Liskjils Brust. »In der Tat konnte sie das nicht. In meiner Heimatstadt Lanthi Ume mangelt es mir, seien Sie versichert, nicht an ein paar kleinen Ressourcen.«

»Ich hätte nichts weniger erwartet. Trotzdem vermochte der lanthianische Widerstand, eifrig darauf bedacht, einem Landsmann Unterstützung zu gewähren, Sie nicht ausfindig zu machen. Jil Liskjil hatte sich in Luft aufgelöst. Wie wurde diese zauberische Großtat vollbracht?«

»Keine Zauberei, Sir – nur ein wenig altmodische Findigkeit, gewürzt mit einem Spritzer Wagemut«, gestand Jil Liskjil. »Ich will es erläutern. Erinnern Sie sich noch an den Auflauf auf dem Pier, an dem Tag, als wir Lanthi Ume erreichten? Nun, noch bevor die *Karavise* anlegte, traf ich meine Vorbereitungen –«

Luzelle unterdrückte einen gelangweilten Seufzer. Sie kannte die Geschichte von Porb Liskjils Abenteuern bereits. Nachdem er die *Karavise* verlassen hatte, hatte er mühelos den lanthianischen Zoll durchlaufen und sich dann schnurstracks in den übelsten Teil der Stadt begeben, den Treffpunkt der miesesten Schmuggler vor Ort, von denen einer sich auf das Versprechen einer gigantischen Belohnung hin bereit erklärt hatte, die Blockade des Nachts zu durchbrechen. Das kleine Barkschiff des Schmugglers war fast in Rufentfernung an einem grewzischen Patrouillenboot vorbeigefahren, unbemerkt aus dem Hafen geschlüpft und hatte seinen einzigen Fahrgast von dort in nördlicher Richtung entlang der Küste nach Hurba gebracht, wo Porb Jil Liskjil rechtzeitig eingetroffen war, um eine Ostpassage auf der *Rückkehrer* zu buchen. Inzwischen, nach mehreren Reisetagen, kannten sämtliche Mitreisenden von Jil Liskjil sämtliche Einzelheiten, und auch Girays v'Alisante machte da keine Ausnahme. Aber da stand er und hörte mit dieser Allüre hingebungsvoller Aufmerksamkeit zu, die er so vortrefflich anzunehmen verstand, und lachte sich zweifellos innerlich ins Fäustchen.

»... verhangener Himmel und Nebel über dem Wasser machten uns weniger leicht sichtbar, und dennoch war die Gefahr immens ... erinnere mich an einen Moment, als der Mond herauskam und mir das Herz stehen blieb ... Kapitän gestand mir seine Verwunderung über meinen Wagemut und meine Kaltblütigkeit ...« Jil Liskjils Stimme schwatzte weiter und weiter.

Es war mindestens das dritte Mal, dass sie diese Geschichte hörte, die mit jeder Wiederholung an Eigenlob gewann. Luzelle begann mit der Fußspitze zu trommeln. Sie achtete darauf, die Bewegung zu unterdrücken. Als Porb Jil Liskjil eine kurze Pause einlegte, um Atem zu schöpfen, ergriff sie die Gelegenheit, sich zu entschuldigen und das Weite zu suchen. Sie floh in die Abgeschiedenheit ihrer Kajüte, fing einen neuen Roman an, *Der Fluch der Hexenkönigin,* und schloss sich bis zum Abendessen ein.

Es gelang ihr nicht, Girays an diesem Abend noch einmal allein zu erwischen, und so musste sie sich mit unbefriedigter Neugier schlafen legen.

Der nächste Morgen fand sie an Deck, wo sie es sich in einem komfortablen Liegestuhl bequem machte. Dort las sie oder tat zumindest so, als würde sie lesen, wenn Mitreisende im Sonnenschein an ihr vorbeigeschlendert kamen. Sie vergrub ihren Kopf in dem Buch und gab sich ganz versunken, als Stesian und Trefian Festinette sich an ihr vorbeikicherten. Sie sah aber lächelnd auf, als Mesq'r Zavune sich näherte, und als er das bemerkte, blieb er zu einem mehr oder weniger verständlichen Geplauder stehen.

Zavune, fand sie alsbald heraus, brannte vor Erregung auf den unmittelbar bevorstehenden Aufenthalt in Aennorve. Er sprach ausführlich davon, sich mit seiner Familie zu treffen, irgendwie eine kurze Wiedervereinigung zu bewerkstelligen, selbst auf Kosten der Zeit, was ein Ellipsoide sich bekanntlich am wenigstens leisten konnte. Luzelle lächelte und nickte beim Zuhören, dachte jedoch insgeheim zum hundertsten Mal: *Dieser Mann sollte zu Hause bleiben.*

Mesqu'r Zavune ging weiter. Die Zeit verstrich, Salzwasser und zahllose Inseln glitten vorbei. Die Hexenkönigin erhielt endlich ihren verdienten Lohn, aber Girays v'Alisante ließ sich nicht blicken. Luzelle sah ihn bis gegen Mittag nicht wieder, als das Auftauchen der aennorvischen Küste am Horizont alle Passagiere an Deck lockte. Und da stand er dann inmitten all der anderen an der Reling, die Hände in den Taschen vergraben, und das dunkle Haar wehte in der frischen Brise. Sie hätte ihn ansprechen können, wenn sie gewollt hätte, aber jetzt kümmerte es sie nicht mehr. Es würde noch ungefähr eine Stunde vergehen, bis die *Rückkehrer* in den Hafen von Aeshno einlief, aber ihre Gedanken eilten bereits auf der Suche nach einem Vorteil voraus zu den Kaianlagen. Diesmal, entschied sie, würde sie definitiv die Erste sein, die an Land ging, die Erste in der Schlange am Zollamt –

Und vielleicht konnte sie auch in Erfahrung bringen, vor wie langer Zeit Karsler Stornzof durchgekommen war.

Stirnrunzelnd wandte sie sich von der Reling ab, und ein Paar identisch gekleideter mauvefarbener Gestalten fesselte ihre Aufmerksamkeit. Nicht weit weg standen die Festinette-Zwillinge und beratschlagten sich mit dem Kapitän der *Rückkehrer.* Die hübschen Zwillingsgesichter waren ungewohnt aufmerksam, und Luzelle erhaschte einen flüchtigen Blick auf aufblitzendes Gold, das von einer Hand in die andere wechselte, ein Anblick, der sämtliche inneren Alarmglocken in ihr klingeln ließ.

Neuntes Kapitel

Die *Rückkehrer* dockte an, und ihre Maschinen verstummten. Die Gangway wurde hinabgelassen, aber die drei Matrosen, die davor standen, verhinderten zunächst einen Landgang. Als Antwort auf zahlreiche Klagen bezüglich der Verspätung verwiesen die Seeleute vage auf gewisse Unklarheiten, die sich aus dem Sortiment der internationalen Handelsgenehmigungen des Schiffs ergeben würden. Verschiedene Reisende beschwerten sich lauthals, und die Matrosen, gelangweilt von dem Streit, verfielen in störrisches Schweigen.

Kurz darauf stieg der Kapitän, gefolgt von zwei mauvefarben gekleideten Jünglingen, auf die Pier hinunter und verschwand außer Sicht. Luzelle beobachtete ihre Flucht, und ihr Verdacht verfestigte sich zur Gewissheit. Diese schleimigen kleinen travornischen Betrüger hatten den Kapitän bestochen. Sie hatten es geschafft, ihre Konkurrenten an Bord der *Rückkehrer* festzuhalten, während sie die Große Ellipse weiterfuhren, und *sie kamen damit durch.* Sie erstickte beinahe vor Wut.

Vier quälende Stunden verrannen, und die Nachmittagsschatten wurden länger und länger. Die frustrierten Passagiere lungerten herum, nippten an eisgekühlten Getränken und grollten. Zu guter Letzt kam der Kapitän allein wieder an Bord. Minuten später wurden die Gefangenen frei gelassen.

Zornig und voller Besorgnis ging Luzelle die Gangway hinunter und über die Kaianlagen bis zum Zollhaus, über dem die violette und blaue Flagge von Aennorve flatterte. Sie hatte den halben Tag wartend an Deck verbracht und der Verlockung der Gesellschaft im Speisesaal widerstanden, und ihre Selbstbeschränkung wurde belohnt. Sie war die Erste, die von der *Rückkehrer* hinunterging, und die Erste, die in der Schlange der Reisenden den hiesigen Zollbeamten ihren Pass vorlegte.

Doch die aennorvischen Bürokraten legten eine seltsame Mischung aus Gleichgültigkeit und übertriebenem Eifer an den Tag. Mindestens vierzig Minuten vergingen, bevor das wichtigtuerische beschäftigte Individuum hinter dem Schalter geruhte, ihre Existenz zur Kenntnis zu nehmen. Als der Mann es zu guter Letzt tat, wurde ihr Gepäck der rigorosesten, langwierigsten Prüfung unterzogen, die sie je erlebt hatte. Es gab kein Stück, das zu unbedeutend oder zu intim gewesen wäre, um nicht minuziös inspiziert zu werden, und als ihr Pass endlich den erforderlichen Stempel erhalten hatte und ihr Peiniger sie zum Ausgang durchwinkte, schäumte Luzelle innerlich vor Wut.

Sie warf einen feindseligen Blick zurück über ihre Schulter, um festzustellen, dass der aennorvische Beamte den nächsten Reisenden in der Schlange derselben aufdringlichen Prüfung unterzog, die sie selbst erduldet hatte. Ihr dämmerte es. Wieder die Zwillinge und ihr verfluchtes Geld. *Betrüger.* Bei dieser Geschwindigkeit hätte der letzte Passagier der *Rückkehrer* die Zollformalitäten nicht vor Anbruch der Nacht durchlaufen.

Das musste ja nicht zu ihrem Nachteil sein. Vielleicht würden ein oder zwei ihrer Konkurrenten hier und jetzt für immer aus dem Rennen geworfen. Ihr Blick wanderte die Schlange entlang und blieb an Girays v'Alisante hängen. Aufhalten würde das M. le Marquis nicht, aber die augenblickliche Verzögerung verschaffte ihr einen leichten Vorteil, den sie zu nutzen gedachte.

Bahnhof. Fahrkarte. Nächste Station – Bizaq. Schnellschnellschnell.

Die Reisetasche in der Hand, eilte sie aus dem Zollgebäude und suchte sich einen Weg von der Pier zur nächsten Straße, wo sie normalerweise eine ganze Schwadron ansehnlicher Droschken erwarten durfte. Heute gab es keine Einzige. Verblüfft ließ sie die Blicke die heiße, sonnendurchflutete Straße hinauf und hinunter wandern. Sie erblickte weiß verputzte Gebäude und mit Terrakottapfannen belegte Dächer, geschmückt mit verschnörkelten gusseisernen Gittern. Sie erblickte phantasievolle Laufgänge in luftiger Höhe, die die größeren Gebäude miteinander verbanden. Sie erblickte Horden sonnengebräunter Fußgänger in der hellen, grellbunten aennorvischen Mode, die in kühleren Klimata so frivol gewirkt hätte. Sie erblickte Straßenverkäufer mit Handkarren, Fuhrmänner, Rollerfahrer, einen extravaganten Einradfahrer. Doch nirgendwo entdeckte sie eine anständige Droschke, eine Privatkutsche oder irgendein dienstbares Gefährt außer einem altmodischen Miskin-Meister.

Komisch. Aeshno war eine blühende Hafenstadt. Tagtäglich wimmelte es in den Hafenanlagen von Reisenden, und sie benötigten Transportmittel, von denen es hier kein einziges zu geben schien. Wieder die Zwillinge? Unmöglich. Selbst die finanziellen Hilfsmittel der Festinettes wären einer solchen Großtat wohl nicht gewachsen.

Luzelle näherte sich dem nächstbesten Straßenverkäufer mit seinem Handkarren, einem kirschrot gekleideten Pfau mit öligschwarzen Locken, dunklen Augen und extravagantem Schnurrbart. Die gierigen kleinen Augen blitzten auf, als sie auf ihn zuging.

»Wo kann ich hier eine Droschke finden?«, fragte sie ihn in Vonahrisch. Er starrte sie an, und sie wiederholte ihre Frage. Er ließ durch nichts erkennen, dass er sie verstanden hatte, und sie versuchte es in Kyrendtisch, dann in Hetzisch und schließlich in gebrochenem Grewzisch. Der Verkäufer antwortete in Aennorvisch, was wiederum sie nicht verstand. Seine erregten Gesten lenkten ihre Aufmerksamkeit auf die billigen Lederwaren, die seinen Handkarren füllten.

Sinnlos. Sie ließ ihn stehen und versuchte es bei einem zweiten Verkäufer, der geschmacklosen Messing- und Glasschmuck feilbot. Der Verkäufer plapperte in Aennorvisch auf sie ein und rasselte mit abstoßendem Tand vor ihrer Nase. Luzelle trat stirnrunzelnd den Rückzug an.

Niemand hier schien Vonahrisch zu sprechen. Ein solches Maß an Unbildung hätte sie von den Bhomiri-Insulanern erwartet, aber Aennorve galt als zivilisierte Stadt. Sie ging weiter die Straße entlang, und noch immer gab es keine Droschken. Ein teuer aussehender kürbisfarbener Landauer, gezogen von einem Paar farblich dazu passenden Braunen, fuhr im Schritttempo an ihr vorbei, und sie konnte einen flüchtigen Blick auf den Fahrgast werfen; weiblich, ovales weißes Gesicht, glatt wie polierter Stein, verhangene Haiaugen. Kurzfristig erwog sie den Gedanken, dem weißen Hai etwas zuzurufen, aber Verlegenheit verschloss ihr den Mund. Verärgert über sich selbst ging sie weiter, und ihre Reisetasche wurde langsam schwer. Fünf Minuten später, als sie einen von Maultieren gezogenen, mit Kohl und Möhren vollgestapelten Karren entdeckte, zögerte sie nicht mehr, sondern hastete unverzüglich und unter heftigem Winken auf das sich langsam fortbewegende Gefährt zu.

Der Kutscher zügelte seine Mulis und sah überrascht auf sie hinunter. Ein hageres, grauhaariges Individuum mit hängenden Schultern, das Gesicht unter der einfachen Arbeitermütze faltig und zerfurcht. Er sah hinreichend arm und harmlos aus, beides Eigenschaften, die ihn Luzelle empfahlen. Könnte sie sich doch nur irgendwie mit dem Burschen verständigen!

Sie versuchte es auf Vonahrisch, und er gaffte sie an. Ihre Zweitsprachen erwiesen sich als ähnlich nutzlos, und zuletzt verfiel sie auf Lanthianisch, wovon er einige Brocken verstand.

»Kutsche? Aeshno-Stadt? Fahren. Straßen. Fahren. Geld.« Sie fühlte sich wie ein Idiot, als sie einen Neu-Rekkoe-Schein herausholte, mit Händen und Füßen eine Bezahlung mimte und dann fragend die Augenbrauen wölbte.

»Fiaker?«, fragte der Karrenfahrer auf Lanthianisch.

Sie verstand ihn sofort, denn das Wort hatte denselben Stamm wie sein vonahrisches Äquivalent, zwar merkwürdig ausgesprochen, aber dennoch leicht zu erkennen. Einen Augenblick lang war sie überrascht, erinnerte sich jedoch dann daran, dass lanthianische Reisende unablässig zwischen Dalyon und Aennorve verkehrten und einen regen Handel trieben. Viele Aennorvianer, die in den Küstenstädten lebten, sprachen daher ein wenig Lanthianisch.

Er wiederholte seine Frage, und sie nickte eifrig.

»Ja. Fiaker«, stimmte sie ihm zu, um nur für alle Fälle noch hinzuzufügen: »Ja. Ja.«

»Nein«, ließ er sie klar und deutlich wissen. »Fiaker weg. Alle weg.«

»Weg?«, wiederholte sie. »Alle? Wohin?«

Der Karrenfahrer ließ eine Salve lanthianischer Sätze auf sie los, völlig falsch ausgesprochen und größtenteils unverständlich.

»Nochmal, bitte. Langsam, bitte«, antwortete Luzelle.

Er entsprach ihrer Bitte, und diesmal bekam sie mehr von seinem Kauderwelsch mit.

»*Vor Stunden ... zwei –*« Wort unbekannt. »*Von Hurba-Schiff, und*« – Blablabla – »*Brüder ... gleich ... selbe Gesicht, selbe Kleider ... Geld ... travornisch –*« Ausdruck unbekannt, eindeutig abwertend. »*Fiaker am Hafen ... wenige wegen* Strevvio –« Bedeutung von *Strevvio* unbekannt. »*Pferde selten ...* Strevvio« – Blablabla – »*Besitzer ... viel Geld ... travornisch Brüder zahlen ... Fiaker weg ...*«

»Warten.« Luzelle ging ihr beschränktes lanthianisches Vokabular durch, um sich dann mühsam zu erkundigen: »Travornische Brüder bezahlen alle Fiaker, dass gehen weg von Hafen?«

»Ja. Alle Fiaker«, bestätigte der Fahrer ihren jüngsten Verdacht.

»Das ist das gemeinste Bubenstück, von dem ich je gehört habe! Diese heimtückischen kleinen Zwillingsfrettchen sollten disqualifiziert werden!«, rief sie empört auf Vonahrisch aus. Unglaublich. Wie hatten sie das nur hinbekommen? »Damit kommen sie nicht durch! Ich werde mich beschweren!«

Recht so. Aber bei wem, bitte schön?

Nutzlos, hier herumzuwüten, sie konnte mit ihrer Zeit etwas Sinnvolleres anfangen. Was nun? *Denk nach!* Der Karrenfahrer beobachtete sie mit unverhohlener Neugier. Sie wechselte wieder in ihr dürftiges Lanthianisch und schlug vor: »Sie mich in Wagen fahren nach – »Wie lautete das Wort für Bahnhof? Sie hatte keine Ahnung. Noch ein verwandtes Wort vielleicht? »Eisenbahn«, schloss sie in Vonahrisch. Das Gesicht ihres Gegenübers blieb leer. »Depot. Züge. Schienen. Station«, versuchte sie es. Er zuckte mit den Schultern, und sie versuchte es mit anderen Sprachen – ohne Erfolg. Schließlich ahmte sie in ihrer Verzweiflung das Tuckern von Lokomotiven nach und krönte ihre Darbietung mit einem doppelten Tuten, das – entfernt – an eine Zugpfeife erinnerte.

Der Karrenfahrer brach in Gelächter aus, und sie merkte, wie sie errötete. Aber er durfte ihretwegen gern lachen, vorausgesetzt, er verstand sie.

»*Ferignello?*«, fragte er.

Sie hoffte, dass das das lanthianische Wort für Bahnhof war. »Sie mich lassen fahren in Wagen«, drängte sie, »ich zahlen Geld.«

Er schien keine große Lust zu haben. Verneinendes Lanthianisch ergoss sich über sie, und mehrmals schnappte sie das geheimnisvolle Wort *Strevvio* auf, das eine Art Schwierigkeit oder Hindernis zu bezeichnen schien. Ein Individuum? Ein tyrannischer Bürokrat? Eine atmosphärische Störung? Überschwemmung? Nebel? Wer oder was auch immer, sie würde nicht zulassen, dass irgend so ein *Strevvio* sie aufhielt.

»Geld. Ich zahlen. Geld. Geld.« Sie warf ihm eine verlockende Hand voll Neu-Rekkoes hin.

Er schien ihr Vorhaltungen zu machen.

»Geld. Geld.«

Schließlich nickte er ergeben, nahm das Geld in Empfang, und sie kletterte auf die Bank neben ihn. »*Ferignello?*«, fragte sie freundlich.

»*Ferignello.*« Er trieb die Maultiere an, und das Gefährt setzte sich ruckelnd in Gang.

Erfolg! Sie hatte die Sprachbarriere überwunden und war auf dem Weg. Luzelle beglückwünschte sich. Zweifellos hatte sie sich einen Vorsprung gegenüber jedem ihrer Ko-Ellipsoiden an Bord der *Rückkehrer* erarbeitet, mit Ausnahme dieser abscheulichen Festinette-Knaben, die ihrerseits hinter den grewzischen Verwandten herliefen.

Karsler Stornzof und sein Eisstatuen-Onkel. Unrechtmäßig begünstigt und mittlerweile zweifellos weit voraus auf der Großen Ellipse.

Gedanken daran konnte sie sich nicht leisten. Die Grewzier würden nicht gewinnen. Ihr Glück würde sie verlassen, und dann würde sie sie kriegen – irgendwann.

Karsler Stornzof und sein Onkel standen sich gegenüber wie Duellanten. Die gegenseitige uneingestandene Antipathie ließ die Luft zwischen ihnen knistern. Ihre Blicke verschränkten sich und blockten vorübergehend den Tumult am Hafen aus.

»Es ist eine Katastrophe«, äußerte Torvid Stornzof. »Eine absolute Katastrophe.«

»Wohl kaum eine so schwer wiegende Angelegenheit, Großlandsmann«, widersprach Karsler.

»Ach? Ich nehme alles zurück. Das hurbanesische Schiff mit einer ganzen Ladung deiner Rivalen ist gleich schnell mit der *Inspiration* in Aeshno eingelaufen, aber was soll's? Ich habe hier mehr als einen dieser Ausländer an den Kaianlagen herumlungern sehen, aber all das ist offenbar kein Grund zur Besorgnis.«

»Es ist eher ein Grund zum Staunen. Wie haben die Vonahrier und die anderen es geschafft, so rasch von Lanthi Ume nach Hurba zu gelangen? Welches Transportmittel mögen sie benutzt haben? Diese Großtat entzieht sich meinem Verständnis.«

»Die Methode ist irrelevant. Was zählt, ist die Tatsache, dass du unseren ursprünglichen Vorsprung geopfert hast.«

»Ich beklage mich nicht über seinen Verlust, Großlandsmann.«

»Dann bist du ein Narr. Aber der Zustand deines Verstandes ist kaum eine Frage von vorrangiger Bedeutung; wir haben dringendere Sorgen. Du bist dir der Tatsache bewusst, dass die Eisenbahnarbeiter in dieser anarchischen Jauchegrube eine groß angelegte Revolte in Szene gesetzt haben?«

»Ich spreche kein Aennorvisch«, versetzte Karsler. »Ich entnehme Ihren Übersetzungen, dass die Arbeiter sich im Streik befinden.«

»Die örtlichen Autoritäten versäumen es unerklärlicherweise, den Aufstand mit Gewalt niederzuschlagen.«

»Möglicherweise bevorzugen sie subtilere Vorgehensweisen.«

»Subtilität ist die erste Ausflucht der Schwachen. Du bist dir ebenfalls bewusst«, fuhr Torvid fort, »dass die Mätzchen dieser travornischen Zwillingskretins dich um Stunden oder Tage zurückgeworfen haben?«

»Sie sind offenbar bemerkenswert erfinderisch für Kretins.«

»Wenn du damit fertig bist, dich zu amüsieren, wärst du vielleicht so gütig, mir deine Pläne für die unmittelbare Zukunft zu offenbaren, gesetzt den Fall, du hast welche?«

»Ich werde jedes zur Verfügung stehende Mittel nutzen, um von Aeshno in die Stadt Eynisse am Fluss Arune zu reisen«, erwiderte Karsler ohne Zögern. »Dort kann man eine Flussboot-Passage nach Osten nach Gelb Noki buchen, wo ich die ostwärts fahrende Kutsche nach Quinnekevah in Bizaqh nehmen werde. Wenn ich erst einmal die bizaqhische Grenze überquert habe, stehen wieder Zugverbindungen zur Verfügung.«

»Du hast wie irgend so ein kleiner Federfuchser über deinen Landkarten und Fahrplänen gebrütet und hast eine eines Federfuchsers würdige Strategie entworfen – akribisch und uninspiriert. Ich vertraue darauf, dass du, während du auf einer von Maultieren gezogenen Barkasse auf dem Fluss dahindümpelst, jederzeit im Sinn behalten wirst, dass diese travornischen Kasper ihre Führung mit jeder Stunde, die verstreicht, weiter ausbauen werden.«

»Im Augenblick lässt sich daran nichts ändern.« Karslers gelassene Höflichkeit geriet keine Sekunde ins Wanken. »Wir können nur in der Hoffnung weitermachen, dass sich irgendwann eine Gelegenheit ergeben wird, die verlorene Zeit wieder aufzuholen.«

»Du magst so verfahren, Neffe, wenn dir das lieb ist. Was mich anlangt, ich habe nicht die Angewohnheit, auf sich bietende Gelegenheiten zu warten – ich ziehe es vor, sie mir selbst zu schaffen.«

»Das habe ich gesehen. Da Sie indes kein Teilnehmer der Großen Ellipse sind, ist die Frage rein theoretischer Natur.«

»Genau. Mein angenehmer Zustand des Unbeteiligtseins befreit mich von lästigen Verpflichtungen. Zum Beispiel entziehe ich mich in eben diesem Moment der Notwendigkeit einer Sühnepilgerfahrt durch Aennorve, ein Land, dessen Klima, Sitten und Bevölkerung ich verabscheue. Diese aennorvischen Bauern sind Tiere, nicht mehr.«

Menschenfreundlichkeit trübte kaum das Urteil seines Onkels, aber trotzdem war seine Beschwerde nicht völlig unbegründet. Die Menschenmengen, die sich um sie herum auf der Pier drängten, waren gewiss mehr, als man für gewöhnlich erwarten durfte. Mehrere Male wurde er rau und nicht zufällig angerempelt, und einmal wagte ein solcher Schläger es sogar, ihn anzuspucken, wobei er seine Stiefel nur um wenige Zentimeter verfehlte. Er hatte im Ausland häufig Feindseligkeit erlebt, aber nie zuvor so offen und heftig und nie zuvor so furchtlos zur Schau getragen. Sein Blut geriet ein wenig in Wallung, aber sein Gesichtsausdruck ließ kein Anzeichen seiner inneren Erregung erkennen, als er anmerkte: »Diese Aennorvianer sind keine Freunde des Imperiums. Vielleicht reizt sie der Anblick meiner Uniform.«

»Pah, sie brauchen die Peitsche, sonst nichts! Glücklicherweise muss ich mir darüber jedoch keine Sorgen machen, denn ich beabsichtige, diese widerlich-ölige Karikatur einer Nation binnen einer Stunde zu verlassen. Vorausgesetzt, diese Idioten im Zollamt haben mir keine falschen Informationen erteilt, gibt es noch Suiten an Bord des nächsten auslaufenden Schiffs.«

»Tatsächlich.« Karsler unterdrückte jedes äußere Anzeichen seiner Überraschung. »Haben Sie Ihre Pläne geändert und fahren nach Hause, Großlandsmann?«

»Im Gegenteil. Ich verlasse die Große Ellipse nicht, sondern kürze lediglich ihre Weitschweifigkeit ab. Die Aussicht auf eine fortgesetzte aennorvische Dienstreise, gefolgt von den archaischen Unannehmlichkeiten von Bizaq und Zuleekistan, schreckt mich ab, und daher habe ich mich entschlossen, mich direkt nach Jumo zu begeben und dich dort zu erwarten.«

»Ganz wie Sie wünschen, Großlandsmann.«

»Die Trennung sollte uns gut tun«, fügte Torvid überraschend hinzu. »Wir stehen uns zu sehr im Weg, Neffe – wie zwei Wölfe, die in einen engen Käfig gesperrt sind. Wir reizen uns bis aufs Blut, wir sind ständig verärgert, und das ist, da wir doch natürliche Verbündete sind, zusammengeschweißt durch Blut und Schicksal, überaus töricht. Es ist meine Hoffnung, dass eine Zeit der Trennung die Dinge wieder in die richtige Perspektive rückt.«

»Das ist auch meine Hoffnung, Großlandsmann.« Karslers verhohlene Verwunderung wuchs.

»Noch ein Letztes. Danach will ich dich endlich in Frieden lassen. Neffe, ich wünsche dir eine rasche und störungsfreie Reise – um dies zu erreichen, tätest du gut daran, deine Konkurrenten genau im Auge zu behalten. Es ist mehr als wahrscheinlich, dass einige von ihnen als Agenten ihrer jeweiligen Regierungen fungieren, und in solchen Fällen dient ein Präventivschlag deinen Zwecken am besten. Was das anbetrifft, so lege ich die Angelegenheit in deine Hände. Du wirst über deine Aktionen Bericht erstatten, wenn wir uns in Jumo wiederbegegnen.«

»Verstanden. Leben Sie wohl, Großlandsmann.«

Torvid drehte sich um und schritt davon, und seine hoch aufgerichtete Gestalt geriet schnell außer Sicht. Karsler Stornzof stand regungslos da, verwirrt durch die Schnelligkeit und Plötzlichkeit, mit der sein Verwandter verschwunden war. Zum ersten Mal seit Beginn des Rennens war er von Torvids bedrückender Gegenwart befreit und durfte damit rechnen, es auch für die kommenden Tage oder gar Wochen zu sein. Es war, als falle ein unsichtbarer Stahlring um seine Schläfen endlich ab. Ein seltsames Gefühl fast vergessener Freiheit stieg in ihm auf; eine neue Lebhaftigkeit und eine Zufriedenheit, die er seit seinen Promontorium-Tagen nicht mehr gekannt hatte. Jemand stieß ihm aggressiv den Ellbogen in die Rippen, und er bekam einen fauchenden Ausbruch in Aennorvisch mit, unverständlich, aber unzweifelhaft beleidigend. Er hörte es kaum. Während er einen tiefen Zug der nach Meer riechenden Luft bis auf den Grund seiner Lunge einatmete, genoss er den Augenblick trotz des beinahe mit Händen greifbaren Hasses, der um ihn herum brodelte.

Die Maultiere trotteten dahin. Der Karren schien kaum voranzukommen. Dagegen ließ sich indes nichts machen, so waren Maultiere nun mal. Sie hätte Königreiche für einen anständigen Hansom gegeben. Luzelle verlagerte ihr Gewicht und ließ ungeduldig ihren Blick umherschweifen. Fußgänger, Eselskarren und Miskin-Wagen verstopften die Straße, aber nirgends bekam sie ein von Pferden gezogenes Gefährt zu Gesicht. Die Festinette-Jungs konnten doch nicht alle Kutschen von der Straße verbannt haben! Dieser *Strevvio,* den ihr Fahrer erwähnt hatte – vielleicht eine Pferdeseuche?

Der Karren pflügte sich durch staubige Straßen, durchdrungen von Licht, Lärm und einem üppigen Gemisch widerstreitender Gerüche, dessen vorherrschende Komponente der stark nach Knoblauch duftende Hrovi-Apoul war, der berühmte aennorvische Eintopf aus Kalmar, Silberpfeilen und verschiedenen hiesigen Weichtieren. Luzelles Nasenlöcher weiteten sich, und ihr Magen grummelte. Seit früh am Morgen hatte sie nichts mehr gegessen; sie sehnte sich nach einer Mahlzeit, aber das würde warten müssen. Bald säße sie in einem Zug, der sie pfeilschnell ostwärts nach Bizaq trug, und der Zug hätte einen Speisewagen, einen Salonwagen und vermutlich auch luxuriöse Schlafabteile, da das Volk von Aennorve großen Wert auf die Dinge der persönlichen Bequemlichkeit legte.

Sollte der Zugfahrplan sie begünstigen, durfte sie damit rechnen, mehrere Stunden Vorsprung vor ihren Konkurrenten herauszuholen.

Abgesehen von den Stornzofs. Und den Festinettes.

Die Straßen zogen im gemächlichen Tempo des Maultiertrotts vorbei, und ihr Eifer wuchs zusammen mit ihrer Ungeduld und ihrem Hunger. Hätte sie die Sprache des Fahrers gesprochen, hätte sie ihn drängen können, seine Peitsche zu gebrauchen; nicht, dass das viel genützt hätte. Also saß sie stumm auf dem Bock und grübelte.

Der Boulevard endete am Rande eines großen Platzes. Direkt vor ihr erhob sich ein massives Bauwerk aus weißem Stein, gedeckt mit tiefrotbraunen Dachziegeln. Der Fahrer zeigte darauf.

»*Ferignello*«, verkündete er.

Der Bahnhof, wie sie es erhofft hatte, aber wer waren diese Männer, die sich davor versammelt hatten? Es mussten mindestens zweihundert sein, die den Eingang blockierten, und ganz gewiss handelte es sich nicht um eine zufällige, spontane Versammlung. Die Männer – gewöhnliche, achtbare Arbeiter dem Äußeren nach zu schließen –, standen in geschlossenen, quasi-militärischen Reihen dort, die die gesamte Breite des großen Gebäudes einnahmen. Viele von ihnen trugen Schilder, große Plakate in handschriftlichem Aennorvisch, die sie nicht lesen konnte. Sie sangen und skandierten etwas im Chor; die Worte waren für sie unverständlich, suggerierten aber höchste Entschlossenheit.

»Was?«, fragte Luzelle kurz und bündig.

»*Ferignello*«, erläuterte der Fahrer.

»Die Männer. Da. Männer. Was sie machen?«

»*Strevvio*«.

»Was ist *Strevvio?*«

Er schwatzte in seinem schlechten Lanthianisch auf sie ein, doch sie verstand nahezu nichts. Sie hielt die Hand in die Höhe, und sein Wortschwall versiegte.

»Zugmänner Arbeit aufhören. Wollen Geld. Mehr Geld, sonst kein Zug. *Strevvio.*«

»Sie wollen mir erzählen, dass die aennorvischen Eisenbahnarbeiter einen Streik ausgerufen haben?«, dämmerte es Luzelle. »Können Sie das denn einfach so tun? Wird die Regierung nicht einschreiten?« In die Augen ihres Gegenübers trat ein verständnisloser Ausdruck, und sie wusste, dass sie Vonahrisch gesprochen haben musste. »*Strevvio* – keine Züge fahren?«, berichtigte sie sich in der gebotenen Sprache.

»Kein Zug fahren«, bejahte er.

»Reisende tun was?«

Der Fahrer zuckte die Schulter. »*Ferignello*«, erklärte er abschließend, und es war klar, was er meinte. Er hatte seinen Auftrag erfüllt, seine Aufgabe war erledigt, und er wollte sich wieder auf den Weg machen.

Sie widerstand der spontanen Eingebung, ihn zu packen und zu schütteln. Kurzzeitig war sie grundlos wütend, sah aber dann ihre eigene Dummheit ein. Es war gewiss nicht die Schuld des Fahrers, ja, er hatte sie sogar zu warnen versucht. Nachdem sie von dem Karren heruntergestiegen war, entließ sie ihn mit einem angemessen höflichen Nicken, und der Karren holperte davon.

Und jetzt? Zweihundert entschlossene Arbeiter standen zwischen ihr und dem Bahnhof. Mehr Geld, oder die Züge fahren nicht. Aber vielleicht waren die Verbindungen noch nicht völlig eingestellt? Wenn noch irgendetwas auf diesen Schienen nach Osten rollte, würde sie tausend streikenden Arbeitern die Stirn bieten, um dorthin zu gelangen.

Mit erhobenem Kinn näherte sie sich der Streikpostenkette, als erwarte sie, dass sich eine Gasse für sie bildete.

Der Menschenwall stand unverrückbar. Sie sah sich geschlossenen Reihen und abweisenden Gesichtern gegenüber. Sie wandte sich an eines dieser Gesichter. Sein Besitzer war männlich, jung und möglicherweise empfänglich für ihren Charme.

»Sprechen Sie Vonahrisch, Sir?«, fragte sie in flötendem Tonfall.

Er schüttelte den Kopf, ohne sie zu verstehen, aber interessiert.

»Sprechen Lanthianisch?«, versuchte sie es in dieser Sprache.

»Wie ein Einheimischer«, entgegnete er eifrig. »Ich könnte mich vermutlich als dalyonischer Adliger ausgeben, wenn ich wollte. Ich verstehe das großspurige Gehabe bis zur Perfektion anzunehmen. Möchten Sie vielleicht eine Kostprobe haben?«

Sein Akzent und seine Aussprache waren denen des Fahrers weit überlegen, und sie verstand ihn erstaunlich gut.

»Andermal vielleicht.« Ein bewunderndes Lächeln versüßte ihm die Ablehnung.

»Oh. Sind Sie sicher? Nun, was kann ich sonst für Sie tun?«

»*Strevvio* alle Züge aufhören?«

»Der gesamte Zugverkehr ist zum Erliegen gekommen, ja. Hier dreht sich kein Rad mehr, bis wir nicht unsere Lohnerhöhung haben, und das könnte Tage oder Wochen dauern. Wenn sie nur auf mich hören würden, ich wüsste schon, wie wir sie noch vor Mitternacht kriegen würden. Sehen Sie, ich habe mir einen Plan ausgedacht. Erfolg garantiert. Möchten Sie ihn vielleicht gerne hören?«

»Andermal. Nichts geht Osten? Nach Bizaqh?«

»Nicht seit drei Uhr heute Nachmittag. Da ist der letzte Zug abgefahren.«

Drei Uhr. Mehr als genug Zeit für die Festinette-Jungs, sich Sitzplätze zu beschaffen. *Verdammt sollten sie sein.*

»Was dann machen Reisende Osten?«

»Warten, nehme ich an. Aber nur Mut, es ist gar nicht so übel. Aeshno ist eine tolle Stadt, mit jeder Menge Sehenswürdigkeiten und Aktivitäten. Ich kenne jede

Straße auswendig, ich kenne die besten Orte. Möchten Sie vielleicht, dass ich Sie Ihnen zeige?«

»Andermal.«

»Sind Sie sicher? Niemand kennt sich auf dem Seemannsfriedhof so aus wie ich. Dann wäre da noch Feyps Windmühle, die zurückreicht bis ins –«

»Andere Wege um nach Osten, nach Bizaqh?«

»Warum wollen Sie dahin? Bizaqh ist ein ödes Kaff. Glauben Sie mir, hier sind Sie weitaus besser dran. In puncto Unterhaltung kommt nichts Aeshno gleich. Haben Sie schon einmal von Youpis Sumpf gehört? Nein? Wo leben Sie denn? Also, ein Stückchen außerhalb der Stadtgrenzen gibt es –«

»Pferde gehen Osten?«

»Oh, da werden Sie kein Glück haben. Ein Mauleselkarren vielleicht, oder ein Miskin –«

»Zu langsam. *Pferde.*«

»Weg, schon vor Tagen zu horrenden Preisen verkauft, als sich abzeichnete, dass wir mit dem Streik Ernst machen würden. Möglicherweise hängt noch der eine oder andere Fiaker am Hafen rum, aber sie machen nur solche Geschäfte, sie verkaufen nie. Keine Pferde.«

»Ja. Einige. Gesehen haben.« Sie runzelte die Stirn, durchforstete ihren Wortschatz und fuhr fort: »Pferde mit Kutsche von – von – Früchte.«

»Ein von Pferden gezogener Obstkarren? Glaube ich nicht, nicht heutzutage.«

»Kutsche. Farbe von Früchte.«

»Apfel? Seifenfrucht? Weintrauben? Kiwi?«

Kürbis. Wie lautete das lanthianische Wort für Kürbis? Es wollte ihr nicht einfallen, aber vielleicht hatte sie es auch nie gekannt.

»Rot-gelb«, versuchte sie das Gemüse näher einzugrenzen. »Gelb-rot.«

»Orange? Mandarine? Süßspucker?«

»Ja. Ja.«

»Sie wollen ein paar richtig reife Süßspucker? Ich kenne die besten Obst- und Gemüsestände auf dem Nordmarkt. Beste Ware, beste Preise. Wollen Sie, dass ich's Ihnen zeige?«

»Heute nein, danke. Sie kennen Süßspucker-Kutsche?«

»Wer tut das nicht? Dieser grelle Schandfleck gehört Madame Phingria Tastriune, der Gemahlin von keinem Geringeren als Gleftus Tastriune persönlich.« Er musterte sie erwartungsvoll, als rechne er mit einer bestimmten Reaktion. »Das ist *der* Gleftus Tastriune, auch unter dem Namen Mr. Geldsack bekannt, Hauptaktionär und Präsident der Feyenne-Aeshno-Eisenbahn. Wenn wir Herrn Geldsack nur dazu bewegen könnten, diese Geldsackschnüre nur ein ganz klein wenig zu lockern, lassen Sie es sich gesagt sein, dann wäre dieser Streik noch vor Einbruch der Dunkelheit beendet.«

Es war ohnehin nur noch eine Stunde oder so bis zum Einbruch der Dunkelheit, wurde Luzelle klar. Die Sonne versank hinter dem Stadthorizont, und die langen Strahlen färbten die weiß verputzten Häuser rosig. Bald würde die Farbe verblassen, die Läden würden schließen, und vermutlich würden die Streikposten sich über Nacht zurückziehen. Wenn es ihr nicht gelang, sich eine Transportmöglichkeit zu besorgen, wäre sie gezwungen, sich das nächste anständige Hotel zu suchen, sich dort die nächsten zwölf Stunden die Beine in den Bauch zu stehen, während die Festinettes ihre unrechtmäßig erworbene Führung ausbauten und die noch weiter vorne in der Großen Ellipse liegenden Stornzofs fraglos dasselbe tun würden ...

»Madame Tastriune verkaufen Pferde?«, verlangte sie zu wissen.

»Was, und auf ihr Vergnügen verzichten? Nicht für eine Million.«

»Vergnügen?«

»Die reiche Dame lässt ihre Gäule durch die ganze

Stadt traben, nur um anderen den Mund wässrig zu machen. Die Leute umschwärmen sie und flehen sie an zu verkaufen, und sie spielt eine Weile mit ihnen, um dann die Befriedigung zu haben, sie abblitzen und rauswerfen zu lassen. Wenn hartnäckige Kaufwillige danach noch ihre Tür belagerten, hat sie, so erzählt man sich, die Hunde auf sie gehetzt. Oh, sie ist die perfekte Gefährtin für Herrn Geldsack. Sie sind füreinander geschaffen!«

Das glaube ich gerne. Steingesicht, Haiaugen.

»Madame Tastriune wohnen wo?«, fragte Luzelle.

»Neuer Backstein-Stadtpalast in der Farbe von rohem Fleisch an der Alter-Ritter-Straße«, teilte er ihr mit. »Aber Sie spielen doch nicht etwa mit dem Gedanken, dort hinzugehen, oder doch?«

»Hmmmm –«

»Denken Sie nicht mal dran; sie wird nur die Mastiffs auf sie hetzen. Ich habe eine bessere Idee. Warum ändern Sie nicht Ihre Pläne und verbringen ein paar Tage oder ein paar Wochen hier in Aeshno? Machen Sie sich keine Sorgen wegen der Kosten. Die zweite Cousine meiner Schwägerin hat ein Zimmer mit einem zusätzlichen Feldbett, und wenn ich für Sie bürge, lässt sie Sie umsonst da schlafen. Kostenloser Haferbrei zum Frühstück inklusive. Besser können Sie's nicht antreffen.«

»Ich nicht bleiben können, danke.«

»Sie haben doch nicht wirklich vor, die Stadt zu verlassen, ohne Youpis Sumpf gesehen zu haben?«

»Madame Tastriune in Alter-Ritter-Straße?«

»Piekfeine Gegend. Jede Menge neue Häuser. Würden Sie sie gern besichtigen?«

»Ja. Ich gehen dahin.«

»Wenn Sie noch ein winziges Stündchen warten, packt die Streikpostenkette für die Nacht zusammen, und dann könnte ich –«

»Ich nicht warten können. Danke für Ihre Hilfe.

Gutes Glück mit *Strevvio.* « Sie wandte sich ab und ging. Im Gehen hörte sie noch seine Stimme.

»Ich kenne den kürzesten Weg zur Alter-Ritter-Straße – möchten Sie, dass ich ihn Ihnen zeige?«

...Der Ehrenwerte Flen Oshune, zusammen mit seinen Familienmitgliedern, seinem Personal, seinen Gefolgsleuten und allen anderen aennorvischen Staatsangehörigen, die aus dem Gouverneurspalast und den angrenzenden Residenzen vertrieben wurden, befinden sich zurzeit auf hoher See mit Kurs auf Feyenne. Die vielen während der letzten Verteidigungsschlacht von Jumo Statt getöteten Aennorvianer sind noch nicht gezählt; ihre Leichen warten noch auf eine Bestattung, die von der Zustimmung des Oberkommandanten Kilke Ghonauer abhängig ist, des derzeitigen Befehlshabers der grewzischen Besatzungsmacht. Bis zum heutigen Zeitpunkt hat Oberkommandant Ghonauer es abgelehnt, eine Liste der aennorvischen Toten zu veröffentlichen. Was die mutigen und loyalen Eingeborenen von Süd-Ygahri angeht, die ihr Leben für die Verteidigung des aennorvischen Reichs geben, so kann man die Höhe ihrer Verluste nicht einmal annähernd abschätzen...

Girays v'Alisante schleuderte die Zeitung beiseite, ohne den Leitartikel zu Ende gelesen zu haben, dessen Inhalt und Stil ihn gleichermaßen aufbrachten. Die Grewzier hatten sich also nun auch Jumo unter den Nagel gerissen, den Standort der berühmten Diamantminen, lange Zeit die Quelle des aennorvischen Wohlstands. Hatten den Kolonialgouverneur und seine Handlanger rausgeschmissen, hatten Bataillone von zweifellos verwirrten Ygahri-Eingeborenen ausgelöscht und sich zu neuen Administratoren des gesamten Süd-Ygahro-Gebiets ausgerufen. Die Auswirkungen des Verlusts würden sich bald in ganz Aennorve und darüber hinaus bemerkbar machen. Kein Wunder, dass die in Aeshno vorherrschende Stimmung düster war.

Der Teller auf dem Tisch vor ihm enthielt zwei der berühmten schwarzen Riesenoliven von Aennorve, von denen jede die Größe eines Enteneis hatte, jede gefüllt mit einer Farce aus Lammhack, Zwiebeln, geraspeltem Tang und Kräutern. Neben dem Teller stand ein Becher mit eisgekühltem Zitruswasser. Girays verzehrte den Imbiss, während er seine Blicke umherschweifen ließ. Er saß unter einer breiten Segeltuchmarkise, die eine von Aeshnos zahllosen *Akrobatterías* mit Terrassenrestauration überdachten. Kleine gusseiserne Tische markierten die äußere Umgrenzungslinie eines kreisförmigen Raums, der Platz für die bei den Einheimischen so beliebten Akrobaten bot.

Im Augenblick fand eine Vorführung statt. Im Mittelpunkt des freien Raums balancierte eine muskulöse Frau in silberglitzerndem Akrobatentrikot samt Strumpfhose auf der kippeligen Lehne eines zweibeinigen Stuhls; ihr gesamtes Gewicht ruhte auf einem sehnigen Arm, während ihr Körper sich in erstaunlichen Verrenkungen wand. Im Augenblick beugten sich beide glitzernden Beine über ein unglaublich flexibles Rückgrat nach hinten, während zwei Füße in Seidenballerinas ein unbekümmertes dunkelhäutiges Gesicht rahmten.

Die Schlangenfrau war bemerkenswert, aber Girays schenkte ihr kaum Aufmerksamkeit. Sein suchender Blick wanderte über die Straßen der Umgebung, doch nirgends entdeckte er einen Hansom oder irgendeine Form von pferdegezogenem Vehikel. Seit Verlassen der *Rückkehrer* vor einigen Stunden hatte er kein Einziges zu Gesicht bekommen. Mit seinen exzellenten Kenntnissen der aennorvischen Sprache hatte er nicht lange gebraucht, um die travornische Beschlagnahme der Hafenkutschen zu entdecken, einen Coup, den er anfangs für eine kleinere Unannehmlichkeit gehalten hatte. Den Koffer in der Hand hatte er sich zu Fuß von der Pier aus aufgemacht, darauf vertrauend, lange vor Erreichen seines Ziels am anderen Ende von Aeshno eine professionelle Transportmöglichkeit zu sichten.

Er hatte jedoch keine gefunden; ein Zustand, der weniger von den Festinettes als von dem Eisenbahnarbeiterstreik herbeigeführt worden war. Den Nachmittag hatte er damit verbracht, durch Aeshnos weiße, sonnendurchglühte Straßen zu wandern, so lange, bis sein Mund staubtrocken war und sein Arm vom Gewicht des Koffers schmerzte; erst da hatte er für eine Erholungspause und eine Erfrischung in der *Akrobattería* Halt gemacht.

Keine Zeit mehr dafür. Immer noch keine Spur von einem Hansom, und er hatte lange genug herumgetrödelt. Er winkte dem Kellner, der augenblicklich kam.

Die Zeitung lag auf dem Tisch. Der Kellner, der die Schlagzeile GREWZISCHE GRAUSAMKEITEN IN JUMO sah, bemerkte: »Das Nächste, wovon man hören wird, wird sein, dass diese nach Innereien wühlenden Schweine ihre gierigen Blicke auf Feyenne richten.«

»Sherreen ist wahrscheinlicher«, äußerte Girays, während sein perfektes Aennorvisch von einem sehr vonahrischen Schulterzucken Lügen gestraft wurde.

»Sie sind nichts als eine Horde zu groß geratener Schläger, diese Grewzier. Ihr Imperior ist der Schlimmste von der Bande. Irgendjemand sollte diesem Halunken von Ogron mal eine Lektion erteilen. Ich wünschte, wir hätten diesen Ogron in diesem Moment hier in Aeshno. Ich würde gern die Küchenjungen mit ihren Spießen und Schöpfkellen auf ihn loslassen. Ha, eine ordentliche Tracht Prügel würde diesen mächtigen Imperior mores lehren.«

Vielleicht, aber die gesamten vereinigten Armeen von Aennorve und Vonahr wären nicht stark genug, um diese Großtat zu vollbringen, sinnierte Girays. Laut entgegnete er: »Das ist der rechte Geist, mein Freund!«

»Wir Aennorvianer brennen vor Tatendurst, Sir«, erklärte der Kellner. »Nur wissen so ein paar Dummköpfe nicht, was sie damit anfangen sollen. Diese Eisenbahnarbeiter beispielsweise. Die Grewzier berauben und verhöhnen uns, wir sollten wie *ein* Mann gegen die Fremden stehen, und diese Arbeiter denken nur an ihren eigenen Geldbeutel und bringen so den Zugverkehr zum Erliegen. Zu einem solchen Zeitpunkt ist das fast so etwas wie Hochverrat.«

»Schlimmer noch, eine Unannehmlichkeit«, murmelte Girays. »Keine Pferde, die man kaufen oder mieten könnte, nehme ich an?«

»Für kein Geld der Welt, Sir. Wohin wollen Sie?«

»Willunes Räder in der Räderstraße.« Name und Adresse waren ihm von einem liebenswürdigen Verkäufer an der Pier genannt worden.

»Ist das nicht ganz auf der anderen Seite der Stadt? Ich hoffe, Sie sind gut zu Fuß.«

»Das werde ich wohl sein, wenn das hier vorüber ist. Können Sie mir den Weg beschreiben?«

»Tut mir Leid, diesen Stadtteil kenne ich nicht.«

»Das scheint allen hier so zu gehen. Egal, irgendwie werde ich hinfinden.« Und mit diesen Worten beglich Girays seine Rechnung, hob widerstrebend seinen Koffer auf und machte sich auf den Weg.

Die kurze Pause hatte ihm gut getan. Sein Durst war gestillt, seine Schmerzen hatten nachgelassen, und er war in der Lage, seine Umwelt mit neu erwachtem Interesse zu betrachten. Die langen Schatten der Nachmittagssonne milderten das gleißende Sonnenlicht auf den weißen Gebäuden und dem hellen, staubigen Pflaster. Eine salzig-frische Brise schnitt durch die drückende Wärme des südlichen Frühlings. Die lange Mittagspause war zu Ende, die Läden und Buden an der breiten Straße öffneten wieder zum Verkauf, und die Bürger kamen aus ihren schattigen Zufluchtsorten, als die Stadt Aeshno aus ihrem Mittagsnickerchen erwachte.

Seiner Schätzung zufolge würde eine weitere halbe Stunde Fußmarsch ihn zur Räderstraße bringen. Girays lockerte seine Krawatte, veränderte den Griff um seinen Koffer und marschierte weiter. Die grellbunten Farben der Menschenmenge nahmen seinen Blick gefangen, Stimmengewirr umgab ihn, und die Atmosphäre wirkte irgendwie festlich, als verständen es die Aennorvianer, aus ihren tagtäglichen Verrichtungen ein Fest zu machen. Doch während er voranschritt, änderte sich die Art der Geräusche und Bewegungen. In den Stimmen schwang ein neues Gefühl mit, und die Menschenströme schoben sich mit fieberhafter Intensität durch die Stadt. Er eilte vorwärts, und nun hörte er Rufe, und der Menschenstrom stockte zu einem dichten, aber höchst lebhaften Auflauf, der sich um einen zentralen Gegenstand bildete, den er von seinem jetzigen Standpunkt aus nicht sehen konnte. Der Lärm schwoll an, und aufbrandender Volkszorn versengte die Luft. In der Mitte dieses Aufruhrs gingen individuelle Schimpfworte unter, aber ein Wort, von zahllosen wütenden Mündern ausgestoßen, konnte man verstehen: *Schlächter.*

Schlächter?

Grewzischer Schlächter.

Neugierig geworden schob Girays sich unter Einsatz beider Ellbogen durch die Menge, bis er die Zielscheibe des Volkszorns erblickte, ein Anblick, der ihn überrascht anhalten ließ. Denn dort stand kein anderer als Oberkommandant Karsler Stornzof, der ruhmreiche, goldene grewzische Halbgott in Person, mit dem Rücken gegen eine Hausmauer und eingekeilt von erbosten Aennorvianern. Stornzof – der einzige Ellipsoide, der auf Betreiben seines menschenaffenähnlichen grewzischen Landsmanns, dessen Auffassung von sportlicher Fairness bestenfalls rudimentär war, ungehindert aus dem besetzten Lanthi Ume hatte abreisen dürfen. Stornzof, dessen unverdienter Vorsprung ihn an die Spitze des Rennens hätte setzen sollen, Hunderte von Meilen vor seinem nächsten Konkurrenten. Stornzof, der aus unerklärlichem Grund hier war.

Und dem es nicht eben gut erging.

Der Halbgott hatte einige Beeinträchtigungen hinnehmen müssen. Seine graue Uniform war zerrissen und beschmutzt, sein verfluchtes goldenes Haar zerzaust. Eine Platzwunde auf seiner Stirn blutete stark.

Ein Offizier des Imperiums, der ein Schlückchen seiner eigenen bitteren Medizin zu kosten bekam? Schwierig, allzu großes Mitleid mit ihm zu empfinden. So betrachtet, eigentlich ein erfreulicher Anblick.

Die wahrscheinliche Ursache der Verletzung des Halbgotts wurde bald deutlich. Jemand aus der Menge schmiss einen faustgroßen Stein. Stornzof duckte sich, und das Geschoss pfiff an ihm vorbei, verfehlte seinen Kopf jedoch nur um eine Handbreit.

Der Oberkommandant hob eine Hand in der weltweit verstandenen Geste, mit der man um Aufmerksamkeit bat, welche seine Peiniger ihm nicht gewährten. Der Lärm wollte nicht abnehmen, so dass Stornzof gezwungen war zu brüllen.

»Bürger von Aeshno – Aennorvianer – ich bin nicht als Ihr Feind hier –«

Große Chancen hatte ein uniformierter Grewzier nicht, sie davon zu überzeugen, insbesondere, da er nicht ihre Sprache beherrschte. Vermutlich konnte Stornzof kein Aennorvisch, denn er schrie in Vonahrisch, was wiederum seine Zuhörer nicht verstanden oder verstehen wollten.

»Meine Anwesenheit ist unerwünscht, und ich werde Ihre Stadt auf der Stelle verlassen, wenn ich nur –«

Ein weiterer Stein kam geflogen, und auch dem konnte Stornzof ausweichen. Der nächste schürfte seine linke Hand auf. Blut floss aus der frischen Wunde, und der Pöbel heulte lustvoll auf.

Girays spürte, dass seine anfängliche Befriedigung

rasch verflog. Dieser aennorvische Mob schien willens, den Grewzier hier auf offener Straße zu steinigen, nur weil er Grewzier war, genauso, wie Familienmitglieder der v'Alisantes in der Zeit der Revolution in den Straßen von Sherreen gelyncht worden waren, allein wegen ihrer Abstammung. So eine Behandlung hatte niemand verdient.

Aber weshalb benutzte er nicht seinen Revolver? Er war bewaffnet und wusste genügend über Feuerwaffen, um *gewisse leichtgläubige, gefährlich unvorsichtige weibliche Wesen dazu zu überreden, sich völlig unnötigerweise zu bewaffnen* ... Eine Reihe von Warnschüssen –

Würde den Mob nur noch mehr aufbringen. Und wenn er ein oder zwei fanatische Aennorvianer tötete? Noch schlimmer. Die Überlebenden würden ihn in Stücke reißen. Der Grewzier verfügte über genügend Verstand und Selbstbeherrschung, um seine Finger von der Waffe zu lassen.

Trotz Verstand und Selbstbeherrschung jedoch schien es mit seinen Überlebenschancen schlecht zu stehen, denn die Steine flogen, und jeglicher Fluchtweg war ihm versperrt.

Girays beabsichtigte nicht einzugreifen, denn die Nöte eines grewzischen Rivalen kümmerten ihn nicht. Um ehrlich zu sein, eine permanente Entfernung des Oberkommandanten brachte nur Vorteile. Es geschah eigentlich zu seiner eigenen Überraschung, dass er sich nach vorne durchboxen fand, um mit der Pistole in der Hand den Platz an Stornzofs Seite einzunehmen. Den verdutzten Blick des anderen nahm er kaum wahr. Er zielte in die Luft, zog den Abzug durch, und die Khrenisov in seiner Hand knallte laut. Die Menge wallte erregt durcheinander und hielt dann den Atem an. In die darauf einsetzende Stille sagte Girays in seinem flüssigen Aennorvisch:

»Bürger, beruhigt euch«, beschwor er sie. »Dieser grewzische Offizier kommt nicht als Soldat des Imperiums zu euch, sondern als Teilnehmer an der Großen Ellipse – wie auch ich.«

»Vonahrier?«, fragte irgendjemand.

»Ja.«

»Welcher Vonahrier, der noch alle Tassen im Schrank hat, tritt für einen Eingeweidefresser ein?«

»Einer, der den zwischen Sportlern bestehenden Waffenstillstand einhält. Dieser grewzische Rennteilnehmer schadet niemandem und wünscht sich nichts so sehr, als möglichst rasch fortzukommen, um das aennorvische Staatsgebiet durchqueren zu dürfen.«

»Dann schieß ihn doch mit einer Kanone ab«, schlug ein anonymer Witzbold vor. »Das wär 'ne wirklich schnelle Reise!«

Von seinen Zuhörern erntete er zustimmende Schmährufe.

»Die Große Ellipse steht allen Nationen offen«, fuhr Girays fort und ging über Vorschlag und Antwort gleichermaßen hinweg. »Auch einer eurer aennorvischen Landsmänner nimmt daran teil. Welche Behandlung darf wohl Mesq'r Zavune auf fremder Erde erwarten? Vielleicht hängt der Empfang, den man ihm im Ausland bereitet, davon ab, wie Fremde hier in Aennorve aufgenommen werden. Die Verletzung oder Ermordung eines Teilnehmers an der Großen Ellipse in den Straßen von Aeshno wird die Ehre Aennorves in den Augen aller Welt beflecken. Es würde zudem«, fügte er mit klarer Stimme hinzu, »den allergrößten Zorn des grewzischen Imperiums erregen, und das zu Recht. Es würde nicht ohne Konsequenzen bleiben.« Dieses Argument schien bei seinen Zuhörern auf fruchtbaren Boden zu fallen, und Girays schickte schnell ein zweites hinterher, das eher dazu angetan war, das Gesicht der Angreifer zu wahren. »Und was ist, wenn euer Meister Zavune das Rennen gewänne? Ermordet seinen Rivalen, und dieser aennorvische Sieg wird für immer entwertet und besudelt sein. Eurem Landsmann erweist ihr damit einen Bärendienst.«

Vielleicht klangen seine Argumente überzeugend, vielleicht ebbte aber auch der Volkszorn langsam ab. Was immer der Grund sein mochte, der Geräuschpegel sank, und die Rufe wurden zu einem gedämpften hasserfüllten Gemurmel. Die Menge blieb noch eine Weile zusammen und begann sich dann allmählich aufzulösen, weil einzelne Mitglieder davongingen. Eine Gasse tat sich auf, und Girays bewegte sich auf sie zu. Stornzof schloss sich ihm an, und die beiden zogen sich eilends zurück. Die Bürger johlten, ließen sie aber gehen. Jemand warf einen letzten Stein, doch das Geschoss verfehlte sein Ziel um Längen. Die wütenden Stimmen hinter ihnen verebbten.

»Was haben Sie ihnen gesagt?«, erkundigte sich Stornzof einige Minuten später. Er zog ein Taschentuch hervor und presste es auf die Platzwunde auf seiner Stirn.

»Ich kann mich nicht mehr an die ganze Strafpredigt erinnern«, antwortete Girays beiläufig. »Hauptsächlich ein Appell an ihr Gerechtigkeitsgefühl, glaube ich.«

»Ich stehe tief in Ihrer Schuld.«

»Nicht im Geringsten. Mir lag das Wohlergehen dieser aennorvischen Bürger am Herzen, die mir allzu bereit erschienen, ihre nationale Neutralität aufs Spiel zu setzen. Sie hätten Ihrem Imperior nur einen Vorwand für eine Vergeltungsaktion geliefert.«

»Trotzdem« – Stornzof überging die Spitze höflich – »hat mich Ihr Einschreiten sicherlich vor ernsten Verletzungen oder gar dem Tod bewahrt. Sie dürfen meiner Dankbarkeit gewiss sein, zusammen mit meinem Versprechen, die Gefälligkeit zu erwidern, sollte sich die Gelegenheit dazu ergeben.«

Die formelle, altmodische Ausdrucksweise, die eigentlich hochtrabend oder doch seltsam hätte wirken sollen, besaß aus dem Munde dieses Mannes eine eigenartige Würde, stellte Girays verärgert fest. Grewzier waren barbarische Hinterwäldler, gefährlich, aber völlig lächerlich, ein passendes Ziel für die Verachtung eines einstmals Hohen, aber dieser hier schaffte es, dass jeder Spott an ihm abprallte.

»Ich lege keinen Wert auf Entschädigung«, hörte er sich sagen und wusste noch im selben Moment, dass er übers Ziel hinaus geschossen war und nur ungehobelt klang. Er begegnete dem klaren, ernsthaften Blick des anderen, und da fiel ihm ein, dass er einmal gelesen oder gehört hatte, die Truppen unter Karsler Stornzofs Kommando würden ihren Anführer als ein Wesen verehren, das hoch über allen anderen Menschen stand. Vorübergehend konnte Girays fast mit eigenen Augen sehen, dass einfache Menschen so denken mochten. Lächerlich, keine Frage; ein Trugschluss, der hauptsächlich auf dem Aussehen des Burschen basierte, verstärkt durch ein paar wirksame Tricks in der Redeweise und im Gestus. Nichts, was einer Prüfung standhalten würde; nun ja, der berühmte Sieg bei Düschlekl war schon etwas Besonderes gewesen, aber mit Sicherheit waren die grewzischen Streitkräfte bei dieser Gelegenheit auch auf unverschämte Weise vom Glück begünstigt worden. Der Oberkommandant war zweifellos tüchtig und tapfer, aber für seine Göttlichkeit blieb er denn doch den Beweis schuldig. Er war auch nur ein Grewzier, gewiss schmackhafter als andere, aber dennoch ein Handlanger des Imperiums. Eine Fortsetzung des Wortwechsels machte weder Sinn, noch versprach er sich einen Nutzen davon, und so fand sich Girays wiederum zu seiner eigenen Überraschung fragen: »Muss diese Wunde nicht genäht werden?«

»Nein, überhaupt nicht.«

»Passen Sie besser auf – dieser uniformierte grewzische Gang durch die Stadt erregt Aufmerksamkeit, und das Blut auf Ihrem Gesicht macht es auch nicht besser. Wohin gehen Sie?«

»Räderstraße«, gab Stornzof zur Antwort.

»Willunes Räder?«

»Der Veloziped-Verleih, ja. Und Sie?«

»Eben dorthin, wenn ich es finden kann. Mich hat man heute Nachmittag schon ein Dutzend Mal in die Irre geschickt, und der Stadtplan, den ich gekauft habe, ist völlig nutzlos.«

»Meiner ist ziemlich gut. Er ist in Grewzisch gedruckt.« Stornzof förderte ein zusammengefaltetes Papier zutage. »Sie dürfen sich seiner gerne bedienen.«

Girays unterdrückte eine spontane Ablehnung. Der Grewzier tat ihm keinen Gefallen, sondern zahlte nur eine rechtmäßige Schuld ab. Darüber hinaus kam das Arrangement beiden Parteien zugute. Der Oberkommandant, dessen Uniform seine verabscheuungswürdige Staatsangehörigkeit deutlich verriet, mochte seine Hilfe noch gut und gerne brauchen, bevor sie Aeshno verlassen konnten.

»Ich werfe mal einen Blick darauf«, gab er nach.

Stornzof reichte ihm den Stadtplan, und die beiden Männer blieben stehen.

»Hier entlang, denke ich.« Der Finger des Oberkommandanten fuhr einen Wegverlauf nach, bevor sein Gefährte das in Grewzisch Gedruckte auch nur ansatzweise entziffern konnte.

»Einverstanden.« Girays gab den Stadtplan an seinen Eigentümer zurück. Sie setzten sich wieder in Bewegung, und ihm kam ein Gedanke in den Sinn. »Was ist eigentlich mit Ihrem Verwandten, dem Großlandsmann? Ich nehme an, er hält sich hier irgendwo auf.«

»Der Großlandsmann und ich haben uns fürs Erste getrennt«, eröffnete ihm Stornzof.

Girays bekam einen flüchtigen Eindruck von Zufriedenheit in Blick und Tonfall seines Gegenübers mit. Interessant. Vielleicht lösten sich die Stornzof'schen Familienbande auf?

Sie schoben sich weiter durch die Straßen von Aeshno, wo die Uniform des grewzischen Offiziers manchen feindseligen Blick auf sich zog. Flüche zischten in ihrem Kielwasser, aber niemand erhob die Hand gegen sie. Die Verwünschungen und Schmähworte flogen ihnen ohne Steinbegleitung um die Ohren. Je weiter sie gingen, desto schmaler wurden die weißen Straßen, die Bauten wurden immer älter und niedriger, die weiß verputzten Mauern rissig und schmutzig. Bald darauf schritten sie unter einem massiven alten Torweg hindurch in eine enge Gasse, deren Häuserfronten von weit zurückgesetzten Eingängen ausgekerbt waren, die Schatten spenden sollten. Die eingeritzten Buchstaben auf dem Torweg wiesen die Gasse als Räderstraße aus. Und dort, unmittelbar vor ihnen, verkündete ein verblichenes altes Schild mit dem Bild eines Velozipeds den Standort von Willunes Rädern.

Sie traten ein, um einen Laden vorzufinden, der schon bessere Tage gesehen hatte; die Aufsicht führte ein pockennarbiger Ausbund pubertärer Dreistigkeit, vermutlich der Sohn und Erbe des Geschäftsinhabers. Im Lager gebe es keine Velozipede mit Einzelsitz mehr, erklärte der Jugendliche ohne einen Ausdruck des Bedauerns. Das letzte hätten sie ihm schon vor Tagen aus der Hand gerissen, denn der *Strevvio* hatte ihren Wert in immense Höhen getrieben. Ehrlich, das sei ein Witz, die Leute zahlten jeden Preis. Jetzt seien die Räder ausgegangen, und es würde keine neuen geben, bis der *Strevvio* beendet wäre. Bis dahin blieb nur ein verrosteter Doppelsitzer übrig, schwer wie ein Schlachtschiff, dessen Gewicht verhinderte, dass ein einzelner Fahrer das Gefährt ausbalancieren und lenken konnte. Zwei Piloten waren zwingend erforderlich.

Girays und der Grewzier besahen sich den Zweisitzer schweigend einen finsteren Moment lang, um sich dann fragend anzuschauen. Stornzof war es, der schließlich das Unvermeidliche in Worte fasste.

»Wir nehmen es gemeinsam.«

Die Dämmerung breitete sich über den Himmel aus, und ihr Magen knurrte. Ein nahes Restaurant hatte schon die Abendbeleuchtung angestellt. Sein Aushängeschild in Form einer Kammmuschel wies auf Meeresfrüchte hin. Luzelle ging hinein und wartete fünfzehn Minuten, bis ihr ein schäbiger Tisch zugewiesen wurde, wo sie Platz nahm und die Speisekarte studierte. Sie war handschriftlich und in Aennorvisch verfasst, und sie verstand kein einziges Wort. Selbst die Ziffern in der Preissparte waren seltsam geformt und schwer zu lesen. Ein offensichtlich missbilligender Kellner näherte sich. Da sie keine Lust hatte, ihn um Hilfe zu bitten, suchte sie wahllos ein Gericht aus, indem sie mit dem Finger darauf tippte.

Mit einem knappen Nicken zog der Kellner sich zurück. Luzelle schaute sich um. Der Speisesaal war klein und nichts sagend, sein Dekor vage maritim. Mehrere Gäste begafften die Dame ohne Begleitung mit unverhohlener Neugier. Kühl begegnete sie einem der forschenden Augenpaare, und dessen Besitzer besaß nicht einmal den Anstand, den Blick zu senken. Hinterwäldlerischer Rüpel. Sie bedachte ihn mit einem kurzen wütenden Blick und sah dann weg. Es war natürlich unumgänglich, dass ihr irgendwann im Verlauf der Großen Ellipse eine solche Unverfrorenheit begegnete. Überraschend war eigentlich nur, dass es nicht schon früher passiert war.

Ihre Blicke begaben sich erneut auf Wanderschaft. Am Nachbartisch saß ein einsamer Gast mit einer Zeitung, deren Schlagzeile, in sehr großen lanthianischen Buchstaben gedruckt, sie auch auf diese Entfernung lesen konnte.

GREWZISCHE TRUPPEN BESETZEN JUMO

Jumo Statt, die Hauptstadt des Süd-Ygahro-Territoriums, ein aennorvisches Protektorat und Standort der berühmten Diamantminen, von Grewzland annektiert! Eine offene Kriegserklärung. Doch sicherlich würde Aennorve, aller rechtschaffenen Empörung zum Trotz, die Einladung nicht annehmen.

Ihr Essen traf ein, und Luzelle begutachtete den Teller vor ihr mit einem Gefühl von Ekel. Sie sah einen großen Haufen dicker blauer Fasern, weich wie Nudeln, aber deutlich geriefelt und in Segmente unterteilt, die von einer nach Tavril riechenden blauen Sauce glänzten. *Was um alles in der Welt ...?* Dann förderte ihre stochernde Gabel einen winzigen dreieckigen Kopf mit saphirblauen Sinnesorganen zutage, und sie wusste, womit sie es zu tun hatte. Blaue Aennorvermis in Feyenne-Sauce, eine berühmte regionale Spezialität.

Gedämpfte Seewürmer.

Abendessen.

Sie wickelte einen Wurm um ihre Gabel, führte sie an den Mund und kaute misstrauisch darauf herum. Eine für ihren Geschmack zu weiche Konsistenz, aber nicht so übel, wie sie befürchtet hatte. Der Wurm hatte keinen erkennbaren Eigengeschmack – der gesamte Geschmack des Gerichts befand sich in der Sauce, in der sich Tavril, Wacholder und Bergthymian auf überraschend angenehme Weise vermischten.

Sie aß ihren Teller bis zum letzten Wurm auf, bezahlte ihre Rechnung und trat auf die von Lampen beleuchtete Straße hinaus. Der Himmel war mit Sternen übersät, und die Luft hatte sich abgekühlt, aber sie nahm das alles kaum wahr.

Alter-Ritter-Straße, das Zuhause von Madame Geldsack, der Eigentümerin von mindestens zwei höchst erstrebenswerten Pferden. Wie sollte sie sie finden, ohne Stadtplan und ohne Kenntnisse der aennorvischen Sprache?

Das Problem löste sich auf verblüffend einfache Weise. Einer der kostbaren seltenen Hansoms von Aeshno tauchte wie auf göttliche Vermittlung hin auf. Luzelle winkte dem Droschkenfahrer, der sofort anhielt. Sie erteilte ihm ihre Anweisungen in Lanthianisch, und er schien sie zu verstehen. Sie stieg ein, schloss die Tür, und der Hansom ratterte in die Nacht davon.

Aeshno zog an ihr vorbei, Straße um laternenerhellte Straße. Als sie die Alter-Ritter-Straße erreichte, kündete das Glühen der Gaslampen an den Portalen gewisser nagelneuer Stadthäuser, deren Bauweise Burgen und Tempeln vergangener Zeiten nachempfunden war, vom Überfluss und der Modernität der Gegend.

Unpassend, dachte sie.

Ihr Ziel war leicht auszumachen. *Neues Backsteingebäude von der Farbe rohen Fleischs in der Alter-Ritter-Straße,* hatte ihr Streikposten-Informant ihr gesagt, und da stand es, eine mit Türmchen garnierte architektonische Geschmacklosigkeit, lächerlich mit Zinnen und Pechnasen, würdig einer mittelalterlichen Festung, verziert. Jeglicher Zweifel schwand, als sie das Straßenschild erblickte, das ein dreidimensionales Modell eines Eisenbahnwaggons krönte, in Bronze gegossen und mit einem verschnörkelten großen »T« versehen.

»T« für Tastriune, Hauptaktionär und Präsident der Feyenne-Aeshno-Eisenbahn.

Luzelle klopfte ans Dach, und die Droschke hielt an. Sie hüpfte heraus, bezahlte den Kutscher, und der fuhr weiter und ließ sie allein in der fremden, vom Mantel der Nacht umhüllten Straße. Es kam ihr nicht in den Sinn, sich zu ängstigen.

Pferde. Wie kam sie an sie heran?

Zwecklos, sie zu kaufen, hatte ihr Streikposten ihr erklärt, und er hatte so geklungen, als wüsste er Bescheid. Wenn Madame Geldsack um keinen Preis verkaufen wollte, würde sie die Tiere wohl auch kaum ausleihen. Was blieb also? Das Mitgefühl einer Frau, der es Spaß machte, ihre Hunde auf zu hartnäckige Kaufwillige zu hetzen? Also ein Appell an ihr Gefühl für Sportlichkeit und Fairness? Wahrscheinlich hatte Tastriunes Frau noch nie von der Großen Ellipse gehört. Und falls sie zufällig davon gehört hatte, würde sie als Aennorvianerin nicht instinktiv den einzigen aennorvischen Teilnehmer, Mesq'r Zavune, bevorzugen? Selbstverständlich würde sie das. Keine Chance. Aber was dann? Irgendein Rechtskniff? Einen Weg finden, die Eigentümerin davon zu überzeugen, dass die Pferde bald von der hiesigen Regierung beschlagnahmt werden würden und ein rascher Verkauf einem erheblichen Verlust zuvorkommen würde? Zu kompliziert, zu unwahrscheinlich, und sie beherrschte ja nicht einmal ihre Sprache. Damit käme sie nie durch. Aber was dann? Was dann?

Und dann kam ganz mühelos der Gedanke hoch: *Oh, lass doch die dumme Aufregung! Wenn du ein Pferd willst, geh einfach rein, und hol dir eins.*

Der Gedanke setzte sie selbst in Erstaunen. Ein Pferd stehlen? Nicht nur moralisch verwerflich, sondern auch ein schweres Verbrechen, das mit Gefängnisstrafe oder Schlimmerem geahndet wurde. Sie kannte die hiesigen Gesetze nicht, aber in manchen Gegenden dieser Welt hängten sie Pferdediebe. Unwillkürlich griff sie sich mit einer Hand an die Kehle. Wie dem auch sei, die Frage war akademisch; sie war Luzelle Devaire, und sie stahl nicht.

Du würdest nicht stehlen, wenn du einen fairen Preis zurücklassen würdest.

Madame Tastriune hatte mindestens zwei Pferde, vielleicht mehr. Sie konnte es gut verschmerzen, auf eins zu verzichten.

Luzelle konnte sich lebhaft vorstellen, was der Richter dazu sagen würde. Sie konnte seine Stimme nur allzu deutlich in ihrem Kopf hören. *Dein Blut ist gut, und du hast eine anständige Erziehung genossen. Daher kann ich kaum für deine mentalen und moralischen Defizite verantwortlich gemacht werden.* Sollte sie die Große Ellipse verlieren, musste sie sich natürlich nichts mehr vorstellen und sich an nichts mehr erinnern – seine vollkommen reale Stimme würde ihr dann in den Ohren klingen, möglicherweise auf Jahrzehnte hin.

Aber sie würde die Große Ellipse nicht verlieren. Sie hatte Rouvignac und sich selbst einen Sieg um jeden Preis versprochen, um jeden erdenklichen Preis.

Sie wurde sich darüber klar, dass ihre Beine sie durch die Lieferantengasse zum Hintereingang des Stadthauses trugen, wo sie vernünftigerweise mit dem Vorhandensein von Ställen rechnen konnte. *Sie werden das Ganze gut gesichert haben. Ich kann nicht die Erste sein, die darauf kommt, Madames kostbare Pferdchen zu klauen.*

Vor ihr erhob sich die Remise, eine freistehende Miniaturburg, durch eine lange Säulenreihe mit dem Haupthaus verbunden. Hinter den Fenstern schien schwaches gelbliches Licht. Die große Eingangstür, hoch und breit genug, um auch die stattlichste Kutsche durchzulassen, war geschlossen. Keine Dienstboten zu sehen, die auf dem Gelände umherstreiften. Auch keine Wachhunde. Sich vorsichtig nähernd, lugte sie durch eines der Fenster und erblickte einen höhlenartigen Raum, dessen Düsternis durch das Licht von zwei oder drei gewöhnlichen Laternen erhellt wurde. Keine ultramoderne Gasbeleuchtung hier drinnen.

Zwei kräftige, einfach gekleidete junge Männer saßen an einem kleinen Tisch am Fenster beim Kartenspiel. Pferdeknechte, Stalljungen, Kutscher, Hausmeister – sie wusste nicht, welche Funktion sie hatten, aber es waren bestimmt irgendwelche Dienstboten, dazu abgestellt, auf das Anwesen aufzupassen. Schnell duckte sie sich weg. Ihr Glück verließ sie nicht; keiner der beiden hatte sie bemerkt. Und falls doch? Ihre Hand fuhr zu der Pistole in ihrer Tasche, und sie hielt kurz inne, überrascht von sich selbst.

Pferde. Konzentrier dich.

Sie umrundete im Dunkeln das Gebäude, kam an einigen kleinen Seitentüren und einer größeren Hintertür vorbei, von denen sie keine anzufassen wagte. Entlang der Südwand bezeichnete eine Reihe großer, mit schweren Läden verschlossener quadratischer Fenster mit an Sicherheit grenzender Wahrscheinlichkeit den Standort der Boxen. Ganz leise probierte sie eine davon auf gut Glück aus. Abgeschlossen, wie sie erwartet hatte. Sie presste ihr Ohr gegen den Laden, horchte angestrengt und schnappte ein kaum hörbares gedämpftes Pferdeschnauben auf.

Ein Pferd, nur ein paar Zentimeter entfernt von ihr. Am liebsten hätte sie sich direkt durch die Wand gegraben.

Muss einen Weg da rein finden, muss, muss, muss …

Die Wächter bestechen? Auf keinen Fall. Sie konnte ihnen keinen Betrag anbieten, der hoch genug wäre, um sie in Versuchung zu führen, ihre bequemen Stellungen in dem reichen Tastriune-Haushalt aufs Spiel zu setzen. Warten, bis sie eingeschlafen waren? Nein, wahrscheinlich schliefen sie abwechselnd.

Als sie ihren Rundgang um das Gebäude wieder aufnahm, fand sie sich bald durch eine abgelegene Hinterecke des Tastriune-Anwesens streifen. Hier spielte das Mondlicht auf Bäumen und kunstvoll gestutzten Büschen, und hinter ihnen noch auf etwas anderem, etwas Solidem. Ziegel oder Steinwände, dachte sie, und schlich vorwärts, um es zu erkunden.

Hinter dem Gebüsch, unauffällig vor beiläufigen Blicken verborgen, fand sie ein kleines Backsteingebäude mit einem steilen Dach und einer Tür aus gestrichenen Holzplanken. Sicherlich kein Außenabort, nicht für die moderne Madame Geldsack. Ein Nutzgebäude also. Geräteschuppen? Pflanzhaus? Vorsichtig öffnete sie die Tür, die auf gut geölten Angeln geräuschlos aufschwang. Im Innern herrschte Dunkelheit.

Ihre Reisetasche enthielt ein Päckchen Streichhölzer, einen Ausrüstungsgegenstand, den stets dabei zu haben die Erfahrung sie gelehrt hatte. Nun holte sie das Päckchen hervor und zündete ein Streichholz an, das sie in den schwarzen Raum hielt. Die Dunkelheit wich zurück, und sie sah ein kammergroßes Gelass, leer bis auf einen großen, zylinderförmigen Metalltank, der massig auf seinem flachen Boden stand. Aus der gewölbten Oberseite des Tanks spross so etwas wie ein Leitungshahn hervor, der mittels eines kurzen, schweren Schlauchstücks mit einer aus dem Lehmboden kommenden Metallleitung verbunden war. Neben dem Hahn glitzerte eine runde, vorne mit Glas abgedeckte Vorrichtung mit einer Nadel und einer kalibrierten Messuhr. Eine Art Ablesegerät?

Luzelle starrte es an. Die Flamme leckte an ihren Fingern, sie ließ das Streichholz fallen, und die Dunkelheit breitete sich wieder aus. Einen Moment stand sie ratlos da, aber dann ging ihr ein Licht auf. Natürlich. Sie blickte auf den Gastank der Tastriunes, der den Brennstoff enthielt, mit welchem diese neumodischen Gaslaternen vorne betrieben wurden. Eines Tages, vermutlich relativ bald, würde das Gas kommerziell produziert und herbeigeleitet werden, in Mengen, die es erlaubten, ganze Straßen, ja ganze Städte zu beleuchten. Jedenfalls lautete so die optimistische Theorie. Sie würde es glauben, wenn sie es sah. In der Zwischenzeit waren reiche Emporkömmlinge wie die Tastriunes, die sich von der Masse abheben wollten, gezwungen, ihre eigenen Brennstoffbehälter aufzustellen und zu unterhalten, aus Angst vor Feuer und Explosionen in sicherem Abstand zum Wohnhaus.

Feuer? Explosionen?

Woran denkst du da? Ihre Fähigkeit, sich selbst zu überraschen, war noch nicht erschöpft. *Bist du wahnsinnig geworden?*

Doch der kalte, messerscharf kalkulierende Teil ihres Verstands, jener Teil, der vorbehaltlos auf Sieg abonniert war, schien die Kontrolle übernommen zu haben. Und dieser Teil, taub gegenüber Einwänden und erschreckend effizient, stieß ihre Hände in ihre Reisetasche, um nutzlose Fahrpläne und Reservationen hervorzuholen, die das Außenministerium zur Verfügung gestellt hatte; ließ sie diese Dokumente zerknüllen und in einer Ecke aufhäufen; ein Streichholz anstecken und den Papierstoß in Brand setzen.

Die kleinen Flammen schlugen empor, ihr flackerndes Licht durchdrang den kleinen Raum. Luzelle zog ihr Klappmesser aus der Seitentasche ihrer Reisetasche und sah dann wie aus weiter Entfernung zu, wie ihre eigenen Hände die Klinge aufklappten und die Stahlspitze in den Schlauch stachen, der Tank und Zuleitung miteinander verband. Ein leises Zischen des entweichenden Gases belohnte ihre Mühen, und ein neuer Geruch trat in die Atmosphäre. Sie schnappte sich ihre Reisetasche, stürzte zum Ausgang, knallte die Tür hinter sich zu und lief in Deckung.

Als sie die Ecke der Remise erreicht hatte, presste sie sich mit dem Rücken an die Mauer, ließ sich hinter den Büschen, die das Fundament verbargen, auf die Erde sinken und wartete dort im Schatten. Sie hatte keine Ahnung, wie lange sie dort blieb, mit rasendem Herzen und schwitzigen Handflächen. Die Sekunden oder Minuten oder Stunden zogen sich zu Jahrhunderten hin, und bald wähnte sie sich in einem Albtraum gefangen, denn Luzelle Devaire war keine Brandstifterin, und gewiss konnte die Szene in dem Außengebäude nicht wirklich geschehen sein.

Das tiefe, beinah dumpfe Donnern einer Explosion trieb ihr solche Einbildungen aus. Die Backsteinmauern des Außengebäudes hielten der Wucht der Detonation stand, aber die hölzerne Tür wurde nach draußen geschleudert, und das Dach flog mit lautem Knall davon. Eine große Feuerblume entfaltete sich, erhellte die Nacht für einen spektakulären Moment und verwelkte wieder.

Das habe ich getan? Beinah ungläubig begutachtete sie ihr Zerstörungswerk; die Ziegelwände waren versengt, standen aber noch aufrecht, die verstreuten Überbleibsel des hölzernen Dachs brannten lichterloh.

Eine Tür in der Nähe öffnete sich, und ein schwacher Lichtschein fiel aus der Remise nach draußen. Die beiden Wächter stürzten heraus und liefen auf das Feuer zu. Sekunden später gingen die Lichter in den Fenstern des Stadthauses aus. Ein entferntes Stimmengewirr in Aennorvisch wurde hörbar. Eine weitere Tür wurde mit einem Knall aufgestoßen, und schattenhafte Gestalten stürzten aus dem Tastriune-Haus heraus.

Sie nahm sich nicht die Zeit, ihre Aktionen zu beobachten. Die Remise war unbewacht, aber nicht mehr lange. Sie richtete sich auf. Sich im Schatten haltend, schlich sie zu der offenen Tür, vor der sie nur für die Dauer eines Herzschlags innehielt, bevor sie hindurchschlüpfte.

Sie sah sich rasch um. Der Raum war weitläufig, mit hoher Decke, und vortrefflich ausgestattet. Beiläufig nahm sie zwei protzige, überdimensionierte Kutschen wahr, mehrere kleinere, aber nicht weniger aufwändig gestaltete Gefährte, einen gewöhnlichen Wagen, eine antike Sänfte und jemandes rostiges Veloziped.

Sie hastete zur rückwärtigen Raumseite, kam an zwei verschlossenen Türen vorbei, und dann erspähte sie die Reihe großer Stallboxen, sechs, um genau zu sein, und alle belegt.

Niemand braucht sechs Pferde, niemand sollte so viele haben, redete sie sich ein und sorgte dafür, dass sie es auch glaubte.

Die Tiere waren wach, zweifellos durch die ungewohnten Geräusche und Anblicke geweckt. Ein wohl geformter kastanienbrauner Kopf lugte neugierig aus der nächsten Box heraus, deren Tür eine kleine Messingplatte mit dem eingravierten Namen trug: *Ballerina.*

Sie schnalzte, und das Pferd wieherte leise.

Dich, dachte sie. *Ich führe dich einfach hier raus, und dann –*

Und dann? Sie konnte reiten, aber nicht ohne Zaumzeug und Sattel. Sie wusste, wie man ein Pferd sattelte, diese Fähigkeit hatte sie als Mädchen erworben, ohne Seiner Ehren Wissen oder Erlaubnis. Es war lange her, aber es würde ihr wieder einfallen – es musste.

Der Raum fürs Sattelzeug? Hinter einer dieser beiden geschlossenen Türen, an denen sie gerade vorbeigekommen war. Sie ließ ihre Reisetasche fallen, eilte zu der ersten Tür zurück, öffnete sie und schaute in den Futterraum, dann öffnete sie die zweite und entdeckte eine beeindruckende Kollektion von Lederausrüstungen. Sie ging hinein und trat vor die Wand, wo ein Dutzend runder Halterungen eine Ansammlung tadellosen Zaumzeugs trug. Jede Halterung hatte eine Namensplakette, die man in dem schwach durch die Tür einfallenden Licht gerade so lesen konnte. Gut organisiert, dieses Haus. Ihre Blicke huschten über die Plaketten. Sie fand diejenige, die sie suchte: *Ballerina.* Sie nahm ein Zaumzeug mit einer einfachen Trense von der Halterung und drehte der Wand den Rücken zu. Ihre Blicke sprangen zu der Staubdecke, die den nächsten Ständer bedeckte. Sie riss die Plane herunter und enthüllte einen penibel polierten Reitsattel, dessen Gurt, an einer Seite gelöst, über dem Sitz lag und dessen Steigbügel hochgezogen waren. Sie nahm den Sattel von seinem Ständer und legte ihn sich über den Arm. Satteldecken? Wo waren die?

Keine Zeit.

Die kastanienbraune Stute würde ohne das zurechtkommen müssen. *Tut mir Leid, Ballerina.*

Sie verließ den Sattelraum, lief zur Box zurück, murmelte der Bewohnerin ein paar theoretisch beruhigende Worte zu und schlüpfte hinein. Das Pferd, eine elegant gebaute Stute, ließ weder Angst noch Feindseligkeit erkennen. Ein Pferd mit ausgeglichener Wesensart, ein Glückstreffer. Luzelle stellte den Sattel vorsichtig ab und nahm das Zaumzeug in die Hand. Keine Zeit, um das Gebiss in ihrer Hand vorzuwärmen, aber die Frühlingsluft war mild, und das Metall hatte eine annehmbare Temperatur für das Pferdemaul. Sie näherte sich dem Tier seitlich und streifte die Zügel über den hübschen roten Kopf, um dann das Stallhalfter aufzuschnallen und zu entfernen. Ihr linker Daumen drückte ganz unnötig, denn das Maul der Stute öffnete sich von selbst, und das Gebiss glitt mühelos hinein, während der Stirnriemen glatt über die Ohren rutschte. *O du mein roter Schatz.* Ihre Finger flogen hin und her; Schnallen schließen, Sitz überprüfen. Alles so, wie es sein sollte.

Das nicht mehr ganz so weit entfernte Geschrei aennorvischer Stimmen drang an ihr Ohr. Um das zerstörte Außengebäude musste sich eine beträchtliche Menschenmenge versammelt haben. Eine Weile würde das Feuer dort die allgemeine Aufmerksamkeit fesseln, aber wie lange noch? *Beeilung, Beeilung, Beeilung.*

Rasch fuhr sie mit der Hand einmal über den Rücken der Stute und entfernte einen Strohhalm. Das reichte zwar nicht, aber es blieb keine Zeit mehr zum Striegeln, keine Zeit. Sie wuchtete den Sattel hoch, legte ihn ein paar Zentimeter hinter den Widerrist und schob ihn dann von hinten an seinen richtigen Platz. Das Tier bewegte sich unruhig, spürte das Ungewohnte.

»Ruhig«, raunte Luzelle dem Pferd und sich selbst zu. »Ruhig.«

Sie wunderte sich beinahe über ihre Geschicklichkeit, mit der sie den Bauchgurt festzurrte. Keine Zeit, um die Steigbügel penibel zu adjustieren, das würde erst einmal so gehen müssen. Behutsam lenkte sie die

Stute zur Boxentür und führte sie ohne Schwierigkeiten hindurch. Der Anblick ihrer Reisetasche auf dem Boden neben der Tür rief ihr gewisse unerfreuliche Tatsachen in Erinnerung. Der größte Teil ihres Geldes befand sich in ihrer Reisetasche, und sie entsann sich, dass sie gelobt hatte, einen fairen Kaufpreis für das Pferd dazulassen, das sie gerade stahl – *kaufte*–, ganz zu schweigen von dem Eigentum, das sie zerstört hatte. Das Ganze war selbstverständlich vergebliche Liebesmüh. Sie mochte genügend Geld für zwanzig Fuchsstuten zurücklassen, und die Tastriunes würden keinen einzigen Neu-Rekkoe davon zu Gesicht bekommen. Die gesamte Summe würde in der Tasche des ersten Stallknechts landen, der das Glück hätte, sie zu finden.

Bin ich verantwortlich für die Unehrlichkeit des Dienstpersonals?, fragte der völlig eingleisige Teil ihres Verstands.

Dann war da noch die Sache mit der Reisetasche an sich – ein geräumiges Behältnis mit harten Schalen, das nur schwer auf einem Pferderücken zu transportieren war.

Unmöglich zu transportieren. Sie würde die Reisetasche zurücklassen müssen.

Meine Kleider! Mein Nähset und mein Nageletui! Meine saubere Unterwäsche!

Alles ersetzbar.

Schon kniete sie neben der Tasche und durchwühlte ihren Inhalt. Der Pass und ihre dicke Brieftasche glitten in die Innentasche ihrer Jacke aus feinem Wollstoff. Ein großzügiger Stapel Neu-Rekkoe-Scheine blieb in der Reisetasche, doch die noch unbenutzten Landkarten und Dokumente, die das Ministerium bereitgestellt hatte, fanden zusammen mit dem Munitionskarton ihren Weg in die Tasche, die bereits die Khrennisov, das Klappmesser und die Streichhölzer enthielt. Nichts, was ihre Identität hätte offenbaren können, blieb zurück. Noch ein paar Sekunden Herumgesuche, und sie würde wahrscheinlich ihr Miniaturnähset in die Finger kriegen –

Keine Zeit!

Wo ging es hinaus? So weit wie möglich weg vom Ort der Explosion. Sie richtete sich auf, zog den Sattelgurt fest und führte die Stute dann zu dem riesigen Eingangstor, wo sie den Balken zur Seite schob und drückte. Einer der großen hölzernen Türflügel schwang auf, und sie lockte die Stute hindurch.

In der kalten Nachtluft lag schwerer Rauchgeruch. Ballerina schnaubte und warf den Kopf hin und her.

»Ruhig«, flehte Luzelle sie flüsternd an. *Nur noch einen kleinen Moment, dann habe ich uns beide hier rausbekommen, und niemand wird Bescheid wissen –*

Diese Minute wurde ihr nicht gegönnt. Das durch die offene Tür herausfallende Licht erfasste sie, und sie wurde umgehend entdeckt. Jemand in der Nähe fing gellend zu schreien an. Keine Chance auf einen unauffälligen Abgang.

Als junges Mädchen hatte sie im Einklang mit Seiner Ehren Anweisungen gelernt, sittsam im Damensitz zu reiten. Möglicherweise hätte sie nie etwas anderes gelernt, wenn nicht die erste Matriarchin der Uiiviisianischen Präriebewohnerinnen Mitleid mit ihr bekommen und sie Reiten gelehrt hätte. Jetzt schürzte sie ihren langen Rock und ihre Unterröcke hoch, gleichgültig gegenüber der unzüchtigen Zurschaustellung spitzengesäumter Musselinunterhosen. Sie warf sich den Stoffbausch über einen Arm, hielt sich am Sattelknauf fest und schwang sich in den Sattel, trieb der Stute die Fersen in die Flanken und galoppierte davon.

Das wütende Geschrei hinter ihr verstärkte sich, und sie hörte das aus tiefster Kehle kommende Bellen von Hunden, aber all diese Geräusche wurden leiser, und bald waren sie ganz verstummt, gingen unter im stetigen Rhythmus des Hufschlags. Luzelle ließ ihr gestohlenes Reittier im Schritt gehen. Ihr Herz pochte wie wild – vor ausgelassener Freude, wie ihr klar wurde. Was wohl Seine Ehren dazu gesagt hätte? Ein schamloses Lachen brach aus ihr heraus.

Und was würde Karsler sagen? Der Gedanke kam ihr aus unerfindlichem Grund in den Sinn, und das Lachen erstarb ihr auf den Lippen. Sie wusste nicht, warum sie ausgerechnet in einem solchen Augenblick an ihn denken sollte, aber sie konnte sein Gesicht ganz deutlich vor ihrem geistigen Auge sehen. Es zeigte keine Verurteilung, aber irgendetwas in der beständigen Klarheit seiner Augen tadelte sie.

Eine lächerliche Vorstellung. Als wenn ausgerechnet ein grewzischer Oberkommandant sich anmaßen dürfte, sich als eine Art moralischer Schiedsmann aufzuspielen. Komisch, wirklich. Aber sie lächelte nicht mehr.

Dann wurde ihr bewusst, dass sie müde war. Der Rausch der Erregung, der sie die letzte halbe Stunde aufrechtgehalten hatte, war abgeebbt, und jetzt wünschte sie sich nichts so sehnlich wie ein sauberes Federbett und einen tiefen Schlaf. Aber nichts von alledem würde sie in nächster Zeit bekommen.

Sie musste Aeshno unverzüglich verlassen – sowohl zu ihrem eigenen als auch zum Besten der Großen Ellipse. Madame Tastriunes Fuchsstute war leicht zu erkennen, ihre augenblickliche Reiterin auch nicht gerade unauffällig: Die Behörden würden schon nach ihr Ausschau halten.

In östlicher Richtung nach Bizaqh, dem nächsten Kontrollpunkt auf der Großen Ellipse. Nach Osten, jenseits des Wirkungsbereichs des *Strevvios,* wo keine Züge verkehrten, keine Pferde gekauft werden konnten und keine anständigen Transportmöglichkeiten bestanden.

Ihr stets guter Orientierungssinn sagte ihr, dass das Hafengebiet, von wo sie gekommen war, links von ihr lag. Sie hob ihr Gesicht zum Nachthimmel empor und besah sich den Sternenhimmel. Dort oben auf der rechten Seite, nach Osten zu, stand die Formation, die man in Vonahr als ›die Prinzessin‹ kannte; während der Revolution kurzzeitig in ›die Wäscherin‹ umbenannt, war sie jüngst zu ihrem alten Rang zurückbefördert worden.

Sie lenkte ihr Reittier in Richtung der Prinzessin und ritt nach Osten. Die Zeit verstrich, und Aeshno fiel immer weiter zurück. Sie war in freier Natur auf der staubigen Hauptstraße unter Mond und Sternen, ihr Weg lag klar vor ihr, eine Verfolgung vor morgen früh war unwahrscheinlich. Sie war müde, aber nicht bis zur Erschöpfung, und sie wusste, sie konnte, falls nötig, noch stundenlang weiterreiten. Mit ein bisschen Glück würde sie noch vor Mitternacht auf einen Gasthof an der Straße treffen.

Der Mond wanderte zentimeterweise über das Firmament, und ihr Blick wandte sich nach innen, um auf verschiedenen Gesichtern zu verweilen. Auf Karslers mit seinem unausgesprochenen Tadel. Madame Tastriunes mit deutlich mehr davon. Szett Urrazole, umgekommen in einer anderen Explosion, die aber nichts mit Gastanks zu tun hatte. Girays v'Alisante mit seinen Fragen. Die Festinette-Zwillinge, irgendwo weit vor ihr, die triumphierend kicherten. Großlandsmann Torvid Stornzof, dessen Monokel wie sonnenfunkelndes Eis blitzte. Andere, viele andere, kamen und gingen, aber Girays und Karsler waren stets in der Nähe, in ihrer Phantasie trotz all ihrer Verschiedenartigkeit verbunden, und oft stellte sie fest, dass sie an beide zusammen dachte und sich fragte, wo sie wohl steckten und wie es ihnen erging.

Zehntes Kapitel

»... so verzögerte das Eingreifen des lanthianischen Widerstands unsere Ankunft um mehrere Stunden«, beschloss Karsler Stornzof seine Ausführungen. »Die Unannehmlichkeit war beträchtlich, aber ich muss den Einfallsreichtum unserer Feinde bewundern.«

Ein Ausbund an Ritterlichkeit. Girays v'Alisante verzog den Mund zu einem sauren Lächeln. Vierundzwanzig Stunden in Karslers Gesellschaft, und er hatte noch nicht die kleinste Macke in dessen galanter Fassade entdeckt. Genauso wenig hatte er die geringste Spur bewusster Heuchelei mitbekommen, und er hatte eine gute Nase dafür. Es schien, als nehme der Grewzier seine Heldenrolle vollkommen ernst. Vielleicht hatte er zu viele zuckersüße Artikel über sich in diesen idiotischen Gazetten gelesen.

Schade, dass der lanthianische Einfallsreichtum, den der Oberkommandant so bewunderte, das Insel-Zwischenspiel nicht noch um ein oder zwei Tage hatte verlängern können. Auf der anderen Seite hatte sich Stornzofs Hilfe bei der Handhabung des Zweisitzers als durchaus wertvoll erwiesen; als unabdingbar, um genau zu sein. Er hätte dieses mechanische Ungetüm nie und nimmer allein bewegen können, räumte Girays insgeheim ein. Selbst von zwei Fahrern angetrieben, bereitete das Gefährt ihnen nichts als Verdruss. Widerstände im Antrieb. Rasselnder, quietschender, kreischender Protest. Schlechtes Gleichgewicht. Unzuverlässige Steuerung. Nichtexistierende Bremsen. Und ständiger Protest, als besitze dieses von Menschenhand gefertigte Sammelsurium aus Eisen, Holz und Leder die Seele eines bösartigen Maulesels.

Der augenblickliche Vorfall war dafür ein perfektes Beispiel. Die miserabel gefurchte, schlammige Aeshno-Eynisse-Straße, die sich zwischen zahllosen felsigen Hügeln dahinwand, erklomm nun einen steilen Anstieg, und der Zweisitzer kämpfte sich zentimeterweise bergan. In solch einem Gelände wäre ein altmodisches Veloziped, angetrieben von den Lauf- und Abstoßbewegungen seines Fahrers auf dem Boden, weitaus praktischer gewesen. Aber der Zweisitzer war mit dem angeblichen Vorzug von Pedalen ausgestattet, und die Modernität forderte ihren Tribut.

Die Nachmittagssonne brannte erbarmungslos auf sie herab. Der Schweiß trat Girays ins Gesicht, und er hob eine Hand, um ihn wegzuwischen. Kaum hatte er einen der ledernen Lenkstangengriffe losgelassen, geriet das große Vorderrad auf weichen Untergrund und brach abrupt zur Seite aus, sodass der Zweisitzer auf den Straßenrand zusteuerte. Mit einem unterdrückten Fluch packte er den Griff erneut, riss den eisernen Reifen herum, übersteuerte und bewirkte, dass das Gefährt in einem neuen Winkel ins Trudeln kam. Er riss es erneut herum und schaffte es, den Reifen zu stabilisieren, konnte das heftige Zittern des schweren Rahmens jedoch nicht unter Kontrolle bekommen. Der Zweisitzer erbebte, bockte und kreischte. Doch trotz allen Protests des Metalls verlangsamte sich die Geschwindigkeit bergauf kaum.

Es war die Triebkraft von hinten, erkannte Girays. Er allein hätte den Berg nie hinaufradeln können. Auf sich selbst gestellt, wäre er abgestiegen und hätte den Zweisitzer gemächlich auf den Gipfel geschoben oder hätte den Schrotthaufen, und das war wohl wahrscheinlicher, irgendwo am Straßenrand liegen lassen. Unter den Blicken seines grewzischen Rivalen konnte er nichts von alledem tun und sah sich überdies zu dem Eingeständnis genötigt, das er insgeheim schon geahnt hatte – dass Stornzofs Bemühungen sie auf Kurs hielten und dass Stornzof ein Gutteil mehr als die Hälfte der Last trug.

Er hätte sich mit der Theorie trösten können, dass die rückwärtige Position einen technischen Vorteil bot, eine vielleicht effizientere Umsetzung der aufgewandten Kraft, hätte seine persönliche Erfahrung ihn nicht genau das Gegenteil gelehrt. Der Vordermann kontrollierte die Lenkung und beanspruchte von daher eine Art Führungsrolle, und aus diesem Grund hatte Oberkommandant Stornzof wohl auch eingangs vorgeschlagen, dass man in regelmäßigen Abständen die Plätze tauschen möge. Gewiss war es ein aufdringliches, unterschwellig Eigenlob verbreitendes Gefühl für Fairness, das leicht zu beeindruckenden Beobachtern als *wundervoll* erschien. Girays hatte sowohl hinten als auch vorne gesessen und wusste genau, dass beide Positionen gleichermaßen hohe Anforderungen an den Fahrer stellten. Und kein technischer Vorteil konnte bemüht werden, um die Darbietung eines grewzischen Athleten wegzuerklären, der wesentlich größer, etwa zehn Jahre jünger und schlicht und ergreifend stärker war als er selbst.

Tatsächlich war die vordere Position die bessere. Da hatte er Stornzof wenigstens nicht in der Sichtlinie.

Girays trat grimmig in die Pedale. Bald darauf überwand der Zweisitzer den Gipfel, fuhr ein Weilchen ebenerdig dahin und nahm dann die Abfahrt in Angriff, auf der den Fahrern die Zähne aufeinander schlugen. Jetzt war es viel einfacher. Eigentlich fuhr das Vehikel quasi von selbst und nahm immer mehr Geschwindigkeit auf. Es gab einen scharfen Knall, als das Vorderrad durch ein Straßenloch fuhr. Das Rad stellte sich quer, und Girays riss es reflexmäßig in die Spur zurück. Er wurde besser beim Lenken, entschied er. Vor Ende des Ausflugs würde er ein wahrer Experte sein. Die unkontrollierbare Beschleunigung des Zweisitzers, die ihn vor noch weniger als vierundzwanzig Stunden in erhebliche Unruhe versetzt hätte, kam ihm nun nachgerade vergnüglich vor. Die sein schweißnasses Gesicht kühlende Brise war angenehm. Zum ersten Mal begann er den potenziellen Spaß an diesem Sport zu sehen. Mit einem anständigen Veloziped vielleicht, bestimmt einem Einsitzer, auf einer gut instand gehaltenen Straße –

Der Zweisitzer näherte sich dem Fuß der Gefällstrecke, und jetzt flog er gleichsam, rollte so flink dahin, dass der breite nasse Streifen auf der Fahrbahn unter das Eisenrad kam, bevor Girays seine Existenz auch nur zur Kenntnis genommen hatte. Eine massive Schlammdusche bekleckste sein Gesicht und verklebte seine Augen. Er spürte, wie der Lenker seinen Händen entglitt, das Vorderrad rutschte weg, und der Zweisitzer geriet ins Schlingern und schlidderte in einer wilden Diagonalen über die Straße, bis ein lautes Scheppern den Aufeinanderprall von Metall und Stein verkündete.

Das Vorderrad war gegen einen großen Felsen geprallt. Der Zweisitzer kippte um, und Girays fiel hin, wobei er mit einem schimpflichen ›Plopp‹ in dem weichen Schlamm landete. Kurzzeitig blieb er lang ausgestreckt da liegen, wo er hingefallen war, denn der Sturz hatte ihm die Luft aus der Lunge gepresst. Dann nahmen Atmung und Verstand mühsam wieder ihren Dienst auf. Irgendeine Art von Last drückte auf seinen Rücken und quetschte ihm den Brustkorb. Er hob den Kopf, sah sich um und entdeckte, dass er unter den Zweisitzer gestürzt war, dessen rostige Eisenmasse ihn an Ort und Stelle festnagelte. Das Gefährt war zwar schwer, aber er konnte sich sicher unter ihm hervorwinden, vorausgesetzt, er hatte sich nichts Schlimmes gebrochen –

Der Gedanke hatte kaum Gestalt angenommen, als er auch schon spürte, wie der Druck auf seinen Rücken nachließ. Er sah sich erneut um und erblickte Karsler Stornzof, der den Zweisitzer von ihm hob und beiseite schob. Abgesehen von einigen Schlammspritzern auf seinen Stiefeln und einem Punktmuster auf seiner grauen Uniform war der Oberkommandant unbefleckt. Als der Zweisitzer umkippte, musste es ihm gelungen sein, irgendwie auf den Beinen zu landen.

»Danke«, sagte Girays, obwohl ihm die Worte fast in der Kehle stecken blieben.

»Sind Sie verletzt?«, fragte Stornzof.

»Ich glaube nicht.« Girays setzte sich behutsam auf. Hier und da hatte er Abschürfungen, aber alles schien noch zu funktionieren. »Ein paar Prellungen, sonst nichts.«

Das entsprach nicht ganz der Wahrheit, denn sein Stolz hatte erheblich gelitten. Er hatte den Zweisitzer gelenkt, er hätte dem Schlammbrett ausweichen müssen. Er war für den Unfall verantwortlich. Er begegnete dem Blick des Grewziers, erwartete dort Anklagen oder Groll zu entdecken, fand aber nichts als eine besonnene, eigenartig undurchdringliche Gelassenheit.

»Ich glaube, Sie haben Recht. Dann werde ich mich um die Maschine kümmern.« Stornzof wandte sich ab.

Girays rappelte sich auf. Der Oberkommandant, stellte er mit widerwilliger Anerkennung fest, besaß den Takt, sich mit weder erwünschten noch benötigten Hilfsangeboten zurückzuhalten. Die grewzische Trampeligkeit schien ihm tatsächlich gänzlich abzugehen. Um ehrlich zu sein, hätte der Bursche, von der etwas geschraubten Sprache abgesehen, fast ein Vonahrier sein können.

Während Girays sich ein paar Schlammbröckchen vom Mantel fegte, fragte er: »Bereit zum Aufbruch?«

»Zu Fuß, fürchte ich«, eröffnete ihm der andere. »Kommen Sie, sehen Sie selbst.«

Girays näherte sich zögernd und entdeckte das Problem sofort. Es war auch nur schwer zu übersehen – der Unfall hatte das Vorderrad schwer beschädigt, hatte ein Segment des Eisenrades eingedellt und mehrere Speichen zerbrochen.

Also hatte seine Unfähigkeit sie ihres Transportmittels beraubt. Unter den Augen eines grewzischen Oberkommandanten, der als *wundervoll* bezeichnet wurde.

Stornzof indes ließ sich keinen Hauch von Unmut anmerken, sondern äußerte lediglich: »Ich bin sicher, man könnte das leicht wieder in Form hämmern.«

»Haben Sie einen Hammer?«

»Dies ist kein Gegenstand, den ich für gewöhnlich mit mir führe.«

»Seltsamerweise geht es mir ebenso.«

»Sollten wir auf dieser Straße einer Kutsche begegnen, könnte der Fahrer durchaus über einen Werkzeugkasten verfügen.«

»Möglich, aber wir können es uns kaum leisten, hier herumzusitzen und darauf zu warten, dass eine Kutsche aufkreuzt. Kann man den Zweisitzer schieben?«

»Lassen Sie es uns ausprobieren.« Und mit diesen Worten richtete Stornzof das Gefährt mühelos auf, packte den Lenker und schob ein Stück. Das Vorderrad rasselte erbärmlich. Ein knirschender Protest untermalte jede Umdrehung, bis Stornzof anhielt, um die Stellung einer verbogenen Drahtspeiche zu korrigieren. Das zweite große Rad und das kleine Balancerad hinten waren unbeschädigt. Die beiden Koffer waren noch sicher auf dem Rücksitzgepäckträger festgeschnallt.

»Ein wenig Mühe ist erforderlich, aber es lässt sich machen«, berichtete Stornzof. »Wir müssen die Maschine nicht aufgeben.«

»Ich schiebe sie fürs Erste«, erklärte Girays. Er war willens, den verfluchten Blechhaufen bis nach Aveshq und zurück zu schieben, wenn er seinen Fehler damit wieder gutmachen konnte.

»Wie Sie wünschen.«

Der Grewzier trat beiseite, und Girays nahm seinen Platz ein. Er fand sogleich heraus, dass Stornzof Recht gehabt hatte. Der beschädigte Zweisitzer, bestenfalls unhandlich, war nun elend schwer zu schieben, aber es ließ sich machen.

Er schob, und der Zweisitzer setzte sich in Bewegung. Der Grewzier ging neben ihm her. Die Straße vor ihnen schlängelte sich nach Südosten.

Die Stunden vergingen, und die Landschaft veränderte sich. Die Berge wurden schroffer, die nackten Granitkuppen färbten sich rosig, die knorrigen Sträucher machten blaugrauen Koniferen Platz, und die ersten Kriechdolche tauchten auf. Die Kriechdolche, eine Kletterpflanze – berüchtigt für ihre Unverwüstlichkeit, ihre unheimliche Wuchsgeschwindigkeit und die mörderische Schärfe ihrer zahllosen Dornen – nahm eine prominente Rolle in der aennorvischen Geschichte ein. Dem Volksglauben zufolge war die Pflanze von dem legendären Zauberer Aekropi auf Befehl eines lokalen Fürsten geschaffen worden, der begierig gewesen war, die Untreue seiner schönen, aber über Gebühr lebenslustigen jungen Frau zu bestrafen. Nachdem er die Fürstin und ihren Liebhaber in eine kleine Steinhütte im Herzen der bewaldeten Berge gesperrt hatte, hatte er Aekropi zu sich befohlen, der die kriechenden Dolche freigesetzt hatte. Die Rankpflanzen waren mit magischer Geschwindigkeit gewachsen, hatten die Hütte binnen einer einzigen Nacht völlig zugewuchert und die Bewohner zu ununterbrochener Gemeinsamkeit für die Zeit ihrer unnatürlich verlängerten Lebensspanne verdammt. Die Hütte war längst unter dem wuchernden Unkraut verschwunden, doch Einheimische schworen, dass Wanderer in den Bergen noch hin und wieder das Echo gekreischter gegenseitiger Beschuldigungen hören konnten.

Die Wahrheit dieser Geschichte war vielleicht fragwürdig. Kein Zweifel bestand jedoch daran, dass der aennorvische General Ulyune Kriechdolche dazu benutzt hatte, um den Zirigar-Pass zu verbarrikadieren, wodurch er vor weniger als zweihundert Jahren das weitere Vorrücken der bizaqhischen Armee verhindert hatte. Das war eine historische Tatsache. Genauso wenig konnten Zweifel daran bestehen, dass die nahezu unausrottbare Rankpflanze mehr als eine kleine Unannehmlichkeit darstellte, denn die fingerlangen Dornen waren scharf wie Stilette, und der rötliche Saft, den sie absonderten, war giftig.

»Lassen Sie uns eine Weile rasten«, schlug Stornzof vor.

»Sehr gern.« Girays ließ sich nichts anmerken. Seine Arme, Schultern und der Rücken schmerzten von der Anstrengung, den beschädigten Zweisitzer über die Berge zu schieben, aber er hätte sich lieber die Hand abgehackt, als um eine Verschnaufpause zu bitten.

Sie begaben sich an den Straßenrand, wo Girays einen Seufzer der Erleichterung unterdrückte, als er seine Bürde ablegte. Er setzte sich ins Gras neben den Zweisitzer, und Stornzof tat es ihm nach. Beide trugen Feldflaschen mit Wasser bei sich, die sie in Aeshno gekauft hatten, und beide bedienten sich nun an ihnen.

Girays holte ein Taschentuch hervor und wischte sich Schmutz und Schweiß aus dem Gesicht, bevor er den Blick schweifen ließ. Die blaugrauen Koniferen ragten düster über ihnen auf, und nun sah er, dass ihre Stämme von Kriechdolchen umwunden waren. Die Äste waren auf gleiche Weise umschlungen, und überall hangelten sich die dicken Rankpflanzen von Baum zu Baum und erstickten so den Wald unter einem lebendigen Netz. Der Boden war von blaugrauen Nadeln bedeckt, von denen viele mit dunklen Perlen gesprenkelt waren. Zuerst hielt er die klebrigen Tropfen für Baumharz, doch ein genaueres Hinsehen erbrachte, dass es sich um die leicht giftigen Sekrete zahlloser Dornen handelte.

Er spürte eine leichte Vibration im Boden unter seinen Füßen, wofür es nur eine Erklärung geben konnte.

»Eine Kutsche kommt«, sagte Girays.

Sein Gefährte nickte. Sie richteten sich auf. Augenblicke später kam die Aruneschaft Distrikt No. 3 um eine Kurve geschossen. Beide Männer winkten ihr anzuhalten.

Der Kutscher sah sie. Sein Blick verweilte auf dem grewzischen Oberkommandanten, er zeigte die Zähne und die obszönen Feyenneser Vier Finger. Die Postkutsche raste vorbei, ohne die Geschwindigkeit zu verringern, und entschwand rasch ihren Blicken.

»Es ist die Uniform«, bemerkte Stornzof leise. »Hier in Aennorve ist sie eine Belastung. Wäre ich klug gewesen, hätte ich mich nicht blicken lassen.«

Damit hatte er zweifellos Recht. Also konnte auch dieser grewzische Halbgott irren. Girays betrachtete seinen Reisegenossen mit einem etwas freundlicheren Blick.

»Wir gehen am besten weiter«, sagte er, obwohl er es vorgezogen hätte, sich noch ein wenig länger auszuruhen. Seine verkrampften Muskeln beschwerten sich.

Stornzof neigte das Haupt. »Ich werde die Maschine nun weiterschieben.«

»Wenn Sie darauf bestehen«, gab Girays nach, darauf bedacht, seine Freude zu verbergen. Der Bursche war für einen Grewzier wirklich anständig. »Aber wir sollten meiner Meinung nach jetzt in Erwägung ziehen, den Zweisitzer zurückzulassen. Es hat sich herausgestellt, dass wir hier mitten im Nirgendwo keine Möglichkeit finden werden, das Rad zu reparieren. Und wenn wir das Ding nicht instand setzen können, sind wir ohne besser dran.«

»Das ist nur zu wahr. Trotzdem habe ich die Hoffnung noch nicht aufgegeben, die Maschine zu retten. Ich glaube, wir werden bald Gelegenheit dazu erhalten. Ich denke, Hilfe naht.« Der Gesichtsausdruck seines Gegenübers musste tiefstes Unverständnis signalisiert haben, denn Stornzof fügte hinzu: »Ich habe das im Gefühl.«

»Ich verstehe. Im Gefühl.«

»Lassen Sie uns noch ein bisschen Zeit aufs Spiel setzen und uns auf den Zweisitzer versteifen.«

»Ihre Einschätzung.« Girays ganz private Einschätzung stufte den Grewzier als sonderbar, vielleicht ein wenig unausgeglichen ein.

Die beiden setzten sich wieder in Bewegung. Eine weitere halbe Stunde verstrich, und die Kriechdolche waren dichter denn je, erstickten die Bäume und wucherten die Lichtungen zu. Die Straße verlief in einem Einschnitt zwischen schroffen, kahlen Granitklippen, aber die Felswände waren unsichtbar hinter belaubten, mit scharlachroten Pocken gesprenkelten Vorhängen.

Girays Magen knurrte hörbar. Es war unvermittelt und unerklärlich, denn er hatte vor nicht allzu langer Zeit ausreichend zu Mittag gegessen. Nichtsdestoweniger tat sein Magen seinen Willen kund, und es schien ihm, als trüge ihm der Frühlingswind einen schwachen Duft nach geröstetem Fleisch zu. Die Brise wechselte die Richtung, und der Geruch war fort. Einbildung? Sein Magen schien das anders zu sehen. Sie stapften weiter, und der Zweisitzer klapperte zwischen ihnen, bis Stornzof anhielt und mitten auf der Straße zur Bewegungslosigkeit erstarrte.

Seltsam.

»Soll ich den Zweisitzer für eine Weile übernehmen?«, erbot sich Girays.

Keine Antwort.

Mehr als seltsam.

»Was ist mit Ihnen, Stornzof?«

Immer noch keine Antwort, und der Oberkommandant hatte einen merkwürdig abwesenden Blick, als lausche er Stimmen aus einer anderen Welt. Vielleicht tat er das auch. Girays zügelte seine Ungeduld und wartete, und bald darauf tauchte der andere wieder aus seinem Trancezustand auf.

»Hier ist etwas«, verkündete Stornzof.

Er sprach mit einer solchen Überzeugung, dass Girays sich unbehaglich umschaute. Er sah eine schlammige, leere Straße, Felsüberhänge und einen endlosen undurchdringlichen Dschungel von Kriechdolchen. Sonst nichts.

»Ich spüre, dass eine Kraft am Werke ist«, fuhr Stornzof fort.

»Was für eine Kraft?« Girays konnte sich die Frage nicht verkneifen.

»Eine Kraft, die oft ›magisch‹ oder ›zauberisch‹ genannt wird. Sie ist unverkennbar.«

»In der Tat. Zauberisch.« Girays' Augenbraue schoss in die Höhe. »Wie interessant.«

»Aha, Sie sind skeptisch. Das stand zu erwarten. Vielleicht vermag ich Sie zu überzeugen.«

»Nicht nötig. Machen Sie sich keine Mühe. Belassen wir es dabei, dass Sie Recht haben. Ich bin bereit, die Möglichkeit einzuräumen. Können wir jetzt weitergehen?«

»Noch nicht. Die Angelegenheit muss untersucht werden. Vielleicht ist es das, was wir suchen. Ich vermute es stark.«

»Tatsächlich. Noch so ein Gefühl, das Sie haben?«

»Manchmal kann man sich schlecht darüber hinwegsetzen. Wenn Sie so freundlich wären, die Maschine zu übernehmen –«

Girays fasste die Lenkstange, und Stornzof begab sich zum Fuß der nächsten Felswand. Er machte mehrere Schritte nach vorn, blieb stehen, um eine Hand nach den Kriechdolchen auszustrecken, und zog die Hand prompt zurück.

»Real«, berichtete er.

»Real was? Was tun Sie da?« Lächerlich, dass er den exzentrischen Launen dieses Grewziers nachgab, aber Girays musste feststellen, dass er seine Fragen nicht zurückhalten konnte. »Wonach suchen Sie?«

»Wir sind ihm sehr nahe, dessen bin ich gewiss«, beharrte Stornzof.

»Wem nahe? Wenn Sie mir sagen würden, wonach Sie suchen, könnte ich vielleicht–«

»Ruhe bitte!«, wies der Grewzier ihn geistesabwesend an.

Girays schluckte eine unwillige Antwort herunter. Der Bursche war definitiv unausgeglichen.

Stornzof, ganz in seine Phantastereien versunken, wanderte an den Kriechdolchen entlang und hielt mehrmals inne, um die Dornen zu betasten, oder um inneren Stimmen zu lauschen. Girays legte das Zweirad zu Boden, schlenderte rastlos umher, und im Gehen ergriff die Idee von ihm Besitz, dass er sich auf einen Schlag von dem ruinierten Zweisitzer und dem verrückten grewzischen Halbgott befreien könnte. Er könnte sich allein auf den Weg machen und würde dabei sicher besser fahren. Er hatte sich fast entschieden, als sein Gefährte mit dem Habitus der Endgültigkeit stehen blieb.

»Hier«, erklärte Stornzof. Er stand vor einem Teil der von Kletterpflanzen überwucherten Granitwand, der sich in nichts von den anderen Felsklippen in diesem Abschnitt der Aeshno-Eynisse-Straße unterschied.

Girays nahm den Zweisitzer wieder hoch und schob ihn vorwärts, um besser sehen zu können. Die räumliche Nähe verbesserte seine Sicht indes nicht im Geringsten. Er sah Granit, Kletterpflanzen und scharlachfarben getüpfelte Dornen. Einen kurzen Augenblick lang drang ihm der Geruch gerösteten Fleischs in die Nase. Er wunderte sich, wo der wohl herkommen mochte, und dann war er auch schon wieder verschwunden.

»Nun?«, fragte er.

»Hier«, wiederholte Stornzof. »Hier ist die genaue Stelle des Bruchs.«

»Bruch. Soso. Hören Sie, Stornzof, ich habe mich eingehend mit der Frage beschäftigt, und ich glaube, wir beide stehen uns besser, wenn wir getr–«

»Die Energiekonzentrationen sind deutlich wahrnehmbar und unverkennbar«, fuhr Stornzof fort. »Die Quelle ist ganz nah.«

»Wovon reden Sie? Egal, es spielt keine Rolle. Ich wollte gerade sagen, dass ich glaube, es ist an der Zeit, dass wir beide uns –«

»Jetzt ist nicht der geeignete Zeitpunkt, um eine Trennung vorzuschlagen. Nicht jetzt, wo wir Gelegenheit haben, die Maschine in einer halben Stunde zu reparieren.«

»Was führt Sie zu der Annahme? Sagen Sie mir nicht, Sie hätten es im Gefühl!«

»Ich glaube, ich habe vor längerer Zeit einmal erwähnt, dass ich gelernt habe, die Schwingungen einer landläufig als ›magisch‹ bezeichneten Kraft zu entdecken. Zweifellos haben Sie die Behauptung mit Vorbehalt aufgenommen, aber ich habe nicht übertrieben. Ich fühle hier und jetzt die magische Verzerrung der Normalität, und sie ist in der Natur sichtbar – das heißt, irgendein Adept hat eine Illusion geschaffen.«

Reinstes Kauderwelsch, aber Girays' Interesse war dennoch geweckt, denn die Macht der Illusionserschaffung hallte noch in vonahrischen Köpfen nach, insbesondere in jenen von einstmals Hohen. Familienüberlieferungen rühmten die magischen Fähigkeiten seiner eigenen v'Alisante-Ahnen, und auch wenn er diese Geschichten nie recht geglaubt hatte, so hatten sie doch seine Phantasie gefesselt.

»Unwahrscheinlich«, murmelte er achselzuckend, konnte sich jedoch nicht verkneifen zu fragen: »Sie suchen in der Hoffnung, dass der Urheber dieser angeblichen Illusion nicht nur über Magie, sondern auch über einen Hammer verfügt?«

»Kein Ding der Unmöglichkeit. Ich bitte um einen weiteren Augenblick Ihrer Geduld.«

»Gewiss.« Mit höflichem Gebaren überspielte Girays

Reizbarkeit, Ungläubigkeit und brennende Neugierde. Es war absurd, aber er musste feststellen, dass er fasziniert war.

Stornzof war wieder bei der Sache und befingerte die tückischen Dornen, stocherte hier und da in den Rankpflanzen und Felsen herum und verplemperte ihre Zeit mit einem Getue von solch ernsthafter Sorgfalt, dass seine Verrücktheit irgendwie den Anschein intelligenter Zielstrebigkeit annahm.

Lächerlich. Girays lächelte milde, amüsiert über seine eigene Kinderei. Kurzfristig hatte er tatsächlich erwartet, Zeuge von etwas Außergewöhnlichem zu werden, von etwas – mangels treffenderer Bezeichnungen – Magischem. In seinem Alter.

»Aha. Ich habe es gefunden. Hier.« Karsler Stornzofs rechte Hand samt Handgelenk und Unterarm bis zum Ellbogen verschwanden in dem Gestrüpp von Rankpflanzen.

Der Grewzier war wahnsinnig. Diese Dornen würden ihm die Haut bis auf den Knochen aufreißen.

Der Arm kam unversehrt wieder hervor. Auf seiner nackten Hand war kein einziger Kratzer, keine Spur von Blut. Girays starrte ihn an.

»Kommen Sie. Hier geht es entlang«, dirigierte ihn Stornzof. Sein Begleiter sagte nichts, und da fügte Karsler ohne die geringste Herablassung hinzu: »Die Schranke ist völlig unwirklich.«

Die Kriechdolche die Granitwälle – unwirklich? Das klang wie etwas aus einem alten vonahrischen Kindermärchen, aber trotzdem würde er vorbehaltlos an die Sache herangehen. Girays rollte den Zweisitzer vorwärts, und bald prallte das Vorderrad gegen überwucherten Felsen.

»Unwirklich?«, fragte er.

»Ah, Ihr Geist erfüllt seine eigenen Erwartungen. In Wahrheit jedoch ist der Weg frei. Ich werde es Ihnen beweisen.« Und mit diesen Worten ergriff Stornzof die

Lenkstange und übernahm die Kontrolle über den Zweisitzer.

Er schob das Gefährt ohne Zögern vorwärts, und das Vorderrad schien in solidem Stein zu versinken, gefolgt von dem Lenker und den Händen, die die Griffe umschlossen, und zu guter Letzt von der hoch gewachsenen, grau gekleideten Gestalt des Oberkommandanten selbst. Girays sog scharf die Luft ein, als der Grewzier zusammen mit zweitem Rad und Rücksitz, Gepäckträger und Koffern sowie Hinterrad verschwand. Dann war wieder nichts als die von Kletterpflanzen bedeckte Felswand zu sehen, scheinbar solide und unberührt.

»Stornzof, sind Sie da?«, fragte Girays. »Können Sie mich hören?«

»Ich höre Sie klar und deutlich.« Die Stimme des Grewziers war nah und unbehindert. »Ich sehe Sie auch. Die Illusion funktioniert nur in einer Richtung, Sie sind für mich deutlich sichtbar.«

»Was ist denn auf Ihrer Seite noch sichtbar?«

»Kommen Sie durch, und sehen Sie es sich selbst an. Gehen Sie einfach mittendurch. Nichts steht Ihnen im Weg. Daran müssen Sie fest glauben.«

Girays zauderte nur kurz, dann schritt er stetig mit ausgestreckten Armen nach vorn. Er wusste, er musste wie ein Schlafwandler aussehen, konnte sich aber nicht überwinden, mit dem Gesicht voran in die Kriechdolche zu laufen. Die ja nicht real waren, wie er sich selbst versicherte. Wenn ein offenbar körperlicher grewzischer Halbgott mitten hindurch wandern konnte, dann konnte ein einstmals Hoher Vonahrier es ihm zumindest gleichtun.

Seine Arme versanken bis zu den Schultern in dem Kletterpflanzengeflecht. Ganz kurz meinte er einen Widerstand zu spüren, meinte sogar das Stechen der Dornen zu spüren, überwand jedoch das instinktive Zurückschrecken und ging weiter. Die eingebildeten Empfindungen verschwanden, er schien einen Nebel-

oder Schattenstreifen zu durchqueren, dann wurde die Welt wieder scharf, und er fand sich von Angesicht zu Angesicht mit Karsler Stornzof. Steile Felswände engten sie auf zwei Seiten ein. Die illusorischen Granitwände und Kletterpflanzen verbargen die Öffnung eines schmalen Engpasses, der allerdings nur wenige Meter lang war und sich dann in eine kahle, flache Senke öffnete.

Am Zusammentreffen von Engpass und Senke standen zwei vollkommen gleiche von Pferden gezogene Wohnwagen, deren überbordende Verzierungen und charakteristisch bootsähnliche Bauweise sie als Eigentum umherziehender Turos auswies. Die Besitzer saßen um ein kleines Lagerfeuer versammelt, wo Spieße mit gewürztem Fleisch auf einem provisorischen Grill schmurgelten. Girays' rasche Zählung ergab ungefähr zwei Dutzend Menschen, mehr oder weniger – es war schwer zu sagen, da die Horde schmutziger, elfenlockiger Kinder, die in ständiger Bewegung um das Feuer herumturnten, sich einer genauen Messung entzog. Es gab wenigstens ein halbes Dutzend Frauen, die altersmäßig von der heranreifenden Jugendlichen bis zur uralten Vettel reichten. Von diesem halben Dutzend hatten zwei Kinder an der braunen Brust, und eine weitere war schwanger. Die Männer waren altersmäßig ähnlich verschieden, glichen sich indes vom Typ her – alle gebräunt, mit schrägen Augen, vollen Lippen, geschmeidigen Körpern und schnellen Gesten. Vier von ihnen holten jetzt scheinbar aus dem Nichts Vogelflinten hervor. Als die Eindringlinge sich ihnen näherten, standen sie wie ein Mann auf, legten an und zielten.

Die Ellipsoiden blieben unverzüglich stehen.

»Nicht schießen, wir sind keine Feinde«, sagte Girays rasch in Vonahrisch, ohne zu zögern oder nachzudenken. Doch sein Instinkt war richtig gewesen, denn die Turos, Bürger der ganzen Welt und des Nirgendwo, kannten die wichtigste internationale Verkehrssprache.

»Grewzier sind Feinde von jedermann«, erwiderte ein Turo mittleren Alters mit ungewöhnlich breiten Schultern, wahrscheinlich ihr Anführer. »Ihre Volksbegabung.«

»Ich bin Vonahrier und niemandes Feind.«

»Dann bist du in schlechter Gesellschaft.« Der Turo bedachte den uniformierten Oberkommandanten mit einem kurzen feindseligen Blick. »Diese grewzischen Mörder jagen unser Volk durch Neraunce und Nidroon, das ist ihre Vorstellung von Sport. Sie schlachten uns wie Schweine in den Mittel-Herzogtümern.«

»Dieser hier nicht. Er nimmt am Rennen der Großen Ellipse teil.«

»Heute ist sein Rennen zu Ende.«

»Das tut mir Leid zu hören – Ihretwegen.« Girays heuchelte Sympathie. »Sollte dieser Oberkommandant aus dem Rennen verschwinden, werden seine grewzischen Landsleute ihr Missfallen kundtun, und das Leid, das Ihr Volk bereits erduldet hat, wird nichts sein im Vergleich zu dem, was dann kommt. Und dabei wäre noch nicht einmal ansatzweise die Frage meiner eigenen Beseitigung – eine unvermeidliche Notwendigkeit im Falle der Ermordung meines Gefährten – und den daraus folgenden Konsequenzen tangiert. Ich bin ein v'Alisante und nicht eben unbedeutend«, bemerkte er freundlich.

Unbehagen umwölkte die Gesichter seiner Turo-Zuhörer.

»Wie habt ihr hier herein gefunden?«, fragte der Turo-Sprecher stirnrunzelnd.

»Leicht«, ließ Stornzof ihn wissen. »Das Bild, das Ihr Lager verbirgt, ist stabil, aber rudimentär, seine Natur erschließt sich dem ausgebildeten Beobachter mühelos. Haben Sie einen Illusionisten in Ihrer Gesellschaft?« Er erhielt keine Antwort, und so fuhr er fort: »Sie können sich nicht auf eine so schwache Verteidigung verlassen.«

Das Unbehagen der Turos vertiefte sich.

»Was wollt ihr hier?« Die schwarzen Augen des Turo-Anführers funkelten.

»Hilfe. Lassen Sie uns in den Genuss Ihrer Geschicklichkeit kommen«, antwortete Girays beiläufig, als bemerke er die auf sein Herz zielenden Gewehre nicht. »Unser Fahrgerät ist beschädigt. Hämmern Sie den eingedellten Reifen wieder in Form, und ich zahle Ihnen zehn Neu-Rekkoes.«

Der Turo dachte nach. Schließlich stimmte er grollend zu: »Fünfzehn.«

»Einverstanden.«

»Du zahlst sofort.«

Girays zahlte.

Der andere gab seinen Gefolgsleuten ein Zeichen, und die Vogelflinten verschwanden auf ebenso magische Weise, wie sie aufgetaucht waren.

»Ihr wartet jetzt.« Der Turo nahm Stornzof den Zweisitzer ab. »Da rüber. Wenn ihr was von unserm Fleisch wollt, sind das noch mal zwölf Neu-Rekkoes.«

Girays schwankte, von dem Aroma in Versuchung geführt, aber Stornzof erwiderte ohne Zögern, so höflich, als lehne er eine großherzige Einladung ab: »Danke, aber ich esse kein Fleisch.«

Die nächste halbe Stunde über warteten sie dort, saßen auf dem Boden des Engpasses und lauschten dem Klirren des Hammers auf Eisen und dem leisen Gemurmel der Turo-Gespräche. Schließlich schob eine der Turo-Frauen den reparierten Zweisitzer ohne Holpern auf sie zu. Beide Männer standen auf, und Stornzof trat vor, um das Gefährt in Empfang zu nehmen.

Sie gebot ihm mit einer Geste stehen zu bleiben. Ihre Nasenlöcher bebten beim Anblick seiner grewzischen Uniform, aber ihre Augen weiteten sich vor Interesse, als sie zu seinem Gesicht wanderten.

»Maschine geölt«, verkündete die Frau. »Ein Neu-Rekkoe extra.«

Stornzof bezahlte sie und nahm den Zweisitzer. Die Turo-Frau zog sich zurück, warf ihm im Davongehen aber einen langen Blick über die Schulter zu.

Seine eigene Person bemerkte Girays mit amüsiertem Verdruss, schien niemand zu interessieren.

Sie bestiegen den Zweisitzer, Stornzof vorne, und strampelten aus dem Engpass hinaus. Der Nebel verdunkelte vorübergehend Girays' Sicht, und dann befanden sie sich wieder auf der Aeshno-Eynisse-Straße, und die weiten Flächen des rankenbedeckten Granits, die die Straße auf beiden Seiten säumte, schienen lückenlos zu sein. Die Fahrer legten sich ins Zeug, und der Zweisitzer nahm Geschwindigkeit auf.

Der Fahrtwind kühlte erneut Girays' Gesicht, es fühlte sich gut an, und sie stürmten in einem weitaus schnelleren Tempo, als sie mit irgendeinem augenblicklich zur Verfügung stehenden Transportmittel hätten erreichen können, nordostwärts auf Eynisse zu. Der grewzische Oberkommandant hatte sämtliche Behauptungen und Versprechen eingelöst, sah Girays sich genötigt zuzugeben. Selbst diese scheinbar phantastische Prahlerei über seine Fähigkeit, die magischen »Kraftschwingungen« und »Verzerrungen der Normalität« aufzuspüren – er hatte unter Beweis gestellt, dass er es konnte.

»Stornzof«, sagte er laut.

»Ja?« Die Augen des Grewziers blieben auf die Fahrbahn vor ihnen gerichtet.

»Ich gestehe meinen Irrtum ein.«

»Irrtum?«

»Ich habe Ihre Behauptungen in Frage gestellt.«

»Halten Sie das für ein ungewöhnliches Vorkommnis?«

»Ich wollte nichts davon wissen. Mir ist klar, dass ich mich geirrt habe, weil Sie es bewiesen haben.« Girays zwang sich hinzuzufügen: »Ich werde Ihr Wort nie mehr in Frage stellen.«

»Machen Sie nicht so voreilige Versprechungen«, riet der Grewzier ihm mit einer Spur von Sarkasmus. »Auf jeden Fall schulden Sie mir nichts, mir, dem Sie nun bereits zweimal innerhalb von zwei Tagen das Leben gerettet haben.«

Das war ziemlich wahr, überlegte Girays und fühlte sich schon besser.

Die Straße vor ihnen führte in sanftem Gefälle bergab. Es war leicht, in die Pedale zu treten, und der frisch geölte Zweisitzer raste dahin wie ein Rennpferd. Girays' Stimmung hob sich, und er äußerte: »Mit dieser Geschwindigkeit sollten wir Eynisse morgen Mittag erreichen.«

»Wir könnten es noch früher schaffen«, schlug Stornzof vor.

»Ach, die Nacht durch radeln, meinen Sie das?«

»Kurze Verschnaufpausen nach Bedarf. Schlaf nachholen später, an Bord des Flussschiffs auf dem Arune.«

»Ausgezeichnet. Dann kommen wir bei Tagesanbruch in Eynisse an.« Vorausgesetzt, er hielt durch, sinnierte Girays, behielt die Befürchtung aber für sich, denn er konnte nur eine bestimmte Dosis an Demütigung auf einmal schlucken. »Ich bezweifle, dass die anderen sich so gut aus der Affäre ziehen. Im Gegenteil, ich vermute, der Eisenbahnerstreik hat ein paar von ihnen sauber aus dem Rennen geworfen.«

»Vielleicht, aber viele werden durchhalten. Mesq'r Zavune zum Beispiel wird Unterstützung von seinen Landsleuten erwarten dürfen.«

»Dann wäre da noch Porb Jil Liskjil mit seinen unerschöpflichen Geldbeuteln, mit denen er sich einen Ausweg aus jeder Schwierigkeit erkaufen kann. Und Bav Tchornoi könnte sich seinen Weg durch Steinmauern bahnen.«

»Und Miss Devaire?«, fragte Stornzof. »Sie ist erfinderisch, aber vielleicht muss sie nun ihre Niederlage eingestehen?«

»Niemals«, antwortete Girays im Brustton der Überzeugung. »Sie wird nicht aufgeben. Nicht, solange sie noch atmet.«

Stornzof warf ihm einen seiner klaren Blicke über die Schulter hinweg zu. »Ich verstehe«, sagte er.

Sie hatte sich ein reizendes Pferdchen geklaut, überlegte Luzelle.

Gekauft.

Ballerina war flink und gefügig, aus guter Zucht und vortrefflich zugeritten. Sie hatte ihre Entführerin – *neue Besitzerin* – mühelos durch die Nacht getragen. Ihr ruhiger Gang schluckte die Meilen, bis die Morgenröte im Osten die weißen Putzwände des Gasthofs an der Straße gefärbt und Luzelle es für ungefährlich gehalten hatte, eine Rast einzulegen, um ein paar Stunden zu schlafen. Die Stadt Aeshno lag weit hinter ihr. Selbst wenn man ihre Flucht beobachtet hatte, würde niemand sich die Mühe machen, sie über eine so große Entfernung hinweg zu verfolgen; nicht wegen einer gestohlenen Stute, nicht einmal wegen Vandalismus und Zerstörung von Privateigentum. Das redete sie sich jedenfalls ein.

Nachdem Luzelle Ballerina einem verschlafenen Stallknecht anvertraut hatte, betrat sie den Gasthof und sah sich einem Nachtportier gegenüber, dessen Überraschung sich deutlich auf seinem Gesicht abzeichnete. Sie konnte ihn kaum dafür tadeln. Eine junge ausländische Frau, die nachts allein reiste, ohne ein einziges Gepäckstück – natürlich war er verblüfft. Seine Überraschung steigerte sich zu unverhohlener Neugier, als sie in Vonahrisch darum bat, sie mit einem Klopfen an ihrer Tür in genau sechs Stunden zu wecken. Sie konnte sehen, wie sich ihm die Fragen förmlich auf die Lippen drängten, doch es gelang ihm, sich zu beherrschen. Und als sie eine Rolle guter vonahrischer Neu-Rekkoes hervorzauberte, besaß er die Geistesgegenwart, jenes respektvolle Gebaren an den Tag zu legen, das jeder solvente Gast verdiente. Sie zahlte, ohne zu murren, im Voraus, er händigte ihr den Schlüssel aus, und sie fühlte seinen forschenden Blick in ihrem Rücken, als sie sich auf ihr Zimmer begab.

Luzelle stieg zwei Treppenfluchten hoch und dachte wehmütig an den fabelhaften Aufzug im Königskopfhotel in Toltz. Nachdem sie den ihr zugewiesenen Raum gefunden hatte, öffnete sie die Tür und schloss von innen zu. Ihre Umgebung, die schlicht, altmodisch und einigermaßen annehmbar war, nahm sie kaum zur Kenntnis. Sie sah nur das Bett. Sie war müde, sehr müde. Es war ihr gelungen, die Erschöpfung stundenlang zu ignorieren, zu umgehen, niederzuringen, aber jetzt war sie von ihr eingeholt worden. Sie hatte das Gefühl, keine einzige Minute mehr aufrecht stehen zu können.

Die südliche Frühlingsluft war schwül. Sie zog ihre Kleider aus und ließ sie zu Boden fallen. Warum nicht? Sie waren schon schweißgetränkt und schmutzig vom stundenlangen Reiten. Sie selbst war ähnlich schmutzig, hatte sich indes nicht die Mühe gemacht, ein Bad zu bestellen. Wozu auch, sie hatte keine sauberen Kleider, keine Unterwäsche zum Wechseln und im Augenblick keine Möglichkeit, ihre persönliche Sauberkeit zu wahren; vor allem hatte sie keine Energie mehr. Sie hatte keine Lust, ihre Kleidung zu waschen, nicht einmal sich selbst. Sie wollte nur noch schlafen.

Die Laken waren sauber, sie nicht, und es scherte sie nicht. Sie fiel ins Bett, ihr Kopf berührte das Kissen, und augenblicklich war sie bewusstlos, oder besser, ihr Bewusstsein veränderte sich. Die Träume kamen, voller Feuer, Rauch, Krach; und das waren noch die gemäßigten. Weitaus furchterregender waren ihre Visionen von sich selbst, wie sie wieder in dem ordentlichen, bescheiden eingerichteten Zimmerchen saß, das sie als Kind im Haus ihres Vaters bewohnt hatte. Sie betrachtete sich selbst in dem kleinen Spiegel über dem Waschtisch, und das Gesicht, das sie aus dem Spiegel ansah, war das staunende, noch nicht vom Leben gezeichnete Gesicht eines Kindes. Doch während sie noch hinsah, veränderte sich das Gesicht und alterte, durchmaß die verschiedenen Lebensalter von Jugend, früher und voller Reife, mittlerem Alter und von dort zum fahlen Greisenalter. Und während all dieser sukzessiven Veränderungen veränderte sich die Kammer, in der ihr Spiegelbild eingekerkert war, nicht um einen Deut.

Ein Klopfen an der Tür verscheuchte solche Träume. Luzelle schlug die Augen auf. Sie war noch immer müde, aber nicht mehr so furchtbar wie vorher. Ihr Blick wanderte durch ein kahles, unvertrautes Zimmer. Sie entsann sich, wo sie war und wie sie hierher gekommen war. Sie wollte noch nicht aufstehen, aber das Rennen duldete keinen Aufschub. Gähnend stieg sie aus dem Bett, bemerkte ihren Zustand und blinzelte. Ihre Kleider, sichtlich in keinem tragbaren Zustand, lagen verstreut auf der Erde. O ja, da hatte sie sie hinfallen lassen.

Sie fuhr sich mit der Zunge über die Zähne, die mit ranzigem Speck bedeckt zu sein schienen. Sie wankte zum Waschtisch, spülte sich den Mund aus und machte sodann den bestmöglichen Gebrauch von Seife, Wasser und Handtuch, bevor sie die dreckigen Kleider von gestern wieder anzog. Kein Kamm, keine Bürste. Sie befestigte ein halbes Dutzend Haarnadeln von neuem und bändigte die widerspenstige Mähne rotgoldener Locken, so gut sie es konnte, um dann in den altmodischen Gastraum hinunter zu eilen, wo sie ihr Frühstück oder besser ihren Mittagsimbiss, bestehend aus Lammspieß und Linsen, einnahm, gleichgültig gegenüber den aufdringlichen Blicken der anderen Gäste, von denen einige unverhohlen feindselig waren.

Schade aber auch.

Sie blickte abrupt von ihrem Teller auf, begegnete einem gelben Augenpaar in einem rosig-fetten Gesicht und fühlte, wie ihre eigene Gesichtsfarbe sich gegen diese stillschweigende Verurteilung intensivierte. Sie hatte es so oft erlebt, immer und immer wieder. Eigentlich sollte sie sich daran gewöhnt haben, aber irgendwie härteten sich ihre Nerven, ihr Blut und ihr Magen nie ganz dagegen ab.

Sie riskierte einen weiteren Blick. Ihr stummer Kritiker trug safrangelbe Roben, schwarze Fingerfutterale und Leinenschärpen mit schwarzgesäumter Durchbrucharbeit.

Ein orthodoxer Iyecktori, der der Vision des Begnadeten Iyecktors von einem stabilen, wohlgeordneten Universum anhing. In einer solchen Vision war kein Platz für ziellos umherwandernde Frauen, die nur dazu angetan waren, Unordnung und Chaos in der Welt zu verbreiten. Der Zorn in den Augen des gaffenden Iyecktoris bekräftigte ihr moralisches Versagen. Sie unterdrückte die spontane Regung, ihm die Feyenneser Vier Finger zu zeigen, denn das war erst der Anfang. Da sie nach Osten in die Heimat des Begnadeten Iyecktors reiste, würde sie noch viel mehr davon kennen lernen. Sie fing besser schon einmal damit an zu lernen, solche Beleidigungen zu ignorieren.

Sie senkte den Blick auf ihren Teller. Sie aß hastig, ohne zu kosten, beglich ihre Rechnung, ging in die Empfangshalle zurück und fragte den Dienst habenden Portier nach ihrem Pferd. Minuten später führte der Stallknecht Ballerina vor das Gasthaus. Luzelle gab ihm ein Trinkgeld, stieg ohne Hilfe auf ihre gestohlene Stute und machte sich auf den Weg nach Osten.

Stundenlang legte sie ein scharfes Tempo unter der sengenden aennorvischen Sonne vor, bis diese sich schon gen Westen wandte und sie in ein nahezu weißes Dorf kam, gebleicht und verwittert inmitten steiniger Berge. Sie hielt an dem öffentlichen Trog in der Mitte eines mit aschfarbenem Staub bedeckten Platzes, der schon schwarz war von den tiefen Schatten des Südens. Sie stieg ab. Während ihr Pferd trank, studierte Luzelle die Umgebung. Zuerst hatte sie den Ort für verlassen gehalten, erspähte nun aber eine Bewegung unter einem mit einem purpurfarbenen Kantenmuster versehenen Zeltdach am anderen Ende des Platzes, wo die Geschäftsinhaber aus ihrem mittäglichen Koma erwachten. Nachdem sie rasch Ballerinas Zügel um eins der öffentlichen Geländer neben dem Trog geschlungen hatte, hastete sie zu dem soeben geöffneten Geschäft und betrat einen winzigen Dorfladen, der nur den bescheidensten Ansprüchen Genüge tat.

Der Besitzer verkaufte Fingerfutterale und Leinenschärpen. Seine Frau trug daumenlose schwarze Handschuhe und eine schwarze Kappe mit Leinenbändern. Zweifellos orthodoxe Iyecktoris, und die unverhohlene Feindseligkeit, die beide gebräunten Gesichter verhärtete, stimmte sie vorübergehend nachdenklich.

Sie fasste sich schnell. Sie ging auf sie zu, als rechne sie mit einem warmherzigen Willkommen, und fragte in Vonahrisch: »Verkaufen Sie Frauenkleider? Leinen?«

Der Geschäftsinhaber antwortete in denkbar knappem Aennorvisch.

»*Kleider.*« Luzelle befingerte zur Veranschaulichung die Falten ihres Rocks.

Ihr weibliches Gegenüber schnatterte schrill.

Mehrere Tuchballen lagen auf einem Tisch in der Raummitte. Luzelle wandte sich um, um sie sich anzusehen, und das Geschnatter nahm an Lautstärke zu. Der Geschäftsinhaber hob eine Hand und wies mit starr ausgestrecktem Zeigefinger auf den Ausgang. Luzelle ließ sie eine Handvoll Neu-Rekkoes sehen, und die lästigen aennorvischen Stimmen verstummten.

Der Stoff wartete auf die fleißigen Hände hiesiger Hausfrauen. Fertige Kleider befanden sich nicht im Angebot, mit der Ausnahme großer, geometrisch gemusterter Schals, die man auch als Umhängetücher verwenden konnte, und geschlechtsloser Regenkleidung aus stumpf-olivfarbenem Öltuch. Sie suchte sich einen hübschen Schal und einen hässlichen Poncho aus. Überdies nahm sie Nadeln, Garn, Seife, Nagelfeile, Zahnbürste, Kamm, Bürste, Taschentücher, einen Korb mit Äpfeln, Rosinen, Plätzchen, eine Feldflasche und eine Reisetasche, die all das aufzunehmen hatte, sowie zwei Riemen mit Schnallen, mit denen sie die Reisetasche an Ballerinas Sattel befestigen konnte.

Keine sauberen Kleider. Keine frische Unterwäsche. Heute nicht.

Nachdem sie ihre Wahl getroffen hatte, kehrte sie an die Ladentheke zurück, um sich dem Geschäftsinhaber zu stellen, der drei Finger hob und ihr damit fast ins Gesicht stach. Kurzfristig dachte sie an eine regionale Variante der Feyenneser Vier, um dann zu erkennen, dass er ihr einen Preis von dreihundert Neu-Rekkoes signalisierte. Selbstverständlich ein unverschämt überzogener Preis. Sie vermutete, dass man von ihr erwartete, sie würde handeln, doch sie hatte weder Zeit noch Lust dazu, und überdies fehlten ihr die nötigen Sprachkenntnisse. Sie schluckte ihren Unmut herunter, legte das Geld auf die Theke, stopfte ihre Einkäufe in die Reisetasche und wandte sich zum Gehen.

Eine schrille Wortsalve ließ sie innehalten. Sie drehte sich um und sah sich der Frau des Geschäftsinhabers gegenüber, die etwas gellte, gestikulierte und mit einer Hand auf die Reisetasche zeigte, während sie mit der anderen vier steife Finger zur Decke hob und schüttelte. Diesmal war die Grenze zwischen finanzieller Verhandlung und bewusster Beleidigung unklar. Luzelle schürzte die Lippen und begab sich zum Ausgang. Ein Schwall unverständlicher Verwünschungen ergoss sich über sie. Ein Hagel winziger Geschosse traf ihren Rücken. Es tat nicht weh, aber die Überraschung lähmte sie kurzfristig. Kleine Kügelchen hüpften überall um sie herum auf dem Boden, und sie benötigte einen Augenblick, um zu erkennen, dass der Geschäftsinhaber oder seine Gattin eine Hand voll getrockneter weißer Bohnen nach ihr geworfen hatte.

Barbaren. Sie wirbelte herum, zeigte ihren Peinigern vier Finger und rauschte aus dem Laden, wobei sie die Tür absichtlich weit offen stehen ließ, so dass die Fliegen herein konnten.

Idioten. Geifernde Fanatiker. Ja, und wie viele davon gab es noch zwischen hier und der Grenze? Und hinter der Grenze, noch weiter nach Osten zu, tief in der Festung des Begnadeten Iyecktors, wie viel schlimmer würde es dort werden?

Einen Moment lang war sie fast froh darüber, dass sie kein Aennorvisch sprach. Ansonsten hätte sie wohl bleiben und mit ihnen streiten wollen.

Sie hastete über den Platz zu ihrem Pferd, füllte die neue Feldflasche mit Wasser aus der Pumpe neben dem Trog und schlang sich den Trageriemen über die Schulter.

Sie schnallte die Reisetasche am Hinterzwiesel fest, wickelte die Zügel vom Geländer los, saß auf und lenkte Ballerina gen Osten. Das Dorf verließ sie ohne Bedauern, aber nicht ohne einen weiteren Zwischenfall. Als sie an dem hoch aufgeschichteten Abfallhaufen inmitten von Kriechdolchen vorbeikam, der das Ende dessen markierte, was man als Hauptstraße bezeichnen mochte, sprang eine Rotte einheimischer gelbäugiger Dorfbengel hervor, schrie gellend und warf Erdklumpen nach ihr. Die weichen Dreckbrocken zerbröselten an ihren Röcken. Ihr Pferd schnaubte und scheute. Ein ekelhafter Gestank erhob sich, ein summender Nebel verfinsterte die Luft, und Luzelle spürte die Stiche zahlloser ätzender Pfeile. Ihr Gesicht und ihr Hals prickelten und brannten. Ein Schrei entfuhr ihr, und sie schlug mit den Händen auf die wimmelnde Luft ein. Nur am Rand hörte sie die höhnischen Schreie der siegreichen Dorfjugend. Ein brüchiger Dreckball zerplatzte an ihrem Haar, das Summen verstärkte sich, und die kleinen Pfeile zerstachen die empfindliche Haut an ihren Ohren und um ihren Mund herum. Im selben Moment, als sie ihre Hände schützend vors Gesicht schlug, wurde ihr klar: *Lehmnister.* Die Dorfkinder mussten Dutzende der spröden Kugeln gehortet haben, dem Nest für unzählige stechende, geflügelte Arachniden, und nun bot das Eindringen einer alleinreisenden Frau, seltsam und fremdländisch, ihnen eine willkommene Gelegenheit, ihr gesamtes Arsenal zu verschießen.

Ballerina machte einen Satz nach vorn, und Luzelle blieb gerade eben im Sattel. Das Spektakel gefiel dem Publikum. Erregtes jugendliches Gelächter erhob sich, irgendjemand schmiss ein Lehmnest auf das Pferd, und dann schleuderte jemand einen Stein.

Kleine Ungeheuer. Ihre orthodoxen Eltern würden wohl stolz auf sie sein. Sie unterdrückte den Impuls, umzukehren und sie anzubrüllen; das würden sie nur als Ermutigung auffassen. Sie trieb der Stute die Hacken kräftig in die Seiten und galoppierte nach Osten, und die höhnischen Lacher und fliegenden Lehmnester blieben hinter ihr zurück.

In sicherem Abstand vom Dorf ließ sie Ballerina im Schritt gehen. Sie atmete schwer, und ihr Herz hämmerte. Ihre Augen brannten und tränten. Eine Gefühlsregung? Wohl kaum. Sie tastete ihr Gesicht ab und stellte fest, dass es brannte wie bei einem Sonnenbrand. Die Hand selbst war mit einem Ausschlag winziger roter Nadelstiche bedeckt.

Das Lehmnistergift war nicht stark genug, um eine ernsthafte Erkrankung herbeizuführen. Der Ausschlag auf ihrem Gesicht und ihren Händen würde in einigen Stunden zurückgehen und verschwinden. Wahrscheinlich.

Die südliche Sonne stach auf sie hernieder. Ihre Haut brannte und juckte. Sie öffnete die Feldflasche und trank ein wenig Wasser, um sich dann das kühle Nass ins Gesicht zu spritzen. Das half. Sie nahm den neuen großen Schal und schlang ihn sich auf aennorvische Art um den Kopf, und das half auch, aber nicht genug. *Schade aber auch.* Mehr konnte sie im Moment nicht gegen ihre Malaisen tun.

Luzelle blickte finster drein und schlug sich nach Osten durch. Sie ritt in moderatem Tempo, aber ihre Phantasie eilte voraus und sauste die Rennbahn der Großen Ellipse entlang, um jeden Konkurrenten einzuholen und zu überholen. Die Festinette-Zwillinge. Die Grewzier. Jeden, der sich möglicherweise an die Spitze gesetzt hatte, während sie in Aeshno aufgehalten worden war.

Düster fragte sie sich, ob es einem Einzigen von ihnen auch nur annähernd so schlecht ging wie ihr.

»Der Einfallwinkel des Lichts stört mich. Ändern Sie ihn«, ordnete Torvid Stornzof an. Während er sich in die prall gestopften Kissen zurücksinken ließ, fügte er gereizt hinzu: »Ein gut ausgebildeter Dienstbote benötigt keine Ermahnungen. Deine Herren sind nachlässig. Nun ja, sie sind Zuleeki.«

Der Adressat seines Tadels ließ weder Schuldbewusstsein noch Groll erkennen – um genau zu sein, vermittelte er durch den weiten ockerfarbenen Umhang mit Kapuze, der seine oder ihre Identität verhüllte, überhaupt nichts –, verneigte sich tief und zerrte an den Kordeln, durch die man die Stellung der hölzernen Jalousien, welche das Sonnenlicht in das gemietete Chasmistrio einfallen ließen, verändern konnte. Ganz kurz war eine Hand in Handschuhen zu sehen.

Das Licht veränderte sich auf angenehme Weise. Die widerwärtige Hitze und das Gleißen ließen nach, und Schatten fiel auf die Stirn des Großlandsmanns. Wenigstens konnten diese Schwachköpfe etwas richtig machen, wenn man sie entsprechend instruierte.

Er bekam einen flüchtigen Blick auf ein behaartes, breitschnauziges Äußeres mit gelben Hauern mit, dann war es verschwunden, verschluckt vom Schatten unter der Kapuze, und keine Sekunde zu früh. Er hatte keine

Lust, sich die Sicht durch solch abstoßende Hässlichkeit zu verderben. Mit seinen Augen konnte er bessere Dinge anstellen.

Torvid schaute durch die hölzernen Jalousiestäbe und die Glaswände auf eine Vista senkrechter Felsen, die an wie mit einer Axt gehauene Schluchten stießen, welche sich über einem ungezähmten Fluss und seinen Zuflüssen erhoben. Eine typische Landschaft in dem halbwilden Zuleekistan, sehr aufwühlend, sehr pittoresk; er konnte ihren Charme genießen, während er hoch über allen Gefahren schwebte.

Das aus Glas und Stahl bestehende Chasmistrio mit seinem Pagodendach hing wie ein Schmuckstück an dem großen Luftkabel, das sich tausend Fuß über der Wzykii-Klamm über die Wolken schwang und das einstmals bedeutende Handelszentrum Feezie mit der Kette von Ortschaften verband, die auf dem Klippengipfel des gegenüberliegenden Ufers des weißzähnigen Wzyk-Flusses lagen.

Feezie. Ein jämmerliches Provinzkaff. Bei der Erinnerung daran verzogen sich die Lippen des Großlandsmanns. Kein Komfort, keine Annehmlichkeiten, keine Zerstreuung. Eine öde, nach Gerbereien stinkende Eiterbeule auf dem Angesicht dieser Erde, ein Zeugnis der Minderwertigkeit seiner Einwohner. Wenn doch nur das Märchen, das er seinem strahlenden Stern von Promontorium-Neffen aufgebunden hatte, wahr gewesen wäre – wenn er doch nur unverzüglich in das zivilisierte, amüsante Jumo Statt hätte reisen können. Ja, *dann* wäre das Leben wesentlich angenehmer gewesen. Doch die Pflicht rief, seine Schuldigkeit dem Imperior gegenüber rief, und so fand er sich wider Willen aufs Land verbannt.

Zumindest hatte er den staubigen Dreck von Aennorve und die primitiven Unbilden von Bizaqh übersprungen. Das war ein gewisser Trost. Und sein Aufenthalt in dem von Ziegen und Banditen verseuchten

Zuleekistan würde sich höchstwahrscheinlich als kurz erweisen. Das war noch ein Trost.

Torvid stieß ungeduldig eine Wolke Zigarettenqualm aus und sah, wie sein Diener sich abwandte. Kein Zufluchtsort, keine reine Bergluft fand sich innerhalb der Wände des Chasmistrios, und der andere wusste das, wollte aber vermutlich seinen – ihren – Unmut über diese Luftverschmutzung kundtun. Unverschämte Missgeburt. Die Furche zwischen den Augenbrauen des Großlandsmanns vertiefte sich.

»Du – hier!«, befahl er. Er trommelte scharf mit den Fingern auf den niedrigen Tisch mit der Einlegearbeit vor sich. »Mein Glas.« Er war bereit, das geringste Zögern mit einem Hieb zu ahnden, doch sein Reisegenosse beugte sich sogleich, um das leere Flötenglas mit vonahrischem Champagner zu füllen, so dass er keine Gelegenheit zu disziplinarischen Maßnahmen erhielt. Das stumme Borstengesicht des anderen befand sich einen kurzen Augenblick lang auf gleicher Höhe mit seinem. Er bekam das wilde Glühen roter Augen im Schatten der Kapuze mit, und das Zucken in seiner Hand verschwand auf magische Weise.

Eine Zeit lang wurde die Stille nur vom Rauschen der Gebirgswinde und dem Knirschen von Metall auf Metall unterbrochen, als das Chasmistrio hochfuhr. Sein hin und her pendelndes Gewicht wurde von der Kraft unsichtbarer Hände an der großen Winde, die in den Felswänden oberhalb des Wzyk verankert war, am Kabel entlanggezogen.

Torvid Stornzof nippte an seinem Champagner, betrachtete die Landschaft und rauchte. Bald darauf kam das Chasmistrio in eine Region tief hängender Wolken, und gespenstischer Nebel verhüllte die Welt unter ihnen. Passend dazu vernebelte grauer Rauch das Innere der Gondel, die Sicht ging gegen Null, und der ockergewandete Lakai begann zu gurgeln. Eine leise, heisere, blubbernde Vokalisierung quoll unter der

Kapuze hervor. *Urghurrhurgahrurrgh* ... Das Wesen simulierte Atemnot, vermutlich, um vorwurfsvoll zu wirken, aber sich leicht beeindrucken zu lassen, zählte Torvid Stornzof nicht zu seinen Schwächen. In aller Seelenruhe stieß er eine dichte graue Rauchwolke aus und befahl: »Ruhe!«

Uuurghhhhurghurgh – iiYUHHK, iiYARGHKKK –

Das war offene Auflehnung und außerdem lästig, so dass eine körperliche Züchtigung mehr als geboten erschien. Torvid erhob sich von dem Diwan, machte einen Schritt vorwärts, hob die Hand und schlug in das haarige Gesicht unter der Kapuze. Der Kopf des anderen schwang zur Seite und schoss dann nach vorn, die roten Augen funkelten, die gelben Hauer waren nur wenige Zentimeter von seiner Kehle entfernt gebleckt. Torvid wich einen Schritt zurück, zog seine Pistole aus der Brusttasche und feuerte, ohne zu zögern. Der Schuss krachte, ein drittes rotes Auge erschien in der Mitte der Stirn des anderen, und das Geschöpf fiel tot zu Boden.

Widerlich. Er hatte in Selbstverteidigung gehandelt, aber dennoch würde sich sein Empfang auf der anderen Seite der Wzykii-Schlucht nun als problematisch erweisen. Torvid runzelte die Stirn und schenkte sich ein weiteres Glas Champagner ein.

Das Chasmistrio glitt gemächlich an dem Kabel dahin. Schließlich löste sich der Nebel auf, und die Felszacken der Umgebung wurden deutlich sichtbar. Ein dumpfer Aufprall, ein Ächzen und ein krampfhaftes Beben verkündeten das Ende der Fahrt. Torvid, gezwungen, sich selbst zu helfen, entriegelte und öffnete die mit einem Stahlbalken verschlossene Tür eigenhändig und trat aus seinem Transportmittel heraus, um sich einem Quartett von Gestalten in Kapuzenumhängen an der Winde gegenüber zu sehen. Neben ihnen stand ein feuersteinäugiger Aufseher in der traditionellen Tracht der Zuleeki-Bauern, einer Bluse mit langen Ärmeln, einer langen Weste und einem Kilt aus selbstgesponnenem Tuch.

Torvid ignorierte die anderen Lakaien und wandte sich direkt an den Aufseher.

»Der Mongrel erwartet mich?«

»Sie finden ihn unter der vom Blitz gespaltenen Kiefer unterhalb des Dorfs Faddogalbro«, antwortete der Eingeborene in annehmbaren Grewzisch.

»Sie werden mich dorthin führen.« Geld wechselte den Besitzer.

Aus dem offenen Chasmistrio wehten beißende Gase heraus. Das ockerfarbene Quartett schnaubte, winselte, klapperte mit den Zähnen und zappelte unbehaglich unter seinen Roben. Der Aufseher runzelte die Stirn, als er es bemerkte.

»Es hat ein Missgeschick gegeben.« Torvid zog ein paar Banknoten aus seiner Brieftasche. »Um Ihren Verlust wettzumachen.«

Der andere nahm das Ged, zählte es, zuckte die Achseln und nickte. »Dann kommen Sie mal mit. Hier entlang.«

Gemeinsam begaben sie sich auf den schmalen Pfad auf der Klippenspitze. Hinter ihnen erhoben sich vier nichtmenschliche Stimmen zu klagendem Geheul.

Die Wanderung verlief schweigend und ohne Zwischenfälle. Der Mongrel wartete wie versprochen an der umgestürzten Kiefer. Neben ihrem Anführer standen drei schnauzbärtige und hakennasige Gefolgsleute mit den hergebrachten flatternden Kopftüchern, die Karabiner an einem Riemen über den Rücken geschlungen. Nicht weit weg grasten vier schmächtige, zottige Pferde der widerstandsfähigen hiesigen Rasse.

Torvid gestikulierte herrisch, und sein Begleiter blieb zurück. Der Großlandsmann ging allein weiter, und der Mongrel kam ihm entgegen. Bald darauf standen sie sich von Angesicht zu Angesicht gegenüber, und irgendetwas in dem furchtlosen, beinah hoheitsvollen Gebaren des berühmten Räuberhauptmanns bewog den Großlandsmann, sein Platinetui hervorzuholen, es aufzuklappen und dem anderen mit ungewohnter Höflichkeit davon anzubieten.

»Rauchen?«, lud er ihn ohne große Umstände ein.

Der Mongrel nahm eine schwarze Zigarette an und neigte kurz den Kopf, jedoch ohne die geringste Unterwürfigkeit. Die beiden Männer steckten sich die Zigaretten an und rauchten schweigend.

»Sie werden den Auftrag annehmen?«, erkundigte sich Torvid schließlich in Vonahrisch.

Die Adleraugen des Mongrels verengten sich zu Schlitzen, und nachdenklich stieß er eine graue Rauchwolke aus.

»Ich werde ihn annehmen«, gab er zu guter Letzt zurück.

Torvid überreichte ihm ein Banknotenbündel Neu-Rekkoes, das sein Gegenüber ohne nachzuzählen einsteckte. Dann folgte eine markige Unterhaltung, gewürzt mit vielen Bezügen auf »die travornischen Zwillingsbrüder«, den »Navoyza-Pass« und »*Een Djasseen.*«

Das Gespräch endete, und die beiden Männer gaben sich die Hand, beinahe wie zwei von gleichem Rang. Der Mongrel und seine Gefolgsleute saßen auf und ritten weg. Torvid Stornzof gesellte sich wieder zu dem Aufseher, und sie begaben sich über den Klippenpfad zum Chasmistrio zurück, wo die vier undefinierbaren ockerfarbenen Diener warteten.

Torvid fühlte den zornig glühenden Blick ihrer roten Augen auf sich, als er sich ihnen näherte, und hörte das gedämpfte Gemurmel leiser Knurrlaute, ignorierte diese Impertinenz jedoch einfach. Er betrat die Glas-und-Stahl-Gondel, deren toter Fahrgast während seiner Abwesenheit entfernt worden war. Der beengte Raum stank nach Lavendelduftwasser, wahrscheinlich, um weniger angenehme Gerüche zu überdecken. Eine neue Champagnerflasche stand in dem silbernen Flaschenkühler auf dem niedrigen Tisch, es gab indes keinen Diener, der ihm hätte einschenken können. Offensichtlich sollte er die Rückfahrt allein zurücklegen, ein Zustand, der ihm zupass kam, denn er zog Selbstbedienung der Qual eines trotzigen oder schlechten Services vor.

Der Zuleeki-Aufseher schwenkte seine Signalflagge, die man auf der gegenüberliegenden Seite der Wzykii-Klamm gesehen haben musste, denn wenige Minuten später wurde das lose Tauende in den endlosen Linien aufgenommen, und die Gondel begann über das Kabel zu kriechen und ihre langsame Rückkehr nach Feezie in Angrff zu nehmen.

Torvid trank seinen Champagner und sann nach. Sein Eindruck von dem Mongrel war vorteilhaft gewesen, und er hielt den Räuberhauptmann für fähig, seinen Auftrag zu erfüllen. Wenn dem so war, lag der Weg zum Sieg klar vor Neffe Karsler, der Triumph für die Stornzofs war garantiert, und die Mühen des Tages hatten sich gelohnt, obwohl – die schwarzen Augenbrauen des Großlandsmanns zogen sich zusammen – sein persönliches Einschreiten eigentlich unnötig hätte sein sollen. Karsler hätte die Angelegenheit eigenständig zu Ende bringen sollen und können, wäre da nicht das Handikap seines absurden antiquierten Ehrenkodexes gewesen – zweifellos das Produkt seiner sonderbaren Erziehung –, mit dem er sich selbst häufig im Weg stand; ja, er war viel zu nachgiebig. Denn gelegentlich wurde nur allzu deutlich, dass der jüngere Stornzof gewisse törichte Rücksichten über seine Pflicht dem Imperior und seinem eigenen Geschlecht gegenüber stellte. Und wenn er das tat, war er es nicht wert, diesen Familiennamen zu tragen.

Ein Schwächling, ein wankelmütiger Träumer – und ein Stornzof?

Aber nein. Die kriegerischen Triumphe des berühmten Oberkommandanten bewiesen das Gegenteil. Sein Blut war vom Besten, die lähmende Auswirkung seiner Erziehung nichts als eine Unannehmlichkeit.

Der Champagner war scheußlich, entschied Torvid. Und den Lavendelgestank konnte er auf den Tod nicht ausstehen. Das Reisen mit einem Chasmistrio war etwas für Hunde und Zuleekis.

Egal. Noch ein paar Stunden, und er wäre wieder in Feezie, dessen bester Gasthof beinah annehmbar war. Er hatte bereits seine Überfahrt auf dem nach Osten fahrenden Raddampfer *Diamantsolitär* gebucht. Bevor die Sonne morgen über den Horizont stieg, wäre er auf hoher See, auf dem Weg nach Jumo Statt und den Segnungen der Zivilisation.

Die Berge erhoben sich steil und zerklüftet über dem Navoyza-Pass. Die Vegetation in solcher Höhe war erdnah und widerstandsfähig, die Frühlingswildblumen tüpfelten den Engpass mit fuchsienroten und purpurnen Tönen, die ausgedehnten Teppiche der Sinquerriva breiteten pastellfarbene Tusche aus fahlem Gold über die Hänge. Die Luft war klar, rein und so kühl, dass es fast schon unangenehm war. Der Himmel war kitschig blau – ein Künstler, der einen solchen Farbton auf die Leinwand gebannt hätte, wäre von den Kritikern mit Hohn und Spott übergossen worden – und mit langgezogenen dahinziehenden Wolkenbändern gestreift. Hoch über den Köpfen glitt ein Habicht auf einer Windströmung dahin, und unten am Boden stürzte sich ein Wiesel auf einen Felsputzer, der auf der anderen Seite des Passes nach Nahrung suchte.

Eine Karawane von sechs Kamelen folgte dem alten, von hoch aufragenden Felswänden eingeschlossenen Passweg. Drei der Kamele waren beigefarbene, langhaarige und zweihöckrige *Jehdavis*, eine für ihre Stärke und Ausdauer berühmte Rasse. Das erste dieser kostbaren Tiere, das an der Spitze der Gruppe ritt, gehörte einem ergrauten Zuleeki, der zerschlissene Lederkleidung trug – offenbar der Karawanenführer und Pfadfinder. Die anderen beiden wurden von einem Paar jugendlicher ausländischer Kunden geritten, die sich hinsichtlich Gesichtsbildung und Körperbau glichen wie ein Ei dem anderen und bis ins letzte Detail ihres dandyhaften Kostüms nach vonahrischem Schnitt identisch aussahen. Die restlichen drei Kamele waren sichtlich minderwertiger. Zwei von ihnen wurden von flachgesichtigen einheimischen Arbeitern geritten, die man vorübergehend als Bedienstete eingestellt hatte, und das dritte, das als Packtier diente, trug einen Berg teurer, farblich aufeinander abgestimmter Gepäckstücke.

Die reinen Winde heulten durch den Navoyza-Pass, die Wolken, wie gemalt, segelten über den unwahrscheinlichen Himmel, und der eine der beiden jungen Reisenden wandte sich an den anderen, um ihn zu informieren: »Ich glaube, ich muss mich wieder übergeben.«

»Kämpf dagegen an, Tref«, riet ihm Stesian Festinette. »Denk an etwas anderes.«

»Ich kann nicht. Es ist die Art, wie diese Höllenkreatur *schwankt*, wenn sie sich fortbewegt. Das ist ja schlimmer als ein Segelboot im Sturm!«

»Na, *mir* erscheint das nicht so schlimm.«

»Na, *du* hast ja auch nichts von diesen gegrillten Felsputzern gegessen. Diese elenden kleinen Mäuseviecher eignen sich nicht für den menschlichen Verzehr. Sie sind mir nicht bekommen.«

»Warum bist du dann hingegangen und hast 'ne ganze Schüssel von ihnen verschlungen?«

»Sie haben ganz gut geschmeckt. Woher sollte ich wissen, dass sie *giftig* waren? Jetzt bin ich sterbenskrank, falle gleich von diesem abscheulichen Kamel runter, und von *dir* kriege ich keinen Fitzel Mitleid.«

»Ich leide mit dir, Tref. Ich leide so sehr mit dir, das mir schon ganz schlecht wird, wenn ich dir nur zuhöre. Du weißt doch, was mit mir passiert, wenn du krank wirst –«

»Jaha, es funktioniert auch bei dir!«

»Also würdest du bitte aufhören, auf dem Thema *herumzureiten*? Versuch einfach, dich auf etwas anderes zu konzentrieren, etwas *Erfreuliches*. Denk daran – oh, denk nur an die Zeit, als wir die Punchbowle auf der Pensionierungsparty des Schulrektors mit diesem strellianischen Brechmittel gewürzt –«

»Sehr hilfreich, Stes!«

»Tut mir Leid. Also gut, dann denk an – gut, denk an die Ehre. Denk an das Prestige. Denk an den unaussprechlichen, strahlenden, unvergänglichen Ruhm. Denk daran, wie wir die Große Ellipse gewinnen. Ich sag's dir, Tref, das wird unser bester Gag – die dreibeinige Kuh war nichts dagegen! Und wir *werden* gewinnen, weißt du. Wir haben uns so weit vom Hauptfeld abgesetzt, dass keiner uns mehr einholen kann!«

»Vergiss die Innereienfresser nicht.«

»Die hab ich nicht vergessen. Aber wo sind sie denn jetzt? Wir haben nichts mehr von ihnen gehört oder gelesen. Angenommen, sie lägen vor uns und wir liefen hinter ihnen her, glaubst du nicht, wir würden auf jemanden stoßen, der sie gesehen hat? Aber niemand hat die fliegenden Grewzier zu Gesicht bekommen – nicht in Aennorve, nicht in Bizaqh, nicht in Zuleekistan. Weißt du, was ich langsam vermute? Irgendwas ist passiert. Irgendwas hat sie aufgehalten, sie sind zurückgefallen, und das Rennen gehört *uns*.«

»Ich schätze, das ist den einen oder anderen widerwärtigen Kamelritt wert.« Trefian strahlte wieder. »Weißt du, was wir tun sollten, wenn wir gewonnen haben? Wenn wir wieder in Toltz sind, mieten wir eine Bankettthalle und schmeißen eine Riesensiegesfeier. Ich meine eine richtige feuchtfröhliche Sause, mit Champagner und Essen und Unterhaltung und all dem. Wir laden jeden ein, absolut jeden. Dann, wenn die Party auf ihrem Höhepunkt ist, lassen wir jemanden draußen vor der Bankettthalle Feuerwerkskracher zünden – du weißt schon, die dicken Böller, die wie Kanonen donnern. Dann schicken wir jemanden rein, der verkündet, die Grewzier würden angreifen und die Stadt stände unter Beschuss. Ich sag dir, Stes, die Halle wird *explodieren*, alle werden verrückt werden, richtig *verrückt!* Was für ein Schauspiel!«

»Hervorragend! Jetzt haben wir was, worauf wir uns freuen können!«

Beide Brüder brachen in unkontrolliertes Gegiggel aus.

Als die Karawane um eine Biegung des Passwegs kam, ließ das unvermittelte Auftauchen einer berittenen Horde das Gelächter verstummen. Sie schienen aus dem Nichts zu kommen – ein Dutzend adlergesichtiger Reiter in malerischer Tracht, mit durchaus funktionsfähig wirkenden Karabinern bewaffnet. Ihr Anführer, eine Person von kaltem, befehlsgewohntem Gehabe, rief ihnen eine Bemerkung oder einen Befehl im lokalen Dialekt zu, und die Karawane hielt sofort an. Der angeheuerte Führer neigte das Haupt mit ausgesprochen respektvollem Gebaren.

»Was haben sie gesagt?«, erkundigte sich Trefian Festinette.

»Was in aller Welt geht hier vor?«, fragte Stesian.

»Still«, wies ihr Führer sie leise in Vonahrisch an. »Es ist der Mongrel.«

»Wer oder was ist –«

»Still.«

Der Karawanenführer und der Mongrel unterhielten sich kurz in ihrem Dialekt, und selbst der Tenor des Wortwechsels blieb ihren travornischen Zuhörern verborgen. Der Führer schien sich zu beschweren. Der Mongrel zuckte die Achseln und antwortete mit fester Stimme. Der Führer nickte bedauernd und ergeben, woraufhin der Mongrel ein Zeichen machte und ein paar seiner Gefolgsleute vorritten, um die Führungsseile der Festinette-*Jehdavis* zu ergreifen.

»Was, mein Guter, glauben Sie, was Sie da tun?«, fragte Stesian Festinette.

»Ist das eine Art Eingeborenenbrauch?«, wunderte sich sein Zwillingsbruder.

Sie erhielten keine Antwort.

Der Mongrel hob eine Hand, und die Reiter galoppierten durch den Engpass davon, die Festinettes im Schlepptau. Ein Schwall erschrockener Fragen blieb unbeantwortet.

Die nächsten zwei Stunden ritt die Bande wie der Teufel durch den Navoyza-Pass und über gewundene Saumpfade. Endlich hielten sie an, um die Pferde zu tränken. Trefian und Stesian rutschten unter Ausstoßen kleiner Erleichterungsseufzer von ihren Kamelen herunter. Einer der Zuleekis trieb sich in ihrer Nähe herum, und die Zwillinge bestürmten ihn sogleich mit Fragen.

»Sehen Sie, ich habe mich gefragt, ob Sie uns wohl freundlicherweise sagen könnten –«, begann Trefian.

»Sie dürfen nicht denken, dass wir Ihre lebhafte Aufmerksamkeit nicht zu schätzen wüssten, aber wir wüssten wirklich zu gern –«, unterstützte Stesian seinen Bruder.

Der Zuleeki gab ihnen eine knappe Antwort in seinem Dialekt und wandte sich dann ab.

»Was für seltsame Sitten diese Menschen haben«, murmelte Trefian.

»Ich glaube nicht, dass er uns verstanden hat, Tref. Sie sind nicht besonders zivilisiert, diese Zuleekis. Oder höflich, wo wir schon mal dabei sind.«

»Vielleicht haben wir mehr Glück bei –«, schlug Trefian vor und zeigte auf jemand, und sein Bruder folgte ihm mit den Augen.

Nicht weit entfernt lehnte der Mongrel schweigend an einem Felsen, den stechenden Blick unverwandt auf den Horizont gerichtet. Die Zwillinge eilten zu ihm.

»Meister – ähm – Mongrel, sprechen Sie vielleicht zufällig Vonahrisch?«, versuchte es Stesian.

Der Mongrel wandte sich ihnen zu und musterte sie eingehend. Zu guter Letzt antwortete er: »Ein bisschen.«

»Oh, das ist ja hervorragend. Dann wären Sie vielleicht so freundlich, Sir, uns zu sagen, was das alles hier soll? Nicht, dass es nicht ein Riesenspaß wäre, Sie verstehen, aber Tatsache ist, mein Bruder und ich nehmen an der Großen Ellipse teil, was, nur für den Fall, dass Sie noch nicht davon gehört haben, dieses Mordsrennen um die ganze We–«

»Ich kenne die Große Ellipse«, sagte der Mongrel.

»Ausgezeichnet. Dann verstehen Sie gewiss, dass – so interessant dieses Zwischenspiel auch gewesen ist – mein Bruder und ich uns jetzt wirklich wieder auf den Weg machen müssen.«

»Ja.«

Etwas an dem ruhigen Ton des Mongrels bewog die Zwillinge zu einem Austausch unbehaglicher Blicke, und Stesian fragte zweifelnd: »Nach –?«

»Nach *Een Djasseen.*«

Die Reise wurde fortgesetzt, und es folgten zwei weitere Reitstunden durch urwüchsiges Gelände, auf den winzigsten und steinigsten Gebirgspfaden, die man sich vorstellen konnte. Am Ende dieser beiden Stunden gelangten sie zu einem schroffen Abhang, der in ein kleines Plateau überging, welches ein hoher Wall aus rötlichem Stein krönte. Der Mongrel und seine Gefolgsleute ritten den Weg zu dem großen eisernen Fallgitter hinauf, das das Tor bewachte. Die Wachen zogen das Fallgitter unverzüglich hoch, und die Gesellschaft gelangte in den Hof einer roten Festung, über der ein Dutzend in sich gedrehte bleigedeckte Türme aufragten. Jeder Turm trug eine Eisenspitze mit einem menschlichen Schädel darauf.

»Wo sind wir denn *hier* gelandet?«, fragte Trefian Festinette.

Niemand antwortete ihm.

Die Reiter hielten unter Zaumzeug- und Sporenklirren an. Ein ungeheuer großer und breiter Zuleeki mit öligem kahlen Schädel kam ihnen aus dem Gebäude heraus entgegen. Es folgte ein kurzes Gespräch zwischen dem Mongrel und dem Kahlkopf, an dessen Ende der Mongrel einen leise klingelnden Lederbeutel überreicht bekam und die Führungsseile der Festinette-Kamele dem Kahlkopf in die Hand gedrückt wurden.

Der Mongrel und seine Gefolgsleute galoppierten aus dem Hof.

Die Zwillinge und ihr Gastgeber maßen sich einen kurzen Moment lang mit Blicken. Der Zuleeki bellte einen knappen Befehl in seinem Dialekt, begleitet von einem sonderbaren Zungenschnalzen, das die Kamele zu kennen schienen, denn sie knieten sich auf der Stelle hin.

»Absteigen«, befahl der Kahlkopf in Vonahrisch.

Die Zwillinge, gehorsam wie die Kamele, taten wie geheißen.

»Sie kommen mit«, ließ der Kahlkopf sie wissen.

Trefian Festinette gewann als Erster Fassung und Sprache zurück. »Wer *sind* Sie?«, fragte er.

»Ich bin Ilciu. Ich diene«, verkündete ihr Gastgeber.

»Wem, was dienen Sie?«

»Meinem Meister. Dem Herrn dieser Festung und des Landes drumherum.«

»Und Ihr Meister ist –«

»*Een Djasseen.*«

Ilciu führte sie durch düstere und grimmig hallende Gänge in die Festung, vorbei an Nischen mit antiken Rüstungen und Wandschmuck aus monströsen Schwertern, Piken und Schlachtäxten, durch Räume, in denen zerschlissene Wandbehänge hingen, die aus dunkler Vorzeit stammen mussten, bis sie schließlich durch ein großes Flügelportal in etwas gelangten, das wie eine andere Welt wirkte.

Die Zwillinge sahen sich staunend um. Sie befanden sich in einem gigantischen Saal mit gewölbter Decke, mit wallenden Wandbehängen aus lila Seide und mauvefarbener Gaze, mit Kristalllüstern in rosigen Schattierungen, parfümierten Springbrunnen und hohen Marmorstatuen von Göttern und Athleten, die in lebensechten Farben bemalt waren. Hier war die Luft milde, warm und feucht. Musikfetzen, sanft wie dahinschwebende Blütenblätter, versüßten die Atmosphäre, und über allem hing wie eine Dunstglocke ein Duft nach Veilchen.

Der Saal war voller Menschen. Auf einem Fußboden aus glänzend rosa und lila Marmor lagen zahllose bunte Teppiche und fransengesäumte Kissen, auf denen nicht weniger als ein halbes Hundert junger Männer saß oder lehnte, deren Altersspanne von frühster Pubertät bis zur Jünglingsreife reichte. Sie alle waren wohl proportioniert, muskulös und gut in Form – das war leicht zu erkennen, denn sie alle trugen die gleichen knappen seidenen Lendenschurze und sonst nichts. Alle hatten hübsche Gesichter – die meisten von olivfarbenem Teint, mit den Adlergesichtern des zuleekischen Menschenschlags, aber auch einige hellhäutige Nordländer waren darunter sowie ein kuhäugiger, volllippiger heranwachsender Cherub, der ein Aveshquianer sein mochte. Die jungen Gesichter waren geschminkt, die Augen mit Kajal umrandet und hervorgehoben, die Lider mit metallischem Lidschatten aufgehellt, Wangen und Lippen in tiefem Rot bemalt. Finger- und Zehennägel waren in korallen- und klatschmohnartigen Schattierungen lackiert. Die sorgsam geölten Locken waren mit goldenen, weißen oder blauen Strähnen aufgefrischt.

»Was für eine fremdländische Mannschaft«, bemerkte Stesian mit gedämpfter Stimme. »Glaubst du, sie sind *Schauspieler* oder so was Ähnliches?«

»Glotz nicht«, wies ihn sein Bruder an. »Denk immer dran, wir sind Weltbürger.«

Ein leises fragendes Murmeln begrüßte die eintretenden Festinette-Zwillinge. Einige Jünglinge erhoben sich von ihren Kissen und reckten sich, um besser sehen zu können. Die Zuschauer ignorierend, klatschte Ilciu leise in die Hände. Ein Quartett weißhaariger, zahnloser, gebeugter, aber flinker Vetteln tauchte unverzüglich auf. Die Vetteln verbeugten sich tief, drehten sich dann um und ergriffen die erstaunten Brüder, scheuchten sie durch den großen Saal, durch einen alabasternen Durchgang und in einen angrenzenden Raum, wo durch ein aus Buntglas bestehendes Deckenfenster einfallendes Zwielicht auf einer türkisfarbenen großen Badewanne spielte.

Die Vetteln entkleideten sie gekonnt und drängten sie ins Bad. Das Wasser war warm, parfümiert und angenehm mit Blüten verziert; die Dienste der Vetteln waren angenehm, wenn auch vielleicht ein bisschen zu gründlich. Bald darauf wurden die Brüder, sauber geschrubbt und leicht rötlich gefärbt, wieder aus der Wanne geholt, abgetrocknet, bis ihre Haut glühte, mit Duftölen gesalbt und in identisch geschnittene Lendenschurze gesteckt. Als Nächstes wurden ihre Gesichter sorgfältig geschminkt, ihre Augenbrauen gezupft und in Form gebracht, ihre Fingernägel lackiert, ihre braunen Locken geölt und frisiert. Als letzten Pfiff wurde jeder der Brüder mit einem Paar langer juwelenbesetzter Ohrringe herausgeputzt.

»Ich weiß nicht, Tref.« Stesian Festinette schüttelte den Kopf, und die herabhängenden Ohrringe klimperten. »Ich bin mir nicht ganz sicher wegen all dem hier. Besonders die blauen Fingernägel.«

»Lokale Bräuche«, rief ihm sein Bruder in Erinnerung. »Exotische zuleekische Gastfreundschaft, das ist alles. Heißt es nicht, Reisen erweitert den Horizont?«

Die Frage blieb unbeantwortet. Ilciu tauchte wieder auf, und die vier Vetteln sanken auf ihre tattrigen Knie. Der Kahlkopf begutachtete ihr Werk eingehend, nickte dann und sagte etwas zu ihnen in seiner Sprache. Die alten Damen erhoben sich, verbeugten sich und zogen sich keckernd zurück.

»Ich habe ihnen gesagt, dass sie gute Arbeit geleistet haben«, eröffnete Ilciu den Zwillingen. »Ihr werdet ihm gefallen.«

»Oh –«, Trefians verwirrter Blick klärte sich. »Wir werden also endlich unserem Gastgeber vorgestellt?«

»Ja. Ihr geht jetzt zu *Een Djasseen.*«

Ilciu klatschte in die Hände. Eine Gruppe von Lakaien, die genauso massig und breit waren wie er, tauchte mit einer Sänfte auf. Die Zwillinge wurden in die Sänfte gesetzt und kunstvoll Rücken an Rücken drapiert, dann wurden violette Blütenblütter über ihre nackten Schultern gestreut. Ilciu schnippte mit den Fingern. Die Träger hoben die Sänfte an und trugen sie aus dem Raum.

»Höchst sonderbare Sitten«, murmelte Stesian seinem Bruder zu, während sie durch die Gänge getragen wurden.

»Unterhaltsam, würde ich es nennen«, fiel Trefian ein. »Ich bin richtig gespannt, diesem *Een Djasseen*-Burschen zu begegnen. Zweifellos ist er eine merkwürdige Gestalt.«

»Ich frage mich, worüber um alles in der Welt er reden will?«

Elftes Kapitel

Leb wohl, Ballerina. Ich werde dich vermissen«, sagte Luzelle.

»Aihee disse Schöne wie eigene Tochtel wild halten«, versprach der neue Besitzer in scheußlichem Vonahrisch.

»Sie mag es, wenn man ihr über die Nüstern streichelt.«

»Aihee stleicheln Nase, Hafel fütteln, Füße polielen. Sie sein Steln in Himmel.«

Sie ist gestohlenes Eigentum, und das errätst du wahrscheinlich auch. Luzelle nickte, lächelte und sagte nichts.

»Komm, mein lote Schöne.« Der glückliche bizaqhische Käufer führte seine Fuchsstute weg.

Luzelle seufzte. Ihre Augen brannten. Ballerina würde gewiss gut behandelt werden, aber sie hasste sich trotzdem. Ihr Blick fiel auf das Bündel bizaqhischer Geldscheine – ein lächerlich niedriger Preis für das gestohlene Pferd –, das sie noch immer mit ihrer rechten Hand umklammerte. Das Handgelenk juckte, und ihr kam der spontane Gedanke, das Geld in den Wind zu werfen. Ein törichter Impuls. Sie hatte eine bessere Verwendung für bizaqhisches Geld.

Ihre Blicke schweiften über den staubigen, fliegenverseuchten Hauptplatz des alten Quinnekevah. Nicht viel zu sehen. Ein großer Steinturm in der Mitte, der theoretisch den Ort, an dem der Begnadete Iyecktor seine Vision von den Drei Feuern empfangen hatte, und unstrittig den Platz bezeichnete, an dem über die letzten fünfhundert Jahre hinweg der jährliche Ziegenmarkt abgehalten wurde. Einige alte Holzgebäude von unbestimmter Funktion, die sich durch ihre Kuppeldächer und Fenster aus goldfarbenem Glas von den anderen unterschieden. Ein paar kleine, ungestrichene Buden, die Verkäufer und ihre Waren beherbergten. Ein paar streunende ringelschwänzige Hunde, ein paar Eselskarren und mehr als nur ein paar Fußgänger; die Männer in ihren weiten Pluderkniehosen, die Frauen alle in schwarzen Kappen mit Leinenbändern, die Kinder mit ärmellosen knielangen Kitteln – oder gar nichts. Eine geschäftige, eigenartig zeitlose Szene, die sich seit den Tagen des Iyecktors vermutlich nur geringfügig geändert hatte.

Eine Veränderung zumindest gab es. Auf der gegenüberliegenden Platzseite erhob sich die kürzlich errichtete, aber bereits veraltet wirkende Bahnhofshalle von Quinnekevah in all ihrer dunklen Backsteinpracht. Hier in Bizaqh verkehrten die Züge wieder, aber einer ihrer Fahrpläne klärte sie auf, dass der nächste ostwärts nach Zuleekistan fahrende Zug nicht vor einer Stunde einfahren würde, wodurch ihr ein wenig Zeit blieb, ihre lokale Währung loszuwerden. Was sollte sie kaufen? Nahrung? Souvenirs? Einen ringelschwänzigen Hund?

Neue Kleider.

Sie sah an sich herunter. Nach tagelangem harten Ritt durch Aennorve war sie gerade noch an der Grenze zur Achtbarkeit – oder schon jenseits davon. Ihre strengen dunkelblauen Röcke waren am Saum kotbespritzt, ihre Jacke war staubig und schmutzig von der Reise. Was ihre Unterwäsche anging – daran dachte sie besser gar nicht.

Eine der Buden verkaufte bizaqhische Kleidung, und sie hastete ohne Umwege darauf zu. Die Besitzerin war eine dralle junge Frau, die kein Vonahrisch, kein Grewzisch, kein Lanthianisch und keine verständliche westliche Sprache sprach.

Luzelle überflog mit einem Blick die exotischen Auslagen und zeigte auf etwas. Die Händlerin nickte heftig und reichte ihr einen langen Rock aus dünner, knittriger schwarzer Baumwolle mit einer Zugschnur um die Taille. Eine nähere Untersuchung ergab, dass der scheinbare Frauenrock eine Naht in der Mitte besaß und in Wahrheit eine ungeheuer weit geschnittene Hose war. Was für eine kluge Idee! Sie lächelte und zeigte erneut auf etwas. Diesmal war ihre Wahl auf eine smaragdgrüne Tunika mit schwarzen Stickereistreifen am Saum und an den weiten Ärmeln gefallen. Sie hielt sich das Kleidungsstück an. Die Verkäuferin grinste breit, rieb sich die Hände in einer Geste, die hier Zustimmung und Ermutigung zu bedeuten schien, und bot Luzelle noch eine breite schwarze Schärpe mit Fransen und grüner Stickerei an den Enden an. Luzelle nahm die Schärpe, zusammen mit einer zweiten Tunika aus maulbeerblauer Baumwolle, einer dazu passenden Schärpe, einem wattierten Übermantel und mehreren leinenen Unterwäschestücken, die fremdartig in der Machart, aber eindeutig in ihrem Zweck waren. Nachdem sie ihre Auswahl getroffen hatte, reichte sie der Händlerin eine Hand voll Scheine, die überrascht aufsah, das Bargeld zählte und ihr tatsächlich ein paar Banknoten zurückgab. Erstaunlich.

Sie verstaute ihre Einkäufe in der Reisetasche und überquerte dann den Platz, um in die luftige, dämmrige Kühle der Bahnhofshalle einzutreten, wo sie stehen blieb, um auf ihre Uhr zu sehen. Noch zwanzig Minuten Aufenthalt. Jede Menge Zeit. Ein unauffälliges Trio konzentrischer Kreise auf einer Tür wies ihr den Weg zur Damentoilette. Sie ging hinein und fand einen für bizaqhische Verhältnisse ungewöhnlich modernen Raum vor, mit hölzernen Trennwänden, die das halbe Dutzend Löcher in der hölzernen Latrinenbank abschirmten, und jeder Menge Luftzufuhr. Rasch zog sie sich um und schlüpfte in den schwarzen Hosenrock und die grüne Tunika mitsamt Schärpe, während ihre schmutzstarrenden vonahrischen Sachen in ihre Reisetasche wanderten. Sie lagen auf dem Korsett, das zu tragen sie schon seit längerem aufgehört hatte, das wegzuwerfen sie jedoch noch nicht wagte. Vielleicht würde sie vor Ende des Rennens die Zeit finden, sie zu waschen. Die neue Bekleidung war leicht und luftig und bot wunderbaren Tragekomfort und Freiheit. Diese Bizaqhis waren doch nicht so zurückgeblieben, wie manche Westler das dachten.

Es gab keinen Spiegel, und sie hatte keine Ahnung, wie sie in dieser exotischen Bauerntracht aussah. Vermutlich albern, aber was machte das schon? Sie fühlte sich phantastisch.

Sie lächelte und holte einmal tief Luft; Letzteres erwies sich als Fehler, denn ihre Nase war plötzlich voller Latrinengerüche. Rasch verließ sie den Ort und eilte zum Fahrscheinschalter, wo ihr energisches Tippen auf die Landkarte an der Wand ihre Wünsche auch ohne Worte verdeutlichte. Geld und ein roh gedrucktes Ticket wechselten den Besitzer. Ein Schwall unverständlichen Bizaqhischs folgte. Luzelle lächelte, zuckte mit der Schulter und spreizte verständnislos die Hände. Der Mann hinter der Schalterscheibe zeigte auf die große Uhr an der Wand hinter ihr, drohte mit dem Finger, schüttelte den Kopf und redete mit ernster Miene auf sie ein. Sie drehte sich zu der Uhr um, dann wieder zu dem Mann zurück. Er schwatzte immer noch.

Sie wünschte, sie könnte ihn verstehen. Während sie ihm ein letztes Unverständnis mimendes Lächeln zuwarf, wandte sie sich zum Gehen und besorgte sich einen Sitzplatz auf der hölzernen Bank, die dem Abfahrtsgleis am nächsten lag. Um dorthin zu gelangen, war sie gezwungen, sich zwischen zwei breiten bizaqhischen Frauen durchzuzwängen, die beide von Ehemann, Kindern und schwarzer Kappe mit Leinenbändern behindert wurden und nicht erfreut über die Störung waren. Verärgerte Blicke richteten sich auf ihr unbedecktes, widerspenstiges rotgoldenes Haar. Empörte weibliche Stimmen fauchten ihr etwas hinterher.

Sh'tishkur.

Fa kuta.

Sie kannte die Worte nicht und wollte diesen Zustand auch nicht ändern. Sie senkte die Augen auf den dunkel gefliesten Boden. Die Stimmen verebbten. Ein aggressiver Ellbogen drückte sich gegen ihren Arm, sie ignorierte ihn. Die Zeit verstrich, und ihre Gedanken schweiften ab.

Die Schläge der großen Bahnhofsuhr rissen sie in die Realität zurück. Etwa jetzt sollte der nach Osten weiterfahrende Zug im Bahnhof von Quinnekevah eintreffen. Genau jetzt.

Es gab keine Ansage. Ihre Gedanken kreisten um blaue Würmer und Fuchsstuten. Scheinbar war nur ein Augenblick seit dem letzten Schlagen der Uhr vergangen. Eine Stunde war verstrichen. Der Zug war nicht gekommen.

Sie hob den Kopf und schaute sich um. Der Wartesaal war ziemlich voll. Die meisten Bänke waren von gewöhnlichen bizaqhischen Reisenden belegt, von denen die meisten Koffer, Taschen, Rucksäcke und Kopf-Tragevorrichtungen mit sich führten; ein paar hatten Käfige mit Hühnern oder Tauben dabei, einer führte eine weiße Ziege an einem Strick. Die Frauen strickten oder plauderten, die Männer rauchten, die Kinder tollten umher, die Säuglinge greinten. Hörbar wurden Obst, Nüsse und verschiedene salzige Imbisse verzehrt, ein Anblick, der ihren Magen knurren ließ. Die Szene war eigentlich nicht bemerkenswert, aber irgendetwas an ihr störte sie. Ein Augenblick des Nachdenkens förderte die Ursache ihres Unbehagens zutage: die generelle Atmosphäre von Gleichmut, das Fehlen ungeduldiger Erwartung. Ihre Mitreisenden wirkten durchaus nicht so, als befänden sie sich kurz vor dem Aufbruch. Es sah eher so aus, als hätten sie sich darauf eingerichtet, auf unabsehbare Zeit in diesem Wartesaal zu wohnen.

Östlicher Fatalismus. Gut für die Verdauung. Nimm dir ein Beispiel an ihnen. Sie schloss die Augen. Zwang sich dazu, sich zu entspannen. Es funktionierte, und sie schlief ein.

Zwei Stunden später weckte sie das Schlagen der Uhr. Immer noch keine Spur von einem Zug, und jetzt hatte er wirklich ziemliche Verspätung. Aber er war gewiss auf dem Weg, redete sie sich ein. Es gab keinen *Strevvio* hier in Bizaqh, keine ernsthaften Probleme. Und vielleicht war ja diese Verspätung, die ihr so eklatant vorkam, nach hiesigen Maßstäben nichts Besonderes. Ihre Mitreisenden wirkten jedenfalls überhaupt nicht beunruhigt. Sie griff in ihre Reisetasche und holte eine Packung Rosinen heraus, an denen sie zu knabbern begann. Beim Essen stieß sie gegen den fremden Ellbogen, der an ihrem rechten Arm ruhte, und prompt gab es einen Vergeltungsstoß, gefolgt von einem wütenden weiblichen Zischen:

»Sh'tishkur.«

Sie wandte sich ihrer Kritikerin zu, funkelte sie an und schob den aufdringlichen Ellbogen beiseite, indem sie mit kalter Stimme sagte: »Bitte berühren Sie mich nicht.«

Die Worte wurden zwar auf Vonahrisch gesprochen, ihr Tenor war ihrem Gegenüber aber zweifellos verständlich, denn die Frau antwortete mit einer Tirade hoher, schriller bizaqhischer Flüche. Der Ausdruck *Fa kuta* kehrte mehrmals wieder, eine geballte Faust wurde gegen sie geschüttelt, und die erzürnte Einheimische schloss mit einem beredten Speichelausstoß auf den Boden zu ihren Füßen.

Angewidert stand Luzelle von der Bank auf, und ihre Nachbarn reagierten mit einem sofortigen Stellungswechsel; breite Hüften drangen in den freien Platz vor und okkupierten ihn. Sie zeigte ihnen die Feyenneser

Vier, was keinerlei Reaktion hervorrief; diese unglaublich nützliche Geste schien in diesem Teil der Welt keine Bedeutung zu besitzen. Sie streckte ihren Peinigern die Zunge so weit wie möglich heraus und kehrte ihnen den Rücken zu. Schmähungen folgten ihr.

Sie hatte das Herumsitzen ohnehin satt. Es würde ihr gut tun, sich ein bisschen die Beine zu vertreten. Die Reisetasche in der Hand schlenderte sie am Rand des Wartesaals auf und ab. Sie war noch keine zehn Schritte gegangen, als eine elegante Gestalt sich von einer der Bänke erhob und auf sie zutrat.

»Miss D'vaire?«

»Mesq'r Zavune!« Überraschung, Freude angesichts eines freundlichen Gesichts, Enttäuschung angesichts eines Konkurrenten, den sie weit hinter sich gelassen zu haben glaubte, all das vermischte sich in ihren Gedanken. Sie mochte Zavune, wünschte ihn jedoch hundert Meilen weit hinter sich. Als sie ein halb unwilliges Lächeln aufsetzte, erkannte sie, dass die Miene des aennorvischen Spekulanten gleiche Empfindungen widerspiegelte. Er sah gut aus, dachte sie. Ausgeruht, klare Augen, in guter Verfassung und zufrieden. Wie hatte er das nur geschafft? Er befand sich in einem nahezu tadellosen Zustand, die Wäsche frisch gewaschen, rasiert und manikürt, und seine gut geschnittenen Leinengewänder waren tatsächlich glatt. Sie wusste, dass sie im Vergleich zu ihm einen lächerlichen Anblick bot, mit ihren billigen Eingeborenensachen und ihren unbändigen Locken. Sie war nicht einmal richtig sauber.

Er musterte sie von Kopf bis Fuß, aber sein Lächeln schien jeglichen Spotts zu entbehren, als er bemerkte: »Diese bizaqhischen Kleider – sehr nett für Sie.«

»Ich musste mir irgendwelche sauberen Sachen besorgen, ich war verzweifelt«, eröffnete sie ihm. »Sehen Sie, ich habe mein gesamtes Gepäck in Aeshno eingebüßt. Ich wollte meine Reisetasche keinesfalls zurücklassen, aber zu diesem Zeitpunkt ging es einfach nicht anders –«

»Ihnen in Aeshno Reisetasche gestohlen?«

»Nicht ganz. Aber sie ist fort, und so musste ich fünf Tage lang ohne etwas zum Wechseln auskommen. Alles in allem bin ich wohl ganz gut damit zurechtgekommen, aber allmählich wurde es ziemlich eklig, und ich konnte es nicht mehr ertragen, deshalb habe ich nach dem ersten Besten gegriffen, was sich mir anbot, Hauptsache, es war *sauber*–« Sie stockte, weil ihr bewusst wurde, dass sie dummes Zeug schwatzte.

Wahrscheinlich hatte Mesq'r Zavune sowieso nur die Hälfte von allem verstanden, was sie da geplappert hatte, denn seine Stirn war umwölkt, als er wiederholte: »Sehr nett für Sie.«

»Danke.« Sie atmete einmal durch und fasste sich. »Und Sie sehen erst recht gut aus, Meister Zavune. Sie haben eine gute Zeit hingelegt, seit wir Aeshno verlassen haben.«

»Ah. Zeit. Ja.« Er nickte. »In Aennorve ich bin daheim, ich unter vielen Freunden. Viel sie mir gehelft haben. Ich bekomme Gebrauch von Kutsche, gute Pferde, um mich zu bringen nach Quinnekevah. In Aennorve ist leicht für mich.«

»Sie müssen das sehr genossen haben.«

»Sehr. Wahrheit so sehr, dass war schwierig für mich zu weiterfliegen.«

»Sie meinen, Sie haben sich in Aennorve so glücklich gefühlt, dass es schwer für Sie war, das Rennen fortzusetzen?«, übersetzte sie.

»Sie haben den Nagel auf den Hut getroffen. Hinten in Aeshno war ich mit Madame Zavune, mit Söhne und kleine Tochter Zavune. Gut, aber kurz, so kurz, und wann werde ich sie wiedersehen?«

»Ich denke, das wird nicht mehr lange dauern. Das Rennen wird immer schneller.«

»Heute nicht. Ich war hier im Bahnhof heute Morgen, sechs Uhr scharf, für Zug Nummer 344 nach Osten, der *Fliegende Ziegenhirt,* aber er kam keineswegs. Ich warte. Kein Zug. Ich warte. Immer noch kein Zug. Jemand hat diesem Ziegenhirt die Flügel gestutzt. Ich warte bis Mittag, und nun ich warte für nächsten Zug in Fahrplan, Nummer 682, *Bizaqhi-Kugel,* soll fahren dreizehn Uhr.«

»Ja, ich warte auch auf den *Bizaqhi-Kugel.«*

»Und warten. Und warten. Kein Zug.«

Umso besser, dachte Luzelle. *Hättest du den Zug heute Morgen bekommen, wärst du mir jetzt schon Meilen voraus.* Laut sagte sie lediglich: »Dagegen kann man nichts machen, es sei denn, Sie möchten sich nach einer anderen Transportgelegenheit umsehen.«

»Nein, nein. Zug am besten, wenn kommt. Falls kommt.«

»Das wird er. Alle diese Menschen« – ihre Geste umfasste den vollen Wartesaal – »können sich doch nicht irren.«

»Ich hoffe. Ich hoffe auch auf etwas zu essen, schon längst. Ich nicht habe geessen seit der Morgendämmerung, aber ich nicht habe gewagt weggehen auf einer Suche nach Essen. Was ist, wenn *Bizaqhi-Kugel* in den Bahnhof läuft und ich nicht bin da?«

»Ich habe Rosinen. Möchten Sie vielleicht etwas davon?«

»Miss D'vaire, Sie sind eine Göttin der Barmherzigheit.«

Sie schlenderten gemeinsam umher. Währenddessen verzehrte er zwei Päckchen ihrer Rosinen und eine Handvoll Blifilnüsse. Die Unterhaltung war angenehm, wenn auch anstrengend, und kreiste hauptsächlich um amüsante oder abstoßende Erlebnisse aus jüngster Zeit. Sie erzählte ihm von dem Lehmnister-Hinterhalt in dem Iyecktoridorf, er erzählte ihr von dem außergewöhnlich betrügerischen Gastwirt an der Ostwest-Hauptstraße. Sie hatte sich an seinen starken Akzent und die eigenwillige Syntax gewöhnt und verstand ihn immer besser. Je besser sie ihn verstand, desto deutlicher empfand sie auch sein Heimweh, und nicht zum ersten Mal dachte sie: *Armer Bursche, er sollte gar nicht hier sein.*

Sie wanderten weiter durch die stinkenden Qualmwolken von jemandes Zigarre, und sie fragte sich, ob sie nicht wenigstens vorübergehend nach draußen an die vergleichweise frische Luft gehen könnten. Ihr Blick flog zum Haupteingang, und ihr stockte der Atem.

Mesq'r Zavune folgte ihrem Blick. »Aha«, murmelte er traurig. »Überraschung.«

Zwei Ko-Ellipsoiden hatten soeben zu ihnen aufgeschlossen. Girays v'Alisante und Karsler Stornzof betraten Seite an Seite die Bahnhofshalle von Quinnekevah. Tatsächlich, Seite an Seite.

Karsler? Hier? Er hätte Meilen vor ihnen sein, eine halbe Welt Vorsprung haben müssen. Was konnte ihn nur aufgehalten haben, wie kam es, dass er jetzt hier war? Und zusammen mit Girays v'Alisante, Himmel, gerade mit *dem*?

Sie konnten unmöglich gemeinsam gereist sein. Girays, der Grewzier verabscheute, hätte nie freiwillig Zeit mit Karsler Stornzof verbracht oder die gleiche Luft mit ihm geatmet. Ihr gemeinsames Eintreffen war also purer Zufall.

Es wirkte aber alles andere als zufällig. Sie strebten eilig und zielstrebig auf den Fahrscheinschalter zu und unterhielten sich derweil. Sie konnte sich nicht einmal ansatzweise ein Gesprächsthema vorstellen, aber Girays sagte etwas, worauf Karsler mit einem Nicken und einem Lächeln antwortete; die beiden schienen sich in der Tat sehr gut zu verstehen.

Sie verstanden sich gut, grübelte sie unzusammenhängend, obwohl sie sich in beinahe allem unterschieden, zumindest äußerlich. Mit beträchtlicher Willensanstrengung brachte sie sich dazu, nicht hinüberzustarren.

»Wir geben ihnen Begrüßung?«, fragte Zavune.

»Was? Oh – vielleicht später«, entgegnete sie. Sie musste feststellen, dass sie ziemlich unsicher war. Sie hätte nicht gezögert, Girays oder Karsler einzeln anzusprechen – um ehrlich zu sein, sie hätte die Gelegenheit begrüßt –, aber sich beiden zusammen zu stellen, erschien ihr irgendwie peinlich. »Ich bin genug umhergewandert, und Sie? Setzen wir uns doch wieder.«

Er nickte, und sie fanden Platz auf einer der Bänke im rückwärtigen Bereich des Wartesaals. Sie riskierte einen verstohlenen Blick zum Fahrscheinschalter, wo Girays und Karsler sich in einem Wortwechsel mit dem Kassierer befanden. Er erzählte ihnen vermutlich in Bizaqhisch, dass alle Züge unendliche Verspätung hatten, und sie verstanden ihn nicht. Nun, sie würden es bald genug herausfinden. Sie hatten sie noch nicht entdeckt, und sie war es zufrieden, noch einen Augenblick unbemerkt zu bleiben.

Mesq'r Zavune sagte noch das eine oder andere, und sie würde ihn nie verstehen, wenn sie sich nicht konzentrierte. Sie wandte sich ihm wieder mit einem Lächeln zu, wartete, während er eine mühevoll konstruierte Anfrage zu ihrer letzten Vortragsreihe stellte, und antwortete freundlich. Ein harmloses Gespräch entspann sich. Aus dem Augenwinkel sah sie, wie Karsler und Girays sich setzten. Zusammen. Sehr merkwürdig.

Das Stück Himmel, das man durch die staubigen Bahnhofsfenster sah, verfinsterte sich, und die Sterne gingen auf. Die Lampen im Wartesaal wurden entzündet, und bald darauf läutete die große Bahnhofsuhr die achte Abendstunde ein. Zeit zum Abendessen, und sie war mehr als bereit dazu. Sie griff in ihre Reisetasche und suchte vergeblich nach einer Packung Rosinen, einer Hand voll Nüsse oder einem Apfel. Kein Krümel Essbares war mehr übrig.

»Ich habe all Ihres Essen geessen?« Zavune interpretierte ihren wehmütigen Blick völlig richtig. »Das ist böse von mir.«

»Aber überhaupt nicht. Ich bin nicht richtig hungrig«, behauptete sie. Ihr Magen strafte sie knurrend Lügen.

»Das ist böse von mir«, wiederholte Zavune. »Ich muss Abhilfe schöpfen.«

»Nein, wirklich –«

»Warten bitte.« Er wandte sich seiner Nachbarin zur Linken zu, noch so einer dieser dicken, leinenbekappten Iyecktorifrauen.

Luzelle verstand nicht, was er zu der Iyecktorifrau sagte. Wahrscheinlich sprach er ihre Sprache nicht, aber davon ließ sich ein Zavune nicht abhalten. Der Wortwechsel wirkte lebhaft. *Ihn* bedachten sie nicht mit finsterer Missbilligung oder Beleidigungen, fiel ihr auf. Ein Mann durfte allein reisen, ohne seine Ehrbarkeit aufs Spiel zu setzen. Niemand hatte etwas gegen *sein* unbedecktes Haar einzuwenden. Ganz im Gegenteil, die Iyecktorifrau strahlte ihn mit einem gönnerhaften, mütterlichen, ihre Zahnlücken entblößenden Lächeln an, die Art von Gesichtsausdruck, die man für gewöhnlich für anbetungswürdige Halunken und fiepende Welpen reserviert hat. Jetzt griff sie in den geflochtenen Strohkorb zu ihren Füßen und holte zwei in eine Serviette eingeschlagene Pakete heraus, die sie ihm aufdrängte. Als er ihr Geld anzubieten versuchte, schüttelte sie den Kopf und gab ihm ein weiteres kleines Paket, und dann tätschelte sie ihm tatsächlich die Wange. Das war ja ekelhaft, wirklich!

Sie änderte jedoch ihre Meinung, als Zavune sich ihr wieder zuwandte, die Servietten aufschlug und sie einlud, deren Inhalt mit ihm zu teilen, wobei es sich um gefüllte Weinblätter, einen Brotlaib mit Kräutern und gedörrte Aprikosen handelte. Sie aß, und ihre Stimmung besserte sich merklich.

Danach erlahmte die Unterhaltung, und die Zeit dehnte sich endlos dahin. Sie hätte ihren kleinen Finger für ein Buch oder eine Zeitung gegeben, aber es gab nichts dergleichen. Zu guter Letzt – gelangweilt vom Warten, des Herumsitzens überdrüssig und bis zum Erbrechen angeekelt vom Quinnekevah-Bahnhof –, schloss sie die Augen, um ihre Umgebung nicht mehr sehen zu müssen, und schlief prompt ein, im Sitzen auf der harten Holzbank.

Stimmengewirr und eine Bewegung weckten sie. Luzelle schlug die Augen auf. Ihr Kopf hatte an Mesq'r Zavunes Schulter gelegen. Er war eingeschlafen, seine Wange in ihr Haar gedrückt. Sie wich zurück, und dieser Entzug seiner Stütze weckte ihn. Überall um sie herum standen die Leute von den Bänken auf und strebten auf den Abfahrtsbahnsteig zu. Offensichtlich war der Zug eingetroffen. Ihr Blick wanderte zu der Uhr. Sie blinzelte. Es war 2.11 Uhr. Schändlich.

Sie unterdrückte ein Gähnen und erhob sich. Zavune tat es ihr nach. Sie suchte mit ihren Blicken den Raum ab und war schlagartig hellwach. Denn dort, keine zehn Meter von ihr entfernt, ragte ein finsterer bärtiger Kopf über die Menschenmenge hinaus, und Bav Tchornoi drängte sich aggressiv zum Ausgang vor. Er musste das Bahnhofsgebäude betreten haben, während sie geschlafen hatte. Ihre Blicke schweiften beinah widerwillig weiter, um schon bald an der unverändert hoheitsvollen Gestalt von Porb Jil Liskjil hängen zu bleiben, dessen Schmuck das Lampenlicht reflektierte. Und nicht nur an Porb Jil Liskjil. Denn da war auch der strellianische Arzt Dr. Phineska, einer von den Teilnehmern an der Großen Ellipse, dem sie von Anfang an keine großen Chancen auf einen Sieg eingeräumt hatte. Und da war auch dieser blaublütige Kyrendter, der mit den abstehenden Ohren und dem Stottern – Founne

Hay-Frinl. Seit Lanthi Ume hatte sie nichts mehr von Hay-Frinl gesehen und gedacht, er sei längst aus dem Rennen ausgeschieden.

Seufzend nahm sie ihre Reisetasche und begab sich zum Ausgang. Zavune hielt sich neben ihr. Sie gingen auf den Bahnsteig hinaus, und da stand der Zug und ließ Dampf ab, und da waren Dutzende aufgehaltener Reisender, die sich darum balgten, als Erste einsteigen zu können. Das Gedränge war beträchtlich, und viele Fahrscheininhaber schubsten sich tatsächlich herum und stießen sich gegenseitig die Ellbogen in die Rippen.

Was für garstige Manieren, dachte Luzelle und leistete insgeheim sofort Abbitte: *Andere Sitten, anderes Verhalten. Nicht notwendigerweise schlechter, nur anders.* Aber mögen musste sie es deshalb nicht.

Sie und Zavune stellten sich höflich ans Ende der amorphen Schlange, um dort in zivilisiert westlicher Weise zu warten, bis sie an der Reihe waren. Sie stiegen als Letzte ein, und nun wurde die Ursache des harten Konkurrenzkampfs klar. Der Zug war zum Bersten voll, sämtliche Sitzplätze waren belegt. Sie stolperten durch die Gänge, behindert von ihrem Gepäck, durch Wagen um Wagen, und überall, wo sie hinkamen, waren die Sitzplätze bereits belegt, manchmal doppelt durch Kinder, die auf dem Schoß ihrer Eltern schliefen, und Vogelkäfige, die zwischen sitzenden Körpern eingekeilt waren.

Als sie sich dem Zugende näherten, verstopften die Unglücklichen, die keinen Platz mehr ergattert hatten und gezwungen waren, auf ihrem Gepäck zu sitzen oder halb zu liegen, die Gänge. Eine Pfeife schrillte, und der Zug verließ den Bahnhof von Quinnekevah. Das Vorwärtskommen gestaltete sich immer schwieriger. Als Luzelle das dritte Mal über eine namenlose Gestalt stolperte, wollte sie nicht mehr weiter.

»Genug«, stöhnte sie.

»Wovon –?«, fragte Zavune.

»Vom Herumstolpern. Es gibt keine Sitzplätze mehr. Ich bleibe hier.« Sie ließ sich auf ihre Reisetasche fallen.

»Sie geben auf?«

»Und ob! Das heißt, einen freien Platz zu finden.«

»Ich schaue noch.«

»Viel Glück, Meister Zavune. Und danke für das Abendessen.«

»Das Vergnügen war ganz auf mir. Und für Sie auch vieles Glück!« Und mit dem Koffer in der Hand schwankte Zavune davon.

Sie sah ihm nach, bis er ihren Blicken entschwand. Sie zwängte ihre Reisetasche zwischen die Wand und ihren Rücken und ließ sich seufzend zurücksinken. Trotz des provisorischen Kissens spürte sie jede Vibration des Zugs bis ins Mark. Der Boden, auf dem sie saß, war schmutzig. Glücklicherweise war ihr bizaqhischer Hosenrock schwarz. Der Wagen war schwach beleuchtet und relativ sicher. Wenn nur nicht das laute Schnarchen der verschiedenen Schläfer gewesen wäre! Sie durften sich glücklich schätzen, sinnierte sie. *Sie* könnte an einem solchen Ort nie und nimmer schlafen. Sie schlummerte schnell ein und wurde von der Stimme des Schaffners geweckt. Seine Worte verstand sie zwar nicht, aber es war ziemlich klar, was er meinte, und so händigte sie ihm rasch ihren Fahrschein aus. Er riss ihn ab, reichte ihr den Kontrollabschnitt zurück und zog weiter. Sie lehnte sich wieder gegen ihre Reisetasche und schloss die Augen. Ihre Gedanken schweiften ab, verlangsamten sich und zerfaserten zu Träumen.

Der Zug sauste durch die Nacht nach Osten, nach Zuleekistan.

Mit der Dämmerung erwachte sie wieder. Die Lampen waren heruntergebrannt. Kühles Morgenlicht flutete durch die Fenster herein. Einige Passagiere gähnten schon, reckten sich, husteten und knackten mit ihren Gelenken. Luzelle fühlte sich steif, alles tat ihr weh. Ihre Augen waren staubtrocken, und sie war wie gepudert mit einer dünnen Ascheschicht. Sie rieb sich durch die Augen, klopfte sich so gut es ging ab und stand auf. Nachdem sie drei Waggons weitergetaumelt war, hielt sie kurz inne, um eine Unisextoilette zu benutzen, die zu dieser frühen Stunde Gott sei Dank nicht besetzt war. Sie kämmte sich das Haar mit den Fingern, spülte sich den Mund mit Wasser aus ihrer eigenen Feldflasche, spritzte sich ein paar Tropfen ins Gesicht und zog dann weiter. Behutsam stieg sie über reglose Körper, um sich nach vorne durchzuschlagen, wo sie einen servicebereiten Speisewagen zu finden hoffte.

Sie hatte Glück. Ein schwacher Seufzer der Erleichterung entrang sich ihr. Sie brauchte starken Kaffee, um die mentalen Nebel zu vertreiben, und sie brauchte ihn sofort. Ein paar Hörnchen mit frischer Butter würden auch nicht schaden. Sie trat ein und sah, dass der Wagen nahezu leer war. Nur zwei der Tische waren besetzt, einer von einem nur allzu vertrauten Gespann: Girays und Karsler. Zusammen.

Sie blieb stehen. Kurzfristig erwog sie sogar einen Rückzug, aber dann sah Girays sie in der Tür stehen, und sie hatte die Gelegenheit verpasst. Er musterte sie von oben bis unten, nahm ihre zerzausten Locken und ihr bizaqhisches Kostüm in Augenschein, und seine Lippen ließen ein kaum merkliches Beben erkennen. Dann schaute Karsler über seine Schulter zurück – sie hatte fast vergessen, wie blau seine Augen waren – und lächelte sie an. Ihre Verlegenheit ließ ein wenig nach. Sie hatte keine Wahl, als sich zu ihnen zu gesellen, aber wenigstens würde sie jetzt in Erfahrung bringen, wie der jüngere Stornzof die Führung verloren hatte, die ihm das Einschreiten seines Eisstatuen-Onkels verschafft hatte, der sich im Augenblick… wo befand? Sie erwiderte das Lächeln, begab sich an ihren Tisch, tauschte Begrüßungsworte aus und nahm Platz. Ein

Kellner kam und schenkte ihr eine Tasse Kaffee ein. Die Ablenkung war willkommen, denn sie fühlte sich auf sonderbare Weise um Worte verlegen.

»Weiß irgendjemand, wieso der Zug so große Verspätung hatte?«, war alles, was ihr einfiel.

»Die Bizaqhi-Version von Normalität, vermute ich«, gab Girays zurück.

»Was immer der Grund sein mag, v'Alisante und ich hatten Glück, dass es zu der Verspätung kam«, merkte Karsler an. »Wäre der Zug pünktlich abgefahren, hätten wir den Bahnhof auf keinen Fall mehr rechtzeitig erreicht.«

»Wir hätten uns einen anderen Zweisitzer besorgen können«, schlug Girays vor.

Wir?, wunderte sich Luzelle.

»Ach, Sie scherzen, aber dennoch müssen Sie zugeben – der Zweisitzer war nicht so schlimm wie die verfaulte Barkasse auf dem Arune-Fluss«, versetzte Karsler.

»Wie kann ich Sie davon überzeugen, dass der Gestank nicht von der Barkasse, sondern von den Maultieren kam?«

»Ich glaube, Sie befinden sich da im Irrtum. Ihr Blick ist nicht unparteiisch. Nachdem Sie gebissen wurden, haben Sie eine heftige Abneigung gegen die Maultiere entwickelt.«

»Nein, die hatte ich schon vor dem Biss entwickelt, aber das ändert nichts an den Tatsachen. Meine Nase war gut genug, das müssen Sie zugeben, um den betrügerischen Fahrscheinverkäufer in Gelb Noki aufzuspüren.«

»Ihr Scharfsinn war bewundernswert, aber ich glaube nicht, dass Ihr Geruchssinn daran beteiligt war.«

»Ich sprach bildlich.«

»Ich verstehe. Darf ich Ihre Bemerkungen über Maultiere als ähnlich bildlich verstehen?«

»So wörtlich wie eine Wäscheliste.«

Sie schienen auf der gleichen Wellenlänge zu liegen – richtig kumpelhaft, dachte Luzelle und fand die Vorstellung nicht erfreulich. Sie hätte nicht sagen können, warum. Ihre Lippen waren aufeinander gepresst, und sie entspannte sie bewusst zu einem Lächeln. Während sie den Blick auf der pastoralen Landschaft ruhen ließ, die draußen vorbeirollte, trank sie einen Schluck Kaffee und sagte: »Das ist ja schrecklich vergnüglich.«

Nimm mich mit, bettelte Meisterfeuer.

»Diesmal nicht, mein Schöner«, antwortete Nevenskoi laut. »Nach dir ist nicht geschickt worden.«

Bittebittebittebittebittebittebitte!

»Heute nicht. Du hättest ohnehin keinen Spaß daran. Ich werde Seiner Majestät aufwarten, und du schätzt seine Gesellschaft ja nicht besonders.«

Will RAUS, jetzt RAUS, mehr PLATZ, größeren ORT! Rausrausraus! BITTEbittebitte!«

»Ich glaube wirklich nicht –«

BITTEBITTEBITTEBITTE! Meisterfeuer hüpfte hektisch auf und ab.

»Nun, in Ordnung«, gab Nevenskoi nach.

AAAHHH – ich bin groß, ich bin gewaltig, ich bin uferlos -

»Nein. Du darfst mitkommen, aber nur unter einer Bedingung«, entschied Nevenskoi. »Du bist klein, nicht größer als ein winziger Funken, verborgen in meiner Tasche. Niemand darf wissen, dass du da bist.«

Neinneineinnein. Ich bin großgroßgroß!

»Du bist kleinkleinklein. Ansonsten verlässt du diesen Arbeitsraum heute nicht. Du hast die Wahl.«

Ich bin klein. Mit diesen Worten schrumpfte Meisterfeuer zusammen und nahm binnen Sekunden den von seinem Schöpfer vorgeschriebenen Umfang an. Der helle Funken hüpfte wie ein Floh aus der Grube-der-Elemente, huschte über den Boden zu Nevenskois

Füßen, sprang auf den Saum der bodenlangen Robe des Adepten und kletterte von da in die Brusttasche hoch, in der Meisterfeuer ohne Rauchentwicklung verschwand.

»Bist du wohlauf?«, erkundigte sich Nevenskoi.

Ich bin wohlauf, mir geht es wunderbar, ich bin Meisterfeuer. Lass uns jetzt dahin gehen, wo mehr Platz ist.

»Denk daran, dass man dich nicht sehen darf.«

Emsige telepathische Zustimmung.

Nevenskoi verließ seinen Arbeitsraum und schlug den sattsam bekannten Weg durch die unterirdischen Korridore ein, die Geheimtreppe hinauf, durch Wandschrank und Nutzraum, über den spiegelglatten Gang zu den Privatgemächern des Königs, an den Wachposten vorbei und durch das blaue Damastvorzimmer ins Studierzimmer.

Miltzin IX., gewandet in einen prunkvollen Morgenrock aus mitternachtsblauer Seide mit goldenen Sternbildstickereien, saß an jenem Schreibtisch, auf dessen Oberfläche vor nicht allzu langer Zeit das Modell der Stadt der Zukunft gestanden hatte. Das Modell war nun fort, und seinen Platz nahmen Land- und Himmelskarten sowie komplizierte Schaubilder ein. Zwischen den Pergamentrollen stand ein Teller, der die Überreste von Seiner Majestät Mittagessen enthielt; Tauben, gefüllt mit Pflaumen und mit Trüffelpastete, registrierten Nevenskois Augen; Dreifachspiralen aus Kartoffeln, Roten Beeten und Rüben, Salat in Schmetterlingsform, Rotcreme-Käseauflauf, eine Flasche Grand Cru Zorlhov '39. Sein Magen zog sich bei dem Anblick zusammen.

Hungrig, kam die lautlose Stimme aus seiner Brusttasche. *Essenessenessen.*

Jetzt nicht, antwortete er stumm, während er gleichzeitig sein Geschöpf und den eigenen Hunger bezwang.

Der lockige Kopf des Königs war über eine der Sternenkarten gebeugt, doch er schaute hoch, als seine menschliche Lieblingsrarität das Zimmer betrat.

»Ah, mein lieber Freund!«, rief Miltzin IX. aus. »Kommen Sie her, und sehen Sie sich das an! Sie werden staunen. Es ist ein Wunder. *Sie* ist ein Wunder.«

»Es? Sie?«, echote Nevenskoi.

»Ihre Fähigkeiten sind wahrhaft bemerkenswert, und ihre natürlichen Gaben werden nur von ihrem kultivierten Intellekt erreicht. Nie ist mir ein so außergewöhnliches Wesen begegnet. Sie ist mir ebenbürtig, Nevenskoi, ich erröte nicht, wenn ich das zugebe – ja, sie ist mir wirklich ebenbürtig. Sie werden es selbst sehen, wenn Sie sie kennen lernen.«

»Majestät müssen mich nicht überzeugen«, schmeichelte Nevenskoi. »Ich bin der ergebene Diener der Dame.«

»Wenn Sie jetzt schon dieser Meinung sind, warten Sie nur, bis Sie sie sprechen gehört haben!«

»Sire?« Nevenskoi gab sich Mühe, seine Ungeduld zu verbergen. »Wenn Sie sich zu erinnern geruhen, so hatte ich bereits das Privileg, das Gespräch mit der jungen Dame bei manch fröhlicher Gelegenheit zu genießen.«

»Was, Sie kennen also Neraunce?«

»Neraunce?«

»Nun, dort hat sie die letzten zwei Jahre verbracht, obwohl sie natürlich von Geburt her Strellianerin ist. Ihre Geschichte ist ziemlich erstaunlich, wissen Sie. Sie müssen Sie bitten, Ihnen die ganze Geschichte zu erzählen, wenn Sie ihr begegnen.«

»Die Ehrwürdige Madam liGrozorf ist von Geburt Strellianerin?« Nevenskoi war ganz durcheinander.

»Wer?« Miltzin runzelte die Stirn, dann klärte sich seine Miene. »Ach. Sie dachten, ich spräche von der kleinen Ibbie liGrozorf?«

»Sire, eingedenk der herzlichen Freundschaft, die

Ihre Majestät mit der Dame verbindet, nahm ich natürlich an –«

»Ha! Was für eine Vorstellung! Oh, nicht dass die liGrozorf nicht ein hübsches, süßes kleines Geschöpf wäre, wirklich sehr lieb. Aber sie ist nur ein junges Ding, kaum mehr als ein Kind, und überdies von mittelmäßiger Intelligenz. Vielleicht hat sie mir kurzzeitig den Kopf verdreht, aber die kürzliche Ankunft der Gräfin Larishka hat mir die Augen für Höheres geöffnet.«

»Gräfin Larishka?«

»In der Tat. Eine Frau, mein Freund. Erkennen Sie den Unterschied? Kein grünes Mädchen, sondern eine *Frau* – reifes Urteil, geistig anspruchsvoll, weltgewandt, faszinierend, eine Weltbürgerin. Und in intellektueller Hinsicht, wissen Sie, außergewöhnlich brillant, wahrhaftig. Sie können sich nicht vorstellen, welches Vergnügen es mir bereitet, mich fast auf meinem Niveau mit einem weiblichen Wesen unterhalten zu können. Ihre Bildung, Nevenskoi! Die Tiefe und Breite ihres Wissens würde Sie in Erstaunen versetzen! Die Scharfsinnigkeit ihrer Wahrnehmung, die Feinheit ihrer Empfindung, die Weite ihres Blicks! Sie hat mich gelehrt, was es heißt, einer Frau auf einer höheren Ebene zu begegnen, einer mentalen und spirituellen Ebene, wenn Sie so wollen. Denn nur dort ist eine sinnvolle Vereinigung möglich. Sie existiert allein in der Verschmelzung reiner Geister. Hübsche Gesichter und geschmeidige Körper sind nichts. Nur der Geist zählt, mein Freund – der Geist ist alles!«

»Wie wahr.«

»*Ihr* Geist ist wie ein großartiges und herrliches Festmahl –«

Nevenskois Blick sprang unwillkürlich zu dem Teller auf dem Schreibtisch. Eines der Täubchen war noch unberührt, seine Haut göttlich golden und knusprig. Er schluckte.

Essenessenessenessen-

»Dessen Freigebigkeit sich nie erschöpft und nie erlahmt«, schloss Miltzin. »Schon hat mich ihre Weisheit genährt, und ich hoffe zu erleben, dass auch Ihr Geist auf ähnliche Weise bereichert werden wird.«

»Bereichert? Sire?« Nevenskoi konzentrierte seine Aufmerksamkeit wieder auf den König.

»Hier. Sehen Sie sich das an.« Miltzins Zeigefinger tippte auf eine der Sternenkarten auf seinem Schreibtisch. »Ein Fest für Ihre Augen! So etwas haben Sie noch nicht gesehen.«

Nevenskoi trat ein paar Schritte näher, um das fragliche Pergament in Augenschein zu nehmen. Er erblickte ineinander verschränkte Kreise, getüpfelte Linien, die komplizierte Bogen beschrieben, Zeichen, Symbole, Sternbilder, projizierte Planetenbahnen, Schnittpunkte und Sternennebel, Trennlinien und Konjunktionen.

»Das ist ein astrologischer Prophetikus«, sagte er.

»Das ist die Vergangenheit, die Gegenwart und die Zukunft, niedergelegt in für das geschulte Auge deutlich erkennbaren Begriffen. Das ist eine wissenschaftliche Tatsache, die wissenschaftlich bewiesen ist. Hier ist alles, Nevenskoi! Alles, was wir uns je zu wissen wünschen können, alle Geheimnisse des Universums offenbart für jene, die die Sprache der Gestirne zu lesen verstehen! Die Gräfin Larishka hat diesen Prophetikus mit eigener Hand entworfen. Ist es nicht prachtvoll!«

»Überaus eindrucksvoll, Sire.«

»Worte werden dem nicht gerecht. Sie hat dies hier geschaffen, es ist das Produkt eines überlegenen Geistes. Sie wird mich lehren, die Himmelskarten zu lesen. Stellen Sie sich das nur vor!«

»Sehr schön, Majestät.«

»O Nevenskoi, wenn ich an all die Jahre denke, die ich vergeudet habe, könnte ich weinen. Wenn ich an all die vergeblichen Unterfangen, die irregeleiteten Anstrengungen denke – und die ganze Zeit über hat die Wahrheit vor meinen Augen gelegen, ich hätte sie nur zu den Sternen heben müssen! Aber nun gehöre ich dank ihr zu den Eingeweihten, und es ist noch nicht zu spät, die Richtung zu wechseln. Auch für Sie ist es noch nicht zu spät, mein Freund, denn ich beabsichtige die neuen Schätze mit den Menschen zu teilen, sie sind für alle da! Kommen Sie, hier, sehen Sie, direkt hier in diesem Sternenhaufen –« Miltzins fetter Finger stach auf ein Schaubild ein.

»Ich sehe es, Majestät.« Nevenskoi unterdrückte einen Seufzer.

»Erst jetzt beginnt es Umrisse anzunehmen, und seine Bedeutung ist –« Aufkeuchend brach der König den Satz ab. Seine Hände ballten sich zu Fäusten, er kippte vornüber und fiel dann auf die Knie. Ein hohes Kreischen entrang sich ihm.

»Majestät, was ist mit Ihnen?«, rief Nevenskoi.

Miltzin IX. stürzte auf den teppichbedeckten Boden und wand sich. Seine Knie waren angezogen, beide Arme hatte er um seine Körpermitte geschlungen, das Gesicht war blau-violett verfärbt und verzerrt.

Einen kurzen Moment lang stand Nevenskoi reglos da und gaffte, dann rannte er zum Klingelzug und zog daran.

»Ich habe Hilfe gerufen, Sire.« Er war sich nicht sicher, ob der andere ihn hörte. Auf den Knien neben seinem Monarchen versprach er: »Hilfe ist unterwegs.«

Eine schweißbedeckte königliche Hand schoss hervor und krampfte sich um das Handgelenk des Adepten.

»Magie«, flüsterte der Qualen leidende König. Ein Krampf schüttelte ihn. »Hilfe, Mann. Ihre Magie.«

Seine spezielle Art von Magie hatte nicht das Geringste mit Heilen zu tun. Sie war völlig ungeeignet, etwas gegen die Verdauungsstörungen des Königs oder gegen irgendeine Art körperlicher Beschwerden außer einer einzigen zu unternehmen. Er besaß ein Rezept für einen Breiumschlag, weitergegeben von Großmutter Neeper, der das Jucken gewisser genitaler Ausschläge mildern sollte, aber das war auch schon das ganze Ausmaß seiner medizinischen Kenntnisse. Es hatte jedoch keinen Zweck, seinen Gönner zu desillusionieren.

»Na, na, Sire.« Nevenskoi versuchte sich an einem beruhigenden Lächeln. »Ein Anfall von Verstopfung–«

»Gift«, keuchte der König.

»Unmöglich.« Aber war es das tatsächlich? Ein rascher Blick auf die grünliche Gesichtshaut des Leidenden vermochte ihn nicht zu beruhigen. Die Lippen Miltzins IX. waren mit einem dünnen gallenfarbenen Schaum bedeckt. Seine Gesichtsmuskeln zuckten, und seine Glieder vollführten ruckartige Bewegungen. Er sah so aus, als könnte er durchaus vergiftet sein; um ehrlich zu sein, er sah aus wie ein Sterbender. Und wenn er tatsächlich sterben würde? Die unliebsame Aussicht schoss durch Nevenskois Gedanken. Sein königlicher Mäzen, Beschützer und Unterstützer fort. Ein verständnisloser Nachfolger auf dem Thron. Vertreibung aus dem Wasserhexenpalast, Verlust seiner Stellung, seines Ansehens, seines Stipendiums, Verlust des unvergleichlichen Arbeitsraums ... die pure Katastrophe.

»Majestät!«, rief Nevenskoi aus. »Sie müssen am Leben bleiben!«

Miltzin IX. wandte den Kopf weg und übergab sich. Das Erbrochene war mit Blut durchsetzt.

Wo blieben die Bediensteten?

»Hilfe!«, brüllte der ehemalige Nitz Neeper aus voller Kehle.

Was? Was?, fragte Meisterfeuer.

Schwierigkeiten, antwortete Nevenskoi in seinen Gedanken.

Ich werde Schwierigkeiten essen, essen.

Das kannst du nicht.

Ich kann alles essen. Ich zeig's dir. Schlechtfleisch weg, Schwierigkeiten weg. Lass mich.

Lass ihn in Ruhe. Nevenskoi schwankte. Er war stark in Versuchung geführt. Schwierigkeiten weg. Essenessenessen. Eine gute Lösung.

Ein diskretes Klopfen unterbrach den Zwist in seinem Innern.

»Herein!«, rief er.

Die Tür zum Studierzimmer öffnete sich. Ein dienstbarer Kopf lugte hinein.

»Hol einen Arzt! Rasch!«, befahl Nevenskoi, und der Kopf zog sich zurück.

Wieder allein mit dem schmerzgeplagten König. Meisen-Miltzin erbrach sich jetzt krampfhaft, und blutbefleckter Schaum spritzte ihm aus Mund und Nase. Nitz Neeper alias Nevenskoi hatte nicht den leisesten Schimmer, was er tun sollte. All die Jahre arkaner Forschungen hatten ihn nicht auf so etwas vorbereitet. Die eiskalte Hand des Königs tätschelnd, murmelte er beruhigend auf ihn ein.

Die Tür ging erneut auf. Der Leibarzt des Königs, der allwissende Dr. Arnheltz, kniete neben seinem Herrn nieder, führte eine Blitzuntersuchung durch, die auch eine Erkundung des Erbrochenen umfasste, und schnippte dann mit den Fingern. Einer der Lakaien hielt ihm augenblicklich einen ledernen Arztkoffer hin, aus dem der Doktor eine mit einem Glasstöpsel verschlossene Flasche holte, deren Inhalt er in Miltzin hineinschüttete.

Der König würgte und übergab sich ausführlich; lag einen Augenblick still, übergab sich erneut und blieb nach Luft schnappend liegen.

Arnheltz holte zwei andere Flaschen aus seiner Tasche, gab ihren Inhalt stirnrunzelnd in einen Messzylinder, rührte die Mischung um und hob den Kopf des Patienten an. Miltzin wimmerte und verzog das

Gesicht. Der Doktor machte sich nicht die Mühe, ihn argumentativ zu überzeugen, sondern hielt ihm die Nase zu, und der königliche Mund öffnete sich. Arnheltz verabreichte ihm die Medizin, und Miltzin stöhnte laut. Seine Muskeln lockerten sich, seine Augen gingen zu, und er lag still da.

Dr. Arnheltz richtete sich auf und gestikulierte in herrischem Schweigen. Miltzin IX. wurde auf eine Bahre gebettet und von zwei Lakaien aus dem Studierzimmer getragen. Der Arzt suchte den Raum mit Blicken ab, und sein Blick verweilte auf den Überbleibseln der letzten Mahlzeit des Königs. Er schnippte mit den Fingern, und ein Diener bemächtigte sich des Tellers. Arzt und Diener begaben sich zum Ausgang.

»Warten Sie.« Nevenskoi fing die beiden ab. »Wie würden Sie Seiner Majestät Zustand beschreiben?«

»Keine Zeit.« Arnheltz' Schritt verlangsamte sich nicht.

»Wird er wieder genesen?«

»Wenn er richtig behandelt wird.«

»Wurde er vergiftet?«

»Höchstwahrscheinlich.«

»War es –«

»Ein Bulletin wird herausgegeben werden.«

Arzt und Lakai waren draußen, und die Tür schloss sich hinter ihnen. Nevenskoi stand verstört in dem Raum herum.

Was? Was? Was? Ein Zünglein von Meisterfeuers Substanz schlängelte sich fragend aus der Brusttasche des Adepten heraus.

»Jemand hat versucht, den König zu ermorden, mein Liebling«, erläuterte Nevenskoi. »Ihn mit Gift zu töten.«

Was ist Gift?

»Eine schädliche Substanz. Denk an jemanden, der dir große Mengen Wasser einflößen würde.«

Schlechtschlechtschlechtschlechtschlechtschlechtschlecht!

»Genau. Nun, das ist mehr oder weniger das, was irgendjemand mit Seiner Majestät gemacht hat. Aber der König ist gerettet worden. Wegen mir«, ging Nevenskoi plötzlich auf. »Weil *ich* zugegen war und die Geistesgegenwart besaß, Hilfe zu holen, hat er die prompte Behandlung erhalten, die ihm das Leben gerettet hat. Ich habe ihm das Leben gerettet, mein Süßer. Ich bin möglicherweise so etwas wie ein Held, aber ganz bestimmt verdiene ich Dankbarkeit. Obwohl«, rief er sich ins Gedächtnis, »diese Person von einem Arzt das nicht so zu sehen schien. Er war schroff bis zur Unhöflichkeit, nicht wahr?«

Arzt Person schlecht?

»Er war vermutlich beschäftigt. Er wollte mich nicht kränken, es war nichts Persönliches, es sei denn« – ihm kam ein grässlicher Gedanke – »es sei denn, er meint, ich wäre verantwortlich für den Anschlag auf König Miltzins Leben. Es sei denn, diese Schroffheit, die ich für Ungeduld hielt, offenbarte in Wahrheit feindseliges Misstrauen. Aber nein. Unmöglich. Seine Majestät Miltzin hat mich mit Gunstbeweisen überhäuft. Wer käme auf die Idee, dass ich gegen einen so großzügigen Patron intrigieren würde? Wer könnte Nevenskois Loyalität anzweifeln?«

Nitz. Nitz. NitzNeeperNitzNeeperNitzNeeperNitzNeeper –

»Bitte hör damit auf. Aber ich verstehe, was du meinst«, gestand der Adept. »Ich habe mich unter falschem Namen eingeführt. Bezüglich meines Namens bin ich nicht ganz aufrichtig gewesen, und deshalb steht mein Ehrenwort allgemein zur Debatte, das werden sie jedenfalls behaupten. Aber das ist nicht wahr, das ist ungerecht! Die Frage meines Namens hat nichts damit zu tun, ist ein ganz anderes Thema, ist *absolut unbedeutend –!«*

Schlechtheit?, fragte Meisterfeuer.

»Außerdem kann es niemand wissen«, beruhigte sich Nevenskoi. »Es besteht keine Möglichkeit, dass irgendjemand es herausbekommt oder auch nur zu vermuten beginnt.«

Der Donnerschlag von Schmerz, der seinen Magen durchzuckte, erschütterte seinen fragilen Gleichmut. Nevenskoi presste sich die Hände auf den Bauch, und der Schweiß trat ihm auf die Stirn.

Waswaswaswas?, fragte Meisterfeuer.

»Ich bin vergiftet!« Die Antwort entfuhr ihm einfach so, aber er hatte noch nicht ausgesprochen, da erkannte er schon, wie unwahrscheinlich das war. Er hatte nichts von der Mahlzeit des Königs angerührt, er hatte keine Feinde, und abgesehen von dem üblichen Aufruhr in den Gedärmen stimmte alles mit ihm. Es gab keinen Grund, sich zu fürchten –

»Überhaupt keinen«, sagte er leise vor sich hin. Er zwang sich, tief durchzuatmen. Noch einmal. Seine Eingeweide beruhigten sich allmählich wieder. Der König würde gesund werden. Der wahre Schuldige würde entlarvt werden. Und auf Nitz Neeper würde nicht der Schatten eines ungerechtfertigten Verdachts fallen.

Alle drei Voraussagen erwiesen sich als zutreffend. König Miltzin blieb noch sieben Tage bettlägrig, und während dieser Zeitspanne wurden regelmäßig Berichte über seinen Gesundheitszustand veröffentlicht. Am Ende der Woche wurde der König für genesen erklärt, und derselbe Abend sah ihn an den Spieltischen, blass und sichtlich dünner, aber gut gelaunt, frisch gelockt und reichlich pomadisiert.

Während der Zeitspanne der königlichen Genesung arbeiteten die bestellten Ermittler fieberhaft, und ihre Bemühungen führten zu einem beweisbaren Erfolg. Experimente mit den Überresten von Miltzins Mittagessen erwiesen sich als verhängnisvoll für zwei unglückliche Hunde, die beide nach dem Verzehr der pastetengefüllten Pflaumen aus der Füllung der unberührten

Taube mit Schaum vor dem Mund verendeten. Nachforschungen bezüglich der Herkunft der vergifteten Nahrungsmittel führten die Ermittler in die Küche des Wasserhexenpalasts, deren Mannschaft sich eingehenden Verhören ausgesetzt sah. Der Leibkoch des Königs, dem die Planung und Vorbereitung der täglichen Mahlzeiten Seiner Majestät oblag, hatte die Zubereitung der Pflaumen nicht persönlich überwacht. Die Aufgabe war einem erst kürzlich angestellten Souschef zugefallen, der ehrfurchtgebietende Zeugnisse vorzuweisen hatte.

Gefälscht, wie sich bald herausstellte. Die Entsendung von zwei Eilboten kurz darauf brachte ans Tageslicht, dass die Beglaubigungsschreiben des Souschefs nicht echt waren, aber es war bereits zu spät, um aufgrund dieser neuen Informationen tätig zu werden. Ein Überfall auf das Kämmerchen, das der Verdächtige mit zwei anderen Souschefs teilte, führte zu der Entdeckung, das der Vogel bereits ausgeflogen war. Er hatte sich im Schutz der Dunkelheit davongemacht, und die Gelegenheit, ihm die Wahrheit abzupressen, war vertan, doch eine Befragung seiner Zimmergenossen ergab das Bild eines einzelgängerischen jungen Mannes, erfüllt von Sympathie für das friedfertige, von der grewzischen Eroberung bedrohte Volk von Rhazaulle und entschlossen, diesen Unschuldigen, koste, es was es wolle, beizustehen.

Die Agenten des Ulors verstanden es, solche Werkzeuge zu nutzen. Diejenigen, die über Meisterfeuers Existenz Bescheid wussten, erkannten die potenziellen Folgen von Miltzins Entfernung zugunsten eines nicht so strikt auf Neutralität festgelegten Nachfolgers, der vielleicht eher bereit war, das Geheimnis des Fühlenden Feuers an das bedrängte Rhazaulle zu verkaufen.

Der auf Abwege geratene Souschef wurde unverzüglich durch einen gestandenen hetzischen Bürger von bewährtem Charakter ersetzt, einem Künstler der Appetithappen, der seinesgleichen suchte, und das Leben in der Wasserhexenküche nahm wieder seinen gewohnten Gang.

König Miltzin IX. schien bemerkenswert ungerührt von seinem Flirt mit dem Tod zu sein, denn nun hatte er gelernt, sich besser zu schützen. Der astrologische Prophetikus der Gräfin Larishka enthielt eine deutliche Warnung vor jeder zukünftigen Gefahr, die dazu bestimmt sein könnte, ihm zu schaden. Es stand alles da, eingebettet in die Zeichen und Symbole. Vorgewarnt hieß gewappnet, und ein astrologisch Eingeweihter konnte jede Katastrophe vermeiden.

Zwölftes Kapitel

Schauen Sie. Schauen Sie dort!« Luzelle deutete nach draußen. Weit im Süden war das Glitzern der Sonne auf dem Meer zu erkennen.

»Die Bucht von Zif«, teilte Girays ihr überflüssigerweise mit.

»Das weiß ich«, schnappte sie zurück. Seine Augenbrauen schossen angesichts ihres Tonfalls nach oben, aber es kümmerte sie wenig, denn die Reizbarkeit half ihr dabei, ihr übles Lampenfieber zu überspielen. Besser, er hielt sie für eine Schreckschraube als für einen erbärmlichen kleinen Feigling, der sich vor dem Fliegen zu Tode ängstigte. »Wissen Sie, ich bin nicht ganz unvertraut mit der örtlichen Geographie. Ich *habe* die Bhomiri-Inseln bereist.«

»Kannibalistische Eingeborene, habe ich gehört.« Er lächelte aufreizend. »Hat jemand versucht, Sie in den Kochtopf zu stecken?«

»Sie waren eher geneigt, mich in eine Hütte zu stecken. Ihr Häuptling bot mir an, mich nach dem Stammesrecht als Nebenfrau Nummer dreizehn zu nehmen.«

»Tatsächlich! Ich nehme an, Sie haben ihn wissen lassen, dass er Ihnen die Freiheit gewähren müsste, Sie hin und wieder auf sechsmonatige Exkursionen ziehen zu lassen.«

»Er hätte vermutlich nichts dagegen einzuwenden gehabt. Er war wesentlich freizügiger und toleranter als gewisse so genannte zivilisierte Westler, die ich namentlich benennen könnte.«

»Aha, also der perfekte Mann für Sie.«

Das Einschreiten einer anderen Stimme ersparte ihr die erforderliche giftige Antwort.

»Wir verlieren an Höhe«, bemerkte Karsler Stornzof.

Luzelles Augen glitten voller Erstaunen zu Karslers Gesicht, um sich dann auf den Boden zu richten, der nicht sehr weit entfernt war – viel zu nah war er, und mit jeder Sekunde kam er näher. Die zerklüfteten, schneebedeckten Gipfel der Ohnyi Heznyi, der Wälle der Allzeit – oder, wie westliche Kartographen sie nannten, der Kleinen Halbmondkette –, schossen mit erschreckender Schnelligkeit auf sie zu. Doch sogar in diesem Moment hatte man nicht das Gefühl, sich zu bewegen; selbst jetzt schienen der Ballon und seine Passagiere schwere- und gewichtslos in der Luft zu schweben, über einer furchterregenden Phalanx eisverhüllter Granitzacken.

Wir werden abstürzen; wir werden sterben. Die Furcht schnürte ihr die Kehle zu, und ihre Hände krampften sich um die Korbreling. Ihr Blick blieb an den sich drehenden Felsen hängen, sie wollte nicht hinsehen, schien aber nicht imstande zu sein, sich von dem Anblick loszureißen oder die Augen zu schließen. Ihr war kalt, bitterkalt, trotz der vielen Kleiderschichten und der zusätzlichen Decke, mit der sie sich gegen die Eiseskälte der Höhenluft gewappnet hatte; trotz der Nähe des Feuers sogar, das die Luft in der großen, fröhlich bunten Hülle aus wasserdichtem Leinenstoff erhitzte. Komisch, dass ihr in solch einem Moment nichts Bedeutenderes einfiel, aber sie fror bis ins Mark.

»Ich glaube, es besteht kein Grund zur Beunruhigung«, ließ sich Karsler vernehmen.

Seine Stimme brach den Bann, und sie konnte den Kopf wenden und zu ihm aufblicken, allerdings noch immer nicht sprechen. Er lächelte ihr kaum merklich zu, mehr ein Lächeln der Augen als des Mundes, aber sein Blick war so beruhigend, von so heiterer Gewissheit, dass die Panik von ihr wich und sie die Sprache wiederfand.

»Ich habe keine Angst«, beteuerte sie, und plötzlich war die Lüge wahr geworden, wegen ihm.

Er streckte wie unbewusst die Hand aus, um die Ihre kurz zu drücken, und seine Finger waren so warm, dass sie ihre Lebensgeister wieder weckte.

Viel zu schnell zog er seine Hand wieder zurück. Mit Mühe löste sie ihren Blick von seinem Gesicht und sah, dass Girays v'Alisante ihrem Piloten, dem Reisenden Meemo Echmeemi, Besitzer-Betreiber von Des Reisenden Echmeemi Erstaunliche Flüge, ernsthafte Vorhaltungen machte. Seine Aufgabe war es, die drei Rennteilnehmer ostwärts aus Zuleekistan herauszubringen, über die Wälle der Allzeit hinunter ins Nord-Ygahro-Territorium, zur nächsten Kontrollstation auf der Großen Ellipse. Girays redete mit großem Nachdruck, aber sie registrierte seine Worte kaum, und wahrscheinlich tat der Pilot es auch nicht, denn das Vonahrisch des Reisenden Echmeemi war bestenfalls rudimentär. Ein blendend weißes Lächeln teilte das bärtige, braune Gesicht des Ballonfahrers. Er zuckte mit den Achseln, antwortete in einem völlig unverständlichen zuleekischen Dialekt und warf eine Reihe Sandsäcke aus dem Korb.

Sogleich fielen die Zacken der Ohnyi Heznyi unter ihnen weg. Das Panorama änderte sich, und die weite gelbbraune Ebene, die im Südwesten der Berge lag, gelangte in ihr Sichtfeld.

Sie würde also nicht auf der Stelle sterben. Ihre Atmung normalisierte sich ein wenig. Rein gedanklich hatte sie diese luftige Spritztour über die Kleine Halbmondkette für eine famose Abkürzung gehalten, die ihr Stunden oder Tage Vorsprung vor denjenigen Ellipsoiden verschaffen sollte, die es vorzogen, von Zuleekistan über die Bucht von Zif nach Osten zu segeln. Die Entdeckung einer knappen Notiz über einen unabhängigen kommerziellen Ballonfahrer in Ostzuleekistan, einer Region, die sich im Frühling beständiger Nordwestwinde erfreute, unter ihren wenigen noch verbleibenden Karten und Fahrplänen hatte ihr Interesse geweckt und ihre Hoffnung beflügelt, endlich die Führung vor allen anderen Konkurrenten mit Ausnahme der Festinettes zu übernehmen. (Und wo in aller Welt steckten die Zwillinge?) Selbstverständlich hatte sie beabsichtigt, den Plan für sich zu behalten und hätte das auch durchgezogen, wenn sie nicht den Fehler begangen hätte, diesen Vonahrisch sprechenden Eingeborenen am Navoyza-Pass zu befragen. Der Führer musste ihr Gespräch Girays zugetragen haben, Karsler hatte es vermutlich zufällig mitgehört, und danach war jegliche Hoffnung auf aeronautische Exklusivität dahin. Die beiden, genauso fasziniert von der Idee wie sie, hatten darauf bestanden, sie zu Echmeemi zu begleiten, und es war ihr trotz erheblicher Bemühungen nicht gelungen, sie abzuschütteln. Sie musste wohl froh sein, dass nicht auch noch Tchornoi, Jil Liskjil, Zavune und die anderen Wind von der Angelegenheit bekommen hatten, aber Dankbarkeit fiel ihr angesichts dieser kosmischen Ungerechtigkeit schwer. Es war ja so unfair – der Ballon war *ihre* Idee gewesen.

Seltsam, dass sie jetzt so froh über ihre Anwesenheit war, dachte Luzelle. Sie hatte ihre Angst vor bis dato unvorstellbaren Höhen nicht vorausgesehen. Sie hatte einfach nicht mit den eisigen Schwächeanfällen, dem kalten Schweiß und dem inneren Zittern gerechnet. Wäre sie allein gereist, hätte sie beim ersten Anblick des riesigen aufgeblähten Sacks in Scharlachrot und Gelb, der über der Berghütte schwebte, welche Des Reisenden Echmeemi Erstaunliche Flüge beherbergte, die Flucht ergriffen. Zum Glück für ihre Siegeshoffnung hatte ihr Schamgefühl über die Panik triumphiert, und in der Gegenwart von zwei männlichen Beobachtern hatte sie alle äußeren Anzeichen von Furcht unterdrückt – oder hatte es zumindest versucht. Sie hatte sich gezwungen, in den aus Weidengeflecht bestehenden, erbärmlich fragilen Korb zu klettern. Sie hatte den abscheulich raschen Aufstieg erduldet, hatte alle Schreie, Quieker und Seufzer unterdrückt, sie hatte ihren Brechreiz bekämpft, sie hatte sich sogar gezwungen, so etwas wie Konversation zu machen. Kurz, sie hatte sich wie eine vernünftige, tüchtige Erwachsene aufgeführt.

Es war ihr gelungen, Girays zu täuschen. Er mochte sie für launisch und scharfzüngig halten, doch vermutlich sah er nicht die darunter liegende drohende Panik. Karsler Stornzof war jedoch ein anderes Kaliber. Vielleicht hatten Beobachtungen von Soldaten am Vorabend einer Schlacht sein Wahrnehmungsvermögen geschärft. Was auch der Grund sein mochte – sie wusste genau, dass er ihre Schwäche bemerkt hatte, sie deshalb jedoch weder bedauerte noch gering schätzte.

Ja, alles in allem war sie überaus froh, die beiden bei sich zu haben. Und bei der ersten sich bietenden Gelegenheit würde sie sie wieder loswerden.

Die Stunden verstrichen, die Berge zogen vorbei, und ihre Furcht legte sich. Ihr Magen entkrampfte sich wieder, und gegen Mittag, als der Reisende Echmeemi seinen Proviantbeutel öffnete, konnte sie schon straflos Brot, Ziegenkäse und einfachen Rotwein zu sich nehmen. Bald darauf stellte sie fest, dass sie empfänglich war für die Schönheit der unter ihnen dahinziehenden Landschaft. Die Kleine Halbmondkette verdiente Beachtung, denn sie war spektakulär mit ihren glasigen Eiskappen, die in der Sonne blitzten, ihren herausgemeißelten Gipfelgraten, ihren messerscharfen Schluchten und Klammen, in denen violette Schatten hingen. Die Luft in dieser Höhe war rein und kalt, jedes Detail der Landschaft so scharf gestochen, dass es dem Auge keine Ruhe ließ. Luzelle blinzelte, halb geblendet von dem von den Gletscherspitzen reflektierten Sonnenlicht, wollte aber aus Angst, eines dieser Wunder zu verpassen, nicht den Blick abwenden. Ihre

Beharrlichkeit wurde belohnt, als sie eine dahingleitende weiße, breitflüglige Gestalt ausmachte, die sie als Schneeadler identifizierte.

Sie war beinahe gelassen, als der Kleine Halbmond sich zu rauen Vorbergen senkte, mit Dörfern gesprenkelt und strahlend grün von Hochweiden, auf denen rot und schwarz gescheckte Ziegen mit gedrehten Hörnern grasten.

Dann machten die Vorberge einer ausgedehnten Hügellandschaft Platz, die als Phreta'ah bekannt war und in gelbbraunen Wellen ohne charakteristische Merkmale zwischen den Wällen der Allzeit und den Wäldern von Oorex dahinrollte.

Aber die Phreta'ah war nicht so langweilig, wie es auf den ersten Blick erscheinen mochte. Der Blick aus der Luft offenbarte eine Vielzahl von Bächlein und Rinnsalen, die aus den Bergen durch das weite Grasland zu Tal strömten und sich südlich der Kleinen Halbmondkette zu den Mündungsflüssen des gigantischen Flusses Ygah vereinigten, der dreitausendfünfhundert Meilen weiter südlich in den Niederen Ozean mündete. Der Strom, von zahllosen Zuflüssen gespeist, wurde zur Mündung hin immer breiter und wand sich träge durch ein ausgedehntes Tiefland, das wie eine mit Grünzeug gefüllte Riesensalatschüssel geformt war – die legendären Wälder von Oorex, bis zum heutigen Tag weitgehend ungezähmt und unerforscht. In weiter Ferne konnte sie gerade eben den großen dunkelgrünen Flecken erspähen. Mit ein wenig Glück würde der Wind sie auf ihn zutragen.

Einige Stunden lang tat der Wind ihr den Gefallen. Endlose gelbbraune Hügel zogen unter ihnen dahin. Ihre Monotonie wurde nur gelegentlich vom Glitzern der Sonne auf silbrig fließendem Wasser aufgelockert, vom schmalen dunklen Band einer Lehmstraße oder der runden Erhebung einer strohgedeckten Gebetshütte am Straßenrand. Einmal erblickte Luzelle einen von Ochsen gezogenen Karren, der auf die Ohnyi Heznyi zufuhr, und die Luft war noch immer so klar, dass sie die Einzelheiten der Tracht des Kutschers ausmachen konnte – lose weiße Tunika, grünes Halstuch, breitkrempiger Hut. Sein Gesicht war zum Himmel hochgewandt, und als der Ballon über ihm dahinglitt, richtete er sich auf seinem Karren auf und winkte ihnen hingebungsvoll mit beiden Armen zu.

Der Ballon fuhr weiter, und die Wälder von Oorex dehnten sich grün vor ihnen aus, während die sanften Hügel der Preta'ah sich veränderten. Die lang gezogenen gelbbraunen Wellen wurden dunkler durch die üppigere Vegetation, die der junge Fluss Ygah mit Wasser versorgte.

Der Fluss machte sich nun eindringlich bemerkbar. Seine riesenhafte Schlangengestalt wand sich schier endlos dahin, und seine Schattenmähne aus Wald bestimmte das Landschaftsbild. Am Rande des Dschungels, an einer breiten, gemächlichen Flussbiegung, erhob sich die Stadt Xoxo, die Metropole des Nord-Ygahro-Territoriums und nächster Kontrollpunkt an der Großen Ellipse.

Luzelle konnte niedrige Gebäude aus braunen Ziegeln mit braunen Dachpfannen sehen, mit Blattwerk gedeckte Holzhäuser auf Pfosten und krumme, ungepflasterte Straßen. Kein erhebender Anblick. Von größerem Interesse waren da schon die recht großen Schiffe moderner Bauart, die an Xoxos Kaimauer vor Anker lagen. Grewzisch, ging ihr auf. Der infame grewzische Angriff auf Jumo war vom Nord-Ygahro-Territorium aus erfolgt.

Unwillkürlich warf sie einen flüchtigen Blick zu Karsler hinüber. Er studierte die Szene ebenfalls, doch seinem Profil konnte sie nichts entnehmen. Das grelle Licht unterstrich den Kontrast zwischen dem roten Mal auf seiner Stirn und der hellen Haut drumherum. Das Mal war eine Erinnerung, hatte er ohne sichtliche

Bewegung erzählt, an eine Begegnung mit einer Gruppe von Bürgern in der Stadt Aeshno. Das Bild eines erzürnten aennorvischen Mobs, der diesen Mann in den Straßen steinigte, ließ sie erschauern, und kurzzeitig war ihr wieder so kalt wie schon seit Stunden nicht mehr. Girays v'Alisantes Einschreiten in dieser Situation hatte ihm zumindest ernsthafte Verletzungen erspart, wenn nicht das Leben gerettet, hatte Karsler ihr erzählt; ein Detail, das Girays selbst zu erwähnen vergessen hatte.

Ihre Aufmerksamkeit wanderte zu ihrem Landsmann. Das unbarmherzige Sonnenlicht arbeitete die grauen Strähnen an seinen Schläfen heraus, die kleinen Fältchen, die die Haut um seine Augen durchzogen. Er sah dunkel und klein aus neben dem grewzischen Oberkommandanten, aber wer würde das nicht?

Xoxo kam mit jeder Minute näher. Der Reisende Echmeemi zerrte an der Ventilleine und ließ so Heißluft ab, und der Boden schien ihnen entgegenzustürzen. Jetzt konnte Luzelle die Wagen in den engen, schmutzigen Straßen ausmachen, die einheimischen Fußgänger mit ihren ausufernden Hüten, die streunenden Hunde und die zahlreichen grauen Gestalten, die als grewzische Soldaten zu erkennen waren.

Also wieder zurück im Imperium. Ihr kam die Galle hoch.

Vielleicht dauerte es nicht mehr lange, und das Imperium war überall.

Der Wind schlug um, und die Stadt Xoxo verschwand im Westen. Sofort zog der Reisende Echmeemi wieder an der Ventilleine, und der Ballon sank rasch, viel zu rasch. Er schien in nahezu freiem Fall vom Himmel zu sinken, und alle Ängste erwachten wieder in Luzelle. Ihr Magen machte einen Satz. Eine Hand flog vor ihren Mund, um einen Aufschrei zurückzuhalten.

Der Reisende Echmeemi wirkte nicht besorgt. Lässig löste er einen der Sandsäcke, die über der Korbreling hingen, und der sturzartige Abstieg verlangsamte sich. Ein weiterer Sack ging über Bord, und der Ballon sank sanft hinab, berührte den Boden ohne Wucht, hüpfte noch einmal hoch und traf wieder auf, schabte ein paar Meter über Grund und kam dann zum Stehen. Der Reisende Echmeemi zog an der Reißbahnleine, und die große Leinenhülle begann zu erschlaffen. Die Passagiere stiegen aus.

Sie standen knöcheltief in sattem, hartem Gras, auf dem fette Dekwoaties weideten, die gestreiften, dickbäuchigen Wiederkäuer der Region. Ein magerer kleiner Ygahrijunge, der einen großen Hut und sonst nichts trug, saß da und beaufsichtigte die Tiere. Einige hundert Meter weiter weg stand ein niedriges Bauernhaus mit einem Sonnendach aus geflochtenem Gras.

Als der Ballon landete, zerstreuten sich die Dekwoaties, während der Eingeborenenjunge schreiend zu dem Bauernhaus flüchtete.

»Er denken, er sehen bösen Geist«, erläuterte der Reisende Echmeemi und brüllte vor Lachen.

Es war mitten am Nachmittag, und die Schatten wiesen ihnen den Weg ostwärts nach Xoxo. Die Stadt, vielleicht fünf oder sechs Meilen entfernt, hockte schmutzig braun und öde vor dem leuchtend grünen Hintergrund des Dschungels. Ein Dunstschleier von Rauch und Hitze hing über den Dachfirsten. Die Luft war sehr warm, fiel Luzelle zum ersten Mal auf; feucht, drückend und unangenehm. Ihre Stirn war bereits feucht von Schweiß. Sofort entledigte sie sich der Decke, doch ihre zahlreichen Schichten aus bizaqhischen Kleidern waren noch immer zu warm.

»Xoxo.« Triumphierend streckte der Reisende Echmeemi einen Finger aus, um dann dazu überzugehen, in seinem erbärmlichen Vonahrisch auszuführen, dass der ehrbare ygahrische Geschäftsmann Grh'fixi, sein

Seelenbruder, ein ausgezeichneter Bursche, mit dem er ein erfreuliches und für beide Seiten profitables Abkommen getroffen hatte, bald mit einem prächtigen von Büffeln gezogenen Karren eintreffen würde, der dafür ausgestattet war, Reisende in allem erdenklichen Luxus und zu vernünftigen Preisen nach Xoxo zu bringen. Und falls der bewundernswürdige Grh'fixi wider Erwarten nicht bis Sonnenuntergang auftauchen würde, dann würde das nahe Bauernhaus gewiss eine bequeme Übernachtungsmöglichkeit bieten.

Luzelle hielt Ausschau und berichtete: »Ich sehe keinen Karren. Büffel auch nicht.«

»Es kommen, es kommen«, versicherte der Reisende Echmeemi.

»Wann?«

»Bald.«

»Wie bald?«

»Vielleicht halbe Stunde. Zwei, drei Stunden, mehr nicht. Grh'fixi kommen vor Sonnenuntergang, sicher. Oder morgen ganz in Frühe, sicher. Sie hier warten.«

»Ich werde nicht hier warten. Ich habe keine Zeit.«

»Was dann?« Der Reisende Echmeemi gestattete sich ein herablassendes Lächeln. »Sie gehen zu Fuß ganze Weg bis Xoxo?«

»Richtig.«

»Nein. Zu schmutzig. Dekwoatie scheißen überallhin. Und große haarige Spinnen. Fressen Sie auf.«

»Ich mache mir nichts aus dem Schmutz, und vor Spinnen habe ich keine Angst.«

»Auch Skorpione. Gift.«

»Das glaube ich nicht.«

Der Reisende Echmeemi wandte sich an die Männer und bat sie: »Sie sagen Ihrer Frau, sie warten müssen auf Grh'fixi.«

»Sie wird nicht gehorchen«, erklärte Girays mit ungerührter Miene. »Das Weibsstück ist schlecht erzogen.«

»Dann Sie sie schlagen.«

»Vermutlich haben Sie Recht, mein Freund.«

Luzelle bedachte sie mit einem verächtlichen Schnauben, schnappte sich ihre Reisetasche und marschierte über die Weiden los. Lautes zuleekisches Protestgeschrei folgte ihr, aber sie ließ sich nicht dazu herab, sich umzudrehen. Sie ging weiter und hörte bald das Geräusch leichter Schritte hinter sich, aber noch immer geruhte sie sich nicht umzusehen. Kurze Zeit später holten die Schritte sie ein.

»Dies ist kein Platz, an dem Sie unbegleitet umherwandern sollten«, merkte Karsler an.

»Noch möchte ich einem Ellipsoid-Rivalen gestatten, mich hinter sich zu lassen«, erklärte Girays.

»Machen Sie sich lieber darauf gefasst; es ist nur eine Frage der Zeit«, beschied sie Girays barsch, um sich dann mit einem warmherzigen Lächeln Karsler zuzuwenden. Sie hätte vor keinem von beiden zugegeben, besonders nicht vor Girays, wie erleichtert sie war, dass sie sie nicht allein den Schrecken von Spinnen, Skorpionen und Dekwoati-Hinterlassenschaften aussetzten.

Die nächsten zwei Stunden oder auch länger stapften sie über dicht mit hartem, feuchtem, gelbgrünem Gras bedeckte Wiesen; an manchen Stellen war das Gras hüfthoch. Die meiste Zeit übernahm Karsler die Führung, und seine große Gestalt schlug für die Nachfolgenden eine Schneise in die dichte Vegetation. Luzelle wurde klar, dass sie es alleine kaum geschafft hätte, zumindest nicht ohne Preisgabe ihrer Reisetasche. Selbst jetzt zog die Last schwer an ihrem Arm, und mit jeder hart erkämpften Viertelmeile wog die Bürde schwerer. Die feuchte Luft lastete auf ihnen, und der Schweiß rann ihr übers Gesicht. Wolken von Mücken umschwirrten ihren Kopf, aber auf sie einzuschlagen war pure Energieverschwendung.

Von Zeit zu Zeit stießen sie auf weite, unbewachsene

Stellen, wo die weidenden Dekwoatis das Gras bis zur Wurzel abgefressen hatten, und da befanden sich dann die Hinterlassenschaften der gestreiften Wiederkäuer, die der Reisende Echmeemi ihnen versprochen hatte. Breiige, gelbe, vor Fliegen wimmelnde Flatschen lauerten unter ihren Füßen; man konnte ihnen unmöglich ausweichen. Mit jedem Schritt versanken Luzelles Schuhe tief darin. Gestank erfüllte die Luft, und sie musste würgen. Sie hielt sich die Nase mit zwei Fingern zu und atmete durch den Mund, und der Brechreiz ließ nach. Ihre Schuhe würde sie hinterher wegschmeißen müssen. Die weiten Beine ihres Hosenrocks waren mit Kot bedeckt, aber der dünne Stoff würde sich gut waschen lassen und rasch trocknen. Sie stellte sich vor, eine solche Wanderung in herkömmlicher westlicher Kleidung zu absolvieren – weite lange Röcke, Unterröcke, Walbeinkorsett und all das – und musste über das alberne Bild lächeln.

Sie sah keine Skorpione, entdeckte jedoch mehrmals untertassengroße Flecken kurzen, gelbgrünen Grases, mit denen auf undefinierbare Weise etwas nicht zu stimmen schien; einmal meinte sie gar, sie hätten sich bewegt. Eine optische Täuschung, vermutete sie, aber eine genauere Erkundung brachte eine riesige Spinne mit weichem gelbgrünem Pelz zutage. Große haarige Spinnen, genau wie der Reisende Echmeemi es prophezeit hatte; allerdings unternahm keine von ihnen den Versuch, sie zu fressen.

Am Ende der mühseligen und schweißtreibenden Zeitspanne taumelten sie aus dem hohen Gras heraus und fanden sich am Rand der tief ausgefurchten, staubigen Straße stehen, die schließlich in die Stadt Xoxo führte, welche noch etwa drei Meilen entfernt lag und undeutlich durch die entlang des Flusses wachsenden Bäume zu sehen war. Hier rasteten sie eine Weile auf einem flachen, von Kothaufen freien Stein, der allerdings von einer Art grünem Schimmel oder Moos bedeckt war. Überall wucherte und spross es hier; Unkraut wuchs mitten auf der Straße, Algen gediehen in den Pfützen, die die von den Karren ausgefahrenen Rinnen füllten, und die hölzernen Ruinen einer öffentlichen Gebetshütte wurden von weißen Pilzen erstickt. Es lag etwas Abstoßendes in solch maßloser Lebenskraft; etwas beinahe Bedrohliches.

Sie konnten es sich nicht leisten, länger dort zu verweilen, wenn sie Xoxo noch vor Anbruch der Dunkelheit erreichen wollten. Es war später Nachmittag, und die Sonne hatte den Zenith längst überschritten. Sie machten sich wieder auf den Weg, und bald stapften sie auf einer Straße dahin, die in Schlamm und Kot versank. Luzelles dreckige, nasse Hosensäume schlugen ihr mit jedem Schritt um die Knöchel. Sie war völlig durchgeschwitzt, die Mücken waren überall, und die Reisetasche wog so schwer wie ein Amboss. Sowohl Girays als auch Karsler hatten ihr mehrfach angeboten, ihr die Tasche abzunehmen, und sie hatte all ihre Willenskraft zusammennehmen müssen, um das großherzige Anerbieten abzulehnen. Aber sie *hatte* abgelehnt; Stolz und ein schlichtes Gerechtigkeitsgefühl hatten es verlangt.

Vielleicht hätten sie doch auf Grh'fixi warten sollen.

Aber nein. Sie dachte an die Festinette-Zwillinge, die irgendwo vor ihnen auf der Großen Ellipse unterwegs waren. Sie dachte an Jil Liskjil, Tchornoi, Zavune, Phineska, Hay-Frinl und die anderen, die ihr entschlossen und erfindungsreich so dicht auf den Fersen waren. Nein, sie hätte um nichts auf der Welt warten können.

Die Sonne, mittlerweile erschreckend rot, näherte sich bedenklich dem Horizont, als sie stolpernd Xoxo erreichten. Ein unappetitlicher Flecken, entschied Luzelle sogleich, mit seinen trostlosen lehmfarbenen Gebäuden, seinen schmalen Gassen, die als öffentliche

Kloake dienten, seinen streunenden Rudeln magerer Hunde, seinen von Ratten wimmelnden Abfallhaufen, seinem Gestank nach ranzigem Öl und Abwasser, seinen kupfergesichtigen, nie lächelnden Einwohnern und der umfangreichen Garnison grewzischer Soldaten. Die blitzsauberen grauen Gestalten fielen überall ins Auge. Horden von ihnen trieben sich um die neu errichteten Wachstationen mit dem Symbol des Endlosen Feuers herum, Gruppen von ihnen durchstreiften die Stadt mit besitzergreifendem Gehabe. Wo die Grewzier auftauchten, machten die eingeborenen Ygahris ihnen mit einer Art hündischer Unterwürfigkeit Platz, bei der es einem übel werden konnte. Luzelle kochte innerlich, wagte jedoch kein Wort der Kritik zu äußern.

Willkommen im Imperium, dachte sie.

Wäre sie allein gewesen, die Erinnerung an den Angriff in Glozh noch frisch im Gedächtnis, hätte sie sich gefürchtet. Doch nun ging sie an der Seite eines grewzischen Offiziers, dessen Uniform und Rangabzeichen, auch wenn sie vom Schmutz der Reise starrten, ihm unverzüglich Respekt verschafften, einen Respekt, der sich auch auf seine Begleiter ausweitete. Karsler Stornzofs Landsleute salutierten zackig, wenn er vorüberging, und es gab mehrere höfliche Verbeugungen in Luzelles Richtung. Einige der grauen Soldaten, stellte sie sich vor, kannten den berühmten Oberkommandanten vom Sehen und hätten das auch gerne kundgetan, doch die grewzische Militärdisziplin verhinderte solche Vertraulichkeiten. Karsler selbst bediente sich nur ein einziges Mal des Offiziersvorrechts, als Erster einen Rangniedrigeren anzusprechen, und dann auch nur, um sich nach dem Weg zum Rathaus zu erkundigen.

Ein untadelig blonder Unterkommandant wies ihnen den Weg, und die drei schritten durch gewundene, übel riechende Straßen, die nun in einem modrigen Zwielicht versanken. Mit schwindendem Licht wurden die Mücken wieder rege, und Moskitos gesellten sich zu ihnen. Ein hohes Summen erfüllte die Luft, und dann begann das Festmahl der Blutsauger. Luzelle schlug nach ihnen, wedelte mit dem freien Arm und fuchtelte wie wild. Vergeblich. Ihre Bizaqhi-Kleider bedeckten Körper und Gliedmaßen, und eine der langen Schärpen, die sie sich um die untere Gesichtshälfte wickelte, bot zusätzlichen Schutz. Aber ihre Hände waren bloß und überzogen sich binnen kurzem mit juckenden roten Pusteln. Unangenehm und lästig, aber nichts, worüber man sich Sorgen machen musste. Es gab gewisse moderne Koryphäen der Wissenschaft, die tatsächlich der Meinung waren, die ekelhaften kleinen Insekten wären für die Übertragung tödlicher Krankheiten verantwortlich, aber Luzelles gesunder Menschenverstand wies solche weit hergeholten Vermutungen zurück.

Die finstere Gasse endete am Rand eines gepflasterten Platzes, groß und beeindruckend nach örtlichen Maßstäben und von Laternen umstanden, die gerade für den Abend entzündet wurden. Die Gebäude hier waren die größten, die Luzelle bislang in Xoxo gesehen hatte, klobige Bauten aus dem stumpfen hiesigen Backstein, oberhalb des Wasserspiegels auf massiven Steinpfeilern stehend und völlig unpassend mit weiß verputzten klassizistischen Säulen geschmückt.

Sie hatten die westliche Enklave von Xoxo erreicht, den Sitz der Verwaltungsministerien, die die Kolonialherren des Nord-Ygahro-Territoriums beherbergten. Hier erhoben sich das Rathaus, die Archive, die Residenz des Gouverneurs, die Finanzverwaltung sowie eine Reihe von privaten Wohnhäusern, in denen Beamte westlicher Herkunft, kleinere Bürokraten, ihre Familien, Haustiere und Dienstboten lebten. Eine Vielzahl von Fahnen hatten über diesen Gebäuden geflattert. Im Augenblick waren es grewzische.

Luzelle nahm die Architektur kaum zur Kenntnis. Ihre Aufmerksamkeit wurde von einer provisorischen hölzernen Plattform in Anspruch genommen, die in der Platzmitte errichtet worden war. Sie schnappte nach Luft und fragte, ohne zu überlegen: »Oh, was ist denn das?«

Eigentlich eine überflüssige Frage; das Spektakel sprach für sich selbst. Die Plattform trug eine Vorrichtung, die an einen mittelalterlichen Pranger gemahnte: vier stabile aufrecht stehende Pfosten, die ein breites Querbrett stützten; in dieses Brett waren Öffnungen eingelassen, und in denen steckten die Hälse und Handgelenke von vier Gefangenen. Die Delinquenten waren Ygahri-Eingeborene, männlich und nackt bis auf einen winzigen Lendenschurz. Alle vier waren klein, schmächtig, schwarzhaarig und o-beinig, ihre sorgfältig geflochtenen Zöpfe mit Perlen und Ringen verziert. Ihre Gesichter und Körper waren entweder bemalt oder mit komplizierten, verschlungenen Tätowierungen in Blau und Grün bedeckt, die von symmetrischen, wulstigen Narben unterbrochen wurden, doch auch dieser Körperschmuck konnte die blauen Flecken, Striemen und Schnittwunden nicht verbergen, die ihr kupferfarbenes Fleisch aufwies. Das teilweise geronnene Blut zog Heerscharen der verschiedensten Insekten an. Wolken von Flügelwesen umschwebten die ihrer Bewegungsfähigkeit beraubten Leiber, vielbeinige Legionen krabbelten ungehindert über ihre unbedeckten Wunden. Das Summen und Sirren war auf dem ganzen Platz hörbar. Die gebeugte, verkrampfte Haltung, die der Pranger erzwang, musste fast ebenso schmerzhaft sein wie die Qualen der Schläge, der Insekten und des Durstes zusammen genommen. Die Gesichter der vier Gefangenen jedoch zeigten nicht die geringste Gemütsbewegung. Ihr Stoizismus wurde von den Laternen um die Plattform herum beleuchtet. Offensichtlich war das Schauspiel ihrer

Bestrafung als lehrreiches Exempel für das Publikum gedacht.

Das ist doch etwas aus einem anderen Jahrhundert, dachte Luzelle.

Eine Patrouille grewzischer Soldaten kam an ihnen vorbei. Karsler hielt die Männer mit einem Wort an, wies mit dem Kinn auf die Plattform und fragte: »Was hat das zu bedeuten?«

Der Anführer der Patrouille, ein mopsnasiger Sergeant, antwortete: »Züchtigung unbotmäßiger Eingeborener, Sir.«

»Auf wessen Befehl?«

»Dauerbefehl von Untergeneral Ermendtrof, Sir.«

»Untergeneral Ermendtrof gestattet diese spezielle Art der Bestrafung?«

»Jawohl, Sir. Sofern angezeigt, Sir.«

»Und in diesem Fall?«

»Sehr angezeigt, Sir.«

»Erklären Sie das.«

»Sir, diese vier Eingeborenen sind keine Städter. An den Narben und Tätowierungen können Sie erkennen, dass sie Dschungelabschaum von den Neun Gesegneten Stämmen sind. Genau genommen sind sie Älteste des Aocreotalexi-Stamms. Diese Wilden aus dem Wald machen ständig Ärger. Ungehorsam. Hinterlistig. Sie sind nicht zivilisiert, Sir, und sie haben keine Ahnung, wie man sich benimmt. Sie sind mehr Affen als Menschen, und eine anständige Tracht mit der Peitsche ist die einzige Sprache, die sie verstehen.«

»Was ist ihr Vergehen?«, verlangte Karsler mit ausdrucksloser Miene zu wissen.

»Sie waren unverschämt, Sir.«

»Spezifizieren Sie das.«

»Sie sprachen Untergeneral Ermendtrof persönlich auf der Straße an, verstellten ihm den Weg und überhäuften ihn mit Beschwerden. Irgendetwas wegen der Männer der Siebenundvierzigsten Schwadron, die Latrinen in irgendeinem alten Eingeborenen-Begräbnisort am Waldrand aushoben. Wollten die Latrinen verlegt und die entweihte Stätte rituell gereinigt haben. Als wenn ein guter grewzischer Beitrag die elenden Knochen ihrer Ahnen nicht bereichern würde! Ich sage ja, wir haben den Affen einen Gefallen getan, aber sie kennen einfach keine Dankbarkeit. Als man diesen vier Unruhestiftern da befahl, dem Untergeneral aus dem Weg zu gehen, weigerten sie sich, und diese Art von Ungehorsam darf nicht geduldet werden. Wir haben ein Exempel statuiert.«

»Wann sollen sie wieder freigelassen werden?«

»Morgen Nachmittag.«

»Dann sorgen Sie dafür, dass sie bis zu diesem Zeitpunkt regelmäßig Wasser erhalten.«

»Sir, in der Order von Untergeneral Ermendtrof steht nichts von –«

»Haben Sie meinen Befehl verstanden, Sergeant?«

»Jawohl, Oberkommandant.«

»Wegtreten.«

Der Sergeant salutierte zackig, und die Patrouille zog sich zurück. Sobald die Soldaten außer Hörweite waren, wandte Luzelle sich an Karsler: »Wollen Sie denn überhaupt nichts *tun*?«

»Ich habe getan, was ich konnte.« Sein düsterer Blick haftete auf den Gefangenen am Pranger.

»Aber warum haben Sie dann nicht befohlen, die Männer freizulassen?«

»Ich habe keine Befehlsgewalt, um die Order von Untergeneral Ermendtrof aufzuheben.«

»Schießen Sie den Untergeneral Ermendtrof doch irgendwohin! Das ist keine Art, menschliche Wesen zu behandeln – es ist barbarisch, es ist ungeheuerlich. Und Sie wissen das!«

»Ich bin Soldat, und meine Pflicht besteht darin, solche Insubordination zu verhindern. Meine persönlichen Überzeugungen sind ohne Bedeutung.«

»Wie können Sie das nur sagen? Ein Soldat ist doch kein Roboter! Er hat einen Verstand und ein Gewissen. Erlaubt Ihnen das Ihre, so etwas zuzulassen?« Mit einer Geste des Abscheus wies sie zur Plattform. »Sie können etwas dagegen unternehmen, wenn Sie nur den Entschluss fassen!«

»Wozu ich als Individuum mich entschließe, ist belanglos. Als Offizier des Imperiums erkenne ich die Notwendigkeiten und Realitäten des Krieges an.«

»Die Folter von vier Ygahri-Stammesangehörigen, die das entsetzliche Verbrechen begangen haben, sich über die Entweihung ihres Friedhofs zu beklagen – das ist eine Notwendigkeit? Glauben Sie das wirklich?«

»Luzelle. Lassen Sie ihn.« Schließlich mischte Girays sich in ihren Wortwechsel ein.

Ihre Augen weiteten sich. »Aber –«

»Sie vergessen die Strenge der grewzischen Militärdisziplin oder kennen sie nicht. Die Art von rechtschaffener Meuterei, die Sie empfehlen, würde zweifellos dazu führen, dass Stornzof vor ein Kriegsgericht gestellt und erschossen wird.«

»Aber ich habe doch nie –«

»Bevor Sie das nächste Mal verurteilen und fordern, nehmen Sie sich vielleicht die Zeit, die möglichen Konsequenzen in Betracht zu ziehen«, schloss Girays.

Luzelle sagte nichts. Ihr Gesicht brannte.

In trostlosem Schweigen überquerten die drei den Platz und gingen auf das hässliche Rathaus zu, wo das Büro des Registrars mit irgendeinem untergeordneten Beamten besetzt war, der ihre Pässe zu stempeln berechtigt war. Ein grewzischer Wachtposten am Eingang verstellte ihnen den Weg.

»Für die Nacht geschlossen«, verkündete der Posten. »Kommen Sie morgen früh um acht Uhr zurück.«

»Wir brauchen einen Beamten«, beschied Karsler seinen Landsmann. »Es ist noch nicht spät, ein paar von ihnen werden doch noch in der Nähe sein. Treten Sie beiseite.«

Der Wachtposten nahm Haltung an. »Im ersten Stock werden Sie noch jemanden finden, Oberkommandant«, gab er respektvoll zurück. »Aber diese Zivilisten kann ich nicht hereinlassen, Sir.«

Unfair, dachte Luzelle nicht zum ersten Mal.

»Sie sind meine Begleiter«, sagte Karsler.

Vielleicht las er schon wieder ihre Gedanken. Es sah so aus, als untergrabe sein Widerstreben, einen weiteren unverdienten Vorteil auszunutzen, seinen Siegeswillen. So sehr sie eine solche Einstellung auch bewunderte, hegte sie doch nicht die Absicht, ihm diesbezüglich nachzueifern.

»Tut mir Leid, Sir«, entgegnete der Posten. »Befehl von Untergeneral Ermendtrof. Keine Zivilisten nach Dienstschluss.«

»Nun gut.« Karsler wandte sich an seine Gefährten/Rivalen und äußerte mit einem gewissen Bedauern: »Es scheint, als müssten wir uns trennen.«

»Jubeln Sie nicht zu früh, Stornzof«, riet ihm Girays lächelnd. »Wir werden uns wahrscheinlich als Fahrgäste auf demselben Raddampfer wiederfinden, der morgen früh flussabwärts fährt.«

Es sei denn, ich sitze hier wieder den ganzen Vormittag fest und warte darauf, dass ich endlich meinen Stempel erhalte, dachte Luzelle. *Falls dem so sein sollte, werde ich nicht imstande sein, diese Stadt vor dem morgigen Tag zu verlassen. Das könnte katastrophale Folgen haben. Oh, verflucht seien diese Grewzier!* Laut bemerkte sie mit soviel Freundlichkeit, wie sie aufbringen konnte: »Auf Wiedersehen fürs Erste, Karsler. Viel Glück.«

»Ihnen auch viel Glück. Bis zum nächsten Mal also.« Karsler ging in das Gebäude, und die Tür schloss sich hinter ihm.

»Fein.« Luzelle wandte sich Girays zu. Sie hatte ihm die letzte scharfe Rüge noch nicht ganz vergeben. »Es ist irgendwie – merkwürdig. Dass er weg ist, meine ich.«

»Ja.« Girays wirkte verwirrt. »Ich merke, dass ich mich an Stornzofs Gesellschaft gewöhnt habe.«

»Offensichtlich. Die Art und Weise, wie Sie ihm zu Hilfe *geeilt* sind, als ich meine Meinung zu äußern wagte –«

»Als Sie ihn dazu zu bringen versucht haben, seinen Kopf zu riskieren.«

»Nun, Ihre Loyalität war jedenfalls rührend. Wirklich. Rührend.«

»Oh, ich empfinde eine Art spontaner brüderlicher Sympathie mit allen Opfern des Devaireschen Verbaldolchs.«

»Danke. Sehen Sie sich vor, sonst enden Sie noch als bester Freund eines Grewziers.«

»Die Gefahr dürfte kaum bestehen. Ich halte Stornzof für einen weniger ungehobelten Kerl als seine Landsleute – um die Wahrheit zu sagen, er ist auf seine etwas sonderbare Art wirklich recht anständig –«

»M. le Marquis geruhen zu schwärmen.«

»Aber wir sind Konkurrenten, unsere Verbindung war eine Frage der Zweckdienlichkeit, und nun ist sie zu Ende.«

»Sie und ich, wir sind auch Konkurrenten. Was ist mit unserer Verbindung?«

»Dürfte noch für ein paar Stunden halten«, ließ Girays sie wissen. »Lange genug, um zu Abend zu essen jedenfalls. Falls Sie mir Gesellschaft leisten möchten.«

»Mit Vergnügen.« Eigentlich hatte sie das gar nicht sagen wollen. Sie war noch immer verärgert, sie hätte ihm die kalte Schulter zeigen sollen, aber die Zustimmung war ihr ganz einfach herausgerutscht. »Wohin gehen wir?«

»Ich glaube nicht, dass ein Ort wie Xoxo irgendwelche Restaurants oder Cafés hat, aber vielleicht gibt es irgendwo eine Garküche. Schauen wir mal.«

Sie entfernten sich vom Rathaus, überquerten den von Lampen beleuchteten Platz, wobei sie in stillschweigender Übereinkunft einen großen Bogen um Plattform und Pranger schlugen, aber Luzelle konnte nicht anders, als im Vorbeigehen noch einen raschen Blick auf die Gefangenen zu werfen, ein Blick, der ihr die schwärenden Wunden, die emsigen Insekten und die geschwollenen, ausdruckslosen Gesichter nur allzu deutlich zeigte. Sie wandte schnell den Blick ab, konnte sich das Bild jedoch nicht mehr aus dem Kopf schlagen. Sie fragte sich, ob Girays auch so empört war wie sie. Seine Miene verriet nichts, aber er war ungewöhnlich schweigsam.

Sie fanden weder Restaurant noch Garküche, aber an der dunkleren und schmutzigeren Seite des Platzes stand ein kleiner Gasthof im westlichen Stil für Reisende. Das Etablissement besaß einen altmodischen Speisesaal, dessen handgeschriebenes Schild vonahrische Küche verhieß. Sie studierten die unterhalb des Schilds angebrachte Preisliste, aber alles Aufgeführte war rein grewzischer Art mit Ausnahme einer *potage Ygahroisse,* die vonahrische Variante einer regionalen Suppe, die hiesige Knollenfrüchte enthielt, gewürzt mit der scharfen Rinde des lokalen Schrumpfbaums und verfeinert mit kondensierter Büffelmilch.

Der Speisessal enthielt zu viele grewzische Soldaten, als dass man sich hätte richtig wohl fühlen können, aber sie konnten nirgendwoanders hingehen. Sie nahmen Platz, und beide bestellten die Suppe. Luzelle wollte nichts anderes; der Anblick der geschundenen, dem Auge der Öffentlichkeit ausgesetzten Gefangenen hatte ihr den Appetit verdorben.

Die Suppe wurde aufgetischt, begleitet von einem kleinen Brotlaib von schwerer grewzischer Backart. Luzelle aß, ohne zu kosten. Ihre Blicke schweiften durch den schäbigen Speisesaal, fanden nichts Erfreuliches und kehrten zu ihrer Schüssel zurück.

»Ich vermute, wir können heute Nacht hier bleiben«, sagte sie schließlich. »Sie müssen noch freie Zimmer haben.«

»Zweifellos. Xoxo wimmelt nicht gerade von Reisenden. Die entscheidende Frage ist, was tun wir morgen, wenn wir den Stempel in unserem Pass haben? Haben Sie schon irgendwelche Pläne geschmiedet?«

»Na ja, wir haben keine große Auswahl, nicht wahr? Raddampfer flussabwärts, nach Süden durch die Wälder von Oorex. Kein anderes praktikables Transportmittel.«

»Wenn wir es nicht bis acht Uhr dreißig morgen früh zum Hafen geschafft haben, kommen wir morgen nicht mehr aus der Stadt.«

»Warum nicht?«

»Weil das die einzige planmäßige Abfahrt Richtung Süden am morgigen Tag ist. Ich habe einen Fahrplan. Sehen Sie selbst.« Er legte ein zerknittertes Papier vor sie auf den Tisch.

Sie überflog den Fahrplan, sah, dass er Recht hatte, und daraufhin verging ihr der Appetit restlos. »Wir sind am Ende, Girays! Das Rathaus öffnet nicht vor acht. Wir können uns unmöglich dort den Stempel abholen und es bis halb neun zum Hafen schaffen. Das ist unmöglich. Wir sind erledigt!«

»Nicht unbedingt. Ich denke, wir könnten es schaffen, vorausgesetzt, wir planen gut vor.«

»Oh, wozu soll das nütze sein? Vorplanen kann die Uhr auch nicht anhalten. Karsler wird uns davonziehen, es ist nicht fair, und wir können nichts dagegen unternehmen. Oh, diese verdammten Grewzier!«

»Luzelle. Beruhigen Sie sich. Konzentrieren Sie sich.«

»Ich bin völlig ruhig!«, rief sie aus.

»Und geben Sie Obacht, was Sie hier über die Grewzier sagen«, riet er ihr leise.

»Es ist mir egal, wenn Sie mich hören!« Dann besann

sie sich eines Besseren und senkte die Stimme. »Vielleicht verstehen Sie sowieso kein Vonahrisch.«

»Verlassen Sie sich besser nicht darauf. Schauen Sie.« Er zog ein weiteres Blatt Papier hervor. »Das ist ein Stadtplan von Xoxo.«

»Wo in aller Welt haben Sie den denn her?«

»Irgendein Straßenverkäufer, irgendwo. Sehen Sie« – er klopfte mit dem Zeigefinger auf den Plan – »wir sitzen hier an der Südostecke des Hauptplatzes. Morgen früh um acht überqueren wir den Platz Richtung Rathaus –«

»Wir sollten schon früher da sein.«

»Wenn Sie meinen, dass uns das hilft. Aber wenn ein Grewzier einem sagt, etwas öffnet um acht, dann meint er damit nicht Viertel vor acht. Wie dem auch sei, wir lassen unsere Pässe so schnell wie möglich stempeln, und dann hasten wir zum Hafen runter. Die Entfernung zwischen Rathaus und Hafen beträgt etwas mehr als eine Meile. Man kann keine Droschken mieten, keine Kutschen leihen, Mietställe gibt es auch nicht – wir werden also zu Fuß gehen müssen. Dies ist die schnellste Route.« Girays' Finger zog eine Linie über den Stadtplan. »Wenn wir uns beeilen, könnten wir die Strecke in ungefähr fünfzehn Minuten zurücklegen, wodurch wir rechtzeitig am Hafen einträfen, um an Bord der« – er zog den Fahrplan zurate – »*Wasserfee* zu gehen.«

»Das sollten wir wohl. Vielleicht sollten wir jemanden anheuern, der unser Gepäck trägt.«

»Keine Zeit. Wenn das Gepäck uns verlangsamt, müssen wir es zurücklassen. Sind Sie dazu bereit?«

»Falls es sich als nötig erweisen sollte, gewiss. Ich habe es schon einmal praktiziert, damals in Aeshno.«

»Ich hatte mich schon über die neue Reisetasche gewundert. Was ist passiert?«

Sie zögerte. Sie verspürte keine besondere Neigung, Girays v'Alisante ihre Erfahrungen auf dem Felde des

Diebstahls zu beichten. Sie hatte nur getan, was sie tun musste, um im Rennen zu bleiben. Sie hatte keine Wahl gehabt, rief sie sich ins Gedächtnis, und doch schämte sie sich. Sie hätte ihre große Klappe halten können, aber jetzt war sie gezwungen, ihm zu antworten. »Ich bin auf dem Pferderücken von Aeshno nach Quinnekevah gekommen und konnte keine Reisetasche mitnehmen.«

»Keine Möglichkeit, sie am Sattel zu befestigen?«

»Keine Zeit dafür.«

»Komisch. Es hätte doch nur ein paar –«

»Ich war in Eile.«

»Ich verstehe.« Er dachte nach. »Wie ist es Ihnen gelungen, in Aeshno an ein Pferd zu kommen? Weder Stornzof noch ich konnten eins auftreiben. Uns wurde gesagt, Pferde seien absolut nicht erhältlich. Wo haben Sie –«

»Oh, wirklich, was spielt das noch für eine Rolle?« Sie konnte die verräterische Hitze in ihren Wangen spüren. »Ich habe einen Weg gefunden, das ist alles.«

»Ich verstehe«, wiederholte Girays trocken. »Mein Kompliment, Miss Devaire.«

Er sah aus, als könne er geradewegs durch sie hindurchschauen, und ihr Unbehagen vertiefte sich. Schlechtes Gewissen, sonst nichts. So leicht würde M. le Marquis sie nicht aus der Fassung bringen, die Befriedigung würde sie ihm nicht gönnen. Sie reckte ihr Kinn in die Luft, sah ihm unverwandt in die Augen und murmelte mit gespielter Lässigkeit: »Die *Wasserfee*, soso? Da können wir ja nur hoffen, dass sie ihrem Namen nicht gerecht wird und sich in Luft auflöst.«

Nachdem sie ihr bescheidenes Abendmahl beendet hatten, verließen sie den Speisesaal und begaben sich zur Rezeption, wo die Concierge ihre Namen in das Gästebuch eintrug und ihnen dann getrennte Räume und die Schlüssel dazu überreichte. Gemeinsam gingen sie in den ersten Stock, wo sie am oberen Treppenabsatz kurz stehen blieben.

»Zwanzig vor acht am Eingang«, sagte Girays.

»Zwanzig vor acht«, stimmte Luzelle zu, und sie trennten sich. Sie ging allein zu ihrem angewiesenen Zimmer weiter, schloss auf und hielt unangenehm überrascht inne.

Der Gasthof – noch antiquierter, als sie eingangs gedacht hatte – hielt noch immer die alte Sitte gemeinschaftlicher Schlafsäle aufrecht. Eine kleine von der Decke herunterhängende Öllampe beleuchtete einen geräumigen Schlafsaal, der zehn schmale Pritschen enthielt, jede gespenstisch von einem Moskitonetz umflort. Vier der Betten waren belegt. Zwei der Gäste waren wach und saßen aufrecht im Bett. Luzelle erblickte blonde Köpfe und dralle Gestalten in züchtigen weißen Nachthemden. Die Umrisse verschwammen hinter den dichten Netzvorhängen.

»Schließen Sie bitte die Tür«, bat eine der Blondinen auf Grewzisch.

»Sie lassen die unbekömmliche Nachtluft herein«, bemerkte die andere in derselben Sprache.

Das Zimmer hätte ein wenig unbekömmliche Nachtluft nötig, notierte Luzelle. Die Fenster waren geschlossen, die schale Luft war stickig und summte nur so von Insekten. Nichtsdestoweniger schloss sie die Tür, und das Geräusch weckte eine dritte Schläferin, die sich bewegte und in verschlafenem Grewzisch fragte: »Was ist denn da los?«

»Jemand Neues ist hereingekommen.«

»Siebenundvierzigste?«

»Sie auch?«, wollte die erste Blondine von Luzelle wissen.

»Was bitte?«

»Besuchen Sie auch einen Soldaten aus der Siebenundvierzigsten?«

»Nein, ich –«

»Dann also Kreinzaufers Adlerregiment. Welchen Rang? *Mein* Gatte ist Hauptmann Hefhohn, ein Held des Ygahri-Feldzugs. Zweimal ist er ausgezeichnet, einmal für eine entscheidende Aktion gelobt worden. Welchen Rang bekleidet Ihrer?«

»Ich bin nicht gekommen für Soldatenbesuch«, antwortete Luzelle in gebrochenem Grewzisch. »Ich reise nur schnell durch.«

»Sie sind keine Grewzierin«, stellte die Frau des Hauptmanns anklagend fest. Sie musterte den Neuzugang von Kopf bis Fuß und nahm die derangierte Bizaqhi-Tracht zur Kenntnis. »Was sind Sie dann? Irgendeine Eingeborene? Sie können nicht hier bleiben.«

»Ich bin geboren in Vonahr«, erläuterte Luzelle höflich. »Und ich bleibe gewiss hier.« Und mit diesen Worten begab sie sich zu ihrem Bett am hinteren Ende des Raums und stellte ihre Reisetasche mit entschlossenen Bewegungen am Fußende ab. Hinter ihrem Rücken zischelte es.

»Sie ist Vonahrierin, sagt sie.«

»Na ja, es könnte schlimmer sein. Zumindest ist ihre Haut weiß.«

»Ja, aber ist sie *sauber?* Die Vonahrier sind ein schmutziges Volk. Das weiß jeder.«

»Sie waschen sich nicht, sondern kleistern sich mit Parfüm zu.«

»Sehen Sie sich nur die Kleider an. Sie sind unschicklich und sehr dreckig.«

»Empörend dreckig. Ich würde vor Scham sterben, wenn ich mich so gehen lassen würde.«

»Ach, die Vonahrier haben einfach keinen Stolz.«

Ich würde euch gerne mal sehen, wenn ihr meilenweit durch Dekwoatie-Fladen marschiert wärt, ihr hirnlosen grewzischen Kühe, dachte Luzelle. Sie zog sich bis auf die Unterwäsche aus, trat an den Waschtisch und säuberte sich mit ostentativer Gründlichkeit, doch auch diese Demonstration vermochte ihre Kritikerinnen nicht zufrieden zu stellen. Die getuschelten Bemerkungen rissen nicht ab.

»Sehen Sie nur, sie stolziert in ihrer Unterwäsche herum!«

»Die Vonahrierinnen haben kein Schamgefühl.«

»Will sie so schlafen?«

»Das gehört sich nicht für eine ehrbare Frau.«

»Ich glaube, sie verhält sich so, wie sie eben ist.«

Luzelle beherrschte sich und bewahrte Schweigen. Es hatte keinen Sinn, einen Streit mit diesen Leuten vom Zaun zu brechen. Darüber hinaus entsprach das, was sie über ihre Kleidung sagten, durchaus der Wahrheit. Sie nahm sich ihre Kleider vor und wusch sie rasch im Waschbecken aus, wrang sie sorgfältig aus und hängte sie an zwei Nägeln in der Wand neben ihrem Bett auf. Der dünne, beinahe gewichtslose Stoff würde vermutlich bis zum Morgengrauen trocknen.

»Entfernen Sie diese nassen Sachen, ich muss doch sehr bitten!«, verlangte die Frau des Hauptmanns von ihrem Bett aus. »Dies ist kaum der richtige Ort dafür. Nehmen Sie zur Kenntnis, dass wir uns nicht in einer Wäscherei befinden!«

Auch wahr. Mit zusammengepressten Lippen nahm Luzelle die Tunika und den Hosenrock herunter und hängte sie über das Holzgeländer am Fuß ihres Betts. Ein angenehmer Gedanke kam ihr in den Sinn. Sie trat an das nächstgelegene Fenster und schob den Rahmen weit auf. Die stehende Luft geriet in Bewegung. Nun würden ihre Sachen bestimmt trocknen.

»Sie werden auf der Stelle dieses Fenster schließen, ich muss doch sehr bitten!«, kommandierte eine der hingestreckten Blondinen. »Die Nachtluft kommt herein.«

»Ja. Ist das nicht erfrischend?« Luzelle lächelte unschuldig. »So sauber und rein.«

»Sie ist ungesund. Sie ist feucht und voller Moder des Dschungels. Sie werden das Fenster sofort schließen!«

»Ich ziehe es offen vor. Ich muss doch sehr bitten.« Luzelles beinhart-zuckriges Lächeln geriet nicht ins Wanken. Eine Weile wartete sie, ob eine es wagen würde, aufzustehen und das Fenster zu schließen, aber niemand rührte sich. Sie stieg ins Bett, zog das Moskitonetz um sich zu und das Laken bis zum Kinn hoch und drehte ihr Gesicht zur Wand. Hinter ihr wurde das weibliche Tuschelkonzert wieder aufgenommen.

»Dieses vonahrische Weib weiß sich nicht zu benehmen.«

»Ihre Launen gefährden unsere Gesundheit.«

»Meiner Meinung nach ist sie ein Flittchen.«

»Man sollte verbieten, das so etwas hier übernachtet. Das ist nicht recht.«

»Morgen früh werde ich mit meinem Gatten sprechen, dem Hauptmann Hefhohn. Mein Gatte besitzt einigen Einfluss. Er wird etwas unternehmen.«

Schall und Rauch, nicht mehr als das Insektensummen oder das gelegentliche Flügelschlagen der großen Schaben, die von Wand zu Wand flogen. Luzelle schloss ihre Augen, und die Geräusche traten zurück. Sie war so erschöpft, dass der Schlaf seinen Tribut forderte, bevor sie Zeit fand, sich zu wundern, wieso Girays v'Alisante wohl so unwahrscheinliche Gegenstände wie einen Stadtplan von Xoxo und einen gedruckten Fahrplan der Ygahri-Flussschiffe mit sich führte.

Wäre das Fenster gegen die unbekömmliche Nachtluft geschlossen geblieben, hätten die Stimmen draußen sie möglicherweise nicht gestört. Wie es aber nun einmal war, drangen die Geräusche in den Schlafsaal und stießen in ihre Träume vor, und davon erwachte sie.

Luzelle schlug die Augen auf. Sie hatte keine Ahnung, wie spät es war, ahnte jedoch, dass sie einige Stunden geschlafen hatte. Die Öllampe an der Decke brannte noch. Ihr schwacher Lichtschein auf ihrem Bett war mit den Schatten der geflügelten Riesenkakerlaken gesprenkelt, die außen an ihrem Netz klebten. Zögernd teilte sie die Vorhänge und streckte den Kopf heraus.

Ihre grewzischen Zimmergenossinnen schliefen, geborgen in ihren Träumen, ungestört vom Angriff der Eingeborenenstimmen. Inzwischen hellwach, saß sie einen Moment lang horchend auf dem Bett. Eine kleine Gruppe, schätzte sie, vielleicht ein halbes Dutzend; Männer und Frauen oder vielleicht Männer und Jungen. Ihre rhythmischen Stimmen – halb Sprechgesang, halb Lied – waren nicht unangenehm, aber irgendetwas daran ließ ihr die Haare zu Berge stehen. Ihr Mund war trocken. Sie fühlte sich zutiefst unwohl, ja verängstigt, und gleichzeitig brannte sie vor Neugier. Wenn sie da irgendeine Art von Eingeborenenritual vollzogen, konnte sie es sich ansehen, konnte eine Monographie verfassen und sie bei der Republikanischen Akademie einreichen –

Keine Zeit!

Aber doch Zeit für eine winzige Erkundung. Das kleine bisschen würde sie sich nicht versagen. Sie stand auf und ging zum Fenster, wo der Kuss der Nachtluft auf ihrer nackten Haut sie an ihren entblößten Zustand erinnerte. *Sehen Sie nur, sie stolziert in ihrer Unterwäsche herum.* Keine so schlechte Idee in diesem Klima, aber eine, die Aufmerksamkeit erregen würde.

Sie schnappte sich ihre Kleider und streifte sie sich schnell über. Die Bizaqhi-Tunika samt Hosenrock, noch immer klamm, klebten ihr unschicklich am Leib. Glücklicherweise wachten die grewzischen Offiziersgattinnen nicht auf und machten ihre Bemerkungen.

Luzelle schlüpfte aus dem Schlafsaal, huschte durch den Korridor, die Treppe hinunter und durch die Eingangstür auf Xoxos Hauptplatz hinaus.

Die Nacht war warm und schwer wie Blut. Die Insekten zirpten fieberhaft. Über ihrem Kopf funkelten die Sternbilder des Südens, die man in Vonahr nie zu

Gesicht bekam. Sie sahen unglaublich nah aus. Der Mond war schon untergegangen, aber die Straßenlaternen waren noch an, und ihr Licht überflutete die weite, gepflasterte Fläche des Platzes. Ihre Blicke suchten unwillkürlich die Plattform und den Pranger in seiner Mitte. Die vier Gefangenen standen regungslos in ihren Ketten, stoisch wie eh und je, taub oder doch gleichgültig gegenüber den Stimmen ihrer Landsleute. Weniger gelassen waren die beiden grewzischen Wachtposten, die vor der Plattform postiert waren. Sie fühlten sich sichtlich unbehaglich und suchten den Platz überall nach den unsichtbaren Sängern ab.

Wenn sie sie erspähten, würden sie sie zweifellos zu einem Verhör oder Schlimmerem verschleppen. Luzelle hielt die Luft an und verschmolz mit den Schatten, und die grewzischen Blicke wanderten ohne zu stocken weiter.

Sie wagte wieder zu atmen. Die Stimmen, die sie suchte, erklangen ganz in der Nähe. Sie hörte sie klar und deutlich, konnte sie aber nicht genau lokalisieren. Hinter ihr? In der finsteren Einmündung der Gasse? Einen verrückten Augenblick lang meinte sie sie in der Luft über sich zu hören, und dann wieder schienen sie aus dem Untergrund zu kommen. Ihre Nerven waren zum Zerreißen gespannt, ihre Arme überzogen sich trotz der nächtlichen Hitze mit einer Gänsehaut.

Lächerlich. Sie schüttelte ihren Kopf, halb amüsiert und halb verärgert über sich selbst, blieb dann reglos stehen und lauschte eingehend. Diesmal gab es keinen Zweifel. Die unsichtbaren Eingeborenen versteckten sich irgendwo in der Dunkelheit zu ihrer Linken, wahrscheinlich nicht mehr als ein paar Dutzend Meter entfernt. Ihre Blicke schweiften umher und blieben schon bald an einer engen Gasse haften, die zwischen zwei der namenlosen Ziegelgebäude verlief, welche den Platz säumten. Dort drinnen, ohne Frage.

Sie hielt sich immer im Schatten und schlich auf

Zehenspitzen vorwärts. Sie erreichte die Mündung der Gasse, und der Sprechgesang klang ihr laut und deutlich im Ohr. Ihr Herz raste, und ihr Rückgrat prickelte. Die Stimmen hatten etwas Unheimliches an sich, etwas fast Unmenschliches in den kristallklaren Soprantönen. Sie zwang sich, um die Ecke zu linsen, sah aber nichts als Dunkelheit.

Die Stimmen waren doch nicht so nah, wie sie gedacht hatte, oder vielleicht hatten ihre Besitzer sich zurückgezogen. Luzelle stahl sich zentimeterweise vorwärts. Ihre Augen passten sich an die Dunkelheit an, und sie erkannte die Ziegelwände, die sich auf beiden Seiten erhoben, aber sie sah immer noch keine Spur von den eingeborenen Sängern. Sie konnte sie noch immer deutlich hören, irgendwo über sich, nicht weit entfernt. Sie ging weiter bis zum Ende der Gasse und trat auf eine namenlose schmale Straße hinaus, die von Holzhäusern auf Stelzen gesäumt wurde. Ihre lichtlosen Fenster waren mit Matten aus gewobenen Binsen verhängt. Die Sänger blieben unsichtbar, aber ihre Stimmen waren noch hörbar, immer noch nah, irgendwo rechts von ihr.

Sie folgte dem Geräusch die Straße hinunter, um eine Biegung und durch einen weiteren Laufgang, ohne ihre Beute zu Gesicht zu bekommen. Dann durchquerte sie einen verfinsterten Hain aus massiven Steinpfählen, um sich ein paar Häuser hinter ihrem Ausgangspunkt auf dem Hauptplatz wiederzufinden. Die Eingeborenenstimmen erhoben und senkten sich – irgendwo hinter ihr.

Wahnsinn. Sie hatte irgendeinen Fehler gemacht, vermutlich zwischen den Steinpfählen. Sie musste besser hinhören, genau hinhören. Sie holte einmal Luft, hielt den Atem an und schloss die Augen.

Eine Hand berührte sie leicht an der Schulter. Sie unterdrückte einen Aufschrei, wirbelte herum und sah sich einer hoch gewachsenen Gestalt in grauer

Uniform gegenüber. Grewzisch. Verabscheuenswert. Schreck und Feindseligkeit wichen blankem Erstaunen, als sie die Gestalt erkannte.

»Karsler! Wo kommen Sie denn her?« In seiner Gesellschaft musste sie weder die grewzischen Wachtposten noch sonst jemanden fürchten, aber trotzdem dämpfte sie ihre Stimme, sodass sie nur wenig lauter als ein Flüstern war.

»Aus dem Haus des Amtierenden Gouverneurs Janztoph, der gehört hatte, dass ich mich in der Stadt befand, und mir seine Gastfreundschaft für diese Nacht angeboten hat.« Er flüsterte auch beinahe. »Wie kommt es, dass es mich nicht überrascht, Sie hier anzutreffen?«

»Ich tauche eben immer so auf.«

»In der Tat. Das kann kein Zufall sein.«

Er musterte sie eindringlich, und sein Blick blieb an ihrem Gesicht haften, aber dennoch war sie sich ihrer feuchten Kleider, unter der sich jede Rundung ihres Körpers abmalte, nur allzu deutlich bewusst.

»Sie haben es auch gespürt, nicht wahr?«, fragte Karsler.

Sie starrte ihn an, vorübergehend sprachlos.

»Sie haben die Stimmen gehört, sie haben Sie gerufen«, führte er aus. »Sie haben die Macht gespürt.«

»Ich habe ... etwas gespürt. Ich weiß nicht genau, was«, antwortete sie langsam. »Ich dachte, es wäre vielleicht eine Eingeborenenzeremonie, die ich verfolgen könnte.«

»Es ist mehr als das. Versuchen Sie nicht, es rational zu analysieren, das wird Ihnen jetzt nichts nutzen. Hören Sie nun auf ihr Blut und ihre Nerven. Was sagen sie ihnen?«

»Nichts. Nichts. Ich begreife nicht, was Sie da reden. Ich glaube, ich gehe jetzt besser auf mein Zimmer zurück.«

»Ich möchte Sie nicht erschrecken.«

»Das haben Sie nicht – das können Sie nicht. Es ist nur der Ort – diese Stimmen – sie haben so etwas Fremdes und Verstörendes an sich. Sie haben mich verwirrt und durcheinander gebracht –« Sie erkannte, dass sie plapperte, und beeilte sich hinzuzufügen: »Ich bin vielleicht nicht ganz ich selbst.«

»Sie sind völlig Sie selbst, und Ihre Furcht gründet sich auf einen gesunden Instinkt«, eröffnete er ihr. »Aber ich muss Sie bitten, nicht sogleich auf Ihr Zimmer zurückzugehen. Es ist gefährlich. Hier wird bald irgendetwas passieren.«

»Wie meinen Sie das?«

»Ich spüre eine Macht um uns herum, und ich spüre auch, dass eine gewaltsame Entladung droht.«

»Gewaltsam! Was wird hier geschehen?«

»Ich besitze nicht die Fähigkeit der Vorhersage. Und dennoch weiß ich, dass es über uns ist, dass wir am Schnittpunkt arkaner Kräfte stehen, geboren aus vereinten Geistern.«

»Diese Stimmen da draußen –«

»Ja, das ist die Quelle.«

»Wer sind sie? Was sind sie?«

»Stammesangehörige aus dem Dschungel, glaube ich. Ihre Schamanen genießen den Ruf, sehr kenntnisreich zu sein. Ich weiß nicht, ob Sie mir glauben, wahrscheinlich nicht, und deshalb will ich Sie um einen persönlichen Gefallen bitten. Geben Sie meiner Laune nach, und gehen Sie mit mir weg von hier. Werden Sie das tun?«

»Ja, wenn Sie das wünschen«, erwiderte sie ohne Zögern. Seine Behauptungen waren phantastisch, und doch glaubte sie ihm hier und jetzt. »Wohin werden wir gehen?«

»Es ist örtlich begrenzt. Wir müssen nicht weit gehen, denke ich.«

Er streckte seine Hand aus, und sie ergriff sie. Ihr schien es, als springe ein Funke zwischen ihnen über, und sie fragte sich, ob er etwas Ähnliches empfand. Sie sah in seine Augen hoch und vergaß alle arkanen Mächte, vergaß alle drohende Gewalt, vergaß kurzfristig sogar die Große Ellipse; vergaß alles außer der Wärme des Stroms, der von seiner Hand zu ihrer floss.

Sie wollte nichts mehr denken und sich nicht mehr bewegen, aber er zog sie durch eine dämmrige kleine Straße, und sie ging widerstandlos mit. Sie waren noch kein halbes Dutzend Schritte gegangen, als sie eine erstickte Detonation wie unterirdischen Donner hörte und die Erde unter ihren Füßen bebte. Luzelle schnappte nach Luft und taumelte, hielt sich jedoch auf den Beinen.

»Oh – es stimmt!«, rief sie aus.

»Kommen Sie. Noch ein Stückchen weiter«, drängte sie Karsler. Sein gelassener Tonfall bildete eine eigenartige Unterströmung zum Sprechgesang der Eingeborenenstimmen.

Die Erde grollte und bebte erneut. Luzelle verlor das Gleichgewicht, stürzte nach vorn und wäre gefallen, wenn Karsler sie nicht aufgefangen und festgehalten hätte. Einen kurzen Augenblick klammerte sie sich an ihn, lockerte dann ihren Griff und ließ sich von ihm über die Straße zu einem sanft ansteigenden, soliden und erschütterungsfreien Hügel führen, von dem aus sie den Hauptplatz überblicken konnten.

Die Nacht war nicht mehr still. Lichter waren in den Fenstern mehrerer auf den Platz blickender Gebäude angegangen, und in ihrem Schein konnte Luzelle gezackte Risse erkennen, die das Pflaster durchzogen. Männer, Frauen und Kinder in Nachthemden und Morgenmänteln quollen aus dem Gasthof, dem Stadthaus des Gouverneurs und den angrenzenden Gebäuden. Furchtsame Stimmen erhoben sich zu einem Gewirr, dann, als der Donner unter ihren Füßen erneut grollte und der Boden erneut erbebte, splitterte der Tumult sich zu einzelnen Schreien auf. Weiß gewandete Gestalten stürzten der Länge nach zu Boden, und die kleine Kuppel über dem Gouverneurspalast fiel herunter und zerplatzte mit lautem Scheppern auf dem Pflaster. Zur selben Zeit begannen die den Platz säumenden Laternen in rascher Folge umzufallen und auszugehen. Dunkelheit verschlang den Platz und wich wieder zurück, als die Flamme einer umgekippten Laterne die trockene Matte vor irgendeinem Fenster in Brand setzte und Flammen aus dem ersten Stock schlugen. Die kreischende Panik unten nahm zu.

Girays. Er steckte mit nahezu hundertprozentiger Wahrscheinlichkeit mittendrin. Luzelles Kinn versteifte sich.

»Er wird schon zurechtkommen«, teilte Karsler ihr mit.

»Was?«

»V'Alisante wird nicht verletzt werden. Niemand wird das, denn ich glaube, das war nicht der Zweck dieser Demonstration.«

»Wie können Sie das wissen?«

»Ich habe das im Gefühl. Sie brauchen sich nicht um Ihren Freund zu ängstigen.«

»Ich wünschte, ich könnte Ihre Zuversicht teilen. Aber seien Sie versichert, M. v'Alisantes Wohlergehen gilt nicht meine vordringliche Sorge.«

»Es wäre möglich, dass Sie sich diesbezüglich irren.«

»Nein, tue ich nicht!« Sie zögerte. »Was bringt Sie zu der Annahme?«

»Vielleicht hat es etwas mit ihrem derzeitigen Versuch zu tun, meine Hand zu Brei zu zerquetschen.«

»Oh! Tut mir Leid!« Sie ließ seine Hand los und bedauerte sofort, den Kontakt verloren zu haben.

»Schauen Sie«, äußerte Karsler mit ruhiger Stimme, »jemand hat bereits das Feuer gelöscht. Die Erdstöße haben aufgehört. Es wird keine weiteren Schäden mehr geben, die Übung ist abgeschlossen.«

»Noch so ein Gefühl?«

»Ja, aber das ist nicht meine einzige Richtschnur. Hören Sie hin. Was hören Sie? Oder besser, was hören Sie nicht?«

»Der Sprechgesang, die Stimmen – sie haben aufgehört.«

»Ihr Ziel ist erreicht.«

»Was für ein Ziel? Die Zerstörung ihrer eigenen Stadt?«

»Dieser Platz und seine Gebäude sind westlicher Herkunft, angelegt, um den Bedürfnissen der Kolonialherren zu dienen. Sie gehören nicht hierher, und ich glaube nicht, dass die Ygahri-Eingeborenen ihren Verlust betrauern werden.«

»Aber Ihr Untergeneral Ermendtrof – und Ihr Amtierender Gouverneur Janztoph – könnten die Angelegenheit in einem anderen Licht sehen. Sie werden nicht zögern, ihr Missfallen kundzutun, und die Einheimischen werden einmal mehr den Preis dafür zahlen müssen. Wird es denn keine Vergeltungsaktionen geben?«

»Möglich.«

Grewzische Vergeltungsaktionen waren berüchtigt. Xoxo sah sich einem beträchtlichen Bevölkerungsrückgang gegenüber.

»Aber es ist nicht wahrscheinlich«, beantwortete Karsler ihren Gedanken, oder er setzte seinen eigenen fort. »Offiziell erkennt Grewzland die Realität arkaner Kräfte nicht an. Die Eingeborenen zu bestrafen hieße, sie für das Erdbeben verantwortlich zu machen, das den Platz zerstört hat. Aber wie sollte ein so rückständiges Volk ein solches Naturphänomen beherrschen können? Eine ygahrische Schuld würde die ygahrische Zauberkraft bestätigen, und das ist etwas, was meine Landsmänner nie öffentlich zugeben würden. Wenn es also kein Verbrechen gegeben hat, gibt es auch keine Schuld, und dann kann es auch keine Vergeltung geben.«

»Sehr hübsch. Ich hoffe nur, dass Sie Recht behalten. Jedenfalls hatten Sie Recht mit – wie haben Sie es noch gleich ausgedrückt? ›Dass eine gewaltsame Entladung droht‹.«

»Es ist nicht schwer zu entdecken.«

»Für Sie vielleicht. Ich entsinne mich, was Sie in jener Nacht an Bord der *Karavise* gesagt haben – dass Sie in Ihrer Kindheit gelernt hätten, das Wirken arkaner Energie zu erspüren. Damals habe ich Ihnen nicht ganz geglaubt, aber jetzt glaube ich Ihnen. Es tut mir Leid, dass ich an Ihnen gezweifelt habe.«

»Welches vernunftbegabte Wesen würde nicht an einer solchen Behauptung zweifeln?«

»Sagten Sie damals nicht, dass die Ausbildung Bestandteil einer traditionellen Form der grewzischen Erziehung sei?«

»Ja.«

»Wenn die grewzische Tradition das Studium arkaner Energie beinhaltet, wie kann das Imperium dann gleichzeitig ihre Realität leugnen?«

»Die derzeitige Regierung stellt moderne Rationalität oder wenigstens den Anschein derselben über alles. Das Promontorium, dessen Existenz die Vergangenheit mit der Gegenwart verknüpft, bleibt den alten Wegen und der alten Weisheit noch treu. Doch das ist eine Angelegenheit, über die nur selten mit Ausländern gesprochen wird.«

»Ich verstehe«, murmelte sie. Enttäuschung erfüllte sie, denn sie ahnte, dass eine Erklärung vielleicht einen Schlüssel zu seinem rätselhaften Wesen liefern konnte.

»Das ist kein Thema für eine oberflächliche Unterhaltung«, fuhr Karsler fort. »Ich werde Ihnen jedoch etwas über das Promontorium erzählen, weil Sie nach Erkenntnis streben, weil es mir gefällt, mich zu erinnern, und weil ich irgendwie Vergnügen daran finden würde, diese Erinnerungen mit Ihnen zu teilen. Dies ist kein Vertrauensbruch, sondern lediglich ein Abweichen von der Konvention, ein Luxus, den ich mir erlaube.«

»Erzählen Sie mir nichts, was Sie hinterher bereuen würden.«

»Ich werde nichts bereuen.« Karsler überlegte einen Moment lang, dann begann er von neuem: »Das Promontorium ist eine Granitfestung, abweisend von außen, älter als Menschengedenken, die auf einem hohen Felszacken thront, welcher an der Nordspitze von Grewzland über das graue Meer schaut. Dieses Gebäude ist die Festung, das Übungsgelände und – ich glaube, der vonahrische Begriff würde ›Zufluchtsort‹ lauten – einer Gruppe, die in meinem Land als ›Laagstraften‹ bekannt ist. Auf Vohnarisch heißt das ›Bruderschaft‹. Haben Sie schon davon gehört?«

Luzelle schüttelte den Kopf.

»Das überrascht mich nicht. Der Orden der Bruderschaft scheut, obwohl er sich großer Verehrung erfreut, die öffentliche Aufmerksamkeit so sehr, dass schon seine Existenz über die Grenzen meiner Heimat hinaus kaum bekannt ist. Und selbst dort strebt der Orden danach, sich im Hintergrund zu halten. Trotzdem spielt diese Gruppe in grewzischen Angelegenheiten eine herausragende Rolle. Ihr Einfluss hat den Verlauf von Kriegen verändert, die Schicksale von Fürsten bestimmt und Grewzlands nationale Geschichte geformt.

Die Mitgliedschaft umfasst die Söhne der edelsten und ältesten unserer Häuser, die in früher Kindheit von ihren Familien getrennt und in völliger Abgeschiedenheit innerhalb der Grenzen des Promontoriums erzogen werden. Dort werden die jungen Bewerber einer rigorosen Disziplin unterworfen; in ein Ausbildungsprogramm gesteckt, das ihren Körper, Geist und Charakter stählen soll; in den verschiedensten Künsten und Wissenschaften geschult, von denen einige andernorts völlig in Vergessenheit geraten sind; gegen die

Macht der Magie gefeit; in die Geheimnisse der Totalität und der Transzendenz eingeweiht; kurzum, dazu ausgebildet, die höchsten Potenziale ihrer eigenen Talente und Fähigkeiten zu erfüllen. Eine solch schwierige und langwierige Lebensweise entspricht nicht allen Naturen, und die Aufgabequote ist hoch. Aber diejenigen, die das gesamte Programm absolvieren, werden am Ende einer Prüfung unterzogen, und diejenigen, die sich allen Anforderungen erfolgreich stellen, erhalten den Titel Eluzidierter, welcher ihnen die ungeschmälerten Privilegien der Vollmitgliedschaft gewährt. In Grewzland gilt dies als große Ehre.«

»Und Sie haben diesen Titel errungen?«, erkundigte sich Luzelle.

»Ja. Ich bin im Alter von vier ins Promontorium eingetreten und habe die nächsten siebzehn Jahre keinen Fuß vor das Promontorium gesetzt. Am Ende dieser Zeitspanne wurde ich zum Eluzidierten, und man erklärte mein Blut für *aflegrenskuldt*.«

»Für was?«

»*Aflegrenskuldt* – das bedeutet je nach Zusammenhang ›tugendhaft‹ oder ›schlachtwürdig‹. Es ist in meinem Land Tradition, dass das Herzblut der Eluzidierten den Stahl abkühlen muss, aus dem Waffen und Rüstung des grewzischen Königshauses bestehen, um auf diese Weise den vollendeten Werken Schlachtwürdigkeit zu verleihen. Ursprünglich wurde das Blut mittels Menschenopfer –«

»Aber das war doch gewiss in ferner Vergangenheit.«

»Die Sitte wurde unverändert beibehalten bis zum Ende des letzten Jahrhunderts. Vielleicht klingt das für ausländische Ohren barbarisch, aber trotzdem müssen Sie verstehen, dass die Herzgabe der letzte und höchste Akt der Vaterlandsliebe ist und die Spender sich als bevorzugt betrachten. Innerhalb der letzten fünfzig Jahre indes haben die Dinge sich verändert, und man gesteht den Eluzidierten häufiger den Luxus eines natürlichen Todes zu als nicht.«

»Häufiger als nicht?«

»Ich hatte damit gerechnet, mein gesamtes Leben in der Festung der Bruderschaft zu verbringen«, fuhr Karsler fort. »Ich rechnete damit zu studieren, zu lehren, zu verwalten oder freudig mein Blut zu geben, wenn man mich darum ersucht hätte. Ich kannte und wünschte mir kein anderes Leben. Meine Lektüre und meine Gespräche mit denjenigen, die gelehrter als ich waren, erweckten kein Verlangen in mir, die verrückte Welt jenseits der Mauern des Promontoriums kennen zu lernen. Ganz im Gegenteil, ich lernte, die Ordnung und Ruhe meiner Lebensweise zu schätzen.

Es sollte jedoch nicht von Dauer sein«, merkte Karsler mit einem Bedauern an, das keine Spur von Selbstmitleid enthielt. »Die Kriege begannen, und meine Dienste wurden benötigt. Wir Stornzofs müssen in Kriegszeiten zu den Waffen greifen – verstehen Sie, es ist so Usus in unserem Haus, so ist es immer gewesen. Überdies verletzt ein solcher Einsatz im Dienste des Vaterlands keineswegs die Grundsätze der Bruderschaft. So tauschte ich denn das Promontorium gegen die Armee ein, wo allein mein Familienname mir auf der Stelle ein Offizierspatent verschaffte. Ich hatte es nicht verdient und nichts dafür getan, aber so ist nun einmal der Lauf der Welt. Zum Glück für alle Beteiligten zeigte ich eine gewisse Befähigung für die Arbeit – es liegt schließlich im Blut der Stornzofs. Ich erwies mich als nützlich, Beförderungen folgten, ständige Aktivitäten hielten mich beschäftigt, und ich gewöhnte mich genauso ans Militärleben, wie ich mich an das vorangegangene kontemplative Leben gewöhnt hatte. Auf diese Weise habe ich die letzten fünf Jahre zugebracht, und es waren keine unglücklichen Jahre. Und trotzdem ist es merkwürdig – in all jenen Jahren hat es keinen einzigen Tag gegeben, an dem ich nicht ans

Promontorium gedacht habe, kein Tag, an dem ich seinen Ruf nicht vernommen habe.«

»Werden Sie je zurückkehren?«, fragte Luzelle.

»Noch lange Zeit nach meinem Abschied vom Promontorium stand für mich außer Frage, dass ich bei erstbester Gelegenheit zurückgehen würde. Doch die Kriege dauern an, die Jahre summieren sich, Zeit und Entfernung ändern alle Dinge. Wenn die Kämpfe endlich aufhören und ich zu guter Letzt frei sein werde, werde ich wohl feststellen, dass ich mich so grundlegend verändert habe, dass ich nicht mehr ins Promontorium gehöre. Es wird dort kein Platz mehr für mich sein.«

»Vielleicht kommt es anders. Aber falls doch?«

»Dann werde ich nicht mehr zurückblicken, sondern mich mit der gegenwärtigen Wirklichkeit zufrieden geben, die ihre ganz eigenen Belohnungen birgt«, ließ er sie wissen. Bevor sie die Bemerkung analysieren konnte, fügte er hinzu: »Ihre Geduld beim Zuhören ist eine solche Belohnung. Ich hoffe, mein Monolog hat Sie nicht zu sehr gelangweilt.«

»Im Gegenteil. Ich bin froh, dass Sie mir diese Dinge erzählt haben; sie beantworten Fragen, die ich nie zu stellen gewagt hätte. Nun beginne ich Sie ein bisschen zu verstehen.«

»Wir haben lange vor heute Nacht begonnen, einander zu verstehen, und nicht durch Worte«, sagte er bedächtig.

»Fühlen Sie das?« Ihr stockte der Atem.

»Ja. Irre ich mich?«

»Nein«, flüsterte sie. Er stand sehr nah neben ihr. Ihre Blicke begegneten sich und verschmolzen, ihr Herz raste, und sie fragte sich verwirrt, ob er sie wohl zu küssen versuchen würde, und noch verwirrter, ob sie sich wohl küssen lassen würde. Natürlich sollte sie das eigentlich nicht tun, keine ehrbare Frau würde das außerhalb der Ehe gestatten, nicht einmal ihrem Verlobten, viel weniger einem Fremden, einem Konkurrenten, einem Grewzier. Aber die Anziehungskraft war machtvoll, das Sternenlicht verführerisch, und ihre eigenen Gefühle waren chaotisch. Nähme er sie jetzt in die Arme und küsste sie, würde sie sich nicht wehren, es nicht einmal versuchen.

Seine Hände schlossen sich um ihre Schultern, und ihr Blut begann zu singen. Sie ließ ihre Augen zufallen und schwankte ihm entgegen. Einen kurzen Augenblick lang verweilten seine Hände noch, dann nahm er sie weg und trat einen Schritt zurück. Verblüfft und plötzlich ernüchtert schlug Luzelle die Augen auf und blickte zu ihm hoch.

»Vergeben Sie mir. Ich nutze die Situation aus«, sagte Karsler. »Das ist tadelnswert.«

»Was meinen Sie mit ›ausnutzen‹?« Sie runzelte die Stirn, weil sie Herablassung witterte. »Was wollen Sie nicht ausnutzen?«

»Ihr warmes Herz und ihr großzügiges Wesen. Mir wird soeben bewusst, dass ich sie ausnutze, wenn auch ohne Vorsatz.«

»Sie nutzen überhaupt nichts aus, Karsler. Denken Sie so gering von mir? Ich bin weder eine Närrin noch ein Kind und lasse mich nicht so leicht manipulieren.« Sie sprach ein wenig spitz, wie ihr Stolz es diktierte, aber inwendig glühte sie. Er hatte gesagt, sie hätte ein warmes Herz und ein großzügiges Wesen.

»Ich gestehe meinen Irrtum ein. Sie haben Recht, Sie sind weder leichtgläubig noch ein Opfer. Vielleicht würden Sie mir zugestehen, dass Sie ein wenig bedenkenlos sind und nicht dazu neigen, mögliche Komplikationen zu bedenken. Morgen früh muss ich bereit sein, Sie ohne Zögern und ohne einen Blick zurück hinter mir zu lassen. Sie müssen bereit sein, dasselbe mit mir zu tun, sollte sich die Gelegenheit dazu ergeben. Keiner von uns darf innehalten, um dem anderen in Notzeiten Hilfe zu leisten oder sich bei Krankheit um ihn zu kümmern. Wie schwer wird das, wenn eine Freundschaft oder Verbindung zwischen uns beiden unsichtbare Ketten schmiedet?«

»Schwer, aber nicht unmöglich«, versetzte Luzelle. »Ich habe vor zu gewinnen, und Freundschaft oder nicht, ich werde tun, was immer ich tun muss.«

»Jetzt denken Sie noch so, aber irgendwo auf dem weiteren Weg stellen Sie vielleicht fest, dass der Preis höher ist als erwartet.«

»Ich werde ihn nichtsdestoweniger zahlen.«

»Möglicherweise werden Sie es nicht können. Es gibt gewisse Kompromisse, die zu erniedrigend sind, als dass die Selbstachtung sie eingehen könnte.«

»Meiner Selbstachtung wird es prächtig gehen, vorausgesetzt, ich gewinne.«

»Das bezweifle ich. Bis der Moment der Entscheidung kommt, können Sie nie genau wissen, was Sie tun werden, und dann mögen Sie sich selbst überraschen.«

»Wir werden sehen.« Heute würde es keine Küsse mehr geben, der Augenblick war definitiv vorüber. Erleichterung und Enttäuschung überfluteten sie.

Ein kurzes Schweigen trat ein, und Karsler bemerkte: »Dort unten ist es jetzt ziemlich ruhig geworden. Ich glaube, wir können nun gefahrlos zurückgehen.«

Er begleitete sie den Hang hinunter und zurück auf den Hauptplatz von Xoxo, wo einige wenige erhellte Fenster in den Nachbarhäusern das gerissene Pflaster, die umgekippten Laternen und die verstreuten Zeugnisse der Zerstörung beleuchteten. Eine Reihe erschütterter Bürger drückte sich noch dort herum und unterhielt sich mit gedämpfter Stimme, aber die meisten waren bereits in ihre Häuser oder Unterkünfte zurückgkehrt.

An der Tür zum Gasthof blieben sie stehen, und Luzelle sagte: »Zeit für ein weiteres Lebewohl. Sie scheinen immer häufiger zu werden.«

»Fürs Erste. Aber es gibt ein Leben nach der Großen Ellipse, oder?«

Ja, und zu diesem Zeitpunkt werden sich Grewzland und Vonahr voraussichtlich im Krieg befinden, dachte sie.

»Und selbst der Krieg ist endlich, auch wenn es manchmal nicht so scheint«, sagte er.

»Schon wieder Telepathie?« Sie lächelte. »Nun, diese Einsicht von Ihnen hat mir heute Nacht eine kräftige Rüttelei oder Schlimmeres erspart. Jetzt weiß ich, dass ich mich auf die Berge flüchten muss, wenn ich vor morgen früh noch einmal solche Stimmen höre.«

»Sie werden Sie nicht noch einmal hören. Sie haben ihr Ziel erreicht. Schauen Sie dort!« Karsler deutete hinter sich.

Ihr Blick folgte seinem Finger zur Platzmitte, wo der Pranger leer und verlassen dastand. Die vier Gefangenen waren verschwunden.

Dreizehntes Kapitel

Wie ist es Ihnen gestern Nacht ergangen?«, fragte Girays.

»Als das Erdbeben mich aus dem Bett holte, bin ich über den Gang zu Ihrem Zimmer gegangen, um mich einem Haufen hysterischer Grewzierinnen gegenüber zu sehen. Keine Spur von Ihnen, deshalb dachte ich, Sie hätten das Gebäude bereits verlassen. Ich lief hinunter auf den Platz, habe Sie aber auch dort nicht gesehen.«

»Oh, ich war in der Nähe«, erwiderte Luzelle unbestimmt.

»Ich habe diesen Platz wie ein Hühnerhund abgesucht. Ich begreife nicht, wie ich Sie verpassen konnte.«

»Na ja, es war dunkel, und es herrschte ein ganz schönes Durcheinander«, wich sie ihm aus, da sie keine Lust hatte, die Umstände ihres Zusammentreffens mit Karsler darzulegen. »Ich bin jedenfalls froh, dass Ihnen nichts passiert ist.«

»Nach dem zu urteilen, was ich gehört habe, wurde niemand verletzt. Das ist wirklich bemerkenswert.«

»Nahezu magisch.«

»Und eine gnädige Vorsehung für die armen Kerle am Pranger. Irgendwie sind sie in der ganzen Konfusion geflohen, oder jemand hat sie befreit. Wie dem auch sei, die vier sind weg. Ist Ihnen das schon aufgefallen?«

»Ja. Diese leere Plattform war ein willkommener Anblick. Aber vielleicht ist dies hier nicht der rechte Ort, um darüber zu sprechen.« Sie warf einen verstohlenen Blick zu dem grewzischen Wachtposten hinüber, der ein paar Schritte weiter am Eingang zum Rathaus postiert war.

»Wen sollten wir kränken, wenn wir über ein Naturereignis reden? Aber das zeitliche Zusammentreffen war außergewöhnlich, nicht wahr? Seismische Aktivitäten sind in diesem Teil der Welt keine Seltenheit, aber dieses Beben hat sich just im richtigen Moment ereignet, um den vieren zur Flucht zu –«

»Ein außergewöhnlicher Zufall.« Luzelle, begierig, das Thema zu wechseln, stieg die Ziegelstufen hinauf, um sich in Grewzisch an den Wachtposten zu wenden. »Bitte, es ist jetzt Zeit, uns einzulassen.«

»Das Rathaus öffnet um acht Uhr.« Der Wachtposten sah auf seine Uhr. »Jetzt ist es sieben Uhr achtundfünfzig.«

Seufzend kehrte Luzelle zu Girays zurück. »Seine Uhr geht nach, ich weiß es genau«, beschwerte sie sich. »Ich hasse diese Warterei, es gibt nichts Schlimmeres.«

»Mir fielen da spontan ein paar Dinge ein.«

»Haben Sie den Stadtplan griffbereit?«

»Ja, aber wir werden ihn nicht brauchen. Ich kenne den Weg auswendig.«

»Sind Sie auch sicher? Ich meine, diese Stadt hat viele Biegungen und Windungen – wie ein Teller mit Blauen Aennorvermis.«

»Keine Sorge.«

Sie sorgte sich zwar, aber es brachte nichts, darauf herumzuhacken. Sie ließ ihre Blicke über den Platz schweifen, wo die eingeborenen Arbeiter unter dem Kommando grewzischer Aufseher dabei waren, Trümmer zu beseitigen und umgekippte Laternenpfähle aufzurichten. Mehrere Ygahris lungerten fragend um den leeren Pranger herum und wurden von einem grau uniformierten Soldaten weggejagt. Vor dem Gebäude der Finanzverwaltung hüpften und schlidderten einige nackte, kupferhäutige Kinder über die neuen Risse im Pflaster.

Ihr Blick kehrte zu Girays zurück. Es war eigentlich das erste Mal, seit sie ihn kannte, dass sein Äußeres nicht ganz so tadellos war. Sein dunkles Haar, das einen Schnitt dringend nötig hatte, war ansprechend lang geworden. Seine khakifarbene Kleidung war sauber, aber stark zerknittert, und an seinem Hemd fehlte ein Knopf. Doch keine dieser kleinen Unvollkommenheiten vermochten seiner angeborenen vonahrischen Eleganz etwas anzuhaben. Girays v'Alisante mochte mit dem Kopf voran in einen Dunghaufen fallen, irgendwie würde es ihm dennoch gelingen, Monsieur le Marquis zu bleiben. Die Schatten unter seinen Augen waren dunkler als gewöhnlich, seine Gesichtszüge schärfer ausgeprägt – er konnte letzte Nacht nicht viel geschlafen haben –, aber er sah wach, selbstbewusst und richtiggehend fröhlich aus.

»Girays«, begann sie, »es macht Ihnen doch wirklich nichts aus, all das, oder?«

»Ausmachen?« Er dachte nach. »Wissen Sie, die vergangenen Wochen über habe ich mehr Unbequemlichkeiten, Ärgernisse, Langeweile, Unannehmlichkeiten und Enttäuschungen als in meinem ganzen bisherigen Leben kennen gelernt. Aber es hat auch mehr neue Dinge, Zerstreuungen und Entdeckungen gegeben als je zuvor. Es gibt eine ganze Menge, was mir etwas ausmacht, aber ich wollte es um nichts in der Welt missen.«

»Das klingt ja gar nicht wie M. le Marquis, der einmal nichts anderes wollte als bis in alle Ewigkeit zwischen Sherreen und Belfaireau hin und her zu fahren.«

»Möglicherweise hat er sich ein wenig verändert, oder vielleicht haben Sie ihn doch nicht so gut gekannt, wie Sie meinten.«

»Nun – was davon trifft zu?«

»Warum nicht beides?«

»Sie ziehen mich auf.«

Er blieb ihr die Antwort schuldig, denn in diesem

Moment trat der Wachtposten von der Tür weg und winkte sie ins Rathaus.

Gemeinsam eilten sie die Treppen hoch, durch die Tür und in ein ödes, nüchternes Vorzimmer, wo ein gelangweilter Wachtposten sie an einen Unterschreiber der Stadtverwaltung im ersten Stock verwies. Noch zwei Treppen hoch, an geschniegelten grau gekleideten Gestalten vorbei, an hellhäutigen Westlern in Zivilkleidung vorbei, die ihnen hinterher starrten, als sie an ihnen vorbeihasteten, einen gesichtslosen Korridor entlang zu einer Tür mit einer Milchglasscheibe und einem säuberlich beschrifteten grewzischen Schild: STADTVERWALTUNG.

Girays klopfte und wartete gar nicht erst auf das »Herein!«, bevor er die Klinke drückte. Die Tür war unverschlossen. Er öffnete sie, und sie traten ein.

Die Amtsstube dahinter war schlicht, funktional und penibel ordentlich. Hohe Aktenschränke säumten die Wände. Es gab einen alten Holztisch, zwei Stühle, ein Regal hinter dem Tisch und darüber hinaus keine weiteren Möbel. Ein babygesichtiger, kahler Schreiber mit Drahtgestellbrille und in Zivilkleidung saß an dem Tisch. Bei ihrem Eintreten schaute er hoch, und seine Augenbrauen wölbten sich.

»Sie sind der Unterschreiber der Stadtverwaltung, ja?« fragte Girays.

Sein Grewzisch, stellte Luzelle fest, war viel besser als ihrs.

»Das ist korrekt«, antwortete der Beamte mit präziser, schriller Stimme.

»Wir müssen die Pässe gestempelt bekommen mit dem offiziellen Siegel.«

»Offizielles Xoxo-Stadtsiegel«, fügte Luzelle hilfreich hinzu. Mit einem schmelzenden Lächeln zog sie ihren Pass heraus und legte ihn auf den Schreibtisch. »Sie machen das Stempel, bitte schön.«

Girays legte seinen Pass neben ihren.

Der Unterschreiber der Stadtverwaltung überflog die Dokumente und bemerkte: »Vonahrisch, ja?«

»Das ist korrekt, Meister Unterschreiber«, flötete Luzelle, ganz Liebreiz.

Er musterte sie von Kopf bis Fuß, nahm die durchsichtige bizaqhische Tunika und den Hosenrock zur Kenntnis, die unbändigen rotgoldenen Locken, die sie hastig nach hinten gebunden hatte und die ihr nun ungehindert über den Rücken fielen. Seine Augenbrauen ruckten seinem fernen Haaransatz weitere Zentimeterbruchteile entgegen.

Luzelle spürte, wie ihr die Röte in die Wangen stieg. *Grewzischer Scheißkerl*, dachte sie. Friedlich begegnete sie seinem Blick.

Der abschätzige Blick des Beamten wanderte zu Girays mit seinen zotteligen Haaren und den zerknitterten Kleidern hinüber, und er sagte: »Sie laufen wohl die Große Ellipse?«

»Das ist korrekt, Meister Unterschreiber«, gab Girays zur Antwort.

»Sie sind der Klügste, Meister Unterschreiber«, himmelte Luzelle ihn an.

»Unser grewzischer Teilnehmer, Oberkommandant Stornzof, wird Ihnen die vonahrischen Hinterteile peitschen«, äußerte der Beamte. Da er keine unmittelbare Antwort erhielt, fuhr er fort: »Unser Stornzof ist bereits durchgekommen. Er ist Ihnen voraus, Sie werden ihn niemals einholen. Sie können genauso gut aufgeben.«

»Dem mag so sein, Meister Unterschreiber«, erwiderte Girays, »aber wir müssen nun weiter. Wenn Sie bitte unsere Pässe stempeln würden –«

»Ich habe selbst Geld auf die Große Ellipse gewettet«, vertraute ihnen der Beamte an. »Zwanzig Silbergrewzauslins habe ich auf den Sieg unseres Oberkommandanten Stornzof gesetzt.«

»Das ist wahrer Sportsgeist«, nickte Luzelle.

»Sie sehen also«, gestand der Beamte nachdenklich, »ein grewzischer Triumph ist für mich mehr als eine rein patriotische Angelegenheit – es ist mir überdies ein großes persönliches Anliegen. Ich bin sicher, Sie verstehen mich.«

Luzelle und Girays tauschten unbehagliche Blicke.

»Nun, diese vonahrischen Pässe von Ihnen«, fuhr der Unterschreiber fort, »erfordern eine eingehende Prüfung. Es ist notwendig, dass ich mich vergewissere, ob alles scine Ordnung hat.«

»Ich versichere Ihnen –«, begann Girays.

»Sie werden jetzt bitte schweigend warten«, wies der Unterschreiber sie an. »Sie dürfen sich setzen, wenn Sie mögen. Es wird einige Zeit dauern.«

»Aber wir haben keine Zeit!«, widersprach Luzelle. »Und –«

»Ruhe jetzt bitte. Ich muss die Echtheit der verschiedenen Stempel und Siegel prüfen, die Sie mir vorlegen. Die Aufgabe erfordert meine volle Konzentration.«

»Aber –«, begann Luzelle. Ein warnender Blick von Girays ließ sie verstummen.

Der Unterschreiber öffnete einen der Pässe, studierte ausführlich die erste Seite, erhob sich dann ohne Hast von seinem Stuhl, begab sich zu dem Regal, zog einen dicken Folianten heraus und kehrte an seinen Platz zurück. Er schlug das Buch auf, überflog das Inhaltsverzeichnis und schlug eine Seite auf, die ein kompliziertes Stadtsiegel enthielt, welches er penibel mit dem Stempel in dem Pass verglich. Endlich zufriedengestellt, nickte er, erhob sich und holte ein zweites Buch.

Luzelle verfolgte seine Aktionen mit zappeliger Ungeduld. Der Unterschreiber prüfte weiter, und die Minuten verrannen. In diesem Tempo würde er nie fertig werden, sie konnte es nicht mehr ertragen. Sie hüstelte leicht, aber er hob nicht einmal den Kopf.

»Meister Unterschreiber«, flehte sie ihn an.

Er sah auf.

»Meister Unterschreiber, wir wollen so stark die große Geschwindigeit machen, und unsere Offizialdokumente sind wahrhaftig gut –«

»Das ist zu beweisen«, ließ der Unterschreiber sie wissen. »Die Überprüfung hat noch gar nicht richtig begonnen. Vielleicht möchten Sie lieber gehen und am Ende des Tages wiederkommen. Der Vorgang könnte dann abgeschlossen sein.«

»Sir, Sie verstehen nicht! Wir können nicht warten! Wir –« Girays fing ihren Blick auf; er schüttelte unablässig den Kopf, und Luzelle unterbrach sich.

»Meister Unterschreiber«, warf Girays respektvoll ein, und die grewzischen Augen hinter dem Drahtgestell richteten sich auf ihn. »Erlauben Sie mir bitte, einen Vorschlag zu unterbreiten. Sie sind der vielbeschäftigte Vertreter des Imperiums, Ihre Zeit ist zu kostbar, um sie mit solchen Belanglosigkeiten zu verschwenden. Vielleicht kann eine Spende an die Stadtverwaltung unseren guten Willen demonstrieren und Ihnen gestatten, diese lästigen Formalitäten abzukürzen.« Er zog mehrere Banknoten aus seiner Brieftasche und legte sie auf den Tisch.

»Aha! Was ist das?« Der Unterschreiber musterte die Gabe. »Vonahrische Neu-Rekkoes?«

»Begehrt in aller Welt«, erklärte Girays. »Die Neu-Rekkoes, die ich Ihnen gebe, entsprechen dem Gegenwert von vierzig Grewzauslins. Um unseren guten Willen zu demonstrieren.«

»Diese Spende spricht für Sie«, entschied der Unterschreiber. »Sie zeigen sich als Freund des Imperiums, und daher will ich Ihre Reisedokumente als echt annehmen, die auf den ersten Blick tatsächlich in Ordnung zu sein scheinen.«

Ein leichter Druck von mit Tinte versehenem Gummi auf Papier besiegelte die offizielle Bestätigung von Girays v'Alisantes Anwesenheit in der Stadt Xoxo.

»Hier.« Der Unterschreiber reichte den Pass seinem Inhaber zurück. »Sie dürfen das meiner Gutmütigkeit zurechnen. Aber Sie werden, dessen bin ich gewiss, verstehen, dass diese Geste des Vertrauens sich nicht auf diese Frau hier erstrecken kann, deren Papiere eine genaueste Prüfung erfordern.«

Erwartungsvoll sah Luzelle dem Angebot eines Bestechungsgeldes für sie entgegen.

»Ich verstehe, Meister Unterschreiber«, murmelte Girays ernst. »Sie sind ein Vertreter des Imperiums, und Sie müssen Ihre Pflicht tun. Ich überlasse sie Ihnen.« Offensichtlich blind für den erstaunten Blick des Beamten wandte er sich zum Gehen.

»Das wagen Sie nicht, Sie Schlange!«, sagte Luzelle leise. Sie zog eine Handvoll Neu-Rekkoes hervor und knallte sie auf den Tisch. »Hier! Sie müssen fünfzig Grewzauslins oder mehr würdig sein, wahrscheinlich mehr. Um meinen Gutwillen zu demonstrieren. Meister Unterschreiber, Sir.«

»Ach ja.« Der Beamte zählte nach. »Gut. Ich bin von ihrer Ehrlichkeit überzeugt. Und Ihre Dokumente scheinen mir gültig zu sein.« Mit großzügigem Getue stempelte er ihren Pass und händigte ihn ihr wieder aus.

»Danke, Meister Unterschreiber«, zwang sich Luzelle zu erwidern. »Wir brechen uns dann auf den Weg.«

»Wie Sie wünschen. Ihre Anstrengungen sind allerdings vergeblich. Sie werden unseren Oberkommandant Stornzof nie überholen, er ist zum Siegen geboren. Sehen Sie, er ist eben Grewzier.«

»Beobachten Sie die Zeitungen«, riet ihm Luzelle. Gemeinsam verließen sie und Girays das Büro der Stadtverwaltung.

Augenblicke später stürmten sie durch die Eingangstür, an dem Wachtposten vorbei und die Stufen auf den sonnendurchfluteten Platz hinunter, wo Luzelle auf ihre Taschenuhr schaute.

»Acht Uhr siebzehn«, berichtete sie grimmig, als sie weitergingen. »Der kleine Barbar von einem Unterschreiber hat uns absichtlich aufgehalten. Diese Grewzier haben keine Ahnung von Fairplay.« Sie dachte an Karsler Stornzof und den Blick in seine Augen. »Die meisten von ihnen jedenfalls. Und es wäre wesentlich schlimmer gekommen, wenn Sie nicht darauf gekommen wären, ihn zu bestechen. Das war brillant. Aber hätten Sie mich wirklich stehen lassen?«

»Wir befinden uns in einem Rennen, richtig?«

»Aber –«

»Schneller.« Girays beschleunigte seinen Gang. »Bewegen Sie sich schneller.«

»Kann nicht«, keuchte sie. »Es ist diese Reisetasche, sie ist so unhandlich –«

»Dann werfen Sie sie weg. Ich werde mein Tempo für Sie nicht reduzieren.«

»Niemand bittet Sie darum.« Sie würde ihre Tasche nicht wegwerfen, entschied sie. Nicht schon wieder. Ein mühevoller Spurt brachte sie wieder an seine Seite. Sie keuchte schwer. »Wie – weit – noch?«

Ohne sie einer Antwort zu würdigen, wechselte er die Richtung und führte sie durch irgendeine namenlose kleine Gasse, an deren Ende eine provisorische Brücke aus schleimbedeckten Planken lag, die sich über einen mit Klärschlamm gefüllten Kanal schwang. Die Gebäude in der Umgebung waren klein und schmutzig, ihre blättergedeckten Dächer von schwarzem Schimmel überzogen.

Er weiß, wo es langgeht, redete Luzelle sich ein. Er hatte gesagt, dass er den günstigsten Weg auswendig gelernt hatte, und Girays v'Alisante neigte nicht zu grundlosen Behauptungen.

Er führte sie weiter über die Brücke, durch eine weitere mit Abfall zugekippte Straße, und dann wurde das Stadtbild wieder besser, die Straße verbreiterte sich, die verwahrlosten Holzhäuser machten stattlicheren Gebäuden Platz, niedrig, stabil gebaut, makellos sauber, mit langen, fensterlosen Wänden. Fraglos grewzisch. Lagerhäuser? Falls ja, war das ein gutes Zeichen, denn dann musste der Hafen ganz in der Nähe sein.

Ein weiteres Einbiegen in einen beengten Gang, der sich zwischen zwei Lagerhäusern hindurchwand, und plötzlich wurde der Weg von einer Mauer versperrt, die zwei Gebäude miteinander verband. Sie hielten an.

»Das ist falsch.« Girays runzelte die Stirn. »Das steht nicht auf dem Stadtplan, hier dürfte gar nichts sein.«

»Wäre es möglich, dass Sie falsch abgebogen sind?« Luzelle ergriff die Gelegenheit, ihre Reisetasche kurz abzusetzen.

Er ließ sich nicht dazu herab, diese Möglichkeit in Betracht zu ziehen. »Neues Gebäude«, entschied er. »Der Hafen sollte direkt um die Ecke liegen. Wir müssen um das Gebäude herumgehen.«

»Hat das überhaupt noch Sinn?« Sie kam nicht umhin, einen weiteren Blick auf ihre Uhr zu werfen. »Es ist acht Uhr zweiunddreißig. Wir haben das Schiff verpasst, Girays. Dieses Schwein von einem Unterschreiber hat es uns vermasselt.«

»Nur, wenn die *Wasserfee* absolut pünktlich ablegt. Aber wie wahrscheinlich ist das?«

»Besteht die Crew aus Grewziern?«

»Wenn sie nur fünf oder zehn Minuten Verspätung hat, bekommen wir sie noch. Also schnappen Sie sich Ihre Reisetasche, und kommen Sie, oder ich lasse Sie hier stehen.«

»Ich *hasse* es, wenn Sie mir drohen.« Sie hob ihre Tasche auf.

Er führte sie den Weg zurück, den sie gekommen waren, den Gang entlang und in die Straße zu einer Kreuzung, wo sie links abbogen und sich einen Weg durch die Lagerhäuser bahnten. Die Gebäude sahen alle völlig gleich aus, und irgendwann begann sie zu argwöhnen, dass sie sich im Kreis bewegten. Sie wollte ihm das gerade sagen, als sie aus dem Lagerhauslabyrinth herauskamen und sich an Kai Nummer Eins wiederfanden. Der schmutzfarbene Ygah mit seinem sanften Wellenschlag erstreckte sich vor ihnen, die Wasservögel drehten ihre Kreise und schrien über ihnen, und eine verwirrende Vielfalt von Booten war am Pier vertäut. Die Schiffe reichten größenmäßig von winzigen Eingeborenennussschalen mit rechteckigem Segel bis zu modernen Transportschiffen und von der Bauart her vom stromlinienförmigen grewzischen Patrouillenboot bis zum behäbigen ygahrischen Hausboot, aber nirgendwo entdeckte Luzelle etwas, was einem kommerziellen Raddampfer ähnlich gesehen hätte. Die *Wasserfee,* erinnerte sie sich, sollte laut Fahrplan von Kai Nummer Zwölf mehrere hundert Meter weiter flussabwärts auslaufen.

»Hier entlang.« Girays hatte sich schon in Bewegung gesetzt.

Sie musste sich sputen, um ihn wieder einzuholen. Er hielt sich an seine Drohung und machte ihr keinerlei Zugeständnisse, und jetzt zog sie die Reisetasche, die sie zurückzulassen sich weigerte, wie ein Anker zu Boden. Trotzdem gelang es ihr, mit ihm Schritt zu halten.

Kai Nummer vier. Sie sah das Schild im Vorbeigehen aus dem Augenwinkel, frisch in ordentlichen grewzischen Buchstaben gemalt. Desgleichen registrierte sie eine Vielzahl neugieriger Köpfe, die sich ihnen zuwandten, als das atemlose westliche Pärchen an ihnen vorbeilief, aber sie hatte keine Zeit, um große Verlegenheit zu empfinden.

Kai Nummer sieben. Kai Nummer acht. Sie hatte Seitenstiche, und ihre Armmuskeln streikten. Die Tuchtasche begann ihrer schwitzigen Hand zu entgleiten, und sie umklammerte den Griff beinah krampfhaft.

Kai Nummer zehn, und ihre Stimmung hob sich wieder, denn sie ahnte, dass sie es schaffen würden. Girays hatte Recht gehabt – wie so oft.

Kai Nummer elf, und da war endlich auch Kai Nummer zwölf. Und da lag auch die *Wasserfee,* ein fahrtüchtig aussehender Raddampfer mit flachem, barkassenähnlichem Rumpf, der vom Pier ablegte. Das tiefe Tuten der Schiffssirene verkündete triumphierend seine fast auf die Minute pünktliche Abfahrt.

Ein Aufheulen der Enttäuschung und der Wut entfuhr Luzelle. Sie rannte an die Pierkante, fuchtelte mit den Armen und schrie. Sie konnte sehen, dass Passagiere und Mannschaftsmitglieder an Deck sie entdeckt hatten und auf sie zeigten, aber die *Wasserfee* änderte ihren Kurs nicht. Mehrere unartikulierte Ausrufe entrangen sich ihren Lippen.

Girays war ihr gefolgt und stand jetzt neben ihr. Sie drehte sich zu ihm um und forderte: »Machen Sie, dass sie zurückkommt!«

»Und wie bitte sollte ich das anstellen?«, erkundigte er sich höflich. »Was genau erwarten Sie von mir?«

»Ich weiß nicht! Lassen Sie sich was einfallen! Ihr einstmals Hohen, euch liegt es doch im Blut, andere Leute herumzukommandieren. Ihr seid es doch gewöhnt – Ihr Großvater hatte *Leibeigene,* oder etwa nicht?«

»Ja, aber ich habe keinen einzigen von ihm geerbt. Luzelle, beruhigen Sie sich, und sehen Sie den Tatsachen ins Gesicht. Wir haben das Schiff verpasst, es wird nicht umdrehen, und wir können nichts dagegen unternehmen.«

»Dann müssen wir uns eben etwas ausdenken. Karsler Stornzof ist bestimmt an Bord, und wenn wir je –«

»Stornzof ist nicht das einzige Problem«, unterbrach sie Girays.

Sein ausdrucksloser Ton warnte sie, und unwillkürlich folgte sie seinem Blick zum Deck des Raddampfers. Eine der dort an der Reling stehenden Gestalten kam ihr bekannt vor. Nicht Karsler. Jemand Kleineres, Dunkleres, Dickeres, in einem blumig-exotischen Stil gekleidet. Das voluminöse, langärmlige kastanienbraune Hemd war selbst auf diese Entfernung unverkennbar.

»Porb Jil Liskjil!«, rief sie aus. »Ich dachte, wir hätten ihn in Zuleekistan hinter uns gelassen. Wie hat er es nur bis hierher geschafft?«

»Geld«, entgegnete Girays lakonisch.

»Glauben Sie, er hat diesen Wachtposten vor dem Rathaus bestochen? Oder den Unterschreiber?«

»Man darf wohl davon ausgehen, dass er *irgend*jemanden bestochen hat.«

»Das ist nicht fair!« Sie widerstand dem Impuls, die Faust hinter der *Wasserfee* her zu schütteln. Jil Liskjil würde das nur erheitern. »Überhaupt nicht fair.«

»Vielleicht nicht, aber es hat keinen Sinn, sich darüber zu grämen. Das nächste Schiff fährt morgen früh ab, und wir werden an Bord sein. Bis dahin sitzen wir hier in Xoxo fest, was, allem Anschein zum Trotz, *nicht* das Ende der Welt ist. Das Rennen ist noch längst nicht vorbei, und irgendwo im weiteren Rennverlauf erhalten wir möglicherweise Gelegenheit, sie einzuho –«

»Nein«, hielt sie entschlossen dagegen. »Nein. Nicht gut genug. Ich akzeptiere das nicht.«

»Löbliche Gesinnung, aber ich fürchte, uns bleibt keine Wahl.«

»O doch!«

»Wirklich. Haben Sie vor, flussabwärts nach Jumo zu schwimmen?«

»Falls nötig, aber ich denke, es gibt bessere Arten, dorthin zu gelangen. Darauf hätten Sie auch kommen können, wenn Sie nicht so große Bereitschaft zeigen würden, *aufzugeben* und sich *abzufinden* –«

»Ich bin bereit, die Realität zu akzeptieren, eine Vorstellung, die Ihnen völlig fremd ist«, fuhr er sie an. »Und falls Sie irgendwelche wilden Ideen haben sollten, zu Fuß durch den Dschungel zu stapfen, dann kann ich daraus nur folgern, dass ihr gesundes Urteilsvermögen im Augenblick stark nachlässt.«

»Meinem Urteilsvermögen geht es gut, danke der Nachfrage, aber ich frage mich, ob man das auch von Ihrer Phantasie sagen kann«, konterte sie. »Falls Sie überhaupt so etwas besitzen, dürften Sie bemerkt haben, dass es hier jede Menge Schiffe gibt, die meisten in Privatbesitz. Und irgendwo unter diesen Besitzern gibt es einen, den man anheuern kann, um uns flussabwärts zu bringen.«

In dem Moment, in dem sie das sagte, ärgerte sie sich auch schon über sich selbst, denn Girays musterte sie mit einem Ausdruck leicht erstaunten Interesses. Sie konnte sehen, dass er ihre Idee für machbar hielt – und in diesem Fall hätte sie sie natürlich besser für sich behalten. Sie hatte soeben einen möglichen Ellipsenvorteil geopfert, und einmal mehr hatte sie das ihrem aufbrausenden Temperament und ihrer losen Zunge zu verdanken.

»Ein privates Verkehrsmittel«, sinnierte Girays. »Keine schlechte Idee. Sie haben Recht, Luzelle – meine Phantasie hat geschlafen. Ich entschuldige mich dafür, wie ich gerade mit Ihnen gesprochen habe.«

Ihn das sagen zu hören war es fast schon wieder wert.

»Nun, in Ordnung«, entgegnete sie und unterdrückte jegliche sichtbare Regung ihrer inneren Befriedigung. Sie schaute sich um. Überall Schiffe. »Gut, wo fangen wir an?«

»An welchem finden Sie denn Gefallen?«

»Ich sehe jede Menge möglicher Alternativen. Es dürfte einfach sein.«

Es erwies sich indes als nicht ganz so einfach, wie sie gedacht hatte.

Viele von ihnen lagen vertäut am Pier und waren derzeit unbemannt. Andere hoffnungslos ungeeignet – zu groß für eine Privatheuer, zu klein für Passagiere, zu altersschwach und heruntergekommen. Zuerst begaben sie sich zu einem reinlichen, frisch gestrichenen und ausgezeichnet gepflegten kleinen Paketboot, dessen wie aus dem Ei gepellter Skipper, ein verwestlichter Eingeborener, nur allzu gern bereit war, sie bis Nishq'tla-Camp zu bringen, dem letzten Bestimmungshafen auf seiner üblichen Route – aber keine einzige Meile weiter.

»Zu weit nach Jumo«, erläuterte der Skipper in perfektem Vonahrisch. »Zu gefährlich für kleine Boote, und die großen Handelsdampfer kann man als Privatmann nicht mieten, es sei denn, Sie können sich Preise von dreißigtausend Neu-Rekkoes und mehr leisten.«

Luzelle und Girays sahen sich an. Beide hatten Geld, aber nicht so viel.

»Das Passagierschiff fährt morgen früh am Xoxo-Kai Nummer zwölf los«, informierte sie der Skipper. »Aber halt, ich habe heute gehört, dass die *Wasserstern* nördlich der Flewn-Schleife auf Grund gelaufen ist. Dann werden Sie ihre Passage erst übermorgen buchen können.«

»So lange können wir nicht warten«, ließ Girays ihn wissen, und sie gingen weiter am Kai entlang.

Die nächsten vier Kapitäne/Besitzer, die sie ansprachen, erwiesen sich ebenfalls als Fehlanzeige. Ein Fünfter, der nur Ygahri-Dialekt sprach, wirkte eilfertig und interessiert, bis es ihnen gelang, ihm ihre Wünsche zu verdeutlichen.

»Jumo.« Luzelle wies unmissverständlich nach Süden. »JUMO STATT.«

Er verstand sie. Er knurrte, schüttelte den Kopf und kehrte ihnen den Rücken zu. Sie gingen weiter.

Sie reduzierten ihre Ansprüche und versuchten es bei einigen der kleineren Schiffe, deren Besitzer den Auftrag allerdings ebenfalls kategorisch zurückwiesen. Der Besitzer eines Eingeboreneneinbaums kam, als er die Unterhaltung zufällig mitbekam, längsseits und erbot sich, sie sicher und wohlbehalten sogar den Ygah hinunter bis zum Niederen Ozean und darüber hinaus zu paddeln, sollten die Götter seinem Unternehmen gnädig sein.

»Götter gnädig, ich Sie paddeln bis zu Sternen«, versprach er mit irrem Grinsen.

»Wir werden über Ihr Angebot nachdenken«, ließ Luzelle ihn wissen und wurde sich im selben Augenblick darüber klar, dass sie das tatsächlich ernst meinte. Sie zogen weiter.

Noch drei Ablehnungen in Folge, und ihre anfängliche Gewissheit geriet ins Wanken. Sie spürte wieder das Gewicht ihrer Reisetasche, doch die Enttäuschung lastete noch schwerer auf ihr.

»Vielleicht sollten wir den Einbaum in Betracht ziehen«, meinte sie.

»Nein, das sollten wir nicht«, widersprach Girays. »Völlig unpraktikabel. Außerdem hat mir das Aussehen des Besitzers nicht gefallen. Ich könnte mir vorstellen, dass er geistesgestört ist.«

»Das ist er«, brummte eine Bassstimme hinter ihnen auf Vonahrisch. »So verrückt wie ein Feuerstinker im Frühling, der Junge. Debil wie eine tollwütige Ratte, umnachtet wie ein Purpur pissender Prinz. Aber Jhiv-Huze ist das nicht.«

Sie wandten sich zu dem Sprecher um, einer hoch gewachsenen, kräftigen Gestalt, die auf den ersten Blick ein zu groß geratener Eingeborener in Pumphosen, locker sitzender Tunika und geschnürten Sandalen zu sein schien, einer Tracht, wie sie für die Ygahri-Städter typisch war. Seine langen, kompliziert geflochtenen Locken waren mit Glasperlen und Holzringen verwoben, sein Gesicht war blau von verschlungenen Mustern. Ein genauerer Blick förderte jedoch blasse, mit Sommersprossen gesprenkelte Haut unter den Tätowierungen zutage, graue Augen, die im Schatten tiefer Augenhöhlen funkelten, und karottenfarbenes, mit Grau durchsetztes Haar, das sich um seine zahllosen Schmuckgegenstände wand. Ein Westler, ohne Zweifel.

»Heute ist Ihr Glückstag«, fuhr der Fremde in fließendem Vonahrisch fort, das mit stumpfen kyrendtischen Vokalen durchsetzt war. »Jhiv-Huze hat Ihr Gespräch mitangehört, er versteht Ihr Problem, und es ist Ihr Glück, dass er hier ist, um es zu lösen. Roupe Jhiv-Huze, zu Ihren Diensten, ist ein erfahrener Flusslotse, Besitzer und Kapitän eines flinken kleinen Dampfers, der für die lächerlich geringe Summe von tausend Neu-Rekkoes zur Verfügung steht, um Sie südwärts nach Jumo Statt zu bringen. Sir und Madame, freuen Sie sich. Ihre Schwierigkeiten gehören der Vergangenheit an.«

»In der Tat.« Luzelle beäugte den Fremden misstrauisch. Sie registrierte winzige Pupillen, verräterische gelbe Flecken um die Lippen und ein manisch aufgeräumtes Gehabe; alles klassische Indizien für Maruki-Einfluss. Die Eingeborenen der Region, erinnerte sie sich aus ihrer Lektüre, waren größtenteils dem Konsum von *Marukiñutu* verfallen, einem aus den Hülsenfrüchten des Maruki-Baums gewonnenen Getränk. In seinen milderen Formen hatte das Getränk eine angenehm belebende Wirkung. Ein stärkeres Gebräu produzierte verschiedene Symptome, die von Fröhlichkeit bis zur Euphorie reichten, wohingegen der ständige Gebrauch der gefährlichen, in hohem Maße Sucht erregenden Variante, die unter dem Namen *Maru-Tcho* bekannt war, zu guter Letzt zum Wahnsinn führte. Sie warf Girays einen raschen Blick zu und sah ihre eigenen Befürchtungen in seinen Augen gespiegelt.

»Mmm, ja.« Kapitän Jhiv-Huze kicherte grollend. »Eine private Transportmöglichkeit flussabwärts ist nicht so leicht zu bekommen, wie Sie zweifellos festgestellt haben werden. Aber Roupe Jhiv-Huze ist in entgegenkommender Stimmung und strotzt nur so vor Menschenfreundlichkeit und Eifer, seine Zufriedenheit mit anderen zu teilen. Heute neigt er geradezu zu Großmut. Deshalb stellt er Ihnen sich und sein Gefährt zur Verfügung. Er ist bereit, auf der Stelle die Leinen loszumachen. Jetzt sofort. Er ist der Meinung, dass sie jede Verzögerung vermeiden möchten. Kommen Sie, lassen Sie uns fahren.«

»Wir danken Ihnen, Kapitän, aber Ihre Dienste werden nicht benötigt«, entschied Girays.

»Warten Sie, ich bin mir nicht sicher–«, setzte Luzelle an.

»Jhiv-Huze versteht. Sie haben schon andere Vorkehrungen getroffen.« Der Kapitän nickte wohl wollend. »Zweifellos legen Sie binnen einer Stunde ab.«

»Wir erkunden gerade die Möglichkeiten.«

»Sie sind tausendfältig, Sir.«

»Girays, dürfte ich wohl ein Wort mit Ihnen sprechen? Unter vier Augen?«, fragte Luzelle ihn mit ausgesuchter Freundlichkeit. Sie packte ihn am Arm, zog ihn ein paar Schritte weg, wandte sich ihm dann zu und verlangte mit mühsam unterdrückter Wut zu wissen: »Was zum Teufel tun Sie da?«

»Eine Katastrophe abwenden«, antwortete er. »Dieser Bursche ist unzuverlässig. Ich werde ihm unser Leben nicht anvertrauen.«

»Wir haben keine Wahl.«

»Sie begreifen nicht. Es gibt ein hiesiges Rauschmittel, das den Verstand und die Urteilskraft beeinträchtigt–«

»Ja, ich weiß alles über *Marukiñutu,* und *Sie* sind derjenige, der nicht begreift. Wir müssen hier wegkommen, Girays! Ich zumindest. Weg hier, sofort, um jeden Preis, und ich kann es mir nicht leisten, wählerisch zu sein. Wenn diese Person von Jhiv-Huze ein Schiff hat, das in der Lage ist, mich nach Jumo zu bringen, dann kümmert es mich nicht, was er trinkt.«

»Es wird Sie kümmern, wenn dieser drogenabhängige Irrsinnige sein Schiff gegen die Felsen lenkt und Sie in einen käferverseuchten Fluss katapultiert. Die lokalen Wasserkäfer sind Fleischfresser, müssen Sie wissen. Sie leben in Schwärmen wie Fische, und sie können einen Körper binnen Minuten bis auf die Knochen abnagen.«

»Killerkäfer? Wie pittoresk. Ich habe Ihre Erfindungsgabe unterschätzt.«

»Das hat nichts mit Erfindung zu tun; ich gebe eine sattsam bekannte Tatsache wieder. Dieser von Tätowierungen verschandelte kyrendtische Trinker dort drüben ist nicht fähig, ein Ruderboot zu lenken, und ich werde Ihnen nicht gestatten –«

»*Gestatten.* Nun spricht der alte Girays, an den ich mich so gut erinnere. Ich hatte mich schon gefragt, wie lange es dauern würde, bis er sich wieder zeigen würde.«

»Dies ist kaum der Ort und der Zeitpunkt, um alte Querelen aufleben zu lassen. Wenn ich Sie gekränkt habe, so ist das bedauernswert, aber Sie müssen begreifen, dass ich aus echter Sorge um Ihr Wohler –«

»Ja, das war stets die Rechtfertigung für jede Art von tyrannischer Anmaßung – es geschah alles nur zu meinem Besten. Nun, ich danke Ihnen für Ihre ›echte Sorge‹, aber ich bin sehr wohl imstande, meine eigenen Entscheidungen zu treffen. Meine Entscheidung in diesem Moment lautet, dass ich die Überfahrt an Bord des Schiffs dieses kyrendtischen Burschen buchen werde. Falls Sie mich begleiten wollen, dann schnappen Sie sich ihre Reisetasche und kommen Sie mit, oder ich lasse Sie hier stehen. Klingt bekannt, nicht?« Und mit einem triumphierenden Gefühl drehte sie sich um und rauschte von dannen. Sie hörte ihn einen leisen Fluch ausstoßen, aber keine Schrittgeräusche hinter sich auf dem Kai, und Zweifel wallten in ihr hoch. Vielleicht würde er sie wirklich allein ziehen lassen, vielleicht würde er zurückbleiben und die Suche nach einem anderen und möglicherweise besseren Transportmittel fortsetzen. Nun gut, sollte er doch. Umso besser, redete sie sich ein. Er würde bis Sonnenuntergang nach einem Schiff suchen und keines finden. Er würde damit enden, zwei weitere Tage auf den nächsten verfügbaren Handelsdampfer zu warten. Ja, von ihr aus sollte er mit Freuden zurückbleiben, mit Freu – den.

Sie blieb vor der stämmigen tätowierten Gestalt stehen. »Kapitän Jhiv-Huze«, begann sie.

»Ah, Sie sind bereit abzulegen!« Das gelbfleckige Grinsen blitzte inmitten blauer Tätowierungen auf. »Eine sehr weise Entscheidung, Madame. Mmm, ja. Sehr weise.«

»Sind Sie wirklich bereit, so kurzfristig eine so lange Reise zu unternehmen?«

»Für tausend Neu-Rekkoes ist alles möglich.«

»Ihr Schiff ist hinreichend mit Brennmaterial und Vorräten ausgerüstet?«

»Wir besorgen alles Erforderliche auf der Fahrt. Der Dschungel, Madame, darf als die Schatzkammer des klugen Mannes gelten.«

»Was ist mit dem Schiff selbst? Vor kurzem überholt? In gutem Zustand? Stabil und fahrtüchtig?«

»So tüchtig wie eine fromme Witwe, die sich müht, ihre acht hungrigen Kinderchen zu ernähren. So tüchtig wie ein wandernder Heiliger, der die Füße der Armen wäscht. So tüchtig wie –«

»Und die Crew?«

»Besteht aus dem Kapitän und einem Heizer.«

»Das ist alles? Haben Sie keinen Maat? Keine weitere Hilfskraft?«

»Habe und brauche keine, darf Jhiv-Huze mit Stolz sagen. Sehen Sie nur die guten Seiten des Lebens, Madame – er tut das stets. In Ermangelung einer Crew ist Ihre Privatsphäre absolut geschützt. Darf er annehmen, dass Sie es vorziehen, allein flussabwärts zu reisen?«

»Allein?« Sie zögerte. Seine winzigkleinen Pupillen saßen in blutunterlaufenen Augen, deren glasig funkelnder Glanz sie auf einmal nervös machte. Sie sah sich selbst an Bord eines Schiffs auf dem breiten Ygah, nachts, allein mit diesem merkwürdigen Menschen, einem Heizer und einer Kiste voller *Marukiñutu*. Sämtliche Alarmglocken in ihrem Kopf schrillten. Sie konnte sich keine Feigheit leisten, nicht, wenn sie gewinnen wollte, und außerdem hatte sie ja ihre Taschenpistole, aber trotzdem –

»Madame reist in meiner Begleitung«, verkündete die Stimme von Girays v'Alisante.

Sie drehte sich um und fand ihn unmittelbar hinter sich stehen, und der Ansturm der Erleichterung, der sie durchflutete, trieb ihr tatsächlich ein paar Tränen in die Augen. Sie blinzelte sie weg und betete, dass er sie nicht gesehen hatte. Er hätte jedes Recht der Welt, sich gnadenlos über sie lustig zu machen. Auf der anderen Seite, rief sie sich stur ins Gedächtnis, sie *wäre* losgezogen und, falls nötig, allein gereist. Sie hätte in ihren Kleidern geschlafen, mit der Khrennisov unter ihrem Kopfkissen – vorausgesetzt, sie hatte ein Kopfkissen –, aber sie wäre tatsächlich allein gefahren.

»Sie haben sich also doch entschieden mitzukommen?«, fragte sie mit glaubhaft geheuchelter Nonchalance.

»Ich habe genug von dem Herumgelaufe am Hafen«, antwortete er im gleichen Tonfall. »Und so habe ich mich entschlossen, unseren Jhiv-Huze hier auszuprobieren.«

»Ausgezeichet.« Der Kapitän nickte. »Ausgezeichnet. Jhiv-Huze beglückwünscht Sie, Sir. Sie und Madame dürfen sich auf eine denkwürdige Überfahrt freuen.«

»Zweifellos. Dann führen Sie uns zu Ihrem Schiff, Kapitän.«

»Mit dem größten Vergnügen und Stolz. Sie werden staunen. Hier entlang.«

Er führte sie über den Kai zu einem Liegeplatz aus wurmstichigen Pfählen, blaugrün von Algen, dem Heim einer Anzahl verkommener Schrotthaufen, die scheinbar ungestört vor sich hin rosteten.

»Das ist sie. Jhiv-Huzes Stolz, seine Schöne, seine Freude. Die weit ausholende Geste des Kapitäns umfasste einen verdreckten, rostigen, veralteten Kahn mit abblätternder Farbe und rostzerfressenem Schornstein. Eine zerschlissene Trikolorefahne, die ihn als selbstständigen Unternehmer auswies, hing schlaff vom Mast herunter. Eine verblichene Schrift am Bug nannte den Namen des Gefährts: *Blinder Krüppel.*

Luzelle fiel die Kinnlade herunter. Sie wagte es nicht, Girays' Blick zu begegnen.

»Auf Anstrich und bunte Wimpel legt sie keinen Wert«, gestand Jhiv-Huze verträumt. »Sie ist nicht gerade eine gängige Schönheit. Aber sie hat das Herz eines Champions, das hat die *Krüppel,* und sie wird ihren süßen Kessel zum Platzen bringen, um Sie sicher nach Jumo zu bringen.«

»Aber wie lange wird sie dorthin brauchen? Können wir hoffen, die *Wasserfee* einzuholen?«

»Einzuholen? Seien Sie versichert, wir werden diese aufgeblasene, überladene, hoch gelobte Schute binnen Stunden in unserem Kielwasser dümpeln haben. Verlassen Sie sich drauf.«

Luzelle atmete einmal tief durch und zwang sich zu fragen: »Dann gewähren Sie uns bitte Erlaubnis, an Bord zu gehen, Kapitän.«

»Mmmm, ja. Madame denken bestimmt an ...« Er rieb beredt Daumen und zwei Finger aneinander.

»Oh, gewiss.« Ihre Brieftasche gab fünfhundert Neu-Rekkoes her, die sie ihm mit gespieltem Vertrauen überreichte. Girays tat es ihr gleich, und Kapitän Jhiv-

Huze winkte sie mit einer großspurigen Geste auf die glitschige, ächzende Gangway.

Die *Blinder Krüppel* stank nach ranzigem Bratöl, billigen Zigarren, altem Fisch und frischen Exkrementen. Ein einziger kleiner Windstoß reichte, um zu erfahren, dass ein Kehrichteimer oder Nachttopf irgendwo unter Deck bestenfalls unregelmäßig geleert wurde. Luzelle rümpfte die Nase. Nur die Höflichkeit verhinderte, dass sie sich die Nase zuhielt. Sie sah Girays an. Eine seiner dunklen Augenbrauen fuhr in die Höhe. Plötzlich stellte sie fest, dass sich ein zügelloses Kichern in ihrer Kehle aufbaute, das sie nur mit Mühe zurückhalten konnte. Das war wirklich nicht zum Lachen, rief sie sich zur Ordnung. Die *Blinder Krüppel* war ekelhaft und zweifellos unhygienisch –

Ein Gluckser entfuhr ihr, und sie tarnte ihn als Hüsteln.

Wahrscheinlich würde sie sich an Bord dieses schwimmenden Seuchenhauses irgendeine grässliche Krankheit zuziehen. Die Luft allein würde ausreichen, um sie tagelang zu vergiften.

»Wie viele Tage sind es bis Jumo?«, erkundigte sich Luzelle.

»Fünf bis zwölf, abhängig vom Wetter, dem Zustand des Flusses und der Stimmung der Neun Gesegneten Stämme«, erwiderte Jhiv-Huze heiter.

»Oh.« Ihre Heiterkeit verflog. Fünf Tage an Bord der *Blinder Krüppel* waren ein Härtefall allererster Güte. Das Doppelte war undenkbar.

»Das ist ja eine gehörige Bandbreite«, bemerkte Girays ohne ersichtliche Unruhe. »Wie würden Sie den augenblicklichen Zustand von Wetter, Fluss und Gesegneten Stammesangehörigen einschätzen, Kapitän?«

»Wetter günstig«, erklärte der andere. »Frühlingsregenfälle fast vorüber, Sommerhitze noch nicht eingesetzt. Hochzeit für die Fleischbohrer, aber das sollte uns an Bord der *Krüppel* nicht groß stören. Der Wasserstand ist hoch, die Strömung schnell, die Untiefen sind genügend überflutet. In dieser Jahreszeit kann man nur schwer auf Grund laufen, und so stellt die jüngste Begegnung der *Wasserstern* mit einer Sandbank oberhalb der Flewn-Schleife eine seltene Ruhmestat des Kapitäns dar – er hat das nahezu Unmögliche geschafft. Was die Stimmung der Gesegneten Stammesangehörigen anlangt, die lässt sich nur schwer einschätzen. Zweifellos sind sie aufgrund der jüngsten Vorfälle verärgert und werden, falls sich die Gelegenheit bietet, nicht zögern, ihrem Unmut Ausdruck zu verleihen. Aber die Chancen dafür sind zwischen hier und Ygah-Ta'ahri gering, dank der grewzischen Militärpräsenz. Die Eingeweide fressenden Pansenlutscher – will sagen, die tapferen Söhne des Imperiums – schwärmen wie fleißige kleine graue Käfer an diesem Abschnitt des Stroms aus, und das muss ihnen der Neid lassen, sie sorgen für Ordnung. Hinter Ygah-Ta'ahri zwingen die Ypsiñolo-Fälle alle Schiffe in den Umweg der Ta'ahri-Kapillaren, deren Labyrinth selbst der grewzischen Tüchtigkeit trotzt. Dort, wo die Wasserrinne schmal und der Dschungel undurchdringlich ist, bleiben die Gesegneten Stammesangehörigen eine Macht, mit der man rechnen muss. Aber Roupe Jhiv-Huze ist bereit, sich ihnen zu stellen. Das Glück ist ihm hold, sein Stern ist im Aufsteigen begriffen. Sir und Madame, Sie genießen das Privileg seines Schutzes.«

»Das war eine höchst aufschlussreiche Lagebeurteilung, Kapitän«, bemerkte Girays mit sichtlicher Hochschätzung. Er sah flüchtig zu Luzelle hinüber, und seine Augen sprachen Bände. *Immer noch Zeit, einen Rückzieher zu machen.*

Niemals, erwiderte sie wortlos. Laut fragte sie: »Zeigen Sie uns nun bitte unser Quartier, Kapitän?«

»Unten.« Jhiv-Huze lotste sie liebenswürdig. »Madame wird bald entdecken, dass wir an Bord der *Krüppel* ein Leben von äußerster Bescheidenheit führen. Nur der Kapitän allein verfügt über ein Privatquartier. Passagiere und Mannschaft binden ihre Hängematten fest, wo sie Platz finden.«

»Aber Sie werden doch gewiss nicht erwarten, dass ich die Unterkunft mit – ich meine, Sie müssen doch einsehen, dass das unmöglich –«

»Möglicherweise werden Madame des Abends den Vorteil der luftigen Unterbringung an Deck zu schätzen wissen. Mondlicht auf dem Fluss, die Pracht der Sterne über sich, der Kuss der Waldbrise auf Ihrer Stirn –«

»Der Kuss der zahllosen Moskitos auf jedem Zentimeter Ihrer bloßen Haut, die Liebkosung herabprasselnder Sturzbäche – nein, Kapitän.« Luzelle verschränkte die Arme vor der Brust. »Das Deck wird nicht –«

»Aber Madame wird sicher die Alternativen prüfen wollen«, bemerkte der Kapitän aufgeräumt. »Der Maschinenraum, die Bilge, die Kombüse – die Möglichkeiten sind mannigfaltig. Vielleicht möchte Madame den Rat von Oonuvu suchen, der jeden Zentimeter der *Krüppel* kennt.«

»Oonuvu?«

»Der Heizer. Ein famoser Bursche.«

»Aber –«

»Und nun muss Jhiv-Huze sich an die Arbeit begeben. Sir und Madame, unter Deck finden Sie alles, was Sie benötigen. Kommen Sie, lassen Sie uns losfahren!« Und mit diesen Worten blieb der Kapitän über einer offenen Luke stehen und rief einem unsichtbaren Untergebenen unten Befehle auf Ygahrisch hinunter, um sich dann abzuwenden und sich an der Gangway zu schaffen zu machen.

»Haben Sie vor, seinem Vorschlag zu folgen?« Girays bemühte sich gar nicht erst, seine Erheiterung zu verbergen. »Falls nicht, entscheiden Sie sich lieber sofort.«

»Hier gibt es nichts zu entscheiden«, erklärte sie und schlüpfte gewandt an ihm vorbei, um die Treppe in eine schmutzstarrende Kombüse hinabzuklettern, die sie durchquerte, ohne sich umzusehen. Hinter der Kombüse lag der Maschinenraum, wo ein primitiver Kessel über einem muskulösen, schweißnassen Ygahri-Jüngling aufragte, vielleicht fünfzehn Jahre alt und mit knappem Lendenschurz bekleidet. Er wandte sich bei ihrem Eintreten um, und sie bekam ein Aufblitzen schwarzer Schlitzaugen mit, die unter einem langen Pony verfilzten schwarzen Haars brannten. Zweifellos Oonuvu. Luzelle versuchte es mit einem höflich-lauen Lächeln, das nicht erwidert wurde. Die verzehrenden Augen des jungen Heizers verengten sich. Er legte seine Schaufel beiseite, hockte sich auf die Fersen und musterte sie eingehend und ausdruckslos. Bald darauf begann er, sich mit den Händen über die Hüften zu streichen, wobei er schwarze Striemen auf seiner kupferfarbenen Haut hinterließ. In ihrem Magen prickelte es unbehaglich. Sie hätte Girays nicht an Deck zurücklassen sollen. Ein Fehler. *Zum Teufel mit Girays. Ich kann auf mich selbst aufpassen.* Sie wandte sich ab und ging.

Hinter ihr hörte sie Oonuvus Stimme, der auf Ygahrisch flüsterte. Sie verstand kein einziges Wort, aber irgendwie hatte sie auch keine Lust dazu.

Die nächste Tür, die sie öffnete, enthielt einen winzigen Wandschrank, eine Hängematte, eine mit einem Vorhängeschloss versehene Eichentruhe, ein mit einem Vorhängeschloss versehenes Schließfach sowie einen Tisch mit einem Alkoholbrenner. Der enge Raum stank nach *Marukiñutu.* Das war offensichtlich das Privatquartier des Kapitäns, und sie schloss die Tür sofort wieder.

Weiter in Richtung Hauptkabine stieß sie auf Schmutz, üble Gerüche und ein halbes Dutzend schmierige Hängematten. Keinen Waschtisch. Keine Kissen, keine Laken. Keine Privatsphäre. Keine geeignete Alternative. Sie stellte ihre Reisetasche auf den Boden.

Ein Ächzen der Bohlen alarmierte sie; sie wandte sich um und sah Oonuvu in dem schmalen Türrahmen stehen. Er lehnte sich gegen die Holzplanke, der kraftvolle Körper regungslos, das kupferfarbene Gesicht wie eine Maske, die starren Schlitzaugen unverwandt auf sie gerichtet.

»Was ist los?«, fragte sie mit jener oberflächlichen Höflichkeit, die ihr Unbehagen überspielen sollte. Sein Gesichtsausdruck veränderte sich nicht im Geringsten, und sie begann sich schon zu fragen, ob er außer seinem Eingeborenendialekt überhaupt eine Sprache beherrschte.

Sie wiederholte die Frage in Grewzisch. Immer noch keine Reaktion, kein Aufflackern, kein Zucken. Seine unergründliche Bewegungslosigkeit begann ihr auf die Nerven zu gehen, aber sie wagte es nicht, sich zu beschweren, denn der Junge hatte ja nichts falsch gemacht.

Marukiñutu?, fragte sie sich, konnte an seinen Augen indes nichts erkennen, denn das Schwarz seiner Pupillen verschmolz übergangslos mit dem Schwarz der Iris.

»Geh weg«, befahl sie ihm in scharfem Ton. »Geh wieder an deine Arbeit.«

Er reagierte nicht, und ihre Hand wanderte automatisch zu der Khrennisov in ihrer Tasche. Die Berührung des Stahls ließ sie innehalten. Eine geladene Waffe gegen einen jungen Burschen richten, der keine unmittelbare Drohung darstellte? Eine lächerliche, hysterische Reaktion. Oder was war es? Sie schaute in seine obsidianschwarzen Augen und wunderte sich.

Das Tuten der Schiffssirene erlöste sie aus dem Dilemma. Die *Blinder Krüppel* legte von der Hafenmauer ab.

»Zurück an die Arbeit.« Luzelle unterstrich den Befehl mit einer Geste. Oonuvu musterte sie einen weiteren schier endlosen Augenblick lang, um dann so lautlos, wie er gekommen war, wieder zu verschwinden.

Sie stieß erleichtert den Atem aus. Sie blieb regungslos stehen, um dann ans Bullauge zu treten und blicklos nach draußen zu starren. Ihre Gedanken eilten in die unmittelbare Zukunft voraus; schlafen, essen, waschen, anziehen und ausziehen an Bord der *Blinder Krüppel* für die nächsten fünf Tage oder länger. Unangenehm. Peinlich. Gefährlich. Unerträglich.

Aber nicht so unerträglich wie eine Niederlage. Und nicht annähernd so unerträglich wie die schneidenden Bemerkungen, die Girays machen würde, sollte sie nun wieder an Deck kommen. Sie hatte sich ihre eigene Hängematte geschaffen, und jetzt würde sie in ihr liegen müssen.

Vierzehntes Kapitel

Xoxo verschwand in der Ferne. Dichter Wald bedeckte die Ufer des Ygah. Luzelle kehrte an Deck zurück und stellte sich an die Reling, gespannt auf den Anblick ungezähmten Laubwerks, exotischer Blüten von violetter Farbe und ungewöhnlicher Vögel. Da waren sie alle, genauso umwerfend, wie sie es sich immer vorgestellt hatte, und doch konnte sie die Landschaft nicht genießen. Die Atmosphäre – drückend, tropfnass und schwer von Verwesungsgestank – legte sich auf ihre Lunge. Die Hitze machte sie träge, ihr Kopf war schwer, ihr Körper schweißgebadet. Die zahllosen fliegenden Insekten, die das Schiff umschwirrten, waren indes nicht von Stumpfheit geplagt. Bienen. Schmeißfliegen. Grünköpfige Dinger mit scharlachroten Flügeln, die süß aussahen und schmerzhaft stachen. Fliegende Legionen, unbesiegbar und unersättlich.

Den Kapitän schienen die kleinen Ungeheuer nicht zu belästigen, stellte sie nicht ohne Groll fest. Da stand Jhiv-Huze auf der Brücke – mit bloßem Kopf, Ärmel und Hose locker hochgekrempelt –, glücklich und immun gegen alle Attacken. Und dieser Heizer, der unheimliche Oonuvu, stolzierte nahezu nackt herum, ohne angegriffen zu werden. Und Girays v'Alisante, die Bruyèrepfeife in der Hand, hüllte sich in Wolken teuren Tabakrauchs, der die Insekten abhielt, und schien sich recht wohl in seiner Haut zu fühlen. Wohingegen sie, weiblich und hellhäutig –

Eine weitere der scharlachflügeligen Kreaturen biss zu, und vergeblich schlug sie nach ihr. Das war nicht fair. Vielleicht sollte sie Girays bitten, ihr eine Pfeife zu leihen. Sie konnte sie rauchen, während sie ihre Pistole reinigte. Vielleicht Zigaretten? Sie konnte sich vermutlich einen Vorrat kaufen oder einhandeln, wenn die *Blinder Krüppel* zum ersten Mal an irgendeinem Versorgungsposten am Fluss Halt machte. Manche Frauen rauchten – ein paar exzentrische Damen der Gesellschaft, die zu reich und mächtig waren, um sich um die öffentliche Meinung zu scheren; gewisse Schauspielerinnen, Künstlermodelle, Bohemiennes, Halbweltdamen und Vergleichbares. Ihr kam das Bild von Großlandsmann Torvid Stornzof und seinen schwarzen Zigaretten in den Sinn. Nein, sie würde nicht rauchen.

Ihr Kinn juckte. Sie hob die Hand an den frisch geschwollenen Pickel und rieb an ihm herum, stark in Versuchung geführt.

»Nicht kratzen«, riet ihr eine Stimme von hinten.

Der scharfe Geruch des *Marukiñutu* stieg ihr in die Nase. Sie wandte sich um und sah sich Jhiv-Huze gegenüber.

»Das aktiviert das Insektengift, es verbreitet sich im ganzen Körper, und die Reizung verstärkt sich nur. Bald darauf beginnt der Stich zu eitern. In diesem Klima eine ernste Sache. Manchmal tödlich. Mmmm. Ja. Roupe Jhiv-Huze hat es mehr als einmal gesehen«, fuhr der Kapitän genüsslich fort. »Das kranke Gesicht, leichenblass und so verzerrt, dass man es kaum noch erkennen kann, mit dichten Eiterbildungen bedeckt. Jede Wunde zur Größe einer Weintraube angeschwollen, die Haut gespannt und durchscheinend, das Fleisch drumherum fahl. Dann – die Pusteln brechen auf, ihr Inhalt spritzt in ätzenden Rinnsalen hervor. Die mit diesem Vorgang verbundenen Qualen sind höllisch, der Anblick ist Ekel erregend, der Gestank unaussprechlich. Viele Opfer sterben, und diejenigen, die überleben, sind entstellt, ihre Gesichter für immer von zerklüfteten Kratern und wulstigem Narbengewebe gezeichnet. Jhiv-Huze würde es gar nicht gerne haben, ein so liebliches Gesicht wie das von Madame so zu sehen, und darum muss er sie ernsthaft ersuchen, sich nicht zu kratzen.«

»Sie wird es nicht tun.« Luzelle, der plötzlich ganz schwindlig wurde, eilte auf die Treppe zur Kajüte zu.

»*Marukiñutu*«, empfahl der Kapitän. »Der Duft stark gebrauten *Marukiñutus* schlägt alle Sorten geflügelter Blutsauger in die Flucht. Sie können ihn nicht ertragen. Jhiv-Huze kann sich kaum vorstellen, wieso, weiß jedoch von ihrer Unwissenheit zu profitieren, und er rät seiner Passagierin, das Gleiche zu tun. Betäuben Sie sich kräftig, Madame. Die Alternative – Qualen, Infektion, eiternde Schwären, vergiftetes Blut, Gesichtsnekrose, der Übelkeit erregende Gestank verwesenden Fleischs, die unvermeidlichen Maden –«

Eine Hand auf den Mund gepresst, floh Luzelle. Hinter ihr dröhnten tiefe Lachsalven.

Dieser Sohn einer Sau hatte das mit voller Absicht getan, dachte sie. Girays hatte schon wieder Recht gehabt. *Ich hasse es, wenn er Recht hat.*

Nachdem sie die unsichere Zuflucht der Hauptkabine erreicht hatte, ließ sie sich in eine schmuddelige Hängematte fallen und blieb dort, bis ihre Übelkeit nachließ. Der Platz stank wie ein Außenklo, bot jedoch begrenzten Schutz vor den Insekten. Es gab einen wichtigen Vorteil an einer Hängematte, reflektierte sie, selbst an einer schmutzigen – keine Chance für Wanzen. Kein großer Trost, aber immerhin.

Sie setzte sich auf. Als sie ihre Reisetasche zu sich heranzog, bemerkte sie, dass ihre Besitztümer durchwühlt worden waren, und nicht allzu subtil. Das kleine Bündel Rosinen, das sie in Zuleekistan gekauft hatte, stand weit offen, und sie hatte es sorgsam zusammengebunden. Mehrere ihrer leinenen Unterwäschestücke waren mit schwarzem Kohlestaub verschmiert. Empörung, Verlegenheit und ein starkes Gefühl des Unbehagens stiegen in ihr auf. Automatisch suchte ihre Hand die Khrennisov. Die Waffe lag sicher in ihrer Tasche, zusammen mit ihrem Geld und ihrem Pass, die sie stets am Körper führte.

Instinktiv schaute sie zur Tür, wo der junge Heizer Oonuvu stand und sie stumm beobachtete. Ihre Blicke trafen sich, und seiner wankte nicht. Bald begannen seine Hände langsam an seinen Hüften auf und ab zu streichen.

Ihre Hände versteiften sich, zusammen mit ihren Kinnmuskeln. Sie wollte nur noch raus aus dem Raum, aber er blockierte den Ausgang. Natürlich würde er sie durchlassen, wenn sie sich auf die Tür zu bewegen würde, er würde es nicht wagen zu zögern. Aber wenn sie sich diesbezüglich irrte, wollte sie es lieber nicht drauf ankommen lassen, und so blieb sie, wo sie war.

Er ist doch nur ein Junge, rief sie sich in Erinnerung. *Kaum mehr als ein Kind. Harmlos.*

Aber er sah weder harmlos noch kindlich aus. Sein Körper war kompakt und kraftvoll, die Muskeln schwollen unter der Haut. Ohne Frage war er stärker als sie.

Sie sah auf die Tasche mit ihrem durchsuchten Inhalt hinunter, und der Zorn führte dazu, dass ihr Rückgrat sich straffte. Sie erhob sich, schaute ihm unumwunden in die Augen und fragte: »Hast du mein Eigentum berührt?«

Sie erhielt keine Antwort, es gab nicht das geringste Anzeichen dafür, dass er sie auch nur gehört hatte. Sie wiederholte ihre Frage in scharfem Ton, ohne Ergebnis. Sein leerer, heißer Blick brachte sie aus der Fassung, und ihre Wangen färbten sich rot. Sie behielt sorgsam ihren festen, ruhigen Tonfall bei und teilte ihm mit: »Diese Tasche und alles darin gehören mir. Du wirst sie nicht anfassen. Hast du mich verstanden?« Keine Antwort, und sie artikulierte deutlich und langsam: »Meins. Nicht anfassen.«

Seine Schlitzaugen flackerten, und sie widerstand der spontanen Regung zurückzuweichen.

Er flüsterte etwas auf Ygahrisch.

»Hinaus!« Sie hörte sich den Befehl herausbellen wie ein grewzischer Aufseher. »Geh zurück in den Maschinenraum. Raus hier!«

Immer noch glotzte er sie mit stumpfem Blick an, und womöglich wäre er noch den Rest des Tages im Türrahmen stehen geblieben, wäre nicht der gebieterische Ruf des Kapitäns in den Schiffsrumpf heruntergedrungen. Oonuvu fuhr sich ohne Hast mit der Zunge über die Handfläche – eine weitere obszöne Geste –, zog sich zurück und ließ sie allein.

Luzelle stieß langsam den Atem aus. Sie trat an das Bullauge und blickte auf die trüben gelbbraunen Wasser des Ygah hinaus. Lange blieb sie dort stehen, ohne sich zu bewegen.

Mit einem unguten Gefühl und tödlich gelangweilt lungerte sie in der Kabine herum, bis der Sonnenuntergang am frühen Abend ein wenig Erleichterung von der feuchten Hitze und den gierigen Insekten versprach. Dann endlich kehrte sie an Deck zurück, wo Girays, gemütlich im Schatten eines tropischen Strohhuts über einem zerlesenen Exemplar von v'Ierres *Geschichte der Jurlian-Zenki-Kriege* brütete.

»In die Vergangenheit eingetaucht?«, fragte sie lächelnd.

»Die ist nicht so beunruhigend wie die Zukunft und nicht so feucht wie die Gegenwart.« Er lächelte zurück. »Wo haben Sie den ganzen Nachmittag gesteckt? Ein Nickerchen gemacht?«

»Das wäre schön gewesen. Tatsächlich habe ich genäht. Ich beginne langsam einer bizaqhischen Bettlerin zu ähneln, deshalb hielt ich es für das Beste, meine Freizeit damit zu verbringen, meine sich in ihre Bestandteile auflösenden Kleider zu flicken.«

»Nähen. Schwer vorstellbar. Ich habe die verwegene Miss Devaire nie als Ausbund häuslicher Tugenden gesehen.«

»Ich glaube, Sie haben die verwegene Miss Devaire nie als Ausbund irgendwelcher Tugenden gesehen.«

»Ah, Sie ziehen mein Urteilsvermögen in Zweifel.«

»Nein, nur Ihr Einfühlungsvermögen. Aber Sie können mich eines Besseren belehren, indem Sie mich ein paar Minuten durch ihre Konversation zerstreuen.«

»Gut zu wissen, dass sie immerhin als zerstreuend gilt.«

»Ach, kommen Sie, legen sie den alten Schmöker da schon weg. Ich wette, er ist sowieso so trocken wie das Brot von letzter Woche.«

»Sagen Sie das lieber nicht. In diesem Klima bleibt nichts lange trocken.«

Wie um seine Worte zu bestätigen fiel ein kurzer Regentropfenschauer aus dem dämmrigen Himmel. Nach ein oder zwei Minuten war er wieder vorüber und ließ die feuchte Welt einen Hauch kühler zurück.

»Das hat sich wunderbar angefühlt.« Luzelle schüttelte ihr nasses Haar, und die Wassertröpfchen flogen in alle Richtungen. »Bilde ich mir das nur ein, oder spüre ich tatsächlich so etwas wie eine leichte Brise?«

»Unmöglich. Nun« – er besann sich – »möglicherweise der klagende Geist einer Brise.«

»Oder eine vage Vorahnung.« Sie ging zur Reling, und er erhob sich von seinem Stuhl und folgte ihr. »Der Regen scheint fürs Erste die meisten Insekten verscheucht zu haben. Ab und zu gibt es Augenblicke, in denen es hier nahezu erträglich wird.« Ein Lichtschimmer fiel ihr ins Auge, und sie blinzelte und deutete auf ihn. »Sehen Sie, Girays – sehen Sie dorthin!«

Ein bleiches, gedämpftes Leuchten bewegte sich über den Ygah, glitt gegen die Strömung nach Norden. Die luminiszierende Wolke zog unter der Wasseroberfläche dahin, und ihr reines Licht wurde von den schlammigen kleinen Wellen des Stroms gedämpft und getönt.

»Es sieht aus wie ein Geist«, staunte sie.

»Das ist es auch mehr oder weniger. Das ist das Phantom des Stroms.« Als Antwort auf ihre unausgesprochene Frage fuhr er fort: »Ein Schwarm von Zephusa-Fischen, die auf den Ygah begrenzt und nirgendwo sonst auf der Welt zu sehen sind. Ich habe über solche Fische und ihr gespenstisches Licht im Wasser gelesen, habe mir aber nie träumen lassen, sie einmal mit eigenen Augen zu sehen.«

Er lächelte, ziemlich genau dasselbe Lächeln, das über seine Züge geglitten war, als Lanthi Ume zum ersten Mal aus dem Meer aufgetaucht war. Sie lächelte selbst, und fast gegen ihren Willen kam ihr der Gedanke: *Könnte er doch nur immer so sein.*

Ein kleiner Nadelstich brach den Bann. Ein hohes Summen erfüllte ihre Ohren. Sie schlug wohlüberlegt zu, zerquetschte ihr Ziel und sah ihr eigenes Blut, verschmiert mit Insektenüberbleibseln, an ihrem Handgelenk kleben. Ein Fauchen des Abscheus entfuhr ihr.

Dämmerung. Die Stunde der Moskitos.

»Sie fressen mich bei lebendigem Leib!«, beklagte sie sich. »Warum suchen sie sich ausgerechnet mich aus?«

»Anspruchsvolle Gaumen«, sagte Girays herzlos.

»Oh, lachen Sie bitte, nur keine falschen Rücksichten, aber Sie würden es nicht ganz so komisch finden, wenn Sie derjenige wären, der über und über mit juckenden roten Pusteln übersät ist, an denen man partout nicht kratzen darf. Der Kapitän hat mir geraten, mich mit *Marukiñutu* zu betäuben. Ich bin fast verzweifelt genug, um es auszuprobieren. Was halten Sie davon?«

»Lassen Sie mich zunächst sicherstellen, dass ich Sie richtig verstanden habe. Sie bitten mich um Rat?«

»Ich habe nicht versprochen, dass ich ihn auch befolgen werde.«

»Gut, das beruhigt mich dahingehend, dass ich es mit der echten Luzelle zu tun habe und nicht mit einer

Doppelgängerin. Hier also meine Meinung. Lassen Sie die Finger vom *Marukiñutu.* Er macht süchtig, und seine Wirksamkeit als Insektenvertreibungsmittel ist bislang unbewiesen. Ich wäre nicht geneigt, Jhiv-Huzes Wort in dieser Angelegenheit zu vertrauen – höchstwahrscheinlich sucht er nur einen Gefährten für seine Trunksucht.«

»Manchmal klingen Sie genau wie mein Vater.«

»Der sich auch nicht in hundert Prozent aller Fälle irren wird, aber das ist ein anderer Punkt. Ich habe eine Phiole von Urqs Universalsalbe in meiner Reisetasche. Nehmen Sie die, reiben Sie sie auf die juckenden Stellen, und Sie werden sehen, es hilft. Ich nehme an, Jhiv-Huze beabsichtigt, morgen kurz im Pijji-Camp anzulegen, und dort werden Sie möglicherweise feststellen, dass die Ygahris einheimische Tinkturen anbieten, die wesentlich effektiver sind als alles andere.«

»In Ordnung, ich werde es versuchen.«

»Habe ich richtig gehört? Woher stammt denn diese reizende Nachgiebigkeit? Sie verabscheuen meine Vorschläge. Sie lieben nichts so sehr wie die Befriedigung, sie abzulehnen.«

»Nein, nicht im Geringsten. Nun –« Sie dachte kurz nach und berichtigte sich dann: »Unter Umständen ist ein Körnchen Wahrheit daran, was die Zeit betrifft, als ich neunzehn war. Ein *Körnchen.* Aber seitdem sind viele Jahre ins Land gegangen, und manche Dinge haben sich eben geändert. Ich werde Ihnen das beweisen. Könnten Sie mir noch weitere Ratschläge erteilen, wenn ich Sie darum bitten würde?«

»Mein Fundus ist unerschöpflich. Um welches Thema geht es?«

»Ein unangenehmes. Heute Nacht, sehen Sie ...« Sie scharrte unruhig mit den Füßen und zwang sich fortzufahren: »Alle außer dem Kapitän schlafen in der Hauptkabine. Ich glaube, ich würde das hinbekommen, wenn da nicht dieser Junge wäre, dieser Oonuvu –«

»Was, der kleine Ygahri-Heizer? Eine Bagatelle. Er wird nicht da sein. Ich übrigens auch nicht. Sie werden völlig ungestört sein.«

»Girays, ich könnte Sie nie aus der Kabine verdrängen und zwingen, an Deck zu schlafen, das wäre nicht fair. Ich weiß Ihre Höflichkeit zu schätzen, aber –«

»Die Sache steht nicht zur Diskussion. Mir wird es schon an nichts mangeln, keine Angst. Was den Heizer angeht, können Sie sich vorstellen, dass ich – oder irgendein anderer Vonahrier von Ehre – es tatsächlich gestatten würde, dass Sie eine Schlafunterkunft mit einem männlichen Eingeborenen teilen? Die Vorstellung ist absurd.«

»*Gestatten?*«

»Oh, ich weiß, das Wort reizt sie, und vielleicht war es schlecht gewählt. Aber ich vertraue darauf, dass Ihre moderne Leidenschaft für Unabhängigkeit Sie nicht blind für die simplen Fakten des Lebens macht. Ich würde nie dulden, dass dieser Ygahri-Junge irgendeine Vonahrierin belästigt, geschweige denn Sie.«

»Vielleicht könnte M. le Marquis so gut sein, mir die Bedeutung von Nationalität in diesem Fall zu erklären?«

»Die Erklärung liegt auf der Hand. Wollen Sie das leugnen?«

»Aber wir armen Sterblichen teilen nicht alle Ihrer Lordschaft Fähigkeit zur Vereinfachung. Seine Urteile basieren auf den gröbsten Verallgemeinerungen, den schreiendsten Vorurteilen, die man sich vorstellen kann, und das genügt ihm. Vonahrische Frau. Ygahri-Junge. Mehr muss man nicht wissen.«

»Selbstgerechtigkeit steht Ihnen schlecht zu Gesicht. Vor wenigen Augenblicken haben Sie sich noch selbst über einen aufdringlichen Eingeborenen beschwert.«

»Sie haben sich ja nicht die Mühe gemacht, nach dem Grund zu fragen. Ihnen ist nie der Gedanke gekommen, dass ich über die bloße Tatsache seiner Rasse hinaus einen speziellen Einwand haben könnte.«

»Sie brauchen keinen.«

»Das ist nicht gerecht, das ist engstirnig, das ist –« sie suchte verzweifelt nach einem Adjektiv, das die Mauer seines Gleichmuts durchdringen könnte, und fand eins – »irrational.«

»Dann belehren Sie mich bitte. Schildern Sie mir die unzähligen Tugenden und zivilisatorischen Errungenschaften der Neun Gesegneten Stämme. Rufen Sie mir die ygahrischen Beiträge zu Kunst, Literatur, Architektur, Wissenschaft, Recht und Philosophie ins Gedächtnis. Sie scheinen mir entfallen zu sein.«

»Oh, manchmal kann man mit Ihnen einfach nicht reden!«

»Ihre Redefähigkeit scheint unbeeinträchtigt zu sein, aber ich will versuchen, es Ihnen zu erleichtern. Wenn Sie wollen, erläutern Sie mir das Vergehen des Heizers.«

»Nun, er hat meine Reisetasche durchwühlt.«

»Hat der kleine Gauner etwas mitgehen lassen?«

»Ich glaube nicht, aber allein der Gedanke, dass er meine Sachen berührt hat –«. Sie verzog das Gesicht.

»Neugierig wie die Affen, manche dieser Eingeborenen.«

»Girays –!«

»Das war nicht abschätzig gemeint. Affen sind äußerst gewinnende Wesen. Hat er sonst noch etwas getan?«

»Eigentlich nicht. Er starrt mich an –«

»Verständlich. Daraus kann ich ihm kaum einen Vorwurf machen.«

»Sein Blick gefällt mir nicht, und die Art und Weise, wie er seine Hände bewegt, auch nicht.«

»Hat er Sie angefasst?« Girays Züge verhärteten sich.

»Nein, er fasst sich nur selbst an. Nicht das, was Sie denken. Nicht so offensichtlich. Einmal hat er sich mit der Zunge – ach, was soll's. Fakt ist, ich kann ihn nicht ertragen.«

»Das müssen Sie auch nicht. Ich habe Ihnen bereits versprochen, dass Sie die Kabine für sich haben werden. Ich werde dem kleinen Oonuvu meine Wünsche deutlich machen, und falls er sich uneinsichtig zeigt, werde ich ihn blutig peitschen.«

»Das würden Sie nicht. Dazu sind Sie zu zivilisiert und zu anständig.«

»Wenn ich mich recht entsinne, haben Sie auch nicht von mir geglaubt, dass ich eine Waffe trage.«

»Nun gut, wie wollen Sie dem kleinen Oonuvu denn Ihre Wünsche klar machen, es sei denn, Sie sprechen Ygahrisch? Sei's drum, sehen Sie sich besser vor. Wenn Sie seinem Heizer etwas antun, wirft uns sein Kapitän womöglich noch über Bord.«

»Dann werde ich den Kapitän bezahlen, damit er Oonuvu aus der Kabine fern hält. Besser?«

»Viel. Aber falls jemand Jhiv-Huze bezahlt, dann sollte ich das sein.«

»Lassen Sie uns die Abrechnung auf ein andermal verschieben. Im Augenblick ziehe ich es vor, den Sonnenuntergang zu beobachten und Moskitos zu zerdrücken.«

Die *Blinder Krüppel* ging für die Nacht vor Anker. Das Abendessen, vom Kapitän eigenhändig zubereitet, folgte bald darauf. Ein kleiner Klapptisch, an der Kombüsenwand befestigt und von einem einsamen wackligen Bein gestützt, war kaum groß genug für die vier Esser. Das Lampenlicht war schwach und zittrig, die Luft stand und stank. Geflügelte Wesen flitzten durch das wandschrankgroße Gelass, und gelegentlich huschte eine größere dunkle Gestalt über den Boden.

Luzelle musterte eine Zeitlang den grünen Schimmel, der in den Fugen zwischen den Brettern der Tischoberfläche wuchs, um dann den Blick abzuwenden.

Eine Schüssel mit Essen wurde vor sie hingestellt – irgendein Eintopf, sämig und ölig. Und von ehrwürdigem Alter, wie sie mit dem ersten Bissen feststellte; wahrscheinlich immer wieder erhitzt und erkaltet, wohl ein halbes Dutzend Mal. Sie aß mechanisch, ohne zuzulassen, dass sie etwas schmeckte. Kein Wasser, um sich den Mund zu spülen – das hiesige Wasser war für Ausländer tödlich. Es gab wässriges Bier und starken grünlichen Xussi, einen hier destillierten Branntwein. Sie trank sparsam von Ersterem.

Zumindest musste sie keine Konversation machen, und auch Girays bemühte sich nicht, denn Kapitän Jhiv-Huzes Vorrat an Fluss-Anekdoten war ebenso unbegrenzt wie seine Bereitschaft, sie zum Besten zu geben. Seine Bassstimme brummte endlos dahin, und sein Wortschwall wurde nur gelegentlich unterbrochen, wenn der Sprecher innehielt, um sich mit dem einen oder anderen kräftigen Schluck Xussi zu erfrischen. Die Zeit verging, der grünliche Branntwein floss, und die Stimme begann zu nuscheln, brach aber nicht ab. Zuerst besaßen die Geschichten eine gewisse Lebendigkeit, aber mit zunehmender Alkoholwirkung wurde Jhiv-Huze undeutlich, schweifte ab und wiederholte sich.

Luzelles Aufmerksamkeit ließ nach. Sie versuchte nicht an das Essen vor sich zu denken, daran, wie es roch oder schmeckte. Sie versuchte nicht an Oonuvu zu denken, dessen schwarze Augen durch den Vorhang seiner schwarzen Haare funkelten, als er es seinem Kapitän mit dem grünlichen Zeugs gleichtat. Sie versuchte nicht an fünf weitere Tage nach demselben Muster zu denken. Viel besser schien es, an Jumo Statt zu denken, wo die Zivilisation mit all ihren Annehmlichkeiten sie wieder hätte. Honorige Hotels. Ein Bad. Gutes Essen. Saubere Kleider. *Trockene* Kleider. Ihre eigenen Sachen waren noch feucht von dem Regen und würden höchstwahrscheinlich auch in diesem

Zustand verharren, denn in diesem Klima trocknete nichts richtig durch. Ihre robusten Wanderschuhe waren nass, desgleichen die Füße, die in ihnen steckten. Sie würde zu Sandalen übergehen müssen, bevor ihr gut durchgeweichtes Fleisch einen Nährboden für potenziell verheerende offene Wunden bilden konnte.

Neben ihr saß Girays beneidenswert kühl und behaglich in seinen leichten Khakihosen. Und derselbe Mann, der seinen Küchenchef in Belfaireau für das unglaubliche Vergehen getadelt hatte, eine frische Regenbogenforelle ganze neunzig Sekunden zu lange gegart zu haben, löffelte jetzt diesen Eintopf von zweifelhafter Genießbarkeit ohne sichtlichen Widerwillen in sich hinein. Wie schaffte er das? Die Stimme des Kapitäns schwadronierte weiter, und ihre Gedanken begannen umherzuschweifen.

Das Abendessen war zu Ende, als Jhiv-Huze seine Schüssel wegschob, den Kopf auf den Tisch sinken ließ und zu schlafen begann. Oonuvu erhob sich und schlich geräuschlos aus der Kombüse.

Luzelle schoss Girays einen fragenden Blick zu. Er zuckte die Achseln. Gemeinsam standen sie auf und begaben sich an Deck, wo sie sich noch eine Weile aufhielten, um die Sterne zu beobachten. Das Mondlicht zitterte auf den kleinen Kräuselwellen des Stroms, und die Wälder, die am Ufer wucherten, erstickten in nachtschwarzem Schatten. Aus der Schwärze drang ein Schrei, ein herzzerreißendes Winseln höchster Not.

»Was war das?« Luzelle fühlte, wie sich ihr die Nackenhärchen sträubten.

»Jäger oder Gejagter.« Girays flüsterte beinahe.

Lauschend standen sie da, aber der Schrei wiederholte sich nicht. Schließlich ließ die Spannung nach, und Luzelle stellte fest, dass sie müde war. Vielleicht saugte die drückende Atmosphäre ihr die Lebenskraft aus, vielleicht hatte sie sich aber auch beim Abendessen vergiftet. Was auch der Grund sein mochte, sie wollte schlafen, obwohl es noch früh war.

»Ich gehe jetzt nach unten«, verkündete sie und fügte unbehaglich hinzu: »Haben Sie mit Jhiv-Huze gesprochen, ich meine, darüber –«

»Alle Probleme sind gelöst«, versicherte ihr Girays. »Der Heizer hat seine Anweisungen erhalten, der Kapitän hat die Angelegenheit im Griff.«

»Der Kapitän ist, wenn ich mich nicht irre, besinnungslos betrunken und wird vor morgen früh nicht wieder unter den Lebenden weilen.«

»Die Sache ist bereinigt. Machen Sie sich keine Sorgen, Sie werden ungestört bleiben.«

»Aber was ist mit Ihnen?«

»Ich frage mich, ob ich nicht für heute Nacht das Quartier des Kapitäns beschlagnahmen soll. Jhiv-Huze dürfte es, wie Sie richtig festgestellt haben, kaum merken.«

»Das würden Sie nicht wagen!« Sie kam nicht umhin zu lachen.

»Na ja, eine Überlegung ist es schon wert. In der Zwischenzeit sehen Sie zu, dass Sie ein bisschen Schlaf bekommen.«

»Das werde ich – und danke.« Diesmal war es ganz leicht, ihm zu danken.

Sie machte sich auf den Weg die Treppe zur Kajüte hinunter und nach vorne in die Hauptkabine, öffnete die Tür und streckte vorsichtig den Kopf hinein. Mondlicht fiel durch das Bullauge herein und beleuchtete einen leeren Raum, und sie stieß einen erleichterten Seufzer aus. Sie trat ein und schloss die Tür hinter sich. Kein Schloss, registrierte sie voller Bedauern. Nicht einmal ein Stuhl, den man unter der Klinke hätte verkeilen können. Nun, sie brauchte ja auch keinen. Sie machte sich unnötige Sorgen.

Nichtsdestoweniger zögerte sie, sich zu entkleiden, doch der klamme Zustand ihrer Gewänder gab den

Ausschlag. Sie holte knielange Musselinunterhosen und eine der langen, lose sitzenden Bizaqhi-Tuniken aus ihrer Reisetasche, schaute sich noch einmal misstrauisch um, hockte sich mit dem Rücken gegen die Tür auf die Erde und tauschte hastig und verschämt ihre nassen Kleider gegen trockene. Relativ trockene; die von Feuchtigkeit gesättigte Luft schien alles durchdrungen zu haben, was sie besaß. Die Taschenpistole wanderte obenauf in die Reisetasche, in bequemer Reichweite, sollte sie sie benötigen.

Sie breitete ihre feuchten Kleider auf den leeren Hängematten aus und legte sich in eine weitere. Das Segeltuch unter ihr war feucht und roch nach Moder. Es gab kein Kissen und kein Laken, und Letzteres hätte man auch nicht gebraucht, denn die Atmosphäre war so drückend wie eine klatschnasse Wolldecke. Doch die leichte Schaukelbewegung des vor Anker liegenden Schiffs war seltsam einschläfernd, und sie war wirklich erschöpft. Bald verlangsamten sich ihre Gedanken, die Augen fielen ihr zu, und sie schlief ein.

Sie wusste nicht, welches Geräusch oder welcher hellwache Instinkt sie geweckt hatte. Luzelle schlug die Augen auf. Sie konnte noch nicht lange geschlummert haben, denn das in die Kabine flutende Mondlicht hatte sich noch nicht sehr verändert. In seinem fahlen Schimmer entdeckte sie die Gestalt des Heizers Oonuvu, die dicht neben ihrer Hängematte lauerte. Er starrte auf sie hinunter, wo sie lag, und seine Hände glitten langsam an seinen nackten Schenkeln hinauf und hinunter. Sein Gesicht lag im Schatten, aber sie bekam das Brennen dieser Augen aus geschmolzenem Pech mit. Ein Aufschrei, zu spontan, um Würde oder Anstand zu wahren, entfuhr ihr. Sie rollte sich aus der Hängematte, schlug mit allen vieren auf den Boden auf und rappelte sich mühsam hoch.

Er flüsterte etwas auf Ygahrisch.

Sie hielt nicht inne, um zu versuchen es zu verstehen oder zu deuten, sondern stürzte auf die Tür zu. Wie der Blitz war sie hindurch und torkelte durch die Schwärze, auf der Suche nach der Treppe. Sie wusste nicht, ob Oonuvu ihr folgte, wusste nicht einmal genau, ob sie etwas von ihm zu befürchten hatte. Zu spät ging ihr auf, dass sie sich durch die Flucht jeglicher Verteidigung beraubt hatte. Die Khrennisov lag noch immer da, wo sie sie so sorgsam deponiert hatte.

Wieder war sie oben an Deck, die Nachtluft war mild und schwer um sie herum, das Mondlicht nützlicherweise hell. Ein Schatten bewegte sich am Rand ihres Gesichtsfelds, und sie wirbelte herum, um sich Girays gegenüberzusehen, der aus dem Nichts aufgetaucht war.

Er maß sie mit einem forschenden Blick und fragte: »Was ist passiert?«

»Dieser Junge –« Ihre Stimme kam als verängstigtes, albernes Quietschen heraus, und sie bemühte sich, sie zu senken. »In der Kabine –«

»Hat er Sie angefasst?«

»Nein, hat er nicht. Aber ich wurde wach, und er war einfach *da*, direkt neben mir, und starrte mich an –«

»Das reicht. Die kleine Bestie fliegt vom Schiff, jetzt sofort. Ich schmeiße ihn über die Reling, und dann kann er ans Ufer schwimmen.«

»Girays, das können Sie nicht tun!«

»Besser, als ihn auf der Stelle zu töten, finden Sie nicht?« Er begab sich zur Treppe.

Sein Gesichtsausdruck überraschte sie. Verschwunden waren alle Spuren der für ihn so typischen Trägheit und Ironie. Er wirkte gefasst, zielstrebig und gefährlich. Sie hatte ihn nie so gesehen, hatte nie geahnt, dass er so aussehen könnte. Einen Augenblick lang wirkte er fast wie ein Fremder auf sie.

»Warten Sie!« Sie zerrte vergeblich an seinem Ärmel. »Hören Sie auf! Bitte hören Sie mir zu! Dieser Junge hat mich erschreckt, aber er hat eigentlich nichts Falsches getan. Girays, hören Sie mich? Ich sagte, er hat nichts *getan*–«

»Er ist in Ihr Zimmer eingebrochen, richtig?«

»Nicht ganz. Es war nicht verschlossen, und eigentlich ist es ja auch nicht mein Zimmer. Erinnern Sie sich, normalerweise schläft er dort–«

»Nicht heute Nacht.«

»Vielleicht wusste er das nicht. Sie haben mit dem Kapitän gesprochen, und der hat es vielleicht versäumt, es seinem Heizer weiterzusagen. Erinnern Sie sich, wie betrunken er war?«

»Sie meinen, Sie halten dieses Vorkommnis für zufällig? Sie halten den Jungen für unwissend und unschuldig?«

»Na ja–« Sie rief sich Oonuvu ins Gedächtnis, wie er neben ihrer Hängematte gehockt hatte, sie erinnerte sich an seine Augen im Mondlicht. Nein, sie glaubte nicht einen Augenblick, dass er unschuldig war, aber – »Ich weiß es wirklich nicht«, gestand sie laut. »Wir sprechen nicht einmal seine Sprache, und ich meine, wir können nicht einfach das Schlimmste annehmen, nur weil – nur wegen diesem Blick in seinen Augen . . .«

»Luzelle.« Girays blieb endlich stehen und wandte sich zu ihr um. »Was wollen Sie mir sagen? Dass Sie meine Hilfe nicht brauchen oder wollen? Das wäre nichts Neues. Ich hätte es wissen müssen.«

»Das meine ich nicht. Wissen Sie eigentlich, wie froh ich bin, dass Sie hier sind? Ich glaube nicht, dass ich es ohne Sie ertragen könnte.« Sie stockte verlegen und schloss lahm: »Ich möchte nur einfach nicht, dass Sie etwas Unüberlegtes tun.«

»Dann haben wir für heute Nacht die Rollen getauscht. Sehr wohl.« Der grimmige Zug um seinen Mund lockerte sich ein wenig. »Ich verspreche, ich gebe Oonuvu Gelegenheit, sich zu erklären, bevor ich ihn über Bord werfe. Wäre das nicht fair? Und jetzt lassen Sie uns das kleine Ungeheuer zur Strecke bringen.«

Er ging vor, und sie folgte ihm. Bald erreichten sie die Hauptkabine, deren Tür weit offen stand. Ihre Reisetasche, ebenfalls offen, lag auf der Erde, wo sie sie hingelegt hatte. Luzelle eilte zu der Tasche, kniete sich hin und überprüfte rasch den Inhalt.

»Es fehlt nichts«, berichtete sie.

»Außer dem Heizer, aber hier gibt es nicht viele Plätzchen, wo man sich verstecken könnte. Kommen Sie, wir untersuchen den Maschinenraum.«

»Girays, nein. Lassen Sie es sein. *Bitte.*«

Er zauderte so lange, dass sie schon dachte, er würde sich weigern, aber schließlich gab er nach. »Wenn es das ist, was Sie wirklich wollen.«

»Sie klingen enttäuscht. Sie *wollen* ihn wirklich über Bord werfen, nicht?«

»Ich will, dass die Sache ein für alle Mal geklärt wird.«

»Vielleicht können wir den Kapitän morgen auf Oonuvu ansetzen.«

»Vielleicht. In der Zwischenzeit gibt es jedoch kein Schloss an Ihrer Tür, und er könnte wiederkommen.«

»Ich glaube nicht, dass er das tun wird.« Die Ausrede klang selbst in ihren Ohren schwach. »Sei's drum, mir wird schon nichts passieren, ich habe ja immer noch die Pistole.«

»Ich werde in dem Gang vor Ihrer Tür schlafen«, verkündete er, als hätte sie nichts gesagt.

»Bitte nicht. Es ist überflüssig und zu sehr ein einstmals Hoher, als dass Sterbliche es ertragen könnten.«

»Völlig egoistisch, seien Sie versichert. Ich möchte nur selbst ruhig schlafen können.«

»Was ist mit mir? Was glauben Sie, wie ich mich fühle, wenn ich weiß, dass Sie es wegen mir so unbequem haben?«

»Dann sollte sich unser beidseitiges Unbehagen die Waage halten und somit Ihren ausgeprägten Drang nach Gleichheit befriedigen.«

»Ich habe eine bessere Idee. Nehmen Sie eine der freien Hängematten, und ich schlafe in dieser hier.« Seine Brauen fuhren in die Höhe, und sie fügte hinzu: »Es ist das Praktischste und Vernünftigste, was wir tun können.«

»Ich frage mich, ob Ihr Vater das auch so sehen würde.«

»Er würde zweifellos um meinen Ruf bangen.« Sie sah ihn unschlüssig werden und fügte hinzu: »Ich fühle mich sicherer, wenn Sie hier drin sind.« Das war sowohl wahr als auch wirksam. Er nickte und streckte sich ohne weitere Einwände in der Hängematte neben der Tür aus.

Luzelle nahm ihre unterbrochene Nachtruhe wieder auf oder versuchte es wenigstens. Eine Ewigkeit lag sie mit geschlossenen Augen da, die Muskeln bewusst gelockert. Aber sie war hellwach und würde das wohl auch bleiben; im Einklang mit den Schaukelbewegungen des vor Anker liegenden Schiffs, sich jedes Ächzens und Raschelns und vor allem Girays' Nähe nur allzu deutlich bewusst. Nicht, dass er irgendwelche Geräusche von sich gegeben hätte. Kein Hüsteln oder Schnarchen und ganz gewiss kein Versuch einer Konversation. Die Augen noch immer geschlossen, lauschte sie eindringlich, bekam aber nicht einmal das Geräusch seines Atems mit, dessen Eigenschaft ihr hätte sagen können, ob er schlief oder nicht. Aus unerfindlichem Grund erschien es ihr ungeheuer wichtig zu sein zu wissen, ob er ihre Schlaflosigkeit teilte.

Die Minuten verrannen. Sie öffnete die Augen, schaute zur Decke hoch und horchte auf die Geräusche der *Blinder Krüppel.* Zu guter Letzt drehte sie ganz behutsam ihren Kopf, um einen verstohlenen Blick über die Kante ihrer Hängematte zu riskieren.

Girays lag mit dem Gesicht von ihr abgewandt. Sie konnte ein Stückchen seines schwarzen Haars sehen, den bleichen Winkel seines Wangenknochens und einen Teil seiner khakigekleideten Schulter. Die Krümmung der Segeltuchmatte, in der er lag, verbarg den Rest. Falls seine Augen offen waren, blickte er direkt durch das Bullauge in den Nachthimmel. Sie musste nur seinen Namen flüstern, um es herauszufinden, aber irgendwie vermochte sie es nicht. Aber auch sich von ihm abwenden konnte sie scheinbar nicht, und so lag sie hellwach da, beobachtete ihn stumm und machte sich ihre Gedanken.

Der Morgen brach an, und die *Blinder Krüppel* nahm ihre Reise wieder auf. Stundenlang saß Luzelle an Deck und sah die wilden grünen, von Orchideen gesprenkelten Wälder von Oorex vorbeigleiten. Hitze und Luftfeuchtigkeit waren bedrückend wie eh und je, aber Urqs Universalsalbe verschaffte ihr eine gewisse Linderung. Von Oonuvu keine Spur – vielleicht hatte er Befehl erhalten, sich unsichtbar zu machen, vielleicht war er einfach unter Deck beschäftigt. Sie hatte keine Lust, sich darüber den Kopf zu zerbrechen, sondern genoss es einfach, ihn nicht sehen zu müssen. Sie hatte ein Buch, das Girays ihr geliehen hatte – eines seiner Geschichtswälzer –, nicht das, was sie sich ausgesucht hätte, doch sie fand wider Erwarten Geschmack daran. Die Zeit verging langsam, doch sie verging.

Kurz vor Mittag legte die *Blinder Krüppel* am Pijji-Camp an, und alle an Bord hatten eine Stunde Landgang. Sinnlos, sich über die Zeitverschwendung zu beklagen. Kapitän Jhiv-Huze war freundlich, aber stahlhart; gewisse Vorräte mussten an Bord genommen werden, der Aufenthalt war notwendig.

Luzelle ging an Land, um das primitive, provisorische kleine Dorf zu erkunden, wo sie, wie Girays vorausgesagt hatte, Ygahris fand, die willens waren, ihr Tinkturen zum Schutz gegen die gierigen Insekten zu verkaufen oder einzuhandeln. Mit Verwunderung und leichtem Unbehagen stellte sie fest, wie einfach es war, sich mit den Eingeborenen in gebrochenem Grewzisch zu verständigen. Die meisten von ihnen verstanden zumindest ein paar Brocken, und manche sprachen es sogar fließend. Die grewzische Präsenz, an diesem Stromabschnitt so beherrschend, fiel in Pijji-Camp deutlich ins Auge. Die Bewohner stellten stolz grewzische Zigaretten, Schmuck, der bernsteinfarbene Glasscherben grewzischer Bierflaschen enthielt, sowie kleine Medaillen mit dem aufgeprägten Konterfei des grewzischen Imperiors zur Schau.

Mit ihrem Rosinenpäckchen, einer exotischen Rarität für die Einheimischen, erwarb sie einen kleinen Vorrat einer übel riechenden Salbe, die in die ledrigen Blätter eines unbekannten hiesigen Strauchs gewickelt war. Nach erfolgreich beendeter Mission kehrte sie an Bord der *Blinder Krüppel* zurück, und Kapitän Jhiv-Huze tat es ihr bald nach. Die Veränderung in seinem Gebaren fiel ihr sofort auf. Alle Jovialität war verschwunden. Sein Gang war schlurfend. Die Haltung seiner Schultern und seine Mundstellung vermittelten mürrische Verzagtheit. Im Vorbeigehen schaute er sie kurz an, geruhte indes nicht, ihre Existenz zur Kenntnis zu nehmen. Stirnrunzelnd blickte sie ihm hinterher.

Die *Blinder Krüppel* verließ Pijji-Camp. Luzelle schmierte sich die Ygahri-Paste auf Gesicht, Hals, Hände und bloße Unterarme, um sich dann wieder ihrer Lektüre zuzuwenden. Die Stunden verstrichen. Die Salbe erfüllte alle Erwartungen, und die Insekten ließen sie in Ruhe.

Zweimal kam Girays auf sie zu, um sich kurz mit ihr zu unterhalten, und sie stellte fest, dass sie sich in seiner Gegenwart merkwürdig gehemmt fühlte. Insgesamt war er liebenswürdig – er tat höflicherweise sogar so, als nehme er den von ihrer Eingeborenentinktur ausgehenden starken Geruch nicht wahr –, aber sie fühlte sich trotzdem befangen. Es hatte letzte Nacht angefangen, ging ihr auf, und es war albern, aber sie konnte die Erinnerung nicht aus ihren Gedanken verbannen, wach in der mondscheindurchfluteten Kabine zu liegen und ihn zu beobachten, wie er schlief oder zu schlafen vorgab.

Und was war mit der kommenden Nacht? Und der Nacht danach?

Äußerlich ließ sie sich nichts anmerken. Sie plauderte freundlich und gewandt. Nach einer Weile entfernte er sich wieder.

In der Mitte des Nachmittags legte die *Blinder Krüppel* erneut an, diesmal an einer Flussbiegung, wo die Dschungelvegetation einer armseligen kleinen Ansammlung von laubgedeckten Hütten wich, die nach Provisorium rochen.

Noch eine Verzögerung. Wieso? Stirnrunzelnd legte Luzelle ihr Buch beiseite und verfolgte, wie Kapitän Jhiv-Huze allein an Land ging. Er eilte auf die Hütten zu, und bald verbargen ihn die dünnen Wände vor ihren Blicken. Sie stand von ihrem Stuhl auf und ging rastlos auf und ab. Vierzig endlose Minuten verstrichen, bevor er wieder auftauchte. Mit hängenden Schultern und hängendem Kopf schlufte er an Bord zurück. Die Gangway hob sich, und die *Blinder Krüppel* dampfte von dannen.

In diesem Tempo würden sie die *Wasserfee* nie und nimmer einholen. Luzelle kochte ohnmächtig vor sich hin. Girays' Buch vermochte ihre Aufmerksamkeit nicht länger zu fesseln.

Vier Stunden später legte die *Blinder Krüppel* erneut eine Pause ein, diesmal bei einem kleinen Dorf mit unaussprechlichem Namen, und nun ging ihr Temperament mit ihr durch. Sie trat dem Kapitän entgegen und beschwerte sich bitterlich.

Er würdigte sie keiner Antwort. Stapfend, wie blind und taub gegenüber ihrer Existenz, begab er sich an

Land. Luzelle funkelte ihm wütend hinterher, aber ihre Empörung kaschierte wachsende Beklommenheit. In seinem Gesichtsausdruck lag etwas höchst Beunruhigendes, mit seinen Augen stimmte irgendetwas nicht; es war ein glasiger, leerer, nahezu toter Blick. Solche Augen hatten sie aus ausgestopften, an der Wand hängenden Tieren heraus angesehen.

War Jhiv-Huze krank? Fieber vielleicht? Falls ja, konnte er die *Blinder Krüppel* weiter bis Jumo lenken? Eine egoistische Befürchtung, das war ihr klar. Früher hätte sie sich deswegen geschämt, heute nicht mehr.

Eine Stunde verging, und der Kapitän kehrte zurück, abgestumpft und mürrisch wie zuvor. Die *Blinder Krüppel* dampfte ein paar spärliche Meilen weiter südwärts, um dann bei Sonnenuntergang wieder vor Anker zu gehen. Jhiv-Huze zog sich in sein Quartier zurück. Die Maschine verstummte. Trübes Zwielicht senkte sich über alles.

»Ich frage mich, was wir heute Abend essen sollen«, sorgte sich Luzelle.

»Können Sie die Kochkünste des Kapitäns nicht mehr erwarten?«, fragte Girays.

»Sie sind dem Tod durch Verhungern vorzuziehen. Aber er ist heute so – wie soll ich es ausdrücken – abwesend, dass ich glaube, er wird vergessen, uns zu verköstigen.«

Die beiden standen an der Reling und sahen zu, wie der Mond über den Wäldern von Oorex aufging. Ein hauchdünner Nebel verlieh dem fahlen Licht eine diffuse Färbung. Die Nachtvögel schrien, die Frösche quakten, und Luzelles Magen knurrte vehement. Sie errötete und fragte sich, ob er es wohl gehört hatte.

»Ich bin bereit, zu Abend zu essen, und verspüre keine Neigung, auf die Schrullen dieses exzentrischen Burschen von Jhiv-Huze zu warten«, verkündete Girays.

Ja, er hatte es gehört, und jetzt versuchte er diplomatisch zu sein.

»Ich schlage vor, wir plündern die Kombüse«, fuhr er fort. »Vielleicht stoßen wir auf etwas mehr oder weniger Essbares.«

Sie nickte, und sie begaben sich unter Deck, wo das Geräusch erstickter Grunzer sie vor das Quartier des Kapitäns führte. Die Tür stand offen. Luzelle schaute hinein und entdeckte Jhiv-Huze auf dem Boden zusammengekauert, das Gesicht in den Händen vergraben, mit bebenden Schultern. Wenn sie erst nachgedacht hätte, hätte sie womöglich schweigend den Rückzug angetreten. Aber sie nahm sich nicht die Zeit dafür, sondern fragte besorgt: »Kapitän, was ist mit Ihnen? Sind Sie krank?«

Er schaute auf, und sie sah, dass seine Augen geschwollen waren und Tränen über sein tätowiertes Gesicht rannen. Sein Mund arbeitete, und dann gelang es ihm hervorzustoßen: »Es ist keiner zu haben.«

»Was?«

»Jhiv-Huze hat Geld geboten, Tand, Tabak, Xussi, Transportmöglichkeit. Er hat Oonuvus Dienste angeboten. Er hat alles angeboten, was er besitzt, aber ohne Erfolg. Es ist keiner zu haben.«

»Kapitän, Sie fühlen sich nicht wohl. Am besten legen Sie sich hin. Ich könnte Ihnen ein kühles feuchtes Tuch holen, das Sie sich auf die Stirn legen können –«

»Nutzlos. Es ist dieses eine Getränk, das Jhiv-Huze will und braucht, das liebe Elixier, das seine Lust und sein Frieden ist. Und er sagt Ihnen, es gibt nichts mehr! Dreimal hat er heute entlang des Flusses angehalten und gefragt, und überall ist es dasselbe. Die Trockenfäule hat die Blätter geschädigt, die Vorräte sind erschöpft, und um keinen Preis ist mehr etwas erhältlich!«

»Schlecht. Aber keine Angst, wir werden improvisieren.« Sie dachte rasch nach. Dieses heulende, zitternde Häufchen Elend brauchte irgendeine Art von Stärkungsmittel, um seine nautischen Fähigkeiten wiederherzustellen, und ein Stärkungsmittel sollte er haben. »Es muss doch jede Menge Ingredienzen in der Kombüse geben. Wir werden Ihnen einen Ersatz zusammenmischen –«

»Sie idiotisches Plappermaul von einem Weib, es gibt keinen Ersatz!«, brüllte der Kapitän. »Sind Sie blind, sind Sie blöd? Es gibt nur eine, exquisit und einzigartig, eine Königin, eine Kaiserin, eine Göttin, eine –«

»*Marukiñutu*?«, schlug Girays lässig vor. »Sie haben Ihren gesamten *Marukiñutu*-Vorrat aufgebraucht, Kapitän?«

»Endlich ein Schimmer von Verstand.« Jhiv-Huze nickte. Frische Tränen flossen. »Ganz wie Sie vermuten, Sir. Jhiv-Huzes Trost ist dahin. Wie soll er die kommende Nacht ertragen? Wie soll er den Morgen ertragen? Er muss die erschöpften Vorräte auffüllen. Zwischen hier und Ygah-Ta'ahri gibt es ein Dutzend Camps. Er wird es in allen versuchen!«

»Nein!«, rief Luzelle aus, außerstande, ihre Empörung zu verbergen. »So viel Zeit haben wir nicht. Keine außerplanmäßigen Aufenthalte mehr. Auf keinen Fall!«

»Die Eile muss der größeren Notwendigkeit weichen.« Ein kleiner Muskel in seiner Wange zuckte spasmisch und verzog Jhiv-Huzes Lippen zu einem flüchtigen schiefen Lächeln.

»Das kommt nicht in Frage. Keine Aufenthalte mehr, ich werde es nicht dulden!«

»Roupe Jhiv-Huze lenkt die *Blinder Krüppel.* Er ist hier der Kapitän, und er rät Madame, sich das ins Gedächtnis zu rufen.«

»Ein ehrlicher Kapitän mit Verantwortungsgefühl –«, setzte Luzelle an, schaffte es dann jedoch, den Mund zu halten. Sorgsam mäßigte sie ihren Ton und umgarnte ihn: »Wir könnten erneut über den Fahrpreis reden, Kapitän. Vielleicht eine zusätzliche Entschädigung –«

»Es gibt keine Summe, die hoch genug wäre, um

Jhiv-Huze von seinem augenblicklichen Ziel abzubringen.«

Ihre Empörung wuchs wieder, und hitzig begann sie: »Ich meine mich zu erinnern, dass Jhiv-Huze versprochen hat, uns umgehend nach Jumo zu bringen –«

»Ein Kurs, der seinen Zwecken am besten dient, wie auch den unseren«, schnitt Girays ihr elegant das Wort ab. Der Kapitän wandte ihm seine leeren, nassen Augen zu, und er führte aus: »Heute haben Sie es erfolglos in drei Siedlungen versucht. Morgen werden Sie auch nicht mehr Glück haben. Diese außerplanmäßigen Stopps verschwenden nur unsere Zeit, die hiesigen Siedlungen sind vergebliche Liebesmüh. Aber Jumo Statt ist eine Quelle, die nie austrocknet. Dort fließt Jhiv-Huzes geliebter *Marukiñutu* so endlos wie der Ygah selbst. Eilen Sie nach Jumo, Kapitän. Dort werden Sie Ihr Glück prompt wiederhergestellt finden.«

Der Kapitän schien von dem Vorschlag überrascht zu sein. Eine Weile sann er schweigend nach. Schließlich gab er zur Antwort: »Sir, Jhiv-Huze glaubt, dass Sie da auf etwas gestoßen sind. Sie befinden sich im Recht, und er gesteht es ein. Er wird Ihrer Empfehlung folgen. Helfen Sie ihm auf die Beine, wenn es Ihnen nichts ausmacht.«

Girays tat ihm den Gefallen.

»Ah, das ist schon besser.« Der Kapitän schwankte ein wenig, fand jedoch sein Gleichgewicht wieder. »Jhiv-Huze ist wieder er selbst, Herr seines eigenen Schicksals, er brennt vor neuer Entschlossenheit. Sein Heil liegt in Jumo Statt. Wir haben zu lange getrödelt. Wir werden keine Zeit mehr verlieren, sondern noch diese Stunde, diese Minute mit Höchstgeschwindigkeit nach Süden abdampfen.«

»Gut!«, rief Luzelle aus.

»Ah, Madame hat wieder gute Laune. Jhiv-Huze weiß, dass viele ihrer jüngsten Bemerkungen eher Unwissenheit als bösem Willen entspringen, und ist willens, sie zu vergessen.«

»Also bereit, den Anker zu lichten?«

»Jhiv-Huze ist bereit, den Strom in Brand zu setzen!«

»Nicht ratsam«, bemerkte Girays. Indem er ihren entrüsteten, anklagenden Blick übersah, fügte er hinzu: »Sie können das Schiff nicht nachts fahren, Kapitän.«

»Und ob er das kann«, schnappte Luzelle zurück. »Jhiv-Huze stellt sich der Herausforderung. Nicht wahr, Kapitän?«

»Madame, er ist –«

»Auch nur sterblich und insofern nicht in der Lage, den Fluss des Nachts zu lesen«, stellte Girays unerschütterlich heraus. »Nicht in der Lage, die Strudel zu sehen, die herabgestürzten Bäume, die unter Wasser treibenden Hindernisse; nicht in der Lage, die Landmarken zu erkennen –«

»Das macht doch nichts«, beharrte Luzelle. »Der Wasserstand zu dieser Jahreszeit ist hoch, die Gefahren sind minimal. Haben Sie das nicht selbst gesagt, Kapitän? Kommen Sie, fahren wir! Fahren wir los!«

»Ein einziger Fehler, und die *Blinder Krüppel* läuft auf Grund, und wir sitzen hier fest, weit entfernt von Jumo und seinen Segnungen, vielleicht tagelang«, fuhr Girays unerbittlich fort. »Wird der Kapitän einer unbedachten Regung nachgeben?«

»Das wird er nicht«, entschied Jhiv-Huze.

»O ihr Männer!«, rief Luzelle voller Enttäuschung aus. »Wo bleibt euer Mut?«

»Jhiv-Huze bewundert Madames Tatkraft, rät ihr jedoch, ihre Begeisterung mit Besonnenheit zu mäßigen.« Die Tatkraft des Kapitäns schien wiederhergestellt zu sein. Seine Tränen waren versiegt, und in seinen Blick war wieder Leben eingekehrt. Er stieß sogar so etwas wie ein Kichern aus. »Vertrauen Sie Jhiv-Huzes neu gewonnener Entschlossenheit. Beim ersten Schimmer der Dämmerung morgen früh fliegt die *Krüppel* los! Aber nun, meine guten Freunde, lasst uns gesellig sein und zu Abend speisen. Heute Nacht freut Jhiv-Huze sich, Ihnen verkünden zu können, dass es Eintopf gibt.«

Die Nacht war schwül, schweißnass und endlos. Luzelle schlief nur sporadisch, und die schlaflosen Intermezzi verschmolzen so nahtlos mit unbehaglichen Träumen, dass sie nicht sicher war, ob das Kratzen an der Kabinentür wirklich oder eingebildet war. Wäre sie allein gereist, wäre sie jetzt hellwach hochgeschreckt. Aber Girays war da, und sie hatte keine Angst.

Das Schrillen der Schiffspfeife weckte sie am Morgen. Das schwache graue Licht der Vordämmerung fiel noch kaum durch das Bullauge herein, aber die Maschine stampfte schon. Girays' Hängematte war leer. Er war irgendwohin gegangen, hatte sie der zarten Aufmerksamkeit Oonuvus überlassen. Aber nein, wenn die *Blinder Krüppel* Fahrt machte, war der Heizer so gut wie an den Kessel gefesselt. Fürs Erste hatte sie von ihm also nichts zu befürchten.

Sie stand auf, stellte ihr Erscheinungsbild wieder her, so gut sie es vermochte, und machte sich dann zur Kombüse nach achtern auf, wo sie ein miserables Frühstück einnahm, bestehend aus dem Eintopf des gestrigen Abends, bevor sie wieder an Deck stieg.

Die feuchte Luft war nach hiesigen Maßstäben frisch. Gespenstisch weiße, dichte Nebelschwaden lagen auf dem Strom, und die hohen Bäume am Ufer ragten verschwommen und unkörperlich über ihnen auf. Das endlose Schrillen zahlloser Insekten erfüllte den Nebel.

Binnen einer Stunde würde die aufgehende Sonne den Morgennebel weggebrannt haben. Aber Roupe Jhiv-Huze, stellte sie zustimmend fest, verschmähte es, auf die Natur zu warten. Der Kapitän stand am Ruder. Mit vorgerecktem Kinn, im wahrsten Sinne des Wortes blind für mögliche Gefahren, steuerte er die *Blinder*

Krüppel mit voller Maschinenkraft – die nicht unbeträchtlich war – südwärts nach Jumo Statt.

Der Fahrtwind wehte durch ihre Haare und kühlte auf angenehme Weise ihr schwitzendes Fleisch. Um ein solches Tempo beizubehalten, musste der Kessel unter Hochdruck arbeiten; der Heizer unten schuftete im Augenblick wie ein Sklave; hervorragend.

Eine Zeitlang blieb sie dort stehen und genoss das Gefühl von Geschwindigkeit, doch dann setzte der Regen ein. Der Himmel verfinsterte sich, bis es schien, als habe die Nacht die Welt zurückgefordert, die Wälder von Oorex gerieten außer Sicht, und der Regen fiel in Vorhängen. Sie konnte kaum die Hand vor Augen sehen und wusste, dass der Kapitän ähnlich gehandikapt sein musste, doch die *Blinder Krüppel* verringerte ihre Geschwindigkeit nicht im Mindesten. Eine solche Verwegenheit war entweder beklagenswert oder superb, sie wusste nicht, welches von beiden.

Es war zu spät, um zu verhindern, dass sie klatschnass wurde. Ihre Kleider waren bereits völlig durchnässt. Sie ging nach unten, um sich umzuziehen, und musste feststellen, dass die Sachen, die sie zusammengefaltet in ihrer Reisetasche aufbewahrte, mit einer pelzig-weißen Schimmelschicht überzogen waren. Sie zerrieb ein Stückchen davon zwischen den Fingern, und ein stechender Geruch erhob sich. Ein Laut des Ekels entrang sich ihr. Fürs Erste würde es keinen Kleiderwechsel mehr geben.

Die nächste Stunde brachte sie damit zu, ihre angeschimmelten Kleider zu waschen und sie über die Hängemattenseile zu hängen. Nicht, dass zu erwarten stand, sie würden an der Luft trocknen; am Ende musste sie wohl die Feuchtigkeit über dem Ofen in der Kombüse aus den Sachen vertreiben.

Als sie mit der Wäsche fertig war, kehrte sie zu Girays' Buch zurück, das ihre Aufmerksamkeit den gesamten Morgen über in Anspruch nahm. Gegen Mittag ließ der

Regen nach, zusammen mit der Geschwindigkeit der *Blinder Krüppel*. Das Rumoren der Maschine veränderte sich, das Schiff wurde spürbar langsamer, und dann hörte sie die laute und wütende Stimme des Kapitäns. Neugierig kehrte Luzelle an Deck zurück, das nun von zaghaftem Sonnenschein überflutet wurde, und ein einziger Blick beantwortete all ihre Fragen.

Dort hockte Oonuvu, der Heizer, und schlang hastig eine doppelte Portion zweifellos feuchten Zwiebacks herunter. Sein Körper war schweißgebadet und schwarz von Kohlenstaub. Seine Brust hob und senkte sich rasch, die offensichtliche Folge der Plackerei der letzten Stunden. Augenscheinlich hatte er seine schwere Arbeit für eine kurze Rast und eine kleine Stärkung unterbrochen. Der Junge hatte alles Recht der Welt, um sein Mittagessen in Frieden zu verspeisen, hätte Luzelle gemeint, aber der Kapitän sah das anders.

Roupe Jhiv-Huze, dessen gewohnte Jovialität wie weggeblasen schien, war kaum wiederzuerkennen. Sein verzerrtes Gesicht unter den Tätowierungen war puterrot, und er brüllte aus voller Kehle etwas im Ygahri-Dialekt. Luzelle verstand kein einziges Wort, aber die wütenden Gesten des Kapitäns sprachen für sich. Der Heizer wurde auf seinen Posten zurückbeordert.

Oonuvu zuckte mit den Schultern und murmelte etwas mit vollem Mund. Der Kapitän bellte einen Befehl. Oonuvu starrte stur geradeaus und kaute weiter. Jhiv-Huze bückte sich zu ihm hinunter, entriss ihm den Zwieback und warf ihn über die Reling. Oonuvu zischte, und seine Zähne wurden sichtbar. Jhiv-Huze brüllte und schüttelte die Faust.

Luzelle stockte der Atem. Ihr Blick flog zu Girays hinüber, der in der Nähe stand und die Szene verfolgte. Unbewusst musste sie ihm eine Frage oder eine Bitte übermittelt haben, die er mit einem kurzen, unmissverständlichen Kopfschütteln beantwortete. *Halt dich da raus,* ließ er sie stumm wissen. *Misch dich nicht ein.*

Von v'Alisante, einem einstmals Hohen, einem adligen Seigneur, konnte man auch kaum etwas anderes erwarten. Er war schließlich mit der Überzeugung aufgewachsen, dass die gesellschaftlich unter ihm Stehenden in jeder Hinsicht unter ihm standen. Aufmüpfige Dienstboten, faule oder aufsässige Leibeigene, rebellische Bauern und Arbeiter durften nicht auf M. le Marquis' Sympathie hoffen. Vermutlich war er der Ansicht, dass eine ordentliche Tracht Prügel genau das war, was der unverschämte Ygahri verdiente.

Aber Luzelle hatte keinen Tropfen Blut eines einstmals Hohen in ihren Adern, und sie würde nicht tatenlos zusehen, wie ein Bär von einem kyrendtischen Kapitän seinen eingeborenen Kuli drangsalierte. Wenn Jhiv-Huze den Burschen wirklich schlagen würde, würde sie – würde sie –

Ja, was? Sich beschweren? Protestieren?

Sie tat nichts von alledem, denn in diesem Augenblick erlöste Oonuvu selbst sie aus ihrem Dilemma, indem er sich ohne Eile aufrichtete. Er gähnte ausgiebig und schlurfte zur Treppe. Jhiv-Huze schwatzte zornig etwas im Dialekt vor sich hin. Der Heizer warf ihm einen frechen Blick über seine nackte Schulter zu. Im Vorübergehen berührte ein Blick aus seinen schwarzen Augen Luzelle, und er fuhr sich genüsslich mit der Zunge über seine Unterlippe. Ihre Sympathie für ihn erlosch augenblicklich.

Oonuvu verschwand unter Deck. Der Schornstein rülpste, und der Maschinenlärm verstärkte sich. Roupe Jhiv-Huze stieß ein zufriedenes Knurren aus und übernahm wieder das Ruder. Die *Blinder Krüppel* nahm Geschwindigkeit auf, und Luzelle kehrte zu ihrer unterbrochenen Lektüre zurück.

Am Spätnachmittag lockte eine zweite Wortsalve sie an Deck zurück. Diesmal war Girays nicht zu sehen. Dafür saß Oonuvu – schwitziger und dreckiger denn je – mit einem Krug Xussi im Schoß da. Über ihm ragte der lärmende, erzürnte Jhiv-Huze auf. Während sein Kapitän schäumte und wütete, hob der Heizer den Krug an seinen Mund und nahm genüsslich einen Schluck. Er stellte den Krug ab, wandte sein Gesicht dem Himmel entgegen, furchte konzentriert seine Stirn und spuckte auf ygahrische Art, indem er einen fetten Batzen alkoholreichen Speichels hoch in die Luft spie. Das fliegende Kügelchen beschrieb einen steilen Bogen und platschte wenige Zentimeter von Jhiv-Huzes sandalenbedecktem Fuß entfernt auf die Planken. Derselbe Fuß zuckte unverzüglich vor und traf Oonuvus Rippen, sodass der Oberkörper des Heizers zur Seite geschleudert wurde. Der Xussi-Krug machte einen Satz, fiel um und zerbrach, und der Branntwein ergoss sich über das Deck. Oonuvu schnappte sich fauchend eine messerscharfe Tonscherbe und sprang auf. Ein Messer lag plötzlich auch in der Hand des Kapitäns. Die beiden maßen sich schweigend, ihre Brustkörbe hoben und senkten sich.

Luzelle sah ungläubig zu. Jegliche Geistesgegenwart schien sie verlassen zu haben. Sie standen im Begriff, sich umzubringen, dieser mit Drogen vollgepumpte Kapitän und sein pflichtvergessener Heizer, und es gab nichts, was sie hätte sagen oder tun können, um sie aufzuhalten. Ihr törichter Gewaltausbruch würde sie mit Sicherheit verlangsamen, ihre Chancen womöglich zunichte machen, und sie war ohnmächtig, es zu verhindern.

Egal, sagte der neuerdings aufgetauchte, absolut zielstrebige Teil ihres Verstands. *Selbst wenn einer oder beide von ihnen ausfallen, können Girays und ich noch eine Möglichkeit finden, den Kahn flussabwärts zu fahren.*

Die kalte Klarheit der Überlegung überraschte sie. Einen kurzen Augenblick lang wunderte sie sich über sich selbst.

Dann fand sie die Sprache wieder und begann in dringlichem Tonfall: »Aufhören, sofort aufhören! Kapitän, bitte –«

Jhiv-Huze ignorierte sie. Eine Kanonade kyrendtischer Flüche erstickte ihr Flehen.

Oonuvus schwarze Augen glitzerten. Er flüsterte etwas.

Jhiv-Huze ließ seine Stahlklinge sprechen.

Der Heizer maß den anderen von Kopf bis Fuß, um dann lässig die Tonscherbe wegzuwerfen. Mit jeder Pore Verachtung ausstrahlend, drehte er ihm den Rücken zu und stolzierte davon. Ein kräftiger Tritt von hinten beschleunigte seinen Abgang. Oonuvu strauchelte, wirbelte herum und bedachte seinen Kapitän mit einem Ausdruck, der Luzelle das Blut in den Adern gefrieren ließ. Dann flüsterte er etwas und lächelte dabei, und das war noch schlimmer. Kurz darauf glitt er geräuschlos die Treppe hinunter und entschwand ihren Blicken.

Roupe Jhiv-Huze, dessen gute Laune augenblicklich zurückkehrte, steckte sein Messer weg. Er drehte sich um und begegnete Luzelles erschrockenem Blick. In launigem Tonfall riet er ihr: »Machen Sie sich keine Sorgen, Madame. Jhiv-Huze hat seinen Untergebenen erzogen, das ist alles. Manchmal ist eine Spur freundlicher Festigkeit geboten.«

Früh an diesem Abend, nicht lange vor Sonnenuntergang, erreichte die *Blinder Krüppel* die schmalen, verzweigten Ta'ahri-Kapillaren. Die Wälder von Oorex, bislang von der breiten Wasserfläche des Ygah auf Distanz gehalten, schlossen sich mit fast bedrohlicher Plötzlichkeit um sie zusammen.

Luzelle und Girays befanden sich an Deck. Sie hatte ihm die zweite Auseinandersetzung zwischen Jhiv-Huze und Oonuvu bereits geschildert, und er hatte den Kapitän ein versoffenes Schwein und den Heizer einen perversen Schläger genannt. Danach ruhte die Unterhaltung, während sie an der Reling standen und den Dschungel vorbeigleiten sahen.

Die Wälder wirkten anders, wenn man sie aus so großer Nähe betrachtete. Größer. Dunkler. Mächtiger. Die Flussrinne, kaum breiter als die *Blinder Krüppel*, war so schmal, dass die übers Wasser hängenden Zweige der großen Bäume am Ufer sich über ihren Köpfen trafen und einen schattigen Tunnel bildeten. Die schwüle Luft war sehr still, sehr feucht und roch unangenehm nach Pilzen. Luzelle konnte sich lebhaft vorstellen, wie sie mit der Atemluft zahllose Sporenwolken in ihre Lunge aufnahm, diese dort Wurzeln schlugen und gediehen und sich in ihrem gesamten Körper ausbreiteten, bis sie jedes Organ unter siegreichem Moder erstickt hatten. Sie schauderte.

»Was ist los?«, erkundigte sich Girays.

»Nichts außer einer überaktiven Phantasie. Mir gefällt es hier nicht, das ist alles«, gab sie zu. »Es mag auf seine Weise exotisch und wundervoll sein, aber ich mag es hier einfach nicht. Ich fühle mich, als würde ich beobachtet.«

»Das werden Sie vermutlich auch«, stimmte er ihr mit zermürbendem Gleichmut zu. »Hier in den Ta'ahri-Kapillaren kann man die grewzische Präsenz fast vergessen. Hier herrschen noch die Neun Gesegneten Stämme, und es ist höchst wahrscheinlich, dass sie die Fremden in ihrer Mitte scharf im Auge behalten.«

»Dann sind sie also wirklich da draußen?« Ihr forschender Blick strengte sich an, die Schatten zu durchdringen, aber der Wald wahrte seine Geheimnisse. Ihr kam ein anderer Gedanke in den Sinn. »Greifen diese Gesegneten Stammesangehörigen Reisende an? Sind sie gefährlich?«

»Hin und wieder Blasrohre und vergiftete Wurfpfeile, wie ich hörte«, entgegnete Girays, und bald darauf begaben die beiden sich unter Deck in Sicherheit.

Die *Blinder Krüppel* ließ den Anker herunter, als das graue Zwielicht, das sie umschloss, sich zum Schwarz der denkbar finstersten Nacht vertiefte. Kein verirrter

Mondlichtstrahl, nicht der Hauch von Sternenglanz drang durch das Laubdach über ihnen. Das gegen den Bug plätschernde Wasser der Kapillaren war zu hören, aber nicht zu sehen.

An diesem Abend aßen sie spät – Eintopf –, und Oonuvu fehlte bei Tisch. Luzelle vermutete, dass der Heizer entweder verbannt worden war oder schmollte. Es interessierte sie nicht genug, um zu fragen, welche der beiden Möglichkeiten zutraf. Roupe Jhiv-Huze sprach dem Xussi ausgiebig zu, ergötzte sein Publikum mit den immer gleichen Erinnerungen und sank bald darauf schlafend am Tisch zusammen. Sein Schnarchen erfüllte die winzige Kombüse und übertönte alles außer dem unablässigen Gesumme der Insekten, dem Krächzen der Amphibien, den Vogelschreien und dem Tiergebrüll aus den Tiefen des Waldes, dem kaum hörbaren Flötenträllern –

Flöten?

Dünne, hohe Noten kitzelten die Ränder ihres Bewusstseins. Sie waren schon einige Zeit zu hören gewesen, bevor sie sie bewusst registriert hatte, und nun nicht mehr zu überhören. Die Musik, wenn es denn Musik sein sollte, kam ihr unendlich fremdartig vor, die Früchte unbekannter Geister, die vermutlich den Gesegneten Stammesangehörigen gehörten. Sie schaute Girays über den Tisch hinweg an und sah, dass auch er sie gehört hatte. Ihre Blicke begegneten sich, und er zuckte mit der Schulter, knapp, aber beredt.

Nachdem sie den besinnunglosen Jhiv-Huze auf seinem Stuhl hatten sitzen lassen, begaben sie sich in die Hauptkabine zurück, wo Luzelle sich in völliger Dunkelheit zum Schlafen anschickte. Zu guter Letzt kletterte sie in ihre Hängematte und hörte die Seile am anderen Ende des Raums ächzen, als Girays dasselbe tat.

Eine Weile lag sie mit weit geöffneten, aber nichts sehenden Augen da, während ihre Ohren den unheimlichen Chor der Dschungelflöten überdeutlich wahrnahmen. Die Klänge waren ununterbrochen, unvorhersehbar und eigenartig zwingend. Jedes Mal, wenn die Musik stockte, fand sie sich mit angehaltenem Atem und unbehaglicher Spannung warten.

Lächerlich. Eine kleine Nachtmusik war nichts, wovor man sich fürchten musste.

Blasrohre und vergiftete Wurfpfeile, hatte Girays gesagt. Hatte er das wirklich erwähnen müssen? Schlief er jetzt gut, nachdem er ihr den Schlaf geraubt hatte? Grübelnd lag sie da. Die Flöten klagten, und die Dunkelheit lastete auf ihr. Schließlich konnte sie es nicht länger ertragen und flüsterte ganz leise: »Girays?«

»Ja?«, erwiderte er sofort.

»Habe ich Sie geweckt?«

»Nein. Sind Sie wohlauf?«

»Ja, natürlich. Es tut mir Leid, ich hätte Sie nicht stören dürfen.«

»Sie haben mich nicht gestört. Was ist los?«

»Nichts. Es ist nur, dass es so finster hier drinnen ist, und ich wollte nur wissen – wollte sicher sein, dass –«

»Dass was?«

»Dass Sie noch da sind.«

»Ich bin da.«

Sie konnte nicht das Geringste sehen, wusste aber, dass er lächelte. Unsichtbar in der Dunkelheit verzog ein antwortendes Lächeln ihre Lippen. Danach schlief sie fast umgehend ein.

Fünfzehntes Kapitel

Das Knallen der auffliegenden Kabinentür weckte sie bei Anbruch der Dämmerung. Luzelle riss die Augen auf und beugte sich hoch. Fades graues Licht sickerte in den kleinen Raum. Sie sah, dass Girays bereits auf den Beinen war und Jhiv-Huze gegenüberstand, der sich im Türrahmen aufgebaut hatte.

Jhiv-Huze – mit trüben Augen, aufgedunsenem Gesicht und noch immer nach Xussi stinkend – strahlte höchste Aufregung aus. Seine Hände zitterten, und sein Blick aus blutunterlaufenen Augen huschte im Raum umher, ohne Halt zu finden, als er übergangslos verkündete: »Passagiere, wir haben einen Notfall! Ihre Dienste werden verlangt!«

»Was für ein Notfall?« Hellwach rutschte Luzelle aus ihrer Hängematte. »Was für Dienste?«

»Er ist fort!«, erklärte Jhiv-Huze. »Dieser undankbare kleine Deserteur ist vom Schiff gesprungen. In einem weniger toleranten Zeitalter hätte sein Kapitän ihn aufknüpfen lassen!«

»Sein Kapitän müsste ihn dafür erst einfangen«, gab Girays zu bedenken. »Ich nehme an, dass Sie von dem Heizer sprechen.«

»Verschwindet mitten in der Nacht, ohne auch nur einen einzigen Gedanken an Loyalität oder Pflicht zu verschwenden. Über die Reling, um sich zweifellos seinen wilden Vettern im Dschungel anzuschließen.«

»Ich vermag mir nicht vorzustellen, was ihn dazu bewegt haben könnte«, murmelte Girays.

»Sir, Ihre Gelassenheit ist fehl am Platze«, beschwerte sich der Kapitän. »Erlauben Sie Jhiv-Huze, Sie daran zu erinnern, dass Gelächter keinen Kessel füllt.

Oonuvus Fahnenflucht lässt uns hier gestrandet in den Kapillaren zurück, vielleicht für mehrere Tage. Lachen Sie ruhig darüber, wenn Sie das können.«

»Der Ygahri-Junge kann doch sicher ersetzt werden?«, äußerte Girays.

»Aber mit welchem Zeitverlust?« Jhiv-Huze nagte an seiner Unterlippe. »Wie viele Stunden, wie viele Tage sitzen wir hier noch fest, weit weg von Jumo und allen Annehmlichkeiten der Zivilisation?«

Den Kapitän, argwöhnte Luzelle, dürstete es nach seinem *Marukiñutu.* Gut. Seine Verzweiflung würde ihren Zwecken hervorragend dienen. Wieder einmal erstaunten und beunruhigten sie ihre eigenen Gedankengänge, aber sie hatte keine Zeit, sich deswegen graue Haare wachsen zu lassen, denn Jhiv-Huze redete weiter.

»Wir dürfen keine Minute vergeuden, wir haben nicht genügend Zeit, um die Wälder nach einem kräftigen und willfährigen Eingeborenen zu durchkämmen. In diesem Moment bietet sich uns nur eine einzige Abhilfe an. Sie, mein Freund. Sie sind unsere Hoffnung und unsere Rettung. Meister v'Alisante, Sie sind der neue Heizer der *Blinder Krüppel.* Ich weiß, dass ich mich auf Sie verlassen kann.«

Hatte der Mann den Verstand verloren?, wunderte sich Luzelle. Begriff er nicht, dass er mit v'Alisante, einem einstmals Hohen, sprach, dem Herrn von Belfaireau und Besitzer mehrerer Liter von Vonahrs blauestem Blut? Bildete er sich tatsächlich ein, dass M. le Marquis sich dazu herablassen könnte oder würde, *Kohlen zu schaufeln?*

»Richtig«, entgegnete Girays, ohne sich auch nur im Geringsten gekränkt zu zeigen, und Luzelle starrte ihn verdutzt an. »Ist das Feuer über Nacht angeblieben?«

»Gerade noch so«, teilte der Kapitän ihm mit. »Ein paar Kohlestücke glimmen noch, und Jhiv-Huze hat ihnen bereits Nahrung gegeben.«

»Gut. Dann lassen Sie uns ans Werk gehen.«

»Jhiv-Huze bewundert Ihre Tatkraft, Sir.«

»Warten Sie.« Luzelle fand ihre Sprache wieder, und beide Männer wandten sich ihr zu. »Girays sollte nicht die ganze Arbeit leisten müssen. Ich werde ihm helfen.«

Girays und der Kapitän tauschten einen kurzen Blick voll unerträglicher Heiterkeit.

»Danke, Luzelle. Das ist sehr nett, aber ich denke nicht, dass ich Hilfe benötigen werde«, versetzte Girays mit jenem höflichen Ernst, der jeden, der ihn nicht gut genug kannte, getäuscht hätte.

»Glauben Sie nicht, dass ich dazu fähig wäre, ein paar Schaufeln Kohle zu heben?«, fragte sie und vermied sorgfältig jeden streitsüchtigen Unterton.

»Ich bin sicher, dass Sie dazu fähig werden, aber es ist schlicht überflüssig.«

»Aber schwerste körperliche Betätigung bei diesen Temperaturen wird ihren Tribut fordern, und Sie werden hin und wieder eine Erholungspause brauchen. Während Sie sich ausruhen, könnte ich –«

»Madames weibliche Fürsorge ist charmant, ganz charmant.« Jhiv-Huze strotzte nur so vor Toleranz. »Unglücklicherweise haben wir keine Muße, ihr die Bewunderung zuteil werden zu lassen, die sie verdient.«

Herablassender Spinner, dachte Luzelle und suchte nach einer höflichen vernichtenden Erwiderung.

»Genug geredet.« Girays unterbrach ihre Gedanken. »Gehen wir.«

Die beiden Männer verschwanden. Sie sah ihnen wütend hinterher und dachte: *Sehr wohl, M. le Marquis, behandeln Sie mich nur wie ein dummes Kind, wenn Sie mögen. Ersticken Sie doch an Ihrem Mannesstolz, und ertrinken Sie meinetwegen in Ihrem eigenen Schweiß.*

Sie wusch sich, frühstückte kalten Eintopf und kehrte an Deck zurück. Die Luft war nach hiesigen Maßstäben nahezu kühl, aber das würde nicht lange so bleiben. Die Sonne stand bereits am Himmel, und ihre schräg einfallenden Strahlen drangen durch das Laubdach über ihren Köpfen und tauchten Wasser und Schiffsdeck in ein unruhiges Licht-Schatten-Muster. Bald würde die schwüle Atmosphäre sich zu Dampfbadtemperaturen aufheizen, aber fürs Erste konnte sie mit relativem Behagen auf dem Deck auf und ab schlendern. Und warum auch nicht? Das war schließlich alles, wozu ihre Reisegenossen sie für fähig hielten.

Gemächlich spazierte sie nach achtern und hielt oft inne, um die farbenprächtige Flora in den tiefen Schatten des Dschungels zu studieren, das neckische Spiel der Morgensonne auf den Wellenkräuseln des Ygah, die akrobatischen Flugkünste der einheimischen tagaktiven Fledermäuse. Eine feuchte Brise kühlte ihr Gesicht. Die *Blinder Krüppel* hatte beträchtliche Geschwindigkeit aufgenommen; Girays musste unter Deck ganz schön schuften. Und er war solch schwere körperliche Arbeit nicht gewöhnt, war nicht dazu geboren – trotzdem würde es ihm ähnlich sehen, sich bis zum Zusammenbruch zu quälen ...

Nein, das würde er nicht; dazu war er zu klug. Sie bezwang die spontane Regung, in den Maschinenraum hinunterzuhasten. Er hatte klar gestellt, dass er ihre Hilfe weder brauchte noch wünschte; er würde sich kaum über ihr Eindringen freuen. Sollte er sich doch zu Tode schuften, wenn er unbedingt wollte.

Stirnrunzelnd nahm sie ihren Spaziergang wieder auf. Vor ihrem geistigen Auge sah sie nichts als Kohle, Schaufeln, Flammen und Dampf; sie gab nicht mehr auf ihre Umgebung Acht, bis sie auf der Steuerbordseite des Schiffs eine Reihe fremdartiger Gegenstände von der Reling hängen sah. Sie gehörten nicht dahin und fielen ihr sofort ins Auge. Sie unterzog sie einer genaueren Untersuchung und entdeckte ein Paar zerbrechlicher, gefiederter Pfeile mit nadelscharfen Spitzen, die im Holz steckten. Sie waren wunderschön gefertigt, und es hatte sicherlich einer gewissen Kraftanstrengung bedurft, dass sie dort stecken geblieben waren.

Blasrohre und vergiftete Pfeile, hatte Girays gesagt.

Ihre Blicke huschten in den Wald, konnten die grüne Finsternis aber nicht durchdringen. Sie erblickte niemanden, und dann fiel ihr ein, dass sie selbst gut sichtbar und ungeschützt vor Angriffen dort herumstand. Ein bisschen spät, daran zu denken. Jeder mit einer solchen Absicht hätte sie während der letzten Viertelstunde mühelos aufs Korn nehmen können. Genauso, wie jeder den Kapitän aufs Korn nehmen konnte, der auf der Brücke stand, vor Regen und der sengenden Sonne durch eine Markise aus zerschlissenem Segeltuch geschützt, davon abgesehen jedoch völlig ungeschützt. Jhiv-Huze indes machte sich keine Sorgen, und das sollte sie auch nicht. Es bestand kein Grund, mit Feindseligkeiten von Seiten der Eingeborenen zu rechnen, versicherte sie sich. Auf der anderen Seite sollte man das Auftauchen der Pfeile besser dem Kapitän zur Kenntnis bringen.

Zögernd pflückte sie die beiden winzigen Geschosse aus der Reling und begab sich, die beiden auf Armlänge von sich entfernt haltend, über das Hauptdeck zur Brücke.

»Kapitän!«, rief sie, und er sah zu ihr herunter. Sie hielt ihm die Blasrohrpfeile zur Prüfung hin. »Die hab ich in der Reling stecken gefunden.«

»Sehr schön.« Jhiv-Huze nickte gelassen. »Ein reizendes Souvenir von Madames Reise.«

»Aber was denken Sie, was sie bedeuten?« Sie ließ den Arm sinken.

»Die Gesegneten Stammesangehörigen gemahnen uns an ihre Anwesenheit.«

»Ja, aber warum? Wie lautet die Botschaft? Ist es eine Warnung? Eine Drohung? Eine Herausforderung?«

»Wer kann das schon sagen? Jhiv-Huze hat sein Gefährt fündundzwanzig Jahre und länger diesen Strom hinauf und hinunter gelenkt, und selbst er darf nicht von sich behaupten, die Denkart der Ygahris genau zu kennen. Mutmaßungen sind sinnlos.«

»Aber meinen Sie nicht, Sie müssten irgendwelche Vorkehrungen treffen?«

»Welcher Art?«

Gute Frage. Ihre Stirn legte sich in Falten. Ihr fiel keine praktische Lösung ein.

Als der Kapitän ihren Gesichtsausdruck sah, gab er ein gutmütiges, tiefes Kichern von sich. »Madame braucht sich keine Sorgen zu machen«, beschwichtigte er sie. »Die Eingeborenen sind freundlich, das Wetter ist schön, und Jhiv-Huze steht am Steuer.« Er richtete den Blick wieder auf den Fluss.

Sie war offenbar entlassen. Sie blieb noch einen Moment lang stehen und schaute zu ihm hinauf, zuckte dann die Achseln und ging. Ihre Hand umschloss noch immer die beiden Pfeile, und sie fragte sich, was sie mit ihnen anstellen sollte. Schmeiß sie über Bord, dachte sie. Sie waren vermutlich vergiftet und ziemlich gefährlich. Trotzdem waren sie so kunstvoll gefertigt, dass es eine Schande gewesen wäre, sie wegzuwerfen. Sie untersuchte sie eingehend, und da fielen ihr zum ersten Mal die winzigen Muster auf, die in den polierten Schaft eines jeden Wurfpfeils geritzt waren. Ausgezeichnete Arbeit, und seltsam vertraut. Irgendetwas mit den Symbolen, etwas, das sie irgendwo schon einmal gesehen hatte, irgendwann.

Sie kniff die Augen zusammen. Ein Vergrößerungsglas wäre hilfreich gewesen, aber sie hatte gute Augen und war imstande, die haarfeinen Reihen paralleler Wellenlinien, komplizierter, sich überschneidender Vielecke, die Punktansammlungen, Blattformen, Bootsformen, stilisierten Vögel und vieles mehr zu erkennen.

Es waren die Blattformen, die ihrem Gedächtnis auf

die Sprünge halfen. Mit ihrer charakteristischen handfömigen Einteilung waren sie unverkennbar, und nun entsann sie sich, wo sie sie schon einmal gesehen hatte – auf den uralten Schnitzbildern, die die Hütte des Oberhaupts *tl'gh-tiz* des Bhomiri-D'tal-Stammes geschmückt hatten; derselbe *tl'gh-tiz*, der ihr einmal angeboten hatte, sie auf Versuchsbasis als Nebenfrau Nummer dreizehn anzunehmen. Sie kniff die Augen noch stärker zusammen. Ja, dasselbe Symbol, ohne Zweifel. Aber wie war das möglich? Die Bhomiri-Inseln erhoben sich im Zentrum der Bucht von Zif aus dem Wasser, Hunderte von Meilen weiter westlich. Wie war es möglich, dass die Bhomiri-D'tals Symbole mit den Gesegneten Stammesleuten der Ygahro-Territorien gemein hatten? Zufällig ähnliche stilisierte Wiedergaben derselben Pflanze? Nein. Denn die überaus charakteristischen fingerartigen Blätter des Symbols waren in den Wäldern von Oorex im Überfluss vorhanden. Sie kannte den Namen des Gewächses nicht, aber sie sah es überall, wie es an den Ufern der Ta'ahri-Kapillaren wucherte. Auf den Bhomiri-Inseln dagegen gedieh kein solcher Strauch. Der Häuptling *tl'gh-tiz* hatte die Pflanze *uxe hoivo-Tl'ghurhi* genannt – zum Paradies gehörig –, und sie hatte die Beschreibung als reine Phantasie abgetan. Doch nun erinnerte sie sich, dass der Begriff der Bhomiri-D'tal für das Paradies genauso gut als ›Land der Gesegneten‹ oder ›Land der Ahnen‹ übersetzt werden konnte. Sie erinnerte sich ebenfalls, dass die mündliche Geschichtsüberlieferung der Bhomiri-D'tal Geschichten über die Urahnen der Bhomiris enthielt, die mit Segelbooten unvorstellbare Entfernungen von ihrem Ursprungsland jenseits der aufgehenden Sonne zurückgelegt haben sollten.

War in Urzeiten eine Gruppe der Gesegneten Stammesleute von der Mündung des Ygah westwärts gesegelt, war den warmen, fischreichen Strömungen über den Niederen Ozean und nach Nordwesten in die

Bucht von Zif gefolgt, um dort die Bhomiri-Inseln zu besiedeln? Falls eine solche Verbindung existierte und sie sie beweisen konnte, dann könnte sie ein Buch schreiben, ein wichtiges Buch, das Aufmerksamkeit erregen würde. Einladungen zu Vorträgen würden folgen – heilsame Vorlesungsgelder –, ein bequemer, unabhängiger Lebensunterhalt, selbst wenn es ihr misslingen sollte, die Große Ellipse zu gewinnen.

Doch es würde ihr nicht misslingen, die Große Ellipse zu gewinnen.

Dennoch dachte sie an eine respektable Alternative –

Sie eilte in erregtem Laufschritt übers Deck, ihre Lippen zu einem unbewussten Lächeln geschürzt, die beiden Blasrohrpfeile fest in der Hand. Kaum auszudenken, dass sie noch vor wenigen Augenblicken mit dem Gedanken gespielt hatte, diese Schätze ins Wasser zu werfen. Jetzt würde sie sie um jeden Preis aufbewahren.

Sie kehrte in die Hauptkabine zurück, schlang die Blasrohrpfeile sorgsam in ein Tuch ein und verstaute sie auf dem Grund ihrer Reisetasche. Als das erledigt war, sauste sie in den Maschinenraum.

Es war infernalisch. Die Hitze war unerträglich, die Luft nicht zu atmen, und der einzige Insasse kaum wiederzuerkennen. Girays v'Alisante, für gewöhnlich von solch untadeligem Äußeren, war schweißüberströmt, zerzaust und von Kohlestaub geschwärzt. Er hatte sein Hemd ausgezogen, eine vernünftige Tat unter diesen Umständen, aber sie hatte ihn noch nie mit entblößtem Oberkörper gesehen; alle Gedanken an verzierte Blasrohrpfeile und seefahrende Stammesangehörige wichen aus ihrem Kopf. Sie hatte nie gedacht, dass seine schlanke Gestalt so muskulös war. Sie bemühte sich krampfhaft, nicht auf seine nackte Brust, seine Schultern und Arme zu starren, fixierte den Blick starr auf sein Gesicht und fühlte sich wie ein kompletter Idiot. Sie merkte, dass sie wie ein

Schulmädchen errötete, und ihr Unbehagen verstärkte sich.

Sie fragte, ob sie ihm etwas zu trinken bringen könnte, und er stimmte bereitwillig zu. Sie ging in die Kombüse, füllte einen zerbeulten Becher mit Bier und brachte ihn in den Maschinenraum, wo sie mit nicht geringem Erstaunen zusah, wie er ihn in einem Zug hinunterkippte. Bis zu diesem Augenblick hatte sie nicht gedacht, M. le Marquis sei imstande, etwas hinunterzukippen oder sich anders als formvollendet zu benehmen. Er wischte sich den Mund mit dem Handrücken sauber, und ihr Staunen nahm zu. Sie bemerkte, dass sein ungewohnt langes Haar auf seiner nassen Stirn klebte, und musste den Impuls unterdrücken, ihm die Strähnen aus den Augen zu streichen. Er sollte sich irgendeinen Schal oder Lumpen um die Stirn binden, der den Schweiß aufsaugte. Sie stellte sich ein rotes Halstuch vor, das das kantige, sonnengebräunte, dunkeläugige Gesicht hervorhob; fügte der Vollständigkeit halber noch einen goldenen Ohrring hinzu und brach angesichts des völlig unpassenden Piratenbildes in Gelächter aus. Als er sie fragte, warum sie lachte, weigerte sie sich, es ihm zu sagen, und redete lieber über die Ygahri-Pfeile, die sie in der Steuerbordreling gefunden hatte, und über die lustlose Reaktion des Kapitäns. Sie wollte ihm von dem Blattsymbol und seiner möglichen Bedeutung erzählen, doch das Feuer im Kessel verlangte Nachschub, und Girays sah sich gezwungen, sich wieder seiner Schaufel zuzuwenden.

Sie holte ihm noch einen Becher Bier und eine Schale Eintopf und sah amüsiert zu, wie er den ersten hinunterkippte und die zweite verschlang. Als sie ihm noch einmal anbot, das Kohleschaufeln eine Weile zu übernehmen, lehnte er erwartungsgemäß ab.

»Sie müssen mich für ein unnützes Geschöpf halten«, sagte sie anklagend.

»Weit gefehlt. Aber ich könnte es nicht mitansehen, wie Sie sich ihr Kreuz über dem Kohlekasten brechen.«

»Ich bin nicht aus Porzellan, Girays.«

»Ich habe mich tatsächlich schon oft gefragt, ob Sie wohl aus Stahl wären, aber darum geht es hier nicht. Sie sind jung und stark, und ich gebe gerne zu, dass ein paar Minuten körperlicher Anstrengung Ihre Gesundheit nicht unwiederbringlich zerrütten würden. Aber mein eigener Seelenfrieden würde darunter leiden. Ich vermute, daran ist meine Erziehung schuld. Versuchen Sie, es nicht als persönliche Beleidigung aufzufassen, aber ich werde diese Schaufel nicht aus der Hand geben.«

Darüber musste sie zwar lachen, doch sie verließ den Maschinenraum dennoch nicht vollständig besänftigt. Trotz seines Humors und seiner diplomatischen Art war es offensichtlich, dass er sie für unnütz hielt. Zumindest würde sie das immer glauben, ganz gleich, wie oft er es abstritt ...

Die *Blinder Krüppel* legte den ganzen Tag lang ein anständiges Tempo vor, vielleicht zu anständig in Hinblick auf ihre Sicherheit. Luzelle wunderte sich über die leutselige Rücksichtslosigkeit, mit der Jhiv-Huze sein Gefährt durch die schmalen, seichten Fahrtrinnen der Ta'ahri-Kapillaren steuerte, um trügerische scharfe Kurven herum, mitten durch die jegliche Sicht raubenden Vorhänge aus dicht belaubten, niedrig hängenden Ästen und Rankpflanzen hindurch. Ein einziger umgestürzter Baum im Wasser oder eine winzige Fehleinschätzung einer Flussbiegung konnte sich als verhängnisvoll erweisen, doch der Kapitän besaß entweder übernatürliche Fähigkeiten oder Glück. Die *Blinder Krüppel* rauschte unversehrt hindurch, und Luzelles Unbehagen legte sich. Wäre da nicht die zunehmend sichtbare Präsenz der Gesegneten Stammesleute gewesen, hätte sie einfach das Gefühl genießen können, schnell voranzukommen.

Gegen Mittag hörte sie die dünnen, hohen Töne ihrer Flöten durch den Wald klingen, und ihr Herz machte einen Satz. Sie trat an die Reling, spähte in den Wald, sah aber nichts. Der Klang verebbte, und ihre verkrampften Muskeln entspannten sich; verfrüht, denn Minuten später war er wieder da, schwach und mit Unterbrechungen zunächst, doch je später es wurde, desto gebieterischer wurde die Musik. Sie konnte sie weder ignorieren noch deuten, denn es gab keine erkennbare Melodie, keinen Rhythmus, nicht einmal ein wiederkehrendes Muster, und dennoch kam sie nicht umhin, immer weiter danach zu suchen.

Um die Mitte des Nachmittags herum brachen die Töne ab, und das war der Moment, als sie zum ersten Mal einen Blick auf die Gesegneten Stammesangehörigen erhaschte. Zwei über und über tätowierte Gestalten hockten im tiefen Schatten in der Nähe des Ufers und beobachteten schweigend, wie die *Blinder Krüppel* vorbeidampfte. Sie waren so regungslos, so sehr Bestandteil der Umgebung – auch wenn sie keinerlei Anstalten unternahmen, sich zu verstecken –, dass sie sie leicht hätte übersehen können, wenn nicht ein verirrter Sonnenstrahl auf den Glasperlen aufgeschienen hätte, die sie sich ins Haar geflochten hatten. Sie hielt den Atem an und starrte sie an. Sie schauten unverwandt zurück, aber ihre Gesichter gaben nicht das Geringste preis. Beide Stammesangehörigen trugen schlanke Rohre in der Hand. Flöten? Oder Blasrohre? In dem trügerischen Licht konnte man das unmöglich erkennen.

Die *Blinder Krüppel* rauschte weiter. Die statuenhaften Stammesangehörigen blieben zurück, und dann waren sie verschwunden. Die Flöten erklangen erneut, und Luzelle atmete durch.

Danach sah sie sie den ganzen restlichen Nachmittag über sporadisch wieder, wenn auch nur flüchtig; manchmal standen sie gelassen im Schatten unter den Bäumen, manchmal hockten sie auf den flachen, moosbewachsenen Ufersteinen, manchmal saßen sie auf den Ästen, die über das Wasser hingen. Sie taten nichts offen Bedrohliches. Es gab keine Schmährufe oder fliegenden Blasrohrpfeile, aber Luzelle spürte eine so dunkle und tiefe Feindseligkeit, dass das Prickeln ihrer Haut als Reaktion darauf sie schließlich unter Deck trieb, wo sie sich stundenlang mit einem von Girays' Geschichtsbüchern befasste.

In dieser Nacht, als sie in der mond- und sternenlosen Finsternis der Kabine lag, musste sie sich keine Gedanken machen, ob Girays schlief oder nicht. Er war in der Sekunde, in der sein Rücken die Hängematte berührt hatte, tief und fest eingeschlafen. Nun vermengte sich das Geräusch seiner tiefen, regelmäßigen Atemzüge mit den endlosen Lauten des Dschungels und dem Winseln der Flöten. Sie erwartete fortgesetzte Schlaflosigkeit, schlummerte jedoch fast augenblicklich ein.

Sie erwachte in dem grünen Zwielicht, das so typisch für diese Region war. Die Maschine hämmerte, und die *Blinder Krüppel* machte bereits Fahrt. Der Arbeitseifer des Kapitäns war lobenswert. Er musste den Duft des *Marukiñutu* bereits in der Nase haben.

Sie wusch sich, aß und kehrte zu einer bereits vertraut gewordenen Szenerie zurück. Der Kapitän auf der Brücke, der sein Schiff durch die gewundenen Tunnel der Ta'ahri-Kapillaren lenkte; die Gesegneten Stammesleute, die durch die Dunkelheit des Unterholzes auf beiden Ufern glitten; die fremde Musik und diese bedrückende Drohung, die in der Luft lag.

Irgendwie schien es heute Morgen noch schlimmer zu sein, die Feindseligkeit noch stärker und dunkler. Vielleicht bloße Einbildung, redete sie sich ein.

Doch heute vermochte kein geliehenes Buch ihre Aufmerksamkeit zu fesseln.

Eine Zeitlang stattete sie Girays in seinem Maschinenraum einen Besuch ab, fand ihn jedoch so in seine

Plackerei versunken, dass er von der unwirtlichen Atmosphäre nichts mitbekam. Das Hemd hatte er wieder ausgezogen. Sie sah ihm beim Schaufeln zu, und eine Weile lenkte das Spiel seiner Muskeln sie ab, aber zu guter Letzt kehrten ihre dunklen Vorahnungen zurück, und sie verließ ihn, ruheloser als zuvor.

Der Morgen kroch dahin, es ging auf den Mittag zu, und sie sah eine Gruppe von sechs Gesegneten Stammesleuten, die mit dem Schiff Schritt hielten. Eine der kupferhäutigen Gestalten sah vertraut aus, und kurzfristig meinte sie das Gesicht und die Gestalt des ehemaligen Heizers Oonuvu zu erkennen, aber das Licht war so schlecht, die Stammesangehörigen waren ein ziemliches Stück entfernt, und sie konnte sie nur ganz kurz sehen. Dann verschluckte der Wald die Männer, und sie blieb mit ihren Fragen zurück.

Eine halbe Stunde später änderte sich die Art der Flötentöne, indem sie eine neue Dringlichkeit annahmen, und zum ersten Mal konnte man die Stimmen der Gesegneten Stammesangehörigen hören, die sich zu einem schrillen, wölfischen Jaulen steigerten. Bald erhob sich eine neue kräftige Stimme, die den Ygahri-Chor herausforderte. Luzelles Blicke schweiften zur Brücke hinüber, wo Roupe Jhiv-Huze stand und die kyrendtische Nationalhymne brüllte. Der Kapitän hatte den Kopf zurückgeworfen, und sein tätowiertes Gesicht leuchtete frohlockend. Als er die Nationalhymne zweimal gegrölt und mit seinem aggressiven Bariton das Jaulen der Ygahris übertönt hatte, ging er zu einem kyrendtischen Sauflied über, um bald darauf einen obszönen nidroonischen Gassenhauer zu schmettern. Ein trillerndes, unheimliches Heulen antwortete ihm aus dem Wald.

Den Morgen über war die *Blinder Krüppel* durch einen der schmalsten und gekrümmtesten Zuflüsse der Ta'ahri-Kapillaren gefahren. Nun umrundete sie die schärfste Biegung dieses engen Kanals, eine Haarnadelkurve, die einen schmalen, in den Fluss hineinragenden Waldfinger umschrieb. Roupe Jhiv-Huze drosselte nie die Geschwindigkeit, sondern steuerte sein Schiff volle Kraft voraus, mit Feuer in den Augen und einem lauten Lied auf den Lippen.

Erst als die *Blinder Krüppel* um die Spitze der bewaldeten Landzunge bog, sah Luzelle, dass die Fahrtrinne auf der gegenüberliegenden Seite blockiert war. Drei große umgestürzte Bäume, deren Stämme noch die Spuren frischer Axthiebe trugen, überspannten den Fluss von Ufer zu Ufer. Auf der provisorischen Brücke stolzierten Gesegnete Stammesleute umher, bewaffnet mit Blasrohren. Vor der Barriere wartete der Handelsdampfer *Wasserfee*, an dessen Deck sich die Passagiere drängten.

Jhiv-Huzes Lied brach mittendrin ab. Der Kapitän warf das Steuer scharf herum, doch das Schiff hatte kaum den Kurs zu ändern begonnen, als einer der Eingeborenen, der auf der Steuerbordseite am Ufer auf und ab patrouillierte – eine behende junge Gestalt, die deutlich als der frühere Heizer Oonuvu zu erkennen war –, ein Blasrohr an den Mund führte und einen winzigen gefiederten Schaft abschoss. Der Pfeil flog in gerader Linie durch die Luft und bohrte sich in die Kehle des Kapitäns. Jhiv-Huze gurgelte und stürzte zu Boden. Oonuvu sah ausdruckslos zu. Die *Blinder Krüppel* raste auf die festsitzende *Wasserfee* zu, deren Fahrgäste kreischten und in alle Richtungen davonspritzten.

Luzelle starrte wie gelähmt auf die Szene vor sich, dann fiel die Erstarrung von ihr ab, und sie stürzte zu der auf die Brücke hochführenden Leiter. Ihr Instinkt riet ihr, das Ruder zu ergreifen, so wie sie einem gestürzten Kutscher die Zügel seines durchgegangenen Gespanns entreißen mochte. Hätte sie innegehalten, um nachzudenken, wäre ihr klar geworden, dass ihr Instinkt ihr ein Schnippchen schlug, denn in der

Kürze der zur Verfügung stehenden Zeit und auf dem beschränkten Platz ließ sich ein Dampfschiff nicht wenden. Wie der Blitz war sie die Leiter hinaufgestürmt, blieb oben beim Anblick von Jhiv-Huzes blicklosen, weit aufgerissenen Augen kurz stehen und rannte dann zum Steuer. Sie hatte es noch nicht erreicht, als der heftige Aufprall, mit dem die *Blinder Krüppel* die *Wasserfee* an Backbord rammte, sie auf die Knie schleuderte. Rasch war sie wieder auf den Beinen und verfolgte mit gebanntem Entsetzen, wie ein halbes Dutzend unglücklicher Passagiere durch eine Lücke in der zersplitterten Reling der *Wasserfee* fiel und kopfüber ins Wasser der Ta'ahri-Kapillaren stürzte.

Seile und ein einsamer Rettungsreifen wurden vom Deck des Paketbootes ins Wasser geworfen, und drei der über Bord gegangenen Passagiere befanden sich bald wieder in Sicherheit. Die übrigen drei hatten weniger Glück.

Eine gewaltige Unruhe ergriff die Fahrtrinne. Das Wasser bebte, schäumte und schien zu kochen. Ein ungeheures Schillern bedeckte die Oberfläche, ein wundersames, wechselhaftes Gemisch aus Hunderten juwelenartiger Farbschattierungen, strahlend selbst im Schatten des Dschungelbaldachins. Luzelle sah zu und staunte, weil sie zunächst nichts begriff.

Das Schillern umhüllte die drei Männer im Wasser, die alle um sich zu schlagen und zu schreien begannen. Eine eigenartige Vibration entstand, die die Schreie verschlang. Die amorphen Juwelenfarben lösten sich in zahllose glitzernde Flügel auf, die sich zu schnell für das menschliche Auge bewegten und in der Bewegung surrten.

Käfer, erkannte Luzelle. Ein gewaltiger Schwarm von Wasserkäfern.

Glänzende Insektenkörper überzogen das bloße Fleisch der ins Wasser gefallenen Passagiere. Die Gesichter waren verdeckt und unkenntlich, aber Luzelle erhaschte einen Blick auf ein weit geschnittenes kastanienbraunes Hemd, das sie kannte. Ein Schlitz bildete sich in der glänzenden, vielfarbigen Maske seines Besitzers, und ein Schrei erklang, der jäh erstickt wurde, als die Käfer in den offenen Mund strömten. Der Mann im Wasser krallte mit den Fingernägeln wild an seinem Gesicht herum und legte blutiges Fleisch frei. Die verzerrten Züge Porb Jil Liskjils waren noch einen Augenblick lang sichtbar, bevor die Käfer ihr gefräßiges Werk wieder aufnahmen. Noch einen Moment später, und Jil Liskjil, dessen Bewegungen erlahmten, sank unter Wasser und verschwand. Seinen beiden Leidensgenossen erging es ähnlich. Mehrere Minuten lang schäumte und siedete das Wasser an der Stelle noch weiter, während das insektenhafte Schillern in glühenden Gezeiten auf und ab schwoll, doch schließlich war das Festmahl beendet, und die Käferhorde schwamm davon.

Luzelle wurde bewusst, dass sie sich an das nutzlos gewordene Steuerruder klammerte. Ihr Kopf drehte sich, und ihr Magen revoltierte. Sie holte ein paarmal tief Luft, und die Übelkeit legte sich. Sie hörte Schritte hinter sich und wandte sich zu Girays um.

»Porb Jil Liskjil«, sagte sie dumpf.

»Ich weiß. Ich habe es gesehen.«

»Da waren noch zwei andere im Wasser bei ihm. Ich konnte sie nicht erkennen. Karsler –«

»War nicht dabei. Verlassen Sie sich drauf.«

»Und Jhiv-Huze. Oonuvu hat ihn erschossen.«

»Sind Sie sicher?«

»Ja.«

»Geht es Ihnen gut?«

»Ja. Und Ihnen?«

»Ja.«

»Was geschieht nun?« Sie sah sich um. Die *Blinder Krüppel* und die *Wasserfee* steckten fest ineinander und waren manövrierunfähig. Keines der beiden Schiffe schien leckgeschlagen zu sein, aber die Passagiere an Bord saßen fest oder waren möglicherweise Gefangene. Im Gegensatz zu der *Blinder Krüppel* besaß die *Wasserfee* ein Rettungsboot, das nacheinander Gruppen von Passagieren und Mannschaftsmitgliedern an Land setzen konnte. Doch die Gesegneten Stammesangehörigen mit ihren Blasrohren stolzierten auf der die Fahrtrinne blockierenden Baumfalle umher, mehrere Dutzend patrouillierten an den Ufern auf und ab, und die Absichten der Ygahris blieben nach wie vor unklar. Einer der Offiziere stand am Bug des Paketboots und rief im Dialekt etwas zu den Stammesangehörigen hinunter, doch die Eingeborenen stellten sich taub.

»Wir warten, glaube ich«, antwortete Girays. »Fürs Erste können wir nichts anderes tun.«

Aber sie mussten nicht lange warten.

Bald darauf erhob sich von unten Ygahri-Stimmengewirr, und ein recht großer Einbaum fuhr längsseits an das Schiff heran. Ein Enterhaken schlang sich um die Reling der *Blinder Krüppel,* und vier beinahe nackte Gestalten klommen das Seil hoch und an Deck. Der kleinste und jüngste der Neuankömmlinge lugte zur Brücke hinauf, und Luzelle schaute in die Augen von Oonuvu. Ein Blasrohr hing an einem Lederriemen um seinen Hals. Ein Lederband um seine Taille enthielt einen winzigen Köcher voller Pfeile, ein Messer mit breiter Klinge sowie eine stabile Axt mit kurzem Griff. Seine Gefährten trugen eine ähnliche Bewaffnung.

Luzelle dachte an die Khrennisov FK6, die auf dem Boden ihrer Reisetasche unten in der Hauptkabine lag. Genauso gut hätte sie auf dem Meeresgrund liegen könnte.

Das Ygahri-Quartett stieg zur Brücke hinauf, und Luzelle widerstand der Regung zurückzuweichen. Mit zusammengepressten Zähnen blieb sie stocksteif stehen. Girays neben ihr legte ihr beschützend den Arm um die Schultern. Vor sechs Jahren hätte sie die Geste wahrscheinlich als anmaßend empfunden, aber jetzt war sie dankbar für die tröstliche Berührung.

Oonuvu schlich neben den am Boden liegenden Kapitän, bückte sich und zog seinen Blasrohrpfeil aus der Kehle der Leiche. Er wischte die Spitze ab, steckte den Pfeil wieder in seinen Köcher und richtete sich auf. Er musterte sein Opfer ohne die geringste Regung, dann hob er seinen Lendenschurz und urinierte in Jhiv-Huzes Gesicht.

Luzelle konnte ein Aufkeuchen nicht unterdrücken, und Oonuvus Blick richtete sich auf sie. Er flüsterte etwas auf Ygahri und lächelte. Sie spürte, wie Girays' Griff um ihre Schulter sich verstärkte. Sie reckte ihr Kinn in die Höhe und begegnete dem obsidianschwarzen Blick.

Ein unverständlicher Wortwechsel zwischen den vier Eingeborenen folgte. Oonuvu redete beharrlich auf sie ein, aber seine älteren Genossen antworteten nicht eben begeistert. Zu guter Letzt sah man ein allgemeines Kopfnicken, was auf einen gemeinsamen Entschluss hindeutete, woraufhin Oonuvu sich an seine vonahrischen Zuhörer wandte und mit schroffer Geste auf die Leiter wies. Es war klar, was er meinte. Sie sollten von Bord gehen.

Luzelle warf Girays einen Blick zu. Seine nackten Schultern zuckten. Die beiden stiegen aufs Hauptdeck hinunter, und die Ygahris folgten ihnen. Einer der Eingeborenen ergriff das Seil, schwang sich über die Reling und kletterte in den wartenden Einbaum hinunter. Oonuvu gestikulierte. Wieder war klar, was er meinte. Sie sollten ihm folgen.

»Was wollen Sie von uns, Oonuvu?«, fragte Girays ruhig.

Keine Antwort, kein Anzeichen, dass er verstanden worden war.

»Ich denke, Sic verstehen mich«, beharrte Girays.

Schweigen. Oonuvu gestikulierte erneut. Als die beiden zu reagieren versäumten, zog er einen Pfeil aus seinem Köcher und ließ ihn in das Blasrohr gleiten. Die beiden Gefangenen, denn als solche betrachteten sie sich nunmehr, bewegten sich widerstrebend auf die Reling zu.

Luzelle schaute nach unten. Die Entfernung zu dem Einbaum war nicht allzu groß, und das Seil wies in regelmäßigen Abständen Knoten auf. Der Abstieg schien weder gefährlich noch sonderlich schwierig zu sein. Aber dann?

Sie zauderte und hörte Girays mit gedämpfter Stimme sagen: »Ich werde als Erster gehen. Wenn Sie abrutschen, halte ich Sie.« Klassische Galanterie eines einstmals Hohen, und einmal mehr stellte sie fest, dass sie sie zu schätzen wusste, Bevormundung hin, Bevormundung her. Ohne ihre Antwort abzuwarten, packte er das Seil, schwang sich über die Reling und kletterte behende hinab. Eine fremde Hand, die sich auf ihr Kreuz presste, trieb sie voran, und sie folgte Girays. Der Bizaqhi-Hosenrock vereinfachte die Angelegenheit. Leichtfüßig kletterte sie hinunter, glitt von Knoten zu Knoten, bis ihre Füße das Holz des grob behauenen Ygahri-Einbaums berührten. Oonuvu und seine Gefährten folgten ihnen. Die gekonnte Drehbewegung eines tätowierten Handgelenks ließ das Seil eine Welle schlagen, und der Enterhaken löste sich von der Reling. Einer der Stammesangehörigen ergriff eine lange Stange und stakte sie an Land.

Luzelles Augen wanderten hinauf zu der *Wasserfee*, deren Passagiere und Crew sich am Heck drängten. Sie verfolgten die Szene gebannt, zweifellos genauso beunruhigt und verwirrt wie sie. Ihr kam der Gedanke, sie und Girays könnten ins Wasser springen und zu dem Paketboot hinüberschwimmen, um dort Zuflucht und relative Sicherheit in ihrer zahlenmäßigen Überlegenheit zu finden. Dann fiel ihr Porb Jil Liskjils Schicksal wieder ein, und die Lust auf ein Bad verging ihr.

Das Kanu lief mit einem leichten Ruck aufs Ufer auf, und die Eingeborenen trieben ihre Gefangenen an Land. Eine Lücke im Unterholz bot Zugang zu einem schmalen, in den Wald hineinführenden Pfad. Die Stammesangehörigen steuerten auf die Gasse zu, und Luzelle scheute zurück. Oonuvu zückte sein Messer, und ihre Füße setzten sich wieder in Bewegung. Sie warf einen sehnsuchtsvollen Blick über die Schulter zu der bewegungslosen *Wasserfee* zurück, dann war der Fluss verschwunden, und der Wald umfing sie.

Sie gingen im Gänsemarsch, Ygahris vorne und hinten, die vonahrischen Gefangenen wie der Aufstrich eines Butterbrots dazwischen. Üppige grüne Vegetation umschloss den Pfad und kam ihnen an manchen Stellen so nahe, dass Luzelle nicht vermeiden konnte, an gigantischen Blättern mit sägeartigen Rändern vorbeizustreifen. Jedesmal, wenn sie eines berührte, regnete das auf ihnen angesammelte Wasser wie eine Dusche auf sie herab, und bald war sie von Kopf bis Fuß durchnässt. Den eingeborenen Stammesleuten dagegen gelang es irgendwie, sich, ohne einen einzigen Tropfen zu vergießen, vorwärts zu bewegen und dabei über keine einzige der unzähligen ausgewaschenen Wurzeln und Kriechgewächse zu stolpern, die wie Fallen auf ihrem Weg lauerten. Die dunkle Erde unter ihren Füßen war weich von Moos und ständig feucht. Die Luft roch nach bitteren Blättern und übersüßen Blüten, nach exotischen Pilzen und Wasserpflanzen, nach sprießendem Leben und Verfall. Ungefähr eineinhalb Stunden stapften sie den Pfad entlang, und ein neuer Geruch trat in die drückende Atmosphäre – Rauch. Kochfeuer? Weiter ging es, und der Rauchgeruch in der Nase verschärfte sich, bis der Pfad abrupt endete und die Welt um sie herum sich weitete.

Sie hatten eine Lichtung erreicht, die eine Ansammlung roher Hüttengerüste mit Wänden aus verflochtenen Ästen und Dächern aus Palmwedeln enthielt. Die

Eckpfosten einer jeden Hütte waren auf eine Luzelle bekannte Art geschnitzt und bemalt; ähnliche Pfosten hatte sie als Stützen in den Unterkünften der Bhomiri-Insulaner gesehen. Ein Emblem aus schlangenartig umeinander gewundenen menschlichen Wirbelsäulen krönte den Eingang zu der größten Hütte. Ein irgendwie ähnliches Emblem schmückte die Unterkunft des *tl'gh-tiz* der Bhomiri- D'tals. Hätte sie die Stellung als Nebenfrau Nummer dreizehn akzeptiert, hätte man von ihr erwartet, dass sie die Knochen jeden Tag polierte. Im Zentrum der Lichtung gähnte eine große Feuergrube. Ein enorm großer Eisenspieß lag auf zwei gespaltenen Pfosten über der Grube. Die kannibalistischen Bhomiri-D'tals besaßen genau so einen Spieß und waren sehr stolz auf ihn.

Eine Reihe von Frauen und weiblichen Kindern saßen vor ihren Hütten, rieben essbare Wurzeln oder zerschlugen auf flachen Steinen fasrige Stiele. Einige nackte kleine Jungen balgten sich und rangelten um die Feuergrube herum. Es waren nur wenige Männer zu sehen, gebeugt und vom Alter zerfurcht. Die meisten Jüngeren waren vermutlich draußen und freuten sich hämisch über die gefangene *Wasserfee.*

Als die vier Ygahris und die beiden Fremden die Lichtung betraten, standen sie sofort im Mittelpunkt der Aufmerksamkeit. Die Kinder kamen angerannt, um sie sich von nahem anzusehen, gefolgt von den Älteren in würdigerem Tempo. Binnen Sekunden waren die Neuankömmlinge umzingelt.

Die tätowierten Gesichter gaben nichts preis. Die schwarzen Schlitzaugen waren unergründlich. Selbst die Kinder waren so, dachte Luzelle. Nun, vielleicht nicht alle. Einige der Allerjüngsten schienen eine gewisse freudige Erregung auszustrahlen, zusammen mit einer Neugier, die sich mit besonderer Intensität auf ihre rotgoldenen Locken zu richten schien. Wahrscheinlich hatten sie nie zuvor eine Frau aus dem Westen gesehen. Mehr als eine kleine kupferfarbene Hand streckte sich aus, um sie zu berühren, und Oonuvu, der ihr für ihren Geschmack viel zu dicht auf den Fersen war, schlug die Hände mit einem besitzergreifenden Gehabe weg, das Übles verhieß.

Sie marschierten quer über die Lichtung zu dem Haus, das mit dem Wirbelsäulenemblem gekennzeichnet war, wo sie vor der Tür Aufstellung nahmen, die Fremden von den Eingeborenen flankiert. Einer der Gesegneten Stammesleute rief etwas, was ein Name oder ein Titel sein mochte. Einen Augenblick später trat ein ergrauter Ygahri mittleren Alters aus der Hütte. Wie die anderen seines Stammes, Männer und Frauen gleichermaßen, trug er nichts als einen verkürzten Lendenschurz aus geflochtenem Fasertuch. Sein Körper war über und über mit Tätowierungen und wulstigem Narbengewebe bedeckt, sein Haar aufwändig geflochten und mit Perlen verziert, und er trug ein großes Medaillon aus geschnitztem Onyx, das möglicherweise seinen Rang anzeigte. Eine gewisse Ausstrahlung von überheblicher Würde wies auf seine hohe Stellung hin.

Schweigen senkte sich über die Versammlung. Der Häuptling sprach, seine Stimme erhob sich fragend. Das größte Mitglied aus Oonuvus Gruppe, vermutlich ihr Anführer, trat vor und vollführte eine Geste, die Luzelles Augenbrauen in die Höhe trieb, denn sie erkannte die Verbeugung mit auf das Herz gepresster Hand, mit der die Bhomiri-D'tals Ehrerbietung auszudrücken pflegten.

Der Gesegnete Stammesangehörige redete recht lange. Seine Worte waren unverständlich, aber manchmal zeigte er in Richtung des Flusses, manchmal umfassten seine Gesten die vonahrischen Gefangenen, und ein- oder zweimal schien ein Daumenzucken auf Oonuvu zu weisen. Offenbar wurde eine Art von Bericht oder Erklärung geliefert.

Der Häuptling wandte sich an Oonuvu, der mit einem sprudelnden Wortschwall antwortete. Beim Sprechen hielt er den Kopf hoch aufgerichtet, und seine Brust schwoll triumphierend. Am Ende seiner Rede hob er eine Strähne von Luzelles glänzendem Haar an und legte seine andere Hand auf seine Lende. Dann ließ er die Strähne los und wies mit einem ruckartigen Kopfnicken auf Girays, um sich dann umzuwenden und über die Lichtung auf den großen Eisenspieß zu weisen, der über der Feuergrube hing.

In Girays' Gesicht zuckte kein einziger Muskel, aber Luzelle stand so dicht neben ihm, dass sie sah, wie er unter seiner Sonnenbräune erbleichte. Sie merkte, wie der Häuptling ernsthaft zu überlegen schien, und eine Eiseskälte durchdrang sie. Sie schaute zu Boden und sah, dass ihre Hände schändlich zitterten, was sie nicht zulassen durfte, da sie entschlossen war, Girays nachzueifern, der es verabscheute, vor diesen Menschen Furcht zu zeigen. Sie fragte sich, was sie mit ihren Händen tun sollte, und die Antwort, die sie in ihrem Kopf erhielt, war überraschend eindeutig.

Sie trat einen Schritt vor, presste ihre Rechte fest aufs Herz und verneigte sich mit der respektbezeugenden Geste der Bhomiri-D'tals, die unter den Gesegneten Stammesangehörigen eine vergleichbare Funktion zu haben schien. Der Häuptling musterte sie mit unerforschlichem Blick. Oonuvu packte sie am Arm und zerrte herrisch an ihr. Girays versetzte ihm auf der Stelle einen Faustschlag, der den Ygahri-Jungen zu Boden streckte. Oonuvu sprang auf, sein Messer in der Hand, die weißen Zähne gebleckt.

Ein scharfes Zischen vom Häuptling gebot dem Kampf Einhalt. Er sagte etwas, und Oonuvu steckte widerwillig das Messer in die Scheide zurück.

Luzelle wiederholte die Geste des Respekts, um erneut die Aufmerksamkeit des Häuptlings zu erlangen. Sie schaute ihm geradcwegs in die Augen, streckte ihre leeren Hände mit den Handflächen nach oben, berührte mit den Fingerspitzen beider Hände ihr Herz, ihre Lippen und ihre Stirn und ließ ihre Hände dann zeremoniell zurücksinken. Sie konnte nur hoffen, dass diese uralte Begrüßung, die bei den Bhomiri-D'tals eine nahezu heilige Macht besaß, bei den Ygahris eine ähnliche Bedeutung hatte, aber es war unmöglich zu beurteilen, denn die Miene des Häuptlings blieb ausdruckslos. Vielleicht hatte er keine Ahnung, was sie da machte, vielleicht hielt er sie für eine Verrückte, die sinnlos mit den Armen fuchtelte. Er starrte sie an, und das taten auch alle anderen, aber die Gesichter gaben nicht die kleinste Regung preis.

Sie wiederholte die Begrüßungsgeste und sprach diesmal auch den altehrwürdigen Satz aus, der die Gesten stets begleitete. Die Bhomiri-Wörter mochten bei den Gesegneten Stammesleuten nichts bedeuten, aber sie gehörten zur Tradition, und sie konnte sie nicht weglassen.

»Ich bin eine Fremde und komme in Freundschaft«, intonierte Luzelle, die nur ganz geringfügig über die schwierigen Bhomiri-Silben stolperte. »Im Namen der Götter und in Ihrem Willen erbitte ich Gastfreundschaft.«

Immer noch keine Reaktion von dem Häuptling, nur ausdrucksloses Schweigen, aber unter den Zuschauern erhob sich ein leises Gemurmel, und ihre Hände, die sich vorübergehend beruhigt hatten, begannen wieder zu zittern. Sie verschränkte sie mit festem Griff und wartete gefasst, die Augen auf das Gesicht des Häuptlings gerichtet.

Eine schier endlose Zeitspanne beäugte er sie, und so ungerührt er auch wirkte, meinte sie doch so etwas wie eine Spur von Erstaunen in seinen Augen wahrzunehmen. Zu guter Letzt stieß er irgendeinen Befehl aus, woraufhin eine der Frauen über die Lichtung zu einer Hütte eilte, in deren geschmückten Eckpfosten

Menschen- und Tierschädel steckten, mit geometrischen Mustern in Rot und Ocker bemalt. Die Botin verschwand in der Hütte, um bald darauf in Begleitung von drei weißhaarigen Schamanen wieder aufzutauchen, die von Kopf bis Fuß mit Tätowierungen in Rot und Ocker bedeckt waren; sie trugen Masken aus Schlangenhaut und einen hoch aufragenden Kopfputz aus menschlichen Rippenknochen.

Die Menge teilte sich respektvoll, und die Schamanen nahmen ihren Platz neben dem Häuptling ein, der eine Hand auf sein Herz legte und achtungsvoll den Kopf neigte. Drei schwarze Augenpaare musterten Luzelle durch die Sehschlitze in den Schlangenhautmasken. Einer der Schamanen wandte sich an sie; sie konnte die Worte nicht verstehen, ahnte jedoch ihren Sinn.

Langsam und gemächlich vollführte sie die uralten Gesten und sprach die Bhomiri-Formel: »Ich bin eine Fremde und komme in Freundschaft. Im Namen der Götter und in Ihrem Willen erbitte ich Gastfreundschaft.«

Die drei Schamanen flüsterten untereinander, dann sagte einer etwas zu ihr. Diesmal hatte sie nicht die geringste Ahnung, was gemeint war oder von ihr verlangt wurde, und sie ließ zu, dass ihr Unverständnis sich auf ihrem Gesicht abzeichnete. Wieder tuschelten sie miteinander, und einer von ihnen sprach stockend im Bhomiri-Dialekt. Sein Akzent und seine Aussprache unterschieden sich erheblich von denen des Inselvolks, aber dennoch konnte sie ihn einigermaßen verstehen, als er fragte: »Du kennst die Alte Sprache?«

Sie versteifte sich und traute kurzfristig ihren eigenen Sinnen nicht mehr. Aber kein Zweifel, die phantastische Gestalt vor ihr gab Bhomiri-Silben von sich. Sie verbarg ihre Verwunderung und erwiderte in ihrer eigenen mühevollen Version dieser Sprache: »Ich bin Freundin des Volks, das diese Zunge alle Tage spricht.«

»Was für Volk?«

Luzelle runzelte die Stirn. Der Begriff der Bhomiri-D'tals für sich selbst lautete übersetzt schlicht ›das Volk‹, ein Titel, mit dessen Hilfe sie sich von den verschiedenen zweibeinigen Ungeheuern und Dämonen unterschieden, die zwar trügerisch menschlich aussahen, indessen einer Seele ermangelten und deshalb weniger als Menschen waren. Doch eine Antwort war lebenswichtig, und so versuchte sie es mit: »Sie sind Herren von großen Inseln in der Salzsee, weit jenseits der Wälder, im Westen.«

»Woher kennen sie die Alte Sprache?«

»Manche sagen, die Väter ihrer Väter brachen in Einbäumen aus den Wäldern von Oorex auf, um großem Strom Ygah nach Süden in das Salzmeer zu folgen.« Luzelle zuckte die Achseln. »Oder es mag sein, dass die Götter sie die Zunge lehrten.«

»Sie sprechen mit den Göttern?«

»Ihre weisen Männer sind wie die pflichtgetreuen Söhne der Götter.«

»Ihre weisen Männer lehrten dich den Willen der Götter?«

»Ja. Sie lehren, dass die Götter diejenigen strafen, die brechen das geheiligte Gesetz der Gastfreundschaft.«

Die Schamanen besprachen sich kurz in ihrem eigenen Dialekt, dann merkte eine der maskierten Gestalten an: »Dieser Mann bei dir erbittet unsere Gastfreundschaft nicht.«

»Ich erbitte sie für ihn. Ich besitze Recht, ich bin seine Hauptfrau Nummer eins.«

»Dieser Mann gestattet seiner Frau, an seiner statt zu sprechen?«

»Heute muss er. Er spricht viele Sprachen, doch die Alte Zunge er kennt nicht.«

»Was willst du von den Gesegneten?«

»Wir bitten die Gesegneten, uns zu bringen durch

die Wälder nach Jumo Statt. Wir müssen schnell laufen.«

Nach einer weiteren geflüsterten Besprechung mit seinen Mitbrüdern sprach einer der Schamanen laut und recht lange auf Ygahri. Er wandte sich an den Häuptling, aber seine Worte waren für alle hörbar. Vermutlich lieferte er eine Erklärung, aber bevor er geendet hatte, erhob Oonuvu wütend die Stimme. Der Schamane hörte zu, um Luzelle auf Bhomiri zu informieren: »Der junge Oonuvu, der nun ein Mann ist, beansprucht den Besitz der beiden Gefangenen. Er erinnert uns daran, dass sie Eigentum sind und keine Gastfreundschaft erbitten können.«

»Dies ist nicht so.« Luzelle verstand es, mildes Erstaunen zu heucheln. »Wenn wir Gefangene, dann es gibt keine Gerechtigkeit. Wir stehen nicht im Krieg mit Gesegneten Stammesleuten, wir sind keine Feinde. Wir sind keine Diebe oder Mörder, wir haben nicht heilige Dinge entweiht. Wir sind friedliche Reisende, und eure Gastfreundschaft erflehen wir im Namen der Götter.«

Oonuvu ergriff erneut das Wort, und der Schamane übersetzte: »Es heißt, ihr wärt Freunde unserer Feinde, der grauen Grewzier.«

»Dies ist nicht so.« Luzelle schüttelte den Kopf. »Die grauen Grewzier sind Feinde unseres Stammes, Feinde aller Stämme.«

Die schwarzen Augen schätzten sie lange ab, um sich dann schließlich abzuwenden. Die Flüsterkonferenz wurde wieder aufgenommen. Nach ihrer Beendigung sagte einer der Schamanen etwas zu dem Häuptling, der einmal nickte, und dann übersetzte dieselbe maskierte Gestalt für Luzelle: »Die Wahrheit ist unklar. Wir werden beratschlagen. Ihr werdet warten.«

Luzelle drängte es, weiterzuargumentieren und zu bitten, aber sie beherrschte sich. Sie presste die Hand aufs Herz und verneigte sich. Der Häuptling gab einen

Befehl, und eine Gruppe Gesegneter Stammesangehöriger trieb die Gefangenen über die Lichtung zu einer Hütte, stieß sie hinein und schloss die Tür.

Im Inneren war es düster und verqualmt. Ein Loch im Dach ließ ein wenig Licht hereinfallen. Der kleine Raum war leer mit Ausnahme eines rußgeschwärzten Steinkreises in der Mitte und zweier gewebter Matten, die auf dem Boden aus festgestampftem Lehm ausgebreitet waren.

Sobald sich die Tür hinter ihnen geschlossen hatte, wandte sich Girays ihr zu und fragte: »Was ist passiert? Was haben Sie ihnen gesagt? Ich dachte, Sie sprächen nicht Ygahrisch.«

»Tue ich auch nicht.« Sie gab den gesamten Wortwechsel mit den Schamanen wieder, ließ auch ihre Behauptung, Hauptfrau Nummer eins zu sein, nicht aus, woraufhin er nur bemerkte, das wäre ja fast einmal wahr geworden. Sodann erläuterte sie Art und Ursprung ihrer Fähigkeit, sich mit den weisen Männern des Stamms zu unterhalten, die die Kenntnis der Alten Zunge bewahrt hatten. Unter den Gesegneten Stammesleuten war sie in Vergessenheit geraten, bei ihren entfernten Vettern, den Bhomiri-Insulanern, wurde sie hingegen noch gesprochen.

Girays lauschte aufmerksam, bis sie zum Ende gekommen war, und sagte dann: »Sie scheinen ein gewisses Gespür für diese Menschen zu besitzen – was werden sie aller Voraussicht nach mit uns anstellen?«

»Nun, wenn sie wie die Bhomiri-D'tals sind – und sie scheinen ihnen in mancher Hinsicht sehr ähnlich zu sein – und zu dem Ergebnis gelangen, dass wir ein Anrecht auf ihre Gastfreundschaft besitzen, dann werden sie alles in ihrer Macht Stehende tun, um uns zu helfen. Sie werden weder Mühe noch Mittel scheuen – falls wir ihre Gäste sind.«

»Und falls nicht?«

Sie antwortete nicht, und Girays nickte. Eine Weile

schwiegen beide, und während dieser Zeit sagte ihnen das Gemurmel von Ygahri-Stimmen, das durch die dünnen Wände drang, dass die Hütte umzingelt war. Luzelle lugte durch eine Lücke in einer der Wände und erspähte den muskulösen Rücken eines der bewaffneten Stammesangehörigen, die an Bord der *Blinder Krüppel* gekommen waren; er hielt vor der Tür Wache. Ein anderer stand direkt neben ihm.

»Ich nehme nicht an, dass Sie Ihre Waffe griffbereit haben?«, fragte sie Girays, ohne den Blick von dem Rücken zu nehmen.

»Falls ja, hätte ich sie schon längst benutzt.«

Sie wandte sich von der Wand weg. Girays hatte sich auf eine der gewobenen Matten niedergelassen. Sie setzte sich neben ihn.

»Haben Sie eine Idee, wie lange sie brauchen?«, fragte er.

»Nein.«

Sie sahen einander an, und zum zweiten Mal an diesem Tag legte er ihr den Arm um die Schultern. Als er sie an sich zog, sträubte sie sich nicht, sondern schmiegte sich an ihn, den Kopf an seiner Schulter, die Augen geschlossen. Sie fühlte sich unangemessen zufrieden und sicher. Die Angst fiel von ihr ab, als sei sie ihr mit Hilfe von Drogen oder Zauberei ausgetrieben worden, eine absurde Vorstellung, denn die Gefahr war unmittelbar und sehr real, wirkte aber irgendwie nicht so. Sie hätte sich beinahe für glücklich halten können, und einen kurzen Moment lang vermischte sich dieses Glück mit einem Stich des Bedauerns über all das, was hätte sein können.

Sie verlor jegliches Zeitgefühl, während sie so nah bei ihm saß. Sie wusste nicht mehr, ob sie Minuten oder Stunden so warteten. Sie rührte sich nicht, bis sie hörte, wie die Tür sich öffnete, und das Hereinströmen frischer Luft spürte.

Luzelle schlug die Augen auf. Die drei maskierten

Schamanen standen vor ihnen. Einer von ihnen trug zwei identische zugedeckte Körbe. Er hielt ihnen die Körbe hin und erklärte auf Bhomiri: »Der Mann wird wählen.«

Luzelle und Girays richteten sich auf, und der Schamane wiederholte den Befehl, wobei er hinzufügte: »Die Götter lenken seine Hand.«

»Was sagt er?«, erkundigte sich Girays mit fester Stimme.

»Er will, dass Sie einen der Körbe wählen«, gab Luzelle zurück. »Ich weiß nicht, warum.«

Girays deutete auf einen.

»Nimm ihn«, wies der Schamane ihn an.

Luzelle übersetzte, und Girays nahm eines der Behältnisse in Empfang.

»Er wird den Inhalt hervorziehen.«

Luzelle gab die Botschaft weiter. Girays hob den Deckel an, griff in den Korb und holte einen faustgroßen Stein hervor. Die glatt polierte Oberfläche war so schwarz wie die Verzweiflung, mit beinahe glühend karmesinroten Flecken gesprenkelt. Girays begutachtete den finsteren Gegenstand eine Weile, um ihn dann wortlos seinem Besitzer zurückzugeben.

»Die Götter haben gesprochen«, erklärte der Schamane. Er drehte sich kurz zu den neugierigen Stammesangehörigen vor der Hütte um, hielt den Stein in die Höhe und sprach mit tragender Stimme in Ygahri, um dann seinen vonahrischen Zuhörern mitzuteilen: »Ihr Wille ist kundgetan. Ihr seid unsere Gäste.«

»Das ist gerecht.« Luzelle neigte würdevoll das Haupt. Sie suchte Girays' Blick und formte stumm mit den Lippen: *Gäste.*

»Glück gehabt«, entgegnete er laut. »Und wenn ich den anderen Korb genommen hätte?«

Der Schamane schien die Frage zu verstehen. Er lüpfte den Deckel von dem anderen Korb und neigte ihn leicht, so dass man hineinsehen konnte. Auf dem

Korbboden lag zusammengerollt eine kleine türkisfarbene Schlange mit dreieckigem Kopf und smaragdgrüner Zeichnung.

»Wunderschöne Farbe«, bemerkte Luzelle bewundernd.

»Nicht wahr?« Girays musterte die Schlange mit Interesse. »Wenn ich mich nicht irre, ist das eine Uaxhui – eine ziemlich seltene und bemerkenswerte Spezies. Es ist eines der giftigsten Geschöpfe, die die Wissenschaft kennt. Ein einziger Tropfen ihres Gifts vermag einen erwachsenen Mann binnen Sekunden zu töten. Es gibt kein bekanntes Gegengift.«

»Oh!«, machte Luzelle. Sie wich zurück.

»Kommt.« Der Schamane deckte den Korb wieder zu und entzog die Uaxhui ihren Blicken. »Die Götter sind euch gnädig, doch ihr gehört nicht in den Wald, ihr dürft nicht hier bleiben.« Seine Gefährten murmelten zustimmend. »Wir werden euch mit Vorräten versehen und rasch auf den Weg schicken.«

»Wir danken dir im Namen der Götter«, entgegnete Luzelle. »Werdet ihr zu unserem Schiff uns zurückbringen?«

»Nein, denn wir haben die Flussdurchfahrt für die Gefährten der Verfluchten gesperrt. Die Arme des Waldes werden euch tragen.«

Sie hatte keine Ahnung, was er meinte, hielt es jedoch für das Beste, sich ihre Unwissenheit nicht anmerken zu lassen, und nickte feierlich.

»Kommt.«

Die drei maskierten Gestalten führten sie aus der Hütte, durch die starrenden Reihen der Gesegneten, über die Lichtung und in den Dschungel dahinter. Erneut schlossen sich die Zweige über ihren Köpfen zusammen, und die Welt versank in grünem Schatten.

Girays schoss ihr einen fragenden Blick zu, und Luzelle klärte ihn diskret auf: »Sie sagen, die Arme des Waldes werden uns tragen.«

Offensichtlich wurde er daraus genauso wenig klug wie sie.

Weiter ging es, bis sie zu einem kleinen Hain abgestorbener Bäume gelangten, die noch aufrecht standen, obwohl ihre kahlen Stämme und Äste unter wuchernden parasitischen Schlingpflanzen erstickt wurden. Hier hielt die Gruppe an, und einer der Schamanen ließ Luzelle wissen: »Ihr bleibt. Wir gehen weiter.«

»Ihr verlasst uns?«, fragte sie verwirrt.

»Den Augen der Ungesegneten steht es nicht zu, die Geheimnisse der Weisen zu erblicken.« Er stellte einen Sack vor ihr auf den Boden. »Ihr seid Gäste, hier ist Nahrung für eure Reise.«

»Ich danke euch. Wir gehen also allein weiter.«

»Nein. Bleibt. Wartet.«

Die drei Schamanen verschmolzen lautlos mit dem Dschungel und ließen Luzelle und Girays allein zwischen den toten Bäumen zurück.

»Ich vermute, wir sind frei«, stellte Girays fest. »Wir müssen uns selbst den Weg zu den Schiffen zurück suchen. Wir hätten einen Führer zwar gut gebrauchen können, aber wir sollten wohl dankbar sein. Hier entlang, glaube ich.« Er zeigte nach vorn.

»Nein. Bleibt. Wartet«, sagte sie. Seine Augenbrauen fuhren in die Höhe, und sie führte aus: »Das hat er mir gesagt. Sie wollen, dass wir das tun.«

»Wieso? Worauf warten?«

»Ich weiß nicht.«

»Wie lange?«

»Keine Ahnung.«

»Was haben Sie Ihnen genau gesagt?«

»Praktisch nichts.«

»Wir können nicht endlos warten. Möchten Sie nach Anbruch der Dunkelheit gern an diesem Ort herumstehen?«

»Nein, aber ich glaube, dass die weisen Männer einen Plan für uns haben. Meinen Sie nicht, wir sollten ihren Anweisungen folgen und warten, wenigstens eine Weile?«

»Wie lange? Es muss schon spät sein, die Sonne geht bald unter, und was dann? Wenn wir jetzt losgehen, können wir vielleicht zur *Wasserfee* zurückfinden, bevor es völlig dunkel wird.«

»Das klingt vernünftig, aber –«

Das Geräusch von Eingeborenenstimmen nicht weit entfernt über ihnen unterbrach sie. Sie – vermutlich die drei Gesegneten Schamanen – hatten einen Sprechgesang angestimmt, dessen Töne unglaublich hoch und rein klangen. Die jäh einsetzenden schaurigen Laute jagten ihr eine Gänsehaut über die Unterarme und rührten überdies etwas in ihrer Erinnerung an. Solche Sprechgesänge hatte sie vor dem Erdbeben vernommen, das den Hauptplatz von Xoxo verheert hatte. Wenn man sie einmal gehört hatte, konnte man sie nie mehr vergessen.

Eine ähnliche Erschütterung an diesem Ort konnte dazu führen, dass die toten Bäume auf sie und Girays niederkrachten, aber irgendwie glaubte sie nicht, dass das passieren würde. Sie fürchtete sich vor der fremdartigen Macht, die sich in diesen Stimmen manifestierte, fürchtete sich vor einer gewaltigen Energie, die sie nicht begriff, spürte aber keine böse Absicht. Sie wunderte sich über ihren eigenen Optimismus oder ihr Vertrauen, dann fiel ihr Karsler Stornzofs Ratschlag drüben in Xoxo ein: *Hören Sie nun auf Ihr Blut und Ihre Nerven.* Genau das hatte sie getan, erkannte sie, und ihr Instinkt verlieh ihr diese Sicherheit.

Sie sah flüchtig zu Girays hinüber. Er runzelte die Stirn. Ihre Blicke begegneten sich, und er setzte an: »Wir sollten besser –«

Die Bemerkung blieb unvollendet, denn in diesem Moment begann die Luft zu prickeln, und die Vegetation um sie herum erwachte zum Leben. Gewaltige schlangengleiche Lianen lösten und bewegten sich, und die parasitischen Schlingpflanzen wickelten sich von den Bäumen um sie herum los. Lange Ausläufer schlängelten sich von den toten Zweigen über ihren Köpfen herab, um sich sanft um die verblüfften Reisenden zu legen. Luzelle hatte gerade noch Zeit, sich den Proviantsack zu schnappen, bevor sie sich sachte vom Boden empor und hochgehoben fühlte, sehr hoch, erschreckend hoch, und noch unglaublich viel höher, über die kahlen Zweige hinaus und noch höher, hoch zu den belaubten, weit ausgreifenden Ästen der großen noch lebenden Bäume. Das Laub schlug ihr im Aufsteigen leicht ins Gesicht, elastische dünne Zweige peitschten gegen ihre Glieder, aber sie fügten ihr keinen Schaden zu, denn die Schlingpflanzen, die sie trugen, wussten sich zu ducken und Hindernissen auszuweichen, wussten sie vor Verletzungen zu bewahren. Das einzige Übel, um das sie sich momentan Sorgen machen musste, war der brennende Protest ihres Magens, der sich lauthals über eine solch irreguläre Fortbewegung beschwerte.

Sie unterdrückte die natürliche Regung, sich zu sträuben, denn die Schlingpflanzen, die ihren Körper umschlossen, hielten sie sanft fest, und dennoch spürte sie die ungeheure, blinde Lebenskraft, imstande, ihre Wurzeln in ungastliche Erde zu bohren, die unerbittliche, geduldige Kraft, die fähig war, granitene Wände zu zerbrechen. Gegen solche Kräfte kam kein Mensch an, und überdies wäre es in dieser Höhe Selbstmord gewesen, und so gab sie sich fügsam der engen grünen Umarmung hin. Sie wandte ihr Gesicht zur Seite und erblickte Girays, wie die Beute eines Python in gewundenen Schlingen gefesselt, der den Baumwipfeln entgegen gehoben wurde. Sie erhaschte einen flüchtigen Blick auf sein vor Verblüffung erstarrtes Gesicht, und dann waren die Blätter wieder überall um sie herum und versperrten ihr jede Sicht, und eine Zeit lang sah sie nichts mehr als Grün.

Aufwärts, noch höher, durch eine Schicht dünner, junger Zweige, die Haufen glänzender, riesengroßer Blätter hielten, in Licht gebadet, die Heimat von Horden pygmäenhafter Krallenaffen, die sie anglotzten und überrascht keckerten, als sie vorbeikamen. Aufwärts, noch höher, und plötzlich stießen sie durch das Walddach in das Gleißen der untergehenden Sonne vor. Sie blinzelte und kniff die Augen gegen das grelle Licht zusammen, aber schon bald passten ihre Augen sich an, und sie konnte meilenweit über die Baumwipfel hinwegsehen, die ganze Strecke bis hinunter zum braunen Band des Ygah-Stroms. Ein warmer Wind voller Wohlgerüche blies ihr ins Gesicht, und sie wurde von einer Art ehrfürchtigem Jubel erfüllt. Sie fragte sich, ob Girays dasselbe empfand; sie hoffte es.

Was geschieht nun?

Sie fühlte sich sachte auf Zweige gebettet, die stark genug waren, ihr Gewicht zu tragen. Ihre Schlingpflanze löste sich von ihr und ließ sie dort liegen. Einen Moment lang durchdrang sie kaltes Entsetzen, und dann spürte sie das Zittern der arkanen Vitalität in den Zweigen. Sie krümmten sich, um sie zu umfassen, und der Baum bog seinen Stamm und übergab sie ganz sanft den Zweigen eines anderen Baums, der sie seinerseits mühelos und schmerzlos an einen dritten weiterreichte.

Bald darauf vernahm sie ein Rascheln von Laub und Zweigen, das zu rhythmisch für eine Windeinwirkung war, und eine gewaltige Schlingpflanze bäumte sich vor ihr auf, hin und her schwankend wie eine Schlange vor dem Beschwörer. Die Schlingpflanze pflückte sie von dem Baum, trug sie eine gewisse Strecke und übergab sie dann der Obhut anderer Kriechgewächse.

Den gesamten restlichen Nachmittag reichte die erwachte Pflanzenwelt sie von Gewächs zu Gewächs weiter wie ein Paket. Bei Sonnenuntergang indes erlahmte ihre Lebenskraft. Es blieb gerade genügend

Zeit für zwei Bäume, um ihre obersten Zweige zu einem flachen Nest zu verweben und sie dort hinein zu legen, bevor die Dunkelheit sich über die Welt legte und die Pflanzen in starre Bewusstlosigkeit versanken.

»Girays?« Plötzlich von Angst ergriffen, rief sie nach ihm, und er antwortete sofort. Sie spähte durch die zunehmende Finsternis und entdeckte ihn, wie er sich über den Rand eines ähnlichen Nests lehnte, nicht mehr als ein paar Meter entfernt. »Sind Sie wohlauf?«

»Ja. Aber durstig. Haben Sie noch diesen Sack?«

»Ja. Einen Augenblick.« Sie erforschte seinen Inhalt. Der Proviantsack, ein Geschenk der Gesegneten Stammesangehörigen, enthielt zwei Bündel mit Essen und zwei verkorkte Kürbisse mit Wasser. Sie nahm sich ihren Anteil, während sie hinüberrief: »Girays, ich werfe Ihnen den Sack zu. Bereit?«

»Bereit.«

Er klang so vertrauensvoll, als sei ihm nie der Gedanke gekommen, sie könne daneben werfen und die einzige Nahrung, die ihm für die nächsten Stunden zur Verfügung stand, könne in den Schatten davonfliegen und Hunderte Meter weiter unten auf dem Waldboden zu liegen kommen. Sein Gesicht war ein bleicher, verschwommener Fleck. Sie betete, sie möge treffen, und schleuderte den Sack hinüber.

»Hab ihn. Danke.«

Die Stimme war gut zu hören, der Sprecher jedoch kaum noch zu sehen. Dunkelheit verschlang die Wälder von Oorex. Luzelle aß und trank, um sich dann für den unwahrscheinlichen Fall, dass sie hoch über dem Dschungel einschlafen würde, auszustrecken. Ein paar Meter weiter weg würde Girays bestimmt das Gleiche tun. Er war sicher noch hellwach.

Jetzt ist er an der Reihe, etwas zu sagen.

Sie machte lange Ohren. Von Girays kein Ton, aber der Dschungel sang, und seine Melodie lullte sie ein.

Bei Sonnenaufgang erwachte die Vegetation, und die Reise ging weiter. Luzelle wurde durch die Empfindung geweckt, wie eine dicke Liane sich um ihren Körper wickelte. Sie wurde aus dem Nest gehoben. Die beiden Bäume, die sie die Nacht über getragen hatten, lösten sich voneinander, und es gab kein Nest mehr. Erschrocken und verwirrt ließ sie ihre Blicke umherwandern, entdeckte Girays jedoch nicht. Sie rief seinen Namen und hörte ihn antworten. Die Schlingpflanze trug sie über das Laubdach in die Herrlichkeit der Morgensonne, und dann sah sie ihn. Ihre Angst legte sich.

Die Schlingpflanze übergab sie beinahe zärtlich der Umarmung eines benachbarten Epiphyten, der sie seinerseits an einen glitschigen Polypenbaum weiterreichte. Die Stunden verstrichen, und der Dschungel trug sie südwärts nach Jumo Statt.

Sechzehntes Kapitel

Ich glaube, mein Vetter Ogron plant, Vonahr zu erobern. Vielleicht binnen Wochen«, äußerte König Miltzin. Er nahm sich ein Stückchen von dem kaleidoskopartigen Teller mit Appetithappen, der vor ihm auf dem Schreibtisch stand, und knabberte wohlwollend daran herum. »Sie müssen eine von diesen Krabben-Jakobsmuscheln-Pilz-Spießchen-Petitessen probieren, Nevenskoi. Sie sind phantastisch. Kommen Sie, keine Umstände. Bedienen Sie sich.«

»Ich danke Ihnen, Sire.« Nevenskoi nahm sich ein Spießchen, das sich als genauso exzellent herausstellte, wie der König es versprochen hatte. Der in Öl ausgebratene Schlangenknoten, der darauf folgte, war nicht minder gut, und die kalten Schnittchen aus Jungente in Gelatine waren absolut köstlich. Sein Appetit war zwar stark, wurde jedoch durch den Anblick von Meisterfeuer, der, auf zwergenhafte Dimensionen reduziert, demütig unter einer Warmhalteplatte mit einem scharfen Gericht hockte, ein wenig gemindert. Die außergewöhnlichste, Ehrfurcht gebietendste Entdeckung des Jahrhunderts dazu degradiert, die scharf gewürzte Tunke des Königs warm zu halten! Es war erniedrigend und beleidigend, aber Meisen-Miltzin hielt das Schauspiel für amüsant. Nevenskoi unterdrückte seine Entrüstung so gut er konnte, aber seine Schöpfung bekam seine Empfindungen mit.

Schlechtheit?, knisterte die leise Stimme unter dem warm gehaltenen Gericht.

Uns widerfährt keine Gerechtigkeit, mein Süßer, entgegnete Nevenskoi stumm. *Wir werden der Größe beraubt, die dir nach Fug und Recht zusteht. Der König weiß uns nicht zu schätzen.*

Schlechtheit? Essen König?

Nicht heute.

Bittebittebitte?

Nein. Gefährliche Gedanken. Nevenskoi wechselte wohl überlegt die geistigen Gänge. »Ihre Majestät hat Nachricht von dem grewzischen Imperior erhalten?«

»Bei Gott, nein, Vetter Ogron hält nichts vom Schreiben. Aber die jüngsten Massierungen von zusätzlichen grewzischen Truppen im besetzten Haereste werden etwas zu bedeuten haben, finden Sie nicht auch? Ich glaube, diesmal geht es Vonahr an den Kragen. Die Zoketsa denkt das auch, und sie sollte es wissen. Sie ist medial begabt, müssen Sie wissen.«

»Die Zoketsa, Sire? Die Opernsängerin?«

»Die größte aller großen Sopranistinnen, eine Göttin unter Sterblichen. Haben Sie sie *singen* gehört, Mann? Haben Sie ihre Vorstellung in der Rolle der Königin Phantina gesehen? Solche Majestät und Größe – solche Gipfel herrlichsten Jubels, solche Tiefen edelsten Leids! Sie müssen sie sehen, Nevenskoi – es wird Ihr Leben ändern, wie es das meine geändert hat.«

»Ich glaube, sie bekommt allenthalben gute Kritiken.« Zum ersten Mal, seit er das königliche Studierzimmer betreten hatte, fiel Nevenskoi auf, dass die astrologischen Himmelskarten, die in letzter Zeit die Schreibtischoberfläche bedeckt hatten, in Leder gebundenen Partituren gewichen waren.

»Kritiken – pah! Ihre Darbietungen sind sublim, bildend und inspirierend. Sie haben mir die Augen geöffnet für ein der Kunst und der Schönheit gewidmetes Leben. Ihre Kunst ist ihre Leidenschaft, Nevenskoi – sie lebt dafür, der kreative Impuls brennt im Zentrum ihres Seins. In so einer feurigen Intensität liegt etwas, das ich wundervoll stimulierend finde.«

»Das bezweifle ich keinen Augenblick, Sire.«

»Sie ist so *lebendig*, Nevenskoi! Sie lebt jeden Augenblick voll aus! Jede Stunde ist *randvoll* mit Lebendigkeit und Bedeutung! Sie lässt ihren Emotionen freien Lauf, sie wird von ihrem Instinkt geleitet. Sie lebt in Harmonie mit dem Kosmos, was vielleicht ihre medialen Fähigkeiten erklärt.«

»Sehr wahrscheinlich, Sire.«

»Sie spürt die Dinge, sie fühlt sie in ihrer Seele.«

»Sie spürt und fühlt in ihrer Seele, dass Grewzland Vonahr in Kürze angreifen wird?«

»Das tut sie, und mein Glauben an ihre Fähigkeiten ist so groß, dass ich ihr selbst ohne den zusätzlichen Beweis der jüngsten vonahrischen Diplomatiekapriolen vertrauen würde. Nehmen Sie eins von diesen sahnigen Schnecken-Spargel-Törtchen, mein Freund. Sie sind superb.«

»In der Tat, Sire.« Nevenskoi kostete eins und stimmte dem Urteil des Königs zu. »Majestät, ich muss meine Unwissenheit bezüglich der aktuellen diplomatischen Geschehnisse gestehen.«

»Das ist auch kein Wunder, Sie begraben sich ja die meiste Zeit lebendig in diesem Arbeitszimmer. Ich will Ihnen etwas sagen, Nevenskoi. Der vonahrische Präsident und seine Kongresskriecher nerven mich schon seit Wochen. Die übliche Bitte. Sie haben von Meisterfeuer gehört, sie betrachten unseren grünen Freund dort als ultimative Kriegswaffe, und sie wollen ihn haben. Sie geben keine Ruhe, und Sie können sich kaum vorstellen, was für hinterlistige Methoden sie anwenden, um ihr Anliegen zu befördern! Sie haben es geschafft, ihre Bettelbriefe in meine Zeitungen zu schmuggeln, unter die Polster meiner Kutsche – einen habe ich sogar in der Brusttasche meines Morgenrocks gefunden! Vielleicht sollte ich Mitgefühl mit ihrer Verzweiflung empfinden, hätten sie sich nur auf schriftliche Unverschämtheiten beschränkt, aber sie sind noch weiter gegangen. Sie haben doch tatsächlich versucht, ihre Agenten hier in den Wasserhexenpalast einzuschleusen. Dreimal während des vergangenen Monats sind vonahrische Unbefugte gefasst worden, die auf dem Palastgelände herumschlichen. Es ist ungeheuerlich. Oh, ich werde verfolgt!«

»Wirklich, Sire.« Nevenskoi nickte düster. Er verschlang einen Markknochen-Brätling, registrierte die seidige Textur und die phantasievolle Gewürzmischung, nahm sich jedoch nicht die Zeit zu genießen, denn seine Gedanken hatten eine andere Richtung genommen. Kurz darauf fuhr er fort: »Ihre Majestät wird in der Tat ausgenutzt, aber vielleicht kann ich eine Lösung offerieren. Ich glaube, es ist an der Zeit, dass der König der Nieder-Hetz seinen herrscherlichen Willen kundtut. Eine kleine Demonstration königlicher Entschlossenheit wird die ausländischen Anmaßungen in die Schranken weisen.«

»Königliche Entschlossenheit. Der Ausdruck gefällt mir.«

»Befehlen Sie Meisterfeuer, den Wasserhexenpalast mit einem Wall aus grünen Flammen zu umschließen«, drängte Nevenskoi behutsam. »Die Verfolger Ihrer Majestät werden die Macht und Größe des hetzischen Monarchen erkennen und sich keine weiteren Frechheiten mehr herausnehmen.« *Und die Welt wird endlich meine Schöpfung sehen, und die ganze Menschheit wird staunen,* fügte er insgeheim hinzu. Visionen von majestätisch brennenden Palastmauern erfüllten ihn.

Groß! Ich bin GROSS, ich bin GEWALTIG, ich bin RIESIG, ich bin ÜBERALL –

Meisterfeuer hatte den Gedanken seines Schöpfers mitbekommen. Nebenskoi, auf dem falschen Fuß erwischt, zögerte einen Schreckensmoment, bevor er seine mentale Kontrolle wieder festigte.

Zu spät.

Das grüne Feuer blühte auf, dehnte sich im Handumdrehen so aus, dass es die gesamte Schreibtischoberfläche bedeckte und von dort an den Seitenwänden auf den Boden hinunterströmte und in alle Richtungen davonschoss. Kurzfristig nicht imstande, den sich wie im Flug ausbreitenden Brand anzuhalten, konnte Nevenskoi nur mental mahnen: *Verzehre nichts! Hör mir zu, Süßer – verzehre nichts!*

Tanzentanzentanzen!, antwortete Meisterfeuer.

»Nun – noch eine Demonstration?«, erkundigte sich der König ohne rechtes Interesse. »Haben Sie das nicht schon mal gemacht?«

Demonstration. Ja, das würde gehen, eine Demonstration, um seinen vorübergehenden Fehlgriff zu kaschieren. Meisterfeuer, wenn auch nur unvollständig unter Kontrolle, blieb weiterhin dem Einfluss seines Schöpfers unterworfen. Bis jetzt hatte er noch nichts verzehrt. Ein wenig zusätzliche Anleitung konnte das gesamte Ausmaß dieser brennenden Ausgelassenheit kanalisieren. Nevenskoi sagte in Gedanken: *Liebling, hör mir zu. Du bist großgroßgroß –*

Groß! Größer! Der Größte!

Du bist großartig und prachtvoll –

Großartig! Prachtvoll! Großvoll!

Jetzt zeig dem König, wie klug du bist. Bedecke die Wände des Studierzimmers vom Boden bis zur Decke. Verzehre nichts. Lass die Tür und die Fenster frei. Los, tummel dich.

Wheeee!

Meisterfeuer befolgte die Anweisungen präzise. Kurz darauf war das gesamte Studierzimmer mit grünen Flammen ausgeschlagen, die nichts zerstörten. Nevenskoi setzte eine Miene bescheidener Zufriedenheit auf und murmelte: »Wenn Majestät geruhen würden, sich einen solchen Flammenwall vorzustellen, der den ganzen Wasserhexenpalast einhüllt!«

»Eindrucksvoll, gewiss.« Mit gefurchter Stirn biss Miltzin in einen Miniaturfroschschenkel, der mit Sauce Jerundière überzogen war. »Aber ein ziemlich kriegerisches Schauspiel, finden Sie nicht?«

»Eine reine Verteidigungsmaßnahme, Sire.«

»Aber ich werde einen solchen Missbrauch unseres Meisterfeuers zu solchen Zwecken niemals dulden. Nein, ich werde eine andere Möglichkeit finden, um diese aufdringlichen Diplomaten loszuwerden.«

»Wie Ihre Majestät wünschen.« Die Kinnladen unter dem schwarz gefärbten Bart zusammengepresst, neigte Nevenskoi das Haupt. Die Frustration schwelte in ihm, und die grünen Flammen, die die Wände des Studierzimmers bedeckten, knisterten in wilder Sympathie.

»Und dennoch *ist* unser Meisterfeuer einzigartig«, sinnierte Miltzin. »Wie könnten seine Fähigkeiten meine Untertanen am besten beeindrucken und erziehen? Ah, mir kommt da ein Gedanke. Die Zoketsa singt morgen Abend wieder die Königin Phantina. Sie erinnern sich an die berühmte Wahnsinnsszene, in der Phantina den Palast mit einer Fackel in Brand setzt? Denken Sie nur, wie es wäre, wenn gewaltige Ströme grüner Flammen die gesamte Bühne einhüllen würden! Ja! So sollte es sein, und die Lebensechtheit wird die Diva zu neuen künstlerischen Höchstleistungen inspirieren! Ach, das wird sie glücklich machen!«

»Lassen Sie mich sicherstellen, dass ich Ihre Majestät richtig verstanden habe. Sie möchten Meisterfeuer als Theaterzauber einsetzen?«

»Das würde ein exorbitantes Schauspiel geben!«

»Ich verstehe.« *Frivol, trivial, beleidigend.* Nevenskoi lag eine Äußerung der Verärgerung auf der Zunge, die er mit einer aus jahrelanger Praxis geborenen Selbstbeherrschung zurückhielt. Er füllte seinen Mund mit einem Anchovis-Schiffchen, um zu verhindern, dass ihm übereilte Worte entschlüpften, und beim Kauen dachte er nach. Eine Nacht in der Oper für Meisterfeuer. Auf den ersten Blick albern und unwürdig, aber trotzdem unzweifelhaft ein Aufstieg vom Teelicht unter der königlichen Wärmeplatte. Das Toltzer Opernhaus war zumindest öffentlich und städtisch. Meisterfeuer würde gesehen werden ... *gewaltige Ströme grüner Flammen würden die gesamte Bühne einhüllen* ... Meisen-Miltzin hatte Recht, das Schauspiel würde das Publikum überwältigen. Meisterfeuers Ruhm würde sich verbreiten, zusammen mit dem Ruhm seines Schöpfers. Daraus konnte am Ende noch etwas Großes werden. Zumindest war es ein Anfang.

Seine Laune besserte sich. Das Anchovis-Schiffchen, fiel ihm jetzt auf, war köstlich pikant.

Jetzt sind wir wieder glücklich. Meisterfeuer floss über die Wände des Arbeitszimmers wie Wasser.

»Ein wahrhaft inspirierter Vorschlag, Majestät«, murmelte Nevenskoi ölig.

»Ja, mein Freund. Ich bin inspiriert, denn ich bin vom Genius der Zoketsa entflammt. Sie und ich sind spirituell verbunden. Noch nie habe ich eine so intensive Nähe zu einer Frau erfahren, es ist eine Seelenverwandtschaft.« In goldenen Träumen verloren, nahm sich Miltzin ein mit Trüffeln und Langusten bestücktes Spießchen, aß es und erwachte aus seiner Verträumtheit, um zu bemerken: »O Gott, dieser neue Souschef ist ein Wunderknabe! Auf seine Art besitzt er einen Genius, der dem von Zoketsa gleichkommt. Oder dem Ihren, nebenbei bemerkt.«

»Das ist wahr, Sire«, räumte Nevenskoi vorbehaltlos ein. Der in Frage stehende Koch – vor Wochen eingestellt, um die Lücke zu füllen, welche die Flucht desjenigen hinterlassen hatte, der den König vergiftet hatte – hatte keine Zeit verloren, sich unersetzlich zu machen. Er war ein Künstler, der ganz klar für Großes ausersehen war.

»Solche Begabung und Sorgfalt verdienen Belohnung. Der Bursche muss eine königliche Gratifikation erhalten. Wie war gleich sein Name?«

»Majestät, ich habe keine Ahnung.«

»Oh, ärgerlich.« Miltzin betätigte den Klingelzug. Kurze Zeit später tauchte ein Lakai auf. Der Bedienstete warf einen raschen Blick auf die mit grünen Flammen bedeckten Wände und wich zurück.

»Dieser neue Souschef, den wir vor wenigen Wochen eingestellt haben – kennst du seinen Namen?«, fragte der König fröhlich, blind für die Not des anderen.

»Sire, ich kenne ihn.« Der Lakai atmete einmal tief durch und nahm seinen berufsbedingten Gleichmut wieder an. »Der in Frage stehende Koch, gebürtig in Ihrer Majestät Stadt Flenkutz, heißt Giggy Neeper.«

Vetter Giggy. Hatte schon als kleiner Junge gern mit Pudding und Pasteten herumgemanscht. Hatte seinen Verwandten Nitz fünfzehn Jahre lang nicht gesehen, würde ihn aber gewiss nicht vergessen haben. Vetter Giggy – hier im Wasserhexenpalast.

Nevenskois Gedärme verkrampften sich, und ein höchst schmerzhafter Stich durchzuckte ihn.

Die große Schlingpflanze setzte Luzelle auf der Erde ab, so sanft und behutsam, dass sie zwar ein wenig schwankte, sich aber auf den Beinen halten konnte. Im nächsten Moment wurde Girays neben sie hingestellt. Die Schlingpflanzen zogen sich zurück, verschwanden wieder im Dschungel. Die Arme des Waldes kamen zur Ruhe.

Sie hielt den Atem an und schaute sich um. Hinter ihr endete die grüne Wildnis jäh. Vor ihr standen kleine Holzhütten, die an dürftige Gemüsegärten grenzten, eine Ansammlung kleiner Marktstände und eine öffentliche Gebetshütte. Jenseits davon erhob sich die hohe und stattliche weiße Architektur von Jumo Statt, mit Rundbogenfenstern und gusseisernen Gittern und Dachgärten im verspielten aennorvischen Stil geschmückt. Ihre Augen weiteten sich, denn der Anblick dieser unverfälschten, durch und durch verwestlichten Stadt mitten im Dschungel überraschte trotz der vielen Beschreibungen, die sie über diesen Ort gelesen und gehört hatte. Die Beschreibungen hatten sie nicht auf den nahezu verstörenden Gegensatz zwischen diesem technischen Raffinement und der ungezähmten Natur drumherum vorbereitet, zwischen der neureichen Zivilisation und der uralten Wildnis, die sie wieder zu verschlingen drohte. Jumo Statt wirkte trotz oder gerade wegen aller Eleganz höchst gefährdet.

Aber Zivilisation und Komfort würden so lange überdauern, wie die Diamantminen weiterhin Reichtum erzeugten. Die ungeheuren Gewinne aus den Minen, die einen obskuren aennorvischen Kolonialaußenposten in eine Stadt verwandelt hatten, die sich in puncto Luxus vor keiner anderen Weltstadt schämen musste, sicherten ihren Schutz und ihr Überleben. Solange die großen Gruben Kristallstücke förderten, würden die Theater und Kasinos florieren, die großen Hotels beste internationale Küche kochen, die Geschäfte die teuersten Waren anbieten, die Straßen und Stadtpaläste schimmern – und der Dschungel würde in Schach gehalten werden. Doch selbst die reichsten Minen waren nicht unerschöpflich, und der Dschungel verstand zu warten.

Luzelle schoss Girays einen schrägen Blick zu. Er schien sich der weißen Stadt vor ihnen kaum bewusst zu sein. Seine Augen waren auf den Dschungel gerichtet. Er sah aus, als wolle er zurücklaufen, die Stammesschamanen zur Strecke bringen und ihnen ihre magischen Geheimnisse abpressen. Sie konnte dieses spezielle mentale Jucken verstehen, da sie es teilte, aber von M. le Marquis hätte sie es nicht erwartet. Girays v'Alisante jedoch war nicht mehr als Erbseigneur, als einstmals Hoher zu erkennen, nicht einmal als achtbares Mitglied der Gesellschaft. Ohne Hemd, in Lumpen, schmutzig, unrasiert und unfrisiert, auf dem Kinn anrüchige Stoppeln, sah M. le Marquis wie ein Landstreicher oder Schlimmeres aus.

Sie selbst befand sich einer annähernd üblen Verfassung, mit ihrer dreckigen, am Körper klebenden Kleidung, ihren schmierigen Locken und ihrem verschmutzten Gesicht, auch wenn sie wenigstens vollständig bekleidet war. Egal. Jumo Statt bot für Geld jede erdenkliche Annehmlichkeit, und sie hatte noch eine volle Brieftasche. Binnen Stunden würden sie und Girays wieder sie selbst sein, es sei denn, er hatte all seine Besitztümer verloren. In diesem Fall würde sein veralteter Moralkodex eines einstmals Hohen ihr vermutlich verbieten, seine Rechnungen zu bezahlen.

»Girays.« Sie zupfte ihn am Arm, und endlich konnte er seine dunklen Augen vom Wald losreißen. »Haben Sie noch Ihren Pass und Ihr Geld?«

Er ließ eine Hand in seine Hosentasche gleiten, vergewisserte sich und nickte.

»Gut. Dann sollten wir jetzt etwas davon ausgeben.« Sie begann auf die Stadt zuzugehen, und er fasste neben ihr Tritt.

»Wofür?«, erkundigte er sich im Gehen.

»Ich will ein Bad, ein langes, parfümiertes Bad. Ich will neue Kleider und Reiseutensilien. Ich will anständiges Essen, vorzugsweise teuer. Ich will ein *luxuriöses* Hotelzimmer, oder, besser noch, eine Suite. Ich will –«

»Ich habe verstanden, worauf Sie hinauswollen, aber dürfte ich einen praktischen Vorschlag unterbreiten?«

»Ich bin nicht in der Stimmung für praktische Vorschläge.«

»Dieser ist winzig klein und nahezu schmerzlos. Bevor wir irgendetwas unternehmen, schlage ich vor, dass wir uns ins Rathaus begeben, bevor es schließt, und unsere Pässe stempeln lassen. Wenn wir das erledigt haben, können wir uns ein wenig Entspannung gönnen. Was halten Sie davon?«

Wir, sagte er immerzu, als hätte er vergessen, dass sie Konkurrenten waren. Es wäre ja so leicht und natürlich, es ebenfalls zu vergessen. Der ach so leichte und natürliche Weg zur Niederlage, aber diesen Weg würde sie nicht einschlagen! Sie würde Distanz wahren, und bei der erstbesten Gelegenheit würde sie ihn hinter sich lassen.

»Sie haben natürlich Recht«, murmelte sie unterwürfig, und er warf ihr einen misstrauischen Blick zu. »Das bringen wir am besten zuerst hinter uns. Ich hoffe nur, es dauert nicht zu lange. Erinnern Sie sich noch an den Unterschreiber in Xoxo?«

»Nur zu gut. ›Unser grewzischer Teilnehmer, Oberkommandant Stornzof, wird Ihnen die vonahrischen Hinterteile peitschen.‹«

»Karsler.« Luzelles Stirn legte sich in Falten. »Was, glauben Sie, ist ihm zugestoßen? Wenn er an Bord der *Wasserfee* war, könnte er noch immer in den Ta'ahri-Kapillaren festsitzen. Die Gesegneten Stammesangehörigen haben ihn womöglich getötet, vielleicht verhungert er auch im Dschungel.«

»Möglich, aber ich bezweifle es. Stornzofs einzigartiger Charakter, seine ungewöhnlichen Fähigkeiten –«

»Oh, Sie geben es also zu?«

»Ich gebe es zu. Er dürfte aus eigener Kraft überleben. Aber wenn Sie sich Sorgen machen, wir können etwas tun. Denken Sie daran, dass das Süd-Ygahro-Territorium nunmehr Teil des grewzischen Imperiums ist. Wir können ins Rathaus gehen und den grewzischen Autoritäten mitteilen, was der *Wasserfee* zugestoßen ist. Wenn ihnen zu Ohren kommt, was die Eingeborenen im Schilde führen, werden sie vermutlich Truppen zu ihrer Rettung entsenden.«

»Scheint mir ein übler Dienst zu sein, den wir den Gesegneten Stammesleuten erweisen würden, nachdem sie uns geholfen haben.«

»Ja, aber nicht jeder verirrte Reisende weiß, wie man die ygahrische Gastfreundschaft einfordern kann. Diese Stammesangehörigen sind gewalttätig, und sie sollten unter Kontrolle gebracht werden.«

»Aber sie verteidigen sich doch nur, oder etwa nicht?«

»Der Tod von Jhiv-Huze – reine Selbstverteidigung?«

»Die Stammesangehörigen könnten geltend machen, dass Oonuvu seine Ehre verteidigt hat. Außerdem müssen sie alle Westler als Eindringlinge betrachten, was wir ja auch sind, und natürlich verteidigen sie ihre Heimat. Können Sie ihnen das wirklich verdenken?«

»Ja, wenn sie harmlose zivile Reisende angreifen und ermorden.«

»Aber sind diese zivilen Reisenden wirklich harmlos? Bedenken Sie nur –«

Sie stritten noch immer, als sie Jumo Statt betraten. Obwohl sie in die Diskussion vertieft war, entgingen Luzelle doch nicht die kleinen Eingeborenenschuppen und Bruchbuden, die sich in den Außenbezirken der Stadt ballten und bald darauf makellosen weißen Stadthäusern wichen, die wunderbar saubere, gepflasterte Straßen säumten. Alles befand sich in perfektem Zustand – kein Wunder. Überall um sie herum erblickte sie eingeborene Dienstboten, die Abfall und Tierkot aufsammelten, Kies harkten, Putz abwuschen, Glas und Messing polierten. Die Rasenflächen vor den Häusern waren wundervoll gepflegt, und die bemerkenswerten Gärten kombinierten die Vitalität des Dschungels und seine tropische Farbenpracht mit der rigorosen Ordnung westlicher Prägung.

Sie marschierten weiter durch Straßen, die mit den elegantesten Kutschen gefüllt waren, gezogen von Pferden, die überall in der Welt geglänzt hätten. Einmal hielten sie an, damit Girays einen wahllos herausgesuchten Passanten nach dem Weg zum Rathaus fragen konnte. Der Fußgänger wandte den Blick ab, beschleunigte seinen Schritt und hastete ohne Antwort davon. Wahrscheinlich dachte er, die ausländische Vogelscheuche wolle ihn um Geld anbetteln.

Luzelle spürte, dass sie rot wurde. Sie sahen beide heruntergekommen aus, aber Girays war auch noch halbnackt. Die Wachtposten am Eingang würden sie in einem solchen Zustand nie und nimmer ins Rathaus lassen. Als sie einen Krimskramsverkäufer mit seinem Handkarren am Straßenrand erblickte, bieb sie stehen und bemerkte: »Sehen Sie, er hat ein Hemd zu verkaufen. Nehmen Sie's besser.«

»Es ist purpurfarben, Luzelle.«

»Ich würde es eher auberginefarben nennen.«

»Es sieht aus wie ein riesiger blauer Fleck.«

»Es wird verhindern, dass Sie wegen Erregung öffentlichen Ärgernisses verhaftet werden.«

»Meine Blöße ist nicht unzüchtig, sondern nur ungehörig.«

»Wortklauberei. Verhüllen Sie Ihre Reize fürs Erste, die Welt ist noch nicht bereit dafür.«

Er kaufte das Hemd und zog es an. Luzelle betrachtete ihn und spürte, wie sie kichern musste. Girays war zwar kein großer Mann, aber das Hemd – offensichtlich für einen kompakten Ygahri-Träger gedacht –, war ihm zu klein. Die Ärmel endeten eine Handbreit über seinen Handgelenken, und es war nicht genug Stoff vorhanden, um es in die Hose zu stecken. Die Farbe war schauderhaft.

»Sie finden das komisch, ja?« Girays musterte ihr Gesicht.

»Ich wünschte, ich hätte eins dieser neuen lichtempfindlichen Glasplattendinger, um das Bild für die Nachwelt zu erhalten. Woraus besteht das Hemd?«

»Seidenpapier, glaube ich. Kommen Sie, bringen wir es hinter uns.«

Der Verkäufer beschrieb ihnen den Weg, und sie steuerten auf das Rathaus zu. Die Gebäude um sie herum wurden höher und stattlicher, und sie kamen an einem prächtigen weißen Hotel vorbei, dem Luzelle einen sehnsüchtigen Blick zuwarf. KÖNIGIN DER DIAMANTEN, verkündete das Schild über dem Eingang in Vonahrisch, und das Etablissement sah so aus, als könne es seinem Namen gerecht werden. In ihrer augenblicklichen Verfassung jedoch würde man sie nicht einmal über die Schwelle lassen, und sie fragte sich schon, ob Jumo Statt wohl ein altmodisches öffentliches Badehaus besaß, das sie und Girays benutzen konnten, bevor sie sich anständige Kleider kauften und danach das wundervolle Hotel versuchten. Und dann Abendessen ... Doch irgendwann inmitten all dieser angenehmen Tätigkeiten, vielleicht im Verlauf einer Einkaufstrophy, müsste sie sich davonstehlen, um die zur Verfügung stehenden Reisemöglichkeiten zu erkunden, denn sie musste den Hafen von Dasuneville erreichen und dort die Überfahrt nach Aveshq buchen, dem exotischen östlichen Endpunkt der Großen Ellipse. Und am besten tat sie das ohne Girays' Wissen, denn vielleicht ergab sich die Gelegenheit, sich an die Spitze zu setzen ...

Was für ein heimtückischer Gedanke. Sie empfand ein leises Scham- oder Schuldgefühl. Sie konnte nur hoffen, dass Girays nicht ihre Gedanken lesen konnte, aber manchmal schien M. le Marquis genauso telepathisch begabt zu sein wie Karsler Stornzof. Aber andererseits, rief sie sich ins Gedächtnis, musste sie sich für nichts schämen. Girays war willens gewesen, sie in Xoxo zurückzulassen. Er würde sie, falls möglich, auch in Jumo zurücklassen. Wie er selbst so richtig bemerkt hatte, befanden sie sich schließlich in einem Rennen.

Das Rathaus erhob sich vor ihnen, ein ansehnliches Gebäude im aennorvischen Stil, über dem grewzische Flaggen wehten. Sie näherten sich, und ein grau uniformierter Wachtposten fragte sie nach ihrem Begehr und ihren Ausweisen. Sie erläuterten ihm das eine und händigten ihm das andere aus, und er ließ sie hinein. Den Weg zum Registraturbüro fanden sie ohne Schwierigkeiten. Dort saß ihnen ein ältlicher aennorvischer Beamter gegenüber, zu unbedeutend, um durch einen Grewzier ersetzt zu werden. Girays sprach den Registrator in seinem ausgezeichneten fließenden Aennorvisch an und erhielt eine starke positive Resonanz. Beide vonahrischen Pässe bekamen umgehend ihre Stempel. Girays schilderte die Notlage der *Wasserfee*, und der Registrator versprach, die Information an die zuständigen Behörden weiterzuleiten. Die beiden Reisenden gingen wieder.

Erledigt, einfach und schnell. Ein weiterer offizieller Beweis, dass sie auf der Großen Ellipse vorankamen. Und nun ein wenig wohlverdiente Entspannung.

Luzelle lächelte, als sie in das feuchte Gleißen des tropischen Nachmittags hinaustraten. »Ist Ihnen eigentlich klar«, fragte sie, »dass wir vermutlich alle anderen Rennteilnehmer hinter uns gelassen haben, mit der möglichen Ausnahme der Festinette-Zwillinge? Nebenbei bemerkt, wo, glauben Sie, stecken die beiden?«

»Habe seit Wochen nichts mehr von ihnen gehört. Von Tchornoi, Zavune und einer Reihe anderer übrigens auch nicht.«

»Als sie das letzte Mal gesichtet wurden, lagen diese anderen hinter uns. Die Festinettes haben vor langer Zeit die Führung übernommen, dann sind sie komplett von der Bildfläche verschwunden. Falls sie vor uns durch Xoxo durchgekommen sind, hätten wir doch bestimmt davon gehört. Haben sie vielleicht irgendeine Art von Unfall gehabt?«

»Kann man nicht wissen; sinnlos, darüber zu spekulieren.«

»Das klingt so phlegmatisch.«

»Ich würde es rational nennen.«

»Nein, ist es nicht, denn Sie irren sich, es ist durchaus nicht sinnlos, Spekulationen anzustellen. Spekulationen ergeben Fragen, regen die Denktätigkeit an –« Sie schwatzte munter drauflos, während sie durch die Straßen wanderten, und genoss die intellektuelle Fingerübung.

Sie gelangten auf die Höhe einer kleinen Straßeneinmündung, und der Lärm zorniger Stimmen lenkte ihre Blicke in die Gasse, wo sie sahen, wie zwei khakifarben uniformierte Jumo-Statt-Polizisten einen Eingeborenen schlugen. Der Ygahri – nahezu nackt, mit Prellungen und Schnittwunden übersät – leistete keinerlei Widerstand. Die Arme zum Schutz über den Kopf erhoben, kauerte er wimmernd auf der Erde. Taub oder gleichgültig gegenüber allem Flehen, setzten die Polizisten methodisch ihre Knüppel gegen ihn ein.

»Hey – aufhören damit!« Luzelle nahm sich keine Zeit zum Nachdenken. Schon lief sie schreiend in die Gasse. »Sie bringen ihn ja um, aufhören!«

Die Polizisten sahen von ihrem Werk auf, und einer von ihnen fauchte irgendetwas in Aennorvisch. Seine Worte verstand sie nicht, aber die Geste, die sie begleitete, sprach Bände. Sie selbst hatte sie auf Vonahrisch angesprochen, was die Konstabler verstehen mochten oder auch nicht, aber verständlich hatte sie sich auf alle Fälle gemacht. Sie hielt an, mäßigte ihren Tonfall und bat sie mit ruhiger Stimme: »Bitte hören Sie damit auf. Er wehrt sich doch nicht. Aufhören.«

Die Konstabler starrten sie an. Der Eingeborene kauerte auf der Erde und tat es ihnen gleich. Einer der khakifarben gekleideten Polizisten schnarrte ihr einen wütenden Befehl entgegen.

»Er sagt Ihnen, Sie sollen sich da raushalten«, übersetzte Girays. Er war ihr gefolgt und stand nun neben ihr.

»Sie können sich mit ihnen verständigen. Sagen Sie ihnen, sie sollen aufhören, bevor sie den Mann umbringen.«

»Ich glaube nicht, dass das etwas nützen würde.«

»Bitte versuchen Sie es!«

»Wie Sie wünschen.« Girays wandte sich in ihrer Muttersprache an die beiden Konstabler. Er sprach ruhig, vernünftig, und sie hörten ihm kurz zu, um ihm dann einen verärgerten aennorvischen Wortschwall entgegenzuschleudern. »Sie sagen, dieser Mann sei ein flüchtiger Arbeiter aus den Diamantminen«, übersetzte er. »Sie sagen, den eingeborenen Arbeitern sei es per Gesetz verboten, ihre Arbeit zu verlassen –«

»Das ist ja ungeheuerlich, das ist Leibeigenschaft!«

»Und dass wieder eingefangene Flüchtlinge stets ordentlich durchgeprügelt werden, wenn nicht mehr, aus Gründen der politischen Zweckmäßigkeit. Um ein Exempel für die anderen Unzufriedenen unter den Eingeborenen zu statuieren.«

»Das ist ja abscheulich! Von Grewziern hätte man das erwarten können, aber diese Leute sind Aennorvianer, oder?« Sie wandte sich selbst an die Konstabler, diesmal in Grewzisch, was sie möglicherweise gut verstanden. »Nun gut, Sie haben Ihren Gehaschten in Gewahrsam genehmt und gestraft recht und ordentlich. Warum, bitte ich Sie, können Sie ihn jetzt nicht –«

Feindselig blickende Augen wurden auf sie gerichtet. Der geschundene Ygahri ergriff die günstige Gelegenheit und flitzte auf die Straßeneinmündung zu. Schreiend machten die Konstabler sich an seine Verfolgung.

»Warten Sie!« Spontan stellte Luzelle sich ihnen in den Weg. Einer der Offiziere stieß mit ihr zusammen, und sie setzte sich unsanft aufs Pflaster. Von ihrem neuen Standpunkt aus hatte sie ungehinderte Sicht auf Girays' Fuß, der sich verstohlen ausstreckte, um den zweiten Aennorvianer aufzuhalten; der stolperte und fiel der Länge nach hin. Sein Partner blieb an der Kreuzung stehen und spähte nach links und rechts. Offenbar war ihre Beute bereits über alle Berge, denn er wandte sich fluchend ab.

Der gestürzte Polizist richtete sich auf und spie Girays wütende aennorvische Verwünschungen ins Gesicht, der eine lahme, durchsichtige Entschuldigung murmelte, die den Zorn seines Gegenübers nicht zu besänftigen vermochte. Die Hasstirade dauerte an. Luzelle stand auf, und auch der zweite Konstabler eröffnete nun verbal das Feuer auf Aennorvisch. Sie zuckte verständnislos mit den Achseln, und er wechselte zu Grewzisch über.

»Sie haben einem flüchtigen Rechtsbrecher geholfen und Beihilfe zur Flucht geleistet. Sie haben Stadtpolizisten bei der Ausübung ihrer Pflicht behindert. Das sind ernste Vergehen.«

»Zufälligkeiten, Sir. Ich bin die schrecklich Ungeschickteste«, gestand Luzelle mit reuevoller Miene, während sie sich Girays' Strategie zum Vorbild nahm. »Ich bedaure den Ärger, aber wahrlich, ich mache nur unglückliche Zufälligkeiten.«

»Sie haben sich mir in den Weg gestellt und mich aufgehalten, während dieser Clown in seinem purpurfarbenen Hemd meinem Partner ein Bein gestellt hat. Der flüchtige Eingeborene konnte sich dank Ihrer Einmischung fürs Erste dem Zugriff des Gesetzes entziehen. Und Sie behaupten, das alles wäre Zufall?«

»Wahrlich, Konstabler, der allerunglücklichste –«

»Schweigen Sie, Sie sind beide verhaftet. Sie befinden sich in Jumo Statt, einer Stadt, die nun zum Imperium gehört, und wir lassen unsere Gesetze nicht von fremden Bettlern, Vagabunden und Landstreichern in den Schmutz ziehen.«

Ihr miesen kleinen rückgratlosen Kollaborateure, ich wette, die meisten eurer Landsleute würden euch mit Vergnügen in Stücke reißen, dachte Luzelle. Sie biss die Zähne aufeinander, damit ihr nichts Unbedachtes entschlüpfte.

»Meine Herren Offiziere, Gentlemen, wir sind weder Bettler noch Vagabunden.« Girays ergriff mit ausgesuchter Höflichkeit das Wort. »Wir sind zwei ehrbare vonahrische Reisende. Wir nehmen am Rennen der Großen Ellipse teil. Sie haben von der Großen Ellipse gehört, ja?«

»Genug von diesem Unfug, diese Lügen machen es nur noch schlimmer für Sie«, sagte der eine Konstabler.

»Keine Lügen«, beharrte Girays. »Sehen Sie, ich zeige Ihnen meinen Pass.« Seine Hand näherte sich seiner Hosentasche.

»*Halt!*«

Dienstpistolen materialisierten sich in den Händen der beiden Polizisten. Luzelle schnappte nach Luft. Girays erstarrte.

»Hände hoch! Beide!«

Die Gefangenen gehorchten. Einer der Konstabler durchsuchte sie grob und nahm ihnen Pässe und Brieftaschen ab.

»Ein guter Fang«, sagte der sie durchsuchende Beamte mit einem leisen Pfiff. »Sieh dir das an!« Er förderte den Inhalt der konfiszierten Brieftaschen zutage. »Vonahrische Neu-Rekkoes. Tausende.«

»Soso.« Sein Partner nickte mit dem Gehabe eines Mannes, der seine Erwartungen bestätigt sieht, um dann Girays zu fragen: »Wo habt ihr die gestohlen?«

»Ich habe sie nicht gestohlen«, entgegnete Girays. »Die Pässe und die Brieftaschen gehören mir und dieser Dame.«

»Tu mir den Gefallen, und reize uns nicht.«

»Aber er wahrlich ehrlich sagt die Wahrhaftigkeit«, behauptete Luzelle, deren schlechtes Grewzisch sich unter Druck weiter verschlechterte. »Dieses alles ist unser Eigenes, das uns gehört, wenn Sie bitte einsehen.«

»Zweifellos. Und ihr beide seid wirklich reiche Reisende, die sich aus purem Jux als schmutzige Landstreicher verkleidet haben. Vielleicht geht ihr gerade auf einen Maskenball, häh?«

»Nein, nein – wir sind im Unfall, alles von unserer Kleidung ist verliert –«

»Das wird ja immer besser.« Der Polizist, der die beiden Pässe in der Hand hielt, überprüfte sie. »Girays v'Alisante, Luzelle Devaire, vonahrische Staatsbürger.«

»Das sind wir in der Tat«, pflichtete Girays ihm bei.

»Die echten v'Alisante und Devaire werden den Verlust ihres Eigentums bald bei den Behörden anzeigen. Vielleicht ist die Anzeige bereits aufgenommen worden.«

»Konstabler, Sir, wie kann ich zeugen, dass ich bin ich?«, flehte Luzelle ihn an.

»Vorausgesetzt natürlich, die Besitzer sind noch am Leben«, fuhr der Offizier fort, als hätte er sie nicht gehört. »Wir haben hier eine große Geldsumme, für die man schon mal einen Mord begeht. Vielleicht habt ihr es für nötig befunden, euch der echten v'Alisante und Devaire zu entledigen, ja?«

»Der Herr Polizist denkt sich Märchen aus.« Girays konnte ein leichtes Zucken seiner Lippe nicht verhindern.

»Das werden wir schon bald sehen. Hände auf den Rücken!«

Girays gehorchte, und der Konstabler legte ihm Handschellen an.

»Du auch«, wies der zweite Konstabler Luzelle an.

Sie wagte nicht, Einspruch zu erheben. Die Eisen schlossen sich um ihre Handgelenke. Sie klirrte ungläubig mit der kurzen Kette. Einer der Polizisten hielt ihren Arm oberhalb des Ellbogens fest und zerrte grob an ihr.

»Wohin bringt Sie uns?«, fragte sie.

»Weststraßenwache. Bewegung!«, befahl er.

Sie marschierten unmittelbar durch das Herz von Jumo Statt, und überall blieben die Bürger stehen und glotzten die khakifarben uniformierten Polizisten mit ihren ausländisch gekleideten gefesselten Gefangenen an. Luzelles Wangen brannten. Sie hätte sich am liebsten unsichtbar gemacht. Zuerst richtete sie den Blick zu Boden, aber bald kamen ihr Selbstachtung oder auch Eitelkeit zu Hilfe, und sie hob den Kopf, um sich mit der unnahbaren Würde eines einstmals Hohen auf dem Weg zum Schafott in den Tagen der Revolution zu umgeben.

Sie betraten die Polizeiwache, über deren Eingang das Symbol des Endlosen Feuers prangte, und der Druck des grellen Sonnenlichts und der starrenden Menschen blieb hinter ihnen zurück. Das Vorderbüro war dämmrig, stickig und still. Ein Schreibtischbeamter und zwei Wachen im Dienst vefolgten die Ankunft der Konstabler und der Verhafteten mit wenig Interesse.

»Zwei unerwünschte Ausländer«, verkündete einer der Polizisten auf Grewzisch. »Verhaftet, als sie einem flüchtigen Eingeborenen Beihilfe zur Flucht leisteten. Behinderung von zwei Beamten in Ausübung ihrer Pflicht und Widerstand gegen die Staatsgewalt. Verdächtig des schweren Diebstahls oder noch schlimmerer Vergehen. Gestohlenes Eigentum in ihrem Besitz aufgefunden.« Er knallte die beschlagnahmten Brieftaschen und Pässe auf den Schreibtisch.

Der Beamte überprüfte den Inhalt der Brieftaschen, und sein gelangweilter Blick verschwand. Sorgfältig trug er eine Notiz in eins seiner Bücher ein, dann schloss er Geld und Dokumente in die oberste Schublade seines Schreibtischs ein.

»Schon irgendwelche Anzeigen in dieser Sache?«

»Noch nicht.«

»Haltet die Augen offen. Das könnte ein guter Fang sein.«

»Wir sind nicht Diebe! Dieses ist nicht Stehlbesitz!«, platzte Luzelle los. »Wir kein Falsches nicht taten.«

»Name?«, verlangte der Beamte mit über dem Buch schwebenden Füller zu wissen.

»Luzelle Devaire. Ich bin Vonahrisch. Ich laufe in der Großen Ellipse. So tut auch M. v'Alisante. Wir wünschten nicht mit Bewusstheit zu behindern Gerechtigkeit. Es war ein Unfall, und wir tun Leid. Wir–«

»Tragen Sie ein ›unbekannte weibliche Person, antwortet nicht auf Befragung‹«, wies ihn ein Konstabler an. Der Beamte tat wie geheißen.

»Das ist nicht wahrhaftig! Ich antworte aber doch! Mein Name heißt wahrlich Luzelle Devaire. Ich –«

»Name?«, fragte der Beamte den männlichen Gefangenen.

»Girays v'Alisante, vonahrischer Reisender. Bevor Sie mich als ›unbekannte männliche Person, antwortet nicht auf Befragung‹ eintragen, dürfte ich vielleicht den Vorschlag machen, mit dem Hauptmann zu sprechen oder wer immer hier der Verantwortliche ist. Gestehen Sie uns nur dies eine zu, und alle Missverständnisse werden sich rasch aufklären –«

»Das Missverständnis liegt ganz allein bei dir, falls du meinst, dass diese Lügen dir nützen. Was den Hauptmann angeht, verlass dich drauf, dass du ihm Rede und Antwort stehen wirst, sobald er zurückkehrt.«

»Wann wird das sein?«

»In zwei Tagen, wenn ihr zweifellos in das Gefängnis der Zentralwache überstellt sein werdet.«

»Zwei Tage!«, rief Luzelle aus. »Wir laufen in die Große Ellipse, wir können nicht hier umhersitzen für zwei Tage!«

»Wenn ihr einfache Diebe seid, werdet ihr die nächsten Jahre in der Süd-Ygahro-Territorium-Strafanstalt sitzen – oder den Arbeitstrupps zugeteilt werden, und dagegen wird euch unsere Wache wie ein Lustgarten vorkommen«, beschied sie der Polizist. »Sollten wir allerdings herausfinden, dass ihr die rechtmäßigen Besitzer dieser Brieftaschen ermordet habt, werdet ihr erschossen. Früher war Enthauptung unsere bevorzugte Hinrichtungsart, doch nun sind wir im Imperium, und unsere Methoden haben sich verbessert. Sperr sie ein«, wies er die Wachen an.

Luzelle protestierte vergeblich, während sie und Girays durch eine stabile Holztür auf der rückwärtigen Seite des Büros geschoben und in das stinkende Gefängnis dahinter gestopft wurden. Es gab ein halbes Dutzend Zellen, eine davon größer als alle fünf anderen zusammen. Die große Zelle war belegt, sie enthielt sieben Männer, fünf eingeborene Ygahris und zwei Westler, die alle nach Xussi, Schmutz und Erbrochenem stanken. Nun wurde der Grund für die Langeweile in der Weststraßenwache ersichtlich; die Beamtentätigkeit in diesem speziellen Stadtteil konzentrierte sich hauptsächlich auf die Kontrolle von Trunkenheit in der Öffentlichkeit.

Zwei der eingepferchten Trunkenbolde musterten Luzelle interessiert, als sie hereinkam. Einer lächelte und winkte ihr freundlich zu, die meisten jedoch blieben mit glasigem Blick reglos sitzen.

Die Handschellen wurden abgenommen. Luzelle und Girays wurden in nebeneinander liegende leere Zellen gesteckt. Die Türen knallten, die Schlösser schnappten zu, und die Wachen gingen.

Luzelles wandschrankgroße Zelle enthielt eine in die Wand gedübelte Pritsche, einen Notdurfteimer, ein verrostetes Trinkgefäß mit Wasser, viele summende Fliegen und sonst nichts. Das Abteil grenzte mit der Hinterwand an eine der tragenden Steinwände des Wachgebäudes. Die drei anderen Zellenwände bestanden aus vom Boden bis zur Decke reichenden Eisenstangen, die sie den Blicken sämtlicher Mitgefangener aussetzten. Sollte sie diesen Eimer benutzen müssen, hätte sie jede Menge Zuschauer.

Als könne er ihre Gedanken lesen, schmatzte einer der Betrunkenen in der großen Zelle geräuschvoll mit den Lippen, um ihre Aufmerksamkeit zu erregen, und begann sich dann fröhlich aufzuknöpfen. Sie sah weg.

Girays fing ihren Blick auf. Er streckte seine Hand durch die Eisenstäbe, die sie trennten, und sie ergriff sie. Eine Weile blieben sie stumm Hand in Hand stehen, bis sie fragte: »Was glauben Sie, wie lange werden diese Schwachköpfe von Polizisten brauchen, um herauszufinden, dass wir keine Diebe und Mörder sind?«

»Zu guter Letzt wird ihnen aufgehen, dass keine einschlägigen Verbrechen zur Anzeige gebracht worden sind, und dann werden sie sich eines Besseren besinnen. Wir könnten schnellere Hilfe erwarten, wenn es uns gelänge, dem vonahrischen Konsulat hier in Jumo eine Nachricht zukommen zu lassen, aber ich bin mir nicht sicher, ob es nicht im Zuge der grewzischen Invasion geschlossen wurde.«

»Schon wieder die Grewzier. Immer die Grewzier.«

»Diesmal sind Kolonial-Aennorvianer die Schuldigen.«

»Aber es sind Kollaborateure.«

»Kann ihnen ihren Verdacht nicht so ganz übel nehmen, angesichts unseres derzeitigen Erscheinungsbildes.«

»Nun, *ich* kann es ihnen sehr wohl übel nehmen, und ich tue es auch. Hornochsen. Oh, ich nehme an, eines Tages werden wir darüber lachen –«

»Vorausgesetzt, sie erschießen oder enthaupten uns nicht.«

»Aber fürs Erste ist mir das Lachen vergangen. Ich kann nur daran denken, wie viel Zeit uns das kostet. Jede Minute, die wir hier eingesperrt verbringen, untergräbt unsere Chancen, zehrt unseren Vorsprung auf.« *Unsere Chancen ... unseren Vorsprung.* Sie bemerkte den Versprecher und runzelte über sich selbst die Stirn. Sie vergaß ihre Rivalität, so wie er sie schon längst vergessen hatte. Sie würde nicht zulassen, dass ihr so etwas noch einmal passierte. Laut fuhr sie ohne Unterbrechung fort: »Tchornoi, Zavune und ein paar andere könnten uns noch immer einholen.« Einen Namen erwähnte sie nicht. Mit plötzlicher Befangenheit entzog sie ihm ihre Hand.

Girays schaute sie an und sagte tonlos: »Stornzof.«

Siebzehntes Kapitel

Der Himmel war dunkel, und die Lampen brannten in ganz Jumo Statt, als Karsler Stornzof über einen üppig mit Teppichen ausgelegten Flur zur Suite Nummer 303 des Hotels Königin der Diamanten schritt. Er klopfte widerwillig, aber ohne Zögern an der Tür, hörte, wie eine vertraute Stimme ihn hereinbat, öffnete die Tür und betrat einen luxuriös ausgestatteten, rauchgeschwängerten Salon.

Großlandsmann Torvid Stornzof saß in makelloser Abendkleidung auf einer brokatbezogenen Couch. Auf einem niedrigen Tisch vor ihm standen ein Kristallaschenbecher, eine emaillierte Zigarettenkiste, eine Reihe Gläser und ein silberner Eiskübel, der eine schlanke schwarze Flasche enthielt. In eine Ecke auf der anderen Seite des Raums presste sich ein strahlend blondes Mädchen mit untertassengroßen Augen, vielleicht elf oder zwölf Jahre alt.

»Ah, Neffe.« Torvid nickte ihm mit genau abgemessener Herzlichkeit zu. »Endlich bist du da. Ich habe deine Ankunft schon letzte Woche erwartet.«

»Ich bin unterwegs aufgehalten worden, Großlandsmann«, berichtete Karsler. »Die letzte Verzögerung verdankte ich einer künstlichen Sperre der Ta'ahri-Kapillaren. Das private Gefährt, das Janztoph mir in Xoxo geliehen hatte, wurde aufgehalten, und ich war genötigt, einen *Hrukiku-tcho* samt Fahrer anzuheuern, der mich durch die Wälder von Oorex brachte.«

»*Hrukiku-tcho* – ein einheimisches Tier, das an eine überdimensionierte Ratte erinnert, nicht wahr?«

»Keine üble Beschreibung.«

»Welch originelle Problemlösung! Ein weniger begnadeter Stratege hätte vielleicht die Eingeborenen gezwungen, die Fahrtrinne freizugeben, aber du hast dich in deiner Verachtung für das Offensichtliche für die große Ratte entschieden. Ich muss deine schöpferische Ader bewundern.«

Er hatte die Freuden familiärer Konversation fast vergessen. Karsler sagte nichts.

»Ich vertraue darauf, dass der Lohn der Reise deine Mühen rechtfertigen wird.« Torvid schoss ihm ein eisiges Lächeln zu. »Jumo Statt ist nicht völlig rückständig. Man kann hier die eine oder andere Unterhaltung finden.« Als erinnere er sich wieder an dessen Existenz, warf er dem Kind in der Ecke einen Blick zu und ließ es wissen: »Das ist alles für heute. Du darfst gehen.«

Die Kleine stürzte hinaus.

»Die Kasinos sind nicht so übel«, fuhr der Großlandsmann fort, »und eine oder zwei von den Schauspielerinnen am Kronentheater sind einen Blick wert. Wir werden dinieren, Neffe – man kann hier in der Stadt ein perfekt gegartes Lammkotelett auftreiben –, und dann werden wir uns amüsieren.«

»Mit Ihrer Erlaubnis werde ich dinieren und mich früh zurückziehen«, entgegnete Karsler. »Ich muss mit Anbruch der Morgendämmerung aufstehen, um eine Transportmöglichkeit nach Dasuneville zu organisieren. Ich weiß nicht, was vor Ort verfügbar ist, und will mir Zeit nehmen, die verschiedenen Möglichkeiten zu vergleichen.«

»Darum brauchst du dich nicht zu kümmern. Es ist bereits alles arrangiert. Das beste Pferd aus dem Lunune-Mietstall in der Orchideenstraße ist schon für dich reserviert. Du wirst das Tier bis zu dem Gasthof auf halber Strecke der Jumo-Dasune-Passage reiten, wo dich ein frisches Pferd von gleicher Güte erwartet. Steh zu einer moderaten Morgenstunde auf, und du wirst Dasuneville übermorgen vor Einbruch der Dunkelheit erreichen. Das ist die schnellstmögliche Art zu reisen, die hier zur Verfügung steht. Dein verspätetes Eintreffen hat mir ausreichend Zeit gegeben, um, wie du es ausgedrückt hast, die verschiedenen Möglichkeiten zu vergleichen.«

»Ich verstehe. Ich bin Ihnen zu Dank verpflichtet, Großlandsmann.«

»Nicht der Rede wert, Neffe. Wenn du in Dasuneville eintriffst, wirst du dich zum Hafenblick-Gasthof begeben, wo ein Zimmer für dich reserviert ist. Am darauf folgenden Morgen wirst du dich an Bord des grewzischen Transportschiffs *Triumphierend* nach Aveshq einschiffen, dessen Kapitän dein Eintreffen mit einer der meinen vergleichbaren Ungeduld erwartet. Diese Kleinigkeit ist eine Gefälligkeit, die Oberkommandant Ghonauer arrangiert hat, der Führer der Besatzungstruppen, dessen Vater zum Glück für alle Beteiligten ein alter Schulfreund von mir ist.«

»Sie sind gründlich gewesen.«

»Das ist meine Art. Sei versichert, Neffe, ich bin willens, meine Autorität geltend zu machen, eine Notwendigkeit angesichts deines offensichtlichen Widerwillens, allen Erfordernissen deiner Stellung nachzukommen.«

»Ich will nicht vorgeben, Sie nicht zu verstehen.« Die Erinnerung an seine frühe Ausbildung befähigte Karsler Stornzof, eine unerwartet heftige Zorneswallung mit purer Willensanstrengung zu unterdrücken. »Unsere Auffassungen von Notwendigkeit weichen erheblich voneinander ab, dennoch glaube ich, wir stimmen darin überein, dass eine Diskussion hierüber sinnlos ist. Deshalb werde ich Ihnen, nachdem ich meine Ankunft Ihrer Bitte entsprechend angekündigt habe, einen guten Abend wünschen.«

»Einen Moment. Sei so gut, mir deine Gesellschaft noch ein wenig länger zu gönnen.«

»Wie Sie wünschen, Großlandsmann.«

»Dann setz dich bitte.«

Karsler gehorchte.

Torvid schenkte zwei Gläser aus der schwarzen Flasche ein und reichte Karsler das eine. »Das ist Caschia, ein vor Ort hergestellter Aperitif, erstaunlich schmackhaft. Ich nehme doch an, deine Promontorium-Prinzipien beschränken dich nicht auf kaltes Wasser?«

»Durchaus nicht.«

»Dann kannst du es ja mit deinem Gewissen vereinbaren, auf das Wohl des Imperiors zu trinken.«

»Auf sein Wohl.« Karsler weigerte sich beharrlich, den Köder zu schlucken, stieß mit seinem Onkel an und trank.

Torvid stellte sein Glas zur Seite. »Und nun verlange ich einen vollständigen Bericht über deine Aktivitäten seit Aeshno.«

Karsler tat ihm den Gefallen auf denkbar knappe Weise, wobei er diejenigen Einzelheiten überging, die am wahrscheinlichsten das Missfallen seines Zuhörers erregt hätten.

Torvid hörte ihm in versonnenem Schweigen zu und bemerkte lediglich nach Beendigung seiner Ausführungen: »Mir will scheinen, dass du einen unangemessen hohen Teil deiner Zeit in Gesellschaft der beiden vonahrischen Rennteilnehmer verbracht hast.«

»Umständehalber, Großlandsmann.«

»Wirklich? Bist du dir ganz sicher? Ich möchte die Reize dieser ansehnlichen kleinen Schauspielerin – Dozentin – Balletteuse –, worauf immer du bestehst, was ihre Profession ist, nicht unberücksichtigt lassen. Wie war gleich ihr Name – La Faire?«

»Devaire«, berichtigte Karsler ihn kurz und bündig.

»Natürlich. So sehr einem ihr bourgeoiser Charme auch ins Auge fallen mag, ihre Bedeutung ist doch eher begrenzt, sodass ich nicht umhin komme zu argwöhnen, dass eine signifikantere Kraft am Werke ist. Ich beziehe mich selbstverständlich auf den zweiten vonahrischen Reisenden.«

»V'Alisante – was ist mit ihm?«

»Ein einstmals Hoher von bestem und ältestem Blut, ein Seigneur mit Adelstitel, wenn da nicht die augenblickliche bedauernswerte Vorherrschaft von Demokraten und Bauern in seinem Land wäre. Wohlhabend, kultiviert, mit guten Beziehungen. Alles in allem eine Persönlichkeit von Bedeutung, ein Mann mit persönlichem Interesse an der Aufrechterhaltung des nationalen Status quo. Genau die Sorte Mann, die höchstwahrscheinlich die verzweifelte Aufmerksamkeit des vonahrischen Außenministeriums auf sich ziehen würde. Du entsinnst dich, dass ich dir in Aeshno geraten habe, deine Konkurrenten genauestens zu beobachten, da es beinahe sicher ist, dass manche als Agenten ihrer jeweiligen Regierungen fungieren. Du tätest gut daran, M. v'Alisante in einem solchen Licht und infolgedessen als potenzielle Bedrohung für die grewzischen Interessen in der Nieder-Hetz zu sehen.«

»Es gibt keine Beweise, die Ihren Verdacht untermauern würden«, äußerte Karsler. »Ich habe beträchtliche Zeit in der Gesellschaft dieses Vonahriers verbracht, und zu keinem Zeitpunkt hat er versucht, mich am Vorwärtskommen zu hindern, geschweige denn aufzuhalten. Genau das Gegenteil ist der Fall – er hat mir mehr als einmal buchstäblich lebensrettende Hilfe geleistet.«

»Er hat sich in dein Vertrauen eingeschlichen, das ist nur allzu deutlich.«

»Zu welchem Zweck? Ich wäre damals in Aeshno mit an Sicherheit grenzender Wahrscheinlichkeit aus dem Rennen, wenn nicht ins Jenseits befördert worden, wäre v'Alisante nicht eingeschritten.«

»Die Vonahrier sind nicht ungeschickt, Neffe. Auch glaube ich nicht, dass sie sich dem Zorn des Imperiors mehr als nötig aussetzen wollen, obwohl sie sich allenfalls einen kurzfristigen Aufschub verschaffen. Es muss nicht notwendigerweise die Absicht von M. v'Alisante sein, dich aus dem Rennen zu eliminieren – er muss dich nur schlagen, und falls er das mit Mitteln bewerkstelligen kann, die aufrichtig erscheinen, umso besser. Fürs Erste behält er dich lediglich im Auge und wartet, bis seine Stunde kommt.«

»Mutmaßungen, Großlandsmann.«

»Kluge Voraussicht, Neffe. Ich denke, ich habe dich bereits auf die Vorteile eines Präventivschlags hingewiesen.«

»Das haben Sie.«

»Und?«

»Ich kenne Ihre Meinung und werde Ihren Rat in Betracht ziehen. Mehr verlangt die Pflicht nicht.«

»Die Pflicht verlangt sogar erheblich mehr, eine Wahrheit, die du zu ignorieren neigst.«

»Lassen Sie mich sicherstellen, dass ich Sie richtig verstanden habe. Sie drängen mich, einen Präventivschlag zu führen – mit anderen Worten, einen Mitsportler zu entfernen oder kampfunfähig zu machen, Girays v'Alisante, dem ich persönlich zu Dank verpflichtet bin?«

»Komm, dieses Schuljungengeschwätz von wegen Mitsportler und persönlicher Dankesschuld beginnt mich zu langweilen. Du bist ein Soldat, der einem Feind gegenübersteht. So einfach ist das. Bist du ein Grewzier? Ein Stornzof? Falls ja, wirst du tun, was getan werden muss, um dem Imperium zu dienen.«

»Dem Imperium zu dienen.« Karsler überlegte kurz und fügte dann scheinbar zusammenhanglos hinzu: »Großlandsmann, ich will Ihnen einen Vorfall beschreiben, dessen Zeuge ich auf dem Weg zu diesem Hotel und diesem Treffen wurde. Es war am späten Nachmittag, und die Straßen der Stadt waren voller Menschen. Ich ging daher, dachte an wenig mehr als die Hitze und die Unannehmlichkeiten, bis ich zu einem Platz am Fuße der Eevstraße gelangte, wo sich eine beträchtliche Menschenmenge versammelt hatte. Die den Platz umstehenden Gebäude waren von Feuer geschwärzt und von Einschüssen zerfetzt, denn dies war die Stätte des großen Massakers an den letzten aennorvischen und eingeborenen Verteidigern von Jumo Statt vor einigen Wochen. Im Zentrum des Platzes erhob sich ein roh gezimmertes Schaffott, ausgestattet mit einem Pfahl und einem Block. Eine Schwadron grewzischer Truppen umstellte das Schaffott.«

Torvid nahm sich eine Zigarette aus der emaillierten Schatulle. Er zündete sie an und hörte schweigend zu.

»Irgendetwas war dort im Gange«, fuhr Karsler fort, »und so blieb ich stehen, um zuzusehen. Bald darauf traf ein Karren am Fuß des Schaffotts ein, der mehrere uniformierte Konstabler der örtlichen Polizei enthielt. Die Konstabler eskortierten einen Gefangenen, einen nackten männlichen Ygahri, der aus dem Karren geholt und in den Gewahrsam unserer Landsmänner überstellt wurde. In diesem Augenblick wurde ein Vollstreckungsbefehl laut vorgelesen, und die Verbrechen des Gefangenen wurden der Öffentlichkeit kundgetan. Wie es scheint, war er ein flüchtiger eingeborener Arbeiter, der aus den Diamantminen ausgerissen war, ein schwerer Gesetzesverstoß nach dem alten aennorvischen Gesetz, das unter der grewzischen Verwaltung bislang seine Geltung behalten hat. Darüber hinaus war es der zweite diesbezügliche Verstoß, dessen dieser Ygahri für schuldig befunden worden war. Die vom Gesetz vorgeschriebene Strafe umfasste sowohl körperliche Züchtigung als auch Verstümmelung.

Das Urteil wurde unter den Blicken der versammelten Bürger von unseren grewzischen Soldaten vollzogen«, berichtete Karsler ausdruckslos. »Der Eingeborene wurde an den Pfahl gebunden und ausgepeitscht, bis das Blut in Strömen über seinen Rücken floss. Dann wurde er losgebunden und zu dem Block geschleppt, wo ein grewzischer Wachtmeister mit einer Axt den Vorderteil des rechten Fußes des Delinquenten amputierte, eine Operation, die zukünftige Ausflüge verhindern sollte. Die Wunde wurde mit einem heißen Eisen ausgebrannt, und der Gefangene – nunmehr bewusstlos –, wurde in den Karren getragen und weggefahren. Die Konstabler und die Truppen zogen sich zurück, die Menge zerstreute sich, und ich setzte meinen Weg zum Hotel Königin der Diamanten fort.« Karsler verstummte.

»Und?«, fragte Torvid schließlich. »Wozu erzählst du mir das?«

»Liegt das nicht auf der Hand?«

»Du stehst im Begriff, nehme ich an, dich kopfüber in einen Sumpf aus sentimentalen Schuldgefühlen zu stürzen, und hoffst, mich mit dir in den süßen Morast hinunterzuziehen, damit ich mich an deiner Seite darin suhlen kann.«

»Du hast davon gesprochen, dem Imperium zu dienen.« Karsler wählte seine Worte mit Bedacht. »Das ist die vornehmste Pflicht unseres Hauses, so ist es immer gewesen. Verlangt diese Pflicht blinden Gehorsam und bedingungslose Loyalität? Falls ja, haben wir Stornzofs uns freiwillig versklaven lassen.«

»Was soll das?« Stirnrunzelnd drückte er seine Zigarette aus.

»Unser System ist zutiefst fehlerhaft«, antwortete Karsler besonnen. »Das ist eine Tatsache, die ich während der Jahre meiner Abgeschiedenheit im Promontorium zu erkennen versäumte, eine Tatsache, die ich als Soldat im Krieg übersehen konnte. In den letzten Wochen hingegen bin ich in die Welt hinaus gekommen, wo gewisse Wahrheiten sich nicht mehr übersehen lassen. Die Mängel in der Struktur des Imperiums sind so offensichtlich und eklatant, dass nur ein Narr sie übersehen und nur ein Heuchler oder ein Feigling sich weigern würde, sie zur Kenntnis zu nehmen. Ich bin ein Stornzof, und ich bin ein Eluzidierter, und ich glaube so fest daran wie Sie, unserer Nation zu dienen. Doch ich bitte Sie nun, als Ihr Neffe und Verwandter, die Möglichkeit in Betracht zu ziehen, dass wir Grewzland am wahrhaftigsten dienen, wenn wir danach streben, die größten Fehler des Imperiums zu korrigieren.«

»Ich verstehe.« Torvid schien seine Entgegnung sorgfältig abzuwägen. Als er schließlich das Wort ergriff, war sein Tonfall ungewöhnlich nachsichtig. »Du hast als Verwandter an mich appelliert, und als solcher will ich dir auch antworten. Es scheint tatsächlich so, dass ich mich kaum anders verhalten könnte, was eine Schwäche sein mag. Doch du bist der Sohn der ältesten Schwester unseres Cousins zweiten Grades und somit unzweifelhaft ein Stornzof; dein Blut ist die Quintessenz vom Besten Grewzlands, und das kann ich nicht vergessen. Deshalb will ich dir Folgendes sagen: Deine Fragen und Irrtümer sind lediglich die Frucht jugendlicher Unentschlossenheit. Ich will sogar so weit gehen einzugestehen, dass solche Skrupel auch meinen Blick, als ich noch ein Junge war, manchmal getrübt haben. Auch ich habe mich mit Gewissensfragen herumgeschlagen. Unschlüssigkeit lähmte meinen Willen. Auf nahezu widersinnige Weise untergrub ich meinen eigenen Wert für Vaterland und Imperior. Dann gingen mir die Augen auf, und ich erkannte, dass ein Mann seinem Land nicht mit geteiltem Herzen und Verstand dienen kann. Er muss sich ihm ganz hingeben, ohne Vorbehalte, sonst ist er schlimmer als unnütz – er wird zu einer Belastung. Als ich den gefährlichen Hochmut meiner Zweifel erkannte, entschied ich mich aus eigenem Entschluss, ihnen zu entsagen. Ich, ein Stornzof, unterwarf mich einem Etwas, das ich für größer und wichtiger als mich selbst und meine persönlichen Skrupel halte, größer selbst als mein Haus – und das ist die Macht und Herrlichkeit des Grewzischen Imperiums. Ich tat dies, weil Grewzland es von mir forderte, und in dieser Unterwerfung fand ich die Stärke, die unüberwindlich ist. Für dich ist es höchste Zeit, es mir nach zu tun.«

Karsler erinnerte sich an die grauen Wasser und den

grauen Himmel seiner Vergangenheit. Sie schienen weit weg zu sein. Er sagte nichts.

»Du schweigst.« Torvid musterte seinen Neffen. »Sei dir dessen bewusst, dass ich mit dir über intime Dinge gesprochen habe, über die ich mit wenigen anderen sprechen würde, weil du von meinem Blut bist und wir, trotz aller Unterschiede, durch die stärksten Bande miteinander verknüpft sind. Es kommt mich nicht leicht an, dir die Hand hinzuhalten, und das ist keine Geste, die man in den Wind schlägt. Hast du mich verstanden?«

»Ja, Großlandsmann«, erwiderte Karsler. »Jetzt verstehe ich Sie wie nie zuvor.«

»Bitte, Sir, was ist die Stunde?«, flehte Luzelle in Grewzisch.

Die Wache ignorierte ihre Frage, trieb einen neuen Betrunkenen in den Gemeinschaftskäfig, schloss die Tür ab und ging.

»Bitte, Sir«, insistierte sie, »würden Sie, ich bitte Sie sehr, uns nicht sagen, wie lange wir sitzen hier? Es gibt keine Uhr, kein Fenster, um zu sehen die Sonne, und –«

Wortlos verließ der Wachmann das Gefängnis, und die Tür schloss sich hinter ihm.

»Oh, warum antworten sie nie?«, rief sie frustriert aus. »Ich frage sie doch nur nach der Uhrzeit, sie würden sich doch nichts vergeben, wenn sie es mir sagen würden!«

»Ach, ein Insektentyrann muss sich sein Vergnügen holen, wo er es kriegt«, meinte Girays.

»Ich hasse sie. Sie sind böswillige Trottel.«

»Ich stimme Ihnen völlig zu, aber Wut wird daran auch nichts ändern. Sie machen sich nur selbst krank.«

»Danke verbindlichst, Doktor v'Alisante. Wie lange glauben Sie denn, dass wir schon hier sind?«

»Ich weiß es nicht, aber ich glaube, wir dürften schon

Nachmittag haben, was ungefähr vierundzwanzig Stunden ergäbe.«

»Ein ganzer Tag verloren – das können wir uns nicht leisten, ich ertrage es nicht! Diese verfluchten kleinen aennorvischen Einfaltspinsel richten uns zugrunde, wegen nichts und wieder nichts! Wir werden verlieren, und es ist einzig ihre Schuld! Oh, ich könnte jemanden erwürgen!«

Ein paar lauschende Trunkenbolde pfiffen und johlten.

»Bitte, Luzelle, beruhigen Sie sich«, riet Girays ihr ermattet. »Wenn Ihre eigene Gesundheit Ihnen egal ist, dann denken Sie doch bitte an meine. Sie bereiten mir Kopfschmerzen.«

»Oh – tut mir Leid.« Sie besann sich. »Es tut mir wirklich Leid. Ich mache Ihnen das Leben schwer!«

»Nehmen Sie bitte nicht den Verdienst der aennorvischen Arbeit für sich in Anspruch.«

»Nun, ich bin jedenfalls keine große Hilfe. Ich werde versuchen, geduldiger zu sein, ich werde versuchen, ruhig und gelassen zu sein. Es wird mir nicht leicht fallen, aber ich versuch's.«

»Interessant.«

»Was ist interessant?«

»Sie. Ich habe Sie nie derartige Gesinnungen äußern hören, hätte gar nicht gedacht, dass Sie so etwas auf Lager haben. Sie haben sich in den letzten Jahren ein bisschen verändert.«

»Nicht zum Schlechteren, will ich hoffen.«

»Ganz im Gegenteil.«

»Fein. Ich nehme an, ich muss damals ein ziemlich unerträgliches Gör gewesen sein.«

»Das waren Sie in der Tat. Ein überaus charmantes Gör.«

»Oh.« Sie war sich nicht sicher, ob sie gerade ein Kompliment bekommen hatte oder beleidigt worden war. »Nun ja, wissen Sie, auch Sie haben sich verändert.

Der Girays v'Alisante, den ich vor sechs Jahren kannte, hätte sich nicht für die Verteidigung irgendeines namenlosen flüchtigen Eingeborenenarbeiters verausgabt, geschweige denn seine eigene Freiheit für ihn aufs Spiel gesetzt.«

»Verausgabt? Ich habe Ihnen Übersetzerdienste geleistet, sonst nichts.«

»Ein wenig mehr schon.« Sie senkte verschwörerisch ihre Stimme. »Sie haben diesen armen Eingeborenen gerettet. Wären Sie nicht gewesen, wäre er nie entkommen. Ich habe gesehen, wie Sie dem Konstabler ein Bein gestellt haben, und Sie haben es absichtlich getan!«

»Dem Konstabler?« Girays zuckte die Achseln. »Ein höchst ungeschickter Bursche, ein überaus unglücklicher Zufall. Ich bin ein konservativer Traditionalist, wie Sie wissen, und könnte niemals wissentlich gegen das Gesetz verstoßen.«

»Aber ja doch. Langsam beginne ich zu verstehen, wie wahrhaft konservativ Ihre Lordschaft in Wirklichkeit ist.«

Sie hielt Wort. Sie rang um Geduld, sie versuchte ruhig und gelassen zu bleiben. Die elenden Stunden krochen dahin. Die schwüle Luft war drückend, die Betrunkenen grölten und kotzten, die Fliegen umschwärmten sie in Hundertschaften, aber sie verkniff sich jegliche Klage. Mit geschlossenen Augen lag sie eine Weile auf ihrer Pritsche, in der Hoffnung, ein wenig Erleichterung im Schlaf zu finden, aber die Fliegen summten und setzten sich auf ihre feuchte Haut, die namenlosen geflügelten Insekten labten sich an ihrem Blut, die aufgescheuchten Gedanken wirbelten ihr durch den Kopf, und sie konnte nicht einschlafen. Sie erhob sich wieder, ging in ihrer winzigen Zelle auf und ab, aber die Bewegung entflammte ihr mentales Fieber nur noch mehr. Sie stellte sich ihre Konkurrenten vor, wie sie auf dem Weg nach Aveshq waren. Sie dachte darüber nach, wie ungerecht das alles war. Empörung, Enttäuschung und wachsende Verzweiflung zermarterten ihr das Hirn.

Girays' aufmunternder Rat hätte dazu beitragen können, dass sie wieder einen kühlen und klaren Kopf bekam, aber er hatte es irgendwie geschafft einzuschlafen, und sie wollte ihn nicht stören. Nach dem Rat der Betrunkenen verlangte es sie nicht.

Die Zeit schien stehen geblieben zu sein, und dennoch mussten in der realen Welt draußen die Stunden vergehen – tatsächlich musste es langsam Abend sein, denn bald darauf kam der khakifarben uniformierte Wachmann mit einem Abendessen aus Brot und Wasser für die Gefangenen herein. Er teilte erst die Rationen für die Männer aus und kam zuletzt zu Luzelles kleinem Käfig, vor dem er stehen blieb und sie ohne Eile musterte.

Er war von mittlerer Größe und unauffällig, mit einem runden, gebräunten Gesicht und buschigem schwarzen Haar, das ihm in drahtigen Locken vom Kopf abstand. Offenbar hielt er nichts vom Baden. Sein Körpergeruch war selbst in der stinkenden Atmosphäre des Polizeiwachen-Gefängnisses wahrzunehmen.

»Bitte, Sir«, versuchte Luzelle es in Grewzisch, ohne große Hoffnung auf Erfolg, »würden Sie bitte jetzt mir sagen können, was die Stunde ist?«

»Sechs«, antwortete er zu ihrer Überraschung.

»Dürfen wir bitte wohl mit dem Hauptmann sprechen?«

»Hauptmann ist übermorgen zurück. Oder den Tag drauf.«

Sein fauliger Atem strich ihr übers Gesicht, und sie widerstand dem Impuls, einen Schritt zurückzuweichen. »Dieser Tag hat erbringt keinen Bericht von Stehlgeld?«

»Noch nicht.«

»Es kommt aber keins, weil Geld und Pässe gehören wahrlich uns. Wir sind unschuldig, wir haben keine Sache getan.« Sein Gesichtsausdruck blieb unverändert, und so bestürmte sie ihn weiter: »Wir werden falscherweise gehalten. Wir erbitten die Gelegheit, dieses zu wahrsagen.«

Er zuckte mit den Schultern, schmiss einen Kanten Brot durch die Gitterstäbe und kommandierte: »Blechnapf.«

Sie bückte sich, um das kleine Gefäß aufzuheben, und seine Blicke folgten jeder ihrer Bewegungen. Sie hielt ihm den Napf hin, und er füllte ihn mit seiner Wasserkanne mit der langen Tülle. Nachdem er das erledigt hatte, blieb er reglos stehen und starrte sie an.

»Wir sind nicht Diebe, weil nichts wurde keiner Person gestehlt«, beharrte sie. »Wir erbitten Gerechtigkeit, sonst keins.«

Er musterte sie noch ein Weilchen, um dann ohne Antwort zu gehen.

Luzelle trank einen kleinen Schluck von dem Wasser, das warm und ohne Frage gesundheitsschädlich war. Wahrscheinlich verdammte sie sich damit mindestens zu schwerem Durchfall, aber der schlichte Durst siegte über die Vorsicht. Sie benetzte ihren Mund sparsam, stellte dann den Blechnapf auf den Boden und hob das Brot von dem schmutzigen Boden auf. Die Kruste war feucht und von grünem Schimmel überzogen. Sie rümpfte die Nase. Sie wollte den Laib schon aus der Zelle werfen, konnte sich aber gerade noch beherrschen. Wenn sie hungrig genug wäre, würde sie ihr ekelhaftes Abendessen verzehren, mit Schimmel und allem.

Sie legte das Brot neben das Wasser, um sich dann erneut auf der Pritsche auszustrecken. Sie hegte kaum Hoffnung, tatsächlich einzuschlafen. Die Insekten waren noch genauso lästig und ihr Verstand noch genauso wach wie vorher. Ihre Gedanken sprangen wirr umher, das Ungeziefer desgleichen, ihr Elend nahm zu, und bald spürte sie zu ihrem Entsetzen, dass heiße Tränen in ihren Augen brannten. Nicht hier, nicht jetzt, wo sie ungeschützt den Blicken der Wachen, beliebiger Betrunkener und, am schlimmsten von allen, von Girays ausgesetzt war. Sie wollte nicht, dass er sah, wie sie wie ein törichtes Kind weinte, sie wollte, dass niemand es sah, aber *er* auf keinen Fall. Doch die Tränen quollen unkontrollierbar hervor und rannen über ihre Schläfen in ihr Haar. Ihr Gesicht verzog sich, und das abgehackte, unwillkürliche Luftholen kündete eine drohende Explosion von Schluchzern an.

Sie rollte sich auf die Seite, mit dem Gesicht zu der Steinmauer, und vergrub ihr Gesicht in der Armbeuge. Die Tränen flossen, und ihre Schultern bebten, aber kein Laut entwich ihr. Zu guter Letzt flaute der Sturm ab, und sie blieb mit verstopfter Nase und schmerzendem Kopf liegen. Sie schämte sich ein wenig, schniefte und wischte sich verstohlen die Nase am Ärmel ab. Sie riskierte keinen Blick über die Schulter. Falls ihre Entgleisung Aufmerksamkeit erregt hatte, falls irgendjemand sie beobachtete, wollte sie es gar nicht wissen.

Ihr Kopf war heiß und schien zu schwer zu sein, um ihn zu heben. Das intensive geräuschlose Weinen hatte sie erschöpft. Sie ließ zu, dass ihre geschwollenen Lider zufielen, und schlief bald darauf trotz Hitze, Gestank und Schaben ein.

Sie sollte nie herausfinden, was genau sie geweckt hatte – vielleicht das Tapsen eines Fußes vor ihrer Zelle, vielleicht der Druck des fremden Blicks. Ihre Augen sprangen auf. Sie wusste, wo sie sich befand, und wusste sofort instinktiv, dass sie mehrere Stunden geschlafen hatte. Sie wusste, auch ohne den Kopf zu drehen, dass jemand vor ihrer Zelle stand und sie anstarrte, und der stechende, ungewaschene Geruch sagte ihr, wer es war. Sie blieb still liegen und betrachtete die Wand vor sich. Die Steine waren in ein gelbliches schwaches Licht getaucht, woraus sie folgerte, dass eine einsame Deckenlampe das Gefängnis erleuchtete. Sie konnte das Summen nachtaktiver Insekten hören, das dröhnende Schnarchen verschiedener schlafender Betrunkener in der Nähe und wenig mehr. Wenn er dachte, sie schliefe, würde es ihn vielleicht schließlich langweilen, sie anzustarren, und er würde wieder gehen.

Er ging nicht.

Sie hörte Schlüsselklirren, das Schnappen des Schlosses und das Quietschen der Angeln, als die verschlossene Tür aufging. Er trat in die Zelle, zog die Tür zu und schloss sie wieder ab. Es hatte keinen Sinn, sich weiter tot zu stellen. Sie erhob sich von der Pritsche und trat ihm mutig entgegen.

Ein unauffälliger, normal aussehender Mann, registrierte ihr Verstand überflüssigerweise. Nichts, wodurch er sich von anderen unterschieden hätte, von dem Gestank einmal abgesehen; fast unsichtbar anonym.

Einige Sekunden lang stand er dort und beäugte sie lediglich erwartungsvoll, als rechne er mit Fragen, Bitten oder gar einem Fluchtversuch. Weder bewegte sie sich, noch sagte sie etwas, und schließlich murmelte er auf Grewzisch: »Bei deiner Verhaftung bist du nicht anständig nach Waffen durchsucht worden. Sie haben die Vorschriften nicht befolgt. Du musst durchsucht werden.«

»Ich bin unbewaffnet«, klärte sie ihn auf.

»Du musst durchsucht werden«, wiederholte er stur. »Du könntest dünne Messer oder Stahlbänder oder Drähte irgendwo am Körper versteckt haben, unter deinen Kleidern. Du wirst jetzt deine Kleider ausziehen.«

»Nein«, widersprach sie mit vorgespiegelter Ruhe. Ihr Herz hämmerte wie wild, ihr Mund wurde trocken, und die jähe Furcht zuckte durch alle Nerven.

»Tu es«, befahl er. »Oder ich ziehe dich aus.«

»Wenn Sie mich anfassen, schreie ich um Hilfe«, warnte sie ihn.

»Schrei, so viel du willst, hier ist niemand, der dich hören kann. Ich habe heute Abend allein Dienst, und bis morgen früh bin ich hier der Verantwortliche. Ich habe den Befehl. Und du wirst mir jetzt gehorchen.«

Sie schüttelte den Kopf, und er stürzte sich mit überraschender Schnelligkeit auf sie. Es gab weder Zeit noch Platz, ihm auszuweichen. Eine seiner Hände schloss sich um ihr Handgelenk und machte ihren Arm bewegungsunfähig, die andere schnellte zum Halsausschnitt ihre Bizaqhi-Tunika. Er zog kräftig daran, und der dünne Stoff riss vom Hals bis zur Taille entzwei und ließ ihr leinenes Unterhemd sehen. Ihr entfuhr ein unwillkürlicher Schrei, der jeden Gefangenen im Kerker weckte. Die Trunkenbolde, immer noch nicht ganz nüchtern, bewegten sich und murrten. Girays setzte sich auf, schaute in die Nachbarzelle hinüber und war sofort auf den Beinen.

Die Finger des Nachtwachmanns verhakten sich im Mieder ihres Hemdes. Er riss daran, aber der Leinenstoff hielt. Luzelle ballte ihre linke Faust und holte wild aus, doch der Schlag streifte seinen Kopf nur. Er fauchte etwas auf Aennorvisch und schlug zurück. Instinktiv duckte sie sich, und sein Fausthieb schrammte an ihrem Kinn entlang. Sie schwankte, und er zog sie an sich. Seine Hand fuhr in ihr Mieder, um sich um eine Brust zu schließen und gemein zuzudrücken. Ein hoher Schmerzensschrei entrang sich ihr. Mit ihrer freien Hand krallte sie nach seinem Gesicht, versteifte dann die Finger und stach damit nach seinen Augen. Sein Atem zischte, und er riss den Kopf zurück. Sie vollführte eine scharfe Drehung mit ihrem Handgelenk, befreite sich aus seinem Griff und stürzte auf die verriegelte Tür zu, an der sie vergeblich rüttelte und zerrte. Sie schrie gellend aus voller Kehle, schrie um Hilfe und war sich vage bewusst, dass auch Girays schrie. Von den Betrunkenen kamen erregte Zurufe, aber die Zellentür blieb fest verschlossen. Entweder war das Büro dahinter tatsächlich unbesetzt, oder seine Bewohner zogen es vor, den Aufruhr zu ignorieren.

Der Nachtwachmann schlang einen Arm um ihre Taille und schleppte sie rückwärts von der Tür weg. Ihr Ellbogen hämmerte gegen seinen Brustkorb, dann wirbelte sie zu ihm herum und stieß ihm das Knie in die Lenden. Er ließ sie los, sprang zur Seite und versetzte ihr einen Fausthieb gegen die Wange. Der Schmerz explodierte in ihrem Kopf, vor ihren Augen verschwamm alles, sie taumelte. Er schleuderte sie auf die Pritsche, warf sich auf sie und zwängte ihre Beine auseinander. Seine Hände fummelten an ihrem Schritt herum und ertasteten das unerwartete Hindernis des Bizaqhi-Hosenrocks. Er stieß einen aennorvischen Kraftausdruck aus. Die Hand wanderte nach oben und zerrte am Zugband um ihre Taille. Seine andere Hand, auf die er den Großteil seines Gewichts stützte, drückte ihr die Kehle zu.

Sie bekam keine Luft, rote Lichter flackerten hinter ihren geschlossenen Lidern, ihre Lunge brannte, und in diesem Moment schienen der Gestank seines Fleischs und sein fauliger Atem das Universum auszufüllen. In ihren Ohren war ein merkwürdiges Rauschen, und irgendwo meinte sie noch immer wie aus weiter Entfernung Girays' Stimme zu hören.

Das Zugband um ihre Taille war fest verknotet, und der Würgegriff um ihren Hals ließ nach, als der Wachmann begann, mit beiden Händen an ihrem Rock herumzuhantieren. Er kniete auf ihr, sein Gewicht nagelte ihre Schenkel auf die Pritsche. Sie konnte wieder atmen, und sie hatte beide Hände frei. Sie griff nach seinem Kopf, riss ihn zu sich herunter und versenkte ihre Zähne in der Seite seines Halses. Sie fühlte, wie sein Blut ihren Mund füllte.

Mit einem verdutzten Schmerzensschrei prallte er zurück, und sie kroch von der Pritsche. Er erholte sich augenblicklich. Sein nichts sagendes Gesicht verzerrte sich zu einer Fratze der Wut. Er sprang auf sie zu. Sie versuchte ihm auszuweichen, aber es war kein Platz. Er packte sie, und sie wehrte sich heftig. Ineinander verschlungen taumelten sie durch die Zelle, um gegen die Gitterstäbe zu krachen, die Luzelles Käfig von seinem Nachbarn trennten.

Sogleich schnellte ein purpurgekleideter Arm durch die Stäbe, um sich von hinten um den Hals des Nachtwachmanns zu schließen. Girays verstärkte seinen Würgegriff und drückte seinem Gefangenen mit aller Kraft die Luftröhre zu, bis der nach Luft zu schnappen begann. Sein Griff um Luzelle wurde schwächer. Sie riss sich los und wich zurück.

Die Hände des Wachmanns fuhren hilflos in die Höhe, um an dem muskulösen purpurnen Arm zu zerren, der ihn erwürgte. Sein Mund stand weit offen, seine Augen quollen hervor, und sein Gesicht lief dunkel an.

Das Schauspiel war nicht unbefriedigend, aber sie wollte ihren Verteidiger nicht zum Mörder machen.

»Girays –«, begann sie, im Ungewissen, ob er ihre Stimme durch das Gegröl der Betrunkenen hören konnte.

Die Augen des Wachmanns verdrehten sich, sein Gezappel erlahmte, bewusstlos sackte er in sich zusammen, und Girays verringerte den Druck, hielt ihn aber weiter fest.

»Luzelle. Die Schlüssel«, wies er sie an. Seine Stimme war eigenartig ruhig, fast beiläufig.

Sie warf ihm einen verwunderten Blick zu, bevor sie sich beeilte, seinem Befehl nachzukommen. Sie unterdrückte ihren starken Widerwillen und näherte sich dem Wachmann, dessen Taschen sie zu durchsuchen begann. Sein Gestank, der ihr in die Nase stieg, erregte Übelkeit in ihr. Mit angehaltenem Atem hielt sie durch und entdeckte rasch einen Stahlring, an dem mindestens ein Dutzend Schlüssel klimperte.

Sie stand auf, trat an die Tür und begann einen Schlüssel nach dem anderen auszuprobieren. Ihre Hände waren zittrig, viel zu eifrig und ungeschickt. Sie hatte Mühe, die Schlüssel in das Loch einzufädeln, und einmal ließ sie sogar den ganzen Bund fallen. Als sie sich bückte, um ihn wieder aufzuheben, war sie sich kaum bewusst, dass sie vor sich hin flüsterte: »Tut mir Leid, es tut mir so Leid.«

»Sie machen das ausgezeichnet«, redete Girays ihr in demselben erstaunlich gelassenen, ruhigen Ton zu.

Obwohl sie leise sprachen, drangen ihre Stimmen in das Bewusstsein des Wachmanns, der stöhnte und sich zu regen begann. Girays packte eine Handvoll des buschigen schwarzen Haars und schlug den Kopf des Gefangenen kräftig gegen die Eisenstangen. Der Wachmann versank wieder in Bewusstlosigkeit.

Endlich fand sie den richtigen Schlüssel. Die Tür schwang quietschend auf. Luzelle trat aus der Zelle heraus, zog die Tür zu und verschloss sie hinter sich. Girays ließ den Wachmann los, der mit einem kleinen beleidigten Stöhnen zu Boden rutschte. Sie ging zu Girays' Käfig und öffnete ihn mit demselben Schlüssel, den sie für ihren benutzt hatte.

Er hastete hinaus, und sie eilten zum Ausgang. Die Betrunkenen kreischten schrill, und Luzelle warf einen Blick über die Schulter zu ihnen zurück. Ihr fragender Blick wanderte zu Girays, der den Kopf schüttelte. Er hatte Recht, wurde ihr klar. Ein Schwarm befreiter Gefangener, der durch die Gegend torkelte, würde mit an Sicherheit grenzender Wahrscheinlichkeit unerwünschte Aufmerksamkeit erregen.

Die vordere Amtsstube war leer, musste es sein. Luzelles Herz klopfte, als sie geräuschlos den Riegel anhob, die Tür, die leise ächzte, öffnete und durch die schmale Öffnung spähte. Sie entdeckte einen Teil eines stillen, unbesetzten Büros; nackter Holzboden, ein Tisch, ein Stuhl. Keine khakifarben uniformierten Wachen, keine Konstabler. Sie öffnete die Tür vollständig, und sie schlüpften hindurch.

»Schreibtisch«, sagte Girays.

»Fenster«, antwortete sie.

Während er die hölzernen Jalousiestäbe der Fensterläden schloss, um das von Lampenlicht erhellte Büro von den Blicken der verdunkelten Welt draußen abzuschotten, suchte und fand sie den Schlüssel zu der abgeschlossenen Schreibtischschublade. Die Schublade glitt auf, und dort lagen ihre eingezogenen Pässe und Brieftaschen, der Inhalt der Letzteren unangetastet. Sie händigte Girays sein Eigentum aus und stopfte ihres hastig in ihre Hüfttasche. Dabei schaute sie an sich herunter und bemerkte, dass ihre Tunika vom Hals bis zur Taille aufgerissen war und weit aufklaffte, sodass ihre Unterwäsche zu sehen war. Der Anblick machte sie höchst verdächtig, aber im Augenblick ließ sich nichts dagegen tun. In aller Eile stopfte sie das herabbaumelnde Ende des zerrissenen Stoffs in ihren Hemdausschnitt; eine geringfügige Verbesserung.

Girays spähte durch die Schlitze in den vorgelegten Läden nach draußen. »Alles frei«, berichtete er.

Und nachdem sie die Vordertür behutsam geöffnet hatten, verließen sie in aller Stille die Weststraßen-Polizeiwache.

Die Luft draußen erschien Luzelle, wenngleich sie stickig und schwül war, wunderbar frisch. Gierig sog sie sie tief in ihre Lunge ein. Die Weststraße lag still und verlassen da, die Ladenfronten waren geschlossen, die Fenster verdunkelt. Eine streunende Katze glitt von Schatten zu Schatten, die Atmosphäre vibrierte vom Gesang zahlloser Insekten, aber das waren auch die einzigen Lebenszeichen.

Einige schweigsame Minuten lang hasteten sie durch das Labyrinth fremder Straßen, und erst als sie eine große Wegstrecke Dunkelheit zwischen sich und das Gefängnis gebracht hatten, wagten sie es, ihren Schritt ein bisschen zu verlangsamen und ein paar geflüsterte Worte zu wechseln.

»Was glauben Sie, wie spät es ist?«, fragte Luzelle.

»Tiefste Nacht. Vielleicht noch ein paar Stunden bis zur Morgendämmerung.«

»Wenn der Wachwechsel auf der Polizeistation erfolgt und sie entdecken, dass wir geflohen sind, glauben Sie, sie werden uns verfolgen?«

»Unter den gegebenen Umständen, ja. Ich möchte Sie nicht beunruhigen, aber es ist am besten, den Tatsachen ins Auge zu sehen.«

»Ja.« Tatsache – sie hatte ihn in diese Bredouille gebracht. Tatsache – wäre da nicht ihre impulsive Art gewesen, hätte er die Nacht in einem luxuriösen Hotel verbracht. Tatsache – wenn er sein Leben im Angesicht eines aennorvischen Exekutionskommandos beenden würde, wäre das ganz allein ihre Schuld. Laut bemerkte sie: »Und wir sind nicht einmal schwer zu finden. Ein heruntergekommener, unrasierter Vonahrier in einem winzigen purpurfarbenen Hemd und eine rothaarige Vonahrierin mit zerschundenem Gesicht und sichtbarer Unterwäsche.«

»Zerschundenes Gesicht? Hat dieses Schwein –«

»Er hat ein paar Treffer gelandet«, eröffnete sie ihm ausdruckslos. »Aber ich bin in Ordnung, und Sie haben es ihm mit Zinsen heimgezahlt.«

»Lassen Sie mich sehen.« Er hielt im Licht einer Straßenlaterne an und untersuchte ihr Gesicht. »Meine arme Luzelle. Er hat Ihnen ein blaues Auge verpasst. Prellungen. Eine geplatzte Lippe. Ich hätte ihn umbringen sollen, als ich es noch konnte.«

»Nein, hätten Sie nicht.«

»Wir werden einen Arzt für Sie finden.«

»Nicht nötig. Ein paar blaue Flecken bringen mich nicht um. Sie sind nichts im Vergleich zu dem, was geschehen wäre, wenn Sie nicht zur Stelle gewesen wären.« Sie zögerte und fuhr mit großer Mühe fort: »Ich denke immer so gerne, dass ich auf mich selbst aufpassen kann. Für gewöhnlich trifft das auch zu. Aber nicht immer, und nicht dieses Mal. Dieses Mal brauchte ich Hilfe, und ich brauchte sie verzweifelt. Sie haben mich gerettet, und Ihnen zu erzählen, wie dankbar ich bin, scheint irgendwie nicht auszureichen.«

»Es ist mehr als ausreichend, da es die Rechnung zwischen uns ausgleicht«, entgegnete er leichthin. »Haben Sie eine Vorstellung davon, wie peinlich es für mich war einzusehen, dass ich mein Leben allein Ihren Kenntnissen und Ihrer Findigkeit verdankte, als wir den Gesegneten Stammesleuten in die Hände fielen? Damals haben Sie mir das Leben gerettet, was nahezu unerträglich war, aber jetzt habe ich meine verletzte Eitelkeit wieder kurieren können.«

Sie lächelte widerstrebend. Sie können sich darauf verlassen, dass M. le Marquis das Richtige sagt. Verlassen Sie sich auf M. le Marquis, Punkt. Aber seine Treue würde ihn noch schwer zu stehen kommen. Falls sie es dazu kommen ließ.

»Zeit für ein paar Entscheidungen«, verkündete Girays. »Wir werden den Rest der Nacht auf Schlaf verzichten und ihn nachholen müssen, wenn dazu Zeit ist. Sobald es hell wird, werden wir uns um eine Kutschverbindung nach Dasuneville kümmern. Wenn es keine direkte Verbindung gibt, werden wir die Mietställe abklappern. Doch bevor wir damit anfangen, wäre es klug, unser Aussehen zu verändern. Wenn wir einfach nur zu anständiger westlicher Kleidung zurückkehren würden und ich mir den Bart abnehmen ließe, würde man uns kaum wiederer –«

»Wir sind perfekt wiederzuerkennen«, hielt sie ruhig dagegen, »und das wissen Sie auch. Einer von uns ist schon leicht zu erkennen. Zusammen sind wir kaum zu übersehen.« Er schwieg, und sie fuhr fort: »Die Polizei wird nach uns beiden suchen und wird uns wahrscheinlich binnen Stunden wieder aufgreifen, wenn wir uns nicht trennen – das ist es, was wir tun müssen.«

»Keineswegs. Glauben Sie, ich lasse Sie nachts allein

an irgendeiner Straßenecke in einer fremden Stadt stehen, während uns die gesamte Polizei auf den Fersen ist?«

»Ja, weil nämlich die Alternative für uns beide noch viel gefährlicher wäre. Nach dem, was wir mit der Nachtwache angestellt haben, dürfte die Polizei uns kaum freundlich behandeln, wenn sie uns findet. Und sie *werden* uns finden, wenn wir zusammenbleiben, das wissen Sie so gut wie ich. Ich kann es an Ihrem Gesicht ablesen.«

»Das ist pure Vermutung, und eine höchst pessimistische Vermutung dazu. Kommen Sie, wo bleibt Ihr Schneid? Wir sind Vonahrier, und gemeinsam werden wir all diese aennorvischen Kolonialtölpel überlisten.«

»Sie sind nicht so dumm, wie Sie zu denken scheinen. Hören Sie, ich weiß, Sie versuchen mich zu beschützen, aber das ist der falsche Weg. So erhöhen wir nur das Risiko für uns beide, und ich möchte nicht Ursache Ihres –«

»Jedenfalls lasse ich darüber nicht mit mir reden«, schnitt er ihr das Wort ab. »Ich kann es nicht gestatten, dass Sie sich allein hier herumtreiben, und Schluss mit der Diskussion.«

»Gestatten? Sie können es nicht *gestatten*?«

»Genau, und ich bin nicht in der Stimmung, darüber zu diskutieren; wir haben jetzt keine Zeit für diesen Emanzenunsinn. Sie werden sich einmal in Ihrem Leben klug verhalten und bei mir bleiben, und ich möchte kein Wort mehr über dieses Thema hören.«

»Sehr wohl, das werden Sie auch nicht.« Sie machte auf dem Absatz kehrt und stürmte auf die nächste Gasseneinmündung zu.

Sie hörte ihn einmal ihren Namen rufen, doch dann hielt er sich zurück. Er konnte nicht riskieren, den Frieden des schlafenden Jumo Statt zu stören, er würde es nicht wagen, in den Straßen hinter ihr her zu brüllen, aber er gab nicht auf. Er folgte ihr, sie konnte es an den raschen Schritten hören, und wenn er sie einholte, würde sie sich stumm fügen müssen, denn jeder Widerstand würde auf verhängnisvolle Weise die öffentliche Aufmerksamkeit auf sie lenken.

Sie beschleunigte ihren Schritt, und es schoss ihr durch den Kopf, wie unpassend das alles war, wie verrückt und verkehrt, dass sie sich gezwungen sah, vor Girays v'Alisante davonzulaufen, ausgerechnet vor ihm. Nun ja, es war zu seinem wie auch zu ihrem Besten, und irgendwo unter dieser alles beherrschenden Galanterie eines einstmals Hohen musste er es auch wissen. Sie hoffte, er war nicht allzu wütend auf sie.

Die Gasse endete, und sie gelangte auf eine sternförmige Kreuzung. Vier neue Wege boten sich ihr an. Sie suchte sich wahllos einen aus, rannte ein paar Schritte und blieb dann im Schatten eines zurückgesetzten Eingangs stehen. Sie hatte freien Blick auf die Kreuzung, war selbst aber nicht zu sehen.

Girays kam aus der Gasse, hielt inne und horchte eindringlich. Es gab aber keine Schritte, die er hätte hören können. Seine Blicke suchten die Straßen vor ihm ab. Er zauderte, entschied sich dann für eine; die falsche.

Sie horchte, wie seine Schritte sich entfernten. Bald waren sie verhallt. Sie war allein, richtig allein, zum ersten Mal seit Wochen, und die Tropennacht wirkte auf einmal finsterer und bedrückender, als sie es je zuvor empfunden hatte.

Es war noch nicht zu spät für einen Sinneswandel. Sie konnte noch immer hinter ihm her laufen.

Nein.

Sie trat aus dem Schatten und schickte ihm eine stumme Botschaft hinterher. *Viel Glück. Sei vorsichtig. Wenn wir uns das nächste Mal begegnen, schulde ich dir eine Entschuldigung.*

Wann und wo immer das sein mochte.

Achtzehntes Kapitel

Eine leichte Morgenröte färbte den Himmel im Osten. Die Dämmerung brach herein, und Jumo Statt erwachte zum Leben. Einige Fußgänger waren unterwegs, ein paar Karren rumpelten durch die Straßen. Vielleicht war die Morgenwache bereits in der Weststraßen-Polizeistation zum Appell angetreten und hatte die Flucht der vonahrischen Gefangenen entdeckt. Wenn ja, hatte die Jagd begonnen.

Luzelles Blicke suchten die Gegend ab. Noch keine Polizisten in Sicht, aber wie lange würde es dauern, bis sie über einen stolperte? Und dann, welcher Konstabler würde sie schon übersehen? Sie musste sich verkleiden, und zwar schnell. Aber wie sollte sie das anstellen? Ein halbes Dutzend weit hergeholte Pläne schossen ihr durch den Kopf, die sie einen nach dem anderen verwarf. Ihre Gedanken arbeiteten fieberhaft, aber eine Tatsache stand ihr klar und deutlich vor Augen: In den schäbigeren Vierteln von Jumo Statt würde ihr anrüchiges Äußeres weniger auffallen.

Sie ging weiter, zwang sich zu einem maßvollen Schritttempo, und währenddessen wurde der Himmel immer heller, und die Straßen füllten sich. Ein paar Kutschen begannen sich unter die vorbeikommenden Nutzkarren zu mischen, und einmal erblickte sie einen jungen Mann auf einem roten Veloziped, dessen leuchtende Lackierung im Licht der aufgehenden Sonne blitzte. Fasziniert von dem scharlachroten Glitzern wandte sie den Kopf, um kurz hinzusehen, und als sie sich wieder umdrehte, sah sie sich mit der unverhohlenen Neugier eines frühmorgendlichen Blumenverkäufers konfrontiert. Der Mann starrte ihr ins Gesicht, zweifellos irritiert durch die frischen Prellungen und Risse. Luzelle senkte den Kopf ein wenig und hastete weiter. Der Vorfall musste sich wiederholen, vermutlich mit zunehmender Häufigkeit, je höher die Sonne stieg.

Sie musste im wahrsten Sinne des Wortes ihr Gesicht verbergen. Schade, dass Masken aus der Mode gekommen waren. Die Schauspielerinnen von heute kleisterten sich die Gesichter mit öligen Substanzen zu, um die auffälligsten Unvollkommenheiten ihres Teints zu überdecken, aber wo in Jumo Statt konnte sie Theaterschminke auftreiben? Oder, wo sie gerade daran dachte, einen ähnlich nützlichen Trauerflor? Ihre Brieftasche quoll über von Geldscheinen, Jumo Statt war von Waren überschwemmt, es musste eine Möglichkeit geben. Ihre Gedanken überschlugen sich, und sie hastete weiter.

Vor ihr erhoben sich die weißen marmornen Stadthäuser der wohlhabenden Diamantenhändler. Die Eingeborenen, die in den Gärten arbeiteten, schauten sie misstrauisch an, als sie vorbeikam – verständlich.

Sie schob sich durch wunderschöne breite Boulevards, gesäumt von Stadtpalästen von immer größerer Pracht, und begann sich schließlich zu fragen, ob die Herrlichkeit wohl jemals enden würde. Doch dann gelangte sie in eine etwas bescheidenere Straße, wo der weiße Marmor durch adretten weißen Stuck ersetzt wurde, und danach kamen anspruchslosere Wohnhäuser und Geschäfte aus weiß gestrichenem Backstein. Die Straßen waren nicht mehr ganz so sauber. Abfall lag herum, Unrathaufen, auf denen steifbeinige Aasvögel hockten, Tierdung und Schwärme goldener Phönixfliegen. Ermutigt stapfte sie weiter, und jetzt waren die feinen Gebäude und Kutschen endgültig verschwunden, und in der stickigen Luft lag die Übelkeit erregende Süße verfaulender Küchenabfälle, während sich auf den von Termiten zerfressenen erhöhten Holzlaufstegen Westler- und kupferfarbene Ygahri-Gesichter zu gleichen Teilen mischten. Die heruntergekommenen Ladenfronten trugen in Aennorvisch geschriebene Schilder, denn hier, so schien es, hatten die Grewzier sich bislang nicht die Mühe gemacht, sichtbare Spuren zu hinterlassen.

Sie konnte kein einziges Wort auf Aennorvisch lesen, aber viele der Geschäftsschilder trugen Piktogramme, die für die drinnen angebotenen Waren oder Dienste warben, und sie erblickte in rascher Folge einen Weinladen, einen Schlösserschmied, einen Tabakwarenverkäufer und einen Schuhmacher. Dann erspähte sie ein kleines Textilgeschäft, von dessen Schild das gemalte Auge des Begnadeten Iyecktors herabsah, und ihre Erinnerung flog zu dem Dorfgeschäft im Süden Aennorves mit seinen feindseligen Iyecktori-Eigentümern zurück. Sie entsann sich an die entrüstete Frau des Ladenbesitzers, die ihr schrille Beschimpfungen und zuletzt eine Hand voll getrockneter weißer Bohnen an den Kopf geworfen hatte. Eine typische Iyecktori-Matrone, gekleidet in formlose safrangelbe Gewänder, daumenlose schwarze Handschuhe und eine schwarze Kappe mit Leinenbändern, die keine einzige Haarsträhne unbedeckt ließen. Von der Frau selbst hatte nichts außer ihren Daumen und ihrem Gesicht mit den groben Zügen herausgeschaut. Und, erinnerte sich Luzelle, orthodoxe Iyecktori-Frauen, die männliche Familienangehörige betrauerten, pflegten sogar ihr Gesicht mit einem Schleier zu verhüllen ...

Ganz besonders das Gesicht.

Sie betrat das Textilgeschäft. Der Verkaufsraum war klein und alt, aber tadellos sauber und bot eine begrenzte Auswahl von Stoffen und vorgefertigten Iyecktori-Kleidungsstücken an. Der Besitzer, ein grauer, schmächtiger Alter in der traditionellen Tracht seiner Sekte, trug in Schleifen gelegte Leinenschärpen zur Schau, gesäumt mit feinster schwarzer Lochstickerei. Seine Augen weiteten sich in schlichtem Staunen, als sie eintrat. Er registrierte die Prellungen, die ihr Antlitz entstellten, und sein Gesicht nahm einen traurigen, möglicherweise mit Mitgefühl vermischten Ausdruck an. Er sprach sie freundlich auf Aennorvisch an.

Luzelle, die mit Feindseligkeit und Missbilligung rechnete, wurde völlig überrascht. Ihre Augen begannen zu brennen, und sie blinzelte ein paar rasch aufwallende dumme Tränen zurück. Sie antwortete dem Ladenbesitzer auf Vonahrisch und wurde von tiefer Dankbarkeit durchströmt, als er vollstes Verständnis an den Tag legte.

Sie tat ihre Wünsche kund, und er stellte keine Fragen, sondern versah sie einfach mit einem locker fallenden traditionellen Gewand, daumenlosen Handschuhen, schwarzer Kappe mit Bändern, einem schwarzen Trauerschleier und einem Paar *Faquerischi*, den winzigen identischen Broschen, die den Schleier festhielten. Er bot ihr außerdem einen ledernen Geldgurt an, den man unter dem Gewand um die Taille trug und auf den man durch eine diskrete Öffnung in einer Seitennaht Zugriff hatte.

Sie kaufte die Iyecktori-Gewandung, ohne zu feilschen, um sich dann in eine winzige Kabine auf der Rückseite des Geschäfts zurückzuziehen, wo sie ihre neuen Kleider anzog. Ganz auf Nützlichkeit und Bescheidenheit hin konzipiert, ließen sie sich leicht anlegen, waren bequem und zweifellos unkleidsam. Umso besser; eine glanzvolle Erscheinung war das Letzte, was sie jetzt gebrauchen konnte. Ein winziger Wandspiegel aus poliertem Zinn zeigte ihr ihr Gesicht, züchtig von Leinen eingerahmt, jede Strähne des auffällig gefärbten Haars bedeckt. Sie legte den Schleier vor und steckte ihn fest. Die duftige Gaze gestattete beinahe ungehinderten Durchblick, verbarg ihr Gesicht aber wirkungsvoll im Schatten. Ein dunkler Geist starrte sie aus dem Spiegel an. Sie lächelte unsichtbar.

Ihre Bizaqhi-Kleidung, schmutzig und zerrissen, taugte nur noch zum Wegwerfen. Als sie aus der Umkleidekabine trat, stopfte sie die ruinierte Kleidung in den Abfallbehälter des Ladenbesitzers, nicht ohne Bedauern, denn der Hosenrock hatte ihr in der Tat gute Dienste geleistet. Sie wünschte dem Ladenbesitzer einen guten Tag und ging.

Die Sonne schien hell, und in den Straßen wimmelte es von Menschen, aber sie fürchtete sich nicht mehr. Es würde eines ungewöhnlich scharfen offiziellen Auges bedürfen, ihre neue Tarnung zu durchdringen.

Sie schritt über den erhöhten Bürgersteig, und niemand schenkte ihr Beachtung; offenbar war eine verschleierte Iyecktori-Frau ein gewohnter Anblick. Ihre Zuversicht und Stimmung hoben sich wieder, und als sie einem öffentlichen Kammerjäger begegnete, der den Bürgersteig mit einem Insektenvernichtungsmittel besprühte, wagte sie es, ihn in stockendem Grewzisch nach dem Weg zu fragen.

Der Kammerjäger ließ keinerlei Anzeichen von Misstrauen erkennen, als er ihr den kürzesten Weg zum Jumo-Dasune-Zirkel beschrieb, dem Standort der Posthalterei, wo die Reisenden in die Kutsche nach Dasuneville einstiegen. Die Entfernung war beträchtlich, und die trauernde Ehrenwerte Matrone wollte vielleicht die Vorzüge eines Hansoms in Erwägung ziehen? Solche Gefährte verirrten sich nur selten in diese Gegend, aber die Ehrenwerte Matrone könnte vielleicht bis zur Orchideenstraße weitergehen, wo für gewöhnlich öffentliche Transportmittel bereit standen.

Sie dankte ihm und ging weiter. Fünfzehn Minuten Fußmarsch brachten sie zur Orchideenstraßenkreuzung, wo einige Hansoms auf Kundschaft warteten. Sie suchte sich einen aus, gab dem Fahrer ihr Ziel an und stieg ein. Die Kutsche fuhr rasch von dannen, und Luzelle ließ sich mit einem Seufzer in die Polster sinken. *In Sicherheit.* Vergleichsweise.

Die Minuten verstrichen, und die weißen Straßen ratterten vorbei. Schließlich gelangte die zweirädrige Kutsche zum Jumo-Dasune-Zirkel, der Endstation der geschäftigen Jumo-Dasune-Passage. Im Zirkel, der von kommerziellen Unternehmen gesäumt wurde, herrschte viel Verkehr. Direkt vor ihr lag die Posthalterei, die Fassade frisch mit dem Symbol des Endlosen Feuers verziert. Fußgänger bevölkerten die Gehsteige, und unter ihnen entdeckte sie manche geschniegelte grau uniformierte Gestalt, keine unmittelbare Bedrohung für sie. Viel schlimmer waren die khakifarben gekleideten Polizisten, die in der Gegend Streife liefen. Zwei von ihnen standen vor dem Vordereingang der Posthalterei in Position. Vielleicht hatte ihre Anwesenheit nichts zu bedeuten, vielleicht standen sie ja immer hier. Vielleicht nicht.

Der Hansom hielt an. Luzelle stieg aus und bezahlte den Kutscher. Das Gefährt fuhr davon. Einen kurzen Augenblick lang stand sie da und sah es wegfahren, dann senkte sie ihr Haupt in frommer Trauer, ließ die Schultern hängen und machte sich auf den Weg zur Posthalterei.

Die Wache stehenden Polizisten gönnten ihr kaum einen Blick, als sie an ihnen vorbei in den kleinen Wartesaal schlüpfte, wo ein Trio von Reisenden auf unbequemen Holzbänken wartete. Ein mit Kreide auf eine Schiefertafel an der Wand geschriebener Fahrplan informierte die Reisenden. In zehn Minuten sollte eine Kutsche nach Dasuneville abfahren. Es wäre die letzte Abfahrt für den heutigen Tag.

Gerade rechtzeitig. Eine Viertelstunde länger, um hierher zu finden, und sie hätte einen weiteren Tag und eine weitere Nacht in Jumo Statt festgesessen. Sie setzte sich ans Ende einer leeren Bank, faltete die Hände in einer Geste stummer Gottergebenheit und wartete.

Eine Dreiviertelstunde verging, und ihre Zehen unter dem langen Gewand begannen ungeduldig zu trommeln. Zwar kontrollierten die Grewzier inzwischen das Süd-Ygahro-Territorium und würden ohne Zweifel die Postkutschen zu größerer Pünktlichkeit anhalten, aber sie hatten ihr Ziel noch nicht erreicht. Die Kutsche nach Dasuneville konnte Stunden Verspätung haben. Vielleicht kam sie gar nicht...

Gerade als ihr Magen sich zu verkrampfen drohte, fuhr die Kutsche – gezogen von einem Quartett der hiesigen dickbeinigen Pferderasse – vor der Seitentür vor. Die Passagiere erhoben sich und verließen im Gänsemarsch den Wartesaal, unter dem gelangweilten Blick eines am Ausgang postierten Polizisten. Äußerst wagemutig neigte Luzelle im Vorbeigehen ihr verschleiertes Haupt vor ihm, und er erwiderte den Gruß einigermaßen leutselig.

Verschiedene Taschen und Kisten wurden auf das Dach der Kutsche hochgereicht und festgebunden. Das Fehlen jeglichen Gepäcks der trauernden Iyecktori-Matrone konnte kaum unbemerkt geblieben sein, aber es wurden keine Fragen laut. Die Passagiere zahlten beim Kutscher, und die vonahrischen Neu-Rekkoes der Iyecktori-Frau wurden ohne Murren angenommen. Sie bestiegen die Kutsche, die Tür schloss sich, der Kutscher kletterte auf den Bock, die Peitsche knallte, und das große Gefährt setzte sich in Bewegung.

Die Muskeln unter ihrem sackartigen Gewand angespannt, erwartete Luzelle das unvermeidliche Schrillen der Konstablerpfeife. Nichts geschah, und während die Kutsche um die Biegung des Zirkels fuhr, um auf die Jumo-Dasune-Strecke einzuschwenken, begann sie sich allmählich zu entspannen. Das Pflaster unter den Rädern war sauber und eben. Das Klappern und die Vibrationen der Kutsche ließen nach, als die dickbeinigen Pferde in eine gleichmäßige Gangart verfielen.

Während sie sich in die schweren Polster zurücksinken ließ, musterte sie insgeheim ihre drei Mitreisenden, alle Westler männlichen Geschlechts. Ein Paar blasser jüngerer Männer, die aussahen, als würden sie eine sitzende Lebensweise bevorzugen, das braune Haar mit Pomade angelegt, bekleidet mit billigen, vorgefertigten leichten Leinenanzügen. Auf Hochglanz polierte preiswerte Schuhe. Ohne auffällige Merkmale, geradezu ängstlich auf Respektabilität bedacht. Angehende Handelsreisende vermutlich. Und der dritte Mann – älter, schäbig, große, ruhelose Hände, säuerliche Miene. Vertreter oder Handwerker, vom Pech verfolgt, schätzte sie. Nichts Bemerkenswertes oder auch nur annähernd Interessantes, das ihre Aufmerksamkeit gefesselt hätte. Die Gesichter ihrer Umgebung schwanden aus ihrem Bewusstsein, und sie musste feststellen, dass ihre Gedanken bei einem anderen Gesicht verweilten, dunkel und ein wenig abgezehrt.

Girays. In Freiheit und Sicherheit? Oder wieder eingefangen und ins Stadtgefängnis zurückexpediert? Ihr zuliebe hatte er einen der Wachmänner beinahe erwürgt. Wenn er ihnen noch einmal in die Hände fiel, würden sie ihn wahrscheinlich töten. Und sie hatte ihn im Stich gelassen.

Die Kutsche rumpelte weiter die Straße entlang. Die Bebauung von Jumo Statt wurde immer lockerer und lag bald ganz hinter ihnen, doch Luzelle bemerkte es kaum. Sie starrte aus dem Fenster, ohne etwas zu sehen.

Bis vor verhältnismäßig kurzer Zeit hatten Reisende, die von Jumo Statt in die östliche Küstenstadt Dasuneville wollten, eine umständliche, langwierige Reise den Nebenfluss Obiluki hinunter zum großen Ygah auf sich nehmen müssen, dann den Ygah hinunter zum Muñako-Fluss und den Muñako flussaufwärts bis Königsfelde, wo man Maultiere mieten konnte, um die letzte, über Land führende Partie der Strecke zu bewältigen.

Die Entstehung der Jumo-Dasune-Passage hatte das alles geändert. Vor nicht einmal zwanzig Jahren hatte der Wille eines aennorvischen Monarchen, der darauf erpicht war, den schnellstmöglichen Transport der Diamanten aus den Minen des Süd-Ygahro-Territoriums auf die Tische der Meisterschleifer von Feyenne zu gewährleisten, den Bau einer Straße befohlen, die mitten durch die siebzig oder mehr Meilen tiefsten Dschungels schnitt, welche Jumo Statt von der Küste trennten. Die Aufgabe – über drei Jahre Bau bis zur Fertigstellung und mit jeder erdenklichen Schwierigkeit behaftet – hatte das Leben von mehreren Hundert eingeborenen Arbeitern gefordert, aber zu guter Letzt war das gewaltige Werk zum Abschluss gekommen, und der Verkehr auf Rädern hatte zwischen Jumo Statt und Dasuneville zu fließen begonnen.

Binnen Wochen nach der Fertigstellung hatte sich jedoch gezeigt, dass sich bestimmte Schwierigkeiten nicht ausräumen ließen. Der Dschungel – abgeholzt, abgebrannt, in Stücke gehackt, verwundet und mit Steinen zugepflastert – blieb unbesiegbar lebendig. Die so mörderisch ausgeputzte Natur bedurfte keiner Ermutigung, um sich zu erneuern, und auch der kleinste Spritzer des warmen Regens führte zu wilden vegetativen Vorstößen. Die Jumo-Dasune-Passage erforderte ständige Instandhaltungsarbeiten, und zu diesem Zweck verfügten die Kolonialherrscher die Bildung von Arbeitstrupps, die aus zu Schwerstarbeit verurteilten Verbrechern bestanden.

Es gab keinen Mangel an menschlichen Arbeitskräften. Kriminelle des per Gesetz entrechteten eingeborenen Ygahri-Stamms waren im Überfluss vorhanden. Diese Legionen, die Unterernährung, Hitze, Krankheiten, Erschöpfung und Misshandlungen zum Opfer fielen, wurden mühelos ersetzt. Die Gefangenentrupps schufteten nahezu unbemerkt von der Morgen- bis zur Abenddämmerung, jeden Tag des Jahres, und die Diamanten strömten weiter nach Aennorve.

Jetzt nach Grewzland. Der Kristallfluss hatte bereits die Richtung gewechselt.

Die Kutsche rumpelte an einem angeketteten Trupp vorbei, der damit beschäftigt war, Unkraut aus den Fugen im Pflaster zu reißen, und Luzelle konnte einen flüchtigen Blick auf gefesselte Handgelenke, narbenübersäte nackte Rücken und leere, alterlose Gesichter erhaschen. Innerhalb von Sekunden verschwanden sie wieder, aber ihr Bild blieb zurück, ein stummer Vorwurf.

Sie stieß einen kleinen Seufzer aus, dann lehnte sie den Kopf zurück und ließ ihre Augen zufallen. Sie stellte fest, dass sie völlig ermüdet war; nicht überraschend, wenn man bedachte, dass sie in den letzten vierundzwanzig Stunden kaum Schlaf gefunden hatte. Jetzt konnte sie es sich leisten einzuschlafen, und binnen Sekunden döste sie ein.

Gegen Mittag erwachte sie wieder, als die Kutsche am Straßenrand hielt. Während die Pferde sich ausruhten, verschwanden die Passagiere kurfristig in den Büschen, um dann wieder aufzutauchen, kraftvoll auszuschreiten und verkrampfte Muskeln zu lockern.

Etwa zwanzig Minuten später ging die Reise weiter, und jetzt holten ihre Mitreisenden kleine Bündel hervor, die Vorräte für den Mittagsimbiss enthielten. Einfache Nahrung – Brot, Käse, Trockenobst, süße Kekse –, und ihr Magen zog sich beim bloßen Anblick schmerzhaft zusammen. Seit dem Gefängnisfraß gestern Abend hatte sie nichts mehr gegessen, und mitgebracht hatte sie sich nichts.

Nichts außer Geld.

Sie schob verstohlen die Hand durch die Öffnung in ihrem Gewand und zog ein paar Münzen aus ihrem Geldgurt hervor. Während sie das Silber ihrem nächsten Nachbarn anbot, einem der billig ausstaffierten jungen Männer, erkundigte sie sich in stockendem Grewzisch: »Sie verkaufen ein bisschen von Brot?« Er starrte sie verständnislos an, und sie fügte erklärend hinzu: »Ich bin hungrig.«

Er nahm ihre Münzen, reichte ihr ein großes Stück Brot und fügte obendrein eine Faust voll Trockenobst hinzu. Als der sauertöpfisch dreinblickende, schäbige Bursche das sah, gab er ihr zwei hartgekochte Eier und einen zuckrigen Keks hinüber. Als sie ihm Geld geben wollte, schüttelte er mürrisch den Kopf.

»Danke«, murmelte sie, senkte schüchtern den Blick und beendete den Wortwechsel.

Den Kopf demütig über ihren Schoß gebeugt, hob sie ihren Trauerflor an und begann, ihr Mittagessen zu verzehren. Ohne aufzusehen, wusste sie, dass ihre Reisegefährten einen Blick auf ihr Gesicht zu erhaschen versuchten, aber das sollte ihnen nicht gelingen. Die herunterhängenden Bänder ihrer Kappe verbargen ihr Profil und ließen nichts von ihrer Westlerhaut, den frischen Schürfwunden, der gespaltenen Lippe und all dem sehen. Als sie zu Ende gegessen hatte, ließ sie den Schleier sorgfältig wieder fallen, bevor sie den Kopf hob. Die sprunghafte Neugier, die sie umgab, endete prompt.

Die beiden jungen Männer begannen Karten zu spielen. Der großzügige sauertöpfische Bursche grübelte mit gerunzelter Stirn. Luzelle schlief wieder ein. Vage war sie sich einige Stunden später bewusst, dass die Kutsche erneut am Straßenrand anhielt, aber sie machte sich nicht die Mühe auszusteigen.

Es ging weiter. Das Gefährt kam an einem weiteren aneinander geketteten Sträflingstrupp vorbei und machte am späten Nachmittag abermals eine Pause von einer halben Stunde. Bis zum frühen Abend gab es dann keinen Aufenthalt mehr, erst als der Kutscher vor dem Eingang des Gasthofs zum halben Weg vorfuhr, der auf halber Strecke zwischen Jumo Statt und Dasuneville lag.

Die Passagiere stiegen aus, und der Kutscher reichte ihnen ihr Gepäck hinunter. Da Luzelle keinen Koffer hatte, auf den sie warten musste, betrat sie den Gasthof vor ihren Reisegefährten – ein eigenartig zwitterhaftes Gebäude, lang gestreckt und niedrig im Stil der Eingeborenen, mit Wänden aus weiß getünchtem westlichen Backstein und einem Dach aus gekrümmten rotbraunen Ziegeln.

Sie trug sich unter falschem Namen ein, und zum zweite Mal wurde das Fehlen jeglichen Gepäcks fraglos hingenommen, während ihre Neu-Rekkoes ohne ein Zögern akzeptiert wurden.

Ihr Zimmer war sauber, geräumig und mit einem eigenen Bad ausgestattet, das sie umgehend benutzte. Erst als sie sich dunkelrosa geschrubbt hatte und das Wasser abzukühlen begann, verließ sie die Wanne und fühlte sich zum ersten Mal seit Tagen vollkommen und wunderbar sauber.

Sie trocknete sich ab, ging dann zu dem Spiegel, der über dem Waschtisch hing, wischte die Feuchtigkeit ab und untersuchte ihr Gesicht. Die Prellungen waren noch frisch und dunkel, aber die Schwellung war schon zurückgegangen. Ermutigend, aber die kommenden Tage würde sie sich noch verschleiern müssen.

Sie legte die Iyecktori-Kleidung wieder an und begab sich in den Gastraum, wo das Lampenlicht auf eine recht große Schar von Reisenden fiel. Sofort entdeckte sie die Passagiere und den Fahrer ihrer eigenen Kutsche, machte jedoch keine Anstalten, sich zu ihnen zu gesellen. Vermutlich würde eine orthodoxe Iyecktori-Matrone in Trauer den Kontakt mit Ungläubigen möglichst gering halten.

Sie aß allein mit gesenktem Kopf und herunterhängenden Bändern. Danach hielt sie kurz an der Rezeption an, um für die morgige Reise einen vorgepackten Imbiss zu bestellen, bevor sie in ihr angenehmes Zimmer zurückkehrte, das allerdings völlig frei von Büchern, Zeitungen oder irgendeiner anderen Quelle der Unterhaltung war.

Es gab wirklich nichts anderes zu tun als zu schlafen. Nachdem sie alle Lampen gelöscht hatte, kletterte sie angezogen in ein weiches Bett mit reinen, mit Zitronenduft parfümierten Laken. Sie fühlte sich wohl darin, hatte jedoch den ganzen Nachmittag verdöst und war nun hellwach. Sie lag reglos, aber wachsam da, unruhig, während sie die Ohren spitzte, um das Geräusch von – ja, von was? – zu hören. Flöten im Dschungel? Das Brüllen irgendeines menschenfressenden Tigers im Wald? Das Schrillen einer Konstablerpfeife?

Was sie tatsächlich hörte, war das Summen und Schwirren fliegender Wesen, die trotz aller Fenstergitter ihr Zimmer bevölkerten. Das Moskitonetz schützte ihren Schlafbereich, an sie heran konnten sie nicht, aber sie konnten ihre Phantasie reizen und erregen, ihren Kopf mit Visionen von Girays v'Alisante füllen, in Handschellen, hinter Gittern, in Schwierigkeiten, ja sogar in Gefahr, und das wegen ihr. Sie stellte ihn sich vor, wie er in einem Sträflingstrupp irgendwo auf der Jumo-Dasune-Passage Sklavenarbeit verrichtete, und ihre Augen brannten hinter ihren fest geschlossenen Lidern. Absurd, natürlich. Solche Dinge widerfuhren wohlhabenden Männern nicht. M. le Marquis besaß Geld, gesellschaftlichen Rang, Verbindungen, Einfluss –

Tausende von Meilen entfernt.

Aber wichtiger als all das war, er besaß einen scharfen Verstand und einen kühlen Kopf. Die Polizei würde ihn nicht zu fassen bekommen, sie würde nicht einmal in seine Nähe kommen.

Vielleicht.

Sie lag stundenlang wach. Schließlich fiel sie in einen unruhigen, von üblen Träumen vergifteten Schlaf, um noch vor Anbruch der Dämmerung zu erwachen. Sie stand auf, trat an eines der Fenster, öffnete die Jalousie und stand da, während sie zu den Sternen des Südens hochschaute.

Allmählich wurde der Himmel heller. Der Insektenchor wurde leiser, die Nachtvögel verstummten, die Sterne verblichen, im Osten blühte Farbe auf, und über den Wäldern von Oorex wurde der Rand der Sonnenscheibe sichtbar.

Sie wusch sich, kämmte sich mit den Fingern ihr sauberes Haar und zog zuletzt Kappe, Schleier und daumenlose Handschuhe wieder an. Nachdem sie das Frühstück im Gastraum eingenommen hatte, begab sie sich in die geschäftige Empfangshalle, stellte sich in der Schlange an, um ihre Rechnung zu begleichen, nahm den eingepackten Imbiss in Empfang, den sie bestellt hatte, und verließ dann den Gasthof durch die Eingangstür. Sie fand die Postkutsche inmitten einer Ansammlung von unterschiedlichen kommerziellen und privaten Vehikeln. Der Kutscher grüßte sie beim Näherkommen, und sie murmelte zur Antwort einen schüchternen, gedämpften Gruß, bevor sie Platz nahm.

Fünfzehn Minuten vergingen, bis die beiden billig gekleideten jungen Männer ihr Gepäck aufs Dach hochreichten und einstiegen. Von dem sauertöpfischen Passagier von gestern keine Spur. Weitere zehn Minuten verstrichen, ohne dass er auftauchte. Der Kutscher ließ die Peitsche knallen, und die Kutsche ratterte fort vom Gasthof.

Der zweite Reisetag auf der Jumo-Dasune-Passage war eine Wiederholung des ersten; eine langweilige, nicht enden wollende Zeitspanne, deren heiße Monotonie nur durch gelegentliche Ruhepausen und gelegentliches Auftauchen von Sträflingssklaven bei der Straßenarbeit unterbrochen wurde. Als Luzelles Reisegefährten sie diesmal aufforderten, an ihrem Kartenspiel teilzunehmen, akzeptierte sie. Vermutlich kompromittierte die Entscheidung ihre orthodoxe Verkleidung, aber sie war fast darüber hinaus, sich deswegen Sorgen zu machen, so gründlich hatte die Langeweile ihre Vorsicht untergraben.

Der Nachmittag neigte sich seinem Ende entgegen und mit ihm die Reise. Die Sonne hing dicht über dem Horizont, als die Kutsche in die Poststation der alten Hafenstadt Dasuneville rumpelte. Ein hektischer Flecken, erkannte sie auf Anhieb; grobschlächtig und zweckmäßig, rau im Vergleich mit der gesuchten Eleganz von Jumo Statt, aber nichtsdestotrotz anziehend dank seiner Luft. Frische Seeluft, sehr warm, aber mit einem scharfen Salzgeruch, wehte durch die Straßen und reinigte Dasuneville vom Miasma des Dschungels. Sie nahm einen tiefen Zug, der ihre Lunge zum ersten Mal seit Tagen zu säubern schien. Neue Kraft erfüllte sie, und ihre Lebensgeister hoben sich.

Die Passagiere stiegen aus und gingen ihrer Wege. Unbelastet von persönlichen Besitztümern, schlenderte Luzelle durch die ziegelsteingepflasterten breiten Straßen und fand den Weg zum Hafen, indem sie wahllos irgendwelche Bürger nach der Richtung fragte.

Die Fahrscheinagenturen hatten bereits geschlossen, aber an die Holzwände genagelte Fahrpläne lieferten ihr die unwillkommene Information: Das nächste Dampfschiff, das in südöstlicher Richtung nach Aveshq fuhr, sollte nicht vor übermorgen ablegen. Es gab keine Alternativen. Keine Chance, sich eine private Transportmöglichkeit über das breite Meer von Aveshq zu beschaffen. Keine Ballons, keine revolutionären Unterseeboote, keine geeignete Magie. Es gab nichts zu tun, als die nächsten sechsunddreißig Stunden in der Stadt herumzuhängen.

In deren Verlauf Girays aufkreuzen konnte. Er konnte in einem nahen Hotel oder Gasthof untergekommen sein, konnte ein frühes Abendessen zu sich nehmen, konnte durch die Straßen am Wasser flanieren. Sie schaute sich um und erwartete halbwegs, ihn zu entdecken, doch die Gesichter, die ihr begegneten, gehörten Fremden. Ein Stich der Enttäuschung durchzuckte sie.

Unangemessen. Wochenlang hatte sie auf eine Chance gewartet, ihn hinter sich zu lassen, oder etwa nicht?

Unzufrieden verließ sie die Kaianlagen und wanderte durch die sich verfinsternden Straßen, bis sie zufällig auf eine saubere alte Pension stieß, wo sie eine Unterkunft für zwei Übernachtungen buchte. Auf ihrem Zimmer verzehrte sie eine Mahlzeit, die man getrost vergessen durfte, und begab sich dann völlig gelangweilt früh zu Bett.

Die Sonne stand schon hoch am Himmel, als sie erwachte. Dies eine Mal konnte sie sich den Luxus des späten Aufstehens leisten, einer der wenigen Vorteile ihrer derzeitigen Situation. Darüber hinaus konnte sie es sich leisten, den Tag dem Ersetzen ihrer verlorenen Habe zu widmen.

Sie badete ohne Eile und rieb sich mit dem Schwamm ab, und der Spiegel über dem Waschtisch zeigte ihr ein Gesicht, dessen Prellungen zu einem grünlichen Gelb verblasst waren. Noch ein oder zwei Tage, und sie durfte auf den Schleier verzichten. Andererseits hätte sie in ein oder zwei Tagen das Süd-Ygahro-Territorium hinter sich gelassen, und es wäre ohnehin nicht länger von Bedeutung, ob ihr Gesicht Aufmerksamkeit erregte.

Nachdem sie ihre orthodoxe Verkleidung wieder angelegt hatte, marschierte sie auf die geschäftigen Straßen hinaus, die überall von uniformierten Grewziern grau gefärbt wurden. Keine Spur von Karsler Stornzof unter ihnen, und da wurde ihr klar, dass sie nach ihm Ausschau gehalten hatte.

Sie frühstückte in Fett ausgebackene Pasteten von einem Verkaufsstand am Straßenrand, um dann zum Hafen zurückzueilen und eine Überfahrt an Bord des Dampfschiffs *Talghya Jeria* zu buchen, das unter der neutralen strellianischen Flagge nach Osten fuhr. Geld wechselte den Besitzer, und sie erhielt ihren Fahrschein, der in ihrem Geldgurt verschwand. Danach stand es ihr frei, die Geschäfte und Buden der Stadt zu erkunden.

Es war nicht Jumo Statt. Dasuneville bot keinen Überfluss an Luxuswaren, aber der alte Hafen erfreute sich eines bescheidenen Wohlstands, und einige der hiesigen Kaufleute führten vorgefertigte Kleider von anständiger Qualität im Sortiment.

Ihre Einkäufe waren umfangreich. Binnen weniger Stunden erstand sie zwei neue und einigermaßen gut sitzende westliche Kleider, zwei Röcke und Blusen, einen weichen Schal, ein Paar Musselinnachthemden, Schuhe, Strümpfe und Unterwäsche. Es gab einen Regenumhang mit Kapuze und einen Regenschirm, einen wunderbar zusammendrückbaren Strohhut mit breiter Krempe, ein Ridikül mit Zugband, Taschentücher, verschiedene Toilettenartikel, eine neue Reisetasche, Streichhölzer und Taschenmesser, einen Vorrat neuer, in Vonahrisch gedruckter Bücher und sogar einen winzigen Tiegel Reispuder, um ihre blauen Flecken zu überdecken.

Nur ein Muss zivilisierten Lebens fehlte – ein Korsett. Sie hätte problemlos eines kaufen können. Sie hätte eines kaufen *sollen;* es war kaum schicklich, ohne Korsett durch die Gegend zu laufen. Doch nachdem sie Wochen der Freiheit und Bequemlichkeit verbracht hatte, konnte sie sich nicht überwinden, sich erneut der Tyrannei der Stahlstäbe zu beugen.

Später, dachte sie. *In Immeen. Oder Rhazaulle. Später.*

Ein eingeborener Gepäckträger schleppte ihre Pakete und Bündel den ganzen Weg bis zur Pension. Und falls die Bürger Dasunevilles den Anblick einer orthodoxen Iyecktori-Frau merkwürdig fanden, die, in Trauer verschleiert und angeblich gleichgültig gegenüber materiellen Dingen, gefolgt von einem wachsenden Paketberg durch die Straßen zog – nun, es stand ihnen frei, sich zu wundern.

Der Gepäckträger stellte ihre Päckchen auf den Boden. Sie entlohnte ihn, und er ging. Er hatte kaum die Tür hinter sich zugezogen, als sie auch schon auf den Knien lag und die Verpackung von einem halben Dutzend Pappkartons riss. Ihr Inhalt war kaum bemerkenswert – nur ein paar neue Kleider von nicht eben exorbitanter Qualität und eine Kollektion gewöhnlicher Gegenstände des persönlichen Bedarfs. Aber sie waren neu, und sie hatte so lange ohne sie auskommen müssen, dass die alltäglichsten Gebrauchsgegenstände jetzt wie Schätze funkelten.

Als sie sich an Kleidern und Toilettenartikeln satt gesehen hatte, wandte sie ihre Aufmerksamkeit den Büchern zu. Eines von ihnen, eine Aufsatzsammlung von einer der Hohen Geistesleuchten des vorrevolutionären Vonahr, fesselte ihre Aufmerksamkeit für den restlichen Nachmittag.

Auch an diesem Abend aß sie auf ihrem Zimmer, las eine Weile, packte sorgfältig ihre neue Reisetasche, begab sich früh zu Bett und schlief tief und fest.

Sie erwachte ausgeruht und wirklich erfrischt in der feuchten Wärme der Dämmerung. Ohne zögern stand sie auf, wusch sich und begutachtete ihr Gesicht im Spiegel. Nicht übel. Die blauen Flecken waren zu schwach zitronenfarbenen Flecken verblasst. Als sie Reispuder auf Nase und Wangen auftrug, verschwanden die gelben Kleckse vollständig. Sie schlang ihre Haare zu einem schicklichen Nackenknoten zusammen und steckte ihn fest, zog eines der neuen Kleider an – praktischer grauer Wollstoff, mit weißen Paspeln aufgelockert – und wurde zum ersten Mal seit Tagen mit dem Spiegelbild eines ehrbaren und wiedererkennbaren Ich belohnt.

Nachdem sie ihre Unterkunft verlassen hatte, trat sie auf nach Seeluft duftende Straßen hinaus, die schon voller Menschen waren. Selbst zu dieser frühen Stunde bereitete es keine Mühe, einen Träger zu finden, der ihre neue Reisetasche zum Kai schaffte, wo die *Talghya Jeria* wartete. Das strellianische Schiff, das sowohl Passagiere als auch Fracht ostwärts von der Bucht von Zif um die Landspitze des Kaps der Endgültigkeit beförderte, war groß, modern und sah sauber aus. Luzelle ging an Bord, und ein Steward führte sie zu der besten Einzelkabine, die ihr seit Reisebeginn begegnet war. Neunzig Minuten später stampfte die *Talghya Jeria* aus dem Hafen und nahm Kurs auf das sagenhafte Aveshq und den östlichen Endpunkt der Großen Ellipse.

Diesmal genoss sie die Überfahrt wirklich. Das Schiff war gut ausgestattet und gut geführt, das Essen war gut, die Unterbringung angenehm, Passagiere und Mannschaft entsprechend. Selbst die Elemente spielten mit und boten eine Aufeinanderfolge warmer, strahlender, leicht windiger Tage und mondheller Nächte. Luzelle verbrachte die Zeit lesend, flanierte an Deck und spielte Karten mit Mitreisenden. Sie war entspannt, fühlte sich wohl und zuversichtlich. Abgesehen von ihrer Sorge um Girays und Karsler war sie zufrieden.

Die ersten drei sonnigen Tage der Reise waren nahezu identisch, aber der vierte sah eine Veränderung. Der Tag dämmerte grau und trübe und blieb so. Der Morgen schritt fort, der Wind frischte auf, und der Himmel verfinsterte sich. Zu dem Zeitpunkt, als ein dunkler Küstenstreifen am Horizont direkt vor ihnen auftauchte, hatte ein leichter Regen eingesetzt.

Es war, wie Luzelle sich erinnerte, Monsunzeit in Aveshq.

Der Regen hielt die nächsten Stunden über an und nahm zu, als das Schiff sich dem Land näherte. Am frühen Nachmittag legte die *Talghya Jeria* in der alten Hafenstadt UlFoudh im Fürstentum Poriule an, wo der heilige Goldene Mandijhuur sich in das Meer von Aveshq ergoss. Diejenigen Passagiere, die sich im Besitz gültiger Ausweise befanden, durften inmitten des Regengusses an Land gehen.

Luzelle dankte der Eingebung, die sie dazu veranlasst hatte, in Dasuneville einen Regenumhang nebst Schirm zu erstehen, während sie am Kai stand und ihre Umgebung durch die Regenvorhänge hindurch in Augenschein nahm. Die die Wasserfront säumenden Gebäude waren erwartungsgemäß zweckmäßig und vom Stil her westlich. Ihr Herz hob sich vor Freude, als sie sah, dass die Schilder und Plakate in Vonahrisch beschriftet waren und die Flagge ihres Landes nass über dem imposantesten Gebäude hing, vermutlich dem Zollhaus.

Denn der Staat Poriule, vordergründig von einem erblichen Ghochallon regiert, war wie so viele andere Eingeborenenstaaten von Aveshq ein vonahrisches Protektorat, streng von westlichen Behörden kontrolliert. Das Aushängeschild von Ghochallon mochte dem Himmel sein Schicksal klagen, die entrechteten Eingeborenen mochten insgeheim murren und mit Rebellion drohen – vielleicht würde eines Tages aus all dieser Unzufriedenheit etwas erwachsen –, aber fürs Erste blieb die vonahrische Macht absolut, unerschüttert sogar in diesen Tagen, in denen die Autonomie von Vonahr selbst bedroht wurde. Die Kriege, die einen so großen Teil der Welt überfluteten, hatten Aveshq noch nicht erreicht.

Auf den Kaianlagen wimmelte es von hellhäutigen Westlern und goldenhäutigen Aveshquianern gleichermaßen, von denen die meisten im Schatten ihrer Regenschirme und Kapuzen nahezu unsichtbar waren. Aber sie entdeckte keine einzige graue Uniform in der Menge. Keine grewzischen Soldaten. Kein Endloses Feuer. Kein Imperium. Hier nicht. Der Regen kam in Sturzbächen herunter, aber plötzlich war es, als scheine die Sonne. Sie lächelte, als sie durch die Pfützen platschte, die zwischen ihr und dem großen

Gebäude lagen, das sie für das Zollamt hielt, wo ihr Pass den offiziellen Stempel von UlFoudh erhalten würde, den die Regeln der Großen Ellipse verlangten.

Es war das Zollamt, die vonahrischen Buchstaben über dem Eingang wiesen es als solches aus. Sie trat ein und fand die Beamten erstaunlich beschäftigt vor. Mindestens zwei Schiffe mussten gleichzeitig in den Hafen eingelaufen sein. Ein polyglottes Sprachengewirr beleidigte ihre Ohren, ein Haufen unterschiedlichst gewandeter Menschen trübte ihre Sicht, und sie zögerte, kurzfristig verwirrt. Dann erspähte sie ein Plakat, das ankündigte oder vorschrieb VONAHRISCHE STAATSANGEHÖRIGE, und stürzte sich darauf.

Der Schreibtisch unter dem Schild wurde von einem jungen Schreiber eingenommen, den sie aufgrund seines blauschwarzen aveshquischen Haars und ebensolcher Augen, seiner westlichen Nase und Lippen und seiner hellen, von einem Goldton überhauchten Haut für ein Halbblut hielt. Er wirkte gelangweilt, zu Recht, denn er war unterbeschäftigt. Der Raum vor seinem Schreibtisch war leer.

Der Saal war mit Menschen angefüllt, die so aussahen, als hätten sie schon Stunden dort angestanden, und Luzelle marschierte an ihnen allen vorbei und wurde ohne die geringste Verzögerung bedient. Schließlich war sie eine vonahrische Staatsangehörige in Aveshq. Dies war die Art von bevorzugter Behandlung, die Karsler Stornzof routinemäßig im gesamten Imperium erhielt, aber nun endlich war die Reihe an ihr, die Früchte der Ungerechtigkeit zu ernten, und sie genoss es.

Der gelangweilte Blick des Beamten verschwand in der Gegenwart einer Vonahrierin, und er setzte sich gerade hin.

»Darf ich Ihnen behilflich sein, Verehrte Gnädige Frau?«, fragte er mit extremer Höflichkeit, die schon an Unterwürfigkeit grenzte. Der Singsangakzent eines aveshquischen Eingeborenen färbte seine perfekte Aussprache.

Sie teilte ihm mit, was sie brauchte, und er stempelte ihren Pass, ohne zu fragen oder zu zögern, um dann den Blick zu heben und in ehrfürchtigem Tonfall zu fragen: »Gibt es sonst noch etwas, was die Verehrte Gnädige Frau benötigt?«

»Nun ja«, antwortete sie, erfreut über die Eröffnung. »Ich könnte ein paar Informationen gebrauchen, wenn Sie so freundlich wären.«

»Ich fühle mich geehrt, Gnädiger Frau dienen zu dürfen.«

»Ich muss einen Zug nach Norden, nach ZuLaysa im Staat Kahnderule bekommen. Könnten Sie mir sagen, wie ich am schnellsten zum Bahnhof komme?«

»Ach, Verehrte Gnädige Frau.« Der Schreiber schüttelte betrübt den Kopf. »Mit Bedauern muss ich Ihnen mitteilen, dass die meisten Züge durch Poriule derzeit außer Betrieb sind und dass sich daran die nächsten Tage oder Wochen wahrscheinlich nichts ändern wird.«

»Erzählen Sie mir nicht, dass sich die Bahnarbeiter auch hier im Streik befinden!«

»Das würden sie nicht wagen, Verehrte Gnädige Frau. Sehen Sie, es ist der Regen. Die Regenfälle in diesem Jahr sind außergewöhnlich. Der Goldene Mandijhuur ist über alle Maßen gestiegen, es gibt viele Überschwemmungen, und große Gleisstrecken sind vermutlich überflutet.«

»Ich muss so schnell wie möglich nach ZuLaysa. Was ist das beste Verkehrsmittel?«

»Das beste Verkehrsmittel, Verehrte Gnädige Frau, ist zurzeit das einzige Verkehrsmittel. Eine von Yahdeenis gezogene Barkasse wird Gnädige Frau den Goldenen Mandijhuur aufwärts ins Ghochallat von Kahnderule bringen, bis in dic Stadt AfaHaal. Bald wird die Eisenbahn AfaHaal erreichen – sie befindet sich bereits im Bau –, aber dieser glückliche Tag ist noch nicht eingetroffen. In der Zwischenzeit muss Gnädige Frau ihren Weg ostwärts über die Ebene von AfaHaal nach ZuLaysa unter Zuhilfenahme einer gemieteten Transportmöglichkeit zurücklegen.«

»Eine gemietete Transportmöglichkeit welcher Art?«

»Das weiß das Schicksal, Verehrte Gnädige Frau.«

»Ich verstehe. Wohin muss ich mich wegen einer von Yahdeenis gezogenen Barkasse wenden?«

»Zum Khad-ji, Verehrte Gnädige Frau.«

»Zum was?«

»Khad-ji, Gnädige Frau. Das ist der Flusspier am Nordende der Stadt. Dort können Sie mit einem Yahdeenier handelseinig werden, dessen Tiere Ihre Barkasse durch die Mündungsflüsse in den Goldenen Mandijhuur ziehen.«

»Das klingt ja recht einfach. Und ist dieser Khad-ji – mit Droschken erreichbar?«

»Keine Droschken hier in UlFoudh, Verehrte Gnädige Frau«, gestand der Schreiber. »Unglücklicherweise erfreuen wir uns hier nicht solcher westlichen Wunder. Hier muss Gnädige Frau mit dem Fhozhee fahren. Sie werden die Renner unter der Markise an der Südecke des Zollgebäudes warten finden.«

»Ich gehe sofort dahin. Lassen Sie mich Ihnen für Ihre Hilfe und Freundlichkeit danken.«

»Es ist mir ein großes Vergnügen und ein Privileg, der Verehrten Gnädigen Frau dienen zu können.« Eine ehrerbietige Verneigung begleitete seine Erklärung.

Ein wenig zu ehrerbietig, entschied Luzelle. Sie war nicht an solche Unterwürfigkeit gewöhnt, die, so süß sie auf den ersten Bissen schmecken mochte, einen sehr bald übersättigte. Während sie ihm zum Abschied zunickte, drehte sie sich um und strebte dem Ausgang zu. Lange bevor sie ihn erreichte, ließ eine vertraute Stimme sie wie angewurzelt stehen bleiben.

»Miss D'vaire! Hier drüben – hier drüben!«

Sie wandte sich um und sah ihn sofort – eine kleine, nasse, aber elegante Gestalt, bekleidet mit einem teuren Regenmantel, die vorne in eine der längeren Schlangen stand.

Mesqu'r Zavune. Hier in UlFoudh, Kopf an Kopf mit ihr im Rennen, wo sie ihn doch längst abgehängt zu haben wähnte! Warum konnte das Schiff, das ihn vom Süd-Ygahro-Territorium hierher gebracht hatte, nicht einfach vom Blitz getroffen worden sein oder etwas Ähnliches?

Was für ein unsportlicher, unwürdiger Gedanke. Sie mochte Zavune wirklich. Und wünschte ihn wirklich aus dem Rennen; nichts Tödliches, eine vorübergehende Beeinträchtigung würde genügen.

Während sie ein Lächeln von angemessener Wärme aufsetzte, machte sie einen Umweg, um ihn zu begrüßen. Er sah gut aus, nahm sie verdrießlich zur Kenntnis. Ausgeruht, wach und in gutem körperlichen Zustand. Wie hatte er das nur geschafft?

»Wie schaffen Sie solches?«, sprach er ihren Gedanken aus. »Wir reisen diesen langen Weg, und Sie sehen aus wie Mode aus Shereen.«

»Kaum. Es ist nett von Ihnen, das zu sagen, und es tut gut zu sehen, dass Sie es heil und gesund durch die Wälder von Oorex geschafft haben. Nicht jeder hat das!«

»Das ist eine Wahrheit. Einmal ich dachte, ich bin tot da. Diese Dschungelweiten sind gefüllt mit Tieren, Ygahri-Wilden und Grewziern. Ich weiß nicht, welches von diese am schlimmsten ist.«

»Ich schon.«

»Ach ja.« Zavune lächelte. »Hier regiert das Imperium nicht, hier ist die Zunge frei beweglich! Diese Grewzier ist es, was Zorn der Gesegnete Stammesleut anfacht. Vor den Grewziern, ich bin gesagt worden, waren die Stammesleut nicht so böse.«

»Das würde mich nicht überraschen.«

»Ich bin froh, Sie sicher durch Dschungels gekommen, Miss D'vair. Wir wetteifern, aber ich verstehe, Sie sind eine feine Person, und ich wünsche Sie alles nur Glück.«

»Ich danke Ihnen.« Und sie hatte *ihm* noch vor wenigen Minuten gewünscht, er möge reiseuntauglich werden! Plötzlich beschämt über ihre geistige Schäbigkeit, fügte sie in tiefem Ernst hinzu: »Auch Ihnen viel Glück, Meister Zavune.«

»Ich kann es benötigen.«

»Nun, ich würde mir gerne anhören, was Ihnen im Dschungel widerfahren ist, als Sie sich schon tot wähnten, aber gerade jetzt –«

»Wir rennen, ich weiß. Sie müssen weiterfliegen.«

»Genau. Bis zum nächsten Mal dann.«

»Nächsten Mal, Miss D'vaire.«

Sie ließ ihn in der Schlange stehen. Als sie das Zollamt verließ, klappte sie ihren Schirm auf, wandte sich nach links und hielt auf die Südecke des Gebäudes zu. Dort warteten zwei zweirädrige Fhozees. Ihre farbenfrohen Kissen und Wimpel waren klatschnass. Zwei eingeborene Renner kauerten Schutz suchend unter einer nahen Markise, und sie stellte einen raschen Vergleich an. Einer war klein, sehnig, ergraut und völlig altersschwach. Der andere war jung, muskulös und adleräugig. Sie ging ohne Umschweife zu dem besseren Exemplar, das sich mit tiefer Ehrerbietung verneigte.

»Zum Khad-ji, bitte«, wies sie ihn an. »So schnell Sie können.«

»Leider, Verehrte Gnädige Frau«, erwiderte der Renner, dessen aveshquischer Singsangakzent wesentlich ausgeprägter als der des Schreibers war. »Ist das nicht möglich. Dieser Nichtswürdige ist bereits bestellt.«

»Was meinen Sie damit?«

»Vor nicht langer Zeit hat ein Verehrter – keiner von Vonahr, aber trotzdem ein Verehrter – mich gut bezahlt und gebeten, auf seine Rückkehr zu warten, und ist dann ins Zollhaus verschwunden. Er ist noch dort drinnen.«

»Vielleicht wird er nie mehr herauskommen«, meinte Luzelle erfindungsreich. »Gewiss hat er sich anders besonnen. Ich werde sein Angebot verdoppeln, was immer er gezahlt hat. Nun, sind wir uns einig?«

»Das ist ein schwieriges Problem.« Der Renner, in Versuchung geführt, schwankte. »Bescheren die Götter mir großes Glück? Oder führen Sie meine Aufrichtigkeit in Versuchung? So oder so steht deutlich geschrieben, dass ich heute den Pfad zum Khad-ji beschreiten soll, denn dies ist auch der Bestimmungsort des Verehrten im Zollhaus.«

»Tatsächlich.« Ein furchtbarer Verdacht keimte in ihr auf. »Der Mann, von dem Sie sprechen – ist er ziemlich klein und schlank? Trägt er einen beigefarbenen Regenmantel? Spricht er Vonahrisch auf eine Art, die ziemlich schwer zu verstehen ist?«

»Bei den Göttern, das ist der Mann!«

»Ich kenne diesen Mann. Er ist so unbeständig wie eine Feder im Wind, er hat Sie vergessen. Machen Sie sich über ihn keine Gedanken mehr. Ich will sein Angebot verdreifachen. So, und nun lassen Sie uns fahren.«

»Verdreifachen?«

»Ja. Ich habe es eilig, sehr eilig.« Das war eine Untertreibung, denn Mesq'r Zavune in diesem Moment auf dem Weg zum Flusspier zu schlagen konnte sich als entscheidend erweisen. Der Renner jedoch schien unfähig zu sein, die Dringlichkeit der Angelegenheit zu begreifen.

»Verdreifachen. Ajeh, doch was höre ich da?« Er griff sich mit dem Daumen ans Kinn. »Es ist zu viel, da ist Übles im Gange. Ich bin der Nummer-Eins-Champion im Wettbewerb der Renner von Süd-UlFoudh, nun zwei Jahre hintereinander. Vielleicht argwöhnen die Götter, dass mich das stolz gemacht haben könnte. Falls ein solches Angebot ernst gemeint ist –«

»Es ist ernst gemeint, das versichere ich Ihnen. Können wir jetzt fahren?«

»Dann prüfen Sie mich wirklich. Ich werde nicht versagen.« Der Renner straffte sich. »Gnädige Frau, ich werde mein Wort halten, ich werde falls nötig bis zum Einbruch der Dämmerung auf den Regenmantel-Verehrten warten. So, es ist vollbracht, dieser Mann hat seine Prüfung bestanden.«

»Hören Sie«, begann Luzelle. »Das ist keine Prüfung, ich sage Ihnen in völligem Ernst–«

»Gnädige Frau? Verehrte Gnädige Frau?« Ein dünnes Stimmchen mischte sich in ihr Gespräch ein. Es war der andere Renner, der rachitische Alte, dessen Existenz sie vollkommen verdrängt hatte. »Gewähren Sie diesem Nichtswürdigen die Ehre, Gnädiger Frau zu Diensten zu sein. *Ich* werde Sie bequem und elegant zum Khad-ji bringen, in einer Geschwindigkeit, die niemand schlagen wird.«

»Sie?« Luzelle musterte den Sprecher. Er war kleiner als Mesq'r Zavune, er sah aus, als könne ein Windhauch ihn umpusten, und sie zweifelte stark an seiner Fähigkeit, ein besetztes Fhozhee durch die halbe Stadt zu ziehen.

»Wahrhaftig, Verehrte Gnädige Frau.« Der ergrauende Eingeborene legte eine erstaunlich behende Verbeugung hin. »Ich bin NaiZind vom Orden des Flusses und stehe der Gnädigen Frau zu Diensten.«

»Danke, nein.« Sie lächelte, um die Ablehnung abzuschwächen. »Ich werde andere Vorkehrungen treffen.« Sie wandte sich wieder dem starken jungen Renner zu und sagte hartnäckig: »Wenn Sie meinen guten Willen bezweifeln, bin ich bereit, Ihnen die Hälfte im voraus zu zahlen und den Rest bei–«

»Nein, Gnädige Frau.« Der andere schüttelte vehement den Kopf. »Ich habe mein Wort dem Regenmantel verpfändet, ich habe seine Münze angenommen, und ich werde nicht wortbrüchig werden. Die Verehrte

Gnädige Frau muss sich einen anderen suchen, der sie dorthin rennt. Dieser Alte hier, NaiZind, wird ihr dienen, aber es gibt auch andere, dort drüben.« Er zeigte in die betreffende Richtung.

»Andere?« Ihr Blick folgte seinem Finger mehrere hundert Meter am Hafenkai entlang zu einem anderen Gebäude, einer anderen Markise. Falls dort Renner warteten, konnte sie sie nicht sehen, aber sie würde sich auf sein Wort verlassen müssen. »Nun gut, wenn Sie Ihre Meinung wirklich nicht ändern wollen.«

Sie brach zu der bezeichneten Markise auf. Bevor sie ein Viertel der Strecke zurückgelegt hatte, vernahm sie das Platschen sandalenbedeckter Füsse in den Pfützen, und dann war NaiZind neben ihr, und das abgezehrte alte Gesicht leuchtete vor Eifer.

»Gnädige Frau – Verehrte Gnädige Frau – ein Wort noch, wenn ich darf.«

»Es tut mir Leid, aber ich habe keine Zeit.« Sie verlangsamte ihren Schritt keinen Deut.

»In der Tat, die Geschäfte der Götter und der Vonahrier dulden keinen Aufschub, und dennoch erfleht dieser Nichtswürdige nur einen kleinen Augenblick. Verehrte Gnädige Frau, zu Ihrem eigenen Besten, gestatten Sie NaiZind Sie zu überzeugen, dass er der richtige Mann für diesen Auftrag ist, der beste Mann, der einzige Mann, treu, verlässlich, furchtlos, erfindungsreich, unbezähmbar –«

»All das?« Trotz ihrer Ungeduld konnte sie ein Lächeln nicht unterdrücken. »Hören Sie, NaiZind, ich fürchte, Sie verstehen mich nicht. Sehen Sie, ich muss den Khad-ji vor dem Regenmantel erreichen, der den starken jungen Renner dort hinten angeheuert hat. Ich bin sicher, dass Sie ziemlich gut sind, aber ich brauche Schnelligkeit, und ich fürchte –«

»Sie fürchten, dass NaiZind diesen übergroßen *Jungen* da nicht hinter sich lassen und besiegen kann, diesen zitternden Haufen frischer warmer Ziegenkacke, diesen Milchbubi, dieses noch an der Mutterbrust saugende *Baby* mit Speckkopf und Bleifüßen – Gnädige Frau glaubt wirklich, ich könne *das* nicht vollbringen? Pah! Das schaffe ich im Schlaf, Gnädige Frau. Glauben Sie mir. Glauben Sie daran, dass Jugend und Kraft es nicht mit Weisheit und Wagemut aufnehmen können. Es gibt Mittel und Wege, den Erfolg der Verehrten Gnädigen Frau zu sichern. Sehen Sie – »Er senkte seine Stimme zu einem Flüstern – »ich will es Ihnen zeigen.«

Luzelle wurde klar, dass sie stehen geblieben war. Irgendwie war NaiZind vor sie gekommen, blockierte ihren Weg, und jetzt zog er eine Falte seines Öltuch-Regenumhangs beiseite und förderte irgendeinen Gegenstand zutage, den er mit seiner knochigen Hand umklammerte. Ein Beil, erkannte sie, ein Beil, stabil und mit kurzem Griff.

»Ein paar schnelle Hiebe –« NaiZind gestikulierte verstohlen und ließ seinen Umhang wieder zurückfallen. »Zahlen Sie mir einfach, was Sie diesem *Jungen* zahlen wollten, und der Sieg der Gnädigen Frau ist gesichert.«

»Sie schlagen doch nicht vor – Sie denken doch nicht etwa, ich würde Sie anheuer ... ich würde irgendjemanden anheuern, um einen Menschen *anzugreifen* –«

»Da seien die Götter vor! Eher würde dieser Mann seinen letzten Zahn verlieren, ehe er einen einzigen Tropfen menschlichen Bluts vergießen würde. Ich erwäge lediglich ein paar kurze Hiebe von Stahl auf Holz –«

»Holz?«

»Die Radachse, Verehrte Gnädige Frau. Die Radachse des Fhozhees des Regenmantels. Einige wenige Hiebe, die Achse bricht, und die Geschichte ist erledigt.«

»Ich verstehe.« *Der Sieg der Verehrten Gnädigen Frau ist*

gesichert. Damit würde sie Mesq'r Zavune einen gemeinen Streich spielen, ganz zu schweigen von dem jungen Renner. Geradezu skrupellos, um ehrlich zu sein. *Der Sieg der Verehrten Gnädigen Frau ist gesichert.* Natürlich würde niemand verletzt werden, aber es war dennoch falsch, es war verachtenswert. *Der Sieg der Verehrten Gnädigen Frau –*

»Ach, Sie kämen ja doch nicht dazu«, wand Luzelle bedächtig ein. »Der *Junge,* wie Sie ihn nennen, würde gewiss merken, was Sie im Schilde führen, und –«

»Ajeh, er sieht nichts, wenn die Verehrte Gnädige Frau seine Augen und Ohren ablenkt. Gehen Sie zurück und sprechen Sie noch einmal mit ihm, Gnädige Frau. Fuchteln Sie mit Geld vor seiner Nase herum, und er wird nichts anderes mehr sehen.«

Damit hatte NaiZind wahrscheinlich Recht. Der Plan war abscheulich, aber nicht undurchführbar. Und sie konnte ja schlecht zulassen, dass ein konkurrierender Ellipsoide sich der Dienste des Nummer-Eins-Champions im Wettbewerb der Renner von UlFoudh erfreute; nicht, wenn sie vorhatte zu gewinnen. Luzelle zögerte nicht länger.

»Tun Sie, was nötig ist«, wies sie ihn an. Sie ließ ihn stehen und kehrte zurück, um den Nummer-Eins-Champion erneut zu beknien.

Sie war sich kaum bewusst, was sie zu ihm sagte. Sie argumentierte lautstark, sie gestikulierte übertrieben, sie hielt ihm Hände voller Neu-Rekkoes unter die Nase. Sie tat alles außer Handstand und Rad schlagen, um seine Aufmerksamkeit zu fesseln, und die ganze Zeit beobachtete sie aus dem Augenwinkel die im Regen stehenden Fhozhees. Sie sah, wie NaiZinds dürre, in stumpfes Grau gekleidete Gestalt sich in die Nähe eines der Gefährte stahl und unter ihm verschwand. Danach spitzte sie die Ohren wegen etwaiger dumpfer Beilhiebe, doch das laute Trommeln des Regens und ihre eigene Darbietung mit erhobener Stimme übertönten jedes Geräusch – wenn es denn überhaupt eins gegeben hatte. Währenddessen widerstand der Südstadt-Champion allen Versuchungen mit unerschütterlicher Tugendhaftigkeit. Bald darauf kam NaiZind wieder in Sicht und schlich davon. Was immer er getan hatte, es war getan.

Sie konnte jetzt aufhören. Luzelle verstummte. Sie setzte eine Miene widerstrebender Resignation auf und verließ den ungeschlagenen Champion. Sie fühlte sich schäbig, während sie wegging, und NaiZind war sofort an ihrer Seite.

»Gestatten Sie diesem Nichtswürdigen, die Last der Verehrten Gnädigen Frau zu tragen«, schlug er vor, und sie überließ ihm ihre Reisetasche. Die Tasche wanderte in die Gepäckkiste des Fhozhees, und Luzelle stieg ein und nahm unbehaglich auf dem durchweichten Sitz Platz.

Als NaiZind sich zwischen die Deichselarme stellte, verließ Mesq'r Zavune das Zollhaus. Segeltuchtasche in der einen, Regenschirm in der anderen Hand, eilte er umweglos auf den Südstadt-Champion zu.

»Los – los!«, befahl Luzelle ihrem eigenen Renner.

»Gnädige Frau muss keinen Rivalen fürchten«, warf NaiZind über die Schulter zurück und setzte sich in einem gleichmütigen Trott, vermutlich seine Höchstgeschwindigkeit, in Bewegung.

Sie vermochte seine Zuversicht nur schwer zu teilen. Luzelle sah zurück und erblickte den Südstadt-Champion, der sicher zwischen den Deichselstangen postiert war und wie ein Rennpferd galoppierte. Binnen Sekunden zog Mesq'r Zavunes Fhozhee mit ihrem gleich, dann war er vorbei, und der Abstand zwischen den beiden Gefährten vergrößerte sich mit jedem Moment. Sie unterdrückte einen ärgerlichen Ausruf. Es passierte genau das, was sie befürchtet hatte. Mesq'r Zavune übernahm die Führung. Er würde sie auf dem Weg zum Khad-ji schlagen, er würde sich den besten Yahdeenier schnappen, wie er sich schon den besten Renner geschnappt hatte, er wäre als Erster in der Stadt ZuLaysa, und danach würde alles nur noch schlimmer werden. Sie hätte, wurde ihr zu spät klar, die anderen Renner in Augenschein nehmen sollen, aber sie war gar nicht bis zu ihnen vorgedrungen, weil der unsägliche NaiZind es geschafft hatte, sie abzufangen, aufzuhalten und zu düpieren – und sie hatte es mit sich machen lassen!

»Falls dieser Regenmantel uns zum Khad-ji schlägt« – Luzelle hob die Stimme, um sich inmitten des Regengeprassels, des Knirschens der hölzernen Räder und des allgemeinen Krachs einer hektischen aveshqischen Stadt verständlich zu machen – »werden Sie keine zehn Neu-Rekkoes erhalten.«

»Ajeh, aber sie gehören mir ganz gewiss«, antwortete NaiZind fröhlich. »Das steht in den Sternen geschrieben. Gnädige Frau muss sich keine Sorgen machen.«

»Gnädige Frau wünscht, sie hätte Sie nie gesehen«, murmelte Luzelle mit gesenkter Stimme. Der alte Gauner hatte vermutlich die Radachse des Gefährts nicht einmal angerührt.

»Da, sehen Sie – schauen Sie dort, Gnädige Frau, schauen Sie dort!«, lenkte NaiZind ihre Aufmerksamkeit in glücklicher Erregung nach vorne.

Nicht weit voraus machte die enge Straße einen scharfen Knick. Als der Südstadt-Champion die Kurve im Laufschritt nahm, gab die sabotierte Achse nach. Das Fhozhee erzitterte, die beiden großen Räder stellten sich in verrückten Winkeln quer, und dann löste sich eines von der Achse und rollte davon. Das Gefährt kippte um, und Mesq'r Zavune wurde aus seinem Sitz geschleudert.

Erstaunlich, wie langsam sein Körper durch die Luft zu fliegen schien. Luzelle hatte einen unverstellten Blick auf das Ereignis und mehr als ausreichend Gelegenheit, Zavunes von rudernden Armbewegungen begleitete Flugbahn zu verfolgen. Einen unmöglichen

Augenblick lang schien er bewegungslos in der Luft zu hängen, das Gesicht zu einem verdutzten Gaffen mit offenem Mund und aufgerissenen Augen erstarrt. Dann krachte er zu Boden und blieb still liegen. Fußgänger eilten sofort zur Stelle.

»Ajeh! So viel zu dem berühmten Südstadt-Champion!«, krähte NaiZind.

»Anhalten – halten Sie sofort an!«, rief Luzelle aus.

»Aber Verehrte Gnädige Frau –«

»Ich sagte anhalten!«

NaiZind gehorchte. Das Fhozhee blieb einige Meter vom Unfallort entfernt stehen, und Luzelle stellte sich auf den Sitz, um einen besseren Blick zu bekommen. Sie konnte sehen, dass der Südstadt-Champion unversehrt geblieben war. Aber Mesq'r Zavune lag reglos im aufgewühlten Schlamm der Straße, und auf seinem Gesicht war Blut, Blut, das immer von neuem nachfloss, wenn der Regen es abgewaschen hatte. Seine Bewegungslosigkeit war schrecklich. Falls er tot war, wäre sie seine Mörderin.

Sie stand da und sah zu, wie die Menschen sich zusammenscharten und der Regen fiel, und Minuten verstrichen, Jahrhunderte verstrichen. Eine Ewigkeit verging, und Zavune rührte sich, öffnete jedoch die Augen nicht. Er lebte noch, wenigstens vorerst. Luzelle schloss die Augen, sah ihn aber deutlicher denn je. Eine Singsangstimme drängte sich in ihre Reue.

»Verehrte Gnädige Frau – wenn Sie bitte so freundlich sein wollen, Platz zu nehmen – ich werde Sie schnellstens zum Khad-ji bringen, wie versprochen und vereinbart. Der Sieg der Verehrten Gnädigen Frau ist gesichert.«

»Halten Sie den Mund.« Sie funkelte wütend auf ihn herunter, hasste ihn für das, wozu er sie verleitet hatte, immer im Bewusstsein der Tatsache, dass die Verantwortung ganz allein bei ihr lag. »Das ist meine Schuld, glauben Sie, ich würde ihn so auf der Straße liegen lassen?«

»Was sonst könnte Gnädige Frau denn tun?«

Gute Frage. Sie überlegte. »Ich kann dafür sorgen, dass er zum nächsten Arzt gebracht wird –«

»Ajeh, aber das werden die Stock-Burschen von der Stadtwache schon besorgen. Sie werden binnen Minuten hier sein.«

»Dann kann ich wenigstens hier bleiben und herausfinden, ob er am Leben bleibt.«

»Und falls nicht?«

Ihr fiel keine zufrieden stellende Antwort ein.

»Die Verehrte Gnädige Frau muss wissen, dass das Schicksal des Regenmantels in den Händen der Götter liegt«, bemerkte NaiZind sachlich. »Er lebt oder stirbt gemäß Ihrem Willen. Sollte er an diesem Tag sterben, so nur, weil seine Stunde gekommen ist. Es gibt nichts, was Gnädige Frau oder ich tun könnten, um diese Stunde auch nur um eine Sekunde zu beschleunigen oder hinauszuschieben.«

Sie verkniff sich eine bittere Entgegnung. Zwecklos, mit einem überzeugten Fatalisten über Philosophie zu diskutieren.

»Ich will, dass Sie den Mann umgehend zum nächsten Arzt schaffen –«, setzte sie an, hatte aber noch nicht ausgeredet, als ein Trio uniformierter Eingeborener mit einer Trage eintraf. Ihre identischen Regenmäntel trugen die Abzeichen der Stadtwache von UlFoudh, und die Menge machte ihnen auf der Stelle Platz.

»Stock-Burschen«, erläuterte NaiZind.

Die Stock-Burschen eilten an die Seite des Verletzten, knieten sich hin und nahmen eine rasche Untersuchung vor, um Mesq'r Zavune sodann auf die Trage zu heben. Während zwei von ihnen ihn fortschafften, blieb der Dritte zurück, um die Zeugen zu befragen, wobei er mit dem Südstadt-Champion begann. Der mittlerweile ahnen durfte, dass man an seinem Fhozhee herumgepfuscht haben musste. Der eine ziemlich genaue Vermutung hegen durfte, wer das getan haben könnte.

»Da, sehen Sie?« NaiZinds Frohmut geriet nie ins Wanken. »Jetzt ist alles in Ordnung.«

»So?«

»Die Götter lächeln der Verehrten Gnädigen Frau, ihre Probleme sind aus der Welt geschafft. Der Khad-ji und der Sieg warten.«

Ein Wort von ihr würde das Fhozhee in Bewegung setzen. Luzelle zauderte. Ihr Gewissen schmerzte wie eine Wunde. Sie sollte Mesq'r Zavune folgen; dafür sorgen, dass er die bestmögliche ärztliche Hilfe erhielt, seine Arztrechnungen oder Beerdigungskosten bezahlen, je nachdem, wie der Fall lag, einen Brief an seine Frau daheim in Aennorve aufsetzen, tun, was sie konnte, um zu helfen, so unzureichend ihre Bemühungen auch sein mochten. Auf der anderen Seite konnte sie es sich nicht leisten, länger in UlFoudh herumzuhängen – nicht, wenn sie die Große Ellipse gewinnen wollte. Den Luxus der Rechtschaffenheit konnte sie sich nicht leisten, er würde sie nur aufhalten, und ganz gewiss konnte sie sich kein empfindliches Gewissen leisten. Sie hatte von Anfang an gewusst, das gewisse Opfer nötig sein würden.

Luzelle setzte sich hin.

»Zum Kahd-ji«, befahl sie. »Fahren Sie.«

Neunzehntes Kapitel

Die Beste, Verehrte Gnädige Frau«, versprach der Yahdeenier. »Die Beste in UlFoudh, die Beste in ganz Aveshq. Die feinste Barkasse, die allerneuestem wissenschaftlichen Standard genügenden Luxusunterkünfte. Möchten Gnädige Frau sich der Mühe unterziehen, die Kabine zu inspizieren? Sie ist knochentrocken, Gnädige Frau, sie ist absolut perfekt wasserdicht.«

»Das ist sehr nett, aber es ist die Güte der Zugtiere, die mir am meisten am Herzen liegt«, eröffnete ihm Luzelle. »Ich brauche das schnellstmögliche Transportmittel, und –«

»Sehen Sie sich meine wunderschöne BuBuuj an«, forderte der Yahdeenier sie auf. »Weiden Sie Ihre Blicke an meiner herrlichen MoomYahl. Haben Sie je so etwas gesehen? Verehrte Gnädige Frau, das sind Prinzessinnen unter den Yahdeenis, sie besitzen unvergleichlichen Liebreiz, Kraft, Ausdauer, Schnelligkeit, Klugheit und Freundlichkeit.«

»Nun –« Luzelle begutachtete die in Frage stehenden Prinzessinnen. Die Behauptungen bezüglich Kraft und Ausdauer konnte sie nachvollziehen, denn die beiden halb untergetaucht im Wasser neben dem Flusspier treibenden Yahdeenis waren in der Tat riesengroße, gut genährte und muskelbepackte Geschöpfe, gebaut wie lebende Festungen. Aber Liebreiz? Im Auge ihres stolzen Besitzers vielleicht, doch sie selbst konnte nur wenig Schönheit in den massiven, plumpen Gestalten entdecken, gelbbraun gefärbt wie der Fluss selbst, und noch weniger in den Gesichtern mit den breiten Schnauzen. Was die Klugheit betraf – das ließ sich schlecht beurteilen. Und Freundlichkeit? Sie schaute in ein schweineähnliches Yahdeeni-Augenpaar und entdeckte dort wenig Freundlichkeit. Die kleinen gelblichen Augäpfel schienen sogar eine gewisse Boshaftigkeit widerzuspiegeln, aber vielleicht bildete sie sich das ja nur ein. Jedenfalls war sie ohnehin kein Kenner von Yahdeeni-Fleisch. Dies war das dritte Gespann, das sie begutachtete, und für sie sahen sie alle gleich aus. Doch der Nachmittag schritt fort, und sie musste eine rasche Entscheidung treffen, wenn sie noch darauf hoffen wollte, vor Anbruch der Nacht ein Stück voranzukommen, und dieses Paar erschien ihr so gut wie jedes andere.

»Wie viel?«, fragte sie.

Der Yahdeenier nannte eine Summe. Sie war hoch, schien jedoch nicht überzogen zu sein.

»Einverstanden«, entgegnete sie, und das Aufflackern ungläubiger Freude, das ganz kurz in den dunklen aveshquischen Augen aufblitzte, sagte ihr, dass sie hätte handeln müssen, dass sie sich vermutlich soeben bereit erklärt hatte, das Drei- oder Vierfache des angemessenen Fahrpreises zu entrichten. Nun, sie hatte keine Zeit zum Feilschen. Und außerdem war es nicht ihr Geld. Sollte sich der Mininster darüber graue Haare wachsen lassen.

Der Yahdeenier half ihr an Bord und stellte ihre Reisetasche in der winzigen Kabine ab, die grässlich in Magenta und Gold gestrichen, aber gut kalfatert und, wie versprochen, trocken war. Dann machte er sich daran, die gewaltigen Geschirre anzulegen und zu richten, während Luzelle alles aus dem Schutz des gestrichenen Sonnendachs verfolgte, das über der Kabinentür hing. Eine Zeit lang ging alles gut, bis eine der Prinzessinnen, deren Geduld überstrapaziert war, reizbar den riesigen Kopf schüttelte und sich zu ihrem Halter umdrehte. Der höhlenartige Schlund des Yahdeens klaffte auf. Luzelle erhaschte einen flüchtigen Blick auf große gelbe Zähne und bekam eine Wolke fauligen

Fischbrodems mit. Der Yahdeenier, gewöhnt an die Launen seiner Schutzbefohlenen, trat gerade noch rechtzeitig zurück, um einem kraftvoll hervorgestoßenen Schwall von Erbrochenem zu entgehen, der nach Fisch und verrotteten Pflanzen stank. Die heiße grüne Flut ergoss sich über das Deck und verpasste Luzelles Schuhe nur um wenige Zentimeter. Sie würgte und wandte das Gesicht ab, während das Yahdeen einen heiseren Triumphschrei ausstieß, der das Bellen eines Schakals mit dem Schrei eines Adlers vermischte.

»MoomYahl – MoomYahl!« Eine Tirade in vorwurfsvollem aveshqischem Dialekt folgte.

Der Gestank des Yahdeen-Erbrochenen stand in der Luft. Luzelle verzog das Gesicht und presste sich eines ihrer neu erstandenen Taschentücher auf die Nase. Der Yahdeenier hielt inne, um einen Eimer Wasser über das Deck zu schütten, und die verdünnte grüne Pfütze breitete sich noch weiter aus. Luzelle floh in ihre Kabine und schloss die Tür.

Ungefähr eine halbe Stunde später lockte ein Sturzbach sich steigernder aveshquischer Rhetorik sie wieder hervor. Der Regen hatte das Deck sauber gespült, und der Geruch war fort. Der Yahdeenier hatte seine Vorbeitungen abgeschlossen und versuchte nun mit Hilfe seiner Stange, seines Stachelstocks und seiner Zunge, sein Gespann in Bewegung zu setzen.

Die Prinzessinnen mochten den Pier indes nicht verlassen. Während MoomYahl ihren großen Kopf schüttelte, schnaufte und stöhnte, präsentierte BuBuuj dem grauen Himmel kurz ein faltiges, lohfarbenes Hinterteil und tauchte ab. Das Wasser schäumte gewaltig, und eine heftige Erschütterung ruckte an der Barkasse. Luzelle schwankte und griff nach dem Türpfosten. Der Yahdeenier, der auf Vonahrisch fluchte und auf Aveshqisch jammerte, fuchtelte mit den Zügeln herum und setzte seinen Stachelstock ein. Zu guter Letzt zwangen seine Anstrengungen im Verein mit den vielen aufgeblasenen Schwimmern, die am Harnisch befestigt waren, BuuBuuj wieder an die Oberfläche zurück. Ihr Meister begrüßte sie voller Entzücken. Das Yahdeen grunzte und spuckte. Der Yahdeenier stieß einen melodischen, halb gesungenen Ruf aus, und die Prinzessinnen begannen zu schwimmen.

Im Gegensatz zu Luzelles anfänglichem Eindruck waren die Regenfälle nicht endlos. Von Zeit zu Zeit hörten sie auf, oft für Minuten, und während dieser Atempausen konnte sie aus ihrer Kabine herauskommen und die langsam vorbeiziehende Landschaft betrachten. Die ersten sechs Stunden der Reise, während deren die Barkasse die schmalen Fahrrinnen des Mündungsdeltas entlangfuhr, erblickte sie kleine überflutete Bauernhöfe mit vollkommen unter Wasser stehenden Feldern; das trübe gelbbraune Wasser schlug plätschernd gegen die Fenster der zerstörten Holzhäuser. Sie erblickte unzählige umhertreibende Tierkadaver, Einrichtungsgegenstände, Trümmer und Abfall neben vielen kleinen Ruderbooten und Flößen, beladen mit ganzen Familien, ihrer Habe und manchmal sogar ihren Haustieren. Sie fragte sich, wohin sie wohl ziehen mochten. Wohin konnten sie denn noch gehen?

MoomYahl und BuBuuj waren zwar störrische, aber auch unermüdliche Schwimmerinnen, und am Abend, als der nasse Himmel sich von Blei zu Schiefer verfinsterte, erreichte die Barkasse die Yeybeh-Passage, einen der vier großen Arme des Goldenen Mandijhuur, und ging dort vor Anker.

Während die Yahdeenis nach Wasserpflanzen und Fischen tauchten, kochte ihr Meister das Abendessen über einem winzigen Holzkohlegrill, der unter einem Segeltuchaufbau auf Deck installiert war. Trotz aller Beeinträchtigungen gelang es ihm, ein erstaunlich schmackhaftes Mahl aus Reis und dem hiesigen grünen

Spikkij zuzubereiten, gewürzt mit geräucherten Fleischstückchen – Fleisch vom Wildhund, wie er fröhlich erklärte.

Nach dem Essen las Luzelle im Licht einer einsamen Kerze in ihrer Kabine. Als die Kerze zu zischeln und die Schrift zu verschwimmen begann, löschte sie das Licht und stieg in ein schmales Bett, dessen Laken zwar sauber waren, aber streng nach aveshqischen Gewürzen rochen. Eine Weile lag sie da und lauschte dem Trommeln des Regens auf dem Dach, während der Fluss schmatzend am Schiffsrumpf leckte und die Yahdeenis sich im Schlaf beschwerten. Von Zeit zu Zeit flackerte die Erinnerung an den blutüberströmt und bewusstlos im Straßenkot ausgestreckten Mesq'r Zavune vor ihrem geistigen Auge vorbei, und dann verscheuchte sie das Bild stets, indem sie es mit voller Absicht durch eine Vision von Seiner Ehren granitenem Gesicht ersetzte und sich in Erinnerung rief, was sie erwartete, falls sie das Rennen nicht gewinnen sollte. Die Methode war wirkungsvoll, und Zavune trat in den Hintergrund.

Er hatte Pech gehabt, redete sie sich ein. Er musste sich darüber im Klaren gewesen sein, dass die Große Ellipse eine riskante Sache war. Sie bedauerte jeglichen Anteil, den sie an seinem Unglück gehabt haben mochte, konnte sich jedoch nicht die alleinige Schuld dafür geben. Sie hatte nur getan, was notwendig war.

Der winzige Aufprall eines auf ihr Gesicht fallenden Wassertröpfchens weckte sie früh am Morgen. Luzelle wischte die Feuchtigkeit weg und schlug die Augen auf. Ein weiterer Tropfen traf ihre Stirn, und als sie den Blick hob, sah sie, dass die magentafarbene Decke mit Wasserperlen übersät war. Es sah so aus, als habe die absolut perfekt wasserdichte Kabinendecke ein Leck. Der Yahdeenier würde es sofort reparieren müssen. Oder wahrscheinlicher, wie ein realistischerer Teil ihres Verstands einsah, sie würde ihr Bett verrücken müssen ...

Der Regen schüttete den ganzen Tag weiter. MoomYahl und BuBuuj schwammen grollend flussaufwärts, zogen die Barkasse durch die Yeybeh-Passage nordwärts und in den Goldenen Mandijhuur, der, so wie sich das andere Ufer in der Ferne verlor und die Oberfläche von schaumgekrönten Wirbeln zerhackt wurde, weniger wie ein Fluss und mehr wie ein Binnensee wirkte. Das nahe Ufer wurde von den Anwesen der wohlhabenden vonahrischen Plantagenbesitzer gesäumt. Auf den wertvollen Tavrilfeldern, dem in der ganzen Welt für seinen stechenden Geschmack und seine blaue Farbe berühmten Gewürz, stand die gelblich-braune Flut. Die großen Plantagenhäuser, die meisten in klassisch westlichem Stil erbaut, wurden vom Nebel verhüllt und waren beinahe den Blicken entzogen. Ihre privaten Flussanleger waren überflutet, der Fluss selbst nahezu frei von jeglichem Verkehr.

Exotisches, farbenprächtiges, sagenhaftes Aveshq. Land der Geheimnisse und der Legenden, unergründlich und ewig. Die Realität war bedrückend, enttäuschend und bei weitem zu nass. Luzelle zog sich in ihre undichte Kabine zurück, schloss die Tür und vertiefte sich in einen neuen Roman. Stunden später lockte der Ruf des Yahdeeniers sie heraus.

»Gnädige Frau, Verehrte Gnädige Frau –«

Sie öffnete die Tür und streckte den Kopf heraus. »Was ist los?«

»Sehen Sie dort!« Triumphierend zeigte er geradeaus.

»Was?« Sie trat hinaus unter das Sonnendach, um einen besseren Blick zu bekommen. Als sie dem ausgestreckten Finger ihres Gegenübers folgte, erspähte sie durch Regenschleier hindurch einen hohen Steinpfosten oder Grenzstein irgendeiner Art, der sich über die Fluten erhob. Ein in Purpur, Schwarz und Gold aufgemaltes Emblem saß oben auf dem Grenzstein. »Was ist das?«

»Die Grenze, Gnädige Frau«, erklärte der Yahdeenier. »Wir verlassen nun den Staat Poriule und betreten das Ghochallat von Kahnderule.«

Wieder ein Stück vorwärts gekommen. Ermutigt lächelte Luzelle. »Wann erreichen wir Ihrer Meinung nach –«

Ein heiseres Protestbellen übertönte ihre Stimme. Die Prinzessinnen, unwillig, ihre Heimat zu verlassen, taten ihr Missfallen kund. Die beiden Yahdeenis drehten sich gleichzeitig in ihren doppelten Geschirren um und spien gleichzeitig auf die Barkasse, um dann mit der aufeinander abgestimmten Präzision professioneller Akrobaten auf den Flussboden zu tauchen.

Die stinkende grüne Flut überschwemmte das Deck, bespritzte den Saum von Luzelles neu gekauftem Kleid und besudelte ihre Schuhe über und über. Sie stieß einen Quiekser des Abscheus aus. Die Barkasse machte einen Ruck, der Fluss schäumte, und ein gurgelnder Wasserzustrom verteilte das Erbrochene überall.

»MoomJahl – BuBuuj!« Der Yahdeenier bettelte und benutzte seinen Stachelstock. »Meine Damen! Schönheiten! Königinnen! Ich befehle euch, ich *flehe* euch an, kehrt zurück ans Licht!«

Luzelle ging in ihre Kabine zurück und knallte die Tür zu. Rasch wechselte sie Kleid und Schuhe, suchte sich dann einen Lumpen, befeuchtete ihn und reinigte ihre beschmutzten Sachen, so gut sie konnte. Wer wusste schon, wann, wenn überhaupt, sie trocknen würden. Während sie solcherart beschäftigt war, dauerte die Auseinandersetzung zwischen Yahdeenier und Prinzessinnen an. Die Barkasse neigte sich bedenklich, schmutziges Wasser floss unter der Kabinentür herein, und schließlich kündete eine Abfolge protestierender Schnaufer vom Wiederauftauchen der beiden Riesenviecher. Der Yahdeenier trällerte einen Befehl, die Fahrt flussaufwärts wurde wieder aufgenommen, und das Schiff überquerte die Grenze nach Kahnderule.

Es gab, zu diesem Ergebnis gelangte Luzelle alsbald, keinen sichtbaren Unterschied zwischen dem Staat von Poriule und dem von Kahnderule. Jeder der beiden schien aus einer endlosen Aufeinanderfolge großer, in vonahrischem Besitz befindlicher Tavrilplantagen zu bestehen, die die Ufer des Goldenen Mandijhuur säumten und allesamt überflutet und öde aussahen. Der Yahdeenier hingegen, ein Bürger von UlFoudh und stolz darauf, beharrte vehement auf dem Gegenteil.

»In Wahrheit gibt es einen großen Unterschied«, versicherte er ihr an jenem Abend, als sie im Schutz des Segeltuchaufbaus ihr Abendessen aus Reis und geschmorten Pijhallies einnahmen. »Denn sehen Sie, Verehrte Gnädige Frau – die Menschen von Poriule und Kahnderule stammen aus zwei unterschiedlichen Stämmen und sprechen daher zwei unterschiedliche Sprachen. Die Kahnderuleser halten ihre eigene Sprache für die größere – die ›Königin der Sprachen‹ nennen sie sie und sind der Überzeugung, in höchstem Maße von den Göttern begünstigt zu sein. Sie sind ruhmsüchtig, prahlerisch und voller Frechheit, wohingegen wir Poriuler bescheiden und höflich sind. Sie sind verschlossen und geheimniskrämerisch, während wir aufrichtig und offen sind. Sie sind kaltherzig und habgierig, wir hingegen warmherzig, freundlich und großzügig. Sie essen das Fleisch des Wildhunds nicht und verhöhnen uns, weil wir es tun. Und dennoch reinigen sie ihre Nahrung nicht rituell und sind daher selbst nur wenig besser als Aasfresser. Verehrte Gnädige Frau, wir sind völlig anders als sie.«

»Ich verstehe«, murmelte Luzelle feierlich. »Ich verstehe.«

In der regengepeitschten Dämmerung wurde die Reise wieder aufgenommen. Sieben Stunden später, als die Barkasse in AfaHaal anlegte, regnete es immer noch.

Luzelle zahlte dem Yahdeenier den Restbetrag des Fahrpreises, und er war ihr beim Aussteigen behilflich. Dann reichte er ihr die Reisetasche auf den Kai herauf.

»Gnädige Frau fährt weiter nach ZuLaysa?«, fragte er mit einer Verbeugung.

»Sobald ich irgendein Verkehrsmittel dorthin auftreiben kann.«

»Ich bete darum, dass Gnädige Frau nicht lange in AfaHaal verweilt. Der Fluss hat sich einen Weg in die Stadt erzwungen, und ich habe gehört, dass Krokodile auf den Hauptstraßen umherwandern.«

»Krokodile! Ist das denn die Möglichkeit?«

»So ist es diesem Mann zu Ohren gekommen. Was die kleinen Hyuuls anbelangt, die sind natürlich überall.«

»Die kleinen was?«

»Hyuuls, Gnädige Frau. Kleine Wasserschlangen mit giftigen Zähnen, die in Schwärmen auftreten. Ein oder zwei Bisse töten einen Menschen nicht, sondern führen nur dazu, dass er den Tod herbeisehnt. Aber drei oder vier Bisse – ajeh!« Er zuckte beredt die Achseln. »Was einst trockenes Land war, steht nun knietief unter Wasser, und die kleinen Hyuuls haben ihr Paradies auf Erden gefunden. Ihre Anzahl nimmt stündlich zu, und das wird so bleiben, bis die Regenfälle versiegen. Gnädige Frau muss sich vorsehen, wo sie hintritt.«

»Das werde ich.« Luzelle schaute sich unbehaglich um, entdeckte jedoch keine Schlangen um ihre Füße.

»Die Gefahren von Kahnderule sind groß«, merkte der Yahdeenier an. »Es ist nicht zu spät für Gnädige Frau, sich umzuentscheiden. Ich bin willens, sie den ganzen Weg zurück über den Strom wieder in die Sicherheit und Behaglichkeit von UlFoudh zu bringen, und das für nicht mehr als die Hälfte des Fahrpreises der Hinfahrt.«

»Nein, ich kehre nicht um.«

»Schade. Ich unterbreite dieses Angebot nur aus Hochachtung für die Gnädige Frau und weil ich spüre, das MoomYahl und BuBuuj sie lieb gewonnen haben.«

»In der Tat.« Luzelle beäugte die Yahdeenis. Eins von ihnen hatte etwas gegen die Musterung und spuckte in ihre Richtung.

»Und vielleicht hat Gnädige Frau begonnen, falls sie es zugeben möchte, die Zuneigung meiner Prinzessinnen zu erwidern?«

»Seien Sie versichert, dass Gnädige Frau sie nie vergessen wird.«

Was nun? Jenseits der Hafenanlagen erstreckte sich die Stadt vor ihr – ein weitläufiges Gewirr von Straßen und Gebäuden, von denen mehrere recht beeindruckend wirkten; denn AfaHaal war ein Flusshafen von einiger Bedeutung, wo für die in ganz Westkahnderule verstreuten Märkte einschließlich der alten Hauptstadt ZuLaysa bestimmte Waren angeliefert wurden. Viele der privaten und öffentlichen Gebäude prunkten mit dem vielfarbigen hölzernen Gitterwerk, das so typisch für die Region war, und überall erhoben sich die hohen geschnitzten Pfosten, die dazu dienten, Reihen bunter Wimpel zu tragen, deren Abfolge eine Art lokaler Sprache darstellte. Heute war das Gitterwerk bespritzt und vom Schlamm verdunkelt, und die Schnitzpfosten standen leer im Regen. Die Bürger der Stadt waren scharenweise unterwegs, ihre grellbunten Kleider jedoch unter stumpfen Ölzeug-Regenmänteln, Kapuzen und schwarzen Regenschirmen verborgen. AfaHaal, in der Sonne ein kaleidoskopisches Spektakel, kauerte jetzt tropfnass und farblos am Boden.

Auf der Straße unter ihren Füßen strömte etwa knöcheltief das Wasser dahin. Einige erfinderische Geister staksten auf kurzen Stelzen umher, manche trugen dick eingefettete Stiefel, die Mehrheit der eingeborenen Fußgänger jedoch schwankten auf hohen Chopines umher. Luzelle besaß weder Stelzen noch besondere Fußbekleidung, sodass ihre langen Westlerinnenröcke und ihre Straßenschuhe innerhalb von Sekunden durchnässt waren. Seufzend schob sie sich an lärmenden Bettlern, aufdringlichen Jukkha-Verkäufern, unheimlichen Schlangen-Schimmies und anderen Bewohnern der Gosse vorbei, deren Bitten für gewöhnlich ihre Aufmerksamkeit gefunden hätten – aber nicht heute. Eingedenk der womöglich erlogenen Warnungen des Yahdeeniers flogen ihre Blicke auf der Suche nach Krokodilen und kleinen Wasserschlangen umher. Sie entdeckte keinen der beiden Vertreter der hiesigen Fauna, sondern wurde bald durch einen wesentlich angenehmeren Anblick belohnt – ein Westler in der lederfarbenen und braunen Uniform der Achtzehnten Aveshquischen Division. Sie eilte umgehend auf ihn zu.

»Leutnant?«

Beim Klang ihrer Stimme drehte er sich um und zeigte ihr ein Gesicht, wie man es an jeder sherreenischen Straßenecke antreffen konnte. Es war das typischste vonahrische Gesicht, das sie seit Wochen gesehen hatte, und sie kam nicht umhin, bei seinem Anblick zu lächeln.

»Ja, Gnädige Frau?« Er erwiderte das Lächeln.

»Könnten Sie mir wohl mit einem Rat aushelfen? Ich muss so schnell wie möglich nach ZuLaysa gelangen. Wie stelle ich das am besten an?«

»Reisen Sie allein, Gnädige Frau?«

Sie nickte. Sein Akzent klang nördlich und ganz leicht ländlich, fiel ihr auf. Fabeque-Provinz, ohne Zweifel. Ein waschechter Vonahrier.

»Dann lautet der beste Rat, den ich Ihnen geben kann, noch eine oder zwei Wochen hier in AfaHaal zu warten, bis die schlimmsten Regenfälle vorüber sind, bevor Sie nach Osten zu reisen versuchen«, eröffnete er ihr. »Zwischen hier und ZuLaysa ist es zu schweren

Überschwemmungen gekommen. Die Postkutsche hat alle Verbindungen bis auf weiteres eingestellt, und es gibt kein anderes Verkehrsmittel, das ich einer Dame guten Gewissens empfehlen könnte.«

»Ich weiß Ihre Fürsorge zu schätzen, Sir, kann jedoch nicht warten, denn meine Geschäfte sind dringlich. Ist es möglich, sich eine private Transportmöglichkeit zu beschaffen?«

»Es ist möglich«, warnte er sie, »aber ich würde es nicht empfehlen. Sie müssen wissen, dass diese Gelbgesichter – also diese aveshquischen Eingeborenen – ein ziemlich gemischter Haufen sind. Manche sind loyal und verlässlich wie Wachhunde – die treusten und anhänglichsten Diener. Andere sind verräterisch, bösartig und heimtückischer, als ein Westler sich das vorstellen kann. Das ist die doppelbödige Natur des östlichen Wesens, nehme ich an.«

Das klingt wie etwas, was auch ein Grewzier sagen könnte, dachte Luzelle verwundert.

»Gegen einen gewissen Betrag können Sie möglicherweise einen Gelben mit einem Wagen finden, der willens ist, Sie nach Osten zu bringen«, fuhr der Leutnant fort. »Und er bringt Sie auch vielleicht sicher und ungefährdet nach ZuLaysa – oder er setzt es sich in den Kopf, Sie auszurauben und zu ermorden oder Schlimmeres. Ich möchte Ihnen keine Angst einjagen, Gnädige Frau, aber bei diesen Eingeborenen weiß man nie Bescheid. Ich kann Ihnen nur eindringlich raten, bis zur Wiederaufnahme des regulären Postkutschenverkehrs zu warten.«

»Danke, Leutnant.« Sie stolzierte von dannen, Kopf und Schirm hoch emporgereckt.

Einen Gelben mit einem Wagen finden, hatte er gesagt. Wo in dieser tropfnassen Stadt namens AfaHaal sollte sie nach so etwas Ausschau halten? Sie hatte keine Ahnung; sie würde damit anfangen müssen, Hinz und Kunz zu fragen, wenn es sein musste.

Als sie einen stabilen, überdachten, von einem Ochsenpaar gezogenen Wagen entdeckte, hastete sie darauf zu, um den Besitzer anzusprechen, einen bulligen, von Kopf bis Fuß in Ölzeug gehüllten Menschen. Wie die meisten Eingeborenen sprach er fließend Vonahrisch, und seine Antwort war außerordentlich aufschlussreich.

»Die Verehrte Gnädige Frau verlangt Unmögliches«, erklärte er.

»Unmögliches?« Sie runzelte die Stirn.

»Fürwahr. Das Land zwischen AfaHaal und der Stadt ZuLaysa ist zurzeit ein unpassierbares Moor, trügerisch unter den Füßen, weich vor hungrigem Morast und mit stehenden Tümpeln gesprenkelt. Meine Räder würden sogleich in den Sumpf einsinken. Oder falls nicht das, würden die kleinen im Wasser umherschwimmenden Hyuuls meine Bullen quälen oder sogar mit ihrem Gift töten. Es kann nicht sein.«

»Es muss. Es wird. Irgendwie. Kommen Sie«, schmeichelte sie ihm, »Sie sind ein großer, starker Bursche. Sie werden doch gewiss keine *Angst* vor ein bisschen Wasser und ein paar ärgerlichen Schlangen haben? Ich werde Sie gut für Ihre Mühen entlohnen. Ich werde Ihnen« – sie legte eine wirkungsvolle Pause ein – »fünfundzwanzig Neu-Rekkoes zahlen.«

Seine Augen weiteten sich. Die Großzügigkeit des Angebots verblüffte ihn, wie sie es beabsichtigt hatte, aber er ließ sich nicht beirren.

»Nein, Verehrte Gnädige Frau.« Er schüttelte den Kopf. »Nicht einmal für fünfundzwanzig *Hundert* würde ich eine solche Sache wagen. Weder ich noch irgendein anderer Sterblicher, der seinen Verstand beisammen hat.«

»Sie verstehen nicht«, beharrte sie grimmig. »Es ist von höchster Wichtigkeit, dass ich ohne Verzögerung nach ZuLaysa gelange. Ich muss dorthin kommen, und ich *werde* dorthin kommen.«

»Nicht in meinem Wagen, meine Dame«, erwiderte er, doch dann musste ihm eingefallen sein, dass ein so barscher Widerspruch gegen etwas, was eine Verehrte Vonahrierin geltend gemacht hatte, nicht nur ungehörig, sondern auch gefährlich war, denn er fuhr fast ohne nennenswerte Unterbrechung fort: »Falls Gnädige Frau wirklich fest dazu entschlossen sind, möchte sie vielleicht den Rat von HeeshNuri einholen, der große Wunder vollbringt.«

»HeeshNuri? Gehören ihm ein guter überdachter Wagen und ein starkes Ochsengespann – Maultiergespann – was auch immer? Oder ist er ein Fhozhee-Renner?«

»Nein, Gnädige Frau. HeeshNuri ist HeeshNuri-von-den-Schwingen, der größte Astromagier in allen westlichen Grafschaften von Kahnderule. Er liest die Schrift, dieser Mann, als wäre es eine Zeitung!«

Ein Hokuspokus-*Wahrsager?* Luzelle unterdrückte die ungehaltene Frage. In ganz Aveshq wurde den eingeborenen Astromagiern – die hier als begabte Individuen galten, die die Macht besaßen, die als Schrift der Götter bekannten Sternenkonstellationen zu deuten, in denen das Göttliche sich der Menschheit offenbarte – tiefe Verehrung entgegengebracht. Eine offene Zurschaustellung von Missachtung konnte ihren Zuhörer nur kränken, und so antwortete sie höflich: »Zweifellos verfügt Ihr Astromagier über große Weisheit, doch ich bin auf der Suche nach einem Transportmittel, mehr nicht.«

»HeeshNuri-von-den-Schwingen ist mehr als ein Astromagier, Verehrte Gnädige Frau«, behauptete der andere steif und fest. »Er ist ein Meister der Magie, ein Kanal jener mystischen Macht, die aus dem Land der Götter in unsere Welt strömt. HeeshNuri lenkt diese Macht dorthin, wo er will, und siehe da! Wertvolle Wunder ereignen sich. Und die Verehrte Gnädige Frau scheint auf der Suche nach einem Wunder zu sein.«

»Ein guter Wagen würde es schon tun«, entgegnete Luzelle und verabschiedete sich, entschlossen, einen Fahrer von kühnerem Geist zur Strecke zu bringen.

Doch ihre Beute machte sich rar. Ein halbes dutzend Mal innerhalb der nächsten Stunde sprach sie geeignet aussehende Eingeborene mit geeignet aussehenden Wagen an, und ein halbes dutzend Mal wurden ihre Angebote, Bitten und Argumente abschlägig beschieden, fast immer aus denselben Gründen. *Gigantischer Sumpf ... großes Moor ... ein Meer aus alles verschlingendem Morast ... die kleinen Hyuuls ... gefährlich ... Wahnsinn ... unmöglich.* Sie hatte es bald satt, es zu hören. Diese aveshquischen Eingeborenen, entschied sie, waren ein erbärmlicher Haufen, dem es sowohl an Tapferkeit als auch an Einfallsreichtum mangelte. Ihre Antworten glichen sich auf ermüdende Weise bis hin zu den immer wiederkehrenden Empfehlungen, die Hilfe ihres hiesigen Hexendoktors zu suchen, dieses HeeshNuri-von-den-Schwingen-Burschen.

»Wo würde ich ihn denn finden?«, fragte sie einmal ohne sonderliches Interesse.

»Das Haus von HeeshNuri steht auf dem Gipfel des höchsten der Berge, die über der Stadt aufragen«, führte der letzte ihrer unwilligen Wagenlenker aus. »Geben Sie mir fünf Zinnus, Verehrte Gnädige Frau, und ich fahre sie hin.«

»Ich gebe Ihnen fünf*hundert* Zinnus, wenn Sie mich nach ZuLaysa fahren.« Sie sah seine Augen aufleuchten, und ihre taten es ihm gleich.

»Das ist wahrhaftig eine große Summe, eine fürstliche Summe.«

»In der Tat. Eine solche Gelegenheit bietet sich nicht oft.«

»Ajeh.« Er schüttelte seinen Kopf, und das Leuchten in seinen Augen erlosch. »Das ist lediglich eine Gelegenheit, meinen Wagen mitsamt den Ochsen im

Schlamm versinken zu sehen. Behalten Sie die fünfhundert, ich gebe mich mit den fünf zufrieden.«

»Sie werden sich mit gar nichts zufrieden geben«, beschied sie ihn verärgert und rauschte unter heftigem Spritzen durch das gewundene kleine Bächlein von einer Straße davon.

Die Uhr tickte, und sie verplemperte ihre Zeit. Die verzagten Eingeborenen schienen ausnahmslos unwillig zu sein, sie nach ZuLaysa zu fahren. Alternativen? Einen Wagen und ein Gespann kaufen und eigenhändig kutschieren? Eine Möglichkeit, aber wie praktisch wäre das? Sie hatte keinerlei Erfahrung damit, einen Wagen zu fahren, ein Ochsengespann zu lenken oder den Weg durch ein überflutetes, schlangenverpestetes Gebiet zu finden. Ein Pferd kaufen und nach Osten reiten? Wo ein Pferd kaufen? Seit ihrer Ankunft in AfaHaal hatte sie kein einziges Pferd zu Gesicht bekommen. Maultiere? Langsam und widerspenstig. Nun, irgendwie würde sie es schon schaffen, falls nötig. Bis dahin blieb das Anheuern eines tüchtigen Kutschers ihre beste Chance, und sie war noch nicht bereit, den Gedanken daran vollends aufzugeben.

Die nächsten drei Eingeborenen, die sie ansprach, wiesen sie in schneller Folge ab. Als der Letzte anbot, sie für die Summe von sechs Zinnus zum Haus von HeeshNuri-von-den-Schwingen zu fahren, gab sie nach und stimmte zu. Vielleicht konnte dieser Wahrsager, von dem die örtliche Bevölkerung in so hohen Tönen sprach, mit irgendeinem nützlichen Rat oder Vorschlag aufwarten. Vielleicht würde er ihr einen Wagen verkaufen. Es konnte nicht schaden zu fragen.

Die Fahrt ging stetig bergauf und erwies sich bei dem Regen als problematisch. Das den Hang hinunterfließende Wasser hatte die ungepflasterte Straße zu so etwas wie Schokoladenpudding verwandelt. Der Ochse steckte bis zu den Fesseln im Schlamm, die Wagenräder sanken ein und drehten sich nur noch schwerfällig, sie kamen nur langsam und stockend vorwärts. Und da begann Luzelle zum ersten Mal zu ahnen, wie groß die Aufgabe sein musste, vor der sie nun stand. Wenn schon ein eingeborener Fahrer, tüchtig und erfahren, es kaum schaffte, die nicht einmal zwei Meilen zu bewältigen, die HeeshNuris Haus von der Stadt Afa-Haal trennten, wie sollte dann sie, allein und völlig unerfahren, hoffen, einen Wagen durch die Überschwemmungen nach Osten zu fahren, die ganze Strecke bis nach ZuLaysa?

Ganz gleich, dachte sie, *ich tu's, wenn es sein muss.*

Der überdachte Wagen hielt an, und sie hörte, dass der Fahrer ihr etwas zurief.

»Was ist los?« Luzelle streckte ihren Kopf heraus.

»Verehrte Gnädige Frau, wir sind da. Hier ist das Haus von HeeshNuri.«

»Gut. Ihr Entgelt.« Sie gab ihm ein Zehn-Zinnus-Stück, das sie irgendwo auf dem Weg aufgelesen hatte. »Und nun möchte ich, dass Sie hier auf mich warten. Ich gebe Ihnen nochmal zehn Zinnus plus einen Bonus, wenn Sie mich wieder zurück in die Stadt bringen. Werden Sie warten?«

»Bis ans Ende der Zeit, Verehrte Gnädige Frau.«

»Fein.« Sie musterte ihn eingehend und fragte sich, ob sie es wagen durfte, ihre Reisetasche bei ihm zu lassen. Sie entschied sich dagegen. Die Reisetasche in der einen, den Schirm in der anderen Hand stieg sie aus dem Wagen aus und schritt über einen tadellosen, mit weißem Kies bestreuten und von akkurat gestutzten Büschen gesäumten Gehweg.

Das Haus von HeeshNuri-von-den-Schwingen entsprach ganz und gar nicht ihren Erwartungen. Ein eingeborener Wahrsager aus der Provinz, hatte sie vorausgesetzt, würde in irgendeiner schmutzigen, geschmacklos herausgeputzten Hütte irgendwo in den Außenbezirken der Stadt wohnen. HeeshNuris Wohnhaus, aus taubengrauem, rosa geädertem Stein errichtet, bezeugte Reichtum und seriöse Etabliertheit. Der Grundriss erinnerte an die perfekt proportionierte Eleganz der besten westsherreenischen Stadthäuser, aber die ovalen Fenster mit ihren verzierten Rahmen und die kleine Kuppel über dem Säuleneingang waren typisch aveshquischer Stil.

Sie stapfte ohne Umstände auf die Haustür zu und betätigte den vergoldeten Klopfer, und der Boy öffnete sogleich. Er trug makelloses weißes Leinen, gestärkt und vollkommen, und obwohl er nur ein Diener und überdies ein Eingeborener war, war sie sich plötzlich ihres nassen, dreckigen Rocksaums, ihrer kotbespritzten Schuhe und ihrer gelösten Locken bewusst, die sich in der feuchten Luft unkontrollierbar kräuselten.

»Gnädige Frau?«, fragte der Boy.

»Ich bin Luzelle Devaire, eine vonahrische Reisende, und möchte HeeshNuri in einer geschäftlichen Angelegenheit sprechen. Ist er zu Hause?«

»Treten Sie ein, Gnädige Frau.« Er bat sie mit einer Verbeugung herein.

Sie nahm ihren Regenschirm herunter, streifte die Kapuze zurück und trat über die Schwelle in ein glänzendes Marmorvestibül. Schlanke, über zwei Stockwerke reichende Säulen trugen ein dunkelblaues Gewölbe mit goldenen Sternbildern. Schließlich befand sie sich im Haus eines Astromagiers.

»Ich werde die Botschaft der Gnädigen Frau ausrichten.« Das Gebaren des Boys war eifrig. »Geruhen Gnädige Frau noch etwas hinzuzufügen?«

Sag, worum es geht, schlug er ihr mit außergewöhnlichem Takt vor, der jedoch irgendwie die unglücklichen Folgen einer Weigerung implizierte.

»Ich brauche eine Transportmöglichkeit nach ZuLaysa«, erklärte sie knapp. »Man hat mir gesagt, dass HeeshNuri möglicherweise helfen könnte.«

»Ich werde Ihre Botschaft ausrichten«, wiederholte

der Boy. »Wenn die Verehrte Gnädige Frau bitte warten möchte.«

Sie war nicht gerade erfreut darüber – die Zeit drängte –, nickte jedoch mit so viel Freundlichkeit, wie sie aufbringen konnte, und der Dienstbote zog sich zurück und ließ sie allein. Nachdem sie zögernd auf der äußersten Kante eines brokatbezogenen kleinen Sofas Platz genommen hatte, das höchstwahrscheinlich unter dem Kontakt mit ihren beschmutzten Röcken leiden würde, wartete sie. Die Minuten verstrichen, und sie verlor sich in Betrachtungen des mit Mosaiksteinchen ausgelegten Marmorfußbodens, bis eine flüchtige Bewegung am Rande ihres Gesichtsfeldes ihre Aufmerksamkeit weckte. Sie hob den Kopf. Sie schaute aus einem der großen ovalen Fenster nach draußen und sah, dass der Wagen, in dem sie angekommen war, das Anwesen von HeeshNuri-von-den-Schwingen verließ. Der Fahrer – des Wartens müde oder in Sorge wegen des sich stetig verschlechternden Zustands der steilen Straße – kehrte nach AfaHaal zurück.

Luzelle sprang auf, lief zur Tür und rang mit dem unbekannten Türschloss. Bis sie es geöffnet hatte, war der Wagen fast schon außer Sicht. Sie brüllte dem Fahrer hinterher, der sich nicht umdrehte. Falls er ihre Stimme in dem Regenprasseln überhaupt hörte, zog er es vor, sie zu ignorieren. Der Wagen bog um eine Straßenkurve und verschwand außer Sicht. Sie unterdrückte den Impuls, ihm hinterherzurennen.

Sie formte mit den Lippen einen stummen Fluch, um dann die Tür zuzuknallen und zu dem Sitzsofa zurückzukehren, wo sie nervös zappelnd weitere fünf Minuten ausharrte. Vergeudete Minuten, kein Zweifel. Vergeudete Stunden, wertvolle Zeit, die vertan war. Dieser törichte Ausflug zu diesem provinziellen Möchtegern-Zauberer war von Anfang an ein Fehler gewesen.

Der Boy kam zurück und verkündete: »Der Meister

lädt Gnädige Frau ein, sich zu ihm und seinen Gästen im Salon zu gesellen. Hier entlang, bitte.«

Seine Gäste? Sie war zu einem ungelegenen Zeitpunkt gekommen.

»Darf ich Gnädiger Frau ihre Reisetasche und ihren Schirm abnehmen?«, erkundigte sich der Boy, als bäte er sie um einen Gefallen.

Sie ließ beide Gegenstände bei ihm, und er geleitete sie durch einen mit einem Teppich ausgelegten Gang an einer Reihe luxuriös ausgestatteter Räume vorbei; in einem von ihnen erspähte sie eine Gestalt, die ihre Aufmerksamkeit erregte. Sie war ziemlich hoch gewachsen und schwer, wirkte stark und trug die konventionelle aveshquische Tracht aus Pumphosen und weit fallender Tunika mit einer um die Taille verknoteten Schärpe. Weniger konventionell waren die tiefe Kapuze, die Ledermaske und die Lederhandschuhe, die nicht das Geringste von seiner Identität preis gaben. Größe, Massigkeit und Schulterbreite kennzeichneten die Gestalt als Mann. Er stand in einer im Schatten liegenden Ecke, und irgendetwas an seiner völligen Reglosigkeit wirkte auf Luzelle sonderbar, ja nachgerade beunruhigend. Einen kurzen Augenblick war sie sich nicht einmal sicher, ob sie ein menschliches Wesen oder eine Puppe vor sich hatte.

Der Zweifel musste ihr im Gesicht gestanden haben, denn der Boy versicherte ihr: »Gnädige Frau müssen sich keine Gedanken machen, es ist nur einer der Stille-Gefährten des Meisters.«

Seiner was? Sie sagte nichts. Bald darauf erspähte sie eine weitere Gestalt ähnlichen Zuschnitts, maskiert und verhüllt, die am anderen Ende der Halle eine Statue imitierte. Sie versuchte nicht hinzustarren.

Der Boy führte sie zu einer Flügeltür aus poliertem Ebenholz, eingelegt mit zahllosen winzigen elfenbeinernen Rauten. Er klopfte, und eine volltönende Stimme bat ihn in einem nur mit einem leichten Akzent angehauchten Vonahrisch herein. Während er die Tür öffnete, stellte er sie vor: »Die Verehrte Miss Devaire.«

Luzelle trat in einen opulenten Salon. Die Tür hinter ihr schloss sich, und der Boy zog sich zurück, aber sie nahm es kaum zur Notiz, denn die im Raum Anwesenden nahmen ihre gesamte Aufmerksamkeit in Anspruch. Drei Männer erhoben sich bei ihrem Eintritt von ihren Stühlen. Einer von ihnen – ein Aveshquier, hoch gewachsen, imponierend, in geschmackvolle Gewänder aus pflaumenfarbener, mit Gold und Jade bestickter Seide gekleidet – musste der Astromagier sein. Neben ihm standen Girays v'Alisante und Karsler Stornzof. Zusammen. Beide offenbar unversehrt. Und vor ihr an diesem Ort! *Wie das?*

Zählte das denn wirklich, solange sie beide in Sicherheit waren? Keine Sträflingsarbeit am Straßenrand für M. le Marquis. Keine vergifteten Ygahri-Blasrohrpfeile für Karsler. Eine fast schmerzhafte Dankbarkeit erfüllte sie.

Girays war wieder er selbst; glatt rasiert, das Haar gestutzt, bekleidet mit einem gut geschnittenen, dem Klima angemessenen Khakianzug. Sie begann bereits zu vergessen, wie er mit Stoppelbart und langen dunklen, in die Stirn fallenden Locken aussah. Er betrachtete sie lächelnd, vermutlich amüsiert über ihren schlecht verhohlenen Ausdruck des Erstaunens; oder war vielleicht nur erleichtert, sie heil und gesund wiederzusehen, so wie auch sie erleichtert war, ihn wiederzusehen. Und Karsler ... sein Eindruck war noch immer atemberaubend. Ihre Erinnerung hatte dies bemerkenswerte Blau seiner Augen und ihren undefinierbaren, zurückhaltenden Blick nicht ganz wahrheitsgetreu bewahrt.

»Miss Devaire. Sie beehren mein Haus mit Ihrer Anwesenheit«, intonierte der hoch gewachsene Aveshquier förmlich, aber ohne eine Spur jener Servilität, die sie inzwischen von den Eingeborenen geradezu erwartete. Aber dies war eindeutig kein gewöhnlicher Eingeborener. Die goldenen Insignien, die in seiner fransenbesetzten Taillenschärpe steckten, wiesen ihn als Mitglied des Ordens der Schwingen aus, eine der höchsten der alten aveshquischen Gesellschaftskasten. Seine Sprechweise war die eines gebildeten Mannes, seine Manieren waren tadellos, sein Auftreten war königlich. Sie schätzte ihn aufgrund seines üppigen silbernen Haars, der Falten, die sich in seine hohe Stirn und die hageren Wangen gegraben hatten, sowie der Pigmentflecken, die seine langgliedrigen Hände sprenkelten, auf etwas über sechzig. Seine Augen jedoch – ungewöhnlich groß, tief liegend und schwarz funkelnd – waren alterslos. »Ich bin HeeshNuri-von-den-Schwingen. Ich glaube, meine Gäste kennen Sie bereits.«

»Ja, und ich bin froh, sie gesund und munter wiederzusehen. Ich grüße HeeshNuri-von-den-Schwingen, den berühmtesten und gütigsten aller Astromagier«, antwortete sie wohlklingend. »Seine Weisheit wird gepriesen, und seine arkanen Fähigkeiten gelten als unvergleichlich. Ich komme in der Hoffnung, dass er einer einsamen, schutzlosen Frau in der Stunde ihrer Not beistehen wird.« Sie sah, wie Girays' Mundwinkel sich nach unten verzogen und Karsler blinzelte.

»Alle Gaben und Besitztümer, über die ich verfüge, stehen Miss Devaire zu Diensten.«

»HeeshNuri-von-den-Schwingen ist überaus großzügig.«

»Ich bin des Lobes unwürdig. Würden Sie bitte Platz nehmen, Miss Devaire?«

»Danke.« Sie setzte sich, und nun nahmen auch die Männer wieder ihre Plätze ein.

»Darf ich Ihnen eine Erfrischung anbieten. Tee vielleicht?«

»Sie sind zu gütig, aber ich denke, nein.« Tatsächlich hätte sie liebend gern Tee getrunken, wollte jedoch die Rituale der Gastfreundschaft nicht unnötig in die Länge ziehen.

»Ah, ich verstehe. Sie haben keine Zeit und dringende Geschäfte zu erledigen.« HeeshNuri nickte väterlich. »Das ist häufig so bei meinen Besuchern, von denen manche leben, als suchten sie das Schicksal selbst zu überholen. Sie drei indes – alle Teilnehmer der Großen Ellipse –, streben lediglich danach, sich gegenseitig zu überholen, und zu diesem Behuf suchen Sie meine Unterstützung. Wie Sie sehen, Miss Devaire, haben Ihre Konkurrenten M. v'Alisante und Oberkommandant Stornzof die Situation bereits dargelegt.«

»Wie praktisch«, murmelte sie, während sie sich noch immer wunderte, wie die beiden es wohl geschafft haben mochten, vor ihr hierher zu gelangen.

»Sie brauchen eine Transportmöglichkeit nach ZuLaysa«, fuhr HeeshNuri fort. »Oder besser nach Osten bis zum Dorf JaiGhul, wo die Eisenbahnverbindung wieder greift. Ich bin imstande, eine solche Möglichkeit zur Verfügung zu stellen.«

»Ach wirklich?« Luzelle strahlte. »Sie können uns einen Wagen – eine Kutsche – oder ein Fhozhee anbieten?«

»Keines dieser drei würde Ihren Zwecken dienen«, merkte HeeshNuri an. »Kein gewöhnliches Gefährt mit Rädern kann das Schlammmeer überwinden, das derzeit Ihren Weg nach Osten blockiert. Sie müssen sich meiner Stille-Gefährten bedienen.«

»Stille-Gefährten?«

»Diener besonderer Art, die bestimmte ungewöhnliche Attribute besitzen.«

»Was für ungewöhnliche Attribute?«

»Sie sind kompliziert und mannigfaltig. Es mag genügen zu sagen, dass meine Diener vollkommen in der Lage sind, bemannte Palankins über die überfluteten Ebenen in das Dorf JaiGhul zu schaffen, eine Reise von ungefähr achtundvierzig Stunden.«

»Achtundvierzig Stunden?« Luzelles Augenbrauen fuhren in die Höhe, denn diese Schätzung erschien ihr mehr als nur ein wenig optimistisch. »Verzeihen Sie, HeeshNuri-von-den-Schwingen, aber ich habe die Landkarte studiert, und ich sehe nicht, wie das möglich sein sollte. Die Entfernung ist beträchtlich, und wenn man davon ausgeht, dass man nur während der Stunden des Tageslichts vorankommt –«

»Eine solche Beschränkung existiert nicht«, ließ der Astromagier sie wissen. »Meine Stille-Gefährten reisen Tag und Nacht.«

»Sie müssen aber doch schlafen.«

»Darüber sind sie hinaus.«

»Rasten? Essen?«

»Nein.«

»Und all diese giftigen kleinen Schlangen –?«

»Werden meinen Stille-Gefährten nichts anhaben.«

»Ich verstehe.« Luzelle fragte sich, ob Girays und Karsler alles oder auch nur irgendetwas davon glaubten. Sie schoss ihnen einen zweifelnden Blick zu, aber ihre Gesichter, für gewöhnlich so verschieden, waren nun gleichermaßen unergründlich.

»Vielleicht«, brachte sie vor, »könnten Sie ein oder zwei von Ihren Stille-Gefährten herbitten, so dass wir einige Worte mit ihnen wechseln können?«

»Unmöglich, Miss Devaire.« HeeshNuri schüttelte seinen Kopf. »Sie sprechen kein Vonahrisch. Um genau zu sein, sie sprechen überhaupt nicht.«

Und schliefen nicht? Und aßen nicht? Wahnsinn. Sie sollte sich wieder den Berg hinunter nach AfaHaal schleppen, hier verschwendete sie nur ihre Zeit. Oder doch nicht? Was war, wenn das Angebot des Astromagiers sich als hieb- und stichfest erwies? Falls ja, konnte sie es sich kaum leisten, einen Rückzieher zu machen und Girays und Karsler das Feld zu überlassen. Keiner der beiden, fiel ihr auf, machte Anstalten, sich zurückzuziehen. Wussten sie etwas, was sie nicht wusste? Luzelle kaute auf ihrer Unterlippe herum.

»Verzeihen Sie mir, HeeshNuri-von-den-Schwingen, aber ich begreife nicht«, gestand sie.

»Ach, der rationale westliche Geist sehnt sich nach der unzuverlässigen Krücke der Logik. Aber Sie befinden sich in Aveshq, Miss Devaire, und die Kräfte, die in diesem Land am Werke sind, übersteigen womöglich Ihren Erfahrungshorizont. Ich könnte Ihnen die Natur meiner Stille-Gefährten beschreiben, aber die Erklärung würde Ihre Glaubensfähigkeit wohl überstrapazieren.«

»Meine Glaubensfähigkeit überrascht Sie möglicherweise.«

»Vielleicht.« HeeshNuri gestattete sich ein kleines Lächeln. »Aber die Zeit drängt, nicht wahr? Bitte vertrauen Sie dem Wort eines Mannes, dessen Sterne ihn manch merkwürdigen Pfad entlanggeführt haben – Sie dürfen sich darauf verlassen, dass die Stille-Gefährten Ihren Zielen nützen. M. v'Alisante und Oberkommandant Stornzof haben sich entschieden, das zu glauben. Ihre Fragen, die den ihren so sehr glichen, wurden vor Ihrer Ankunft beantwortet, und das ist zweifellos der Grund dafür, dass sie nun so still dasitzen.«

»Sehr richtig«, warf Girays ein. »Die Optionen sind beschränkt, und ich habe mich entschlossen, es mit Ihren Stille-Gefährten zu versuchen. Da ich darauf erpicht bin, von hier wegzukommen, würde ich unsere Transaktion gern rasch erledigen.« Er griff in die Tasche und holte seine Brieftasche hervor.

Luzelle war verblüfft. Als sie ihn das letzte Mal gesehen hatte, hatte Girays v'Alisante als ihr Gefährte und Verbündeter gesprochen und gehandelt. Nun war er unmissverständlich ihr Konkurrent. Er sah sie noch nicht einmal an. Er hatte sie kaum zur Kenntnis genommen. Er musste noch immer wütend sein wegen der Art und Weise, wie sie damals in Jumo Statt weggelaufen war und ihn allein gelassen hatte. Nun, sollte er doch schmollen.

Ihre Überraschung nahm zu, als auch Karsler ihm ruhig beipflichtete: »Auch ich werde ein Palankin mieten.«

Die beiden schienen sich ziemlich sicher zu sein, und das genügte ihr. Sie würde ihrem Urteil vertrauen.

»Ich auch«, erklärte Luzelle. »Oh, aber was ist mit Nahrung und Wasser? Für eine zweitägige Reise brauchen wir doch –«

»Sie sind sich also einig«, unterbrach sie HeeshNuri so freundlich, dass seine Höflichkeit keinen Schaden zu nehmen schien. »Eine solch vollkommene Übereinstimmung ist selten und kostbar wie die Tränen eines Gottes. In diesem Augenblick fällt mir indes die undankbare Aufgabe zu, ein kleines Hindernis einzuräumen. Ich sehe drei Reisende vor mir. Ich habe jedoch nur zwei Palankins und vier Stille-Gefährten zur Verfügung, um sie zu tragen. Sie verstehen das Problem.«

Sie verstand vollkommen, und sie verstand sich auch auf Abhilfe. »HeeshNuri-von-den-Schwingen, ich werde Sie gut für die Überlassung eines Palankins samt Trägern bezahlen. Welchen Preis verlangen Sie?«

»Preis? Ach.« Der Astromagier seufzte. »Ich weiß kaum, was ich antworten soll; solche Dinge betrüben mich. Ich will mich auf Miss Devaires Urteilsvermögen und Gewissen verlassen. Was bietet sie mir an?«

»Oh. Nun.« Sie überlegte. Sie hatte keine Ahnung, was ein gerechter Preis gewesen wäre, wollte jedoch in solch einer Umgebung nicht knickrig erscheinen. »Einhundert Neu-Rekkoes?«, schlug sie vor. Das war gewiss mehr als großzügig.

»Eine erkleckliche Summe«, murmelte Heesh Nuri.

»Ich ziehe mit«, erklärte Karsler Stornzof umgehend. »Ich werde fünfundsiebzig Grewzauslins bezahlen, was das Äquivalent für Miss Devaires hundert Neu-Rekkoes ist.«

Nun waren zwei Palankins gebucht, und für Girays blieb keines mehr übrig, sinnierte Luzelle. Pech für M. le Marquis. Jetzt müsste er sich nach einer alternativen Transportmöglichkeit umsehen oder in AfaHaal herumhängen, bis der Monsun aufhörte. Schade aber auch. Er hätte schneller den Mund aufmachen sollen.

»Einhundertfünfzig Neu-Rekkoes für einen Palankin samt Trägern«, bot Girays.

Er spielte nicht fair. Luzelle warf ihm einen finsteren Blick zu. Er war zu spät, die beiden Palankins waren vergeben. Er sollte seine Niederlage mit Würde tragen. Zweifellos würde ihr Gastgeber das unangemessene Gebot sogleich ablehnen.

»Einhundertfünfzig. Das ist beträchtlich«, sinnierte HeeshNuri-von-den-Schwingen.

Damit würde sie Girays nicht durchkommen lassen. »Einhundertfünfundsiebzig«, warf sie ein.

Zu ihrer unangenehmen Überraschung konterte Karsler umgehend: »Einhundertfünfzig Grewzauslins.«

Das hätte sie nie von ihm gedacht! Wo war all seine Ritterlichkeit hin verschwunden? Und wie viel musste sie bieten, um sein Gebot zu übertreffen? Sie hatte Mathematik nie gemocht, das Kopfrechnen fiel ihr nicht leicht, sie musste einfach genug bieten, um diese Männer aus dem Wettbewerb zu werfen.

»Dreihundert Neu-Rekkoes!«, rief sie verwegen aus. Das war es dann wohl. Übertrieben, aber das Geld wert.

»Vierhundert«, sagte Girays.

Ungeheuerlich. M. le Marquis benutzte sein Geld wie eine Keule, er dachte wohl, damit könne er alles kaufen. Aber diesmal nicht. Sie würde es ihm zeigen.

»Vierhundertfünfzig«, sagte Luzelle.

»Dreihundertfünfundsiebzig Grewzauslins«, bot Karsler.

Übertrumpfte das ihr letztes Gebot? Sie vermutete es, ansonsten hätte er sich nicht die Mühe gemacht, aber wie konnte er nur so rücksichtslos sein? Sie schoss ihm einen vorwurfsvollen Blick zu, aber seine Miene sagte ihr nichts. Girays indes sah sie mit dieser für ihn so typischen unerträglichen Heiterkeit lächeln, und der Anblick war so aufreizend, dass sie sich ausrufen hörte: »Sechshundert Neu-Rekkoes! HeeshNuri-von-den-Schwingen, ich zahle Ihnen sechshundert.«

»Sechshundert«, wiederholte der Astromagier. »Wirklich, ich bin verwirrt.«

»Achthundert«, stach Girays sie mit beunruhigender Lässigkeit aus.

Er versuchte sie einzuschüchtern. Das würde nicht funktionieren.

»Sechshundert Grewzauslins«, sagte Karsler.

Ihr Sinn für Zahlen war nicht so schlecht, sodass ihr nicht entging, dass er einfach mit dem höchsten Gebot gleichzog, ohne es zu übertrumpfen. Mehr musste er natürlich nicht tun, aber Karslers plötzliche Rückkehr zur Vorsicht ließ erahnen, dass seine finanziellen Mittel sich langsam erschöpften. Wahrscheinlich wollte er seine Geldvorräte schonen, zumindest, bis er sich wieder im Imperium befand. Da ging ihr zum ersten Mal auf, dass auch ihre eigenen Mittel nicht unbegrenzt waren, auch wenn es von Anfang an den Anschein hatte. Ihr Bargeldvorrat, der sich im Laufe der Wochen verringert hatte, war nun arg angegriffen – nicht, dass das irgendwie von Bedeutung gewesen wäre. Der vom Außenministerium bereit gestellte Kreditbrief würde ihr die Banktresore in aller Welt öffnen. Sie musste ihn lediglich bei dem vonahrischen Botschafter in ZuLaysa vorlegen. Aber dafür musste sie zuerst nach ZuLaysa gelangen.

»Achthundertfünfundzwanzig Neu-Rekkoes.« Luzelle konnte das erste unsichere Beben in ihrer eigenen Stimme hören.

Girays v'Alisante bot auf der Stelle tausend, und sie schoss ihm einen Blick entsetzten Staunens zu. Nutzlos, M. le Marquis mit seiner unerschöpflichen Börse auszustechen. Sie hatte keine Chance. Aber Karsler Stornzof konnte sie schlagen. Sie wusste nicht, wie viel Bares er bei sich führte, aber bestimmt verfügte sie über die dickere Brieftasche.

Oder vielleicht auch nicht.

Das Bieten setzte sich fort, und der Fahrpreis nach ZuLaysa schoss auf eintausendachthundert Neu-Rekkoes hoch. Es war unmöglich, unwirklich. Das Blut gefror ihr in den Adern, als Girays heiter-beschwingt zweitausend bot und Karsler sofort mit einem Gebot von eintausendvierhundertfünfzig Grewzauslins gleichzog. Eintausendvierhundertfünfzig. Das wären – sie rechnete fieberhaft – etwas über eintausendneunhundert Neu-Rekkoes. Eintausendneunhundertund – und – dreißig – was auch immer. Das musste sie überbieten, um im Rennen zu bleiben, war sich indes nicht sicher, ob sie das konnte.

»Einen Moment«, bat sie und holte ihre Brieftasche heraus. Rasch zählte sie den Inhalt durch. Eintausendneunhundertundzwölf Neu-Rekkoes. Dazu ein kleiner Vorrat der verschiedensten internationalen Scheine und Münzen, unterwegs eingesteckt und ohne großen Wert. Nicht genug. *Nicht genug.*

»HeeshNuri-von-den-Schwingen.« Sie sprach völlig ruhig. »Ich bin bereit, das Höchstgebot, wie viel es auch sein mag, um die Summe von einhundert Neu-Rekkoes zu überbieten, vorausgesetzt, Sie akzeptieren einen Schuldschein von mir.«

»Ich fürchte, das kommt nicht in Frage«, versetzte der Astromagier liebenswürdig.

»Aber ich bin absolut kreditwürdig. Ich habe einen Kreditbrief des vonahrischen Außenministeriums dabei. Schauen Sie, ich werde ihn Ihnen zeigen –« Sie bemühte sich nach Kräften, die Verzweiflung aus ihrer Stimme zu verbannen.

»Das ist ziemlich überflüssig, Miss Devaire. Ich bin sicher, dass Sie vollkommen kreditwürdig sind.«

»So ist es, und sobald ich ZuLaysa erreiche, kann ich –«

»Es tut mir wirklich Leid«, schnitt er ihr mit honigsüßer Stimme das Wort ab. »Aber ich kann keinen Schuldschein annehmen. Die ältesten und direktesten Wege sind die besten, finde ich, und daher umfassen meine Dienstleistungen weder Borgen noch Leihen.«

»Aber das verlange ich doch gar nicht. Ich bitte nur um ein wenig Zeit, um das Bargeld zu besorgen. Ich würde natürlich eine Anzahlung von eintausendachthundert Neu-Rekkoes bei Ihnen lassen und den Rest mit der Post schicken, sobald ich –«

»Ich muss ablehnen. Lassen Sie uns das Thema beenden.«

»Aber –« Sie warf gequälte Blicke um sich. Karsler wirkte ein wenig betroffen, aber Girays verfolgte den Wortwechsel mit seiner abscheulichen Erheiterung. Er *weidete sich* an ihrem Elend, und sie hasste ihn aus tiefstem Herzen; sie würde einen Weg finden, ihm dieses unerträglich überhebliche Grinsen aus dem Gesicht zu reißen.

»HeeshNuri-von-den-Schwingen, ich appelliere an Ihre Ritterlichkeit. Sie gehören einem hohen und noblen Orden an. Gewiss haben Sie Mitleid mit einer Frau in Not – allein, schutzlos, hilflos, in einem fremden Land gestrandet«, umschmeichelte sie ihn schamlos. Ein paar Tränen wären gut gekommen, aber sie konnte sie sich nicht auf Kommando abdrücken. Sie war allerdings imstande, ihre Stimme wirkungsvoll und Mitleid erregend beben zu lassen. »Helfen Sie mir, HeeshNuri-von-den-Schwingen, sonst bin ich verloren!«

Sie sah Girays die Augen verdrehen, ließ sich von ihm jedoch nicht ablenken. Sie konzentrierte ihre flehende Aufmerksamkeit auf ihren Gastgeber, der Anzeichen von Reue erkennen zu lassen schien.

»Sie rühren mich, Miss Devaire. Fürwahr, Sie haben mein Herz bewegt.« HeeshNuri beugte sein Haupt und seufzte. »Sie werden sicherlich verstehen, dass ich, um Ihren Bedürfnissen entgegenzukommen, nicht die Prinzipien eines ganzen Lebens abwerfen kann. Und doch bin ich durchaus geneigt, Ihnen zu helfen, und glaube, dass es eine Möglichkeit geben könnte. Ja – es ist vielleicht unüblich –, aber ich denke, ich kann eine Lösung anbieten.«

»Ich bin sicher, dass Sie das können, wenn Sie es nur wollen, HeeshNuri-von-den-Schwingen.«

»Hier also ist meine Entscheidung«, verkündete der Astromagier mit großzügiger Miene. »Meine beiden Palankins und vier Stille-Gefährten werden als Mannschaft vermietet. Der Mietpreis dieser Mannschaft beläuft sich auf dreitausendachthundert Neu-Rekkoes plus eintausendvierhundertfünfzig Grewzauslins.«

Der Bandit zieht uns bei lebendigem Leib das Fell ab, dachte Luzelle. Doch der Bandit tat sich selbst und auch ihr einen großen Gefallen. Dankbar lächelnd erwiderte sie: »Sie haben alle Probleme gelöst, HeeshNuri-von-den-Schwingen.«

»Ich glaube nicht«, widersprach Girays auf der Stelle. »Zwei Palankins können keine drei Reisenden tragen.«

Das gehässige Grinsen war verschwunden, stellte Luzelle befriedigt fest.

»Die Sänften sind geräumig, Meister v'Alisante«, besänftigte ihn HeeshNuri. »Ohne Zweifel werden sie sich die kurze Zeitspanne von achtundvierzig Stunden zu behelfen wissen.«

»Das von Ihnen vorgeschlagene Arrangement ist inakzeptabel. Ich habe zweitausend Neu-Rekkoes – eine erkleckliche Summe – für die ausschließliche Benutzung eines Palankins samt Trägern geboten.«

»Das ist etwas, was Sie mit Ihren Reisegefährten ausmachen müssen.«

»Ich reise allein«, beschied ihn Girays.

»In diesem Fall würde M. le Marquis es vielleicht vorziehen, die Gesamtkosten für die Miete der Mannschaft zu übernehmen?«, schlug der Astromagier vor.

Luzelle stockte der Atem. Daran hatte sie nicht gedacht. Falls er es sich leisten konnte, hielt M. le Marquis jetzt die Möglichkeit in der Hand, zwei seiner Konkurrenten auf Tage hinweg in diesem Sumpfloch festzusetzen.

Girays sagte nichts. Vielleicht waren seine Mittel doch nicht so unerschöpflich.

»Nein? Dann werde ich davon ausgehen, dass meine drei Gäste zu einem gemeinschaftlichen Unternehmen aufbrechen werden.« Der Astromagier nickte wohlwollend. »Zweifellos brennen Sie darauf, sich umgehend auf den Weg zu begeben, und ich will alles tun, was in meiner begrenzten Macht steht, um Ihre Abfahrt zu beschleunigen. Noch während wir uns hier unterhalten, bereiten meine Diener die Palankins für Ihre Zwecke vor. Ich gehe nun, um die Stille-Gefährten zu instruieren. Während meiner kurzen Abwesenheit bitte ich Sie, mein Haus als das Ihre zu betrachten.« Und unter königlichem Rascheln seiner Seidengewänder schritt HeeshNuri aus dem Salon.

»Wir haben guten Grund, sein Haus als das unsere zu betrachten«, bemerkte Girays mürrisch. »Mit dem Preis, den dieser Wucherer uns abgepresst hat, könnte man sein ganzes Anwesen kaufen. Er hat uns alle zu Narren gemacht.«

»Seine Strategie ist bewundernswert«, lobte Karsler. »Er nutzt unsere Rivalität ausgezeichnet zu seinem Vorteil aus, und wir durchschauen das Komplott erst, als es zu spät ist.«

»Sie haben es durchschaut«, wurde Luzelle klar. »Sie haben sich bemüht, das Bieten in vernünftigen Grenzen zu halten, nicht wahr?«

»Es ist mir nicht gelungen«, gab Karsler zu.

Weil Girays und ich darauf hereingefallen sind, dachte sie. *Nun, er hat angefangen.* Sie warf einen flüchtigen Blick zu Girays hinüber und fragte sich, wie verärgert er über sie war, doch seinem Gesichtsausdruck konnte sie nichts entnehmen. Er sah sie nicht einmal an.

»Ich wünschte, ich hätte innegehalten und nachgedacht«, ließ sie Karsler wissen. »Wenn wir zusammengearbeitet hätten, hätten wir ein Vermögen sparen können. Es tut mir Leid, dass ich meinen Verstand nicht benutzt habe.« Merkwürdig, wie leicht es ihr fiel, vor ihm einen Fehler einzugestehen. Wahrscheinlich konnte sie ihm Dinge sagen, die sie M. le Marquis kaum offenbaren würde, weil er sie nie töricht oder kindisch zu finden schien.

Vielleicht kam Girays gerade derselbe Gedanke, denn er sah ganz kurz zu ihr herüber, nicht mehr als ein kurzes Aufflackern seiner ausdruckslosen schwarzen Augen, bevor er wieder den Blick abwandte.

»Wir befinden uns in einem Rennen, wir streben danach, uns gegenseitig auszustechen«, versetzte Karsler. »Für gewöhnlich suchen wir keine Zusammenarbeit oder gemeinschafliche Anstrengung – das ist nicht der erste Gedanke.«

»Ja, Sie haben mich einmal vor etwas Ähnlichem gewarnt.« Sie suchte seinen Blick. »Sie erinnern sich?«

»Deutlich.«

Am Rande ihres Blickfelds befand sich Girays' Gesicht. Es veränderte sich nicht im Mindesten; im Gegenteil, er wirkte völlig unbeteiligt. Etwas wie Enttäuschung durchzuckte sie, zu schnell, als dass sie es hätte analysieren können.

»Danach habe ich Sie aus den Augen verloren«, fuhr sie ohne Pause fort. »Ich dachte, Sie hätten Xoxo vor mir verlassen, und habe mich gefragt, ob die Gesegneten Stammesleute aus dem Dschungel sie gefressen hätten. Im wahrsten Sinne des Wortes.«

»Ich überstand die Wälder von Oorex und erreichte

Jumo Statt heil und unversehrt«, teilte Karsler ihr mit. »Ich ritt zu Pferde von Jumo Statt nach Dasuneville, von wo ich an Bord des grewzischen Transportschiffs *Triumphierend* nach Aveshq segelte. Auf halber Strecke erlitten die Schiffsmaschinen eine Fehlfunktion, und die Reparaturpause verzögerte meine Ankunft um etwa vierundzwanzig Stunden. In UlFoudh begab ich mich zu dem als Khad-ji bekannten Flusspier, wo ich v'Alisante traf. Gemeinsam reisten wir auf einer Barkasse den Goldenen Mandijhuur hinauf nach AfaHaal.«

»Dann haben Sie beide UlFoudh vor mir erreicht«, erklärte Luzelle. Sie begriff noch immer nicht, wie es dazu hatte kommen können. Sie wandte sich an Girays und fragte ihn unbehaglich: »Und was taten Sie, nachdem – wir uns zuletzt sahen?«

»Hab mir am frühen Morgen ein Pferd gemietet, gerade als der Mietstall seine Pforten öffnete«, versetzte er kurz angebunden. »Einen Gewaltritt hingelegt und Dasuneville am nächsten Tag erreicht, gerade noch rechtzeitig, um den letzten nach Osten fahrenden Raddampfer zu bekommen.«

»Den ich verpasst habe. Jetzt begreife ich. Außer« – Luzelle runzelte die Stirn – »sind Sie die ganze Nacht über auf der Jumo-Dasune-Verbindung geritten?«

»Nein, ich habe im Gasthof zum Halben Weg übernachtet.«

»Aber da war ich doch auch! Wollen Sie damit sagen, wir hätten die Nacht im selben Gasthof verbracht und es nicht gewusst?«

»Ich wusste es.« Er zuckte die Achseln. »Ich habe Sie im Speisesaal gesehen. Sie waren fest verschnürt in Iyecktori-Trauerkleidung.«

»Sie haben mich gesehen? Sie wussten, dass ich da war, und haben mich nicht angesprochen?«

»Ich wollte Ihre Tarnung nicht gefährden«, entgegnete er kühl.

»Ich verstehe.« Er wollte sie bestrafen, aber sie würde

ihm nicht den Gefallen tun, ihm mit peinlichen Vorwürfen zu schmeicheln. Sie brachte ein kühles Lächeln zustande. »Das war sehr rücksichtsvoll.«

Nachdem sie sich wieder Karsler zugewandt hatte, bat sie ihn, von seinen Erlebnissen in den Wäldern von Oorex zu erzählen. Er tat ihr den Gefallen, und sie erfuhr nun, dass er nicht an Bord der unglücklichen *Wasserfee* gewesen war. Er wusste allerdings von Porb Jil Liskjils Tod, von der Entführung durch die Gesegneten Stammesleute und von dem darauffolgenden magischen Wiegen in den Armen des Waldes, denn Girays hatte ihm alles auf ihrer gemeinsamen Bootsfahrt den Goldenen Mandijhuur hinauf berichtet.

Hatte Girays ihm auch von der hässlichen, erniedrigenden Begegnung mit der Polizei von Jumo Statt berichtet? Sie warf ihm einen fragenden Blick zu, den er zu übersehen beliebte.

Karsler erkundigte sich nicht nach Jumo Statt, und sie erzählte freiwillig nichts, sondern sprach stattdessen über die Yahdeenis und ihre beklagenswerten Launen. Sie unterhielten sich noch, als ihr Gastgeber wieder auftauchte.

»Es ist vollbracht«, erklärte HeeshNuri-von-den-Schwingen. »Die Palankins warten auf Sie. Ihr Gepäck ist verstaut, Nahrung und Getränke sind vorhanden, die Stille-Gefährten haben ihre Anweisungen erhalten.« Er hielt inne.

Geld wechselte den Besitzer. Brieftaschen schrumpften.

»Dann kommen Sie.«

Sie folgten ihm aus dem Salon durch einen Korridor und einen kurzen überdachten Laufgang, der das Haus mit einem kleinen Außengebäude verband, das aveshquische Äquivalent einer Remise. Doch aveshquische Eingeborene hielten sich selten, wenn überhaupt, Kutschen westlichen Stils. Das Außengebäude barg fünf sehr schöne Fhozhees, einen robusten Wagen, eine

Schubkarre und zwei große Palankins, auf denen ihr Blick wohl wollend verweilte. Hölzerne, stabil wirkende Konstruktionen, kräftige Tragestangen, frisch abgedichtet. Auf zwei Seiten Fenster mit Läden. Gut. Und neben jedem Palankin war ein Trägerpaar von Stille-Gefährten postiert, jeder mit Kapuze, Maske, Handschuhen und Sandalen mit ausgefallen breiten Sohlen, dicht in wasserundurchlässiges Ölzeug vermummt. Sie musterte die stillen Gestalten neugierig. Viel konnte sie nicht sehen – die Kleidung verbarg alle Einzelheiten ihres Gesichts oder ihrer Körper –, und so konnte sie das überaus starke Gefühl von Fremdartigkeit, das sie bei ihrem Anblick überkam, kaum begründen. Sie konnte nur raten, dass es mit ihrer widernatürlichen Unbeweglichkeit zusammenhing. Keiner der vier zuckte auch nur, und sie entdeckte keinerlei Anzeichen für Atmung.

»Ich nehme an, dass die Herren den einen und Miss Devaire den anderen Palankin in Beschlag nehmen werden, und dementsprechend ist das Gepäck aufgeteilt worden«, tat HeeshNuri kund. »Berichtigen Sie mich, wenn ich mich irre.«

Girays versicherte ihm, dass dem nicht so wäre.

»Sehr gut. Sie sollten Folgendes wissen«, riet ihnen ihr Gastgeber. »Die Stille-Gefährten werden sie auf dem kürzesten und direktesten Weg nach Osten über die Ebenen bis in die Außenbezirke von JaiGhul bringen, wo sie Sie verlassen werden. Kein Umweg und keine Kursänderung sind möglich, und Ihre Träger werden auch nach Erledigung ihrer Aufgabe nicht bei Ihnen bleiben. Es gibt nur zwei Befehle, die Sie erteilen können, auf die sie hören werden. Der eine ist ›Los!‹, der andere ›Halt!‹. So können Sie so oft und so lange anhalten, wie Sie wünschen. Ein Wort der Warnung noch. Sollten sich auf dem Weg Schwierigkeiten auftun – Erkrankung, Unfall, ein Notfall irgendeiner Art – werden die Stille-Gefährten keine Hilfe leisten. Sie können es nicht. Haben Sie das verstanden?«

Warum nicht? Sind sie schwachsinnig?, wunderte sich Luzelle, nickte jedoch pflichtschuldig.

»Und wenn ein Stille-Bursche erkrankt oder sich verletzt, was dann?«, wollte sie wissen.

»Darüber muss man sich keine Sorgen machen.«

Warum nicht?, wunderte sie sich erneut, doch die sanfte Geste des Astromagiers forderte sie zum Einsteigen auf, und es schien nicht der rechte Zeitpunkt zu sein, um auf eine Erklärung zu drängen.

Als sie sich ihrem Palankin näherte, kam sie ganz dicht an einem der Stille-Gefährten vorbei. Ein starker Duft nach aromatischen Gewürzen wehte aus ihren Kleidern, und unter den Gewürzen lag etwas Übelriechendes und Abstoßendes. Nicht wie der Körpergeruch des Nachtwachmanns in Jumo Statt; mehr wie verdorbenes Essen, schlecht gewordenes Fleisch. Sie warf einen raschen Blick in sein Gesicht hoch und erhaschte den trüben Glanz fahler Augen, der durch die Schlitze in der Maske drang; keine typisch aveshquischen Augen, ganz und gar nicht. Ein leichtes Übelkeitsgefühl ließ sie schaudern, und sie zögerte.

Ein schlechter Zeitpunkt, um die Nerven zu verlieren. Karsler und Girays machten sich keiner solcher Schwäche schuldig, sie waren bereits eingestiegen. Sie holte einmal tief Luft, kletterte in ihren Palankin und zog entschlossen die Tür hinter sich zu. Finster wie ein Wandschrank. Sie tastete nach den nächsten Läden, fand die Sperre und öffnete ein Fenster. Schwaches Licht fiel herein, und sie sah ihre Reisetasche und ihren Schirm auf dem Boden und daneben einen Flechtkorb, wahrscheinlich mit Vorräten gefüllt. Sie steckte ihren Kopf rechtzeitig heraus, um zu sehen, wie HeeshNuri-von-den-Schwingen die Flügel einer großen Holztür weit aufstieß. Wind und Wasser fegten in die Remise, und Luzelle zog den Kopf wieder ein. Der Astromagier klatschte scharf in die Hände, rief einen schnarrenden, unverständlichen Befehl auf Aveshquisch, und die Stille-Gefährten hoben ihre Last an.

HeeshNuri erhob erneut die Stimme, und die Stille-Gefährten schritten in den Regen hinaus. Ihr Gang war ein gleich bleibendes, mechanisches Stapfen.

Regen trommelte auf das Dach des Palankins. Tröpfchen spritzten durch das Fenster herein, und Luzelle schloss die Läden wieder, so dass nur noch ein schmaler Sichtschlitz offen blieb. Eine Zeit lang besah sie sich die dämmrige und langsam ertrinkende Landschaft auf der einen Seite, um dann zu dem anderen Fenster zu wechseln, durch das sie den anderen Palankin sehen konnte, der sich in genau derselben Geschwindikeit wie der Ihre fortbewegte. Eines seiner Fenster war angelehnt, und in der Öffnung konnte sie undeutlich Girays sehen. Sie winkte ihm einmal zu, doch er erwiderte die Geste nicht. Entweder hatte er sie nicht gesehen, oder er ignorierte sie. Mit einem gereizten kleinen Knall schloss sie den Laden. Der Regen strömte, und die Stille-Gefährten marschierten weiter.

Stunden vergingen, die Meilen schwammen vorüber, und bald darauf verfinsterte sich der graue Himmel. Eine der seltenen Regenpausen setzte ein, und als ihre Träger die relativ schlammfreie Spitze einer steinigen Erhebung erklommen, ergriff Luzelle die Gelegenheit, eine notwendige Ruhepause anzuordnen.

Die Stille-Gefährten blieben auf den Befehl hin abrupt stehen. Sie setzten ihre Last unsanft ab. Luzelle schaute aus dem einen, dann aus dem anderen Fenster. Keine Spur von dem anderen Palankin. Sie prüfte den Boden, entdeckte jedoch keine Schlangen. Zögernd stieg sie aus, setzte den Fuß auf festen Boden und ging ein paar Schritte. Dann schaute sie zu ihren Trägern zurück, um zu sehen, ob sie sie vielleicht beobachteten oder ihr sogar folgten. Nichts dergleichen. Die beiden verhüllten Gestalten standen starr und offenbar blind für ihre Existenz da, die maskierten Gesichter unverwandt nach vorn gerichtet. Sie zog sich kurz hinter einen Felshaufen zurück, kam dann zurück und sah beim Näherkommen einen braunen Wurm über den Fuß des vorn gehenden Stille-Gefährten kriechen. Sie kniff die Augen zusammen. Kein Wurm; eine kleine Schlange, höchstwahrscheinlich eine der giftigen Hyuuls, vor denen man sie gewarnt hatte. Ein spontaner Warnruf entrang sich ihr; nicht die beste Reaktion, wurde ihr verspätet klar. Der Lärm würde den eingeborenen Träger erschrecken, er würde zusammenzucken oder hochspringen, und die verängstigte Schlange würde zubeißen. Der Mann würde erkranken oder sogar sterben, und alles wegen ihres dummen Fehlers.

Sie hätte sich die Sorge sparen können. Der Stille-Gefährte zuckte nicht zusammen, und er sprang auch nicht hoch. Genauso wenig blickte er zu der Schlange hinunter, die über seinen sandalenbewehrten Fuß glitt. Er rührte sich nicht einmal.

Seine Selbstbeherrschung war fast übermenschlich. Natürlich tat er gut daran, völlig still stehen zu bleiben, aber wie ertrug er das? Sie hielt den Atem an, bewahrte Ruhe und beobachtete. Sekunden später kroch die Schlange weg, und der Bann war gebrochen.

»Alles in Ordnung?« Sie eilte ohne Umschweife auf ihn zu. Er blieb reglos, das maskierte Gesicht starr nach vorn in den Nebel gerichtet, und sie erinnerte sich, dass er kein Vonahrisch sprach; keiner der Träger tat das, aber irgendwie würde sie sich ihm doch verständlich machen können. Sie zeigte auf seinen Fuß. »Die Schlange hat nicht zugebissen? Sie sind nicht verletzt?«

Kein Zeichen von Bewusstsein, weit weniger von Verständnis. Sie schaute auf seinen Fuß hinunter, an dem sich keine punktförmigen Bisswunden zeigten, doch das schlammfarbene Fleisch, das zwischen den Sandalenriemen zu sehen war, war aufgedunsen und bleich, von fast grünlicher Färbung. Er war also gebissen worden. Aber nein, der andere Fuß sah ganz genauso aus, und sicher konnte der Hyuul doch nicht in beide gebissen haben. Außerdem wären sie ohnehin nicht so rasch angeschwollen und grün geworden. Wahrscheinlich waren sie gar nicht richtig grün, es war eine optische Täuschung des Zwielichts.

Dann bekam sie einen weiteren Hauch jenes verwesenden Fleischgestanks mit, der von dem Stille-Gefährten ausging, und grundlose Furcht wallte in ihr hoch. Höchst irrational, und sie würde es sich auf keinen Fall anmerken lassen. Der Träger war unverletzt, der Zwischenfall abgeschlossen. Sie kletterte in ihren Palankin zurück und schloss die Tür hinter sich.

»Los!«, befahl sie, und die Reise ging weiter.

Sie aß kalten Reissalat und trank Fruchtsaft aus einer der Flaschen in dem Flechtkorb, solange noch genügend Licht war, um den Inhalt unterscheiden zu können. Dann setzte der Regen von neuem ein, und das Licht verblasste vollends. Die Stille-Gefährten trugen ihre Last durch tiefste Dunkelheit nach Osten, und ihre Geschwindigkeit ließ auch nicht einen einzigen Augenblick lang nach.

Es gab weder Lampe noch Kerze. Als sie aus dem Fenster nach draußen spähte, konnte sie nichts sehen, und daher horchte sie angestrengt, hörte jedoch nur den Regen, den Wind, das Ächzen der hölzernen Scharniere und das Glucksen der Füße der Stille-Gefährten im Morast. Der andere Palankin konnte nicht weit voraus sein, doch die Schwärze hatte ihn vollständig verschluckt; die Schwärze hatte die gesamte Welt verschluckt.

Das Glucksen war rhythmisch und beinah einschläfernd, das Tappern des Regens auf dem Dach hinterhältig entspannend. Die klamme Dunkelheit drückte ihr die Lider zu, und sie schlief ein.

Es war noch immer dunkel und regnerisch, als sie erwachte. Weder der Rhythmus noch das Tempo, noch das Glucksen hatte sich merklich verändert. Sie stieß eines der Fenster auf, und bleiernes Licht fiel herein. Morgen also. Gähnend rieb sie sich die Augen und streckte ihr Gesicht hinaus, um es vom Regen waschen zu lassen. Als sie völlig wach war, nahm sie ihre Umgebung in Augenschein.

Nicht viel zu sehen. Eine endlose Ebene, bei trockenem Wetter vermutlich eine Staubwüste, im Augenblick ein Meer aus gelblichem Schlamm. Nebel und Wolken verhüllten die Landschaft, doch in mittlerer Entfernung konnte sie eine Ansammlung von niedrigen Dächern, die zu irgendeinem kleinen Dorf gehörten, ausmachen. Nicht JaiGhul, noch nicht. Sie zog sich nach drinnen zurück und testete den Blick durch das andere Fenster. Noch mehr Schlamm, und, nicht weit entfernt, der andere Palankin, der einen Kurs parallel zu dem ihren verfolgte.

Sie trank ein bisschen Fruchtsaft, aß ein bisschen von den Brotfladen und machte es sich mit einem Buch bequem. Als sie das Gelände für günstig hielt, ordnete sie – widerwillig – einen weiteren Halt an; denn der Gedanke, der konkurrierende Palankin könnte einen Vorsprung gewinnen, wenn auch nur um wenige Meter, war ihr unerträglich.

Während sie ihre Röcke unstatthaft hoch schürzte, damit sie nicht durch den Schlamm schleiften, schleppte sie sich zu ihrem Gefährt zurück, hielt jedoch vor dem erneuten Einsteigen inne, um die Füße der Träger nach Schlangen zu inspizieren. Sie entdeckte keine, doch jetzt fiel ihr zum erstenmal auf, dass an dem rechten Fuß des hinten gehenden Stille-Gefährten der große Zeh fehlte. An seinem linken Fuß fehlten großer und kleiner Zeh. Beide Füße waren schlammverkrustet, so dass es unmöglich abzuschätzen war, ob die Amputationen schon lange oder erst kurze Zeit zurücklagen. Der linke Fuß des vorne gehenden Stille-Gefährten besaß auch nur noch vier Zehen. Seltsam, dass ihr das gestern nicht aufgefallen war. Das Auftauchen einer Giftschlange musste sie für alles andere blind gemacht haben. Pech für die Träger, aber wenigstens verlangsamten ihre Behinderungen ihre Geschwindigkeit nicht.

Die Reise ging weiter, und der nasse, dumpfe Tag verstrich. Die Stille-Gefährten rasteten nie, aßen nie, schliefen nie, ließen nie nach, stolperten nie. Offensichtlich hatte ihr Meister sie auf irgendeine arkane Weise gewappnet, obwohl sie sich nicht vorzustellen vermochte, wie er das fertig gebracht haben könnte. Irgendetwas sagte ihr, dass sie es eigentlich gar nicht wissen wollte.

Am späten Nachmittag gelangten sie in eine Region sanft rollender Hügel und Senken, durch die irgendein namenloses Bächlein floss, gesäumt von dichtem Bewuchs aus hüfthohem Riedgras. Unbeirrt pflügten sich die Stille-Gefährten ihren Weg durch die Vegetation und marschierten ohne Umschweife ins Wasser, das ihnen bald bis zur Brust reichte.

Luzelle schaute aus dem Fenster und erblickte aufgewühltes, lehmfarbenes Wasser, das beinahe am Boden des Palankins leckte. Sie musste nur die Hand ausstrecken, um es zu berühren, und tat es auf die müßige Art eines Ausflüglers in einem Ruderboot auf einem stillen vonahrischen Teich. Die Empfindung war angenehm, und so ließ sie ihre Hand durchs Wasser gleiten, bis sie eine längliche Schnauze erspähte, die sich rasch durchs Wasser pflügte, und ein Paar lidloser Reptilienaugen erblickte, die sich ihr näherten. Da riss sie die Hand hastig zurück und rief den Trägern eine dringliche Warnung zu. Sie veränderten ihre Geschwindigkeit nicht im Geringsten.

Schnauze und Augen waren die Vorhut einer länglichen Gestalt, die sie nur zu gut kannte. Als sie ihre

Hand aus dem Wasser zog, wechselte das Krokodil seinen Kurs und hielt auf den vorderen Stille-Gefährten zu. Sie lehnte sich aus dem Fenster und rief dem Träger gellend zu: »Kommen Sie herein – raus aus dem Wasser!«

Er sah nicht einmal ansatzweise in ihre Richtung. Sie wedelte hektisch mit dem Arm und kreischte, aber er schien taub zu sein. Das Krokodil tauchte unter und war ihren Blicken entzogen, und dann schien der Stille-Gefährte unter der Wucht eines unsichtbaren heftigen Schlags zu erzittern. Er wankte, und der Palankin neigte sich gefährlich zur Seite, sodass Luzelle heftig gegen die Tür geworfen wurde. Die Türklinke gab nach, die Tür schwang weit auf, und sie plumpste in den Fluss.

Einen kurzen Augenblick lang ruderte sie wild umher und prustete, dann berührten ihre Füße den weichen Boden, und sie fand sich wieder zurecht. Sie stand bis zum Hals in schlammigem, einigermaßen warmem Wasser, und noch als sie sich das tropfnasse Haar aus dem Gesicht schüttelte, sah sie ein zweites Krokodil aus dem Schutz der Ufergräser ins Wasser gleiten und auf sie zu schwimmen.

Die Stille-Gefährten richteten den Palankin auf und stapften ohne sie weiter.

»Halt!«, gellte sie wild, und sie blieben stehen. »Warten Sie auf mich, warten Sie auf mich«, murmelte sie leise vor sich hin, während sie unter kräftigen Armbewegungen auf sie zu watete. Sie standen bewegungslos da und starrten geradeaus.

Sie erreichte den Palankin. Sie packte den Türrahmen und sprang hoch, und mit verzweifelter Anstrengung gelang es ihr, sich hineinzuziehen. Die Tür stand sperrangelweit offen. Als sie sich vorbeugte, um sie zuzuziehen, tauchte ein Krokodil auf; seine Kiefer schnappten Zentimeter von ihrem ausgestreckten Arm entfernt zu. Sie rammte dem Reptil die Tür ins Gesicht, verriegelte sie sorgfältig und schloss auf gleiche Weise die beiden Fensterläden.

»Los!«, krächzte sie.

Die Stille-Gefährten stapften gleichmütig weiter. Wenig später erreichten sie das andere Ufer und verließen den Fluss.

Eine Weile saß Luzelle zitternd und tropfend in der Dunkelheit. Als ihre Zitterkrämpfe sich legten, holte sie tief Luft, wechselte ihre nassen Kleider gegen trockene, stieß dann die Läden auf und sah vorsichtig hinaus.

Sie erblickte schlammige Ebenen, dämmriggrauen Himmel und fallenden Regen. Als sie den Blick auf den Boden richtete, sah sie, dass es in den großen Pfützen, die jedes Loch und jede Senke füllten, von kleinen braunen Schlangen wimmelte, durch die die Stille-Gefährten ohne Zögern und ohne Missgeschick stampften.

Den Krokodilen gegenüber hatten sie einen ähnlichen Gleichmut an den Tag gelegt, und ihre Zuversicht hatte sich bestätigt. Nach dem ersten Angriff auf den vorderen Träger hatten die Krokodile die Stille-Gefährten in Frieden gelassen.

Als sie es das nächste Mal wagte, eine kurze Rast anzuordnen, ergriff Luzelle die Gelegenheit, ihre Reisegenossen zu untersuchen. Das rechte Bein der Pumphosen des vorderen Trägers war vom Knie bis zum Knöchel aufgerissen und ließ eine große Partie des bleichen Schienbeins sehen. Das Fleisch trug tiefe, punktförmige Bisswunden. Ein Stück Fleisch war aus dem Unterschenkel herausgerissen worden, und Luzelle sah das weiße Schimmern des Knochens. Doch die Verletzung, die es hätte verkrüppeln sollen, schien das Opfer gar nicht bemerkt zu haben. Der Stille-Gefährte zeigte weder Schmerz noch Bewusstsein. Und es war kein einziger Blutstropfen zu sehen.

Sie erlaubte sich nicht, darüber nachzudenken.

Der regnerische graue Tag verfinsterte sich zu einer regnerischen schwarzen Nacht. Das gedämpfte Geräusch marschierender Füße schläferte Luzelle ein und war immer noch da, als sie am Morgen erwachte. Der Regen hatte aufgehört, zweifellos nur vorübergehend, aber fürs Erste konnte sie es wagen, beide Fenster zu öffnen. Sie prüfte die Aussicht links und rechts. Noch mehr Modder, noch mehr Pfützen und noch mehr Schlangen, aber das Gelände war nicht mehr ganz so flach. Eine weite Region niedriger, sanft gewellter Hügel lockerte die Monotonie auf. In nicht allzu großer Entfernung zur Linken hielt der andere Palankin mit ihrem Schritt. Offensichtlich hatten es Karsler und Girays sicher durch die Krokodile hindurch geschafft.

Die Zeit verging, der Regen setzte wieder ein, sie kamen an einem weiteren Dorf vorbei, und Luzelles Stimmung begann sich zu heben, denn die Reise näherte sich langsam, aber sicher ihrem Ende. Achtundvierzig Stunden, hatte HeeshNuri-von-den-Schwingen versprochen, und diese beiden Tage waren beinahe vorüber. Ungeachtet des Regens streckte sie ihren Kopf aus dem Fenster und hielt angestrengt nach JaiGhul Ausschau, wo die Eisenbahnverbindung wieder einsetzte, sah jedoch nur Schlamm und Nebel. Seufzend zog sie sich zurück.

Eisenbahn. Ein normales Verkehrsmittel, gefüllt mit normalen menschlichen Wesen. Eine moderne Transportmöglichkeit in die Stadt ZuLaysa, wo ihre geplünderte Brieftasche eine Transfusion erhalten würde, und dann nordwärts in die Hafenstadt Rifzir, wo sie eine normale Fährpassage über die Straße von Aisuu zu den Emiraten von Mekzaes buchen konnte. Eisenbahn. Normalität. Bald.

Der Palankin schwankte. Einer der Stille-Gefährten war – unglaublich! – gestolpert. Kurzfristig nahm der Marsch seinen alten Rhythmus wieder an, dann stellte sich der Palankin erneut schräg, und sein hinteres Ende senkte sich jäh, so dass Luzelle nach hinten in die Kissen gedrückt wurde. Die Tragestangen berührten den Boden, und die Erschütterung des Aufpralls rüttelte sie durch. Aus irgendeinem Grund hatte der hintere Träger seine Bürde losgelassen oder abgesetzt, doch der vordere Stille-Gefährte stapfte weiter, aus Gleichgültigkeit oder Unwissenheit. Der steil gekippte Palankin schleifte und kratzte über den Boden, so dass ihr die Zähne klapperten.

Luzelle richtete sich mühevoll auf, streckte den Kopf heraus und schaute sich um. Sie sah den hinteren Stille-Gefährten knietief im Morast stehen, unbeweglich und ohne sich seiner Not bewusst zu sein. Als sein fest steckendes Bein sich zu bewegen versuchte, kippte sein Oberkörper nach vorn, so dass die ganze aus dem Gleichgewicht geratene Gestalt mit dem Gesicht zuunterst in den Schlamm klatschte. Selbst jetzt noch setzte er seine Bewegungsversuche fort, bis es Luzelle in den Sinn kam, anhalten zu lassen. Der vordere Träger blieb auf ihr Kommando stehen. Die im Sumpf stecken gebliebene Gestalt lag still.

Und jetzt? Sie brauchte beide Träger. Sie würde den gestürzten Stille-Gefährten aufheben und wieder auf seinen Posten bringen müssen, aber er war größer als sie, und es war ungewiss, ob sie die Kraft dazu aufbrachte. Vielleicht konnte sie einen Weg finden, aber zuerst musste sie zu ihm gelangen, und ein einziger Blick sagte ihr, dass es auf dem zwischen ihr und dem Träger liegenden nassen Grund nur so von kleinen braunen Schlangen wimmelte. Hunderte, vielleicht Tausende von Hyuuls, und jede einzelne von ihnen hoch giftig. Sie schaute von den Schlangen zu dem Stille-Gefährten und wieder zurück. Ihre Gedanken rasten. Sitzkissen? Einen beweglichen Laufsteg errichten? Sie sich an die Füße binden?

Eine flüchtige Bewegung erregte ihre Aufmerksamkeit. Sie blickte auf und sah den konkurrierenden Palankin mit ihrem gleichziehen. Die Läden waren angelehnt. Girays' Gesicht erschien im Fenster, und sie winkte dringlich.

Er sah sie, daran bestand kein Zweifel, und ihre missliche Lage erklärte sich von selbst. M. le Marquis würde wissen, was zu tun war.

Das wusste er in der Tat. Die Läden schlossen sich, und Girays' Gesicht verschwand. Der Palankin zog weiter, und sie starrte ihm mit offenem Mund hinterher.

Wie konnte er nur? Wollte er sie hier mitten im schlammigen Nirgendwo sterben lassen? Tränen schossen ihr in die Augen, und wütend wischte sie sie weg. Dieser selbstzufriedene, hochnäsige Schweinehund würde sie nicht zum Weinen bringen. Er würde sie nicht besiegen, o nein! Sie würde es ihm zeigen. Sie würde es ihnen allen zeigen.

Zurück zu den praktischen Dingen. Sie zwang sich zum Handeln. Kissen. Sie würden sie ungefährdet über Schlamm und Schlangen hinwegtragen. Plump, aber vermutlich wirkungsvoll, wenn sie nur eine Möglichkeit fände, sie an ihren Füßen zu befestigen. Sie mit von ihren neuen Musselinnachthemden abgerissenen Stoffstreifen festbinden? Nicht unmöglich. Nachthemden und Taschenmesser befanden sich in ihrer Reisetasche. Sie beschaffte sich beides und begab sich an die Arbeit.

Die Streifen, die sie abriss, waren lang, aber nicht haltbar. Sie versuchte, zwei davon zusammenzudrehen, um eine festere Kordel zu erhalten, aber sie wollten nicht halten, selbst, als sie sie nass machte. Flechten funktionierte besser, würde aber eine Weile dauern. Die nächsten Minuten flogen ihre Finger emsig umher.

Als die Flechtschnüre fertig waren, versuchte sie die Kissen an ihren Füßen zu befestigen. Die Aufgabe erwies sich als schwieriger, als sie gedacht hatte, und mehrere Versuche scheiterten, aber bald fand sie eine komplizierte Bindetechnik, die die Kissen sicher zu halten schien. Und halten müssten sie auch, wenigstens so lange, um sie über mehrere Meter schlangenverseuchten Schlamms hinwegzutragen. Wie viele Meter? Sie spähte noch einmal durch den strömenden Regen hinter sich, um die Entfernung abzuschätzen, und entdeckte eine hoch gewachsene graue Gestalt, die den gestürzten Stille-Gefährten aus dem Sumpf zog.

»Karsler?«, hauchte sie überwältigt. Seine hohen Stiefel, ging ihr sofort auf, waren mit Sicherheit schlangenfest.

Die fest steckenden Füße flutschten mit einem hörbaren ›Plopp!‹ heraus, und Karsler wuchtete den Stille-Gefährten auf die Füße. Der Träger schwankte gefährlich, erlangte dann das Gleichgewicht zurück und blieb regungslos stehen. Karsler erteilte einen ruhigen Befehl, und zusammen schritten sie aus. Beim Näherkommen sah Luzelle, bevor sie wegschauen konnte, dass die Maske des Stille-Gefährten heruntergerutscht war, sodass der größte Teil seines trübäugigen, grünlich verfärbten Gesichts freilag. Sie meinte eine zerklüftete Palisade verfaulender Zähne zu sehen, aber nur die obere Zahnreihe, denn der Unterkiefer war ganz abgefallen. Doch der Regen hatte ihr vielleicht einen Streich gespielt, und wie dem auch sei, sie verbannte das Bild umgehend aus ihren Gedanken.

Sie erreichten den Palankin, und der Träger hob die hinteren Tragestangen an. Karsler umrundete die Sänfte und trat an das Fenster.

»Luzelle, Sie sind wohlauf?«, fragte er.

»Ja, mir geht es gut.« Sie öffnete die Tür. »Bitte, kommen Sie doch aus dem Regen.«

Er tat ihr den Gefallen, und sie schloss die Tür hinter ihm. Er war bis auf die Haut durchnässt, seine Uniform klebte ihm am Leib, das Wasser rann von seinem Hut, und Luzelle dachte, dass sie nie jemand Schöneres gesehen hätte.

»Danke – oh, danke, Karsler!«, rief sie aus. »Wenn Sie mir nicht geholfen hätten, ich hätte nicht gewusst, was ich tun soll.«

»Ich glaube, ich sehe, was Sie getan hätten.« Sein Blick senkte sich auf die an ihren Füßen befestigten Kissen, und er lächelte leicht. »Das ist überaus einfallsreich. Ich weiß nicht, ob es sehr praktisch ist, aber ich muss Ihre Erfindungsgabe bewundern.«

»Ja, Sie haben Recht, es ist ziemlich lächerlich.«

»Das habe ich nicht gesagt. Vom komischen Anblick abgesehen, hätte diese unorthodoxe Methode, die Sie sich ausgedacht haben, vielleicht zum Erfolg geführt.«

»Oder auch nicht. Ich bin froh, dass ich dank Ihres Eingreifens nicht die Probe aufs Exempel machen musste. Es ist außerordentlich großzügig von Ihnen, sich auf diese Weise mir zuliebe aufhalten zu lassen. Es erstaunt mich, dass Sie Girays überreden konnten zuzustimmen.«

»Er hat auch nicht zugestimmt. Er sah keine Notwendigkeit zu helfen, äußerte vielmehr sein großes Vertrauen in Ihre Fähigkeit, alle Hindernisse zu überwinden. Vielleicht hatte er damit Recht, aber ich wollte es nicht darauf ankommen lassen. Deshalb haben v'Alisante und ich unsere Gemeinschaft aufgekündigt, und er ist weitergezogen.«

»Was, wollen Sie damit sagen, er hat einfach den Palankin genommen, den Sie beide bezahlt haben, und Sie hier stehen lassen? Dazu hatte er kein Recht!«

»Ich hoffe, ich bin nicht zu vermessen, wenn ich hoffe, dass Sie mir gestatten werden, Ihr Transportmittel mitzubenutzen?«

»Ich werde Ihre Gesellschaft sehr genießen. Und ich glaube, v'Alisante sollte sich schämen. Er hat Ihnen einen üblen Streich gespielt.«

»Das sehe ich anders. Wir befinden uns in einem Wettrennen, und er ist nicht verpflichtet, für irgendjemanden anzuhalten. Das ist etwas, wofür ich selbst mich entschieden habe, das ich aber nicht von einem anderen erwarten kann.«

»Und ich erst recht nicht«, versetzte sie. »Das ist nicht anständig, Sie sollten Ihre Siegeschancen nicht mir zuliebe aufs Spiel setzen.«

»Ach, Sie reden ja beinahe wie der Großlandsmann.«

»Den Ehrgeiz habe ich nicht. Wo ist Ihr Onkel eigentlich? Ich habe ihn lange nicht gesehen.«

»Er ist vorausgereist. Er hat es vorgezogen, die Eintönigkeit der Reise abzukürzen und sich direkt nach Liz Folaze zu begeben, wo ich ihn als Nächstes wiedertreffen werde.«

»Irgendwie ahne ich, dass Sie nicht allzu erpicht darauf sind, ihn einzuholen?«

»Ich bin wesentlich erpichter darauf, v'Alisante einzuholen«, parierte Karsler. »Sein Vorsprung vergrößert sich mit jeder Minute.«

Recht hatte er.

»*Los!*«, befahl Luzelle scharf, und die Stille-Gefährten setzten sich in Bewegung.

Karsler lächelte sie an, und sie erinnerte sich an die Sonne.

»Das ist besser«, sagte er.

»Viel besser«, entgegnete sie und lächelte zurück.

Zwanzigstes Kapitel

Majestät, ich freue mich, Ihnen eine Errungenschaft mitteilen zu können. Unser Meisterfeuer hat neue Höhen der Geschicklichkeit und der Kontrolle erreicht«, ließ Nevenskoi verlautbaren.

»Hat er das?« König Miltzin schien ein Gähnen zu unterdrücken.

»In der Tat.« Entschlossen, die offensichtliche Langeweile seines Monarchen zu überwinden, setzte der Adept eine Miene würdiger Begeisterung auf. »Wir haben eine Demonstration vorbereitet, ein neues Wunder, um Ihrer Majestät Sinn für das Wunderbare zu stimulieren.«

»Wieder eine von diesen Feuergeschichten? Wie viele davon habe ich schon gesehen? Wirklich, Nevenskoi, ist Ihnen noch nie der Gedanke gekommen, dass das alles immer wieder das Gleiche ist? Ist es nicht an der Zeit, dass Sie Ihren Horizont ein wenig erweitern?«

»Aber Sire – »Die Eingeweide des Adepten begannen unbehaglich zu rumoren. »Das Fühlende Feuer ist eine Entdeckung von ungeheurer Tragweite, eine Entdeckung, deren Potenzial nicht einmal annähernd erforscht –«

»Meiner Ansicht nach ist es in den letzten Monaten bis an die Grenzen des Machbaren und darüber hinaus erforscht worden. Können Sie nicht mal mit etwas *Neuem* kommen?«

Neu? Eine der größten arkanen Fortschritte in der Geschichte stand zu seiner Verfügung, und dieser zurückgebliebene Mensch langweilte sich bereits damit? Nevenskois Innereien begannen zu schäumen.

»Sire –« Der Adept befeuchtete seine Lippen und sprach mit außergewöhnlicher Beherrschung: »Ich bitte darum, anmerken zu dürfen, dass Meisterfeuer die Menschen nach wie vor zu amüsieren versteht. Ihre Majestät muss sich nur die Begeisterung des Publikums im Opernhaus in Erinnerung rufen –«

»Ja, das *war* ein Triumph, nicht wahr?« Miltzins Augen leuchteten kurz auf. »Das Spektakel war erstaunlich! Selbst die Zoketsa musste ihre Verblüffung gestehen. Aber da liegt auch das Problem, sehen Sie. Der Triumph war eine verkappte Katastrophe. Seit dieser Nacht werde ich mit Bittgesuchen und Forderungen überschwemmt, von denen die meisten von meinen eigenen Untertanen stammen. Nie hätte ich den öffentlichen Appetit so anregen dürfen. Es war eine herrliche Darbietung, unseren grünen Freund den Blicken des Pöbels auszusetzen – ein Fehler, den ich nicht wiederholen werde.«

»Ich verstehe.« Eine weitere zu Grabe getragene Hoffnung. Nevenskoi bemühte sich, seinen Groll zu verbergen, aber sein Geschöpf, derzeit unter der Wärmeplatte des Königs postiert, bekam die Gefühlsaufwallung mit. Das Feuer sprang zur Antwort hoch, und grüne Zungen leckten über den Tisch.

Herunter. Klein, mein Schöner, klein, wies Nevenskoi ihn lautlos an, und Meisterfeuer legte sich ohne Widerworte nieder.

»Von nun an muss Meisterfeuer seine Aktivitäten auf den Wasserhexenpalast beschränken«, entschied der König. Stirnrunzelnd pflückte er einen in Öl ausgebackenen Austernbausch von der unvermeidlichen Platte mit den Appetithäppchen. »Und angesichts dieser Tatsache ist es mehr als offensichtlich, dass der Neuheitswert der verschiedenen kleinen Vorführungen und Demonstrationen sich weitestgehend erschöpft hat.«

»Majestät, gewähren Sie Ihrem Diener die Ehre, Sie zu widerlegen », schlug Nevenskoi vor.

»Ha! Falsch! Sie sind sehr direkt. Keine Angst, ich bin nicht beleidigt. Nun denn, mein Freund, widerlegen Sie mich unbedingt. Ich werde angenehm überrascht sein, wenn es Ihnen gelingen sollte.«

»Sire, ich prahle nicht, wenn ich Ihnen versichere, dass Meisterfeuer neue Höhen des Könnens erklommen hat.«

»Können in welcher Hinsicht?«

»Im Formen und Verändern seiner eigenen Substanz. Er hat einen bemerkenswerten Grad von Kontrolle und Präzision entwickelt, kombiniert mit unbegrenzter Wandelbarkeit. Kurz gesagt, Majestät, Meisterfeuer ist imstande, praktisch jede erdenkliche Gestalt anzunehmen. Ich werde es Ihnen zeigen.«

Liebling. Nevenskoi versicherte sich der Aufmerksamkeit seines Geschöpfs und erteilte stumme Befehle.

Sofort schoss Meisterfeuer unter der Warmhalteplatte hervor, sprang auf den Schreibtisch, sauste in die Raummitte und reckte sich zur Decke. Brüllend entstand eine Säule aus grünen Flammen. Einige wenige Augenblicke lang wirbelte die Säule ungehemmt im Raum, ihr Licht beinahe unterträglich für die Augen. Dann ließen die Drehbewegungen allmählich nach, das wilde Strahlen erbebte wie ein verwundetes Herz, und die Form der feurigen Masse begann sich zu verändern.

Flammenäste begannen schlangengleich aus dem Stamm zu kriechen, Zweige sprossen aus den Ästen, die Zweige teilten sich, und breite grüne Feuerblätter entfalteten sich. Die kleinen Wirtel, die die Zweige bekrönten, entwickelten Knospen, die sich rasch zu strahlenden Blüten öffneten, deutlich bis in die kleinste Einzelheit vom Stempel bis zu den Staubfäden.

»Nun. Ein Baum«, sagte der König.

»Vollkommen in jedem Detail.« Nevenskois Augen weideten sich an dem Anblick. »Majestät, sehen Sie die erstaunliche Genauigkeit – die Textur der Rinde, die

Rundung jedes einzelnen Blütenblatts, die feurigen Knoten entlang des Stamms, die präzise Nachbildung jedes Bestandteils –«

»Sehr nett. Es sieht genau wie ein Baum aus. Was tut er?«

»Tun?«

»Steht er nur so herum wie ein zahmes Waldfeuer, oder *tut* er etwas?«

»Was, wenn ich so kühn sein darf zu fragen, erwartet Ihre Majestät denn von ihm, dass er *tut*?«

»Woher soll ich das wissen? Irgendeine Art von Trick, nehme ich an, irgendetwas Unterhaltsames. Das ist doch wohl Ihre Aufgabe, oder? Wirklich, Nevenskoi, erwarten Sie, dass ich Ihre Arbeit tue? Benutzen Sie Ihre Phantasie, Mann!«

»Sire, Sie sehen vor sich ein Feuer, das Empfindung und Bewusstsein besitzt, das erste seiner Art, imstande, seine eigene Gestalt beliebig zu verändern, und Sie beschweren sich, dass es nicht unterhaltsam genug sei? Ihre Majestät, ich würde gern darauf hinweisen –« Nevenskoi bremste sich mit größter Mühe. Es brachte ihm überhaupt nichts ein, auf die erbärmliche Phantasiearmut des Königs hinzuweisen; das genaue Gegenteil war der Fall. Er schluckte seine Verachtung herunter und fuhr in verhältnismäßig ausgeglichenem Tonfall fort: »Ich würde gern darauf hinweisen, dass Meisterfeuers Fähigkeiten damit noch keineswegs erschöpft sind. Sehen Sie nur zu, Sire.«

Welche Gestalt, welche Form, was konnte Meisen-Miltzins sprunghaften Geist fesseln? *Benutzen Sie Ihre Phantasie, Mann!* Nevenskoi öffnete seinen Geist dem Universum, und stante pede hielt die Inspiration Einzug.

Er sprach erneut in seinen Gedanken, formulierte seine Anweisungen sorgfältig, und Meisterfeuer reagierte prompt. Der blühende Baum löste sich wirbelnd auf. Die Flammensäule erschien wieder, drehte sich kurz um ihre Achse, schrumpfte und fiel dann zusammen, bildete sich nochmals um und gab eine mit üppigen Kurven gesegnete, nackte weibliche Gestalt mit schlanken, wohlgeformten Gliedern und dem strahlenden Gesicht einer zügellosen Fee. Die grüne Sirene, die Meisterfeuer war, lächelte und schüttelte ihre leuchtende Haarwolke zurück.

»Oh!«, hauchte Meisen-Miltzin. Seine Grashüpferaugen quollen beredt hervor. »Oh.«

»Sehen Sie, Sire.« Nevenskoi registrierte die Reaktion seines Monarchen mit tiefer Befriedigung. »Meisterfeuers Potenzial ist noch längst nicht erschöpft. So viel geben Sie doch zu?«

»Prachtvoll«, flüsterte der König. »Spektakulär. Sie ist ja so wunderschön!«

»Ihrer Majestät Vergnügen ist meine größte Belohnung.«

»Sie ist das herrlichste Geschöpf, das ich je erblickt habe«, äußerte Seine Majestät. »Makellos. Einzigartig. Noch nie sah ich solche Intensität, solch unerschrockene Leidenschaft!«

»Es ist nur eine Gestalt unter zahllosen Möglichkeiten, von denen jede wunderbarer als die vorherige ist«, bemerkte Nevenskoi mit einem viel sagenden Lächeln.

»Nicht auszudenken, wie ich sie verkannt habe!«, staunte der König. »Diese Wesenheit, die wir unter dem Namen Meisterfeuer kennen, sollte von Rechts wegen den Titel – Meisterinfeuer tragen. Ja, es ist perfekt – *sie* ist perfekt. Die Essenz aller wahren Weiblichkeit – und wir haben es nicht bemerkt, bis jetzt nicht! Wie konnten wir nur so blind sein?«

»Majestät, alle Sterblichen unterliegen dem Irrtum.«

»Nevenskoi, ich muss sie berühren! Es ist doch möglich, oder? Verweigern Sie es mir nicht, mein Freund, verweigern Sie es *ihr* nicht – denn ich spüre ihre Sehnsucht, sie brennt in diesen unvergleichlichen Augen!«

»Ich denke, dass ein gewisser begrenzter Kontakt möglich sein könnte«, stimmte Nevenskoi ihm vorsichtig zu. Er überlegte. Er kontrollierte Meisterfeuer, er konnte Meisterfeuer vertrauen, bis zu einem gewissen Punkt. »Ja. Sie dürfen ihre Hand halten. Kurz.«

»Es ist ein Anfang.« Miltzins Blicke wanderten an der wogenden grünen Gestalt entlang. »Der Anfang einer Reise, ich bin sicher.«

»Einen Moment, Sire.« Nevenskoi konzentrierte seine Gedanken und sprach im Geist. *Liebling. Du hast das gut gemacht, ich bin stolz auf dich. Jetzt hör mir zu. Es ist wichtig, sehr wichtig.*

Waswaswas?, fragte Meisterfeuer.

Der König will dich berühren.

Essenessenessenessenessen –

Nichts davon. Du wirst seine Berührung hinnehmen, und du wirst nichts verzehren.

Schlechtfleisch berührt mich, ich esse.

Nein! Du wirst nichts essen. Nicht ein Stück. Du wirst kein Haar auf seinem Kopf ansengen. Hast du mich verstanden?

Neinneinnein.

Doch, das hast du.

Wer ist Schlechtfleisch, dass er Meisterfeuer berühren darf?

Unser Monarch, unser Herrscher.

Nicht meiner.

Keine Widerworte. Nevenskoi fokussierte seinen Willen. *Du hörst meine Befehle. Du wirst gehorchen.*

Kein Spaß.

Reiche dem König deine Hand.

Ist sowieso keine richtige Hand. Ungeachtet aller Beschwerden streckte die flammende Schönheit einen anmutigen grünen Arm aus.

Miltzin ergriff zögernd die schlanke Feuerhand. Sie

lag harmlos auf seiner offenen Handfläche, und ein verzücktes Lächeln breitete sich auf seinem Gesicht aus. Ganz sachte schloss er seine Finger, um die Hand von Meisterfeuer zu umfassen, blieb einige Augenblicke dort stehen und genoss die Berührung.

»Ich spüre das wilde Flackern ihrer Emotionen«, verkündete der König schließlich. »Und ich glaube, dass Meisterinfeuer die meinen ebenso spürt. Wir sind verwandte Seelen, sie und ich. Wir haben uns gebunden.« Er fuhr leicht über die langen grünen Finger, die unter seiner Berührung aufflackerten. »Ah, sie ist außerordentlich empfänglich.«

ESSEN! Meisterfeuer zitterte vor Begierde, und für einen Sekundenbruchteil waberte die menschliche Verkleidung. *Bittebittebitte!*

Nein. Ich verbiete es dir strengstens.

WIESO?

»Sie ist die personifizierte Leidenschaft«, merkte der König an. »Sie ist göttlich. Ich muss sie vollständig kennen lernen, Nevenskoi – ich muss ihre Totalität erfahren. Sie werden einen Weg finden, unsere Vereinigung zu bewerkstelligen. Ich verlasse mich auf Sie, mein Freund.«

»Ich – nun gut. Vereinigung. Ihre Majestät erstaunt mich«, antwortete Nevenskoi, was die volle Wahrheit war.

Essenessenessenessenessenessen –

»Aber ist das nicht verblüffend«, konstatierte Miltzin IX. vernünftig. »Sie sind der Schöpfer des Meisterinfeuers, ihr Vater und Lehrer. Bestimmt haben Sie, der sie so gut kennt, doch wahrgenommen, dass sie und Ihr Monarch zwei Zwillingsseelen aus Feuer besitzen. Was könnte natürlicher sein als das Verlangen dieser beiden Geister, sich zu vereinigen? Denn ich schmeichle mir wohl kaum, wenn ich annehme, dass Meisterinfeuer meine Wünsche teilt.«

Essenessenessenessenessenessen –

»Ich kann mit Gewissheit sagen, dass sie nicht gleichgültig bleibt, Sire. Dennoch –«

Ein scharfes Pochen an der Tür ersparte Nevenskoi die Notwendigkeit weiteren Einschreitens.

»Ach, das hatte ich ganz vergessen.« Miltzin schüttelte den Kopf. »Aber meine Aufmerksamkeit war ja auch völlig in Anspruch genommen!« Er hob die Stimme. »Herein!«

Die Tür ging auf. Ein Lakai drückte sich auf der Schwelle herum. Er bemerkte die nackte, grüne, flammende weibliche Person, die mit dem König Händchen hielt, und bekam runde Augen. Seine Kinnlade fiel herunter, aber kein Wort drang über seine Lippen.

»Schicken Sie ihn rein, schicken Sie ihn rein«, wies Miltzin ihn belustigt an.

Der Lakai verneigte sich tief und zog sich stumm zurück.

»Das war mir ganz entfallen, ich habe unseren phantastischen neuen Souschef rufen lassen«, erläuterte der König unbekümmert. »Dieser begabte Bursche soll ein königliches Lob und dazu vielleicht ein kleines Trinkgeld bekommen. Ich bin sicher, mein Freund, Sie stimmen mir zu, dass er beides verdient.«

»Der Souschef?« Nevenskoi erstarrte, gelähmt, als sei irgendein Blutgefäß in seinem Hirn geplatzt, und er konnte nur hilflos wiederholen: »Der Souschef?«

»Der neue Souschef, Mann! Das Genie, der aufgehende Stern, der Architekt des Appetithappens. Der begnadete – wie war gleich sein Name? O ja, der begnadete Meister Giggy Neeper!«

Eine neue Gestalt tauchte im Türrahmen auf.

»Sie dürfen näher treten«, forderte der König ihn großmütig auf.

Der Neuankömmling verneigte sich tief, trat ein, und da war er – Vetter Giggy, gerade so, wie Nitz Neeper ihn in Erinnerung hatte. Natürlich fünfzehn Jahre älter. Der stupsnasige, sommersprossige, magere Bengel von einst war um die Taille herum fülliger geworden, und sein sandfarbenes Haar ging zurück, aber Giggy war noch genau wiederzuerkennen.

Entsetzen stieg in Nevenskoi auf, und er warf verzweifelte Blicke um sich. In der Falle.

Giggy Neepers verdutzte Augen blieben an Meisterfeuer hängen. Ein oder zwei Momente lang sah er nichts anderes. Doch nachdem er sich die Gegenwart seines Herrschers ins Gedächtnis gerufen hatte, riss er den Blick von der grünen Frau los, richtete ihn auf den König und ließ ihn mit sichtlicher Mühe dort.

»Meister Neeper, ich habe Sie zu mir rufen lassen, um Ihre ausgezeichnete Arbeit zu loben«, stellte der König fest. »Ich bin aufs Vorteilhafteste beeindruckt – in der Tat höchst erfreut – von den Früchten Ihres Könnens, Ihrer Phantasie und Virtuosität. Ihre Ganzel-Puffbällchen sind die Leichtesten der Welt. Ihre Trüffeltörtchen lassen sich nicht mit Worten beschreiben.«

»Sie erweisen mir große Ehre, Sire.« Ein freudiges Erröten breitete sich auf dem Gesicht des Souschefs aus.

»Wahrlich, mein lieber Freund, Sie sind ein Künstler auf Ihrem Feld, zu Großem ausersehen. Es bereitet mir Vergnügen, mich mit begabten Menschen zu umgeben, ich genieße die Nebeneinanderstellung meisterhafter Geister. Daher freue ich mich doppelt, Ihnen einen zweiten Bewunderer Ihrer Arbeit vorstellen zu können, den genialen Adepten Nevenskoi, den Schöpfer dieser famosen Frau hier, dessen Anwesenheit Ihnen wohl bislang entgangen ist. Nevenskoi kann Ihren Brandy-Haselmäusen einfach nicht widerstehen. Häh, Nevenskoi?«

Der Adept neigte in wortloser Zustimmung sein Haupt.

»Ich bin überaus dankbar, Majestät. Ihr Lob überwältigt mich«, erklärte Giggy mit gebührender Bescheidenheit. Er wandte sich an Nevenskoi. »Und ich danke auch Ihnen, Sir. Vielleicht interessiert es Sie zu erfahren, dass das Rezept für die Brandy-Haselmäuse eine Verfeinerung eines Gerichts darstellt, das meine Großmutter für besondere Familienfeiern zuzubereiten pflegte. Ich kann mich noch gut daran erinnern, wie ich als Junge an ihrem großen, glatt polierten Tisch saß und mich an ihren gepökelten Haselmäusen gütlich tat. Jeder liebte sie, und ich hatte einen bestimmten Vetter, der sie massenweise verschlang –« Er stockte. Er starrte. Seine Augen wurden rund, und seine Stimme hob sich um eine unglaubliche Oktave. »Nitz? Nitz Neeper, bist *du* das?«

»Ich verstehe Sie nicht.« Nevenskois rhazaullischer Akzent brach auf einmal viel stärker durch als gewöhnlich. Hinter der Fassade aus höflichem Unverständnis hämmerte sein Herz, und seine Innereien verkrampften sich.

Schlechtheit?, fragte Meisterfeuer.

»Du *bist* es!«, entschied Giggy. »Ich kann es kaum fassen! Nitz, wir haben dich alle für tot gehalten.«

»Scherzen Sie, Meister Neeper?« Nevenskoi runzelte leicht verwirrt die Stirn. Aus dem Augenwinkel sah er, wie der König die Szene mit Interesse verfolgte, und seine Besorgnis näherte sich akuter Panik.

Waswaswas?, fragte Meisterfeuer.

»Warte, bis Dosie und Jilfur erfahren, dass du noch am Leben bist! Es wird sie absolut umhauen! Weißt du, sie sprechen oft von dir. Warum um alles in der Welt hast du die ganzen Jahre nichts von dir hören lassen?«

»Worum geht es hier eigentlich, mein lieber Freund?«, wollte der König wissen. »Sie und mein Nevenskoi scheinen sich zu kennen?«

»Kennen! Sire, das ist mein lieber Vetter Nitz Neeper, seit fünfzehn Jahren vermisst. Es ist ein Wunder, ihn hier auf diese Weise wiederzufinden!«

»Majestät–« Nevenskoi, der ein leicht belustigtes Lächeln aufzusetzen versuchte, verzog gequält das Gesicht. »Diese Küchenperson macht einen Witz oder auch einen Fehler. Weder habe ich ihn je zuvor gesehen, noch bin ich je einem Mitglied seiner Familie begegnet.«

»Nitz, wie kannst du das sagen?«, tadelte ihn Giggy Neeper. »Was ist los mit dir? Du kannst doch deine eigenen Verwandten nicht vergessen haben!«

»Meister Neeper, ich glaube, Sie sind in einem schweren Irrtum befangen«, entgegnete Nevenskoi großmütig. »Ich habe dafür Verständnis. Möglicherweise weise ich eine gewisse Ähnlichkeit mit diesem verschollenen Vetter von Ihnen auf. Das kommt vor. Doch bitte begreifen Sie, dass wir uns heute zum ersten Mal begegnen.«

»Nitz, das ist doch einfach lächerlich. Glaubst du, dein eigener Vetter ersten Grades würde dich nicht wiedererkennen, nur weil du hingegangen bist und dir die Haare gefärbt hast? Obwohl, ich erinnere mich gar nicht daran, dass du je so viele Haare gehabt hättest. Oh, ich verstehe. Es ist eine Perücke!«

»Sie irren sich sehr. Sie–«

»Bei Gott, *ist* es eine Perücke?«, fragte der König. Er starrte ihn an. »Er hat Recht, nicht wahr? Ist mir bis jetzt gar nicht aufgefallen!«

»Nein, Sire, das ist ein gewaltiges Missverständnis–«

»Dann ziehen Sie mal dran. Richtig kräftig.«

»Majestät, ich protestiere. Das ist entwürdigend, absolut widerwärtig–«

»Ziehen Sie dran, Nevenskoi, oder ich rufe einen der Lakaien und lasse es ihn an Ihrer Stelle tun.«

»Das wird nicht nötig sein, Sire.« Nevenskois Eingeweide rebellierten. Er ignorierte den inneren Aufruhr, atmete einmal tief ein und sah seinem Monarchen direkt in die Augen. »Ich gestehe, dass es wahr ist, Sire.

Ich trage eine Perücke. Eine kleine Eitelkeit, harmlos und völlig bedeutungslos. Ich hoffe, Sie denken dadurch nicht zu schlecht von Ihrem Diener.«

»Und was ist mit Ihrem Namen, Mann? Ist das auch eine Eitelkeit?«

»Niemals, Sire. Ich entstamme einem alten und edlen rhazaullischen Geschlecht.«

»Oh, komm schon, Nitz«, sagte Giggy Neeper. »Du solltest dich schämen, solche Märchen zu erzählen. Dein Vater war Klisp Neeper, Ladenbesitzer in Flenkutz, und ein braver Mann, nebenbei bemerkt. Was glaubst du, was er wohl sagen würde, wenn er dich jetzt hören könnte?«

»Das Herrenhaus meiner Familie erhob sich über dem Dorf Chtarnavaikul, wie Ihre Majestät bereits wissen.« Nevenskois Augen wurden in plötzlichem Ernst feucht. »Dann kam die tödliche Schlammlawine –«

»Du und deine faustdicken Lügen!« Giggy Neeper schüttelte seinen Kopf. »Ich hatte diese unglaublichen Lügen fast vergessen, aber jetzt fällt mir alles wieder ein. In Ordnung, Nitz. Wenn wir uns nie zuvor begegnet sind, wie kommt es dann, dass ich über diese Narbe an deinem rechten Handgelenk Bescheid weiß? Du warst ungefähr siebzehn Jahre alt, und du hast irgendwelchen Unfug an Omas Herd angestellt – du hattest die aberwitzige Idee, dass du das Feuer zu irgendeiner Art von Kunststück bringen könntest, ich habe vergessen, was genau, und es hat ja ohnehin nicht geklappt –, du hast es halt nur geschafft, dir selbst den Schönheitsfleck einer Verbrennung zu verschaffen, wovon die Narbe geblieben ist. Was ist damit?«

»Ja, was ist damit?«, wiederholte der König. »Ist Ihr Handgelenk tatsächlich versehrt, Nevenskoi? Schieben Sie Ihren Ärmel zurück, lassen Sie uns sehen!«

»Majestät, das ist absurd!«

»Sie weigern sich?« Miltzins IX. Lächeln schwand.

»Sire, was beweist eine Narbe? Sie bedeutet nichts

und belegt nichts. Ich – ich habe das nicht verdient.« *Nicht nach all meiner harten Arbeit,* wollte er sagen. *Nicht, nachdem ich so weit gekommen bin und so viel erreicht habe. Ich bin der Schöpfer von Meisterfeuer, einem großen Wunder. Was bedeutet es schon, wo ich herkomme oder wer mein Vater war, warum sollte das irgendjemanden kümmern?* All das und mehr hätte er gern gesagt, doch die Worte blieben ihm in der Kehle stecken, die vertrauten nervösen Schmerzen malträtierten seinen Bauch, und keuchend presste er die Hand auf seinen Unterleib.

Auutsch! Ein stummer Ausruf des Mitleids brach aus Meisterfeuers Bewusstsein hervor.

Nevenskoi beachtete es kaum. Beschäftigt mit seiner gleichermaßen körperlichen und mentalen Not, ließ er zu, dass seine Verbindung mit dem Fühlenden Feuer zusammen mit seiner Kontrolle schwächer wurde.

»Autsch!« Diesmal kam der Schmerzensschrei von Miltzin IX. Jäh ließ er die Hand der grünen Frau los und untersuchte seine Handfläche, die dunkelrot war und zweifellos bald Blasen werfen würde.

Die Frau aus Flammen vergrößerte sich mit einem Brüllen und reckte sich zu einer Höhe von annähernd vier Metern empor. Einen oder zwei Augenblicke lang stand sie völlig unverändert dort, die wilde Haarwolke versengte und schwärzte die Decke, und starke Hitze strahlte von ihrem Körper aus. Dann flackerten die Glieder auf und verzerrten sich, die herausgemeißelten Rundungen ihres Oberkörpers wichen brennendem Chaos, der Kopf schien zu explodieren, und eine formlose Masse unkontrollierten Feuers loderte in der Mitte des königlichen Studierzimmers.

Miltzin kreischte auf und wich zurück, beide Arme hochgerissen, um das Gesicht zu schützen. Giggy Neeper schrie auf, stürzte zum Ausgang und verschwand augenblicklich.

Der Teppich unter und um Meisterfeuer wurde schwarz. Die brokatenen Fenstervorhänge verschwanden in einer grünen Lohe, und das polierte Holz des Schreibtischs begann zu verkohlen.

»Hör auf!« Nevenskoi war sich nicht bewusst, dass er laut sprach. Er erhielt keine Antwort, keinen Hinweis, dass er gehört worden war, und es bedurfte aller ihm zur Verfügung stehenden Erfahrung und Sachkenntnis, sich zum Innehalten zu zwingen, seine Gedanken zu ordnen und seine Geisteskräfte zu sammeln, bevor er sich wieder an Meisterfeuer wandte. *Hör auf!*

ESSEN! Die grüne Flamme schickte aufgeregt tastende Probetentakel aus, die auf die Bücherborde zuzüngelten. *TANZEN! GROSS! ESSEN!*

Hör auf. Schmerz und Angst störten seine Konzentration noch immer, aber Nevenskoi unterdrückte beide gewaltsam. *Hör auf. Sofort. Gehorche.*

TANZENTANZENTANZEN! Ich bin Meisterfeuer, und ich fühle mich GUT! Ich bin prachtvoll, ich bin phantastisch, ich bin ich. Die Partituren auf dem Schreibtisch gingen in Flammen auf.

Hör auf. Verzehre nichts mehr. Schrumpfe. Klein. Klein.

Will nicht. Ein Stapel ungeöffneter Korrespondenz wurde zu Asche.

Hör damit auf. Ich werde gleich böse. Gehorche. Sofort.

Nevenskoi strengte seinen Willen bis zum Äußersten an, und sein Geschöpf, von der verzweifelten Kraft des Angriffs getroffen, unterwarf sich ohne weiteren Widerstand. Binnen Sekunden fiel Meisterfeuer in sich zusammen, schrumpfte von einer gewaltigen Masse zu einem faustgroßen Feuerball. Nevenskois Schultern sackten herunter, und ein langer Seufzer entrang sich seiner Brust. Nach einem kurzen Moment wagte er einen flüchtigen Blick hinüber zum König.

Miltzin IX. stand fluchtbereit da. Sein Gesicht war weiß, und die Innenfläche seiner rechten Hand war rot. Schockiert starrte er Meisterfeuer an, als er feststellte: »Sie hat mich angegriffen!«

»Der Überschwang jugendlichen Übermuts, Majestät«, versuchte Nevenskoi die Wogen zu glätten. »Vielleicht unpassend, aber vollkommen unschuldig.«

»Sie hätte mich umgebracht. Ich war nicht vorbereitet auf das Gewaltsame, den Verrat.«

»Sire, es hatte nichts mit Böswilligkeit zu tun. Es war ein Missgeschick. Meisterfeuer ist wie ein Kind, manchmal aufsässig und ungestüm, aber –«

»Ein Kind voller Heimtücke und Doppelzüngigkeit«, unterbrach ihn der König. »Und wo hat sie das gelernt, frage ich mich? Wer war ihr Meister? Des Rätsels Lösung ist nicht schwer. Wer ist der Gewohnheitslügner, der Betrüger, der Hochstapler? Krempeln Sie Ihren Ärmel hoch, Nevenskoi, oder wie immer Sie heißen mögen. Ich will Ihr Handgelenk sehen.«

»Nicht nötig, Sire«, antwortete Nevenskoi. Er richtete sich kerzengerade auf und fügte ohne die Spur eines rhazaullischen Akzents hinzu: »Es ist vernarbt, wie Giggy gesagt hat.«

»Sie kennen ihn also, Sie geben es zu?«

Nevenskoi nickte, beinahe mit einem Gefühl der Erleichterung.

»Und alles, was er gesagt hat, ist wahr? Das geben Sie auch alles zu?«

Eine weitere stumme Bestätigung.

»Ich verstehe.« Kurzfristig sah Miltzin enttäuscht aus wie ein Kind, erholte sich aber allzu bald wieder, um anklagend fortzufahren: »Sie haben mich also von Anfang an belogen? Sie haben immer gelogen.«

»Was die Kleinigkeiten anbetraf, Sire. Nicht, was das wirklich Wichtige anging.«

»Sie wagen es, Ihre Schuld klein zu reden? Sie sind ein Scharlatan, ein gewöhnlicher Schwindler.«

»Aber an Meisterfeuer ist nichts gewöhnlich oder erschwindelt. Das Fühlende Feuer ist all das, was ich versprochen habe, und mehr.«

»Sie haben das Vertrauen eines Königs hintergangen. Das ist mehr als eine persönliche Beleidigung, das ist ein krimineller Akt.«

»Bestrafen Sie mich, wie Sie es für richtig halten, Sire. Verbannen Sie mich, oder werfen Sie mich ins Gefängnis, aber bringen Sie nicht Meisterfeuers Licht zum Erlöschen. Eine Entdeckung von solcher Tragweite –«

»Halten Sie den Mund. Ich kann Ihre Stimme nicht mehr hören. Ihr Gesicht will ich auch nicht mehr sehen, also gehen Sie mir aus den Augen. Ich werde in Kürze eine Entscheidung treffen, wie mit Ihnen zu verfahren sein wird. Inzwischen hauen Sie einfach ab!« König Miltzins Blick fiel auf den Feuerball, der zahm zu seines Meisters Füßen hockte. »Und nehmen Sie diese grüne Metze mit!«

»Kommen Sie, entscheiden Sie sich schnell«, forderte der Pilot in erträglichem, aber ungeduldigem Vonahrisch. »Wer von Ihnen beiden wird es sein?«

»Ich werde zuerst gehen«, ließ Karsler Luzelle wissen. »Wenn die Maschine mein Gewicht aushält, wird sie das Ihre gewiss tragen.«

Sie nickte widerwillig und beobachtete, wie er an Bord ging, um seinen Platz einzunehmen. Trotz der Furcht einflößenden Zerbrechlichkeit des Gefährts wäre sie mit Freuden mit ihm gegangen, doch der Schluchtflieger war so konstruiert, dass er nur einen Passagier auf einmal trug. Die Abschussvorrichtung, die an eine gigantische Armbrust gemahnte, war von den drei Assistenten des Piloten präpariert worden; ihre zwei gewaltigen Arme – jeder durch die Spannung eines gedrehten Faserstrangs angetrieben – waren mittels eines mit einer Winde verbundenen Seils zurückgezogen, ihr großer Halterblock in schrägem Winkel ausgestellt, um den Gleiter in die Höhe zu katapultieren.

Sie hatten keine Zeit, sich große Gedanken deswegen zu machen. Karsler nahm auf seinem Sitz Platz, der

Pilot gab ein Zeichen, und einer seiner Assistenten löste den Abzug. Der Bogen reagierte so schnell, dass man mit dem Auge nicht folgen konnte, und der Gleiter schoss in die Luft über die Schlucht von Vezhevska hinaus.

Es gab nichts, was das Ding oben gehalten hätte. Kein Ballon, kein mythischer Riesenvogel, keine Zauberei. Und dennoch fiel es nicht sofort vom Himmel, wie Luzelle halbwegs befürchtet hatte. Der Pilot hielt sein Fahrzeug durch geniale Handhabung des Ruders und beweglicher Teile an den federgewichtigen Flügeln irgendwie in der Luft und glitt auf den Luftströmungen nach Rhazaulle hinüber. Fürs Erste jedenfalls.

Sie schaute, ohne mit der Wimper zu zucken, ja fast ohne zu atmen weitere dreißig Sekunden zu, bis der Gleiter im Nebel verschwand. Sie spähte ihm angestrengt hinterher, sah jedoch nichts mehr. Karsler war fort, und ein Gefühl dumpfen Unbehagens erfüllte sie. Es war, erkannte sie, eines der wenigen Male, dass sie seit dem Nachmittag, an dem er, noch drüben in Aveshq, ihren gestürzten Stille-Gefährten aus dem Morast gezogen hatte, wirklich getrennt wurden. Ihr Palankin hatte sie an jenem Tag bis zum Dorf JaiGhul gebracht, und von da an waren sie mehr oder weniger zusammen gereist. Nicht, dass einer von ihnen das irgendwie beabsichtigt hätte, rief sie sich ins Gedächtnis. Es hatte sich einfach so ergeben.

Anders als Girays v'Alisante hatten sie den winzigen Bahnhof nicht rechtzeitig erreicht, um den einzigen an diesem Tag fahrenden Zug zu bekommen. JaiGhul besaß nichts, was auch nur entfernt an einen Gasthof erinnert hätte, und so hatten sie die Nacht in unruhigem Schlummer auf den harten Holzbänken im Wartesaal verbracht. Am nächsten Tag, als sie im pitschnassen ZuLaysa eingetroffen waren, hatten sie getrennte Zimmer im selben Hotel im durch und durch verwestlichten Teil der Stadt genommen, der unter dem Namen

›Klein Sherreen‹ bekannt war. Sie waren in denselben Zug gestiegen, der im Zentralbahnhof zur Hafenstadt Rifzir abgefahren war, hatten dieselbe Fähre über die Straße von Aisuu genommen, waren mit Ochsenkarren und Kanu beständig Kopf an Kopf in nordwestlicher Richtung durch die Emirate von Mekzaes gehastet und hatten sich die Dienste desselben eingeborenen Führers über die grasbewachsenen Stammesterritorien von H'fai geteilt.

Während all der Zeit hatten sie Girays nie ganz eingeholt, Girays, der seinen vierundzwanzigstündigen Vorsprung zwar nicht auszubauen schien, ihn aber auch nie einbüßte. Ebenso war der mondbeschienene Augenblick der Nähe, den sie in Xoxo geteilt hatten, nie ganz zurückgekehrt. Luzelle dachte oft daran. Sie hätte sich in jener Nacht von ihm küssen lassen, und er hatte es auch gewollt, dessen war sie gewiss, aber er hatte sich geweigert, ihre vorübergehende Schwäche auszunutzen. Ihr kleiner Lapsus würde sich wohl kaum wiederholen; sie war jetzt willens, ungehörige Annäherungsversuche mit stählerner Wohlanständigkeit zurückzuweisen, die die volle Zustimmung des Richters gefunden hätte. Doch die Gelegenheit, ihre Tugend unter Beweis zu stellen, wollte sich nicht mehr ergeben. Karsler Stornzof versuchte nicht, sie zu küssen; er versuchte nicht einmal, ihre Hand zu halten.

Zunächst hielt sie ihn für hochherzig und bewunderte seine Prinzipientreue, aber dann begannen ihr Zweifel zu kommen. Was, wenn sie sich wegen dieses Mondscheinvorfalls schlicht geirrt hatte? Was, wenn ihn damals nicht seine Prinzipien, sondern die Neigung oder vielmehr der Mangel derselben zurückgehalten hatten? Vielleicht fand er ihre aufgeworfenen Lippen zu dick und abstoßend. Unsinn, er hatte sich ihr doch in jener Nacht deutlich erklärt. Aber was war, wenn er einfach nur versucht hatte, ihre Gefühle zu schonen?

Die Zweifel hielten sich beharrlich und schwärten in ihr. Oft, wenn er sie ansah, legten sie sich, aber nie für lange, und bald darauf begann sie sich zu fragen, ob sie ihn dazu verleiten könnte, sie zu küssen, wenn sie es darauf anlegen würde. Sie würde es natürlich nicht soweit kommen lassen; es würde nichts bringen, sich so anzudienen. Sie wollte nur ein wenig Gewissheit. Aber nicht auf Karsler Stornzofs Kosten. Es war nicht fair, ja nicht einmal anständig, ihn zu falschen Annahmen zu verleiten – also sollte sie sich vielleicht doch von ihm küssen lassen. Das wäre womöglich das einzig Richtige ...

Aber sie fand nie den rechten Augenblick, um den Versuch zu starten, denn der Führer war auf dem Weg durch die Stammesterritorien Tag und Nacht um sie herum gewesen, und sie legte keinen Wert auf Publikum. Und als sie die Grenze zum Dhrevat von Immeen überquert hatten, wurde es nur noch schlimmer, denn Immeen war eine der Hochburgen des Iyecktori-Puritanismus, ein Land, in dem Frauen, die der Schamlosigkeit für schuldig befunden wurden – ein dehnbarer Begriff –, öffentlich ausgezogen und ausgepeitscht wurden. Und aus diesem Grunde unternahm sie, während sie sich über zunehmend raueres Gelände nordwärts in kältere Klimazonen vorbewegten, keinen Versuch, mit ihm zu flirten.

Nun jedoch verließen sie Immeen, um das noch kältere, noch harschere, aber von seinen Gesetzen her nicht so strenge Land von Rhazaulle zu betreten, wo der Begnadete Iyecktor nur geringen offiziellen Einfluss besaß. Der Fluss Vezhevska bildete die Grenze zwischen den beiden Nationen, und der neumodische Schluchtflieger, der sie darüber hinweg brachte, ersparte ihnen eine Zweitagesreise zur nächstgelegenen Furt am Fuße der Klippen. Der Schluchtflieger bot immense Vorteile, denen allerdings die Möglichkeit eines plötzlichen Todes entgegenstand.

Die Dauer des Flugs selbst, so hatte man ihr gesagt, lag bei etwas unter zehn Minuten, abhängig von den Launen des Windes. Zehn Minuten hinüber, zehn Minuten zurück, ein paar zusätzliche Minuten eingerechnet, um den Gleiter auf der anderen Seite wieder startbereit zu machen, und das kleine Gefährt sollte binnen einer halben Stunde wieder aus dem Nebel auftauchen, vorausgesetzt, alles war glatt gelaufen – eine gewagte Annahme.

Luzelle suchte den Himmel ab. Keine Spur von dem Schluchtflieger, und die halbe Stunde war längst vorbei. Sie warf einen Seitenblick zu den Gehilfen des Piloten hinüber, die nun, nachdem sie die Seile zum Spannen der beiden gewaltigen Armbrustarme wieder aufgespult hatten, untätig herumsaßen und ihre Holzpfeifen mit den breiten Mundstücken rauchten. Sie ließen keine Unruhe erkennen, also musste vermutlich alles in Ordnung sein, aber sie konnte die Vision des winzigen Gleiters, wie er plötzlich an Höhe verlor und aus dem Himmel hinabstürzte und auf den Felsen tief unten zerschellte, nicht aus dem Kopf bekommen.

Sie schauderte ein wenig, fror trotz des Schutzes des schweren, muffig riechenden Parkas und der pelzgefütterten Handschuhe, die sie im Tausch gegen ihr Taschenmesser und eine Schachtel Streichhölzer von einem Stammesangehörigen der H'fai erhalten hatte. Sie hatte sich äußerst ungern von Messer und Streichhölzern getrennt, hätte es jedoch noch unangenehmer gefunden, ohne Übermantel auskommen zu müssen, denn die Luft in dieser Höhe war zwar rein, aber das ganze Jahr hindurch bitter kalt, selbst im erst sehr spät einsetzenden Frühjahr. Weit weg, in Vonahr, würde die Frühlingsfrische mittlerweile der Hitze des Frühsommers gewichen sein, aber hier auf diesem windumtosten Gebirgskamm der Nordberge, der in Immeen ›Hul Noveez‹ und in Rhazaulle ›Bruzhois‹ hieß, hatte der Winter noch kaum etwas von seiner Kraft eingebüßt.

Die zerklüfteten Gipfel waren eisgepanzert und würden dies höchstwahrscheinlich auch bleiben.

Ihr Atem bildete Wölkchen vor ihrem Gesicht, und sie schlang die Arme um sich, rieb sie und stampfte mit den Füßen. Die eingeborenen Immeenis, registrierte sie neidisch, trugen keine Handschuhe und hatten die langen Westen über ihren handgesponnenen Hemden aufgeknöpft; offensichtlich hielten sie das Wetter für mild. Sie schienen sich ausgesprochen wohl zu fühlen, und sie hörte sie über den einen oder anderen unverständlichen Witz miteinander lachen. Kurzfristig fragte sie sich, ob sie wohl über ihr offensichtliches Unbehagen lachten, verwarf den Gedanken jedoch rasch. Sie konnten nicht über sie lachen, weil sie sie kaum zur Kenntnis nahmen. Für sie war sie nichts weiter als ein Gepäckstück, das einem grewzischen Oberkommandanten gehörte. Diese Vorstellung, so erniedrigend sie auch war, wirkte sich tatsächlich zu ihrem Vorteil aus. Wäre sie allein gereist, eine unverschleierte und ungebundene Frau im Immeen des Iyecktors, hätten die Eingeborenen sie zweifellos für eine Prostituierte gehalten und sie als zur Jagd freigegebenes Wild behandelt, als natürliche Zielscheibe für Beleidigungen, Beschimpfungen oder Schlimmeres. Das Eigentum eines fremden Offiziers jedoch war eine ganz andere Sache, und niemand hatte sie auch nur mit einem unfreundlichen Wort bedacht. Sie hatte wenig Lust sich auszumalen, was ihr ohne Karsler Stornzofs Begleitung in Immeen widerfahren wäre.

Wo steckte dieser Gleiter? Er hätte doch längst zurückkommen müssen. Rastlos, besorgt schritt sie auf und ab. Die Männer übersahen sie. Just als sie sich dafür wappnete, eine Befragung in Angriff zu nehmen, tauchte der Schluchtflieger aus den Nebelschaden auf, landete glatt und sanft auf dem flachen Schneefeld auf dem Klippengipfel, glitt noch ein Stückchen auf seinen Kufen weiter und kam schließlich zum Stehen. Der Pilot stieg aus.

Lange bevor der Gleiter anhielt, waren die Gehilfen auf den Beinen und pflügten sich durch den Schnee auf ihn zu. Nachdem sie Seile durch eine Reihe von Schlaufen an dem grazilen Rumpf gefädelt hatten, zogen sie das Gefährt zu der Abschussrampe zurück und brachten es sorgsam in Position. Der Pilot ging wieder an Bord, schaute dann Luzelle an und forderte sie mit einer Handbewegung auf einzusteigen.

»Jetzt sind Sie dran«, befahl er.

Sie zauderte. Der oben auf der Armbrust balancierende Gleiter war bleich und fragil wie eine riesige Totenmotte und vemutlich genauso zuverlässig. Sie wollte nichts damit zu tun haben.

»Sofort«, beharrte er. »Kommen Sie, es ist ungefährlich.«

Sie war sich nicht bewusst, dass sie den Kopf schüttelte.

»Machen Sie, was Sie wollen«, beschied er sie. »Das Geld behalte ich in jedem Fall. Es steht mir zu.«

Im Augenwinkel sah sie, dass die Gehilfen sie beobachteten und grinsten. Das gab für sie den Ausschlag. Ihr Kinn hob sich, und mit einer Miene grimmiger Entschlossenheit, die ihre Heiterkeit nur verstärkte, ging sie auf das Gefährt zu. Irgendjemand half ihr an Bord, und sie ließ sich in den Passagiersitz sinken und hoffte, sie würden den Schluchtflieger auf den Weg bringen, bevor sie es sich anders überlegen konnte.

Sie taten ihr den Gefallen.

Der Abzug schnappte zurück, die Windenklauen ließen sie los, die Schnur schwang nach, und der Gleiter schoss mit Übelkeit erregender Geschwindigkeit in den leeren Raum, während die Fliehkraft des raschen Aufstiegs Luzelle gegen die Rückenlehne presste. Ihr demütigendes Quieken verlor sich im Rauschen des Windes. Die Augen fest zusammengepresst, klammerte sie sich an den furchtbar leichten Rumpf des Gefährts.

Den größeren Teil der folgenden zwei Minuten war sie wie gelähmt, war sich wenig mehr bewusst als des eisigen Zugwinds in ihrem Gesicht und der grausig jähen Senkungen, Schwankungen und Beschleunigungen des Schluchtfliegers. Bald darauf siegte jedoch die Neugier über das Entsetzen, und sie schlug die Augen auf, um durch Dunstschleier hindurch den Fluss Vezhevska zu erblicken, der auf dem Grund seiner Felsenschlucht Hunderte von Metern unter ihr dahinrauschte. Um sie herum erhoben sich überall schneebedeckte Berge. Ihr grimmig-erhabener Anblick war etwas, was man sein Lebtag nicht vergaß. Bald begann sie die Geschicklichkeit zu bewundern, mit der der Pilot an den beweglichen Teilen seines Luftfahrzeugs herumhantierte, um jede Luftströmung auszunutzen. Ein neuer und noch zögernder Jubel regte sich in ihrem Innern, und als der Gleiter seinen Abwärtsflug auf das Schneefeld auf der anderen Seite des Flusses in Angriff nahm, war sie fast traurig, dass der Flug nun zu Ende war.

Der Bauch des Gleiters traf holpernd auf dem Schnee auf. Die weiße Landschaft spritzte vorbei, und langsam kam das Fahrzeug zum Stehen. Binnen kurzem waren einige bärtige Arbeiter zur Stelle, um den Gleiter auf einen ebenen Streifen der Gipfelfläche zu ziehen, dem Standort einer großen, mit ihrem Gegenstück am Immeeni-Ufer identischen Armbrust sowie drei äußerst robusten Holzgebäuden. Beim Näherkomen sah Luzelle, dass eines der Gebäude mit dem großen gemalten Schild eines Handelsunternehmens geschmückt war, dessen rhazaullische Buchstaben sie indes nicht lesen konnte. Irgendein Mietstall, hoffte sie.

Der Gleiter hielt erneut. Pilot und Fahrgast stiegen auf glatten, fest getretenen Schnee aus. Luzelle sah Karsler auf sich zukommen, und die Hochstimmung des vor kurzem gemeisterten Flugs steigerte sich noch.

Er hatte auf sie gewartet. Er hatte die Chance eines halbstündigen Vorsprungs geopfert – nicht viel, aber doch wichtig – und auf sie gewartet. Er lächelte sie an, und sie musste die unpassende Regung unterdrücken, ihm entgegenzulaufen.

»Ich bin dankbar, Sie heil und unbeschadet zu sehen«, erklärte Karsler.

Sie hatte sich an seine Förmlichkeit gewöhnt, die ihr nicht mehr merkwürdig oder kalt vorkam.

»Ich war in Sorge um Sie«, fügte er hinzu.

»Und ich um Sie«, entgegnete sie und widerstand dem Impuls, eine Hand auszustrecken und ihn zu berühren. »Und ich bin es noch. Ich bin sehr froh, Sie zu sehen, aber Sie hätten nicht warten sollen. Wir nehmen an einem Rennen teil. Denken Sie daran, was Sie gesagt haben –«

»Das habe ich nicht vergessen«, versicherte er ihr. »Noch haben meine Überzeugungen sich geändert. In diesem Fall jedoch war ich verpflichtet zu warten. Es scheint, als habe der Eigentümer dieses Unternehmens hier« – seine Geste umfasste das Gebäude mit dem unverständlichen Schild – »zurzeit nur einen einzigen Mietschlitten zur Verfügung. Da er von Ihrer Ankunft wusste, weigerte er sich, mir den Schlitten allein zu leihen, und bestand vielmehr darauf, Ihr Eintreffen abzuwarten, um den doppelten Fahrpreis kassieren zu können.«

»Ich verstehe.« Sie nickte ein wenig enttäuscht, aber dann kam ihr der Gedanke: *Und woher wusste er von meinem Eintreffen?* Selbstverständlich war es möglich, dass der Pilot geplaudert hatte. Das erklärte es vermutlich. Sie riskierte einen Blick in Karslers Augen, die über ihre herrliche Farbe hinaus nichts preisgaben.

»Wir müssen uns den Schlitten teilen«, fuhr er fort. »Das ist das einzige Arrangement, zu dem der Besitzer bereit ist.«

»Dann müssen wir wohl«, murmelte sie philosophisch.

»Er wird uns einen Kutscher zur Verfügung stellen.«

»Oh.« Sie würde also wieder nicht mit ihm allein sein.

Der Besitzer näherte sich ihnen. Er war ein bulliger, bärtiger Bergbewohner, auf barbarische Art in Leder gekleidet, das mit irgendeinem zottigen Fell gefüttert war; er sprach ein klein wenig gebrochenes Vonahrisch. Das Geschäft war schnell abgeschlossen, das Geld ausgehändigt, und Schlitten und Kutscher tauchten auf. Das Gefährt war alt und abgenutzt, doch die Kufen waren scharf und glänzten. Die beiden Pferde, die den Schlitten ziehen sollten, waren ebenso alt und abgenutzt. Der Kutscher, vierschrötig und struppig, beäugte Karsler unergründlich, und Luzelle fiel mit einem leichten Erschrecken ein, dass Grewzland und Rhazaulle sich zur Zeit im Krieg befanden. Nach den letzten Zeitungsberichten, deren sie hatte habhaft werden können, marschierten die grewzischen Nördlichen Expeditionsstreitkräfte nach Norden auf die rhazaullische Hauptstadt Rialsq zu, wobei sie schwer mit dem Frühlingstauwetter zu kämpfen hatten, das das Land für die nächsten Wochen in einen undurchdringlichen Sumpf verwandeln würde. Die Bereitschaft dieses hiesigen Unternehmers, mit einem uniformierten grewzischen Offizier Geschäfte zu machen, ließ mehrere Möglichkeiten offen: dass der Rhazauller zur Gänze käuflich war oder auch, dass dieser Teil der Bruzhoi-Berge bereits unterworfen und von grewzischen Truppen besetzt war. Oder höchstwahrscheinlich beides. Das Landefeld des Schluchtfliegers lag eine Tagesreise von der TransBruzh entfernt, der uralten Straße, die sich durch das Gebirge wand, um das südliche Tiefland und das nördliche Hochland von Rhazaulle miteinander zu verbinden. Nicht unwahrscheinlich, dass die Eroberer unverzüglich vorgerückt waren, um sich dieser lebenswichtigen Verkehrsader zu bemächtigen.

Sie würde es früh genug erfahren. Sie stand im Begriff, auf der TransBruzh aus den Bruzhois abzusteigen, vorausgesetzt, die Straße war noch offen für zivile Reisende. Danach bog die Rennstrecke nach Nordwesten ab auf das Jarltum von Ukizik zu, dem nächsten Kontrollpunkt auf der Großen Ellipse. Ukizik, ein winziges unabhängiges Stammesterritorium von nördlichen Eingeborenen, das einen Streifen an Oberrhazaulles Nordwestküste einnahm, hielt eine von allen zivilisierten Nationen einschließlich Grewzland anerkannte strikte Neutralität ein. Die Anforderungen des Rennens beinhalteten keinen rhazaullischen Passstempel – dieser Verzicht stellte eine von Meisen-Miltzins raren Konzessionen an die Realitäten des Krieges dar. Die kürzeste Route nach Ukizik verlief jedoch mitten durch die Kampfzone.

Die Passagiere stiegen ein, und Luzelle mummelte sich unter zwei schäbigen, aber warmen Fellreisedecken ein. Der Kutscher ließ seine Peitsche niedersausen, und der Schlitten fuhr ohne Rucken an und glitt über den Schnee davon. Luzelle drehte sich auf dem Sitz um, um einen letzten Blick auf den Schluchtflieger zu werfen. Sie wäre gern noch einmal geflogen, wurde ihr zu ihrer eigenen Überraschung bewusst. Vielleicht würde sie eines Tages die Chance erhalten, es noch einmal zu tun.

Die Vezhevska-Schlucht verschwand in der Ferne. Der Schlitten fuhr weiter auf einem steilen Pfad, der zu schmal war, als dass man ihn als Straße hätte bezeichnen können. Schwarzgrüne Koniferen, die Zweige unter der Schneelast ächzend, ragten auf beiden Seiten empor und verstellten ihnen den Blick auf die Welt. Leichter Nebel hing in der kalten Luft, und das Licht fiel aus einem sanften, trüben Himmel herab.

Den restlichen Tag fuhren sie auf der von Bäumen gesäumten Strecke, und am frühen Abend erreichten sie die TransBruzh – einen gewundenen uralten Weg, weiß von zusammengepresstem Schnee, der bis zum Sommerende nicht vollständig wegtauen würde. Mühelos reisten sie drei Stunden oder länger auf der Straße. Obwohl noch überall Schnee lag, waren die Tage in diesen nördlichen Breitengraden bereits lang geworden. Als der Himmel sich schließlich zu verdunkeln begann, hielten sie für die Nacht an einer kegelförmigen Wärmehütte an, einer der zahllosen winzigen Notunterkünfte, die über ganz Rhazaulle verstreut waren. Die Wärmehütte, leer bis auf Feuergrube und Brennstoff, bot weder Bequemlichkeit noch Privatsphäre, war jedoch frei. Die einzige Pflicht des abziehenden Benutzers war die Wiederauffüllung des Holzstapels, aber diese Verpflichtung war heilig.

Sie verbrachten eine beengte und verräucherte Nacht und schliefen auf einem Boden aus festgestampftem Lehm, zugedeckt mit den wenigen Decken und schweren Kleidungsstücken, die sie mitgebracht hatten. Luzelle benutzte ihre lederne Reisetasche als Kopfkissen. Trotz aller Unbequemlichkeit schlief sie tief und fest. Karsler und der Kutscher hackten am Morgen Holz, und die Reise ging weiter. Die TransBruzh wies, während sie sich die Nordhänge des Gebirges hinunter in eine Region niedrigeren Hügellands schlängelte, ein sehr starkes Gefälle auf. Im Verlauf des Tages raste der Schlitten nach Norden, bis er am Spätnachmittag auf den Gipfel einer steilen Erhebung gelangte. Von dort hatte man einen Blick auf ein flaches, mit einem kleinen Schmuckstück von einem See begnadetes Tal, und dort hielt der Schlitten unvermittelt an.

Durch das abrupte Halten aus einem leichten Schlummer gerissen, schlug Luzelle die Augen auf und schaute um sich. Eine fahle, kraftlose Sonne stand über dem westlichen Horizont. In ihrem Rücken erhoben sich die steilsten Gipfel der Bruzhoi. Um sie herum und vor ihr erstreckten sich sanftere bewaldete Hügel. Der zugefrorene See in dem Tal unten war mit den symmetrischen runden Löchern gesprenkelt, die Angler ins Eis schneiden, doch im Augenblick war niemand mehr draußen, um zu angeln. Neben dem See stand ein Dorf, das aussah, als sei es einem alten rhazaullischen Märchen entsprungen, komplett mit Giebeldächern und phantasievollen Lebkuchenverzierungen. Sie hätte das Dorf gern näher erkundet, doch es war unwahrscheinlich, dass sich die Möglichkeit dazu ergeben würde. Die Straße hinunter ins Dorf wurde von einer Schwadron grewzischer Soldaten versperrt.

Einundzwanzigstes Kapitel

Einer der Soldaten brüllte herrisch etwas auf Rhazaullisch. Der Kutscher antwortete in versöhnlichem Ton. Bevor er seine Erklärung, falls es eine solche war, beendet hatte, fiel ihm Karsler ruhig ins Wort, um in Grewzisch zu fragen: »Was hat das zu bedeuten, Leutnant?«

Als der Leutnant die graue Uniform des Sprechers und die Rangabzeichen eines Oberkommandanten zur Kenntnis genommen hatte, nahm er Haltung an, salutierte und erwiderte in hörbar verändertem Tonfall: »Befehle, Sir. Diese Hügel sind voll von rhazaullischen Terroristen, und die Dörfler da unten gewähren ihnen Schutz. Wir haben Order, jeglichen Verkehr zu unterbinden.«

»Ich verstehe. Trotzdem werden Sie mich passieren lassen.«

»Ja, Oberkommandant. Sir, wenn Sie auf dem Weg sind, sich General Froschl anzuschließen, finden Sie die Dreizehnte Division derzeit im Lager südwestlich von –«

»Ich bin nicht auf der Suche nach der Dreizehnten«, stellte Karsler fest. »Ich reise nordwärts nach Ukizik. Ich nehme an, unsere Truppen haben den lokalen Widerstand zwischen diesem Punkt und dem Fluss Xana niedergeschlagen?«

»Größtenteils, Sir. Verzeihen Sie, Sir, ich verstehe nicht. Ukizik, sagten Sie? Die Hauptstreitmacht der rhazaullischen Armee steht zwischen uns und –« Der Leutnant brach ab, als es ihm dämmerte. Er glotzte. »Sie sind Oberkommandant Stornzof.«

Karsler neigte den Kopf.

»Das große Rennen führt Sie nach Ukizik. Ich habe selbst auf Ihren Sieg gewettet«, vertraute der Leutnant ihm an, als die Begeisterung ihn mitriss und den militärischen Verhaltenskodex vergessen ließ. »Viele von uns haben auf Sie gesetzt, Sir.«

Unter seinen Untergebenen erhob sich gedämpftes zustimmendes Gemurmel. Keiner der Soldaten traute sich, laut etwas zu sagen, aber ihre Gesichter leuchteten vor Erregung.

Sie sahen so jung aus, bemerkte Luzelle verwundert. Viele von diesen grewzischen Infanteristen konnten nicht älter als achtzehn oder neunzehn Jahre sein. Eigentlich noch Jungen. Und sie wirkten so gesund und tüchtig mit ihren glatten, sauber geschrubbten Gesichtern, ihrem ordentlich gestutzten blonden Haar und ihren vor Bewunderung für den berühmten Oberkommandanten Stornzof glänzenden Augen. Vorbildliche Söhne, Brüder, Liebste von Mädchen daheim in Grewzland. Schwer zu glauben, dass sie gefährlich sein konnten.

»Männer, ich werde versuchen, Ihr Vertrauen zu rechtfertigen«, versprach Karsler. »Sie können mich unterstützen, indem Sie mir den Weg freigeben.«

»Wir werden alles tun, um Ihnen zu helfen, Oberkommandant. Eine bewaffnete Eskorte wird sie bis Xana begleiten. Sie werden es vor Sonnenuntergang bis zur anderen Seite des Tals schaffen.« Der Leutnant hielt inne, um dann mit sichtlichem Unbehagen fortzufahren: »Aber die beiden Zivilisten – den Kutscher und die Dame – dürfen wir, fürchte ich, nicht passieren lassen.«

»Ich bürge persönlich für sie.«

»Keine Ausnahmen. Tut mir Leid, Oberkommandant. Befehle, Sir.«

»Ich kann diese beiden nicht ihres Transportmittels berauben.«

»Nicht nötig, Sir. Lassen Sie den Schlitten stehen. Wir haben ein paar erstklassige Pferde.«

Es passierte schon wieder, erkannte Luzelle. Wieder einmal wurde Karsler Stornzof aufgrund seiner Staatsangehörigkeit eine bevorzugte Behandlung zuteil. Es war eine schreiende Ungerechtigkeit, aber sie konnte nicht das Geringste tun, außer zu versuchen, gute Miene zum bösen Spiel zu machen und Sportsgeist zu heucheln. Er sah sie an, Sorge und Mitgefühl in den Augen, und sie konnte nur mit vorgeschütztem Gleichmut die Schulter zucken.

»Kriegsglück«, bemerkte sie leichthin. »Beim nächsten Mal ist das Glück auf meiner Seite.«

»Das will ich gerne glauben«, versetzte er.

Sie bezweifelte nicht, dass er es ernst meinte. Er schaute sie an, als wollte er noch mehr sagen, aber sie wollte die Abschiedsszene nicht in die Länge ziehen, und deshalb sagte sie mit einem Lächeln zu ihm: »Dann also los. Keine Angst. Ich hole Sie früher ein, als Sie denken. Und dann, bevor Sie wissen, wie Ihnen geschieht, bin ich auch schon an Ihnen vorbeigezogen.«

»Das ist der Geist, den ich bewundere.« Er erwiderte ihr Lächeln nicht. Er zögerte kurz und setzte dann hinzu: »Aber ich muss Sie bitten, mir jetzt zuzuhören. Sie werden nicht hören wollen, was ich Ihnen zu sagen habe, aber ich muss sprechen.«

»Was ist es denn?«, fragte sie unbehaglich.

»Das Hindernis, dem Sie sich nun gegenüber sehen, gleicht keinem von denen, auf die Sie bereits gestoßen sind. Es lässt sich nicht bewältigen und nicht umgehen. Meine Landsleute werden jeglichen zivilen Verkehr auf dieser Straße zum Erliegen bringen, bis Ruhe und Ordnung in der Region wiederhergestellt sind. Sollten Sie den Versuch unternehmen, die Straßensperre auf dem Weg durch die Wälder zu umgehen, und eine Patrouille entdeckt Sie, werden Sie als Spionin hingerichtet werden. Ich wäre nicht da, um zu Ihren Gunsten einzuschreiten, und nichts und niemand könnte Sie retten.

Sie sind eine furchtlose, einfallsreiche Frau, aber die grewzische Armee können Sie nicht schlagen. Das Rennen der Großen Ellipse bedeutet Ihnen viel, ist es aber nicht wert, dafür zu sterben.«

»Ich habe nicht die Absicht, jetzt bereits zu sterben.«

»Ich bin sicher, dass Sie nicht die Absicht haben, aber die Gefahr ist sehr real, und es geschieht aus diesem Grunde, dass ich Sie inständig bitte, dieses Mal die Möglichkeit eines Rückzugs in Betracht zu ziehen.«

»Rückzug?«

»Ihr Kutscher wird Sie bereitwillig den Weg zurückbringen, den Sie gekommen sind. Ich würde eine Rückkehr nach Immeen vorschlagen, das neutral ist, und dort die Beendigung der Feindseligkeiten abwarten. Wenn Sie jedoch partout nicht warten wollen, dann könnten Sie sich wenigstens eine andere Route ausdenken, die nicht durch das Aufmarschgebiet unserer Armee verläuft.«

Luzelle saß schweigend einen nachdenklichen Augenblick lang da, bevor sie schließlich zurückgab: »Karsler, wenn irgendeiner von euch mir einen solchen Rat erteilen würde, wäre ich verärgert und würde an seinen Beweggründen zweifeln. Doch ich weiß, dass Ihre Besorgnis echt ist, und ich bin nicht so blind, dass ich nicht sehen würde, dass Sie die Wahrheit sagen. Ich will jedoch nicht glauben, dass es die ganze Wahrheit ist oder auch die einzige. Sie haben gerade gesagt, dass die Straße wieder freigegeben werden wird, wenn die Ordnung in der Region wiederhergestellt ist. Wie lange wird das dauern?«

»Ich bin nicht in der Lage, das zu beurteilen.«

»Nun – könnte es innerhalb der nächsten vierundzwanzig Stunden geschehen?«

»Das ist nicht völlig unmöglich. Es ist freilich auch nicht unmöglich, dass es nicht innerhalb der nächsten vierundzwanzig Stunden geschehen wird.«

»Oh, ich mag das einfach nicht glauben! Ich werde hier warten, eine Weile zumindest. Irgendetwas wird passieren, irgendetwas wird sich ändern, es *muss.* Weil ich an Ihrer grewzischen Armee vorbeikommen werde. Ich werde einen Weg finden. Ich reise weiter nach Ukizik, und dann nach Obran, und ich werde die Große Ellipse gewinnen.«

»Wenn ich Sie so sehe und höre, könnte ich es fast glauben. Doch – ich kann es glauben. Viel Glück, Luzelle. Seien Sie vorsichtig, und bitte erwägen Sie meinen Rat.«

»Ich werde ihn erwägen. Bis zum nächsten Mal, Karsler – und es *wird* ein nächstes Mal geben.«

»Bis dahin.« Wieder sah Karsler aus, als wolle er noch mehr sagen. Stattdessen stieg er aus dem Schlitten aus und wandte sich an den Leutnant, wobei er wieder ins Grewzische verfiel. »Lassen Sie diese Dame von jemandem an einen sicheren Ort bringen. Und machen Sie dem Kutscher klar, dass er sie nicht im Stich zu lassen hat.«

»Ja, Sir.« Der Leutnant ließ einen harschen, hörbar drohenden Schwall in Rhazaullisch los.

Der Kutscher duckte sich buchstäblich, nickte und murmelte etwas vor sich hin.

Der Leutnant ergriff erneut das Wort, und einer seiner Männer trat vor. Männer? Ein Junge war dieser hier, nicht älter als achtzehn, und mit seiner Pfirsichblütenhaut und seinen goldenen Locken sah er noch jünger aus.

»Nur eine kleine Strecke zurück auf der Straße, gnädige Frau. Ein paar Reisende wie Sie haben gewählt zu warten«, erläuterte der junge Soldat sehr höflich in bemühtem Vonahrisch. »Ich führe den Weg, wenn Sie belieben.«

Der Begleiterin des berühmten Oberkommandanten Stornzof gebührte ein gewisser Respekt, wie es schien, oder wenigstens ein Anschein desselben. Kurz schaute sie zurück und sah, dass Karsler sich schon entfernte, umschlossen von einer grauen Wolke seiner ihn anhimmelnden Landsleute. Dann richtete sie den Blick entschlossen nach vorn. Ihr Führer geleitete sie ein paar hundert Schritte zurück auf dem Weg, den sie auf der TransBruzh gekommen war, bis zu einer Lücke in den Bäumen und einem schmalen Abzweig, der durch den Wald zu einer annähernd kreisförmigen Lichtung schnitt. Zwei Schlitten und ein schwerer Wagen standen dort. Schwer zu sagen, wie lange sie schon dort warteten. Lange genug jedenfalls, um ein großes qualmendes Feuer zu entfachen, um das Passagiere und Fahrer sich drängten.

»Hier, gnädige Frau«, erklärte der Soldat. »Hier sind Sie aus der Gefahrenlinie. Doch ich kann nicht sagen wie lange, bis die Straße wieder eröffnet, und es wird kalt hier, sehr kalt, wenn der Nachtüberlauf kommt.«

»Der Anbruch der Nacht?«

»Ja. Verzeihen Sie, gnädige Frau, mein Vonahrisch ist sehr schlecht.«

»Nein, es ist ausgezeichnet.«

»Ich danke Ihnen für Ihre freundlichen Worte. Ich entbiete Ihnen beste Wünsche, zusammen mit dieser Versicherung: Sie mögen sich vertrauen auf die Männer meiner Schwadron, es gibt nichts, was wir für eine Freundin des Oberkommandanten Stornzof nicht tun würden. Falls dieser Kutscher von Ihnen versucht zu fliehen, lassen Sie es uns erfahren, und wir werden ihn zu Ihnen zurückbringen. Falls irgendjemand an diesem Platz Sie belästigt, rufen Sie uns. Wir stehen zu gnädiger Frau Diensten.«

Grewzier zu ihren Diensten. Was für eine Vorstellung! Dieser Junge und seine Kameraden missdeuteten ihre Beziehung zu Karsler, aber ihr Irrtum wirkte sich nur zu ihrem Vorteil aus. Und die Galanterie des Angebots war praktisch vonahrisch.

»Danke.« Sie schenkte ihm ihr freundlichstes Lächeln. »Ich werde daran denken.«

Er entfernte sich, und sie stieg aus dem Schlitten, um sich dem Feuer zu nähern. Dort saßen vier Männer auf Holzscheiten, und ihr Blick fiel geradewegs auf das Gesicht von Girays v'Alisante, dessen Ausdruck Verdruss widerspiegelte. Verständlich – er musste der Überzeugung gewesen sein, sie weit hinter sich gelassen zu haben, und jetzt hatte sie zu ihm aufgeschlossen. Das Gefühl der Befriedigung, das sie überkam, war allerdings nur von kurzer Dauer. Neben Girays saß ein vierschrötiger, breitgesichtiger Frosch von einem Burschen, wahrscheinlich sein Kutscher. Und neben dem ein abgerissener, schäbig gekleideter leibeigener Bauer, vermutlich der Besitzer des Wagens. Aber es war die vierte Gestalt, groß und muskulös und mit einem schwarzen Bart, die sie in unerfreutem Wiedererkennen anstarrte. Bav Tchornoi. Seit dem Bahnhof von Quinnekevah hatte sie ihn nicht mehr zu Gesicht bekommen. Sie hatte geglaubt und gehofft, er möchte irgendwo unterwegs am Straßenrand liegen geblieben sein, aber hier war er, riesenhaft und so missmutig wie eh.

Und offenbar vor ihr hier. Wie in aller Welt...?

Vier Augenpaare folgten ihr, als sie sich auf ein Holzscheit setzte. Sie spürte, wie ihre Gesichtsfarbe sich vertiefte. Ihr Kutscher postierte sich in der Nähe, wodurch er vorübergehend die allgemeine Aufmerksamkeit auf sich zog, dann kehrten alle Augenpaare zu Luzelle zurück. Das Schweigen wirkte erdrückend, sodass sie zu guter Letzt höflich bemerkte: »Girays, Meister Tchornoi, ich hoffe, Sie beide befinden sich wohl.«

»Ziemlich«, entgegnete Girays mit gleicher Höflichkeit.

»Wohl – ha!«, rief Bav Tchornoi geladen aus. »Wie sollten wir uns *wohl* befinden, wenn diese grewzischen Pisselecker uns zwingen, uns bis zum Jüngsten Tag die Beine in den Bauch zu stehen? Das ist wirklich lustig!«

»Wie lange sind Sie schon hier?«, erkundigte sich Luzelle.

»Seit gestern Nachmittag«, eröffnete ihr Girays. »Hab die letzte Nacht in einer Wärmehütte ein paar Meilen weiter hinten an der Straße verbracht.«

»Ich entsinne mich, daran vorbeigekommen zu sein.«

»Und ich komme diesen Morgen an«, tat Tchornoi den anderen kund, »nur um diese Grewzier vorzufinden, die mir sagen, wohin ich gehen kann und wohin ich nicht gehen kann – in meinem eigenen Land. Ich bin Rhazauller, dies ist meine Heimat! Das Dorf da unten am See – das ist Slekya, das Heimatdorf meiner Mutter, wo ich Verwandte habe. Und diese Grewzier blasen ihre kleinen Brustkästen auf und fuchteln mit ihren kleinen Gewehren und sagen mir, ich kann da nicht hingehen, die Straße ist gesperrt. Gesperrt, auf ihren Befehl! Ich würde gern einen dieser hübschen blonden Jüngelchen in die Finger kriegen, jawohl.« Nachdem er eine Feldflasche aus seiner Tasche geholt und den Stöpsel herausgezogen hatte, nahm er gereizt einen Schluck.

»Ja, das würde mich auch wütend machen«, eröffnete Luzelle ihm wahrheitsgemäß.

»Würde es das, häh? Möglicherweise. Sie haben Rückgrat, das haben Sie bewiesen. Hier, trinken Sie von dem Vouvrak.« Tchornoi bot ihr die Feldflasche an.

Offensichtlich hatte er sich entschlossen, ihr zu verzeihen, dass sie ihn in den Höhlen von Nazara Sin mit der Pistole bedroht hatte. Fein, sie hatte keine Lust, sich mit irgendjemandem zu streiten, und würde ein so offensichtliches Friedensangebot nicht zurückweisen. Luzelle nahm die Flasche entgegen. Die Alkoholdünste, die ihr aus dem Inneren entgegenstiegen, trieben ihr die Tränen in die Augen, sodass sie blinzeln musste. Als sie einen vorsichtigen Schluck nahm, fühlte sie, wie das flüssige Feuer ihre Kehle herunterrann. Die Hitze erreichte ihren Magen und breitete sich von dort aus. Sorgfältig hielt sie jegliches Husten und Spucken zurück.

»Gut, häh?« Tchornoi nickte beinah umgänglich.

Sie nickte ruckweise.

»Dann trinken Sie noch etwas. Kommen Sie, bedienen Sie sich.«

Im Interesse der Freundschaft zwang sie sich einen zweiten Mund voll Flüssigkeit hinunter und reichte die Feldflasche dann ihrem Besitzer zurück, der daraufhin in durstiges Schweigen verfiel. Minuten später, als er den Inhalt geleert hatte, wuchtete Tchornoi sich hoch, ging steifbeinig über die Lichtung zu seinem Schlitten, wühlte darin nach einer neuen Flasche herum und kehrte zu seinem Platz am Feuer zurück.

Die Zeit verging langsam. Eine Unterhaltung kam nur sporadisch auf. Schließlich spähte der unbekannte Bauer zu der kraftlosen Sonne hoch, die nur noch gerade eben über den Baumwipfeln stand, schüttelte unheilvoll den Kopf, erhob sich und ging zu seinem Wagen. Nachdem er aufgestiegen war, zog er an den Zügeln und verließ die Lichtung ohne ein Wort.

Girays' Fahrer sagte, nachdem er das beobachtet hatte, etwas auf Rhazaullisch.

»Ich verstehe Sie nicht«, versetzte Girays.

»Er sagt, er geht jetzt«, übersetzte Bav Tchornoi, wozu er zum ersten Mal seit einer Stunde oder länger aus seiner augenscheinlichen Erstarrung erwachte.

»Er kann nicht gehen, ich benötige seine Dienste«, erklärte M. le Marquis. Er zückte seine Brieftasche.

Typisch, dachte Luzelle.

Tchornoi zuckte mit seinen mächtigen Schultern.

»Wie viel, um zu bleiben?« Girays v'Alisantes beredte Handhabung der Geldscheine überwand alle Sprachbarrieren.

Der Kutscher murrte.

»Er sagt, er verbringt keine weitere Nacht an diesem

Ort – nicht für alles Geld der Welt. Er sagt, er fährt jetzt nach Hause«, berichtete Tchornoi.

»Dann sagen Sie ihm, ich kaufe seinen Schlitten und seine Pferde.«

Tchornoi übersetzte, und der Kutscher schüttelte den Kopf.

»Sagen Sie ihm, ich zahle –«. Girays nannte eine unvorstellbare Summe.

»Hah! Sie sind verrückt, Vonahrier. Das ist ja wie in einer Komödie.«

Bav Tchornoi übermittelte die Botschaft, und die Augen des Kutschers wurden ganz rund. Er nickte. Bald darauf machte er sich zu Fuß davon, eine Rolle Geldscheine fest umklammert.

Luzelles Kutscher verfolgte den Abgang eines Berufskollegen wehmütig. Er stützte das Kinn in seine Hand. Er sagte nichts.

Luzelle und Girays holten sich Bücher aus ihren jeweiligen Gefährten und saßen stumm lesend da. Der Kutscher beobachtete das Feuer und sang vor sich hin, während Bav Tchornoi trank.

Als es zu dämmern begann, hob Luzelle den Blick von ihrem Buch, um hoffnungsvoll zu fragen: »Möchte irgendjemand gehen und die Soldaten fragen, ob mir inzwischen passieren können?«

Niemand machte sich die Mühe zu antworten, und zum ersten Mal begann sie sich ernsthaft zu fragen, ob Karsler nicht Recht gehabt hatte. Vielleicht musste sie eine alternative Südroute entwerfen. Und falls ja, sollte sie es rasch tun, bevor jegliche Hoffnung auf einen Sieg im zugefrorenen Rhazaulle den Kältetod starb.

Die kleinen Stiche in ihrem Magen zeugten von ihrem Hunger und dem Verstreichen der Zeit. Auf dem Schlitten befanden sich einige Vorräte, verschiedene Nahrungsmittel, die man nicht kochen musste. Luzelle holte Brot, Käse, Fleischkonserven, sauer eingelegte Zwiebeln und geschälte Mandeln für den Kutscher und sich selbst. Girays trat zu seinem eigenen Gefährt und brachte eine ähnliche Verpflegung zurück ans Feuer. Bav Tchornoi scherte sich nicht um Essen.

Sie aßen in einigermaßen kameradschaftlichem Schweigen, während die Sonne unterging. Die Luft verfinsterte sich, eine neue Eiseskälte senkte sich über die Lichtung, und Luzelles Fahrer warf ein paar weitere Scheite ins Feuer.

Funken flogen, die Flammen schlugen hoch, und die langen Schatten, die hinter ihnen über den Boden krochen, krümmten sich. Luzelle begab sich wieder ans Lesen, schaute jedoch überrascht auf, als Bav Tchornoi zu reden begann; seine Stimme war langsam und genuschelt.

»Diese grewzischen Kakerlaken glauben, ihr Feldzug sei schon gewonnen. Sie glauben, wir Rhazauller wären erledigt, geschlagen, bereit, die Knie zu beugen. Ha. Sie sind Dummköpfe«, äußerte Tchornoi. »Sie wissen nichts. Sie vergessen unsere unerschöpflichen Ressourcen.«

»Sie meinen das rhazaullische Klima?«, fragte Girays nach.

»Ja, das ist ein Punkt. Der Frühling ist gekommen, das Wetter ist warm und mild. Angenehm, nicht?«

Nein, dachte Luzelle. Überall lag noch Schnee, und die Abendbrisen schnitten wie mit einem Messer durch ihren Parka.

»Sehr nett, sehr behaglich, aber was, glauben Sie, passiert als Nächstes?«, wollte Tchornoi von seinen Zuhörern wissen. »Die Sonne scheint, das Eis schmilzt. Die kleinen blonden Jungen schaffen ihre Kanonen auf dem zugefrorenen Fluss Xana nach Norden, und eines schönen, sonnigen Nachmittags – *Krach!* Gibt das Eis unter ihren Füßen nach, und dann *Platsch!* Die dicken Kanonen, die Munitionswagen, die Karren und die Pferde und all die kleinen Goldköpfchen – ab mit ihnen ins Wasser. Lange überleben sie da drin nicht, glaube ich. Oder lassen Sie uns annehmen, dass sie nicht ganz so blöde sind und das Eis meiden. Was dann? Sie marschieren nordwärts auf Rialsq zu, und während sie noch marschieren, weicht der Boden unter ihren Füßen auf, und bald versinken sie in Schlamm, der sie schluckt wie Treibsand. Und während sie sich darin suhlen, kommen unsere Männer auf *Grushtyevniks* – Sie würden ›Schlammgleiter‹ dazu sagen –, und wo sind die Grewzier dann?«

»Ich denke, da könnte was Wahres dran sein«, räumte Girays interessiert ein.

»Sie denken, häh? Na dann, das ist noch nicht alles.« Tchornoi schüttete noch mehr Vouvrak in sich hinein und fuhr fort: »Mein Land ist ein hartes Land. Viele innerhalb unserer Grenzen sind eines gewaltsamen Todes gestorben, und an der Stätte eines solchen Todes spuken häufig die Geister der Erschlagenen. Unsere Nekromanten kontrollieren diese Geister, setzten sie gegen die Feinde Rhazaulles ein. Wie wollen die Grewzier gegen ein Geisteraufgebot kämpfen? Hah? Sie erschießen?«

»Ich verstehe Sie nicht ganz.« Girays sprach im Tonfall höflicher Nachsicht.

»Ich habe davon gelesen«, ließ Luzelle verlauten. »Rhazaulle hat eine nekromantische Tradition, die Hunderte von Jahren zurückreicht. Man sagt, die Zaubermeister hätten absolute Macht über die Geister derjenigen ausgeübt, die sie riefen. Doch die im Verlauf der Rituale benutzten Drogen und Gifte führten zu gewalttätigem Irrsinn, so dass die Ausübung dieser Kunst bereits vor Jahrhunderten geächtet wurde. Ich wage allerdings zu behaupten, dass sie sich im Geheimen bis auf den heutigen Tag gehalten hat.«

»Die Frau weiß mehr als Sie, v'Alisante«, zog Tchornoi ihn auf. »Sie hat es kapiert.«

»Nekromantie wird also in Rhazaulle noch immer im Verborgenen praktiziert.« Girays zuckte die Achseln.

»Was soll's? Glauben Sie, irgendein magisches Kauderwelsch, im Mondschein gemurmelt, wird das Vorrücken der grewzischen Armee aufhalten? Glauben Sie, die Geister sprießen aus der Erde wie Blumen im Frühling?«

»Ich glaube, dass Sie nicht viel über Rhazaulle wissen«, versetzte Tchornoi. »Ich glaube, Sie wissen nicht, dass das Dorf Slekya dort unten ein Ort der Macht ist, ein Zentrum vielfältiger Kräfte. Meine Mutter ist dort aufgewachsen, sie hat mir häufig davon erzählt. Dort gibt es geheime Dinge. Diese Grewzier haben keine Ahnung, womit sie es in Slekya zu tun haben.«

»Vielleicht nicht«, gab Girays müde zu.

»Und sie wissen auch nicht, womit sie es mit *mir* zu tun haben.« Tchornoi trank den letzten Rest aus seiner jüngsten Flasche. »Ich bin Bav Tchornoi, und von so jemandem wie diesen Grewziern lasse ich mir nicht vorschreiben, wo ich hingehe und wohin nicht! Nein. Heute Nacht gefällt es mir, das Dorf meiner Mutter zu besuchen und in der Taverne dort zu trinken. Daran hindert mich besser niemand!« Und mit diesen Worten zog er einen Revolver und legte ihn über seine Knie.

Luzelle und Girays tauschten konsternierte Blicke. Aus dem Augenwinkel bekam sie die ähnlich beunruhigte Miene des Kutschers mit.

»Ha, Ihre Gesichter! So erschrocken, so verängstigt.« Tchornoi kicherte. Als er Luzelles Blick begegnete, fragte er leutselig: »Meinen Sie denn, Sie wären die Einzige, die eine Kanone dabei hat? Sie sind eine gute Lehrerin, kleine Frau. In Bizaqh habe ich mir für ein Butterbrot einen Revolver besorgt. Jetzt benutze ich ihn gegen jeden, der sich mir in den Weg stellt!«

Betrunken, stinkend betrunken und streitsüchtig, dachte Luzelle. *Der elende Narr wird sich noch umbringen und uns dazu.* Behutsam appellierte sie an seine Vernunft: »Meister Tchornoi, Sie werden sich doch nicht mit einer ganzen Schwadron grewzischer Soldaten anlegen, oder? Sie sind sehr mutig, aber sie haben keine Chance, gegen so viele als Sieger vom Platz zu gehen.«

»Sie haben Recht. Da auf der Straße sind zu viele blonde Kakerlaken; ich kann sie nicht alle zerquetschen. Nein, ich werde mich zu Fuß durch die Wälder schlagen.«

»Versuchen Sie's lieber nicht«, riet ihm Girays. »Die Wälder sind voll von Patrouillen. Sie kommen nicht durch.«

»Patrouillen? Glauben Sie, ich hätte Angst vor Patrouillen? Hören Sie, ich kenne diese Wälder. Ich war als Junge oft hier – auf dem See da unten habe ich gelernt, Eiskönige zu spielen. Ich habe die Pfade nicht vergessen. Die Pansenfresser, sie wissen nichts! Ich zeige ihnen im Vorbeigehen die Feyenneser Vier, und sie sehen es nicht einmal.«

Der Kutscher zeigte auf die Waffe und stieß einen kurzen Schwall in ängstlichem Rhazaullisch aus. Niemand beachtete ihn.

»Bitte gehen Sie nicht, Bav Tchornoi«, bettelte Luzelle unverhohlen. »Zumindest nicht heute Nacht. Besuchen Sie Slekya an einem anderen Tag, wenn es ungefährlicher ist. Morgen vielleicht. Es ergibt doch keinen Sinn, sein Leben wegen nichts und wieder nichts aufs Spiel zu setzen.«

»Ich setze mein Leben nicht wegen nichts aufs Spiel. Wenn ich mein Leben aufs Spiel setze, dann wegen etwas Großem – meinem Recht, in meinem eigenen Land zu kommen und zu gehen, wie es mir passt. Wer will mir das streitig machen?« Er erhob sich zu voller Größe und warf einen gewaltigen Schatten über den Schnee.

Trotz der Liter an Vouvrak, die er konsumiert hatte, und der undeutlichen Sprechweise vermutete Luzelle, dass es nicht der Alkohol allein war, der aus ihm sprach. Ihr fiel keine Antwort ein.

Girays schon. »Vergessen Sie einmal sich selbst und Ihre kostbaren Rechte«, fuhr er ihn an. »Sie gefährden uns andere damit. Das können Sie nicht machen!«

»Kann ich das nicht? Das sagen Sie?« Der Revolver zielte auf Girays' Brust. »Sie glauben, Sie könnten mich aufhalten? Ha, keine Angst, Sie und die Frau werden nicht gefährdet. Niemand sieht mich, ich schleiche direkt unter ihren grewzischen Nasen vorbei.«

»Stecken Sie diese Waffe weg, oder Sie bringen uns noch alle um.« Girays holte tief Luft. »Hören Sie zu, Tchornoi, halten Sie inne und denken Sie nach. Wenn Sie nur warten –«

»Ich habe lange genug gewartet. Ich habe den ganzen Tag gewartet, und jetzt warte ich nicht mehr. Jetzt gehe ich nach Slekya. Aus dem Weg.« Mit diesen Worten sprang Bav Tchornoi aus dem Lichtkreis des Feuers in den Schatten der Bäume. Die Dunkelheit verschlang ihn.

Sie starrten ihm hinterher. Niemand versuchte ihm zu folgen.

»Glauben Sie, er schafft es?«, fragte Luzelle.

»In seinem derzeitigen Zustand würde ich sagen, er hat keine Chance«, teilte Girays ihr mit. »Er wird wahrscheinlich binnen Minuten geschnappt, und ich möchte nicht, dass die Grewzier denken, wir ständen im Bunde mit diesem Idioten. Wir verschwinden hier am besten.«

»Wärmehütte?«

»Ja.«

Mittels Pantomime teilte sie dem Kutscher ihre Absicht mit. Er nickte, entzündete die Schlittenlaternen und nahm seinen Platz auf dem Kutschbock ein. Sie stieg hinter ihm ein, und sie brachen auf, dicht gefolgt von Girays' Gefährt. Die weiße Straße und die schwarzen Bäume glitten vorbei. Bald darauf zerriss das Krachen nicht allzu weit entfernten Gewehrfeuers die Stille der Nacht. Luzelle versteifte sich angesichts des

Geräuschs, und ihre behandschuhten Hände ballten sich unter ihrer Pelzdecke. Sie lauschte und hörte es erneut – zwei einzelne Entladungen, gefolgt von dem raschen Knattern eines Sperrfeuers. Ihr Atem ging schneller und dampfte in der kalten Luft.

»Schneller«, flüsterte sie. »Schneller.«

Für den unwahrscheinlichen Fall, dass er sie gehört haben sollte, hätte der Kutscher ihre Sprache ohnehin nicht verstanden, aber trotzdem teilte er ihre Empfindungen ganz offensichtlich, denn er ließ seine Peitsche knallen, und die Pferde verfielen in Trab.

Die kegelförmige Wärmehütte erhob sich vor ihnen. Die beiden Schlitten kamen fast gleichzeitig an. Während die Männer die Pferde versorgten, trug Luzelle Reisedecken und Pelzüberwürfe in den kleinen Unterstand, ließ ihr Bündel auf den Boden fallen und entzündete ein Feuer. Als Girays und der Kutscher hereinkamen, stieg bereits der Rauch durch den Abzug im Dach, und der Raum begann sich zu erwärmen.

Girays legte den schweren Balken vor die Tür; kein Schutz gegen grewzische Soldateska, aber Luzelle fühlte sich so trotzdem sicherer. Eine Zeit lang saßen sie schweigend um das Feuer herum. Alle drei horchten auf das Geräusch von Schüssen – Schritten – Stimmen – gegen die Tür pochenden Fäusten – irgendetwas. Es herrschte Stille.

Die Luft wurde drückend von Wärme und Rauch. Girays belegte das Feuer mit Asche, und die drei betteten sich zum Schlaf. Eine Weile lag Luzelle noch wach, den muffigen Geruch der alten Pelzdecke in der Nase, Ohren und Verstand angestrengt auf die Geräusche gerichtet, die nie ertönten, aber am Ende sanken ihre Lider zu, und die Welt glitt fort.

Sie erwachte mit der Dämmerung. Die Luft in der Wärmehütte war kalt, aber verqualmt. Girays schlief tief und fest. Der Kutscher fehlte. Er war wahrscheinlich nach draußen gegangen, um sich zu erleichtern. Sein Nest aus Kleidung und Decken war verschwunden; er musste sie schon in den Schlitten zurückgebracht haben. Sehr tüchtig. Sie würde ihm einen netten kleinen Extrabonus geben, wenn ihre Wege sich trennten, der arme Kerl hatte es sich verdient.

Luzelle gähnte, rieb sich den Schlaf aus den Augen und begab sich zu der Tür, die unverriegelt war, wie der Kutscher sie zurückgelassen hatte. Sie horchte, hörte nichts Beunruhigendes und öffnete die Tür, um auf einen leeren Flecken plattgetretenen Schnees zu blicken, auf dem ihr Schlitten vergangene Nacht angehalten hatte. Girays' Schlitten stand ein Stück von der Hütte entfernt, sein Pferd war an einem nahen Baum angebunden. Ihr eigenes Transportmittel mitsamt Pferden und Kutscher war fort. Ihre Reisetasche stand neben der Tür. Ihr Kutscher, Feigling und Drückeberger, der er war, war wenigstens kein Dieb.

Einen kurzen Augenblick schaute sie sich um, ohne recht zu begreifen. Dann forderte die Realität ihr Recht, Entrüstung stieg in ihr auf, und der Zorn brach aus ihr heraus. Er hatte sie schlicht im Stich gelassen, hier mitten im Nirgendwo, hatte sie dem Hunger- oder Kältetod anheim gegeben. Damit würde dieser schleimige kleine rhazaullische Feigling nicht durchkommen! Diese freundlichen grewzischen Soldaten hatten versprochen, im Falle des Abtrünnigwerdens ihren Kutscher zurückzubringen, und jetzt beabsichtigte sie dieses Angebot anzunehmen. Sie musste ungefähr zwei Meilen oder mehr auf der verschneiten TransBruzh zurückwandern, ihre Reisetasche tragen, oder –

Ihr Blick sprang zu Girays' Schlitten und danach zu dem angebundenen Pferd. Sie konnte es vermutlich schaffen, das Tier anzuschirren, so kompliziert konnte es ja kaum sein, und die kurze Fahrt würde sie gewiss auch bewältigen. Sie konnte auf und davon sein, bevor Girays aufwachte, um sie daran zu hindern, sie konnte zu den Grewziern eilen, sie auf ihren flüchtigen Kutscher hetzen und den Schlitten dann seinem Besitzer zurückerstatten, ohne dass es jemandem schadete. Oder – der finster funkelnde Gedanke war plötzlich vollständig – sie konnte die Dinge beschleunigen, indem sie einfach darauf verzichtete, Girays seinen Schlitten zurückzubringen. Indem sie ihn stahl. Vielleicht war die TransBruzh mittlerweile wieder offen, und sie konnte nach Rialsq weiterfahren oder, falls notwendig, irgendwo auf dem Weg einen neuen Fahrer anheuern. Und es war ja nicht so, dass Girays dadurch in Gefahr geraten würde. Die Wärmehütte stand nur wenige Meilen von Slekya entfernt, wo er sich Unterkunft, Verpflegung und eine alternative Transportmöglichkeit beschaffen konnte. Außer ein paar Unannehmlichkeiten würde ihm nicht passieren. Und sie würde sich einen möglicherweise unschlagbaren Vorsprung herausarbeiten.

Nicht zum ersten Mal seit Beginn des Rennens verstörte sie die Denkweise ihres eigenen Verstands. Girays bestehlen? Girays hintergehen? Eine ausgesprochen hässliche Vorstellung. Wo kam sie bloß her?

Von der Notwendigkeit. Den Erfordernissen des Rennens. Mehr noch – sollte sie es versäumen, sich jetzt den Schlitten zu schnappen, solange sie noch Gelegenheit dazu hatte, würde Girays in Kürze erwachen, und dann konnte *sie* diejenige sein, die zurückblieb. Vielleicht wäre er großmütig und würde sie mitfahren lassen, vielleicht auch nicht. Gewiss hatte er jedes Recht der Welt, sie zurückzulassen. Sie befanden sich in einem Rennen, und der Schlitten gehörte ihm. Und dann? Möglicherweise gelang es den grewzischen Soldaten nicht, ihren Kutscher wieder einzufangen, oder sie waren zu beschäftigt, um sich darum zu kümmern, ungeachtet aller galanten Versprechungen. Auf alle Fälle würde sie zurückfallen, weit zurückfallen – es sei denn, sie packte jetzt die Gelegenheit beim Schopfe.

Sie würde tun, was notwendig war.

Aber stehlen – von Girays? Sie drehte sich um und schaute ihn an. Sein Haar war wieder zottig geworden. Im Schlaf sah er jünger aus, das Gesicht entspannt, gebräunt von der Sonne von Mekzaes und der Stammesterritorien. Er sah friedlich und vollkommen arglos aus. Die Schuld lähmte sie, die Dringlichkeit trieb sie an, und noch während sie hin und her schwankte, schlug Girays die Augen auf und setzte sich auf. Frustration, Ärger über ihre eigene Unentschlossenheit und tiefe Erleichterung vermischten sich unentwirrbar in ihrem Inneren.

Er warf einen Blick auf sie und sagte: »Irgendwas ist passiert. Tchornoi ist aufgekreuzt?«

»Nein. Mein Kutscher hat sich mit dem Schlitten davongemacht.«

»Hat er das? Hat er Ihnen das wirklich angetan? Erstaunlich, dass der Gauner das gewagt hat.« Girays schüttelte den Kopf. »Was für ein Pech aber auch.«

Er machte sich über sie lustig, und sie hätte ihm am liebsten etwas an den Kopf geschmissen. Sie hätte den Schlitten nehmen sollen, solange sie noch Zeit dazu hatte. Sie hätte ihn hier verfaulen lassen sollen, recht wäre es ihm geschehen! Sie hatte alles verpatzt.

»Und was werden Sie jetzt tun?«, erkundigte er sich zuvorkommend. »Irgendwelche Pläne?«

»Ja, in der Tat«, versetzte sie mit selbstsicherer Miene, was ihn, wie sie hoffte, enttäuschen würde. »Ich werde die grewzischen Soldaten unten an der Straße um Hilfe bitten.«

»Die grewzischen Soldaten. Sie werden darauf brennen, Ihnen helfen zu dürfen, menschenfreundlich, wie sie nun einmal sind.«

»Sie *brennen* zufällig darauf, mir zu helfen.« Sie lächelte unschuldig. »Es gibt nichts, haben sie mir versichert, was sie für eine Freundin von Oberkommandant Stornzof nicht tun würden.«

»Stornzof. Ich verstehe.«

»Ja, wir sind zusammen gereist«, gestand sie und bemerkte mit grimmiger Befriedigung, dass seine Heiterkeit verpufft war. »Aber als wir die Straßensperre erreichten, durfte er passieren, während ich das nicht konnte, und die Soldaten nötigten mich, sie zu rufen, wenn ich ihre Hilfe brauchte. Nun, es scheint, als würde ich sie nun brauchen.«

»Ich verstehe«, wiederholte Girays. Er überlegte. »Sie würden das wirklich tun, nicht wahr?«

»Die Grewzier um Hilfe bitten, meinen Sie? Sie haben es angeboten, und mir bleibt keine Wahl. Ich kann nicht zu Fuß nach Ukizik gehen.«

»Die Theatralik ist ganz und gar überflüssig. Sie wissen, dass ich Sie nicht hier auf dem Trockenen sitzen lassen würde, und Sie wissen ebenso, dass ich es nicht schätzen würde mitanzusehen, wie Sie mittels eines erfundenen Status als ›kleine Freundin‹ eines grewzischen Offiziers auf einen Vorteil spekulieren würden.«

»Oh, ist es das, wofür sie mich halten würden?«, sagte sie leise und leicht erstaunt, fragte jedoch, bevor er antworten konnte: »Sie bieten mir also an, mich in Ihrem Schlitten mitzunehmen?«

»Zumindest bis wir die grewzische Armee los sind.«

»Ich akzeptiere«, antwortete sie und fügte mit echter Empfindung hinzu: »Danke, Girays. Sie sind netter, als ich es verdiene.«

»Eines Tages, wenn Sie es am wenigsten erwarten, werde ich Sie an Ihre Worte erinnern.«

»Glauben Sie, die Straße ist schon offen?«

»Das ist das Erste, was wir prüfen werden«, beschied er sie. »Falls sie noch gesperrt ist, müssen wir uns entscheiden. Bleiben oder gehen? Noch einen Tag warten oder zurückfahren und uns eine neue Route überlegen?«

»Ich ertrage das Warten nicht mehr. Karsler baut seinen Vorsprung mit jeder Minute aus. Und Tchornoi auch, wenn ich mich nicht irre.«

»Tchornoi ist vermutlich besinnungslos auf dem Boden dieser Kneipe unten in Slekya umgekippt.«

»Das hoffe ich. Mehr für ihn als für uns hoffe ich das aufrichtig.«

Sie machten sich so rasch wie möglich zur Abfahrt bereit, schlangen hastig ein kaltes Frühstück hinunter und stopften dann ihre Habe irgendwie in den Schlitten. Während Girays das Pferd anschirrte, griff sich Luzelle ein Beil und gab sich daran, den Stapel Feuerholz wieder aufzufüllen. Da sie mit Widerspruch rechnete, wurde sie von Girays' Entgegenkommen angenehm überrascht. Er erhob keine Einwände, sondern ließ sie ihre Arbeit einfach in Ruhe zu Ende führen.

Der Morgenhimmel war mit bleiernen Wolken verhangen, die Sonne verschwunden und die graue Welt schattenhaft, als sie sich in Girays' Schlitten auf dem gestern gekommenen Weg zurückbegaben. Luzelles Nase kitzelte, und sie witterte einen leichten Rauchgeruch im Wind. Der Geruch nahm zu, während das Gefährt vorankam. Lange bevor sie den Ort der Straßensperre erreichten, brach eine Abteilung schläfriger grewzischer Soldaten aus dem Wald, um ihnen den Weg zu vertreten.

»*Halt!*« Die Sprache war Grewzisch, aber das Kommando wäre in jeder Sprache zu verstehen gewesen. Girays zügelte sofort das Pferd.

Wo waren die zivilisierten Gesichter von gestern Abend? Ein halbes Dutzend einsatzbereiter Gewehre zielte auf Girays' Brust. Luzelle starrte sie ungläubig an, fast zu verblüfft, um Furcht zu empfinden.

»Identifizieren!« Der Führer der Abteilung, ein mit zornigen Augen ausgestatteter Sergeant, sah so aus, als sei er zum Töten bereit.

»Vonahrische Reisende.« Girays holte seinen Pass hervor.

Luzelle tat es ihm nach.

Der Sergeant prüfte beide Dokumente und reichte sie ihnen zurück. »Keine Durchfahrt. Straße frei machen«, sagte er.

»Wir werden den Weg zurückfahren, den wir gekommen sind«, erbot sich Girays.

»Nicht erlaubt. Straße frei machen«, wiederholte der Sergeant. »Fahren Sie an den Rand.«

»Bitte, Sir.« Luzelle stellte sich tapfer den zornigen Augen. »Sagen Sie uns, was hier ist geschehen, bitte sehr.«

Er wog ihre Bitte ab und antwortete dann, wobei er jede einzelne Silbe abmaß: »Rhazaullischer Terrorist letzte Nacht beim Schleichen durch Wald gefangen genommen. Feuerwechsel, zwei Soldaten des Imperiums getötet. Rhazauller vermutlich verwundet, aber entkommen. Hat Zuflucht in dem Dorf unten genommen.«

Tchornoi, dachte Luzelle. *Dieser tollkühne betrunkene Schwachkopf.* Sie senkte den Blick, um sich nichts anmerken zu lassen. Girays' Gesicht, das sie kurz im Profil sah, war vollkommen unbewegt.

»Bis die Situation entschärft ist, ist die Straße in beide Richtungen gesperrt. Fahren Sie rechts ran, und gehen Sie uns aus dem Weg, oder Sie werden als feindliche Partisanen betrachtet und dementsprechend behandelt.« Der Sergeant wandte sich ab und beendete den Wortwechsel.

Girays gehorchte. Am Straßenrand der TransBruzh stieg er aus dem Schlitten und führte das Pferd durch eine Bresche in den Bäumen, über eine düstere, im Schatten liegende Fläche zur Kante eines schroffen Abhangs, fast einer Klippe, die über Tal und See blickte. Rauch erstickte die frische Brise, und von diesem Aussichtspunkt war gut zu sehen, warum. Das Dorf Slekya brannte.

Aus den Bilderbuchhäusern schlugen Flammen.

Feuer umhüllte die Wände und Giebeldächer, umschloss hübsche Türmchen und kleine Kuppeln, züngelte aus Fenstern und offenen Türen. Jedes Gebäude in dem Dorf brannte lichterloh, und manche geschwärzten Ruinen waren bereits eingestürzt. Durch die dichten Wolken dunklen Rauchs, die über der Hauptstraße lagen, waren umherhuschende menschliche Gestalten zu sehen und kreischende menschliche Stimmen zu hören. Überall wimmelten geordnete Trupps grau uniformierter Gestalten umher, die Wagen und Karren umkippten, mit Fackeln hantierten und auf Zivilisten einknüppelten. Einer dieser Trupps, der aus vielleicht einem Dutzend Soldaten bestand, war dabei, mehreren von Panik ergriffenen Frauen methodisch die Kleider vom Leib zu reißen.

Luzelle wandte das Gesicht ab. »Bringen Sie mich von hier weg«, bat sie ihn tonlos.

»Kann nicht«, antwortete Girays. »Sehen Sie nicht hin.«

Doch sie konnte seinem Rat nicht folgen, konnte nicht anders als zusehen, wie die Grewzier eine große Gruppe männlicher Zivilisten über die Hauptstraße an das Seeufer trieben, wo sie sie anhalten ließen. Die Gefangenen, die altersmäßig vom vorpubertären Jungen bis zum weißhaarigen Greis reichten, standen ordentlich am Wasserrand aufgereiht. Einer von ihnen – schwarzer Bart, rechter Arm in einer weißen Schlinge, den größten seiner Landsmänner um einen halben Kopf überragend – war selbst auf die Entfernung unverkennbar.

Ein Befehl wurde erteilt, die grauen Soldaten eröffneten das Feuer, und die Rhazauller fielen im Dutzend. Mehrere versuchten über den zugefrorenen See zu fliehen und wurden von Scharfschützen im Laufen getroffen; ihr Blut bildete dunkle Flecken auf dem bleichen Eis. Der schwarzhaarige Riese stieß einen gellenden Schrei aus und stürzte sich auf die Grewzier, deren

Kugeln ihn binnen Sekunden niedermähten. Vorübergehend trat Stille ein, als die Soldaten ihre Gewehre nachluden, dann setzten die Gewehrsalven wieder ein, bis kein Rhazauller mehr aufrecht stand.

Blutige Körper lagen verstreut am Ufer. Mehrere Opfer bewegten sich noch und stöhnten. Neue Befehle wurden erteilt, und die Soldaten traten vor, um ihr Werk mit Bajonetten zu vollenden. Die stählernen Klingen arbeiteten noch ein paar Minuten, dann ruhten sie. Die Dorfbewohner lagen still da, und die Soldaten marschierten ab.

Luzelle wandte sich Girays zu. Sie sah ihn an und wusste, dass sie nichts sagen musste. Er verstand ihre Gedanken und Gefühle, wie auch sie trotz aller Verschiedenheiten die seinen verstand, denn sie waren aus demselben Holz geschnitzt. Es war wie ein Atemzug frischer, reiner Luft in der von Rauch gefüllten Lunge, dieses stumme wechselseitige Verständnis; es war Kraft und Leben. Tränen trübten ihren Blick.

Er breitete seine Arme aus, und sie ließ sich von ihnen umfangen.

Die Hügel nördlich von Slekya waren frei von Rauch. Von seinem Aussichtspunkt auf der Spitze eines eisverkrusteten Steilufers hatte Karsler Stornzof freien Blick auf das Massaker. Er stand allein dort, da er das Angebot seiner Landsmänner bezüglich einer Eskorte abgelehnt hatte. Zum ersten Mal seit Beginn des Rennens trug er Zivilkleidung, denn nun stieß er allein tief in Feindesland vor, wo der Anblick einer grewzischen Uniform zum sofortigen Angriff führen würde. Die Rhazauller würden ihn in Stücke reißen, wenn sie erfuhren, was er war; angesichts dessen, was er in der Morgendämmerung zu Gesicht bekommen hatte, konnte er es ihnen kaum verdenken.

Karsler stand regungslos da, während das Dorf brannte, die Soldaten ihre Opfer zum See trieben und das Abschlachten begann. Sein Instinkt drängte ihn zum Eingreifen; sein Verstand erkannte die Vergeblichkeit einer solchen spontanen Regung. Bis er die Strecke den Hügel hinunter und durch das Tal nach Slekya zurückgelegt hatte, hätten die Grewzier ihr Werk bereits vollendet. Und überdies unterstanden die Männer dort unten nicht seinem direkten Befehl, sodass er keinerlei Befugnis hatte, die Befehle ihrer eigenen Offiziere zu widerrufen.

Es gab nichts, was er hätte tun können, und er wusste es, glaubte es freilich nicht. Seine ganze Ausbildung im Promontorium hatte ihn nicht auf die Notwendigkeit vorbereitet, Zeuge eines solchen Gräuels zu werden und es tatenlos geschehen lassen zu müssen. Sein Wissen um die Vorfälle dort unten in Slekya erlegte ihm eine moralische Pflicht auf, die unvereinbar mit seiner Pflicht als Soldat und als Stornzof war, und es gab keine auch nur entfernt befriedigende Lösung für sein Dilemma.

Das Gefühl von Ohnmacht war neu und fürchterlich. Während er die im Tal stattfindende Massenhinrichtung beobachtet hatte, hatten ihn Scham und Ekel beinahe wie eine Krankheit erfüllt, und trotzdem wollte er seinen Blick nicht abwenden, bevor auch das letzte Opfer zu Boden gesunken war. Dann saß er wieder auf und ritt davon.

Ein paar Schüsse ertönten, und Luzelle fuhr zusammen, noch immer nicht an den Klang gewöhnt, obwohl sie ihn im Verlauf des Tages mehrfach gehört hatte. Dann folgte das Trommeln rennender Füße, das Krachen einer weiteren Salve, die Rufe grewzischer Stimmen – ebenso vertraut geworden, denn die Soldaten jagten nun schon seit Stunden rhazaullische Flüchtlinge durch die Wälder, und die Hügel um Slekya waren mit von Kugeln zerfetzten Körpern bedeckt.

»Haben sie denn immer noch nicht genug?« Luzelle war sich kaum bewusst, dass sie laut gesprochen hatte.

»Sie müssen es bald drangeben, der Abend bricht herein«, sagte Girays.

»So spät ist es schon?« Ein wenig überrascht sah sie zum Himmel empor, der den ganzen Tag über grau gewesen war und sich nun zur Farbe von Holzkohle verfinsterte. »Glauben Sie, sie lassen uns zu der Wärmehütte zurückkehren?«

»Die Straße ist noch gesperrt.«

»Wird kalt werden heute Nacht.«

»Anderen wird es noch kälter sein.«

»Ich wünschte, wir wären nach Immeen umgekehrt, solange wir es noch konnten.«

»Vielleicht können wir morgen weiterziehen.«

»Bis zum nächsten Morgen scheint es noch sehr lang zu sein.«

»Er wird schnell kommen, wenn Sie schlafen.«

»Ich werde heute Nacht nicht schlafen können. Sie?«

Er zuckte die Schultern. »Hungrig?«

»Nein. Ich friere nur.«

»Wir brauchen mehr Feuerholz. Ich besorge etwas.« Er stand auf.

»Warten Sie, Sie können doch nicht allein im Wald herumwandern. Irgendwelche Grewzier pusten Ihnen noch den Kopf weg, ohne sich die Mühe zu machen, vorher nach dem Pass zu fragen. Vielleicht lassen wir das Feuer besser ausgehen. Es lenkt nur die Aufmerksamkeit auf uns.«

»Eben. Wir lassen alle Welt wissen, dass wir nicht versuchen, uns zu verstecken. Ich werde jetzt genügend Holz sammeln, damit das Feuer die Nacht über nicht ausgeht.«

»Dann komme ich mit Ihnen.«

Bevor sie sich von dem Holzscheit erhoben hatte, auf dem sie saß, brach ein Trupp grewzischer Soldaten, die

Gewehre im Anschlag, zwischen den Bäumen hervor. Luzelle erschrak kaum, denn diese Szene hatte sich binnen Stunden nicht weniger als fünfmal wiederholt. Erneut wurden Erklärungen laut, und Ausweise wurden vorgezeigt. Erneut warnten die Soldaten sie, dass die Straße gesperrt sei, ließen sie aber in Ruhe.

Die Grewzier zogen ab, und ihre Stimmen wurden schwächer. Luzelle und Girays sammelten mehrere Arme voll Brennholz, schichteten das Feuer auf und nahmen ihre Plätze neben ihm wieder ein. Die Nacht brach herein, und Stille senkte sich über sie. Es gab keine Rufe und keine Schüsse mehr. Trügerischer Frieden herrschte. Bald darauf ging der Vollmond auf und warf einen schwachen Lichtschein durch die Wolkendecke.

Girays holte eine Decke aus dem Schlitten, und zusammen kauerten sie sich dicht am Feuer zusammen. Luzelle lehnte ihren Kopf an seine Schulter. Er legte den Arm um sie, und schweigend saßen sie da. Eine Zeit lang beobachtete sie die tanzenden Flammen, doch bald verschwamm ihr Blick, und die Augenlider fielen ihr zu. Körperliche Erschöpfung konnte es nicht sein, nicht nach einem Tag, den sie, im Wald herumsitzend, verbracht hatte. Doch vielleicht war ihr Geist müder, als ihr bewusst war, denn sie schlief augenblicklich ein.

Sie musste stundenlang geschlafen haben, denn als sie ihre Augen wieder aufschlug, war der dürftige Ersatz eines Mondes zur anderen Seite des Himmels gewandert. Das Feuer war ausgegangen; so viel zu den guten Vorsätzen, es die ganze Nacht über am Brennen zu halten. Die Luft war kalt, aber ihr war nicht unbehaglich zumute, denn Girays' Nähe hielt die Kälte ab. Girays selbst war hellwach, seine Schultern unter ihrer Stirn waren angespannt. Vielleicht war es seine Anspannung, die sie geweckt hatte, vielleicht war es aber auch der Rhythmus menschlicher Stimmen, die sich nicht weit von ihnen entfernt erhoben.

Luzelle sah zu Boden und erwartete halbwegs, ihn unter sich beben zu sehen und zu spüren. Der Boden bewegte sich jedoch nicht, und da erkannte sie, dass sie sich einen Augenblick lang wieder in Xoxo gewähnt hatte. Es war der Klang des Sprechgesangs in der Nähe, der sie durcheinander gebracht hatte. Ein dummer Irrtum, denn die Stimmen von damals und von heute Nacht glichen sich ganz und gar nicht; sie unterschieden sich grundlegend in Höhe und Sprechgeschwindigkeit, Sprache, Stil und jeder anderen wahrnehmbaren Eigenschaft. Und dennoch gab es eine Ähnlichkeit, eine undefinierbare Andeutung von Macht und Geheimnis, die diese anonymen Stimmen der rhazaulischen Nacht mit den Dschungelschamanen von Oorex verband.

Sie sah Girays an, aber der Mond stand in seinem Rücken, und alles, was sie sehen konnte, war ein dunkler Umriss.

»Was ist das?«, fragte sie, wobei sie ihre Stimme instinktiv zu einem Flüstern senkte.

Er schüttelte den Kopf. Sie saßen noch einige Augenblicke lang lauschend da, dann erhoben sie sich in stummem Einverständnis, um dem Geräusch nachzugehen.

Der Ursprung der Stimmen war weder weit entfernt noch schwer zu lokalisieren. Luzelle ergriff Girays' Arm. Eine kleine Weile ertasteten sie sich ihren Weg durch die Schatten, und je weiter sie gingen, desto lauter wurden die Stimmen.

Das Flackern von Feuerschein drang durch die Bäume. Sie schlichen auf das Licht zu und erreichten Sekunden später eine kleine Lichtung, die gefährlich nah am Rand einer Steilklippe lag, von der man den See, das schwelende Dorf und das grewzische Lager überschaute. Dort umringte ein Kreis regloser Gestalten ein lodernes Feuer. Einheimische, die zweifellos dem Massaker entflohen waren. Nun, da sich die Dunkelheit über das Land gelegt hatte, standen ihre Chancen zu entkommen gut.

Auf der anderen Seite konnte ihnen nicht sehr daran gelegen sein, sich verborgen zu halten, ansonsten hätten sie es nicht gewagt, solch ein Feuer zu entzünden. Aber sie schienen sich um eigentlich überhaupt nichts zu kümmern; tatsächlich wirkten sie völlig benommen.

Luzelle musterte die aufgerichteten Gestalten. Neun waren es, Männer und Frauen, Junge und Alte, gut und in Lumpen Gekleidete, Stattliche und Ausgezehrte, in jeglicher Hinsicht verschieden, gleich nur in ihrem Schweigen, ihrer Regungslosigkeit, ihren strahlend blinden Augen. Die miteinander verschränkten Hände stellten die körperliche Verbindung her, aber die wahre Verbindung war sichtlich psychischer Natur; sie zeigte sich in jedem synchronen Zucken und Blinzeln.

Eine Versammlung von Irren? Vermutlich harmlos, aber trotzdem schoss plötzlich die Furcht durch ihre Adern.

Die Stimmen schwollen an – ein klagendes, wahnsinniges Plappern, das sich irgendwie in eine fremdartige Musik auflöste; wehmütig, beharrlich, am Rande der Unverständlichkeit. Die Musik dauerte an – minutenlang – stundenlang – jahrelang – äonenlang. Und als es schien, sie könne die Worte gleich verstehen – als sie spürte, dass die große Enthüllung unmittelbar bevorstand –, brach sie ab. Das Feuer flackerte hoch empor, und dichte Rauchschwaden quollen hervor.

Nun stumm und reglos, standen die neun nur noch da und starrten in die Flammen. Ihre Hände blieben weiterhin verbunden, der Kreis hielt. Ihre Gesichter waren Masken des Todes. Sie konnte sich vorstellen, dass jegliches persönliche Bewusstsein ausgelöscht war, mit Ausnahme des Gefühls kollektiver mentaler Aktivität – klar und fast mit Händen greifbar –, das dic Luft beinahe zu versengen schien.

Ein Zentrum vielfältiger Kräfte hatte Bav Tchornoi diesen Ort genannt, und er hatte Recht gehabt; sie konnte spüren, wie die Kräfte überall um sie herum am Werke waren. Die Härchen in ihrem Nacken richteten sich auf, und ihr Griff um Girays' Arm verstärkte sich. Die Luft war erstickend kalt; der Rauch war allgegenwärtig, dichte, die Luft abschneidende Wolken von Rauch, viel mehr Rauch, als das kleine Feuer hätte hervorbringen dürfen. Sie hustete, unfähig, den Reflex zu unterdrücken, aber es war egal, die neun hörten ohnehin nichts. Ihre Augen brannten und schwammen in Tränen, spielten ihr Streiche, denn nun schien es, als fülle der Rauch sich mit menschlichen Umrissen, Dutzende und Aberdutzende von ihnen, die schwerelos über dem Feuer schwebten.

Sie zwinkerte und rieb sich die tränenden Augen in der Absicht, die Vision zu verscheuchen, aber die Umrisse wurden nur schärfer. Jetzt konnte sie sie trotz ihrer fahlen Durchsichtigkeit ziemlich deutlich sehen; bis ins kleinste Detail unterschieden sie sich in Aussehen, Gestalt und Gewandung. Gewöhnlich aussehende Leute zum größten Teil. Männer, Frauen und Kinder mit typisch rhazaullischen Gesichtern und der praktischen Tracht normaler Dorfbewohner. Die Wälder waren noch voll von den frischen Leichen eben dieser ganz gewöhnlichen Menschen.

Sie hatte nie an Geister geglaubt. Sie hatte keine Lust, jetzt damit anzufangen, aber der Beweis vor ihren Augen ließ wenig Raum für Zweifel. »Viele innerhalb unserer Grenzen sind eines gewaltsamen Todes gestorben, und an der Stätte eines solchen Todes spuken häufig die Geister der Erschlagenen«, hatte Bav Tchornoi behauptet, und insgeheim hatte sie das als das abergläubische Lallen eines Betrunkenen abgetan, aber er hatte Recht gehabt. »Unsere Nekromanten kontrollieren diese Geister, setzen sie gegen die Feinde Rhazaulles ein«, hatte er ebenfalls behauptet, und jetzt fragte sie sich, ob er auch damit Recht gehabt haben konnte.

Die Geister teilten offenkundig ihre Verwirrung. Ihre toten Gesichter – wesentlich ausdrucksstärker als die lebenden Gesichter der in Trance gefallenen Rhazauller, die sie gerufen hatten – spiegelten Entsetzen, Furcht und Verwirrung wider. Viele schauten mit einem Ausdruck verwunderter Ungläubigkeit um sich, und mehrere schienen zu sprechen, doch nichts Hörbares kam hervor. Zwei oder drei, die flüchten wollten, huschten auf der Lichtung umher und stießen voller Schrecken gegen unüberwindliche psychische Barrieren.

Sie taten ihr schrecklich Leid. Sie fürchtete sich bis ins Mark, fand aber gleichzeitig diese körperlosen Überreste mit ihren starrenden, durchsichtigen Augen und ihrem offensichtlichen Kummer unendlich bemitleidenswert.

Die Nacht war still. Die Geister hatten keine Stimmen, die Nekromanten wirkten, als ständen sie unter einem Bann, aber eine stumme Verständigung musste stattgefunden haben, denn die gesamte Gespensterversammlung erhob sich so geräuschlos wie Nebel und schwebte über den Klippenrand in den leeren Raum über den Ruinen von Slekya. Einen Moment lang verharrten sie regungslos in der Luft, und dann begannen sie sich zu bewegen.

Die schwerelosen Gestalten schienen ohne Hast durch die Luft zu fließen, aber dennoch erreichten sie das grewzische Lager innerhalb weniger Minuten. Ein schwacher kalter Schimmer breitete sich über dem Lager aus, und die Warnrufe von drei oder vier Wachen hallten in der Nacht wider, gefolgt vom schrillen Wiehern der panischen Pferde. Fast umgehend stürzten halb bekleidete grewzische Soldaten aus den Zelten, Gewehre in der Hand, um sich den Geistern ihrer jüngsten Opfer zu stellen. Ein wirres Geschrei erhob sich, dann steigerten die Schreie sich zu schrillem Kreischen, als sich brennende Schlingen um ausgewählte graue Gestalten wanden, die rasch zu Boden fielen. Gewehrfeuer krachte vergeblich, und der Geräuschpegel stieg, als Schauer glühender Kohlen aus Dutzenden mit Asche belegter Feuer auf die Wände und Dächer der grewzischen Zelte niederprasselten.

Flammen züngelten über das Segeltuch, schlugen zum Himmel hoch und sprangen von Dach zu Dach. Binnen Sekunden standen die Zelte lichterloh in Flammen, wie vor Stunden das Dorf Slekya gebrannt hatte. Neue Schreie erschollen, als zwei oder drei Soldaten, die Körper von Flammen eingehüllt, aus ihren Zelten stürzten und ziellos hin und her taumelten, bevor sie in den Schnee fielen. Geisterhände warfen brennende Trümmer hoch, und ein Feuerhagel senkte sich auf grewzische Köpfe. Eine in Panik geratene Abteilung floh in den Schutz der Wälder, und die Spukgestalten verfolgten sie, Tod und Verderben bringend. Mit brennendem Haar und brennender Kleidung tanzten schwarze Puppen in ihren orangefarbenen Gewändern. Der Wind trug den Geruch brennenden Fleischs zu ihnen herüber.

Ein Sperrfeuer ließ die schwebenden Reihen kaum erzittern. Die Kugeln flogen, ohne Schaden anzurichten, durch sie hindurch, es regnete Feuer, und die berühmte grewzische Disziplin löste sich auf. Der letzte Verteidiger des Lagers gab Fersengeld und floh auf den Wald zu. Die leuchtende Horde jagte ihn.

Luzelle spürte einen festen Druck an ihrem Arm. Sie wandte den Kopf um und sah sich der schattenhaften Masse gegenüber, die im Augenblick Girays war.

»Jetzt«, flüsterte er.

Sie brauchte keine Erklärung. Die Grewzier waren in vollständiger Auflösung begriffen, sie stellten zurzeit nicht die geringste Bedrohung dar. Die TransBruzh war unbewacht, der Weg relativ frei. Ihre Chance war da, vielleicht ihre einzige.

Sie warf einen letzten Blick auf die neun Nekromanten, versteinert in dem zuckenden Licht. Würden die rachsüchtigen Geister, die diese Leute losgelassen hatten, zwischen grewzischen Soldaten und vonahrischen Zivilisten unterscheiden? Die marmorgleichen Gesichter gaben nichts preis.

Sie nahm Girays' Hand, und die beiden tasteten sich ihren Weg zurück durch die tiefen Schatten zu ihrem Schlitten und dem angebundenen Pferd. Während er das Tier anschirrte, sammelte sie ein paar ihrer Besitztümer ein, die noch neben der Asche lagen, und verstaute sie an Bord. Während sie arbeitete, hetzten ihre Blicke umher, stießen aber auf keine luftgetragenen Phantome.

Geschafft. Luzelle stieg in den Schlitten. Girays führte das Pferd auf die Straße zurück und nahm seinen Platz ein. Ferne Stimmen und Gewehrfeuer hallten durch die Wälder, doch vor ihnen erstreckte sich die freie TransBruzh, leer und verlassen in dem schwachen Mondscheinlicht.

Nicht ganz verlassen. Eine stumme, durchsichtige, aber gut zu erkennende Gestalt schwebte über der Straße. Ein Kind war es, ein Junge von sechs oder sieben Jahren, mit dicken Backen und dichtem Haar, das in Form einer Schüssel geschnitten war. Hin und her gerissen zwischen Furcht und Mitleid blickte Luzelle in die toten jungen Augen und sah dort ein Entsetzen, das das ihre bei weitem übertraf.

Der jugendliche Geist trieb von der Straße fort. Girays, vorübergehend wie gelähmt, fasste sich und schüttelte die Zügel. Der Schlitten setzte sich in Bewegung, nach Norden zu.

Zweiundzwanzigstes Kapitel

Die Sommersonne brannte auf die Stadt Sherreen herunter. Die Luft war zu warm, um noch angenehm zu sein, und die Fenster im ganzen Republikanischen Komplex standen weit offen als Einladung für nicht existierende Brisen. Eines dieser offenen Fenster, das zu einem Büro im zweiten Stock des Außenministeriums gehörte, rahmte eine magere, schmalschultrige Gestalt mit käsigem Teint. Der Bevollmächtigte Unterminister vo Rouvignac stand dort und blickte über die Hautpstadt nach Südosten, blind für die Aussicht auf baumgesäumte Boulevards, während sein geistiges Auge nach Südosten in die Ferne schweifte, den ganzen Weg bis zur Grenze zu Haereste, um die dort zusammengezogenen grewzischen Truppen abzuschätzen. Zahlreich, so viel stand fest. Berühmt für ihre Disziplin. Verschwenderisch ausgerüstet. Und sie warteten nur auf den Befehl, die Grenze zum unzureichend geschützten Vonahr zu überschreiten, ein Befehl, der höchstwahrscheinlich nicht mehr als bestenfalls ein paar Tage auf sich warten lassen würde.

Haereste war jetzt schließlich Teil des Imperiums. Und ein beträchtlicher Prozentsatz der Bevölkerung von Vonahrs ruhiger Provinz Eulence bestand aus Bürgern, die durch Blutsbande, den lokalen Dialekt sowie Sitten und Bräuche mit Haereste verbunden waren; es war erst dreihundert Jahre her, dass Eulence zu Haereste gehört hatte. Es war eine unbestreitbare Tatsache, dass alle vernünftigen Haeresteaner auf beiden Seiten der Grenze eine Wiedervereinigung ihres geteilten Landes ersehnten, und daher wurde die Regierung Vonahrs in aller Dringlichkeit aufgerufen, die Provinz

Eulence ohne Verzögerung an ihre wahren und rechtmäßigen Besitzer zurückzuerstatten. So jedenfalls lautete der Tenor der offiziellen Korrespondenz, gestempelt mit dem Siegel des haerestischen Parlaments und geschmückt mit dem Endlosen Feuer des Imperiums, die jüngst an den Präsidenten und den Kongress von Vonahr gerichtet worden war. Das Sendschreiben führte nicht explizit auf – aber die Implikation war klar –, dass ein Nichteingehen auf diese Forderung zu einem Krieg führen würde, in dem die Haeresteaner sich der Unterstützung ihrer grewzischen Brüder aus dem Imperium sicher sein konnten.

Gleichermaßen fehlte in dem Brief der Hinweis, dass ein Nachgeben in Kürze zu neuen und noch ungeheuerlicheren Forderungen führen würde.

Die vonahrische Regierung benötigte Zeit, um die Angelegenheit zu überdenken; so lautete die offizielle Antwort. Vielleicht würde diese Haltung ihnen ein paar Wochen verschaffen, doch am Ende würde Vonahr Eulence zwangsläufig an Haereste abtreten; und selbst dieses Zugeständnis würde die Invasion nur vorübergehend aufhalten. Diese kampferprobten grewzischen Truppen würden mitten durch das Herz Vonahrs vorrücken und Sherreen in wenigen Tagen erreichen. Und danach? Es würde kein Vonahr mehr geben, diese eigenständige Nation würde de facto, wenn auch nicht dem Namen nach, aufhören zu existieren. Das Endlose Feuer würde weiterbrennen und seinen Kreis ausdehnen, bis es die gesamte Welt umschlang. Es bestand keine Möglichkeit zu wirksamer Selbstverteidigung, keine echte Aussicht auf Unterstützung, keine, auch nicht die kümmerlichste und unwahrscheinlichste Hoffnung.

Vo Rouvignac wandte sich abrupt vom Fenster ab und kehrte an seinen Schreibtisch zurück, setzte sich und widmete sich dem allgegenwärtigen Berg von Papierkram oder versuchte es zumindest. Seine Gedanken indes schweiften ab, und bald darauf griff er nach einer ledergebundenen Mappe, schlug sie auf der letzten Seite auf, überprüfte das Datum des letzten Eintrags und nickte. Sein Sekretär hielt das Sammelalbum gewissenhaft auf dem Laufenden. Seine Artikelsammlung, ausgeschnitten aus Zeitungen und Gazetten aus der ganzen Welt, falls nötig mit vonahrischen Übersetzungen versehen, verfolgte die Fortschritte der verschiedenen Teilnehmer der Großen Ellipse von Anbeginn des Rennens bis in jüngste Tage.

Die Darstellung war natürlich alles andere als vollständig. Manche der Rennteilnehmer schienen wochenlang aus dem Blick der Öffentlichkeit zu verschwinden; ihre Handlungen und Aufenthaltsorte während dieser Unterbrechungen blieben ein Geheimnis. Einige verschwanden auf Nimmerwiedersehen. Vor Wochen waren die beiden jungen travornischen Rennteilnehmer Trefian und Stesian Festinette in Bizaqh gesichtet worden – eine nach Westen an Aennorves *See Eev Wurfsendung* gerichtete Eilbotschaft bestätigte die Sichtung –, doch danach waren sie offenbar von der Bildfläche verschwunden. Und der rhazaullische Eiskönige-Champion Bav Tchornoi, letztmalig im Dhrevat von Immeen gesehen, hatte sich gleichermaßen in Luft aufgelöst; sein Schicksal war völlig unbekannt.

Die endgültige Position mehrerer anderer Rennteilnehmer war indes nur allzu gewiss. Szett Urrazole, Opfer eines Bombenanschlags in Lanthi Ume. Porb Jil Liskjil, umgekommen in den Wäldern von Oorex. Mesq'r Zavune, in Aveshq aus dem Rennen ausgeschieden. Wenigstens hatte Zavune es überlebt.

Im Verlaufe der Wochen war das Feld immer mehr ausgedünnt worden, bis nur noch eine Hand voll der ursprünglichen Konkurrenten übrig blieb. Und nun, da das Rennen sich schließlich seinem Ende näherte, schienen nur noch drei Teilnehmer eine reelle Chance auf den Sieg zu haben.

Zwei der drei waren Vonahrier. Beide besaßen Verbindungen zum Außenministerium.

Vo Rouvignac blätterte rasch durch die Mappe. Die ältesten Einträge, die die früheren Phasen der Großen Ellipse aufzeichneten, übersprang er, denn er hatte sie mehrfach gelesen und kannte sie beinahe auswendig. Weiter hinten in der Sammlung hielt er hier und dort inne, um flüchtig etwas zu lesen, vertiefte sich jedoch nicht in einen bestimmten Artikel, bis er zu den jüngsten Ausschnitten kam, die die letzten Nachrichten über die drei führenden Läufer enthielten. Eine Übersetzung aus dem Obranesischen, aus der *Tuybuv Bvuskit* oder *Mitternachtssonne*, stach ihm ins Auge, und er las:

Es wird berichtet, dass das obranesische Handelsschiff *Walross*, unterwegs von Ukizik nach Port Hjalmos, schwere Schäden während eines Sturms auf dem Meer des Eises erlitten hat. Im Besitz der Yeevo Handelsgruppe, transportierte die *Walross* eine Fracht aus Öl, Elfenbein, Knochen und Fellen, von der das meiste über Bord geworfen wurde. Das Missgeschick verzögerte die Ankunft in Hjalmos um sechsunddreißig Stunden, eine Zeitspanne, während deren man allgemein fürchtete, dass das Schiff mit Mann und Maus untergegangen sei. Indes wurden keine Todesfälle unter der Mannschaft gemeldet.

Die *Walross* beförderte einen Passagier, einen grewzischen Staatsangehörigen, den Oberkommandanten Karsler Stornzof, zurzeit von der Vereinten Armee des Imperiums beurlaubt. Oberkommandant Stornzof, ein Teilnehmer der Großen Ellipse, wurde in den letzten Wochen gemeinhin als wahrscheinlicher Sieger des Rennens gehandelt. Das Unglück der *Walross* jedoch hat den grewzischen Rennteilnehmer seine Führungsposition gekostet, und mehrere unabhängige Buchmacher bestätigen, dass die Wetteinsätze sich entsprechend verändert haben. Zur Zeit ist keine Erklärung von Oberkommandant Stornzof zu erhalten.

Vo Rouvignac blätterte weiter durch die Akte. Ungeachtet des Missgeschicks auf See war klar, dass der Grewzier seine Position hielt. Zeitungsausschnitt um Zeitungsausschnitt berichtete Sichtungen von allen drei Spitzenreitern. In Obran. In Szar. In Lyuvbrow, wo Girays v'Alisante vierundzwanzig Stunden lang einen kleinen Vorsprung gehalten hatte. Dann waren alle drei gleichzeitig im Bahnhof von Hekkin gesehen worden.

Vo Rouvignac wandte sich dem letzten Punkt in dem Ordner zu, einem aus der *Hetzischen Gazette* ausgeschnittenen Artikel:

GROSSE ELLIPSE NÄHERT SICH DEM ENDE

Der Wettbewerb der Großen Ellipse, lange Gegenstand internationaler Aufmerksamkeit, nähert sich allmählich seinem Abschluss. Mindestens drei der Rennteilnehmer haben die Grenze in die Ober-Hetz überquert, der vorletzten Etappe ihrer Reise. Augenzeugenberichte bestätigen die Ankunft des berühmten grewzischen Kriegshelden, des Oberkommandanten Stornzof, dessen Auftauchen in der Bünckel-Eisenbahnstation mit großer öffentlicher Anteilnahme begrüßt wurde. Dicht auf den Fersen von Oberkommandant Stornzof folgten zwei Konkurrenten, G. v'Alisante und L. Devaire, beide vonahrischer Nationalität.

Die Anwesenheit eines so tapferen Soldaten hat die öffentliche Phantasie beflügelt, und überall, wo er durchreist, trifft Oberkommandant Stornzof auf jubelnde Menschenmengen, die den zu Besuch weilenden grewzischen Helden ehren wollen …

Vo Rouvignac machte sich nicht die Mühe, den Bericht über die jubelnden Menschenmengen zu Ende zu lesen. Er runzelte die Stirn, wie stets besorgt über die politische Geographie des Rennverlaufs der Großen Ellipse, deren abschließender Bogen die Teilnehmer durch Ober-Hetzia führte, ein vorgeblich unabhängiger Verbündeter von Grewzland, in Wahrheit jedoch von einem Marionetten-Dhreve regiert, der fest an der Kandare des Imperiums lag. In Ober-Hetzia, kurz vor dem Ziel des Rennens, genoss Karsler Stornzof gerade zu dem Zeitpunkt, an dem es für ihn am nützlichsten war, Unterstützung, Kooperation und Vorrechte. Die vonahrischen Rennteilnehmer durften kaum darauf hoffen, dass es ihnen so gut erging.

Trotzdem war es noch zu früh, ihnen jegliche Chancen abzusprechen. Sie waren entschlossen und findig, alle beide. Und die Gegenwart eines männlichen vonahrischen Rennteilnehmers, Girays v'Alisantes, diente zweifellos dazu, die feindlichen Blicke und den Verdacht von Luzelle Devaire abzulenken, was ihr einen leichten Vorteil verschaffen sollte, dessen sie sich aller Wahrscheinlichkeit nach nicht einmal bewusst war. Vielleicht ein entscheidender Vorteil. Im Falle einer feindlichen Aktion wäre sie nicht die Zielscheibe.

Ober-Hetzia. Das Ziel schon im Blick. Nur einige wenige Reisetage nach Süden, um die Grenze zur Nieder-Hetz zu erreichen. Sehr bald schon würde nun einer der drei Rennteilnehmer über die Schwelle des Rathauses von Toltz treten, um die Große Ellipse abzuschließen und das Rennen zu gewinnen.

Und dann?

Der Bevollmächtigte Unterminister vo Rouvignac erhob sich von seinem Schreibtisch. Er kehrte ans Fenster zurück, wo er stehen blieb und nach Südosten in Richtung Haereste schaute.

»Chiliöl-Aale«, bestellte Girays. »Und eine Schale Speckkräcker. Was nehmen Sie, Luzelle?«

»Nichts«, entgegnete sie abwesend. Ihre Augen verschlangen den Teil des Bahnsteigs des Wolktretz-Bahnhofs, der durch das Fenster des Restaurants zu sehen war.

»Sie sollten sich jetzt trotzdem etwas bestellen. Sobald mein Essen serviert wird, werden Sie Hunger bekommen und etwas davon wollen.«

»Hmmm.«

Der Kellner verneigte sich und zog sich zurück.

»Falls Sie nach Stornzof Ausschau halten, Sie werden ihn nicht da draußen entdecken«, sagte Girays. »Er muss in Domi die Nummer 31 genommen haben, und der bringt ihn weiter nach Kreglutz, ohne über Wolktretz zu kommen. Wenn er die Nummer 444 genommen hätte oder es durch ein Wunder geschafft hätte, an Bord der Nummer 441 zu gelangen –«

»Wie in aller Welt können Sie all diese Dinge im Kopf behalten?«

»Wieso, das ist doch ganz leicht.« Girays wirkte überrascht. »Haben Sie sich den Fahrplan denn nicht angesehen? Hier, ich zeige es Ihnen –«

»Nein, danke. Der Zugfahrplan wird mir auch nicht zeigen, ob Karsler vor oder hinter uns liegt, und das ist wirklich alles, was ich wissen möchte.«

»Kein Grund, sich aufzuregen. Unser Zug sollte in ungefähr vierzig Minuten einfahren, und dann sind wir bei Anbruch der Nacht in Lis Folaze. Schneller schafft Stornzof das auch nicht.«

»Seien Sie sich dessen nicht zu sicher. Haben Sie mitbekommen, wie die Leute hier vor ihm *scharwenzeln*?«

»Das tun die Leute doch überall. Beispielloser Kriegsheld und so weiter. Erinnern Sie sich noch an Lyuvbrow, als ich die Nachtfahrt hingelegt habe und die Führung übernehmen konnte? Na ja, lange habe ich sie nicht behalten, weil der Bahnhofsvorsteher in der Anschlussstation Voyn den Zug Karsler zuliebe angehalten hat. Dann war da dieser Speichellecker von einem Ratsherrn in Hekkin mit seinem Champagner- und Obstkorb für den unsterblichen Oberkommandanten –«

»Ja, aber hier ist es noch schlimmer als sonst in diesem Land. Ober-Hetzia muss eine Nation von Grewzland-Anbetern sein.«

»Die Hetzier tun alles, um diesen Anschein zu erwecken. Der gute Imperior Ogron hat ihnen den Stiefel fest in den Nacken gestellt.«

»Ja, und wahrscheinlich sind viele von ihnen ganz eifrig, sich bei ihm lieb Kind zu machen, indem sie dem einzigen grewzischen Rennteilnehmer helfen. Karsler wird vermutlich alle möglichen –«

Sie unterbrach sich, als der Ober mit Chiliöl-Aalen und Speckkräckern wieder auftauchte. Sein Gesicht war kantig und so ausdruckslos, dass sie sich fragte, ob er zufällig etwas von ihrem Gespräch mitbekommen hatte. Ein seltsam ungutes Gefühl stieg in ihr auf, und sie wandte den Blick von ihm ab. Er stellte die Schüsseln auf den Tisch und zog sich zurück.

Girays begann zu essen. »Was wollten Sie sagen?«, erkundigte er sich zwischen zwei Bissen.

»Nur, dass Karsler alle erdenkliche Hilfestellung in diesem Land erhalten wird, und das ist nicht richtig –«

»Nein, das ist es nicht, aber wir können nicht viel dagegen tun, und rechtschaffene Empörung wird Ihnen nur den Appetit verderben. Übrigens, bedienen Sie sich an den Speckkräckern. Ich weiß, dass Sie sie mögen.«

»Jetzt nicht, danke.«

»Das sieht Ihnen gar nicht ähnlich. Passen Sie gut auf mit dieser Empörung.«

»Ich kann's nicht ändern. Außerdem sind Speckkräcker ungesund.«

»Das ist nicht erwiesen, und ich ziehe es vor, es nicht zu glauben.«

Bis Girays zu Ende gegessen hatte, herrschte einige Minuten lang Schweigen. Während er sich in seinem Stuhl zurücklehnte, fragte er: »Kaffee?«

»Nein, das macht mich nur noch zappeliger. Außerdem sehe ich unseren Kellner nicht mehr. Wo ist er hingegangen?«

»Jetzt, da Sie es erwähnen, fällt es mir auch auf. Er hat sich einfach aus dem Staub gemacht. Toller Service. Diese Hetzier sind hoffnungslos.«

»Ihro Lordschaft haben schlechte Laune.«

»Meine Lordschaft hätte gern ein Glas Wasser.«

»Wasser? Klares Wasser? Habe ich mich verhört?«

»Mein Glas ist leer, und mein Mund fühlt sich an, als sei er mit Tapetenkleister eingeschmiert.«

»Hier, nehmen Sie meins.« Sie schob ihm ihr Glas über den Tisch hinweg zu.

»Danke.« Er nahm es, ließ es jedoch sofort fallen, sodass es auf der Tischplatte zerbrach. Girays stieß einen unterdrückten Fluch aus. Wasser begann vom Tisch auf den Boden zu laufen.

Luzelle hielt ihre Überraschung zurück. Eine solche Ungeschicklichkeit war untypisch für M. le Marquis; er musste müde oder anderweitig beschäftigt sein. Es waren keine Bediensteten zu sehen, um das verschüttete Wasser aufzuwischen, das überall zu sein schien, und Girays, an den Eifer dienstbarer Geister gewöhnt, saß einfach da und tat nichts. Rasch benutzte sie ihre Serviette, um einen Teil der Pfütze aufzuwischen, und immer noch rührte er keinen Finger, um ihr zu helfen. Ein wenig ungehalten wies sie ihn an: »Geben Sie mir Ihre Serviette.«

Ganz langsam, überaus widerwillig, wie es schien, schaute er auf die Serviette hinunter, die noch auf seinem Schoß lag. Seine rechte Hand zitterte ein wenig, aber darüber hinaus bewegte er sich nicht. Einen Moment später bemerkte er ruhig: »Irgendetwas stimmt nicht.«

»Was meinen Sie damit?« Ungeduld wich der Besorgnis. »Sind Sie krank, Girays?«

»Ich kann weder meinen Arm noch meine Hände bewegen. Sie sind völlig abgestorben.«

»Abgestorben? Was meinen Sie damit?«

»Ich sage Ihnen, meine Arme sind gelähmt. Ich habe jegliches Gefühl in ihnen verloren.« Er schien eine Anstrengung zu unternehmen. Die Furche zwischen seinen Brauen vertiefte sich, und er stellte fest: »Die Beine jetzt auch.«

»Ich verstehe nicht. Fehlt Ihnen etwas, haben Sie Schmerzen?«

»Keine Schmerzen – überhaupt kein Gefühl. Ich glaube, ich bin betäubt worden.«

»Betäubt? Wie das? Wer würde –«

»Es muss im Essen gewesen sein. Ihre Behauptung hat sich bestätigt – Speckkräcker sind erwiesenermaßen ungesund.«

»Wie können Sie in einem solchen Augenblick scherzen? Was sollen wir tun? Was, wenn –« Sie wollte die Frage nicht laut zu Ende bringen. *Was, wenn all deine Muskeln gelähmt sind?*, hätte sie beinahe gefragt. *Wie willst du dann atmen?* Doch es war nutzlos, eine solch grässliche Möglichkeit auszusprechen, und seine Atmung schien nicht betroffen zu sein. Seine Sprechweise war verständlich, nur langsamer als gewöhnlich und ein wenig undeutlich. Nein, mit seiner Atmung war alles in Ordnung. *Fürs Erste.* Laut äußerte sie lediglich: »Ich werde einen Arzt holen.«

»Vergeblich, fürchte ich.«

»Das wissen Sie nicht. Wir könnten jemanden mit dem passenden Gegengift finden –«

»In Wolktretz?«

»Nun, wir müssen es eben versuchen!« Luzelle erhob die Stimme zu einem lauten Ruf: »HILFE! Irgendjemand hier, HILFE! Wir brauchen einen Arzt, wir brauchen SOFORT einen Arzt –«

Der Aufstand zog die Aufmerksamkeit jedes Gastes in dem Bahnhofsrestaurant auf sich und bewirkte, dass der Geschäftsführer herbeieilte.

»Was soll das?«, fragte er in gutem Vonahrisch, sichtlich hin und her gerissen zwischen Besorgnis und Verärgerung.

»Dieser Mann ist krank«, erklärte Luzelle. »Er hat etwas Gesundheitsschädliches gegessen –«

»Unser Essen hier ist sehr gut! Sehr frisch! Nie hat es auch nur eine einzige Beschwerde gegeben!«

»Vergessen Sie es. Holen Sie einfach einen Arzt, sofort!«

»Was immer das Problem sein mag, es kann nichts mit unserem Essen zu tun haben. Das werde ich vor dem Magistrat beschwören!«

»Schicken Sie nach einem Arzt! SOFORT!«

Der Geschäftsführer rief einen Namen, und ein Untergebener war zur Stelle. Befehle in Hetzisch wurden erteilt, und der Untergebene verschwand.

»Der Arzt wird kommen, aber auf Ihre Kosten, um das klarzustellen.« Der Geschäftsführer warf einen schockierten Blick auf Girays, dessen halb gelähmtes Gesicht einen erschreckenden Anblick bot. »Er kann nicht hier bleiben. Wir werden ihn ins Büro schaffen. Dort hat er es bequemer.«

Wie rücksichtsvoll von dir. Deine wahre Sorge gilt deinem Ruf, du erbärmlicher kleiner Wurm. Während Sie ihre Furcht und ihren Zorn im Zaum hielt, antwortete sie: »Sehr gut. Rufen Sie jemanden zu Hilfe. Den Kellner, der uns bedient hat. Ich möchte ihm ohnehin einige Fragen stellen.«

»Welcher Kellner war es?«

»Jung, aber sicher kein Kind mehr, kräftig gebaut, durchschnittliche Gesichtsfarbe, kantiges Gesicht, Augen mit schlaffen Lidern.«

»Eine solche Person arbeitet hier nicht.«

»Aber ja, ich habe ihn doch gesehen.«

»Das ist keiner unserer Angestellten.«

»Sind Sie sicher?« Die Frage war rhetorischer Natur. Natürlich war er sich sicher, und sie konnte sich nur fragen, *Wer kann es dann gewesen sein?*

Eigentlich jeder, wenn man ehrlich war. Jeder, der sich einen grewzischen Sieg im Finale der Großen Ellipse in den Kopf gesetzt hatte.

Der Geschäftsführer schlug Krach, und einer aus seinem Personal war zur Stelle. Sie hoben Girays von seinem Stuhl und trugen ihn unter den interessierten Blicken Dutzender Gäste, von denen einige bereits ihre Teller von sich wegschoben, durch das Bahnhofsrestaurant. Sie schafften ihn in einen kleinen, fensterlosen Büroraum, setzten ihn auf den Stuhl hinter dem Schreibtisch und wichen dann zurück, um ihn anzugaffen.

»Es ist ein epileptischer Anfall, ja?«, wollte der Geschäftsführer wissen.

»Nein«, flüsterte Girays.

»Aber ja, ich habe so etwas schon gesehen«, beharrte der Geschäftsführer. »Es ist ganz bestimmt ein epileptischer Anfall. Unser Essen ist nicht daran schuld.«

»Niemand klagt Sie an«, beschwichtigte ihn Luzelle. »Niemand sagt, es sei Ihre Schuld –«

»Werden Sie eine dementsprechende Erklärung unterzeichnen?«

»Aber irgendjemand hat sich an seinem Essen zu schaffen gemacht«, insistierte sie. »Wenn wir den Mann finden könnten, der es serviert hat, weiß er vielleicht, was genau drin war, und dann wüsste der Arzt, was er tun muss.«

»Der Arzt wird kommen«, versicherte ihr der Geschäftsführer. »Er wird bald hier sein, und er wird Ihnen sagen, dass Ihr Freund an Epilepsie leidet. Oder vielleicht eine krankhafte Rückenmarkerweichung – das kommt häufig vor. Heutzutage ist es wie eine Epidemie.«

»Vielleicht wäre es das Beste, Sie ließen meinem

Freund ein wenig Ruhe und Stille«, schlug Luzelle mit ausgesuchter Höflichkeit vor. Wenn diese hetzischen Wirbellosen nicht sofort gingen, würde sie schreien. »Wenn er und ich einfach allein hinter verschlossener Tür bleiben könnten, bis der Arzt eintrifft –«

»Das ist sehr klug«, erwiderte der Geschäftsführer, der offensichtlich nicht schnell genug wegkommen konnte. »Sie behalten Ihn hier, außer Sicht. Der Arzt kommt bald. Bis dahin bleibt die Tür zu.«

Die Hetzier zogen sich zurück. Die muffige Büroluft wirkte ohne sie frischer. Luzelle sah Girays an, wie er reglos in seinem Stuhl hing; die betroffenen Gesichtsmuskeln verzerrten sein Gesicht, und sie fühlte Tränen in ihren Augen brennen. Sie würde nicht zulassen, dass sie zu fließen begannen, sie würde ihn nicht noch mit ihrem Kummer belasten. Sie setzte eine heiter-besorgte Miene auf und fragte: »Was kann ich tun, um es Ihnen bequemer zu machen, Girays? Möchten Sie ein bisschen Wasser? Kissen? Wäre es nicht besser, Sie legten sich auf den Boden?«

»Wasser.« Er sprach mit Mühe, aber einigermaßen verständlich.

Ein Krug mit Becher stand auf dem Schreibtisch. Sie füllte den Becher mit lauwarmem Wasser und hielt ihn ihm an die Lippen. Er schluckte schwer, und ein Teil des Wassers rann seine Kehle hinunter, während der Rest ihm übers Kinn lief. Sie behielt gewissenhaft ihr ruhiges Gebaren bei und tupfte sein Gesicht mit einem Taschentuch trocken.

»Danke. Uhr«, sagte er.

»Welche Uhr?«

»Zeit?«

»Oh, Ihre Taschenuhr.« Sie zog die Uhr aus seiner Westentasche. »Zwölf Uhr achtundzwanzig.«

»Neun Minuten. Zug.«

»Machen Sie sich darüber keine Gedanken. Wir werden den nächsten nehmen.«

»Nein. Gehen Sie.«

»Unmöglich. Sie dürfen nicht bewegt werden, bevor der Arzt Sie nicht untersucht hat.«

»Sie gehen. Allein.«

Sie senkte den Blick, um das eifrige Aufleuchten in ihren Augen zu verbergen. Einen Teil von ihr drängte es mit Macht, seinen Rat anzunehmen. Ein anderer Teil von ihr, der genauso hartnäckig war, rebellierte bei dem Gedanken, ihn jetzt zu verlassen, in einem solchen Zustand; rebellierte allein bei dem Gedanken, wie ihr jetzt mit einem gewissen Schrecken klar wurde, ihn überhaupt zu verlassen.

»Ich lasse Sie nicht im Stich, wenn Sie krank sind«, antwortete sie, beinahe verwundert über die Entschlossenheit in ihrer eigenen Stimme. »Es wird noch ein anderer Zug durchkommen, irgendwann später am Tag oder am Abend. Mit ein bisschen Glück sitzen wir beide in ihm.«

»Mich in den Gepäckwagen stopfen?« Sein Versuch eines Lächelns war schrecklich.

»Falls nötig. Wenn man Sie wirklich nicht bewegen darf, fahre ich erst, wenn ich weiß, dass Sie gut versorgt sind.«

»Nein. Stornzof. Gewinnen.«

Sie verstummte. Sie wollte ihm sagen, dass das gleichgültig sei, dass seine Gesundheit und Sicherheit wichtiger seien als jedes Rennen, was zweifellos der Fall war. Doch die Worte wollten ihr einfach nicht über die Lippen kommen.

»Sehen Sie mich an«, befahl Girays.

Widerwillig begegnete sie seinem Blick. Sein Gesicht war auf traurige Weise verändert, aber seine Augen waren noch die alten, intelligent und manchmal allzu hellsichtig.

»Ich verstehe«, sagte er, und das musste er nicht weiter ausführen, denn das Verstehen beruhte auf Gegenseitigkeit.

»Das sehe ich, aber –«

»Hören Sie zu. Ich komme in Ordnung. Droge lässt nach. Nicht tödlich, oder wäre schon tot. Wirft mich aber aus Rennen. Sie machen weiter. Gewinnen.«

Er sagte ihr, dass es in Ordnung wäre zu gehen, er sagte genau das, was sie hören und glauben wollte, aber es war nicht recht. Die Vorstellung, ihn allein und bewegungsunfähig in einem fremden Bahnhof zurückzulassen, war durch und durch unmoralisch. Die Tränen begannen ihr wieder in die Augen zu treten, und diesmal hatte sie keine Kontrolle über sie.

»Girays, ich möchte bei dir bleiben.« Ihre Stimme war fast ebenso stockend und verzerrt wie seine. »Hörst du, ich will bleiben. Ich kann den späteren Zug nehmen, es wird schon gut gehen. Wenn Karsler die Führung übernimmt, kann ich ihn später wieder einholen. Ich habe es schon vorher geschafft, mehrmals, und ich kann es wieder schaffen. Ich *werde* es schaffen. Aber jetzt –«

»Nein. Zu nah am Ziel. Jetzt zurückfallen, verlieren.«

»Nein, das werde ich nicht. Ein paar mickrige Stunden werden –«

»Luzelle.« Er hielt sie mit seinem Blick fest. »Hast gefragt, warum ich teilnehme. Erinnerst du dich?«

Sie nickte.

»Ministerium. Vo Rouvignac kam. Zweiter vonahrischer Teilnehmer, um Aufmerksamkeit von dir abzulenken. Hat funktioniert. Verdammte Speckkräcker.«

»Daran habe ich nie denken wollen, obwohl es auf der Hand lag. Du bist du, ich hätte es wissen müssen. Aber das ist umso mehr Grund, dich jetzt nicht –«

»Verschenk Chance nicht. Verschenk nicht alles, für jeden. Nicht jetzt, Geh. Gewinne.«

Sie starrte ihn an. Etwas lag in ihren Händen, und sie schaute hinunter und sah, dass sie selbst Girays' Hand viel zu kräftig mit ihren beiden Händen drückte. Ihre

Umklammerung hätte ihm Schmerzen bereitet, wäre ihm noch eine Spur von Empfindung geblieben. Sie ließ ihn sofort los. Die Tränen strömten über ihr Gesicht.

Draußen vor der Tür wurden Stimmen und Füßescharren laut. Die Tür ging auf, und davor stand der Geschäftsführer in der Begleitung eines wüsten Individuums mit einer schwarzen Tasche.

»Hier ist der Epileptiker«, verkündete der Geschäftsführer.

»Er ist kein Epileptiker.« Erzürnt drehte sich Luzelle zu ihm herum. »Er ist betäubt und vergiftet worden, das sieht doch jeder. Sie sind der Arzt?«, wandte sie sich an den Fremden. Ohne eine Antwort abzuwarten, fuhr sie fort: »Bitte, Sie müssen wissen, dass sich dieser Mann einer ausgezeichneten Gesundheit erfreut, er ist nur mit Betäubungsmitteln versehen worden, und nun kann er seine Muskeln nicht mehr gebrauchen. Ihr Koffer enthält doch bestimmt irgendein starkes Aufputschmittel, das –«

»Gnädige Frau, ich spreche kein Vonahrisch«, erklärte der Doktor in Hetzisch.

Sie starrte ihn an. In diesem sprachlosen Augenblick erklang ein schrilles Pfeifen, und eine Glocke klingelte. Der Zug in Richtung Süden, der laut Fahrplan um zwölf Uhr siebenunddreißig abfahren sollte, fuhr in den Bahnhof ein. Ihre Augen flogen zu Girays.

»Geh«, sagte er klar und deutlich. »Bitte. Geh.«

»Ich liebe dich«, gab sie zurück.

Sie raffte ihre Röcke zusammen, rannte aus dem Büro und zurück durchs Restaurant, wo sie nur eben so lange anhielt, um ihre Reisetasche aufzuheben, die noch neben der Tür stand, wo sie sie hingestellt hatte. Dann hinaus in die warme Sommerluft und über den Bahnsteig, dem nach Süden fahrenden Zug hinterher.

Die Sonne ging unter, als Karsler Stornzof in der Station Lissildt in Lis Folaze ausstieg. Außerhalb des Bahnhofsgebäudes waren die Lampenentzünder bereits bei der Arbeit, und die gelben Lichter glühten sanft durch den ständigen Nebel von Ober-Hetzia.

Der Bahnhof von Lissildt schaute auf den silbrigen Folaze-Fluss, der durch das Herz der alten Stadt mäanderte. An einem Flusspier ein paar Meter weiter lagen ein Dutzend oder mehr kleine Wasserhansoms. Karsler nahm eins und fand sich einmal mehr durch die servilen Grimassen des Ruderers belästigt, der wie so viele seiner Landsleute beim Anblick einer grewzischen Uniform zu kriechen begann.

Und es waren viele graue Uniformen zu sehen. Während der Wasserhansom flussaufwärts glitt, erblickte Karsler sie wiederholt; kleine Gruppen seiner Landsleute liefen mit der Selbstsicherheit von Eroberern Streife in der Umgebung des Flussufers. Nicht, dass Ober-Hetzia eine grewzische Eroberung gewesen wäre. Ganz im Gegenteil, die Nation erfreute sich eines begünstigten Status als Bundesgenosse des Imperiums. Nichtsdestoweniger erregten die allgegenwärtigen ›Friedenstruppen‹ des Imperiors offensichtlich Furcht.

Er sah es nicht gern. Er nahm den Blick vom Ufer und lenkte sich mit dem weltberühmten Anblick dreiteiliger Kuppeln und der ortstypischen, in drei Spitzen auslaufenden Türme ab, alles von Nebel umhüllt.

Das kleine Boot legte an einem Pier an, der sich unter eine der zahllosen roten Steinbrücken schmiegte, die den Folaze überspannten. Karsler bezahlte den Ruderer und setzte wieder Fuß auf festen Boden. Er befand sich in einem Stadtteil mit weißen Stadtpalästen, die kühn mit geometrischen Mustern, eingefasst in Rechtecke aus poliertem schwarzen Stein, verziert waren. Ein Fiaker brachte ihn den restlichen Weg zu seinem Bestimmungsort, und er stieg vor der Eingangstür des großartigen Marmorblumenhotels aus.

Er hielt kurz inne, um an der Rezeption Erkundigungen einzuziehen, ging dann die Treppe hinauf und durch einen mit hochflorigen Teppichen ausgelegten Flur zur Suite Nummer 220. Er zwang sich anzuklopfen, hörte eine vertraute Stimme, die ihn hereinbat, und trat ein.

Die Zeit schien rückwärts zu laufen, und er sah sich fast wieder in Jumo Statt stehen, denn da war ein weiteres luxuriös ausgestattetes Hotelzimmer, da war Großlandsmann Torvid Stornzof in tadelloser Abendkleidung, dort eine schlanke Flasche in einem silbernen Weinkühler und dichte Schleier von Zigarettenqualm, und nichts schien sich geändert zu haben.

»Willkommen in der Zivilisation, Neffe.« Torvid erhob sich nicht von dem Sofa. »Gieß dir einen Siegestrunk ein, wenn du magst.«

»Danke, Großlandsmann.« Karsler gehorchte. »Aber Glückwünsche sind noch verfrüht.«

»Ich denke nicht, die Sache ist so gut wie abgeschlossen. Jetzt setz dich, wenn du magst, und erzähl mir, was geschehen ist, seit wir uns getrennt haben. Ich habe die Zeitungen gelesen, aber den Berichten, die diese Idioten von der Presse zu Papier bringen, kann man nicht trauen. Besonders interessiert es mich, von deiner Reise durch Rhazaulle zu hören, dessen Eingeborene zu mancher Unverschämtheit imstande sind.«

»Sie wären zu mehr imstande gewesen, hätten sie mich als grewzischen Offizier erkannt. Ich war gezwungen, Zivilkleidung anzulegen, während ich den Xana entlang reiste.«

»Sehr gut. Ich hatte gefürchtet, deine Promontorium-Prinzipien könnten eine solche List möglicherweise verbieten. Das war, um ehrlich zu sein, eine Weile meine Hauptsorge.«

»Promontorium-Prinzipien schließen Selbstschutz nicht zwangsläufig aus, Großlandsmann.«

»Das ist über alle Maßen beruhigend. Aber los, dein Bericht!«

Die nächste Viertelstunde lang gab Karsler den größten Teil dessen wieder, was ihm seit Jumo Statt widerfahren war. Nur einige wenige Einzelheiten ließ er wegfallen. Er schwieg über die Hilfe, die er Luzelle Devaire inmitten des aveshquischen Morastes geleistet hatte. Genauso wenig erwähnte er das grewzische Massaker in dem rhazaullischen Dorf, ein Thema, das gewiss zum Streit führen würde. Er beschrieb die Schwierigkeiten, ein Gespann von Schlittenhunden über Ukiziks Eisfelder zu lenken, er verweilte ausführlich bei dem Sturm, der die *Walross* um ein Haar auf den Grund des Meers des Eises geschickt hätte, er erzählte von der lästigen Plage der Fleisch fressenden Fledermäuse in Obran. Zu guter Letzt verstummte Karsler, nachdem er kurz die ereignislose Fahrt von Bünckel zum Bahnhof von Lissildt in Lis Folaze angerissen hatte.

Torvid überlegte. »Nicht allzu schlecht«, urteilte er schließlich. »Du hast dir zwar beileibe nicht jede mögliche Gelegenheit zu Nutze gemacht, aber trotzdem – alles in allem nicht schlecht. Die Glückwünsche gehen sicher in Ordnung.«

»Noch nicht. Das Rennen ist keinesfalls gelaufen. Ich kenne zwar nicht die genaue Position der beiden vonahrischen Konkurrenten, aber sie können bestenfalls ein paar Stunden hinter mir liegen, und es ist nicht völlig auszuschließen, dass sie Lis Folaze bereits erreicht haben. In der Tat erscheint es mir geboten, noch heute Nacht weiterzureisen, zu Pferde, falls nötig, wenn ich meine Führung halten –«

»Bemüh dich nicht, es ist überflüssig. Das vonahrische Problem ist gelöst – endgültig, will ich meinen.«

Karsler stellte sein Glas ab. »Erklären Sie das«, forderte er ruhig.

»Pah, spar dir deine Sorge.« Torvids Brauen fuhren in die Höhe. »Ich habe deine kleine Devaire nicht verstümmelt oder ermordet, falls du das fürchten solltest. Der andere, v'Alisante, ist ebenso unversehrt. Sie sind halt unterwegs ein bisschen aufgehalten worden.«

»Wie aufgehalten?«

»Die Einzelheiten sind belanglos. Für dich genügt es zu wissen, dass du einen Vorsprung von etwa zwölf Stunden hast – genug, um deinen Sieg zu sichern, vorausgesetzt, du verspielst ihn nicht.«

»Was haben Sie getan, Großlandsmann?«

»Grewzland und dem Hause Stornzof einen Dienst erwiesen, will ich meinen. Das sollte genügen.«

»Ich hoffe, Sie zwingen mich nicht, meine Schritte zurückzuverfolgen, um es zu ermitteln. Sie wissen, dass ich das tun würde.«

»Das ist lachhaft. Nun gut, Neffe, da du mich so stürmisch bedrängst, will ich deine Neugier befriedigen. Ich ließ einen meiner Leute ein kleines gewisses Etwas in das Mittagessen streuen, das die beiden Vonahrier im Bahnhof von Wolktretz bestellt haben. Die lähmende Wirkung ist vorübergehend – sie hält nur wenige Stunden an –, und wenn sie nachlässt, haben Kraft und Gesundheit keinerlei Schaden genommen. Was könnte sanfter oder humaner sein? Selbst du mit deiner mädchenhaften Empfindlichkeit musst das zugeben.«

»Es besteht kein Zweifel? Luzelle und v'Alisante haben irgendeine Art von Betäubungsmittel zu sich genommen?«

»Ich nehme einmal an, dass beide zu Mittag gegessen haben. Was das betrifft, habe ich allerdings noch keine genauen Angaben von meinem Agenten erhalten.«

»Und Sie betrachten diesen Fall von Verrat als eine Notwendigkeit?«

»Der Sieg ist die einzige Notwendigkeit. Das ist ein ganz einfaches Konzept, das du allerdings immer noch nicht zu begreifen scheinst.«

»Ihnen ist nie der Gedanke gekommen, dass ich dieses Rennen vielleicht auf faire Weise gewinnen möchte, ohne in den Genuss Ihrer zerstörerischen Einmischung zu kommen?«

»Er ist mir gekommen«, versetzte Torvid bedächtig. »Ich sah mich jedoch schon vor langer Zeit gezwungen, diese rosige Hoffnung zu begraben. Du hast dich von Anfang an unwillig gezeigt, Opfer zu bringen, wenn die Umstände es verlangten.«

»Opfer zu bringen?«

»Eitelkeit, Prinzipientreue, dieses trügerische, selbstgefällige Beschäftigtsein mit der Reinheit deines eigenen Charakters, die törichten kindischen Vorstellungen von Sportlichkeit und Fairplay, die auf einen Schulhof passen, nicht jedoch in eine Welt jenseits –«

»Kurzum, Ehre.«

»Gesprochen wie ein wahrer Schuljunge. Deine grenzenlose Scheinheiligkeit beginnt mir auf die Nerven zu gehen. Du wirst dieses Rennen gewinnen, und der Name Stornzof wird dadurch an Glanz gewinnen, aber so viel sollst du wissen: Wäre meine Einmischung, wie du es nennst, nicht gewesen, hättest du schon vor langer Zeit jede begründete Hoffnung auf einen Sieg begraben können.«

»Wie das?«

»Oh, erspare dir solch bedrückendes Wissen. Sonne dich nur weiter in deiner unbefleckten Promontorium-Unschuld.«

»Antworten Sie mir, oder ich ziehe mich noch heute Nacht aus dem Rennen zurück.«

»Wie könnte ich einer so leuchtenden moralischen Autorität widerstehen? Nun denn, da war diese szarische Frau mit ihrem sonderbaren Gefährt, ganz zu Anfang des Rennens. Sie hätte gut alle Konkurrenten weit hinter sich lassen können, hätte ich nicht die erforderlichen Schritte eingeleitet. Später übernahmen diese travornischen Zwillingskretins die Führung und hätten sie höchstwahrscheinlich auch nicht wieder abgegeben, wäre ich nicht gewesen. Ich tat, was notwendig war, damals und heute. Ich bedaure, feststellen zu müssen, dass ich nicht dasselbe von dir sagen kann. Meine Intervention hätte überflüssig sein sollen, du hättest alle Hindernisse ohne meine Hilfe überwinden sollen, aber du warst unfähig oder besser nicht willens, das zu tun.«

Karslers Blick richtete sich nach innen, und er dachte an andere Stimmen, andere Orte, andere Wirklichkeiten aus seiner Vergangenheit. Während er sich seinen Erinnerungen hingab, herrschte eine Weile Schweigen, und als er schließlich antwortete, war seine Miene heiter und vermeintlich sorglos.

»Großlandsmann, ich werde das Rennen beenden, aus Gründen, die Ihnen zu erklären ich keinen Sinn sehe. Es ist indes meine Pflicht, Ihnen zu eröffnen, dass ich, sollte ich als Erster durchs Ziel kommen, gezwungen sein werde, den Siegespreis auszuschlagen. Ich werde meinen ersten Platz an den nächstplatzierten Konkurrenten abtreten, der seinen Fuß über die Schwelle des Toltzer Rathauses setzt.«

»Das ist kindische Verbocktheit. Ich weigere mich, das ernst zu nehmen.«

»Wie Sie belieben. Ich habe Sie von meinem Entschluss in Kenntnis gesetzt.«

»Muss ich dich daran erinnern, dass das kaum deine Entscheidung ist? Es steht wesentlich mehr auf dem Spiel als die Integrität deines kostbaren Gewissens. Vergiss einmal deine selbstsüchtigen Bedenken. Dies ist eine Angelegenheit, die den grewzischen Nationalstolz betrifft, und es ekelt mich, hören zu müssen, wie ein Stornzof davon spricht, Entgegenkommen zu zeigen. Ich will nichts mehr davon hören!«

»Dann werde ich Sie jetzt verlassen, Großlandsmann.«

»Ich habe dich noch nicht entlassen. Ich glaube, du vergisst, mit wem du sprichst.«

»Ich vergesse nichts. Anderenfalls wäre ich heute Abend nicht hier.«

»Gut. Dann sollten wir uns nicht missverstehen: Als Haupt des Hauses Stornzof befehle ich dir, deine Pflicht zu erfüllen. Du wirst dieses lächerliche Rennen abschließen, du wirst dein Bestes geben, und wenn du gewinnst, wirst du den Sieg gnädig im Namen von Grewzland annehmen. Du wirst darüber hinaus das Angebot des hetzischen Monarchen annehmen, dir eine Audienz zu gewähren, worüber zu einem späteren Zeitpunkt noch mehr zu sagen sein wird. Ich denke, ich habe mich klar genug ausgedrückt.«

»Ich muss mich weigern.«

»Die Angelegenheit steht nicht zur Diskussion. Du hast deine Befehle erhalten, es gibt nichts mehr zu sagen.«

»Ich habe Sie von meinen Absichten in Kenntnis gesetzt, und Sie haben Recht – es gibt nichts mehr zu sagen.«

»Ich glaube nicht, dass du mir zugehört hast. Ich befehle dir, deinem Haus zu dienen, deinem Imperior und deiner Nation. Du kannst nicht vorgeben, es existierten höhere Verpflichtungen.«

»Das kann ich«, gab Karsler nach einer kurzen Pause zurück. »Das tue ich.«

»Dann hat dieses widerwärtige Kloster von Promontorium das Stornzof-Blut in deinen Adern in Molke verwandelt. Du bist ein Feigling, ein Schwächling und ein Narr.«

»Ich bin ein Grewzier, der die Fehler des Imperiums erkannt hat, die sich auf die Grausamkeiten und die gedankenlose Amoral von Männern wie Ihnen gründen, Großlandsmann.«

»Ach? Ich sehe, dass du etwas Schlimmeres bist als ein Schwächling und Narr – du bist ein Verräter.«

»Sie gehen zu weit. Ich habe mich bemüht, Ihnen Respekt entgegenzubringen, aber solche Beleidigungen werde ich nicht dulden.«

»Dann beweise, dass du sie nicht verdienst.«

»Ich muss gar nichts beweisen. Ich strebe nicht nach Ihrer Billigung.«

»Tust du das nicht? Dann nimm meine Missbilligung!« Torvid lehnte sich auf seinem Sitz vor und kippte seinem Neffen den Inhalt seines Weinglases ins Gesicht.

Karsler erhob sich. »Großlandsmann, ich sage Ihnen Lebewohl«, antwortete er höflich und ging hinaus.

Dreiundzwanzigstes Kapitel

Sieben Minuten früher als im Fahrplan vorgesehen fuhr ihr Zug in den Bahnhof von Lissildt in Lis Folaze ein, doch Luzelle konnte die Dreingabe kaum würdigen. Ihre Gedanken weilten noch in Wolktretz, ihr Kopf war voll mit Bildern von Girays v'Alisante, wie er gelähmt und hilflos in diesem armseligen kleinen fensterlosen Loch von einem Büro saß. Und sie hatte ihn an einem solchen Ort allein gelassen, in einem solchen Zustand! Kreuzfidel war sie ihren Weg gegangen – nein, gerannt war sie! Natürlich hatte er sie dazu gedrängt, und seine Gründe waren überzeugend gewesen. Doch den Teil ihres Selbst, der darauf gebrannt hatte fortzukommen, konnte sie sich nicht verzeihen.

Es war ja nicht so, dass sie ihm durch ihr Bleiben hätte helfen können. Sie war kein Mediziner, es gab nichts, was sie hätte tun können. Vielleicht hätte ihn ihre Gegenwart aber aufgeheitert und ermutigt. Aber nein, rief sie sich in Erinnerung, er hatte wirklich gewollt, dass sie das Rennen zu Ende brachte, er hatte praktisch darauf bestanden.

Sie wünschte nur, sie könnte sich selbst davon überzeugen.

Der Zug hielt an. Sie stieg aus und begab sich von dem lampenbeleuchteten Bahnsteig auf die Straße, wo sie schnell einen Fiaker nahm, der sie zum nächsten Mietstall bringen sollte. Das Gefährt ratterte davon durch das neblige Zwielicht, und sie saß im Innern und rang die Hände, blind für die Postkartenansichten der Stadt.

Der Preis für eine Kutsche samt Kutscher, der willens war, des Nachts auf ungepflasterten Straßen zu fahren, war hoch, doch sie zahlte ohne Murren, denn die Ausgabe war ihr Geld wert. Sollte sie den Bahnhof in Groeflen rechtzeitig erreichen, um den 4.48-Uhr-Express von Ferille zu bekommen, würde sie die Grenze zur Nieder-Hetz Stunden vor jedem Zug überqueren, der heute Nacht durch Lis Folaze kam.

Sie zahlte die Hälfte im Voraus und wartete dann, bis die beiden grauen Pferde vor den leichten Landauer gespannt waren, den sie gemietet hatte. Minuten später wurde die Kutsche vorgefahren, und sie nahm ihren Platz ein. Der Kutscher schloss die Tür, klappte das zusammenfaltbare Verdeck aus, entzündete die Laternen und kletterte auf den Kutschbock. Seine Peitsche knallte, und los ging es.

Luzelle ließ sich in ihren Sitz zurücksinken. Die dreigeteilten Kuppeln und in drei Spitzen auslaufenden Türme von Lis Folaze zogen unbeachtet vorüber. Girays' halbseitig gelähmtes Gesicht stand groß vor ihrem geistigen Auge. Sie war drauf und dran, dem Kutscher zu befehlen, nach Norden, nach Wolktretz umzukehren, und konnte sich nur mit äußerster Anstrengung davon abhalten, die Anweisung zu erteilen.

Er würde nicht sterben, er hatte es versprochen.

Aber er würde das Rennen nicht abschließen können – er würde es zumindest nicht gewinnen –, und auch sie würde das nicht, wenn sie nicht aufpasste. Wer immer das Essen im Bahnhof von Wolktretz vergiftet hatte, hatte vermutlich beide vonahrischen Ellipsoiden im Visier gehabt und nur durch puren Zufall teilweise versagt. Dieses Individuum war noch auf freiem Fuß und würde es voraussichtlich noch einmal versuchen, das nächste Mal vielleicht mit mehr Erfolg. Zweifellos ein grewzischer Sympathisant, jemand, der für Karsler Stornzofs Sieg arbeitete. Karsler selbst verdächtigte sie nicht einen Moment lang.

Versunken in ihre trostlosen Gedanken, bemerkte sie die Veränderung der vorbeiziehenden Landschaft kaum, doch als sie schließlich hinaussah, stellte sie fest, dass die Stadt Lis Folaze nebelverhangenen Feldern und Hügeln gewichen war. Sie konnte kaum etwas erkennen dort draußen, aber es gab ohnehin nichts Sehenswertes. Sie interessierte sich nicht für die oberhetzische Szenerie, sie interessierte sich für überhaupt nichts außer für Girays' Sicherheit und ihren Rennsieg.

Dann kam die unvermeidliche Ruhepause, um die Pferde wieder zu Atem kommen zu lassen und zu tränken, und da ihr jede verlorene Minute gegen den Strich ging, machte sie sich nicht die Mühe, den Fuß aus dem Landauer zu setzen. Nebel kroch durch das Fenster herein. Sie beobachtete die von den Kutschlaternen erhellten Luftwirbel und hasste Ober-Hetzia aus tiefstem Herzen.

Die Fahrt ging weiter. Sie schloss die Augen und versuchte zu schlafen, doch ihre Gedanken drehten sich unablässig im Kreis, und Girays' Gesicht war immer bei ihr.

Sie hätte ihn nicht verlassen sollen. Ganz gleich, was er gesagt hatte.

Er würde wieder in Ordnung kommen. Und falls nicht, umso mehr Grund, das Rennen zu gewinnen.

Die Stunden verstrichen gleichförmig, bis der Landauer schließlich von der Dhreve-Hauptstraße auf die Zufahrt eines efeubewachsenen Gasthofs einbog, wo der Kutscher unter das Schutzdach über der Eingangstür fuhr.

Aus ihren trübsinnigen Tagträumen gerissen, streckte Luzelle ihren Kopf aus dem Fenster, um nachzufragen: »Warum halten wir schon wieder an?«

»Wir haben die Vororte von Groeflen erreicht, gnädige Frau«, erwiderte der Kutscher. »Sehen Sie, die Stadt liegt vor uns.«

Sie folgte mit dem Blick seinem Finger und erspähte eine Ansammlung von Lichtern, die in mittlerer Entfernung flimmerten.

»Nun, dann zum Bahnhof«, wies sie ihn an.

»Verzeihung, gnädige Frau«, entgegnete er, »aber es ist erst elf Uhr. Dieser Gasthof, Die Drei Bettler, hat eine gute Küche. Möchten Sie nicht bis morgen früh bequem essen und übernachten?«

Sie überlegte. Sie war nicht hungrig, hatte aber seit dem Frühstück keine Nahrung mehr angerührt; sie sollte sehen, dass sie etwas in den Magen bekam. Mit der gebotenen Vorsicht. Und sich ausruhen? Es war wesentlich besser, den Rest der Nacht, wie kurz auch immer, in einem bequemen Bett zu liegen, als aufrecht auf einer Holzbank im Wartesaal zu sitzen.

»Nun gut«, stimmte sie zu, »vorausgesetzt, Sie sind bereit, Punkt vier Uhr morgen früh aufzubrechen.«

»Mein Wort darauf, gnädige Frau.«

Mit der Reisetasche in der Hand stieg sie aus dem Landauer aus und betrat den Gasthof.

Der Abend war schon weit fortgeschritten, aber das Etablissement war noch immer hell erleuchtet und voller Menschen. Der Gastwirt – ein dicklicher, liebenswert unschuldig wirkender junger Mann mit rundem Gesicht – trat vor, um sie zu begrüßen.

»Willkommen in den Drei Bettlern, gnädige Frau. Klec Stiesoldt, Eigentümer.« Er verbeugte sich lächelnd. »Womit kann ich Ihnen dienen?«

Keine Feindseligkeit, keine Missbilligung, kein verstecktes oder offenes Misstrauen einer allein reisenden Dame gegenüber, die mitten in der Nacht eintraf. Eine gewisse natürliche Neugier, doch darin lag nichts Kränkendes. Luzelle erwiderte das Lächeln; sie mochte ihn auf der Stelle. »Ein Abendessen, wenn die Küche noch geöffnet ist«, ließ sie ihn wissen.

»Das ist sie, gnädige Frau. Kanincheneintopf mit Fenchel, Lorbeer und den speziellen Kräutern meiner Frau. Meine Gretti ist die beste Köchin zwischen hier und Lis Folaze. Sie werden zufrieden sein.«

»Da bin ich sicher. Und ein Zimmer bitte, ein Einzelzimmer, und einen Weckruf um Viertel vor vier.«

»Viertel vor vier *in der Frühe*?«

»Bitte.«

»Wird erledigt, gnädige Frau. Meine Gretti wird sich persönlich darum kümmern. Ich selbst werde zu dieser unwirtlichen Tageszeit noch tief und fest schlafen. Viertel vor vier – *in der Frühe*! Sie wollen den Südexpress um vier Uhr achtundvierzig bekommen, nehme ich an?«

Sie nickte. »Sie haben den Zugfahrplan im Kopf, Meister Stiesoldt?«

»Nicht ich, gnädige Frau. Dieser arme Kopf könnte schwerlich so viele Ziffern behalten. Grettis Kopf – nun, der Kopf behält *endlose* Zahlenkolonnen, Sie sollten sie über ihren Rechnungsbüchern erleben, es ist wie Zauberei –, aber meiner, nein, meiner schafft das nicht. Den vier Uhr achtundvierzig aber habe ich mir gemerkt, weil Sie heute Abend schon der zweite Gast sind, der wegen dieses Zuges um diese grässlich frühe Weckzeit vor der Morgendämmerung gebeten hat. Ihr künftiger Mitreisender – ein grewzischer Herr aus der Armee, wissen Sie –, lässt es etwas lockerer angehen, sozusagen ein Hedonist. Er will erst um vier geweckt werden.«

»Grewzisches Militär, sagten Sie? Ist er groß und blond?«

»Sind sie das nicht alle?«

»Nun –«

»Glauben Sie mir, ich weiß Bescheid. Diese grewzischen Friedenswahrer sind überall, und ich sage Ihnen, ich habe mein Lebtag noch nicht so viele große blonde Wesen gesehen. Wahrscheinlich ertränken sie die kleinen Dunklen unmittelbar nach der Geburt.«

»Friedenswahrer?«

»So jedenfalls bezeichnen diese Rüpel sich selbst. Doch wir Hetzier haben einen anderen Namen für sie.« Der Gastwirt senkte die Stimme. »Wir nennen sie –«

»Meister Stiesoldt, das Thema schickt sich nicht.«

»Hören Sie, was sich nicht schickt, ist die grewzische Präsenz in Ober-Hetzia, was sich nicht schickt, ist die grewzische Einstellung zu uns Bürgern, was sich nicht *schickt*, ist die gesamte so genannte Friedenstruppe. Die –«

»Vielleicht könnten Sie mir den Speisesaal zeigen?«, schnitt sie ihm das Wort ab, beunruhigt über die Gefahr, die die lose Zunge dieses Hetziers heraufbeschwor.

»Oh, gewiss. Verzeihen Sie mir, gnädige Frau. Manchmal gewinnt mein hetzisches Herz die Oberhand über meinen Kopf, das behauptet Gretti zumindest. Kommen Sie, geben Sie mir Ihre Tasche.« Er erleichterte sie von ihrer Bürde. »Hier entlang, bitte.«

Sie folgte ihm in einen angenehm altmodisch eingerichteten Gastraum mit einem großen Steinkamin, einer dunklen Balkendecke und einem unebenen, ausgetretenen Steinfußboden, wo er sich verneigte und sie allein ließ. Sie erblickte Karsler Stornzof in dem Moment, in dem sie über die Schwelle trat. Er saß allein an einem kleinen Tisch in der Ecke, und das Licht der alten Eisenkerzenleuchter über ihm schimmerte auf seinem hellen Haar. Bei ihrem Eintreten sah er hoch, ihre Blicke begegneten sich, und sie war wie immer von seinem Aussehen überwältigt, aber heute Abend gab es einen Unterschied. Karsler war phantastisch wie stets, aber diesmal verschwand das Bild von Girays, das sie schon den ganzen Tag mit sich herumgetragen hatte, nicht.

Sie begab sich ohne Umschweife an seinen Tisch. Er nahm seinen Blick keine einzige Sekunde von ihr, während sie auf ihn zuging, und irgendetwas an seinem Ausdruck beunruhigte sie, eine gewisse düstere Gefühlsintensität, die so gar nicht zu seiner gewohnten Heiterkeit zu passen schien. Enttäuschung, Kummer, dass sie noch immer mit ihm Schritt hielt? Irgendwie glaubte sie das nicht.

Er erhob sich höflich, als sie sich näherte, und lächelte ihr entgegen. Ihr Herzschlag beschleunigte sich wie immer, aber irgendwie blieb Girays in ihren Gedanken.

»Luzelle. Ich bin froh, Sie hier zu treffen, sehr froh.« Stimme und Augen vermittelten dieselbe unergründliche Gefühlstiefe. »Sie befinden sich wohlauf?«

»Das tue ich. Girays nicht«, verkündete sie ausdruckslos. Sie setzten sich, und sie fuhr fort: »Er wurde vergiftet oder betäubt, heute gegen Mittag im Bahnhof von Wolktretz. Seine Gliedmaße wurden taub, er konnte sich nicht mehr bewegen, sein Gesicht war verzerrt, und er konnte kaum noch sprechen. Es war furchtbar. Es war –« Ihre Stimme brach.

»Lebt er?«, erkundigte sich Karsler.

Sie nickte und sah, wie er scharf den Atem einsog.

»Ein Arzt wurde hinzugezogen?«

Sie schluckte schwer. »Ja.«

»Seine Diagnose?«

»Ich weiß es nicht. Ich bin nicht geblieben. Mein Zug fuhr ein, und ich bin ihm hinterhergelaufen. Ich habe ihn dort zurückgelassen. Girays hat mir gesagt, ich solle gehen, aber ich hätte es nicht tun sollen. Ich hätte es nicht tun sollen.« Tränen schossen ihr aus den Augen.

Er betrachtete sie einen Moment schweigend, um dann ruhig zu bemerken: »Das war eine schwere Entscheidung. Es tut mir Leid.«

»Mir auch. Ich habe die falsche Entscheidung getroffen.«

»Das glaube ich nicht, und ich glaube auch nicht, dass v'Alisante so denkt.«

»Das tut er nicht, aber ich weiß es besser. Ich wünschte, ich hätte mich anders entschieden, ich wünschte, ich wäre bei ihm geblieben. Das sagt sich leicht, nachdem nichts mehr zu ändern ist, aber es ist die Wahrheit.«

»Aber wenn Sie geblieben wären, hätten sie alle Hoffnung auf einen Sieg geopfert.«

»Es gibt Wichtigeres.«

»So habe ich Sie noch nie reden gehört.«

»Dann wurde es langsam Zeit. Es ist Girays, der mich so hätte reden hören sollen. Aber er hat es nicht, weil ich gehen *wollte*, und er wusste es. Nun wünsche ich mir nichts so sehr, als eine zweite Chance zu bekommen.«

»Aha.« Er betrachtete sie mit tiefstem Verständnis. »Bei Ihnen haben sich einige Dinge verändert. In mehr als einer Hinsicht, glaube ich.«

»Ich sehe die Dinge jetzt klarer.«

»Weil Sie sich selbst besser verstehen lernen. Ich habe von Anfang an gedacht, dass Sie das möglicherweise tun würden. Ich hatte das im Gefühl.«

»Ein wenig spät für Selbsterkenntnis, wenn Girays stirbt. Er könnte schon tot sein.« Die Tränen begannen erneut zu fließen, und sie nestelte nach einem Taschentuch.

»Das ist er nicht. Er wird vollständig genesen. Daran müssen Sie glauben.«

»Ich wünschte, ich könnte es.« Sie biss die Zähne zusammen, um mit Gewalt ein Aufschluchzen zurückzuhalten.

»Sie sind übermüdet und verwirrt. Vermutlich auch halb verhungert. Wann haben Sie zum letzten Mal gegessen?«

»Ich weiß nicht. Zum Frühstück, nehme ich an. Ich habe keinen Hunger.«

»Aber Sie müssen bei Kräften bleiben, oder Sie machen sich selbst krank.« Er nahm Blickkontakt mit einem Kellner auf, der wie von einem Magnet angezogen quer durch den ganzen Raum eilte.

Sie verfolgte, einmal mehr von grollender Verwunderung über die Macht einer grewzischen Uniform erfüllt, wie Karsler eine Mahlzeit bestellte. Der Kellner zog sich zurück, und Karsler wandte sich ihr erneut zu, um sie freundlich, aber bestimmt zu fragen: »Und jetzt erzählen Sie mir bitte, wenn es Ihnen nicht zu großen Kummer bereitet, darüber zu sprechen, was alles sich im Bahnhof von Wolktretz abgespielt hat.«

Ihre Tränen waren versiegt, und auch ihre Stimme hatte sie wieder unter Kontrolle. Sie berichtete ihm alles und bemerkte währenddessen, dass er mit sichtlicher Besorgnis zuhörte; aber da war noch etwas Stärkeres und Tieferes, vielleicht Zorn oder Abscheu, nur keine Überraschung – keine Spur von Überraschung. Nichts von dem, was sie sagte, schien ihm unerwartet zu kommen, und zum ersten Mal schlich sich ein leises Misstrauen in ihre Gedanken ein. Sie schaute Karsler Stornzof über den Tisch hinweg an und zwang sich, nach verräterischen äußeren Anzeichen zu forschen; sie prüfte seine Augen, ignorierte gewissenhaft ihre Farbe, und trotz aller rationaler Bestätigungen erlosch ihr Verdacht auf der Stelle. Sie wusste ohne den geringsten Zweifel, dass dieser Mann nie etwas gegen Girays v'Alisante unternommen hatte.

Dennoch war da etwas. Karsler selbst trug keine Schuld, aber vielleicht wusste er, wer. Ihr kamen die Worte in den Sinn, die er bezüglich seines Onkels Eisstatue inmitten des aveshquischen Monsuns zur ihr gesprochen hatte: *Er hat es vorgezogen, die Eintönigkeit der Reise abzukürzen, und ist direkt nach Lis Folaze weitergereist, wo ich ihn treffen werde.*

Lis Folaze. Großlandsmann Torvid? Wie immer seine persönlichen Überzeugungen auch aussehen mochten, Karsler würde seinen Verwandten niemals verraten oder beschuldigen; das Haupt des Hauses Stornzof, kein Geringerer.

Das Essen kam. Luzelle registrierte kaum, was auf ihrem Teller war. Sie aß mechanisch, ohne zu kosten, doch die Nahrungsaufnahme musste ihr gut getan haben, denn die Stimmung weinerlicher Schwäche verging.

Sie hob den Blick von ihrem Teller, um Karsler in die Augen zu sehen. »Es ist noch nicht zu spät«, sagte sie. »Ich könnte immer noch zum Bahnhof von Wolktretz zurückfahren.«

»Das könnten Sie.« Er nickte. »Aber ist es das, was v'Alisante sich wünschen würde? Glauben Sie, er würde sich überhaupt freuen, Sie wiederzusehen? Er würde sich geehrt fühlen, ohne Frage, aber würde er nicht auch die Vernichtung Ihrer Hoffnungen um seinetwillen beklagen?« Er erhielt keine Antwort, und so fuhr er fort: »Das Ende des Rennens steht unmittelbar bevor. Uvorhersehbare Zwischenfälle nicht eingerechnet, werden wir übermorgen Toltz erreichen. Soweit ich weiß, liegen Sie und ich zurzeit gemeinsam in Führung, und Ihre Siegeschance ist überaus real. Wollen Sie sie jetzt wegwerfen?«

Übermorgen. So bald, und alles wäre vorüber. Karsler hatte gut argumentiert: Jetzt aufzugeben würde keinen Sinn machen und nichts einbringen.

»Sie und ich liegen gemeinsam in Führung.« Sie beantwortete seine Frage nicht direkt. »Sehen die Regeln der Großen Ellipse besondere Bestimmungen für einen gleichzeitigen Zieleinlauf vor?«

»Ich weiß nicht. Sie zeigen da jedoch eine interessante Möglichkeit auf. In wenigen Stunden sollten wir beide gemeinsam an Bord des südwärts fahrenden Zugs gehen. In Tophzenk werden wir die Züge wechseln und am Tag darauf unseren Fuß auf den Bahnsteig von Toltz setzen. Danach wird, wer immer die kurze Strecke zwischen Bahnhof und Rathaus am schnellsten zurücklegt, das Rennen gewinnen. Es wird eine sehr enge Angelegenheit werden – aber nicht ganz ein Unentschieden, glaube ich.«

»Erstaunlich, nicht wahr? Nach all der Zeit, der ganzen Entfernung, den ganzen verzweifelten Anstrengungen – dass es am Ende auf einen kurzen Sprint durch einige wenige städtische Straßen hinausläuft, um dorthin zurückzukehren, wo wir gestartet sind? Ich denke, darin liegt irgendwo etwas Philosophisches.«

»Sie fühlen sich langsam besser, nicht wahr?«

»Ja. Sie hatten Recht, Essen hilft. Sie hatten auch Recht damit, das Rennen zu beenden. Ich wünschte, ich könnte das, was in Wolktretz – und an anderen Orten – passiert ist, ungeschehen machen, aber die Große Ellipse zwei Tage vor dem Ziel zu schmeißen ist sicher nicht die richtige Art der Buße.«

»Sie haben nichts zu büßen. Es sind die Hand und der Kopf hinter dem vergifteten Mahl, die die Schuld tragen. Die von Verbrechen besudelte Hand; der Kopf, der jegliche moralische Empfindung vermissen lässt, bar aller Ehre –«

Luzelle warf ihm einen erstaunten Blick zu. Karsler wirkte beinahe, als habe er mit sich selbst gesprochen, die blauen Augen nach innen gerichtet, offensichtlich unerfreulichen Bildern zugewandt. Sie reichte über den Tisch und berührte leicht seine Hand. »Karsler, wollen Sie mir nicht erzählen, was Sie –«

Die Ankunft einer grewzischen Militärschwadron unterbrach ihre Frage. Luzelle verstummte angesichts des halben Dutzend Soldaten und versteifte sich trotz Karsler Stornzofs beruhigender Nähe. Solange sie mit ihm zusammen war, hatte sie von den Grewziern nichts zu befürchten. Und außerdem waren die Grauröcke vermutlich ohnehin nur zu einem harmlosen Gutenachttrunk gekommen. Nichtsdestoweniger war ihr Mund ein wenig trocken, ihr Puls ein wenig überhöht. Ihre Augen suchten den Gastraum ab und sahen, dass alle übrigen Gäste gleichermaßen verstummt waren.

Die Stimme des grewzischen Hauptmanns war mühelos zu verstehen, als er befahl: »Meister Klec Stiesoldt, treten Sie vor!«

Alle Augen wandten sich zur Küchentür, wo der Gastwirt stand und sich mit der Köchin besprach. Stiesoldt blieb kurzfristig stocksteif stehen, die Augen groß und unschuldig wie die eines verängstigten Kindes. Er schluckte sichtlich, machte einen Schritt nach vorn und sagte: »Hier.«

Der Hauptmann krümmte einen Finger. »Mitkommen.«

Zwei Gäste, die an einem Tisch im vorderen Teil des Raums saßen, erhoben sich und strebten dem Ausgang zu. Zwei Soldaten bewegten sich, um den Durchgang zu versperren, und die Kunden kehrten still an ihren Platz zurück.

Klec Stiesoldt trat vor, als gehe es zu seiner Hinrichtung. Er blieb vor dem Hauptmann stehen und fragte mit blassem Gesicht: »Kann ich Ihnen behilflich sein, Sir?«

»Nichts leichter als das«, antwortete der Offizier in geübtem Hetzisch. »Man hat uns berichtet, Sie seien ein loyaler Bürger. Ich kann doch davon ausgehen, dass diese Berichte der Wahrheit entsprechen?«

»Ich bin ein guter Hetzier, Sir.«

»Willens, Ihrem Land zu dienen?«

»Ja, Sir.«

»Ausgezeichnet. Und Sie verstehen, dass die Interessen von Ober-Hetzia und ihren Verbündeten aus dem Grewzischen Imperium ein und dieselben sind?«

»Das mag so sein, Sir.«

»Das Imperium benötigt Ihre Talente.«

»Ich habe keine Talente, Sir. Es sei denn, das Imperium würde einen tüchtigen Gastwirt brauchen.«

»Sie scherzen, Meister Stiesoldt?«

»Ich doch nicht, Sir.«

»Dann übertreiben Sie Ihre Bescheidenheit, denn es ist uns zu Ohren gekommen, dass Sie eine ziemliche lokale Berühmtheit sind.«

»Mich kennen viele Leute, Sir. Die Drei Bettler bieten großzügige Portionen und eine gute Küche.«

»Und Unterhaltung?«

»Unterhaltung?«

»Varietévorstellungen für ausgewählte Gäste. Illusionen, Projektionen, Beschwörungen.«

»Oh, nichts Außergewöhnliches, Sir.«

»Sie stellen Ihr Licht unter den Scheffel. Allen Berichten zufolge sind Ihre Feiern bemerkenswert. Fast magisch, heißt es.«

»Davon weiß ich nichts, Sir. Nur ein wenig Unfug, um sich die Zeit zu vertreiben.«

»Sie haben meine Neugier geweckt. Lassen Sie uns also ein wenig die Zeit vertreiben. Sie werden Ihr Können demonstrieren.«

»Nun, ich könnte Ihnen ein paar Kartentricks zeigen, Sir. Einige gute Münzentricks habe ich auch auf Lager.«

»Ich interessiere mich mehr für Ringtricks.«

»Ring, Sir?« Stiesoldt befeuchtete seine Lippen. »Ich bin nicht sicher, ob ich verstehe, was Sie meinen.«

»Stellen Sie meine Geduld nicht zu sehr auf die Probe. Dieser Ring von Ihnen ist in dieser Gegend ziemlich berühmt, Sie haben daraus kein Geheimnis gemacht.«

»Ich bin kein Geheimniskrämer, Sir. Es stimmt, dass ich einen Ring besitze, ein kleines Andenken, das mir von meinem Großvater vererbt wurde. Er ist nichts wert, vom Erinnerungswert einmal abgesehen, und ich benutze ihn bei manchen der Tricks. Das muss es sein, wovon Sie gehört haben.«

»Sie gestehen die Existenz eines magischen Rings?«

Oh, magisch würde ich ihn nicht gerade nennen, Sir. Er ist nur ein gewöhnlicher kleiner –«

»Sie werden diesen Ring jetzt vorzeigen.«

»Oh, er ist hier irgendwo, Sir, aber um ehrlich zu sein, ich weiß nicht genau, wo. Könnte schwierig sein, ihn ausfindig zu machen. Wenn Sie mir ein wenig Zeit für die Suche geben würden, vielleicht morgen wiederkommen –«

»Wenn Sie ihn jetzt nicht selbst finden, beginnen wir mit unserer eigenen Suche, und unsere Methoden sind gründlich.«

Mit dem Ausdruck äußersten Widerwillens fischte Meister Stiesoldt in seiner Tasche herum und holte einen kleinen Metallgegenstand hervor. Der grewzische Offizier streckte die Hand aus, und Stiesoldts Widerwillen verstärkte sich sichtlich, doch er gehorchte dem unausgesprochenen Befehl, und der Gegenstand wechselte den Besitzer.

Von ihrem Stuhl aus erhaschte Luzelle einen flüchtigen Blick auf einen kleinen, sehr schlichten Silberring, einfach und offenbar wenig bemerkenswert, wie sein Eigentümer behauptet hatte.

Der Hauptmann inspizierte den Ring eingehend und fragte schließlich: »Woraus besteht dieses Ding?«

»Silber, nehme ich an, Sir.«

»Das glaube ich nicht. Da ist ein sonderbares Schillern drin, ein Muster von fließenden, irisierenden Farben.«

»Ist ein wenig angelaufen, Sir.«

»Das Licht wird auf merkwürdige Weise von der Oberfläche reflektiert. Ich habe so etwas noch nie gesehen.«

»Muss mal wieder gesäubert werden, Sir.«

»Sie werden die Fähigkeiten dieses Gegenstands demonstrieren.«

»Was immer Sie wollen, Sir. Ich kenne da einen Guten – ich kann ein Seidentaschentuch durch diesen Ring ziehen, und das Taschentuch wechselt blitzartig die Farbe. Möchten Sie den gerne sehen, Sir?«

»Ich habe Sie gewarnt, meine Geduld nicht überzustrapazieren. Lassen Sie uns Klartext reden. Dieses Land Ober-Hetzia strotzt vor Legenden von magischen Ringen, Talismanen, ätherischen Verschmelzungen und Ähnlichem, mit Macht ausgestattet und fähig, Wunder zu wirken. Mehr als eine dieser Legenden ist beglaubigt worden. Die Macht ist real, sie existiert und stellt einen potenziell gewaltigen Nutzen für die Kriegsanstrengungen des Imperiums dar. Wir wollen über diese Macht verfügen, Meister Stiesoldt. Wenn Sie in Ihren Händen liegt, werden Sie uns helfen.«

»Sir, ich werde tun, was ich kann. Aber dieser kleine Ring hier ist wirklich nichts. Ich benutze ihn lediglich für die Salontricks, die mein Großvater mir beigebracht hat. Ich weiß nicht, was Sie gehört haben, aber –«

»Wir wissen aus mehr als einer Quelle, dass Sie den Ring dazu benutzt haben, außergewöhnliche Erscheinungen zu beschwören. Diese Berichte sind durch Zeugen bestätigt worden. Wie Sie selbst bemerkt haben, sind Sie kein Geheimniskrämer.«

»Sie wissen doch, welchen Unsinn manche Leute daherschwatzen, Sir. Und Sie wissen, was für merkwürdige Dinge sie zu sehen meinen, wenn sie ein paar getrunken haben.«

»Wir sind zu dem Schluss gelangt, dass diese Berichte der Nachforschung bedürfen«, äußerte der Hauptmann. Er händigte den Ring wieder seinem Besitzer aus. »Ich vertraue darauf, dass Sie kooperieren, Meister Stiesoldt. Das Imperium belohnt Loyalität ebenso prompt, wie es Subversion bestraft.«

»Ich bin ein einfacher Mann, Sir. Ich weiß gar nicht, was Subversion ist.«

»Genug davon. Sie werden jetzt eine Erscheinung beschwören. Sie werden es vor meinen Männern und den hier versammelten Zeugen tun.« Seine Geste umfasste die festgehaltenen Gäste.

»Sir, ich verstehe nicht, was Sie von mir wollen.«

»Dann werden wir versuchen, es Ihnen klar zu machen.« Der Hauptmann wandte sich an seine Untergebenen und befahl: »Ergreifen Sie ihn. Da hinein.« Sein Finger schnippte Richtung Küche.

Zwei graue Soldaten ergriffen den verzagten Gastwirt an den Armen, und Karsler Stornzof erhob sich. »Halt!«, befahl er auf Grewzisch.

Seine Landsleute sahen die Rangabzeichen des Oberkommandanten und gehorchten auf der Stelle. Alle sechs nahmen Haltung an.

Karsler wandte sich mit der Frage an den Hauptmann: »Ihre Absicht?«

»Verhör mit aktiver Überzeugungsarbeit, Sir«, gab der andere zur Antwort.

»Dieser Hetzier hat abgestritten, über arkanes Wissen und Können zu verfügen. Es besteht kein triftiger Grund, ihm nicht zu glauben.«

»Sir, die Beweise von mehreren unabhängigen Zeugenberichten sind zwingend«, wandte der Hauptmann ehrerbietig ein.

»Rechtfertigt indes schwerlich den Rückgriff auf, wie Sie es genannt haben, Verhör mit aktiver Überzeugungsarbeit. Sie werden den Eigentümer freilassen und sich mitsamt Ihren Männern aus dem Gasthof zurückziehen.«

»Mit allem gebührenden Respekt, Oberkommandant, ich kann nicht gehorchen.« Die Brusttasche des Hauptmanns enthielt ein Dokument, dass er selbstsicher vorzeigte. »Meine Order, Sir, unterschrieben von Untergeneral Bervsau, Befehlshaber der Süddistrikt-Friedenstruppen. Bitte überzeugen Sie sich, Sir, dass ich angewiesen bin, die Angelegenheit erschöpfend zu untersuchen und mit allen zur Verfügung stehenden Mitteln abzuschließen.«

Karsler faltete das Papier auseinander. Während er las, beobachtete Luzelle genau sein Gesicht, entdeckte jedoch keine merkliche Veränderung. Es schien jedoch, als flösse etwas aus seinem Herz oder Kopf zu ihr herüber, und sie spürte sowohl Zorn als auch Traurigkeit.

»Dann befolgen Sie Ihre Befehle.« Karsler gab ihm das Dokument zurück und nahm wieder Platz.

Der Hauptmann salutierte zackig. Dann nickte er seinen Männern zu, die den Gastwirt aus dem Speisesaal zerrten. Die Küchentur schloss sich hinter ihnen. Ein diskretes Raunen wieder aufgenommener Gespräche erfüllte den Raum. Der Ausgang blieb grau versperrt.

Luzelle hatte das letzte Quäntchen Appetit verloren. Sie suchte Karslers Blick und sagte: »Sie hätten nichts tun können.«

»Das ist wahr, einmal mehr. Wie oft wird es noch geschehen, dass ein grewzisches Übel in die Welt tritt und ich nichts dagegen tun kann?«

»Sie haben es zumindest versucht.« Selbst in ihren Ohren klang das lahm.

Er sagte nichts. Sie saßen schweigend eine Weile am Tisch, bis der erste Schmerzensschrei aus der Küche drang. Luzelle zuckte zusammen. Noch ein Schrei, und sie ballte die Fäuste. Im Speisesaal war es jetzt mucksmäuschenstill. Alle Anwesenden lauschten, und ihre Aufmerksamkeit wurde mit einem dumpfen Schlag und einem weiteren Schrei belohnt.

»Kommen Sie, ich bringe Sie hier weg«, erbot sich Karsler.

Sie schwankte, schüttelte dann aber den Kopf. »Nicht, bis auch alle Übrigen den Raum verlassen dürfen.«

»Das ist nicht möglich.«

Sie wandte den Blick ab, wollte seine graue Uniform nicht sehen. Sie wünschte, sie könnte sich die Ohren zuhalten, konnte es jedoch gleichzeitig nicht unterlassen, angestrengt nach jedem viel sagenden Geräusch aus der Küche zu horchen. Sie würden Stiesoldt nicht zu schlimm verletzen, redete sie sich ein. Wenn sie den Gastwirt ernsthaft verwundeten, könnte er ihnen nicht mehr geben, was sie von ihm wollten.

Ein ersticktes Stöhnen erklang aus der Küche, und sie fand sich das Opfer insgeheim anflehen: *Gib auf.*

Tu einfach, was du tun musst, damit das hier ein Ende hat.

Und dieses Ende würde bedeuten, dass man den Grewziern eine neue Macht in die Hände gab; als wenn sie nicht schon genug davon hätten!

Es schien endlos zu dauern, obwohl in Wirklichkeit nicht mehr als einige Minuten vergingen. Am Ende dieser Zeitspanne kam einer der Soldaten aus der Küche heraus, um markig aus dem Gästeraum zu eilen.

Schweigen. Keine Unterhaltung zwischen den Gästen, kein Laut aus der Küche.

Minuten später kehrte der Soldat mit einer pummeligen, hübschen, verschreckt dreinblickenden jungen Frau im Schlepptau zurück. Sie trug nichts als ein dünnes Sommernachthemd. Das Haar fiel ihr ungebunden über den Rücken, und ihre Augen waren vom Schlaf geschwollen.

»Was wollen Sie?«, flehte sie ihn an, während ihr Häscher sie vorantrieb. »Was ist los, wo ist mein Mann?«

Keine Antwort. Der Grewzier zerrte Gretti Stiesoldt in die Küche, und die Tür schloss sich hinter ihnen.

»Karsler –«, wandte Luzelle sich verzweifelt an ihn.

Er schüttelte den Kopf. Sein Gesicht war wie aus weißem Marmor gemeißelt. Sie konnte seine Augen nicht deuten.

Ein schriller weiblicher Schrei erklang aus der Küche. Ein Gewirr männlicher Stimmen erscholl, zusammen mit einem zweiten weiblichen Schrei, lauter und ängstlicher als der erste. Dann Stille.

Die Küchentür ging auf. Soldaten, der Gastwirt und seine Frau kamen heraus. Meister Stiesoldts Gesicht war zerschlagen und blutig. Seine Nase, geschwollen und schief, war vermutlich gebrochen. Gretti presste einen wahrscheinlich gebrochenen Arm an den Oberkörper. Ihr Nachthemd, am Ausschnitt zerrissen, stand viel sagend offen.

Die kleine Gruppe blieb stehen.

»Unser Freund Klec Stiesoldt hat sich einverstanden erklärt, uns mit einer Demonstration seines magischen Könnens zu ergötzen«, verkündete der grewzische Hauptmann. »Wir freuen uns auf eine erhellende Vorführung. Meister Stiesoldt, bitte sehr.«

Klec Stiesoldt taumelte in die Raummitte. Einmal drehte er sich um, um seine Frau anzusehen, und irgendeine Verständigung per Blickkontakt schien zwischen ihnen abzulaufen. Er blieb stehen und hob seine linke Hand, an dessen kleinem Finger ein Silberring mit seltsam unsteten Reflektionen saß. Er neigte das Haupt, schloss die Augen und stand bewegungslos da. Er schien beinah im Stehen zu schlafen, doch die Bewegung seiner Lippen schien ein unhörbares Sprechen anzudeuten, und das Zittern seiner Augenlider ließ auf eine intensive innere Aktivität schließen.

Luzelle beobachtete das alles mit großem Unbehagen. Zuerst dachte sie, es zeichne sich eine Art Salontrick ab, aber als nichts geschah, schloss sie, dass der Gastwirt in seiner Verzweiflung auf Zeit spielte; eine unbedachte Strategie, denn die lahme Ausflucht würde den grewzischen Zorn nur noch mehr schüren.

Die Sekunden zogen sich zäh dahin, eine leichte Kälte drang in den Raum ein, und ein Prickeln schoss durch Luzelles Nervenbahnen. Die Schatten wuchsen, und inmitten der Düsternis schien der Ring am Finger des Gastwirts zu glühen, aber vielleicht war das auch nur eine optische Täuschung. Luzelle blinzelte und rieb sich die Augen, doch die Schatten wollten nicht weichen. Ihre Hände waren eiskalt, und sie musste die Kiefer zusammenpressen, damit ihre Zähne nicht klapperten.

Das unheimliche Gefühl in ihr verstärkte sich noch, als Karsler über den Tisch reichte und eine ihrer kalten Hände mit warmem, festem Griff in die seinen nahm. Sie schaute ihn verwundert an und sah, dass er sie überhaupt nicht anblickte. Seine Augen waren unverwandt auf den Gastwirt gerichtet, besonders auf dessen Ring, der nun definitiv in seinem eigenen Licht glomm. Sein Gesichtsausdruck spiegelte eine gespannte Wachsamkeit wider, die die Eingebungen ihrer eigenen Instinkte bestätigten. Eine dunkle Ahnung, dass hier wahrhaft fremdartige Kräfte am Werk waren, regte sich auf dem Grunde ihres Bewusstseins, und dankbar für die schlichte menschliche Berührung klammerte sie sich mit aller Kraft an Karslers Hand.

Die Luft verfinsterte sich auf eine unmögliche Weise, die die Kerzenflammen in den eisernen Kronleuchtern zu einem Flirren von Glühwürmchen in der Dämmerung reduzierten. Die Schatten sammelten sich um den Gastwirt, sodass sie ihn fast ihren Blicken entzogen, doch durch sie hindurch leuchtete dieser Ring, den er trug, das fragwürdige Familienerbstück, das er vor fremden Augen hätte verbergen sollen, hätte er auch nur einen Funken gesunden Menschenverstands besessen.

Die Zeugen, die zivilen wie die militärischen gleichermaßen, wahrten atemloses Schweigen. Die Luft seufzte, während die Schatten in der Raummitte sich verdichteten, brodelten und verschmolzen. Wirbelnde Umrisse zeichneten sich ab, zuerst verschwommen und zitternd, die jedoch rasch Substanz und Gestalt annahmen und stetig an Masse und offensichtlicher Festigkeit zunahmen. Binnen Sekunden war es vollständig und unmittelbar, ein Ding gewirkt aus Luft und Dunkelheit, schwerelos luftgeboren und doch überwältigend mächtig.

Die Erscheinung war humanoid, aber größer und breiter als jeder Mann, der Körper in glänzende Schuppen gehüllt, die Hände und Füße mit rauchigen Klauen bewehrt. Das Gesicht war länglich und lief in die grässliche Schnauze eines Krokodils aus, und der Friedhof der Zähne gehörte einem Hai, doch die Augen –

lichtlose Gruben, tief zwischen weit vorstehenden Knochenwülsten eingesunken – gehörten zu keiner bekannten Spezies. Ein ungeheures Paar ledriger Flügel breitete sich von den massiven Schultern aus, und am Ende seines Rückgrats wand sich ein schuppiger Schlangenschwanz.

Ein willkürlich gewählter Albtraum? Aber nein, das grauenhafte Bild war nicht gänzlich unvertraut. Sie hatte es irgendwo in einem Buch gesehen, in irgendeinem schweren, alten illustrierten Wälzer. Ihre Gedanken überschlugen sich, und die richtige Erinnerung stellte sich ein. Die Überlieferungen von Ober-Hetzia beinhalteten den Glauben an gewisse mächtige dämonische Wesenheiten, die unter dem Namen ›Malevolenzen‹ bekannt waren. Die Erscheinung vor ihr entsprach der Illustration bis in das letzte abstoßende Detail.

Doch es war nur eine Erscheinung, redete sie sich in dem vergeblichen Bemühen ein, das Klopfen ihres Herzens zu beruhigen. Ein Wisch aus Rauch, ein Nebelfetzen, furchtbar anzuschauen, aber unkörperlich und harmlos wie eine Fata Morgana.

Der Besucher aus dem Jenseits stürzte sich auf die nächste graue Uniform. Indem er rauchige Krallen tief in grewzisches Fleisch grub, fetzte er die Brust des Soldaten auf, griff in die Körperöffnung und riss das noch schlagende Herz heraus. Vollkommen reales Blut spritzte aus der vollkommen realen Wunde, und mehrere durch die Luft fliegende warme Tropfen sprenkelten Luzelles Gesicht. Ihr Schrei ging in dem Chaos schriller Ausrufe unter.

Die Malevolenz ließ den leblosen Körper des Soldaten fallen und hielt so lange inne, um das tropfende Herz zu verschlingen, bevor sie sich ihrem nächsten Opfer zuwandte, dem grewzischen Hauptmann. Ein Wirbel schuppenbesetzter Arme, ein Ruck der säbelförmigen Klauen, ein Geysir von Schlagaderblut, und die

Krokodilkiefer schlossen sich um das Herz des Hauptmanns.

Ein panisches Stimmengewirr in Grewzisch erhob sich, und mehrere Schüsse lösten sich. Die nebelhafte Malevolenz blieb davon unberührt, doch zwei anonyme Gäste, die in die Schusslinie geraten waren, fielen von ihren Stühlen zu Boden, wo sie noch kurz zuckten und dann still liegen blieben. Mehrere Zivilisten, Luzelles Kutscher eingeschlossen, stürzten auf den Ausgang zu. Eine Gewehrsalve der an der Tür postierten Soldaten mähte sie nieder. Die Malevolenz packte ihr nächstes Opfer, einen gut gekleideten älteren Zivilisten mit einer üppigen Mähne weißen Haars. Dieses glitzernde Haar musste sie angelockt haben, denn die Krallen hackten nach dem Silber, es gab eine ruckartig-verschwommene Bewegung, bevor der Körper zu Boden stürzte, und dann flog der abgetrennte Kopf kurz durch die Luft, und die Augen rollten und die Lippen bewegten sich stumm, vielleicht noch bei Bewusstein für den letzten fliegenden Moment, bevor die Kiefer des Krokodils zuschnappten und den Schädel wie eine große Nuss knackten.

Einer der Soldaten, offenbar mit dem Ziel, die Gefahr mit der Wurzel auszurotten, indem er den Gastwirt ausschaltete, feuerte. Ein Revolverschuss knallte, und Meister Stiesoldt fiel unter den Schreien seiner Frau, doch die Malevolenz blieb. Einen Augenblick später war der Soldat tot, von der Kehle bis zum Unterleib aufgerissen.

Luzelle sprang auf. Sie dachte nicht mehr klar, war nur noch von einem übermächtigen Fluchttrieb beherrscht. Die Hand, die die Ihre noch immer hielt, verstärkte ihren Griff.

»Noch nicht«, riet ihr Karsler.

Sie starrte ihn an, staunte über seine Ruhe. Das in dem magischen Zwielicht gerade noch sichtbare Antlitz war gefasst und furchtlos. Er erhob die Stimme nicht, doch sie verstand ihn deutlich trotz des sie umgebenden Tumults. Ihre eigene Stimme war tonlos vor Furcht, als sie entgegnete: »Bringen Sie uns hier raus!«

»Noch nicht«, wiederholte er. »Bewegen Sie sich nicht, damit ziehen Sie nur die Aufmerksamkeit der Rezeptivität auf sich. Sie müssen warten, bis der Fokus sich verschoben hat und die Wahrnehmungen, die sie geschaffen haben, sich verändert haben.«

»Ich verstehe nicht, was Sie sagen wollen!«

»Ich will sagen, dass ich weiß, womit wir es zu tun haben, und auch weiß, wie wir es überleben. Bleiben Sie, wo Sie sind.«

Sie glaubte ihm rein gefühlsmäßig, nickte, und er ließ ihre Hand los.

»Grewzische Soldaten.« Karslers Stimme trug durch den Raum, als er erklärte: »Euer Hauptmann ist tot, ich übernehme das Kommando. Stellt das Feuer ein und bleibt still stehen.« Die überlebenden Soldaten gehorchten ihm, und Karsler wechselte ins Hetzische, um zu befehlen: »Jeder bleibt hier, wo er ist. Schweigen Sie, und bewegen Sie sich nicht.«

Fast jeder gehorchte ihm, nur einer der Kellner rannte auf die Küchentür zu. Das malevolenzförmige Ding griff ihn sofort an. Mächtige Lederschwingen hüllten das fliehende Opfer ein. Die Krallen schlugen zu, das Blut spritzte, der Kellner gurgelte und starb. Die Malevolenz ließ ihr Opfer los und kauerte dort, während die breiten Flügel in bedächtiger Stille pumpten und der leere Blick durch den Raum schweifte.

»Sehen Sie nicht hin«, befahl Karsler in ruhigem, kraftvoll-bestimmendem Ton. »Wenden Sie Ihre Augen ab, richten Sie Ihre Gedanken auf etwas anderes.«

Solche Anweisungen waren nicht leicht zu befolgen. Es kostete Luzelle eine gewaltige Willensanstrengung, ihren Blick von dem schwebenden Besucher aus dem Jenseits loszureißen und auf Karslers Gesicht ruhen zu lassen. Die ruhige Gewissheit, die sie dort sah, dämpfte ihr Entsetzen. Er hatte gesagt, er wüsste, wie man diesen magischen Schrecken überwinden konnte, und sie glaubte ihm. In diesem Augenblick verstand sie vollkommen, warum die Soldaten unter dem Kommando dieses Offiziers willens waren, ihm überallhin zu folgen.

Sie schaute in sein Gesicht und erlaubte sich nicht, irgendetwas anderes zu sehen.

Karsler beobachtete die Erscheinung und ihre Haltung, ihre Stille, ihre kühle Intensität, und rief sich Meister Stiesoldts Konzentration auf diesen unaussprechlichen Ring ins Gedächtnis. Luzelle wusste nicht, was er tat. Vermutlich hatte es etwas mit seinem Wissen über arkane Kräfte zu tun, die er, wie er ihr einmal erzählt hatte, auf dem Promontorium erworben hatte, aber sie begriff es nicht; sie konnte ihm nur blindlings vertrauen.

Der Besucher aus dem Jenseits musste eine Aufforderung oder irgendeine Art von Stimulus gespürt haben, denn er reagierte, indem er langsam den Kopf drehte und seine lichtlosen Augen nach dem Ursprung suchten. Der leere Blick traf auf Karsler Stornzof und verankerte sich auf ihm.

Karslers Lippen bewegten sich, doch seine Worte waren unhörbar. Die Erscheinung glitt auf ihn zu. Luzelle sah sie nicht, ließ nicht zu, dass sie hinschaute, fühlte indes das lautlose, bedächtige Näherkommen mit jeder Faser ihres Körpers. Richten Sie Ihre Gedanken auf etwas anderes, hatte Karsler sie angewiesen, aber das war unmöglich. Nahezu unmöglich. Sie dachte an Girays, seine gelähmten Gliedmaßen und sein Gesicht, und ihre Aufmerksamkeit schweifte ab.

Karsler selbst schien sich seiner Umgebung nicht bewusst zu sein. Er saß reglos da, die Augen nicht scharf eingestellt, der blinde Blick auf nichts gerichtet, und einen Moment lang fragte sie sich, ob seine mentalen

Übungen ihn in eine Region jenseits des Reichs weltlichen Bewusstseins entführt hatten.

Sie versteifte sich, als die Erscheinung in ihr Gesichtsfe.ld glitt. Das Ding war zu nah, als dass man es hätte ignorieren können; sie hätte nur dic Hand ausstrecken müssen, um es zu berühren. Der Luftzug, den die Fächelbewegungen jener großen Schwingen erzeugten, bewegte ganz leicht ihr Haar, und sie schauderte. *Wenden Sie Ihre Augen ab, richten Sie Ihren Blick auf etwas anderes.* Sie konnte nicht, sie konnte nur zu entsetzter Bewegungslosigkeit erstarren, aber das genügte, denn der schwarze Blick glitt, ohne innezuhalten, über sie hinweg. Die schuppenbedeckte Gestalt schwebte vor Karsler, und dort blieb sie.

Sie würde ihm das Herz aus der Brust reißen, sie würde ihm den Kopf abreißen –

Sie tat nichts von alledem. Die Bewegung der Flügel erlahmte. Die Erscheinung trieb in der Luft, still wie ein schwereloser Leichnam.

Karslers Stirn war schweißnass vor Anstrengung. Sein Atem ging tief und gemessen, sein Gesicht war friedlich. Sein Blick hatte etwas merkwürdig Starres, und Luzelle erkannte, dass die Sekunden sich immer mehr in die Länge zogen und er kein einziges Mal blinzelte.

Endlose Minuten gingen dahin. Seine Augenlider zuckten nicht einmal.

Die dunkle Luft hellte sich auf, zunächst so langsam, dass es nur auf Einbildung zu beruhen schien. Die Glühwürmchen über ihren Köpfen vergrößerten sich allmählich zu Kerzenflammen, die Schatten zogen sich zusammen, und die übernatürliche Kälte lockerte widerwillig nach und nach ihren Griff. Die Erscheinung selbst veränderte sich nicht; sie kauerte vielmehr einfach dort, die unergründlichen Augen fest an Karsler Stornzof gekettet.

In dem Raum blieb es still. Karslers Stimme, bedächtig und wie aus weiter Ferne, behielt ihre Befehlsgewalt, als er seine Zuhörer anwies: »Gehen Sie langsam hinaus, im Gänsemarsch. Dann verlassen Sie das Gebäude. Schweigen, keine plötzlichen Bewegungen. Augen und Gedanken von diesem Punkt abgewandt.«

Die meisten gehorchten ohne Zögern und Fragen, indem einer nach dem anderen still und mit niedergeschlagenem Blick aus dem Raum schlich. Luzelle hielt in der Erwartung eines blutigen Gemetzels den Atem an, doch nichts geschah. Immer einer schlüpfte durch die Tür; manche konnten es sich nicht verkneifen, beim Hinausgehen furchtsame Blicke über ihre Schulter zurückzuwerfen, aber außer ihr blieb niemand zurück.

»Karsler.« Um seine Konzentration nur ja nicht zu stören, dämpfte sie ihre Stimme und unterdrückte ein Dutzend Fragen. »Was ist mit Ihnen?«

»Ich bleibe hier.« Seine Augen lösten sich nicht von der Malevolenz.

»Nicht nötig. Es ist vollbracht. Alle außer uns sind draußen. Kommen Sie jetzt mit.«

»Noch nicht. Ich fixiere die Aufmerksamkeit der Rezeptivität auf mich. Sollte dieses Band reißen, bevor die Gestaltumwandlung vollbracht ist, geht die Malevolenz auf Jagd nach neuen Opfern.«

»Ich verstehe nicht, was Sie meinen. Karsler, der Fluchtweg ist frei. Bitte kommen Sie!«

»Wenn ich sie umgeformt habe; wenn ich sie besiegt habe. Jetzt gehen Sie, solange Sie können. Gehen Sie.«

»Wie lange gedenken Sie noch zu bleiben?«

Er antwortete nicht. Sie war sich nicht sicher, ob er sie überhaupt gehört hatte. Er hatte sie ausgeschlossen, hatte sein Bewusstsein auf den Kampf konzentriert, dessen Natur sie kaum verstand. Irgendwie war es ihm gelungen, die gesamte Aufmerksamkeit der Erscheinung zu erringen und zu fesseln, so viel war klar. Er hatte gewiss genug getan. Sie streckte die Hand aus, wagte ihn aber nicht zu berühren.

»Kommen Sie weg hier«, flehte sie ihn an, und diesmal wusste sie, dass ihre Worte ungehört geblieben waren. Ihre Hand sank an ihre Seite zurück. Sie blieb noch kurz stehen und sah ihn an, dann drehte sie sich um und schritt langsam zur Tür, wo sie innehielt, da sie sich einen letzten Blick zurück nicht versagen konnte.

Die bösartige Erscheinung – eine Rezeptivität hatte er sie genannt – schwebte noch immer regungslos in der Luft, die Klauen dunkel vor Blut, die schwarzen Augen leer wie die Ewigkeit, aber irgendwie hatte ihr Aussehen sich verändert, und sie brauchte einen Augenblick, um die Veränderung zu begreifen. Der Kiefer, dieser Krokodilskiefer, war nicht mehr so lang und hässlich, wie sie es eingangs angenommen hatte. Er war groß, und die Zähne waren beeindruckend, aber kaum mehr krokodilsähnlich. Überraschung und Furcht mussten ihre ersten Eindrücke verfälscht haben.

Nein, das hatten sie nicht. Die Rezeptivität hatte sich verändert. Karsler hatte es kraft seines Geistes bewirkt. Sie wusste nicht, wie, sah jedoch, dass er noch mehr tun würde, bevor er fertig wäre. Falls er es überlebte. Sie sah ihn an, wie er dort stand, verloren für die gegenwärtige Welt der Realität, und hätte beinahe ihre Schritte zurückgelenkt. Aber sie konnte ihm nicht nützen, ihre Anwesenheit würde ihn nur ablenken und behindern. Sie drehte sich um und ging fort von diesem Schreckensbild und dem Mann, der es bekämpfte.

Das Foyer war leer. Die Gäste waren geflohen, die Grewzier hatten sich befehlsgemäß zurückgezogen, und die arme Gretti Stiesoldt, nun zur Witwe geworden, war verschwunden. Sie trat durch die Eingangstür in die milde, neblige Sommernacht, wo die Berührung der frischen, feuchten Luft weder den Aufruhr ihrer Gedanken beschwichtigen noch das Zittern ihrer Glieder stillen konnte.

Ziellos und nahezu blind wanderte sie von den Drei Bettlern fort. Ihre Füße trugen sie zurück zur Hauptstraße und auf der Straße weiter durch die Dunkelheit und den Nebel ins Zentrum des schlafenden Groeflen. Die Fenster waren dunkel, die Straßen kaum beleuchtet, die Stadt schwieg still, und es wollte ihrem verwirrten Blick scheinen, als ziehe sie durch eine Traumlandschaft. Sie wusste nicht, wo sie war oder wohin sie gehen sollte, doch ihre Füße fanden den Weg zu einem Gebäude mit einer Laterne über der Tür und dem Symbol einer Lokomotive über der Laterne; der Bahnhof.

Die Tür war verschlossen. Sie taumelte um das Bahnhofsgebäude herum auf den Bahnsteig, wo sie eine Bank fand und sich darauf fallen ließ. Das Gesicht in ihren eiskalten Händen vergraben, blieb sie reglos sitzen.

Ihre Gedanken wirbelten wüst durcheinander und verzerrten sich zu Träumen und Erinnerungen, sie wusste nicht, welche. Sie versank minuten- oder stundenlang in unruhigen Schlaf oder Betäubung, bis das Pfeifen eines Zugs sie aufschreckte.

Luzelle schlug die Augen auf. Der Himmel hatte sich zu Asche aufgehellt, und der Vieruhrachtundvierzig fuhr in den Bahnhof von Groeflen ein. Sie stand auf, sah sich verwirrt um und erkannte, dass sie ihre Reisetasche im Gasthof gelassen hatte. Das zählte jetzt kaum noch. Brieftasche und Pass hatte sie sicher in ihrer Manteltasche verstaut.

Schnaufend kam der Zug zum Stehen und spuckte zwei Passagiere aus. Luzelle stieg ein, fand einen Sitzplatz und löste beim Schaffner einen Fahrschein. Der Schaffner ging weiter. Sie lehnte ihren Kopf an den Sitz und bemühte sich erfolglos, ihren Kopf klar zu bekommen. Der Zug setzte sich in Bewegung und ließ Groeflen hinter sich liegen.

Die Morgensonne stand hoch am Himmel, als Girays v'Alisantes Mietkutsche den anheimelnden Gasthof zu den Drei Bettlern in den Außenbezirken von Groeflen erreichte. Der Zug nach Süden sollte laut Fahrplan den Bahnhof nicht vor Ablauf von neunzig Minuten verlassen. Er hatte also Zeit genug, um eine Rast für ein spätes Frühstück einzulegen, welches er dringend nötig hatte, da er seit dem unseligen Mittagessen am gestrigen Tag nichts mehr in den Magen bekommen hatte.

In gewisser Weise hatte er alle Zeit der Welt, denn Sinn und Zweck weiterer Anstrengungen hatten sich erübrigt. Es gab nichts mehr, was er hätte tun können, um einen vonahrischen Sieg zu erringen oder herbeizuführen. Er konnte es genauso gut ruhig angehen lassen und das Rennen in aller Bequemlichkeit beenden. Doch er wusste, dass er es nicht ruhig angehen lassen würde, denn selbst jetzt, im vollen Bewusstsein der Vergeblichkeit, konnte er nicht anders als sein Bestes zu geben.

Die Kutsche hielt an, aber kein Stallknecht ließ sich blicken, um sich um die Pferde zu kümmern, keine Dienstboten kamen ihnen entgegen, um beim Gepäck zu helfen. Komisch. Der Gasthof mit seinem adretten Hof und den blitzsauberen Fenstern wirkte, als sei er gut geführt. Die augenblickliche Nachlässigkeit des Personals schien nicht recht dazu zu passen.

Der Fahrer sprang leichtfüßig vom Kutschbock und kam herum, um seinem Passagier die Tür aufzuhalten und ihm aus dem Gefährt zu helfen. Diese Hilfe war nicht unerwünscht. Die Nachwirkungen des gestrigen Betäubungsmittels hatten zwar nachgelassen. Girays konnte gehen und seine Hände benutzen, aber seine Gliedmaßen waren noch steif, seine Hände und Finger unbeholfen. Der hetzische Arzt hatte ihm versichert, dass er die volle Empfindungsfähigkeit und Beweglichkeit zurückerhalten würde, die Genesung aber noch nicht abgeschlossen sei.

Er stützte sich schwer auf den Arm des Kutschers, als sie sich ihren Weg durch die Eingangstür in ein leeres, stilles Foyer bahnten. Niemand an der Rezeption, überhaupt keine Menschenseele zu sehen. Er läutete die Glocke, aber niemand tauchte auf. Er runzelte die Stirn, verwirrt und leicht verärgert.

»Lassen Sie uns wieder fahren, Sir«, schlug der Kutscher vor.

Dem Burschen war sichtlich mulmig zumute. »Was ist los?«, fragte Girays.

»Hier stimmt etwas nicht«, bekam er nur zur Antwort.

Er fragte nicht nach. Auch seine Nerven waren unerklärlicherweise straff gespannt. In der Luft lag ein drückender Geruch wie in einem Schlachthof, und sein Instinkt trieb ihn hinaus an die frische Luft, aber er wollte nicht auf ihn hören.

»Wir werden etwas essen. Hier entlang, glaube ich«, befahl Girays, während er auf eine halb offene Tür in der Nähe wies.

»Ich habe keinen Hunger, Sir. Wenn Sie nichts dagegen haben, werde ich draußen auf Sie warten.« Der Kutscher verließ das Foyer raschen Schritts.

Girays zögerte, da er nicht übel Lust hatte, ihm zu folgen. Lächerlich. Sein Magen war leer, er hatte hier angehalten, um zu Mittag zu essen, und genau das würde er auch tun. Er humpelte steifbeinig auf die Tür zu und betrat den dahinter liegenden Speisesaal, wo er auf der Schwelle zur Salzsäule erstarrte. Der Schlachthausgestank nahm zu, und das Summen zahlloser Fliegen erfüllte seine Ohren.

Für kurze Zeit begriff er gar nicht so recht, was er da vor sich hatte. Der Speisesaal war eine Wüste aus umgekippten Möbeln, zerschlagenem Geschirr und überall verstreut liegenden verstümmelten Leichen. Annähernd ein Dutzend Körper lag da, vielleicht mehr; sie waren auf den ersten Blick nur schwer zu zählen. Einer von ihnen, inmitten einer geronnenen roten Lache im vorderen Teil des Raums auf den Rücken geworfen, war enthauptet worden; die zerquetschten Überreste eines silberhaarigen Kopfs lagen nicht weit davon entfernt. Blut bedeckte die Wände und den Boden, war sogar bis an die Decke gespritzt, aber Girays sah es kaum. Seine Augen schossen in die Mitte des gnadenlos von der Sonne erhellten Raums, wo Karsler Stornzof, aufrecht und vollkommen unbeweglich, einer schwebenden, formlosen Wolke aus Dunst gegenüberstand.

Formlos? Vorübergehend meinte Girays sich einzubilden, die Wolke habe die Gestalt eines Mannes, doch das Trugbild verblich umgehend, und er sah nur noch einen dunklen Nebelfleck, der unter seinem Blick unmerklich verblasste und durchsichtig wurde.

Als der Dunst fort oder zumindest unsichtbar war, taumelte Stornzof und griff nach dem nächsten noch aufrecht stehenden Stuhl, um sich abzustützen. Er griff daneben und fiel auf die Knie, den Kopf gesenkt, während die Brust sich heftig hob und senkte. So schnell wie seine noch teilweise gelähmten Muskeln es gestatteten, hinkte Girays auf ihn zu; er blieb nur gerade so lange stehen, um sich im Vorbeigehen eine offene Weinflasche von einem Tisch zu schnappen.

Stornzof hob den Blick, das Gesicht von Erschöpfung gezeichnet. Girays hielt ihm wortlos die Flasche hin. Stornzof nahm sie und kippte den halben Inhalt herunter, bevor er ihn Girays anbot.

»Behalten Sie sie«, riet ihm Girays. »Verletzt?«

Der andere schüttelte seinen Kopf.

»Was ist passiert?« Girays' Augen suchten den Raum beinahe unwillig ab.

»Rezeptivität.«
»Was?«
»Arkaner Besucher.«
Seltsamerweise zweifelte Girays weder an der geistigen Gesundheit des Grewziers noch an seiner Wahrhaftigkeit. »Hat der Besucher all das hier angerichtet?«, fragte er.
Stornzof neigte das Haupt.
»Aber jetzt ist er fort? Er ist vertrieben worden?«
»Ins Nicht-Sein verändert.«
»Verändert? Durch Sie?«
»Es war etwas, womit ich mich auskenne.« Stornzof sprach abgehackt, sein Atem ging noch stoßweise. »Die Gestalt dieser Rezeptivität wurde von den Erwartungen und Wahrnehmungen ihrer Betrachter geformt. Indem ich ihre Aufmerksamkeit ausschließlich auf mich fixierte, gewann ich Kontrolle über ihr Äußeres, das ich allmählich zu ändern vermochte, bis mein Geist ihr zuletzt alle Kenntlichkeit versagte und die Rezeptivität zu existieren aufhörte.«
»Woher kam sie?«
»Das ist eine traurige Geschichte, und ich bin sehr müde.«
»Was wollen Sie jetzt tun?«
»Schlafen. Den ganzen restlichen Tag, denke ich.«
»Nicht hier, will ich meinen. Die Luft kann ich nicht empfehlen. Ich habe eine Kutsche gemietet, die draußen steht. Sie wird uns beide zum Bahnhof bringen, und dann können Sie im Zug schlafen.«
»Das Angebot ist großzügig, und ich nehme es voller Dankbarkeit an.«
»Dann warten Sie einen Augenblick, bis ich uns etwas zu essen besorgt habe. Bis vorhin hatte ich einen Bärenhunger, und mein Appetit wird sicher wiederkommen, wenn ich dieses Schlachthaus verlassen habe.« Girays humpelte in die Küche und beschlagnahmte ein wenig Käse, Äpfel, ein kaltes Hühnchen,

zwei Brotlaibe und eine Reihe von Flaschen. Als er zurückkam, fand er Stornzof mit aschfahlem Gesicht und zitternd, aber aufrecht stehend vor.

»Sind Sie verletzt?«, erkundigte sich Stornzof, dem der holprige Gang offenbar nicht entgangen war.

»Nein. Irgendein anonymer Gönner hat sich an dem Mittagessen gestern zu schaffen gemacht. Der Arzt rechnet nicht damit, dass die Nachwirkungen von Dauer sind.«

»Ja.« Etwas wie ein Schatten verdunkelte Stornzofs Augen. »Luzelle hat mir von Ihrem Missgeschick erzählt.«

»Luzelle? Wann haben Sie sie getroffen, und wo?«

»Hier, aber beunruhigen Sie sich nicht. Sie ist schon vor Stunden gegangen, und es war ziemlich ungefährlich für sie. Ich würde meinen, dass sie den Weg zum Bahnhof gefunden und den Vieruhrachtundvierzig nach Süden bekommen hat, wie es ihre Absicht war.«

»Das klingt wie Luzelle. Sind Sie sicher, dass sie unverletzt geblieben ist?«

»Vollkommen sicher.«

»Dann sitzt sie vermutlich in diesem Zug und ist mittlerweile schon fast auf der Höhe von Tophzenk. Sie wissen, was das bedeutet.«

»Sie wird Toltz morgen früh erreichen. Wir können jetzt nicht mehr hoffen, sie einzuholen.«

»Falls es nicht zu einer unvorhersehbaren Katastrophe kommt, gehört das Rennen ihr.«

»Der Gedanke, dass sie gewinnen wird, verwundert Sie demnach?«

»Nicht ganz«, antwortete Girays. »Sie hat von Anfang an darauf bestanden, dass sie gewinnt.«

Sie war in einen leichten Schlummer gesunken, aber das Quietschen der Bremsen weckte sie. Luzelle wandte den Kopf und sah aus dem Fenster. Der Zug fuhr in den Bahnhof ein. Auf dem Schild über dem Bahnsteig stand TOLTZ. Sie starrte es fast erstaunt an.

Der Zug hielt an, und die Maschine ließ Dampf ab. Die Fahrgäste erhoben sich und begannen ihr Gepäck aus der Ablage über ihren Köpfen zu ziehen. Luzelle hatte keine Reisetasche. Sie stand auf, schlenderte ungehindert zum Ende des Waggons, wartete, dass der Schaffner die Tür öffnete, und stieg die drei Stufen auf den Bahnsteig hinunter.

Die Morgenluft war lind und warm. Bis zum Nachmittag dieses Sommertages würde die Temperatur wahrscheinlich auf unangenehme Höhen steigen, aber nun war sie perfekt. In schnellem Gang, beinahe im Laufschritt, strebte sie auf das Bahnhofsgebäude zu, und erst dort fiel ihr ein, dass sie sich ja gar nicht sputen musste. Ihre Konkurrenten waren weit abgeschlagen. Sie verlangsamte ihr Tempo zu einem Spazierschritt.

Nachdem sie das Gebäude erreicht hatte, durchquerte sie den Wartesaal. Bevor sie den Vorderausgang erreichte, wuchs direkt vor ihr eine massige Gestalt in schlecht sitzendem Anzug und verbeultem Strohhut aus dem Boden. Sie blieb stehen.

»Miss Devaire, ja?«, fragte der Fremde in sherreenischem Vonahrisch. »Miss Luzelle Devaire?«

Sie nickte. Er stank nach billigen Zigarren und noch billigerem Rasierwasser. Sie widerstand dem Drang, das Gesicht abzuwenden.

»Stique Breuline von der *Sportgazette*, zu Ihren Diensten. Miss Devaire, ich biete Ihnen meine Hilfe als Eskorte und Beschützer von hier bis zum Registraturbüro im Rathaus an im Austausch für ein Exklusivinterview von Ihnen aus Anlass des erfolgreichen Abschlusses –«

»Nein.« Luzelle ging um das Hindernis herum und setzte ihren Weg fort. Stique Breuline stolperte hinter ihr her. Er plapperte auf sie ein, versuchte vermutlich, ihr irgendcine Art von Aussage oder Zugeständnis zu entlocken. Sie achtete kaum darauf, was er sagte, es war sinnloses Geschwätz, aber seine Beharrlichkeit erregte Aufmerksamkeit – Journalistenkollegen vielleicht oder irgendwelche anderen neugierigen Müßiggänger –, und bald hatte sich eine kleine Schar an ihre Fersen geheftet.

Sie kümmerte sich nicht um sie. Fragen und Kommentare umschwirrten sie, aber sie überhörte sie mühelos. Mitten durch den Wartesaal marschierte sie, aus der Vordertür hinaus und in einen der schwerfälligen, bequemen hetzischen Hansoms, die auf der Straße vor dem Bahnhof warteten.

»Zum Rathaus«, wies sie den Kutscher in sorgfältigem Hetzisch an, und das Gefährt setzte sich umgehend in Bewegung. Luzelle ließ sich in den weichen Sitz zurücksinken. Die Straßen zogen unbeachtet vorbei. Einmal schaute sie sich um und entdeckte mindestens drei Kutschen, die ihr folgten. Jemand in einer von ihnen schwenkte einen leuchtend gelben Schal aus dem Fenster. Irgendein Zeichen?

Weitere Straßen, und der Hansom bog in den Irstreister-Platz ein, den sie zuletzt von dichten schwarzen Rauchschwaden verhüllt gesehen hatte. Vor ihr erhob sich das reich verzierte Rathaus mit den auf den Stufen vor dem Eingangsportal wartenden Menschen. Der Kutscher fuhr vor. Luzelle bezahlte ihn, stieg aus und eilte die Stufen hinauf. Die Gruppe, die ihr den Weg verstellte, wich wie auf magische Weise auseinander, als sie näher kam, aber sie war sich bewusst, dass alle Blicke an ihr klebten; dass die Fragen, Kommentare und Glückwünsche für sie bestimmt waren – kurzum, dass sie wussten, wer sie war, und vermutlich auf sie gewartet hatten. Ja, dieser gelbe Schal war eindeutig ein Zeichen gewesen.

Sie durchquerte die luftige Eingangshalle, und mit jedem Schritt schwoll ihr Gefolge an. Sie trat auf einen Korridor hinaus und stellte fest, dass der Weg zum Registraturbüro sich ihrem Gedächtnis fest eingeprägt hatte. Sie musste nicht nach dem Weg fragen, sondern fand sich ohne Zögern in den vielen Gängen zurecht, während das ungeduldige Publikum ihr folgte.

Sie erreichte das Büro, und ein Gefühl der Unwirklichkeit überkam sie. Dennoch beschleunigte sich ihr Herzschlag beinahe schmerzhaft. Der Dienst habende Beamte schaute hoch, als sie hereinkam, und seinem Gesichtsausdruck konnte sie entnehmen, dass er sie wiedererkannte.

Die Menge in ihrem Rücken war mucksmäuschenstill geworden. Als sie vor den Schreibtisch trat, konnte sie das Tapsen ihrer Füße und sogar das Pochen ihres Herzens hören. Sie händigte dem Schreiber, der keine Anweisungen benötigte, ihre Unterlagen aus. Das gut hörbare Druckgeräusch seines mit Tinte versehenen Stempels auf ihrem Pass – der letzte Stempel, der die Bewältigung des Rennparcours offiziell bestätigte – brach den Bann: Jubel brach los, als die Menge vorwärts drängte und sie umschloss. Luzelle erblickte begeisterte Gesichter mit aufgerissenen Mündern, und der Lärm brandete an ihre Ohren, die Worte jedoch waren ein wirres Kauderwelsch. Sie konnte sie nicht verstehen und ganz bestimmt nicht beantworten, denn ihre Kehle war wie zugeschnürt, ihre Augen füllten sich mit Tränen, und das Gefühl der Unwirklichkeit war stärker denn je. Sie sah hinab auf den Pass, der irgendwie in ihre Hände zurückgelangt war, und es war einzig und allein der Beweis des Stempels – *Toltzrathaus, Nieder-Hetzia* mit Datum und Stunde, 11.36 Uhr – der sie davon überzeugte, dass das Rennen wirklich vorüber war.

Vierundzwanzigstes Kapitel

Friseuse und Kosmetikerin, vom Außenministerium bereit gestellt, gingen und schlossen die Tür hinter sich. Die ebenfalls dem Ministerium zu verdankende Zofe knickste und zog sich zurück, da ihre Dienste im Augenblick nicht benötigt wurden. Luzelle ließ alle Würde fahren und eilte durch die üppigst ausgestatteten Zimmer der besten Suite des Königskopfhotels, zurück in das Schlafgemach mit seinem großen Drehspiegel in vergoldetem Rahmen, vor dem sie sich aufbaute, versessen darauf zu sehen, was genau sie mit ihr angestellt hatten.

Sie starrte in den Spiegel und erkannte sich selbst kaum wieder. Das Gesicht, das ihr aus dem Spiegel entgegenblickte, hatte fast komisch große Augen. Sie hatten sie in ein prachtvolles Gewand aus blass aquamarinfarbener Seide gestopft, das am Ausschnitt, der ihre Schultern, Arme und den größten Teil ihres Busens frei ließ, mit schweren Goldstickereien verziert war. Das Marterinstrument von einem Korsett unter dem Gewand, das ihre Taille zu einem Nichts zusammenschnürte, war mit Beinstäbchen verstärkt und in einem solchen Winkel ausgestellt, dass es ihre Brüste gleichzeitig hob und zusammenpresste. Die daraus resultierende Auslage fleischlicher Rundungen drohte aus dem tiefen Ausschnitt hervorzuquellen.

Geschmacklos. Gewöhnlich. Sie konnte Seiner Ehren Stimme beinahe hören. *Das Vulgäre deines Aussehens* … Aber nein, diese enthüllungsfreudige Mode war der letzte Schrei, mit dem die eleganten Damen in allen westlichen Hauptstädten herumstolzierten, und niemand konnte leugnen, dass sie die Figur dafür hatte.

Seine Ehren sollte also sagen, was er wollte; sie würde sich nicht darum scheren. Nicht, dass die Möglichkeit bestand, ihr Vater werde überhaupt etwas sagen. In den zehn Tagen, die verstrichen waren, seit sie ins Rathaus von Toltz marschiert war, hatten Artikel über ihren Sieg die Titelseiten der Zeitungen in aller Welt geschmückt. Udonse Devaire musste davon gelesen haben, hatte sich jedoch nicht dazu herabgelassen, den Erfolg seiner Tochter anzuerkennen. Ihre Mutter hatte vor zwei Tagen einen wehleidigen Glückwunschbrief geschickt, aber von ihrem Vater – nichts. Nein, Seine Ehren würde sich wohl kaum mit dem Kleid befassen, das sie zu dem heutigen Abendempfang im Wasserhexenpalast trug.

Genauso wenig würde er sich mit ihrem Schmuck, ihrer Frisur oder ihrem Gesicht befassen, und das war auch gut so. Das Haar – in achtlos verwuschelten Locken mit manch einer kunstvoll platzierten lose herabhängenden Strähne aufgetürmt und mit Goldpuder bestäubt – hätte Seine Ehren protzig genannt. Den Schmuck – lediglich eine, wie man hinreichend deutlich gemacht hatte, Leihgabe für diese eine Nacht, bestehend aus einem herrlichen Smaragdkollier mit dazu passenden Ohrgehängen – hätte der Richter als unpassend für eine unverheiratete Frau erachtet. Und das Gesicht – sie stellte sich lieber nicht vor, was er dazu sagen würde, hatte sie doch zu diesem Thema selbst ihre Zweifel. Mach dir nichts draus, dass die Kosmetikerin, eine professionelle Kraft der Toltzer Oper, zusammen mit dem für das aquamarinfarbene Gewand verantwortlichen Schneider darin übereingestimmt hatte, dass Damen der höchsten Gesellschaftsschichten nun begännen, Gesichtsschminke anzuwenden. Mach dir nichts draus, dass die Kosmetikerin mit der leichten und subtilen Hand einer Künstlerin zu Werke gegangen war. Die Veränderung in ihrem Äußeren war frappierend. Das dunkle, behutsam auf ihre

Wimpern aufgetragene Zeug ließ ihre Augen in verblüffender Weise größer und strahlender wirken. Der rötliche, zurückhaltend auf ihre Wangen applizierte Puder ließ ihr Gesicht fast übertrieben lebendig erscheinen. Und die rosarote, glänzende Paste, die man auf ihren Lippen verteilt hatte, machte ihren Mund so üppig, dass es die Grenzen des Anstands überschritt. Der Gesamteindruck war eindeutig – sie suchte nach dem richtigen Adjektiv – *berückend.*

Die ganze Woche lang war sie von Party zu Gala zu Empfang zu Party gehastet, und doch hatte sie nicht im Traum daran gedacht, sich einmal in einer solchen Verkleidung zu präsentieren. Doch heute Nacht war die Nacht der Audienz bei Miltzin IX. für den Sieger der Großen Ellipse, und die Absichten der Handlanger des Ministeriums waren nur allzu klar. Nun, sie hatte das ja von Anfang an gewusst. Sie hatte die Bedingungen des Ministeriums zusammen mit seiner finanziellen Unterstützung angenommen, und nun war es an der Zeit, ihren Teil der Abmachung zu erfüllen.

Luzelles Spiegelbild runzelte die Stirn. Abmachung oder nicht, sie musste nicht zulassen, dass sie sie wie eine Kleiderpuppe anmalten und zukleisterten. Und sicher stand auch nirgendwo geschrieben, dass sie Meisen-Miltzin ihre Brüste wie zwei Leckerbissen auf einer Platte mit Appetithappen präsentieren musste. Sie hatte noch Zeit, sich umzuziehen, die Schminke vom Gesicht zu waschen, ihr Haar zu einem straffen Nackenknoten zurückzubinden, und sich *so unattraktiv wie möglich zu machen …*

Sie suchte gerade nach einem Tuch, mit dem sie sich die rosarote Paste von den Lippen wischen konnte, als ein Klopfen an der Tür ihrer Suite sie innehalten ließ; ihr Stirnrunzeln vertiefte sich, denn sie wusste sofort, wer es war. Zweimal hatte er sie in den letzten drei Tagen aufgesucht, und heute Abend würde er ganz gewiss nicht darauf verzichten, sich blicken zu lassen.

Kurzfristig erwog sie, das Klopfen zu überhören, aber das wäre ebenso sinnlos wie feige gewesen, und außerdem tauchte die geborgte Zofe ohnehin wie auf magische Weise auf und öffnete bereits die Tür.

»Guten Abend, Miss Devaire.« Der Besucher lächelte verbindlich.

»Guten Abend, Bevollmächtigter Unterminister.« Luzelle unterdrückte sorgsam jedes äußere Anzeichen ihrer Gereiztheit und lächelte ihrerseits, denn vo Rouvignac verdiente ihre Höflichkeit. Der Mann tat nur seine Arbeit, indem er sie ständig überwachte, und war dazu den ganzen Weg von Sherreen hierher gekommen. Es war nicht seine Schuld, dass sie den Anblick seines beflissenen Gesichts und den Klang seiner kultivierten Stimme zu fürchten begonnen hatte. Es war gewiss nicht seine Schuld, dass sie dem heutigen Höhepunkt ihrer Mühen inzwischen mit einem an Ekel grenzenden Widerwillen entgegensah. Er hatte sie nicht gezwungen, das Anerbieten des Ministeriums zu akzeptieren; sie hatte es aus eigenem freien Willen getan. Nicht seine Schuld, und sie sollte ihm nicht grollen, aber sie tat es.

»Kommen Sie doch herein.« Ihr Lächeln wankte nicht.

»Danke.« Er betrat den luxuriösen Salon. Die Zofe schloss die Tür hinter ihm und verschwand. »Sie sehen umwerfend aus.«

Gut genug, um die Prüfung zu bestehen? Sie verbiss sich die feindselige Replik und erwiderte korrekt: »Wie nett. Wollen Sie nicht Platz nehmen, Bevollmächtigter Unterminister? Darf ich Ihnen einen Sherry anbieten?«

»Nein und nein. Ich gedenke nicht lange zu bleiben. Ich komme nur vorbei, um Ihnen alles Gute zu wünschen und mich davon zu überzeugen, dass Sie bereit und gut auf das Unternehmen des heutigen Abends vorbereitet sind.«

Um sich zu vergewissern, dass der Automat richtig aufgezogen ist? Laut antwortete sie: »Ich sollte wohl inzwischen vorbereitet sein, Bevollmächtigter Unterminister. Sie haben in den letzten Tagen erhebliche Mühen auf sich genommen, um dafür zu sorgen, dass ich gut instruiert werde. Ich weiß alles über Seiner Majestät Miltzins Lieblingsbücher, -spiele und -dichter, seine Steckenpferde und Interessen, seine Lieblingsspeisen, seine Lieblingsweine, seine Lieblingshunde und -pferde, seinen Geschmack bezüglich Schneidern und Stiefelmachern, seine Vorlieben und Abneigungen – liebt Lachsmousse, *hasst* Lachssoufflé, liebt Hahnenkämpfe, *hasst* die Bärenhatz – sehen Sie? Ich denke, ich bin einigermaßen dazu in der Lage, ein Gespräch mit dem Mann zu führen.«

»Und sich ihm angenehm zu machen?«

»Ja. Ich werde ausgesprochen angenehm sein. Ich werde so angenehm sein, dass er sich für den faszinierendsten, geistreichsten, unwiderstehlichsten Herrscher halten wird, der je einen Thron beglückt hat. Ich werde so angenehm sein, dass er glauben wird, er wäre in ein Melassefass gefallen. So angenehm, dass seine Zähne von all der Süßigkeit auf der Stelle verfaulen werden. Ist das angenehm genug?«

»Vielleicht schon zu sehr. Denken Sie daran, Sie haben es mit einem übersättigten königlichen Gaumen zu tun. Schale Liebenswürdigkeit dürfte Seiner Majestät Interesse nicht wecken. Und sie vertrüge sich auch nicht mit Ihrem eigenen Charakter. Sie täten wahrscheinlich besser daran, mehr Sie selbst zu sein.«

Wenn ich ich selbst wäre, dann würde Miltzin IX. von Nieder-Hetzia nicht mehr als einen höflichen Knicks von mir bekommen. Sie sagte nichts.

Vo Rouvignac musterte sie eingehend und fragte schließlich: »Sie sind willens, mit dem Projekt fortzufahren, Miss Devaire?«

»Projekt. Ein interessanter Ausdruck. Ich habe mein

Wort gegeben, nicht wahr? Natürlich werde ich das leisten, was ich versprochen habe. Ich werde die heutige Privataudienz benutzen, um König Miltzin das Versprechen abzunehmen, Vonahr das Geheimnis des Fühlenden Feuers zu verkaufen, zu einem mehr als angemessenen Preis. Ich bin autorisiert, bis zu fünfundzwanzig Millionen Neu-Rekkoes anzubieten –«

»Das hat sich heute auch geändert. Sie dürfen bis vierzig gehen.«

»Vierzig. Wie das?«

»Die Umstände zwingen uns dazu.«

»Ich verstehe.« Sie nahm die Litanei wieder auf: »Ich werde jedes erdenkliche mir zur Verfügung stehende Überredungsmittel anwenden, um Seine Majestät zu Vonahrs Gunsten zu beeinflussen.«

»Sollten Sie allerdings scheitern –«

»Dann will ich mein Bestes geben, um wenigstens die Lage des geheimen Arbeitsraums des cleveren Meisters Nevenskoi herauszufinden. Das dürfte es gewesen sein, Bevollmächtigter Unterminister. Zufrieden?«

»Dass Sie Ihre Lektionen auswendig gelernt haben? Ziemlich.« Vo Rouvignac musterte ihr perfekt geschminktes Gesicht. »Aber Auswendiglernen ist nicht der Schlüssel zum Erfolg. Noch reine Entschlossenheit, auch wenn sie hilfreich ist. Gestatten Sie mir die Bemerkung, dass der Widerwillen, die Anspannung und die Ablehnung, die Sie im Augenblick in beinahe mit Händen zu greifenden Wellen ausstrahlen, kaum geeignet sein dürften, Seiner Majestät Gunst zu erringen.«

»Mit Händen zu greifen?«

»Ich versichere es Ihnen.«

»Nun, keine Angst. Wenn ich dem König von Angesicht zu Angesicht gegenüberstehe, wird sich schon alles eingerenkt haben.«

»Das bezweifle ich. Seiner Majestät Empfänglichkeit für weibliche Schönheit ist sprichwörtlich, aber dennoch mangelt es ihm nicht völlig an Wahrnehmungsvermögen. Es wäre von daher möglich, dass Sie sich eher mit Ihrer Aufgabe versöhnen ließen, wenn Sie kurz innehielten, um sich ins Gedächtnis zu rufen, warum genau Sie sie in Angriff genommen haben.«

Freiheit, dachte Luzelle. *Reichtum, Ruhm, Erfolg, Unabhängigkeit.*

»Persönliche Gründe, egoistische Gründe«, antwortete sie bedächtig. Nach einem kurzen Moment fügte sie hinzu: »Die ganze Zeit habe ich an nichts anderes gedacht, als das Rennen zu gewinnen. Ich habe nie bedacht, was folgen muss, habe nie innegehalten, um mich daran zu erinnern, was Sie bei unserer ersten Begegnung so deutlich dargelegt haben – dass Sie und das Ministerium meinen Erfolg lediglich als ein Mittel zum Zweck betrachten. Ich weiß es, habe es aber stets geschafft, es zu verdrängen. Und nun treibt der Schuldner seine Rückstände ein.«

»So ist es. Doch wenn Sie sich an jenen Tag in Sherreen erinnern, wird Ihnen gewiss einfallen, dass ich Ihnen von der grewzischen Bedrohung Vonahrs erzählt habe. Sie sprechen von einer Schuld, die eingetrieben wird? Vonahrs lang zurückliegende Schuld aus wissentlicher Ignoranz, politischen Fehlurteilen und Verschleppung wird nun mit Zins und Zinseszins fällig. Sind Sie sich bewusst, dass wir im Begriff stehen, die Eulence-Provinz an Haereste abzutreten?«

»Ich habe gelesen, dass der Präsident und der Kongress über die Angelegenheit beraten.«

»Da gibt es wenig zu beraten. Die grewzischen Truppen stehen bereits an der Grenze. Wir sind außerstande, ihnen Widerstand zu leisten, wir verfügen dazu weder über die Truppenstärke noch über die nötigen Waffen. Die Unterwerfung unter die haerestische Forderung erkauft uns einen kleinen Aufschub. Es wird allerdings nicht lange – nicht mehr als bestenfalls ein paar Wochen, voraussichtlich weniger – bis zu einem weiteren Zugeständnis, einer weiteren Erpressung oder einer weiteren Tributforderung dauern, einer so exorbitanten, dass wir uns tatsächlich außerstande sehen werden, ihr nachzukommen. Diese Weigerung werden die Grewzier dann zum Vorwand nehmen, ihre Invasion zu starten, und das ist dann das Ende. Sie sind durch zahlreiche Nationen gereist, die derzeit unter der Knute des Imperiums stehen. Welche Eindrücke haben Sie gesammelt?«

»Ich habe mehr gesehen, als mir lieb war. Ich habe schreckliche Dinge gesehen«, gab sie widerwillig zu. »Ich wünschte, ich könnte einige von ihnen vergessen, aber ich es werde es wohl nie.«

»Bald werden sich diese Szenen, die Sie lieber vergessen möchten, in Sherreen und in den Provinzhauptstädten und in ganz Vonahr wiederholen. Die Brutalität, auf die Sie im Vorbeifahren ein paar kurze Blicke geworfen haben, wird unser täglich Brot werden. Das Imperium wird sich ausdehnen, bis es keinen Ort auf der Welt mehr geben wird, an dem man sich verstecken könnte.«

»Ich weiß.«

»Sie wissen es, aber Sie erlauben sich nicht darüber nachzudenken, genau wie Vonahr die letzten fünfzehn – oder vielleicht zwanzig – Jahre nicht darüber nachdenken wollte, wenn Sie die längerfristige Perspektive vorziehen. Doch ich bitte Sie, jetzt darüber nachzudenken. Ich bitte Sie ebenfalls, darüber nachzudenken, was Sie tun können, um diese Aussichten zu ändern.«

»Sie haben sich unmissverständlich ausgedrückt, Bevollmächtigter Unterminister.«

»Sollten Sie heute Nacht bei dem hetzischen König Erfolg haben, sind Sie in einer Position, um etwas zu bewirken, vielleicht etwas Entscheidendes. Glauben Sie mir das?«

»Ich weiß, dass es nicht unmöglich ist. Aber auch nicht wahrscheinlich.«

»Vergessen Sie die Wahrscheinlichkeit, sie bedeutet nichts. Sie haben alle Hindernisse überwunden, um die Große Ellipse zu gewinnen. Das war unwahrscheinlich. Ebenso werden Sie den Widerstand des Königs überwinden, um heute Nacht das Fühlende Feuer für Vonahr zu gewinnen, wenn Sie es nur wollen. Ich bezweifle nicht, dass Sie dazu fähig sind. Die eigentliche Frage ist, ob Sie dazu willens sind?«

»Ja.« Sie begegnete seinem Blick. »Sie haben mir in Erinnerung gerufen, wie viel auf dem Spiel steht, und ich werde das nicht noch einmal vergessen. Ich verspreche, mein Bestes zu geben. Ich werde alles tun, was ich kann.«

»Mehr kann ich nicht erhoffen. Bewahren Sie sich diese Entschlossenheit, und Sie werden triumphieren.«

Vo Rouvignacs Überredungskünste waren auch nicht von schlechten Eltern. In diesem Moment glaubte sie ihm voll und ganz.

Es klopfte an der Tür, und die Zofe öffnete. Kurz darauf betrat sie den Salon, um die Ankunft der königlichen Kutsche anzukündigen, geschickt, um die Siegerin der Großen Ellipse zu dem Empfang zu bringen.

»Darf ich Sie zu Ihrer Kutsche begleiten, Miss Devaire?«

»Sollte ich mich denn in der Begleitung eines Vertreters des Ministeriums zeigen?«

Er bot ihr seinen Arm. Sie nahm ihn, sie verließen die Suite und schritten über den Flur zu der mit einem roten Teppich ausgelegten Treppe, da sie nicht das Risiko eingehen wollte, sich ihr Gewand in dem beliebten Aufzug zu ruinieren.

Auf halber Treppe bemerkte er: »Das hätte ich fast vergessen. Sie haben mich vor ein paar Tagen nach Neuigkeiten über Mesq'r Zavune gefragt, und ich habe einige erhalten. Er ist wieder genesen, bleibt aber in UlFoudh; er ist offenbar nicht daran interessiert, den Parcours der Großen Ellipse zu vollenden.«

»Es wundert mich, dass er dann nicht sofort wieder nach Hause fährt.«

»Das Leben dort wäre für ihn höchst ungemütlich. In Aennorve erwartet ihn der Schuldturm. Seine finanziellen Verpflichtungen sind relativ gering, aber er kann ihnen nicht nachkommen, und das aennorvische Gesetz ist da unerbittlich.«

Sie nahm das schweigend zur Kenntnis, um dann leichthin zu bemerken: »Ich hätte nicht übel Lust, dem armen Burschen unter die Arme zu greifen. Besteht eine Chance, dass das Ministerium mir einen kleinen Vorschuss auf den Erlös vom Verkauf dieses hetzischen Landsitzes gewähren würde, den ich gewonnen habe?«

»Das ließe sich eventuell machen.« Er bedachte sie mit einem forschenden Blick. »Einen glücklichen Ausgang vorausgesetzt, würde der Dienst, den Sie dem Ministerium heute Nacht erweisen, dieses zu einem dankbaren Schuldner machen.«

»Bestechung, Bevollmächtigter Unterminister?«

»Motivation, Miss Devaire.«

Keiner von ihnen sagte noch etwas, während sie die Empfangshalle durchquerten und durch die Vordertür auf die Straße traten, wo ihre Kutsche wartete – eine königliche Kutsche, groß und verziert, mit dem Wappen des hetzischen Monarchen geschmückt.

Die Leute auf der Straße glotzten. Sie wusste nicht, ob sie ihnen zuwinken, lächeln oder sie einfach übersehen sollte. Sie einigte sich darauf, ein-, zweimal würdevoll zu nicken. Ein prachtvoll gewandeter Lakai half ihr in die Kutsche und schloss die Tür hinter ihr. Sie schaute aus dem Fenster und sah die unauffällige Gestalt des Bevollmächtigten Unterministers vo Rouvignac bewegungslos vor dem Hoteleingang stehen, und dann setzte die Kutsche sich in Bewegung und war fort.

Die Fahrt zum Wasserhexenpalast war alles andere als kurz, denn er stand ein gutes Stück außerhalb der

Stadtgrenzen von Toltz. Luzelle schaute zu, wie die gepflasterten, von hohen Gebäuden aus Ziegeln und Stein gesäumten Boulevards ungepflasterten Straßen und Holzhäusern wichen, welche dann ihrerseits finsteren Flächen unbewohnten Marschlandes Platz machten. Die Straße – sie wand sich durch schattige Haine mit stehenden Tümpeln, die durch Partien zunehmend sumpfigeren Bodens unterbrochen wurden – wurde zu einem Dammweg, der über ansonsten unpassierbares Gelände verlief.

Die Kutsche erreichte die erste von drei großen Zugbrücken, die den Zugang zu der abgeschiedenen Wasserhexeninsel bewachten. Dieses Bauwerk, flankiert von phantasievollen Sandsteintürmen, wirkte wie eine architektonische Spielerei, aber dennoch waren Winde und Ketten, die die Brücke heben und senken sollten, offensichtlich funktionsfähig. Die zweite Brücke ein Stückchen weiter, die sich über eine tintenschwarze Wasserfläche spannte, war ähnlich verziert, aber dennoch benutzbar. Und die dritte, die die Zufahrtstraße mit der Wasserhexeninsel selbst verband, konnte hochgezogen werden und schirmte dann das Tor in der hohen Mauer aus weißem Stein ab, die den Palast umschloss.

Diese Lage und Bauweise, die offenbar Seiner Majestät Geschmack für das Schrullige bedient, bietet tatsächlich einen ausgezeichneten Schutz. Luzelle erinnerte sich an vo Rouvignacs Beschreibung.

Seiner Majestät Geschmack für das Schrullige. Die Wasserhexe roch förmlich nach Schrullen mit ihren pittoresken Türmchen, Kuppeln und filigranen Spitzen, ihren Zinnen und Strebebogen, ihren Buntglasfenstern und sprungbereiten Wasserspeierungeheuern. Zweifellos war das Gebäude auch mit Geheimtüren in der Wandvertäfelung und Geheimgängen ausgestattet. Ganz zu schweigen von dem versteckten Arbeitsraum.

Der Kutscher fuhr vor dem gigantischen, mit einem

Rundbogen überwölbten Vordereingang vor. Ein Adjutant reichte ihr die Hand, um ihr aus der Kutsche zu helfen, und geleitete sie die paar Schritte bis zur Tür, wo sie der Obhut eines Lakaien überstellt wurde, der sie durch einen tückisch glatten Marmorkorridor zur Höhle eines sehr großen und sehr korrekten Kammerherrn brachte. Dieses hoheitsvolle Individuum führte sie durch ein Labyrinth von Gängen zu einem kleinen Audienzzimmer im ersten Stock des Gebäudes. Es redete eine Menge in fließendem, präzisem Vonahrisch. Da sie nervös und orientierungslos war, hatte sie zunächst Mühe, ihm zu folgen. Dann zwang sie sich zum Zuhören, und die Worte begannen einen Sinn zu ergeben.

Dieses kleine Audienzzimmer, fand sie heraus, war Teil der Privatgemächer von Seiner Majestät Miltzin, was die relative Bequemlichkeit der hoch gepolsterten Sitzmöbel erklären mochte. Hier würde die Siegerin der Großen Ellipse die Ehre einer kurzen Privataudienz beim König von Nieder-Hetzia erhalten, und hier würde ihr die königliche Urkunde ausgehändigt werden, die ihr jene hetzische Peerswürde übertrug, die der Siegespreis beinhaltete. Die Urkunde bedurfte noch der offiziellen Beglaubigung und eines Eintrags in die Reichschroniken, aber das war eine unbedeutende Formalität. Von diesem Abend an durfte die Siegerin der Großen Ellipse sich mit Fug und Recht als eine Baronesse von Nieder-Hetzia betrachten.

Kann man diesen Titel zu Geld machen?, fragte sie sich schamlos, aber sie hatte keine Zeit, darüber nachzudenken, denn der Kammerherr erteilte ihr noch immer Verhaltensmaßregeln.

Nach Abschluss der Privataudienz, erfuhr sie, würde sie Seine Majestät eine kleine Privattreppe hinunter begleiten, die das Audienzzimmer mit der Langen Galerie verband, wo die Gäste sich bereits versammelt hatten. Dort würde sie Ihrer Königlichen Hoheit Königin Ingarde vorgestellt werden –

Königin. Komisch, wie leicht man vergaß, dass König Miltzin eine Königin hatte.

Sodann würde sie während der nun folgenden Vorstellungen – welche hauptsächlich denjenigen Teilnehmern der Großen Ellipse galt, die den Parcours nach ihr erfolgreich abgeschlossen hatten – einen Ehrenplatz zur Rechten unmittelbar unterhalb des Thronpodests Ihrer Majestäten einnehmen.

Girays. Karsler. Hay-Frinl, der blaublütige Kyrendter mit dem Stottern. Der strellianische Arzt Dr. Phineska. Ihr war nicht einmal klar gewesen, dass die beiden Letzteren überhaupt noch im Rennen geblieben waren, doch sie waren im Abstand von zwei Tagen zu Beginn dieser Woche ins Rathaus gezottelt gekommen. Danach freilich niemand mehr. Alle anderen waren ausgeschieden, reiseunfähig, vermisst oder tot.

Der Kammerherr redete noch immer. Er sagte dies und das über den Empfang, aber es gab nichts, was ihr gleichgültiger gewesen wäre als dieser Empfang. Ihre Gedanken kreisten fieberhaft um die Privataudienz, die ihm vorausgehen würde.

Seine Majestät Miltzin würde in Kürze erscheinen, erklärte der Kammerherr. Die Wasserhexe und all ihre Bewohner entböten derweil der Siegerin der Großen Ellipse ihre herzlichsten Glückwünsche.

Unter Verbeugungen zog er sich zurück. Sie war allein.

Sie setzte sich auf eine damastbezogene Couch und wartete. Die Minuten zogen sich dahin. Seine Majestät erschien nicht. Ihre Finger begannen zu zucken. Sie erhob sich und ging rastlos in dem Gemach auf und ab, während ihre kurze Schleppe über den Teppich schleifte. Als sie an einem Fenster anhielt, das offen stand, um die lauen Sommerbrisen hereinzulassen, bekam sie Musikfetzen mit, die vermutlich aus der Langen Galerie herüberwehten, wo der Empfang bereits im Gange war. *Girays.* Mittlerweile war er möglicherweise schon da, und sie wünschte ihn hundert Meilen weit weg. Sie war ihm die ganze Woche über ausgewichen, und obwohl sie ihm bei verschiedenen gesellschaftlichen Veranstaltungen begegnet war, hatte sie es erfolgreich vermieden, ihm allein gegenüberzutreten. Außer diesem ersten Mal.

Binnen Stunden nach seinem Eintreffen in Toltz hatte er an ihre Tür im Königskopfhotel geklopft, und ihn dort gesund und munter stehen zu sehen hatte sie mit solch freudiger Erleichterung erfüllt, dass sie nur mit Mühe dem Drang widerstanden hatte, ihm um den Hals zu fallen. Er hatte sie gebeten, mit ihm zu Abend zu essen, wozu sie sich gerne bereit erklärt hatte. Sie waren hinunter ins Hotelrestaurant gegangen, hatten bestellt und hatten sich dann, als sie einander an dem kleinen Tisch gegenübersaßen, ernsthaft zu unterhalten begonnen. Er hatte seine Genesung von den Folgen der vergifteten Aale in Wolktretz beschrieben, seine darauffolgende Reise nach Süden, die Begegnung mit Karsler Stornzof im Gasthof zu den Drei Bettlern, ihren gleichzeitigen Zieleinlauf im Rathaus von Toltz und den Münzwurf, der Karsler das Recht gab, den zweiten Platz auf der Großen Ellipse zu beanspruchen, während Girays sich mit einem äußerst knappen dritten Rang begnügte. Eine Zeit lang war die Unterhaltung fröhlich und spontan verlaufen, doch schon bald war Luzelle sich eines wachsenden Gefühls von Befangenheit bewusst geworden, dessen Ursache nur allzu klar war. Seine Erzählung hatte unvermeidlicherweise Erinnerungen an ihren Abschied im Bahnhof von Wolktretz heraufbeschworen. »Ich liebe dich«, war es unbedacht aus ihr herausgeplatzt, einen Moment, bevor sie zu dem Zug in Richtung Süden gerannt war. Sie hatte es nicht vergessen, und er auch nicht – sein Ausdruck gezügelter Erwartung hatte ihr genug gesagt –, aber sie hatte feststellen müssen, dass ihre Zunge wie angewachsen war, dass sie außerstande war, seine unausgesprochenen Fragen auch nur zur Kenntnis zu nehmen, geschweige denn zu beantworten.

Sie hatte ihm unverbindliche Banalitäten über den Tisch hinweg zugeworfen, während sie zusah, wie seine Augen und seine Stimmung sich verfinsterten. Sie hatte äonenlang weitergeplappert, bevor er ihr schließlich in die Augen gesehen und ruhig bemerkt hatte: »Sie fühlen sich unwohl, aber dazu besteht kein Anlass.«

Sie hatte gar nicht erst versucht es abzustreiten. Er hätte gewusst, dass sie log.

»Es scheint, als hätte ich Sie im Bahnhof von Wolktretz missverstanden«, hatte er fortgesetzt. »Der Irrtum lag auf meiner Seite, aber ich werde ihn jetzt nicht noch verschlimmern. Sie haben nicht zu befürchten, dass ich Sie mit Aufmerksamkeiten belästigen werde, die, wie ich sehe, unerwünscht wären. So, fühlen Sie sich jetzt besser?«

»Nein.« Sie hatte ohne nachzudenken und ohne zu zögern geantwortet. »Sie haben mich nicht missverstanden, und Ihre Aufmerksamkeiten sind mir alles andere als lästig. Aber es tut mir Leid, ich *kann jetzt nicht darüber sprechen.*« Und dann war sie aufgestanden und war ohne einen Blick zurück aus dem Restaurant geeilt.

Und seit jenem Tag hatte sie keinen einzigen Moment mehr mit ihm allein verbracht. Es hatte ihn verwirrt und enttäuscht, dass sie sich ihm so entzog, das hatte sie mehr als einmal in seinen Augen gelesen, aber sie konnte es nicht ändern. Wenn sie mit ihm geredet hätte, wenn sich zwischen ihnen igendetwas Entscheidendes abgespielt hätte, dann wäre sie nie und nimmer imstande gewesen, die Aufgabe des heutigen Abends in Angriff zu nehmen; sie hätte überhaupt nicht in den Wasserhexenpalast kommen können. Sollte er ihre Absichten auch nur ansatzweise erraten –

Aber natürlich argwöhnte er etwas. Zum ersten Mal ließ sie diese Erkenntnis zu. Er wusste, dass das Ministerium sie für das Rennen angeworben hatte, und den Rest musste er sich, wie wenig vo Rouvignac ihm auch mitgeteilt haben mochte, zusammengereimt haben. Er konnte nicht wissen, wie weit sie gehen würde, um ihre Mission zu erfüllen, aber er musste einen starken Verdacht hegen.

Stirnrunzelnd wandte sie sich vom Fenster und der Musik weg. Immer noch kein Anzeichen von Miltzin. Sie wünschte, er würde sich beeilen. Sie wollte loslegen, bevor ihr Nervenkostüm und ihre Entschlossenheit ins Wanken gerieten.

Der König tat ihr den Gefallen nicht. Luzelle kehrte zu der Couch zurück, wo sie Platz nahm und sich anschickte, noch ein wenig länger zu warten.

Die Lange Galerie war zum Bersten voll, die Hitze erdrückend. Zu viele Kerzen für eine Sommernacht, zu viele Leiber, in förmliche Abendkleidung gezwängt und viel zu eng zusammengepfercht. Zu viel Krach, zu viel geistloses Geschwätz, das irgendeine einigermaßen dezente Musik übertönte. Girays v'Alisante spähte zum nächsten Fenster hinüber, das weit offen stand. Könnte er es doch nur erreichen, dann bekäme er ein wenig frische Luft und könnte einen Blick auf die Gärten unten werfen. Aber der Weg wurde von einem Paar gewichtiger, juwelenbehangener hetzischer Matronen versperrt, die ganz erpicht darauf waren, den zu Besuch weilenden Vonahrier nach Anekdoten über die Große Ellipse auszuquetschen.

»Giftschlangen und Krokodile in Aveshq?«, fragte eine der Frauen. »Es ist also wirklich wahr? Hatten Sie *Angst,* oder haben Sie sich einfach nur *geekelt*?«

»Und was genau *ist* eigentlich ein ›Stille-Gefährte‹?«, wollte ihre Begleiterin wissen.

Kein Entkommen vor dem Verhör. Girays antwortete mit höflicher Ausführlichkeit. Er hatte die Geschichten im Verlauf der Woche oft genug zum Besten gegeben, so dass er sie fast im Schlaf rezitieren konnte. Beim Sprechen begaben seine Blicke sich diskret auf Wanderschaft. Er sah hier und da bekannte Gesichter, ein Heer von Fremden und einen Regenbogenschimmer von Edelsteinen und Seide.

Aber nirgendwo entdeckte er Luzelle Devaire.

Sie war der Ehrengast. Vielleicht hatte sie ein dramatisch vespätetes Eintreffen geplant, einen großen Auftritt; sah ihr nicht ähnlich, war aber unter diesen Umständen nicht völlig ausgeschlossen. Oder ihre Audienz beim König von Nieder-Hetzia war vor ihren Auftritt bei dem Empfang gelegt worden. In diesem Fall wäre sie jetzt vermutlich mit Meisen-Miltzin zusammen, würde argumentieren und bitten und vonahrische Millionen für jenes Geheimnis des Fühlenden Feuers bieten, das vo Rouvignac beschrieben hatte.

Und was war sie darüber hinaus zu bieten bereit?

Es war nicht an ihm, das zu be- oder verurteilen. Ihre Beweggründe waren patriotisch. Wie es auch immer ausgehen mochte, sie verdiente Vertrauen. Seine Vernunft war bereit, so viel zuzugeben, aber Vernunft war nicht alles.

Luzelle und Miltzin IX. in diesem Augenblick. Die Bilder begannen ihm durch den Kopf zu ziehen, aber er würde die Fassung verlieren, wenn er sich gestattete, sie anzusehen. Er schloss seine aveshquische Geschichte ab, und seine Zuhörerinnen verlangten lauthals applaudierend nach mehr. Ein paar wohlgesetzte Worte entführten sie in die Wälder von Oorex und das Dorf der Gesegneten Stammesleute. Er redete weiter, und die anstößigen Bilder verblassten ein bisschen. Er gestattete sich hin und wieder einen raschen suchenden Blick durch den großen Saal und stieß auf etwas, das vorübergehend alle Gedanken an Luzelles königliche Audienz verscheuchte.

Auf der entgegengesetzten Seite des Raums stand eine stämmige, kurzhaarige Gestalt, gekleidet in die schwarz-graue Livree, die er als die des Hauses Stornzof erkannte. Karsler Stornzofs stocksteifer Großlandsmann-Onkel war etwa eine halbe Stunde zuvor eingetroffen, begleitet von eben so einer Gestalt in Livree. Indes nicht *dieser* Gestalt in Livree. Der Diener, der in respektvollem Abstand hinter Torvid Stornzof gegangen war, war von mittlerer Größe, hager und schmalgesichtig gewesen. Girays suchte die Galerie mit Blicken ab und entdeckte prompt einen weiteren herumlungernden Stornzof-Gefolgsmann, diesmal kräftig gebaut und rothaarig. Merkwürdig. Die meisten, wenn nicht alle der anwesenden Gäste hatten ihre Diener mitgebracht; Kutscher, Lakaien und Ähnliches. Aber diese Dienstboten warteten draußen in den Ställen oder unten in der Küche, wo sie hin gehörten. Sie hingen nicht mit ihren Herren in der Galerie herum. Und Großlandsmann Torvid schien kaum der Mann zu sein, seinem Gesinde ungewöhnliche Freiheiten zu erlauben.

Die Anekdote endete. Girays bewerkstelligte seine Flucht und stellte sich an das offene Fenster, um von dort sein Ausspähen der Großen Galerie wieder aufzunehmen. Er entdeckte drei Schwarz-Graue in der Menge, und sie schien mehr zu verbinden als identische Livreen; alle drei hatten eine gewisse Ruhe gemeinsam, die an eine gespannte Feder erinnerte, und alle drei Gesichter, so verschieden sie vom Typus her auch waren, glichen sich in ihrer wachsamen Härte. Sie sahen weniger wie Dienstboten als wie Soldaten aus. Eine leise Alarmglocke begann in seinem Kopf zu läuten.

Er nahm ein Champagnerglas von einem vorbeikommenden Kellner entgegen, nippte nachdenklich daran und ließ seine Blicke umherschweifen. Bald machte er Karsler Stornzof aus; nicht schwer zu finden bei seiner Größe, seinem hellen Haar und seiner Uniform. Stornzof war wie üblich von einer Traube schöner Frauen umgeben, die unverfroren um seine Aufmerksamkeit buhlten. So ging das schon die ganze Woche über, auf jeder Party und jedem Empfang. Sie umschwärmten ihn wie aufdringliche Schmetterlinge, folgten ihm überallhin, sodass er sich nur noch in farbenprächtigen Wolken von Frauen bewegte. Heute Abend waren es nur noch mehr als gewöhnlich, der Anblick an sich war keine Ausnahme.

Oder vielleicht doch.

Während Girays weiter beobachtete, erzwang sich Großlandsmann Torvid einen Durchgang durch die Reihen der Jägerinnen an die Seite seines Neffen. Der jüngere Mann sah sich rasch um, und Girays bekam einen überaus flüchtigen, aber aufschlussreichen Ausdruck starken Widerwillens mit, möglicherweise gepaart mit einer gewissen Wut, bevor Stornzofs Gesicht wieder seine gewohnte Gelassenheit annahm.

Karsler Stornzof fühlte einen leisen Druck an seinem Arm und sah sich rasch um. Er stand Großlandsmann Torvid gegenüber. Während er eine starke Aufwallung von Abneigung unterdrückte, blickte er seinem Onkel ausdruckslos ins Gesicht.

»Auf ein Wort, wenn ich darf«, verlangte Torvid.

Karsler schüttelte den Kopf. »Ich hege kein Verlangen, unseren Streit von neuem aufleben zu lassen, Großlandsmann.«

»Pah, es ist Zeit, diese törichten Querelen zu beenden. Wir sind aus einem Haus, das lässt sich nicht ändern, und keiner von uns wird das vergessen können. Hast du jegliches Pflichtgefühl verloren, oder willst du dem Haupt deines Hauses ein kurzes Gespräch bewilligen?«

Karsler neigte kaum merklich den Kopf.

»Unter vier Augen also.«

Die beiden verließen gemeinsam die Lange Galerie. Keinem von beiden fiel auf, dass Girays v'Alisante ihnen unauffällig folgte.

Torvid ging durch den Korridor voran zu einem leeren Vorzimmer. Sie traten ein, und er schloss die Tür, verriegelte sie und griff dann in seine Tasche, um sein Zigarettenetui herauszuholen. Er nahm sich eine schwarze Zigarette, steckte sie an und machte einen tiefen Zug, bevor er zufrieden feststellte: »So, schon besser.« Er erhielt keine Antwort, und so fuhr er fort: »Nun gut, Neffe. Ich bin froh, dass du bereit bist, unsere Differenzen heute Nacht beizulegen, da dies für einige Zeit die letzte Gelegenheit dazu sein wird. Morgen kehre ich in meine Heimat zurück.«

»Ich wünsche Ihnen eine gute Reise.«

»Und du? Ich vermute doch, deine Tage des Müßiggangs neigen sich ihrem Ende entgegen?«

»Korrekt. Ich habe meine Befehle erhalten und werde morgen früh an die rhazaullische Front gehen.«

»Kein beneidenswerter Standort.«

Karsler zuckte die Achseln.

»Es scheint, als seist du bei deinen Vorgesetzten in Ungnade gefallen. Das überrascht kaum angesichts deiner jüngsten, höchst öffentlichen Niederlage durch eine Frau. Kein Zweifel, dass die Absurdität der Angelegenheit den Makel des Scheiterns noch verschärft.«

»Nicht wirklich.«

»Ich bezweifle, dass deine Offizierskollegen und die Männer unter deinem Kommando dem zustimmen werden. Viele werden hohe Beträge auf deinen Sieg gesetzt haben und dich womöglich für ihre Verluste verantwortlich machen. Du wirst höchstwahrscheinlich auf Ablehnung stoßen.«

»Ich bin darauf vorbereitet.«

»Nun, fasse Mut. Ein Jahr Strafversetzung in die eisige Wildnis von Rhazaulle sollten als Buße für deine kleine Dummheit genügen, und danach wird meine Fürsprache beim Imperior dazu dienen, deine Verbannung abzukürzen.«

»Ich habe Sie nicht um Ihre Fürsprache gebeten, Großlandsmann. Und ich wünsche sie nicht.«

»Ach? Du ziehst eine längere Sühne vor? Vielleicht möchtest du aber auch nur deine Fehler in der rhazaulischen Finsternis begraben?«

»Ich wüsste von keinen bestimmten Fehlern, und genauso wenig würde ich mit Hilfe nachträglicher Einsicht die Entscheidungen umstoßen, die ich im Verlauf des Rennens getroffen habe. Falls mein Ruf gelitten hat, werde ich ihn mittels eigener Anstrengungen wiederherstellen.«

»In der Tat. Du kannst nicht wissen, wie froh ich bin, dich so sprechen zu hören.«

Karsler warf seinem Onkel einen raschen Blick zu. Das Lächeln des Großlandsmanns zeigte einen Ausdruck unerklärlicher Zustimmung. Die vermeintliche Herzlichkeit war untypisch und beunruhigend. Er wartete ab.

»Du siehst aus, als hättest du ein Bajonett verschluckt. Ich versichere dir, ich meine es so, wie ich es gesagt habe. Dein Wunsch, den vollen Glanz des Namens Stornzof wiederherzustellen, freut mich, denn die Gelegenheit, dies vor den Augen der ganzen Welt zu tun, wird sich noch in dieser Nacht bieten. Hör mir zu, und ich werde es dir erklären.«

Die Tür ging auf, und Luzelle erhob sich sogleich von der Couch. König Miltzin IX. betrat den Raum, und sie versank in einen tiefen Hofknicks. Sie riskierte einen raschen Blick zu ihm hoch und sah, dass seine vorquellenden Augen voller Aufmerksamkeit auf ihrem Ausschnitt ruhten. Sie erhob sich, und seine Augen wanderten von ihrer Brust zu ihrem Gesicht.

»Miss Devaire. Ich bin ja so froh, Ihnen endlich persönlich zu begegnen. Gestatten Sie mir, Ihnen meine wärmsten Glückwünsche zusammen mit meiner tiefsten Bewunderung auszusprechen.« Lächelnd streckte er ihr beide Hände entgegen.

Sie wusste nicht, wie sie sich jetzt verhalten sollte. In Erwartung dieses Treffens hatte sie ein wenig die niederhetzische Hofetikette studiert, aber nichts in den Büchern hatte sie auf eine solch beiläufige Spontaneität vorbereitet. Instinktiv hielt sie ihm ihre eigenen Hände hin, die sogleich ergriffen wurden. Er zog sie an sich, küsste sie herzlich auf die Wange und ließ sie wieder los. Sein Walross-Schnurrbart kitzelte, und sie unterdrückte die nervöse Regung zu kichern. Sie roch den Duft von teurem Rasierwasser und ebensolcher Pomade.

Kein übler Anfang. Sie musste einen guten Eindruck gemacht haben. »Ihre Majestät erweisen mir große Ehre«, murmelte sie.

»Unsinn, meine Liebe, Sie beehren uns mit Ihrer Anwesenheit. Wissen Sie«, fragte der König, »dass ich von dem Moment an, in dem ich Sie im Rathaus das erste Mal erblickte, sicher war, Sie würden die Siegerin sein? Am Morgen, als das Rennen begann, sah ich Sie mit dieser strahlenden Entschlossenheit dastehen, und ich wusste es einfach. Hin und wieder bin ich mit solchen blitzartigen Eingebungen gesegnet, und sie haben mich noch nie irregeführt.«

»Sire, Sie erstaunen mich«, gestand Luzelle. »Bei Beginn der Großen Ellipse stand ich inmitten der übrigen Rennteilnehmer. Ich hätte es mir nie träumen lassen, dass Ihre Majestät mich zu bemerken geruhten.«

»Ah, Sie sind sich Ihrer Macht nicht bewusst. Meine Liebe, Sie sind einfach unmöglich zu übersehen. Ich konnte es an jenem Tag nur knapp verhindern, Sie unverblümt anzustarren, aber heute Abend übersteigt ein solcher Versuch meine Kräfte.«

»Ihre Majestät sind zu gütig.« Sie schlug züchtig die Augen nieder.

»Nicht im Geringsten, ich sage nur die Wahrheit.« Miltzin pflanzte sich auf die Damastcouch. »Kommen

Sie, meine liebe Miss Devaire – ach, Hölle und Verdammnis, aber das klingt ja so abweisend, so kalt. Ich hoffe, Sie nehmen es mir nicht übel, wenn ich Sie mit Luzelle anrede. Das klingt doch schon viel herzlicher, nicht wahr?«

»Wenn es Ihrer Majestät gefällt.«

»Es gefällt mir, in der Tat. Kommen Sie also, meine liebe Luzelle – setzen Sie sich neben mich. Lassen Sie uns reden, lassen Sie uns einander kennen lernen.«

Sie wählte ihren Platz mit Bedacht: nicht zu nah, um schamlos zu wirken, nicht zu weit weg, um vollkommen unzugänglich zu erscheinen.

»Champagner?«

»Danke, Sire.«

Auf dem Tischchen vor der Couch standen ein großer silberner Weinkühler mit zwei geeisten Flaschen, zwei langstielige Flötengläser und ein kunstvoll mit Stempel und Siegel versehenes Dokument. Miltzin IX. füllte die Gläser, reichte Luzelle das eine und brachte einen galanten Toast aus: »Auf den Sieg!«

Wessen?, fragte sie sich. Glas klirrte gegen Glas, und sie nahm einen kleinen, vorsichtigen Schluck. Nicht der rechte Zeitpunkt, sich den Verstand zu benebeln.

»Ach ja. Bevor ich es vergesse.« Er nahm das Dokument vom Tisch und überreichte es ihr. »Da, meine Liebe. Der Adelsbrief, die Beute des Eroberers. Der Eroberin? Ich bekomme es nicht hin. Es genügt wohl, wenn ich sage, dass es niemanden gibt, den ich mit größerer Freude als Peeress von Nieder-Hetzia begrüßen würde.«

»Ich danke Ihnen. Es ist eine so großartige Belohnung, weit mehr, als ich verdiene. Sire, ich bin überwältigt.« Sie überflog das Dokument, das in Hetzisch verfasst war, eine Sprache, die sie nur unvollkommen beherrschte und die durch die geschraubten juristischen Wendungen zusätzlich kompliziert wurde. Der königliche Stempel und das königliche Siegel waren kunstvoll authentisch. Alles in allem ein beeindruckendes Stück Pergament, aber was genau sollte sie damit den restlichen Abend über anfangen?

»Wie gedankenlos von mir.« Miltzin bemerkte offenbar ihr Dilemma. »Dies wird morgen früh in Ihr Hotel überstellt werden.«

»Ihre Majestät sind so aufmerksam wie großzügig. Meine Dankbarkeit kennt keine Grenzen.« Sie lächelte ihr schönstes Lächeln und fragte sich, wie sie das Gespräch auf das Fühlende Feuer lenken sollte.

König Miltzin gab ihr unwissentlich Schützenhilfe. Während er sein leeres Glas nachfüllte, bedrängte er sie voller Begeisterung: »Und jetzt, meine ausgesprochen liebe Baronesse Luzelle, müssen Sie mir die Geschichte ihrer Großen Ellipse-Abenteuer erzählen. Aus zweiter Hand habe ich einige Ihrer Geschichten mitbekommen, und sie sind umwerfend. Doch nun möchte ich die wahre und unverfälschte Version hören, direkt von den reizenden Lippen der Siegerin persönlich.«

Gott sei Dank, er machte es ihr leicht.

»Sire, ich will versuchen, Sie nicht zu langweilen.« Sie überlegte kurz, um dann zu beginnen: »Vielleicht ist es am besten, im besetzten Lanthi Ume anzufangen, wo der lokale Widerstand weiterhin gegen die Truppen des Imperiums kämpft. Just zu dem Zeitpunkt, als ich dort eintraf, waren die Grewzier damit beschäftigt, einen prominenten, beliebten lanthianischen Bürger hinzurichten – einen älteren Herrn, der böse zusammengeschlagen, mit Eisenketten beladen und anschließend durch eine Öffnung im Pier gelassen wurde, um unter den Augen seiner Landsleute ertränkt zu –«

»Das haben Sie wirklich mit eigenen Augen gesehen?«

»Das habe ich.«

»Wie bedrückend!«

»Es kommt noch schlimmer. Das Spektakel der Ermordung des alten Herrn«, nahm Luzelle den Faden ihrer Erzählung wieder auf, »brachte die Zuschauer auf, und es kam zu einem öffentlichen Aufschrei, auf den die Grewzier reagierten, indem sie wahllos in eine Menge unbewaffneter Zivilisten feuerten. Ich selbst befand mich in dieser Menge. Die Kugeln pfiffen so dicht an mir vorbei, dass ich schon meinte, getroffen zu sein. Ein Junge, kaum mehr als ein Kind, der keine Armlänge von mir entfernt stand, wurde glatt getötet.«

»Bei Gott, was für ein Ereignis!«

»Die Lanthianer fielen zu Dutzenden, und noch als sie vom Pier flohen, mähten die Grewzier sie weiter mit ihren Gewehrsalven nieder.«

»Unnötig. Absolut unnötig.«

»Zu diesem Schluss gelangte ich auch, Sire. Später an diesem Tag«, fuhr Luzelle fort, »nahmen mehrere Mitglieder jener uralten lanthianischen Gelehrtengesellschaft mit mir Kontakt auf, die unter dem Namen der Erwählten bekannt ist. Sie boten mir ihre Hilfe in Form eines arkanen Transportmittels an, eines magischen Glases der Übertragung –«

»Wundervoll!«

»Doch in dem Augenblick, in dem die Gelehrten mich und mehrere andere aus der Stadt Lanthi Ume beförderten, stürmten grewzische Soldaten den geheimen Versammlungsraum und eröffneten das Feuer. Ich glaube nicht, dass einer der Lanthianer überlebt hat.«

»Was für eine gewissenlose Verschwendung von Talent. Diese Grewzier laufen Amok. Ich frage mich, ob Vetter Ogron davon weiß?«

»Sire, ich habe kaum begonnen, Ihnen zu berichten, was ich alles gesehen habe.« Luzelle redete weiter. Sie erzählte von den Eingeborenen in Xoxo, gefoltert von den Grewziern, und von dem furchtbaren Machtmissbrauch in Jumo Statt. Sie beschrieb das Massaker und die grewzischen Grausamkeiten, deren Zeuge sie in Rhazaulle geworden war, die hässlichen Zwischenfälle in den Mittel-Herzogtümern, und zu guter Letzt lieferte sie einen aufputschenden Bericht über die grewzische Barbarei gegen unschuldige Zivilisten in Ober-Hetzia, nur wenige Meilen von Seiner Majestät Grenzen entfernt.

Des Königs Grashüpferaugen rundeten sich beim Zuhören. Er saß recht still da, das Champagnerglas unbeachtet vor sich auf dem Tisch. Sie hatte sein Interesse definitiv geweckt; ja, er wirkte nahezu gebannt.

Ihre Erzählung kam zum Abschluss. Sie hatte die Grewzier in den hässlichsten Farben gemalt, die ihr Wortschatz enthielt, und, wie sie hoffte, den König dazu gebracht, die Vorgänge mit ihren Augen zu sehen. Sie musterte ihn. Sein Ausdruck ließ sich nicht so leicht lesen. Sie kam zu dem Ergebnis, dass er wie gelähmt wirkte.

»Außerordentlich«, räumte Miltzin in gedämpftem Tonfall ein.

Sie hatte ihn bewegt. Zeit, diesen Vorteil auszunutzen.

»Sire, diese grewzischen Barbaren haben sich ganz der Eroberung und der Errichtung eines Weltreichs verschrieben, daraus machen sie keinen Hehl. Sie werden die zivilisierte Welt überrennen«, versuchte sie es. »Wir alle sind ihre Opfer, es gibt keine Ausnahmen. Nieder-Hetzia selbst ist in Gefahr.«

»Das ist schwer zu glauben.«

»Aber wahr. Ihre Majestät muss mir glauben. Sie werden uns alle unterwerfen, es sei denn, ihnen wird mit Gewalt Einhalt geboten.« Sie ließ ihn kurz darüber nachdenken, um dann ruhig vorzuschlagen: »Man geht allgemein davon aus, dass der König von Nieder-Hetzia das Werkzeug unserer aller Rettung in seinen Händen hält.« Er erwiderte nichts, und sie setzte behutsam nach: »Die Neuigkeiten über Ihrer Majestät wundersamen Besitz – das Fühlende Feuer – haben sich überall verbreitet.«

»Sie erstaunen mich.«

»Sire, ich dachte, Sie wüssten es. Die Hoffnungen bedrohter Nationen nah und fern – mein eigenes Vaterland Vonahr eingeschlossen – ruhen auf der Nieder-Hetz. Ihre Majestät hat die Macht, uns alle zu retten. Ich bete darum, dass Sie sich dazu entscheiden, diese Macht einzusetzen.«

»Bemerkenswert. Wirklich bemerkenswert. Welche Beredsamkeit. Welches Feuer. Welche Kenntnisse von der Welt. Welch überwältigende Schönheit. Und die Orte, an denen Sie gewesen sind, die Vorfälle, deren Zeuge Sie geworden sind, die Gefahren, die Sie bestanden haben! Wie intensiv Sie *gelebt* haben!« Miltzins Augen glühten. Er umfasste ihre Hand mit seinen beiden Händen. »Eine Frau wie Sie gibt es ganz selten, Sie sind die Verkörperung des Abenteuers! Ich glaube nicht, dass ich jemals Ihresgleichen begegnet bin. Um die Wahrheit zu sagen, ich habe vom ersten Augenblick an gespürt, als unsere Blicke sich berührten und verschmolzen, dass zwischen uns beiden eine Verbindung existiert, zwischen unseren Seelen, und nun, da wir tatsächlich miteinander sprechen, verstärkt dieses Gefühl sich zur Gewissheit. Sie empfinden auch so, nicht wahr? Ich weiß, dass es so ist, Sie *müssen*!«

»Sire, was ich empfinde, ist Hoffnung und Vertrauen in Ihre Menschlichkeit, Ihre Intelligenz und Großzügigkeit –«

»Ach, es ist ja so einfach, großzügig zu Ihnen zu sein, Luzelle! Ich vergehe vor Verlangen, Sie mit Zuneigung zu überschütten. Ich muss gestehen, noch nie war ich so hoffnungslos hingerissen!«

»Majestät, wenn dem so ist, wollen Sie mir dann meinen größten Wunsch erfüllen?«

»Nennen Sie ihn!«

»Verkaufen Sie das Geheimnis des Fühlenden Feuers an Vonahr. Bereichern Sie Ihren Staatsschatz und gewähren Sie meinem Land das Mittel zu seiner Verteidigung. Wenn Sie das tun, gehört Ihnen meine grenzenlose Dankbarkeit.«

»Aber sehen Sie, meine Liebe, die Nieder-Hetz ist neutral. Immer. Und außerdem, wie könnte ich in solch einem Augenblick an Verkäufe, Geheimnisse und Kriegsführung denken? Sie berauschen mich!« Mit diesen Worten zog Miltzin IX. sie an sich und presste leidenschaftlich seine Lippen auf ihre.

Luzelle unterdrückte den Impuls, ihn heftig wegzustoßen. Sie konnte es sich kaum leisten, den König von Nieder-Hetzia zu brüskieren. Sie konnte es sich nicht einmal leisten, ihn zu enttäuschen. Und ehrlich, der Mann war gar nicht *so* übel. Er war weder grob noch brutal, und er stank nicht. Er war nicht einmal ansatzweise so abstoßend wie die Soldaten in der Bahnstation von Glozh oder die Nachtwache in Jumo Statt. Er hatte nichts an sich, was sie absolut unerträglich gefunden hätte. Ihr wurde bewusst, dass sie starr wie ein Leichnam da saß, und sie lockerte vorsichtig ihre Muskeln. Miltzin fasste das als Ermutigung auf; er ließ seine Leidenschaft glutvoller werden und seine Hände auf Wanderschaft gehen.

Instinktiv wich sie vor ihm zurück, wandte das Gesicht ab und griff nach ihrem Glas, um die Zurückweisung zu kaschieren. Ein paar kleine Schlucke verschafften ihr eine kurze Atempause.

»Sie sind ungestüm, Sire«, schalt sie ihn sanft.

»Das ist unvermeidlich, meine Liebe. Sie sind das aufregendste Geschöpf unter der Sonne. Und die süße Inbrunst Ihrer Reaktion sagt mir, dass unsere Gefühle auf Gegenseitigkeit beruhen, wie ich es von Anfang an wusste.«

»Die Bewunderung eines Königs ist so anregend wie der beste Champagner, und dennoch« – sie senkte den

Kopf – »trotz aller Versuchung kann ich meine Ängste nicht vergessen und vermag sie nicht zu ignorieren.«

»Bei Gott, Sie haben doch nicht etwa vor *mir* Angst?«

»Niemals, Sire. Ihre Majestät sind die Freundlichkeit und Liebenswürdigkeit in Person. Nein, ich meine, ich kann meine Angst um mein Vaterland nicht vergessen. Sie ist wie eine schwarze Wolke, die meine Gedanken überschattet, Licht und Wärme erstickt.«

»Eine junge und schöne Frau kann nicht das Leid einer ganzen Nation auf ihren köstlich runden, weißen Schultern tragen.«

»Ich bin Vonahrierin, Sire. Eine Gefahr für mein Land ist auch die meine. Solange die grewzische Bedrohung andauert, ist mein Herz von einem Eispanzer umgeben.«

»Eis?«

»Gletscher, Majestät.«

»Das ist tragisch, meine Liebe. Es ist nicht natürlich, ist nicht richtig, die tieferen Gefühle zu leugnen. Ihre spontanen Neigungen müssen sich Ausdruck verschaffen, sonst wird Ihre Gesundheit darunter leiden. Gestatten Sie mir, Sie zu trösten. Unter uns, ich verspreche, dass es mir gelingen wird, Ihr Herz zu enteisen.«

Und wieder hatte er seine Arme um sie gelegt. Seine Hände streichelten über ihren Rücken, während seine Lippen ihrem Ohrläppchen zusetzten.

Erneut unterdrückte sie den Impuls, ihn wegzustoßen.

»Sire –«, begann sie, kam jedoch nicht weiter, weil er ihren Mund mit seinem zum Verstummen brachte.

»Neffe, ich habe deine Promontorium-Ausbildung gelegentlich auf die leichte Schulter genommen, und nicht ohne Grund«, äußerte Großlandsmann Torvid. »Aber selbst ich kann ihr gewisse Vorzüge nicht absprechen. Insbesondere dieser komische Dreh von dir, die Fähigkeit, das Wirken arkaner Kräfte zu erspüren.«

Karsler Stornzof betrachtete seinen Onkel mit stetem Blick. Er sagte nichts.

»Diese Fähigkeit ist noch vorhanden?«

Karsler neigte das Haupt.

»Ausgezeichnet, denn Grewzland benötigt heute Nacht deine Dienste.« Torvid legte eine Pause ein, wartete vergeblich auf eine Frage. Kurz darauf fuhr er fort: »Dieser Wasserhexenpalast birgt einen geheimen Arbeitsraum, der von einem Günstling des hetzischen Königs bewohnt wird, einem gewissen Zauberadepten von erwiesener Begabung. Kein Zweifel, dass der Arbeitsraum vor unnatürlicher Aktivität zum Himmel stinkt. Es sollte dir ein Leichtes sein, ihn ausfindig zu machen.«

»Was wollen Sie von Nevenskoi, Großlandsmann?«

»Aha, du hast dich ein wenig informiert. Gut, das vereinfacht die Angelegenheit. Du hast von dem Fühlenden Feuer gehört, das dieser rhazaullische Adept erschaffen hat?«

»Ich habe Gerüchte gehört. Für ihren Wahrheitsgehalt kann ich mich nicht verbürgen.«

»Ich werde die Tatsachen kurz skizzieren. Das Feuer existiert wirklich und stellt die größte Kriegswaffe dar, die die Welt je gesehen hat. Das Imperium muss diese Waffe besitzen, doch der königlich-hetzische Narr weigert sich, sich davon zu trennen.«

»Sie beabsichtigen demnach, direkt mit Nevenskoi zu verhandeln?«

»Verhandeln? Ich habe nicht vor, meine Zeit damit zu vergeuden, mit irgend so einer rhazaullischen Missgeburt zu schwätzen. Hör zu, ich habe heute Nacht ein halbes Dutzend tüchtige Angehörige eines grewzischen Kommandotrupps, verkleidet als Diener und Gäste, in den Palast eingeschleust. Wenn der Arbeitsraum lokalisiert ist, werden meine Männer dorthin vorstoßen und den Adepten ergreifen, zusammen mit all den arkanen Schriften, Aufzeichnungen und Utensilien von erkennbarem Wert, die sie in die Finger bekommen. Diese Beute wird aus der Wasserhexe herausgebracht und eiligst nach Grewzland geschafft, wo dieser Nevenskoi uns das Geheimnis des Fühlenden Feuers bestimmt mitteilen wird, zusammen mit allen anderen nützlichen Kenntnissen, die er zufällig noch besitzen sollte.«

»Und dann?«

»Bedarf das der Frage? Mit einer solchen Waffe wie dem Feuer in unserer Gewalt wird Grewzland unbesiegbar. Die derzeitigen Kriege werden rasch beendigt, was Truppen und Materialien für neue Feldzüge freisetzt. Vonahr wird binnen Tagen fallen und uns den Zugang zu allen westlichen Fürstentümern mit ihren gesamten Ressourcen eröffnen. Im Osten wird die Eroberung von Aennorve unsere Vorherrschaft über das Meer von Immeen zementieren. Das Imperium wird wachsen, an Macht und Herrlichkeit gewinnen, bis zu guter Letzt die ganze Welt zu einem einzigen, ewigen Ganzen verschmilzt. Und das bedeutet das Ende all der unbedeutenden Rivalitäten zwischen den kleinen Nationen, der Eifersüchteleien und der gegenseitigen Furcht, die jeglichen Fortschritt hemmt. Es wird einen einzigen großen Staat geben, mit einer Sprache, die von allen verstanden wird, einer Rechtsordnung aus sinnvollen Gesetzen, die für alle gelten, einem vernünftigen Verhaltenskodex, der auf alle Anwendung findet, einer universalen Religion, die von all denen, die nicht ohne so etwas auskommen können, akzeptiert wird, einer Weltwährung, einem übereinstimmenden Erziehungssystem, einer weltumspannenden Philosophie – und einem grewzischen Imperior, der über alle herrscht wie ein Gott, vom Schicksal dazu bestimmt, Ordnung in das menschliche Chaos zu bringen. Du warst immer ein Idealist, Neffe. Sag nun, ist das nicht ein herrliches Ziel?«

»Ein sehr großes, Großlandsmann. Das gewiss unter seinem eigenen schwerfälligen Gewicht zusammenbrechen wird. Und vielleicht wäre das auch gut so. Die Welt ist kein großer Exerzierplatz, auf dem man alle menschlichen Wesen zwingen kann, im Gleichschritt zu marschieren.«

»Das Ausmaß des Projekts flößt dir Angst ein?«

»Weniger Angst als Widerwillen, aber darum geht es hier nicht. Tatsache ist, dass Ihr ehrgeiziges Unternehmen am Felsen der praktischen Realität zerschellen wird.«

»Die praktische Realität ist kein Felsen, sondern Lehm, den starke Männer nach ihrem Willen formen. Es dauert mich, auch wenn es mich nicht überrascht, dass dir der Mumm für wahre Größe fehlt. Glücklicherweise ist deine Zustimmung nicht erforderlich, du musst nur kooperieren. Du wirst den versteckten Arbeitsraum dieses Nevenskoi lokalisieren, und danach habe ich keinen Bedarf mehr für dich, sodass du dich gern zur rhazaullischen Front davonstehlen magst.«

»Nein.« Karsler sprach ohne besonderen Nachdruck und ohne den Tonfall zu wechseln, aber etwas, was lange in Schach gehalten worden war, hatte sich endlich befreit. Er schien jedes Wort zu genießen. »Nichts mehr davon.«

»Das ist keine Bitte.«

»Ihre Ziele sind fehlgeleitet, Ihre Methoden niederträchtig, und ich werde Ihnen nicht helfen.«

»Hast du den Verstand verloren? Als Haupt des Hauses Stornzof und im Namen des Imperiors befehle ich dir, deine Pflicht zu tun!«

»Sie haben schon vor Wochen das Recht verwirkt, mir Befehle zu erteilen, Großlandsmann. Was den Imperior betrifft, wäre er persönlich hier, würde ich ihm das antworten, was ich Ihnen geantwortet habe – an diesem jüngsten verbrecherischen Komplott will ich keinen Anteil haben.«

»Das ist Wahnsinn. Es ist unmöglich.« Torvid hatte fast ungläubig gesprochen. »Wir haben uns nie verstanden. Harsche Worte sind gefallen, der Hass war gegenseitig. Trotz alledem jedoch bist du ein Stornzof, und ich habe deine Loyalität Grewzland gegenüber nie in Frage gestellt.«

»Sie ist unverändert. Ich bleibe Grewzland treu – dem wahren Grewzland, einer Nation, die auf den Prinzipien der Ehre begründet ist, aufgebaut und zur Größe geführt von einem Volk mit viel Mut, Großzügigkeit und Anstand. Dieses wahre Grewzland existiert noch, lebt in Tausenden von Herzen und Köpfen, doch sein Äußeres ist von diesem monströsen Gebilde, das wir Imperium nennen, verzerrt worden. Ich würde mit Freuden für mein Land sterben, aber das Imperium ist nicht Grewzland. Das Imperium ist eine Seuche.«

»Soso.« Torvid sog den Rauch tief in seine Lunge ein und stieß ihn wieder aus. »Ich entsinne mich, dich in Lis Folaze einen Verräter genannt zu haben. Damals glaubte ich, den Ausdruck achtlos im Zorn zu benutzen, aber nun erkenne ich, dass die Bezeichnung zutraf. Du entehrst den Namen Stornzof, du entehrst die Uniform, die du trägst, und ich würde deine Hilfe jetzt nicht mehr annehmen, auch wenn du mich auf Knien darum anflehen würdest. Es werden sich andere Führer finden. Ich werde ohne dich reüssieren, und zum Wohle unserer Familie werde ich deine Schwäche kaschieren, aber wisse dies – von diesem Tag an betrachte ich dich nicht mehr als Mitglied meines Hauses. Und nun aus dem Weg.« Er machte Anstalten, zur Tür zu gehen.

»Einen Moment.« Karsler rührte sich nicht. »Ich kann das nicht zulassen.«

»Du *bist* wahnsinnig; du gehörst in ein Irrenhaus.«

»Sie werden Ihren Plan hier und jetzt aufgeben«, beschied ihn Karsler. »Sie werden Ihren Kommandotrupp zusammenrufen, und wir werden die Wasserhexe verlassen.«

»Oder?«, fragte der andere leise.

»Ich werde die Palastwache informieren, und Sie werden gewaltsam entfernt werden. In Anbetracht Ihres Ranges werden Sie dem Gefängnis vermutlich entgehen, aber Ihre Ausweisung wird öffentlich und schimpflich vonstatten gehen.«

»Du meinst das ernst? Du stellst dich gegen mich? Du bedrohst mich?«

»Ich werde Ihnen nicht gestatten, diese Entführung ins Werk zu setzen«

»Dann bleibt mir keine Wahl, als mich zu verteidigen.«

Einen Sekundenbruchteil zu spät hörte Karsler die tiefe Befriedigung in der Stimme seines Onkels. Eine Pistole tauchte in der Hand des Großlandsmanns auf, und er schoss. Karsler spürte etwas wie einen heftigen Schlag gegen die Brust, und ohne einen Laut stürzte er zu Boden.

Torvid Stornzof steckte die Pistole wieder in seine Tasche. Er ließ die Zigarette zu Boden fallen, trat sie sorgsam mit dem Absatz aus und verließ den Raum.

Fünfundzwanzigstes Kapitel

Als die Stornzof-Verwandten das Vorzimmer betraten, schoss Girays einen raschen Blick in beide Richtungen des leeren Korridors, folgte ihnen dann und presste das Ohr an die geschlossene Tür. Es nützte ihm nicht viel. Er konnte das Stimmengemurmel drinnen hören, doch sie unterhielten sich in schnellem Grewzisch, und überdies wurden ihre Stimmen durch die Dicke der schweren Tür gedämpft. Er konnte das eine oder andere Wort verstehen, mehr jedoch nicht. Beide Stimmen klangen ruhig und gleichmäßig. Kein Geschrei, kein offenkundiger Streit. Vermutlich nichts Wichtiges. Sein unbehagliches Gefühl von vorhin war grundlos gewesen.

Er würde wie ein Narr oder Schlimmeres dastehen, wenn ein Dienstbote ihn hier herumlungern fand. Er wandte sich von der Tür ab und begab sich zur Langen Galerie zurück, war jedoch noch keine zehn Meter gegangen, als er einen scharfen Knall wie einen Pistolenschuss oder einen Feuerwerkskracher hörte, und irgendein spontaner Instinkt ließ ihn hinter die schweren Samtvorhänge schlüpfen, die das nächste Fenster umrahmten.

Ein schmaler Schlitz zwischen Vorhang und Wand gestattete ihm einen Blick auf den Korridor. Er sah Torvid Stornzof herauskommen. Das Gesicht des Großlandsmanns war recht ausdruckslos, als er nach links und rechts schaute und dann allein fortging.

Girays wartete ungefähr eine Minute, aber Karsler Stornzof tauchte nicht auf, und ein merkwürdiges Zittern ergriff ihn. Sein Puls beschleunigte sich, als er aus seinem Versteck glitt, denselben Weg zurückging und das Vorzimmer betrat.

Karsler Stornzof lag in der Nähe der Tür. Die Vorderseite seiner grauen Uniformjacke war blutgetränkt, aber er lebte, war bei Bewusstsein und mühte sich, vom Boden hochzukommen.

»Bleiben Sie liegen.« Girays kniete sich neben den Verwundeten und sah, dass der rote Fleck sich rasch ausdehnte. Die Blutung war stark, aber es schien keine Arterie getroffen zu sein. »Zurzeit befindet sich ein strellianischer Arzt in der Langen Galerie. Ich bringe ihn sofort her. Inzwischen versuchen Sie sich nicht zu bewegen.« Als er sich aufrichten wollte, schloss sich die Hand des anderen um sein Handgelenk.

»Keine Zeit.« Stornzofs Gesicht war weiß und schmerzverzerrt, seine Stimme jedoch klang fest. »Der Großlandsmann ist hierfür verantwortlich. Halten Sie ihn auf.«

»Irgendjemand wird das schon tun. Im Augenblick ist es wichtiger, einen Arzt für Sie zu holen.«

»Sie verstehen nicht. Mein Onkel plant einen bedeutenden Coup. Er hat heute Nacht seine Kommandotrupps in den Palast eingeschleust und will mit ihrer Hilfe den Adepten des hetzischen Königs entführen, den Schöpfer des Fühlenden Feuers.«

»Ich habe davon gehört.« Girays lauschte aufmerksam.

»Er rechnete mit meiner Hilfe bei der Lokalisierung von Nevenskois geheimem Arbeitsraum. Als ich den Anschlag zu enthüllen drohte, schoss er auf mich. Aber er wird einen anderen Führer finden; bevor die Nacht endet, wird er seinen Anspruch auf diesen gewaltigen Siegespreis für das Imperium geltend machen.«

»Nein, das wird er nicht. Ich werde die Palastwache informieren, und man wird ihn daran hindern.«

»Nicht genug. Heute Nacht vereiteln Sie es. Was dann?«

»Fürs Erste wird das genügen. Sprechen Sie jetzt nicht mehr. Bleiben Sie still liegen, während ich –«

»Das werde ich nicht, und Sie wissen es. Es genügt nicht, das Imperium lediglich der neuen Waffe zu berauben. Das allein wird Vonahr oder irgendeine andere Zielnation nicht retten. Um sich zu verteidigen, muss Vonahr sich des Fühlenden Feuers bemächtigen und es einsetzen.«

Gegen das Imperium? Girays zögerte. Er zog die Möglichkeit einer Intrige in Betracht, verwarf sie aber; nicht mit Karsler Stornzof, nicht in diesem Augenblick. Verwirrung oder ein Anfall von Schwindel?

»Mein Verstand ist klar«, beantwortete Stornzof die unausgesprochene Frage. »Und ich bin noch immer ein Grewzier. Aus eben diesem Grund diene ich dem Imperium nicht länger. In den letzten Wochen habe ich sein wahres Gesicht zu deutlich gesehen.«

»Durchkreuzen Sie deshalb die Pläne des Großlandsmanns?«

»Wir haben keine Zeit, das jetzt zu klären. Helfen Sie mir auf.«

»Bleiben Sie, wo Sie sind, während ich den Arzt hole.«

»Noch nicht. So schlecht bin ich nicht dran. Mir geht es gut genug, um Sie zu diesem verborgenen Arbeitsraum zu führen. Was geschieht, wenn wir ihn erreicht haben, ist Ihre Angelegenheit. Ah, Ihr Gesicht, v'Alisante.« Stornzof gelang der Schatten eines Lächelns. »So erstaunt.«

Das war noch gelinde ausgedrückt. Girays überlegte. Wenn Stornzof ihn tatsächlich von Angesicht zu Angesicht mit diesem so schwer fassbaren Nevenskoi bringen konnte – wenn er direkt mit dem Adepten sprechen, ihn bestechen oder zur Zusammenarbeit überreden könnte –, dann konnte man diese ganze lästige Angelegenheit, Meisen-Miltzins launenhafte Zustimmung zu erlangen, umgehen. Der Adept, das wesentliche Wissen in seinem Kopf, könnte noch in dieser Nacht nach Sherreen aufbrechen. Die Gelegenheit war einzigartig und von unschätzbarem Wert.

»Glauben Sie, Sie können den Weg finden?« Girays sah nicht auf die Wunde des anderen.

»Zu einer arkanen Quelle, ja. Ich habe ein Gespür für solche Dinge.«

»Ich erinnere mich. Aber Ihre Verwundung ist ernst, und Sie sollten besser –«

»Beunruhigen Sie sich nicht. Kommen Sie, Sie können es sich nicht leisten abzulehnen.«

Er hatte Recht. Girays' Gewissen machte sich bemerkbar, aber er ignorierte es. »Hier, nehmen Sie meine Hand.«

Ungeachtet der Hilfe richtete Stornzof sich nur mit Mühe auf. Ein Keuchen zischte durch seine Kehle, und dann stand er, wenn auch schwankend, gezwungen, sich schwer auf Girays' dargebotenen Arm zu stützen.

»Es ist unten, denke ich«, sagte er. »Wir müssen einen Weg in die Untergeschosse des Gebäudes finden.«

Girays nickte. Zusammen bewältigten sie stockend den Weg heraus aus dem Vorzimmer und über den Korridor. Eine Spur roter Tröpfchen sprenkelte den Boden hinter ihnen.

Der Adlerblick des Großlandsmanns schweifte durch die Lange Galerie. Der Saal war voll von Lärm, Hitze und ausländischen Schwachköpfen. Überall fielen seine Blicke auf idiotisch vergnügte Gesichter, aber nirgends entdeckte er das eine, das er suchte. Er hatte nicht vor, wertvolle Zeit mit der Befragung möglicher Führer zu verschwenden. Seine Absicht richtete sich unverrückbar auf den einen Mann, der unzweifelhaft in der Lage sein würde, ihn zu der Beute zu führen – König Miltzin höchstpersönlich; ein kühner Handstreich, der gewiss internationale Empörung hervorrufen würde, angesichts des Einsatzes jedoch zu rechtfertigen. Sollten die Diplomaten doch ihre Hände ringen, der Erfolg würde die Billigung des Imperiors finden, und das war die einzige Meinung, die zählte.

Der König freilich ließ sich nicht blicken. Wahrscheinlich würde er irgendwann auftauchen, wenn es ihm passte, doch Torvid hatte nicht vor, nach hetzischem Belieben zu warten. Stirnrunzelnd fing er den Blick des nächsten schwarz-grauen Gefolgsmanns auf. Ein diskretes Nicken, und der verkleidete Angehörige des Kommandotrupps näherte sich ihm. Eine angespannte Unterhaltung folgte, an deren Ende die livrierte Gestalt sich verneigte und zurückzog.

Torvid verfolgte, wie sein Handlanger sich unauffällig durch den Saal bewegte, zweimal stehen blieb, um ein paar Worte mit weiteren vorgeblichen Dienern zu wechseln, die ihrerseits drei ähnliche vermeintliche Gäste ansprachen. Er nickte. Seine sechs Kommandotruppleute hatten ihre aktualisierte Order erhalten. Sie wussten nun, dass der Angriffsplan geändert worden war, und sie wussten, dass ihr Befehlshaber den augenblicklichen Aufenthaltsort des hetzischen Monarchen benötigte. Sie wussten nicht, warum der Plan geändert worden war. Sein Stirnrunzeln vertiefte sich, und eine Wut, die zu heftig war, als dass er sie hätte ignorieren können, stieg in ihm hoch und erhitzte seine Gedanken. Sie wussten nicht, dass ein Mitglied des Hauses Stornzof sich als Verräter an seinem Land und seinem Imperior offenbart hatte. Sie wussten nicht, dass ein reinblütiger Stornzof Schwäche, kriminelle Dummheit und Minderwertigkeit gezeigt hatte. Sie wussten es nicht, und mit ein bisschen Glück würden sie auch nie davon erfahren, denn sein eigenes entschlossenes Handeln hatte den Tag gerettet, die Schande abgewendet und den Namen Stornzof behütet.

Niemand würde je erfahren, warum Karsler Stornzof gestorben war. Sein Heldenruhm würde weiterbestehen, und niemand außer Trovid Stornzof würde die erbärmliche Absurdität dieser Heuchelei durchschauen.

Es hätte keine Heuchelei sein sollen, es war ohne Sinn und Grund. Der moralische Zusammenbruch des Sohnes seiner Schwester war so unerklärlich wie unverzeihlich, und ein schneller, sauberer Tod mit unbeschadetem Ruhm war eigentlich eine ungenügende Buße. Der Verräter war viel zu leicht davongekommen.

Der Großlandsmann empfand Unmut über seinen eigenen stummen Zorn. Er war zu heftig, und er konnte sich jetzt keinerlei Ablenkung leisten. Seine Männer waren schon am Werk; bald würde der eine oder andere ihm die gewünschte Information überbringen, und dann würde er handeln. Inzwischen durfte er sich nicht so verdächtig abseits halten, sondern musste das Verhalten eines gewöhnlichen Gasts an den Tag legen.

Er ließ sich von einem vorbeikommenden Kellner ein Glas reichen, trank eine Belle de Sevagne und musterte die Gesichter in seiner Umgebung. Die meisten waren ihm unbekannt, und er zog es vor, es dabei zu belassen, aber nicht weit entfernt stand Majorgeneral Laarslof, ein Verwandter des hetzischen Königs und anerkannter Militärhistoriker, dessen Gesellschaft zumindest nicht unerträglich war. Laarslof plauderte über unwahrscheinliche Gerüchte bezüglich der Entwicklung neuer, eisengepanzerter Kriegsschiffe, und Torvid hörte mit halbem Ohr hin, während seine Gedanken sich zielstrebig auf Miltzin IX. fixierten. Wo war der König, und wer hielt ihn auf?

Luzelle entwand sich der Umarmung des Königs und erhob sich von der Couch. Nervös strich sie sich eine feuchte Locke aus den Augen, die sich gelöst hatte. Es lief nicht gut. Das Thema des Fühlenden Feuers war irgendwie untergegangen. Miltzin hatte anderes im Sinn, und ihr blieb nichts übrig, als ihn sich vom Leib zu halten, ohne ihn vollends zu entmutigen. Zeit, dem Gespräch eine andere Wendung zu geben.

»Wo sind Sie denn hin, meine Liebe?«, erkundigte sich der König. Sein Gesicht war rot, seine Brust hob und senkte sich in raschem Rhythmus. Er klopfte auf den leeren Platz neben sich. »Kommen Sie zurück; ich vermisse Sie.«

»Bitte, Sire, ich muss mit Ihnen sprechen. Ich habe eine Botschaft von großer Bedeutung.«

»Beabsichtigen Sie, sie mir über den halben Raum hinweg zu überbringen?«

»Ich denke, das muss ich wohl, damit ich einen klaren Kopf behalte«, schmeichelte sie ihm.

»Was nützt einem ein klarer Kopf in Augenblicken wie diesem? Wir haben einander gefunden. Kosten Sie den Augenblick aus, meine Liebe. Geben Sie sich der Empfindung hin.«

»Sire, ich darf dem nicht nachgeben, zumindest nicht, bevor ich nicht meine Botschaft übermittelt habe. Sie lautet folgendermaßen: Meine Regierung hat mich autorisiert, eine große Summe im Austausch für das Fühlende Feuer anzubieten. Vonahr ist bereit, dreißig Millionen Neu-Rekkoes zu zahlen.« Vo Rouvignac hatte ihr geraten, niedrig anzufangen, was dem König die Möglichkeit geben würde, den Preis schrittweise in die Höhe zu treiben. Hoffnungsvoll wartete Luzelle auf ein Gegenangebot.

»Sie sind eine vonahrische Agentin?« Miltzin IX. setzte sich kerzengerade hin, und seine Miene verfinsterte sich. »Diese Begegnung ist eine diplomatische List? Sie haben sich die Privataudienz unter falschem Vorwand erschlichen?«

»Sire, ich bin die Gewinnerin der Großen Ellipse. Daran ist nichts Falsches.« Luzelle reckte das Kinn hoch. »Doch Teil der Siegesprämie war eine Audienz bei Ihrer Majestät, und ich als Vonahrierin konnte diese Gelegenheit zum Wohle meines Landes nicht verstreichen lassen.«

»Unaufrichtigkeit kann ich auf den Tod nicht ausstehen, und ich habe dieses ständige Belästigung satt.«

»Sie lässt sich ganz leicht beenden«, schlug sie vor.

»Sie sind ein göttliches Geschöpf, aber von Politik verstehen Sie nichts. Die Nieder-Hetz ist traditionell neutral. Diese Haltung ändert sich nie.«

»Dürfte ich anmerken, Sire, dass die hetzische Passivität zu diesem Zeitpunkt das grewzische Imperium tatkräftig unterstützt und so Ihre vermeintliche Neutralität verletzt?«

»Bei Gott, ein Paradoxon! Ich weiß nicht, ob es ein ernst zu nehmendes Argument ist, aber unterhaltsam ist es.«

»König Miltzin IX. ist in der ganzen Welt für seinen Gerechtigkeitssinn berühmt, seine humanitäre Vision und seinen Großmut«, improvisierte sie. »Indem Sie das vonahrische Angebot akzeptieren – eine beträchtliche Summe, um den hetzischen Staatsschatz aufzufüllen –, erweisen Ihre Majestät sowohl ihrer eigenen Nation als auch dem Rest der Welt einen gewaltigen Dienst.«

»Ich bezweifle, dass mein Vetter Ogron die Dinge in einem solchen Licht sehen würde.«

»Und wie lange würde es wohl bei normalem Verlauf der Ereignisse dauern, Sire, bis das begehrliche Auge des Imperiors auf Nieder-Hetzia fällt?«

»Sie nehmen kein Blatt vor den Mund, meine Liebe, nicht wahr?«

»Ich schmeichle mir nicht damit, irgendeinen Gedanken zu äußern, der Ihrer Majetät neu sein dürfte.«

»Nieder-Hetzia kann sich selbst verteidigen. Und dennoch – diese Grewzier stürzen die ganze Welt ins Verderben. Vetter Ogron weiß nie, wann er aufhören muss«, sinnierte Miltzin. Nachdem er sich ein Glas

Champagner eingeschenkt hatte, trank er es in großen Schlucken aus und runzelte die Stirn. »Wie war gleich die Summe, die Sie nannten, meine Liebe?«

»Dreißig Millionen Neu-Rekkoes, Sire.«

»Das ist nicht eben wenig.«

»Nein, Majestät, das ist es nicht.« Sie musterte sein Stirnrunzeln, und Hoffnung keimte in ihr auf. Sie machte Fortschritte, dessen war sie gewiss.

»Ich bin in einer Lage, in der ich als großer Wohltäter auftreten kann.«

»Eine Rolle, die Ihrer Majestät gut zu Gesicht steht.«

»Sie sind überzeugend, meine Liebe.«

»Ihrer Majestät eigener Sinn für Gerechtigkeit ist mein bester Fürsprecher.«

»Vielleicht. Die Angelegenheit kann nicht auf ewig ignoriert werden. Das Geschrei wird nur von Tag zu Tag lauter.« Während der König sein eigenes und ihr Glas wieder auffüllte, forderte er sie auf: »Aber kommen Sie doch zurück, meine Liebe, hier an meine Seite. Wir haben so viel zu besprechen, und ich kann mich nicht mit Ihnen unterhalten, wenn ich durch den ganzen Raum schreien muss. Kommen Sie, setzen Sie sich!«

Sie konnte sich schwerlich weigern, ohne Anstoß zu erregen. Während sie ein Seufzen unterdrückte, kehrte sie auf die Couch zurück, und sofort hatte Miltzin wieder die Hände an ihr.

Zu dem Zeitpunkt, als sie den tonnengewölbten grauen Steingang tief unter der Erde erreichten, hatte Girays vollkommen die Orientierung verloren, aber Stornzof ließ keinerlei Unsicherheit erkennen. Mehrmals hielt er inne, entweder um sich zu orientieren oder um sich auszuruhen, aber die Verzögerungen waren geringfügig. Das Gespür, das ihn auf einem komplizierten, dunklen Weg zu einer arkanen Quelle zog, versiegte nie, nur konnte man dasselbe nicht von seiner Kraft sagen. Sein Schritt war langsam, oft stolperte er, und dann waren es nur der stützende Arm und die Schulter des anderen, auf die er sich lehnte, die ihn aufrecht hielten. Seine Stimme indes war ruhig und akzentuiert wie immer, wenn auch gedämpft, als er vor einer stabilen Tür stehen blieb, die in den Schatten einer tiefen Nische verborgen war, um zu erklären: »Hier.«

Girays warf ihm einen beinahe erstaunten Blick zu, denn der Weg war ihm endlos erschienen, und das Ziel war abrupt erreicht. Stornzofs Gesichtsfarbe war aschfahl, selbst in dem warmen Licht der Eisenlaternen, die über ihren Köpfen hingen. Der Anblick beunruhigte Girays zutiefst, aber er ließ sich nichts anmerken, als er fragte: »Sicher?«

Der andere nickte. Girays prüfte die Tür und stellte fest, dass sie unverschlossen war. Offenbar fürchtete der Bewohner, wenn es denn einen geben sollte, keine Eindringlinge. Er öffnete die Tür und trat in einen gut beleuchteten, wohl proportionierten Raum voller Wunderdinge. Zu einem anderen Zeitpunkt hätten ihn die Gegenstände in dem Arbeitsraum fasziniert. An diesem Abend jedoch wanderten seine Blicke nur flüchtig über die hohen Regale mit ihren Myriaden von Glasgefäßen, den großen Bottichen, den schlafenden Automaten, den Instrumenten, den Konglomeraten, antiken Folianten, der Grube-der-Elemente und all dem Übrigen, um auf dem Mann zu verweilen, der allein an einem Tisch saß, ein Buch aufgeschlagen vor und eine halb leer gegessene Schüssel mit Speckkräckern neben sich. Der Fremde sprang auf, als sie hereinkamen; eine klein gewachsene Gestalt mit schwammigem Gesicht, angetan mit dem traditionellen schwarzen Gewand der Gelehrten, dessen weite Ärmel locker aufgekrempelt waren. Er hatte sandfarbenes Haar, das am Scheitel dünn wurde, einen sandfarbenen Schnurr- und Knebelbart und einen verdutzten Geichtsausdruck.

»Meister Nevenskoi?«, fragte Girays.

»Neeper. Ich bin Nitz Neeper«, verkündete der andere ohne die Spur eines rhazaullischen Akzents.

»Ich möchte mit dem Gelehrten Nevenskoi sprechen.«

»Ich habe diesen Namen benutzt. Was soll das? Wer sind Sie?« Er starrte den blutgetränkten grewzischen Offizier an. »Was ist geschehen?«

»Auf ihn wurde geschossen. Können Sie helfen?«

»Ich bin kein Mediziner. Ich kann Dr. Arnheltz holen. Er –«

»Keine Zeit.« Stornzofs Stimme war beängstigend schwach. Er schwankte, unfähig, sich noch länger auf den Beinen zu halten. »Setzen Sie mich auf den Boden.«

Girays gehorchte, indem er den Verwundeten so behutsam wie möglich zu Boden gleiten ließ.

Stornzof gab keinen Laut von sich, aber seine Augen pressten sich kurz fest zusammen. Er öffnete sie und wies Girays dann ruhig an: »Erzählen Sie's ihm.«

Girays schwankte, war versucht, Einwände zu erheben, aber dazu war keine Zeit. Während er sich an den verblüfften Nevenskoi oder Neeper wandte, erklärte er ohne Vorrede: »Wir sind hier, um Sie zu warnen. Es gibt einen grewzischen Plan, Sie heute Nacht zu entführen. Falls er gelingt, werden Sie umgehend nach Grewzland geschafft, wo Sie und das Fühlende Feuer in den Dienst des Imperiors treten werden, freiwillig oder unfreiwillig.«

»Grewzier?« Neepers verständnisloser Blick blieb an Stornzofs Uniform haften. »Aber dann –«

»Dieser Offizier billigt die Methoden seiner Landsleute nicht«, erläuterte Girays kurz. »Jetzt hören Sie zu. Die heute Nacht im Palast anwesenden grewzischen Agenten werden Sie ergreifen, sobald sie den Weg zu diesem Raum ausgekundschaftet haben, und ich glaube, sie brauchen nicht lange dazu. Ihre Kräfte sind ungewöhnlich, vielleicht vermögen Sie sich zu verteidigen, das weiß ich nicht. Dennoch halte ich es für das Beste, Sie würden diesen Ort schnellstmöglich verlassen. Suchen Sie irgendwo Zuflucht. Wenn Sie wünschen, werde ich Sie selbst aus der Wasserhexe herausbringen.«

»Der König sollte davon erfahren«, wand Neeper ein. »Falls das alles der Wahrheit entspricht, kommt es einem kriegerischen Akt gleich.«

»Es ist die Wahrheit«, flüsterte Stornzof. Sein Atem rasselte, und seine Lippen hatten eine leicht bläuliche Färbung angenommen.

Er starb, wurde Girays klar; eine Erkenntnis, der er sich bis zu diesem Moment hatte verschließen können und die er selbst jetzt nicht akzeptieren wollte.

»Wir brauchen einen Arzt.« Er suchte vergeblich nach einem Klingelzug in dem Raum. »Wo finde ich diesen Arnheltz?«

»Nicht hier«, sagte Stornzof trocken. Seine erlöschenden Augen suchten den Adepten. Mühsam entrang sich seine Stimme seinem Mund: »Grewzische Kommandotrupps. Empfang. Suchen nach jemandem, der sie zu Ihnen führen kann.«

»Sie werden niemanden finden«, eröffnete ihm Neeper. »Außer mir und einem äußerst verschwiegenen Diener kennt nur der König die Lage dieses Arbeitsraums.«

»Der König persönlich. Ihm droht bestimmt keine Gefahr.« Girays konnte seinen eigenen Zweifel hören. »Selbst der Großlandsmann würde es nie wagen –«

»Er wird nicht zögern. Warnen Sie den König.« Ein Krampf schüttelte Stornzof. Als er wieder sprechen konnte, wiederholte er: »Warnen Sie ihn.«

Überflüssig, überlegte Girays, wenn ich nur diesen Nevenskoi oder Neeper dazu bringen kann, zu Vonahr überzulaufen. Ihn kaufen. Einschüchtern. Ihm schmeicheln. Ihn irgendwie auf ihre Seite ziehen, das Fühlende Feuer heimbringen. Diese Chance nutzen, die

Stornzof mit seinem Blut erkauft hatte. Was hatte Vonahr zu bieten, was dieser Nevenskoi/Neeper nicht bereits von seinem derzeitigen Herrn bekam? Mehr Geld? Gesellschaftlichen Rang? Macht? Titel, Belohnungen, Beifall? Öffentliche Anerkennung? Es war nicht leicht, sich auszudenken, womit man einen launenhaften Adepten in einem solchen Moment umwerben konnte, während Stornzof zu seinen Füßen nach Luft rang, aber es gab nur eins auf der Welt, was er jetzt noch für Stornzof tun konnte – das Geschenk wirkungsvoll nutzen. Er holte tief Luft und wandte sich an Neeper, um ein unerwartetes Aufflackern von Befriedigung mitzubekommen.

»Seine Majestät befindet sich nicht in Gefahr«, erklärte Neeper. »Und ich dank Ihrer Warnung auch nicht. Diese grewzischen Agenten lassen sich leicht unter Kontrolle bekommen. Wenn sie in der Langen Galerie sind, werde ich sie dort festhalten, bis sie enttarnt werden können. Es besteht kein Anlass zur Sorge.«

Der selbstgefällig-zufriedene Tonfall des Adepten war unüberhörbar. Girays konnte ihn sich nicht erklären. »Sie dort festhalten? Wie«, fragte er.

»Sie können nicht durch Türen hindurch, die von Feuer bewacht werden.« Neeper lächelte jetzt tatsächlich. »Gehorsames Fühlendes Feuer, von seinem Schöpfer dazu angewiesen, alle Ausgänge zu versperren, ohne irgendjemanden zu verletzen oder etwas zu beschädigen.«

Luzelle könnte inzwischen in der Langen Galerie sein. Girays antwortete schroff: »Nein. Zu gefährlich.«

»Nicht im Mindesten.« Neeper richtete sich zu voller, wenig beeindruckender Größe auf. »Das Feuer wird vom Willen seines Schöpfers gelenkt. Ich versichere Ihnen, es ist die beste Lösung des Problems und ein wundervoller Anblick.«

Das Gesicht des Adepten nahm einen unerklärlich erwartungsvollen Ausdruck an. Er gefiel Girays nicht. »Keine Verzögerung, kommen Sie nur einfach mit weg von hier«, drängte er ihn.

»Es wird keine Verzögerung geben; die Sache ist im Handumdrehen erledigt.« Ohne eine Antwort abzuwarten, drehte Neeper sich um und eilte zu der Grube-der-Elemente, wo ein kleines grünes Feuer ruhig vor sich hin brannte.

Irgendein Teil von Girays' Bewusstsein nahm die markant gefärbte Flamme zur Kenntnis, höchstwahrscheinlich das Fühlende Feuer selbst, schenkte ihr jedoch nur wenig Aufmerksamkeit, denn Stornzof schien zu ersticken; er hatte den Mund weit aufgerissen, um tiefe, rasselnde Atemzüge in sich hineinzusaugen, die ihm nicht gut taten. Er kniete sich neben den Sterbenden, blickte in die Augen, die noch immer von ihrer alten Heiterkeit erfüllt waren, und wusste, er konnte sie nicht anlügen. Keine falschen Versicherungen, kein vorgeschützter Optimismus. Er ergriff Stornzofs eiskalte Hand und hielt sie fest umschlossen.

»Kann ich irgendetwas tun?«, fragte er. Er fürchtete, der andere wäre nicht zu einer Antwort fähig, doch Stornzof überraschte ihn, indem er irgendwie wieder zu Atem kam und das, was von seiner Stimme noch übrig war, wiederfand.

»Bringen Sie Nevenskoi und sein Feuer nach Vonahr.«

Das Flüstern war kaum hörbar. Girays musste sich dicht zu ihm hinunterbeugen, um ihn zu verstehen. »Ich versuch's«, sagte er.

»Muss gelingen. Das Beste für alle, Grewzier eingeschlossen.«

»Es wird mir gelingen. Ich gebe Ihnen mein Wort.«

»Ich verrate Grewzland nicht. Das Imperium verrät Grewzland.«

»Ich weiß.«

»Danke, mein Freund. Richten Sie Ihrer reizenden Luzelle aus, dass ich ihr Lebewohl sage.«

»Sie würde diesen Besitztitel nicht schätzen. Sie gehört mir kaum, sie gehört niemandem.«

»Ihre wahren Neigungen gehören Ihnen. Immer schon. Ein- oder zweimal habe ich etwas anderes geglaubt, aber das war eine Illusion.«

»Versuchen Sie nicht mehr zu reden, schonen Sie Ihre Kräfte.«

»Sinnlos, und gut so. Ich passe nicht in diese Welt, füge mich ihr nicht bequem ein, kann aber auch nicht dorthin zurück, wo ich einmal war. Nach der heutigen Nacht kann ich nicht mehr nach Grewzland zurückgehen. Exil. Verräter, werden sie sagen.«

»Nein. Treu. Sie haben das Richtige getan. Falls Sie jemals diffamiert oder beschuldigt werden – und ich bezweifle, dass es dazu kommt, aber falls doch –, dann will ich Sie bis zum letzten Atemzug verteidigen. Ich verspreche, dass die Welt Ihren Namen in Ehre halten wird.«

»Sie werden Ihr Wort halten. Dessen bin ich gewiss. Ich habe das im Gefühl.« Karsler Stornzofs Atem setzte aus. Ein weiterer Krampf schüttelte ihn, diesmal kurz und sanft. Seine offenen Augen leerten sich.

Girays kniete neben ihm, ohne sich zu bewegen, ohne etwas zu denken, bis eine Stimme in sein Bewusstsein drang.

»Fertig.«

Er blickte in ein triumphierend gerötetes Gesicht hoch.

»Ein Fühlender Funken ist in die Lange Galerie geschickt worden«, verkündete Nevenskoi/Neeper. »Die Situation ist unter Kontrolle.« Sein Blick wanderte widerwillig zu Boden, und er runzelte die Stirn. »Aber dieser grewzische Offizier – vielleicht könnte Dr. Arnheltz –«

»Zu spät.« Girays' Blick senkte sich auf die stille

graue Gestalt. Behutsam legte er die kalte Hand ab. »Mein Freund ist tot.«

Einer seiner Männer gab ihm ein fast unmerkliches Zeichen. Torvid Stornzof löste sich von Majorgeneral Laarslof und zog sich zurück, um allein zu sein. Eine schwarz-graue Gestalt war fast sofort an seiner Seite, und eine geflüsterte Botschaft erreichte sein Ohr. Der Großlandsmann antwortete kurz und bündig. Der livrierte Mann nickte und zog sich zurück, um seinen fünf Kameraden die neuesten Befehle zu übermitteln.

Er hatte die Information, die er brauchte. König Miltzin IX. hatte sich allein mit der Gewinnerin der Großen Ellipse in ein Audienzzimmer eingeschlossen, das über eine kleine Privattreppe hinter einer überaus unauffälligen Tür, welche bündig mit der Wand im vorderen Teil des Raums abschloss, mit der Langen Galerie verbunden war.

Er würde allein gehen, da sein Verschwinden kaum, wenn überhaupt Aufmerksamkeit erregen würde. Zwei seiner Männer würden in angemessen kurzen Abständen folgen, die anderen zurückbleiben, um nötigenfalls unter den Gästen und dem Personal in der Langen Galerie für Ordnung zu sorgen.

Liebling, wo bist du? Neeper schickte die telepathische Frage im Eiltempo durch mentale Kanäle, und die stumme, klare Antwort erfolgte sofort.

Langer Platz.

Korridor.

Farben unter mir, aber ich esse nicht.

Gut, lass den Teppich in Ruhe, verzehre nichts. Kennst du den Weg?

Ja, in deinem Geist ist der Weg.

Das ist richtig, folge einfach dem Weg in meinem Geist. Hat dich irgendjemand gesehen?

Niemand sieht, denn ich bin kleinkleinklein, und ich gehe schnell.

Perfekt.

Nein. Ich bin klein. Will groß sein. Groß!

Bald, sehr bald. Ich verspreche es. Hör mir zu, mein Süßer, hör mir zu. Dies ist eine rare Gelegenheit. Heute Nacht kommt unsere Chance, die uns so lange verweigert wurde, die Aufmerksamkeit der gesamten Welt zu erlangen. Heute Nacht trittst du nicht auf, um die Seichten und Unwissenden zu unterhalten, sondern um einem weit größeren Ziel zu dienen. Du vereitelst ein feindliches Komplott, du beschützst Seine Majestät –

Schlechtfleisch?

Den König. Du besiegst seine grewzischen Feinde unter den Blicken aller Gäste, dem ganzen Adel und den hohen Tieren. Jeder, der etwas zählt, wird zusehen und endlich deine wahre Größe erkennen. Und dann endlich werden der Ruhm und die Ehre, die uns so lange vorenthalten wurden, unser sein.

Wir werden groß sein?

Wir werden gewaltig sein.

Gutgutgut.

Wo bist du?

Großer Platz, wo du mich hingeschickt hast. Überall Füße. Kleine wie ich essen hoch oben Wachs, aber sie sprechen nicht.

Hat dich schon jemand gesehen?

Nein. Ich bin kleinkleinklein, niemand sieht mich. Groß, will groß sein, lass mich GROSS –

Dein großer Moment kommt sofort. Wie viele Türen siehst du um dich herum?

Türen?

Öffnungen in andere Plätze.

Vier Löcher mit geraden Seiten.

Gut. Nun, mein Schöner, mein Liebling, meine Herrlichkeit, ist es soweit. Teile dich selbst in vier Ganze, und schicke deine Ichs zu den vier Türen. Stärke deine Ichs mit ein bisschen Holz- oder Tuchbrennstoff, falls du zusätzliche Kraft benötigst, aber verzehre nicht mehr als nötig, um einen größeren Umfang zu erreichen –

GROSS!

Ja, groß. Verteile deine Ichs über die Türen, aber nur über die Türen. Lass niemanden hinaus- oder hineingehen, aber verzehre nichts Lebendiges.

VIER! So viele von mir!

Ja, und falls irgendein Gast versucht, durch Fenster, Kamine, Oberlichter oder irgendeinen anderen unvermuteten Weg zu fliehen, wirst du neue Ichs abtrennen, damit es kein Entkommen für sie gibt.

Kein Entkommen. Kein Entkommen für niemanden.

Denk daran, tu niemandem etwas zuleide.

Kein Entkommen.

Neeper schickte seinen Geist aus, um die Wahrnehmungen von Meisterfeuer zu bündeln, und sein Bewusstsein veränderte sich dementsprechend.

Großer Platz. Hohe Decke, strahlende Lichter, viele Farben und viele Hundert Füße in Schuhen. Vier Löcher mir geraden Seiten.

Die Lange Galerie, sagte ihm der menschliche Teil seines Bewusstseins. Gefüllt mit Gästen. König Miltzins glanzvoller Empfang war in vollem Gange. Vier Türöffnungen, potenzielle Fluchtwege. Vier abzudeckende Türöffnungen, die vier getrennte Ichs erforderten.

Meisterfeuer, noch winzig, spaltete sich mühelos in zwei Hälften und dann in Viertel, von denen jedes auf eine Türöffnung zuflitzte.

Tief unten in dem verborgenen Arbeitsraum spürte Nitz Neeper den schmerzlosen Schock der Teilung mit jeder Faser seines Seins, und die unvermutete Verwirrung, die seine Gedanken überschwemmte, drohte die mentale Verbindung mit seiner Schöpfung zu durchtrennen. Der Schnitzer war nur von kurzer Dauer. Er fasste sich rasch, die Verbindung hielt, und plötzlich war er an fünf Orten gleichzeitig. Sein eigener Körper stand regungslos im Arbeitsraum, sich seiner Umgebung vage bewusst, während sein geistiges Auge aus vier verschiedenen Blickwinkeln die Lange Galerie betrachtete. Der massive Ansturm sich überlappender, beweglicher und gegensätzlicher visueller Reize war fast mehr, als ein menschlicher Verstand ertragen konnte. Seine Intelligenz war nicht dazu geschaffen, eine solche Flut sensorischer Eindrücke zu verarbeiten, und es schien, als müsse unter der Belastung irgendetwas nachgeben und ihn in Bewusstlosigkeit oder Wahnsinn stürzen. Er wusste kaum, dass er taumelte und dass der unbekannte vonahrische Besucher neben ihm stand und seinen Arm hielt, um ihn zu stützen. Der Vonahrier sagte etwas, aber die Worte kamen wie von weit her und waren nicht zu unterscheiden.

Der Moment ging vorüber, und sein Geist passte sich an, sodass er verwirrt, aber bei Bewusstsein und das mentale Band intakt blieb. Und jetzt war es endlich soweit, der großartige und erhabene Augenblick war gekommen, und er konnte sich zu befriedigender Höhe erheben, er konnte sich ausdehnen, er konnte wachsen, er war hoch gewachsen, er war stark, er war vortrefflich, er war GroßGroßGroß, und die Lust und die Macht strömten triumphierend durch alle fünf.

Meisterfeuer reckte sich empor, und grüne Flammen flackerten gleichzeitig in vier Türöffnungen auf. Neeper bekam deutlich das Gefühl von gewaltiger Panik und Konfusion in seiner Umgebung mit. Die Menschen in ihren verführerisch brennbaren Kleidern wichen vor dem grünen Gleißen und der Hitze zurück, stolperten und stießen zusammen und fielen auf der Flucht übereinander. Und Lärm gab es, eine ungeheure Kakophonie aus Schreien und Jammern, durchdrungen von dem schrillen, zügellosen Kreischen zu Tode geängstigter Frauen. Diese Frauen konnte man nur schlecht ignorieren mit ihren voluminösen Röcken aus leichtester Sommerseide, die geradezu darum bettelten, entzündet zu werden, mit ihren Unterröcken aus hauchdünnem Leinen und Spitzen, die bei der ersten Berührung des kleinsten Fünkchens herrlich brennen würden. Er fand sich nach ihnen greifen, gierige grüne Zungen nach diesen bauschigen Röcken ausstrecken, und hielt sich nur mit Mühe zurück. Tue niemandem ein Leid. Verzehre nichts, was lebt, aber diese Röcke lebten ja nicht, sie waren köstliche und erlaubte Nahrung ... aber das Fleisch, das sie bedeckten, würde dann kochen, also ließ er sie besser in Ruhe.

Eine Zeit lang beobachtete er das interessante Schauspiel der Gäste in ihrer hysterischen Panik, bis er bemerkte, dass sich eine Anzahl von ihnen um die Fenster auf der einen Seite zusammendrängte, und sich in Erinnerung rief, dass die Fenster potenzielle Fluchtwege darstellten.

NeinNeinNeinNeinNeinNein.

Ein neuer Flammenfetzen sprang von einer der Türöffnungen los und stürzte auf die Fenster zu, deren bodenlange Brokatvorhänge ihm die Speise und Stärkung bieten würden, die ihm erlaubten, zu wachsen-WachsenWachsenWACHSEN, und jetzt war er GROSS, und er war FÜNF plus dem Körper in dem Arbeitsraum, und jetzt stieg er noch höher empor bis zur Decke, und die Menschenwesen kreischten, schleuderten Stühle, die mitten durch ihn hindurchgingen, um das Fensterglas zu zerschmettern, und das war nett, das war prima, denn die frische Luft wehte herein und fachte ihn an, und er hüpfte, flatterte und tanzte aus purer Lebenslust.

Das Leben war gut.

Unten in dem Arbeitsraum schaukelte Nitz Neeper leicht auf den Fußballen auf und ab. Ein erregtes Lachen blubberte aus ihm heraus, und dann wurde ihm bewusst, dass jemand ihn am Arm packte, an ihm zerrte, um seine Aufmerksamkeit zu erregen, und konstant auf ihn einredete. Zuerst versuchte er die Ablenkung zu ignorieren, aber der Krach weigerte sich zu verschwinden, und zu guter Letzt blinzelte er und sah den Vonahrier neben sich stehen, der wissen wollte, was hier vor sich ging.

»Kein Entkommen«, sagte er und bekam entfernt mit, dass diese strahlende, heiße Stimme nicht seine eigene war. »Kein Entkommen.«

Der Vonahrier fragte ihn etwas. Neeper begriff kaum, was. Er schüttelte den Kopf, und das Bewusstsein von seiner unmittelbaren Umgebung schärfte sich.

»Meisterfeuer hat es geschafft«, berichtete er. »Die Lange Galerie ist gesichert.«

»Wenn Sie wirklich Feuer im Wasserhexenpalast losgelassen haben, gehen wir besser nach oben, um es einzudämmen oder zu löschen.« Der Tonfall des Vonahriers war herrisch.

Löschen? Eine zugleich grässliche als auch absurde Anmutung. Der Fremde, wer immer er sein mochte, begriff nicht. Er konnte einfach nicht die Tiefe und Stärke des Bandes zwischen Adept und Geschöpf erkennen, und genauso wenig verstand er Neepers Überlegenheit. Er fürchtete eingebildete Gefahren, er sorgte und ängstigte sich, weil er unwissend war. *Löschen.* Schrecklich, zu sehen, was der furchtsame Menschenverstand ersinnen konnte.

Aber dieser namenlose Vonahrier würde nicht der Einzige sein, der an Mord dachte. Neepers geteilter Verstand musste sich mächtig ins Zeug legen, um den strittigen Punkt anzugehen. *Löschen.*

Schlechtheit?, erklang die telepathische Anfrage aus der Langen Galerie.

Keine Angst, mein Süßer.

In eben diesem Moment mochten die Palastdiener mit ihren Wassereimern und nassen Decken zur Galerie hasten, von dumpfem Eifer besessen, den Triumph in eine Katastrophe zu verwandeln. Der Vonahrier hatte Recht, erkannte Neeper. Er musste dort oben sein, er musste erläutern, die Dinge klären, um seinen Meisterfeuer und seinen Sieg zu retten. Natürlich hatte ihn der König vor Wochen in seinen Arbeitsraum verbannt, und diese Verfügung besaß noch Gültigkeit. Aber bestimmt würde Seine Majestät ihm unter den gegebenen Umständen den Ungehorsam verzeihen; ja, wenn man ihm die Situation richtig erklären würde, würde Miltzin nachgerade dankbar sein. Alle vergangenen Verstöße wären vergeben und vergessen, und der begabte Nitz Neeper würde all seine früheren Vorrechte zurückerlangen, sein Ansehen und seine Gunst und mehr als das.

»Ja.« Neeper bemühte sich, sich auf den Vonahrier zu konzentrieren, dessen kantiges Gesicht an den Rändern ein bisschen zu verschwimmen schien. »Nach oben. Ja. Kommen Sie. Ich zeige Ihnen den Weg.«

Der Vonahrier nickte. Er warf einen Abschiedsblick auf den toten grewzischen Offizier auf dem Boden, dann ließ er sich von Neeper aus dem Arbeitsraum führen.

Sich seiner unmittelbaren Umgebung nur unzureichend bewusst, begriff Nitz Neeper kaum, wie er den Weg aus den geheimen Eingeweiden des Wasserhexenpalasts hoch zu den wohlbekannten öffentlichen Fluren fand. Sein Kopf war voller Feuer, er ließ sich einfach von seinem Licht und seiner Hitze leiten. Doch bald darauf wurde ihm klar, dass er eine steile Treppe hochstieg, denn die Proteste seines Körpers, die sogar jetzt unmöglich zu ignorieren waren, sagten es ihm. Seine Lunge schuftete, sein Herz pochte, und er hatte Seitenstiche. Irgendein Teil von ihm wollte sich dringend hinsetzen und ausruhen, aber es war keine Zeit, keine Zeit, Meisterfeuer benötigte seinen Schutz.

Löschen. Der bloße Gedanke führte dazu, dass seine Innereien sich wanden. Sein Magen schickte ihm eine stechende Warnung. Er hätte nie diesen Berg von Speckkräckern vertilgen sollen, er hätte es besser wissen müssen. Jetzt holten sie ihn ein.

Die Stufen hinauf, und nun begann sich sein Magen ernsthaft zu beschweren. Nichts zu machen, er konnte sich keine Pause leisten.

Liebling, wie ergeht es dir? In Windeseile sandte er die stumme Frage auf Reisen, und die Antwort, knisternd vor Befriedigung, kam umgehend.

Kein Entkommen. Kein Entkommen.

Durch den Wandschrank und den Geräte- und Arbeitsraum, hinaus in einen Korridor, durch die Eingangshalle und diesmal ein paar Marmorstufen hinunter zu einem anderen Korridor, und da erhob sich vor ihm eine mit grünem Feuer ausgefüllte Türöffnung, und da stand eine Bande schweißgetränkter Palastdiener, die ihre Wassereimer zum Einsatz brachten.

Ein kalter, nasser Schauer flog in das Herz des Feuers, und Neeper keuchte auf und versteifte sich. Vorübergehend ging ihm die Luft aus, dann sprangen die Flammen wieder hoch, und sein Atem setzte wieder ein. Mit hängenden Schultern, die Arme fest um seine rebellische Körpermitte geschlungen, stolperte er durch die Halle. Die Diener drehten sich um und gafften ihn mit offenem Mund an, als er näher kam, aber er sah sie gar nicht. Grünes Gleißen füllte sein Blickfeld aus, und stumm sprach er es an.

Süßer, hier bin ich.

Es war schwierig nachzudenken oder zu reden, wenn man König Miltzins Zunge in seinem Mund hatte. Luzelle zuckte zusammen und wandte ihr Gesicht ab. Die Zunge war fort, aber seine Hände klebten noch immer auf ihr, und diesen Händen entkam man nicht so schnell, denn er hatte sie mit dem Rücken gegen die Armlehne der Couch gepresst; halb lehnte er, halb lag er über ihr. Es gab kein Entkommen, wenn sie ihn nicht mit Gewalt von sich stoßen wollte.

So befriedigend das auch sein mochte, sie konnte es sich nicht leisten.

Erneut schien das Thema des Fühlenden Feuers gestorben zu sein. Vor nicht allzu langer Zeit hatte der König Anzeichen eines zurückhaltenden Interesses erkennen lassen, aber seine Aufmerksamkeit hatte sich nun vollends anderen Dingen zugewandt. Es war unwahrscheinlich, dass es wieder zu einem Gespräch kommen würde, wenn sie nicht die Initiative ergriff.

»Sire –«, versuchte sie es.

»Noch etwas Champagner, meine Liebe?«, erkundigte er sich liebenswürdig.

»Nein. Danke.« Sie holte einmal tief Luft. »Sire, wollen Sie mir nicht die Gunst einer Antwort erweisen?«

»Sie haben doch nichts dagegen, wenn ich mir noch etwas nehme?« Ihr Gesicht musste einen verdutzten Ausdruck gezeigt haben, denn er führte aus: »Champagner, meine ich.« Er goss sich ein weiteres Glas ein, leerte es in raschem Zug und schenkte sich noch einmal nach.

Er schien ja ganz schön durstig geworden zu sein, registrierte sie verdrießlich. Als er sein Glas abstellte und ihr voller Erwartung das Gesicht zuwandte, wich sie zurück und drängte behutsam: »Eine Antwort, Sire?«

»Was kann ich Ihnen sagen, meine Liebe?«

War er schwer von Begriff oder ungewöhnlich scharfsinnig? Sie hätte es nicht zu sagen vermocht. »Werden Ihre Majestät sich bereit erklären, das Angebot meines Landes für den Verkauf des Fühlenden Feuers anzunehmen?«

»Wie war gleich das Angebot? Vierzig Millionen Neu-Rekkoes, nicht?«

»Das ist vielleicht nicht unmöglich, Sire.« Ihr Herz schlug schnell.

»Hmpf. Na. Ich weiß nicht.« König Miltzin stieß einen Seufzer aus. »Offen gesagt, meine Liebe, es ist mir zurzeit unmöglich nachzudenken. Unsere gegenseitigen Emotionen sind zu überwältigend, die geteilte Erregung ist zu intensiv. Lassen Sie uns die Diskussion auf später verschieben, lassen Sie uns den Moment genießen, den wir beide ersehnen.«

»Nein, Sire.« Sie schob eine aufdringliche Hand beiseite. »Die Angelegenheit ist dringend, wir müssen miteinander reden –«

»Später.« Er schwitzte und keuchte. »Eine halbe Stunde oder so, und dann, ich gebe Ihnen mein Wort als König, reden wir so lange Sie wollen über alles, was Sie wollen.« Er ließ eine feuchte Hand unter ihren Rock gleiten.

Luzelle versteifte sich. Eine halbe Stunde. Eigentlich ein Nichts. Sie hatte von Beginn an versprochen, den Erfolg um jeden Preis zu suchen. *Sie haben mir ins Gedächtnis gerufen, wie viel auf dem Spiel steht ... Ich werde alles tun, was ich kann,* hatte sie vo Rouvignac vor wenigen Stunden versprochen ... *Sie sind in einer Position, um etwas auszurichten,* hatte er ihr gesagt, und es stimmte; sie konnte Vonahr dienen und retten, sie konnte den Lauf der Geschichte ändern. Eine halbe Stunde mit dem König von Nieder-Hetzia war wohl kein zu hoher Preis dafür.

Zeit, den Handel zu besiegeln. Theoretisch musste sie nichts anderes tun, als still für ihn liegen zu bleiben, aber Miltzins Befriedigung würde sich steigern, wenn sie eine Art von Reaktion mimen würde; wie genau diese Reaktion auszusehen hatte, wusste sie nicht, denn sie besaß keine direkten persönlichen Erfahrungen. Nein, auch nicht viele indirekte Erfahrungen. Sie stammte aus einem konservativen großbürgerlichen Haushalt, in dem junge Damen gezwungen waren, ihre Unschuld zu bewahren. Ihre Mutter hatte ihr über die bedrückte Warnung hinaus, dass verheiratete Frauen ihren Gatten gewisse Ekel erregende, aber unumgängliche Pflichten schuldeten, keinerlei Informationen angedeihen lassen. Ihre Freundinnen waren, nachdem sie einmal verheiratet waren, ebenso zurückhaltend geworden; über die intimen Aspekte ihres Ehelebens war ein Leichentuch des Schweigens gefallen. Komisch. Jener strikt begrenzte körperliche Kontakt, den sie mit Girays erfahren hatte, hatte in ihr den sicheren Eindruck erweckt, die Pflichten einer Ehefrau könnten am Ende doch nicht so Ekel erregend sein. Um die Wahrheit zu sagen – obwohl sie das nie vor irgendjemandem zuzugeben gewagt hätte –, im Laufe ihrer Verlobungszeit hatte sie sich tatsächlich danach gesehnt, mehr zu lernen; mit Girays.

Nicht mit diesem dickbäuchigen, nach Pomade stinkenden Fremden, der zur Zeit auf ihre Brüste sabberte.

Girays. Wie würde er sie nach der heutigen Nacht ansehen? Wäre sie imstande, ihm überhaupt ins Gesicht zu blicken? Ganz gleich, wie verzeihend er sein mochte oder es versuchen mochte, alles zwischen ihnen würde sich für immer ändern.

Aber irgendwie dachte sie aus Gründen, die sie sich nicht erklären konnte, mehr an Karsler Stornzof als an Girays. Ihr Leben war kein Leben mit Karsler und würde es nie sein. Dennoch dachte sie nun an ihn, dachte an seine klaren Augen, die das sahen, was wahr und was richtig war; dachte an ihn in den Drei Bettlern, wie er seine Chance auf den Gewinn der Großen Ellipse für etwas Wichtigeres geopfert hatte.

Und genau in diesem Augenblick hatte sie das stärkste, völlig unerklärliche Gefühl von Karslers Präsenz. Sie konnte spüren, wie er neben ihr stand, konnte den Strom ruhiger, stetiger Ermutigung und Beruhigung spüren, der von ihm ausging, spürte ihn so stark, dass sie tatsächlich den Kopf wandte und halbwegs erwartete, ihn zu sehen.

Eine absurde Vorstellung. Soweit sie wusste, war Karsler zusammen mit den anderen Gästen unten in der Langen Galerie. Trotzdem hätte sie schwören können, dass er in der Nähe war, sie hätte ihn beinahe sehen und seine Stimme hören können.

Nein. Was sie wirklich hörte, war der schwere Atem des Königs. Seine Hand absolvierte einen Hindernisparcours durch ihre seidene Unterwäsche, um sich zwischen ihren Beinen zu schaffen zu machen.

Ein zorniger Abscheu, so stark, dass er fast körperlich greifbar war, stieg in ihr auf und schnürte ihr die Luft ab. Kurzfristig büßte das Gehirn seine Vormachtstellung ein. Sie reagierte, ohne nachzudenken, ohne zu zögern und ohne bewusste Absicht, als sie König Miltzin mit voller Kraft eine Ohrfeige verpasste.

Lass mich durch. Liebling, weich beiseite, bat Nitz Neeper, und der Flammenvorhang, der die Türöffnung verhüllte, teilte sich sogleich. Er taumelte die Lange Galerie entlang, und der Vonahrier folgte ihm.

Ein einziger schweifender Blick umfasste den großen flammenversiegelten Saal, die zerbrochenen Fenster und umgekippten Stühle, die umherwimmelnde Menge panischer Gäste, doch nirgendwo unter ihnen entdeckte er denjenigen, den er suchte, dessen Anerkennung diese ganze Vorführung gleichsam für rechtsgültig erklärt hätte. Nirgendwo erblickte er Miltzin IX. Seine Innereien krampften sich zusammen, und stöhnend presste er seine Hände auf seinen Leib.

Die Lücke in dem Feuervorhang über der westlichen Türöffnung der Großen Galerie entging der Aufmerksamkeit der Gäste nicht; aus allen Ecken des Raums liefen sie auf den Ausgang zu. Binnen Sekunden war Neeper umzingelt, wurde gegen verzweifelte Körper gepresst, bekam Ellbogen in die Rippen, wurde gequetscht und umhergestoßen. Er konnte nicht atmen, konnte kaum sehen und denken. Ein Wirbelsturm von Heulen und Kreischen prasselte auf seinen Kopf ein. Er presste sich die Hände auf die Ohren, aber der Krach drang bis in sein Gehirn. Ein außergewöhnlich schmerzhafter Stich durchzuckte seine lebenswichtigen Teile, und stöhnend kippte er vornüber.

Meisterfeuer hatte seine Mission nicht vergessen. *Kein Entkommen.* Die Worte hallten schwach in Neepers Kopf nach. Die Lücke in der Türöffnung schloss sich wieder, und das plötzliche wütende Aufflackern von Licht und Hitze ließ die entsetzten Gefangenen zurückweichen. Neeper wurde hilflos wie ein Stück Treibgut von der Flut fortgetragen, bis ein heftiger Zusammenstoß ihn zu Boden schleuderte. Zweimal versuchte er sich zu erheben, und zweimal vereitelte der Druck der verängstigten Menschenmasse seine Bemühungen. Danach rollte er sich zu einem Ball zusammen, die Arme schützend um seinen Unterleib geschlungen, während der Sturm in seinem Inneren wütete.

Er bekam kaum mit, dass Meisterfeuer sich ausdehnte. *Groß.* Er sah die grünen Flammen nicht, die ausgelassen über die Wände tanzten und sich zur Decke emporreckten. *GroßGroßGroß.* Schwindlig, desorientiert und von Schmerzen gepeinigt bemerkte er nicht, dass das Kreischen der gefangenen Gäste sich zu wahnsinniger Verzweiflung steigerte. *Kein Entkommen.* Genauso wenig war ihm ganz bewusst, dass die Luft in der Langen Galerie die Temperatur eines Ofens angenommen hatte und kaum noch zu atmen war.

Eine Hand packte seinen Arm. Er öffnete die Augen und starrte verständnislos in ein dunkles, kantiges Gesicht, das ihm vage vertraut vorkam.

»Hier, Neeper, lassen Sie sich von mir helfen. Stützen Sie sich auf mich.«

Wer? *EssenEssenEssen.* O ja, der Vonahrier, der in den Arbeitsraum gefunden hatte. *EssenEssenEssen.*

»Neeper, verstehen Sie mich?«

Nitz Neeper schenkte ihm ein glasiges Lächeln. »Essen«, murmelte er. »EssenEssenEssen.«

Torvid Stornzof war ungeduldig geworden. Seine beiden Männer hätten längst zu ihm stoßen sollen. Irgendwie hatten sie es verpatzt. Sie durften sich seines äußersten Missfallens bewusst sein. Seine schwarzen Augenbrauen senkten sich, er trat an die Tür und horchte. Die Lange Galerie wurde von irgendeinem Tumult heimgesucht; er konnte dort drinnen erstickte Rufe, Kreischen und dröhnendes Trampeln hören. Offenbar irgendeine Art von Problem. Jemandem war übel geworden, und er war zusammengebrochen, ein Kampf war ausgebrochen, oder irgendeine törichte Frau hatte eine Maus entdeckt, geschrien und eine Panik ausgelöst. Doch was immer dort vor sich ging, es konnte das Versäumnis seiner Männer, ihre Befehle zu befolgen, nicht entschuldigen.

Torvid kostete seinen Zorn einen Moment lang aus. Er war tief und stark und versprach zu irgendeinem Zeitpunkt in nicht allzu ferner Zukunft eine heiße, rachsüchtige Wiederkehr. Nun jedoch war nicht der geeignete Zeitpunkt, sich damit zu beschäftigen. Er konnte nicht unbegrenzt in dem Treppenschacht herumlungern, denn es war nur eine Frage der Zeit, bis ein Dienstbote seine Anwesenheit bemerken würde. Er konnte es sich nicht leisten, noch länger auf seine stümperhaften Untergebenen zu warten, noch war er dazu aufgelegt, sich auf die Suche nach ihnen zu begeben. Er würde die Mission selbst erledigen müssen. Die Aussicht missfiel ihm nicht ganz. Er arbeitete am besten alleine, unbehindert von der Unfähigkeit seiner Handlanger.

Seine Hand glitt in seine Jacke, um sich um die Pistole zu schließen. Lautlos stieg er die Treppe hinauf, die zum privaten Audienzzimmer des Königs führte.

»Sie haben mich geschlagen.« Die Handfläche auf die brennende Wange gepresst, die Augen vor Erstaunen geweitet, fuhr König Miltzin zurück. »Sie – haben – mich – tatsächlich – *geschlagen.*«

Luzelle setzte sich auf, während sie automatisch ihr derangiertes Gewand ordnete. »Es tut mir Leid, Sire«, sagte sie beinahe benommen. »Ich habe es nicht so gemeint.« Wahrere Worte wurden nie gesprochen. Ihre Gedanken befanden sich in Aufruhr. Sie hatte alles verdorben, wurde ihr klar. In einem wahnsinnigen, unbesonnenen Moment hatte sie die Beherrschung verloren und alles verdorben. Verzweiflung überfiel sie. Sie musste es irgendwie wieder gutmachen.

»Was meinen Sie damit, Sie haben es nicht so gemeint? Wollen Sie behaupten, Sie hätten mich zufällig angegriffen?«

In gewisser Weise war es wirklich Zufall gewesen, aber das würde ihr der König nie glauben. »Ich – ich war aufgebracht«, gestand sie und fügte kläglich hinzu: »Ich war sehr verwirrt, ich hatte Angst.«

»Angst? Das glaube ich nicht. Sie haben mir fast den Kopf abgerissen. Sie hatten ungefähr so viel Angst wie eine Tigerin, die ihre Beute anspringt!«

»Es tut mir Leid, wirklich Leid. Bitte glauben Sie mir, Sire. Ich –«

»Ich wünsche nichts mehr zu hören. Solche Brutalität ist mir noch bei keiner Frau begegnet. Frauen sollten sanft und zärtlich sein. Das ist eine äußerst schmerzliche Enttäuschung.«

»Es war ein Fehler, Majestät. Ein schrecklicher Fehler. Es tut mir von ganzem Herzen Leid. Bitte glauben Sie mir das und nehmen sie meine demütigste Entschuldigung an –«

»Das interessiert mich nicht. Ich bin der König von Nieder-Hetzia, und Sie haben es gewagt, mich zu ohrfeigen. Sie gehören nicht in einen Königspalast. Sie gehören tatsächlich nicht einmal in eine zivilisierte Gesellschaft. Ich werde Ihnen eine Kutsche rufen lassen. Es ist Zeit, dass Sie gehen.«

»Majestät –« Sie konnte spüren, wie die Tränen der Niederlage in ihren Augen brannten, und unternahm keine Anstalten, sie zurückzuhalten. Vielleicht würde das helfen, Frauen sollten ja sanft und zärtlich sein. Sie streckte flehend die Hand aus. »Wie kann ich es wieder gutmachen? Sagen Sie mir nur, was ich tun kann.«

»Sie können gehen. Und wir können beide vergessen, dass wir je das Pech hatten, einander zu begegnen.«

»Aber ich werde es nie vergessen, Majestät. Schuldgefühle und Reue werden mich bis ans Ende meiner Tage quälen. Denn wir standen auf der Schwelle zu etwas Großem. Ihre Majestät stand im Begriff, dem dankbaren Vonahr die Wohltat des Fühlenden Feuers zu erweisen. Sie hatten praktisch schon zugestimmt, die Welt gegen die grewzische Bedrohung zu wappnen. Bitte, ich flehe Sie an, lassen Sie sich nicht von der törichten Verrücktheit einer Frau aufbringen. Vergessen Sie meine Dummheit, und denken Sie nur an –«

»Sie irren sich.« König Miltzin betrachtete sie voller Abscheu. Sein Gesicht trug noch immer die roten Abdrücke ihrer Hand. »Es gab keine Vereinbarung, weder ausdrücklicher noch stillschweigender Art. Falls Sie es vorgezogen haben, etwas anderes zu glauben, haben Sie sich getäuscht. Und jetzt, gnädige Frau, werde ich nach dem Diener läuten, um Sie hinausbegleiten zu –«

»Sire, ich beschwöre Sie –« Sie konnte sich gerade noch davon abhalten, ihn zu packen und heftig zu schütteln. »Wenn Sie mir doch nur gestatten würden –«

Die Bitte, die ihr mit fast hundertprozentiger Wahrscheinlichkeit abgeschlagen worden wäre, wurde nie zu Ende gebracht. Die Tür ging auf. Großlandsmann Torvid Stornzof betrat den Raum, mit funkelndem Monokel, die Pistole tödlich fest in der Hand.

König Miltzin erhob sich voller Würde, um zu fragen: »Was hat das zu bedeuten?«

»Der Adept Nevenskoi – ich will ihn haben«, erklärte

Torvid. »Sie werden mich in den Arbeitsraum führen.«

»Wie können Sie es wagen? Wer sind Sie?«

»Das geht Sie nichts an.«

»Er ist Torvid Stornzof, ein grewzischer Großlandsmann.« Luzelles Blick verschränkte sich mit dem des Eindringlings. »Sire, Sie sehen selbst, was diese Grewzier sind und wozu sie in der Lage sind. Sie können nicht zulassen, dass diese Leute –«

»Schweigen Sie«, befahl ihr Torvid. »Noch ein Wort, und ich schieße.«

Sie sah ihm in die Augen und erkannte, dass er nicht zögern würde. Sie schwieg.

»Das ist ungeheuerlich. Gehen Sie mir sofort aus den Augen!«, befahl Miltzin mit hochrotem Kopf. »Verlassen Sie meinen Palast. Gehen Sie, bevor ich Sie festnehmen lasse.«

»Ihre Majestät hat hier nichts mehr zu befehlen. Diese Verantwortung ist auf mich übergegangen«, versetzte Torvid trocken. »Jetzt werden Sie mich zu diesem geheimen Arbeitsraum führen, von dem ich gehört habe. Ich vermute, seine Lage ist Ihnen nicht unbekannt.«

»Bilden Sie sich nicht ein, dass Ihr Rang oder Ihre Staatszugehörigkeit Sie schützen werden, Großlandsmann«, warnte Miltzin. »Ihr Imperior ist mein Vetter. Diese unerhörte Frechheit wird nicht ungestraft bleiben. Jetzt gehen Sie, solange Sie es noch können und bevor Sie alles für sich noch viel schlimmer machen.«

»Wir werden zusammen gehen, Sire. Sie werden vorangehen. Weigern Sie sich, und ich verpasse Ihnen eine Kugel zwischen die Augen.«

»Haben Sie den Verstand verloren? Ich bin der König!«

»Auch Könige bluten, habe ich mir sagen lassen. Müssen wir die Probe aufs Exempel machen?«

»Das würden Sie nicht wagen! Ich habe in allen

angrenzenden Räumen meiner Privatgemächer Wachposten und Leibwächter postiert. Ein Schussgeräusch würde sie sofort herbeieilen lassen. Sie würden der Gefangennahme und Hinrichtung nicht entgehen.«

»Möglich.« Torvid zuckte mit den Schultern. »Ihre Majestät würde das Schauspiel freilich nicht verfolgen können. Und nun genug geplaudert. Wir gehen jetzt zu Nevenskois Arbeitsraum. Nein, nicht dort entlang«, sagte er, als sein Gefangener eilfertig einen Schritt auf eine üppig verzierte Flügeltür zu machte. »Sie waren ja selbst so freundlich, mich vor den bewaffneten Wachposten und Leibwächtern zu warnen. Deshalb werden wir die Treppe benutzen, über die ich gerade gekommen bin, dann die Lange Galerie und den Korridor dahinter. Sie auch«, beschied er Luzelle. Ein knapper Wink mit der Pistole wies ihr die Richtung. »Stellen Sie sich neben den König. Nehmen Sie seinen Arm. Tun Sie es.« Er wartete, bis sie gehorchte. »Das ist gut, Sie sind ein feines Paar.«

»Sie glauben doch nicht im Ernst, dass Sie den König mit vorgehaltener Pistole durch die gesamte Gästeschar dirigieren können?« Luzelle konnte es sich nicht verkneifen, das Wort zu ergreifen. »Sie sind wahnsinnig, wenn Sie das versuchen.«

»Aus diesem Grund wird es mir gelingen«, ließ Torvid sie wissen. »Niemand rechnet mit einem solchen Coup, niemand wird ihn durchschauen; diese Narren werden nicht erkennen, was vor ihrer Nase gespielt wird. Jetzt nehme ich meinen Platz an Seiner Majestät Seite ein, und wir begeben uns zur Langen Galerie. Wir nicken, lächeln und plaudern angeregt. Es ist ein angenehmer Empfang, jeder sieht, dass der König die Gesellschaft seiner guten Freunde genießt. Aber wir drei werden wissen, dass die Mündung meiner Pistole sich in die Rippen Seiner Majestät bohrt. Beim ersten Anzeichen von Widerstand, beim ersten Anzeichen zur Flucht, beim ersten Warn- oder Entsetzensschrei werde ich schießen. Die persönlichen Konsequenzen kümmern mich nicht. Zumindest werde ich den hetzischen König eliminieren, dessen Launen das Imperium einer mächtigen Waffe berauben. Begreifen Sie hier und jetzt, dass ich tun werde, was nötig ist.«

Miltzin IX. nickte steif. Die rote Spur der Ohrfeige war verblasst, sodass sein Gesicht völlig farblos war.

Luzelle durchbohrte den Großlandsmann mit Blicken. »Karsler weiß nichts hiervon«, klagte sie ihn an.

»Nichts«, stimmte er ihr mit einem kleinen Lächeln zu.

Sein Gesichtsausdruck machte sie schaudern. Sie schlug die Augen vor ihm nieder.

»Und jetzt los«, befahl Torvid. »Lächeln. Sie amüsieren sich. Vorwärts.«

Es war unmöglich. Er konnte das nicht durchziehen, konnte mitten in einem Palast voller Diener, Wachen und Gäste nicht damit durchkommen. Aber irgendwie verließen sie das Audienzzimmer auf Torvid Stornzofs Geheiß, er scheuchte sie die Treppe hinunter, er ließ sie nach seiner Pfeife tanzen. Ein Gefühl wütender Ohnmacht durchdrang Luzelle. Sie umklammerte den Arm des Königs mit festem Griff und ging die Stufen hinab.

Am unteren Treppenende stieß sie auf eine schlichte kleine Tür. Auf der anderen Seite schrien Leute. Sie zauderte.

»Weiter«, befahl Torvid.

Sie schoss ihm einen hasserfüllten Blick zu. König Miltzin zog die Tür halb auf. Sofort verstärkten sich die Rufe und Schreie. Aus der Langen Galerie unten blies ihnen ein sengender Feuerbrodem in den Treppenschacht entgegen. Luzelle erhaschte einen flüchtigen Blick auf unglaublich grüne Flammen, die die Wände und die Decke über ihren Köpfen bedeckten, bevor die Tür zuschlug.

»Weiter, alle beide«, ordnete Torvid unbeirrbar an.

»Sind Sie wahnsinnig?« Sie wirbelte zu ihm herum. »Da drinnen herrscht ein Inferno!«

»Das sehe ich. Ein grünes Inferno. Höchst ungewöhnlich.«

»Wir müssen den Weg zurückgehen, den wir gekommen sind, wir haben keine Wahl!«

»Ach? Lassen Sie uns nachdenken. Haben Sie die bizarre Farbe der Flammen bemerkt, das exzentrische Bewegungsmuster, das Fehlen echter Zerstörung? Hier ist, vermute ich, was ich suche. Das ist das Fühlende Feuer, nicht wahr?«, wollte Torvid vom König wissen. Das gequälte Schweigen seines Opfers wurde offenbar als Zustimmung gewertet. »Ausgezeichnet. Das vereinfacht die Dinge. Der Erfinder ist in der Nähe, will ich meinen.«

»Ich weiß es nicht.« Miltzin kaute auf seiner Unterlippe. »Ich habe weder nach ihm noch nach Meisterfeuer schicken lassen, ich habe ihm nicht gestattet, *das da* zu veranstalten. Er ist zu weit gegangen.«

»Dieser Nevenskoi war nicht zu diesem Empfang geladen?«, erkundigte sich Torvid.

»Nein. Er ist in Ungnade gefallen; er sollte nicht hier sein und die Menschen erschrecken.« Miltzin blickte finster drein.

»Dann muss Ihre Majestät dem Adepten Ihr Missfallen kundtun. Sie werden ihn jetzt für mich finden. Vorwärts.«

»Nein.« Luzelle sträubte sich. »Ich werde da nicht reingehen.«

»Ziehen Sie eine Pistolenkugel an Ort und Stelle vor?«

»Besser, als bei lebendigem Leib zu verbrennen!«

»Meisterfeuer wird Sie nicht verletzen, Miss Devaire«, versprach Miltzin mit bleichem Gesicht. »Keine Angst, Nevenskoi wird das nicht zulassen.«

Seine Versicherungen vermochten sie nicht zu überzeugen, doch dann öffnete sich die Tür erneut, und sie fand sich hindurchgehen, noch immer krampfhaft den Arm des Königs umklammernd.

Die gleißende grüne Helligkeit, der aufwallende Rauch und das Chaos aus Schreien, das das Brüllen des Feuers untermalte, machten sie vorübergehend konfus. Sie blinzelte, und ihre Sicht trübte sich. Die Hitze traf sie wie eine Keule, und sie hob die Hand, um ihr Gesicht zu schützen. Sie nahm vage wahr, dass die Mehrzahl der Gäste sich in der Saalmitte zusammendrängte, möglichst weit von den flammenverhüllten Wänden entfernt. Auf einmal jedoch löste sich eine verzweifelte Gruppe aus der Menschenmenge und stürzte auf die bislang unbemerkt gebliebene Tür zu, durch die sie und ihre beiden Begleiter soeben gekommen waren. So rasch sie sich auch bewegten, sie waren nicht schnell genug. Ein langer sich windender Feuerarm schoss auf die Türöffnung zu. Ein so blitzschneller und zielgerichteter Schlag konnte kein Zufall sein. Umgehend wurde der Ausgang von grünen Flammen erstickt.

Kein Weg zurück. Luzelles brennende Augen schweiften umher. Durch Rauchschwaden hindurch machte sie die feuerüberzogenen Türen und Fenster aus. Jetzt gab es für niemanden mehr einen Weg hinaus.

»Da rüber!« Der Großlandsmann wies in eine Richtung.

Luzelle warf ihm einen Blick von der Seite zu. Inmitten des Flammenchaos wirkte Torvid Stornzof unglaublich unerschüttert, das silberne Haar tadellos in Ordnung, das Monokel unverrückt am Platze. Die Lippen, kaum merklich und unbewusst verzogen, vermittelten Befriedigung.

Er genießt es, dachte Luzelle erstaunt.

»Wir werden durch diesen Pöbelhaufen hindurchstoßen.« Torvids Geste umfasste die geduckte Menge. »Vorwärts.«

Miltzin gehorchte ohne Widerrede. Seine Gegenwart und seine Notlage schienen von den Gästen unbeachtet zu bleiben. Die Pistole, die sich in seine Rippen drückte, war unauffällig, und niemand sah hin.

Inmitten dieses Pandämoniums würden sie die Beute des Großlandsmanns nie und nimmer finden, dachte Luzelle. Doch sie hatten sich noch kaum in Bewegung gesetzt, als ihre Blicke auch schon wie instinktiv auf Girays gelenkt wurden, der nur wenige Meter entfernt von ihnen stand und einen kleinen hellhaarigen Mann stützte, angetan mit einer altertümlichen schwarzen Robe. Die Gestalt in der Robe war vornübergebeugt und presste die Hände auf ihren Leib. Sie unterdrückte den Impuls, zu Girays zu rennen. Sinnlos, ihn in den Bannkreis der gefährlichen Aufmerksamkeit des Großlandsmanns hineinzuziehen.

Ihre Vorsicht war umsonst. Miltzin IX. schaute den Mann neben Girays an und wandte den Blick zu schnell ab.

Torvid bemerkte die Reaktion des Königs, musterte die Gestalt in der Robe und stellte fest: »Nevenskoi.«

Miltzin schüttelte stumm den Kopf.

»Ach nein? Und dennoch trägt er die Robe eines Adepten. Schauen wir mal nach.« Der Großlandsmann lotste seine Geiseln geschickt durch die Menge.

Als sie näherkamen, entdeckte Girays sie, und Luzelle sah, wie seine dunklen Augen sich mit einem Entsetzen weiteten, das völlig untypisch für ihn war. Sie brauchte einen Augenblick, um zu erkennen, dass sie selbst der Grund dafür war. Bis zu diesem Moment hatte er sie in Sicherheit gewähnt. Er hatte nicht damit gerechnet, sie zusammen mit ihm in dieser feuerumschlossenen Todesfalle von einer Galerie zu finden.

Der Mann in der Robe hob den schmerzverzerrten Blick zum Gesicht seines Königs. »Majestät«, wisperte er und wurde von einem heftigen Hustenanfall geschüttelt.

»Neeper«, entgegnete der König mit fester Stimme.

»Vergeben Sie –«

»Haben Sic wieder Krämpfe? Versuchen Sie nicht zu sprechen, Neeper. Schonen Sie lieber Ihre Kräfte«, riet ihm der König.

»Neeper? Nevenskoi bestimmt«, sinnierte der Großlandsmann amüsiert. Er wandte sich an den Gepeinigten: »Dieses grüne Feuer um uns herum ist Ihrem Willen unterworfen?«

»Es –« Neepers Antwort ging in einem Hustenanfall unter.

Der Großlandsmann wartete.

»Meisterfeuer – verzehre nichts – *EssenEssenEssen* –« Noch mehr Husten, der mit einem Stöhnen endete.

Torvids Brauen zogen sich zusammen. »Kommen Sie, genug davon. Ich verliere langsam die Geduld.«

»Meine ist längst aufgebraucht. Lassen Sie ihn in Ruhe«, warf Girays ein. »Das hat keinen Sinn, Stornzof. Sie sind erledigt. Ich weiß Bescheid wegen Karsler, und wenn wir diesen Brand überleben, wird die Welt es erfahren. Sie können sich nirgendwo verstecken. Selbst Ihr Imperior wird nicht willens oder fähig sein, die Hand über Sie zu halten.«

»Was ist mit Karsler?« Trotz der sengenden Hitze wurde es Luzelle ganz kalt von innen.

»Aha, Sie haben sich hinter einem Stuhl versteckt, M. v'Alisante? Oder vielleicht das kleine Mäuschen vor der Tür gespielt? Egal. Es mag ebenso gut publik werden, Ausflüchte sind mir ein Ärgernis.« Torvid drehte sich herum und streckte seinen Arm leicht vor, um die Pistole ins Blickfeld zu bringen.

»Und was beabsichtigen Sie damit?« Girays zog verächtlich die Augenbraue in die Höhe. »Jeden hier erschießen? Was passiert, wenn Ihnen die Munition ausgeht?«

»Zu diesem Zeitpunkt, davon dürfen Sie ausgehen,

sind Sie, der hetzische König und diese vonahrische Schlampe hier längst tot. Aber in der Tat zöge ich es vor, ein Gemetzel zu vermeiden. Lieber möchte ich nur den Adepten mitnehmen.« Sich an Neeper wendend, erklärte er: »Sie werden mich zum nächsten Ausgang begleiten. Wenn wir ihn erreichen, werden sie die Flammenbarriere entfernen, aber nur so lange, um Sie und mich ungehindert hinausgehen zu lassen.«

»Ich – *Essen* – verliere die Kontrolle –«, stammelte Neeper.

»Haben Sie mich verstanden?«

Neeper stöhnte und sank auf die Knie.

»Ich habe gefragt, ob Sie mich verstanden haben! Antworten Sie!« Keine Erwiderung, und nun verlor der Großlandsmann endgültig die Geduld. Er hob die Hand, die die Pistole hielt, und schlug den Adepten zweimal links und rechts ins Gesicht.

Die Hiebe schickten Neeper zu Boden. Er schlug der Länge nach auf den Boden und blieb still liegen. Ein erschreckter Ausruf entrang sich Miltzin IX. Girays machte einen entschlossenen Schritt nach vorn und blieb stehen, als Torvid die Waffe auf ihn richtete. Zum selben Zeitpunkt erschütterte etwas zwischen einem Rumpeln und einem tiefen Knurren den Saal.

Luzelle stockte der Atem. Sie konnte das Geräusch nicht einordnen, so etwas hatte sie noch nie gehört, aber es erfüllte sie mit elementarer Furcht. Das Feuer, das Wände und Decke säumte, dehnte sich aus, stieß neue und längere Flammenzungen hervor, und ihr Grün war nun mit einem wütenden Rot versetzt. Das Tosen des Brandes wurde tiefer und lauter, vibrierte durch ihre Nervenfasern, und sie fühlte eine plötzliche Mordlust, gewaltig und unersättlich. Ihre Gliedmaßen zitterten. Sie war sich nicht bewusst, dass sie zu Girays lief, aber er schlang seine Arme um sie und hielt sie fest.

Das Feuer war nun an vielen Stellen blutig gestreift,

die roten Flecken hielten dem Grün fast die Waage, und das Flammenmeer über ihren Köpfen begann sich zu verändern; seine Substanz wechselte und floss wie von arkanen Strömungen bewegtes Wasser. Oben entstand ein sich drehender Feuerstrudel, dessen Zentrum direkt über dem Kopf von Torvid Stornzof lag. Der Großlandsmann bemerkte nichts. Er schrie den am Boden Liegenden an, der sich schwach regte und die Augen aufschlug.

Neeper blickte hoch; nicht zu seinem Peiniger, sondern an die Decke. Seine glasigen Augen weiteten sich, und er sagte etwas. Luzelle konnte kein Wort verstehen, aber sie sah, wie seine Lippen die Silben formten: *Nein. Süßer. Nein.* Torvid folgte dem starren Blick des Adepten. Er musterte den feurigen Wirbel mit klinischem Interesse.

Die Drehbewegungen über ihnen beschleunigten sich, und ein Feuerschlot wirbelte von der Decke herunter. Es gab ein Keckern wie ein Gelächter wilder Befriedigung, als Meisterfeuer seine Beute ergriff.

Torvid Stornzof kreischte auf. Seine Arme ruderten wild umher, und er hüpfte ruckweise auf und ab wie eine verrückte Marionette. Sein wundervoll geschnittener Abendanzug fing Feuer. Binnen Sekunden brannte der Stoff weg, um seine Nacktheit den Flammen auszusetzen. Sein silbriges Haar und die schwarzen Brauen brutzelten im Nu weg. Sein Fleisch begann schwarz zu werden, und der Geruch kochenden Fleischs zog durch die Lange Galerie.

Torvid warf sich zu Boden und wälzte sich, aber der große Feuertrichter, der ihn umschloss, ließ sich nicht ersticken. Die Heftigkeit seiner Zuckungen ließ einen Funkenregen hochstieben. Manche senkten sich auf nahe Seidenröcke und Unterröcke, wo frische kleine Feuer aufblühten. Neue Entsetzensschreie erschollen, doch keine erreichten die Lautstärke, die das unaufhörliche Kreischen des Großlandsmanns hatte.

Durch den wabernden Vorhang aus Grün und Rot konnte Luzelle sehen, wie seine Haut sich schwärzte und abpellte wie die Haut einer gerösteten Paprika. Sein haarloser Skalp war mit luftgefüllten Blasen übersät, die den Umfang seines Kopfes fast auf das Doppelte anschwellen ließen. Seine Gesichtszüge waren so entstellt, dass man sie nicht mehr erkennen konnte, die Augen verschwunden in Blasen aschenbedeckten Gewebes, falls sie überhaupt noch da waren. Von seinen Genitalien war nichts als ein verkohlter Stumpf geblieben. Doch seine Stimme war unbeeinträchtigt. Er hätte doch inzwischen gewiss Feuer einatmen müssen, hätte sich Kehle und Lunge versengen müssen, aber seine Schreie ließen nicht nach.

Es schien Jahre zu dauern. Die Ewigkeit zog sich dahin, während die blinde schwarze Gliederpuppe im Herzen der Lohe sich hochzog, um durch die Menge zu torkeln, deren Mitglieder beiseite wichen und in ihrem Bemühen, der menschlichen Fackel aus dem Weg zu gehen, übereinander fielen.

Endlich stürzte er zu Boden, aber sein Todeskampf war noch nicht beendet, denn er zuckte und winselte weiter, während er verbrannte, und die scharrende Bewegung seiner Hände ließ darauf schließen, dass er wegzukriechen versuchte. Schließlich hörten alle Bewegungen und Laute auf. Selbst da gab Meisterfeuer sein erstes Todesopfer nicht frei, sondern verweilte wütend dort, bis der Körper zu fettiger Asche und Knochen verbrannt war.

»Meister Neeper.« Girays beugte sich zu dem Adepten hinunter, um ihm die Hand auf die Schulter zu legen. »Können Sie mich hören?« Er erhielt keine Antwort, und so hob er die Stimme, um sich in dem Tumult um sie herum verständlich zu machen, und wiederholte seine Frage.

Neepers Augen öffneten sich. »*Groß*«, flüsterte er. »Ich bin GroßGroßGroß.«

»Meister Neeper, können Sie die Feuersbrunst löschen oder wenigstens verkleinern?«

»Groß. Groß.« Neeper blinzelte, und sein Blick schärfte sich. »Schwindel. Schmerz. Kann nicht denken.«

»Können Sie einen Ausgang freimachen?«

»Weiß nicht.« Der Adept rieb sich die Augen. »Ich will es versuchen. Helfen Sie mir.«

Während Girays und Miltzin jeweils einen seiner Arme nahmen, zogen sie ihn hoch und schleusten ihn zu der nächsten Türöffnung, wo sie ihn losließen. Neeper schwankte, und Luzelle meinte, er würde wieder hinstürzen, aber er schaffte es, sich auf den Beinen zu halten. Mehrere Sekunden lang stand er regungslos da, den Kopf geneigt. Dann hob er seinen Blick zu dem Feuer, und sein Gesichtausdruck war ruhig, aber sie spürte eine Andeutung intensiver geistiger Aktivität. Lange Momente verstrichen, bevor die blutroten Streifen aus den Wächterflammen zu schwinden begannen. Als sie ihre einheitlich grüne Färbung wieder angenommen hatten, sprach Neeper, doch seine Worte waren nur für sein Geschöpf zu hören. Die Flammen wichen geschmeidig beiseite.

König Miltzin war der Erste, der die Lange Galerie verließ. Luzelle und Girays, die Neeper stützten, folgten ihm dicht auf den Fersen. Sie traten in einen Korridor hinaus, in dem Palastbedienstete sich mit einer Eimerkette abmühten. Durch die Luft spritzende kalte Wassertröpfchen sprenkelten Luzelles Gesicht. Sie fühlten sich phantastisch an. Weder sie noch sonst jemand würde lebendig verbrennen, und das war ebenso phantastisch, aber ungeteilte Freude konnte sie kaum empfinden. Sie hatte ihre Audienz beim König unwiderbringlich verpatzt, und Girays hatte eine Andeutung fallen lassen, über die nachzudenken sie sich kaum überwinden konnte; etwas über Karsler.

Doch sie musste auch noch nicht darüber nachdenken, denn die befreiten Gefangenen, die aus der Langen Galerie strömten, drängelten und schubsten und trampelten sie in ihrem Drang, dem brennenden Palast zu entkommen, beinahe über den Haufen. Kein Raum zum Nachdenken im Augenblick, und das war vielleicht auch besser so. Den Korridor entlang flüchteten sie inmitten einer panischen Stampede, die große zentrale Treppe hinunter, durch eine Eingangshalle von der Größe einer marmornen Wiese und durch das Eingangstor in den Palastgarten, wo eine große Schar des Personals bereits stand und zuschaute.

Die Lange Galerie leerte sich rasch. Als der letzte der Gäste durch die von Feuervorhängen gerahmte Türöffnung gestürzt war, schlotterte Neeper, taumelte und murmelte unzusammenhängend vor sich hin.

Die Lücke in den Flammen schloss sich. Meisterfeuer hüpfte herum und brüllte in wahnsinniger grüner Herrlichkeit auf.

»Nevenskoi – meine Wasserhexe!«, flehte König Miltzin. »Tun Sie etwas, mein lieber Freund!«

»Sire, ich –« Die Augen des Adepten verdrehten sich. Ohnmächtig brach er zusammen. Girays und Luzelle fingen ihn auf, bevor er fiel.

Flammen schlugen in den Korridor hinaus. Hoffnungslos überfordert, gaben die Palastdiener Fersengeld und liefen davon, die verzweifelten Befehle ihres Monarchen ignorierend. Gewundene Feuertentakel schlängelten sich forschend durch die Halle. Ein Brokatsatz von Fenstervorhängen fing Feuer, dann ein zweiter. Die Teppiche am Boden begannen zu schwelen.

Zumindest vorerst gab es nichts, was man gegen das Feuer hätte unternehmen können.

»Sire, gestatten Sie, dass wir Sie aus dem Gebäude führen«, bettelte Luzelle.

Miltzin sah sie an und nickte. Gemeinsam verließen sie den Palast und trugen den bewusstlosen Neeper mit sich. Sie schleppten ihn bis zu der weißen Steinmauer, die den Palast umschloss, und legten ihn dort an sicherem Ort auf den Boden. Der Adept rührte sich bereits.

Sie waren alles andere als allein. Hunderte von Gästen, Palastwachen und Hausbediensteten warteten dort und besahen sich das Schauspiel vom Fuße der Mauer aus. Eine Art seufzendes Raunen unter den Zuschauern lenkte Luzelles Blick widerwillig zu der Wasserhexe, wo grüne Flammen aus den Fenstern des ersten Stocks schlugen. Während sie noch hinsah, dehnte das Feuer sich aus und kletterte auf das Dach hinauf und darüber hinaus. Ein mächtiges, triumphierendes Brüllen erhob sich, als Meisterfeuer sich aufrichtete und nach dem Sternenhimmel griff.

Viel später in jener Nacht, als die Wasserhexe nur noch aus rauchenden Ruinen bestand und die grüne Feuersbrunst sich allmählich legte, ergriff Miltzin IX. zum ersten Mal seit Stunden das Wort.

»Wir müssen eine Art von Volkszählung durchführen, um sicherzustellen, dass es keine weiteren Todesopfer als dieses grewzische Schwein gegeben hat.«

»Eine Suche in den Trümmern wird die Überreste von mindestens einer weiteren Leiche zutage fördern, Sire.« Girays, vom schwächer werdenden grünen Gleißen Meisterfeuers beleuchtet, neigte das Haupt. »Karsler Stornzof wurde von seinem Onkel ermordet, als er versuchte, Ihre Majestät zu retten.«

Die Tränen ließen Luzelles Blick verschwimmen, aber ihr Kummer enthielt keine Spur von Überraschung. Sie hatte es seit Stunden gewusst, ohne sich dieses Wissen einzugestehen. Karsler vergeblich gestorben, ihre Mission verpfuscht, ihr Land zum Untergang verurteilt. Eine Nacht der Katastrophe.

»Nun. Das mit dem jüngeren Stornzof tut mir Leid.« Miltzin runzelte die Stirn. »Wie es scheint, ist nicht jeder Grewzier ein Verbrecher. Aber mein Vetter

Ogron ist einer, und ich kann Ihnen versichern, dass ich nunmehr genug von ihm habe. Er kniet sich nun schon zu lange rein, und es muss ein Ende haben. Die heutige Nacht war der Tropfen, der das Fass zum Überlaufen gebracht hat. Ich werde ihn lehren, seine Schläger auf mich loszulassen. Miss Devaire, wie lautete doch gleich das vonahrische Angebot, mit dem Sie vor wenigen Stunden hausieren gingen? Fünfzig Millionen, nicht wahr?«

»Vierzig, Sire«, murmelte sie verblüfft.

»Vierzig. Auch gut. Ich kann nicht feilschen. Es wird die Wiederaufbaukosten für eine verbesserte Wasserhexe decken, und das wird reichen müssen.«

»Ihre Majestät sind gewillt, Vonahr das Fühlende Feuer zu verkaufen?« Kurzzeitig fragte sie sich, ob ihre Phantasie ihr nicht einen Streich spielte. Neben sich hörte sie Girays scharf den Atem einziehen.

»Denken Sie, ich würde nach der heutigen Nacht zögern? Dieses Feuer ist ein bisschen zu heiß geworden, als dass Nieder-Hetzia es behalten könnte. Sie dürfen es haben, machen Sie Vetter Ogron Feuer unter dem Hintern, oder stopfen Sie es ihm in den Schlund, ganz wie Sie wollen.« Miltzin wandte sich zu der still und stumm neben ihm sitzenden dunklen Gestalt um. »Nevenskoi – ich meine, Neeper – sind Sie ganz wach?«

»Sire, ich bin es.« Neepers Stimme war schwach. »Und ich möchte mein tiefstes Bedauern zum Ausdruck bringen – meine Trauer und meine Scham –«

»Das stände Ihnen auch gut an, aber jetzt ist nicht der Zeitpunkt dafür. Was Sie mir sagen müssen, ist Folgendes: Halten Sie sich unter normalen Umständen – das heißt, wenn Sie nicht unter Verdauungsbeschwerden, Benommenheit oder Rauchvergiftung leiden –, immer noch für fähig, unseren Meisterfeuer zu kontrollieren?«

»Sire, die heutige Nacht war ein entsetzlicher Fehler. Er wird sich nicht wiederholen, glauben Sie mir. Für gewöhnlich gehorcht Meisterfeuer mir bereitwillig, vorausgesetzt, er wird nicht übermäßig stimuliert. Aber das ist etwas, was äußerst selten –«

»Hören Sie auf. Ich nehme Sie beim Wort, und falls Bedingungen daran geknüpft sind, so ist das nicht mehr meine Sache. Sie sehen, mein lieber Freund – Sie stehen im Begriff, eine Reise nach Vonahr anzutreten.«

Epilog

Nachdem der König seine Entscheidung erst einmal getroffen hatte, schritten die Ereignisse zügig voran. Es gab keine Zeit, um Atem zu schöpfen, nachzudenken oder die Realität von Karslers Tod zu verarbeiten, bevor Luzelle sich an Bord eines Zugs auf dem Weg nach Sherreen befand. Noch ein Zug, aber diesmal ein ganz besonderer, versehen mit dem Königswappen von Nieder-Hetzia und der Benutzung durch Seine Majestät sowie bestimmte begünstigte Gäste vorbehalten. So reiste sie also mit Girays und dem Adepten Nevenskoi oder vielmehr Nitz Neeper, wie er sich nun nannte, sowie einer Schwadron muskulöser bewaffneter Leibwächter in einem lachhaft luxuriösen Privatwaggon, ausgestattet mit kugel- und bombensicheren Wänden. Dem Adepten, einer hoch geschätzten Siegesbeute, war es nicht gestattet, sich ohne Begleitung einer Wache vom Platz zu rühren.

In dem Moment, in dem der Zug in Sherreen zum Halten kam, wurde Nitz Neeper in eine anonyme, rundum geschlossene Kutsche verfrachtet. Luzelle vermutete, dass er im Labyrinth des Republikanischen Komplexes verschwinden würde, doch mit Sicherheit wusste sie es nicht, denn ihre wiederholten Fragen blieben auf überaus höfliche Weise unbeantwortet. Das ärgerte sie – angesichts ihrer Rolle bei den Ereignissen hatte sie doch gewiss Anrecht auf ein paar Informationen –, aber die Speichellecker der vonahrischen Regierung schienen das anders zu sehen. Sie wurde galant in ihre eigene Wohnung eskortiert und dort allein gelassen, und ihre Neugier blieb unbefriedigt.

Offensichtlich hatte ihre Nützlichkeit nun ein Ende.

Es war seltsam, wieder in ihren alten Zimmern zurück zu sein. Sie waren vertraut und behaglich, das schon, aber ruhig, ein bisschen schäbig und irgendwie bar jeder Bedeutung. Sie hatte nicht das Gefühl, nach Hause zu kommen – es gab wenig, zu dem sie hätte heimkehren können, außer einer guten Sammlung von Büchern und Erinnerungsstücken; sogar die Möbel gehörten ihr nicht. Aber ihre Stimmung hob sich noch am selben Abend, als sie ihre angehäufte Post durchzusehen begann, die ihre Vermieterin in ihrer Abwesenheit für sie gesammelt und aufbewahrt hatte. Die Nachricht von ihrem Sieg war ihrer Ankunft um mehrere Tage vorausgeeilt, und die Reaktion war beeindruckend. Es gab im wahrsten Sinne Hunderte von Glückwunschbriefen, -schreiben und -karten, die meisten von Fremden, aber nichtsdestoweniger herzerwärmend. Emotional weniger befriedigend, aber dafür von größerem praktischen Wert waren die Angebote – ein ganzes Dutzend Gesellschaften versuchte sich ihrer Dienste als Professorin, Gastdozentin oder Verfasserin von Beiträgen, Aufsätzen und Büchern zu vergewissern. Es gab sogar eine Einladung von der Universität von Sherreen, zwei Semester als Gastdozentin im Bulaude-College zu verbringen, eine Ehre, die nie zuvor einer Frau zuteil geworden war.

Ihre Karriere war gesichert. Nie wieder würde sie eine Rückkehr in die bittere Abhängigkeit in Seiner Ehren Haushalt in Betracht ziehen müssen. Die Freiheit, nach der es sie so sehr verlangt hatte, gehörte ihr. Das war ein echter Erfolg, aber irgendwie konnte sie den Triumph nicht richtig genießen; irgendwie schien er auch nicht ganz real zu sein, es sei denn, sie würde ihn mit Girays teilen.

Am nächsten Tag, als sie beide ins Außenministerium bestellt wurden, erhielt sie Gelegenheit dazu. Sie trafen gleichzeitig ein, und beide wurden in einen gesichtslosen kleinen Konferenzraum im Erdgeschoss geführt. Vier offizielle Vertreter des Ministeriums erwarteten sie dort, aber der Bevollmächtigte Unterminister vo Rouvignac befand sich nicht unter ihnen. Vielleicht hatte er es, da er auf das Privileg eines königlichen Transportmittels verzichten musste, noch nicht von Toltz zurück geschafft. Die Beamten stellten sich vor. Bedeutungslose Namen und Titel rauschten an ihr vorbei, zu schnell, um sie sich zu merken.

Luzelle war in der Hoffnung gekommen, ein paar Informationen zu erhalten, fand jedoch bald heraus, dass sie dort war, um Fragen zu beantworten, nicht zu stellen. Das Verhör war höflich, aber ausführlich und langwierig. Die Beamten wünschten einen so vollständigen Bericht wie möglich über die Ereignisse auf dem Empfang im Wasserhexenpalast. Besonders interessierte sie alles, was mit den beiden Stornzofs zusammenhing oder sich auf Verhalten und Aussehen jenes Phänomens bezog, das in aller Vorsicht als »ein sich rasch ausbreitendes Feuer von vermeintlich ungewöhnlichen Eigenschaften« tituliert wurde.

Luzelle zügelte ihre Ungeduld und beantwortete die Fragen, so gut sie es vermochte, und Girays tat dasselbe. Seine Darstellung von Karsler Stornzofs letzten Minuten, die mit Ausnahme einiger weniger persönlicher Bemerkungen exakt mit der übereinstimmte, die er ihr im Zug gegeben hatte, trieb ihr erneut die Tränen in die Augen. Ihre eigene Schilderung von Torvid Stornzofs Überfall auf König Miltzins Privataudienzzimmer bewirkte einen diskreten Austausch von Blicken unter ihren Zuhörern. Der gemeinsame Bericht von Torvids Tod – unter einer riesigen Schar von Gästen, von denen sonst niemand zu Schaden gekommen war, alleine zum Flammentod auserwählt – faszinierte sie. Die Erkenntnisse, die sie erlangten, waren eindeutig von Interesse, aber sie unternahmen keine Anstalten, sich diesbezüglich zu revanchieren. Als sie all ihren Mut zusammennahm und es wagte, nach Neuigkeiten über Nitz Neeper und das Fühlende Feuer zu fragen, antworteten alle vier Beamten ausweichend.

Am Ende des Verhörs verließ sie frustriert das Gebäude, Arm in Arm mit Girays. Sie kehrten in einem nahe gelegenen Café ein, wo sie im Schatten einer gestreiften Segeltuchmarkise Eistee tranken, während sie ihm von den Angeboten, den vorgeschlagenen Artikeln und Büchern erzählte und von der Dozentenstelle im Bulaude-College.

»Meine Glückwünsche.« Sein Lächeln blitzte auf. »Es ist phantastisch, Sie haben Wunder vollbracht. Ihnen stehen so viele Möglichkeiten offen, welchen Weg werden Sie einschlagen?«

Sie schaute ihn an. Seine dunklen Augen waren voller Wärme, die offensichtlich aufrichtig war. Sein Lächeln war perfekt. »Was ist los?«, fragte sie.

»Ich bin stolz auf Sie, und ich freue mich für Sie.«

»Und? Da ist doch noch etwas, oder?«

»Das hat nichts mit Ihnen zu tun.«

Sie musterte ihn. Vor drei oder vier Monaten hätte Sie ihn der Eifersucht, des Grolls, der verletzten Eitelkeit geziehen. Jetzt wusste sie es besser. Dann ging es ihr blitzartig auf – die strahlenden Hoffnungen und Pläne für die Zukunft, die Arbeit, die Leistungen und die Anerkennung –, all das würde zunichte werden, wenn die Truppen des Imperiums Vonahr eroberten. Die Verleger würden den Laden dichtmachen müssen oder zumindest ruhen lassen, der Zirkel der Gastvorlesungen würde zum Erliegen kommen, selbst die Universität von Sherreen würde den Vorlesungsbetrieb drastisch reduzieren, wenn nicht samt und sonders einstellen. Sie konnte eventuell zu irgendeinem späteren Zeitpunkt versuchen, ihre unterbrochene Karriere fortzusetzen, aber ohne große Hoffung auf Erfolg. In einem besetzten Vonahr gäbe es wenig Bedarf an einer weiblichen Autorin/Dozentin.

Girays wusste das. Er war zu nett, um sie daran zu erinnern. Darüber hinaus hatte er weitaus dringlichere Sorgen. Sein geliebtes Belfaireau-Anwesen, seit Generationen der Familiensitz der v'Alisantes, war eine begehrenswerte Siegesbeute. Im Falle einer erfolgreichen Invasion würden die grewzischen Eroberer zwangsläufig Herrenhaus und Landbesitz enteignen. Bis zu diesem Moment hatte sie keinen einzigen Gedanken daran verschwendet.

Trotz der Kraft der Sommersonne schien der Tag sich jäh zu verfinstern. Sie trank einen Schluck Eistee und wechselte das Thema.

Zwei Tage später erhielt sie eine Einladung zum Mittagessen mit vo Rouvignac, der wieder in der Stadt war. Der Bevollmächtigte Unterminister erwies sich zwar als kommunikativer als seine Kollegen aus dem Ministerium, aber auch nicht eben als sehr mitteilsam.

»Ich würde Ihnen antworten, wenn ich könnte, Miss Devaire«, versicherte er ihr zwischen zwei Löffeln geeister Hummersuppe. »Doch selbst mich lässt man dieser Tage ziemlich im Dunkeln.«

Sie glaubte ihm nicht, doch da ihr keine höfliche Möglichkeit einfiel, ihrem Zweifel Ausdruck zu verleihen, beließ sie es bei einem verständnisvollen Lächeln, ließ eine angemessene Zeitspanne verstreichen und änderte dann Wortwahl und Zielrichtung ihrer Fragen. Vermutlich war er willens, zu ihrer Aufklärung beizutragen, so weit er das durfte. Als sie sich nach Karsler Stornzof erkundigte, konnte er ihr mitteilen, dass eine gründliche Suche im ausgebrannten Wasserhexenpalast den unversehrten Leichnam von Oberkommandant Stornzof in einem der vom Feuer verschont gebliebenen unterirdischen Räume zutage gefördert hatte. Der Körper war nach Grewzland zurückgeschickt worden, wo die Bruderschaft des Promontoriums sich um die Beisetzungsmodalitäten kümmern würde. Was die bis zur Unkenntlichkeit verbrannten Überreste des Großlandsmanns Torvid Stornzof anbetraf, so hatte man sie in aller Stille auf einem Toltzer Friedhof unter die Erde gebracht. Trotz seiner rasenden Wut hatte das Feuer keine weiteren Todesopfer gefordert.

Und der hetzische Adept, Nitz Neeper? Noch in Sherreen?

Schwer zu sagen. Meister Neeper war bei seiner Ankunft ausführlich von Regierungsbeamten vernommen worden. Er, vo Rouvignac, selbst war bei diesen Gesprächen nicht zugegen gewesen, erklärte er; in jedem Fall wurde ihr Inhalt als höchst sensibel eingestuft. Es bestand Grund zu der Annahme, dass Meister Neeper vor kurzem an einen anderen Ort verbracht worden war, den vo Rouviganc nur schwer spezifizieren konnte; wirklich, vieles lief auf reine Spekulation hinaus.

Und das Fühlende Feuer? Sie hatte es mit eigenen Augen gesehen, sie wusste, dass es real war, aber war es auch praktisch einsetzbar? War es auch nur entfernt verlässlich oder beherrschbar? Konnte es tatsächlich als effektive Kriegswaffe dienen?

»Was das angeht, Miss Devaire, kann ich mir kaum ein Urteil anmaßen«, stellte vo Rouvignac bescheiden fest. »Wenn Sie konkrete Tatsachen wünschen, müssen Sie es, fürchte ich, machen wie ich auch – die Zeitungen lesen.«

Sie befolgte seinen Rat, und zwei Tage später lautete die Schlagzeile ihres Exemplars von *Der Republikaner:* HAERESTISCHE FORDERUNG ZURÜCKGEWIESEN.

Ihr Pulsschlag beschleunigte sich. Das war es. Sie las weiter. Der Artikel war lang und detailbefrachtet, aber seine Hauptaussage war einfach genug. Der vonahrische Präsident hatte mit voller Unterstützung des Kongresses das Ersuchen des haerestischen Parlaments betreffs der Übereignung der Provinz Eulence an Haereste mit einer unmissverständlichen Weigerung beantwortet. Die haerestische Regierung hatte bereits mit einer förmlichen Protestnote reagiert. Die diplomatischen Beziehungen zwischen den beiden Staaten waren abgebrochen worden. Der haerestische Botschafter hatte Sherreen verlassen, und die Botschaft war geschlossen worden. Der Hohe Rat von Grewzland hatte eine einfühlsame Verurteilung der vonahrischen Politik herausgegeben, zusammen mit einem Unterstützungsversprechen für das so schimpflich behandelte Haereste, die Brudernation des Imperiums.

Sie würden diesen Angriff binnen Stunden führen. Vielleicht hatte er Meilen weiter südlich in Eulence bereits begonnen. Luzelle legte ihre Zeitung beiseite. In einer solchen Zeit wollte sie nicht allein in ihren gemieteten Zimmern sitzen. Sie wollte bei Girays sein, jetzt sofort, in diesem Augenblick, konnte aber der spontanen Eingebung schicklicherweise nicht nachgeben. Sie konnte schließlich nicht allein und uneingeladen vor der Tür seines Stadthauses aufkreuzen. Das gehörte sich einfach nicht.

Zu dumm. Ich gehe.

Sie erhob sich. Ihr Sommerstrohhut lag auf einem Garderobenfach in ihrer winzigen Diele. Bevor sie nach ihm greifen konnte, klopfte es an der Tür. Sie machte auf. Girays stand auf der Schwelle.

»Haben Sie die Zeitung gelesen?«, fragte er.

Sie gingen in das nächste Café und fanden es überfüllt vor, denn der natürliche Instinkt der Sherreener in Zeiten allgemeiner Not schien dahin zu gehen, sich zu versammeln, massenweise Kaffee oder Wein zu trinken und zu reden. Luzelle ging davon aus, dass die anderen Cafés und Kneipen in der ganzen Stadt ähnlich voll und lärmend waren. Lautstärke und Vehemenz der Gespräche waren ohrenbetäubend. Fremde sprachen einander mit der Selbstverständlichkeit von alten Bekannten an, und jeder schien irgendeine Theorie anzubieten zu haben, irgendeine Überzeugung, einen Ausdruck von Hoffnung oder Zuversicht oder eine Erklärung, dass das Verhängnis unmittelbar bevorstand. Die Gerüchteküche brodelte, und manche Vermutungen wurden als letzte Wahrheiten verkauft, aber in Wirklichkeit wusste niemand irgendetwas.

Alle saßen im selben Boot, alle waren auf die Informationen der Zeitungen angewiesen, die ihrerseits auf Eilbotschaften von der haerestischen Grenze warten mussten, Hunderte von Meilen im Süden.

Sherreen wartete. Die Abendsonderausgabe von *Der Republikaner* verkündete in sechs Zentimeter hohen Buchstaben: HAERESTE MARSCHIERT IN EULENCE-PROVINZ EIN.

Und dann wartete Sherreen erneut.

Vierundzwanzig gespannte Stunden schlichen dahin. Luzelle verbrachte viele von ihnen zusammen mit Girays und anderen, die sich vor den Büros von *Der Republikaner* herumtrieben. Der betreffende Abschnitt der Cliquot-Straße vor dem Gebäude war gedrängt voll mit Fußgängern und für den Kutschverkehr gesperrt. Die Büros von zwei Konkurrenzblättern – *Der Sherreenische Bote* und *Die Parabeau-Gazette* – wurden auf ähnliche Weise belagert, doch die größten Menschenmassen strebten zu der ältesten und vornehmsten Nachrichtenquelle der Stadt. Die dort versammelten Männer, Frauen und Kinder verhielten sich ruhig, gesittet, geduldig und gingen erstaunlich rücksichtsvoll miteinander um. Es herrschte ein starkes Gefühl von Solidarität.

Die Spätsommersonne brannte auf Sherreen hernieder. Strohhüte und Sonnenschirme boten nur unzureichenden Schutz. Verkäufer gekühlter Getränke und überteuerter Snacks jeglicher Art umkreisten die Menge und machten rege Geschäfte.

Als die Stunden voranschritten, blieb die Menge zwar ruhig und zivilisiert, aber gewisse Anstandsregeln begannen zu bröckeln. Männer lockerten ihre Hemdkragen und Krawatten, und manche entledigten sich sogar ihrer Jacketts. Damen zogen ihre weißen Spitzenhandschuhe aus, etwas, was sie unter normalen Umständen nie gewagt hätten. Kleine Läufer, Decken und Überwürfe begannen sich aus dem Nichts zu materialisieren und breiteten sich auf dem alten Kopfsteinpflaster aus, und Dutzende von Bürgern, des Stehens müde, setzten sich mitten auf die Straße.

Luzelle wollte sich nicht auf die Straße setzen und konnte sich nicht überwinden, Girays zu bitten, es zu tun. Als sie es nicht mehr aushielt, in der Sonne herumzustehen, zogen sie sich in die relative Bequemlichkeit einer Türschwelle in einem schattigen Eingang zurück, und dort konnte sie sich eine Weile erholen. Ihre Schwäche kostete sie jedoch ihren guten Platz in der Nähe der Vordertür des Verlagsgebäudes; es bestand keinerlei Hoffnung, diesen Platz zurückzuerobern.

Girays ging und brachte gekühlten Fruchtsaft und Käsepasteten mit. Sie aßen, und sie fühlte, wie ihre Lebensgeister wieder erwachten. Es schien ziemlich unwichtig zu sein, dass sie ihren guten Platz geopfert hatten. Die Stunden verrannen, und ihre Ausdauer wurde nicht durch Enthüllungen belohnt.

Die Sonne berührte schon die Dächer im Westen, die Schatten wurden lang und kühlten die Cliquot-Straße, und Luzelle begann sich zu fragen, was sie tun würden, wenn es dunkel wurde. Aufgeben, heimgehen oder am Morgen zurückkommen? Oder hier mit all den anderen die Nacht über warten, in den Morgen hinein und noch länger, so lange, wie es eben dauern würde? Sie war des endlosen Wartens überdrüssig, mehr als sie es sagen konnte, und Girays war ohne Zweifel genauso gelangweilt, aber sie fand den Gedanken unerträglich, nicht zugegen zu sein, um den Ausgang zu erfahren; sie vermutete, dass Girays ihre Gefühle teilte.

Das Auftauchen eines schwitzenden, abgespannten journalistischen Lakais mit einem Stapel der kaum getrockneten Sonderausgabe von *Der Republikaner* erlöste sie aus ihrem Dilemma. Die rufende Menge wogte vorwärts, die kurze steinerne Treppenflucht hoch, und die Zeitungen wurden dem Journalisten aus der Hand gerissen. Luzelle nagte enttäuscht an ihrer Unterlippe. Sie und Girays waren weit weg von der Informationsquelle und würden höchstwahrscheinlich nie einen dieser frühen Berichte in die Finger bekommen.

Hunderte anderer teilten ihre Misere. Ein Sturm der Entrüstung erhob sich, gemischt aus Protest und Bitten. Irgendein namenloser Menschenfreund, begnadet mit Großmut und einer kräftigen Lunge, stieg auf den oberen Treppenabsatz und schwenkte heftig die Arme. Der Lärm legte sich, als seine Landsleute seine Absicht erkannten. Die Menge wich zurück und verstummte. Der Menschenfreund stand allein oben auf den Stufen und las mit kraftvoller, bis zum letzten Zuhörer verständlicher Stimme vor:

VONAHRISCHER SIEG

Augenzeugenbericht aus der Kreisstadt Carnoche

Heute Morgen kurz nach Sonnenaufgang überquerte eine Streitmacht von zwei Divisionen der haerestischen Infanterie, unterstützt von Truppen und Artillerie der Vereinten Armee des Imperiums, die vonahrische Grenze, um auf die Kreisstadt Carnoche zuzumarschieren, die Hauptstadt der Eulence-Provinz. Gegen 7.30 Uhr stellte sich das Zweite Corps der vonahrischen Armee unter dem Befehl von General vo Lieux-v'Olliard dem Feind auf den Feldern östlich der Stadt. Es geht das Gerücht, dass vo Lieux-v'Olliard vorab eine Botschaft an Untergeneral Retzlof schickte, den Befehlshaber der grewzischen Einheiten, in der er die Existenz einer neuartigen Waffe von unvorstellbarem Vernichtungspotenzial offenbarte und dem Feind eine letzte Möglichkeit zur Kapitulation gab, aber diese Berichte wurden von offizieller Seite nicht bestätigt.

Im Verlauf des Morgens eröffnete die grewzische Artillerie das Feuer, das vonahrische Kanoniere erwiderten. Unmittelbar nach der Eröffnung der Kampfhandlungen versetzte der plötzliche Ausbruch eines verheerenden Feuers in ihrer Mitte die haerestischen und grewzischen Truppen in Auflösung. Das Feuer, auch auf die Entfernung an seiner markanten grünen Farbe erkennbar, manifestierte sich zuerst unter den feindlichen Kanonieren, nahm binnen weniger Sekunden jedoch erstaunliche Ausmaße an und breitete sich mit furchtbarer Geschwindigkeit über das Feld aus, sodass die gesamten angreifenden Truppen überwältigt wurden. Viele Beobachter bemerkten und berichteten, dass der Brand fast ein raubtierhaftes Bewusstsein zu besitzen schien, denn es gab fliehende Opfer, die verfolgt, eingeholt und von langen, tentakelähnlichen Feuerarmen festgehalten wurden.

Innerhalb weniger Minuten wurde die gesamte feindliche Armee von einem Meer rasender grüner Flammen verschlungen – ein furchtbares und Mitleid erregendes Schauspiel, das kein Augenzeuge je vergessen wird. Der Anblick ihrer sich in Todesqualen windenden Feinde, begleitet von dem schauerlichen Chor von Schreien und flehentlichen Bitten weckte das Mitleid vieler vonahrischer Soldaten, von denen mehrere, wie es heißt, ihre Kommandeure gebeten haben sollen, den vermeintlich arkanen Brand zu löschen.

Das grüne Feuer ließ aber nicht nach, bevor sein Zerstörungswerk nicht vollendet war, und erst zu diesem Zeitpunkt verschwanden die Flammen so rasch und unerklärlich, wie sie entstanden waren. Man geht davon aus, dass jeder feindliche Soldat umgekommen ist, nur einer Abordnung ziviler Beobachter wurde gestattet, unversehrt abzuziehen. Die Zahl der Gefallenen dürfte irgendwo zwischen vierzig- und fünfundvierzigtausend Mann liegen. Auf vonahrischer Seite gab es keine Verluste.

Das Furcht erregende Potenzial dieser auf die Welt losgelassenen neuen Vernichtungswaffe ist offensichtlich und unbestreitbar. Dennoch erscheint ihre Anwendung unter den derzeitigen Umständen angesichts der unmittelbaren Ergebnisse gerechtfertigt. Nach Ende der Schlacht ließ General vo Lieux-v'Olliard rasch über die Grenze in die Nähe von Velque vorrücken, die erste von etwa vier Städten von Bedeutung, die zwischen der vonahrischen Streitmacht und der haerestischen Hauptstadt Tibille liegen. In den Außenbezirken von Velque wurde vo Lieux'v'Olliards Vorstoß von einer haerestischen Delegation abgefangen, die die Kapitulationsbedingungen aushandeln wollte.

Die Bedingungen wurden von General vo Lieux-v'Olliard im Namen der Vonahrischen Republik akzeptiert. Das Zweite Corps zieht sich derzeit aus Haereste zurück, nachdem es die Bedrohung einer fremden Invasion in naher und absehbarer Zukunft beseitigt hat.

Der Vorleser verstummte. Seine Zuhörer schwiegen einen Augenblick lang wie gelähmt. Dann brach die Menge in fortgesetzte Jubelrufe aus, die die Cliquot-Straße und die angrenzenden Alleen mit brausendem Donnerhall erfüllten.

Die Brise, die über den Vir-Fluss strich, war warm, aber frisch. Heute fühlte die Luft in Sherreen sich sauberer und irgendwie leichter an als in den vergangenen Wochen. Luzelle atmete tief ein.

»Wunderbar. Riecht nach Frühherbst«, sagte sie.

»Wird auch Zeit«, äußerte Girays. Sie kamen an einem kleinen, farbenprächtig mit Wimpeln geschmückten Pier vorbei. »Lust, ein Ruderboot zu mieten?«

»Nein, es ist so angenehm hier unter den Bäumen. Lassen Sie uns einfach spazieren gehen.«

Sie schlenderten über den schattigen Pfad entlang des Flusses. Viele Fußgänger waren unterwegs und genossen das Wetter. Die Leute schwatzten, stritten sich, spielten, lachten. Kleinkinder quengelten, ihre Kinderfrauen brachten sie durch beruhigende Laute zum Schweigen. Verkäufer priesen ihre Leckerbissen und Kinkerlitzchen an, während ein Wandermusiker für Kupfermünzen geigte. Die Szene atmete wohltuende Normalität. Schwer zu glauben, dass die Stadt noch vor wenigen Wochen einer drohenden Katastrophe ins Gesicht geblickt hatte.

Sie gingen Arm in Arm weiter, bis sie zu dem von Menschen wimmelnden Ufermarkt gelangten, der mit seinem endlosen Krach und seiner Geschäftigkeit nichts für schwache Nerven war, am heutigen Tag jedoch belebend wirkte. Vor ihnen erhob sich die uralte Vinculum-Brücke, und auf dem gegenüberliegenden Flussufer ragten drohend die befestigten Türme des grimmigen alten Sepulchrums empor; Festung, Gefängnis und Haus des Schreckens in den Tagen der Revolution, nun jedoch nur noch eine historische Kuriosität, eine der interessantesten Sehenswürdigkeiten von Sherreen.

Als sie weiter über den Markt schritten, stießen sie auf einen Bengel, der Exemplare des *Sherreener Boten* verkaufte, und obwohl sie nicht stehen blieben, stach Luzelle im Vorbeigehen die große Schlagzeile ins Auge: WESTLICHE ALLIANZ UNTERZEICHNET.

Verzweifelte Nationen, so schien es, waren gelegentlich zu rasend schnellem Handeln fähig.

Die Neuigkeit war bereits veraltet; sie hatte sie vor Stunden im *Republikaner* gelesen. Girays ebenfalls. Sie wusste, dass er ihren Gedanken erfassen würde, ohne dass sie etwas erläutern musste, als sie sagte: »Schön für die Fürstentümer, unter vonahrischem Schutz sind sie jetzt sicherer. Kyrendt, Travorn, Ferille und auch die Republikanischen Enklaven, aber was ist mit Rhazaulle?«

»Ein bisschen weit ab vom Schuss für eine Mitgliedschaft in einer westlichen Allianz«, entgegnete Girays, »aber nicht außerhalb der Reichweite für Hilfe. Ich denke, es wird nicht lange dauern, bis unsere grewzischen Freunde grünes Feuer an der rhazaullischen Front aufspringen sehen werden. Und anderswo in der Welt auch. Lanthi Ume beispielsweise. Xoxo. Jumo Statt.«

»Es ist grässlich. Das Gemetzel – die Tausende von Männern, die bei lebendigem Leib verbrannt sind.« Luzelle schluckte. »Und wir sind teilweise für all das verantwortlich.«

»Es ist schrecklich«, pflichtete er ihr bei. »Aber die Alternative zu Meisterfeuer ist Endloses Feuer. Nun, die Grewzier haben Meisterfeuer zu kosten bekommen. Sie verfügen nicht über Waffen von auch nur ansatzweise vergleichbarer Stärke, und sie wissen es. Es ist durchaus möglich, dass das Fühlende Feuer nie wieder wirklich gegen eine Armee von Männern entfesselt werden muss. Die bloße Drohung dürfte genügen, um das Imperium abzuschrecken.«

»Bis die Grewzier das Geheimnis kaufen oder stehlen oder selbst herausfinden, wie man eigene grüne Feuer entzündet.«

»Die Möglichkeit besteht immer. Der beste Weg für Vonahr ist meines Erachtens, diese Atempause effektiv zu nutzen. Uns rüsten, Fehler der Vergangenheit nicht wiederholen, dem Imperium oder irgendetwas von dieser Sorte nie mehr gestatten, über eine unvorbereitete Welt herzufallen.«

»Wie lange dauert Ihrer Ansicht nach die Atempause, die wir erhalten haben?«

»Irgendetwas zwischen Tagen und Jahrzehnten.«

»Und dann?«

»Ja, was dann.«

Der Ufermarkt lag hinter ihnen. Der Fußweg am Fluss entlang führte weiter, und sie befanden sich wieder im angenehmen Baumschatten. Eine Weile schlenderten sie schweigend weiter, bis Girays beiläufig anmerkte: »Jetzt haben Sie wochenlang Zeit gehabt, über all diese Angebote zu grübeln, die Sie erhalten haben –

die Vortragsverpflichtungen, Artikel, Bücher und so weiter. Schon zu einem Entschluss gekommen?«

»Nun ja, ich habe mich noch nicht endgültig entschieden«, gestand sie. »So viele erscheinen mir verlockend, aber ich schaffe sie nicht alle. Das Einzige, worüber ich mir zurzeit ziemlich sicher bin, ist die Bulaude-Gastprofessur. Das Angebot werde ich tatsächlich annehmen.«

»Ich verstehe. Sie werden also das ganze nächste Jahr über an Sherreen gebunden sein?«

»Die meiste Zeit, ja.«

»Sie werden zweifellos sehr beschäftigt sein.«

»Sehr. Ich freue mich schon darauf.«

»Glauben Sie, Ihr Stundenplan würde eine Hochzeit verkraften?«

»Wessen?«

»Unsere.«

»Unsere?« Sie blieb stehen und wandte sich ihm zu. Er lächelte, jenes Lächeln, das ihr immer warm ums Herz hatte werden lassen. Sie wäre ihm am liebsten um den Hals gefallen. Dieses Lächeln und dieses Gesicht gehörten zum lebenswichtigen Bestandteil ihrer Existenz, und daran würde sich nie etwas ändern. Ihr Herz hämmerte, und sie ließ die Erkenntnis zu, wie tief und wie stark sie sich nach einer zweiten Chance gesehnt hatte. Das Ja wollte ihr fast ohne ihr Zutun über die Lippen kommen, aber sie presste die Kiefer zusammen und hielt es zurück. Hier gab es mehr zu bedenken als spontane Gefühle, und schließlich war sie, wie Seine Ehren herausgestellt hatte, kein unerfahrenes Mädchen mehr.

»Ich würde keinen anderen heiraten«, ließ sie ihn wissen. »Aber wir haben es schon einmal mit einer Verlobung versucht. Erinnern Sie sich noch, was geschehen ist? Eine Katastrophe.«

»Das ist Jahre her. Wir haben uns seitdem beide verändert.«

»Ja. Aber manche Dinge haben sich auch nicht geändert. Sie wollen noch immer eine Gemahlin, die ihre Zeit zwischen Belfaireau und Sherreen aufteilt. Ich will noch immer die Freiheit, zu reisen und meiner Arbeit nachzugehen. Bei aller Liebe der Welt, die zwischen uns herrscht, wie lange würde es wohl dauern, bis wir uns wieder gegenseitig an die Kehle gehen?«

»Bei aller Liebe der Welt, die zwischen uns herrscht, bleiben wir vernünftige, intelligente Erwachsene, nicht wahr? Wir sind imstande, einen Kompromiss auszuhandeln.«

»Handeln?« Sie probierte das Wort aus. Ein langsames Lächeln breitete sich über ihr Gesicht aus. »Sollten wir uns nicht Anwälte nehmen oder so etwas?«

»Wir werden uns selbst vertreten.«

»Sie wissen, was Anwälte dazu sagen.«

»Wir werden beweisen, dass sie sich im Irrtum befinden. Kommen Sie, Miss Devaire. Nennen Sie Ihre Bedingungen.«

»Ich muss meine Karriere fortsetzen, so viel steht fest. Ich muss die Freiheit haben, reisen zu können.«

»Wie viel Freiheit? Bitte genauer!«

»Nun –« Sie überlegte. »Eine Exkursion alle achtzehn Monate, jeweils für eine Dauer von nicht mehr als acht Monaten.«

»Alle sechsunddreißig Monate und nicht länger als drei Monate.«

»Das ist lächerlich unangemessen!«

»Ihr Gegenangebot. Ich höre!«

»Oh. Nun denn. Alle achtzehn Monate für sechs Monate.«

»Alles zwei Jahre für eine Dauer von höchstens sechs Monaten.«

»Hmmm. Das ist – nicht allzu schlecht. In Ordnung, das kann ich akzeptieren, wenn Sie es können.«

»Gut, wir sind uns also einig. Was noch?«

»Ich werde weiterhin Vorträge halten und dulde keine Vorwürfe und Klagen über Unschicklichkeit, wenn ich meinen Fuß auf eine öffentliche Bühne setze.«

»Einverstanden. Haben Sie jemals erlebt, dass ich mich über Unschicklichkeit beklagt hätte?«

»Jetzt, wo Sie es erwähnen, nein. Ich werde weiterhin unter meinem eigenen Namen schreiben und veröffentlichen. Ich werde meine Manuskripte keiner Prüfung durch Sie unterziehen, es sei denn, mir wäre zufällig danach, und Sie werden keinerlei Änderungsbefugnis bezüglich ihres Inhalts haben.«

»Ich habe mich nie zum Lektor berufen gefühlt. Aber es gibt eine Einschränkung. Ihre Arbeit wird nichts von unserem Privatleben enthüllen, nichts Persönliches über unsere Familie oder Freunde enthalten.«

»Oh, abgemacht. Ich bin keine Klatschbase, das interessiert mich nicht. Ich werde für meine Arbeit Honorare entgegennehmen, und das von mir verdiente Geld wird mir gehören, und ich werde es so ausgeben, wie es mir gefällt.«

»Fein, so lange Sie es nicht dafür benutzen, die Anarchisten zu unterstützen.«

»In Ordnung, keine Anarchisten. Es wird mir freistehen, zu lesen, was mir gefällt, zu essen und zu trinken, was mir gefällt, zu tragen, was mir gefällt, dahin zu gehen, wo ich hingehen will, ohne irgendjemandes Erlaubnis, und mir meine eigenen Freunde auszusuchen, ob sie Ihnen passen oder nicht.«

»Einverstanden, so lange Sie kein Gesetz brechen und nichts unternehmen, was jemand anderen als Sie selbst gefährdet.«

»Manche Gesetze sind ungerecht und sollten gebrochen werden.«

»Sollten geändert werden.«

»Zu langsam! Aber ich verspreche, dass ich jede vernünftige Anstrengung unternehmen werde, nicht im Gefängnis zu landen.«

»Das wird wohl reichen müssen. Und nun ein paar

Bedingungen von meiner Seite. Erstens, Sie dürfen sich Ihre eigenen Freunde aussuchen, aber Sie werden mir nicht die Gesellschaft eines Individuums, das ich verabscheue, als Langzeit-Hausgast in Belfaireau oder in Sherreen aufnötigen.«

»Vernünftig.«

»Noch werden Sie eine unabhängige Freundschaft mit irgendeinem Mann pflegen, der Sie dazu drängt, sich unter vier Augen oder in der Öffentlichkeit allein mit ihm zu treffen.«

»Einverstanden, so lange Sie nicht eine solche Freundschaft mit einer Frau pflegen.«

»Die Verfügungsgewalt über die ererbten v'Alisante-Gelder und Vermögenswerte wird allein bei mir liegen. Sie dürfen gerne Ihre Meinung kundtun oder Ihren Rat anbieten, aber alle endgültigen Entscheidungen in solchen Angelegenheiten werde ich treffen. Wenn eine solche Entscheidung einmal gefällt ist, werden Sie jegliche Widerrede einstellen und sie klaglos akzeptieren.«

»Sehr wohl.«

»Und schließlich, wenn Sie feststellen werden, dass Sie ein Kind erwarten –«

»Oh.«

»Ja, oh – wenn Sie feststellen werden, dass Sie ein Kind erwarten, werden Sie während der Zeit der Schwangerschaft Ihre eigenen Impulse dem Wohlergehen des Kindes –«

»Das müssen Sie mir nicht sagen, Girays!«

»Und nach der Entbindung werden Sie sich für eine Zeitspanne, die vier Jahre nicht übersteigen wird, nicht länger als einundzwanzig Tage aus der Nähe des Kindes entfernen –«

»Aha, ich sehe, worauf Sie hinauswollen, aber das wird nicht funktionieren. Nach der Entbindung stimme ich zu, mich nicht länger als sieben Tage aus der Nähe des Kindes zu entfernen, vorausgesetzt, das Kind darf mich auf meinen gelegentlichen Exkursionen begleit –«

»Was?«

»Nun, warum nicht?«

»Sie können einen v'Alisante-Erben nicht auf die Bhomiri-Inseln oder in die Wälder von Oorex verschleppen, wo er höchstwahrscheinlich in einem Kochtopf landen wird. Vergessen Sie die Wohlergehen-des-Kindes-Klausel nicht. Wenn Sie es recht bedenken, das Wohlergehen des Kindes verlangt die Anwesenheit beider Elternteile, also können Sie es nicht monatelang seinem Vater entziehen. Ich fürchte, Sie werden in Betracht ziehen müssen –«

»Sie haben Recht, es wäre nicht fair. Sie werden also Opfer bringen müssen, Girays – Sie werden von Zeit zu Zeit mitkommen müssen. Zum Wohle des Kindes.«

»Es gibt kein Kind.«

»Sie sind derjenige, der das Thema aufgebracht hat. Kommen Sie, wäre das denn so schlimm?«

»Überhaupt nicht schlimm; ich habe Geschmack am Reisen gefunden. Aber ich könnte es nicht alle zwei Jahre tun. Alle fünf vielleicht.«

»Vier.«

»Einverstanden. Noch etwas?«

»Nein, ich bin zufrieden«, erklärte sie. »Nach Annahme dieser Bedingungen könnte ich mich schrittweise in eine Ehefrau verwandeln.«

»Dann lassen Sie uns den Handel besiegeln.«

Dann küsste er sie mitten auf dem Pfad, gleichgültig gegenüber Dutzenden amüsierter oder missbilligender Zuschauer. Die Stadt schien sich um sie zu drehen. Als er sie wieder frei gab, war sie errötet, atemlos und glücklicher, als sie es je in ihrem Leben gewesen war.

»Weißt du, es ist alles da draußen und wartet auf uns«, sagte sie, als sie wieder sprechen konnte.

»Was, Luzelle?«

»Die Welt und alles in ihr.«

›Nach dem HERRN DER RINGE war die Welt der Fantasy nicht mehr dieselbe‹, hieß es auf dem Klappentext zum Vorgängerband dieser Anthologie: DIE ERBEN DES RINGS herausgegeben von Martin H. Greenberg (Bastei Lübbe Band 13 803). In jenem Band verbeugten sich anglo-amerikanische Autoren vor dem großen Erzähler. Doch nicht nur im englischsprachigen Raum hat Tolkien seine Spuren hinterlassen, auch eine junge Generation von deutschen Schriftstellern wird auf die ein oder andere Art von ihm beeinflusst. In dieser Anthologie sind neue Geschichten gesammelt, die Tolkien zu Ehren geschrieben wurden, oft mit einem Augenzwinkern, aber stets voller Respekt. Autoren sind u.a.: Helmut W. Pesch, Wolfgang Hohlbein und Kerstin Gier

ISBN 3-404-20421-2

BASTEI LÜBBE

Das Hohe Haus, Abendsee, das seine Giebeldächer zwischen den großen Hügeln erhebt, die eine Landschaft voller Efeu, Rotdorn und Brombeersträuchern überragt, mit Früchten so süß und klein wie die Fingerspitzen eines Kindes, das Hohe Haus haben normale Sterbliche nur selten gesehen. Jene, die es besuchen, gelangen nicht durch Zufall dorthin, und jene, die in ihm leben, verweilen lange in seinen dunklen Hallen; nur selten wagen sie sich auf die gewundene Straße, die zu den Siedlungen der Menschen führt. Von allen die dort leben, war nur einer dort geboren worden und aufgewachsen — der Mann mit Namen Carter Anderson. Erst in der Zeit der Not hat das Haus ihn wieder zurückgerufen. Über sein Leben und die großen Taten, die er während des Großen Krieges des Hohen Hauses vollbracht hat, berichtet *Das Graue Buch von Abendsee*, doch diese Geschichte erzählt von einer Zeit lange vor diesen Heldentaten.

ISBN 3-404-20381-X

BASTEI
LÜBBE